〈명주보월빙〉연작 3부작 중 제3부작

낙 선 재 본 과 고 려 대 본 을 교 감 주 석 한

교감본

嚴氏孝門淸行錄

교감본

嚴氏孝門淸行錄

2

교주 최길용

學古房

이 논문 또는 저서는 2013년 정부(교육부)의 재원으로 한국연구재단의 지원을 받아 수행된 연구임
(NRF-2013S1A5A2A01017241

This work was supported by the National Research Foundation of Korea Grant funded by the korean
Government(NRF-2013S1A5A2A01017241)

서 문

　〈엄씨효문청행록〉은 30권 30책으로 된 대장편소설로, 100권 100책의 〈명주보월빙〉과 105권 105책의 〈윤하정삼문취록〉과 함께 《명주보월빙 연작》을 구성하고 있으면서, 연작 전체가 하나의 거대한 예술적 총체를 이루고 있다. 그런데 이 연작은 그 3부작을 합하면 원문 글자 수가 도합 334만4천여 자(〈보월빙〉1,485,000, 〈삼문취록〉1,455,000, 〈청행록〉404,000)에 이를 만큼 방대하여, 세계문학사에서도 그 유례를 찾아볼 수 없는 대장편서사체인 동시에, 1700년대 말 내지 1800년대 초의 조선조 소설문단의 창작적 역량을 한눈에 보여주는 대작이자, 한국고소설사상 최장편소설로 꼽히고 있다.

　양식 면에서, 《명주보월빙 연작》은 중국 송나라를 무대로 하여 윤·하·정 3가문의 인물들이 대를 이어 펼쳐가는 삶을 다룬 〈보월빙〉·〈삼문취록〉과, 윤문과 연혼가인 엄문의 인물들이 펼쳐가는 삶을 다룬 〈청행록〉으로 이루어져, 그 외적양식 면에서는 〈보월빙〉-〈삼문취록〉-〈청행록〉으로 이어지는 3부 연작소설이며, 내적양식 면에서는 윤·하·정·엄문이라는 네 가문의 가문사가 축이 되어 전개되는 가문소설이다.

　내용면에서 보면, 이 연작에는 모두 787명(〈보월빙〉275, 〈삼문취록〉399, 〈청행록〉113)에 이르는 엄청난 수의 인물들이 등장하여, 군신·부자·부부·처첩·형제·친구 등 다양한 인간관계에서 벌어지는 수많은 사건들을 펼쳐가면서, 충·효·열·화목·우애·신의 등의 주제를 내세워, 인륜의 수호와 이상적인 인간 공동체의 유지·발전을 위한 善的 價値들을 권장하고 있다. 아울러 주동인물군의 삶을 통해 고귀한 혈통·입신양명·전지전능한 인간·일부다처·오복향수·이상향의 건설 등과 같은 사대부귀족계급의 현세적 이상을 시현해놓고 있다.

　이 책 『교감본 엄씨효문청행록』은 〈엄씨효문청행록〉의 두 이본, 곧 30권30책으로 필사된 '낙선재본'과 16권16책으로 필사된 '고려대본'의 원문을 띄어쓰기를 하여 전산입력하고, 이를 原文內校와 異本對校의 2단계 원문교정 과정을 거쳐 각 텍스트의 필사과정에서 생긴 원문의 오자·탈자·오기·연문·결락·착간들을 교정한 후, 두 이본 중 선본(善本)인 낙선재본 교정원문에 한자병기와 주석을 가해 편찬한 것이다.

　그 목적은, 첫째로는 필사본 텍스트들이 갖고 있는 태생적 오류, 곧 작품의 창작 또는 전사가 手記로 이루어질 수밖에 없었던 한계 때문에, 마땅한 퇴고나 교정 수단이 없음으로 해서 불가피하게 방치해버린, 잘못 쓰고, 빠뜨리고, 거듭 쓴 글자들이나 문장들, 그리고 문법이나 맞춤법·표준어 규정 같은 어문규범이 없었던 시대에, 글쓰기가 전적으로 필사자의 작문능력에 따라 달라질 수밖에 없음으로 해서 생겨난 무수한 비문들과 오기들, 이러한 것들을 텍스트의 이본대교와, 전후 문장이나 문맥, 필사자의 문투나 글씨체, 그리고 고사·성어·속담·격언·관용구·인용구 등을 비교·대조하여 바로잡음으로써, 정확한 원문을 구축하는 데 있다. 또 이러한 교정과정을 일정한 기호를 사용하여 원문에 병기함으로써, 원문을 원표기 그대로 보존하여 보여주는 한편으로, 독자가 그 교정·교주의 타당성을 판단할 수 있게 하는데 있다. 그 이유는, 이렇게 함으로써 텍스트의 불완전성을 극복할 수 있을 뿐만 아니라, 원문의 표기법을 원문 그대로 재현해 놓음으로써 원본이 갖고 있는 문학적·어학적 가치는 물론 그 밖의 여러 인문·사회학적 가치를 훼손함이 없이 보존하고 전승해 갈 수 있다고 믿기 때문이다.

둘째로는 한 작품의 이본들을 교감·주석하여 竝置시켜 보여줌으로써, 그 교정과 주석의 타당성은 물론, 각 이본이 갖고 있는 표현과 서사의 차이를 한눈에 볼 수 있게 하여, 적층문학적 성격을 갖고 있는 한국 필사본 고소설들에 대한 해석학적 지평을 확장하는 데 있다. 나아가 이 연구의 수행을 통해 '原文校訂'이라는 한·중의 오랜 학문적 전통의 하나인 텍스트 교감학[1]의 유용성을 실증하여, 앞으로의 필사본 고소설들의 정리작업[데이터베이스(data base)구축과 출판]의 한 모델을 수립하는데 있다.

셋째로는 정확한 원문구축과 광범한 주석으로 작품의 可讀性을 높이고 해석적 불완전성을 제거하여, 일반 독자들이나 연구자들이 쉽게 원문 자료에 접근할 수 있게 하는데 있다.

넷째로는 이렇게 정리 구축한 교감본을 현대어본 편찬의 저본(底本)으로 활용하기 위함이다. 현대어본 편찬의 선결과제는 정확한 원문텍스트의 구축과 원문에 대한 정확한 주석이다. 이 책은 처음부터 이 현대어본의 저본 구축을 목표로 편찬된 것이기 때문에 이점 곧 정확한 원문텍스트의 구축과 원문에 대한 정확한 주석에 각별한 정성을 쏟았다.

컴퓨터 문서통계 프로그램이 계산해준 이 책의 파라텍스트(para-text)를 제외한 본문 총글자수는 1,174,000자다. 원문 634,600자(낙본404,100자, 고려대본230,500자)를 입력하고, 여기에 2,283곳(낙본 1,012곳, 고대본1,271곳)의 오자·탈자·오기·연문·결락 등에 대한 원문교정과 90,300자(낙본90,300자, 고려대본 0자)의 한자병기, 그리고 4,673개(낙본4,673개, 고려대본 0개)의 주석이 더해져서 이루어진 결과다. 앞서 언급한 것처럼 이 책은 현대어본 출판까지를 계획하고 편찬한 것이다. 따라서 두 이본 중 선본인 '낙선재본'을 현대어로 옮겨 현재 출판 작업이 진행 중이다. 그 분량도 74만5천자에 이른다. 전자 교감본은 전문 연구자와 국문학도에게 바치는 학술도서로, 후자 현대어본은 일반 독자들에게 드리는 교양도서로, 전자는 국배판(A4규격) 900쪽 2책1질로, 후자는 국판(A5규격) 940쪽 3책1질로 간행될 예정이다.

이것으로 세계 최장편소설이라는 수식어가 붙는 〈명주보월빙〉 연작의 교감·교주본과 현대어본의 편찬작업이 끝났다. 필자는 그간 2010년에 〈명주보월빙〉을, 2012년에는 〈윤하정삼문취록〉을, 그리고 2013년에는 〈엄씨효문청행록〉을 각각 한국연구재단의 연구지원 사업 과제에 지원하여 지원과제가 모

---

[1] 고증학의 한 분파로, 경전이나 일반서적을 서로 다른 판본 또는 관련 있는 자료와 대조하여 내용이나 문자·문장의 異同을 밝히고 誤記·誤傳 따위를 찾아 바로잡는 학문이다. 중국 前漢 시대의 학자 劉向에 의해 창시되었으며, 청나라 때 가장 성하였다. 우리나라에서도 고려 때 한림원에 종 9품 校勘을 두었고, 조선시대에는 승문원에 종4품 校勘을 두어 경서 및 외교 문서를 조사하고 교정하는 일을 맡아보게 하였다.

두 선정됨으로써 오늘의 결과를 이룰 수 있었다. 그리하여 지금까지 꼬빡 6년 동안을 필자는 두문불출, 주야불철하며 이 《명주보월빙 연작》의 원문입력과 교정, 주석에 골몰하면서 답답하고 지리한 일상을 보내왔다.

이 3부작을 모두 합하면 교감본 12책, 현대어본 20책이 되어, 20책1질의 현대어본을 단순히 책 수로만 비교한다면 우리 현대소설사상 최장편 소설로 평가되는 20책1질로 출판된 박경리 선생의 〈토지〉와 같은 분량이다. 등장인물 수도 〈토지〉 인물사전에는 600여명이 등장하는 것으로 소개되어 있는데 《명주보월빙 연작》에는 이보다 더 많은 787명의 인물이 등장하여 작품 속 삶을 펼쳐가고 있다. 필자는 이 등장인물 사전을 현대어본 마지막 권(21권)으로 출판해 독자에게 제공할 계획이다.

"인내는 쓰고 열매는 달다"고 하였던가! 과정은 힘들었지만 결과를 이렇게 큰 출판물로, 또 DB화된 기록물로 세상에 내놓게 되니, 한국문학의 위대함을 한 자락 열어 보인 것 같아 여간 기쁘지 않다. 또 하나 이 연구의 성과를 든다면, 이본 대교 작업을 통해 〈명주보월빙〉낙선재본 결권 '卷之七十八'을 박순호본 가운데서 찾아 복원하였다는 점이다. 이로써 이제 '낙본' 〈명주보월빙〉은 그간 낙질 상태에 있던 자료적 불완전성을 해소하고 완전한 텍스트로 거듭나게 되어, 완질본으로서의 새로운 지위와 가치를 부여받게 된 것이다.

아무쪼록 이 연작의 완간을 계기로 이 연작이 더 많은 독자들과 연구자, 문화계 인사들의 사랑과 관심을 받게 되고, 영화나 TV드라마 등으로 제작되어 민족의 삶과 문화가 더 널리 전파되어 갈 수 있기를 기대한다. 이 작품들 속에 등장하는 앵혈·개용단·도봉잠·회면단·도술·부적·신몽·천경 등의 다양한 상상력을 장착한 소설적 도구들은 민족을 넘어 세계인들의 사랑과 흥미를 이끌어내기에 충분할 것이다. 또 세계문학사적 대작이자 한국고소설사상 최장편소설로 평가되는 이 작품이 국민들의 더 높은 사랑과 관심을 받을 수 있도록 국가 보물로 지정되는 날이 쉬이 오기를 기대해 마지않는다.

이 책의 출판은 오랜 시간 많은 품을 들여 '고려대본'의 원문입력 작업을 해준 이후남 박사의 도움이 있었기에 가능했다. 그 고마움을 짧은 말로 표현할 수가 없다. 또 그간 어려운 출판 여건 속에서도 인문학의 위기를 걱정하며 이 책의 출판을 흔쾌히 맡아주신 도서출판 학고방의 하운근 대표님의 넉넉한 마음과, 편집과 출판을 맡아 애써주신 조연순 팀장을 비롯한 직원 여러분의 노고를 잊을 수가 없다. 이 자리를 빌어 깊은 감사를 드린다.

2016년 4월 20일 봄날 아침 소요재에서
최 길 용(전북대학교 겸임교수)

✻ 일러두기 ✻

이 책 『교감본 엄씨효문청행록』은 〈엄씨효문청행록〉의 두 이본, 곧 30권30책으로 필사된 '낙선재본'과 16권16책으로 필사된 '고려대본'의 입력원문을 서사진행순서에 따라 같은 내용을 같은 지면에다 단락단위로 竝置시켜, 이를 각본의 '원문 내 교정'과 '이본 간 상호대조를 통한 교정'의 2단계 원문교정 과정을 거쳐, 각 텍스트의 필사과정에서 생긴 원문의 誤字·脫字·誤記·衍文·缺落·落張·錯簡들을 교정하고, 여기에 띄어쓰기와 한자병기 및 광범한 주석을 가해 편찬한 것이다.

이 때문에 이 책은 불가피하게 원문에 대한 많은 교정과 보완이 가해졌다. 따라서 이 책은 이처럼 원문에 가해진 많은 교정·보완 사항들을 일관성 있게 보여주고, 누구나 이를 원문과 쉽게 구별할 수 있게 하기 위해 다음 부호들을 사용하였다.

( )：   한자병기를 나타내는 부호. ( )의 앞에 한글을 적고 속에 한자를 적는다.
        예) 붕성지통(崩城之痛)

[ ]：   원문의 잘못 쓴 글자를 바로잡거나 빠진 글자를 보충해 넣은 부호. 오자·탈자·결락·낙장·마멸자 등의 교정에서 바로잡거나 빠진 글자를 보충해 넣을 때 사용한다.
        예) 번셩ㅎ믄[믈], 번셩이[ㅎ]믈, 번□□[셩ㅎ]믈,

  ○：   원문의 필사 과정에서 생긴 탈자를 표시하는 부호. 3어절 이내, 또는 8자 이내의 글자를 실수로 빠트리고 쓴 것을 교정하는 경우로, 빠진 글자 수만큼 '○'를 삽입하고 그 뒤에 '[ ]'를 붙여, '[ ]' 안에 빠진 글자를 보완해 넣어 교정한다.
        예) 넉넉ㅎ○○○[미 이시]니

{ }：   중복된 글자나 불필요하게 들어간 말을 표시하는 부호. 衍字나 衍文을 교정하는 경우로, 중복해서 쓴 글자나 불필요한 말의 앞·뒤에 '{' 과 '}'를 삽입하여 연자나 연문을 '{ }'로 묶어 중복된 글자이거나 불필요한 말임을 표시한다.
        예) 공이 쳥파의 희연히{희연히} 쇼왈

《∥》：   원문의 필사 과정에서 두 글자 이상의 단어나 구·절 등을 잘못 쓴 오기를 교정하는 부호. 이 때 '∥'의 앞은 원문이고 뒤는 바로잡은 글자를 나타낸다.
        예) 《잠비∥잠미》를 거스리고

○…결락○자…○ ：   원문에 3어절 이상의 말을 빠트리고 쓴 것을 보완하여 교정할 때 사용하는 부호. '○…결락○자…○' 뒤에 '[ ]'를 붙여 보완할 말을 넣고, 빠진 글자 수를 헤아려 결락 뒤의 '○'를 지우고 결락된 글자 수를 밝힌다.
        예) ○…결락9자…○[계손의 혼인을 셔돌식]

○…낙장○자…○ : 원문에 본디 낙장이 있거나, 원본의 책장이 손상되어 떨어져 나간 것을 보완할 때 사용하는 부호. '○…낙장○자…○' 뒤에 '[ ]'를 붙여 보완할 말을 넣고, 빠진 글자 수를 헤아려 낙장 뒤의 '○'를 지우고 빠진 글자 수를 밝힌다.
예) ○…결락9자…○[제손의 혼인을 셔둘식]

□ : 원본의 글자가 마멸되거나 汚損으로 인해 판독이 불가능한 글자를 표시하는 부호. 오손된 글자 수만큼 '□'를 삽입하고 그 뒤에 '[ ]'를 붙여, 오손된 글자를 보완해 넣는다.
예) 번□□[셩ᄒᆡ]믈,

▌①( )▐ : 원문에 필사자가 책장을 잘 못 넘기거나 착오로 쓰던 쪽이나 행을 잘못 인식하여 글의 순서가 뒤바뀐 착간(錯簡)을 교정하는 부호. 착간이 일어난 처음과 끝에 '▌'를 넣어 착오가 일어난 경계를 표시한 후, 순서가 뒤바뀐 부분들을 '( )'로 묶어 순서에 맞게 옮긴 뒤, 각 부분들 곧 '( )'의 앞에 원문에 놓여 있던 순서를 밝혀 두어, 교정 전 원문의 순서를 알 수 있게 한다.
예) 원문의 글이 ▌①( )②( )③( )▐의 순서로 쓰여 있는 것이 ②( )-①( )-③( )의 순서로 써야 옳다면, 이를 옳은 순서대로 옮기고, 각 부분들의 앞에는 본래 순서에 해당하는 번호를 붙여 ▌②( )①( )③( )▐으로 교정한다.

목 차

【낙선재본】　　　　　　　　　　　　　　【고대본】

엄시효문청힝녹 권지십뉵

　화셜, 홀연 보호디 엄푀 한 모ᄉ(謀士)를
어드니, 이 쏘 디국 망명죄인(亡命罪人)이라.
흉인과 간당이 모계ᄒ여 장ᄎᆺ 반상(叛狀)이
현져ᄒ다 ᄒ니, 상이 더욱 디로ᄒ샤 탄왈,
　"오왕 엄빅경의 츙현(忠正明賢)ᄒ므로 슈
(壽)를 누리지 못ᄒ고 이런 블초 녁ᄌ(逆子)
를 두어시니 엇지 탄(歎)ᄒ염즉지 아니리오."
　냥원슈의게 젼지ᄒ여 쎌니 가 엄표를 싱금
(生擒)ᄒ여 문죄ᄒ라 ᄒ시니, 엄·윤 냥 원쉬
황지(皇旨)를 밧ᄌ와 뇽젼(龍殿)의 비ᄉ【1】ᄒ
고 가즁을 하직ᄒᆯ시, 츄밀이 부인과 냥ᄌ를
불너 가ᄉ를 당부ᄒ고, 최부인긔 쳥ᄒ여 갈
오디,
　"이제 문운이 블힝ᄒ여 왕뎨(王弟) 만니
이국의셔 죽어 문호의 겹겹이 망극ᄒᆷ을 찌치
오니, 목금(目今)의 혹싱의 츌힝지ᄉ(出行之
事)ᄂᆫ 인뉸의 디변(大變)이라. 형장이 이국의
계시고 쇼싱이 츌ᄉ(出仕)ᄒ미 가즁 디쇼ᄉ
(大小事)ᄂᆫ 다 존슈(尊嫂) 쳐분의 이시니, 복
원(伏願) 존슈ᄂᆫ 셩덕을 베프샤 형장과 쇼싱
의 도라올 동안 가ᄉ를 션치ᄒ샤, 아모 관긴
(關緊)ᄒᆫ 디시라도 형장【2】과 쇼싱의 도라오
믈 기다리시고, 냥 질녀의 무부혈혈(無父孑
孑)ᄒ여 지통 가온디 이시믈 어엿비 너기샤
고휼(顧恤)ᄒ시믈 바라나이다."
　최부인이 쳥안(靑眼)의 니검(利劍)을 감초
와시나 기리 포장화심(包藏禍心)[1]ᄒ여 이의
낫빗ᄎᆯ 참연이 지어, 함누이디왈(含淚而對
曰)[2],

─────────────
1)포장화심(包藏禍心) : 남을 해칠 마음을 품음
2)함누이디왈(含淚而對曰) : 눈물을 머금고 대답하여
　이르다.

＊＊권지구【26쪽2행】
　상이 《덕옥‖더옥》 디로ᄒ샤 탄왈,
　"오왕 빅경의 츙졍명현《ᄒ믈‖ᄒ므로셔》
그 ᄌ식이 엇디 여ᄎᄒ리오?"
　ᄒ시더라.

"슉슉이 슈고로이 니르지 아니시나 첩이 엇지 냥질녀 고렴ᄒ미 친녀의 다르리잇고? 삼가 가르치신 디로 ᄒ리이다. 원(願) 슉슉은 쳔만 보즁ᄒ샤 블초 질을 잡아 문호의 위화(危禍)를 진정ᄒ시고, 가군으로 더부【3】러 무스이 공을 셰워 환경ᄒ시믈 바라ᄂ이다."

공이 칭스ᄒ고 냥 질녀를 어로만져 위로ᄒ여 탄왈,

"여등 남미ᄂ 댱슈의 어질믈 달마 초츌ᄒ거ᄂᆞᆯ 홀노 표의 블초 무상ᄒ미 엇지 이디도록 흘 쥴 아라시리오. 만일 왕뎨를 고조(顧藉)ᄒ미3) 아니신즉 오기 엇지 평안ᄒ기를 어드리오 여등은 약질을 보즁ᄒ여 윤시를 보호ᄒ고 우리 도라오기를 기다리라. 냥부인이 진진이 엄읍(掩泣)ᄒ여 옥면 셩안의 쥬뤼 종횡ᄒ여 능히 즁부【4】말슴을 디치 못ᄒ고 다만 비스슈명(拜謝受命)흘 ᄯᆞ름이라.

공이 ᄯᅩ 영공조를 나오혀 무이ᄒ며 가만이 경계 왈,

"네 비록 년유(年幼)ᄒ나 극히 총명ᄒ니 거의 가즁형셰를 알지라. 윤질부를 보호ᄒ믄 너희게 잇ᄂ니 너의 총명 효우ᄒ믈 밋노라."

공지 함누 슈명비스 왈,

"복원 계부ᄂ 물념(勿念)ᄒ시고 디인을 뫼셔 형장으로 더부러 슈이 도라오시믈 바라ᄂ이다. 윤슈의 환난은 유지(猶子)4) 엇지 진심치 아니리잇고만은 만일 스셰 블힝ᄒ【5】와 ᄯᅳᆺ갓지 못ᄒ온즉 하날 쉬(數)라. 금일 경계ᄒ신 바를 져바릴가 져허ᄒᄂ이다."

공이 쳑연 왈,

"진실노 스셰 ᄯᅳᆺ갓지 못ᄒ즉 ᄎᆞ역(此亦) 텬명이오, 윤아의 명되 다험(多險)ᄒ미라. 현마 어이 ᄒ리오."

ᄒ고, 이윽이 침음 연연ᄒ다가 믄득 원문(轅門)5)의 북이 조로 동ᄒ여, 힝도(行途)를 바야ᄂ지라.

윤·엄 냥인이 다 군졍이 《근급∥긴급》ᄒᆫ고로 초초히 본부의 도라가 가인을 잠간 반기고 수일 후 즉시 발힝ᄒ니, 엄 츄밀이 가

---

3)고조(顧藉)ᄒ다 : 돌아보다. 보살피다. 자중하다.
4)유지(猶子) : 조카. ①자식과 같다는 뜻으로, '조카'를 달리 이르는 말. ②편지글에서, 글 쓰는 이가 나이 많은 삼촌에게 자기를 이르는 일인칭 대명사.
5)원문(轅門) : 군영(軍營)이나 영문(營門)을 이르던 말

츄밀이 가연이 슌을 드러 부인을 작별ᄒ고 ᄌ질을 분슈ᄒ여 교장(敎場)의 나아가 윤원슈로 더부러 졍제(整齊)ᄒᆫ 군병을 거ᄂᆞ려 밀밀층층(密密層層)이 동으로 나아가니, 창검은 서【6】리 갓고 긔치(旗幟)ᄂᆞᆫ 히빗츨 가리오고, 우부고취(羽部鼓吹)6)와 빅모황월(白旄黃鉞)7)이 삼나졍슉(森羅正肅)ᄒ여 군위(軍威) 심히 웅장ᄒ더라.

디군이 장ᄎᆞᆺ 님ᄒᆡᆼ(臨行)ᄒᆡ미 오국 셰작이 댱후의 명을 바다 도듕의서 년ᄒ여 변보를 보ᄒ니, 도로의 분분ᄒᆫ 젼언이 다 오셰ᄌ 표의 블의비법(不義非法)이오, 상뉸(傷倫) 픠악지ᄒᆡᆼ(悖惡之行)이니, 냥 원슈 블승통ᄒᆡ(不勝痛駭)ᄒᆡ미 비길 디 업더라.

디군이 망쥬야(忘晝夜)ᄒ여 일노의 속ᄒᆡᆼ(速行)ᄒ여 월여(月餘)의 비로소 오궁[국]지계(吳國地界)의 니른지라.

오국디방 직ᄒᆡᆫ 장쉬 임의 제 나라 국졍을 붉【7】이 아ᄂᆞᆫ지라. 져희 역시 인심인 고로 셰ᄌ의 블인 흉험ᄒᆞᆷ을 아ᄂᆞᆫ지라. 감히 텬병을 항거치 못ᄒ여 디군이 디계의 니른즉, 져마다 관문(關門)을 열어 텬병(天兵)을 맛ᄂᆞᆫ 고로, 살 하나흘 허비치 아냐서 디군이 믈미듯 바로 왕셩의 니ᄅᆞ럿더라.

어시의 엄푀 모든 간인으로 더부러 흉모를 궁극히 ᄒ여 빅부와 상텬ᄉᆞ를 북니산 풍장동의 가도와 죽이고, 장ᄎᆞᆺ 의긔 양양ᄌ득ᄒ더니, 믄득 오러지 아니ᄒ여서 체탐(諦探)이 도라와 보ᄒ디,

"션왕의 유표【8】 듕의 ᄉ의(辭意) 엇더ᄒᆞ던지, 텬조의서 몬져 발병문죄(發兵問罪)ᄒᄂ는 군시 디경(地境)의 니ᄅᆞ니, 디경 직ᄒᆡᆫ 장쉬 감히 항거치 못ᄒ여 관문을 열어 마ᄌᆞ니, 발셔 왕셩 밧긔 니ᄅᆞ럿고, 조졍이 격셔(檄書)를 보ᄂᆡ여시니, 디원슈ᄂᆞᆫ 곳 부텬ᄉ 윤공이오, 부원슈ᄂᆞᆫ 엄츄밀 노야라 ᄒ더라."

ᄒ거늘, 푀 쳥필의 쏘흔 디경ᄒ더라.

———————————————
6)우부고취(羽部鼓吹) : 모자에 새의 깃을 단 군악대의 북소리와 피리소리.
7)빅모황월(白旄黃鉞) : 털이 긴 쇠꼬리를 매단 기(旗)와 황금으로 장식한 도끼.

ᄉ를 밋쳐 도라보디 못ᄒ야 기간 가듕ᄉ를 능히 뭇디 못ᄒ니라.

츄밀이 윤 원슈로 더브러 군병을 거ᄂᆞ려 동으로 나아가니, 군위 심히 웅장ᄒ더라.

디군이 장ᄎᆞ ᄒᆡᆼᄒ더니, 오국 셰죽이 댱후의 명을 바다 도듕의서 년【26】ᄒ여 변보를 보ᄒ니, 《도ᄂᆞ‖도로》의 분분ᄒᆫ 젼언이 다 표의 블의비범[법]이오 상뉸 픠악지ᄒᆡᆼ이니, 냥원슈 블승통ᄒᆡᄒᆞ미 비길 디 업서,

디군이 망듀야ᄒ야 일노의 속히 ᄒᆡᆼᄒ여 월여의 오국지계의 니ᄅᆞ니,

오국지방 직ᄒᆡᆫ 장쉬 임의 제 나라 국졍을 붉히 아ᄂᆞᆫ지라. 디군이 지계의 니른즉 져마다 관문을 여러 텬병을 맛ᄂᆞᆫ 고로, 살 ᄒ나흘 허비치 아냐서 디군이 믈미듯 바로 왕셩의 니ᄅᆞ럿더라.

어시의 엄표 모든 간인으로 더브러 흉모를 궁극히 ᄒ여, 빅부와 상텬ᄉ를 븍니산 듕장동의 가도와 듁이고 장ᄎᆞ 의긔양양 ᄌ【27】득ᄒ더니, 믄득 체탐이 도라와 보ᄒ디,

"션왕의 유표 듕의 ᄉ의 엇더ᄒᆞ던지, 텬됴의서 몬져 발병문죄ᄒᄂᆞᆫ 군시 발셔 왕셩 밧긔 니ᄅᆞ럿고, 디원슈ᄂᆞᆫ 곳 부텬ᄉ 윤공이오, 부원슈ᄂᆞᆫ 엄 츄밀 노얘라 ᄒ더이다."

표 쳥필의 쏘흔 디경ᄒ더라.

이씨 댱후와 한님이 이 긔별을 듯고 밧비 가틱스(假太師)와 가텬스(假天使)를 쳥ᄒᆞ여 상의ᄒᆞ여 본국 제신을 거ᄂᆞ려 셩외(城外)의 가 왕스(王士)8)를 맛게 ᄒᆞ니, 픠 디시【9】그릇될가 져허 급히 요도로 상의ᄒᆞ고, 심의긔로 단약(丹藥)을 먹여 주긔 디신을 삼아, 녀가 등으로 더부러 셩문을 열고 디진의 나아가 텬병(天兵)을 마ᄌ 쳥죄ᄒᆞ고, 스긔를 보아가며 저희 당뉴(黨類)ᄂᆞᆫ 탈신(脫身)ᄒᆞ여 저희를 조초 다라ᄂᆞ고, 픠 스스로 봉암요도와 원홍과 냥 요녀를 다려 셩문을 나 도망ᄒᆞ여, 셩 밧 빅여 리 남원산 남쳥시란 ᄉᆞ즁(寺中)의 웅거ᄒᆞ여, 요되 스스로 변화ᄒᆞ여 왕니ᄒᆞ며 쇼식을 탐보(探報)ᄒᆞ더라.

심이긔 거즛 셰지 되여 쇼거빅마(素車白馬)9)로, 가틱스와【10】가텬스로 더부러 셩문 밧긔 나아가 냥 원슈 가젼(駕前)의 니르러, 지친골육(至親骨肉)의 졍으로뼈 고ᄒᆞ고, 비록 블튱부지(不忠不才)나 션왕의 업을 니어 오국 싱민을 무스히 ᄒᆞ리니, 텬주긔 조히 쥬문(奏聞)ᄒᆞ믈 이걸ᄒᆞ며[여], 감언니셜(甘言利說)이 가히 현혹(眩惑)홀 비로디, 윤원슈ᄂᆞᆫ 범인이 아니라 일월명광(日月明光)10)을 한번 흘니ᄂᆞᆫ 바의, 그 요마(妖魔)ᄒᆞᆫ 졍적(情迹)을 판단ᄒᆞ미 쥬영즁(周營中)11)의 조마경(照魔鏡)12)을 비최미 아니로디, 구미호(九尾孤)13)를 황월하(黃鉞下)14)의 버힐 듯ᄒᆞᆫ지라.

이씨 댱후와 한님이 이 긔별을 듯고, 밧비 가틱스와 가텬스를 쳥ᄒᆞ여 본국 제신을 거ᄂᆞ려 셩외의 가 왕스를《밧게‖맛게》ᄒᆞ니, 표 디시 그릇될가 져허 급히 요도로 상의ᄒᆞ야, 심이긔로 단약을 먹여 주긔 디신을 삼아 텬병을 마ᄌ 쳥죄ᄒᆞ고, 스긔를 보아가며 저희 당뉴ᄂᆞᆫ 탈신ᄒᆞ여 저의【28】를 ᄎᆞ조오라 ᄒᆞ고, 표 봉암 요도와 냥녀 원홍을 다리고 도망ᄒᆞ야, 셩 밧 빅여 리 남원산 남쳥시란 ᄉᆞ듕의 웅거ᄒᆞ고, 요되 스스로 변화ᄒᆞ여 쇼식을 탐보ᄒᆞ더라.

심이긔《거죽‖거즛》셰즈 되여 가틱스와 텬스로 더브러 소거빅마로 냥원슈 가젼의 니르러 쳥죄ᄒᆞ니, 감언니셜이 가히 현혹홀 비로디,

윤 원슈ᄂᆞᆫ 범인이 아니라. 일월명광을 ᄒᆞᆫ 번 흘니ᄂᆞᆫ 바의,

---

8)왕스(王士) : 왕의 군대.

9)쇼긔거마(素車白馬) : '하얀 포장을 씌운 수레와 흰색 천을 두른 말'이란 뜻으로, 항복의 뜻을 나타낸 표지이다0.

10)일월명광(日月明光) : '해와 달의 밝은 빛'이란 뜻으로 '눈빛'을 비유적으로 표현한 말.

11)쥬영즁(周營中) : 중국 주(周)나라 군사들의 군영(軍營) 가운데.

12)조마경(照魔鏡) : 마귀의 본성을 비추어서 그의 참된 형상을 드러내 보인다는 신통한 거울. ≒조요경(照妖鏡).

13)구미호(九尾狐) : '꼬리가 아홉 개 달린 여우'라는 말로, 몹시 교활한 사람을 비유적으로 이르는 말. 특히 그런 여자를 이르는 데, 고소설에서 악녀들은 이러한 구미호의 변신인 경우가 많다

14)황월하(黃鉞下) : 황월은 참형을 집행할 때 쓰는 '누런 도끼[형구(刑具)]'로, '황월하'는 '참형의 집행'을 뜻한다.

한번 보미 대경(大驚) 통히(痛駭)ᄒ고 두번 보미 와잠(臥蠶)의 【11】 눈섭이 관(冠)을 가르치고, 단봉명안(丹鳳明眼)15)이 두렷ᄒ여 일성음아(一聲吟哦)16)의 좌우 도부쉬(刀斧手) 년성응낙(連聲應諾)고 삼인을 잡아 나리오니, 가셰ᄌ 심이긔ᄂᆞᆫ 블변안식(不變顔色)ᄒ고, 냥축(畜)은 임이 화망녀싱(禍亡餘生)으로 망명도쥬(亡命逃走)ᄒ여 힝걸(行乞)이 되어, 녯날 우람광악(愚濫狂惡)ᄒ던 예긔(銳氣) 아조 최찰(摧擦)ᄒ여, 텬동(天動)의 ᄶᅵ러진 잠츙(蠶蟲) 갓ᄒ여, 텬병 진즁의 서리 갓흔 위엄과, 삼나(森羅)ᄒᆫ 흰 날빗치 넉시 날고, 엄슉ᄒᆫ 호령의 담이 ᄶᅵ러져 범갓흔 장졸이 오로드러17) 결박ᄒᆯ 제, 몬져 일신을 ᄯᅥᆯ며 안졉(安接)지 못ᄒ【12】니, 밋쳐 실적을 발각지 아녀서 그 니력을 알니러라.

윤·엄 냥원쉬(兩員帥) 삼인을 엄츄국문(嚴推鞠問)ᄒ미, 심이긔 블하일장(不下一杖)의 본ᄉ를 긔긔히 직초(直招)ᄒ고, 제 비록 오셰ᄌ의 궁환(宮宦)이나 본ᄃᆡ 져의 블인ᄒᆷ을 아ᄂᆞᆫ 고로, 진짓 ᄐᆡᄉ 노야와 텬ᄉ 상공이 위ᄐᆡᄒ신 가온ᄃᆡ, 제 보호 쥬션ᄒ여 탈신ᄒ여 제 집의 머므러시믈 알외고, 셰ᄌ 져를 ᄃᆡ신ᄒ고 복식을 곳쳐 피화(避禍)ᄒ고 계규를 가르쳐 님시응변(臨時應變)ᄒ라 ᄒ던 셜화를 다 고ᄒ여, 셰 낫 단약을 헌(獻)ᄒ니, 윤원쉬 표【13】의 흉험ᄒᆷ을 더욱 통히ᄒ고, 엄원슈ᄂᆞᆫ 쳐음의 윤원슈의 의심이 너모 과도ᄒᆫ가 ᄒ더니, 그 결ᄉᆞ(結辭)를 보미 신명ᄒᆷ을 못ᄂᆡ 항복ᄒ더라.

녀가 냥축(兩畜)은 형벌을 견디지 못ᄒ여 드ᄃᆡ여 전전악ᄉ(前前惡事)를 실초(實招)ᄒ고, 임의 단약을 프러 먹여 그 본형을 붉히미 엇지 젼일 조졍의셔 한가지로 신ᄉᆞ(臣事)

---

15)단봉명안(丹鳳明眼) : 목과 날개가 붉은 봉황의 밝은 눈.
16)일셩음아(一聲吟哦) : '여봐라', '잡아라', '얏' 따위의 한 마디 고함소리. *음아(吟哦); 싸움이나 경기에서 상대편의 기선(機先)을 제압하기 위해 내지르는 고함(高喊)소리.
17)오로드러 : 올ᄒᆞ드러. 올라 들어와. *올ᄒᆞ다: 오르다. 올라가다. *들다: 들어오다.

디경통히ᄒ야[고] 단봉명안이 두렷ᄒ여, 일셩음아의 좌우 교도쉬 년셩응디ᄒ여 삼인을 잡아 《경박∥결박》ᄒ고 엄형《극문∥국문》ᄒ니,

심이긔 블하일장의 본ᄉ를 긔긔히 직쵸ᄒ【29】고, 제 비록 오 셰ᄌ의 궁환이나 본ᄃᆡ 져의 블인ᄒᆷ을 아ᄂᆞᆫ 고로, ᄐᆡᄉ 노애와 텬ᄉ 상공이 위ᄐᆡᄒ신 ᄀᆞ온ᄃᆡ 제 보호ᄒ야 탈신ᄒ야 제 집의 머므러시믈 알외고, 셰지 져를 ᄃᆡ신ᄒ고 복식을 곳쳐 피화ᄒ고, 계교를 가르쳐 님시응변ᄒ라 ᄒ던 셜화를 다 고ᄒ고, 세 낫 단약을 헌ᄒ니, 윤 원쉬 표의 흉험ᄒᆷ을 더욱 통히ᄒ더니,

녀가 냥축은 형벌을 견디지 못ᄒ여 젼젼악ᄉ를 실토ᄒ고, 임의 단약을 먹여 그 본형을 붉히미, 엇디 젼일 됴졍의셔 ᄒᆞᆫ가지로 신ᄉ(臣事)ᄒ던 급ᄉ 녀방과 시랑 녀슉을 아디 못ᄒ리오?

事)18)ᄒᆞ던 급소 녀방과 시랑 녀슉을 아지 못
ᄒᆞ리오.

그 전후 죄상을 통히ᄒᆞ미 이ᄂᆞᆫ ᄉᆞᆺ로이
쳐치ᄒᆞᆯ 비 아닌 고로, 이의 함거(檻車)의 너
허 군듕의 구류ᄒᆞ고, 요도【14】와 슈졍 혜졍
과 원홍 요적을 잡거든 한가지로 황셩으로
이거(移車)ᄒᆞ여, 국법의 다ᄉᆞ리려 ᄒᆞ더라.

이의 심이긔를 방셕(放釋)ᄒᆞ여 쥬식(酒食)
으로 놀나믈 위로ᄒᆞ고, 슈빅 장졸을 보니여
심의긔 집의 가 텩ᄉᆞ와 텬ᄉᆞ를 뫼셔 니르니,
피ᄎᆞᆺ 마ᄌᆞ 반기며 서로 지난 바를 일너 혹탄
(或嘆) 혹희(或喜)ᄒᆞ더라.

일변(一邊) 군졸을 두 ᄍᆡ의 난화, 일진은
션봉 숑경과 구응ᄉᆞ(救應使) 경학으로 엄표
를 츄죵(追從)ᄒᆞ라 ᄒᆞ고, 윤·엄 등 ᄉᆞ인은
한가지로 디디닌마((大隊人馬)를 녕(令)ᄒᆞ여
왕셩의 드러가니, 셰작이 발【15】셔 쇼식을
국듕의 보ᄒᆞ엿ᄂᆞᆫ지라. 셰지 도쥬ᄒᆞ믈 디경ᄒᆞ
여 텬병이 셩니의 돌입ᄒᆞ믈 실식ᄒᆞ니, 궁듕
이 ᄌᆞ못 황황ᄒᆞ더라.

냥원슈 방븟쳐 안민(安民)ᄒᆞ니, 심 상(相)
과 호 각노(閣老) 등이 망극ᄒᆞᆫ 변이 갓초 이
시믈 궐듕의 계쳥(啓請)ᄒᆞ니, 댱휘 젼지를 나
리와 제디신(諸大臣)은 믈념ᄒᆞ라 ᄒᆞ고, 한님
이 효복(孝服)을 갓초고 셩의 나와 양부와
즁부와 냥(兩) 윤을 마ᄌᆞ 궁듕의 드러가니,
댱휘 최복(衰服)을 쓰을고 즁당의 나와 냥
슉슉을 하당 영졉ᄒᆞ미, 쇼안(素顔)의 혈뉘 죵
힝ᄒᆞ여 최복을 젹시【16】고, 옥셩이 오열ᄒᆞ
여,

"《ᄌᆞ긔∥쳡이》 십삭텨교(十朔胎敎)의 무상
ᄒᆞ미 능히 고인을 닛지 못ᄒᆞ여, 퍼ᄌᆞ(悖子)를
나하 한갓 션왕 구원(九原) 영빅(靈魄)으로
ᄒᆞ여곰 평안치 못○○○[ᄒᆞ게 ᄒᆞᆯ] 뿐 아니라,
존슉슉과 텬ᄉᆞ의 만금 귀체 하마면 요적의
독쥬(毒酒) 가온디 위틱ᄒᆞ실 번ᄒᆞ디, 쳡이 아
득ᄒᆞ여 요인의 진가(眞假)를 히셕지 못ᄒᆞ고
귀체를 오러 위틱ᄒᆞ시게 ᄒᆞ오니, 만일 오늘
날 만셰황야의 셩덕을 닙ᄉᆞ와 디원슈의 여견
만니(如見萬里)ᄒᆞᄂᆞᆫ 명감(明鑑) 곳 아니면,

18)신ᄉᆞ(臣事) : 신하가 되어 섬기는 일.

그 전후 죄상을 통히ᄒᆞ【30】미, 이ᄂᆞᆫ ᄉᆞᆺ
《의로∥로이》 쳐치ᄒᆞᆯ 비 아닌 고로 이의 함
거의 너허 군듕의 구류ᄒᆞ고, 요젹 등을 잡거
든 ᄒᆞᆫ가지로 황셩으로 이거ᄒᆞ야 국법의 다ᄉᆞ
리려 ᄒᆞ더라.

이에 심이긔를 방셕ᄒᆞ야 듀식으로 놀나믈
위로ᄒᆞ고, 수빅 장졸을 보니여 심이긔 집의
가 텩ᄉᆞ와 텬ᄉᆞ를 뫼셔 니르니, 피ᄎᆞᆺ 반기며
서로 《진난∥지난》 바를 닐너 탄식ᄒᆞ더라.

군졸을 두 ᄍᆡ의 난화 일진은 션봉 송션과
구응ᄉᆞ 경학으로 엄표를 츄죵ᄒᆞ라 ᄒᆞ고, 윤·
엄 등 ᄉᆞ인은 디디인마를 녕ᄒᆞ야 왕셩의 드
러가니,

한님이 효복을 쓰어 셩의 나와 양부와 듕부
와 냥 윤을 마ᄌᆞ 궐【31】듕의 드러가니, 댱휘
듕당의 나와 냥슉슉을 영졉ᄒᆞ미, 소안의 혈
뉘 죵횡ᄒᆞ여 최복을 젹시고, 옥셩이 오열ᄒᆞ
여,

"ᄌᆞ개 십삭 텨교의 무상ᄒᆞ미 능히 고인을
잇디 못ᄒᆞ며, 퍼ᄌᆞ를 나하 션왕의 구원 녕빅
으로 ᄒᆞ여곰 평안치 못홀 분 아니라, 죤슉슉
과 텬ᄉᆞ의 만금 귀톄 하마면 요적의 독슈 가
온디 위틱ᄒᆞ실 번ᄒᆞ니, 만일 셩텬ᄌᆞ의 셩덕
을 닙ᄉᆞ와 원슈의 여견만니ᄒᆞᄂᆞᆫ 명감 곳 아
니면 엇디 요얼을 ᄉᆞ힉ᄒᆞ여시이잇고? 쳡의
녹고져 ᄒᆞᄂᆞᆫ 《감담∥간담》이 더옥 《분삭∥붕
삭》ᄒᆞ읍ᄂᆞ디라. 쳡이 션왕의 뒤를 ᄯᆞ로지 아
니코 일누를 괴로【32】이 지연ᄒᆞ읍다가, 퍼ᄌᆞ
의 흉완블의ᄒᆞᆫ 거동을 다 보오니, 엇디 명완

엇지 요얼을 ᄉᆞ힉(査覈)ᄒ여시리잇고? 첩이 녹고져 ᄒᄂᆫ 간담(肝膽)이 더욱 【17】붕삭(崩削)19)ᄒ옵ᄂᆫ지라. 첩이 안면이 둣겁고 명완무지(冥頑無知)20)ᄒ여 션왕의 뒤흘 쏠오지 못ᄒ고, 일누(一縷)를 괴로이 지연ᄒ다가 피ᄌᆞ의 흉완 블의ᄒᆫ 거동을 다 보오니, 엇지 명완(命頑)ᄒ미 붓그럽지 아니며, 다시 냥위 존슉과 텬ᄉᆞ와 원슈를 보오미 참괴치 아니리잇고?"

설파의 슈식(愁色)이 만면ᄒ여 쳥죄ᄒ니, 한님이 역시 디하의 부복ᄒ여 형의 쇼위를 차악ᄒ여, 션왕의 업을 닛지 못ᄒ며, 스스로 화급망신(禍及亡身)ᄒ여 디죄의 나아가믈 망극ᄒ미, 양부와 즁부ᄂᆫ 【18】유부유ᄌᆞ지간(猶父猶子之間)21)이니 피ᄎᆞ 가운(家運)을 늣길지언졍, 오히려 그디도록 붓그럽지 아니ᄒ고, 진실노 윤텬ᄉᆞ 곤계를 보미 붓그러오니 감히 낫츨 드지 못ᄒ고, 설빈(雪鬢)의 빗기 흐르ᄂᆫ 눈물이 쳔항(千行)이라. 두 줄이 홀너 눈빗 갓흔 귀밋히 어롱지미 졈졈(點點)ᄒᆫ 혈뉘(血淚)라.

제공이 일시의 공경(恭敬) 읍양(揖讓)ᄒ여, 댱후를 츄양(推讓)ᄒ여22) 승당(陞堂) 졍셕(定席)게 ᄒ고, 텬ᄉᆞ와 츙밀이 한님의 손을 닛그러 당의 오르니, 한님이 디야(大爺)의 위ᄐᆡᄒᆫ 독슈를 만나 계시던 쥴 ᄎᆞ악ᄒ미, 시롭【19】고 슬허, 쳥죄 왈,

"블초지 무상 블명ᄒ와 디인 존체 이러툿 위ᄐᆡᄒ신 곳의 ᄶᅥ러지시믈 즉시 아지 못ᄒ옵고, 나종의 심의긔 밀보(密報)ᄒ므로 조ᄎᆞ 바야흐로 아라 경희ᄎᆞ악((驚駭嗟愕)ᄒ미 갑소오나, 진실노 블의지변(不意之變)이 두렵ᄉᆞ온 고로, 거즛 망연ᄒᆫ ᄃᆞ시 요인의 이목을 가리

ᄒ미 차악지 아니며, 냥위 슉슉과 냥 현셔를 보오니 참괴치 아니리잇고?"

설파의 혈뉘 만면ᄒ야 쳥죄ᄒ니, 한님이 디애 위ᄐᆡᄒ시던 바를 시로이 차악ᄒ야 쳥죄 왈,

"블초지 무상블명ᄒ야 디인 톤체 이러툿 위ᄐᆡᄒ신 곳의 ᄶᅥ러지시믈 아디 못ᄒ옵고, 나죵의 심이긔의 밀보ᄒᆷ믈 듯고 참통ᄒ미 갑ᄉᆞ오나, 진실노 블의지변을 두리옵ᄂᆫ 고로 거즛 망연ᄒᆫ ᄃᆞ시 요인의 이목을 ᄀᆞ리오고,

---

19)붕삭(崩削) : 무너져내리고 깎아져 내림.
20)명완무지(冥頑無知) : 사리에 어둡고 완고한데다가 지식이 없음.
21)유부유ᄌᆞ지간(猶父猶子之間) : 삼촌과 조카 사이. *유부(猶父) : 아버지와 같다는 뜻으로, 아버지의 형제인 삼촌을 달리 이르는 말. *유자(猶子) : 조카. ①자식과 같다는 뜻으로, '조카'를 달리 이르는 말. ②편지글에서, 글 쓰는 이가 나이 많은 삼촌에게 자기를 이르는 일인칭 대명사.
22)츄양(推讓)ᄒ다 : 남을 추천하고 스스로는 사양하다.

오고, 다만 심의긔를 명ᄒ여 가만이 보호ᄒ
오며 텬시 니ᄅ기를 등ᄃᆡ(等待)ᄒ오미, 주연
날이 오릭고 달이 진(盡)ᄒ도록 존하의 비현
(拜見)치 못ᄒ옵고, 오릭 곤(困)ᄒ시게 ᄒ오
니, 츠는 홀노 형【20】의 멸뉸난상(滅倫亂常)
ᄒ온 ᄉ죄(死罪)는 니ᄅ도 마옵고, 히아(該
兒)의 블초무상(不肖無狀)ᄒᆫ 죄 슈ᄉ난쇽(雖
死難贖)23)이로쇼이다."

언파의 혈읍뉴체(血泣流涕)ᄒ여 이동좌우
(哀動左右)24)ᄒ니, 틱ᄉ와 츄밀이 블승이련
(不勝哀憐)25)ᄒ여 눈을 드러 보니, 한님의 풍완
호질(豊婉皓質)25)이 쇠쳑(衰瘠)ᄒ여 미풍(微
風)의 ᄲᆯ닐 듯ᄒ고, 혈식이 돈감(頓減)26)ᄒ여
흰 옥을 빅집의 ᄲᅡᆫ 듯ᄒ니, 마치 ᄉ병(死病)
을 지닌 사름갓흔지라. 틱ᄉ와 츄밀이 그 쇠
픽(衰敗)ᄒ미 이러틋 ᄒ믈 디경ᄒ고, 과도히
심녀를 허비ᄒ여 긔골이 이러틋 쇠쳑(衰瘠)
ᄒ믈 년셕(憐惜)ᄒ여, 틱【21】시 숀을 잡고
등을 어로만져 위로 왈,

"지난 일은 이의(已矣)라. 노부와 윤달문이
(샹텬ᄉ의 ᄌ) 오리 무망지변(無望之變)을 만
나, 그릇 요인의 쳥ᄒᆫ 진가(眞假)를 아지
못ᄒ고 궁즁으로 드러오다가, 간인이 용ᄉ
(用事)ᄒ여 도로 나와, 여ᄎ여ᄎᄒ여 슈쉬(嫂
嫂) 블의의 즁악(中惡)27)ᄒ시니, 노부만 쳥ᄒ
고 달문은 도로 긱관의 가 쉬라 ᄒ거ᄂᆞᆯ, 노
뷔 달문과 길흘 난화 궁문을 치 ᄃᆞ지 아냐
셔, 악회(惡虎) 무망의 ᄂᆡᄃᆞᄅ니 놀나 엄식
(奄塞)28)ᄒ여, 기후(其後) 일은 아지 못ᄒ고,
이윽고 ᄭᆡ여보니 여ᄎ여ᄎ【22】ᄒᆫ 《두옥 산
간‖산간(山間) 두옥(斗屋)29)》의 누츄(陋醜)
ᄒᆫ 곳의 바리엿고, 좌우의 다ᄅᆫ 사름은 보지
못ᄒ고 다만 달문 노(奴主)쥬 삼인만 잇거ᄂᆞᆯ,

다만 텬ᄉ 니ᄅ기를 등ᄃᆡᄒ오미, 주연 날이
오릭고 달이 진토록 죤안를 비현치 못ᄒ옵고
【33】 오릭 곤ᄒ시게 ᄒ오니, 츠는 홀노 형의
멸뉸난상ᄒ온 ᄉ죄는 니ᄅ도 말고, 히아의
블쵸무상ᄒ 죄 슈ᄉ난쇽이로소이다."

언파의 읍혈뉴체ᄒ니, 틱ᄉ와 츄밀이 블승
이련ᄒ여 눈을 드러 보니, 한님의 풍완호걸
[질]이 쇠쳑ᄒ여 《비풍‖미풍》의 ᄲᆯ닐 듯ᄒ
고, 혈식이 돈감ᄒ야 마치 듕병을 디닌 갓튼
디라. 틱ᄉ와 츄밀이 그 슈약ᄒ미 이러틋 ᄒ
믈 디경ᄒ야 틱시 손을 잡고 위로 왈,

"지난 일은 이의라. 노부와 윤달문이 기시
의 무망지변을 만나 노부와 달문 노쥬 삼인
이 아ᄉ를 면치 못홀 거ᄉᆞᆯ, 심의긔의 의긔를
힘입어 계교 우히【34】 쇠를 더어 위급ᄒ ᄀᆞ
온ᄃᆡ 구ᄒ고, 조초 슈슈와 너의 보호ᄒ믈 입
어 위난ᄒ ᄀᆞ온ᄃᆡ 보젼ᄒ미 이셔 금일을 보
니, 표의 블인흉픽ᄒ믄 진실노 ᄎᆞ악ᄒ거니
와, 이 역시 노부와 달문의 운익이 긔구ᄒ미
런가 시브니, 현마 어이ᄒ리오? 오ᄋᆞ는 지난
바를 과도히 상심치 말고, 쳔금 듕신을 상히
오지 말나."

---

23)슈ᄉ난쇽(雖死難贖) : 죽도록 갚아도 다 갚지 못함.
24)이동좌우(哀動左右) : 슬픔이 좌우를 감동시킴.
25)풍완호질(豊婉皓質) : 풍만하며 아름답고 해맑은 자
　　질.
26)돈감(頓減) : 갑자기 눈에 띄게 줄어듦.
27)즁악(中惡) : 흥분으로 갑자기 까무라치는 병증.
　　갑자기 사람을 알아보지 못하거나, 가슴이 아프고,
　　대변이 나오지 않는 등의 증상이 나타난다.
28)엄식(奄塞) : 갑자기 막힘.
29)두옥(斗屋) : 아주 작고 초라한 집.

연고를 므론즉 답언이 여ᄎ여ᄎ호지라. 달문
이 날과 분슈(分手)호여 나올 제 금포슌장(錦
袍巡將)30)의게 잡히여, 이곳의 오미 노뷔 엄
홀(奄忽)호여 바리엿더라 호니, 이 원너 요인
의 무리 용ᄉ호미라. 진짓 범이면 엇지 사롬
을 놀니여 졍긔(精氣)만 앗고 후려다가 산간
초려(草廬) 즁의 가도며, 금포장(錦袍將)이
ᄯᅩ 진적(眞的)호면 엇지 듸국 샹텬ᄉ의 존위
【23】롤 아지 못호고, 가만이 잡아 산간 초옥
즁의, ᄯᅩ 가만이 형극(荊棘) 가온더 가도리
오. ᄉ량(思量)호미 분히(憤駭)호미 극호나,
참현(慘見)31)호 형극 가온더 작슈(勺水)롤 통
치 못호니, 비조(飛鳥)의 날기롤 비지 못호거
든 어더로 조ᄎ 쇼식을 통호며, 이졔(夷
齊)32)의 슈양산(首陽山)33) 갓치 노부와 다못
달문의 노쥬 삼인이 아ᄉ(餓死)호믈 면치 못
흘 비어롤, 하날이 몬져 감노(甘露)롤 나리와
평디(平地)의 물이 쇼스나 갈(渴)훈 목슘을
부지호고, 심의긔의 의긔롤 힘닙어 계규 우
희 쇠롤 더【24】어, 샹하 ᄉ오인을 위급호 가
온더 구호고, 조초34) 슈슈와 너의 보호호믈
힘닙어 위란 가온더 보젼호미 잇셔, 금일을
보니 표의 불초 흉피호믄 진실노 치악(嗟愕)
호나, 이 역시 노부와 달문의 운익이 긔구호
미런가 시부니, 현마 엇지 호리오. 오아는
지난 바롤 다시 일ᄏ라 과도히 샹심치 말고,

---

30) 금포슌장(錦袍巡將) : 조선 시대에, 순청(巡廳)에
   속하여 밤에 궁궐이나 도성 안팎을 순찰하는 임무
   를 맡아보던 비단 도포를 입은 장군. *금포: 비단
   으로 지은 남자의 겉옷. *순장:『역사』 조선 시대
   에, 순청(巡廳)에 속하여 밤에 궁궐이나 도성 안팎
   을 순찰하는 임무를 맡아보던 임시 벼슬. 정삼품
   당상(堂上)의 문무관이 맡아 하였다.
31) 참현(慘見) : 참혹해 보임. 참혹함.
32) 이제(夷齊) : 은말(殷末) 주초(周初)에 고죽국(孤竹
   國)의 두 왕자인 백이(伯夷)와 숙제(叔齊)를 함께
   이르는 말. 주(周)나라 무왕(武王)이 은(殷)나라를
   치러 나가자 무왕의 말고삐를 잡고 치지 말 것을
   간하였으나, 받아들여지지 않자, 수양산(首陽山)에
   들어가 고사리를 캐먹다 굶어죽었다 한다.
33) 수양산(首陽山) : 중국 감숙성(甘肅省) 농서(隴西)에
   위치한 산 이름. 백이(伯夷)와 숙제(叔齊)가 이 산
   에 들어가 고사리를 캐먹다 굶어죽었다는 고사로
   유명하다.
34) 조초 : 좇오. 좇아. 따라. 뒤따라. *좇다: 따르다.

천금즁신(千金重身)을 상히오지 말나."

댱휘 더욱 참슈만안(慙羞滿顔)ᄒᆞ여 한갓 비읍뉴체(悲泣流涕)ᄒᆞᆯ ᄯᆞᄅᆞᆷ이오, 한님이 쳔비만통(千悲萬痛)을 스스로 억제치 못ᄒᆞ니, 티ᄉᆞ와 츄밀【25】이 더욱 잔잉ᄒᆞ여 지삼 어ᄅᆞ만져 위로ᄒᆞᄆᆞᆯ 마지 아니ᄒᆞ더라.

윤텬ᄉᆞ와 뎌원쉬 한님의 초우쳑쳑(焦憂慼慼)35)ᄒᆞᆫ 거동과 그 가업ᄉᆞᆫ 지통이 지심(再甚)ᄒᆞᄆᆞᆯ36) 츠거ᄅᆡ(嗟惜)ᄒᆞ며, 악모(岳母) 댱후의 의연ᄒᆞᆫ 슉인셩ᄉᆞ(淑人聖士)37)로 년시이모(年是二毛)38)의 봉셩지통(崩城之痛)을 품음도 텬의ᄅᆞᆯ 가히 탄ᄒᆞ염 즉ᄒᆞ고, ᄯᅩ 표 갓흔 뎌역난ᄌᆞ(大逆亂子)ᄅᆞᆯ 두어 궁텬지통(窮天之痛)39) 가온ᄃᆡ 겹겹 슈심이 만쳡(萬疊)ᄒᆞᄆᆞᆯ 위ᄒᆞ여 츄연(惆然)ᄒᆞ니, 인인군ᄌᆞ(仁人君子)40)의 이인후덕(愛人厚德)ᄒᆞᆷ은 여ᄎᆞᄒᆞ더라.

이씨 호시는 스스로 셕고(席藁)의 업디여 ᄌᆞ거죄【26】인(自居罪人)ᄒᆞ니, 댱휘 더욱 년셕(憐惜)ᄒᆞ고 티ᄉᆞ와 츄밀이 표ᄅᆞᆯ 통히ᄒᆞ나 호시의 졍ᄉᆞᄅᆞᆯ 슬피 너기더라

ᄎᆞ일 슌 션봉과 셕 장군이 슈만군을 거ᄂᆞ려 남원산을 엄습ᄒᆞ니, 엄푀 간뫼(奸謀) 피루(敗漏)ᄒᆞᆫ 줄 알고 뎌경ᄒᆞ여 급히 다라날ᄉᆡ, 요도 봉암과 간적 원홍이 서로 상의ᄒᆞ여, 표ᄅᆞᆯ 다리여 창쥬 평원의 가 의지ᄒᆞ여 디ᄉᆞᄅᆞᆯ 도모ᄒᆞᄌᆞ ᄒᆞ거늘, 푀 블열 왈,

"셜왕은 교만ᄒᆞᆫ 왕족이오, 본ᄃᆡ 부왕 지시의 블협ᄒᆞ신 ᄉᆞ이어ᄂᆞᆯ, 셜ᄉᆞ 져 곳의 투신(投身)ᄒᆞ【27】여 요힝 디ᄉᆞᄅᆞᆯ 도모ᄒᆞᆫ들, 셜왕이 엇지 즐겨 큰 위ᄅᆞᆯ 엇지 니게 ᄉᆞ양ᄒᆞᆯ 니 잇ᄉᆞ리오."

ᄒᆞ거늘, 요인의 무리 이 말을 듯고 블쾌ᄒᆞ여 드디여 표ᄅᆞᆯ 다리고 가더니, 반을 못가서 믄득 두 ᄶᆡ 날ᄂᆞᆫ 군ᄉᆞᄅᆞᆯ 만나니, 이곳 슌션

---

35)초우쳑쳑(焦憂慼慼) : 근심에 싸여 애를 태우며 걱정함.
36)지심(再甚)ᄒᆞ다 : 다시 심하여지다.
37)슉인셩ᄉᆞ(淑人聖士) : 맑은 행실과 거룩한 덕행을 남긴 여류명사(女流名士).
38)년시이모(年是二毛) : 나이가 흰머리가 나기 시작하는 때, 곧 32세가 됨
39)궁텬지통(窮天之痛) : 하늘에 사무치는 설움.
40)인인군지(仁人君子) : 어진 군자.

댱휘 더욱 참슈만안ᄒᆞ여 ᄒᆞᆫ갓 뉴체비읍ᄒᆞᆯ ᄯᆞᄅᆞᆷ이오, 한님은 쳔비만통을 스스로 억제치 못ᄒᆞ니, 티ᄉᆞ와 츄밀이 더욱 《장잉‖잔잉》ᄒᆞ여 지삼 어ᄅᆞ만져 위로ᄒᆞᄆᆞᆯ 마디아니ᄒᆞ더라.

윤 텬ᄉᆞ 형뎨 한님의 쵸우ᄒᆞᆫ 거동과 ᄀᆞ업ᄉᆞᆫ 디통이 지【35】심ᄒᆞᄆᆞᆯ 츠셕ᄒᆞ며, 악모의 의연ᄒᆞᆫ 슉인셩ᄉᆞ로 년긔 이모의 봉셩디통을 품음도 텬의ᄅᆞᆯ 탄ᄒᆞ염 즉ᄒᆞ거늘, ᄯᅩ 표 ᄀᆞ튼 디역난ᄌᆞᄅᆞᆯ 두어 궁텬디통 ᄀᆞ온ᄃᆡ 겹겹 슈심이 만쳡ᄒᆞᄆᆞᆯ 위ᄒᆞ야 츄연ᄒᆞ더라.

이씨 호빙은 스스로 하당 비실의 셕고ᄒᆞ야 ᄌᆞ쳐죄인ᄒᆞ니, 댱휘 더욱 연셕ᄒᆞ고, 티ᄉᆞ와 츄밀이 표ᄅᆞᆯ 통히ᄒᆞ나 호시의 졍ᄉᆞᄅᆞᆯ 슬피 넉이더라.

ᄎᆞ일 손 션봉과 셕 장군이 수만 군을 거ᄂᆞ려 남원산을 업습ᄒᆞ니, 엄표 간뫼 발각ᄒᆞᄆᆞᆯ 알고 디경ᄒᆞ여 급히 ᄃᆞ라날ᄉᆡ,

요도 봉암과 요젹 원홍 등이 표을 드리고 가【36】더니, 반을 못 가셔 믄득 두 ᄶᆡ 날ᄂᆞᆫ

봉 셕장군이라.

냥 장군이 다 젹발환안(赤髮環眼)[41]의 호두일요(虎頭逸腰)[42]오 십척신장이라 풍신이 웅위ᄒᆞ고 영뮈 기세(蓋世)ᄒᆞ여 능히 만인부당지용이 잇거늘 ᄒᆞ물며 윤원슈의 쥬필부젹(朱筆符籍)과 졔요츅ᄉᆞ(除妖逐邪)며 졔양의 피를 가족부디의 만【28】히 운젼ᄒᆞ여 진즁의 가져왓ᄂᆞᆫ지라 냥장이 환안을 브릅ᄠᅳ고 장창 디도를 두로며 더호 왈,

"반젹 역ᄌᆞ(逆子)ᄂᆞᆫ 닷지 말나."

웨ᄂᆞᆫ 쇼리 셩진텬디(聲震天地)ᄒᆞ니, 퓌 황망ᄒᆞ여 조슈블급(措手不及)[43]이어늘 이 무리 밋쳐 졍예치 못ᄒᆞᆫ 군ᄉᆞ로 한 무리 오합지졸(烏合之卒)이라.

엇지 텬됴 명장(名將)의 당당ᄒᆞᆫ 신위와 영웅을 감당ᄒᆞ리오.

히음업시 일합(一合)[44]을 디젹지 못ᄒᆞ고 봉암 요인이 두어 가지 요슐노뼈 《명군‖슝군》을 엄살(掩殺)코져 ᄒᆞ더니, 믄득 《명‖슝》 진즁으로셔 일ᄌᆞ 홍긔를 두【29】루치더니[45], 묽은 바람이 니러나고 홍광(紅光)이 가득ᄒᆞ며, 그런 음운흑뮈(陰雲黑霧) 것고, 신병귀졸(神兵鬼卒)이 공허(空虛)ᄒᆞᄂᆞᆫ지라.

요젹이 감히 요슐을 힝치 못ᄒᆞ고 세 능히 당치 못ᄒᆞᆯ 줄 혜아려, 급히 근두운(筋斗雲)[46]을 타며, 다만 져희 동유(同類) 슈인(讐人)을 거두쳐 다라나고, 엄표를 바리고 다라나니, 송병 장졸이 드듸여 엄표의 일진(一陣)을 엄살(掩殺)ᄒᆞ고 일쥬야(一晝夜)를 ᄯᅡ라가, 횡셩 미루 어귀의셔 표를 싱금(生擒)ᄒᆞ여 승젼(勝戰) 기가(凱歌)로 도라와 복명ᄒᆞ니, 윤

군ᄉᆞ를 만나니, 이 곳 손션봉 셕장군이라.

냥 댱군이 눈을 브릅ᄠᅳ고 장창을 두로며 더호 왈,

"반젹 역ᄌᆞᄂᆞᆫ 닷디 말나!"

웨ᄂᆞᆫ 쇼리 셩진텬디ᄒᆞ니, 표 황망ᄒᆞ여 조슈블급이어늘, 이 무리 졍예치 못ᄒᆞᆫ 군ᄉᆞ로 《ᄒᆞ믈이‖한 무리》 오합지졸이라.

엇디 텬됴 명장의 당당ᄒᆞᆫ 신위를 당ᄒᆞ리오?

히음업시 일합을 디젹디 못ᄒᆞ고 봉암 요인이 두어 가지 요슐로뼈 《명군‖슝군》을 엄살코져 ᄒᆞ더니, 믄득 슝진 듕으로셔 일ᄌᆞ 홍긔를 두루치더니, 묽은 바람이 니러나고 홍광이 ᄀᆞ득ᄒᆞ여 그러 음【37】운흑뮈 것고, 신병귀졸이 공허ᄒᆞᄂᆞᆫ다라.

요젹이 감히 요슐을 힝치 못ᄒᆞ고 세 능히 당치 못ᄒᆞᆯ 줄 혜아려 급급히 근두운을 타고 다만 져의 당뉴 슈인을 거두쳐 ᄃᆞ라나고, 난군 듕의 표를 바리고 ᄃᆞ라나니, 슝병 장졸이 일쥬야를 ᄯᅡ라가 엄표를 힝셩 미극 어귀에셔 싱금ᄒᆞ니, 승젼기가로 도라와 《봉명‖복명》ᄒᆞ미, 윤원슈 디희ᄒᆞ야 이에 삼군을 크게 호상(犒賞)ᄒᆞ다.

---

41)젹발환안(赤髮環眼) : 머리카락은 붉고 눈은 동그랗고 부리부리하게 생긴 고리눈을 가진 용모.

42)호두일요(虎頭狼腰) : 머리는 호랑이 머리처럼 사납고 허리는 이리의 허리처럼 늘씬하다는 말. *'일'은 '이리'의 줄임말 '일'로, 한자어는 '랑(狼)'이다.

43)조슈블급(措手不及) : 일이 매우 급하여 미처 손을 댈 겨를이 없음

44)일합(一合) : 칼·창 등으로 싸울 때, 칼과 칼, 창과 창이 서로 한 번 마주침.

45)두루치다 : 휘두르다. 이리저리 마구 내두르다.

46)근두운(筋斗雲) : 거꾸로 내려오는 구름. 근두(筋斗)치다; 곤두치다. 높은 곳에서 머리를 아래로 하여 거꾸로 떨어지다.

원슈 디희ᄒᆞ여 이의 삼군을 크게 【30】후상(厚賞)ᄒᆞ다.

터ᄉᆞ와 부원슈 엄공이 표를 싱금ᄒᆞ여 도라오믈 듯고 발연(勃然) 디로(大怒)ᄒᆞ여, 좌우를 명ᄒᆞ여, '강상멸눈(綱常滅倫) 블튱난ᄌᆞ(不忠亂子)를 쎌니 잡아드리라.' ᄒᆞ니, 좌우의 구름 갓흔 장졸이 위엄을 비셜ᄒᆞ고 엄표를 잡아드리려 ᄒᆞ니, 푀 임의 스스로 죄를 알고 발셔 ᄌᆞ항(刺項)ᄒᆞ여 명이 ᄯᅳ쳣더라.

슈졸이 이디로 알외니, 터ᄉᆞ 곤계와 댱휘 한번 쾌히 다ᄉᆞ리지 못ᄒᆞ믈 십분 통히ᄒᆞ니, 임의 죽어시니 훌일업ᄂᆞᆫ지라.

터ᄉᆞ와 츄밀이 텬ᄉᆞ와 원슈【31】로 더부러 상의ᄒᆞ여, '표의 시체를 호승상으로 상슈(喪需)를 다ᄉᆞ리디, 죄인의 의복으로 습념(襲殮)ᄒᆞ여 각별 별산(別山)의 안장ᄒᆞ디 갓가이 황셩지하(皇城之下)의 장치 말나.' ᄒᆞ다.

한님은 일장 이통ᄒᆞ믈 마지 아니ᄒᆞ디, 댱후ᄂᆞᆫ 우지 아니ᄒᆞ고 다만 닐오디,

"퍼ᄌᆞ(悖子) 국가의ᄂᆞᆫ 역신(逆臣)이오, 집의ᄂᆞᆫ 블초퍼ᄌᆞ(不肖悖子)니, 이ᄂᆞᆫ 난신젹ᄌᆞ(亂臣賊子)라. 비록 반역의 졍상이 낫하나지 못ᄒᆞᆫ 젼인 고로, 그 슈형(首形)47)을 완젼ᄒᆞ고 ᄯᅩ 스스로 죽으미 져의 복이라. 슬허홀 비 엇지 이시리오. 【32】슈연(雖然)이나 호식부ᄂᆞᆫ 퍼ᄌᆞ로 더부러 부부의 디의(大義) 이시니 녜의 마지 못홀 거시니, 퍼ᄌᆞ의 상장(喪葬)을 호가의셔 다ᄉᆞ리니, 호시 맛당이 친당의 나아가 퍼ᄌᆞ의 상장을 디니게 ᄒᆞ미 맛당ᄒᆞ다."

ᄒᆞ니, 터ᄉᆞ 곤계 올히 녀겨 다른 말이 업더라.

호시 가부의 ᄌᆞ화ᄌᆞ익(自禍自縊)48)ᄒᆞ여 망신(亡身)ᄒᆞ믈 듯고, 비록 셩혼 십여ᄌᆡ의 관관(關關)ᄒᆞᆫ 은이를 바드미 업스나, ᄯᅩ한 부부디륜(夫婦大倫)과 녜의를 아ᄂᆞᆫ지라. 스스로 평싱을 슬허 ᄌᆞ탄(自嘆) 비상(悲傷)ᄒᆞ믈 마지 아니ᄒᆞ고, 【33】붕셩(崩城)의 통(痛)을 니긔

터ᄉᆞ와 츄밀이 표를 싱금ᄒᆞ야 도라오믈 듯고 발연 디로ᄒᆞ여, 좌우를 명ᄒᆞ야, '강상멸눈 블튱난ᄌᆞ를 쎌니 잡아드리라.' ᄒᆞ니, 좌우의 구름 ᄀᆞᆺ【38】튼 장쥴이 엄위를 비셜ᄒᆞ고 셰ᄌᆞ를 잡아드리려 ᄒᆞ니, 표 스스로 죄를 알고 발셔 ᄌᆞ항ᄒᆞ야 명이 긋쳐더라.

슈쥴이 이디로 알외니, 터ᄉᆞ 곤계와 댱휘 한 번 쾌히 다ᄉᆞ리디 못ᄒᆞ믈 십분 통히ᄒᆞ나, 임의 듁어시니 훌일업ᄂᆞᆫ지라.

텬ᄉᆞ 곤계와 《상눈∥상의》ᄒᆞ야, '표의 신체를 호 승샹으로 상슈를 다ᄉᆞ려 별산의 안장ᄒᆞ디, 갓가이 왕셩지하의 장치 말나.' ᄒᆞ다.

한님은 일장 이통ᄒᆞ믈 마지아니ᄒᆞ디, 댱후ᄂᆞᆫ 우지 아니ᄒᆞ고 다만 닐오디,

"퍼ᄌᆞ 나라히 역신이오, 집의ᄂᆞᆫ 블쵸퍼ᄌᆞ니, 그 슈형을 완젼ᄒᆞ고 스스로 듁으미 져의 복이라. 슬허홀 비 아니라. 슈연【39】이나 호식부의 졍이 녜의 마디못홀 거시니, 호시 맛당이 친당의 나아가 퍼ᄌᆞ의 상장을 디니게 ᄒᆞ미 맛당타."

ᄒᆞ니 태ᄉᆞ 곤계 올히 넉여 다른 말이 업더라.

호시 가부의 망신ᄌᆞ화ᄒᆞ믈 듯고, 비록 셩혼 십여 ᄌᆡ의 관관ᄒᆞᆫ 화락을 바드미 업스나, ᄯᅩ한 부부 디륜과 녜를 아ᄂᆞᆫ다라. 스스로 평싱을 슬허 ᄌᆞ탄비상ᄒᆞ믈 마디아니ᄒᆞ고 붕셩디통을 이긔디 못ᄒᆞ니, 태ᄉᆞ 곤계 표를 통한ᄒᆞ미 수싱의 앗가오미 업스나 호시의 신세를

---

47)슈형(首形) : 머리와 몸을 함께 이르는 말.
48)ᄌᆞ화ᄌᆞ익(自禍自縊) : 스스로 화(禍)를 짓고 그 화로 인해 스스로 목을 매어 죽음.

지 못ᄒ니, 텨시 형데 표를 통히ᄒ미 스싱의 앗가오미 업스나, 호시의 신셰를 어엿비 너기고, 댱휘 어로만져 위로ᄒ고 년셕(憐惜)ᄒ니, 호시 울며 하직고 본부의 나오니, 그 부뫼 어로만져 박명을 슬허ᄒ고, 동긔 위ᄒ여 추셕ᄒ더라.

호승샹이 이의 상장을 다스려 표를 습념(襲殮) 입관(入棺)ᄒ여 별당의 두고, 호시 조셕증상(朝夕蒸嘗)을 님ᄒ여 다시 황지(皇旨)를 기다려 별디(別地) 황산(荒山)의 장ᄒ려 ᄒ더라.

윤·엄 냥원쉬 인ᄒ여【34】오국 궁즁의 머믈며, 몬져 쳡보를 뇽젼(龍前)의 보ᄒ고, 다시 군마를 졍졔ᄒ여 요젹(妖賊)의 조최를 츄심ᄒᆯ시, 스쳐(四處)로 셰작(細作)을 노화 듯보더니, 표의 픽잔여졸(敗殘餘卒)이 보ᄒ디,

"요젹이 《쳥원∥평원》 쳥쥬로 가 셜왕의게 투신ᄒᆯ 쯧이 잇더라."

ᄒ거늘, 쇼졸(小卒)을 보니여 탐쳥(探聽)ᄒ니 회보ᄒ디,

"평원 디계(地界)의 가 듯보니 셜왕이 요스이 갓 죽고, 셩복(成服)을 미쳐 지니지 못ᄒ여시니, 국군이 미쳐 즉위치 못ᄒ고, 타국 인물이 투항ᄒ니 업다 ᄒ더이다."

원쉬【35】침음ᄒ다가 닐오디,

"일즉 드르니 이 ᄯ히 셔번(西藩) 견융국과 찬보국이 갓갑다 ᄒ니, 이 두 나라히가지 가셔 호인을 보아 쇼식을 듯보아 오라."

ᄒ니, 쇼졸이 쳥녕ᄒ고 냥쳐로 훗터지니 과연 월여(月餘)의 도라와 고ᄒ디,

"쇼졸 등이 셔번 냥디(兩地)의 가 호인(胡人)의게 듯ᄌ오니, 슈월 젼의 즁국으로셔 두 사롬이 니르러 졀식 미녀를 가져 견융왕의게 납공(納貢)ᄒ고, 인ᄒ여 무지한 견융을 다리여 블궤지심(不軌之心)[49]이 이시니, 블구(不久)의 변방의 난이 이【36】시리라 ᄒ더이다."

ᄒ거늘, 냥원쉬 더욱 디로ᄒ여 급히 스졸을 격녀ᄒ여 견융을 치려 ᄒ더라.

이젹의 봉암 요도와 원홍 요젹이 오셰주

[49]블궤지심(不軌之心) : 반역을 일으킬 마음.

어엿비 넉이고, 댱휘 어루만져 년셕ᄒ여 위로ᄒ니, 호시 울며 하직고 호부의 나아오니, 그 부뫼 어루만【40】져 명을 슬허ᄒ고, 동긔 위ᄒ야 챠셕디 아니 리 업더라.

호승샹이 상장을 다스려 표를 입염 입관ᄒ여 별당의 두고, 다시 황지를 기ᄃ려 장ᄒ려 ᄒ더라.

엄·윤 냥원쉬 오국 궁듕의 머믈며 몬져 쳡보를 뇽젼의 헌ᄒ고, 다시 군마를 졍졔ᄒ야 요젹의 조최를 츄심ᄒᆯ시, 스쳐로 셰작을 노하 듯보더니, 월여의 도라와 고ᄒ디,

"쇼죨 등이 셔변 냥지의 가 호인의게 듯ᄉ오니, '수월 젼의 듕국으로셔 두 사롬이 니르러 졀식 미녀를 가져 견융의게 드려 납공ᄒ고, 인ᄒ여 무지한 견융왕을 다리여 블구의 변방의 난이 이시리라.'【41】ᄒ더이다."

냥원쉬 더옥 디로ᄒ야 급히 스쥴을 격녀ᄒ야 견융을 치려 ᄒ더라.

룰 다리고 도망ᄒ더니 미곡의셔 피ᄒ여, 당
당ᄒ 군ᄌ의 졍양진필(正陽眞筆)이 능히 요
괴로온 환슐을 발뵈지[50] 못ᄒᆯ지라. 조슈블급
(措手不及)[51]ᄒ여 슈미룰 구치 못ᄒ게 ᄒ니,
봉암이 원홍과 냥녀로 상의 ᄋᆞᆯ,

"엄표ᄂᆞᆫ 본ᄃᆡ 단박(短薄) 묘복(眇福)[52]ᄒ
여 더부러 ᄃᆡᄉᆞ룰 일우지 못ᄒ리라."

ᄒ고 드ᄃᆡ여 표룰 다리고 가다【37】가 버
리고 다라나니, 픠 셰궁녁진(勢窮力盡)ᄒ여
송장(宋將)의 ᄉᆡᆼ금(生擒)ᄒ미 되엿더라.

요도 일ᄒᆡᆼ ᄉᆞ인이 호풍환우(呼風喚雨)ᄒ여
바로 챵쥬 평원으로 가더니, 반노(半路)의셔
드ᄅᆞ니, 셜왕이 죽고 셩복을 겨유 지ᄂᆡ여시
나. 미쳐 황칙을 기다리지 못ᄒ고 여러 아ᄃᆞᆯ
이 위룰 닷호아 님군이 즉〇[위](卽位)ᄒ니
업다 ᄒ거놀, 길흘 두로혀 연졔로 가려ᄒᆯᄉᆡ,
길이 견융국을 지나ᄂᆞᆫ지라.

거ᄂᆞ린 슈빅군은 다 오국 빅셩이라. 요젹
이 져희룰 거ᄂᆞ리고 먼니 가려ᄒᆞᄆᆞᆯ 보고 셔
로【38】 의논ᄒᄃᆡ,

"아등은 오ᄌᆞ 젹ᄌᆞ(嫡子)여놀 블ᄒᆡᆼ이 요젹
을 ᄶᆞᆯ와시나, 우리 져군(儲君)[53]이 본국의
잡혀 죽다 ᄒ고, ᄎᆞ젹의 당뉴 블의ᄒ야 우리
져군을 도아 편ᄒ 시졀의ᄂᆞᆫ 부귀룰 ᄒᆞᆫ가지로
ᄒ다가, 위란ᄒ ᄣᆡ의ᄂᆞᆫ 믄득 바리고 져희만
살기룰 도모ᄒ여 타국의 투탁(投托)ᄒ려 ᄒ
니, 이ᄂᆞᆫ 무의젹(無義賊)[54]이라. 우리 엇지
공연이 져희룰 조ᄎᆞ며 부모 쳐ᄌᆞ의 념녀룰
ᄭᆡ치리오. 맛당이 도라가미 올타."

ᄒ고, 이 밤 일셩포향(一聲砲響)의 도라가
니, 요젹이 젹슈공권(赤手空拳)[55]【39】이라.
엇지 져 우악(愚惡)ᄒ 삼빅 군을 졔어ᄒ리오.
구리산(九里山)[56]   십면미복(十面埋伏)[57]의

---

50)발뵈다 : '발보이다'의 준말. 무슨 일을 극히 적은
　부분만 잠깐 드러내 보이다.
51)조슈블급(措手不及) : 일이 매우 급하여 미처 손을
　댈 겨를이 없음
52)묘복(眇福) : 복력(福力)이 변변하지 못함. 또는 극
　히 적은 복.
53)져군(儲君) : '세자'를 달리 이르는 말.
54)무의젹(無義賊) : 의리가 없는 도적.
55)젹슈공권(赤手空拳) : 맨손과 맨주먹이란 뜻으로,
　곧 아무 것도 가진 것이 없음.

어ᄉᆡ의 요도 일ᄒᆡᆼ ᄉᆞ인이 호풍환우ᄒ여 바
로 챵쥐《령원‖평원》으로 가더니, 반노의셔
드ᄅᆞ니, 셜왕이 둇고 겨유 셩복을 지ᄂᆡ여시
나 여러 아ᄃᆞᆯ이 위룰 다토와 님군이 《쥬‖즉
위》ᄒ니 업다 ᄒ거놀, 길을 두루혀 연졔로
도라가려 ᄒᆯᄉᆡ 길히 견융국을 디ᄂᆡᄂᆞᆫ더라.

초한가(楚漢歌)58) 일곡(一曲)이 츄풍냥옥(秋風凉屋)의 훗날니미 아니로딕, 삼빅여명 군시 일시의 도라갓더라.

요도의 무리 블승더로ᄒᆞ니 흘일업셔 일계(一計)를 싱각고 몸 우희 진인 의장안마(儀仗鞍馬)를 다 파니 갑시 거의 천금이어놀, 냥요녀 슈졍 혜졍의 쥬장(資裝)을 ᄉᆞ려(奢麗)히 ᄒᆞ여 젹은 슐위의 싯고, 미쳐 연제의 득달치 못ᄒᆞ여 길히셔 견융의 산ᄒᆡᆼ(山行)ᄒᆞᄂᆞᆫ 위의를 맛나니, 견융이 검은【40】비단 옷시 금투고를 ᄡᅳ고 오쇡 강궁(强弓)을 ᄎᆞ고 놉흔 산의 올나 산ᄒᆡᆼᄒᆞ며, 쇼졸을 지휘ᄒᆞ여 빅원(白猿)·흑곰과 원학(遠鶴)59) 비록(肥鹿)을 츄심ᄒᆞ더니, 믄득 보니 두어 사람이 일냥쇼거(一輛小車)의 두 녀ᄌᆞ 시러가니, 금슈단장(錦繡丹粧)이 ᄉᆞ려ᄒᆞ고 두 녀지 다 셜부화안(雪膚花顔)이 뇨라(裊娜) 쥬약(自若)ᄒᆞ여 츈양이 ᄌᆡ양(在陽)ᄒᆞᆫ딕 ᄒᆡ당화(海棠花) 두쇵이 조일(朝日)의 빗겻ᄂᆞᆫ 듯ᄒᆞ니, 견융이 엇지 이런 졀식을 몽니(夢裏)의나 구경ᄒᆞ여시리오.

황망이 호졸(胡卒)을 보닉여 요젹을 쳥ᄒᆞ니, 요되 이의【41】다다라 견융을 향ᄒᆞ여 비복 왈,

"우리ᄂᆞᆫ 즁국 사람이더니, 맛ᄎᆞᆷ 비상ᄒᆞᆫ 화를 맛나 사람의 ᄒᆡᄒᆞᆷ믈 바다 우리를 죽이려 ᄒᆞ거놀, 먼니 다른 나라ᄒᆞ로 도라가고져 ᄒᆞ므로 이 ᄯᅡᆯ홀 지니노라."

ᄒᆞ니, 견융이 ᄯᅩ 근파(根派)를 뭇거놀 답 왈,

"우리ᄂᆞᆫ 본딕 형뎨니 셩명은 허슌 허원이

냥요녀 슈졍 혜졍의 쥬장을 ᄉᆞ려히 ᄒᆞ여 져근 슐위의 싯고, 밋쳐 연제의 득달치 못ᄒᆞ야 길히셔 견융의 산영ᄒᆞᄂᆞᆫ 위의를 만나니, 견융이 거믄 비단오시 금투고를 ᄡᅳ고 오쇡 강궁을 ᄎᆞ고 놉흔 산의 올나【42】쇼졸을 지휘ᄒᆞ여 산영ᄒᆞ더니, 믄득 보니 두어 사람이 일냥 쇼거의 두 녀ᄌᆞ를 시러 가니 금슈단장이 ᄉᆞ려ᄒᆞ고, 두 녀지 다 셜부화안이 뇨라ᄌᆞ약ᄒᆞ여 츈향이 ᄌᆡ양ᄒᆞᆫ딕, ᄒᆡ당화 두 숑이 됴일의 빗겻ᄂᆞᆫ 듯ᄒᆞ니, 견융이 엇디 이런 졀식을 구경ᄒᆞ여시리오.

황망이 호쥴을 보닉여 요젹을 쳥ᄒᆞ니, 요되 견융을 향ᄒᆞ여 비복ᄒᆞ고 왈,

"우리ᄂᆞᆫ 듕국 사람이러니 맛ᄎᆞᆷ 비상ᄒᆞᆫ 화를 만나 우리을 죽이려 ᄒᆞ거놀, 먼니 다른 나라ᄒᆞ로 도라가고져 ᄒᆞ므로 이 ᄯᅡᆯ흘 디니노라."

ᄒᆞ니 견융이 ᄯᅩ 근파를 뭇거놀 답 왈,

"우리ᄂᆞᆫ 형뎨니 셩명은【43】허슌 허원이

---

56)구리산(九里山) : 중국 강소성(江蘇省) 동산현(銅山縣)에 있는 산. 항우(項羽)가 한신(韓信)의 십면매복(十面埋伏)의 포위망에 갇혀 고전(苦戰)했던 산.

57)십면미복(十面埋伏) : 한신(韓信)이 구리산(九里山)에서 항우(項羽)를 10면에서 매복하여 포위하였다는 고사(故事)에서 유래한 말로 '겹겹이 매복하여 포위하다'의 뜻.

58)초한가(楚漢歌) : 『음악』 서도 잡가의 하나. 조선 후기에 유행하여 현재까지 전하며, 중국의 초나라와 한나라가 싸웠을 때의 한신(韓信)이 진을 치는 장면, 장자방의 옥퉁소 소리에 초패왕의 군사가 사기를 잃는 장면, 초패왕의 신세 자탄 따위의 내용으로 이루어져 있다.

59)원학(遠鶴) : 멀리 나는 학.

오 두 미인은 또 누의니, 일홈은 요지션(瑤池仙)·월궁이(月宮娥)라 ᄒᆞᄂᆞ니, 니 두 누의 본디 긔특ᄒᆞ니, 우러 낭인이 다려다가 연제국의 가 국왕긔 납헌(納獻)ᄒᆞ고 인ᄒᆞ【42】여 머므러 안신코져 ᄒᆞ더니, 의외의 귀국지경을 지나다가 디왕긔 뵈ᄂᆞ이다."

견융이 쇼왈,

"그디 등이 임의 본국을 바리고 타국의 투신ᄒᆞ려 ᄒᆞ면, 굿ᄒᆞ여 먼니 연제로 가리오. 날을 셤겨 이 ᄯᅡ히 머믈미 조코, 니 언지60) 블쵸(不肖)ᄒᆞ니 바야흐로 미인을 구ᄒᆞᄂᆞ니, 낭인을 니게 드리면 당당이 언지를 삼아, 동셔냥궁(東西兩宮)을 삼고, 너의 낭인을 다 국ᄉᆞ(國師)를 삼아 평싱 부귀를 한가지로 ᄒᆞ리라."

냥젹(兩賊)이 흔연이 ᄉᆞ례ᄒᆞ고 이의 냥녀를 【43】뵈니, 갓가이 보미 더욱 긔특ᄒᆞ여 '여의 밉시 쥠 장식'61)이 암듥이62) 어엿버 견융의 무지ᄒᆞᆫ 눈을 놀ᄂᆞ니, 오랑키 블승디혹(不勝大惑)ᄒᆞ여 즉시 요녀 일ᄒᆡᆼ을 다리고 국즁의 도라와, 무고히 언지를 폐ᄒᆞ여 니치고, 냥녀로 동셔 냥궁을 졍ᄒᆞ여 언지를 봉ᄒᆞ고, 냥젹으로 좌우 각노를 비(拜)ᄒᆞ여 국ᄉᆞ를 삼아 국즁디ᄉᆞ를 결단ᄒᆞ게 ᄒᆞ고, 냥녀를 크게 총ᄒᆡᆼ(寵幸)ᄒᆞ여 초후 졍ᄉᆞ를 폐ᄒᆞ고 후궁의 드러 쥬야 연음(宴飮)ᄒᆞ여, 쥬식의 잠겨시【44】니 국졍은 다 냥젹의게 쇽ᄒᆞ엿ᄂᆞᆫ지라.

냥젹이 비록 무지ᄒᆞᆫ 오랑키 ᄯᅡ히 쳐ᄒᆞ여시나, 작치(爵次) 놉하 경상(卿相)의 잇고, 졸연ᄒᆞᆫ 부귀를 어더 비록 복식(服色)은 괴이ᄒᆞᆫ 거슬 닙어시나, 놉흔 집의 금은이 만코 부귀 극ᄒᆞ니, 슈월 ᄉᆞ이 권셰 혁혁ᄒᆞ여 모든 호인의 싱살(生殺) 거취(去取)를 다 쳔ᄌᆞ(擅恣)ᄒᆞ여 위엄이 견융과 갓흔지라.

냥 요녀 비록 쳔만고의 희셰(稀世) 무썅ᄒᆞᆫ

오, 두 미인은 누의라. 우리 낭인이 ᄃᆞ려다가 《제연국‖연제국》의 가 국왕긔 납헌ᄒᆞ고 인ᄒᆞ여 머므러 안신코져 ᄒᆞᄂᆞ이다."

견융이 쇼왈,

"그디 등이 임의 타국의 투신ᄒᆞ려 ᄒᆞ면 굿ᄐᆞ여 먼니 연제로 ᄀᆞ리오. 날을 셤겨 이 ᄯᅡ히 머믈미 조코, 니 언지 블쵸ᄒᆞ니 바야흐로 미인을 구ᄒᆞᄂᆞ니, 낭인을 니게 드리면 당당이 언지를 삼아 평싱 부귀를 ᄒᆞᆫ가지로 누리리라."

냥젹이 흔연이 《ᄉᆞ려‖ᄉᆞ례》ᄒᆞ고 이에 냥녀를 뵈니, 갓가이 보미 더옥 긔특ᄒᆞ여 녀의 밉시 쥠 장식이 암듥이 어엿버 견융의 무지ᄒᆞᆫ 눈을 놀ᄂᆞ니, 오랑키 블승디혹ᄒᆞ【44】여 즉시 요녀 일ᄒᆡᆼ을 다리고 국듕의 도라와, 무고히 언지를 니치고 냥녀로 동셔 냥궁을 졍ᄒᆞ야 언지를 봉ᄒᆞ고, 《냥젹‖냥젹》으로 좌우 각노를 비ᄒᆞ야 국ᄉᆞ를 삼아 국듕 디ᄉᆞ를 결단케 ᄒᆞ고, 냥녀를 크게 춍이ᄒᆞ여 초후 졍ᄉᆞ를 폐ᄒᆞ고 후궁의 드러 듀야 연음ᄒᆞ여 쥬식의 잠겨시니, 국졍은 다 냥젹의게 속ᄒᆞ엿ᄂᆞᆫ다라.

냥젹이 오랑키 ᄯᅳᆯ희 쳐ᄒᆞ여시니 졸연ᄒᆞᆫ 부귀를 어더, 비록 복식이 고이ᄒᆞ나 놉흔 집의 금은이 만코 권셰 혁혁ᄒᆞ야, 모든 호인의 싱살거취 다 쳔ᄌᆞᄒᆞ여 위엄이 견융 ᄀᆞᆺᄐᆞᆫ지라.

---

60)언지 : 한국 고소설에서 중국의 북방 종족인 '몽고'나 서방 종족인 '융족'의 나라들의 '왕비'를 일컫는 말.

61)여의 밉시 쥠 장식 : 여우가 맵시를 내고 쥐가 치장을 하여 한껏 멋을 부린 격이란 뜻으로, 가식적인 용모를 비하하여 이르는 말. *여의: 여우.

62)암듥이 : 마득이. 마음에 딱 들도록.

디간발부찰녀(大姦潑婦刹女)나 그 근본인즉
당당훈 ᄉ족(士族)으로, 용안 지용이 결비하
등(決非下等)이로디, 일【45】념을 그릇 먹어
외람이 덕문(德門)의 디군ᄌ의 측(側)을 넓고
져 ᄒ고, 무고히 군ᄌ숙녀를 함ᄒᆡ(陷害)ᄒ여
ᄎᄎ 허물이 기러지고, 음ᄒᆡᆼ이 낭ᄌᄒ여 죄
를 강상(綱常)의 엇고, 간상(奸狀)이 발각ᄒ
미 엇지 당당훈 국법을 도망ᄒ리오.

유시(有司) 뉼을 잡아 법 아리 업디미 당
당ᄒ거놀, 봉암 요되 요괴로온 환슐노 한갓
제 몸을 도망훌 ᄲᅮᆫ 아니라, 다못 냥 요녀와
녀 젹(賊) 형뎨를 다 다려 망명 뉴락ᄒ여, 예
ᄉᆡᆫ지 니른 비라.

견융의 언지 되미 부귀와【46】 춍(寵)이
낫브미 아니로디, 견융의 창창(蒼蒼)훈 나롯
과 검은 낫치 프른 눈망울의 흉영(凶獰)훈
거동이, 엇지 전일 제 집 말지 비복원들 이
런 흉코 더러온 거시 이시리오.

냥녜 날마다 분면을 다ᄉ리고 금슈 단장
을 치례ᄒ여 웃는 빗과 낭낭훈 말쇼리도 견
융의 은총을 낫고나, 맛ᄎᆷ니 즁국 인물을 ᄉ
모ᄒ미 깁흔 고로, ᄉ이룰 탄 즉 고인(故人)
으로 즐기니, 슈졍○○○은 봉암]으로 녯 졍
이 깁흔지라. 간간이 모도미 잣고, 혜졍은
원홍으로 잠통(潛通)ᄒ【47】여 의구히 농낙ᄒ
니, 견융은 무지훈 오랑키라. 녜의룰 본디
아지 못ᄒᄂᆞᆫ 바의, 져 무리 간젹 음녀의 동
긔ᄌ미(同氣姉妹)로 칭ᄒ니, 더욱 의심이 이
시리오. 의구히 즐기나 견융이 아지 못ᄒ고,
더욱 혹ᄒ엿더라.

요젹이 오랑키 국정을 잡아 조곰도 공도
(公道)룰 ᄒᆡᆼ치 아니며, 상벌을 고로{로} ᄒᆡᆼ치
아냐 지물이 만하 회뢰(賄賂)룰 드린즉, 비록
디죄인(大罪人)이라도 무ᄉ히 ᄒ고, 빈궁훈
ᄌᄂᆞ는 빅일 갓치 이미ᄒ여도 죄의 얽어 즁치
(重治)ᄒ니, 호인【48】이 져마다 원망ᄒ여 죽
일 ᄯᅳᆺ이 잇더라.

요녀 등이 져의 부숙이 윤원슈의 군즁의
잡혀 디국으로 이거(移居)ᄒ게 되여시믈 근
심ᄒ여, 그 반ᄉ(班師)ᄒᄂᆞᆫ 길히 아ᄉ 오기룰
계규ᄒᄂᆞᆫ 고로, 견융을 다려여 텬조(天朝)룰

냥 요녜 견융의 언지 되미 부귀와【45】 춍
이 낫브미 아니로디, 견융의 창창훈 나롯과
거믄 ᄂᆞᆾ치 프른 눈망울의 흉녕훈 거동이 엇
디 전일 제 집 말지 비복의나 이시리오.

맛ᄎᆷ니 듕국 인믈 ᄉ모ᄒᆞ미 깁흔 고로, ᄉ
이룰 탄즉 고인으로 즘통ᄒ야 즐기니, 견융
은 무지훈 오랑키라. 녜의룰 본디 아지 못ᄒ
ᄂᆞ는 바의 져 무리 간젹 음녀의 동긔ᄌ미로 칭
ᄒ니, 더옥 의심이 이시리오.

침범ᄒ라 ᄒ니, 견융이 비록 오랑키나 디조 위엄을 두려 쥬져ᄒ거놀, 요녀 등이 노왈,

"디왕이 그 하나흘 알고 둘흘 모로ᄂ도다. 텬하ᄂ 일인의 텬히 아니라, 슝이 본디 '고아와 과부를 쇽여 어든 텬히'63)라. 여러 【49】 디의 미쳐시니, 텬운이 거의 진ᄒ여실지라. 졍히 이씨의 웅병밍장(雄兵猛將)을 훈련ᄒ여 변방을 엄습ᄒ면, 우리 두 형은 천변만화의 지죄 죡ᄒ니 군즁 모ᄉ(謀士)를 삼아 디ᄉ를 맛진즉, 텬하를 혼일(混一)치 못홀가 근심ᄒ리오."

ᄒ고 요되 스ᄉ로 구룸을 타고 바람을 브르며 안기를 붓쳐 허다 요슐노뼈 지조를 다 시험ᄒ고, 원홍 간적이 교언녕셜(巧言令說)노 니언(利言)이 다리니, 져 무지흔 오랑키 엇지 곳이듯지 아니리오.

뜻을 결ᄒ여 냥【50】젹으로 모ᄉ(謀士)를 삼아 디ᄉ를 도모ᄒ려 ᄒ더니, 이러구러 슈월이 지낫더니, 이젹의 엄왕의 별셰ᄒ연 지 칠삭이라. 임의 황지 나려 황ᄉ 뎡유긔 졀월(節鉞)을 거ᄂ려 망쥬야(罔晝夜)ᄒ여 오국 셩디의 니르러 황조(皇詔)를 젼ᄒ니, 냥원쉬 향안(香案)을 비셜ᄒ고 칙지를 밧ᄌ와 북향ᄉ비(北向四拜)64) 후의 조셔를 열어보니, ᄒ여시디,

"모년 월일의 보원황뎨(寶元皇帝)65)ᄂ 조(詔書)셔ᄒᄂ니, 짐이 쳐음의 션왕 빅경의 유표(遺表)를 보【51】고 그 명쳘ᄒᄆᆯ 감오(感悟)ᄒ여, 긔즈 푀 비록 역텬무도ᄒ여 블궤(不軌)의 삭시 잇다 ᄒ나, 임의 ᄌ즁(自中)의 난을 일워 제 스ᄉ로 ᄌ익(自縊)기의 밋쳐시니, 다시 죽은 바로뼈 즁원을 쇼요치 아냐시니, 각별 죄를 ᄉᄌ(死者)의게 혹벌(酷罰)홀 비 아닌 고로 기리 관젼(寬典)을 드리워 샤(赦)ᄒ

---

63)고아와 과부를 쇽여 어든 텬히 : 송 태조 조광윤이 후주(後周)의 절도사로서 반란을 일으켜, 7살의 어린 임금 공제(恭帝)와 섭정을 하던 황태후로부터 황위(皇位)를 선양 받아 송나라를 건국한 일을 두고 이르는 말.

64)북향ᄉ비(北向四拜) : 임금이 계신 곳을 향하여 네 번 절함.

65)보원황뎨(寶元皇帝) : 중국 송나라 인종(仁宗) 황제. 보원(寶元)은 그 연호(1038-1039).

냥적 음녀 등이 견융을 다리여 긔병ᄒ려 ᄒ더라.

이젹 텬ᄉ 윤 원슈의게 셩지를 ᄂ리오시니, 뎡유긔 봉지ᄒ야 오국의 니르러 황됴를 젼ᄒ니, 냥원쉬 향안을 비셜ᄒ고 됴셔를【46】 여러 보니 ᄒ여시디,

'모년 월일의 보원 황뎨ᄂ 됴셔ᄒᄂ니, 딤이 쳐엄의 션왕 빅경의 유표를 보고 그 명쳘ᄒᄆᆯ 감오ᄒ야, 긔ᄌ 표 비록 역텬무도ᄒ나 임의 ᄌ듕의 난을 일워 제 스ᄉ로 ᄌ익ᄒ야 죽은 바로, 각별 죄를 ᄉᄌ의게 혹벌홀 비 아닌 고로, 기리 관젼을 드리워 샤ᄒᄂ니 안장ᄒ고, 대원슈 윤창닌이 공이 만코 영웅이 개셰ᄒ며 츙녈이 쌘혀난지라.

느니, 안장(安葬)ᄒ고, 디원슈 윤창닌이 공이 만코 영웅이 기셰(蓋世)ᄒ여 충녈이 쌘혀난지라.

이제 오국 왕위를 타인의게 도라보니믄 션왕 엄모의【52】혼빅이 블안ᄒ 거시니, 맛당이 그 ᄉ랑ᄒ던 ᄉ회로뻐 위를 니으믄 덧덧ᄒ 상신(常事)가 ᄒᄂ니, 이의 특명으로 창닌으로 졍오왕(征吳王)을 봉ᄒ고, 뇽포옥더(龍袍玉帶)를 보니ᄂ니, 이의 위군(爲君)ᄒ고 반ᄉ(班師)ᄒ여 도라와 군신이 반기게 ᄒ고, 기여(其餘) 부원슈 이하 장졸은 환경ᄒ거든 공뇌(功勞)를 상고ᄒ여 각각 작상(爵賞)을 후히 ᄒ리라."

ᄒ시고,

"또 더국 망명죄인을 싱금(生擒)타 ᄒ니, 맛당이 어거(馭車)ᄒ여 황셩으로 나문(拿問)ᄒ고, 남은 당뉘 도쥬ᄒ다 ᄒ니 진【53】심ᄒ여 망명여당(亡命餘黨)을 잡아오면 반ᄃ시 후작(厚爵)이 이시리라."

ᄒ여 계시더라.

윤원쉼 만심 블열ᄒ나 임의 황시(皇使) 봉조(奉詔)ᄒ여 뇽포 옥더와 젹의(赤衣) 품복(品服)을 갓초와 니르러시니, 시러곰 ᄉ양치 못ᄒ여 이의 턱일ᄒ여 금난뎐의 나아가 왕위의 즉(卽)ᄒ 시, 보위길일(寶位吉日)이 블과 뉵일이 격ᄒ엿더라.

댱휘 초시를 당ᄒ여 더욱 슬프믈 니긔지 못ᄒ고, 한님이 구원(九原)[66]의 야야를 츄모ᄒᄂ 지통이 시로오나, 능히 훌일업셔 턱일ᄒ여 션【54】왕의 영구(靈柩)를 뫼셔 금쥬 션영(先塋)으로 갈 시, 호 상부(相府)ᄂ 바야흐로 명산 복디를 갈히여 표를 영장(永葬)ᄒ미, 드디여 벼술을 ᄉ양ᄒ고 향니로 도라가니, 호공이 역시 더조 사람이니 고향은 오국 디경이라. 금쥬ᄂ 머지 아닌 고로 인ᄒ여 가쇽(家屬)을 거느려 션왕의 반장(返葬)[67]을 조초 장녜(葬禮)를 지니고 향니의 도라가려 ᄒ니,

이제 오국 왕위를 태인의게 도라보니믄 션왕 엄모의 혼빅이 블안ᄒ 거시니, 맛당이 그 ᄉ랑ᄒ던 ᄉ회로뻐 위를 니으믄 덧덧ᄒ 상신가 ᄒᄂ니, 이【47】에 특명으로 창닌으로 평오왕을 봉ᄒ고, 뇽포옥더를 보니ᄂ니, 위군ᄒ고 반ᄉᄒ라.'

ᄒ시고,

'대국 망명 죄인을 싱금타 ᄒ니 맛당이 황셩으로 나문ᄒ고. 나믄 여당이 도쥬ᄒ다 ᄒ니 진심ᄒ야 망명 여당을 잡아오라. 후작이 이시리라.'

ᄒ엿더라.

윤 원쉼 만심블열ᄒ나 임의 황시 품복을 굿초아 니르러시니, 시러금 ᄉ양치 못ᄒ여 이에 턱일ᄒ야 왕위에 즉흘시,

댱휘 차시를 당ᄒ여 더옥 슬프믈 이긔디 못ᄒ고, 한님이 구원의 야야를 츄모ᄒᄂ 디통이 시로오나 능히 훌일업셔 택일ᄒ여 션왕 녕구【48】를 뫼셔 금쥐 션영으로 갈시, 호 승상이 명산복지를 갈히여 표를 영장ᄒ미, 드디여 벼술을 ᄉ양ᄒ고 향니로 도라가니, 호 공이 역시 대됴 사롬이오, 오국지경이 고향이니 금쥐와 머디 아닌 고로, 가쇽을 거느려 션왕의 반장을 조초 장녜를 디니고 향니로 가니라.

66)구원(九原) : =구천(九泉). 저승. 사람이 죽은 뒤에 그 혼이 가서 산다고 하는 세상.
67)반장(返葬) : 객지에서 죽은 사람을 그가 살던 곳이나 그의 고향으로 옮겨서 장사를 지냄.

윤·엄 냥 원쉬 그 쳥기(淸介)ᄒᆞᆫ[68] 도덕을
어엿비 너겨 머므르지 아니ᄒᆞ고, 쥬옥(珠玉)
진보(珍寶)ᄅᆞᆯ 만히 샹ᄉᆞᄒᆞ니, 호공이 왕의 덕
을 감ᄉᆞᄒᆞ여 빅비【55】ᄉᆞ례ᄒᆞ고, 가권(家眷)
을 거ᄂᆞ려 왕의 샹녜(喪輿) 발ᄒᆞ미 뒤흘 조
ᄎᆞ니라.

터ᄉᆞ와 텬ᄉᆞᄂᆞᆫ 한님으로 더부러 왕의 녕
궤(靈几)ᄅᆞᆯ 붓드러 금쥬로 나아가 장녜 후
환경(還京)ᄒᆞ기ᄅᆞᆯ 일ᄏᆞᆺ고, 댱휘 호빙과 손아
등과 냥희며 ᄌᆞ녀ᄅᆞᆯ 거ᄂᆞ려 금쥬로 도라올
시, 윤·엄 냥 원쉬 님별(臨別)의 제문 지어
치제(治祭)ᄒᆞ고, 피ᄎᆞ 분슈(分手)ᄒᆞ여 ᄌᆞ긔
등은 군졍(軍政)이 긴급ᄒᆞ니 반장을 쓸와보
지 못ᄒᆞ나, 남은 젹뉴ᄅᆞᆯ 마ᄌᆞ 잡고 어ᄌᆞ러온
졍치ᄅᆞᆯ 다ᄉᆞ려 빅셩을 안무(按撫)ᄒᆞ고, 환경
ᄒᆞᄂᆞᆫ 길히 금쥬【56】들너기[69]ᄅᆞᆯ 긔약ᄒᆞ더
라.

댱후와 한님이 쳔비만통(千悲萬痛)을 셔리
담아 오셩(吳城)[70]을 ᄯᅥ나 션왕의 녕구ᄅᆞᆯ 뫼
셔 금쥬 션산으로 도라갈ᄉᆡ, 시벽 달빗치 몽
몽(夢夢)ᄒᆞᆫ디 샹뇌(霜露) 편편이 ᄯᅳᆯ고[71],
원산 두견이 제혈(啼血)[72]ᄒᆞ니 숑풍(松風)은
슬슬(瑟瑟)ᄒᆞ고[73], 동님ᄌᆞ규(洞林子規)[74]ᄂᆞᆫ
쳐쳐(棲棲)ᄒᆞ여 일만 비회ᄅᆞᆯ 돕ᄂᆞᆫ디, 그림 그
린 삽션(翣扇)[75]과 일만 장 만장(輓章)[76]은

태ᄉᆞ와 텬ᄉᆞᄂᆞᆫ 한님으로 더브러 왕의 녕궤
ᄅᆞᆯ 붓드러 금쥬로 가 장녜 후 환경ᄒᆞ기를 일
ᄏᆞᆺ고, 윤·엄 냥원슈ᄂᆞᆫ 제문 지어 치뎨ᄒᆞ고
피ᄎᆞ 분슈ᄒᆞ여, ᄌᆞ긔 등은 남은 젹뉴를 마ᄌᆞ
잡고 빅셩을 안무ᄒᆞ고, 환경ᄒᆞᄂᆞᆫ 길의 금쥬
들너기를 긔약ᄒᆞ더라.

댱후와 한【49】님이 쳔비만통을 셔리담고
오셩을 ᄯᅥ나 션왕의 녕구를 붓드러 금쥬로
도라갈ᄉᆡ,

68)쳥기(淸介)ᄒᆞ다 : 청렴하고 고결하다.
69)들너다 : 들르다. 지나는 길에 잠깐 들어가 머무르
　　다.
70)오셩(吳城) : 동오국의 도성(都城).
71)ᄯᅳᆯ다 : 듣다. 떨어지다. 눈물, 빗물 따위의 액체
　　가 방울져 떨어지다.
72)제혈(啼血) : 피를 쏟으며 슬피 욺.
73)슬슬(瑟瑟)ᄒᆞ다 : 바람 소리 따위가 매우 쓸쓸하다.
74)동님ᄌᆞ규(洞林子規) : 골짜기 숲속의 두견새.
75)삽션(翣扇) : 발인할 때에 상여의 앞뒤에 세우고 가
　　는 부채 모양으로 된 제구(祭具)로, 원래 명칭은 삽
　　(翣)인데, 그 모양이 부채와 같다 하여 선(扇) 자를
　　붙인 것이다. 운삽(雲翣)과 불삽(黻翣)이 있다. *운
　　삽(雲翣); 영구 앞뒤에 세우고 가는 널판으로, 구름
　　무늬를 그린 부채모양의 널판. *불삽(黻翣); 상여
　　앞뒤에 세우고 가는 제구로, ‘아(亞)’자 형상을 그린
　　널 조각에 긴 자루가 달려 있다. =아삽(亞翣)
76)만장(輓章) : 죽은 이를 슬퍼하여 지은 글. 또는 그
　　글을 비단이나 종이에 적어 기(旗)처럼 만든 것. 주
　　검을 산소로 옮길 때에 상여 뒤에 들고 따라간다.
　　≒만사(輓詞)·상여글.

알플 인도호고, 치거금년(彩車金蓮)은 향촉을
[이]《인온∥인도》호여 뒤히 힝호고, 화장금
예(華裝金輿)77)의 녕구를 시러 날호여 힝호
니, 일쳔 즈로 홰불과 일만 촉농이 명【57】낭
(明朗)호여 빅쥬(白晝)를 묘시(藐視)호는디,
징징(鋥鋥)78)훈 종경(鐘磬)79)은 어양(漁陽)80)
의 우던 북쇼리를 밧고앗고, 진텬(振天)훈 이
셩(哀聲)은 녈녈(咽咽)훈 삼텬(三天)81)을 디
(代)호엿고, 슈만 군인의 빅의쇼디(白衣素
帶)82)는 한 쎄 빅운이 무막(舞幕)을 일웟는
듯호니, 희미훈 월광이 혼흑(昏黑)호고 빅운
(白雲)이 참담(慘憺)호여 오왕의 고빅(故魄)이
운쇼(雲霄)의 빗겨 인간 고락이 헛되믈 슬허
호는 듯호고, 벽텬(碧天)이 막막호니 쏘훈 엄
왕의 고빅(孤魄)이 운쇼의 빗겨, 빅년지우(百
年之偶)의 붕셩지통(崩城之痛)과 효주의 호
텬극통(呼天極痛)을 감동호는 듯호더라.
  댱후와 한【58】님의 일힝이 냥슌지여(兩旬
之餘)의 비로쇼 득달호여 금쥐 니르니, 고틱
을 직희엿던 녀로남복(女奴男僕)이 다 빅의
쇼디로, 빅니 밧긔 나와 상예(喪輿)를 마즈
호텬곡지(呼天哭之)【통】호니, 상하의《비만∥
미만(彌滿)》훈 곡셩이 셩진텬디(聲震天地)호
여, 창텬(蒼天)이 암담(暗澹)호고, 일월(日月)
이 무광(無光)호며, 청산이 슈식(愁色)호며
[여] 뉴쉬(流水) 오열블뉴(嗚咽不流)83)호니,
방인(傍人)이 거름을《머츄어∥멈츄어》슬허
아니리 업고, 이 씨 오국 신뇨 문무빅관이
거의 다 좃츳《더라∥시니》, ○[쏘] 상장이 부

화장금여의 녕구를 시러 날호여 향호니, 일
쳔 즈로 홰블과 일만 쵹농이 명낭호디, 징징
훈 죵경과 진텬훈 녈녈호고, 수만군의 빅의
소디는 훈 쎄 빅운이 무막을 일웟는 듯호니,
희미훈 월광이 혼흑호고 빅운이 참담호야,
오왕의 고빅이 운소의 비겨 빅년지우의 붕셩
지통과 효주의 호텬극통을 감동호는 듯호더
라.

  냥슌디여의 비로소 득달호여 금쥐 니르니,
고틱 직희엿던 녀로남복이 다 빅의소디로 빅
니 밧긔 나와 상여를 마【50】주 호텬곡지호
니, 상하의 비만훈 곡셩이 셩진텬디호여 창
텬이 암둠호고 청산이 슈식호니, 방인이 거
룸을 멈츄어 슬허 아니 리 업고, 오국 신뇨
문무빅관이 거의 다 좃츠니, 상장의 부려
훈 위의 비길 디 업더라.

---

77)화장금예(華裝金輿) : 화려하게 잘 꾸민 상여.
78)징징(鋥鋥)호다 : 쇠붙이 따위가 맞부딪쳐 울리는
    소리가 크고 맑다.
79)종경(鐘磬) : 『음악』 종(鐘)과 경(磬)을 아울러 이르
    는 말.
80)어양(漁陽) : 중국 하북성(河北省) 포현(蒲縣)에 있
    는 지명으로 안록산이 이 곳에서 반란을 일으켜 출
    병했다. '어양의 북소리'는 '대군의 진군을 알리는
    거대한 북소리'를 비유적으로 이른 말.
81)삼텬(三天) : 불교의 욕계(欲界)·색계(色界)·무색
    계(無色界). 또는 도교의 옥청(玉淸)·상청(上淸)·
    태청(太淸)의 세계를 이르는 말.
82)빅의쇼디(白衣素帶) : '흰옷'과 '흰띠'를 함께 이르
    는 말로, 상복을 입은 사람의 차림.
83)뉴쉬(流水) 오열블뉴(嗚咽不流) : 냇물이 우느라 흐
    르지를 못함

려혼 위의 비길 디 업더라.

이의 고틱의 안돈(安頓)ᄒ고 녕【59】구를 붓드러 졍뎐(正殿)의 뫼셧더니, 다시 틱일ᄒ여 녕산(靈山) 신디(神地)의 안장ᄒ니, 댱후 모ᄌ와 호시의 궁텬무이지통(窮天無涯之痛)이 황텬강흘(皇天降割)[84]ᄒ여 능히 춤기 어렵더라.

목묘(木廟)를 봉안ᄒ고 조셕증상(朝夕蒸嘗)[85]을 밧들며, 호시ᄂᆫ ᄌ녀와 비비를 거ᄂ려 젹은 집의 쳐ᄒ여, ᄯᅩᄒᆫ 표의 증상(蒸嘗)을 밧들며 ᄌ녀를 교양ᄒ더라.

한님이 장녜 이후의 슬프믈 과도히 호미 옥골이 슈약(瘦弱)ᄒ니, 틱시 경녀(驚慮)ᄒ여 위로ᄒ나, 능히 강잉치 ○[못]ᄒ여, 형뫼(形貌) 날노 표연(飄然)ᄒ여 우화등션(羽化登仙)[86]흘 듯【60】ᄒ고, 풍광(風光)이 환탈(換脫)ᄒ여 형히(形骸)만 걸녀 쥬야 녀ᄎ(廬次)[87]의 업디여 이훼골닙(哀毁骨立)[88]ᄒ니, 조셕증상(朝夕蒸嘗)과 ᄉ시곡읍(四時哭泣)[89]의 상장(喪杖)을 의지ᄒ여 우름이 능히 닛지 못ᄒ니, 몬져 우름을 발ᄒ미 긔운이 엄식(奄塞)흘 듯ᄒ고, 눈물이 흐르미 혈흔(血痕)이 낭ᄌ(狼藉)ᄒ여, 쇼의(素衣)의 ᄉ못고, 츔을 밧흐미 화(化)ᄒ여 피 되ᄂᆫ지라.

댱휘 아ᄌ의 이러툿 ᄒ믈 보미 힝혀 보젼치 못흘가 근심ᄒ여, 스스로 붕셩지통(崩城之痛)을 관심(寬心) 억졔(抑制)ᄒ여, 신셕(晨夕)의 어로만져 경계ᄒ며 위로ᄒ고, ᄯᅩ 칙(責)하여 가【61】로디,

"여뫼 명박다험(命薄多險)ᄒ여 초의 다산

이에 녕구를 고틱의 《안듄∥안돈》ᄒ고 다시 틱일ᄒ여 녕산 신디의 안장ᄒ니, 댱후 모ᄌ와 호시의 궁텬무이디통이 황텬이 《강학∥강흘》ᄒ여 능히 참기 어렵더라.

목묘를 봉안ᄒ고 조셕 증상을 밧들며, 호시ᄂᆫ ᄌ녀와 비비를 거ᄂ려 져근 집의 쳐ᄒ야 표의 증상을 밧들며, ᄌ녀를 교양ᄒᄒ더라.

한님이 슬프미 과도ᄒ미 옥골이 슈약ᄒ니, 태【51】시 경녀ᄒ여 위로ᄒ나 능히 강잉치 못ᄒ여, 형뫼 날노 쵸연ᄒ야 우화등션흘 둣 풍광이 환탈ᄒ여, 형히만 걸녀 쥬야 녀ᄎ의 업듸여 이훼골닙ᄒ니, ᄉ시 《금읍∥곡읍》의 상장을 의지ᄒ여 능히 우름이 닛디 못ᄒ니, 몬져 우름이 발ᄒ미 긔운이 억식(抑塞)흘 듯ᄒ고, 눈믈이 흐르미 혈흔이 낭쟈ᄒ야 소의의 ᄉ못고, 《툼∥춤》을 밧트미 화ᄒ여 피 되ᄂᆫ지라.

댱휘 ᄋᄌ의 이러툿 ᄒ믈 보미 힝혀 보젼치 못흘가 근심ᄒ미, 스스로 디통을 관심 억지ᄒ여 신셕의 어르만져 경계ᄒ며 위로ᄒ고 ᄯᅩ 칙ᄒ야 왈,

"여뫼 명박다험ᄒ여 쵸의 다산ᄌ녀ᄒ야 다

---

84)황텬강흘(皇天降割) : 하늘이 재앙을 내림.

85)조셕증상(朝夕蒸嘗) : 아침저녁으로 올리는 제사. 증상(蒸嘗)은 제사(祭祀)를 뜻하는 말로, '증(蒸)'은 겨울제사를, '상(嘗)'은 가을제사를 말한다.

86)우화등션(羽化登仙) : 사람의 몸에 날개가 돋아 하늘로 올라가 신선이 된다는 뜻으로, '죽음'을 비유적으로 이르는 말.

87)녀ᄎ(廬次) : 여막(廬幕). 궤연(几筵) 옆이나 무덤 가까이에 지어 놓고 상제(喪制)가 거처하는 초막.

88)애훼골립(哀毁骨立) : 부모(父母)의 죽음을 몹시 슬퍼함으로써 몸이 쇠약(衰弱)해진 꼴.

89)ᄉ시곡읍(四時哭泣) : 초상이 났을 때, 하루 중의 네 때, 즉 아침(旦)·낮(晝)·저녁(暮)·밤(夜)에 울음소리를 내어 곡(哭)를 하는 것을 말한다.

주녀(多産子女)ᄒ여 다쇼요쳑(多少夭慼)[90]ᄒ고 여등 남미 ᄉ인을 두어, 너를 강보(襁褓)의 츌계(出系)ᄒ고, 월아를 강보의 일허, 겨우 십여 년 후의 텬뉸을 단원(團圓)ᄒ다 ᄒ나, 모녜 안면을 디긔(知機)치 못ᄒᄂᆫ 디경의 잇고, 또 션아를 만니 이국의 종가(從嫁)ᄒ여, 모녜 싱니(生來)의 반기기를 긔필치 못ᄒ거늘, 퍼지 블초무상ᄒ여 맛춤니 망급ᄌ신(亡及自身)[91]ᄒ기를 면치 못ᄒ니, 셰셰히 나의 신셰를 싱각건디 궁텬극통(窮天極痛)[92]의 망극(罔極)훔과 역니지통(逆理之痛)[93]의 슬프미【62】장ᄎᆞ 무어시 비기리오. 네 비록 빅슉(伯叔)긔 츌계(出系)ᄒ여 엄시의 즁흔 몸이나, 니 쏘한 너를 바라미 터산(泰山)의 놉흐미 잇거늘, 이제 이러틋 과훼(過毁)ᄒ여, 빅부의 너를 귀즁ᄒ심과 문호의 즁망(重望)이 네 몸의 이시믈 싱각지 아니ᄒ고, 여모(汝母)의 명박흔 신셰를 유렴(留念)치 아니니 블초ᄒ미 엇지 심치 아니리오. 상예(喪禮)ᄂᆫ 인인(人人)의 녜지시얘(禮之始也)[94]라. ᄌ공(子貢)의 뉵년상을 공ᄌ의 쯧이 아니라 ᄒ엿ᄂᆞ니, 금ᄌ 너의 거동이 위인ᄌ(爲人子)ᄒ여 그러지 아니나, 이 엇지 한갓 망【63】부(亡父)를 위ᄒ미 사랏ᄂᆞᆫ 어믜 궁원(窮遠)흔 신셰를 고렴(顧念)치 아니ᄒ니, 엇지 블통치 아니리오. 네 종시 몸을 도라보지 아닐진디, 나의 박명(薄命) 인싱 쏘한 술아 부절업손지라. 네 진실노 지통을 억제ᄒ여 빅슉(伯叔)의 ᄌ이를 져바리지 말고, 여모(汝母)의 궁박흔 신셰를 유렴치 못홀쇼냐? 오아ᄂᆞᆫ 심ᄉ를 은익(隱匿)지 말나. 블연즉 노뫼 몬져 결(決)ᄒ여 너의 진(盡)ᄒᄂᆞᆫ 거동을 보지 아니리니, 니 죽은 후야 현마 엇지ᄒ리오. 명박○[훈] 인싱이 술아 무익ᄒ니, 츨하리 죽어【64】궁텬(窮天)

쇼요【52】쳑ᄒ고, 여등 남미 ᄉ인을 두어 너를 강보의 츌계ᄒ고, 월ᄋ를 강보의 일허 겨유 십여 년 후의 텬뉸을 단원ᄒ다 ᄒ나, 모녜 안면을 긔디치 못ᄒᄂᆫ 지경의 잇고, 쏘 션ᄋ를 만니 이국의 종가ᄒ여 싱니의 모녜 반기믈 긔필치 못ᄒ거늘, 퍼ᄌ의 블쵸무상ᄒ미 맛ᄎᆞ니 망급ᄌ신ᄒ기를 면치 못ᄒ니, 셰셰히 나의 신셰를 싱각건디 궁텬극통의 망극 흠과 역디[니]디통의 슬프미 장ᄎᆞ 무어시 비기리오. 네 비록 빅슉긔 츌계ᄒ여시나 내 쏘 너를 ᄇᆞ라미 태산 갓거늘, 이러틋 과훼ᄒ여 빅슉의 너를 귀듕ᄒ심과 문호의 듕망이 네 몸의 이시【53】믈 싱각지 아니ᄒᄂᆞᆫ뇨?"

---

90)다쇼요쳑(多少夭慼) : 적지 않은 수의 자녀들의 요절(夭折)을 겪음.
91)망급ᄌ신(亡及自身) : 죽음이 자신의 몸에 미침.
92)궁텬극통(窮天極痛) : 하늘에 사무치는 지극한 슬픔
93)역니디통(逆理之痛) : 순리(順理)를 거스르는 일을 당한 슬픔이라는 말로, 자식을 잃은 부모의 슬픔을 말함.
94)녜지시얘(禮之始也) : 예의 시작이다.

의 가업순 지통을 니즈리라."

셜파(說罷)의 쇼안셩모(素顔星眸)[95]의 혈
뉘(血淚) 환난(汍亂)ㅎ여 슬프믈 참지 못ㅎᄂ
지라.

한님이 텬셩지효(天性之孝)로 즈안(慈顔)
을 우러러 슈쳑(瘦瘠)ㅎ신 긔뷔(肌膚) 살 갓
ㅎ신 바로뼈, 그 말슴이 이갓치 비졀(悲絶)ㅎ
시믈 보미, 효즈○[지]심(孝子之心)이 장춫
엇더ㅎ리오.

즈위의 져갓ㅎ신 셩덕 용광으로 그 시명
(時命)의 부박(浮薄)ㅎ시미 이 갓ㅎ시믈 슬허
ㅎ고, 부왕의 일즉 연셰(捐世)ㅎ심과 기형(其
兄)의 블초피힝이 상뉸강상(常倫綱常)의 득죄
ㅎ여, 즈급망신(自及亡身)ㅎ믈 혜아리미, 시
【65】로이 경심(驚心) 산난(散亂)ㅎ미 구곡(九
曲)[96]이 ᄉ히ᄂ[97] 듯ㅎ니, 능히 강잉키 어려
온지라.

모교(母敎)룰   듯줍고   일셩이호(一聲哀
號)[98]의 슈승(數升) 피롤 토ㅎ고 엄식ㅎ니,
휘 디경ㅎ여 친히 슈족을 쥐므르며 심·뉴
냥희로 약을 나와 구호ㅎ나, ᄉ지(四肢) 궐닝
(厥冷)ㅎ고 호흡이 고요ㅎ여 아관이 긴급ᄒ
형상이니, 휘 쇼빈(素鬢)의 홍뉘(紅淚)[99] 환
난(汍亂)ㅎ여 스스로 명박ㅎ믈 즈탄ㅎ니, 냥
희 지삼 위로ㅎ며 구호ㅎ더니, 날이 반오(半
午)의 한님이 비로쇼 슘을 닉쉬고, 눈을 드
러 좌우룰 슬피더니 모후의 이러툿【66】 슬
허ㅎ심과, 냥 셔뫼 좌우로 안즈 약음을 디후
ㅎ며 누쉬 만면ㅎ믈 보미, 크게 감동ㅎ고 블
효룰 씨다라 이의 졍신을 강작ㅎ여 머리룰
두다려 쳥죄 왈,

"히이(孩兒) 블초무상(不肖無常)ㅎ여 즈위

한님이 모교를 듯줍고 강잉코져 ㅎ나 능히
억제치 못ㅎ야 일셩이호의 슈승 피를 토ㅎ고
엄식ㅎ니, 휘 디경ㅎ야 친히 슈쭉을 쥐무ᄅ
며 심·뉴 냥희로 약을 나와 구호ㅎ나, ᄉ디
궐닝ㅎ고 호흡이 고요ㅎ야 아관이 긴급ᄒ 형
상이니, 휘 소빈의 홍뉘 환난ㅎ여 스스로 명
박ㅎ믈 즈탄ㅎ니, 냥희 지삼 위로ㅎ며 구호
ㅎ더니, 날이 반오의 한님이 비로쇼 슘을 니
쉬고 눈을 드러 좌우를 슬피더니, 모후의 이
럿툿 슬허ㅎ시믈 보미 블효를 씨ᄃ러 이에
졍신을 강죽ㅎ여 머리를 두ᄃ려 쳥죄 왈,

"히이 블쵸무상ㅎ야 즈위로【54】 ㅎ여금

---

95)쇼안셩모(素顔星眸) : 화장을 하지 않은 맨 얼굴과
　　별처럼 빛나는 눈.
96)구곡(九曲) : 구곡간장(九曲肝腸). 굽이굽이 서린 창
　　자라는 뜻으로, 깊은 마음속 또는 시름이 쌓인 마
　　음속을 비유적으로 이르는 말.
97)ᄉ히다 : 　사위다. 다 타버리다. 불이 사그라져서
　　재가 되다.
98)일셩이호(一聲哀號) : 슬프게 부르짖는 하나의 소리.
99)홍뉘(紅淚) : ①=피눈물. 몹시 슬프고 분하여 나는
　　눈물. 늑혈루(血淚)·홍루(紅淚) ②미인(美人)의 눈
　　물.

로 ᄒᆞ여곰 심녀를 허비ᄒᆞ시게 ᄒᆞ오니, 죄당만시(罪當萬死)로쇼이다. 츠후ᄂᆞᆫ 당당이 경심계지(警心戒之)ᄒᆞ여 ᄌᆞ교를 밧ᄃᆞ오리니, ᄌᆞ위ᄂᆞᆫ ᄯᅩᄒᆞᆫ 셩덕을 드리오샤 궁텬지통(窮天之痛)을 단억(斷抑)ᄒᆞ시고, 히아의 민박(憫迫)ᄒᆞᆫ 쳔효(賤孝)와 호슈(-嫂)의 고혈(孤孑)ᄒᆞᆫ 신셰를 긍지(矜持)ᄒᆞ쇼셔."

휘 쳑연 뉴체 왈,

"오【67】이 니ᄅᆞ지 아녀도 여모ᄂᆞᆫ 본ᄃᆡ 블ᄉᆞ(不辭)ᄒᆞ니 념녀 말고 슉슉이 아ᄅᆞ시면 너의 블회 비경ᄒᆞ리니, 아히ᄂᆞᆫ 스스로 ᄌᆞ보지도(自保之道)를 싱각ᄒᆞ여 너의 일신이 스스로 둔비 아니믈 싱각ᄒᆞ라."

한님이 체읍(涕泣) 비ᄉᆞ(拜辭)ᄒᆞ고 드듸여 온미(溫糜)를 나와 모지 셔로 권ᄒᆞ여 먹기를 파ᄒᆞ고, 일노조차 신셕(晨夕)의 모지(母子) 위면(慰勉)100)ᄒᆞ여 초상의 지보(支保)ᄒᆞ미 되엿더라.

익셜, 오국 문무 군신이 오왕의 상장(喪葬)을 본 후 즉시 도라와 조졍의 복명ᄒᆞ니, 이 무리 ᄯᅩᄒᆞᆫ 션왕의 츙효 교【68】화를 힘닙어 녈의(烈義)를 모로지 아닛ᄂᆞᆫ 비로디, 초의 셰ᄌᆞ 표의 블초픽악(不肖悖惡)ᄒᆞ므로 인심이 ᄌᆞ못 쇼요(騷擾)ᄒᆞ던 비오, 이제 신왕은 션왕의 이셰(愛婿)라. ᄒᆞ믈며 셩덕이 관인(寬仁)ᄒᆞᆷ과 군덕(君德)의 교홰(敎化) 신명(神明) 명찰(明察)ᄒᆞ여, 고ᄌᆞ(古者) 셩현지군(聖賢之君)으로 디두(對頭)ᄒᆞᆯ 비라. 군민 상히 고무디열(鼓舞大悅)ᄒᆞ여 어진 님군이 션왕(先王)의 위를 니으시니, 이ᄂᆞᆫ 셕ᄌᆞ의 당외(唐堯)101) 슌(舜)의게 젼위(傳位)ᄒᆞ심과 일반이니, 오국 빅셩이 '엇지 당우지치(唐虞之治)102)를 다시 보지 못ᄒᆞᆯ가 근심ᄒᆞ리오.'ᄒᆞ더라.

임의 길일이 다다ᄅᆞ미 【69】 디원슈 윤챵닌이 통텬관(通天冠)103)의 뇽포옥디(龍袍玉

심녀를 허비ᄒᆞ시게 ᄒᆞ오니, 죄당만ᄉᆞ로소이다. 츠후ᄂᆞᆫ 당당이 경심계지ᄒᆞ여 ᄌᆞ교를 밧드오리니, ᄌᆞ위ᄂᆞᆫ ᄯᅩᄒᆞᆫ 셩덕을 드리오셔 궁텬디통을 관억ᄒᆞ시고, 히아의 민박ᄒᆞᆫ 쳔효와 호슈의 고혈ᄒᆞᆫ 신셰를 긍지ᄒᆞ쇼셔."

휘 쳑연 뉴체 왈,

"오이 니ᄅᆞ디 아녀도 여모ᄂᆞᆫ 본ᄃᆡ 명완ᄒᆞ니 념녜 말고, 슉슉이 아ᄅᆞ시면 너의 블효 비경ᄒᆞ리니, 아이ᄂᆞᆫ 스스로 《ᄌᆞ부디도∥ᄌᆞ보디도》를 싱각ᄒᆞ여 너의 일신이 스스로 둔 비 아니믈 싱각ᄒᆞ라."

한님이 체읍 비샤ᄒᆞ고 드듸여 온미를 나와 모지 셔로 권ᄒᆞ야 먹기를 파ᄒᆞ며, 일노조차 신셕의 모지 위면ᄒᆞ여 쵸상의 지보ᄒᆞ엿더라.

익셜. 오국 문무 군신이 오왕의【55】 상장을 본 후 즉시 도라와 됴졍의 《봉명∥복명》ᄒᆞ니,

임의 길일이 다ᄃᆞᄅᆞ미 디원슈 윤챵닌이 품복을 ᄀᆞᆺ초고 금난젼의 올나 즉위ᄒᆞ고, 문무

---

100)위면(慰勉) : 서로 위로하고 면려함..
101)당외(唐堯) : 중국의 요임금을 달리 이르는 말. 당(唐)이라는 곳에서 봉(封)함을 받은 데서 유래한다.
102)당우지치(唐虞之治) : 중국 고대의 임금인 도당씨(陶唐氏) 요(堯)와 유우씨(有虞氏) 순(舜)의 치세(治世). 중국 역사에서 이상적인 정치가 이루어졌던 태평 시대로 꼽는다.

帶)를 갓초고, 숀의 빅옥규(白玉圭)[104]를 잡고 문무빅관이 시위ᄒᆞ여, 금난뎐의 올나 즉위ᄒᆞ여 평오왕이 되니, 빅관 문뮈 진하ᄒᆞ기를 맛고, 빅셩이 슈무족도(手舞足蹈)[105]ᄒᆞ고 고무디열(鼓舞大悅)[106]ᄒᆞ더라.

이의 디샤(大赦)ᄒᆞ고 녕상(領相) 심유졍으로 다시 승상을 삼아 국졍을 다ᄉᆞ리게 ᄒᆞ고, 틱학ᄉᆞ 허완으로 상셔복야를 ᄒᆞ이고 심이긔로 보국호가디장군(保國扈駕大將軍)을 삼고 문무관을 인물 션우(善愚)를 살펴 삼공뉵경(三公六卿)[107]을 츠례로 품작(品爵)ᄒᆞ고, 【70】일월(一月)을 머므러 국ᄉᆞ를 션졍ᄒᆞ고 디군을 두로혀 도라올시, 심승상으로 국졍을 맛지미 즉시 힝편(行便)을 두로혀니, 문무빅관(文武百官)이 왕가(王駕)를 젼숑ᄒᆞ고 오국 빅셩이 길가의 몌예 부로휴유(扶老携幼)ᄒᆞ여 ᄯ녀나믈 슬허 니로디,

"하늘이 오국 신민을 어엿비 너기샤 현군을 ᄂᆞ리오시나, 우리 신민이 묘복(眇福)ᄒᆞ여 우리 왕상이 젹ᄌᆞ(赤子)를 바리시니, 어닉 날 다시 뇽안(龍顏)을 뵈리오."

ᄒᆞ여 슬허ᄒᆞ니, 왕이 ᄉᆞ마(駟馬)[108]를 머므르고 흔연이 무유(撫諭)ᄒᆞ기를 부뫼 젹【71】ᄌᆞ(赤子) ᄉᆞ랑ᄒᆞᆷ 갓ᄒᆞ니, 빅셩이 먼니 가도록 현망(懸望)ᄒᆞ여 슬허ᄒᆞ더라.

오왕과 엄츄밀이 디군을 모라 호호탕탕(浩浩蕩蕩)이나아가, 셔번디계(西藩地界)를 엄습ᄒᆞ고 격셔(檄書)를 견융(犬戎)의게 보니니, 디기 왈,

"셔번(西蕃) 융왕이 본디 무죄ᄒᆞ니 엇지 간과(干戈)를 일워여 침노ᄒᆞ리오만은, 드르니 융왕이 디국 망명죄인(亡命罪人) 등을 조졍

빅관의 진하를 밧고

이에 디ᄉᆞᄒᆞ고, 녕상 심유졍으로 다시 승상을 삼아 국졍을 다ᄉᆞ리게 ᄒᆞ고, 태흑ᄉᆞ 허완으로 상셔복야를 ᄒᆞ이고, 심이긔로 보국호가디장군을 삼고, 문무빅관을 츠례로 품작ᄒᆞ고, 일월을 머므러 국ᄉᆞ를 션졍ᄒᆞ고, 디군을 두로혀 도라올시, 심승상으로 국졍을 맛지미 즉시 힝편을 두루니, 문무빅관이 왕가를 젼숑ᄒᆞ고, 오국 빅셩이 길가의 몌여 슬허 왈,

"오국 신민이 묘복ᄒᆞ야 우리 왕【56】상이 젹주를 바리시니, 어느 날 다시 뇽안를 뵈오리오."

왕이 ᄉᆞ마를 머물르고 흔연 무위ᄒᆞ고, 디군을 모라 호호탕탕이 나가 셔번지계를 엄습ᄒᆞ고, 격셔를 견융의게 보니니 디개 왈,

"셔번 융왕이 본디 무죄ᄒᆞ니 엇디 간괘를 닐위여 침노ᄒᆞ리오마는, 드르니 융왕이 디국 망명 죄인을 됴졍의 용납ᄒᆞ야

---

103)통천관(通天冠) : 황제가 정무(政務)를 보거나 조칙을 내릴 때 쓰던 관. 검은 깁으로 만들었는데 앞뒤에 각각 열두 솔기가 있고 옥잠(玉簪)과 옥영자(玉纓子)을 갖추었다.
104)빅옥규(白玉圭) : 흰 옥으로 만든 홀.
105)슈무죡도(手舞足蹈) : 몹시 좋아서 날뜀.
106)고무디열(鼓舞大悅) : 북을 치고 춤을 추며 크게 기뻐함.
107)삼공뉵경(三公六卿) : 『역사』 조선 시대에, 삼정승과 육조 판서를 통틀어 이르던 말.≒삼태육경.
108)ᄉᆞ마(駟馬) : 네 필의 말이 끄는 수레.

의 용납ᄒ여 냥기 요젹으로 국정을 맛져시며, 냥기 요녀로 융왕이 후궁의 두엇다 ᄒ므【72】로, 아등이 오국을 평정흔 긧발을 두로혀 니르럿ᄂ니, 왕은 쌀니 간젹(奸賊)을 잡고 요녀를 너여, 텬조 군즁으로 보니여 ᄉ죄(死罪)를 면ᄒ라. 블연즉 병을 나와 옥셕(玉石)을 구분(俱焚)ᄒ리라."

ᄒ엿더라.

견융은 후궁의 깁히 드러 냥요로 년낙(宴樂)ᄒ니 국정을 젼연이 아지 못ᄒᄂ지라. 봉암 원홍 두 요젹이 졍히 조당(朝堂)의 안조 군무를 의논ᄒ며, 녀방 등 아ᄉ올 모칙을 의논ᄒ더니, 홀연 보ᄒ디, 숑 진즁의셔 격셰(檄書) 왓다. ᄒ【73】거놀, 냥쇠 바다 보고 발연ᄃᆞ로ᄒ여 격셔를 뮈치고[109] ᄉᄌ를 두 귀를 버혀 니쳐 닐오디,

"젹ᄌ(賊子) 윤창닌이 무상 블의ᄒ여, 텬ᄌ의 오국군울 봉ᄒᄂ 조희[110]를 위조ᄒ여 텬ᄌ를 쇽이고 쳐남을 죽여 남의 긔업(基業)을 아ᄉ니, 이ᄂ 만고블의(萬古不義)라. 더욱 우리 융국(戎國)은 본디 간셥지 아니ᄒ거놀 감히 몬져 침노ᄒ니 엇지 통히(痛駭)치 아니리오. 명일 당당이 결젼ᄒ리니 윤창닌은 목을 ᄲᅵ셔 우리 칼을 기다리라."

ᄒ니 ᄉ지(使者) 이비(耳鼻)를 훼ᄒ고 독형을 비【74】다 울며 본진의 도라와, 이 ᄉ연을 고ᄒ니 오왕이 완완이 우으며 말이 업ᄉ니, 제장이 블승분히(不勝憤駭)ᄒ믈 마지 아냐, 숑션봉이 양비디미(攘臂大罵)[111]ᄒ여 왈,

"명일 진젼의셔 이 두 요젹을 잡아 죽엄을 만편의 쓰ᄌ리라."

ᄒ더라.

"시시의 냥 요젹이 숑진 ᄉᄌ(使者)를 훼츅(毀逐)ᄒ고 후궁의 드러가 견융의게 고ᄒ디, 이제 시로 션 오국쥬(吳國主) 윤창닌이 무고히 군을 거느려 셔번(西蕃)을 침노ᄒ니, 숑군이 임의 셩하의 니르럿ᄂ지라. 장ᄎᆞᆺ 엇

<hr>

109) 뮈치다 : 믹치다. 찢어버리다. 찢다.
110) 조희 : 종이.
111) 양비디미(攘臂大罵) : 소매를 걷어붙이고 크게 꾸짖음. *양비(攘臂) : 소매를 걷어 올림.

냥기 요젹으로 국정을 맛져시며, 냥기 요녀로 후궁을 삼아다 ᄒ므로, 아등이 오국을 평정흔 긧발을 두루혀 니르럿ᄂ니, 왕은 쌜니 간젹을 잡아 보니여 ᄉ죄를 면ᄒ라. 블연즉 병을 나와 옥셕을 구분ᄒ리라."

ᄒ엿더라.

견융은 후궁의셔【57】 냥요로 년낙ᄒ니 국정은 봉암 원홍 두 요젹이 다ᄉ리더니 홀연 보ᄒ디, '숑진 듕의셔 격셔 왓다.' ᄒ거놀, 냥요 바다 보고 발연디로ᄒ야 격셔를 뮈치고 샤쟈의 두 귀를 버혀 니쳐 왈,

"젹ᄌ 윤창인이 무상블의ᄒ여 텬조를 속이고 쳐남을 죽여 남의 긔업을 아ᄉ니, 이ᄂ 만고블의라. 더옥 우리 융국은 본디 간셥지 아니ᄒ거놀, 감히 몬져 침노ᄒ니 엇디 통히치 아니리오. 명일 당당이 결젼ᄒ리니, 윤창닌은 목을 ᄲᅵ셔 우리 칼을 기ᄃ리라."

ᄒ니, ᄉ지 이비를 훼ᄒ고 독형을 바다 울며 본진의 도라와 이 ᄉ연을 고ᄒ니, 오왕이 완완 우으며 말이 업ᄉ니, 제장이 블【58】승분히ᄒ야, '명일 진젼의셔 두 요젹을 잡아 만단의 쓰ᄌ리라.' ᄒ더라.

시시의 냥요젹이 송진 ᄉᄌ를 훼츅ᄒ고, 후궁의 드러가 견융이[의]게 ᄌᆞ시 고ᄒ고, 요악흔 말노 격동흔디,

지 ᄒᆞ리오."

견융이 디경(大驚) 왈,

"즁국이 병【75】강마장(兵强馬壯)ᄒᆞ니 블의의 정예(精銳)치 아닌 군병으로ᄡᅥ 엇지 숑조 강변의 봉예(鋒銳)를 당ᄒᆞ리오. 찰하리 아직 귀슌(歸順)ᄒᆞ고 후일 군마를 닉여 디스를 도모ᄒᆞ미 늣지 아닐가 ᄒᆞ노라."

요젹이 견융의 교젼ᄒᆞᆯ 뜻이 업스믈 보고 믄득 격동ᄒᆞ여 니ᄅᆞ디,

"윤창닌이 아국을 침노ᄒᆞᆷ은 다른 곡졀이 아니라, 우리 냥궁 낭낭의 향염ᄒᆞᆫ ᄌᆞ질을 듯고 니ᄅᆞ디, '오국 군이 되여 쳔승(千乘) 부귀 극진ᄒᆞ니 맛당이 융왕(戎王)의 냥궁이 졀식이라 ᄒᆞ니 아ᄉᆞ다가 셕일 조아만(曹阿瞞)112)【76】의 이교(二喬)113)를 동작디(銅雀臺)114)의 갓초고져 ᄒᆞ던 일을 효측ᄒᆞ려 한다.' ᄒᆞ니, 디왕이 만일 져와 화친코져 ᄒᆞ시면 맛당이 냥궁을 시러 송진 즁의 보니시면, 숑장이 믈너 가려니와 블연즉 퇴군치 아니리이다. 아지못게라! 디왕이 냥궁을 오국 쥬(主)의게 헌코져 ᄒᆞ시ᄂᆞ냐? 군을 나와 봉예(鋒銳)를 닷호고져 ᄒᆞ시ᄂᆞ냐?"

견융이 이 말을 드ᄅᆞ미 본디 미인 앗기믄 제 몸 우희 두ᄂᆞᆫ지라. 발연 디로ᄒᆞ여 칼흘 ᄲᅡ혀 ᄭᅮ지져 왈,

"오국 쥐(主) 엇지 이디도록 날을 업슈【77】이 너겨 나의 냥궁을 앗으리오. 그디 등은 ᄲᆞᆯ니 군마를 졍제ᄒᆞ라. 니 맛당이 명일 숑장

견융이 발연디로ᄒᆞ야 즉시 군마를 슈습ᄒᆞ야 명일 교젼ᄒᆞ려 ᄒᆞᆯ시,

---

112)조아만(曹阿瞞) : 조조(曹操)의 아이 때의 이름. 삼국 시대 위나라의 시조(始祖)(155~220). 자는 맹덕(孟德). 황건의 난을 평정하여 공을 세우고 동탁(董卓)을 벤 후 실권을 장악하였다. 208년에 적벽(赤壁) 대전에서 유비와 손권의 연합군에게 크게 패하여 중국이 삼분된 후 216년에 위왕(魏王)이 되었다. 권모에 능하고 시문을 잘하였다.

113)이교(二喬) : 중국 삼국 때 오나라 손책(孫策)의 부인 대교(大喬)와 주유(周瑜)의 아내 소교(小喬)를 함께 이르는 말로, 둘 다 미인이었는데, 위나라 조조(曹操)가 동작대(銅雀臺)를 짓고, 이교(二喬)를 빼앗아 만년을 함께 함께 보내려 했다는 이야기가 <삼국지>에 전한다.

114)동작디(銅雀臺) : 중국 삼국 시대, 위나라의 조조(曹操)가 업(鄴)의 북서쪽에 지은 누대(樓臺). 구리로 만든 봉황으로 지붕 위를 장식한 데에서 생긴 이름이다.

과 결진ᄒ리라."

요젹 등이 디희ᄒ여 즉시 군마ᄅᆞᆯ 슈습ᄒ여 명일 교젼ᄒ려 ᄒᆞᆯ시, 두 요녜 후궁의 잇다가 이 일을 알고 디경ᄒ여 급히 견융을 보아 갈오디,

"쇼쟝이 우리ᄅᆞᆯ 욕ᄒ여 이러틋 무례ᄒ다ᄒ니 엇지 관셔(寬恕)ᄒ리오. 명일 디왕이 결진(結陣)ᄒ거든 쳡 등이 비록 비혼 지죄 업ᄉᆞ나, 맛당이 진젼의 나가 일비지력(一臂之力)을 도ᄋᆞ리라."

ᄒ니, 견【78】융이 디희ᄒ여 냥요의 숀을 잡고 등을 두다려 갈오디,

"나의 냥궁은 진짓 진평(陳平) ᄌᆞ방(子房)의 일뉴(一類)로다. 엇지 명일 결젼의 오쥬와 쇼군을 뭇지ᄅᆞ지 못ᄒ리오. 당당이 승승쟝구(乘勝長驅)ᄒ여, 인ᄒ여 황셩을 즛질너 즁원(中原)115)의 ᄉᆞ슴116)을 도모치 못ᄒᆞᆯ가 근심ᄒ리오. 맛당이 디업을 일운 후 너의 읏듬 공 일우는 ᄌᆞ로 황후ᄅᆞᆯ 삼으리라."

ᄒ니, 냥녜 깃거 큰 공 일울 마음이 잇더라.

명조(明朝)의 견융이 호복을 갓초며 융쟝 일만 졍긔(精騎)ᄅᆞᆯ 버리고, 삼셩(三聲) 호통(號筒)117)【79】이 크게 우ᄂᆞᆫ 곳의, 진문을 크게 열고 진문 밧긔 나오니, 금갑(金甲) 은투고의 상뫼(相貌) 녕한(獰悍)ᄒ고 긔골이 흉영(凶獰)ᄒ더라.【80】

두 요녜 왈,

"명일 디왕이 결진ᄒ거든 쳡등이 비록 지죄 업ᄉᆞ나 맛당이 진젼의 나아가 일비지녁을 도ᄋᆞ리라."

견융이 디희ᄒ여 냥요의 손을 잡고 등을 두드려 왈,

"냥궁은 진짓 딘평 댜방의 일뉴로다. 맛당이 디업을 일운 후 너의 읏듬 공 일우는 자로 황후를 삼으리라."

ᄒ니, 냥녜 흠긔 《큰∥큰》 공 일울 ᄯᅳᆺ이 잇더라.【59】

명됴의 견융이 일만 졍긔를 버리고 삼셩 소통의 진문을 크게 열고 나오니, 금갑 은투고의 상뫼 녕한ᄒ고 긔골이 흉녕ᄒ더라.

---

115)즁원(中原) : ①넓은 들판의 중앙. ②경쟁하는 곳. 또는 정권을 다투는 무대.

116)ᄉᆞ슴 : 사슴. 제위(帝位)를 상징한다. 중원축록(中原逐鹿); 넓은 들판 한가운데서 사슴을 쫓는다는 뜻으로, 군웅(群雄)이 제위(帝位)를 얻으려고 다투는 일을 이르는 말.

117)호통(號筒) : 「명사」 군중(軍中)에서 불어 호령을 전달하는 데 쓰는 악기.=장명.

엄시효문청힝녹 권지십칠

화셜. 숑진 즁의셔 쏘흔 금괴(金鼓)[118] 디진(大振)ᄒ며 옥부금졀(玉斧金節)[119]이 움즉이고, 다홍슈ᄌ긔(多紅帥字旗)[120] 바람결의 나붓기며, 팔마(八馬)ᄅᆞᆯ 멍에ᄒ여 금뉸(金輪)을 완완이 미러 나오니, 평오디원슈 오왕 윤뫼 두삽통텬(頭揷通天)[121]ᄒ고 신착망뇽포(身着蟒龍袍)[122]ᄒ고 집홀옥디(執笏玉帶)[123]ᄒ여 거상(車上)의 단졍이 좌ᄒ여시니, 뒤히 부원슈의 위의와 좌우편장(左右偏將)이 니음다라[124] 나아오니, 융젹의 상하군신이 먼니 바라보니, 빗난 검극(劍戟)이 셤삭(閃爍)[125]ᄒ고 위의(威儀) 현황(炫煌)ᄒ【1】여, 오식이 셧

송진 듕의셔 쏘흔 금괴 디진ᄒ며 냥원슈와 좌우 제장이 ᄎ례로 나아오니, 대원슈의 텬일이 의의흔 긔상은 다시 니ᄅᆞ디 말고,

---

118)금고(金鼓): 고려 · 조선 시대에, 군중(軍中)에서 호령하는 데 사용하던 징과 북.

119)옥부금절(玉斧金節) : 옥으로 만든 부월(斧鉞)과 쇠로 만든 절(節). 이 부월과 절은 조선 시대에, 관찰사 · 유수(留守) · 병사(兵使) · 수사(水使) · 대장(大將) · 통제사 들이 지방에 부임할 때에 임금이 내어주던 물건들로, 부월은 도끼와 같이 만들고 절은 수기(手旗)와 같이 만들었으며, 군령을 어긴 자에 대한 생살권(生殺權)을 상징하였다

120)다홍슈ᄌ긔(多紅帥字旗) : : 진중(陣中)이나 영문(營門)의 뜰에 세우던 대장의 다홍색 군기(軍旗). 다홍색 바탕에 검은색으로 '帥' 자가 쓰여 있으며 드림이 달려 있다. *다홍색(大紅色) : 진홍색(眞紅色). '다홍'은 중국어 '大紅[dàhóng]'의 음차(音借).

121)두삽통텬(頭揷通天) : 머리에 통천관(通天冠)을 씀. *통천관(通天冠): 임금이 정무(政務)를 보거나 조칙을 내릴 때 쓰던 관. 검은 깁으로 만들었는데 앞뒤에 각각 열두 솔기가 있고 옥잠과 옥영을 갖추었다.

122)신착망뇽포(身着蟒龍袍) : 몸에 망룡포(蟒龍袍)를 입음 *망룡포(蟒龍袍) : 임금의 정복(正服)으로 가슴과 등과 어깨에 용의 무늬를 수놓았다. 곤룡포(袞龍袍)라고도 한다.

123)집홀옥디(執笏玉帶) : 손에는 옥홀(玉笏)을 쥐고 허리에는 옥으로 된 띠를 두름.

124)니음달다 : 이음달다. 잇따르다.

125)셤삭(閃爍) : 번쩍번쩍 빛나는 모양.

도라126), 동녁 히상의 치운이 집희는127) 듯, 뇌고함셩(擂鼓喊聲)128)은 산천이 문허지는 듯 ᄒ거ᄂᆞᆯ, 뎌원슈 오왕의 텬일(天日)이 의의(猗猗)ᄒᆞᆫ129) 긔상은 다시 니ᄅᆞ도 말고, 부원슈 엄공이 년급반빅(年及頒白)의 슈발(鬚髮)이 희희(稀稀)ᄒᆞ나130), 반빅 미염(美髯)과 풍협ᄥᅡᆼ광(豊頰雙光)이며 긔골 신치 엄연 슈앙ᄒᆞ며, 좌우의 뫼신 편장ᄉᆞ졸이 긔긔히 영웅이며 지ᄉᆞ러라.

융적이 바라보미 암암 칭긔(稱奇)ᄒᆞᄆᆞᆯ 마지 아니ᄒᆞ고, 송진 제장은 견융의 영한ᄒᆞᄆᆞᆯ 보고 실싴지 아니리 업【2】더라.

견융이 뎌원슈의 신치용광(身彩容光)을 바라 보아 블승경이ᄒᆞᄆᆞᆯ 마지 아니ᄒᆞ여, 날호여 마상(馬上)의셔 치ᄅᆞᆯ 드러 가ᄅᆞ쳐 갈오디,

"아국이 본디 디방을 직희여 디조ᄅᆞᆯ 셤기미 신절(臣節)을 다ᄒᆞ엿거ᄂᆞᆯ, 무고히 침노ᄒᆞᆷ 엇지뇨?"

오왕 녀셩 칙왈,

"늉왕(戎王)이 비록 무도ᄒᆞ나 오히려 인형(人形)이니 금슈와 다르거ᄂᆞᆯ, 엇지 이런 말을 ᄒᆞᄂᆞ뇨? 아등이 본디 셔번(西藩)을 침노ᄒᆞ미 아니라, 융왕이 무싴ᄒᆞ여 ᄉᆞ체ᄅᆞᆯ 아지 못ᄒᆞ고 텬조 망명ᄉᆞ죄인(亡命死罪人)을 【3】두호(斗護)ᄒᆞ여 국즁의 머므르니, 괴(孤) 졍히 발병ᄒᆞ여 니ᄅᆞ믄 《융왕을∥이룰》 문죄ᄒᆞ려 ᄒᆞ미니, 엇지 다른 연괴리오. 모로미 융왕은 견집(堅執)지 말고 하방(遐方)으로셔 투항ᄒᆞᆫ 두 간적과 두 요녀ᄅᆞᆯ 잡아 귀슌ᄒᆞ고, 그른 쥴을 ᄉᆞ죄(謝罪)ᄒᆞ면 굿ᄒᆞ여 죄ᄅᆞᆯ 무룰 것 아니니, 즉시 퇴병(退兵)ᄒᆞ리라."

견융이 쳥파의 경희ᄒᆞ여 믁연 침음ᄒᆞ거ᄂᆞᆯ 냥적이 좌우의 조ᄎᆞᆺ더니, 긔식을 보고 견융이 반ᄃᆞ시 마음이 변홀가 져허 ᄲᆞᆯ니 나아와 갈오디,

---

부원슈 엄공이 년급반빅의 슈발이 희희ᄒᆞ나 긔골신치 엄연 슈앙ᄒᆞ며, 좌우 편장ᄉᆞ쥴이 개개히 영웅지ᄉᆞ러라.

융적이 바라보미 암암칭긔ᄒᆞᄆᆞᆯ 마디아냐 날호여 치ᄅᆞᆯ 드러 가ᄅᆞ쳐 왈,

"아국이 본디 지방을 직희여 디됴ᄅᆞᆯ 셤겨 신절을 다ᄒᆞ엿거ᄂᆞᆯ, 무고히 침노ᄒᆞᆷ 엇디뇨?"

오왕이 녀셩 칙【60】왈,

"융왕이 비록 무도ᄒᆞᄂᆞ니, 아등이 무단이 셔번을 침노ᄒᆞ미 아니라. 융왕이 ᄉᆞ체ᄅᆞᆯ 모ᄅᆞ고 텬됴 망명 ᄉᆞ죄인을 두호ᄒᆞ야 국듕의 머므르니, 《긔∥괴(孤)》 졍히 발병ᄒᆞ야 니ᄅᆞᆷ 《융왕을∥이룰》 문죄ᄒᆞ려 ᄒᆞ미니, 투항ᄒᆞᆫ 간적과 요녀ᄅᆞᆯ 잡아 귀슌ᄒᆞ고 그른 줄을 ᄉᆞ죄ᄒᆞ면, 즉시 퇴병ᄒᆞ리라."

견융이 쳥파의 경희ᄒᆞ야 믁연 침음이여ᄂᆞᆯ, 냥적이 좌우의 조ᄎᆞ다가 긔식을 보고 견융이 ᄆᆞ음이 변홀가 져허 ᄲᆞᆯ니 나아와 닐오디,

---

126)셧돌다 : 섞여 돌다.
127)집희다 : 구름 따위가 넓게 몰려오다. 또는 모여들거나 끼다.
128)뇌고함셩(擂鼓喊聲) : 쉴 새 없이 빨리 치는 북소리와 여러 사람이 외치거나 지르는 함성소리..
129)의의(猗猗)ᄒᆞ다 : 아름답고 성하다.
130)희희(稀稀)ᄒᆞ다 : 희소하다. 드문드문하다.

"우리 님【4】군은 오국군의 거즛말을 곳이 듯고 디스룰 그릭게 마르쇼셔. 아등은 본디 즁국 사람이나 먼니 하방의 잇셔 텬조의 왕화룰 닙지 못흔 비니, 엇지 디국의 작죄흐여 망명도싱(亡命圖生)131)흐미 이시리오. 츠는 디왕 냥궁을 무단이 져희룰 쥬지 아닐가 겁흐미 이러틋 계규로 쇽이미니이다."

견융이 디로흐여 등잔 갓흔 눈을 브릅쓰고 팔흘 쏨니여 갈오디,

"오국군이 엇지 이디도록 간악흘 쥴 알니오. 뉘 가히 간적(奸賊)을 잡【5】아 분을 풀니오?"

언미종(言未終)의 호장 블여화와 탈탈괴 정창(挺槍) 츌마(出馬)흐여 진젼의 니다라 싸홈을 도도니, 슝진 즁의셔 숀 션봉 셕 장군이 분연이 츌마 디호(大號) 왈,

"밋친 오랑키는 셩명을 통흐라."

적장이 크게 쑤지져 갈오디,

"우리 냥장은 융왕의 가하젼부(駕下前部)132)션봉 블여화 탈탈괴라. 우리 냥인이 너의와 승부룰 닷호려 흐느니, 냥장이 쏘흔 셩명을 통흐라."

숀·셕 냥장이 쑤지져 갈오디,

"아등은 텬조 명장이라. 엇지 기갓흔 무리【6】의게 셩명을 니르리오."

셜파의 쌍도(雙刀)룰 둘너 일시의 블여화 탈탈고룰 취흐니, 블여화와 탈탈괴 디로흐여 역시 장창디검(長槍大劍)을 두로며 {적무냥위}133) 숀·셕 냥장을 마즈니, 이 무리 비록 오랑키나 무예 절뉸흔지라. 숀·셕 냥장이 웅용(雄勇)이 무적(無敵)흐나, 능히 슈이 디적지 못흐여, 교젼 오십여 합(合)134)의 블분

"우리 님군은 오국군의 거즛 말을 고디 듯디 마르쇼셔. 《이등∥아등》은 본디 듕국 사룸이나, 먼니 하방의 잇셔 텬ᄌ의 왕화를 닙디 못흔 비니, 엇디 대국의 작죄흐여 망명【61】도싱흐미 이시리오. 츠는 디왕 냥궁을 무단이 저희를 주디 아닐가 겁흐야 이럿틋 계교로 쇽이미니이다."

견융이 디로흐야 팔을 쏨니며 왈,

"오국군이 엇디 이러도록 간악흔 줄 알니오?"

흐고, 좌우 편장을 명흐야 크게 싸호니,

냥진 장쉬 크게 싸화 블분승뷔러니,

___

131)망명도싱(亡命圖生) : 망명하여 삶을 꾀함.
132)가하젼부(駕下前部) : 수레 앞.
133)적무냥위 : 미상. 연문(衍文). *적무양(狄武襄)은 송(宋)나라 때의 장군 적청(狄青)으로, 무양은 그의 시호인데, 인종(仁宗) 때 광원주(廣原州)의 야만족인 농지고(儂智高)를 평정하고 돌아와 추밀사(樞密使)를 제수받았다는 기록(『宋史』卷290 狄青傳)이 있으나, 본문 서사와 연결관계를 찾을 수 없어 연문(衍文)으로 처리하였다.
134)합(合) : 칼이나 창으로 싸울 때, 칼이나 창이 서로 마주치는 횟수를 세는 단위.

승뷔(不分勝負)러니, 오왕이 진젼의셔 보다가 냥장이 능히 지조로 더젹지 못홀 쥴 알고, 믄득 한 계규를 싱각고 징을 ○[쳐] 군을 물니니, 냥장이 비록 물【7】너나고져 ᄒ나, 젹장이 싸홈을 핍박ᄒ여 물너나지 아니ᄒ니, 숀·셕 냥장이 다만 혹젼혹쥬(或戰或走)ᄒ여 본진으로 가려 ᄒ더니, 홀연 반공즁(半空中)으로셔 음운(陰雲)이 ᄉ식(四塞)ᄒ여 일광(日光)을 가리오며, 뇌정벽[벽]녁(雷霆霹靂)135)이 공즁의 드레며, 큰 항(缸)136)갓흔 빙박우셜(氷雹雨雪)137)이 셧거 나리니, 흑뮈(黑霧) 만만(滿滿)ᄒ여 지젹을 분간치 못ᄒ고, 《무뢰∥우박(雨雹)138)》 나리는 쇼뤼와 크기 동희139) 만식ᄒ미, 젹은 거슨 사발만식ᄒ며 싸히 씨러져 믄득 하나토 공환(空還)140)치 아냐, 다 숑진을 향ᄒ여 군장(軍將) ᄉ졸(士卒)의 디골을 터지오【8】니, 숑군이 황황ᄒ여 져마다 ᄉ산분쥬(四散奔走)ᄒ여, 디골의 피롤 흘니고 비각(臂脚)을 마ᄌ 창디(槍대)를 노하 바리고 디골을 우희며141), 다리롤 ᄡ어 겨유 어로긔여142) ᄃ라나고져 ᄒ거눌, 젹장이 셔리갓흔 날을 번득여 풀 버히듯 ᄒ눈지라.

숀·셕 냥장이 좌츙우돌ᄒ여 능히 버셔나지 못ᄒ거눌, 디원슈 평오왕이 젹진 즁의 반ᄃ시 요슐이 잇눈 쥴 알고, ᄲᆞ니 쥬필(朱筆)143) 한장식 너여 공즁을 바라고 더지며,

홀연 반공으로조추 음운이 ᄉ식ᄒ여 일광을 ᄀ리오며 뇌정벽녁이 공듕의 드레며, 큰 항 만식흔 빙박우셜이 셧거 ᄂ리니, 군장ᄉ졸의 디골을 터지오니, 송군이 황황ᄒ여 ᄉ산분쥬ᄒ며, 디골의 피를 흘니고 비각을 마ᄌ 창디를 ᄇ리고 어로긔여 ᄃ라나고져 ᄒ미, 젹장이 셔리갓튼 날을 번득여 풀【62】 베듯 ᄒ는지라.

대원쉬 젹진 듕의 반ᄃ시 요슐이 잇는 줄 알고, ᄲᆞ니 쥬필 흔 장을 너여 공듕을 ᄇ라고 더디며 소뤼ᄒ여 왈,

---

135)뇌정벽녁(雷霆霹靂) : 천둥과 벼락이 격렬하게 침. 또는 그런 천둥과 벼락. 늑뇌성벽력(雷聲霹靂)
136)항(缸) : =항아리(缸아리). 아래위가 좁고 배가 부른 질그릇.
137)빙박우셜(氷雹雨雪) : 우박(雨雹)과 진눈깨비.
138)우박(雨雹) : 큰 물방울들이 공중에서 갑자기 찬 기운을 만나 얼어 떨어지는 얼음덩어리. 늑누리, 백우.
139)동히 : 동이. 질그릇의 하나. 흔히 물 긷는 데 쓰는 것으로 보통 둥글고 배가 부르고 아가리가 넓으며 양옆으로 손잡이가 달려 있다.
140)공환(空還) : 목적을 이루지 못하고 헛걸음으로 돌아옴.
141)우희다 : 움키다. 움켜잡다. 손가락을 우그리어 물건 따위를 놓치지 않도록 힘 있게 잡다.
142)어로긔다 : 엉금엉금 기다. 큰 동작으로 느리게 기는 모양.
143)쥬필(朱筆) : =주필부적(朱筆符籍). 붉은 글씨로 쓴 부적. *부적(符籍) : 잡귀를 쫓고 재앙을 물리치기 위하여 붉은색으로 글씨를 쓰거나 그림을 그려 몸

쇼리ᄒ여 불너 왈,

"풍빅(風伯)【9】이 어ᄃ 잇ᄂ뇨? 일홈 업슨 즐풍뇌위(疾風雷雨) 인간을 쇼요ᄒᄃᆡ, 풍빅과 뇌시(雷師) 맛치 아지 못ᄒᄂ 듯ᄒ여, 이ᄂ 도로혀 하날을 업슈이 너기미라. 즉직의 ᄡᆯ어바리지 아닌즉 텬뎨긔 알외여 죄를 졍히 ᄒ리라."

블언죵시(不言終時)의 동남간(東南間)으로조ᄎ 일천 쳥풍이 니러나며, 그런 음운 흑뮈 거드며 뇌졍벽녁이 나ᄌᆨᄒ여, 바람이 흑무(黑霧)를 모라 바로 젹진을 향ᄒ여, 젹군이 졍히 승승장구(乘勝長驅)ᄒ여 예긔(銳氣) 등등ᄒ 즈음의, 무망(無妄)144)의 【10】 변홰 두루치믈 만나니, 슈미(首尾)를 도라보지 못ᄒ고 ᄃᆡ픠(大敗)ᄒ여 스ᄉ로 진을 믈니ᄂ지라.

이러구러 날이 셕양의 미쳐시니, 냥편이 인ᄒ여 군을 거두니, 슌·셕 냥장이 진(陣)의 도라오미, 오왕과 엄원슈 불너 장즁의 드러와 슐을 쥬며 위로 왈,

"장군 등의 영웅이 긔특ᄒ나 젹인이 ᄯᅩᄒ 하등(下等)이 아니라, 진짓 젹쉬니, 두 범이 ᄲᅡ호면 반ᄃ시 하나히 상훌지라. 둘히 다 무ᄉᄒ기를 긔약지 못훌 고로 군을 거두려 ᄒ더니, 젹이 【11】요슐노 아군을 싀살(弑殺)ᄒ고져 훌시, 조고만 계규로 살퇴(殺退)ᄒ고 인ᄒ여 군을 거둘와."

냥장이 비복 왈,

"원슈 ᄃᆡ인은 텬신이라. 총명이 ᄉ광(師曠)145) 갓ᄒ시고 신총(神聰)이 일월갓ᄒ시니 쇼장의 무리 밋츨 비 아니로쇼이다."

오왕이 군즁의 녕ᄒ여 갈오ᄃᆡ,

"견융이 셕상(夕上)의 니긔지 못ᄒ 원을 셔리담아 반ᄃ시 간격과 요녀 등으로 모계ᄒ여 금야의 우리 영치를 겁칙ᄒ리니 우리 엇

"풍빅은 어ᄃ 잇ᄂ오[뇨]? 일홈 업슨 질풍뇌위 인간을 소요ᄒ니, 즉직의 ᄡ러ᄇ리지 안[아]닌즉, 텬졔긔 알외여 역텬ᄒ 죄를 졍히 ᄒ리라."

블언죵시의 동남간으로조ᄎ ᄒ 진 ᄆᆰ은 바람이 니러나며, 그런 뇌진벽녁을 모라 바로 젹진으로 향ᄒ니, 다쇼젹군이 졍히 승승장구 훌 즈음의 무망의 변홰 두루치믈 만나니, 슈미를 도라보디 못ᄒ고 ᄃᆡ픠ᄒ야 스ᄉ로 진을 믈니ᄂ지라.

이러구러 날이 셕양의 밋처시니, 원슈 징쳐 군을 거두어 진듕의 도라와 군듕

【63】의 젼녕 왈,

"견융이 셕상의 니긔디 못ᄒ믈 한ᄒ야 금야의 우리 영치를 겁칙ᄒ리니, 맛당이 계교 우희 긔묘[모]를 운동ᄒ야, 금야 일젼의 호인

에 지니거나 집에 붙이는 종이.

144)무망(無妄) : =무망중(無妄中). 별 생각이 없이 있는 상태.

145)샤광(師曠) : 춘추시대 진나라 음악가로, 소리를 들으면 이를 잘 분별하여 길흉을 점쳤다. 따라서 소리를 잘 분별하는 것을 '사광의 총명'이라 하며, 나아가 사광을 총명한 사람의 대유(代喩)로 쓰기도 한다.

지 속슈(束手)ᄒᆞ고 요계ᄅᆞᆯ 맛추리오. 맛당이 계【12】규(計規) 우희 긔모(奇謀)ᄅᆞᆯ 운동ᄒᆞ여, 금야 일젼의 호인의 담을 ᄶᅵᄅᆞ치고, 간적과 요녀 등을 잡아 황셩의 도라가 복명ᄒᆞ리니, 디ᄉᆞᄅᆞᆯ 쇼루(疏漏)히 말나."

ᄒᆞ고, 제군을 분졍ᄒᆞ여 군ᄉᆞᄅᆞᆯ 영문 ᄉᆞ면의 다 미복ᄒᆞ고 군즁의 의구히 목탁을 두다리며 슌나(巡羅)ᄒᆞ기ᄅᆞᆯ 게열니 아니ᄒᆞ여 변을 기다리더라.

초일 견융이 ᄯᅩᄒᆞᆫ 군을 거두어 도라와, 디쇼 장졸을 다 모호고 봉암 원홍과 냥요녀로 상의 왈,

"오쥬(吳主) 윤창닌이 비록 년쇼ᄒᆞ나 풍치 비【13】상ᄒᆞ고 인지 츌즁ᄒᆞ여, 군법과 긔률이 가장 법되 이시며, 그 조ᄎᆞᆫ 장쉬 다 지용(智勇)이 가ᄌᆞ니 져허ᄒᆞ건디, 슈이 파치 못ᄒᆞᆯ가 ᄒᆞ노라."

승상 봉암이 헌계 왈,

"쥬상은 두려 마ᄅᆞ쇼셔. 오국쥬 윤창닌은 한낫 옥슈미가지(玉樹美佳者)146)라. 블과 오국을 탈젹(奪嫡)147)ᄒᆞᆷ, 오왕의 후(后) 당시 션왕의 유표ᄅᆞᆯ 빙거(憑據)ᄒᆞ여 텬조의 쥬ᄒᆞ미, 믄득 즁국 텬지 창닌으로 디장을 삼아 잠간 인슈(印綬)148)ᄅᆞᆯ 빌니믄, 오셰ᄌ 표ᄅᆞᆯ 쇼제ᄒᆞ려 ᄒᆞ미라. 창닌이 인물이 져【14】러툿 아름답기로, 발셔 션왕의 ᄯᅳᆺ을 어더 유표로 ᄡᅥ 텬졍의 알외여시니, 안흐로 왕후 당시 닉응(內應)ᄒᆞ고 밧그로 오국 신뇨(臣僚) 다 션왕 부부ᄅᆞᆯ 쳠녕(諂佞)ᄒᆞ니, 외로온 셰지 엇지 한낫 신ᄉᆡᆼ(申生)149)의 어린 회(孝) 스스로 ᄌ 익함ᄉ(自縊陷死)150)ᄒᆞᄂᆞᆫ 디경의 이시니, 이

---

146)옥슈미가지(玉樹美佳者) : 아름다운 나무처럼, 그저 잘생기기만 한 사람.
147)탈젹(奪嫡) : 적통(嫡統)을 빼앗음.
148)인슈(印綬) : 인끈. ①인꼭지에 꿴 끈. ②『역사』병권(兵權)을 가진 무관이 발병부(發兵符) 주머니를 매어 차던, 길고 넓적한 녹비 끈.
149)신ᄉᆡᆼ(申生) : 진(晉) 나라 헌공(獻公)의 태자로, 헌공의 총비(寵妃)인 여희(麗姬)가 자신의 아들을 태자로 삼기 위하여 그를 참소하자, 이를 변백(辨白)하지도 않고 자살해 버렸다. 이로써 후세에 '융통성 없는 우직한 사람'의 전형으로 일컬어졌다.
150)ᄌ익함ᄉ(自縊陷死) : 목을 매어 죽음.

의 담을 ᄶᅵ러치고, 간적과 요녀를 잡아 황셩의 도라가 봉[복]명ᄒᆞ리라."

ᄒᆞ고, 제군을 분졍ᄒᆞ여 계교를 ᄀᆞᄅᆞ쳐 영문 ᄉᆞ면의 미복ᄒᆞ고, 군듕○[의] 의구히 목탁을 두다려 슌나ᄒᆞ며 변을 기다리더라.

초일 견융이 군을 거두어 도라와, 디쇼 장쥴을 다 모흐고 봉암 원홍과 냥 요녀로 상의 ᄒᆞᆫ디,

간적 왈,

곳 창닌의 오국쥠 되믄 ᄌ연지즁의 여ᄎᄒ미오, 스스로 지죄 비상ᄒ여 공(功)으로뻐 쇼방(小邦)을 진복(鎭服)ᄒ미 아니니이다. 더왕은 윤창닌의 외모 풍신을 《듯고∥보고》 허명(虛名)을 놉히 드러 져러틋 ᄒ시【15】나, 신은 져 빅면셔싱(白面書生)151)의 빈 위풍을 져혀 아니ᄒᄂ이다. 금야의 맛당이 오국 토디를 아ᄉ 몬져 셔번의 쇼속현을 삼고, 버거 디계를 운동ᄒ여 군녜(軍旅)152)를 움죽여 기리 승승장구(乘勝長驅)ᄒ여, 한번 모라 황셩을 엄습(掩襲)ᄒ면, 텬하룰 일광(一匡)치 못홀가 근심ᄒ리오."

견융이 디희ᄒ여 초야의 숑군을 겁치(劫寨)153)ᄒ려 홀시, 초경(初更)의 몬져 봉암이 몸을 곤두쳐 한 ᄣᅦ 흑【16】운을 타고 공즁으로 니러 나니, 견융 군신 상히 발 구르며 슌등154)《타∥쳐》, 시로이 일ᄏᆞ라 텬신이라 ᄒ더라.

요되 흑운을 모라 바로 숑진 즁의 드러가 슈미룰 술필시 윤원싀 발셔 요도의 올 쥴 알고 ᄉ긔룰 아라 방비ᄒ미 잇더라.

봉암이 숑진 긔미룰 낫낫치 술펴 그 조비(造備)155)ᄒ미 업ᄉ믈 심히 깃거 혜오디,

'이제야 젹진 슈미룰 다 아라시니 숑진 파ᄒ미 무어시 어려오미 이시리오. 슈연이나 녀공 등의 거체(居處) 어디 잇ᄂᆞᆫ고?【17】아라보아 금야 난병 즁의 몬져 구ᄒ여 쇼루ᄒ미 업게 ᄒ리라.'

ᄒ고, 두루 술펴 후영 즁의 니르러 보니 과연 두 《난∥낫》 함거(檻車) 가온더 녀방 형뎨 결박(結縛) 엄쇄(嚴鎖)ᄒ여 가도왓고, 모든 군시 직희엿거눌, ᄌ시 보니 녀가 형뎨 누월 옥니(獄裏)의 괴로옴과, 오국 옥즁의 무슈ᄒ 고초룰 격고 다시 이리 올 제, 함거(檻

"금야의 맛당이 여ᄎ여ᄎᄒ여 숑진을 즛지ᄅᆞ고, 창닌을 죽인 후의 대왕이 오국 토지를 아ᄉ 몬져 셔번의 쇼현을 삼고, 버거 대계를 운동ᄒ【64】야 기리 황셩을 엄습ᄒ면, 텬하를 일광치 못홀가 근심ᄒ리오."

견융이 대희ᄒ야 초야의 송진 군을 겁치홀시,

---

151)빅면셔싱(白面書生) : 한갓 글만 읽고 세상일에는 전혀 경험이 없는 사람.
152)군녜(軍旅) : 군려. 전쟁터에 나와 있는 군대.
153)겁치(劫寨) : 적의 소굴을 위협하거나 힘으로 **빼앗**음.
154)슌등 : 손의 바깥쪽. 곧 손바닥의 반대편. 늑손잔등. 수배(手背).
155)조비(造備) : 만들어 갖춤.

車)의 너허 수술156)노 슈죡을 다 잠가시니, 황셩으로 이거(移去)ᄒᆞ미, 형벌의 남은 목슘이 엇지 부월(斧鉞)의 죽기를 면ᄒᆞ리오.

스스【18】로 죄를 헤아리고 죽으미 앗가오믈 각골 셜워ᄒᆞ미 형용이 볼 거시 어이 이시리오.

봉암이 바라보고 크게 잔잉이 너겨 변ᄒᆞ여 젹은 창승(蒼蠅)이 되여 나라 가 냥인의 귀박회157)의 안쟈 가마니 니ᄅᆞ디,

"챠슌위 금야의 반ᄃᆞ시 융왕의 군을 모라 숑영(宋營)을 겁칙ᄒᆞ고 냥공을 구ᄒᆞ리라."

니ᄅᆞ니, 녀젹 형뎨 봉암의 셩명이 챠슌위믈 아ᄂᆞᆫ지라. 그 도슐노 이의 와시믈 알고 디희ᄒᆞ여 가마이 닙 쇽의셔 니ᄅᆞ디,

"고【19】초ᄒᆞ미 심ᄒᆞ니 일시 밧분지라. 그디ᄂᆞᆫ 샐니 구ᄒᆞ라."

ᄒᆞ니, 봉암이 디답ᄒᆞ고 즉시 곤두쳐 융진(戎陣)의 도라오니 시긱이 블과 한시ᄂᆞᆫ 되엿더라.

견융이 지조의 긔특ᄒᆞ믈 못내 칭찬ᄒᆞ고 추야의 삼경(三更)을 기다려 디군을 모라 바로 숑진을 향ᄒᆞ니, 블여화 탈탈고와 봉암과 냥요녜 젼군이 되고, 융왕이 원홍과 디쇼쟝졸을 거느려 후디(後隊) 되어, 사경초말(四更初末)의 바로 숑진을 돌입ᄒᆞ니, 뇌고함셩(擂鼓喊聲)158)이 산천【20】이 한가지로 움죽이고 산금야쉬(山禽野獸) 다 놀나ᄂᆞᆫ 듯ᄒᆞ더라.

숑진 즁의 죵경소리 드물고 조두소리 즈즈믈 인ᄒᆞ여 반ᄃᆞ시 군즁이 다 잠드럿ᄂᆞ니라 ᄒᆞ여 일시의 명나뇌고(鳴喇擂鼓)159)ᄒᆞ고 포셩이 진동ᄒᆞ여 영문(營門)을 츙살(衝殺)ᄒᆞ며 호의(狐疑)업시 군즁의 돌입ᄒᆞ니, 군즁이 고요ᄒᆞ여 인젹이 젹뇨(寂寥)ᄒᆞ고 무인디경(無人之境) 갓거ᄂᆞᆯ, 견융이 봉암의 요슐을 밋으미 잇ᄂᆞᆫ 고로 일호 구겁ᄒᆞ미 업셔, 바로 돌츌ᄒᆞ

요젹과 냥 요녜 젼군이 되고 융왕과 원홍이 다소 쟝졸을 거느려 후디 되야 사경 쵸의 바로 송진을 돌입ᄒᆞ야

일시의 명나뇌고ᄒᆞ고 포셩이 진동ᄒᆞ야 영문을 츙살ᄒᆞ며, 호의 업시 군듕의

---

156) 수술 : 사슬. 쇠로 만든 고리를 여러 개 죽 이어서 만든 줄. =쇠사슬
157) 귀박회 : 귓바퀴.
158) 뇌고함셩(擂鼓喊聲) : 북을 치는 소리와 고함 소리가 진동함.
159) 명나뇌고(鳴喇擂鼓) : 나팔을 불고 북을 두드리는 소리가 요란함.

여 장즁의 드리다라 보니, 윤·엄 냥【21】원
쉬 장디의 놉히 누어 조곰도 움죽이지 아니
ᄒᄂᆫ지라.

견융이 쾌히 나아드러 하나흘 참ᄒ니 브스
셕160) 쇼러 나며 머리 ᄠ러지니 이곳 사롬의
머리 아니오 한낫 초인(草人)이라.

견융이 디경실식(大驚失色)ᄒ여 바야흐로
계규의 속은 쥴 알고, 급히 군을 지휘ᄒ여
퇴군(退軍)코져 ᄒ더니, 믄득 즁군장(中軍帳)
밧긔셔 일셩방포(一聲放砲)의 ᄉ면팔방의 불
빗치 낫갓ᄒ여 흑야를 붉히ᄂᆫ 곳의, 고함이
디진(大振)ᄒ며 시셕(矢石)이 여우(如雨)ᄒ고,
ᄉ면 복병이 【22】 밀밀겹겹이 ᄡᅩ며《삭츌
‖살출(殺出)161)》ᄒ니, 굿으미 쳘옹금셩(鐵甕
金城) 갓ᄒ여, 비록 항우(項羽)162)의 일셩음
아(一聲吟哦)163)의 만군(萬軍)이 실혼(失魂)
ᄒ던 영웅이라도, 창졸의 경젹(輕敵)ᄒ기 어
렵고 비죠(飛鳥)라도 나라나기164) 어려온지
라.

젹인군히(賊人軍下) 히옴업시 조슈블급(措
手不及)165)ᄒ여, 슈미(首尾)를 도라보지 못ᄒ
고, 이 밤 흔 ᄡᅡ홈의 무슈히 죽으며 ᄉ로잡
히니, 견융은 슌션봉의 죽인 빈 되고, 원홍
은 셕장군의 싱금흔 빈 되고, 요도와 냥요ᄂᆫ
오왕 윤공의 싱금흔 빈 되어시니, ᄉ경(死境)
【23】초(初)로븟허 이튼날 오시(午時)의 비로
쇼 ᄡᅡ홈을 긋치니, 젹시(敵屍) 여산(如山)ᄒ
고 혈뉴(血流) 셩쳔(成川)ᄒ여 살긔(殺氣) 참
텬(參天)166)ᄒ더라.

---

160) 브스셕 : 부스럭. 마른 짚이나 갈대 따위를 밟거나
　　건드릴 때 나는 소리.
161) 살출(殺出) : 힘차게 돌진하여 나옴.
162) 항우(項羽) : B.C.232~B.C.202. 중국 진(秦)나라 말
　　기의 무장. 이름은 적(籍). 우는 자(字)이다. 숙부
　　항량(項梁)과 함께 군사를 일으켜 유방(劉邦)과 협
　　력하여 진나라를 멸망시키고 스스로 서초(西楚)의
　　패왕(霸王)이 되었다. 그 후 유방과 패권을 다투다
　　가 해하(垓下)에서 포위되어 자살하였다
163) 일셩음아(一聲吟哦) : '여봐라', '듣거라', '얏' 따위
　　의 한 마디 고함소리. *음아(吟哦); 싸움이나 경기
　　에서 상대편의 기선(機先)을 제압하기 위해 내지르
　　는 고함(高喊)소리.
164) 나라나다 : 날아가다.
165) 조슈블급(措手不及) : 일이 매우 급하여 미처 손을
　　댈 겨를이 없음

드리ᄃ라 보니, 윤·엄 냥 원쉬 장디 우의 놉
히 누어 조금도 움죽이디 《앗닛‖아니ᄒ》ᄂᆫ
지라.

견융이 드리ᄃ라 ᄒ나흘 참ᄒ니 브스석 소
러나며 머리 ᄠ러지니 이 곳 사롬이 아니오,
초인이라.

견융이 대경실식ᄒ여 급히 퇴군고져 ᄒ더
니, 믄득 듕군장 밧긔셔 일셩포향의 ᄉ면【6
5】팔방의 불빛치 낫긋터여, 함셩이 디진ᄒ며
시셕이 여우ᄒᄂᆫ 가온디,《ᄉ문‖ᄉ면》 복병
이 밀밀겹겹이 ᄡᅩ며 살출ᄒ니, 구드미 쳘
옹금셩 굿ᄒ여 비록 항우의 힘이라도 경젹기
어렵고, 비됴라도 ᄂ라가기 어려온디라.

젹인군히 히음업시 조슈불급ᄒ야 이 밤 흔
ᄡᅡ홈의 몰슈히 죽으며 ᄉ로잡히니, 견융은
손션봉의 듁인 빈 되고, 냥젹과 냥요녀ᄂᆫ 싱
금흔 빈 되어시니, ᄉ경초로브터 이튿날 오
시의 비로소 ᄡᅡ홈을 긋치니, 젹시 여산ᄒ고
혈뉴셩쳔ᄒ여 살긔 참쳔ᄒ더라.

남은 호졸(胡卒)이 다 항복ᄒ거ᄂ늘 오왕이
쥬육(酒肉)으로 위로ᄒ여 도라보ᄂ니, 모든
호인이 셩덕을 감ᄉᄒ여 고두비복(叩頭拜伏)
ᄒ고 도라갈시, 기즁 일인이 고두뉴혈(叩頭
流血) 왈, 활명지덕(活命之德)을 ᄉ례ᄒ고,
이 본ᄃᆡ 융왕이 ᄉ오나와 반역ᄒ미 아니라,
요인의 작ᄉᆞ(作事)런 줄 고ᄒ고, 텬디 갓흔
셩덕으로 융왕의 시쳬를 거두어 도라가믈
【24】이걸ᄒ니, 호인의 의긔 관일ᄒ고 말삼
이 진졍의 니근(理近)ᄒ지라. 모다 보니 이ᄂ
셔번 융장(戎將) 블여홰러라.

오왕이 그 츙의를 아롬다이 너겨 위로ᄒ며
즁상(重賞)ᄒ고 견융의 시슈(屍首)를 허ᄒ여
쥬며 근파(根派)를 무ᄅᆞ니 본ᄃᆡ 융왕의 종실
(宗室)이라 ᄒ던더라. 오왕과 엄원ᄉᆔ 상의ᄒ
여 이의 블여화로 셔번 융왕을 삼게 ᄒ라 ᄒ
니, 모든 호인이 다 낙종(諾從)ᄒ여 흔연이
명을 바다 도라가 융왕의 시쳬를 법더로 장
(葬)ᄒ고, 인망이 다 블여화의게 도【25】라가,
드ᄃᆞ여 세워 융왕을 삼고 왕셩의 드러가 셩
문을 열고, 텬병을 영졉ᄒ여 셜연(設宴)ᄒ여
은혜를 ᄉ례ᄒ더라.

윤원ᄉᆔ 임의 융디(戎地)를 《쇼안∥초안(招
安)》ᄒ며 융왕을 마ᄌ 세우고, 드ᄃᆞ여 반ᄉ
(班師)ᄒᆞᆯ시, 요도(妖道) 간적(奸賊)과 두 요녀
(妖女)와 녀적(여賊) 형뎨를 다 함거의 가도
와 경ᄉ로 도라올시, 길이 금쥬를 지나ᄂ 고
로, 금쥬 디촌의 디군을 머므러 호군(犒
軍)167)ᄒ고, 윤·엄 냥 원ᄉᆔ 빅여 긔를 거ᄂᆞ
려 엄부의 니ᄅᆞ러ᄂ, 임의 션왕의 장녜를 지
니【26】연 지 오ᄅᆞ고, 냥 원ᄉᆔ 도로의 광음
(光陰)을 허비ᄒ여 임의 히를 밧고왓ᄂ지라.

바로 힝마를 두로혀 몬져 션왕 산능의 올
나 비곡(拜哭)ᄒᆞᆯ 시, 오왕의 인ᄌ(仁慈) 관홍
(寬弘)ᄒ므로 깁히 션왕의 지긔를 감ᄉᄒᄆ,
그 옹서(翁壻)의 ᄌ별ᄒᆫ 졍의(情誼) 타인의
비길 비 아닌 고로, 평일 그 명철관후(明哲

남은 호졸이 항복ᄒ거ᄂ늘, 오왕이 쥬육으로
위로ᄒ여 도라보ᄂ니, 호인 듕 일인이 '융왕
의【66】신쳬○[를] 거두어 도라가디이다.' 이
걸ᄒ니, 비록 호인이나 의긔 잇고 말ᄉᆷ이 니
근ᄒᆫ더라. 모다 보니 이ᄂ 셔번장 불여홰러
라.

오왕이 그 츙의를 아롬다이 넉여 견융의
시슈를 니여 주고 근파를 무ᄅᆞ니, 융왕의 ○
[종]실이라 ᄒ니, 오왕과 엄원ᄉᆔ 상의ᄒ여 블
여화로 셔번 융왕을 삼고,

융디를 초안ᄒ고 반ᄉ홀 시, 모든 요적을 다
결박ᄒ야 함거의 가도와 경ᄉ로 도라가다가,
금쥬 디촌의 디군을 머므ᄅᆞ고, 윤·엄 냥원ᄉᆔ
엄부의 니ᄅᆞ니, 임의 션왕의 장녜를 디니연
디 《오라고∥오릐고》히 밧고엿ᄂ지라.

냥 원ᄉᆔ 몬져 션왕 산능의 올나 비곡홀
시, 오왕이 션왕의 디긔를 감ᄉᄒ야 뉴쳬 힝
뉴ᄒ고 츄밀공은 편편광슈로 왕의【67】분젼
을 두ᄃᆞ려 통곡ᄒ미 비뤼 쳔항이라. 오월장
뉴[슈] ᄀᆞᆺᄐᆞ니 좌위 불감앙시러라.

---

166)참텬(參天) : 하늘을 찌를 듯이 공중으로 높이 솟
　아서 늘어섬.
167)호군(犒軍) : 군사들에게 음식을 주어 위로함. =호
　궤(犒饋).

寬厚)ᄒᆞ던 긔상과 셩심 인덕으로, 그 명이 단(短)ᄒᆞ믈 위ᄒᆞ여 차상(嗟傷)ᄒᆞ며, 기리 분전(墳前)의 비곡(拜哭)ᄒᆞ여 뉴체 힁뉴ᄒᆞ믈 ᄭᅢ닷지 못ᄒᆞ거든, ᄒᆞ믈며 엄원슈 츄밀공의 골육【27】지졍을 니ᄅᆞ리오. 셤슈(纖手)로 왕의 분젼을 두다려 통곡ᄒᆞ미 비뤼(悲淚) 오월장슈(五月長水)168) 갓ᄒᆞ니, 좌위 비블ᄌᆞ승(悲不自勝)이러라.

엄티ᄉᆞ와 윤텬시 오히려 엄부의 머므러 환경(還京)치 아니ᄒᆞ고, 원슈의 반ᄉᆞ(班師)ᄒᆞᄂᆞᆫ 위의ᄅᆞᆯ 기다리던지라. 이의 츄밀과 오왕을 위로ᄒᆞ며 기유ᄒᆞ미, 오왕이 몬져 우룸을 그치고 부원슈ᄅᆞᆯ 위로ᄒᆞ여, 티ᄉᆞ와 텬ᄉᆞᄅᆞᆯ 뫼셔 한가지로 부즁(府中)의 드러가, 댱후와 한님을 볼신, 그 ᄉᆞ이 별니ᄅᆞᆯ 니ᄅᆞ미 엄공이 몬져【28】한님의 손을 잡고, 그 풍광옥골(風光玉骨)이 초췌ᄒᆞ여시믈 지삼 이셕(哀惜)ᄒᆞ여, 함누(含淚)ᄒᆞ고 어로만져 년셕ᄒᆞ며 댱후ᄅᆞᆯ 향ᄒᆞ여 공경ᄒᆞ믈 일위여, 초토(草土)169)의 평안이 부지(扶持)ᄒᆞ시믈 일ᄏᆞᆺ고, 군졍의 거릿겨 능히 망뎨의 상장을 한가지로 붓드러, 만년 유퇵(幽宅)의 안가(晏駕)ᄒᆞ믈 보지 못ᄒᆞ니, 동긔지졍의 참졀(慘絶)ᄒᆞ믈 일ᄏᆞᄅᆞ미 미쳐ᄂᆞᆫ, 문득 장부의 웅심(雄心)이 셜셜(屑屑)ᄒᆞ여170) 시로이 구곡이 ᄉᆞ히ᄂᆞᆫ171) 듯ᄒᆞ니, 비뤼(悲淚) 쳔항(千行)이오, 셩음이 오열(嗚咽)ᄒᆞ여 능히 말【29】을 일우지 못ᄒᆞ니 한님은 다만 머리ᄅᆞᆯ 숙이고, 즁부의 광몌(廣袂)ᄅᆞᆯ 붓드러 봉안의 누쉬 삼삼ᄒᆞ고, 댱후는 함체(含涕) 오열(嗚咽)ᄒᆞ여 겨유 ᄉᆞ스 왈,

"슉슉이 군졍의 근노ᄒᆞ샤 션군의 장녜ᄅᆞᆯ 님ᄒᆞ와 골육의 졍을 다ᄒᆞ지 못ᄒᆞ시믄 도시 죄쳡(罪妾)이 무상ᄒᆞ여 퓌ᄌᆞᄅᆞᆯ 둔 연괴라. 슉슉의 위언(慰言)을 듯ᄌᆞ오니, 일즉(一則)은 황감(惶感)ᄒᆞ옵고, 일즉(一則)은 황괴(惶愧)ᄒᆞ와 능히 더ᄒᆞᆯ 바ᄅᆞᆯ 아지 못ᄒᆞᄂᆞ이다."

---

168)오월장슈(五月長水) : 오월의 장맛비.
169)초토(草土) : 거적자리와 흙 베개라는 뜻으로, 상중에 있음을 이르는 말. 늑토초.
170)셜셜(屑屑)ᄒᆞ다 : 자잘하게 굴다. 구구(區區)하다.
171)ᄉᆞ히다 : 사위다. 다 타버리다. 불이 사그라져서 재가 되다.

티ᄉᆞ와 윤텬시 원슈 등의 반ᄉᆞᄒᆞᄂᆞᆫ 위의ᄅᆞᆯ 기다리던 고로, 이에 츄밀과 오왕을 기유ᄒᆞ미, 냥 원슈 우룸을 긋치고, 티ᄉᆞ와 한가디로 부듕의 드러가 댱후와 한님을 보와 별니ᄅᆞᆯ 니ᄅᆞ미, 엄공이 몬져 한님의 손을 잡고 그 풍광이 초체[췌]ᄒᆞ믈 이셕ᄒᆞ며, 댱후를 향ᄒᆞ여 공경ᄒᆞ믈 일위여, 초토의 부디ᄒᆞ시믈 일ᄏᆞᆺ고, 군졍의 거릿겨 망뎨의 상장을 한가디로 만년 유퇵의 안가ᄒᆞ믈 보디 못ᄒᆞ믈 늣기미, 구곡이 ᄉᆞ히ᄂᆞᆫ 듯ᄒᆞ여 셩음이 오열ᄒᆞ니, 한님은 다만 듕부의 광몌를 붓드러 봉안의 누쉬 슘슘ᄒᆞ고,【68】댱후○[ᄂᆞᆫ] 함체 오열ᄒᆞ여 계유 ᄉᆞᆫᄉᆞ 왈,

"슉슉이 군졍의 근뇌ᄒᆞ시믄, 쳡이 무샹ᄒᆞ여 퓌ᄌᆞ를 둔 연괴라. 슉슉의 위언을 듯ᄌᆞ오니, 일즉은 황감ᄒᆞ옵고, 일즉은 황괴ᄒᆞ와, 능히 더ᄒᆞᆯ 바를 아디 못ᄒᆞᄂᆞ이다."

츄밀이 탄식 ᄉᆞᄉᆞ 왈,

"왕ᄉᆞ(往事)ᄂᆞᆫ 이의(已矣)라. 표의 블인무【30】상(不仁無狀)ᄒᆞ미 젼혀 오문의 블힝ᄒᆞ미니, 가운(家運)의 달닌 비라. 현쉬(賢嫂) 홀노 ᄌᆞ과ᄌᆞ훼(自過自毀)[172]ᄒᆞ시리잇고?"

당휘 지삼 탄식 ᄉᆞ례ᄒᆞ고, 버거 오왕이 흠신 공경ᄒᆞ여 그 ᄉᆞ이 초토이려지즁(草土哀慮之中)[173]의 긔휘(氣候)[174] 그만치나 안강ᄒᆞ시믈 인ᄉᆞ고, 상장(喪葬)을 지니시나 ᄌᆞ기(自己) 군졍이 긴급ᄒᆞ여 능히 반ᄌᆞ(半子)의 녜를 다 못ᄒᆞ믈 일ᄏᆞᄅᆞ미, 의문이 만치 아니ᄒᆞ나 관곡(款曲)ᄒᆞ고, 언단(言端)이 은근ᄒᆞ여 그 지극ᄒᆞ미 쳐식(悽色)이 영영(盈盈)ᄒᆞ고 냥셩츄파(兩星秋波)의 비식(悲色)이 이시니, 당휘 쇼빈【31】월아(素鬢月娥)의 혈뉘(血淚) 진진(溱溱)ᄒᆞ여 기리 상복을 젹시니, 옥셩이 경열(硬咽)ᄒᆞ여 셔랑의 후졍(厚情)을 숀샤(遜辭)ᄒᆞ고, 만니의 공훈을 셰워 빗닉 도라오믈 치하ᄒᆞ니, ᄯᅩᄒᆞᆫ 말ᄉᆞᆷ이 만치 아니ᄒᆞ나, 슈인ᄉᆞ(修人事)의 졀당(切當)ᄒᆞ고 스리 명달ᄒᆞ니, 왕이 ᄯᅩᄒᆞᆫ 블감칭ᄉᆞ(不敢稱謝)ᄒᆞ더라.

이윽이 뫼셔 말ᄉᆞᆷᄒᆞ다가 날이 느즌 후 각기 퇴소(退所)ᄒᆞᆯ 시, 엄팀ᄉᆞ 곤계와 오왕 곤계 외실의 나오니, 한님이 역시 셕제(夕祭)를 파ᄒᆞ고 한가지로 외헌의 모다 별회를 니ᄅᆞ니, 피ᄎᆞ 골육【32】친지(骨肉親知)의 겹겹 친디(親知)의 졍이 ᄌᆞ별ᄒᆞ니, 무한ᄒᆞᆫ 별졍(別情)이 슈거셔(數車書)[175]의 긔록지 못ᄒᆞ리러라.

당휘 냥위 슉슉과 냥 녀셔(女壻)를 외헌의 안돈ᄒᆞ미, 몬져 셕식을 풍비히 갓초와 보니고, 셕상을 믈니미 ᄯᅩ 쥬육 진찬을 갓초와 보니며, 그 거ᄂᆞ려 온 빅여명 군인을 좌우

츄밀이 ᄉᆞᄉᆞ 왈,

"왕ᄉᆞᄂᆞᆫ 이의라. 표의 블인 무상ᄒᆞ미 젼혀 오문의 블힝ᄒᆞ미니, 가운의 달닌 비라. 현쉬 홀노 ᄌᆞ과ᄌᆞ훼 ᄒᆞ시리잇고?"

당휘 지삼 탄식 ᄉᆞ례ᄒᆞ고 버거 오왕이 그 ᄉᆞ이 이려지듕의 긔휘 그만치나 안강ᄒᆞ시믈 인ᄉᆞ고, 관곡ᄒᆞᆫ 《의문∥위문》이 지극ᄒᆞ니, 당휘 쇼빈월아의 혈뉘 진진ᄒᆞ야 상복을 젹시니, 옥셩이 경열ᄒᆞ야 셔랑의 후졍을 숀샤ᄒᆞ고, 만니의 공을 셰워 빗닉 도라오믈 치하ᄒᆞ니, 왕이 ᄯᅩ 블【69】감칭샤ᄒᆞ더라.

이윽이 뫼셔 말ᄉᆞᆷᄒᆞ다가 《각귀∥각기》 퇴소ᄒᆞ야 태ᄉᆞ 곤계와 오왕 곤계 외실의 나오니, 한님이 역시 셕제를 파ᄒᆞ고 외헌의 모다 별회를 니ᄅᆞ니, 피ᄎᆞ 곡[골]육지친의 겹겹 친디의 졍이 ᄌᆞ별ᄒᆞ더라.

---

172) ᄌᆞ과ᄌᆞ훼(自過自毀) : 스스로 허물을 삼아 자기 몸을 훼상함.
173) 초토이려지즁(草土哀慮之中) : 상중(喪中)의 슬픔 가운데. *초토(草土): 거적자리와 흙 베개라는 뜻으로, 상중에 있음을 이르는 말. 늑토초(土草).
174) 긔휘(氣候) : 기후(氣候). 몸과 마음의 형편이라는 뜻으로, 웃어른께 올리는 편지에서 문안할 때 쓰는 말.=기체.
175) 슈거셔(數車書) : 여러 수레에 실을 만큼의 많은 글.

힝각의 머므르고, 두어 셤 밥과 찬션을 작만
(作滿)ᄒ며176) 한독 슐과 우양(牛羊)을 잡아
제군을 먹이니, 제군의 숑셩(頌聲)이 양양(洋
洋)ᄒ여 댱후의 셩덕을 칭복ᄒ더라.

이ᄢᅵ 조졍의【33】셔 텬지 평오왕을 봉ᄒ실
시, 션왕 엄모를 츄증(追贈)ᄒ여 츙의명현후
(忠義明賢侯)를 더ᄒ여 계시더, 츄밀의 승젼
반ᄉᆞ(勝戰叛事)를 ᄢᅵ의 한가지로 모다 증시
호(贈諡號)177)ᄒᄌᆞ ᄒ엿ᄂᆞᆫ 고로, 이의 시로이
공장(工匠)을 모화 감역(監役)ᄒ여 증시호ᄒ
고 능묘(陵墓)의 졍문(旌門)을 놉히고 텬ᄌᆞ의
금ᄌᆞ어필(金字御筆)노 오왕의 평싱 덕의(德
義)와 인셩명달(仁聖明達)ᄒᆞᆷ믈 붉히○○[시]
니], 기문(其文)의 갈와시디,

"유(維) 년월일의 보원(寶元)178) 황뎨ᄂᆞᆫ 오
국 션왕 엄모의 능묘(陵墓)의 졍문(旌門)179)
○[과] 금ᄌᆞ(金字)180)○[를] 《ᄒ여∥ᄂᆞ려》 놉
흔【34】덕을 찬ᄒᄂᆞ니, 희라! 고금의 뉘 군
신이 업ᄉᆞ며, 어니 디의 츙신이 업ᄉᆞ리오만
은, 아름답다! 경(卿)의 츙심의렬(忠心毅烈)과
명달명쳘(明達賢哲)ᄒ여 ᄉᆞ라셔 능히 ᄉᆞ후(死
後) 타일(他日)을 명지(明知)181)ᄒ미 경 갓ᄒ
니 다시 업도다. 일즉 약관의 계지(桂枝)를
썻거 문무의 괘방(掛榜)182)ᄒ미 잇고, ᄉᆞ군찰
임(事君察任)의 흡흡(洽洽)히 댱구령(張九
齡)183)의 극간(極諫)과 급어ᄉᆞ(汲御史)184)의

---

176)작만(作滿)ᄒ다 : 필요한 것을 사거나 만들거나 하
여 갖추다. 작만(作滿)은 '장만'을 한자를 빌려서 쓴
말.
177)증시호(贈諡號) : 죽은 대신이나 장수에게 임금이
시호(諡號)를 내려 주던 일.=사시(賜諡).
178)보원(寶元) : 중국 송나라 인종(仁宗)의 연호
(1038-1039).
179)졍문(旌門) : 충신, 효자, 열녀 들을 표창하기 위하
여 그 집 앞에 세우던 붉은 문.
180)금ᄌᆞ(金字) : 금박을 올리거나 금빛 수실로 수를
놓거나 금물로 써서, 금빛이 나는 글자. 늑금글자·
금문(金文).
181)명지(明知) : 분명하게 앎.
182)괘방(掛榜) : 『역사』 과거(科擧)나 시험에 합격한
사람의 이름을 써 붙이던 일.
183)장구령(張九齡) : 673~740) . 당나라 현종(玄宗)
때의 재상. 광동성(廣東省) 곡강(曲江) 출생. 문재
(文才)가 뛰어나고 어진 재상이었으나 사치와 향락
에 빠진 국왕에게 간언을 했다가 이임보(李林甫)에
게 미움을 받아 좌천당했다. 안녹산(安祿山)이 위험

이ᄢᅵ 됴졍의셔 텬지 션왕 엄모를 츄증ᄒᆞ야
츙의명현후를 증시호ᄒᆞ고 졍문ᄒᆞ샤, 금ᄌᆞ어
필노 능묘의 오왕의 덕의를 붉히시니, 기문
의 왈,

"유 년월일의 보원 황뎨ᄂᆞᆫ 오국 션왕 엄모
의 졍문 금ᄌᆞᄒᆞ여 놉흔 덕을 찬ᄒᆞᄂᆞ니, 희
라! 고금의 뉘 군신이 업ᄉᆞ며, 어느 디의 츙
신이 업ᄉᆞ리오만ᄂᆞᆫ, 아름답다! 경의 츙심의
렬과 명달ᄒᆞ여 ᄉᆞ라셔 능【70】히 ᄉᆞ후 타일
을 《밍지∥명지》ᄒᆞ미 경 굿ᄐᆞ니 다시 업도
다. 일즉 약관의 계지를 썩거 문무의 《더방
∥괘방》ᄒᆞ미 잇고, ᄉᆞ군찰임의 흡흡히 장구
령 급어ᄉᆞ의 풍치 《잇고∥잇으니》,

풍치 《잇고‖잇으니》, 이지(哀哉)라! 몸 우희 장임(將任)을 천주(擅恣)ᄒ고, 숀으로 병권을 가음아라, 만니(萬里)의 봉ᄉ(奉仕)ᄒ여 능토벌적(凌土伐敵)[185]【35】ᄒ미, 일월(日月)을 허비치 아냐 반역을 쇼멸(掃滅)ᄒ여 군국의 디공을 세우고, 일홈이 화이(華夷)의 가득ᄒ며 명망이 ᄉ히롤 드레니[186], ᄉ이(四夷) 니공(來貢)ᄒ여 왕화롤 기리 습복(襲服)ᄒᄂ도다. 국가의 공훈을 세워 만니의 봉군(封君)ᄒ미 능히 일면(一面)을 진슈(鎭守)ᄒ니, 쇼방지국(小邦之國)의 왕화(王化)롤 열며, 신민을 무휼ᄒ미 흡연이 제환공(齊桓公)[187]의 픽쥬(霸主) 되기롤 사양치 아념즉 ᄒ도다. 이지(哀哉)라! 명이 단(短)ᄒ니 능히 인녁의 히옴이 업도다[188]. {쇽절업【36】도다} 쇽절업시 황양(荒壤)[189]의 숀이 되니, 군신이 다시 반기기롤 긔약지 못ᄒᄂ도다. 슬프다! 넉시 임의 궁텬(窮天)의 유유(悠悠)ᄒ니 님ᄉ지제(臨死之際)의 무슨 알오미 이시리오만은, 능히 후ᄉ롤 명지(明知)ᄒ여 명명이 유표(遺表)로뻐 조정의 올니니, 미지(美哉)라! 명식(明識)은 악광(樂廣)[190]의 지나고 총명은 ᄉ광(師曠)의 지나도다. 이지(哀哉)라! 텬호(天乎) 텬호(天

이지(哀哉)라! 몸 우희 장임을 천주ᄒ야 만니의 봉ᄉᄒ야 능토벌적ᄒ미, 반역을 소멸ᄒ여 군국의 대공을 세우고, 일홈과 명망이 ᄉ히의 드레니, ᄉ이 니공ᄒ여 왕화를 기리 습복ᄒᄂ도다. 국가의 공훈을 세워 만니의 봉군ᄒ미, 능히 일면을 진슈ᄒ니, 흡연이 제환공의 피쥬 되기룰 사양치 아념즉 ᄒ도다. 쇽절업시 황양의 손이 되니, 군신이 다시 반기기룰 긔약디 못【71】ᄒᄂ도다. 슬프다! 넉시 임의 궁텬의 유유ᄒ니 님ᄉ지제의 무슴 알오미 이시리오마는, 능히 후ᄉ룰 《밍디‖명디》ᄒ야 명명이 유표를 올니니, 미지라! 명식은 악광의 디나고 총명은 ᄉ광의 디니[나]도다. 이지라! 텬호 텬호여! 어진 샤롬 앗기를 쌜니 ᄒ시니, 딤이 슈족을 일흔 듯ᄒ고, 오국 신민이 묘복ᄒᄆᆯ 알니로다. 셕지라! 쇼쇼 ᄉ필노 경의 평싱 츙의를[와] 녈효를 다강 표ᄒᄂ니, 이지라 붉은 녕빅은 의감ᄒ라."

ᄒ여 계시더라.

인물임을 간파했다는 일화가 전한다.

184)급어ᄉ(汲御史) : 급암(汲黯). ?~B.C.112. 중국 전한(前漢) 무제 때의 간신(諫臣). 자는 장유(長孺). 성정이 엄격하고 직간(直諫)을 잘하여 무제로부터 '사직(社稷)의 신하'라는 말을 들었다.

185)능토벌적(凌土伐敵) : 땅을 짓밟고 적을 침.

186)드레다 : 들레다. 야단스럽게 떠들다.

187)제환공(齊桓公) : 중국 춘추 시대 제(齊)나라의 왕(?~B.C.643). 성은 강(姜). 이름은 소백(小白). 춘추오패(春秋五霸)의 한 사람으로 관중(管仲)을 등용하여 부국강병에 힘썼으며, 제후를 규합하여 맹주가 되고 패업(霸業)을 완성하였다.

188)히옴업다 : 하염없다. 어떤 행동이나 심리 상태 따위가 자신의 의지와는 상관없이 계속되는 상태이다.

189)황양(荒壤) : 저승.

190)악광(樂廣) : 중국 진(晉) 나라 사람. 가난하여 독학을 했지만 영리하고 신중해서 늘 주위 사람들로부터 칭찬을 받았다. 훗날 수재(秀才)로 천거되어 하남태수(河南太守)를 지냈다. 배중사영(杯中蛇影) 고사로 유명하다.*배중사영(杯中蛇影); 술잔 속에 비친 뱀의 그림자란 뜻으로, 쓸데없는 의심을 품고 스스로 고민하는 것을 이르는 말.

平)여, 어진 사룸 앗기를 썰니 ᄒ시니 짐이
슈족(手足)을 일흔 듯ᄒ고 오국 신민이 묘복
(眇福)ᄒ믈 알니로다. 셕【37】지(惜哉)라! 유
명(幽明)이 괴격(乖隔)ᄒ니 아로미 쇼연(昭然)
ᄒ리로다. 금(今)의 쇼쇼(昭昭) ᄉ필(史筆)노
경의 평싱 튱의(忠義) 녈효(烈孝)를 디강 표
ᄒᄂ니, 이지(哀哉)라! 붉은 녕빅(靈魄)이 능
히 의감(宜感)ᄒ랴."

ᄒ여 계시더라.

임의 증시(贈諡) 졍문(旌門)ᄒ기를 파ᄒ니,
능묘의 크게 옥비(玉碑)를 셰워 젼ᄌ로(篆字)로
삭이고, 진필(眞筆)191)노 메워 '디현튱의명현
후오왕엄공지뫼(大賢忠義明賢侯吳王嚴公之
墓)'라 ᄒ여시니, 묘젼의 장활(長闊)흠과 상
장(喪杖)의 화려ᄒ미 더욱 빗나, 디디 공후의
묘틱(墓宅)이오, 왕공의 분젼(墳前)인 줄 알
니러라.

댱후【38】 모ᄌ 고식의 여졀(如切)ᄒ 지통
은 더욱 《어긔여∥이긔여》 뜻홀 곳이 업더
라.

이의 머므러 십여일의 밋ᄎ니, 시러곰 제
인이 오러 지류(遲留)치 못ᄒ고 장ᄎᆺ 환경홀
시, 오왕과 츔밀은 몸 우희 국작(國爵)이 즁
디ᄒ 고로, 윤텬ᄉ로 더부러 몬저 댱후를 비
별(拜別)ᄒ고 환경ᄒ고, 티ᄉᄂ 한님으로 더
부러 조초 환경ᄒ려 ᄒᄂ지라. 댱휘 아ᄌ를
마ᄌ 떠나게 되니, 심시 더욱 악연ᄒ믈 니긔
지 못ᄒ고, 윤텬ᄉ와 윤왕의 하직ᄒ기를 당
ᄒ여 슈루(垂淚) 비【39】읍(悲泣) 왈,
"미망여싱(未亡餘生)이 텬디의 가업슨 궁
텬지통 가온디 만ᄉ여싱(萬死餘生)이 지우보
명(至于保命)ᄒ믄 한갓 명완블ᄉ(命頑不死)홈
만 아니라. 실노 싱젼의 쇼녀의 안면을 반기
고져 ᄒ미라. 바라건디 냥위 현셔(賢婿)는 죄
인의 긍측ᄒ 졍니를 헤아려, 비록 누쳔니(累
千里) 도로의 녀ᄌ의 힝되 극난ᄒ나, 쳡의
긍측(矜惻)ᄒ 졍ᄉ(情事)를 년지측지(憐之惻
之)ᄒ여 냥녀의 힝도를 허ᄒ미 계시리잇가?"
텬ᄉ와 오왕이 일시의 념복(斂服) 비ᄉ 왈,
"쇼싱 등이 역유인심(亦有人心)이라 엇지

능묘의 크게 옥비를 셰워 뎐ᄌ로 삭이디
'디현튱의명현후오왕엄공지묘'라   ᄒ여시니,
묘젼의 장활ᄒ미 왕공지묀 쥴 알니러라.【72】

이날 댱휘 모ᄌ의 여졀흔 디통은 더욱 이
긔여 짜흘 곳이 업더라.

이에 십여일이 지나미 제인이 모다 환경홀
시, 윤텬ᄉ 형뎨와 엄츄밀이 몬저 환경홀
시, 댱휘 윤텬ᄉ 형뎨를 디ᄒ여 슈루비읍
왈,

"미망여싱이 텬디의 ᄀ업슨 궁텬지통 ᄀ온
디, 만ᄉ여싱이 지우보명ᄒ믄 흔 굿 명완불
ᄉ홈만 아니라. 싱젼의 안면을 반기고져 ᄒ
미라. ᄇ라건디, 냥위 현셔는 죄인의 긍칙흔
졍니를 헤아려 비록 누쳔니 도로의 녀ᄌ의
힝되 극난ᄒ나 쳡의 그윽이 ᄇ라는 졍ᄉ를
년지측지 ᄒ야 냥녀의 힝도를 허ᄒ미 겨시리
잇가?"

텬ᄉ 형뎨 일시의 념복비샤 왈,
"쇼싱 등이 ᄎ역인심(此亦人心)【73】이라.

---

191)진필(眞筆) : 손수 쓴 글씨.=친필.

악모(岳母)의 정수【40】와 실인(室人)의 ᄉ향영모(思鄕永慕)ᄒᄂᆞᆫ 회포를 모르리잇가? 부인 녀ᄌᆞ의 ᄒᆡᆼ되(行途) 험노(險路)의 원도(遠道) 발셥(跋涉)이 즁난ᄒᆞ오나, 쇼ᄉᆡᆼ비 ᄯᅩ 감히 막지 못ᄒᆞᆸᄂᆞ니, 당당이 도라가 존당의 알외여 존명을 엇ᄉᆞ온즉, 금일 존교를 봉승ᄒᆞ리이다."

댱휘 쳥파의 디열ᄒᆞ여 냥셔의 관홍ᄒᆞᆫ 셩덕을 칭ᄉᆞᄒᆞ고, 이의 서로 니별ᄒᆞᄆᆡ, 댱휘 친히 잔을 드러 시녀로 ᄒᆞ여곰 몬져 슉슉 냥위긔 젼ᄒᆞ고, 버거 텬ᄉᆞ 곤계를 권ᄒᆞ니, 이감(哀感)ᄒᆞᆫ 눈물이 상연(傷然)ᄒᆞ여 잔 가【41】온디 ᄯᅥ러지믈 ᄭᆡ닷지 못ᄒᆞ니, 좌위 기용(改容) 뉴체(流涕)ᄒᆞ더라.

텬ᄉᆞ 형뎨와 츄밀이 몬져 하직ᄒᆞ고 빅여긔를 거ᄂᆞ려 졈듕(店中)의 도라와 디군을 통솔ᄒᆞ여 환경ᄒᆞ고, 팀ᄉᆞᄂᆞᆫ 한님을 다려 명조의 ᄒᆡᆼᄒᆞ려 ᄒᆞ니, 이ᄂᆞᆫ 한님이 ᄌᆞ긔 상인(喪人)이라. 비록 빅부의게 츌계(出系)ᄒᆞᆫ 연고로 이의 모후를 뫼와 시묘(侍墓)치 못ᄒᆞ나, 번화ᄒᆞᆫ 듕의 ᄯᅩᆯ와 ᄒᆡᆼᄒᆞ믈 원치 아니ᄒᆞ여, 일일을 ᄯᅥ져 ᄒᆡᆼᄒᆞ려 ᄒᆞ미러라.

초야의 팀ᄉᆞᄂᆞᆫ 셔동을 다리고 외헌의셔 헐슉(歇宿)ᄒᆞ고, 한【42】님은 니당의 드러와 냥셔모로 말ᄉᆞᆷᄒᆞ여 모후를 시침ᄒᆞ여 별회(別懷)와 니졍(離情)의 아연ᄒᆞᆫ 바를 고홀시, 모ᄌᆞ의 닌닌체체(轔轔逮逮)[192]ᄒᆞᆫ 졍담이 지극ᄒᆞ니,

엇디 악모의 졍ᄉᆞ와 실인의 ᄉ향영모(思鄕永慕)ᄒᆞᄂᆞᆫ 회포를 니르리잇가? 부인 녀ᄌᆞ의 ᄒᆡᆼ되 험노의 원노 발셥이 듕난ᄒᆞ오나, 쇼ᄉᆡᆼ비 ᄯᅩ 감히 막디 못ᄒᆞᆸᄂᆞ니, 당당이 도라가 돈당의 알외여 돈명을 엇ᄌᆞ온 즉, 금일 돈교를 봉승ᄒᆞ리이다."

댱휘 냥셔의 관홍ᄒᆞᆫ 셩덕을 칭ᄉᆞᄒᆞ고 이에 서로 니별ᄒᆞᄆᆡ 비졀ᄒᆞᆫ 눈물이 ᄯᅥ러지믈 ᄭᆡ닷디 못ᄒᆞ니, 좌위 기용 뉴체ᄒᆞ믈 금치 못ᄒᆞ더라.

텬ᄉᆞ 곤계와 츄밀이 이에 몬져 하직고 디군을 통솔ᄒᆞ여 환경ᄒᆞ고, 태ᄉᆞ와 한님은 명됴의 ᄒᆡᆼᄒᆞ려 ᄒᆞ니, 이ᄂᆞᆫ 한님이 ᄌᆞ긔 상인이라. 비록 츌계ᄒᆡᆫ[ᄒᆞᆫ] 연고로 이의 모후를 뫼셔 시묘치【74】 못ᄒᆞ나 번화ᄒᆞᆫ 군듕의 ᄯᅩᆯ와 ᄒᆡᆼᄒᆞ믈 원치 아니ᄒᆞ여 일일을 ᄯᅥ러져 ᄒᆡᆼᄒᆞ려 ᄒᆞ미러라.

초야의 한님이 니당의 드러와 모후를 시침ᄒᆞ여 별회와 니졍이 아연ᄒᆞᆫ 바를 고ᄒᆞ야 모ᄌᆞ의 닌닌체체ᄒᆞᆫ 졍담이 지극ᄒᆞ더라.【75】

엄시효문쳥ᄒᆡᆼ녹 권지십

댱휘 아ᄌᆞ를 어로만져 탄왈,

어시의 댱휘 초야의 ᄋᆞᄌᆞ를 겻터 《누어 ‖ 뉘어》 별회를 니를시, 어ᄅᆞ만져 탄왈,

---

192)닌닌체체(轔轔逮逮) : 수레바퀴가 삐걱삐걱 소리를 내며 끊임없이 굴러가듯, 말소리가 끝없이 이어짐을 비유적으로 표현한 말. *닌닌(轔轔) : 수레바퀴가 삐거덕거리며 굴러가는 소리. *체체(逮逮) : 끊임없이 이어짐.

"여뫼 무디흔 지통 가온디 다시 퓌즈의 즈익(自縊)ᄒ믈 드르니, 비록 저의 죄 즁ᄒ고 오히려 벌이 경ᄒ믈 모르미 아니니 슬프고 이달을 거시 아니로디, 목젼 호식부의 홍안박명(紅顔薄命)193)과 노모의 남의 업슨 지통을 엇지 춤으리오만은, 명완블ᄉ(命頑不死)ᄒ미 《심어토목∥심어토목(甚於土木)【43】이라. 능히 초상(初喪)의 지보(持保)ᄒ믈 어드믄 너를 슬하의 두어 위희(慰懷)ᄒ미 잇는 고로, 비환(悲歡)을 아지 못ᄒ는 ᄃ시 일월을 보니더니, 이제 ᄯ나기를 님ᄒ니 니회(離懷) 아득ᄒ지라. 노뫼 더욱 너를 보니미 니별의 결연ᄒ나, 현마 엇지 ᄒ리오만은, 오이 경스의 도라가나 편홀 쥴 밋지 못ᄒᄂ니, 최져제 엇지 맛ᄎᆷ니 즈부를 편히 거ᄂ릴 니 이시리오. 노뫼 일ᄂᆞ뼈 더욱 깁흔 념녜 방하(放下)치 못ᄒ리로다."

한님이 복슈 쳥교의 누쉬 《솝솝∥산산(潸潸)》ᄒ여【44】빅년용화(白蓮容華)를 젹셔 갈오디,

"경일누 즈뫼 셜ᄉ 쇼쇼 허물이 계시나, 히아를 싱지강보(生之襁褓)194)의 거두어 양지휵지(養之畜之)ᄒ시미 모즈의 지극흔 졍이 텬뉸즈이(天倫慈愛)로뼈 조곰도 부족ᄒ미 업ᄉ거눌, 엇지 이 말솜을 언두(言頭)의 일ᄏᄅ샤 히아(孩兒)로뼈 싱양(生養)195)을 층등(層等)ᄒᄂ 블민흔 힝시 낫하나게 ᄒ시고, 즈위 ᄯᅩᆺ 동긔지간(同氣之間)의 감상화긔(減傷和氣)196)ᄒ샤, 혹즈 타인이 드룰진디 터터의 실덕(失德) 실체(失體)ᄒ시미, 졔ᄉ간(娣姒間) 블목ᄒ여 즈식을 그른 곳의 인도ᄒ믈 괴이【45】히 너기지 아니며, 버거 히아의 블효무상(不肖無狀)ᄒ믈 ᄯ짓지 아니리잇고? 연즉 빅부 디인과 부왕의 우이를 ᄉᆜ상ᄒ시미라. 쇼지 즈교룰 듯ᄌ오미, 만심이 숑황(悚惶)ᄒ

---

193)홍안박명(紅顔薄命) : 얼굴이 예쁜 여자는 팔자가 사나운 경우가 많음을 이르는 말.
194)싱지강보(生之襁褓) : 아이를 낳아 강보에 있을 때.
195)싱양(生養) : 낳아주신 부모님과 길러주신 부모님을 함께 이른 말.
196)감상화긔(減傷和氣) : 화락한 기운을 손상케 함.

"여뫼 망극흔 디통 ᄀᆞ온디 다시 퓌즈의 즈익ᄒ{ᄒ}믈 드르니, 비록 그 벌이 족ᄒ나, 목젼의 호식부의 박명홍안과 노모의 붕셩지통 가온디, 눔의 업슨 요쳑(夭慼)이 듕니최통(中裏最痛)ᄒ믈 엇디 면ᄒ리오마는, 명완블ᄉᄒ미 심어토목이라. 망극듕 능히 지보ᄒ믈 어드믄, ᄯᅩ흔 슬픈 가온디 너룰 슬하의 두어 위희홀 젹이 만흐므로, 즈연 비환고락을 아디 못ᄒᄂ ᄃ시 일월을 보니더니, 이제 ᄯ나기룰 당ᄒ니 니회 암연ᄒ미 그음업ᄂ디라. 여뫼 더옥 너를 보니고 심【1】ᄉ를 《디쳑∥디졉》지 못ᄒ리로다. 니별이 비록 결연ᄒ나 현마 엇디 ᄒ리오마는, 니 ᄋᆞ히 경스의 도라가나 편홀 줄 밋디 못ᄒᄂ니, 최져의 심용이 엇디 맛ᄎᆷ니 즈부룰 편이 거ᄂ릴 니 이시리오. 여뫼 일ᄂᆞ뼈 더옥 깁흔 념녜 방하치 못ᄒ리로다."

한님이 복슈 쳥교의 누쉬 《솝솝∥산산(潸潸)》ᄒ야 빅년용화를 젹셔 왈,

"경일누 즈위 셜ᄉ 쇼쇼 허물이 겨신들 히ᄋ를 강보의 거두어 양지휵지ᄒ시미 텬뉸즈이의 조금도 부족ᄒ미 업거눌, 엇디 이런 말솜을 일ᄏᄅ샤 히아로뼈 싱양을 층등ᄒᄂ 블민흔 힝시 나타나게 ᄒ시고, 즈위 ᄯᅩ흔 동긔디녈의 감상화긔ᄒ샤, 혹 타인이 드룰진디, 태태의 실덕ᄒ시미 졔ᄉ간 화긔를 블【2】목ᄒ야, 즈식을 그른 곳의 인도ᄒ시믈 고이히 넉이디 아니며, 버거 히ᄋ의 불민무상ᄒ믈 ᄯ짓디 아니리잇고? 쇼지 즈교를 듯ᄌ오미 만심이 숑황ᄒ믈 이긔디 못ᄒ리로소이다."

여 부지쇼향(不知所向) 이로쇼이다."

당휘 쳥파의 아주의 셩효를 크게 아름다이 너겨, 지통을 도로혀[197] 잠쇼(暫笑)ᄒ고, 한님의 숀을 어로만져 기리 탄식 왈,

"고인이 운왈, '지ᄌ(知子)는 막여부뫼(莫如父母)'[198]라 ᄒ엿거놀 여뫼 실노 오아를 아지 못ᄒ닷다. 노뫼 실언(失言)혼가 ᄒ느니 아히는 또【46】혼 쇼려(掃慮)ᄒ여 거리끼지 말나. 너는 남지라 비록 아모 디경의 미쳐도 혹ᄌ 보젼ᄒ려니와 윤식부는 쳔승교와(千乘嬌瓦)[199]로 연연약질이 만일 험난혼 디경을 당혼 즉 엇지 보젼ᄒ믈 바라리오."

한님이 이셩화긔ᄒ여 쥬왈,

"화복이 관슈(關數)ᄒ고 유명(有命)이 지텬(在天)이라. 히아와 윤시 진실노 명이 길고 복이 만ᄒ면 아모 환난 가온디라도 ᄌ연 보젼ᄒ올 비오, 명이 단(短)ᄒ고 복이 박(薄)혼 즉, 비록 평안혼 시졀이라도 ᄌ연 보젼치 못ᄒ오리니, 【47】복원(伏願) ᄌ위는 안심(安心) 쇼려(掃慮)ᄒ쇼셔. 히아와 윤시 맛춥닉 쇼쇼(小小) 지앙을 쇼멸ᄒ고 부뷔 화락ᄒ여 ᄌ젼의 영효를 다ᄒ리이다."

당휘 탄식ᄒ여 심위(心憂) 만단(萬端)이나 ᄒ니, 모ᄌ의 그음업슨 졍회 일필난긔(一筆難記)[200]러라.

젹은덧 동방이 긔빅(旣白)ᄒ여 한님이 텨ᄉ긔 신셩(晨省)ᄒ고 됴션(朝膳)을 파ᄒ미, 터시 한님으로 더부러 왕의 묘젼의 나아가 통곡ᄒ여 ᄶ날시, 한님이 읍혈 통곡ᄒ미 쇼릭로 조차 긔운이 엄억(掩抑)ᄒ니, 슈승(數

당휘 쳥파의 ᄋᄌ의 셩효를 크게 아름다이 넉여 슬픔믈[을] 도로혀, 한님의 셤슈을 어ᄅ만져 왈,

"여뫼 실언ᄒ야시니 아히는 쇼려ᄒ라. 슈연이나, 너는 남지니 보젼ᄒ미 이시려니와 윤시는 쳔승교와로 연연약질이 만일 험난혼 디경을 당혼 즉, 엇디 보젼키를 ᄇᆞ라리오."

한님이 이에 다ᄃᆞ라는 ᄯᅩ혼 익이 아는 비라. 쇼이듀왈,

"화복이 관슈ᄒ고 유명이 지텬ᄒ오니, 히아와 윤시 진실노 명이 길고 복이 만【3】ᄒ면, 아모 환난 가온디라도 ᄌ연 보듕ᄒ미 될 거시오. 명복이 단ᄒ면 비록 평안혼 ᄯᆡ히 잇셔도 보젼치 못ᄒ리니, 시운 만시 다 명이라. 복원 ᄌ위는 안심 쇼려ᄒ쇼셔. 히아와 윤시 맛춥닉 쇼쇼 지앙을 쇼멸ᄒ고, 죵시 《부귀‖부뷔》 화락ᄒ여 ᄌ젼의 영효를 다ᄒ리이다."

당휘 역쇼역탄ᄒ야 심위 만단ᄒ니, 더욱 효ᄌ의 니슬ᄒ는 회포를 닐너 알비리오. 모ᄌ의 그음업슨 졍회 일필난긔러라.

이럿툿 한담ᄒ야 동방이 긔빅ᄒ니, 한님이 명신의 셔헌의 니ᄅ러 태ᄉ긔 신셩ᄒ고 됴션을 파ᄒ미, 태시 한님으로 더브러 오왕 묘젼의 나아가 통곡ᄒ며 ᄶ날시, 터시 션왕의 묘젼을 어ᄅ만져 이통[ᄒ]【4】ᄒ고, 한님이 비ᄉ

---

197) 도로혀 : 돌이켜. *도로혀다 : 돌이키다.
198) 지자(知子) 막여부모(莫如父母) : 자식을 아는 것은 부모만큼 잘 아는 사람이 없다.
199) 천승교와(千乘嬌瓦) : 제후(諸侯)의 귀한 딸. *천승(千乘); '천 대의 병거(兵車)'라는 뜻으로, 제후를 이르는 말. *교와(嬌瓦) : 예쁜 딸. '와(瓦; 실패)'는 바느질 도구의 하나로 여자아이들이 흔히 가지고 노는 장난감이라는 점에서, '딸'을 상징하는 말로 쓰였다. '딸을 낳은 경사'를 일러 '농와지경(弄瓦之慶)'이라 하는 것이 그 예다.
200) 일필난긔(一筆難記) : 한 붓으로 이루 다 적을 수 없다는 뜻으로, 내용이 길거나 복잡하여 간단히 기록하기 어려움을 이르는 말.

카) 《절혈∥적혈(赤血)》을 토(吐)흐고 모젼의 업【48】더지니, 틱시 디경흐여 우룸을 그치고 가인(家人)을 명흐여 한님을 붓드러 부듕의 도라와 구호흐니, 이윽고 긔운을 슈습흐미 틱시 지좌(在坐)흐여 계신지라. 블승황공흐여 유유 묵묵흐니 틱시 졍식 칙왈,

"네 비록 셩회 지극흐나 쏘흔 노부의 이시믈 아지 못흐고, 네 몸이 조션의 막디흐믈 싱각지 아니니, 블통고집흐미 심흔지라. 네 진실노 싱부의 묘하○[룰] 쩌나믈 슬허흘진디, 너 비록 너롤 상니(相離)흐미 결연흐나 이의 머【49】믈우고 도라가리니, 맛당이 삼년시묘(三年侍墓)[201]의 효롤 다흐여 보젼치 못흐눈 디경의 밋춘들 현마 엇지흐리오. 노뷔 금일노 조초 쾌히 부즈의 졍을 졀흐고 혼즈 도라가리라. 네 만일 날을 아뷔라 흐여 유렴(留念)흐미 잇거든 슬푸믈 간디로 아념즉흐고, 쏘 도리 졀원흐나 졀(節)을 쓰라 일년의 한번 오믄 쉽오니, 죽은 아뷔 묘하의 졀흐미 쉽고, 싱존흔 주모롤 반기○○기 쉽외려든, 엇지 스체 모르눈 쇼아의 미형(未瑩)[202]흔 거동으로, 노부와 존슈【50】의 념녀롤 도라보지 아닛누뇨?"

한님이 엄교롤 듯즈오미 블승젼뉼(不勝戰慄)흐여 연망이 머리롤 두다려 쳥죄흘 뿐이오, 감히 다른 말이 업더라.

이의 닉당의 드러와 니별흘 시, 당휘 틱스롤 향흐여 원노의 보듕흐시믈 쳥흐고 쏘 쳐연 함누 왈,

"박명(薄明) 죄쳡(罪妾)이 팔지(八字) 무상흐여 즁도의 션왕을 여희옵고, 다시 피즈의 상쳑(喪慽)을 만나니 텬뉸의 졍을 쓴기 어려온지라. 호식부의 고혈흔 거동을 디흐여 쳡이 토목이나 텬【51】디간 가업슨 지통이 풀닐 씨 이시리잇고만은, 존슉슉의 셩우롤 힘닙고 창아롤 슬하의 두어 져기 위회흐여 잔

읍혈흐야 눈물로조차 피을 화흐고 소리로조차 긔운이 엄엄흐니, 능히 강잉치 못흐야 수승 젹혈을 토흐고 묘하의 업더디니, 태시 디경흐여 급히 가인을 명흐여 한님을 붓드러 부듕의 도라와 구호흐니, 이윽고 긔운을 슈습흐야 야애 지좌흐여 겨시믈 보고, 블승황공흐여 유유 묵묵흐니, 공이 《졍싱∥졍식》 칙왈,

"너의 힝시 비록 셩효의 지극흐미나 쏘흔 노부 이시믈 아디 못흐고, 스스로 묘션의 막디흔 듕신이믈 싱각디 아니니, 이눈 불통고집흐미 심흔다라. 네 진실노 싱부의 묘하롤 쩌나믈 슬허흘진디, 노뷔 비록 상니흐미 결연흐나 이의 머믈고 도라가리니, 맛당이 삼【5】년시묘흐야 효롤 다흐여 지어 보젼치 못흐눈 지경의 《밋츨 둘∥밋춘들》 현마 엇디흐리오. 노뷔 금일노붓터 쾌히 부즈의 졍을 졀흐고 도라가리라."

한님이 불승젼뉼흐야 년망이 머리롤 두드려 쳥죄흘 뿐이러라.

틱시 한님으로 더브러 닉당의 드러와 부인긔 하직흘 시, 당휘 태스롤 향흐야 원노의 보듕흐시믈 일콧고 함누 왈,

"박명 죄쳡이 팔지 무상흐야 듕도의 션군을 여희옵고, 다시 피즈의 상쳑을 만나오니, 스졍의 통박흐믈 이긔디 못흐눈 듕, 호식부모즈의 고혈흔 형용을 디흐야 쳡심이 비여토목이라. 텬지간 ㄱ업슨 디통이 풀닐 날이 이시리잇고마는, 힝혀 돈슉슉의 우이흐【6】시눈 셩우를 입습고 창아를 만나 슬하의 두고 녀셔를 반겨 심회를 져기 위회흐더니,

---

201)시묘(侍墓) : 부모의 거상(居喪) 중에 3년간 그 무덤 옆에서 움막을 짓고 사는 일.
202)미형(未瑩) : 똑똑하지 못하고 어리석음.

명을 보젼ᄒ더니, 이제 슉슉이 환가ᄒ시고 챵이 도라가미, 쳡이 심회를 강잉키 어려온지라. 녀자의 원노 발셥(跋涉)이 극난ᄒ나, 원컨디 슉슉은 냥녀의 힝도시(行途時)의 윤식부를 한가지로 좃게 ᄒ시리잇가?"

텃시 공경 ᄃ왈,

"근슈교의(謹受敎矣)203)리니 원 슈슈는 기리 지보ᄒ쇼셔. 복이 도라가 맛당이 윤식부를 냥질【52】녀와 동힝ᄒ여 왕뎨의 초긔(初忌) 미쳐 복이 ᄌ질노 더부러 오리이다."

댱휘 디희 칭ᄉᄒ믈 마지 아니ᄒ더라.

《슉슉(叔叔)‖슈슉(嫂叔)》이 일쟝 니별을 맛고, 한님이 ᄌ위와 냥셔모와 슈슈를 작별ᄒ실ᄉ, 부왕의 초긔(初忌) 블원ᄒ여시니 오라지 아냐 하향(下鄕)ᄒ려니와, 《인신‖인심》이 블가측이라. 엇지 삼ᄉ삭지닉(三四朔之內)의 존망과 화복을 미리 졍ᄒ리오. 《삼슉‖삼슉(森肅204)》고별의 체읍 힝뉴ᄒ여 후회(後會) 암연(暗然)ᄒ더라.

텃시 한님의 숀을 닛그러 거름을 두로혀니,【53】댱휘 아ᄌ를 니별ᄒ미 시로이 여실즁보(如失重寶)205)ᄒ여 쳔슈만한(千愁萬恨)이 더욱 층쳡ᄒ나, 본디 투쳘명식(透徹明識)이 타류(他類)와 다른 고로 신셕(晨夕)의 스스로 위회(慰懷)ᄒ여 일월을 보니더라.

이젹의 윤·엄 냥원쉬 텬ᄉ로 더부러 한가지로 몬져 힝ᄒ고, 텃ᄉ 부ᄌᄂᆫ 일일을 칙지ᄒ여206) 힝홀 시, 시셰(時歲) 졍히 즁츄(仲秋) 슌간(旬間)의 미쳣더라.

ᄎ셜, 냥원슈의 디군이 호호탕탕(浩浩蕩蕩)이 힝ᄒ여 일노의 무ᄉ히 득달ᄒ여 황도(皇都)의 도라오니, 텃ᄉ 부지 ᄯᅩᄒᆫ 미조ᄎ【54】힝ᄒ며, 날을 니어 《환향‖환경(還京)》ᄒ니 미지여하(未知如何)오.

이ᄶᅵ 경ᄉ 엄상부의셔 가즁 상히 텃ᄉ 곤계와 한님이 집을 ᄯᅥ나미 근심이 가즁의 가

이제 슉슉이 환가ᄒ시고 챵이 도라가오니, 쳡의 심회를 강잉치 못ᄒ리로쇼이다. 녀자의 힝의 원노{의} ○○○[발셥이] 극난ᄒ오나, 원컨디 슉슉은 션·월 냥♀의 힝도시의 윤식부를 한가지로 좃게 ᄒ시리잇가?"

공이 쳥파의 ○[공]경 ᄃ왈,

"근슈교의리니 원 슈슈는 기리 무양ᄒ쇼셔. 쇼싱이 도라가 맛당이 윤현부를 냥 질녀와 동힝ᄒ여 왕뎨의 초긔 밋쳐, 싱이 ᄌ딜노 더브러 오리이다."

댱휘 디희 칭ᄉᄒ더라.

한님이 ᄌ위와 냥셔모와 슈슈를 작별ᄒ실ᄉ, 부왕 초긔 블원ᄒ여시니, 오라디 아냐 하향ᄒ려니와, 인심이 블가측이라.【7】존망과 화복을 미리 졍ᄒ리오. 삼슈 고별의 체읍 힝뉴ᄒ야 후회 암연ᄒ더라.

텃시 한님의 손을 잇그러 거름을 두로혀니, 댱휘 아ᄌ를 니별ᄒ니 시로은 쳔슈만한이 더욱 층쳡ᄒ나, 본디 투쳘명식이 타류와 다른 고로 신셕의 스스로 위회ᄒ여 일월을 보니더라.

이젹의 윤·엄 냥 원슈와 텬시 한가지로 몬져 힝ᄒ고, 태ᄉ 부ᄌᄂᆫ 일일 칙지ᄒ야 힝ᄒ미, 일노의 무ᄉ히 득달ᄒ야 황도의 도라오니라.

이 ᄶᅵ 경ᄉ 엄부의셔 가듕상히 태ᄉ 곤계와 한님이 집을 ᄯᅥ나미 근심이 가듕의 ᄀ득

---

203)근슈교의(謹受敎矣) : 삼가 가르침을 따르다.
204)삼슉(森肅) : 말이나 태도 따위가 위엄이 있고 정중함
205)여실즁보(如失重寶) : 귀한 보배를 잃은 것 같음.
206)칙지ᄒ다 : 뒤처지다. 어떤 수준이나 대열에 들지 못하고 뒤로 처지거나 남게 되다.

득흔 가온디, 홀노 흔힝(欣幸)흐는 즈는 최부인 노쥐라. 틱ᄉ와 츔밀이 부즁을 찌나시니 거리끼며 두리온 거시 업는지라

엄부인 냥인이 부왕(父王)의 상ᄉ를(喪事)를 만나 젼부(傳訃)로 조ᄎ, 빅부 부즁의 모다 셩복(成服)을 지닌 후, 인흐여 도라가지 아니흐고 이의 머므러, 아외[의라히 동녁흘 바라 궁텬영모(窮天永慕)【55】의 야야룰 ᄉ모흐미, 싱니ᄉ별(生離死別)²⁰⁷)을 격흐엿거눌, 버거 ᄎ시룰 당흐여 모후의 붕셩지통(崩城之痛) 가온디, 거거의 블초시역(不肖弑逆)흐미 가국의 홰(禍)되믈 블승 이달옴과, 일노뻐 부왕의 쳥명(淸名)을 츄락(墜落)흐고, 스ᄉ로 참측(慘惻)흔²⁰⁸) 화앙(禍殃)을 안을가 직[긱]골비도(刻骨悲悼)흐여 날노 근심흐고, ᄯ흔 쇼고의 신셰 위란흐미 조셕의 이시믈 깁히 념녀흐여, 그 셩덕 지용을 앗기고 빅모의 실덕을 이달나, 아의 부뷔 맛춤닉 남의 업손 희한흔 변익(變厄)을 만날【56】가 흐여 상심비도(傷心悲悼)흐미, 오히려 지통을 니긔는지라. 져 최부인이 냥질녀의 긔식을 엇지 아지 못흐리오만은, 이럴ᄉ록 심하의 더욱 넝쇼흐여 윤시 함히흐기룰 방[반]계곡경(盤溪曲徑)²⁰⁹)으로 못미츨 ᄃ시 흐니, 이 ᄯ흔 텬야(天也)며 명얘(命也)오. ᄯ흔 한님 부부의 명되 긔흔(奇痕)흐미 아니리오.

최부인이 영교 미션으로 흐여곰 넙이 긔특흔 도ᄉ와 득도(得道)흔 이승(異僧)을 구흘시, 김후셥은 산ᄉ(山寺) 도관(道觀)의 무뢰(無賴) 도박(賭博)흐는 뉴라. 한 요괴룰 만나미【57】무어시 어려오리오. 후셥이 역시 최부인을 셤기미 간담(肝膽)을 짜히 바려 갑흘 ᄯ시 잇는지라. 흐물며 비상(臂上)의 ᄌ지(刺字)흔 ᄉ원(私怨)을 갑흘 ᄯ시 급흐니, 엇지 부인의 명녕(命令)을 지완(遲緩)흐리오.

207)싱니ᄉ별(生離死別) : 살아 있을 때에는 멀리 떨어져 있고 죽어서는 영원히 헤어짐.
208)참측(慘惻)흐다 : 몹시 슬퍼하다.
209)반계곡경(盤溪曲徑) : 서려 있는 계곡과 구불구불한 길이라는 뜻으로, 일을 순서대로 정당하게 하지 아니하고 그릇된 수단을 써서 억지로 함을 이르는 말.

흐디, 홀노 흔힝흐는 즈는 최부인 노쥐라. 태ᄉ와 츔밀이 부듕을 찌나시니 거리끼며 두리【8】온 거시 업는디라.

엄부인 냥인이 부왕의 상ᄉ를 만나 젼부로 조ᄎ, 빅부 부듕의 모다 셩복을 디니고, 인흐야 도라가디 안니흐고 머므러, 아으리[라]이 동녁흘 ᄇ라 궁텬 영모의 야야를 영모흐미, 싱니ᄉ별을 격흐엿거눌, 버거 ᄎ시를 당흐야 모후의 붕셩디통 가온디, 거거의 불초 시역흐미 가국의 홰 되믈《술승∥불승》이돌음과, 일노뻐 부왕의 쳥명을 츄락흐믈 각골비도흐야 날노 근심흐고, ᄯ흔 쇼고의 신셰 위란흐믈 깁히 념녀흐여 그 셩덕지모를 앗기고, 빅모의 실덕을 깁히 이달나, 아의 부뷔 맛춤닉 변익을 만날가, 상심비도흐미 오히려 디통을 이긔는디라. 져 최부인이 냥【9】딜녀의 긔식을 엇디 모르리오마는, 이럴ᄉ록 더욱 윤시 함히흐기를 급히 흐니, 이 ᄯ흔 한님 부부의 명되 긔흔흐미 아니리오.

최부인이 영교 이[미]션으로 더브러 너비 긔특흔 도ᄉ와 득도흔 이승을 구흘시, 김후셥은 산ᄉ 도관의 무뢰 도박흐는 뉴라. 흔 요괴○[를] 만나미 무어시 어려오리오. 후셥이 역시 최부인을 셤기미 간담을 ᄯ히 ᄇ려 갑흘 ᄯ시 잇는디라. 허믈며 슈비를 ᄌ지흔 ᄉ원을 갑흘 ᄯ시 급흐니 엇디 부인의 녕을 디완흐리오.

후섭이 스스로 《냥판‖냥탁(糧橐)210)》을 메고 수쳐로 분쥬ᄒ여, 원근을 혜지 아니ᄒ고 산샤 도관과 그윽ᄒ 촌점(村店)의 방황ᄒ더니, 최후의 절강(浙江)211) 짜히셔 일기 요괴(妖怪)를 만나니, 기승(其僧)이 년긔 뉵십이나 ᄒ다. 창안학발(蒼顔鶴髮)이 쇼쇼(疏疏)ᄒ고 쇼안(素顔)이 결빅(潔白)ᄒ며, '쳔변만화(千變萬化)의【58】신긔ᄒᆫ 조홰 잇노라.'ᄒ고, 칭호(稱號) 왈 '녕원신법사'로라 ᄒ고, 스스로 니로ᄃᆡ,

'본ᄃᆡ 어려서 상션부모(上鮮父母)212)ᄒ고 죵션형뎨(終鮮兄弟)213)ᄒ며 무타죵족(無他宗族)214)ᄒ니, 드ᄃᆡ여 인눈을 ᄉ졀(辭絶)ᄒ고 츌가(出家)ᄒ여 이인(異人)을 만나 도통(道統)을 젼슈(傳受)ᄒ니, 이 곳 범연ᄒᆫ 신슐(神術)이 아니라. 구텬 현여낭낭(玄女娘娘)215)의 텬문비결(天文秘訣)216)이라. 긔실 닐흔두 가지 변화의 거의 졍통ᄒ미 이시리라.'

ᄒ거늘, 후섭이 일변 상견(想見)의 피ᄎᆞ 지긔상합(志氣相合)217)ᄒ여 당당이 ᄉ싱(死生)을 결약(結約)ᄒ여 슉질지졍(叔姪之情)으로 ᄉ괴【59】기를 언약(言約)ᄒ고, 바야흐로 엄

섭이 스스로 냥탁을 메고 수쳐로 분쥬ᄒ더니, 최후의 절강 ᄯᅡ히셔 일기 요괴를 만나니, 기승이 년이 뉵십이나 ᄒ다. 창안학발이 소소ᄒ【10】고 소안이 결빅ᄒ며, 쳔변만홰 신긔ᄒᆫ 지조를 가져[졋]로라 ᄒ고, 칭호 왈, '녕○[원]신법ᄉ'로라 ᄒ고, 스스로 닐오ᄃᆡ,

'어려서 상션부모ᄒ고 무타 죵죡ᄒ미 드ᄃᆡ여 인눈을 ᄉ졀ᄒ고, 츌가ᄒ야 이인을 만나 도통을 젼슈ᄒ여, 긔실 일흔 두가지 변화를 졍통ᄒ미 이실와'

ᄒ거늘, 후섭○[이] 피ᄎᆞ 지긔상합ᄒ여 당당이 ᄉ싱을 결약ᄒ여 슉○[이]질지졍을 언약ᄒ고, 엄태수 부인 소청을 베프니,

---

210)냥탁(糧橐) : 양탁(糧橐). 양식을 담은 자루.

211)절강(浙江) : 저장-성(Zhejiang[浙江]省). 『지명』 중국 동남부의 동중국해 연안에 있는 성. 고대 월나라의 땅이었으며, 저우산 군도(舟山群島)에는 불교의 4대 명산 중 하나인 푸퉈산(普陀山)이 있고, 근해에 중국 최대의 어장인 선자먼(沈家門)이 있다. 성도(省都)는 항저우(杭州).

212)상션부모(上鮮父母) : 위로는 부모가 많지 않음. 곧 부모의 형제들 백부모, 숙부모, 고모, 고모부, 이모 이모부 등이 많지 않음.

213)죵션형뎨(終鮮兄弟) : 형제가 적다는 말. 『시경』<정풍(鄭風)> '양지수(揚之水)'시의 '終鮮兄弟 維予與女(형제도 적어 나와 너뿐이다)와 이밀(李密)의 <진정표(陳情表)>'旣無叔伯 終鮮兄弟(숙부나 백부도 없고 형제도 없다)'에 나오는 말.

214)무타죵죡(無他宗族) : 다른 일가가 없음.

215)현여낭낭(玄女娘娘) : 중국 상고(上古) 증원 땅에서 황제(黃帝)가 치우(蚩尤)와 싸울 때에 병법을 가르쳐 주었다는 신녀(神女).

216)텬문비결(天文秘訣) : 천문에 관한 비결서. *천문(天文): 우주와 천체의 온갖 현상과 그에 내재된 법칙성. *비결(秘訣): 앞날의 길흉화복을 얼른 보아서는 그 내용을 알 수 없도록 적어 놓은 글이나 책.

217)지긔상합(志氣相合) : 두 사람 사이의 의지와 기개가 서로 잘 맞음. 늑지기투합.

틱스 부인의 쇼쳥을 베프니, 녕원신법시 더
희ᄒᆞ여 즉시 후셥을 조츠 엄부의 니르러, 최
부인긔 납명현알(納名見謁)ᄒᆞ니218), 부인이
더열ᄒᆞ여 후셥의 근신(勤愼)ᄒᆞᄆᆞᆯ 포장(褒獎)
ᄒᆞ고, 즉시 녕원을 협실노 은근이 쳥ᄒᆞ여 화
미쇼찬(華味素饌)219)을 니여 관ᄃᆡ(款待)ᄒᆞ고,
쇼거근챡(所居根着)220)을 므를 시, 피치(彼
此) 깃부믈 니긔지 못ᄒᆞ더라.

최부인이 ᄌᆞ녀의 슈요궁달(壽夭窮達221))을
뭇고 ᄎᆞ후 길흉화복(吉凶禍福)으로뻐 무르니,
녕원이 츄졈(推占)ᄒᆞ다가 닐오ᄃᆡ,

"모든 【60】 쇼부인이 다 공후(公侯)의 ᄂᆡ
죄(內助) 되여 팔좌(八座)222)의 부귀와 ᄌᆞ숀
이 만당ᄒᆞ시고, 슈부영녹(壽富榮祿)ᄒᆞ여 평ᄉᆡᆼ
의 한 흠이 업ᄂᆞ이다. 다만 부인이 틱ᄉᆞ 노
야로 아시결발(兒時結髮)ᄒᆞ샤, 일즉223) 상하
(床下)의 타인의 언식(言飾)ᄒᆞᄆᆞᆯ 보지 아니시
고, 임의 즁년을 넘으시도록 한갈갓치 영화
다다(多多)ᄒᆞ시나, 스오년 후의 큰 지앙이 계
샤, 비록 지셩 효ᄌᆞ의 츌인(出人)ᄒᆞᆫ 지효(至
孝)를 힘닙어 츌거(黜去)의 거조(擧措)를 면
ᄒᆞ시나, 부뷔 크게 견과(見過)ᄒᆞ시고, 죄를
인눈의 어더 하마면 셩명이 위턱홀 【61】 번
ᄒᆞ고, 만셩이 타비(唾誹)ᄒᆞ고 지쇼(指笑)ᄒᆞᄆᆞᆯ
면치 못ᄒᆞ시고, 늦게야 허다(許多) 취예(醜
穢)를 엇고, 노야의 일년 박ᄃᆡ(薄待)를 만나
샤 일장(一場) 분난(紛亂)을 격그시려니와,
필경은 가장 길ᄒᆞ니 만년 영복이 무흠ᄒᆞ시리
이다. ᄯᅩ한 달슈영복(達壽榮福)의 무흠ᄒᆞᆫ 복
과 빅ᄌᆞ쳔숀(百子千孫)의 계계승승(繼繼承承)
ᄒᆞ시리이다."

녕원법시 대희ᄒᆞ여 즉시 후셥을 조츠 엄부의
니르러 최부인긔 납명현알ᄒᆞ니, 부인이 대열
ᄒᆞ여 후셥의 근신ᄒᆞ믈 표장ᄒᆞ고 즉시 녕원을
협실노 쳥ᄒᆞ여 화미소찬을 니여 관ᄃᆡᄒᆞ고 소
거근칙을 무를 시, 피치 깃【11】거 ᄒᆞ더라.

최부인이 ᄌᆞ녀의 슈요궁달을 무르니, 녕원
이 츄졈ᄒᆞ다가 왈,

"모든 쇼부인이 다 {귀}공후의 ᄂᆡ조 되여
팔좌의 부와 ᄌᆞ손이 만당《ᄒᆞ실∥ᄒᆞ시고》 슈
부녕녹이 평ᄉᆡᆼ의 흠이 업ᄂᆞ이다. 다만 부인
이 태ᄉᆞ 노야로《오시∥아시》결발노 듕년이
넘도록 ᄒᆞᆫ갈 ᄀᆞᆺ치 영화 다다ᄒᆞ시나, 스오 년
후의 큰 지앙이 겨샤, 비록 지셩 효ᄌᆞ의 지
효을 닙으샤 츌거의 거조를 면ᄒᆞ시나, 부뷔
크게 견과ᄒᆞ시고, 죄를 인눈의 어더 만셩이
타비 지쇼ᄒᆞ믈 면치 못ᄒᆞ시려니와, 필경은
가장 길ᄒᆞ니 말년 영복이 무흠ᄒᆞ시리이다."

---

218)납명현알(納名見謁)ᄒᆞ다 : 지체가 높은 사람을 찾
　아가 이름을 적어 올려 뵙고자 하는 뜻을 전하고,
　직접 대면하여 뵈다.
219)화미쇼찬(華味素饌) : 맛이 좋고 고기나 생선이 들
　어 있지 않은 반찬으로 차린 밥상.
220)쇼거근챡(所居根着) : 살고 있는 곳의 주소와 가족
　사항 등의 살아온 내력.
221)슈요궁달(壽夭窮達) : 오래 삶과 일찍 죽음 그리고
　빈궁(貧窮)과 영달(榮達)을 아울러 이르는 말.
222)팔좌(八座) : 『역사』 중국 수나라·당나라 때에,
　좌우 복야와 영(令)과 육상서를 통틀어 이르던 말.
223)일즉 : 일찍.

부인이 크게 블열(不悅)ㅎ여 갈오디,

"진실노 종시의 복녹이 만흐면 쇼쇼지앙(小小災殃)이야 현마 어이 ㅎ리오. 그러나 수부의 신슐노 각별 쇼지(消災)[224]흘 방약(方略)이 잇느냐?"

법시 침음【62】왈,

"쇽셜(俗說)의 닐너시디, '금은이 만흐면 귀신도 스귄다' ㅎ옵느니, 부인이 만일 지물을 앗기지 아니신즉, 이 본디 스싱지제(死生之際)의 결단흘 디익(大厄)이 아니라, 일시 쇼쇼(小小) 익경(厄境)이니 지물 곳 만히 드리면 현마 아니 쇼지ㅎ리잇가?"

부인이 우왈(又曰),

"첩이 비록 빈한ㅎ나 고즁(庫中)의 금빅이 누만지(累萬財)오, 상협(箱篋)의 씨친 수물(私物)이 슈만금(數萬金)이니, 현마 쇼쇼 지물 허비ㅎ는 거시야 앗기리오."

쏘흔 한님 부부와 쇼공주 영의 수쥬(四柱)[225]를 니르고, 그 전정화복(前程禍福)[226]을 아라지라 ㅎ【63】고, 몬져 한님 부부의 싱년 월일을 니르니, 법시 이윽이 보더니 디경실식(大驚失色)ㅎ여 히음업시 팔흘 드러 합장ㅎ고 심심(深深) 작비(作拜)ㅎ여 갈오디,

"현지(賢才) 긔지(奇才)라! 한님 노야와 윤부인은 텬상션신(天上仙神)이오, 인세귀인(人世貴人)이라. 삼싱슉치(三生宿債)[227]로 금세의 미즈미 근원(根源)이 강하(江河) 갓고, 귀ㅎ미 틱산 갓흐니, 비록 쵸년의 명되(命途) 긔궁(奇窮)[228]ㅎ여 비상흔 화란과 괴이흔 익경이 상싱(相生)ㅎ나, 반두시 길운(吉運)이 도라와 부부 냥인의 청명도덕과 효절(孝節) 상힝(常行)[229]이 스림의 《훼즈∥회자(膾炙)》

부인 왈,

"진실노 죵시 복녹이 만흐면 쇼쇼 지앙이야 현마 어이ㅎ리오. 그러나 수부의 신슐【12】노 각별 소지흘 방약이 잇느냐?"

법시 팀음 왈,

"속셜의 닐너시디 '금은이 만흐면 귀신도 사괸다.' ㅎ옵나니, 부인이 만일 지믈 앗기지 아니실진디 일시 쇼쇼 익경이니, 지믈 곳 만히 드리면 현마 아니 소지ㅎ리잇가?"

부인이 우왈,

"첩이 비록 빈한ㅎ나 고듕의 금빅이 누만지오, 상협의 씨친 수믈이 수만 금이니, 소소 지믈을 앗기리오?"

쏘 한님 부부와 영의 수쥬를 니르고 그 전정화복을 무르니, 법시 이윽이 보더니 대경실식ㅎ야 합장 비 왈,

"현지 긔지라! 한님 노야와 윤부인은 텬상 션인이오. 인세 귀인이라. 삼싱슉치로 금세의 미즈미 근원이 강하 굿고, 귀ㅎ미 태산 굿투니, 비록 쵸년의 명되 긔궁ㅎ【13】야 비상○[흔] 《ㅎ란∥화란》과 고괴이흔 익경이 《싱상∥상싱》ㅎ나, 반두시 길운이 도라와, 부부 냥인의 청명도덕과 효절 상힝이 샤림의 《희즈∥회자》흘 분더러, 천츄의 뉴전ㅎ리로소이다.

---

224)쇼지(消災) : 재앙을 소멸시킴.

225)수쥬(四柱) : 사람이 태어난 연월일시의 네 간지(干支). 또는 이에 근거하여 사람의 길흉화복을 알아보는 점.

226)전정화복(前程禍福) : 앞날에 닥칠 재화(災禍)와 복록(福祿)

227)삼싱슉채(三生宿債) : 전세 현세 내세에 걸쳐 운명적으로 정해져 있는 인연.

228)긔궁(奇窮) : 몹시 곤궁함.

229)상힝(常行) : 오상(五常)의 행실. *오상: =오륜(五倫)

흘 쭌 아니【64】라, 반두시 쳔츄(千秋)의 흘너 만디(萬代)의 뉴젼(遺傳)ᄒ리로쇼이다. 쇼공지 쏘흔 한님으로 더부러 형뎨 우공(友恭)ᄒ미, 반두시 아룸다온 효우와 솟다온 힝실이 공안(孔顔)230)의 후(後)를 니어, 쳥힝도덕이 일셰의 유명ᄒ여 인인이 비화 스싱코져 ᄒ려니와, 맛츰니 큰 일홈과 명셩흔 도덕은 한님의 하풍(下風)을 감심ᄒ시리이다."

부인이 쳥파의 악연(愕然) 묵묵(默默)ᄒ여 블열(不悅)ᄒ디 영교 미션이 찬조 왈,

"우리 공ᄌᄂ 본디 엄시 디죵이로디 싱셰ᄒ기를 늦게야 ᄒ여 티ᄉ 노애【65】 미쳐 '농장(弄璋)의 경ᄉ(慶事)'231)룰 기다리지 못ᄒ시고 한님 노야룰 츌계(出系)ᄒ신 비라. 우리 부인이 본디 셩덕(盛德)이 광화(廣和)232)ᄒ샤 한님을 이즁ᄒ시미 오히려 공주의 우희 계시디, 한님과 윤쇼제 블쵸블민(不肖不敏)ᄒ여 부인의 셩덕을 아지 못ᄒ시고, 믄득 무고히 질원(疾怨)ᄒ여 원(怨)을 품고 한(恨)을 ᄲ하, 평일 부슉의게 부인 모ᄌ의 업ᄂ 허물을 창셜ᄒ여, 졈졈 가간(家間)의 블화흔 묘믹(苗脈)이 비최ᄂ 고로, 우리 부인이 ᄉ부(師父)룰 닐위여 평싱 쇼원을 닐우고, 한님【66】 부부룰 쇼제(掃除)ᄒ여 목젼의 급흔 근심을 닛고져 ᄒ시거놀, ᄉ뷔 도로혀 의외지언(意外之言)으로 져의 부부룰 과도히 찬양ᄒ니, 연즉 져근 계규로 감히 져 부부룰 히치 못ᄒ리라 말가? 우리 노쥐 쇽졀업시 한님 부부의 졀제(節制)룰 바다 힘힘히233) 초ᄉ(焦死)흔 넉시 되리로다."

녕원이 호호히 웃고 프러 니ᄅ디,

"엄한님과 윤부인이 팔지 진실노 조커니와, 쇼공지 귀복이 역시 하등이 아니니 쏘 엇지 인즁승텬(人衆勝天)234)을 긔약지 못ᄒ

230)공안(孔顔) : 공자(孔子)와 안자(顔子)를 함께 이르는 말.
231)농장(弄璋)의 경ᄉ(慶事) : 늑농장지경(弄璋之慶). 아들을 낳는 경사. 예전에, 중국에서 아들을 낳으면 구슬을 장난감으로 주었다는 데서 유래한다.
232)광화(廣和) : 마음이 넓고 온화함.
233)힘힘히 : 부질없이. 헛되이.
234)인즁승텬(人衆勝天) : '여러 사람이 힘을 합치면 하늘도 이길 수 있다'는 뜻으로 '사람의 힘이 큼'을

쇼공ᄌ 쏘흔 한님으로 더브러 형뎨 우공ᄒ야 아룹다온 힝실이 《긍∥공》·안의 후를 니어 쳥힝도덕이 일셰를 드레려니와, 큰 일홈과 셩명도덕은 한님의 하풍을 감심ᄒ시리이다."

부인이 쳥파의 《악악∥악연》 믁믁ᄒ디 영교 미션이 찬됴 왈,

"우리 공ᄌᄂ 본디 엄시 대죵으로디, 싱셰ᄒ기를 늦게야 ᄒ여 태ᄉ 노야 한님 노야를 츌계ᄒ신 비라. 우리 부인이 본디 셩덕이 광화ᄒ샤 한님을 이듕ᄒ시미 오히려 우리 공【14】ᄌ 우희 겨시디, 한님과 윤쇼제 블쵸블민ᄒ여 부인 셩덕을 아지 못ᄒ시고, 무고히 원을 품어 부인 모ᄌ의 업ᄂ 허믈을 부슉의게 참쇼ᄒ여 가간의 블화흔 묘믹이 빗최ᄂ 고로, 우리 부인이 ᄉ부를 일위여 평싱 소원을 닐우고져 ᄒ시거놀 ᄉ뷔 도로혀 져의 부부를 과도히 찬양ᄒ니, 연즉 져근 계교로 져 부부를 히치 못ᄒ랴?"

녕원이 호호히 웃고 프러 닐오디,

"한님과 윤부인 팔지 진실노 됴커니와 쇼공지 귀복이 역(亦) 하등이 아니니, 엇디 인듕승텬을 긔약디 아니리오.

리오. 부인은 빈승【67】의 일시 희언(戱言)을 곳이듯지 마로쇼셔. 한님과 윤쇼제 귀훈 듯ᄒ나, 실노 팔지(八字) 슌(順)치 못ᄒ여 초년 화익(禍厄)의 비명횡시(非命橫死) 만ᄒ니, 이 가온디 빈승이 별단 묘계로뻐 시험ᄒ면 엇지 신묘○[훈] 긔계(奇計) 가온디 홀노 하놀을 니긔지 못홀가 근심ᄒ리오."

부인이 쳥미파의 근심을 드도혀 봉황미(鳳凰眉) 열니이고, 아험(娥臉)이 ᄌ연ᄒ여 반만 우어 왈,

"이런즉 ᄉ뷔 엇지 말슴을 너모 과히 ᄒ여 쳡의 놀난 가슴이 벌덕이게 ᄒᄂ뇨? 쳥컨데 ᄉ부는 겸ᄉ【68】치 말고 놉흔 지조를 다ᄒ여 《영ᄌ‖역자(逆子)》 부부를 쇼제ᄒ고, 니 아히로뻐 엄시 장지 되여 슈쳔간(數千間) 금벽(金壁) 퇵실(宅室)과 누거만(累巨萬) 지산으로뻐 창의 긔물이 되게 말게 훈즉, 니 당당이 쳔금 지보(財寶)를 앗기지 아냐 ᄉ부의 은혜를 갑흐리라."

언파의 상협을 열고 빅은 오십근을 니여 녕원을 상ᄉ(償賜)ᄒ니, 단년(鍛鍊)훈 원뵈(元寶)235) 흰 빗치 찬연ᄒ여, 눈의 바이고 요승의 욕화(慾貨)를 치오는지라.

녕원 요리(妖尼) 원(願)의 ᄎ고 욕심의 족ᄒ여 감언미어(甘言美語)로【69】한님 부부 히(害)ᄒ기를 획칙ᄒ미, 언언(言言)이 공교치 아닌 곳이 업고, 날마다 암밀(暗密)치 아닌 비 업는지라.

부인이 영합(迎合) 쇼원(所願)ᄒ여 이날 ᄌ긔 침쇼의 즉시 감초고, 퇵ᄉ 곤계와 한님이 미쳐 도라오지 아냐셔, 윤쇼져를 몬저 히ᄒ기를 계규흘시, 녕원이 윤쇼져를 한번 보고져 ᄒ여, 이의 변ᄒ여 영교의 얼골이 되여 부인 명으로 윤쇼져 침쇼의 니ᄅ러 보니, ᄎ시 윤쇼제 이미훈 죄명을 시러 ᄉ실의 슈계(囚繫)훈 죄【70】인이 되여, 일일 일종(一鍾)의 믹반쇼식(麥飯蔬食)이 긔아(飢餓)를 면치

부인이[은] 빈승의 일시 희언을 고디듯디 마ᄅ쇼셔. 한님과 윤쇼제 귀ᄒ나 팔지 슌치 못ᄒ야 쵸년 화익의 비【15】명횡시 만ᄒ니, 이 ᄀ온디 빈승이 별단 묘계를 시험ᄒ면 엇디 하놀을 이긔디 못홀가 근심ᄒ리오."

부인이 쳥미의 근심을 두루혀 아협(雅頰)이 ᄌ연ᄒ야 반만 우어 왈,

"쳥컨디 ᄉ부는 놉픈 지를 다ᄒ여 역ᄌ부부를 소제ᄒ고 내 아희로뻐 엄시 댱지 되게 ᄒ라."

언파의 상협을 열고 빅은 오십 근을 니여 녕원을 상ᄒ니,

녕원이 깃거 감언미어로 한님 부부 히키를 획칙ᄒ니,

부인이 명합소원ᄒ야 이날 ᄌ긔 침소의 감초고 몬져 윤쇼져 히ᄒ기를 계교홀시, 녕원이 윤쇼져를 훈 번 보고져 ᄒ여 이에 변ᄒ여 영교의 얼골이 되여 윤쇼져 침쇼의 가 보니, ᄎ시 윤쇼제 이미훈 죄명을【16】시러 침소의 슈계훈 듕 오왕이 별셰ᄒ믈 만나고,

---

이르는 말.

235)원뵈(元寶) : 『역사』 중국에서 쓰던 화폐의 하나. 말굽 모양으로 된 은덩이로서 보통 무게가 50냥가량 나간다.=말굽은. 마제은(馬蹄銀).

못호여 최부인의 포악이 날노 심호고 씨로 더으니, 천만 고초룰 블가형언이라. 설상가 상(雪上加霜)으로 오왕의 별셰호믈 만나고, 엄구와 계구(季舅)와 한님이 다 부즁(府中)을 씨나 더욱 외롭고 위란(危亂)호 신셰 비길 곳이 업고, 존명을 어더 친구(親舅)의 셩복 (成服)을 참예호고 거상(居喪)호여, 인뉸의 가업순 참통(慘痛)을 면호니, 윤쇼제 본디 '싱어명문(生於名門)호고 장어녜학지가(長於 禮學之家)'236)호여, 나며 비상호고 자【71】라 미 긔이(奇異)호여 싱이지지(生而知之)237)호 셩명덕질(聖明德質)238)을 가졋고, 다시 진왕 과 명슉녈의 싱훈(生訓)을 바다, 심규(深閨) 의 장셩호고 금옥(金玉)의 싱장호여, 녜(禮) 룰 외오고 시(詩)룰 비화, 아시(兒時)로붓허 규측(閨側)의 니법(內法)을 유도(誘導)호미 붉 으니, 그 므삼 도의 극진치 아니호며 어니 거시 쇽(屬)지 아니호리오.

시쇽의 범범(凡凡) 쇽인(俗人)이라도 거의 쏠오고져 호거눌, 더욱 당셰의 텬강셩녀(天 降聖女) 윤시 월화룰 니룰 것가!

윤쇼제 비록 구문(舅門)의 입승(入承)호연 지 슈년의 더욱 【72】 친구(親舅) 오왕은 텬 이(天涯) 이국(異國)의 잇셔, 슬하의 뵈오미 드물고, 안면이 오히려 셔어호 듯호나, 본디 오왕의 황혹(恍惑)호 주이 냥 쇼고(小姑) 엄 부인 등의 감치 아니호던 비오, 쇼져의 지셩 텬회(至誠天孝) 쏘호 엄구의 은턱을 감골(感 骨)호며, 우러러 의앙(依仰)호는 정셩이 동촉 (洞屬)호던 바로써, 그 별셰 참보(慘報)룰 드 르미, 지통이 엇지 범연호리오.

고요히 슈실의 쳐호여 평싱 신셰룰 늣기는 가온디, 션구(先舅)의 음용(音容)을 츄모호고, 혜턱을 감오(感悟)호여 천슈만한(千愁萬恨) 【73】이 즁회(重懷) 최졀(最切)호믈 씨닷지 못 호고, 일턱지상(一宅之上)의 엄부인 주미(姉

엄구와 계구와 한님이 부듕을 씨나 더욱 외 롭고 위란호 형셰 비길 고디 업고, 존명을 어더 친구의 셩복을 참녜호고 거상호야, 인 뉸의 그업순 참통을 면호나,

구문의 입승 수년의 친구는 텬이 이국의 잇 셔 슬하의 뵈오미 드믈고, 안면이 오히려 셔 어호 바로, 그 별셰 참보를 드르미 디통이 엇디 범연호리오.

고요히 슈실의셔 평싱 신셰를 늣기는 가온디 션구의 음용을 츄모호야 천슈만한이 듕회 최 졀호믈 씨닷디 못고, 일턱지상의 엄부인 주미 머므러시나, 최부인이 주로 보는 줄 깃 거 아냐 왈,

---

236)싱어명문(生於名門) 장어녜학지가(長於禮學之家) :
　　명문가에서 태어나고 예학이 높은 가문에서 자라
　　남.
237)싱이지지(生而知之) : 삼지(三知)의 하나. 타고난
　　지혜. 또는 도(道)를 스스로 깨달음을 이른다.
238)셩명덕질(聖明德質) : 지혜와 덕

妹) 머므러시나, 최부인이 즈로 보는 쥴 깃
거 아니ᄒ나, 감히 질녀 등은 무고히 힐칙지
못ᄒ여 다만 견집(堅執)ᄒ여 닐오디,

"윤시ᄂ 셰간의 한낫 요죵(妖種)이라. 부형
의 셰염을 밋고, 두 쇼고의 안면을 빙즈ᄒ
여, 구가를 반ᄃ시 업누를 쯧이 잇ᄂᆫ니, 일
즉 아니 제어ᄒ여 칙지 아니치 못ᄒ지라. 냥
질은 우슉(愚叔)의 인졍이 홀노 윤시의게
《긱박∥극박(刻薄)》ᄒ가 의심치 말고, 모【7
4】로미 ᄉ졍을 존졀(撙節)ᄒ여 간악ᄒᆫ 녀ᄌ
를 즈로 ᄎᆞ즈 방ᄌᄒ믈 길우지 말나."

냥부인이 아연ᄒ나 본디 빅모의 부졍궤휼
(不正詭譎)ᄒᆫ 용심을 거울 갓치 비최ᄂᆫ지라.
디엄시 악연 냥구의 옥안을 븕히고 디왈,

"쇼괴 본디 부귀 교ᄋᆡ의 싱장ᄒ여 아ᄂᆫ 거
시 업ᄉ오나, 본셩인즉 온양(溫良) 즈혜(慈
惠)ᄒ오니, 방ᄌ(放恣) 간악다 밀위시미, 원
민치 아니리잇고? 쇼질 등이 구가의 이실 젹
과 달나 임의 일틱의 머믈며 잇다감 ᄎᆞ즈 셔
로 위로【75】ᄒ미 그디도록 유히(有害)ᄒ리잇
가?"

최부인이 작식(作色) 냥구(良久)의 넝쇼
왈,

"원간 챵이 평일 효슌ᄒ더니, 윤시를 취ᄒ
므로븟허 변심(變心) 외입(外入)ᄒ미 아조 본
셩을 일헛ᄂᆞ니, 질녀 등이 이제 윤시를 즈로
ᄎᆞ즈 무삼 비밀ᄉᆡ 잇ᄂᆫ지 모로거니와, 현질
은 모로미 윤시를 보나, ᄉ졍(私情)의 혐의를
두지 말고, 져의 블초ᄒᆫ 힝ᄉ를 도도지 말
나."

냥부인이 빅모의 억탁(臆度)ᄒᄂ 말ᄉᆞᆷ을
드ᄅ니, 디엄시 어이업셔 졍식ᄒ고 다시 말
ᄉᆞᆷᄒ고져 ᄒ【76】거ᄂᆞᆯ, 쇼엄부인은 투쳘명식
(透徹明識)이 신명(神明) 예쳘(睿哲)ᄒ여 뎨
곡(帝嚳239))의 신녕ᄒᆫ 긔질이오, 쇼호(少

"윤시ᄂ 셰간의 ᄒᆞᆫ 요죵【17】이라. 부형의
셰염을 밋고 두 쇼고의 안면을 빙즈ᄒ야 구
가를 반ᄃ시 업누를 쯧이 잇ᄂᆫ니, 냥딜은 즈
로 ᄎᆞᆺ디 말나."

냥부인이 본디 빅모의 부졍궤휼ᄒᆫ 심용을
거울벗ᄀᆞᆺ치 빗최ᄂᆫ디라. 대엄시 악연 냥구의
왈,

"쇼괴 본디 부귀 교ᄋᆡ의 싱장ᄒ나 본셩이
온냥ᄌ혜ᄒ오니, 방ᄌᄒ믈로 밀위시미 원민
치 아니리잇고? 쇼딜 등이 구가의 이실 젹과
달나 임의 일틱의 머믈며 잇다감 ᄎᆞ즈 셔로
위로ᄒ미 그디도록 유히ᄒ리잇고?"

최부인이 작식 넝쇼 왈,

"원간 챵이 평일 효슌ᄒ더니, 윤시를 취ᄒ
므로븟터 변심 외입ᄒ야 아조 본셩을 아조
일헛ᄂᆞ니, 질녀 등은 모ᄅ【18】미 윤시를 보
아 ᄉ졍을 두지 말고, 져의 블쵸ᄒᆫ 힝ᄉ를
도도지 말나."

냥부인이 빅모의 억탁ᄒᄂ 말ᄉᆞᆷ을 드ᄅ니,

---

239)뎨곡(帝嚳) : 중국 전설상의 오제(五帝) 가운데 한
　　사람으로 전욱의 아들이고 요(堯)임금의 아버지라고
　　전한다. 전욱)의 뒤를 이어 박(亳) 땅에 도읍을 정
　　하였으며, 흔히 고신씨(高辛氏)라고도 한다. 태어나
　　면서 자신의 이름을 말하였고, 현명하여 먼 일을
　　알았으며 미세한 일도 살폈고 만민에게 급한 것이
　　무엇인 줄 알았다고 한다.

昊)240)의 슬긔 잇ᄂ지라.

믄득 슈미를 잠간 움죽여 마음업시 웃고 최부인을 희유(解諭)ᄒ여 갈오ᄃᆡ,

"쇼질 등이 엇지 빅모의 셩덕을 아지 못ᄒ리잇고만은, 쇼괴 ᄯᅩᄒᆫ 텬싱지용(天生才容)과 힝신쳐ᄉ(行身處事)의 슉뇨현쳘(淑窈賢哲)ᄒ오미 하등이 아니러니, 홀연 오문의 입승ᄒᆫ 후 변화 긔질ᄒ오미 여ᄎᆞᄒ여, 지어(至於) 만고디악(萬古大惡) 음힝의 삭241)시라도, 능히 비포(排布)홀 듯ᄒ오니, 엇【77】지 괴이코 이닯지 아니리잇고? 윤시 이러틋 그룻되오미 구가의ᄂᆞᆫ 유ᄒᆡ무익(有害無益)ᄒ오ᄃᆡ, 오가의 이만 블힝이 업도쇼이다. 셕(夕)의 션왕(宣王)242)이 현군이 아니미 아니오, 쥬공(周公)243)이 튱신이 아니미 아니로ᄃᆡ, 마ᄎᆞ니 '동관(東關)의 뉴언(流言)'244)을 막지 못ᄒ시니, 빅모의 셩덕과 쇼고(小姑)의 현슉ᄒᄆ로, ᄯᅩ 엇지 조물이 다싀(多猜)ᄒ여 동관의 뉴언과 방불치 아닌 쥴 ᄯᅩ 엇지 알니잇고? 빅모의 쇼고를 주로 뭇지 말과져 ᄒ심도 올흐니, 쇼질【78】은 헤아리건ᄃᆡ, 빅뫼 역시 쇼고의 누명이 오조(烏鳥)의 ᄌᆞ웅(雌雄)245)갓흔 바로

---

240)쇼호(少昊) : 중국 태고 때에 있었다는 전설상의 임금. 황제의 아들로 이름은 현효, 금덕이었고, 천하를 다스리게 되었으므로 호를 금천씨(金天氏)라고 부른다. 가을을 다스리는 신으로 알려져 있다.

241)삭 : 싹. 어떤 일이나 사람이 앞으로 잘될 것 같은 낌새나 징조.=싹수

242)션왕(宣王) : : 중국 춘추시대 주(周) 나라 왕. 성은 희씨(姬氏)이고 이름은 정(靜). 여왕(厲王)의 태자였는데, 여왕이 실정(失政)을 하다가 체(彘) 땅으로 쫓겨난 후, 주 나라는 주공(周公)·소공(김公) 두 재상에 의해 14년간 공화정(共和政)이 이루어졌다. 여왕이 죽자 그 뒤를 이은 선왕은 스스로 덕을 닦아 왕도정치(王道政治)를 펼쳐 주를 중흥(中興)시켰다.

243)쥬공(周公) : 중국 주나라의 정치가. 문왕의 아들로 성은 희(姬). 이름은 단(旦). 형인 무왕을 도와 은나라를 멸하였고, 주나라의 기초를 튼튼히 하였다. 예악제도(禮樂制度)를 정비하였으며, ≪주례(周禮)≫를 지었다고 알려져 있다.

244)동관(東關)의 뉴언(流言) : 중국 주나라 주공(周公)이 어린 조카 성왕(成王)을 섭정하자, 주공의 형 관숙(管叔)과 아우 채숙(蔡叔)이 주공이 장차 어린 조카를 해할 것이라는 유언비어를 퍼트려 모해한 일을 말한다. 이로써 주공은 2년 간 나라 동쪽[=동관(東關)]으로 피해 있었다. 『서경』<周書>에 나온다.

혜아려, 쇼질 등이 빈빈(頻頻)이 왕니ᄒ미 도
로혀 윤시 신상의 유익ᄒ미 업고, 더욱 화근
의 빌미 될가 념녀ᄒ시민가 ᄒ옵ᄂ니, 쇼질
이 빅모의 셩덕을 항복ᄒᄂ이다."

　부인이 함노묵묵(含怒默默)ᄒ더라.【79】

---

245)오조(烏鳥)의 ᄌ웅(雌雄) : '까마귀의 암수를 가리
　　는 일'이란 뜻으로, 잘잘못이나 좋은 것과 나쁜 것
　　따위를 따져서 분간하기가 어려움을 이르는 말.

엄시효문청힝녹 권지십팔

화셜. 디엄시 쇼고를 위ᄒ며 슬프믈 니긔지 못ᄒ나, 아의 말슴을 드르미 역시 묵연ᄒ여 다시 흑빅을 다토지 못ᄒ고 감히 윤쇼져를 찻지 못ᄒ여 가만이 글월을 븟쳐 명철보신(明哲保身)ᄒ기를 촉탁(囑託)ᄒ니, 윤쇼제 엇지 구가 형셰를 모로리오. 냥져져의 글월을 밧고 가연 탄식ᄒ을 ᄯᅮᆫ이러라.

범부인이 비록 참잉(慘仍)[246]ᄒ믈 니긔지 못ᄒ나, 또 감히 빅ᄉ(伯姒)의 힝ᄉ를 간예치 못ᄒ【1】더라.

이날 녕원 신법시 가(假)영괴 되여 옥월졍의 나아가 보니, 윤쇼제 빅의쇼장(白衣素裝)으로 운환(雲鬟)을 헛흐르고, 아미(蛾眉)의 슈한(愁恨)이 만첩(萬疊)ᄒ여, 초침(草枕)의 머리를 더져 잠연이 셰스를 모르는 듯ᄒ니, 그리지 아닌 용슈ᄉ져(龍鬚蛇蹄)[247]와 다듬지 아닌 옥부츄영(玉膚秋影)[248]이 더욱 가려(佳麗) 쇼담ᄒ여, 벽누(碧樓)의 소월(素月)이 운간의 광치를 감초왓ᄂᆞᆫ 듯, 일ᄡᅡᆼ 셩안(星眼)이 나ᄌᆨᄒ여 ᄉ일(斜日)의 그림지 몽농(朦朧)ᄒ니, 빅셜안모(白雪顔貌)의 어른기는 귀복(貴福)과 부용(芙蓉)을 ᄶᅩᆫ 귀【2】밋히 덕치(德彩) 《은용∥은영(隱映)》ᄒ여 한덩이 빙옥(氷玉)을 딘치(眞彩)[249]로 장식ᄒ여 '녀슈(麗

다시 흑빅을 닷토디 못ᄒ여, 감히 윤쇼져를 찻디 못ᄒ고, 가마니 글월을 븟쳐 명철보신ᄒ기를 츄탁ᄒ니, 윤쇼제 엇디 구가 형셰를 모르리오. 냥쇼져의 글월을 밧고 가연 탄식ᄒᆯ 분이러라.

범부인이 비록 참잉ᄒ믈 이긔디 못ᄒ나, ᄯᅩᄒᆫ 감히 빅ᄉ의 힝ᄉ를 간예치 못ᄒ더라.

이날 녕원이 가영교 되여 옥월뎡의 나아가니, 윤쇼제 빅의소장으로 운환을 헛틀고, 아미의 슈한이 만텹ᄒ야 쵸침의 머리를 《더쳐∥더져》 잠연이 셰스를 모르는 듯ᄒ니, 그리지 아닌【19】농슈샤졔와 다듬디 아닌 옥부츄영이 더옥 소담ᄒ여, 벽누의 소월이 운간의 광치를 감초앗ᄂᆞᆫ 듯, 일ᄡᅡᆼ 셩안이 ᄂᆞᄌᆨᄒ야 샤일의 그림지 몽농ᄒ니, 빅셜안모의 어른기는 귀복과

---

246)참잉(慘仍) : 매우 참혹함.
247)농슈ᄉ제(龍鬚蛇蹄) : 용의 수염과 뱀의 발굽이란 뜻으로, 그림을 그릴 때 있지도 않은 불필요한 것까지를 그리는 것을 말함.
248)옥부츄영(玉膚秋影) : 옥처럼 아름다운 피부와 가을 햇살에 비친 그림자라는 뜻으로, 일반적으로 그림을 그릴 때, 이 부분들 곧, 옷 속에 가려진 피부나 가을 경치(景致)의 이면에 존재하는 그림자는 그리지 않는 부분이다. 따라서 이 표현은, '치장을 하여 꾸미지 않은 외모'를 비유적으로 표현한 말로 볼 수 있다.

水)의 겸금(兼金)'250)을 단년(鍛鍊)ᄒ여 ᄭᆡᆷ인 듯ᄒ니, 오치(五彩) 비무(飛舞)ᄒ고 상광(祥光)이 영농ᄒ믄 니ᄅ지 말고, 셩인ᄌ질(成仁資質)이 흡흡(洽洽)히 상고(上古) 녀와(女媧)251)로 방불ᄒ고 슉연명슉(肅然明淑)ᄒ 긔품은 '셩녀(聖女) ᄉ시(姒氏) 하쥬(河洲)의 계신 듯ᄒ지라'252).

요리(妖尼) 한번 우러러 보미 디경실식ᄒ여 다시 살펴고져 ᄒ미, 쇼제 믄득 영교의 와시믈 듯고 존고의 명녕을 밧드러 왓ᄂᆫ가ᄒ여, 이의 번신(飜身)ᄒ여 눌호여 니러 안ᄌ니, ᄌ연【3】츄파(秋波)를 거둡쓰는 바의 츄슈졍광(秋水淨光)253)이 조요(照耀)ᄒ여 바로 히발254)이 가을 물결의 바이ᄂᆫ255) 듯ᄒ니, 셩인슉녀(成仁淑女)의 지긔(正明之氣) 바로 두우(斗宇)256)의 ᄢᆡ칠257) 듯ᄒ니, 비록 음아질타(暗啞叱咤)258)의 호령이 견마(犬馬)의 힝치 아니ᄒ고, 쥬영즁(周營中)259)의 조마경(照

오치상광이 녕농ᄒ믄 니ᄅ지 말고, 셩인ᄌ질이 흡흡이 상고 녀와로 방불ᄒ고 슉연명슉ᄒ 긔품은 셩녀와 ᄉ시 하쥬의 겨신 듯ᄒ더라.

요괴 ᄒ 번 우러러 보미 디경실식ᄒ여 다시 살펴고져 ᄒ며, 쇼제 믄득 영교의 와시믈 듯고, 존고의 명녕을 밧드러 왓ᄂᆫ가 ᄒ여, 이에 번신ᄒ여 날호여 니러 안ᄌ니, ᄌ연 츄파를 거둡ᄯᅳᆺᄂᆫ 바의 츄슈졍광이 묘요ᄒ여 바로 힛발이 《ᄂᆞ을‖ᄀᆞ을》 믈결의 《보이‖바이》ᄂᆫ 듯ᄒ【20】니, 셩인슉녀의 졍명지긔 《발로‖바로》 두우의 ᄢᆡ칠 듯ᄒ니,

---

249)딘치(眞彩) : 『미술』 진하고 강하게 쓰는 채색. 또는 그것으로 그린 그림. 늑농채(濃彩), 석채(石彩).
250)녀슈(麗水)의 겸금(兼金) : 여수(麗水)에서 나는 겸금(兼金)이라는 말. 여수는 중국 양자강(揚子江) 상류인 운남성(雲南省)의 금사강(金砂江)을 이르는 말로, <천자문> '금생여수(金生麗水)'에서 말한 금(金)의 산지(産地)로 유명하다. 특히 여기서 나는 겸금(兼金)은 품질이 뛰어나 값이 보통 금보다 갑절이나 나간다.
251)녀와(女媧) : 『문학』 중국의 천지 창조 신화에 나오는 여신. 오색 돌을 빚어서 하늘의 갈라진 곳을 메우고 큰 거북의 다리를 잘라 하늘을 떠받치고 갈짚의 재로 물을 빨아들이게 하였다고 한다. 사람의 얼굴과 뱀의 몸을 한 여신으로 알려졌다.=여왜.
252)셩녀(聖女) ᄉ시(姒氏) 하쥬(河洲)의 계신 듯ᄒ지라 : 성녀 사씨가 강물 모래톱 가운데 있는 듯하다는 뜻으로, 여기서 사씨는 주(周)나라 문왕(文王)의 비(妃)인 태사(太姒)를 말한다. 문왕과 태사 부부의 사랑을 노래한 『시경』<관저(關雎)>장의 "관관저구 재하지주 요조숙녀 군자호구(關關雎鳩 在河之洲 窈窕淑女 君子好逑)"에서 따온 말.
253)츄슈졍광(秋水淨光) : 가을 물결처럼 맑은 광채.
254)히발 : 햇발. 사방으로 뻗친 햇살.
255)바이다 : 빛나다. (눈이) 부시다. 늑밤븨다.
256)두우(斗宇) : 온 세상
257)ᄢᆡ치다 : ᄭᅢᆺ치다. 꿰뚫다. 이쪽에서 저쪽까지 꿰어서 뚫다.
258)음아질타(暗啞叱咤) : 성내어 큰 소리로 꾸짖음.
259)쥬영즁(周營中) : 중국 주(周)나라 군사들의 군영(軍營) 가운데.

魔鏡)260)을 비최미 아니로딕, 요마(妖魔)의
정적을 시긱의 판단홀 듯ᄒ니, 쇽졀업시 구
미호(九尾孤)의 머리룰 황월하(黃鉞下)261)의
달 듯ᄒ더라.

녕원 요괴 본딕 사룸의 정신이 아니라 쳔
년을 셔악(西嶽) 화산(華山) 즁의 드러 도 닥
는 일곱 쏘리가【4】진 암여의 졍녕(精靈)이
라. 이 요괴 본딕 사룸의 인형(人形)을 비러
일쳔 년 득도ᄒ 암이라.

져의 지죄 족(足)ᄒ여 요괴로운 변홰 무궁
ᄒ딕, 졈졈 큰 ᄯᅳᆺ이 니러나 바로 황도의 드
러와 진짓 졍인(正人)을 만나거든, 요슐노 잡
아먹고 그 진혈(眞穴)을 아ᄉ 인형(人形)을
엇고, 졈졈 챵궐(猖獗)ᄒ여 셕ᄌ(昔者)의 쥬
(紂) 시졀 달긔(妲己)의 고ᄉ룰 본밧고져 ᄒ
므로, 일일은 음운흑무(陰雲黑霧)262)룰 타고
셔악(西岳)을 ᄯᅥ나 황셩으로 향ᄒ여 오더니,
길히셔 한 걸승(乞僧)을 만나 잡아먹고, 그
얼골을【5】빌고, 그 의복을 아ᄉ 닙고 프기
(鋪蓋)263)룰 슈습ᄒ여 쥭장(竹杖)을 집고 도
로의 왕ᄂᆡ(往來)ᄒ여, 스ᄉ로 녕원신법시로라
ᄒ더니, 후셥을 만나 엄티ᄉ 부인의 명녕지
ᄌ(螟蛉之子)264) 부부○룰] 히ᄒ려 ᄒ는 긔
미룰 일일히 알고, 윤쇼져의 셩덕진홰(聖德
眞華)265) 쳔고(千古)의 독보(獨步)ᄒ다 ᄒ믈
드르미, 믄득 의연이 운쥬역 고ᄉ룰 입ᄂᆡᄂᆡ
여266), 셩인 슉녀의 지긔룰 앗고져 ᄒ여 이

녕원 요괴 본딕 샤룸의 정신이 아니라. 쳔
년을 셔악 화산 듕의 드러 도 닥는 일곱 ᄭᅩ
리 가진 암녀의 졍녕이라. 이 요괴 본딕 사
룸의 인형을 비러 일쳔 년 득도ᄒ야 요괴로
은 변홰 무궁ᄒ미 졈졈 큰 ᄯᅳᆺ이 이러니, 바
로 황도의 드러와 진짓 졍인을 만나거든, 요
슐노 잡아 먹고 그 진혈을 아ᄉ 인형을 엇
고, 졈졈 챵궐ᄒ야 셕ᄌ의 쥬 시졀 달긔의
고ᄉ를 본밧고져 ᄒ더니,

---

260)조마경(照魔鏡) : 마귀의 본성을 비추어서 그의 참
   된 형상을 드러내 보인다는 신통한 거울. 늑조요경
   (照妖鏡).
261)황월하(黃鉞下) : '노란 색의 도끼 아래' 라는 말
   로, '전쟁을 지휘하는 대장군의 명령아래'의 뜻. *
   황월(黃鉞): 반역한 자를 토벌하는 장군에게 내리는
   노란색의 도끼.
262)음운흑무(陰雲黑霧) : 검은 빛의 구름과 안개.
263)프기(鋪蓋) : =푸기(鋪蓋). 포개(鋪蓋). 보따리. 바
   랑. *포개(鋪蓋): 중국어 '포개(鋪蓋)'의 중국음 차
   용어. 우리말 '보따리'. '바랑'에 해당하는 말.
264)명녕지ᄌ(螟蛉之子) : 양자(養子)를 달리 이르는
   말. *명녕(螟蛉) : ①나비와 나방의 '애벌레'. ②'나
   나니'('구멍벌'과에 속한 곤충)가 '명령(螟蛉)'을 업
   어 기른다는 데서 온 말로, 양자(養子)를 달리 이르
   는 말.
265)셩덕진홰(聖德眞華) : 더할 나위 없이 아름답고 성
   스러운 덕(德).

의 니루미러니, 한번 윤쇼져를 우러러 보미
한업슨 셩덕진화를 미처 반도 못 슬펴셔 졍
혼(精魂)【6】이 니체(離體)ᄒ고 혼빅(魂魄)이
니러나니, 즉직의 본젹이 피루홀 듯ᄒᆫ지라.
　미처 우러러 부인 말슴도 젼치 못ᄒ고 보
보젼경(步步顚傾)²⁶⁷)ᄒ여 힝혀 본형이 피루
(敗漏)홀가 져허 황황이 도라가니, 쇼제 져의
거동을 보고 요악히 너겨ᄒ나 각별 말이 업
더라.
　녕원이 급급히 도라올시 호흡이 쳔쵹(喘
促)ᄒ고 거지(擧止) 당황ᄒᆫ지라. 부인이 경문
왈,
　"ᄉ뷔 엇지 거동이 당황ᄒᆞ뇨?
　녕원이 냥구히 심신을 졍ᄒ여 진졍(眞情)
을 발셜ᄒ믄 붓그러 디왈,
　"빈승(貧僧)이 져 윤【7】쇼져를 보니 과연
범인이 아니라, 하놀이 유의ᄒ여 진화(眞華)
를 일편되이 품슈(稟受)ᄒ여 ᄂ리와시니, 인
녁으로 능히 제어치 못홀가 시부더이다."
　부인이 아연 왈,
　"연즉 엇지 ᄒ리오."
　요괴 왈,
　"다ᄅᆫ 계귀 업셔 다만 혜건디, 하놀의 이
십팔쉭(二十八宿)²⁶⁸) 잇셔 사ᄅᆷ의 길흉화복
(吉凶禍福)과 슈요궁달(壽夭窮達)을 가음아
니, 부인이 맛당히 쳔금(千金)을 드려 이십팔
슈룰 위상(爲上)ᄒ여, 슈륙텬지(水陸天齋)²⁶⁹)
ᄒ쇼셔. 몬져 남두(南斗)²⁷⁰)의 비러 한님 부

266)입ᄂᆞᄂᆞ대 : 흉내 내다.
267)보보젼경(步步顚傾) : 걸음마다 엎어지고 자빠지며
　　급급히 앞으로 나아감.
268)이십팔쉭(二十八宿) : 천구(天球)를 황도(黃道)에
　　따라 스물여덟으로 등분한 구획. 또는 그 구획의
　　별자리. 동쪽에는 각(角)·항(亢)·저(氐)·방(房)·
　　심(心)·미(尾)·기(箕), 북쪽에는 두(斗)·우(牛)·여
　　(女)·허(虛)·위(危)·실(室)·벽(壁), 서쪽에는 규
　　(奎)·누(婁)·위(胃)·묘(昴)·필(畢)·자(觜)·삼
　　(參), 남쪽에는 정(井)·귀(鬼)·유(柳)·성(星)·장
　　(張)·익(翼)·진(軫)이 있다
269)슈륙텬지(水陸天齋) : 수륙재(水陸齋)와 천재(天齋)
　　를 함께 이른 말. *수륙재(水陸齋); 물과 육지의 홀
　　로 떠도는 귀신들과 아귀(餓鬼)에게 공양하는 재.
　　늑수륙굿. *텬재(天齋); 하늘의 이십팔수(二十八宿)
　　에 인간의 길(吉)·흉(凶), 화(禍)·복(福), 생(生)·
　　사(死), 수(壽)·요(夭)를 비는 제사.

　ᄒ 번 윤쇼져를 우러러 보미 한업슨 셩덕
진화를 미처 반도 못 살펴 졍혼이 니쳬ᄒ고
혼빅이 나라ᄂ니, 즉직의 본젹이 피루홀 듯
ᄒ더라.
　미처 우러러 부인 말슴도 젼치 못ᄒ고 보
보젼【21】경ᄒᆞ야 힝혀 본형이 피루홀가 져허
황황이 도라가니, 쇼제 져 거동을 보미 크게
요악히 넉여 ᄒ나 각별 말이 업더라.

　녕원이 급급히 도라오니, 부인이 경문 왈,

　"ᄉ뷔 엇디 거동이 당황ᄒᆞ뇨?"
　녕원이 양구히 심심을 졍ᄒᆞ야 진졍을 발셜
ᄒ믈 붓그려 디왈,
　"빈승이 져 윤쇼져를 보니 과연 범인이 아
니라. 하놀이 유의ᄒ여 진화를 일편도이 품
슈ᄒ여 ᄂ리와시니, 인녁으로 능히 제어치
못홀가 시브더이다."
　부인이 아연 왈,
　"연즉 엇디ᄒ리오?"
　요괴 왈,
　"다ᄅᆫ 계교 업셔 다만 혜건디 하놀의 이십
팔슈 잇셔 사ᄅᆷ의 길흉화복과 슈요궁달을 가
음아니, 부인이 맛당히 쳔금을 드려 이십팔
【22】슈를 위상ᄒᆞ야 슈륙쳔지ᄒ쇼셔. 몬져 남
두의 비러 한님 부부의 슈를 감연케 ᄒ고,

부의 긴 슈(壽)를 감연(減年)271)ᄒ게 ᄒ고,
북신(北辰)272)을【8】쳥ᄒ여 싱살(生殺)을 임
의로 ᄒ게 ᄒᆫ 후, 가히 계규(計規)273)를 일우
리니, 그리 아닌 후ᄂᆞᆫ 비록 슈화(水火)의 녀
허도, 한님 부부의 ᄉᆞ싱(死生)을 거(去)ᄒ
지274) 못ᄒ리이다."

최부인이 암험(暗險)ᄒ지언졍 본셩은 총명
이 졀인(絶人)ᄒᆞᆫ지라. 믄득 녕원의 힝지(行
止) 교힐(狡黠)ᄒ고 언ᄉᆞ(言事) 요망(妖妄)ᄒ
믈 깃거 아니ᄒ나, 면강(勉强) 허락ᄒ여 후당
(後堂)의 머무르고, 가만이 영교 미션으로 상
의코져 ᄒᆞ더니, 녕원은 극(極)ᄒᆞᆫ 요졍(妖精)
이라. 엇지 부인의 긔식을 아지 못ᄒ리오.
목젼(目前)의 제 지조를 뵈고져 ᄒᆞ더라.

부인이【9】졍히 영교 미션을 불너 말ᄒ
고져 ᄒᆞ더니, 난디업ᄉᆞᆫ275) 나뷔 플날기276)를
썰치고277) 압히 와 넘놀거ᄂᆞᆯ, 부인이 괴이히
너겨 냥구히 살피더니 믄득 그 나뷔 변ᄒ여
프른 ᄉᆡ 되여 부인 엇게 우희 안즈 울거ᄂᆞᆯ,
부인이 경아(驚訝)ᄒ여 갈오디,

"빅쥬(白晝)의 초죄(草鳥)278) 이러틋 변화
ᄒ니 ᄯ호 상셰(祥瑞) 아니로다."

블언종시(不言終時)의 그 ᄉᆡ 날기를 브쳐
두어 번 나라 난함(欄檻)279) 우희 안즈며, 믄
득 변ᄒ여 녕원법시 되니, 부인 노쥐 더욱
디경실식(大驚失色)ᄒᆞ더라.

부인이 황홀(恍惚) 냥【10】구(良久)의 졀ᄒ

<hr>

복신을 쳥ᄒ야 싱살을 임으로 ᄒ게 ᄒᆫ 후,
가히 계교를 일우리이다."

최부인이 암험ᄒ지언졍 본셩은 총명ᄒᆞᆫ디
라. 믄득 녕원의 힝지《교일‖교힐》ᄒ고, 언
ᄉᆞ 요망ᄒᆞᆷ믈 깃거 아니ᄒ나, 면강 허락ᄒ야
후당의 머므로고 가마니 ○[영]교 등으로 상
의코져 ᄒᆞ더니, 녕원은 극ᄒᆞᆫ 요졍이라. 엇디
부인 긔식을 아디 못ᄒ리오. 목젼의 제 지조
를 뵈고져 ᄒᆞ더라.

부인이 미션을 블너 말ᄒ고져 ᄒᆞ더니, 난
디업순 나븨 플날개○[를] 썰치고 압히 와
넘놀거ᄂᆞᆯ, 부인이 고이히 녁여 냥구히 슬피
더니, 믄득 그 나븨 변ᄒ여 프른 ᄉᆡ 되여【2
3】부인 엇게 우희 안즈 울거ᄂᆞᆯ, 부인이 경
아 왈,

"빅쥬의 프른 ᄉᆡ 이러틋 변화ᄒ니 이 ᄯ호
상셰 아니로다."

블언죵시의 그 ᄉᆡ 날기를 븟쳐 두어 번 나
라 난함 우희 안ᄌᆞ며, 믄득 변ᄒᆞ야 녕원법시
되니, 부인 노쥐 더옥 디경ᄒ여

부인이 황홀양구의 졀ᄒ야 왈,

<hr>

270)남두(南斗) :『천문』궁수자리에 있는 국자 모양의
　　여섯 개의 별. 북두칠성의 모양을 닮은 데서 이름
　　이 유래한다. 장수(長壽)를 주관하는 별로 전해진
　　다. ≒남두육성(南斗六星), 두성(斗星).
271)감연(減年) : 햇수를 줄임.
272)북신(北辰) : 북극성(北極星)을 달리 이른 말.
273)계규(計規) : 계교(計巧). 꾀. 방법.
274)거(去)ᄒ다 : 제거하다. 없애다.
275)난디업다 : 난데없다. 갑자기 불쑥 나타나 어디서
　　왔는지 알 수 없다.
276)플날기 : 풀잎처럼 생긴 날개.
277)썰치다 : 떨치다. 드날리다. *떨치다: 위세나 명성
　　따위를 널리 드날리다.
278)초죄(草鳥) : 풀색 몸빛의 새. 푸른 새. *본문의
　　'푸른 새'를 한자어로 '초조(草鳥)'라 한 듯하다.
279)난함(欄檻) : 난간(欄干). 층계, 다리, 마루 따위의
　　가장자리에 일정한 높이로 막아 세우는 구조물. 사
　　람이 떨어지는 것을 막거나 장식으로 설치한다.

여 갈오디,

"이제는 스부의 놉흔 지조를 다 아랏느니, 원컨디 스부는 평싱 비혼280) 바를 다ᄒ여 나의 쇼원을 조차라. 맛당이 천금을 앗기지 아냐 스찰(寺刹)을 즁슈(重修)ᄒ며 부처를 공양(供養)ᄒ여 불도의 법녁(法力)이 낫하나게 ᄒ리라."

녕원이 디희ᄒ여 스례ᄒ더라.

부인이 즉시 천금을 니여 후섭을 맞져,

"온갓 물역(物役)을 장만ᄒ여 한님 부부의 츅슈감연(祝壽減年)홀 긔도(祈禱)의 쁠 거슬 군쇽(窘束)281)지 아니케 츨하라."

ᄒ고, 날을 갈히여 녕원신법시 한【11】벌시 장삼(長衫)의 비단가ᄉ(緋緞袈裟)를 쪄닙고, 빅나운납(白羅雲衲)282)을 쓰고, 일빅여덟낫 념쥬(念珠)를 메고, 각별 명승디(名勝地) 깁흔 산천(山川)을 갈희여 텬지(天齋)홀시, 이 시(時)의 남문 밧 즈운산 즈운암의 나아가 칠일도장(七日道場)283)을 크게 베퍼, 설장도지(設場屠宰)284)홀시, 텬디(天地)를 우러러 명향등촉(名香燈燭)285)을 버리고 우양(牛羊)을 잡으며 일월셩신(日月星辰)과 삼쳔삼십 황텬후토(皇天后土)286)와, 《ᄉ셔∥ᄉ디》부쥬(四大部洲)287) 산쳔(山川) 오악(五嶽) 수만팔쳔 신녕(神靈)을 다 위상(爲上)288)ᄒ야 도장

"이제는 스부의 놉흔 지조를 다 아랏느니, 평싱 비혼 바를 다ᄒ야 나의 소원을 조차라. 맛당이 천금을 앗기디 아니○리라."

녕원이 대희ᄒ야 샤례ᄒ더라.

부인이 즉시 천금을 니여 후섭을 맞져, 온갓 믈역을 장만ᄒ야 한님 부부의 《쵹슈∥츅슈》감년흘[흥] 긔도의 쁠 거슬 츌하고, 날을 갈히여 남문 밧 즈운산 즈운암의셔 칠일을 도장을 크게 베퍼 설장도지【24】홀시, 일월셩신과 삼쳔삼십삼 황쳔후토와 산쳔오악 ᄉ만팔쳔 신녕을 다 위상ᄒ여,

280)배호다 : 배우다.

281)군쇽(窘束) : ≒군색(窘塞). 필요한 것이 없거나 모자라서 딱하고 옹색하다.

282)빅나운납(白羅雲衲) : 흰 비단으로 지은 승복(僧服). *운납(雲衲): 중의 옷이 펄럭이는 것이 구름과 비슷하다 하여 붙여진 이름이라 한다.

283)칠일도장(七日道場) : 7일 동안 재(齋)를 올릴 도량(道場). *재(齋):『불교』성대한 불공이나 죽은 이를 천도(薦度)하는 법회. *도량(道場):『불교』부처나 보살이 도를 얻는 곳. 또는, 도를 얻으려고 수행하는 곳. 또는 불도를 수행하는 절이나 승려들이 모인 곳을 이르기도 한다.

284)설장도지(設場屠宰) : 도량(道場)을 베풀고 재(齋)에 쓸 짐승을 잡음.

285)명향등촉(名香燈燭) : 좋고 이름난 향을 사르고 등불과 촛불을 밝힘.

286)황천후토(皇天后土) : 하늘의 신과 땅의 신.

287)ᄉ디부쥬(四大部洲) : =사주(四洲). 수미산을 중심으로 한 사방의 세계. 남쪽의 섬부주(贍部洲), 동쪽의 승신주(勝神洲), 서쪽의 우화주(牛貨洲), 북쪽의 구로주(俱盧洲)이다. ≒사대주·사천하.

(道場)을 베풀시, 주운암이 다 스즁(四衆)[289]을 지휘ㅎ여 빅옥경주(白玉磬子)[290]를 울니며 셕장(錫杖)[291]을 둘너 【12】셜법(說法)홀시, 이 본디 텬염예덕(天厭穢德)[292]이라 ㅎ니, 묵묵(默默)ㅎ 양부고텬(陽府高天)[293]과 침침(沈沈)ㅎ[294] 음스후퇴(陰司后土)[295] 유묘체원(悠杳逮遠)[296]ㅎ여 슬피미 업다 ㅎ나, 쏘 엇지 알오미 업스며, 최부인의 과악(過惡)을 각별 진노ㅎ미 업스며, 산즁요축(山中妖畜)의 창궐(猖獗)ㅎ믈 통히치 아니시리오만은, 추역텬명(此亦天命)이○니 한님 부부의 시운이 건체(蹇滯)[297]ㅎ믈 인ㅎ여, 역시 효명(曉明)[298]ㅎ믈 면치 못ㅎ지라.

어시의 보텬제신(普天諸神)[299]이 주운암의 칠일도축(七日禱祝)을 비셜ㅎ믈 인ㅎ여 모닷더니, 믄득 명등(明燈)[300] 아러 칠미회(七尾狐)[301] 언연(偃然)이[302] 인형(人形)을 쓰【13】

자운암이 다 스듕을 《지위∥지휘》ㅎ여 경주를 울니며 셕장을 둘너 셜법홀시, 이 본디 텬염예덕이라 ㅎ니, 믁믁ㅎ 양부고텬과 침침ㅎ 음스후퇴 유묘체원ㅎ야 《스피미∥슬피미》 업다 ㅎ나, 쏘 엇디 알오미 업스며, 산듕요축의 창궐ㅎ믈 통히치 아니리오.

이 씨 보텬제신이 주운암의 칠일도축을 비셜ㅎ믈 인ㅎ야 모다더니, 믄득 명등 아리 칠미회 인형을 쓰고 셜법ㅎ는 양을 보고 대로ㅎ야 등축을 일시의 쩌부리고, 제션이 의논ㅎ디,

---

288)위상(爲上) : 윗자리로 모심.
289)스즁(四衆) : 부처의 네 종류 제자. 비구, 비구니, 우바새, 우바니.
290)빅옥경주(白玉磬子) : 백옥으로 만든 경쇠(磬-). * 경주(磬子) : =경쇠(磬-). 『불교』놋으로 주발과 같이 만들어, 복판에 구멍을 뚫고 자루를 달아 노루 뿔 따위로 쳐 소리를 내는 불전 기구. 예불할 때 대중이 일어서고 앉는 것을 인도한다
291)셕장(錫杖) : 『불교』 승려가 짚고 다니는 지팡이. 밑부분은 상아나 뿔로, 가운데 부분은 나무로 만들며, 윗부분은 주석으로 만든다. 탑 모양인 윗부분에는 큰 고리가 있고 그 고리에 작은 고리를 여러 개 달아 소리가 나게 되어 있다.
292)텬염예덕(天厭穢德) : "하늘은 더러운 덕을 싫어한다"는 말. 『동몽선습(童蒙先習)』 <총론(總論)> 편에 "하늘이 더러운 덕을 싫어하여 명나라가 하늘 한가운데로 떠올라 성인과 신인이 계승하였다(天厭穢德 大明 中天 聖繼神承)"는 말이 나온다.
293)양부고텬(陽府高天) : 양계(陽界)의 높은 하늘.
294)침침(沈沈)ㅎ다 : 빛이 약하여 어두컴컴하다.
295)음스후퇴(陰司后土) : 지승의 토지신.
296)유묘체원(悠杳逮遠) : 아득히 멂.
297)건체(蹇滯) : ①괴로워하면서 머뭇거림. ②뜻대로 되지 않음
298)효명(曉明) ; 새벽이 밝아옴.
299)보텬제신(普天諸神) : 하늘 아래 온 세상에 있는 모든 신.
300)명등(明燈) : 장명등(長明燈). 부처 앞에 있는 등불로, 꺼지지 않고 언제나 타고 있기 때문에 장명등(長明燈)이라 한다.
301)칠미회(七尾狐) : 꼬리가 일곱 개 달린 여우.
302)언연(偃然)이 : 언연(偃然)히. 언건(偃蹇)히. ①거드

고 설법(說法)ᄒᆞᄂᆞᆫ 양을 보고, 디로ᄒᆞ여 등촉
을 일시의 써버리고, 풍빅(風伯)은 디로ᄒᆞ여
바람으로ᄡᅥ 작난(作亂)ᄒᆞ고 뇌ᄉᆞ(雷師)ᄂᆞᆫ 벽
녁(霹靂)으로ᄡᅥ 시험코져 ᄒᆞ거놀, 보텬제신이
급히 말녀 왈,

"광풍(狂風) 뇌우(雷雨)와 벽녁(霹靂)은 가
장 어려온 일이라. 반ᄃᆞ시 텬상(天上) 인간
(人間)과 슈부(水府) 뇽궁(龍宮)이 한가지로
쇼요(騷擾)ᄒᆞᄂᆞ니, 우리 무단이 힝흘 빈 아니
라. 맛당이 도라가 텬데(天帝)긔 쥬문(奏聞)
ᄒᆞ여 옥데(玉帝) 쳐치ᄅᆞᆯ 기다리라."

ᄒᆞ고, 다만 향화(香火)ᄅᆞᆯ 즛바ᄅᆞ며 명등을
쳐 업치고, 일시의 텬문의 올나가 텬【14】데
긔 쥬문ᄒᆞ니, 옥데 드ᄅᆞ시고 우어 왈,

"이 곳 인간의 희극(戲劇)ᄒᆞᆫ 지앙이오. 미
화진군과 옥낭셩의 운익(運厄)이 긔구(崎嶇)
ᄒᆞᆫ 비니, 최녀의 과악(過惡)을 각별 하ᄂᆞᆯ이
다ᄉᆞ릴 빈 아니라, 효ᄌᆞ효부의 츌텬디회(出
天大孝) 능히 발부(潑婦)ᄅᆞᆯ 감화ᄒᆞ미 지셩(至
誠)의 미츨 거시오, 칠미호(七尾狐)의 인간의
작ᄉᆞ(作事)ᄒᆞᄂᆞᆫ 죄 통히(痛駭)ᄒᆞ나, ᄯᅩᄒᆞᆫ 다
ᄉᆞ릴 ᄲᅢ 잇ᄂᆞ니 허다(許多) 관영(貫盈)ᄒᆞᆫ 죄
악이 표표(表表)ᄒᆞᆫ 후의, 바야흐로 다ᄉᆞ릴 거
시니, 기시(其時)ᄂᆞᆫ 벽녁(霹靂)으로 싀험(試
驗)ᄒᆞ리라."

ᄒᆞ시니, 보텬제신이 감히 다시 요호(妖狐)
ᄅᆞᆯ 다【15】ᄉᆞ리시믈 알외지 못ᄒᆞ고 믈너나다.

시시의 요회(妖狐) 졍히 설법(說法) 치지
(致齋) 칠일의, 홀연 광풍이 디작ᄒᆞ며 명향
(名香) 등촉(燈燭)이 다 것구러지고, 풍운(風
雲) 운무(雲霧) 가온ᄃᆡ, 은은이 제신이 도라
가ᄂᆞᆫ지라.

요회 광풍 운무 가온ᄃᆡ 졍신이 어즐ᄒᆞ여
업더졋더니, ᄌᆞ운암 모든 ᄉᆞ즁(寺中)303)이 구
호ᄒᆞ여 이윽고 ᄭᅢ여 보미, 향촉이 다 업쳐지
고 지젼(紙錢)304)이 다 《즛붉∥즛붉》히며305)

"우리 맛당이 도라가 텬데긔 쥬문ᄒᆞ야 옥
데 쳐치를 기ᄃᆞ리라."

ᄒᆞ고 다만 향화 등쵹○[을] 즛부ᄅᆞ 업치
【25】고, 일시의 텬문의 올나가 옥데긔 쥬문
ᄒᆞ니, 옥데 드ᄅᆞ시고 우어 왈,

"이 곳 진간(塵間)의 희극 지앙이오, 미화
진군과 옥난셩의 운익이 긔구ᄒᆞᆫ 비니, 최녀
《다악∥과악》을 하ᄂᆞᆯ이 다ᄉᆞ릴 비 아니라.
효ᄌᆞ효부의 츌텬대효 능히 발부를 감화ᄒᆞ미
지셩의 미츨 거시오, 칠미호ᄂᆞᆫ 인간의 작ᄉᆞ
ᄒᆞᄂᆞᆫ 죄 통히ᄒᆞ나, ᄯᅩᄒᆞᆫ 다ᄉᆞ릴 ᄲᅢ 잇ᄂᆞ니
라."

ᄒᆞ시니, 보텬제신이 감히 다시 알외디 못
ᄒᆞ고 믈너나다.

시시의 요졍이 졍히 설법 칠일의 홀연 광
풍이 디작ᄒᆞ며 명향 등쵹이 다 것구러지고,
풍운 운무 ᄀᆞ온ᄃᆡ 은은이 제신이 도라가ᄂᆞᆫ디
라.

요회 광풍운무 듕의 졍신이 어즐ᄒᆞ여 업더
졋더니, ᄌᆞ운암 ᄉᆞ듕이 구호ᄒᆞ야 ᄭᅢ미 경식
이 슈참ᄒᆞ니, 암듕 모【26】든 ᄉᆞ듕이 다 ᄎᆞ악
왈,

름을 피우면 거만하게. ②우뚝하게 솟은 모양.
303)ᄉᆞ즁(寺中) : 절 안에 있는 모든 사람.
304)지젼(紙錢) : 『민속』긴 종이를 둥글둥글하게 잇대
　　어 돈 모양으로 만들어, 무당이 비손할 때에 쓰는
　　물건.
305)즛붉히다 : 짓밟히다.

경식이 슈참(愁慘)ᄒ니 암즁 모든 ᄉ즁이 다 ᄎ악ᄒ여 일오디,

"션시 이 졀의 와 므슴【16】쇼원을 도축(禱祝)ᄒ려 ᄒ던 지, 쇼원은 치 모르거니와 디강 아모 일이라도 덕은 닙지 못ᄒ리로다."

요리 악연(愕然)ᄒ여 도라올시, 영교 미션 후셥이 다 좃ᄎ 갓더니, ᄉ즁의 말을 듯고 다 실망ᄒ여, 가만이 녕원다려 니로디,

"우리 부인이 쳔금을 앗기지 아니ᄒ시믄 디계를 운동ᄒ려 ᄒ시미어늘, 만일 보응(報應)이 업슬진디, 우리 부인의 계규ᄒ시던 비 헛되지 아니리오."

녕원 왈,

"그디 등이 엇지 불가의 유도(有道)306)ᄒᆫ 일을 알니오.【17】우리 본디 한님 부부의 슈복(壽福)을 빌녀ᄒ면 향촉이 ᄭᅥ지믈 아쳐ᄒ려니와, 이ᄂᆫ 그러치 아냐 져 부부의 축슈감년(祝壽減年)307)ᄒ기롤 비ᄂᆫ 비니, 그 향촉이 업더지ᄂᆫ 거시 조흔 일이라. 엇지 ᄉ려(思慮)308)ᄒᄂ뇨?"

미션 등이 과연 유리(有利)히 너기더라. 이의 도라와 부인긔 슈말을 고ᄒ고, 녕원 왈,

"이졔ᄂᆫ 가히 임의로 쳐지ᄒᆯ 거시니이다."

부인이 디희ᄒ여 녕원을 당부ᄒ여 금야의 윤시를 죽여 업시ᄒ라 ᄒ니, 녕원이 쇼져의 일월 갓흔 졍【18】긔(精氣)의 훈309)을 아엿ᄂᆫ지라. 엇지 햐슈(下手)310)ᄒᆯ 뜻이 나리오. 공교흔 쇠를 싱각고 디왈,

"살싱(殺生)은 본디 불가의 아쳐ᄒᄂᆫ311) 비라. 빈승의 숀으로ᄂᆫ ᄎᆷ아 인명을 상히ᄒ여 부쳐의 ᄌ비지심(慈悲之心)을 어즈러이지 못ᄒᆯ 거시니, 다만 계규로ᄡᅥ 히ᄒ여 져를 킹참(坑塹)의 밀친즉 스ᄉ로 왕법의 나아가게 ᄒ리이다."

---

306)유도(有道) : 도(道)의 실재(實在).
307)축슈감년(祝壽減年) : 수명을 줄여 달라고 빎.
308)ᄉ려(思慮) : 근심하고 염려하는 따위의 여러 가지 생각을 함.
309)훈 : 혼(魂). 사람의 몸 안에서 몸과 정신을 다스린다는 비물질적인 것.
310)햐슈(下手) : 손을 대어 사람을 죽임.
311)아쳐ᄒ다 : 안타깝게 여기다. 애처롭게 여기다. 싫어하다. 미워하다.

"션시 이 졀의 와 무슴 소원을 도축ᄒ던지 모르거니와, 디강 아모 일이라도 덕은 닙디 못ᄒ리라."

요괴 악연ᄒ여 도라올시, 영교 미션이 조ᄎ더니 ᄉ듕의 말을 듯고 실망ᄒ여 가마니 녕원다려 왈,

"우리 부인이 쳔금을 앗기디 아니시믄 대계를 운동ᄒ려 ᄒ시미어늘, 만일 보응ᄒ미 업슬진디 우리 부인 계교ᄒ시던 비 헛되디 아니리.?"

녕원 왈,

"그디 등이 엇디 블가의 유도ᄒᆫ 일을 알니오. 우리 본디 한님 부부의 슈복을 빌녀 ᄒ면 향츅이 ᄭᅥ디믈 아쳐ᄒ려니와, 이ᄂᆫ 그러치 아냐 져 부부의 축슈감년ᄒ기를 비ᄂᆫ 비니, 그 향츅이 업더디ᄂᆫ 거시 조흔 일이라. 엇디 ᄉ려ᄒᄂ뇨?"

미션 등이 유【27】리히 넉여 이에 도라와 부인긔 슈말을 고ᄒ고 녕원 왈,

"이졔ᄂᆫ 가히 임의로 쳐치ᄒᆯ 거시니이다."

부인이 디희ᄒ야 녕원을 당부ᄒ야 금야의 윤시를 죽여 업시ᄒ라 ᄒ니, 녕원이 쇼져의 일월 갓튼 졍긔에 훈을 아여 엇디 하슈ᄒᆯ 마음이 나리오. 공교흔 쇠를 싱각ᄒ고 디왈,

"살싱은 본디 블가의 아쳐ᄒᄂᆫ 비라. 빈승의 손으로ᄂᆫ ᄎᆞ마 인명을 상히ᄒ야 부쳐의 ᄌ비지심을 어지러이디 못ᄒᆯ 거시니, 다만 계교로ᄡᅥ 히ᄒ여 져를 킹참의 밀친즉 스ᄉ로 왕법의 나아가게 ᄒ리이다."

부인이 딕희ᄒ여 급급히 힝계ᄒ라 ᄒ더라.

녕원이 초야의 표일건장(飄逸健壯)312)ᄒ 남지 되여 옥월정 화원 아리셔 방황ᄒ더니, 믄득 엄시랑 곤계 영【19】으로 더브러 닉당의 드러와, 각각 ᄌ부인과 슉당의 문안ᄒ고 셔당으로 나아갈ᄉᆡ, 월ᄂᆡ 근간(近間)은 틱ᄉ 곤계와 한님이 부즁을 ᄠᅵ나므로, 가즁이 황낙(荒落)ᄒ고 오왕의 상부(喪訃)313)ᄅᆞᆯ 드른 후로, 가ᄂᆡ 우황(憂惶)ᄒ여 시랑 형뎨 능히 ᄉ실을 ᄎᆞᆺ지 못ᄒ고, 곤계 슈인이 ᄆᆡ양 닉셔당(內書堂)의 슉침(宿寢)ᄒᄂᆞᆫ지라.

닉셔당은 윤쇼져 침소 옥월정과 ᄉᆞ이 머지 아니ᄒ고 셔당 후당이 옥월정 화원을 년졉(連接)ᄒ엿ᄂᆞᆫ지라.

이날 맛춤 일긔 처음으로 음한(陰寒)314)ᄒ【20】고, 셜풍(雪風)이 쇼쇼(瀟瀟)ᄒ여315) 셰셜(細雪)이 분비(紛霏)ᄒ니, 시랑 곤계 삼인이 아으라히 동녁 구룸을 바라 엄안(嚴顔)을 영모(永慕)ᄒ여 심회 어ᄌᆞ러오니, 능히 실(室)의 들지 못ᄒ고, 셔로 숀을 닛그러 졍즁(庭中)의 힝ᄆᆡ(行梅)316)ᄒ여 가연317) 초창(怊悵)ᄒᄆᆞᆯ ᄭᆡᄃᆞᆺ지 못ᄒ여, 계부(季父) 오왕의 지ᄌᆞ셩덕(至慈聖德)을 일ᄏᆞ라 상연츌체(傷然出涕)ᄒ고 츄연장탄(惆然長歎)ᄒ여 심ᄉᆞ를 지젹318)지 못ᄒ더니, 믄득 보니 옥월정 화림(花林) 총즁(叢中)으로 일긔 호쥰(豪俊)ᄒᆫ 남지 완연(緩然)이 ᄠᅱ여 《나∥와》 옥월정 난하(欄下)로 긔여 오ᄅᆞ고【21】져ᄒ다가, 시랑 등의 졍즁의 힝ᄆᆡᄒᄆᆞᆯ 보고 딕경(大驚) 황망(遑忙)ᄒ여 급히 ᄠᅱ여 나○[와] 화원을 넘어 다라나ᄂᆞᆫ지라.

시랑이 무망(無妄)의 이 변을 만나니 엇지 가간의 요괴로온 변이 층싱(層生)ᄒᄂᆞᆫ 근본

부인이 대희ᄒ야 급급희 힝계ᄒ라 ᄒ니,

녕원이 초야의 초일 건장ᄒᆫ 남지 되여 옥월뎡 화원 아리셔 방【28】황ᄒ더니, 믄득 엄시랑 곤계 영으로 더브러 닉당의 드러와 ᄌ부인과 슉당 문안ᄒ고 셔당으로 나갈ᄉᆡ,

닉셔당은 유쇼져 침쇼 옥월뎡과 ᄉᆞ이 머디 아니ᄒ고, 셔당 후당이 옥월뎡 화원을 년졉ᄒ엿ᄂᆞᆫ디라.

이날 맛춤 일긔 처음으로 음한ᄒ고 셰셜이 분분ᄒ니, 시랑 곤계 삼인이 아으라히 동녁 구룸을 바라 엄안을 영모ᄒ야, 셔로 손을 잇그러 졍듕의 힝ᄆᆡᄒ여 가연 초창ᄒᄆᆞᆯ ᄭᆡᄃᆞᆺ디 못ᄒ여, 오왕의 지ᄌᆞ셩덕을 일ᄏᆞ라 상연츌체ᄒ고 츄연장탄ᄒ여 심ᄉᆞ를 지젹디 못ᄒ더니, 믄득 보니 옥월뎡 화림 듕으로조ᄎᆞ 일긔 남지 완연이 ᄠᅱ여 《나∥와》 옥월뎡 난하로 긔여 오라고져 ᄒ더니,【29】시랑 등을 보고 황망이 ᄠᅱ여 나○[와] 화원을 너머 다라나ᄂᆞᆫ디라.

시랑이 무망의 이 변을 만나니 엇디 가간의 요괴로온 변이 층싱ᄒᄂᆞᆫ 근본인 줄 알니

---

312) 표일건장(飄逸健壯) : 외모가 훤칠하고 몸이 튼튼하며 기운이 셈.

313) 상부(喪訃) : =부고(訃告). 사람의 죽음을 알림. 또는 그런 글

314) 음한(陰寒) : 날씨가 음산하고 추움.

315) 쇼쇼(瀟瀟)ᄒ다 : 비바람 눈보라 따위가 세차다.

316) 힝ᄆᆡ(行梅) : 매화를 보며 거닐음.

317) 가연 : 긔연(皆然). 모두가 다(그러할 것이라고 생각되는 상태).

318) 지젹 : 지접(止接). 잠시 몸을 의탁하여 지냄.

인 줄 알니오. 부슉이 집을 찌나시므로 아논지 지물을 도적ᄒ라 왓던가 ᄒ여, 급히 가인(家人)을 불너 잡지 못ᄒ믈 이달나 ○○이ᄒ니 임의 먼니 가시니 훌일 업순지라.

그러나 무단(無端)이 바려두지 못ᄒ여 가인을 불너 엄호(嚴護)ᄒ여, 슌초(巡哨)를 신【22】칙(申飭)ᄒ여 후장(後墻) 밧글 다 규찰(糾察)ᄒ라 ᄒ고, 날호여 실(室)의 드러왓더니, 홀연 니당이 크게 요란ᄒ여, '빅모 최부인 침쇼 경일누의 도적이 드럿다.' 웨논 쇼리 진동ᄒ니, 시랑 형뎨와 공지 디경실식ᄒ여 급히 의디(衣帶)를 정돈ᄒ고 가슘 상하노쇠 다 경일누의 모닷고, '최부인이 놀나 긔운히 엄식(奄塞)ᄒ다.' ᄒ논지라.

공지 더욱 디경ᄒ여 밧비 시녀 등을 물니치고 친히 나아가【23】모부인을 붓드러 보니, 각별 상ᄒ 디논 업스나, '주긱이 돌입ᄒ여 히코져 ᄒ미 놀나 긔운이 막히다.' ᄒ며, '이윽이 진정ᄒ미 나을와' ᄒ고, 영교 미션이 아주(俄者)319)의 주긱이 드러와 부인을 히ᄒ랴 ᄒ던 거슬 져희 놀나 쇼리ᄒ니, 적이 밋처 하슈(下手)치 못ᄒ고 다라날 적, '옥월졍 화원 뒤흐로 가더라.' ᄒ고, 부인이 통흉돈족(痛胸頓足)320)ᄒ여 갈오디,

"니 본디 사름의게 은원(恩怨)이 업거늘 뉘 가히 날을 히ᄒ염즉 ᄒ뇨?"

시랑과 【24】혹시 차악(嗟愕)ᄒ여 디왈,

"빅부인과 우리 디인이 부즁을 찌나시미 가녀 공허ᄒ온지라. 불과 지물을 탐ᄒ논 뉘 우리집이 빈 줄 알고 드러오민가 ᄒ옵느니, 엇지 무고히 빅모 존체를 상히오려 훌 지 이시리잇가? 슈연(雖然)이나 쇼질 등이 불초무상ᄒ여 가스를 불찰(不察)ᄒ온 고로 이 갓주온 변괴 잇도쇼이다."

최부인이 머리를 흔드러 왈,

"아니라 지물 도적이 엇지 고즁(庫中)을 추주 지물을 취(取)ᄒ지 아니ᄒ고 궁극히 니【25】원을 추주 드러와, 사름을 히ᄒ려 ᄒ여

오. 부슉이 집을 찌나시므로 지물을 도적고져 적이 왓던가 ᄒ야, 급히 가인을 블너 잡디 못ᄒ믈 이달나 ᄒ나, 임의 먼니 가시니 훌일업논디라.

그러나 무단이 브려두디 못ᄒ여 가인을 블너 엄호ᄒ야 슌초을 신칙ᄒ야 후장 밧글 다 규찰ᄒ라 ᄒ고, 날호여 실의 드러왓더니, 홀연 니당이 크게 요란ᄒ여 '경일누의 도적이 드럿다.' 웨논 소리 진동ᄒ니, 시랑 형뎨와 공지 대경실식ᄒ여 급히 의디를 정돈ᄒ고 니당의 드러가니, 발셔 니외 진경ᄒ야 가【30】듕 상하노쇠 다 경일누의 모닷고, '최부인이 놀나 긔운이 엄식ᄒ다.' ᄒ논디라.

공지 더옥 대경ᄒ여 밧비 시녀 등을 믈니치고 친히 나아가 모부인을 붓드러 보니, 각별 상ᄒ 디논 업스나, '주긱이 돌입ᄒ여 히코져 ᄒ미 놀나 긔운이 막히다.' ᄒ며, '이윽이 진정ᄒ미 나을와' ᄒ고, 영교 미션이 아쟈의 주긱이 드러와 부인을 히ᄒ려 ᄒ던 거슬 져의 놀나 소리ᄒ니 적이 미처 하슈치 못ᄒ고 드라날 적, 옥월뎡 화원 뒤흐로 가더라 ᄒ고, 부인이 통흉돈죡ᄒ야 왈,

"내 본디 사름의게 은원이 업거늘 뉘 가히 날을 히ᄒ염 즉ᄒ뇨?"

시랑과 혹시 추악ᄒ야 디왈,

"빅부 대인과 우리 대인이 부듕을 찌나시미 가녀【31】 공허ᄒ온디라. 블과 지물을 탐ᄒ논 뉘 우리 집이 븬 줄 알고 드러오민가 ᄒ옵느니, 엇디 무고히 빅모 존체를 상히오려 훌 디 이시리잇고? 슈연이나 쇼딜 등이 블효ᄒ와 가스를 블찰ᄒ온 고로 이 곳주온 변괴 잇도쇼이다."

최부인이 머리를 흔드러 왈,

"지물 도적이 엇디 고듕을 추주 지물을 취ᄒ디 아니ᄒ고, 궁극히 니원을 추주 드러와 사름을 히ᄒ려 ᄒ여시리오."

---

319)아주(俄者) : 조금 전, 갑자기.
320)통흉돈족(痛胸頓足) : 가슴을 아프게 치고 발을 구르고 하며 안타까워 함.

시리오."

정언간(停言間)의 모다 고왈,

"쇼복 등이 도적을 쏠와 잡으려 ᄒ온즉, 도적이 날러고 효용(驍勇)ᄒ와 쏠와 능히 잡지 못ᄒ옵고, 적이 장원(牆垣)을 넘을 적, 다만 보오니 한 봉서(封書)를 요하(腰下)의셔 ᄂᆞ리치거늘, 어더 왓ᄂᆞ이다."

ᄒ고, 한 봉(封) 서간을 드리거날, 시랑이 니로디,

"불과 부절업슨 휴지를 무신(無信)히 ᄲᅢ지오고 간가 시브니, 보와 무엇ᄒ리오."

영괴 니다라 바다다가321) 부인긔 드리니, 부인이 바다 촉하의【26】셔 보니, 피봉의 ᄲᅧ시디,

"모년 월일의 박명 첩 윤시ᄂᆞᆫ 텬하 협긱 운슈ᄌᆞ의긔 붓치니, 첩은 본디 위가의 가인(佳人)322)이로디, 월하옹(月下翁)이 다ᄉᆞ(多事)ᄒ여 홍ᄉᆞ(紅絲)323)를 여러 곳의 흑셩구지324) 미즈니, 비록 부명(父命)으로 엄가의 도라오나, 본디 ᄉᆞ정(私情)인 즉 위싱긔 잇ᄂᆞᆫ 고로, 기간(其間)의 ᄉᆞ괴 허다ᄒ고 쏘ᄒᆞᆫ 혐의 만흐디, 시러곰 위싱으로 ᄉᆞ정(私情)을 ᄉᆞ(辭)치 못ᄒ더니, 위싱이 날을 위ᄒ여 천만 번거ᄒᆞᆯ믈 피치 아니코, 그디로 더부러 결약【27】 형뎨ᄒ여 첩을 구학(溝壑)의 건지고져 ᄒᆞᆫ다 ᄒᆞ니, 엇지 감ᄉᆞ치 아니리오. 이제 위싱이 먼니 봉ᄉᆞ(奉仕)ᄒᆞ미, 그디로 보ᄂᆡ여 첩을 ᄲᅢ혀 도라가고져 ᄒᆞᆫ다 ᄒᆞ니, 불감청(不敢請)이언졍 이ᄂᆞᆫ 나의 쇼원이라. 복원(伏願) 현ᄉᆞ(賢士)ᄂᆞᆫ 첩을 다려가고져 ᄒᆞ거든, 몬져 최시를 업시ᄒ고, 엄틱ᄉᆞ 형뎨와 엄싱이 미쳐 도라오지 아녀셔, 첩을 구ᄒ여 도라가 위싱으로 금현(琴絃)325)을 단원(團圓)326)케 ᄒᆞ

정언간의 모다 고왈,

"쇼복 등이 도적을 ᄯᅡ라잡으려 ᄒ온즉 도적이 날니고 효용ᄒ와 능히 잡지 못ᄒ옵고, ᄒᆞᆫ 봉서를 요하의셔 ᄂᆞ리치거늘 엇더 왓ᄂᆞ이다."

ᄒ고 셔간을 드리거늘, 시랑 왈,

"《블가∥불과》 브절업슨 휴지를 무심이 ᄲᅢ디오고【32】 간가 시브니, 보아 무엇ᄒ리오?"

영교 니ᄃᆞ라 바ᄃᆞ 부인긔 드리니, 부인이 촉하의셔 보니 피봉의 ᄲᅧ시디,

"모월일의 윤시ᄂᆞᆫ 협긱 원슈ᄌᆞ의게 붓치ᄂᆞ니, 첩은 본디 위가의 가인이로디 부명으로 엄가의 도라오나, ᄉᆞ정인즉 위싱긔 잇ᄂᆞᆫ 고로 기간 ᄉᆞ괴 허다ᄒ고 《혐의∥혐의》 만흔디, 시러금 위싱으로 ᄉᆞ정을 샤치 못ᄒ더니, 위싱이 날을 위ᄒ여 그뎌로 더브러 경약형뎨ᄒ야 첩을 구확의 건지고져 ᄒ다 ᄒ니, 엇디 감ᄉᆞ치 아니리오. 이제 위싱이 그디를 보ᄂᆡ여 첩을 ᄲᅢ혀 도라가고져 ᄒᆞᆫ다 ᄒ니, 졍히 나의 소원이라. 엄 ᄐᆡᄉᆞ와 엄싱이 도라오디 아냐셔 도라가게 ᄒ고, 최시를 ᄲᅢᆯ니 죽여 업시ᄒ고 가게 ᄒ라."

ᄒ럿[엿]더라.

---

321)바다다 : 받아다가. 받아 가지고.
322)가인(佳人) : 정인(情人). 이성으로서 애정을 느끼게 하는 사람. 또는 정을 맺은 사람.
323)홍ᄉᆞ(紅絲) : 붉은실. 월하옹이 청사(靑絲)와 홍사(紅絲)로 남녀의 혼인을 맺어준다는 설화로 인해, '부부의 인연'을 뜻하기도 한다.
324)흑셩궂다 : 심술궂다.
325)금현(琴絃) : 거문고의 줄. 여기서는 '부부의 인연'을 비유적으로 일컫은 말이다.
326)단원(團圓) : ①모나지 아니하고 둥글둥글함. ②가

즉, 현수의 디은을 몰신불망(沒身不忘)[327]ᄒ
리니, 샐니 최시를 ᄒ야슈(下手)【28】ᄒ라.

ᄒ엿더라.

원ᄂ〿 진왕이[의] 셔녀셔(庶女壻) 금포호군
장 위청이 이 찌 외임ᄒ여 쳐ᄌ를 솔권(率
眷)치 아니코 홀노 부임ᄒ여시니, 위인이 굉
걸뇌락(宏傑磊落)[328]ᄒ여 다만 튱효로 위본
(爲本)ᄒ고 녀식의 ᄂ〿도ᄒ디, 간인의 궁모요
계(窮謀妖計) 더욱 궁흉극악(窮凶極惡)ᄒ여
회람 한가의 잇ᄂᆞᆫ 무원무고(無怨無辜)ᄒᆫ 위
디부(知府)를 히ᄒ미 더욱 요악지 아니며, 윤
쇼져ᄂᆞᆫ 비록 죄명이 원앙(怨怏)ᄒ나, 유명허
실간(有名虛實間) 죄루(罪累)를 알미 잇거니
와, 져 위청은 진실노 이런 망【29】측ᄒᆫ 누명
이 핍신(逼身)ᄒᆷᄅᆞᆯ 망년(茫然)이 아지 못ᄒ
미, 유명지간(幽明之間) 갓ᄒ니 ᄯᅩᄒᆫ 일이 모
호ᄒ며 가쇼롭더라.

최부인이 보기를 다ᄒ미 낫빗치 찬 지 갓
ᄒ여 글을 더져 냥질과 아ᄌᆞᄅᆞᆯ 쥬어 보라 ᄒ
고, ᄀᆞ장 분분ᄒ여 갈오디,

"결단코 이갓ᄒᆫ 디악발부(大惡潑婦)를 고
당(高堂)의 무ᄉᆞ히 두어 가ᄂᆞ를 어ᄌᆞ러이지
못ᄒ리니, 이를 장ᄎᆞᆺ 엇지 쳐치ᄒ여야 올흐
리오."

범부인 모ᄌᆞ 여ᄎᆞ 광경을 보미, 불승차악
(不勝嗟愕) 경희(驚駭)ᄒ여【30】 다 묵연ᄒ여
말이 업고, 공ᄌᆞ 영이 안식을 변치 아니ᄒ고
말슘을 나죽이 ᄒ여 갈오디,

"윤가 아ᄌᆞ미ᄂᆞᆫ 당셰의 슉인셩ᄉᆞ(淑人聖
士)라. 결단코 이런 음악쳔ᄒᆡᆼ(淫惡賤行)이 업
ᄉᆞ오리니, 복원 ᄌᆞ위ᄂᆞᆫ 가지록 명셕기덕(明
析其德)ᄒ샤, 지찰슉지(再察熟知)ᄒ샤 불언지
즁(不言之中)의 ᄉᆞ괴(事故)를 종용이 ᄒ여,
ᄉᆞ이의 일을 엿보ᄂᆞᆫ 간인으로 ᄒ여금, 간담
이 ᄶᅵ러져 다시 용ᄉᆞ(用事)치 못ᄒ여, 현인을
무고히 함익(陷溺)고져 ᄒᆞᄂᆞᆫ 간당의 간심요
장(奸心妖臟)이 져상(沮喪)케 ᄒ시고, 윤슈ᄅᆞᆯ

원ᄂ〿【33】 진왕의 셔녀셔 금초호군장 위청
이 회람 목ᄉᆞ로 임쇼의 가시디, 위인이 굉걸
뇌락ᄒ야 다만 튱효로 위본ᄒ고 녀식의 ᄂ〿도
ᄒᆞ디, 가인이 궁모요계 더욱 궁흉극악ᄒ여
회람 한가의 잇ᄂᆞᆫ 무원무고ᄒᆫ 위 지부를 히
ᄒ미 더욱 요악디 아니며, 위청은 이런 망측
ᄒᆫ 누명이 핍신ᄒᆞᆷ믈 망연이 아디 못ᄒ미 유
명지간 갓ᄐᆞ니, ᄯᅩᄒᆫ 일이 모호ᄒ며 가쇼롭
더라.

최부인이 보기를 다ᄒ미 ᄂᆞᆺ빗치 츤지 갓ᄐᆞ
여 글을 더져 냥딜과 ᄋᆞᄌᆞᄅᆞᆯ 쥬어 보라 ᄒ
고, ᄀᆞ장 분분ᄒ여 굴오디,

"결단코 이ᄀᆞᆺᄐᆞᆫ 대악발부를 그 당의 무ᄉᆞ
이 두어 가ᄂᆞ을 어지러이디 못ᄒ리니, 일을
장ᄎᆞ 엇디 쳐치ᄒ리오?"【34】

범부인 모ᄌᆞ 여ᄎᆞ 광경을 보미 《블슝참악
∥불승차악》 경희ᄒ여 다 믁연ᄒ여 말이 업
고, 영이 안식을 변치 안니ᄒ고 말슘이 ᄂᆞ죽
ᄒ야 굴오디,

"윤슈ᄂᆞᆫ 당셰 슉인셩ᄉᆞ라. 결단코 이런 음
악쳔ᄒᆡᆼ이 업ᄉᆞ오리니, 복원 ᄌᆞ위ᄂᆞᆫ 가디록
명셩기덕ᄒᆞ야 지찰슉디ᄒᆞ샤, 현인을 무고히
함익고져 ᄒᆞᄂᆞᆫ 간당의 요심간장이 져상케 ᄒ
시고, 윤슈ᄂᆞᆫ 녯 곳의 머믈게 ᄒ시미 지극
ᄒᆡᆼ심흘가 ᄒᆞᄂᆞ이다."

정이 원만함. ③이산했던 가족이 서로 만남.
327)몰신불망(沒身不忘) : 죽도록 잊지 못함.
328)굉걸뇌락(宏傑磊落) : 기개(氣槪)가 크고 장(壯)하
　　며 도량이 넓어 작은 일에 얽매이지 않음.

【31】다시 넷 곳의 머물게 ᄒᆞ시미 지극 힝심(幸心)홀가 ᄒᆞᄂᆞ이다."

이 ᄯᅢ 냥 엄부인이 심야의 믄득 ᄌᆞ직의 변을 듯고 디경ᄒᆞ여, 년망이 금년(金蓮)329)을 옴겨 이의 니ᄅᆞ럿더니, 천만 념외(念外)의 쇼고의 죄명이 졈졈 지즁ᄒᆞᆫ 곳의 미쳐, 쇽졀업시 옥보방신(玉寶芳身)이 장ᄎᆞᆺ 보즁치 못홀 디경의 미ᄎᆞᄆᆞᆯ 불승ᄎᆞ악ᄒᆞ여, 이의 상연(傷然)이 눈믈을 먹음고 옥셩(玉聲)이 쳐열(悽咽)330)ᄒᆞ여 나죽이 부인긔 고ᄒᆞ여 갈오디,

"윤시 비록 죄악이 관【32】영(貫盈)ᄒᆞ오나 빅모(伯母)ᄂᆞᆫ 셩덕을 드리오샤 아직 ᄉᆞ실의 두어, 냥위 디인의 환가ᄒᆞ샤 쳐치케 ᄒᆞ시믈 바라ᄂᆞ이다."

부인이 작식(作色) 왈,

"왕법(王法)은 셩인의 지으신 녜라. 윤시 비록 존(尊)ᄒᆞ나 황녀 공쥬ᄂᆞᆫ 아니니, 당당ᄒᆞᆫ 죄의 당ᄒᆞ여 죄악을 혜아린즉 관형(官刑)의 복쥬(伏誅)ᄒᆞ미 가히 앗갑다 ᄒᆞ랴. 상공과 슉슉이 처엄븟허 발부(潑婦)를 쇼리히331) 쳐치ᄒᆞ시기로 이러틋 졈졈 가변(家變)의 빌미 되어시니, 이번은 여등(汝等)의 안면을 【33】고렴(顧念)치 못홀 거시오. ᄯᅩ 편히 머므론즉 불구(不久)의 도망ᄒᆞ여 거쳬(去處) 업슬 거시니, 결연히 그져 두든 못홀 거시오. ᄯᅩ 여등이 미양 윤시를 원앙(怨怏)ᄒᆞᆫ가 너기니 이 더욱 불통(不通) 무식(無識)ᄒᆞ미라. 윤시 본디 적국(敵國)이 업스니 이 가즁의 뉘 히ᄒᆞ리오. 여등과 영이 윤시를 이미타 ᄒᆞᆫ즉, 이ᄂᆞᆫ 필연 우슉(愚叔)을 의심ᄒᆞ미로다."

셜파의 노긔(怒氣) 표연(飄然)ᄒᆞ니332) 좌즁

이 ᄯᅢ 냥 엄부인이 ᄌᆞ직의 변을 듯고 대경ᄒᆞ여 년망이 금년을 옴겨 이의 니르럿더니, 천만 념외의 쇼고의 죄명이 졈졈 지즁ᄒᆞᆫ 곳의 미ᄎᆞᄆᆞᆯ 불승ᄎᆞ악ᄒᆞ여, 이에 상연이 눈믈을 먹음고 옥셩이 쳐열ᄒᆞ여 ᄂᆞ죽이 부인긔 【35】고왈,

"윤시 비록 죄악이 관영ᄒᆞ오나 빅모ᄂᆞᆫ 셩덕을 드리오샤 아즉 ᄉᆞ실의 두어, 냥위 대인의 환가ᄒᆞ샤 쳐치케 ᄒᆞ시믈 브라ᄂᆞ이다."

부인이 작식 왈,

"왕법은 셩인의 지으신 녜라. 윤시 비록 {슈}돈ᄒᆞ나 황녀 공쥬라도 당당ᄒᆞᆫ 죄의 당ᄒᆞ야 면티 못ᄒᆞᄂᆞ니, 상공 슉슉이 쳐음부터 발부를 소리히 쳐치ᄒᆞ시기로 이럿틋 졈졈 가변의 빌미 되여시니, 이번은 여등의 안면을 고렴치 못홀 거시오, ᄯᅩ 편히 둘진 디 블구의 도망ᄒᆞ여 거쳬 업슬 거시니, 결연이 그져 두든 못홀 거시오, 윤녜 본디 적국이 업스니, 이 가듕의 뉘 히ᄒᆞ리오. 여등과 영이 윤시를 이미타 ᄒᆞᆫ즉 이ᄂᆞᆫ 필연 우슉을 의심ᄒᆞ미로【36】다."

셜파의 노긔 표연ᄒᆞ니, 좌듕이 감히 다시

---

329)금년(金蓮) : =금련보(金蓮步). '미인의 졍숙하고 아름다운 걸음걸이'를 비유적으로 이르는 말. 중국 남북조시대 남조(南朝) 제(齊)나라의 폐제(廢帝) 동혼후(東昏侯)가 황금으로 연꽃을 만들어 땅에 심어 놓고 그 위로 반비(潘妃)를 걷게 하면서 말하기를 '걸음걸음마다 연꽃이 피는구나.'라고 하였다는 고사에 온 말.

330)쳐열(悽咽) : 슬프고 목이 멤.

331)쇼리히 : 솔이(率易)히. 말이나 행동이 신중하지 못하고 가볍게.

332)표연(飄然)ᄒᆞ다 : 회오리치 듯하다. 어떤 감정, 기세 따위가 세차게 일어나다.

이 감히 다시 말을 닉지 못ᄒᆞ더라.

인ᄒᆞ여 야심(夜深)ᄒᆞᄆᆞ로 좌를 파(罷)ᄒᆞ니, 제인이 《각기【34】ᄉᆞ실ᄒᆞ여‖각귀사실(各歸私室)ᄒᆞ고》, 범부인이 침쇼의 도라와 윤쇼져를 위ᄒᆞ여 ᄎᆞ셕(嗟惜)ᄒᆞᄆᆞᆯ 마지 아니ᄒᆞ더라.

과연 명조(明朝)의 최부인이 윤쇼져를 잡아다가 계하(階下)의 꿀니고 음악대죄(淫惡大罪)를 찰찰(察察)이 슈죄(數罪)ᄒᆞ여,

"간졍(奸情)이 발각ᄒᆞᄂᆞᆫ 날인즉, 왕법(王法)의 업디기를 면치 못ᄒᆞᆯ 거시니, 엄·윤 냥문 쳥덕을 츄락지 말고 일이 발각지 아냐서 슈히 죽으라."

ᄒᆞ며,

"이제 관젼(寬典)을 드리워 원즁(園中) 하심졍의 깁히 가도와 죄를 경칙(輕責)ᄒᆞ고, 태ᄉᆞ의 도라와 쳐【35】치ᄒᆞ시기를 기다리노라."

ᄒᆞ니, 쇼졔 시로이 놀날 거시 아니로디, 졈졈 ᄎᆞ악ᄒᆞᆫ 누얼이 옥골방신(玉骨芳身)의 핍(逼)ᄒᆞᄆᆡ[333], '츄양(秋陽)의 폭(暴)ᄒᆞ고'[334] '강한(江漢)의 탁(濯)ᄒᆞ나'[335] 신셜(伸雪)키 어렵고, 부인의 슈죄ᄒᆞᄂᆞᆫ 언단(言端)이 도도(滔滔)이 니근(理近)ᄒᆞ고, 쟈ᄌᆞ(字字)히 졀당(節當)ᄒᆞ여 능히 그른 거슬 올흔 곳의 밀고, 올흔 거슬 그른 곳의 나아가게 ᄒᆞᄆᆡ 명졍니언(名正利言)[336]ᄒᆞ여, 비록 구구삼셜(九口三舌)[337]이라도 발명(發明)ᄒᆞᆯ 터이 업게 ᄒᆞᄂᆞᆫ지라.

쇼졔 어히업고 망단(望斷)[338]ᄒᆞ니 엇지 무익ᄒᆞᆫ 슌셜(脣舌)을 허【36】비ᄒᆞ여 더욱 욕되ᄆᆞᆯ 췹ᄒᆞ리오. 다만 머리를 두다려 쳥죄ᄒᆞ고 고요히 죄칙을 듯줍고 명을 바다 거름을 두로혀 비실(鄙室)노 향ᄒᆞᆯ시, 부인이 명ᄒᆞ여 후원 하심졍의 가도라 ᄒᆞ니, 이곳은 니당으로 ᄉᆞ이 머러 젼노(全路)로 니ᄅᆞ면 거의 오륙니

---

333)핍(逼)하다 : 닥치다. 가까이 다가오다.
334)츄양(秋陽)의 폭(暴)ᄒᆞ다 : 가을 밝은 햇볕에 쪼이다.
335)강한(江漢)의 탁(濯)ᄒᆞ다 : 양자강과 한수에 씻다.
336)명졍니언(名正利言) : 명분에 맞게 잘 꾸며 말함.
337)구구삼셜(九口三舌) : '아홉 입과 세 혀'라는 뜻으로 많은 말을 늘어놓는 것을 말함.
338)망단(望斷) : ①어떤 바라던 일이 실패함. ②이러지도 저러지도 못하여 처지가 딱함.

말을 닉디 못ᄒᆞ더라.

인(因)ᄒᆞ야 야심ᄒᆞᄆᆞ로 좌를 파ᄒᆞ니, 제인이 《각거ᄉᆞ실ᄒᆞ여‖각귀ᄉᆞ실ᄒᆞ고》, 범부인이 침쇼의 도라와 윤쇼져○[를] 위ᄒᆞ여 ᄎᆞ셕ᄒᆞᄆᆞᆯ 마디 아니ᄒᆞ더라.

명됴의 최부인이 윤쇼져를 잡아다가 계하의 꿀니고 음악대죄를 찰찰이 슈죄ᄒᆞ야,

"간졍이 발각ᄒᆞᄂᆞᆫ 날은 왕법의 업디기를 면치 못ᄒᆞᆯ 거시니, 엄·윤 냥문 쳥덕을 츄락디 말고 수이 죽으라."

ᄒᆞ며,

"이제 관젼을 드리워 원듕 하심졍의 깁히 가도아 죄를 경칙ᄒᆞ고, 태ᄉᆞ와 ᄋᆞᄌᆞ 도라와 쳐치ᄒᆞ기 기ᄃᆞ리노라."

ᄒᆞ니 쇼졔 시로이 놀날 거시 아니로디, 졈졈 차악ᄒᆞᆫ 누얼이 옥골빙신의 핍ᄒᆞ【37】ᄆᆡ, 츄양의 《탁‖폭》ᄒᆞ고 강한의 《폭‖탁》ᄒᆞ나 신셜키 어렵고, 《구고‖구구》삼셜이라도 발명ᄒᆞᆯ 터히 업ᄂᆞᆫ디라.

쇼졔 어히업고 망단ᄒᆞ니,

오딕 머리를 두ᄃᆞ려 쳥죄ᄒᆞ고, 고요히 죄칙을 듯줍고 명을 바다 거름을 두루혀 비실(鄙室)노 향ᄒᆞ니, 부인이 명ᄒᆞ여 하심당의 가도라 ᄒᆞ니, 이곳은 니당으로 ᄉᆞ이 머러 젼노로 니ᄅᆞ면 거의 오뉵이‖니]나 되고,

(五六里)나 되고, 후원 적막 심슈(深邃)흔 곳의 잇서, 슈간(數間) 모옥(茅屋)이 다 퇴락(頹落)흐여 스벽(四壁)이 곳곳이 찌러져 풍우를 능히 가리오지 못흐고, 밤이면 귀미(鬼魅)의 불이 님즁(林中)의 비최고, 여오 숨의 무리 왕니【37】흐여 《공현 ∥ 공연》이 음스귀부(陰司鬼府) 옥즁이나 다르지 아니흐니, 이곳은 본디 녯븟터 잇던 집이라.

원니 원상뵈 엄텨스 등과시(登科時)의 텬지 장원각(壯元閣)을 샤숑(賜送)흐신 집이오, 엄부 고퇵은 강외(江外)의 잇더라. 그 후의 츄밀과 오왕이 년흐여 등과흐미 텬지 삼인의 장원각을 다 《십즈각 ∥ 십즈가(十字街)》 홍화교의 일워 쥬신 비오. 이 궁뎐이 셕일 황실 풍원군의 퇵상이러니, 풍원군이 학졍(虐政)이 심흐여 별(別)노 니옥(內獄)을 민드라 하심졍이라 흐고, 죄잇는【38】시녀와 궁쳡의 무리를 다 이곳의 가도던 곳이라.

모든 시비 궁쳡이 이곳의 갓치인 후는 인흐여 스명(赦命)을 엇지 못흐고 이 곳의서 죽으니 만흔 고로, 더욱 원긔(冤氣) 미쳐 귀미(歸妹)의 쇼러와 불이 은은이 비최여 왕니흐더라.

후의 풍원군이 죽고 그 부인이 즈녀를 거느려 젼니(田里)로 도라갈시, 이 집을 팔녀흐니 상이 드르시고 나라히서 갑슬 쥬시고 스 엄텨스를 스급(賜給)흐신 비러라.

최부인이 심복 노즈와 영교 미션을 보니여 쇼【39】져를 엄슈(嚴囚)흘 시, 유모 일취와 잉난 등 스비지 죽기로뻐 쇼져를 쓰라 한가지로 갓치니라.

미션 등은 최부인을 응시(應時)흔339) 바별물악종(別物惡種)이라. 윤쇼져 비쥬 스인을 슈계(囚繫)흐미, 밧그로 형극(荊棘)을 쓰코 좌우로 둘너 디함(地陷)340)을 두며, 분항(糞缸)341)을 쓰하 비조(飛鳥)도 왕니치 못흐게 흐고, 다만 일면(一面)의 적은 길흘 두어 조

스벽이 다 찌러져 풍우를 능히 ᄀ리오디 못흐고, 밤이면 귀미의 블이 님듕○[의] 빗최고 여호 숨의 무리 왕니흐여 공연이 음스지부 옥듕이나 다르지 아니흐더라.

최부인이 심복 노즈와 영교 미셤을 보니여 쇼져 노쥬를 엄슈흘시, 유모 일취와 잉난 등 스비【38】지 죽기로 쇼져를 쓰라 흔가지로 갓치니라.

미션 등이 밧그로 형극을 쓰코 좌우로 둘너 디함을 두며, 분항을 쓰하 비됴도 왕니치 못흐게 흐고, 다만 일면의 져근 길을 두어 식믈○[을] 쥬게 흐니,

---

339)응시(應時)흐다 : ①때에 맞추다. ②때에 맞추어 생겨나다.
340)디함(地陷) : 땅을 파서 만든 큰 구덩이.
341)분항(糞缸) : 똥물을 가득 담아놓은 큰 항아리.

셕 식물을 쥬게 ᄒ더라.

ᄎ시를 당ᄒ여 오히려 함디깅참(陷之坑塹)342)ᄒ 윤쇼져 노주는 ᄉ이지ᄎ(事已至此)343)ᄒ니, ᄉ싱결말(死生結末)의 터344)히 업거니와, 엄【40】부인 냥인이 긱[긱]골지통(刻骨之痛) 가온디, 쇼고(小姑)의 참변이 이의 미ᄎ믈 보미, 즈긔 주미 하면목(何面目)으로 《구고∥구가(舅家)》 존당상하(尊堂上下)를 보리오.

빅모의 인졍 업고 《긱박∥긱박》ᄒ 허물을 능히 언어로 히혹(解惑)지 못ᄒᆯ 쥴 알고, 윤시를 누옥 즁의 가도는 가온디, 더욱 《긱박∥긱박》ᄒ 거죄 힝혀 주가(自家) 등의 뉴젼(流傳)ᄒᆫ 폐(弊)이실가, 굿이 방비ᄒᆫ 눈츼를 엇지 아지 못ᄒ리오.

냥부인이 일어(一語)를 기구(開口)치 못ᄒ고 침쇼의 도라와, 주미 상디ᄒ여 앙텬(仰天) 뉴톄(流涕)ᄒ여, 아의 부부의 젼졍【41】계활을 슬허ᄒᆯ ᄯᆞ롬이러라.

냥부인이 드디여 칭병불츌ᄒ고 형뎨 고요히 쳐ᄒ여 지게 밧글 나지 아니ᄒ더니, 믄득 동오로조ᄎ 츄밀과 부텬시 도라와 션왕 뉴표(遺表)를 탑젼(榻前)의 올니고, 즉시 쳥병츌ᄉ(請兵出師)345)ᄒ니, 츄밀이 겨우 부즁의 도라와 초초(草草)히 부인과 즈녀를 보고, 빅슈긔 가ᄉ를 촉탁(囑託)ᄒ니, 군졍이 총총(悤悤)ᄒ여 미쳐 윤쇼져의 유무를 치 아지 못ᄒ고, 가즁ᄉ(家中事)를 거의 예탁(豫度)ᄒ미 잇는 고로, 님힝의 냥질녀를 경계ᄒ여 윤【42】시를 권연(眷然)치 말고 일즉이 구가로 도라가믈 니ᄅ며, 윤상셰 ᄯᅩᄒ 빅부 진왕과 부군 승상긔 슈슈(嫂嫂)와 실인(室人)을 엄부의 오리 두지 마ᄅ시고, 다려오시믈 고ᄒ엿는 고로, 엄·윤 냥공 츌졍 ᄉ오일의 믄득 진궁의셔 위의롤 갓초와 진왕의 셔즈 윤장닌이 니ᄅ러, 엄시랑 곤계롤 보고 냥부인 귀거(歸

342)함디깅참(陷之坑塹) : 함정에 빠트림.
343)ᄉ이지ᄎ(事已至此) : 일이 이미 이 지경에까지 이름.
344)터 : 활동의 토대나 일이 이루어지는 밑바탕.
345)쳥병츌ᄉ(請兵出師) : 병력을 청하여 군대를 이끌고 전장에 나감.

ᄎ시를 당ᄒ야 오히려 함지깅참ᄒ 윤쇼져 노쥬는 ᄉ이지ᄎ하니 ᄉ싱결말이 터히 업거니와, 냥 엄부인이 각골디통 가온디 쇼고의 참변이 이에 밋ᄎ믈 보미, 즈긔 주미 하면목으로 구가 돈당상하를 보리오.

빅모의 인졍업시 구는 줄 능히 언어로 히혹디 못ᄒ고, 각박ᄒ 거죄 힝혀 주가 등이 《뉴련∥유젼》ᄒᆫ 폐 이실가, 구지 방비ᄒᆫ 눈치를 엇디 아디 못ᄒ리오.

냥부인이 일언를 기【39】구치 못ᄒ고 침소의 도라와 주미 상디ᄒ여 앙쳔 뉴톄ᄒ야 아의 부부의 젼졍 계활을 슬허ᄒ고,

드디여 층[칭]병블츌ᄒ야 형뎨 그요히 쳐ᄒ여 지게 밧글 나디 아니ᄒ더니, 믄득 동오로조ᄎ 츄밀과 부텬시 도라와 션왕 유표를 탑젼의 올이고 즉시 쳥병츌ᄉᄒ니, 츄밀이 계유 부듕의 도라와 초초히 부인과 주녀를 보고 군졍이 춍춍ᄒ야 미쳐 윤쇼져의 유무를 치 아디 못ᄒ고, 가듕ᄉ를 거의 짐작ᄒᄆᆞ로 님힝의 냥딜녀를 경계ᄒ야 윤시를 권년치 말고 일죽 구가로 도라가라 ᄒ고, 윤 상셔 빅부 진왕과 부군긔 슈슈와 실인을 엄부의 오러 두디 마ᄅ시고 ᄃ려【40】오시믈 고ᄒ엿는 고로, 윤 상셔 츌졍 ᄉ오 일의 진궁의셔 위의를 갓초아 진왕의 셔즈 윤쟝닌이 니ᄅ러 냥부인 귀거ᄒ시믈 고ᄒ니, 냥부인이 실로 구가의 갈 면목이 업ᄉ나 마지못ᄒ여 즉일의

去)ᄒᆞ시믈 고ᄒᆞ니, 냥부인이 실노 구가의 갈 면목이 업ᄉᆞ나, 마지 못ᄒᆞ여 즉일의 냥슉모 긔 하직ᄒᆞ고, 한·양 냥부인으로 분슈ᄒᆞ【43】여 진궁의 도라오니라.

엄부인 ᄌᆞ미 구가의 도라간 허다 ᄉᆞ어는 윤부가록(尹府家錄)346)의 잇는 고로, ᄯᅩᄒᆞᆫ 이의 긔록지 아니ᄒᆞ다.

초셜, 윤쇼졔 유모와 삼비로 더부러 하심졍의 슈계(囚繫)ᄒᆞ미, 밧그로 형극(荊棘)을 ᄊᆞᆫ하 쇼식을 통치 못ᄒᆞ고, 안흐로 작슈(酌水)를 엇지 못ᄒᆞ니 엇지 싱도를 바라리오.

음침ᄒᆞᆫ 슈간(數間) 모옥(茅屋)의 한닙 초셕(草席)이 업고, ᄉᆞ벽(四壁)이 황냥(荒涼)ᄒᆞ여 풍우를 가리오지 못ᄒᆞ거늘, ᄌᆞ옥ᄒᆞᆫ 트ᄉᆞᆯ과 더러온 악취 사름의 인신흘 비 아니오,【44】미말하쳔(微末下賤)의 빙한걸식(氷寒乞食)347)ᄒᆞᆫ 뉴라도 견디여 이실 비 아니어늘, 윤쇼져는 쳔금약질(千金弱質)노 금옥(金屋)의 싱장ᄒᆞᆫ 바 쳔승교왜(千乘嬌瓦)라348).

나며 호치(豪侈)ᄒᆞ고 ᄌᆞ라며 부귀ᄒᆞ여 존당 부모의 슬상농쥬(膝上弄珠)349)로, 귀ᄒᆞ미 년셩보벽(連城寶璧)350)갓고 존ᄒᆞ미 금달공쥬

냥슉모긔 하직ᄒᆞ고, 한·양 부인으로 분슈ᄒᆞ야 구가의 도라오니라.

초셜. 윤쇼졔 유모와 삼비로 더브러 하심졍의 슈계ᄒᆞ미, 밧그로 형극을 ᄲᅥ하 쇼식을 통치 못ᄒᆞ고 안흐로 작슈를 엇디 못ᄒᆞ니, 엇디 싱도를 부라리오.

음침ᄒᆞᆫ 수간모옥의 ᄒᆞᆫ 닙 거적이 업고 ᄉᆞ벽이 황양ᄒᆞ여 풍우를 ᄀᆞ리오디 못ᄒᆞ거늘, ᄌᆞ옥ᄒᆞᆫ 틋글과 더러온 악취 사름의 안신흘 비 아니오, 빈한걸식ᄒᆞᆫ는 미말쳔한이라도 견디여 이실 비 아니【41】어늘, 윤쇼져는 쳔금약딜로 금옥의 싱장ᄒᆞᆫ 바 쳔승교와라.

나며 호치ᄒᆞ고, 자라미 부귀ᄒᆞ여 존당 부모의 슬상농쥬로 귀ᄒᆞ미 연셩보벽 갓고 존ᄒᆞ미 금달공쥬를 불워 아니ᄒᆞ며, 십듀리

---

346)윤부가록(尹府家錄) : 이 작품은 현재 전하지 않는다. 작자는 서사의 확대를 피하기 위해 위 이야기를 이 작품에 있는 것으로 가탁(假託)해 두고 이를 건너뛰고 있을 뿐, 이 작품이 창작되었을 가능성은 전혀 없어 보인다.

347)빙한걸식(氷寒乞食) : 얼음처럼 차가운 한파(寒波) 속에서 음식을 빌어먹음.

348)쳔승교와(千乘嬌瓦) : 제후(諸侯)의 귀한 딸. *천승(千乘); '천 대의 병거(兵車)'라는 뜻으로, 제후를 이르는 말. *교와(嬌瓦) : 예쁜 딸. '와(瓦; 실패)'는 바느질 도구의 하나로 여아(女兒)들의 흔히 가지고 노는 장난감이라는 점에서, '딸'을 상징하는 말로 쓰였다.

349)슬상농쥬(膝上弄珠) : 부모의 무릎 위에서 사랑을 받으며 자란 귀한 딸. *농쥬(弄珠) : '구슬을 희롱한다'는 말로 '귀한 딸'을 비유적으로 표현한 말.

350)년셩보벽(連城寶璧) : 연성지벽(連城之璧). 화씨지벽(和氏之璧)을 달리 이르는 말. 화씨지벽은 전국 때 변화씨(卞和氏)라는 사람이 형산(荊山)에서 돌 위에 봉황이 깃들이는 것을 보고 얻었다는 천하의 이름난 옥을 말하는데, 후에 진(秦)나라 소양왕(昭襄王)이 이를 탐내, 당시 이 옥을 가지고 있던 조(趙)나라 혜문왕(惠文王)에게 진나라 15개의 성(城)과 바꾸자는 제안을 했다는 데서, '연성지벽(連城之璧)'이라는 이름이 붙게 되었다고 한다.

(禁闥公主)351)를 불워 아니ᄒᆞ며, 십쥬리(十柱裏)352) 금옥도장(金屋도장)353) 가운디 싱장ᄒᆞ여, 녜(禮)를 숑(誦)ᄒᆞ고 시룰 외오며 '니측(內則)을 유도(有道)354)ᄒᆞ니'355), 공ᄌᆞ(孔子)의 니ᄅᆞ신 바 목블시ᄉᆞ식(目不視邪色)356)ᄒᆞ며 이불쳥음셩(耳不聽淫聲)357)ᄒᆞ여, 한 거름이 녜 밧긔 나지 아니ᄒᆞ고, 한 말【45】숨이 녜도의 어긋나지 아냐, 니른 바 당셰의 쳘부슉녀(哲婦淑女)오, 금고의 임ᄉᆞ마등(姙似馬鄧)358)이어눌, 그 존당 부모의 무흠(無欠)ᄒᆞᆫ ᄌᆞ이(慈愛)와 경궁(瓊宮)359) 부귀 가온디 싱장ᄒᆞ여, 발ᄌᆞ최 계젼(階前)의 님치 아니ᄒᆞ고 쥭님광풍(竹林光風)360)을 아쳐ᄒᆞ던 바로뼈 엇지 일조(一朝)의 이 갓흔 간고험익(艱苦險阨)361)을 당홀 쥴 알니오.

ᄒᆞᆯ며 잉터 늇칠 삭(朔)이오, 일긔 초동(初冬)이라. 엄한(嚴寒)ᄒᆞᆫ 긔운과 벽쳐(僻處) 누실(陋室)의 넝긔 투골(透骨)ᄒᆞ고 만산(滿山) 님목 즁의 초목이 쇼조(疏阻)ᄒᆞ며 한풍(寒風)이 쳐량ᄒᆞ니, 비록 겹【46】겹 누디 가온디 금

금옥도장 ᄀᆞ온디 싱장ᄒᆞ여, 녜를 송ᄒᆞ고 시를 외오며 니측을 유도○○[ᄒᆞ니], 공ᄌᆞ의 니ᄅᆞ신 바 목블시ᄉᆞ식ᄒᆞ고 이블쳥음셩ᄒᆞ여, 한 말숨이 녜도의 어긋나미 업서니, 진실노 쳘부셩녀여눌, 발ᄌᆞ최 계년의 님치 아니ᄒᆞ고 듕님광풍을 아쳐ᄒᆞ던 바로뼈, 일됴의 이 ᄀᆞᆺ튼 《간교∥간고(艱苦)》 험난을 당홀 줄 알니오.

ᄒᆞᆯ며 잉터 늇칠 삭이라. 지난 ᄀᆞᆺ튼 약딜이 엇디 누옥 넝지의 괴롭기를 측양ᄒᆞ리오.

---

351)금달공쥬(禁闥公主) : 궁궐에서 사는 공주. *금달(禁闥) : 궐내에서 임금이 평소에 거처하는 궁전의 앞문.
352)십쥬리(十柱裏) : 10개의 기둥을 세워 지은 집의 내부.
353)금옥도장(金玉도장) : 금옥(金玉)으로 잘 꾸민 규방(閨房). *도장; 규방(閨房). 부녀자가 거처하는 방.
354)유도(有道) : 정도를 삼아 행함. *유도자(有道者): 정도(正道)를 행하는 사람. 또는 덕을 갖춘 사람.
355)니측(內則)을 유도(有道)ᄒᆞ니 : 내칙(內則)의 예법을 힘써 실천하여 몸에 갖추니. *내칙:《예기》의 편명으로, 주로 남녀의 거처하는 법과 부모(父母)·구고(舅姑)를 섬기는 예법이 기록되어 있다. *유도(有道): 도덕을 갖추고 있음.
356)목블시ᄉᆞ식(目不視邪色) : 눈으로는 사악한 것을 보지 않음.
357)이불쳥음셩(耳不聽淫聲) : 귀로는 음란한 소리를 듣지 않음.
358)임ᄉᆞ마등(姙似馬鄧) : 중국 주(周)나라 현모양처(賢母良妻)인 문왕의 어머니 태임(太姙)과 무왕(武王)의 어머니 태사(太姒), 그리고 동한(東漢) 명제(明帝)의 후비 마후(馬后)와 동한(東漢) 화제(和帝)의 후비(后妃) 등후(鄧后)를 함께 이르는 말.
359)경궁(瓊宮) : 옥으로 꾸민 화려한 궁전.
360)쥭님광풍(竹林光風) : 비가 갠 뒤에 대숲에서 맑은 햇살과 함께 불어오는 상쾌하고 시원한 바람.
361)간고험익(艱苦險阨) : 어렵고 힘들며 험하고 막힘

슈 병장(屏帳)을 갓초며, 모의모금(毛衣毛衾)으로 쳐ᄒᆞ여도 칩기362)롤 면치 못ᄒᆞᆯ 비어ᄂᆞᆯ, 지란 갓흔 약질이 엇지 누옥 넝디의 괴롭기롤 측냥ᄒᆞ리오.

일취 영난 등 ᄉᆞ비지 쇼져롤 붓드러 창텬(蒼天)을 브르고 통곡 운절(殞絶)ᄒᆞ미, 져희 ᄉᆞ싱을 앗기미 아니라, 쥬인의 빙ᄌᆞ옥질이 쇽졀업시 맛치일 바롤 불승비통ᄒᆞ니, 쇼졔 도로혀 신식이 ᄌᆞ약ᄒᆞ고 거지 타연ᄒᆞ여 유아(乳兒)363) 등을 위로ᄒᆞ고, 겨유 한닙 삿364)츨 잇그러 싣고 노쥬 오【47】인이 버러 안ᄌᆞ니, 넝방(冷房) 누쳐(陋處)의 한긔(寒氣) ᄲᅧ의 ᄉᆞ못고 ᄉᆞ벽의 셔리 빗치 늠늠ᄒᆞ니, ᄲᅧ 쁠힌365)지라. 그 괴롭기롤 측냥ᄒᆞ리오만은 쇼져ᄂᆞᆫ 니른 바 쳘구금심(鐵軀金心)366)이라. 단연(端然)이 요동ᄒᆞ미 업더라.

하로 일종 드리ᄂᆞᆫ 음식이 거츤 보리밥과 쇼찬(素饌)이오, 쓴나물과 변미(變味)ᄒᆞᆫ 츄찬(醜饌)이라.

쇼져와 졔시비 긔아(饑餓)롤 니긔지 못ᄒᆞ여 겨유 맛보나 ᄯᅩᄒᆞᆫ 밥 ᄲᅮᆫ이오, 한 그릇 물을 쥬지 아니ᄒᆞ니, 이러구러 슈일의 미쳐ᄂᆞᆫ 물을 먹지 못ᄒᆞ여 초갈ᄒᆞ미 극ᄒᆞ【48】니, 장ᄎᆞᆺ 목이 타ᄂᆞᆫ 듯ᄒᆞᆫ지라.

유랑이 더욱 견ᄃᆡ지 못ᄒᆞ여 거의 막힐 듯ᄒᆞ니, 쇼졔 참연 뉴쳬 왈,

"ᄎᆞ는 하늘이 윤월화의 젼셰 죄악을 혹벌(酷罰)ᄒᆞ시미니, 유모와 여등이 하죄(何罪)리오. 다만 닉 죽으면 여등은 무죄ᄒᆞᆫ지라. 이 고초롤 엇지 견ᄃᆡ리오."

삼비지 불승체읍ᄒᆞ여 능히 말을 못ᄒᆞ더니, 홀연 드르니 반공즁(半空中)의셔 은은이 닐오ᄃᆡ,

"옥낭셩이 무고히 하심졍 고초롤 감심ᄒᆞᆫᄂᆞᆫ 쥴 신명이 감동ᄒᆞ여 특별이 감노(甘露)롤 나리와【49】 보젼(保全)케 ᄒᆞᄂᆞ니, 젹은 창밋

일취 잉난 등【42】 ᄉᆞ비지 쇼져를 붓드러 창텬을 브르고 통곡 운절ᄒᆞ니, 져의 ᄉᆞ싱을 앗기미 아니라 쥬인의 빙ᄌᆞ옥딜이 쇽졀업시 맛칠 바를 블승비통ᄒᆞ니, 쇼졔 도로혀 신식이 ᄌᆞ약ᄒᆞ고 거지 타연ᄒᆞ여 유유 등을 위로ᄒᆞ고, 겨유 한 닙 삿츨 잇그러 쌀고 노쥬 오인이 버러 안ᄌᆞ니, 방 누쳐의 한긔 ᄲᅧ의 ᄉᆞ못ᄎᆞ니 그 고롭기를 측양ᄒᆞ리오마ᄂᆞᆫ, 쇼져ᄂᆞᆫ 니른바 쳘구《근심∥금심》(鐵軀金心)이라. 단연이 요동ᄒᆞ미 업더라.

하로 일죵 드리ᄂᆞᆫ 음식이 것츤 보리밥과 쓴 나믈이라.

쇼져와 졔시비 긔아를 이긔디 못ᄒᆞ여 겨유 맛보아[니] ᄯᅩᄒᆞᆫ 밥 ᄲᅮᆫ이오, ᄒᆞᆫ 그릇 믈을 주디 아니ᄒᆞ니, 이러구러 수일의 밋처ᄂᆞᆫ 믈을 먹디 못ᄒᆞ여 초갈ᄒᆞ미 극ᄒᆞ니, 댱ᄎᆞᆺ 목이【43】 트ᄂᆞᆫ 듯ᄒᆞ더라.

유랑이 더옥 견ᄃᆡ디 못ᄒᆞ여 거의 막힐 듯ᄒᆞ니, 쇼졔 참연유쳬 왈,

"ᄎᆞ는 하늘이 윤월화의 젼셰 죄악을 혹벌ᄒᆞ시미니, 유모와 여등이 하죄리오? 다만 닉 죽으면 여등은 무죄ᄒᆞᆫ다라. 이 고초를 엇디《결디∥견디》리오."

삼비지 블승체읍ᄒᆞ야 능히 말을 못ᄒᆞ더니, 홀연 드르니 반공듕의셔 은은이 닐오ᄃᆡ,

"옥낭셩이 무고히 하심졍 고초를 감심ᄒᆞᄂᆞᆫ 쥴 신명이 감동ᄒᆞ야 특별이 감노를 ᄂᆞ리와 보젼케 ᄒᆞᄂᆞ니, 져근 창 밋ᄐᆡ 큰 돌을 들혜고 그 밋츨 보라."

---

362)칩다 : 춥다. 대기의 온도가 낮다.
363)유ᄋᆞ(乳兒) : 유모와 시아(侍兒)를 함께 이른 말.
364)삿 : =삿자리. 갈대를 엮어서 만든 자리.
365)쁠히다 : 쓰리다. 쑤시는 것같이 아프다.
366)쳘구금심(鐵軀金心) : 쇠같이 단단한 몸과 금같이 변치 않는 마음.

히 큰 돌이 이시니 들혀고 그 밋출 보라. 반
드시 심이 쇼스리라."

ᄒ거ᄂᆞᆯ, 쇼제 몬져 아라 듯고 경희(慶喜)ᄒ
여 친히 거창(擧窓)ᄒ고 삼 비ᄅᆞᆯ 명ᄒ여 '후
창 아ᄅᆡ 큰 돌흘 들치라.' ᄒ니, 잉난 등이
정히 초갈(焦渴)ᄒ기 심ᄒᆞᆫ 바의, '믈 어드리
라' ᄒ믈 디희ᄒ여, 일시의 나아가 보니 과
연 큰 돌덩이 창하의 노혀시다, 가장 무겁더
라.

삼녜 평싱 긔력을 다ᄒ여 들치니 각별 믈
긔운이 업거ᄂᆞᆯ, 아연(啞然)367) 실망ᄒ여 닐오
ᄃᆡ,【50】
"신녕(神靈)이 우리ᄅᆞᆯ 쇽여이다."
"맛당이 그곳을 파고 보라."

삼비(三婢) ᄯᅩ 흙을 파고 틋글을 ᄡᅳ리치고
ᄯᅡ흘 깁히 파고져 ᄒ나, 능히 잠기368) 업서
우민ᄒ더니, 믄득 보니 돌 노혓던 녑히 져근
비되(匕刀) 나려져시다 님ᄌᆞ 업시 ᄇᆞ리여 칼
날의 보믜369) 스럿더라.

삼녜 칼을 더지니 깃거 진녁ᄒ여 겨유 ᄉᆞ
오촌은 파며, 믄득 심이 쇼스나다, 쳐음은
진퇴 ᄭᅵ여 심히 졍(淨)치 아니ᄒ더니, 여러
번 츠미 졈졈 더러온 닛기 업서지고, 옥갓흔
믈이 쇼ᄉᆞ【51】나, 심이 넘을 듯 ᄒ거ᄂᆞᆯ, 그
제야 그릇슬 가져 ᄯᅥ 먹어보니 과연 맛시 감
렬(甘冽)370)ᄒ며 식식ᄒ여371), 구즁(口中)이
쳥상(淸爽)ᄒ더라.

쇼제 디희ᄒ여 그윽이 신녕이 도으믈 ᄉᆞ례
ᄒ고, 이 후ᄂᆞᆫ 초갈ᄒ믈 면ᄒ나 쥬리미 극ᄒ
니, 이제(夷齊)372)의 슈양산(首陽山)373)이 쥬

ᄒ거ᄂᆞᆯ 쇼제 몬져 아라듯고 경희ᄒ야, 친
히 거창ᄒ고 삼비를 명ᄒ여 후창 《이러ᅄ아
러》 큰 돌흘 들치라 ᄒ니, 잉난 등이 졍히
초갈ᄒᆞᆫ 바의, '믈 어드리라.'【44】ᄒ믈 대희
ᄒ여 일시의 나아가 보니, 과연 큰 돌덩이
창하의 노혀시다 ᄀᆞ장 무거온다라.

삼녜 진녁ᄒ여 들치니 각별 믈 긔운이 업
거ᄂᆞᆯ, 아연 실망ᄒ여 왈,

"신명이 우리를 소겨이다."
쇼제 왈,
"맛당이 그곳을 ᄑᆞ고 보라."

삼비 ᄯᅩ 흙을 ᄑᆞ고져 ᄒ나 잠기 업서 우민
ᄒ더니, 믄득 보니 돌 노혓던 녑히 져근 비
되 ᄂᆞ려져시다, 님ᄌᆞ 업시 ᄇᆞ리여 칼날의 보
믜 스럿더라.

삼비 칼을 어드니 깃거 진녁ᄒ야 ᄉᆞ촌(四
寸)은 《ᄐᆞ니ᅄᄑᆞ니》, 믄득 시암이 소스나다,
옥ᄀᆞᄐᆞᆫ 믈이 소스나 심이 넘을 듯ᄒ거ᄂᆞᆯ, 글
으슬 가져 믈○[을]ᄯᅥ 먹으니, 과연 마시 감
열 쳥상ᄒ더라.

쇼제 디희ᄒ야 그윽이 신녕의 도으믈 샤례
ᄒ고, 이후ᄂᆞᆫ 초갈을 면ᄒ나, 쥬리미 극ᄒ
【45】야 이·제의 슈양산이 아니로다, 아ᄉᆞᄒ

---

367)아연(啞然) : 너무 놀라거나 어이가 없어서 또는
　　기가 막혀서 입을 딱 벌리고 말을 못 하는 모양.
368)잠기 : 연장.
369)보믜 : 보믜 : 녹(綠). 산화 작용으로 쇠붙이의 표
　　면에 생기는 물질. 색깔은 붉거나 검거나 푸르다.
370)감렬(甘冽) :달고 시원함.
371)식식ᄒ다 : 씩씩하다. 기운차다. 힘이 가득하고 넘
　　치는 듯하다.
372)이제(夷齊) : 백이(伯夷)와 숙제(叔齊)를 함께 이르
　　는 말. *빅이숙제(伯夷叔齊) : 은말(殷末) 주초(周
　　初)에 고죽국(孤竹國)의 두 왕자. 주(周)나라 무왕
　　(武王)이 은(殷)나라를 치러 나가자 무왕의 말고삐
　　를 잡고 치지 말 것을 간하였으나, 받아들여지지

쇽(周粟)374) 먹기를 붓그려ᄒᆞ미 아니로듸, 아
ᄉᆞ(餓死)ᄒᆞ미 조셕의 잇고, 밤이면 은은ᄒᆞᆫ 귀
곡(鬼哭)과 니미(魑魅)375)의 불이 셩긘 님즁
의 왕ᄂᆡᄒᆞ여, 춤아376) 휘휘ᄒᆞ며377) 무셔오믈
니긔지 못ᄒᆞ듸, 홀노 쇼졔 조곰도 겁ᄒᆞ미 업
고【52】 잉난 등이 담듸ᄒᆞ여 두리미 업ᄉᆞ나,
유모ᄂᆞᆫ 극히 다겁(多怯)ᄒᆞ지라. 마양378) 무셔
오믈 니긔지 못ᄒᆞ니, 쇼져와 잉난 등이 도로
혀 위로ᄒᆞ믈 마지 아니ᄒᆞ더라.

윤쇼졔 하심졍의 슈계(囚繫)ᄒᆞ연지 얼프시
삼동을 지닉니, 노고(勞苦)ᄒᆞ미 쳔셔만단(千
緖萬端379))이오, ᄯᅩ 능히 어러 죽기를 면치
못ᄒᆞᆯ 거시로듸, 하ᄂᆞᆯ이 길인을 보호ᄒᆞ미 ᄌᆞ
못 명명ᄒᆞᆫ 고로, 홀연 믈 셩(性)이 화(和)ᄒᆞ
여 온쉬(溫水) 되여, 먹으미 몸이 온화ᄒᆞ고
ᄡᅵᄉᆞ미 심히 더운지라.

쇼졔 노쉬 믈이 온쉬【53】되믈 더욱 깃거
난 등이 그윽이 암츅(暗祝)ᄒᆞ여 갈오듸,

"닝쉬 변ᄒᆞ여 온쉬 되믄 신명이 반ᄃᆞ시 미
몰지 아니시민가 ᄒᆞᄂᆞ니, 마ᄎᆞᆷᄂᆡ 우리 노쥬
로 ᄒᆞ여곰 화익(禍厄)을 버셔나 쥬인의 참누
(慘累)를 신셜(伸雪)380)ᄒᆞ고 텬일을 보게 ᄒᆞ
쇼셔."

ᄒᆞ더라.

그러나 쇼졔 심ᄒᆞᆫ 약질노 거의 회ᄐᆡ만월
(懷胎滿月)381)ᄒᆞ여시니, 누옥(陋屋) 닝쳐(冷

미 됴셕의 잇고, 밤이면 은은ᄒᆞᆫ 귀곡과 니미
의 불이 셩긘 님듕의 왕ᄂᆡᄒᆞ니, 휘휘ᄒᆞ며 무
셔오믈 이긔디 못ᄒᆞ듸, 홀노 쇼졔 조금도 겁
ᄒᆞ미 업더라.

윤쇼졔 하심졍의 슈계ᄒᆞ연 지 얼프시 삼동
을 디ᄂᆡ니, 그 고초ᄒᆞ미 《쳔디‖쳔셔》만단
(千緖萬端)이오 능히 어러 죽기를 면치 못홀
거시로듸, 하ᄂᆞᆯ이 길인을 보호ᄒᆞ미 ᄌᆞ못 명
명ᄒᆞᆫ 고로, 홀연 믈이 화ᄒᆞ야 온슈 되여 먹
으미 몸이 온화ᄒᆞ고 ᄡᅵᄉᆞ미 심히 더운디라.

쇼졔 노쥐 믈이 온슈 되믈 더욱 깃거 난
등이 그윽이 암츅ᄒᆞ여 왈,

"녕쉬 변ᄒᆞ야 온슈 되니 신명이 반ᄃᆞ시 미
믈치 아니신가 ᄒᆞᄂᆞ니, 맛ᄎᆞᆷᄂᆡ 우리 노쥬로
ᄒᆞ여금 화익을【46】 버셔나게 ᄒᆞ쇼셔."

ᄒᆞ더라.

쇼졔 심ᄒᆞᆫ 약딜노 회ᄐᆡ만월ᄒᆞ여시니, 누옥
닝쳐의 무ᄉᆞ키를 엇디 ᄇᆞ라오. 초츈 념간의

─────────

않자, 수양산(首陽山)에 들어가 고사리를 캐먹다가 굶
어죽었다 한다.
373)슈양산(首陽山) : 중국 감숙성(甘肅省) 농서(隴西)
에 위치한 산 이름. 은말(殷末) 주초(周初)에 고죽
국(孤竹國)의 두 왕자 백이(伯夷)와 숙제(叔弟)가 주
(周)나라 무왕(武王)에게 은(殷)나라를 치지 말 것을
간하였으나, 받아들여지지 않자, 이 산에 들어와 고
사리를 캐먹다 굶어죽었다 한다..
374)쥬쇽(周粟) : 중국 주(周)나라에서 나는 곡식.
375)니미(魑魅) : =이매망량(魑魅魍魎). 온갖 도깨비.
산천, 목석의 정령에서 생겨난다고 한다.
376)춤아 : 차마. 부끄럽거나 안타까워서 감히.
377)휘휘ᄒᆞ다 : 무서운 느낌이 들 정도로 고요하고 쓸
쓸하다. 늑휘하다.
378)마양 : 매양. 매 때마다.=번번이.
379)쳔셔만단(千緖萬端) : 천 가지 만 가지 일의 실마리
라는 뜻으로, 수없이 많은 일의 갈피를 이르는 말
380)신셜(伸雪) : 가슴에 맺힌 원한을 풀어 버리고 창
피스러운 일을 씻어 버림.=신원설치(伸冤雪恥).
381)회ᄐᆡ만월(懷胎滿月) : 임신하여 만삭(滿朔)이 됨.

處)의 엇지 무숙ㅎ기를 바라리오. 초츈(初春) 념간(念間)의 미쳐는 장춧 병근이 위악(危惡) ㅎ니, 아모리 망극흔들 진궁의 엇지 통ㅎ리 오. 한갓 쇽슈디텬(束手待天)382)【54】ㅎ여 쇼 제 만일 ㅅ지 못ㅎ면 져희 스스로 쓸와 죽을 쯧이 잇더라.

츠시 최부인이 녕원신법ㅅ의 계규로 윤시 를 누옥의 엄쇄(嚴鎖)ㅎ고 냥 질녜 도라가니 더욱 거칠 거시 업는지라.

양양ㅈ득(揚揚自得)ㅎ여 혜오디,

"윤녜 본디 극흔 귀골약질(貴骨弱質)이 누 실 넝디의 흘닌들383) 엇지 부지(扶持)ㅎ리 오."

ㅎ여 날마다 죽기를 죄오나 종시 죽다 ㅎ 는 쇼식이 업스니, 교아절치(咬牙切齒) 왈,

"진짓 별물악종(別物惡種)이로소니, 사룸의 극히 참지 못흘 거슨 쥬리기와 치【55】운 것 과 초갈흔 거시어늘, 츤녀 노쇠 능히 사룸의 참아 먹지 못흘 거술 견디여, 이제 가도완 지 슈삼월의 오히려 무숙ㅎ니, 엇지 명완흉 괴(命頑凶怪)ㅎ미 통히(痛駭)치 아니리오."

ㅎ며, 또 의심ㅎ여 혹ㅈ ㅈ긔 모로는 가온 디 그 구완ㅎ384)ㄴ니 잇는가 ㅎ여, 날마다 심복을 노화 하심정 근쳐의 가 규찰(窺察)ㅎ 디 종적이 업스니, 괴이흐믈 니긔지 못ㅎ고, 슈이 죽지 아니믈 한(恨)ㅎ더니, 문득 동으로 조차 쳡셰(捷書) 뇽뎐(龍前)의 ㅈ로 오르고, 나라히셔 디【56】원슈 윤창계로 평오왕을 봉 ㅎ여, 팃ㅅ와 윤텬시 기간의 요인(妖人)을 만 나 허다 위경을 지니고, 셰지 스ㅅ로 죽으미 오국이 ㅈ연 편ㅎ다 ㅎ는지라.

일가 상히 비록 지난 일이나 팃ㅅ의 위급 흔 바의 니르럿던 쥴 경심ㅊ악지 아니리 업 고, 윤원슈의 신명녜쳘(神明睿哲)ㅎ믈 칭찬ㅎ 고, 표의 무상ㅎ믈 통히ㅎ여 그 죽으믈 맛당 타 ㅎ더라. 텬지 먼니 황ㅅ룰 보니여 윤원슈

밋쳐는 장ᄎ 병셰 위악ㅎ니, 아모리 초조 흔들 진궁의 엇디 통ㅎ리오. ᄒᆞᆫ갓 쇽슈대텬 ㅎ여 만일 쇼졔 ᄉᆞ디 못ㅎ면 져희 스스로 쓸 와 죽을 쯧이 잇더라.

츠시 최부인이 녕원의 계교로 윤시를 누옥 의 엄쇄ㅎ고 냥딜녀 도라가니, 더욱 거칠 거 시 업ᄂᆞᆫ디라. 양양ㅈ득ㅎ여 혀오디,

"윤녜 본디 극흔 귀골약딜이라. 누실 넝디 의 흘닌달 엇디 브지ㅎ리오."

ㅎ여 날마다 죽기를 죄오나 죵시 둑다 ㅎ ᄂᆞᆫ 소식이 업ᄂᆞᆫ디라. 교아졀치ㅎ여 굴오디,

"진짓 별믈악죵이로소니, 사룸의 참디 못 흘【47】 거슬 쥬리기와 치운 것과 초갈흔 거 시여늘, 츤녀 노쥬는 능히 사룸의 견디디 못 흘 경계을 디니디 무숙ㅎ니, 엇디 명완흉괴 ㅎ미 통히치 아니리오?"

ㅎ며, 또흔 의심ㅎ여 혹 ㅈ긔 모룬 가온디 구완ㅎᄂᆞ니 잇ᄂᆞᆫ가 ㅎ여, 날마다 심복을 노 하 하심졍 근쳐의 가 규찰ㅎ디 동뎡이 업스 니, 고이ㅎ믈 이긔디 못ㅎ고 수이 둑디 아니 믈 한ㅎ더니, 믄득 동으로조ᄎ 쳡셰 뇽뎐의 ㅈ로 오르고, 나라히셔 원슈 윤창계로 평오 왕을 봉ㅎ여, 태ᄉᆞ와 윤 텬시 기간의 요인의 작환(作患)을 만나 허다 위퇴ㅎ믈 디니고, 셰 디 스ᄉᆞ로 죽으미 오국이 ㅈ연 평졍ㅎ다 ㅎ ᄂᆞᆫ디라.

일가 상히 비록 디난 일이나 태ᄉᆞ의 위급 흔 곳의 디【48】ᄃᆞ랏ᄂᆞᆫ 경심ㅊ악디 아니 리 업고, 표의 무상ㅎ믈 통히ㅎ여 그 죽으믈 맛 당타 ㅎ더라.

---

382)쇽슈디텬(束手待天) ; 손을 묶인 채 천명을 기다 림. 곧 아무런 일도 하지 못하는 상태에서 죽음을 기다리고 있음..

383)흘닌들 : 하루인들.

384)구완ㅎ다 : 아픈 사람이나 해산한 사람을 간호하 다.

를 봉왕(封王)ᄒ시미, 오라지 아냐 반ᄉ(班師)홀지라.

최【57】부인이 틴ᄉ의 위틴ᄒ엿던 쥴 놀나고 ᄯ 츄밀공의 환귀지젼(還歸之前)의 윤시를 업시치 못ᄒᄂ 쥴, 공지 부군의 위란ᄒ던 바를 놀나, 옥면셩모(玉面星眸)의 놀난 눈물이 종횡ᄒ니, 부인이 일변 이련ᄒ고 일변 비쇼(誹笑) 왈,

"푀 이러틋 무상불의(無狀不義)ᄒ여 멸뉸강상(滅倫綱常)ᄒ니, 창이 ᄯ 엇지 이 갓치 아니ᄒ기를 바라리오."

공지 실식ᄒ여 울고 갈오디,

"우리 형장은 디슌(大舜) 이후의 한 사룸이라. 즈위 엇지 오형의 셩효덕힝을 아지 못ᄒ시고 이【58】런 말숨을 ᄒ시ᄂ니잇고? 고어의 왈, '타인유심(他人有心)을 여츈탁지(予忖度之)라'385) ᄒ오니, 형이 그러ᄒ오면 쇼지 ᄯ 홀로 효우를 쳔ᄎ(擅恣)ᄒ리잇가?"

부인이 노식 왈,

"네 말이 가히 인ᄌ(人子)의 ᄒ ᆯ 말가? 여ᄎ즉 여뫼 창을 히ᄒ려 ᄒ다 말가? 네 목젼의 윤녀의 어뮈 죽이고져 ᄒ던 흉심을 아라시다, 네 종시 철부셩녜(哲婦聖女)라 ᄒ더니, ᄯ 창을 디효군지(大孝君子)라 ᄒ니, 네 아모리 유츙(幼沖)ᄒ ᆫ 들 지식이 져리 혼용(昏庸)ᄒ고 무어시 ᄡ리오."

공지 체읍【59】왈,

"윤쉬 셜ᄉ 피악(悖惡)ᄒ나 형의 알 비 아니오, 종빅(宗伯)이 비록 ᄉ오나 망신피가(亡身敗家)ᄒ여시나, ᄯ 오형의 탓시 아니어늘, 즈위 그 년좌(連坐)를 ᄡ믈 맛치 못밋ᄎ ᆯ 드시 ᄒ시니, 히이 이를 더욱 이달나 ᄒᄂ이다. ᄯ 윤쉬 극ᄒᆫ 약질노 누월 고초의 그 죄를 족히 쇽(贖)ᄒ엿ᄉ오니, 복원 즈위ᄂ 셩덕을 드리오샤 그만ᄒ여 샤(赦)ᄒ여 ᄉ침(私寢)의 잇게 ᄒ시미 힝심(幸心)일가 ᄒᄂ이다."

부인이 노왈,

최부인이 태ᄉ와 츄밀공의 환귀지젼의 윤시를 업시치 못홀가 초조ᄒᄂ 즁, 공지 부군의 위란ᄒ던 바를 놀나, 옥면셩모의 놀난 눈믈이 죵횡ᄒ니, 부인이 일변 이련ᄒ고 일변 비쇼 왈,

"푀 이럿툿 무상블의ᄒ여 멸뉸강상ᄒ니, 창이 ᄯ 엇디 이 굿디 아니키를 ᄇ라리오."

공지 실식ᄒ야 울고 굴오디,

"우리 형댱은 대슌 이후 ᄒ ᆫ 사룸이라. 즈위 엇디 오형의 셩덕효힝을 아디 못ᄒ시고 이런 말숨을 ᄒ시ᄂ니잇가? 고어의 왈, '타인유심을 여츈탁디라.' ᄒ오니, 형이 그러ᄒ오면 쇼지 ᄯ 홀노 효우를 쳔ᄌ【49】ᄒ리잇가?"

부인이 노식 왈,

"네 말이 가히 인ᄌ의 ᄒ ᆯ 말가? 여ᄎ즉 여뫼 창을 히ᄒ려 ᄒ다 말가? 네 목젼의 윤녀의 어미 죽이려 ᄒ던 흉ᄉ을 아라시다, 네 쥼시 철부셩녀라 ᄒ더니, ᄯ 창을 대효군지라 ᄒ니, 네 아모리 유튱ᄒ ᆫ 들 지식이 져리 혼용ᄒ고 무어시 ᄡ리오?"

공지 체읍 왈,

"윤가 아즈미 셜ᄉ 피악ᄒ나 형의 알 비 아니오, 쥼빅이 비록 사오나 망신피국ᄒ여시나 ᄯ 오형의 알 비 아니여놀, 즈위 그 년좌 ᄡ믈 못밋ᄎ ᆯ 드시 ᄒ시니, 히이 이를 더옥 이달나 ᄒᄂ이다. 윤쉬 극ᄒ ᆫ 약딜노 누월 고초의 그 죄를 죡히 쇽ᄒ여시니, 복원 즈위ᄂ 셩덕을 드리오샤 그만 ᄉᄒ여 ᄉ실의 잇게 ᄒ미 힝심【50】일가 ᄒᄂ이다."

부인이 노ᄒ야 왈,

---

385)타인유심(他人有心)을 여츈탁지(予忖度之)라 : 다른 사람이 마음속에 품고 있는 생각을 내가 헤아려 안다는 말. 『맹자』<양혜왕장구상(梁惠王章句上)>에 나온다.

"쇼이 엇지 말○[을] 훈양(閑養)ㅎ386)느뇨? 윤네 죄 즁ㅎ니 경이(輕易)387)【60】히 스(赦)치 못홀 거시오. 비록 가도와시나 의식을 주뢰(藉賴)ㅎ여 편히 두어시니, 제게는 과분(過分)훈지라. 부지(夫子)388) 도라와 쳐치ㅎ시게 ㅎ리라."

ㅎ니, 원니 공지 나히 어리고 쏘 윤쇼져 가돈389) 거쳬(居處) 이디도록 흉악ㅎ믄 아지 못ㅎ눈지라. 모친의 셩악을 보미 감히 욱이지 못ㅎ여, 다시 말을 못ㅎ고 묵연 뉴쳬(流涕)ㅎ더라."

최부인이 그 스이의 병원을 원즁의 보니여 윤시의 목슘을 죽이고져 ㅎ미 여러 슌(順)이로디, 요졍(妖精)이 감히 졍인슉녀(正人淑女)의 졍명진화(精明眞華)390)를【61】간범(干犯)치 못ㅎ여, 도라와 미양 홀 말이 업셔 핑계ㅎ기를, 져희 스문(寺門)의 법이 살싱을 못ㅎ노라 ㅎ여, 졈졈 츄탁(推託)ㅎ여 쳔연(遷延)《시월‖세월》이러니, 이제 공의 곤계 환귀(還歸)ㅎ는 션문(先聞)이 졈졈 갓가오믈 드르미, 윤시 죽지 아닌 젼의, 츄밀이 도라와 구ㅎ는 폐 이실가 져허 밧비 셜계홀시, 영교 미션이 신법스로 더부러 일계(一計)를 획(劃)ㅎ니, 부인이 블승디열(不勝大悅)ㅎ여 이의 쳔금 회뢰(賄賂)로, 간관(諫官)을 《쳐결‖체결(締結)》ㅎ여 디계를 운동ㅎ니, 이 무숨 계권(計規)고? 급급히 하【62】회(下回)를 분히ㅎ라.

부인이 미·교의 헌계(獻計)ㅎ믈 듯고 닐오디,

"츠계 신묘ㅎ나 쏘 가히 윤녀의 심복이 잇셔야 홀 거시어늘, 윤녀의 심복 엇기는 윤녀의 머리 엇기도곤 더 어려온지라. 니 그윽이 싱각ㅎ니 젼의 윤녀를 남왕궁의 보니려 홀

"쇼이 엇디 말○[을] ㅎ냥(閑養)ㅎ느뇨? 윤네 죄 듕ㅎ니 경히 스치 못홀 거시오, 비록 가도와시나 제게는 과분훈디라. 부지 도라와 쳐치ㅎ시게 ㅎ리라."

ㅎ니, 공지 니히 어리고 쏘 윤쇼져의 가돈 거쳬 이대도록 흉악ㅎ믄 아디 못ㅎ더라.

부인이 그 스이 녕원을 원듕의 보니여 윤시을 둑이고져 ㅎ미 여러 슌이로디, 요졍이 감히 졍인슉녀의 진화를 간범치 못ㅎ고, 마양 홀 말이 업셔 핑계ㅎ기를, '져의 스문의 법이 살싱을 못ㅎ노라.' 츄탁ㅎ여 쳔연《시월‖세월》ㅎ더니, 제공의 도라오는 션문이 갓가오니, 윤시를 밧비 업시코져 영교 미션으로 더브러 일계를 획ㅎ니, 부인이 블승대열ㅎ여 쳔금 뇌유(賂遺)【51】로 《간단‖간관》을 《쳐결‖체결》홀시, 부인 왈,

---

386)훈양(閑養)ㅎ다 : ㅎ냥(閑養)ㅎ다. 한가롭게 지내다. 한가롭게 무슨 일을 하다.
387)경이(輕易)히 : 결솔히. 가볍게.
388)부지(夫子) : ①남편을 높여 이르는 말. ②공자(孔子)를 높여 이르는 말.
389)가도다 : 가두다.
390)졍명진화(精明眞華) : 깨끗하고 밝으며 참된 아름다움.

제 윤녜 요괴로와, 스긔롤 몬저 알고 치잉을 디신ᄒ여 보니니, 이제 치잉이 쥬인의 일홈을 비러 남궁의 총희(寵姬) 되미, 총(寵)을 즐기고 부귀롤 조화ᄒ니, 엇지 망측ᄒᆫ 죄루(罪累)의 찌러진들 쥬인【63】을 위ᄒ여, 저의 부귀롤 일흐리오. 결단코 가만ᄒᆫ 종젹을 니지 아니 ᄒ리니, 니 ᄯᅳᆺ은 치잉 얼골을 비러 여ᄎᆞ여ᄎᆞ ᄒ면, 윤녜 아모리 제 마음의 원망ᄒᆫ들, 어디 가 폭빅(暴白)ᄒ며, 윤광텬이 제 권셰 갸록ᄒᆫ들391) 강상(綱常)의 죄녀롤 엇지 ᄒ리오."

영괴 즉시 천금을 가져 도어ᄉ 상유의 총희 월션을 회뢰ᄒ니, 상어ᄉᄂᆫ 부허광망(浮虛狂妄)ᄒᆫ 위인이라. 월션을 극히 총이ᄒ여 오히려 부인긔 지난 졍이 잇던지라.

션의 말인즉 ᄉᆞᄉ 언쳥(言聽)ᄒᄂᆫ【64】바의 월션이 본디 영교 등과 안면이 잇던 고로, 만흔 지보롤 보미 평싱 지물 ᄉ랑은 제 몸 우희 두ᄂᆫ 고로 가연(可然)392) 쾌허ᄒ고, ᄎᆞ야의 상어ᄉ롤 디ᄒ여 윤시의 음ᄒᆡᆼ과 존고롤 시살(弑殺)ᄒ려 ᄒᄂᆫ 죄악을 베프니, 상어시 디로ᄒ여 갈오디,

"동관(同官) 윤응닌이(진왕의 ᄎᆞ지오, 윤시 형남) 미양 긔녀(其女)롤 ᄌ랑ᄒ고 미양 사름을 평논ᄒ여 그 허물을 논난(論難)ᄒ여 녜졀이 웃듬이라 ᄒ더니, 이제 제 누의 이런 파측(叵測)393)ᄒᆫ 허물이 잇ᄉ니 엇지 통히(痛駭)치 아니리오. 니 명일 상젼(上前)【65】의 ᄎᆞ녀의 죄악을 광명졍디히 나타나게 ᄒ여, 응닌 부ᄌ의 사름 업슈이 너기던 교긔(驕氣)롤 최찰(摧擦)케 ᄒ리라."

ᄒ더니, 명조(明朝) 쳥신(淸晨)394)의 만셰 황얘 슉위(宿衛)롤 비셜(排設)ᄒ시미, 문무쳔관(文武千官)이 졍칙기관복(正則其冠服)395)ᄒ

"치잉이 쥬인 디신의 님궁의 가 총희 되미 부귀롤 됴화ᄒ니, 죄루○[의] 찌러진 쥬인 위ᄒ여 신빅ᄒ리오. 결단코 흉젹을 니디 아니리니, 내 ᄯᅳᆺ의ᄂᆫ 아모나 치잉의 얼골을 비러 여ᄎᆞ여ᄎᆞᄒ면, 윤녜 아모리 원앙ᄒᆫ들 어디 가 폭빅ᄒ며, 윤광쳔이 제 권셰 갸록ᄒᆫ들 강상의 득죄ᄒᆫ ᄯᆞᆯ을 엇디 벗기리오?"

영교 즉시 쳔금을 가져 도어ᄉ 상유의 총희 월션을 회뢰ᄒ니, 상 어ᄉᄂᆫ 부허광망ᄒᆫ 위인이라. 월션을 극히 총힝ᄒ야 오히려 부인긔 디난 졍이 잇ᄂᆫ디라. 션의 말인즉 ᄉᆞᄉ 언쳥ᄒᄂᆫ디라. 월션이 본디 영교와 안면이 잇던 고로 만흔 지보롤 보미 대희ᄒ여 쾌허ᄒ고, ᄎᆞ야【52】의 상 어ᄉ롤 디ᄒ야 윤시의 음힝과 존고롤 시살ᄒ려 ᄒᄂᆫ 죄악을 베프니, 상 어시 대로 왈,

"윤웅니[닌]이(웅닌은 윤시 형남이라) 마양 긔녜롤 ᄌ랑ᄒ고, 사름의 허믈을 논난ᄒ여 녜졀이 웃듬이라 ᄒ더니, 이제 제 누의 이런 파측ᄒᆫ 허믈이 이시니, 엇디 통히치 아니리오. 명일 니 상뎐의 ᄎᆞ녀의 죄악을 광명졍디히 나타나게 ᄒ여. 웅닌 부ᄌ의 사름 업수히 넉이던 교긔롤 최찰케 ᄒ리라."

ᄒ고, 명묘의 만셰 황얘 황극뎐의 젼좌ᄒ시미, 문무쳔관이 졍칙기관복ᄒ며 엄기검퍼

---

391)갸록ᄒ다 : 거룩ᄒ다. 거룩하다. 뜻이 매우 높고 위대하다
392)가연(可然) : 선뜻. 흔쾌히. 마땅하여 아무 주저 없이.
393)파측(叵測) : ①미루어 헤아릴 수 없음. ②생각이나 행동 따위가 괘씸하고 엉큼함. =불측(不測).
394)쳥신(淸晨) : 맑은 첫새벽.
395)졍칙기관복(正則其冠服) : 각기 관모(官帽)와 관복(官服)을 바르게 여밈.

[좌측 단]

며 징명기검피(錚鳴其劍佩)[396]ᄒ여 반녈(班列)을 제제(齊齊)히 닐웟더니, 믄득 통졍시(通政司) 일쳑(一尺) 쇼봉(疏封)을 밧드러 올니니, 이곳 도어ᄉ 샹유의 샹푀(上表)라.

상이 경아ᄒ샤 썰니 뎐젼 틱학ᄉ 뎡원기로 닑으라 ᄒ시니, 뎡흑시 주포(紫袍)를 쯔을고 오ᄉ(烏紗)를 슉여 샹간(上間)을 압두어 나아와【66】옥셩봉음(玉聲鳳音)을 놉혀 쇼룰 닑으니, 기쇼(其疏)의 갈와시디,

"신은 드ᄅ니 인뉸 가온디 오상(五常)[397]이 잇고, 오상 가온디 녜의 이시며, 녜의 가온디 《효졀은‖츙효논》 남ᄌ의 근본홀 비오, 효녈(孝烈)은 녀ᄌ의 ᄒᆡᆼ(行)이어늘, 요ᄉ이 국강(國綱)이 히이(解弛)ᄒ미 왕법(王法)이 문허져, ᄉ문(士門) 명가(名家)의 딕악발부(大惡潑婦)와 음부찰녜(淫婦刹女)[398] 잇셔, 간간이 풍화(風化)를 어즈러이고 강상(綱常)[399]을 문허바리니, 엇지 드ᄅ미 한심치 아니리잇고? {죄인이} 이제 젼 한님 엄【67】창의 쳐실 윤시ᄂ 평진왕 윤쳥문의 녜라. 일즉 규ᄒᆡᆼ(閨行)이 파측(叵測)ᄒ여 규녀(閨女)로 이실 졔, 회람 목ᄉ 위쳥으로 ᄉ졍(私情)이 잇더니, 밋 취가(娶嫁)ᄒ미 엄가의 도라가나, 윤녜 엄창의 젹거부부(嫡居夫婦)[400]로 봉관화리[401]의

[우측 단]

ᄒ여 반녈을 제제히 일웟더니, 믄득 통졍시 일쳑 소봉을 밧드러 올니니, 이 곳 도어ᄉ 샹유의 샹표라.

상이 경아ᄒ샤 썰니 젼젼 태흑【53】ᄉ 뎡원긔로 닑으라 ᄒ시니, 뎡흑시 주포를 쯔을고 오ᄉ를 슉여 샹간을 압두어 나아와 옥셩을 놉혀 소를 닑으니 왈,

"신은 드ᄅ니 《인은‖인뉸》 가온디 오상이 잇고, 오상 가온디 녜의 잇시며, 녜의 가온디 츙효논 남ᄌ의 본홀 비오, 《효졀‖효녈(孝烈)》은 녀ᄌ의 ᄒᆡᆼ이어늘, 요ᄉ이 ᄉ문명가의 디악발부와 음부찰녜 잇셔, 간간이 풍화를 어즈러이고 강상을 문허ᄇᆞ리니, 드ᄅ미 엇디 한심치 아니리잇가? 이제 젼 한님 엄창의 쳐실 윤시ᄂ 평진왕 윤쳥문의 녀라. 일즉 규ᄒᆡᆼ이 파측ᄒ야 규녀로 이실 졔, 회남 목ᄉ 위쳥으로 ᄉ졍이 잇더니, 밋 취가ᄒ미【54】엄가의 도라가나, 창이 윤녀의 음일훈 ᄒᆡᆼ지를 블관이 넉이던가 ᄒ야, ᄉ실 주최 희소ᄒ니, 윤녜 탐츈ᄒᄂ 졍을 이긔디 못ᄒ여 규규훈 《ᄌ최‖ᄌ최》로 위쳥을 ᄉ통ᄒ미 이시디, 태ᄉ 엄모 ᄉ긔를 지긔ᄒ미 이시나 감히 그

---

396)징명기검피(錚鳴其劍佩) : 각기 차고 있는 칼과 패옥들이 쟁그랑거리는 소리를 냄.

397)오상(五常) : =오륜(五倫). 유학에서, 사람이 지켜야 할 다섯 가지 도리. 부자유친, 군신유의, 부부유별, 장유유서, 붕우유신을 이른다.

398)음부찰녜(淫婦刹女) : 음란한 부인과 사람을 잡아먹는다는 여귀(女鬼)를 함께 이른말. *찰녀(刹女):나찰녀(羅刹女). 사람의 고기를 즐겨 먹는다는 여귀(女鬼)로 큰 바다 가운데 산다고 한다.

399)강상(綱常) : 삼강(三綱)과 오상(五常)을 함께 이르는 말로, '사람이 지켜야 할 마땅한 도리'를 말한다. *오상은 오륜(五倫)을 달리 이르는 말.

400)적거부부(嫡居夫婦) : 정실부부(正室夫婦). 정실로 맞아 혼인한 부부.

401)봉관화리 : '봉관하피(鳳冠霞帔)'의 이칭(異稱). 조선시대 복식(服飾)의 일종으로「명주보월빙」연작 등 소설류에는 '봉관화리'만 나타나고, '한국고전종합DB'의 김장생『沙溪全書』등 고전전적들에는 '봉관하피'만 검색된다. *봉관하피(鳳冠霞帔): 조선시대 봉작을 받은 명부(命婦)의 예복차림으로, 봉관(鳳冠)과 하피(霞帔)를 함께 이른 말이다. *봉관(鳳冠) : 조선시대 작위가 있는 내외명부가 착용하던 예모

영화로오미 이시다, 창이 윤녀의 음일(淫佚)
ᄒᆞᆫ 힝실을 불관(不關)이 너기던가 ᄒᆞ여, ᄉᆞ실
(私室)의 ᄌᆞ최 희쇼ᄒᆞ니, 윤녜 탐츈(探春)ᄒᆞ
ᄂᆞᆫ 졍을 니긔지 못ᄒᆞ여, 규규(絿絿)ᄒᆞᆫ[402] ᄌᆞ
최로[롤] 은밀이 ᄒᆞ여, 위졍을 ᄉᆞ통ᄒᆞ미 이시
니, 팃ᄉᆞ 엄뫼 긔미ᄅᆞᆯ 지[68]긔(知機)ᄒᆞ미
이시나, 감히 그 취우(娶麀)[403]의 졍적(情迹)
을 쾌각(快覺)지 못ᄒᆞ믄, 그 냥 질녀ᄂᆞᆫ 엄오
왕 빅경의 냥녜(兩女)니, ᄒᆞ나흔 윤녀의 친남
(親男) 남평빅 셩닌의 안히오, 하나흔 평오왕
윤챵닌의 쳐(妻){지} 되여시므로, 윤녜 더욱
방종(放縱)ᄒᆞ여 구가의셔 음힝을 긔탄(忌憚)
치 아니ᄒᆞ믄, 그 냥 쇼고(小姑)의 셰ᄅᆞᆯ 밋으
미오, 엄팃ᄉᆞ의 불참(不叅)흠도 다 이 연괴
(緣故)라. 감히 낫ᄒᆞ니여 다ᄉᆞ리지 못ᄒᆞ나 무
ᄉᆞ히 두지 못ᄒᆞ여, 침실의 안치(安置)ᄒᆞ엿ᄉᆞᆸ
더니, 오라지 아냐【69】오국군이 죽으니,
엄뫼 부ᄌᆞ 형뎨 먼니 동오의 나아가고, 집이
븬 ᄣᆡᄅᆞᆯ 타 더욱 긔탄치 아니ᄒᆞ옵고, 위쳥이
국ᄉᆞ로 먼니 회람의 가오나, 오히려 ᄉᆞ졍을
죤졀(撙節)치 못ᄒᆞ여 믄득 ᄌᆞ긱을 보니여 여
ᄎᆞ여ᄎᆞ 작난ᄒᆞ오디, 엄뫼 가지록 함구불언
(緘口不言)ᄒᆞ여 조흔 일 갓치 무더 두어시니,
이 엇지 셩디지치(聖代之治)의 디변이 아니
리잇고? 복원 폐하ᄂᆞᆫ 만일 신의 말을 밋지
아니시거든 윤녀의 좌우ᄅᆞᆯ 잡혀【70】실상을
하문ᄒᆞ시면, 거의 진가(眞假)ᄅᆞᆯ 히셕(解釋)
《ᄒᆞ시고∥ᄒᆞ시리니》, 풍교○[ᄅᆞᆯ] 어ᄌᆞ러이ᄂᆞᆫ
《죄ᄅᆞᆯ∥죄인을》 엄치(嚴治)ᄒᆞ샤, 만고(萬古)
강상(綱常)을 졍히 ᄒᆞ쇼셔."

ᄒᆞ엿더라.

취우의 졍적을 쾌각디 못ᄒᆞᆷ믄 그 냥 딜녀ᄂᆞᆫ
오왕 빅경의 냥녀라. ᄒᆞ나은 남평빅 윤셩닌
의 안히오, ᄒᆞ나은 평오왕 윤챵닌의 쳐{지}
되엿ᄂᆞᆫ 고로, 윤녜 더옥 방종ᄒᆞ여 구가의셔
음힝을 긔탄○[치] 아니ᄒᆞ고, 엄모의 블찰흠
도 다 이 연괴라. 감히 나타니여 다ᄉᆞ리디
못ᄒᆞ나, 무단이 그져 두지 못ᄒᆞ여 침실의 안
치ᄒᆞ여ᄉᆞᆸ더니, 오라디 아냐 오국군이 죽으
니, 엄모 부ᄌᆞ형뎨 동오【55】의 나아가고, 집
이 븬 ᄣᆡᄅᆞᆯ 타 더옥 긔탄치 아니ᄒᆞ옵고, 위
쳥이 국ᄉᆞ로 먼니 가오나, 오히려 ᄉᆞ졍을 돈
졀치 못ᄒᆞ야, 믄득 ᄌᆞ긱을 보니여 여ᄎᆞ여ᄎᆞ
작난ᄒᆞ오디, 엄뫼 가지록 함구ᄒᆞ야 됴흔 일
갓치 므더 두어시니, 엇디 셩디지치의 디변
이 아니리잇고? 복원 폐하ᄂᆞᆫ 윤녀의 좌우ᄅᆞᆯ
잡혀 실상을 하문ᄒᆞ시고, 풍교을 어지리ᄂᆞᆫ
음부난ᄌᆞ를 엄치ᄒᆞ샤 만고강상을 졍히 ᄒᆞ쇼
셔."

ᄒᆞ엿더라.

(禮帽)로 윗부분에 금이나 옥으로 만든 봉황 모양의
장식이 있다. *하피(霞帔) : 조선시대 비빈(妃嬪)의
예복인 적의(翟衣)에 부속된 옷가지로, 적의를 입을
때 어깨의 앞뒤로 늘이는 것을 말한다. 길게 한 폭
으로 되어 있어 목에 걸치게 되어 있다.
402)규규(絿絿)ᄒᆞ다 : 서로 뒤얽혀 어지럽다. 엉성하다.
403)취우(娶麀) : 우(麀)는 암사슴으로, 한 여인을 두고
서로 간음하는 것, 곧 난륜(亂倫)을 비유로 표현한
말이다. 『예기(禮記)』 <곡례 상편(曲禮上篇)>에,
"대저 금수에게는 예(禮)가 없다. 그런 까닭에 아비
와 자식이 암컷을 함께 하고 있다(夫性禽獸無禮 故
父子娶麀)"하였다.

명혹시 독파(讀破)의 스스로 경혹(驚惑)ᄒ 기롤 마지 아니ᄒ니, 원니 이 명혹ᄉ는 윤쇼 져 이종형남(姨從兄男)이러라.

뎐상뎐히(殿上殿下) 일쳥(一聽)의 디경ᄎ악 ᄒ여 면면이 진왕을 도라보믈 씯지 못ᄒᄂᆫ 지라. 진왕이 금일 녀아의 화익이 이의 밋츌 줄은 신명(神明)ᄒ 명식(明識)의 거의 아[71] 로미404) 이시니, 시로이 놀날 비 아니라. 블 변안싁ᄒ고 탑뎐의 츄이진(趨而進)405)ᄒ여 면관(免冠) 고두 쳥죄 왈,

"신이 무상ᄒ와 능히 훈ᄌ녀(訓子女)406)ᄒ 오미 '마원(馬援)의 경계(警戒)'407)롤 법(法) 밧지 못ᄒ와, 여ᄎ 피힝이 규문(閨門)의 낭ᄌ ᄒ와, 지어구즁(至於九重)408)의 ᄉ못츠며, 만 셩(萬姓)의 훼ᄌ(毁訾)409)ᄒ오니 진실노 ᄉ인 디참(使人大慙)410)이라. 신(臣)의 부지 하면 목(何面目)으로 닙어조힝(立於朝行)411)ᄒ리잇 고? 복원 폐하ᄂᆫ 신녀의 죄상(罪狀)을 졍히 ᄒ샤 왕법(王法)412)을 숀상치 마로쇼셔."

상이 흔연 면유(勉諭)ᄒ샤 관을 쥬어 평신 ᄒ라【72】ᄒ시고, 위유(慰諭) 왈,

"셰쇽 인심이 한 가지 아니라. 간간이 불영 지(不逞者)413) 잇셔 현인을 히ᄒᄂᆞ니 왕왕(往 往)ᄒ니, 경녜 현부형여훈(賢父兄餘訓)414)을

혹시 견필의 스스로 경혹ᄒ기를 마디아니 니, 원니 이 명혹ᄉᄂᆫ 윤쇼져 이죵남이러라.

뎐상뎐히 일쳥의 대경ᄎ악ᄒ야, 면면이 진 왕을 도라보믈 씯디 못ᄂᆫ디라. 진왕이 금【56】일 녀ᄋ의 화익이 이에 밋츌 줄은 신 명ᄒ 명식의 거의 아ᄅᆞ미 이시니, 시로이 놀 날 비 아니라. 블변안싁ᄒ고 탑뎐의 츄이진 ᄒ야 면관 고두 쳥죄 왈,

"신이 무상ᄒ와 능히 훈ᄌ녀ᄒ오미 《만완 ‖ 마완》의 경계를 법측디 못ᄒ와, 여ᄎ 피힝 이 규문의 낭ᄌᄒ와 지어구듕궁궐의 ᄉ못ᄎ 며 만셩의 훼ᄌ ᄒ오니, 진실노 ᄉ인대참이 라. 신의 부지 하면목으로 닙어됴항ᄒ리잇 고? 복원 폐하ᄂᆫ 신녀의 죄를 졍히 ᄒ샤 왕 법을 손상치 마ᄅᆞ소셔."

상이 흔연 면유ᄒ샤 관을 주어 평신ᄒ라 ᄒ시고 위유 왈,

"셰쇽 인심이 ᄒ가디 ○○아니라. 간간이 블녕지 잇셔 현인을 히ᄒᄂᆞ니 왕왕ᄒ니, 경 녜 현부형여훈으로【57】 싱어츙녈지문ᄒ야

---

404)아로미 : 앎이. *아로다: 알다.

405)츄이진(趨而進) : 성큼 걸어 나아감.

406)훈ᄌ녀(訓子女) : 자녀를 교훈함.

407)마원(馬援)의 경계(警戒) : 중국 후한 때의 무장 마 원(馬援)의 가르침. 곧 대장부는 뜻을 품었으면 어 려울수록 굳세어야 하고 늙을수록 건장해야 한다 (大丈夫爲者 窮當益堅 老當益壯). *마원(馬援); 중 국 후한 광무제(光武帝) 때의 무장. 자는 문연(文 淵). 광무제 때 강족(羌族)을 평정하였으며, 교지(交 趾)의 난을 진압하고 흉노족을 쳐서 공을 세웠다. 후에 남방의 무릉만(武陵蠻) 토벌 중 병사하였다.

408)지어구즁(至於九重) : 궁궐에 까지 이름.

409)훼ᄌ(毁訾)ᄒ다 : 꾸짖는 말로 남을 헐뜯다. 늑저 자(詆訾)하다

410)ᄉ인디참(使人大慙) : 사람으로 하여금 매우 부끄 럽게 함.

411)닙어조힝(立於朝行) : 조정의 반열 가운데 섬.

412)왕법(王法) : 국왕이 제정한 법률. 늑황법(皇法).

413)불영지(不逞者) : 원한, 불만, 불평 따위를 품고서 어떠한 구속도 받지 아니하고 제 마음대로 행동하 는 사람.

414)현부형여훈(賢父兄餘訓) : 어진 부형(父兄)으로부

바다, 　　싱어츙녈지문(生於忠烈之門)[415]ᄒᆞ여 여ᄎᆞ(如此) 음난타 ᄒᆞ믈 짐이 괴이히 너기고, 위청의 웅호뇌락(雄豪磊落)[416]ᄒᆞ므로ᄡᅥ 이런 음밀지ᄒᆡᆼ(陰密之行)이 잇다 ᄒᆞ믈 실노 밋지 아니 ᄒᆞᄂᆞ니, 경이 엇지 청죄(請罪)ᄒᆞᆯ ᄉᆞ단(事端)이 이시리오. 셜ᄉᆞ(設使) 죄명이 진적(眞的)ᄒᆞ다 ᄒᆞᆫ들, 조고로 '쥬문(周門)의 관채(管蔡)'[417]잇고 '요슌지지(堯舜之子) 불초(不肖)'[418]ᄒᆞ니, 경이 엇지 불안(不安)ᄒᆞ미 이시리[73]오. 짐이 비록 불명(不明)ᄒᆞ나 결옥(決獄)ᄒᆞ미 원옥(冤獄)이 업게 ᄒᆞ리니, 경은 믈디죄(勿待罪)○○[ᄒᆞ고] 안심ᄒᆞ라."

ᄒᆞ시고, 드디여 파조ᄒᆞ시고 형부 상서 ○○[뎡션]긔로 ᄒᆞ여곰 옥ᄉᆞᄅᆞᆯ 다ᄉᆞ리라 ᄒᆞ시니, 뎡상셰 ᄯᅩᄒᆞᆫ 윤쇼져로 표종(表從)[419]이믈 쥬(奏)ᄒᆞ고, 피혐(避嫌) 사직(辭職)ᄒᆞ니 상이 졍위(廷尉)[420]ᄅᆞᆯ 갈아주시고, 각별 공도(公道)로 졍ᄒᆞ실 시, 병부시랑 경희슈로 형부상셔를 교뎌ᄒᆞ여 옥ᄉᆞᄅᆞᆯ 다ᄉᆞ리라 ᄒᆞ시니, 경 상셔ᄂᆞᆫ 츙직지시(忠直之士)라.

상명을 밧ᄌᆞ와 ᄉᆞᆫ은 퇴조ᄒᆞ여 즉시 본부의 도라와 형[74]위(刑威)ᄅᆞᆯ 베플고 관ᄎᆞ(官差)ᄅᆞᆯ 발ᄒᆞ여 엄부의 보니여 윤쇼져 좌우ᄅᆞᆯ 잡히니, 이ᄡᅵ 최부인이 ᄉᆞ긔ᄅᆞᆯ 알고 디희ᄒᆞ여 이날이야 형극(荊棘)을 열고 옥문을 열어 쇼져와 일ᄎᆔ 잉난 등과 버거 가(假) 치잉과 쇼

여ᄎᆞ 음난타 ᄒᆞ믈 딤이 고이히 넉이고, 위청의 웅호뇌락ᄒᆞ므로ᄡᅥ 이런 음밀디ᄒᆡᆼ이 잇다 ᄒᆞ믈 실노 밋디 아니 ᄒᆞᄂᆞ니, 션칭이 엇디 청죄홀 ᄉᆞ단이 이시며, 셜ᄉᆞ 죄명이 진적ᄒᆞ다 ᄒᆞᆫ들 조고로 쥬문의 관치 잇고 요슌지지 블쵸ᄒᆞ니, 션칭이 엇디 블안ᄒᆞ리오. 딤이 비록 블명ᄒᆞ나 결옥ᄒᆞ미 원옥이 업게 ᄒᆞ리라. 경은 믈디 안심ᄒᆞ라."

ᄒᆞ시고 드디여 파됴ᄒᆞ시고, 형부상서 뎡션긔로 ᄒᆞ여금 옥ᄉᆞᄅᆞᆯ 다ᄉᆞ리라 ᄒᆞ시니, 뎡상셰 ᄯᅩᄒᆞᆫ 유쇼져로 표풍이믈 쥬고, 피혐ᄉᆞ직ᄒᆞ니, 상이 졍위를 ᄀᆞ라 쥬시고 각별 공도로 졍ᄒᆞ실시, 병부시랑 경희슈로[58] 형부상서를 교뎌ᄒᆞ여 옥ᄉᆞ을 다ᄉᆞ리라 ᄒᆞ시니, 경 상셔ᄂᆞᆫ 츙직지《지‖시》라.

상명을 밧ᄌᆞ와 샤은 퇴됴ᄒᆞ여 즉시 형부의 《죄긔‖좌긔(坐起)》를 베플고, 치ᄉᆞ를 발ᄒᆞ야 엄부의 보니여 윤쇼져 좌우를 잡히니, 이ᄡᅵ 최부인이 ᄉᆞ긔를 알고 대희ᄒᆞ야 이날이야 형극을 열고, 쇼져의 유모와 난잉 등과 가치잉과 쇼져 침쇼 딕희엿던 시녀를 다 잡아 보니

　　터 많은 가르침을 받음.

415)싱어츙녈지문(生於忠烈之門) : 충신열사의 가문에서 자라남.

416)웅호뇌락(雄豪磊落) : 씩씩하고 호걸스러우며 마음이 너그럽고 작은 일에 얽매이지 않음.

417)쥬문(周門)의 관채(管蔡) : 중국 주나라 문왕(文王)의 아들이자 무왕(武王)의 동생인 관숙(管叔)과 채숙(蔡淑)을 말함. 무왕(武王)이 죽고 형제 가운데 주공(周公)이 무왕의 어린 아들 성왕(成王)을 도와 섭정을 하자, 역심(逆心)을 품고 반란을 일으켰다가, 관숙은 죽음을 당하고 채숙은 추방당했다.

418)요슌지지(堯舜之子) 불초(不肖) : 요임금의 아들 단주(丹朱)와 순임금의 아들 상균(商均)이 불초하여, 요와 순이 각각 아들에게 왕위를 물려주지 않고, 요는 순에게, 순은 우(禹)에게 왕위를 물려준 고사를 말함.

419)표종(表從) : 외종사촌형제.

420)졍위(廷尉) : 중국 진(秦)나라 때부터, 형벌을 맡아 보던 벼슬. 구경(九卿)의 하나였는데, 나중에 대리(大理)로 고쳤다.

저 침쇼 직희엿던 시녀를 다 잡혀 범 갓흔 관치를 쥬어 보니니, 일취 잉난 등 스인은 의상이 남누(襤褸)ᄒ고 슈월 누옥간고의 긔한을 못니긔여 '피골(皮骨)이 상년(相連)'[421]ᄒ여 형히(形骸)[422]만 걸녀시니, 보기의 슈싱이 위위ᄒ지라.

형뷔 능히 형벌노【75】뻐 더으지 못ᄒ고, 다만 치잉과 제녀(諸女)를 엄문ᄒ니, 제녜 다 윤쇼져의 셩덕 교화롤 목욕감은 지(者)라. 비록 기셰(蓋世)[423]ᄒ 튱녈(忠烈)이 잉난 등을 밋지 못ᄒ나, 춤아[424] 무죄ᄒ 쥬인을 스디(死地)의 밀치리오 즁형지하(重刑之下)의 스긔(士氣) 녈녈(烈烈)ᄒ여 한갈갓치[425] 이미ᄒ믈[426] 브르지져 승복(承服)지 아니ᄒ디, 오직 치잉은 영교의 변형ᄒ 비라. 불하일장(不下一杖)의 초스(招辭) 왈,

"과연 우리 쇼제 위낭군으로 더브러 일즉 규녀로 '이실 적브터'[427] 여ᄎ여ᄎ 스【76】졍이 계ᄒ시 올ᄒ니, 젼후 스연이 어긋나미 업나이다."

ᄒ니, 일취 등이 졍히 졍하(庭下)의 구류(拘留)ᄒ 죄쉬(罪囚) 되여 망극ᄒ믈 니긔지 못ᄒ고, 분명이 황옥좌독[독](黃屋左纛)[428]을

니, 일취 잉는 등 스녀는 슈월 누옥 가온디 간간이 긔한을 못 이긔여 피골이 상연ᄒ고 의상이 남누ᄒ야 보기의 위위ᄒ지라.

형뷔 능히 형벌로써 더으디 못ᄒ고 다만 치잉과 제녀를 엄문ᄒ니, 제녜 다 윤쇼져의 셩덕교화를 목욕감은 지라. 비록【59】 기세ᄒᄂ 튱녈이 잉난 등을 밋디 못ᄒ나 ᄎ마 무죄ᄒ 쥬인을 스디의 밀치디 못ᄒ여, 스긔 녈녈ᄒ여 ᄒ갈갓치 이미ᄒ믈 브르지져 승복디 아니ᄒ디, 오직 가치잉은 영교 변형ᄒ 비라. 블하수십댱의 초스 왈,

"과연 우리 쇼제 위낭군으로 더브러 일즉 규녀로 이실 적브터 여ᄎ여ᄎ 수졍이 겨실시 올ᄒ니, 젼후 스연이 어긋나미 업ᄂ이다."

일취 등이 졍하의 구류ᄒ야 망극분한ᄒ믈 이긔디 못ᄒ고, 분명이 황옥좌독을 비러 남군의 도라간 치잉이 ᄯ 잇셔 초스 이곳치 밍

---

421) 피골상련(皮骨相連) : 살가죽과 뼈가 맞붙을 정도로 몹시 마름. =피골상접(皮骨相接)
422) 형히(形骸) : ①사람의 몸과 뼈. ②내용이 없는 뼈대라는 뜻으로, 형식뿐이고 가치나 의의가 없는 것을 이르는 말.
423) 기셰(蓋世) : 기상이나 위력, 재능 따위가 세상을 뒤덮음
424) 춤아 : 차마. 「부사」 부끄럽거나 안타까워서 감히.
425) 한갈갓치 : 한결같이. 처음부터 끝까지 변함없이 꼭 같이.
426) 이미ᄒ다 : 아무 잘못 없이 꾸중을 듣거나 벌을 받아 억울하다. *애매(曖昧)하다: 희미하여 확실하지 못하다. 이것인지 저것인지 명확하지 못하여 한 개념이 다른 개념과 충분히 구별되지 못하는 일을 이른다.
427) 이실 적브터 : 있을 때부터. *적:「의존 명사」((일부 명사나 어미 '-은', '-을' 뒤에 쓰여)) 그 동작이 진행되거나 그 상태가 나타나 있는 때, 또는 지나간 어떤 때.
428) 황옥좌독(黃屋左纛) : 한(漢) 나라 때 천자의 거복(車服)을 말한다. 황옥은 수레의 지붕을 겉은 파랗게 안은 누렇게 비단으로 장식한 것이고, 좌독은 쇠꼬리로 장식한 큰 기(旗)로서 수레 왼쪽에 꽂아 천자의 수레임을 나타낸 것이다. 《한서(漢書)》 고제

비러 남궁의 도라간 치잉이 또 잇셔 초시(招辭) 이갓치 밍낭ᄒᆞ믈 보니, 불승통한(不勝痛恨)ᄒᆞ믈 니긔지 못ᄒᆞ여, 즉직의 진위(眞僞)를 판단코져 ᄒᆞ나, 쇼져의 님별경계(臨別警戒)를 싱각ᄒᆞ니, 쇼제 갈오디,

　"간당이 임의 작ᄉᆞᄒᆞ미 흉계 심샹치 아냐 존당 셩총을 가【77】리오고, 작화(作禍)ᄒᆞ미 ᄌᆞ못 은밀ᄒᆞ니, 비록 기간의 허다 괴ᄉᆞ(怪事) 층츌(層出)ᄒᆞᆯ지라도 하늘이 나리온 지앙은 인녁으로 못ᄒᆞᄂᆞ니, 우리 노쥬 시운이 니(利)치 아닌 ᄺᆡ를 만나시니, 여등(汝等)이 즈레 텬슈(天數)를 도망코져 ᄒᆞ여 일이 급ᄒᆞ면, 후환(後患)을 더욱 측냥치 못ᄒᆞᆯ 거시니, 여등은 모로미 근신(謹愼) 쥬밀(周密)ᄒᆞ여 만ᄉᆞ를 다 하늘의 붓쳐, ᄉᆞ디(死地)라도 불감역텬(不敢逆天)ᄒᆞ여, 즐에[429] 일을 니지 말나. 너희 이러틋 구ᄎᆞ히 누명(陋名)을 신셜(伸雪)ᄒᆞ나 무삼 쾌ᄒᆞ미 이【78】시며, 니 여등을 셔로 볼 낫치 업ᄉᆞ리니, 일이 불여의즉(不如意則) 니 당당이 '부차(夫差)의 《면모∥멱모(幎冒)》를 ᄡᅳ고 죽으믈'[430] 효측(效則)ᄒᆞ리라."

ᄒᆞ니, 제녜 슈루(垂淚) 악연(愕然)ᄒᆞ여 명을 바닷ᄂᆞᆫ 고로, 엇지 ᄉᆞ디(死地인)ᄃᆞᆯ 쥬인의 명을 거스려 진짓 치잉이 아니믈 붉히리오만은, 그 복초(服招)ᄒᆞ미 이러틋 밍낭ᄒᆞᆫ 곳의

ᄂᆞᆼ믈 보니, 불승통한ᄒᆞ야 즉직의 진위를 판단코져 ᄒᆞ나, 쇼져 임별의 경계【60】 왈,

　"《감당∥간당》이 임의 작ᄉᆞᄒᆞ미 흉계 심샹치 아냐 존당 셩총을 ᄀᆞ리오고 작화ᄒᆞ미 ᄌᆞ못 은밀ᄒᆞ니, 비록 기간 괴시 층츌홀디라도 여등은 모르미 근신쥬밀ᄒᆞ여 만ᄉᆞ를 다 하늘의 붓치고, 즈레 일을 니디 말나. 구차이 누명을 신셜ᄒᆞ나 무삼 쾌ᄒᆞ미 이시며, 내 여등 볼 낫치 업ᄉᆞ리니, 일이 블여의즉 내 당당이 부차의 《면모쁠∥면모를 ᄡᅳ고》 죽으믈 효측ᄒᆞ리라."

ᄒᆞ니 제녜 악연슈루ᄒᆞ여 명을 바닷ᄂᆞᆫ디라. ᄉᆞ진들 쥬인의 명을 거스려 진짓 치잉이 아니믈 붉히리오마는, 그 복초ᄒᆞ미 이럿틋 밍낭ᄒᆞᆫ 곳의 밋ᄎᆞ믈 보미 불승통히ᄒᆞ믈 이긔디

기 상(高帝紀上)에 "기신(紀信)이 황옥좌둑의 임금 수레를 타고서 '먹을 것이 떨어졌으므로 한 나라 왕이 초 나라에 항복하려 한다.'고 하자 초 나라 군사가 모두 만세를 불렀다." 하였다.

429)즐에 : 지레. 어떤 일이 일어나기 전 또는 어떤 기회나 때가 무르익기 전에 미리.

430)부차(夫差)의 멱모(幎冒)를 ᄡᅳ고 죽으믈 : 오왕(吳王) 부차가 자신의 잘못된 판단을 부끄러워하여 멱모를 쓰고 자결하였던 고사를 이른 말. 즉 중국 춘추 때 오왕 부차는 충신 오자서(伍子胥)의 충언을 듣지 않고 간신인 태재(太宰) 백비(伯嚭)의 말을 따라 월(越)나라와 화친하였다. 이에 오자서는 오나라가 반드시 멸망할 것이라는 말을 남기고 자결했는데, 부차가 그 말을 듣고 크게 노하여 오자서의 시신을 가죽 부대(鴟夷)에 넣어 강물에 띄우게 했다. 오자서가 죽고 10여 년이 지나 월나라의 침공으로 오나라가 망하게 되자, 오왕 부차는 고소대(姑蘇臺)에 올라가 "나는 오자서를 볼 낯이 없다."하고, 멱모(幎冒)를 쓰고 자결하였다고 한다. 멱모는 죽은 자의 얼굴을 덮는 검은 천이다. 《史略 卷1 春秋戰國 吳》《史記 卷66 伍子胥列傳》

밋츠믈 보미, 불승통히(不勝痛駭)ᄒ고 격분 (激憤) 강기(慷慨)ᄒ믈 니긔지 못ᄒ여, 앙앙 (怏怏)이 치잉을 가ᄅ쳐 ᄭ짓더라.【79】

못ᄒ여 앙앙이 치잉을 가ᄅ쳐 ᄭ지저 왈,

엄시효문쳥힝녹 권지십구

화셜. 일취 난잉 등이 가(假) 치잉의 초시(招辭) 이러틋 밍낭훈 곳의 밋추믈 보미, 불승통히ᄒ고 격분 강기ᄒ믈 니긔지 못ᄒ여, 앙앙(怏怏)이 치잉을 가르쳐 쑤지져 갈오디,

"두상(頭上)의 신명이 지림(再臨)ᄒ고 엄문지하(嚴問之下)의 일월(日月)이 조림(照臨)ᄒ여 간형(姦形)을 비최거눌, 너 요녀(妖女)는 하처츌(何處出)이완디, 몬져 쥬인을 도망ᄒ여 어니 곳의 슘엇다가 니다라, 쳥텬빅일지하(靑天白日之下)431)의 빙옥(氷玉) 갓흔 쥬인을 ᄉ디(死地)의 밀【1】치기를 타연(泰然)이 ᄒᄂ뇨? 홀노 텬앙(天殃)이 두립지 아니ᄒ냐?"

잉난 등이 엇지 가(假) 치잉을 모로리오만은 쇼져의 교령(敎令)을 거역지 못ᄒ여 이러틋 모호히 칙ᄒ미라. 치잉이 도시담(都是膽)432)이나 감히 다시 말을 못ᄒ고 긔운이 져상(沮喪)ᄒ거눌, 형뷔 치잉의 간악ᄒ믈 더로ᄒ여, 엄형국문(嚴刑鞫問)ᄒ미 일 치433)를 지나 뉴혈이 돌지ᄒ디434), 영괴 종시 무초(無招)435)ᄒ고 앙앙(怏怏)이 브르지져 갈오디,

"쳔비 임의 실초(實招)를 알외엿거눌 다시 무슨 말이 【2】잇술 거시라 노얘 이디도록 혹형(酷刑)을 더으시ᄂ니잇가? 비록 장하(杖下)의 죽을지언졍 다시 알욀 말숨이 업ᄂ이

"두상의 신명이 지림ᄒ고 엄문디하의 일월이【61】됴림ᄒ거눌, 네 요녀눈 하처 츌이완디 몬져 쥬인을 도망ᄒ야 어느 곳의 숨엇다가 니ᄃ라, 쳥텬빅일디하의 빙옥갓튼 쥬인을 ᄉ디의 밀치기를 타연이 ᄒ니, 홀노 텬앙이 두립디 아니ᄒ냐?"

가치잉이 도시 담이나 감히 다시 말을 못ᄒ고 긔운이 져상ᄒ거눌, 형뷔 치잉의 간악ᄒ믈 대로ᄒ여 엄형극문ᄒ미 뉴혈이 돌지ᄒ디, 영교 죵시 무쵸(誣招)ᄒ고 앙앙히 브르지져 굴오디,

"쳔비 임의 실쵸를 알외엿거눌 다시 무슴 말숨이 이실 거시라. 노얘 이대도록 혹형을 더으시ᄂ니잇가? 비록 장하의 죽이시나 알욀 말숨이 업ᄂ이다."

431)쳥텬빅일지하(靑天白日之下) : 구름 한 점 없이 맑고 밝은 대낮에.
432)도시담(都是膽) : 매우 담이 크고 뻔뻔함.
433)치 : 칙. 매질. 죄인을 신문할 때 공포감을 주어 자백을 강요할 목적으로 한바탕 가하는 매질. 또는 그러한 매질의 횟수를 세는 단위. '칙'는 '笞(매질할 태)'의 원음, '태'는 그 속음(俗音)임.
434)돌지ᄒ다 : 솟아나다. 안에서 밖으로 나오다. =돌지다.
435)무초(無招) : 복초(服招)를 하지 않음.

다."

경상셰 그 간악ᄒᆞ믈 노ᄒᆞ여 장하(杖下)의 맛고져 ᄒᆞ거ᄂᆞᆯ 좌우 시랑이 간왈(諫曰),

"유명허실간(幽明虛實間)[436] 죄인의 시녜 임의 복초(服招)ᄒᆞ엿거ᄂᆞᆯ 엇지 장하(杖下)의 ᄉᆞᄉᆞ로이 죽이미 왕법이[의] 불가ᄒᆞ지 아니리잇가?"

형뷔 비록 분노ᄒᆞ나 좌·우 시랑의 말이 올흔지라. 드ᄃᆡ여 노ᄅᆞᆯ 낫초와 제녀ᄅᆞᆯ 다 하옥ᄒᆞ고 이ᄃᆡ로 계달(啓達)[3]ᄒᆞ온ᄃᆡ, 상이 제윤을 과도이 총이ᄒᆞ시ᄂᆞᆫ 고로 윤시의 죄ᄅᆞᆯ 벗기고져 ᄒᆞ샤, 친히 치잉을 올녀 친국(親鞫)코져 ᄒᆞ시거ᄂᆞᆯ, 진왕 윤쳥문이 ᄃᆡ경(大驚)ᄒᆞ여 고두(叩頭) ᄌᆡᆼ간(爭諫) 왈,

"셩쥬의 은틱이 여ᄎᆞᄒᆞ시니 신이 엇지 감은치 아니리잇고만은 굽히지 못ᄒᆞᆯ 거ᄉᆞᆫ 만고강상(萬古綱常)이오, 문허바리지[437] 못ᄒᆞᆯ 거ᄉᆞᆫ 경국지법(經國之法)[438]이라. 치잉 비ᄌᆞ의 직ᄎᆡ(直招) 분명ᄒᆞ오니 신녀(臣女)ᄂᆞᆫ 임의 만고강상을 ᄣᅵ러바린 발부(潑婦) 찰녀(刹女)라. 셩상이 맛당이 옥ᄉᆞ(獄事)[4]의 뉼젼(律典)을 상고(詳考)ᄒᆞ샤 왕법을 정히 ᄒᆞ시미 맛당ᄒᆞ시거ᄂᆞᆯ, 엇지 ᄌᆞ고(自古) 법젼의 업ᄉᆞᆫ 거ᄉᆞ로ᄡᅥ 신ᄌᆞ의 더러온 가ᄉᆞ(家事)와 음밀지ᄉᆞ(陰密之事)ᄅᆞᆯ 가져 텬위(天憂)ᄅᆞᆯ 번거롭게 ᄒᆞ리잇고? 폐히 만일 신의 간언을 쳥납(聽納)지 아니신즉, 신은 이곳 텬하의 국권(國權) 도적ᄒᆞᄂᆞᆫ 쇼인이라. 이ᄂᆞᆫ 군국ᄃᆡ시나 ᄉᆞ시나 신의 슈즁으로 나ᄂᆞᆫ 작시오니, 비록 신녀의 죄루(罪累)ᄅᆞᆯ 신셜(伸雪)ᄒᆞᆫ들 무ᄉᆞᆷ 쾌ᄒᆞ미 잇ᄉᆞ오며 신이 하면목(何面目)으로 텬하 사ᄅᆞᆷ을 보오리잇고?"[5]

말ᄉᆞᆷ을 니어 믄득 ᄃᆡ신과 간관이 진왕의 쥬ᄉᆞ(奏辭) 맛당ᄒᆞ믈 알외니, 상이 드ᄃᆡ여 친문(親問)ᄒᆞ시ᄂᆞᆫ 명을 거두시나, 진왕의 지공무ᄉᆞ(至公無私)ᄒᆞᆫ 덕을 더욱 아롬다이 너기샤 츄연이 슈조(手詔)ᄅᆞᆯ 나리와 위로ᄒᆞ시고,

---

436)유명허실간(幽明虛實間) : 옳든 그르든 거짓이든 사실이든 간에. 또는 옳고 그름 사실과 거짓을 떠나,
437)문허바리다 : 무너뜨리다.
438)경국지법(經國之法) : 나라를 다스리는 법도

정 상셰 그 간악ᄒᆞ믈 노ᄒᆞ여 ᄃᆞᆼ하의 맛고져 ᄒᆞ거ᄂᆞᆯ, 좌우 시랑이 간[62]왈,

"허실간 죄인의 시녜 임의 복쵸ᄒᆞ엿거ᄂᆞᆯ, 엇디 ᄃᆞᆼ하의 ᄉᆞᄉᆞ로이 죽이고져 ᄒᆞ시미 왕볍의 블가타 아니리잇고?"

형뷔 비록 분노ᄒᆞ나 좌·우 시랑의 말이 올흔디라. 드ᄃᆡ여 제녀ᄅᆞᆯ 다 하옥ᄒᆞ고 이ᄃᆡ로 계ᄉᆞᄒᆞ온ᄃᆡ, 상이 제윤을 과도이 총이ᄒᆞ시ᄂᆞᆫ 고로, 윤시의 죄ᄅᆞᆯ 벗기고져 ᄒᆞ샤 친히 엄문코져 ᄒᆞ시거ᄂᆞᆯ, 진왕이 ᄃᆡ경ᄒᆞ여 고두 ᄌᆡᆼ간 왈,

"셩쥬의 은틱이 여ᄎᆞᄒᆞ시니 신이 엇디 감은치 아니ᄒᆞ리잇고마ᄂᆞᆫ, 굽히디 못ᄒᆞᆯ 거ᄉᆞᆫ 만고강상이요, 문허버리디 못ᄒᆞᆯ 거ᄉᆞᆫ 경국디볍젼이라. 치잉 비ᄌᆞ의 직쵸 분명ᄒᆞ오니 신녀ᄂᆞᆫ 맛당이 유ᄉᆞ의 뉼젼을 상고ᄒᆞ야 왕볍을 졍히 ᄒᆞ시미 맛당ᄒᆞ시거ᄂᆞᆯ, 엇디 ᄌᆞ고 볍젼의 업ᄉᆞᆫ[63] 거ᄌᆞ로ᄡᅥ 신ᄌᆞ의 더러온 가ᄉᆞᄅᆞᆯ 가져 텬위ᄅᆞᆯ 번거롭게 ᄒᆞ리잇고? 폐히 만일 신의 간언을 쳥납디 아니신즉 신은 쳔하의 국권 도젹ᄒᆞᄂᆞᆫ 쇼인이라. 이ᄂᆞᆫ 군국 ᄃᆡᄉᆞ나 ᄉᆞ시나 신의 슈듕으로조ᄎᆞ 나ᄂᆞᆫ 작시오니, 비록 신녀의 죄루 신빅ᄒᆞᆫ들 무ᄉᆞᆷ 쾌ᄒᆞ미 잇ᄉᆞ오며, 신이 하면목으로 텬하 사ᄅᆞᆷ을 보오며, 후셰의 ᄭᅮ지람을 면치 못ᄒᆞ오리이다."

말ᄉᆞᆷ을 이어 모든 ᄃᆡ신과 《가관∥간관》이 진왕 쥬ᄉᆞ 맛당ᄒᆞ믈 알외니, 상이 드ᄃᆡ여 친문ᄒᆞ시ᄂᆞᆫ 명을 거두시나, 진왕의 지공무ᄉᆞᄒᆞᆫ 덕힝을 더옥 아롬다이 넉이샤, 츄연이 슈됴ᄅᆞᆯ 느리와 위로ᄒᆞ시고, 뉼젼을 상고ᄒᆞ야 벌

▌낙선제본 엄시효문쳥ᄒᆡᆼ녹 권지십구 94 엄시효문쳥ᄒᆡᆼ녹 권지구 **고대본**▌

유亽(有司)의 뉼(律)을 상고ᄒᆞ샤 죄눌이 진적
(眞的)지 아니타 ᄒᆞ샤 벌을 감등ᄒᆞ여, 윤시로
ᄡᅥ 엄시의 니이(離異)ᄒᆞ여 명부 직쳡을 환슈
ᄒᆞ시고, 졀강 쇼흥부의 젹거(謫居)라 ᄒᆞ시고,
제시녀ᄂᆞᆫ 본디 죄 업ᄉᆞ니 방셕(放釋)라 ᄒᆞ
시고, 【6】회람목ᄉᆞ 위쳥은 진실노 죄명이 유
명무실(有名無實)ᄒᆞ니 즁벌(重罰)노 다ᄉᆞ리지
못ᄒᆞᆯ 비니, 이후의 죄루(罪累)룰 신빅(伸白)
ᄒᆞᆯ 동안 회람의 안치(安置)ᄒᆞ여 타일 신원을
기다리게 ᄒᆞ라 ᄒᆞ시고, 즉일 회람 목ᄉᆞ의 교
디룰 병부로 ᄒᆞ여곰 신졈(新占)⁴³⁹)ᄒᆞ라 ᄒᆞ시
다.

형뷔 셩지(聖旨)룰 밧ᄌᆞ와 물너가 치잉 일
취 등을 다 방셕ᄒᆞ니, 이날 진궁의셔 녀아룰
엄가의 니이(離異)ᄒᆞᄂᆞᆫ 명을 밧ᄌᆞ와, 즉시 젹
은 교ᄌᆞ룰 보니여 녀아룰 다려올시, 일취 잉
난 등【7】은 다시 엄부의 가지 아니ᄒᆞ고, 바
로 진궁으로 도라가고, 치잉은 즁형을 바닷
ᄂᆞᆫ 고로 능히 운보(運步)치 못ᄒᆞ여, 겨유 '어
로긔여'⁴⁴⁰) 아문 밧귈 나오미, 최부인 심복
시뇌 거즛 진궁 가인이로라 ᄒᆞ고, 영교룰 업
어 다리고 이목이 알가 두려, 엄부로가지 아
니ᄒᆞ고 바로 김후셥의 집으로 가니, 후셥이
며 미션이 마ᄌᆞ, 형벌 닙으믈 위로ᄒᆞ며 상쳐
룰 약으로 다ᄉᆞ려 조리ᄒᆞ며, 외면회단(外面
回丹)⁴⁴¹)을 먹여 본형이 회복ᄒᆞ미, 최부인
【8】이 식물 약물을 갓쵸와 보니미[고] 츙의
룰 포장(褒獎)ᄒᆞ여 슈이 도라오믈 닐넛더라.

믄득 진궁으로 조ᄎᆞ 진왕의 셔ᄌᆞ 유린이
일승 쥭교와 ᄉᆞ오인 가졍(家丁)과 슈삼 ᄎᆞ환
으로 더부러 니ᄅᆞ러 젹미룰 다려가려 ᄒᆞᄂᆞᆫ지
라.

최부인이 바야흐로 ᄉᆞ햐여 도라보닐시, 쇼
졔 어득ᄒᆞᆫ 가온디 ᄭᆡ나, 일일지간의 ᄯᅩ 영출

을 감ᄒᆞ야 윤시로ᄡᅥ 엄부의【64】니이ᄒᆞ여,
명부 직쳡을 앗고 졀강 쇼흥부의 젹거ᄒᆞ라
ᄒᆞ시고, 제시녀은 본디 죄 업ᄉᆞ니 방셕ᄒᆞ라
ᄒᆞ시고, 회남 목ᄉᆞ 위쳥은 진실노 죄명이 유
명무실ᄒᆞ니 듕벌로 다ᄉᆞ릴 비 아니니, 이후
죄루룰 신빅ᄒᆞᆯ 동안 회남의 안치ᄒᆞ여 타일
신원을 기ᄃᆞ리게 ᄒᆞ시고, 즉일 회남 목ᄉᆞ의
교디룰 병부로 신졈ᄒᆞ라 ᄒᆞ시다.

형뷔 셩디룰 밧ᄌᆞ와 믈너가 치잉 일취 등
을 다 방셕ᄒᆞ니, 이날 진궁의셔 녀ᄋᆞ룰 즉시
ᄃᆞ려올시, 일취 등은 다시 엄부의 가지 아니
ᄒᆞ고 바로 진궁으로 도라가고, 가치잉은 듕
형을 바닷ᄂᆞᆫ 고로 능히 운보치 못ᄒᆞ야, 겨유
어ᄅᆞ긔여 아문 밧긔 나미, 최부인 심복 시뇌
거즛 진궁 가졍이로라 ᄒᆞ고, 영교【65】룰 업
고 이목을 두려, 엄부로 가디 아니ᄒᆞ고 후셥
의 집으로 가니, 후셥이○[며] 미션이 마ᄌᆞ
형벌 닙으믈 위로ᄒᆞ며, 상쳐의 약을 다ᄉᆞ려
됴리ᄒᆞ며 기용단을 먹여 본형이 회복게 ᄒᆞ
고, 최부인이 식믈약음을 ᄀᆞᆺ초와 보니미 츙
의룰 표장ᄒᆞ고 수히 도라오기룰 일ᄏᆞᆺ랏더라.

진궁의셔 일승 교ᄌᆞ룰 보니여 쇼져룰 다려
갈시,

---

439)신졈(新占) : ①집터나 묏자리를 새로 정함. ②관
   리를 새로 임명함.
440)어로긔다 : 엉금엉금 기다. 큰 동작으로 느리게 기
   는 모양
441)외면회단(外面回丹) ; 회면단(回面丹). 잉혈·개용
   단·도봉잠 등과 함께 한국고소설 특유의 서사도구
   의 하나. 개용단을 먹고 변용한 얼굴을 다시 제 모
   습으로 돌아오게 하는 약.

ᄒᆞ믈 만나니 스ᄉᆞ로 명도(命途)의 긔구(崎嶇)ᄒᆞ믈 탄ᄒᆞ고, 세세(細細)ᄒᆞᆫ 년보(蓮步)를 움작여 정당의 청죄ᄒᆞ고 비ᄉᆞ(拜謝) 하직(下直)ᄒᆞᆯ시, 슈월(數月)을 하심졍【9】누실(陋室)의 가업순 고초를 겻거 의상이 남누(襤褸)ᄒᆞ고, 옥골이 표연(飄然)ᄒᆞ여 미풍의 ᄲᅳᆯ어질 듯ᄒᆞ니, 견지(見者) 다 위ᄐᆡ이 너기고 범부인 고식(姑媳)은 ᄎᆞ마 보지 못ᄒᆞ여, 그윽이 ᄎᆞ셕ᄒᆞ믈 마지 아니ᄒᆞᄃᆡ, 홀노 최부인이 암희ᄒᆞ여 그 약질이 보젼치 못ᄒᆞ기를 죄오더라.

그 하직ᄒᆞ기를 님ᄒᆞ여ᄂᆞᆫ 부인이 ᄉᆞ긔(辭氣) 가지록 츄상갓고, 옥셩(玉聲)이 밍녈ᄒᆞ여 칠거지죄(七去之罪)[442]를 낫낫치 혜여 니ᄅᆞ고, '다시 엄시의 ᄎᆞᆺ기를 싱각지 말고, 이제ᄂᆞᆫ【10】임의 황명(皇命)이 이의 미ᄎᆞ 니이(離異)ᄒᆞ여 겨시니, 창으로 더부러 의연ᄒᆞᆫ 힝노인(行路人)[443]이라. 마음의 족ᄒᆞᆫ 호걸을 갈희여 셤기라.' ᄒᆞ니, 말마다 사름의 싱각지 못ᄒᆞᆯ 흉언(凶言)이라.

쇼제 유유부ᄃᆡ(儒儒不對)ᄒᆞ고 쇼교(小轎)의 올나 윤싱이 비힝(陪行)ᄒᆞ여 본궁의 도라오니, 존당 부뫼 슉당 군종이 다 졍뎐의 모다 쇼져를 볼ᄉᆡ, 일ᄎᆡ 잉난 등이 발셔 증젼(曾前)[444] 슈말(首末)을 다 알외엿ᄂᆞᆫ 고로, 냥ᄃᆡ(兩大) 존당이 참연ᄒᆞ며 슈계(囚繫)ᄒᆞ연 지 오린지라. 모발이 엉긔여 ᄲᅮᆨ이【11】되고, ᄯᆡ 무더 츄ᄒᆞᆫ 낫과 다ᄉᆞ리지 아닌 아미(蛾眉) 즁죄인(重罪人)의 모양이라.

왕모 조ᄐᆡ비와 모비 명슉녈이 슌을 잡고 누쉬(淚水) 환난(汍瀾)ᄒᆞ여 왈,

"월아의 셩덕 지용으로 금일 ᄎᆞ악(嗟愕)ᄒᆞᆫ 죄루를 시러 구가(舅家)의 츌뷔(黜婦) 되고, 국가의 죄인이 될 쥴 엇지 알니오."

진왕이 비록 관후장지(寬厚長者)나 녀아의

쇼졔 스스로 명도의 긔구ᄒᆞ믈 탄ᄒᆞ고, 겨유 년보를 움즉여 졍당의 쳥죄ᄒᆞ고 비ᄉᆞ ᄒᆞ딕ᄒᆞᆯ시, 수월을 하심당 누실의 ᄀᆞ업순 고초를 격거, 의상이 남누ᄒᆞ고 옥골이 《쵸연‖표연》ᄒᆞ야 미풍의도 ᄲᅳ러질 듯ᄒᆞ니, 견지 다 위ᄐᆡ히 너이고, 범부인 고식이 ᄎᆞ마 보디 못ᄒᆞ여 그윽이【66】ᄎᆞ셕ᄒᆞ믈 마디아니ᄒᆞᄃᆡ, 홀노 최부인이 암희ᄒᆞ야 그 약딜이 보젼치 못ᄒᆞ기를 죄오며,

하딕ᄒᆞ기를 님ᄒᆞ여 부인이 가디록 ᄉᆞ긔 츄상 ᄀᆞᆺ고, 옥셩이 밋고 ᄉᆞᆾ는 듯ᄒᆞ여, 칠거지죄를 혜여 니ᄅᆞ고, 다시 엄시의 ᄎᆞᆺ기를 싱각디 말고, ᄆᆞ음의 죡ᄒᆞᆫ 호걸을 갈히여 셤기라 ᄒᆞ니, 말마다 사름의 싱각디 못ᄒᆞᆯ 흉언이라.

쇼졔 유유브답ᄒᆞ고 쇼교의 올나 본궁의 도라오니, 존당 부모 슉당군죵이 다 졍뎐의 모다 쇼져를 볼ᄉᆡ, 일ᄎᆡ 잉난 등이 발셔 죵젼 슈말을 다 알외엿는 고로 냥ᄃᆡ 존당이 임의 쇼져의 참담ᄒᆞᆫ 경계를 슬허ᄒᆞ더니, 쇼졔 나아와 모든 ᄃᆡ 비례를 맛고 좌의 뫼시미, 기간 고초 듕 단장을 폐ᄒᆞ연 디 오라니, 녹【67】발이 엉긔여 ᄲᅮᆨ이 되고 ᄯᆡ 무든 낫과 다ᄉᆞ리지 아닌 아미 즁죄인의 모양이라.

왕모 조태비와 모비 명슉녈이 손을 잡고 누쉬 환난ᄒᆞ여 굴오ᄃᆡ,

"월ᄋᆞ의 셩덕지용으로ᄡᅥ ᄎᆞ악ᄒᆞᆫ 죄루를 시러 구가의 츌부 되고 국가의 죄인이 될 줄 엇디 알니오?"

진왕이 비록 관후 장지나 녀ᄋᆞ의 참잔ᄒᆞᆫ

---

442)칠거지죄(七去之罪) : 칠거지악(七去之惡). 예전에, 아내를 내쫓을 수 있는 이유가 되었던 일곱 가지 허물. 시부모에게 불손함, 자식이 없음, 행실이 음탕함, 투기함, 몹쓸 병을 지님, 말이 지나치게 많음, 도둑질을 함 따위이다.

443)힝노인(行路人). 오다가다 길에서 만난 사람이라는 뜻으로, 아무 상관이 없는 사람을 이르는 말.

444)증젼(曾前) : 이미 지나가 버린 그때. 늑재젼(在前). 증왕(曾往).

참잔(慘殘)흔 거동을 보미 광미(廣眉) 슈집
(愁集)흐고 봉안(鳳眼)의 신쳔(辛泉)445)이 상
연(傷然)흐여, 장탄 왈,

"오이(吾兒) 용뫼 너모 슈미(秀美)흔 연고
로 홍안지홰(紅顔之禍) ○○○○이 갓흔지
라. 셕일(昔日) 션화의 화익(禍厄)이 비상흐
나,【12】다만 집 가온딕 괴로온 경계를 지
니고, 월화의 누옥(陋屋) 간고(艱苦)를 겻그
미 업고, 즁도의 봉변흐미 고요히 탈신(脫身)
흐여 깁히 진부의 머므러 박명(薄命)이 극흘
지언졍, 일신은 편흐다가 지앙(災殃)이 쇼멸
흐미 영화로이 도라가 부뷔 화락흐엿느니,
이제 월아의 만난 바는 쳔딕(千代)의 희한흔
듯흐니, 혈혈약딜(孑孑弱質)이 엇지 남황장녀
(南荒瘴癘)446)의 보젼흐믈 엇지 바라리오. 연
이나 녀아는 지식이 명쾌(明快)흔지라. 몸을
둔 비 ㅅㅅ롭지 아니믈 혜아【13】려, 어버이
룰 ㅅ랑흐거든 스ㅅ로 명쳘보신(明哲保身)흐
여 신여명(身與命)이 구젼(俱全)흐고, 비록
고금(古今)이 다ㄹ며 남녀의 셩(性)이 각이
(各異)흐나, 죽을 짜히 드러도 살기를 도모흐
여 효졀을 완젼흐여, 틱산(泰山)의 즁(重)으
로써 홍모(鴻毛)의 더지지 말나."

쇼제 구모지여(久慕之餘)의 친안(親顔)을
득승(得承)흐나 능히 반기믈 아지 못흐믄, 일
신(一身) 누얼(陋孽)이 참혹흐여 만성ㅅ셔(萬
姓士庶)의 훼즈(毁訾)흐니, 진실노 부모 동긔
도 보기 븟그럽거늘, 존당 부모의 이러틋 슬
허흐심과 슉당【14】주미의 슈안쳑용(愁顔慽
容)으로, 면면(面面)이 주긔룰 도라보와 슬허
흐믈 보니, 불효룰 슬허 셩안(星眼)의 쥬뤼
(珠淚) 삼삼(滲滲)흐고447) 옥셩(玉聲)이 경열
(硬咽)흐여, 체읍 쥬왈,

"히이(孩兒) 불초무상(不肖無狀)448)흐와 구

거동을 보미, 광미슈집흐고 봉안의 신쳔이
상연흐믈 씨닷디 못흐여 장탄 왈,

"오이 용안이 너모 슈미흔 고로 홍안지히
○○○○이 갓흔지라. 셕일 션화의 화익이
비상흐나 다만 집 가온딕 괴로온 경계를《디
닐∥디니고》, 월화의 누옥 간고는 겻그미 업
고, 듕도의 봉변흐미 고요히 탈신흐여 진부
의 머무러 박명이 극흘지언졍 일신은 편흐다
가,【68】지앙이 쇼멸흐미 영화로이 도라가
부뷔 화락흐엿시나, 이제 월아의 만난 바는
희한흔 변괴라. 혈혈약딜이 엇디 남황 냥녀
의 보젼흐믈 부라리오. 연이나 오녀는 지식
이 명쾌흔디라. 몸을 둔 비 ㅅㅅ롭디 아니믈
헤아려 스ㅅ로 명쳘보신흐여, 신여명이 구젼
흐야 태산의 듕으로써 홍모의 더디디 말믈
부라노라."

쇼제 구모디여의 친안을 득승흐나 능히 반
가오믈 아디 못흐믄, 일신 누얼이 참참흐야
만성ㅅ셔의 훼즈흐니, 진실노 부모동긔도 디
흐기 븟그럽거놀, 존당 부모의 이럿툿 슬허
흐심과 슉당주미의 슈안쳑용으로, 면면 주긔
를 도라보와 슬허흐믈 보니, 스ㅅ로 블효를
슬허 셩안【69】의 쥬뤼 삼삼흐고 옥셩이 경
열흐야 체읍 쥬왈,

"ᄋ히 블초무상흐와 일신의 참루를 시러

---

445)신쳔(辛泉) : '매운 맛이 나는 샘물'라는 뜻으로
  '쓰라린 눈물이 복받쳐 나오는 것'을 비유적으로 표
  현한 말.
446)남황장녀(南荒瘴癘) : 남쪽지방의 기후가 덥고 습
  한 곳에서 생기는 유행성 열병이나 학질. 여기서는
  '남쪽 지방의 풍토병이 많은 지역'을 뜻하는 말.
447)삼삼(滲滲)흐다 : 물이나 눈물 따위가 줄줄 흘러나
  오다.
448)불초무상(不肖無狀) : 못나고 어리석어 행실이 내

가의 도라가미 능히 션봉구고(善奉舅姑)449)와 화우동긔(和友同氣)450)의 화긔 업고, 하쳔 비비(下賤婢輩)의 인심을 엇지 못흔 고로, 일신 참누(慘累)를 시러 녀즈의 몸이 원도쳔이(遠途天涯)451)의 젹긱(謫客)되믈 면치 못흐와, 존당 부모긔 불회 막디흐오니 쇼녀의 일신을 위흐여 션조 명풍을 츄락흐고 구【15】로싱아(劬勞生我)의 욕먹이미 극흔지라. 가업순 불효룰 니긔기 어렵도쇼이다."

언파의 월아(月蛾)452)의 슈운이 몽몽(濛濛)흐고453) 옥뉘(玉淚) 쌍쌍(雙雙)흐니, 존당 부뫼 참연(慘然) 이셕(愛惜)흐여 각상(閣上)의 비풍(悲風)이 쇼슬흐고454) 셰위(細雨) 쑤리는 듯흔지라.

쇼제 안식이 한회(寒灰)455)갓고 호흡이 쳔촉(喘促)흐여 그 병근이 깁흔 줄 알지라. 강잉(强仍)흐여 안즈시미 옥셜(玉雪)의 향한(香汗)이 구슬 구으듯흐니, 부뫼 앗기고 슬허 모비 친히 닛그러 침뎐의 도라와 약음(藥飮)을 갓초와 구호흐니, 쇼【16】제 한번 누으미 빅병이 교침(交侵)흐여 ᄉ지《빅제∥빅체》(四肢百體)456) 아니 알픈 디 업셔 ᄌ통(刺痛)흐니457), 일취 바야흐로 쇼져의 잉터만월(孕胎滿月)흐여 금월이 산월(産月)이믈 알외니, 존당 부뫼 더욱 놀나며, 치잉의 간악흐믈 졀치흐고 진짓 치잉이 무ᄉ흐믈 깃거, 왕이 녀아룰 위로 왈, 오이(吾兒) 시운이 긔구(崎嶇)흐여 화란(禍亂)이 상싱(相生)흐나 타일 누명을

녀즈의 몸이 원도쳔이의 젹긱이 되믈 면치 못흐와 존당 부모긔 블효막디흐오니, 쇼녀의 일신으로 인흐와 션됴명풍을 츄락흐고 구로싱아의 욕먹이미 극흐온다라. ᄀ업순 블효를 이긔디 못흐리로쇼이다."

언파의 월아의 슈운이 몽몽흐고 옥체(玉涕) 쌍쌍흐니, 존당 부뫼 참연이셕흐믈 이긔디 못흐야 각상의 비풍이 소슬흐고 셰위 쑤리는 듯흐더라.

쇼제 병을 강잉흐야 안주시미 옥안의 향한이 구슬 구으듯 흐니, 부뫼 볼수록 앗기고 슬허흐미 비길 디 업셔, 모비 친히 잇그러 침뎐의 도라【70】와 약물을 굿초아 구호흐니, 쇼제 흔 번 우으미 ᄉ디빅체 아니 알픈 디 업셔 ᄌ통흐니, 일취 ᄇ야흐로 쇼져의 잉터만월흐엿시믈 알외니, 존당 부뫼 듯고 더욱 놀나믈 마디아니흐고,

---

세울 만한 것이 없음.
449)션봉구고(善奉舅姑) : 시부모를 잘 봉양함.
450)화우동긔(和友同氣) : 형제·자매·남매가 서로 화목하며 우애함. *동긔(同氣): 형제와 자매, 남매를 통틀어 이르는 말
451)원도쳔이(遠途天涯) : '하늘 끝'처럼 까마득하게 멀리 떨어져 있는 곳에 이르는 머나먼 길.
452)월아(月蛾) : =초월아미(初月蛾眉), 초승달처럼 아름다운 눈썹.
453)몽몽(濛濛)흐다 : 비, 안개, 연기 따위가 자욱하다.
454)쇼슬흐다 : 소슬하다. 으스스하고 쓸쓸하다.
455)한회(寒灰) : 불이 꺼져 온기가 전혀 없는 재. =찬재.
456)ᄉ지빅체(四肢百體) : 몸 전체.=온몸.
457)ᄌ통(刺痛)흐다 : 찌르는 것 같은 아픔을 호소하다.

신셜(伸雪)ᄒ미, 빅옥의 하졈(瑕玷)⁴⁵⁸⁾되미
업슬 거시오, 치비 극히 영오ᄒ니 조각을 응
ᄒ여 신누(身陋)⁴⁵⁹⁾를 버스미 명명ᄒ리라. ᄒ
고 모든 쇼년【17】졔싱은 이 조각을 타 가
치잉이 츄부(秋部)⁴⁶⁰⁾의 올나실 제 진짓 치
비지 나지 못ᄒ믈 ᄒᆫᄒ니, 일쳐 고왈,

"이ᄂᆫ 치잉이 위쥬튱심(爲主忠心)이 혈ᄒ
와 쇼졔를 신원(伸冤)치 말고져 ᄒ미 아니라,
당초의 잉이 남궁의 갈 졔 쇼졔 경계ᄒ시되,
사롬의 화복길흉(禍福吉凶)은 텬도의 졍ᄒᆫ
비라. 인녁으로 못ᄒᄂ니 나의 환이 그만치
아니ᄒ리니, 고어의 왈, '역텬ᄌ(逆天者)ᄂᆫ
망(亡)이오 슌텬ᄌ(順天者)ᄂᆫ 창(昌)이라'⁴⁶¹⁾,
네 모로미 남궁의 도라가 이후 나의 위란ᄒᆫ
【18】경계를 드르나, 즐에 경동치 말고, 고
요히 잇셔 오직 ᄭᅵ를 기다려 님시응변(臨時
應變)ᄒᆫ즉, 이ᄂᆫ 튱졀이 냥젼ᄒ미오 너의 계
활이 ᄯᅩᄒᆫ 빗나려니와, 즈레 요동ᄒᆫ즉 한갓
너게 유익지 못ᄒᆯ ᄲᅮᆫ아니라, 네 몸의 니(利)
치 아니미 비경(非輕)ᄒ리니, 연즉(然則) 쥬
인의게 튱이 업고 노모의게 회 업스리라 ᄒ
샤, 경계ᄒ여 보니신 비니이다."

좌위 쳥파의 쇼져의 어린 나히 혜식(惠識)
이 통쳘(洞徹)ᄒ믈 탄복ᄒ더라.

왕이 친히 치관(差官)을 불너 쇼져의 병
【19】이 즁ᄒ니 낫거든 발힝ᄒ믈 니ᄅᆫ디, 치
란이 엇지 거역ᄒ리오. 슈명이퇴(受命而退)ᄒ
더라.

일쳐 잉난 등은 비록 쥬인의 빙옥방신(氷
玉芳身)이 남황장녀(南荒瘴癘)⁴⁶²⁾의 원적(遠
謫)ᄒᄂᆫ 졍시(情事) 가업시 슬프나, 오히려
하심졍 고초의 비컨디 디옥을 면ᄒ여, 등운
샹텬(登雲上天)⁴⁶³⁾ᄒᄂᆫ 듯ᄒ니, 도로혀 찬적

왕이 친히 치관을 블너 져의 병이 듕ᄒ니,
낫거든 발힝ᄒ믈 니ᄅᆫ, 치관이 엇디 거역
ᄒ리오. 오직 슈명이퇴ᄒ더라.

일쳐 잉난 등은 비록 쥬인의 빙옥 방신이
남황당녀의 원적ᄒᄂᆫ 졍시 《가업슨믈∥가업
스믈》 슬허ᄒ나, 오히려 하심졍 고초의 비컨
디 디옥을 면ᄒ고 등비운텬ᄒᆷ ᄀᆺ투니, 도로
혀 찬젹ᄒᄂᆫ 슬프믄 등한ᄒᆫ 듯ᄒ더라.

---

458)하졈(瑕玷) : 티와 점을 함께 이른 말로 '흠' 또는
　　'흠잡다'의 의미.
459)신누(身陋) : 몸에 덧씌워진 억울한 평판.
460)츄부(秋部) : 형부(刑部)를 달리 이르는 말.
461)역텬ᄌ(逆天者)ᄂᆫ 망(亡)이오 슌텬ᄌ(順天者)ᄂᆫ 창
　　(昌)이라 : 천리(天理)를 거스르는 자는 망하고, 천
　　리를 따르는 자는 흥한다.
462)남황장녀(南荒瘴癘) : 남쪽지방의 기후가 덥고 습
　　한 곳에서 생기는 유행성 열병이나 학질. 여기서는
　　'남쪽 지방의 풍토병이 많은 지역'을 뜻하는 말.

(竄謫)ᄒᄂ 슬프믄 등한ᄒᆫ 듯ᄒ더라.

쇼졔 이의 도라오미 군죵 ᄌᄆ 니별을 앗기며, 별졍(別情)을 베퍼 밤으로ᄡᅥ 낫을 닛고, 냥 엄부인과 혹ᄉ 즁닌 쳐 쇼엄시 스【20】ᄉ로 가형(家兄)을 븟그리고 빅모의 실덕을 이달나, 쇼고의 셩덕을 앗길 ᄲᅮᆫ 아니라 구문졔인(舅門諸人)을 더흘 낫치 업셔 슈미(愁眉)를 펴지 못ᄒ고, 냥 엄시ᄂᆫ 각골 이상ᄒ여 안모(顔貌)의 초쵀(憔悴)ᄒ미 맛치 즁병지여(重病之餘) 갓흐니, 진왕 부부 오인과 승상 삼부뷔 각각 ᄌ부의 심스ᄅ 어엿비 너겨, 위로 무이 ᄒ미 지극ᄒ고, 힝혀도 월화쇼져의 환난을 최부인 탓 숨으미 업셔, 다만 시슈(時數)와 명운(命運)이라 ᄒ니, 삼 엄부인이 존당 구고의 혜턱을 감은【21】ᄒ여 ᄒ더라.

쇼졔 이의 머믄 슈일의 일일은 병셰 더욱 위독ᄒ여 혼혼침침(昏昏沈沈)ᄒ니, 가즁이 요요(擾擾)ᄒ고 존당 부뫼 참연 비상ᄒ여 힝혀 쇄옥낙화(碎玉落花)ᄒ미 이실가 이상비도(哀傷悲悼)ᄒ여 의약(醫藥)으로 구호ᄒ더니, 초일 오시(午時) 초(初)의 쇼졔 홀연 복통이 급ᄒ여 혼졀ᄒ기를 ᄌ로 ᄒ더니, 이윽고 시산(始産)ᄒ니 산실(産室)의 향운이 옹비(雍飛)ᄒ며 일쳑(一隻) 옥닌(玉麟)을 싱ᄒ니, 이 믄득 쇽이(俗兒) 아니라. 명셰(明世)의 셩인이 강싱(降生)ᄒ고, '불셰(不世)의 긔린(麒麟)'[464]이 나미라.

명비 녀ᄋᄅ 구【22】호ᄒ며 신숀(新孫)의 비상ᄒ믈 보미, 일희일비(一喜一悲)ᄒ여 썰니 히아(孩兒)ᄅ 강보의 ᄡ 누이고 어로만져 탄식 왈,

"이 아히 범이(凡兒) 아니라. 너의 삼종(三從)[465]이 일노조ᄎ 쾌ᄒ리니, 일시 ᄋᆨ운(厄

쇼져의 군죵 ᄌᄆ 서로 니별을 앗기며 별졍을 베퍼 《밤을ᄡᅥ∥밤으로ᄡᅥ》 눗을 닛고, 냥 엄부인과 혹ᄉ【71】 듕인 쳐 엄시 스스로 가힝을 븟그러[리]고, 빅모의 실덕을 이달나 ᄒ고, 쇼고의 셩덕을 앗기며 구문 졔인을 더흘 ᄂᆺ치 업셔 슈미를 펴디 못ᄒ고, 《댱∥냥》 엄시ᄂᆫ 각골이상ᄒ야 안모의 초체ᄒ미 맛치 듕병지여 굿ᄐ니, 진왕 부부 오인과 승상 삼부뷔 각각 ᄌ부의 심스를 어엿비 넉여 위로 무이ᄒ미 지극ᄒ고, 힝혀도 월화 쇼져의 환난을 최부인 탓 삼으미 업셔, 다만 시슈와 명운이라 ᄒ니, 삼엄부인 존당 구고의 혜턱을 감은ᄒ여 ᄒ더라.

쇼졔 이에 머므런 디 수일의 일일은 병셰 더옥 듕ᄒ여 혼혼침침ᄒ니, 가듕이 요요ᄒ고 존당 부뫼 참연비상ᄒ야 의약을 힘ᄡᅥ 구호ᄒ더니, 초일 오시 초의 쇼【72】졔 복통이 급ᄒ여 혼졀ᄒ기를 ᄌ로 ᄒ더니, 이윽고 시산ᄒ니 산실의 향운이 옹비ᄒ여 일 쳑 옥닌을 싱ᄒ니, 이 믄득 쇽이 아니라. 명셰의 셩인이 강싱ᄒ고 블셰의 긔린이 ᄂ리미라.

명비 녀ᄋ를 구호ᄒ며 신손의 비상ᄒ믈 보미 일희일비ᄒ야 썰니 히ᄋ를 강보의 ᄡ 누이고 탄식ᄒ여 왈,

"이 아히 범이 아니라. 너의 삼죵이 일노조ᄎ 쾌ᄒ리니, 일시 운ᄋᆨ이 참둛ᄒ나 누얼

---

463)등운상텬(登雲上天) : 구름을 타고 하늘에 오름.
464)불셰(不世)의 긔린(麒麟) : 세상에 다시없을 만큼 용모나 재주가 뛰어난 사내아이.. *기린(麒麟): =기린아(麒麟兒). 용모나 재주가 뛰어난 사내아이를 비유적으로 표현한 말.
465)삼종(三從) : 삼종지의(三從之義). 봉건시대 여자의 도리. 집에서는 아버지를, 시집가서는 남편을, 남편이 죽은 후에는 자식을 좇음.

運)이 참담ᄒ나 누얼(陋孼)을 신빅(伸白)⁴⁶⁶)ᄒᆯ 날 이시리니, 녀아는 모로미 방신(芳身)을 보호ᄒ라. 너의 만난 비 비록 참비(慘悲)ᄒ나, 셕년 여모(汝母)의 만상비원(萬狀悲怨)⁴⁶⁷)의 일층 나리미 잇ᄂ니 모ᄌ부부고식(母子夫婦姑息)이 다 ᄉᆡᆼ(死生)의[을] 판단ᄒᄂ 즈음의, 엇지 오ᄂᆯ날 금누화당(金樓華堂)의 안거(安居)ᄒ【23】여 ᄌ녜 갓고⁴⁶⁸), 휘적(侯籍)의 부귀ᄅᆯ 누릴 쥴 알니오. 왕ᄉ(往事)ᄅᆯ 싱각ᄒᆫ즉 심골이 경한(驚寒)⁴⁶⁹)커늘 적앙(積殃)이 오히려 미진(未盡)ᄒ여 ᄌ녀의 화익이 층싱(層生)ᄒ민가 ᄒ노라.”

쇼제 ᄌ교(慈敎)ᄅᆯ 듯ᄌ오미 왕년 부모의 화익(禍厄)을 시로이 슬허ᄒ고, 목금(目今) ᄌ긔 만난 바ᄅᆯ 추상(嗟傷)ᄒ여 ‘셩안(星眼)의 진쥬(眞珠) 낭낭(浪浪)ᄒ여’⁴⁷⁰) 슈척(瘦瘠)ᄒᆫ 귀 밋츨 적실 ᄯᆞ롬이라.

왕의 부뷔 가즁(家中)의 하령(下令)ᄒ여,
“쇼져의 싱산(生産)ᄒ믈 누셜ᄒ여 엄부의셔 알게 말나.”
ᄒ더라.

이의 신아의 유모ᄅᆯ 정【24】ᄒ여 뎡비 협실(夾室)의 깁히 두어 은양(恩養)ᄒ고[니], 가즁이라도 능히 엄아ᄅᆯ 보지 못ᄒ니 만터라.

일기 쇼져ᄅᆯ 힘뼈 구호ᄒ고 쇼제 ᄯᅩᄒ 쳔슈만녀(千愁萬慮)ᄅᆯ 스스로 억제ᄒ여, 불효 씨치지 말기ᄅᆯ 계규ᄒ미, ᄌ연 흠질(欠疾)이 쾌추ᄒ고 삼칠(三七)이 지나미 신긔(身氣) ᄌ연 소성(蘇成)ᄒ니, 합문(閤門) 상히 깃거ᄒ나, 쇼제 ᄌ긔 국가의 죄인이어늘 오러 친측(親側)의 이시미 불가ᄒᆫ지라.

일일은 왕긔 고왈,
“쇼녜 니친지심(二親之心)이 추아(嵯峨)ᄒ나⁴⁷¹), 몸이 가국의 죄인으로 【25】 오러 년

을 신빅홀 ᄂ리 이시리니, 너는 모로미 방신을 보호ᄒ라. 너의 맛난 비 비록 참비ᄒ나 셕년 여모의 만상비원의 일층 누리미 잇ᄂ니, 모ᄌ 부부 고식이 다 ᄉᆡᆼ을 판단ᄒᄂ 즈음의, 엇디 오ᄂᆯ날 금누화당의 안거ᄒ여 ᄌ녀 굿고【73】 휘적의 부귀를 누릴 줄 알니오? 왕ᄉ를 싱각ᄒᆫ즉 심골이경한ᄒ기놀, 적앙이 오히려 미진ᄒ여 ᄌ식의 화익이 층싱ᄒ민가 ᄒ노라.”

쇼제 ᄌ교를 듯ᄌ오미 왕년 부모의 화익을 시로이 슬허ᄒ고, 목금 ᄌ긔 만난 바를 추상ᄒᄒ야 셩안 진쥬 낭낭ᄒ야 슈쳑ᄒ 귀밋츨 적실 ᄯᆞ롬이러라.

왕의 부뷔 가듕의 하령ᄒ여 쇼져의 싱산ᄒ믈 누셜ᄒ야 엄부의셔 알게 말나 ᄒ더라.

이에 신ᄋ의 유모를 정ᄒ야 뎡비 협실의 깁히 두어 은양ᄒ고, 가듕이라도 능히 엄ᄋ를 보디 못ᄒ 니 만터라. 일개 쇼져를 힘뼈 구호ᄒ고 쇼제 ᄯᅩᄒ 천슈만녀를 스스로 억제ᄒ여 불효 씨디디 말【74】기를 계교ᄒ미, ᄌ연 흠질이 쾌추ᄒ고 삼칠일이 디나미 신긔 ᄌ연 소셩ᄒ니, 합문 상히 깃거ᄒ나, 쇼제 ᄌ긔 가국의 죄인이어놀 오러 친측의 이시미 블가ᄒᆫ디라. 일일은 부왕긔 고ᄒ여 왈,

“쇼녜 니친지심 차아ᄒ나 몸이 가국의 죄인으로 오러 년극의 머믈미 블안ᄒ고, ᄯᅩ

---

466)신빅(伸白) : 무죄를 밝힘.
467)만상비원(萬狀悲怨) : 헤아릴 수 없을 만큼 많은 온갖 슬픔과 원망.
468)갓다 : 갖다. 갖추다. 필요한 능력 자질 등을 고루 갖추고 있음.
469)경한(驚寒) : 너무 놀란 나머지 무서움으로 마음이 서늘해짐.
470)셩안(星眼)의 진쥬(眞珠) 낭낭(浪浪)홈 : 눈에 눈물이 가득하여 거침없이 흘러내림.

곡(轂)의 머물미 불안ᄒ고, ᄯ 언노(言路)의 독ᄒᆫ 붓긋치, 부형의 권세로ᄡᅥ 당당ᄒᆫ 왕법을 굽힌다 시비를 면치 못ᄒ오리니, 복원 디인은 아히로ᄡᅥ 힝도(行途)를 일우게 ᄒ쇼셔."

왕이 녀아의 말을 올히 너겨 이의 힝니(行李)를 출혀 쇼져를 적쇼(謫所)로 보닐시, 이ᄶᅵ 진왕의 창희(唱姬) 양녀의 명은 슈잉이니, 본디 절강(浙江) 창녀(娼女)로 경ᄉ의 올나와 왕의 시인(侍人)이 되니, 위인이 냥션ᄒ고 지모와 지용이 이시며, ᄯ 주녀를 두어 기ᄌ(其子) 슈린이 임【26】의 장셩(長成) 취쳐(娶妻)ᄒ여 극히 노셩(老成)ᄒ지라. 왕이 녀아의 비힝(陪行)을 근심ᄒ거ᄂᆯ, 양희 고왈,

"절강 쇼흥은 천첩의 고향이라. 천첩의 모지 맛당이 쇼져를 뫼셔 적쇼의 가, 타일 은ᄉ(恩赦)를 만나 환쇄(還刷)ᄒ시면 뫼셔 도라올가 ᄒᆞᄂ이다."

왕의 부뷔 양희의 냥션흠과 슈린의 츙근ᄒᆷ을 아는 고로, 그 ᄌ원ᄒᆷ을 깃거 쾌허ᄒ고, 쇼졔 ᄯᅩᄒ 셔형(庶兄)과 셔모로 동힝홀 바를 영힝(榮幸)ᄒ여 스스로 터산(泰山)의 의지를 어든 듯ᄒ더라.

이러구러 쇼【27】져의 발힝일이 다다ᄅ니, 가즁 상히 정당의 모다 쇼져를 보닐시, 니회(離懷) 아득ᄒ고 별뉘(別淚) 삼삼(滲滲)ᄒ니 슈거셔(數車書)472)의 긔록지 못ᄒ러라.

쇼졔 년미이칠(年未二七)의 아ᄌ를 칭ᄒ여 깁히 슈괴ᄒ미 업지 아니나, 모ᄌ 텬셩은 져독(舐犢)473)의 유유(儒儒)ᄒ니474) 쇼졔 엇지 인졍 밧긔 버셔나리오. 히ᄌ(孩子)를 안아 니별ᄒ미 두쥴 신쳔(辛泉)이 상연(傷然)ᄒ여 히아(孩兒)의 낫치 ᄶᅥ러지믈 면치 못ᄒ니, 어로만져 연연(戀戀)ᄒ다가 유모를 쥬니, 미급일

---

471)ᄎ아(嵯峨)ᄒ다 : 아득하다. 막막하다.
472)슈거셔(數車書) : 여러 수레에 실을 만큼의 많은 글.
473)져독(舐犢) : =지독지정(舐犢之情). 어미 소가 송아지를 핥는 정이란 뜻으로, 자식에 대한 어버이의 지극한 사랑을 비유적으로 이르는 말.
474)유유(儒儒)ᄒ다 : 어떤 일에 딱 잘라 결정을 내리지 못하고 어물어물하며 질질 끌다.

《언단‖언관(言官)》의 독ᄒᆫ 붓긋치 부형의 권세로ᄡᅥ 당당ᄒᆫ 왕법을 굽힌다 시비를 면치 못ᄒ오리니, 복원 대인은 히ᄋ의 힝도를 일우게 ᄒ쇼셔."

왕이 녀ᄋ의 말을 올히 넉여 이에 힝니를 출혀 쇼져를 적쇼로 보닐시, 녀ᄋ의 비힝을 근심ᄒ니, 왕의 창첩 양희 절강 창녀로 경ᄉ의 올나와 왕의 시인이 되여 ᄌ녀를 두어, 기ᄌ 슈린이 댱셩취쳐【75】ᄒ고 극히 노셩ᄒ더라. 왕이 비힝을 근심ᄒᆷ을 보고, 양희 고왈,

"절강 쇼흥은 천첩의 고향이니, 천첩의 모지 맛당이 쇼져를 뫼셔 적쇼의 가 타일 은ᄉ를 만나 환쇄ᄒ시면 뫼셔 도라올가 ᄒᆞᄂ이다."

왕의 부뷔 양희의 냥션흠과 슈린의 츙근ᄒᆷ을 아는 고로, 쾌허ᄒ고, 쇼져는 셔모와 셔형으로 동힝홀 바를 영힝ᄒ야 스스로 터산의 의디를 어든 듯ᄒ더라.

이러구러 발힝일이 다ᄃᆞ르니, 가듕 상히 정당의 모다 소져를 보닐시, 니회 아득ᄒ고 별뉘 산산ᄒ니, 슈긔셔의 니로 긔록디 못홀너라.

쇼졔 년비[미]이칠의 ᄋ주를 칭ᄒ여, 슈괴ᄒ나, 모ᄌ 텬셩은 져독의 유유ᄒ니, 쇼졔 엇디 인졍 밧긔 버셔나리【76】오마는 편히 이실 고로 유렴지심이 업더라.

삭(未及一朔)히지 무슨 지각이 이시【28】리
오만은, 주모의 슬상의 나리미 믄득 늣겨 우
러 유압475)을 찻는 거동이로디, 여겨보미476)
의연(依然)이 '고복(顧復)의 은혜'477)를 뉴련
(留連)ᄒᆞ는478) 듯ᄒᆞ니, 좌위 엄읍(淹泣) 뉴체
(流涕)러라.

존당 슉당이며 부왕과 ᄉᆞ위(四位) 부인이
다 보즁ᄒᆞ믈 일ᄏᆞ라 니별ᄒᆞ니, 쇼제 셩안의
쥬루(珠淚)를 먹음고 옥셩이 이원(哀願)ᄒᆞ여,
존당 부모의 영슈무강(永壽無疆)ᄒᆞ시믈 원ᄒᆞ
고, 제형 주미로 분슈(分手)ᄒᆞ미 쥬루 천항의
삼슈고별(摻手告別)479)이라. 일월(日月)이 슈
식(愁色)ᄒᆞ고 창텬(蒼天)이 시롬ᄒᆞ는 듯ᄒᆞ더
라.

쇼제 힝거(行車)의 오를【29】시, 부슉 형뎨
교외의 분슈ᄒᆞ고 양희 모지 거마를 갓초와
비힝ᄒᆞ니, 닌닌(轔轔)ᄒᆞᆫ 슐위박회480) 남으로
구을미 의심컨대, 한뎨(漢帝)481)의 옥연(玉
輦)을 한가지로 아니ᄒᆞ고, 장신궁(長信宮)의
도라가는 반비(班妃)482)힝거는 본디 죄업고
일홈이 조커니와, 금일 윤쇼져의 누힝(陋行)
은 만셩(萬姓) ᄉᆞ셔(士庶)의 한가지로 지쇼
(指笑)ᄒᆞ미 되어시니, 진왕의 영웅장심이나
녀아의 힝거를 바라보와 휘루(揮淚) 비상(悲
傷)ᄒᆞ믈 마지 아니니, 승상과 제지 위로ᄒᆞ여
도라오다.

존당 부모 슉당이 모다 천만 보듕ᄒᆞ믈 일
ᄏᆞ라 니별ᄒᆞ니, 쇼제 셩안의 쥬루를 메[먹]음
고 옥셩이 이원ᄒᆞ야 존당 부모의 녕슌무강ᄒᆞ
시믈 원ᄒᆞ고 제형주미를 분슈ᄒᆞ기를 믓츠미
삼소고별의 비뤄쳔항이라.

쇼제 이에 몸을 니러 힝거의 오ᄅᆞ미 부슉
형뎨 교외의 분슈ᄒᆞ고, 양희 모지 거마를 갓
초와 비힝ᄒᆞ니, 닌닌ᄒᆞᆫ 슐위박회 남으로 구
ᄅᆞ미 의심컨디 한뎨의 옥년을 한가지로 아니
ᄒᆞ니, 장신궁의 도라가는 반비 힝거는 본디
죄업고 일홈이 됴커니와, 금일 윤쇼져의 누
힝은 만셩 ᄉᆞ셔의 한가지로 지쇼ᄒᆞ미 되어시
니, 진왕【77】의 영웅장심이나 녀아의 힝거를
ᄇᆞ라보아 휘루 비상ᄒᆞ믈 마디 아니ᄒᆞ니, 승
상과 제지 위로ᄒᆞ야 도라오다.

---

475)유압 : 유방(乳房). 젖가슴. *어원이 분명치 않으
　나, 한자어 '乳'와 '盒'의 합성어로 만들어진 말이
　아닌가 한다. 즉 乳로써 뜻을 나타내고, 盒으로써
　젖가슴의 형태를 드러내어 만든 말로, 처음 '유합
　(乳盒)'으로 쓰이다가 '유압'으로 변음(變音)된 것이
　아닌 가 추측된다. *합(盒); 음식을 담는 놋그릇의
　하나. 그리 높지 않고 둥글넓적하며 뚜껑이 있다.
476)여겨보다 : 눈에 익혀 가며 기억할 수 있도록 자
　세히 보다.
477)고복(顧復)의 은혜 : 어버이가 자식을 돌보아 길러
　준 은혜.
478)뉴련(留連) : 차마 떠나지 못함.
479)삼슈고별(摻手告別) : 손을 부여잡고 작별을 고함.
480)슐위박회 : 수레바퀴. 수레 밑에 댄 바퀴.
481)한뎨(漢帝) : 중국 한(漢)나라 성제(成帝).
482)반비(班妃) : 중국 한(漢)나라 성제(成帝)의 후궁.
　시가(詩歌)를 잘하여 성제의 총애를 받았으나 조비
　연(趙飛燕)에게 참소를 당하여 장신궁(長信宮)에 있
　으면서 부(賦)를 지어 상심을 노래하였다.

진왕이 도라와 엄아【30】를 깁히 두어 외인이 보지 못ᄒ게 ᄒ니, 친쳑도 오히려 아지 못ᄒ거든 더욱 엄부의셔 엇지 알니오. 최부인이 알오미 이실진디, 엇지 그 부모를 죽이고져 ᄒᄂ 흉심이 그 ᄌ식을 고이 둘니 이시리오. 이러므로 진왕과 뎡비ᄂ 쳘인(哲人)이며 달인(達人)이라.

이ᄊ 엄부 최부인이 윤시를 쇼제ᄒ고 한님의 우익(右翼)을 ᄯᅳᆺᄎᄆ 다힝ᄒ여시나, 일단 긔탄(忌憚)ᄒᄂ 바ᄂ ᄌ녀의 어질미라. 그러나 삼녀ᄂ 다 구가의 잇셔 ᄌ로 오지 아【31】니니 ᄉ긔(事機)를 긔(欺)이미 쉽거니와, 아ᄌᄂ 일틱의 이시니 비록 나히 어리나 모친이 ᄌ긔 힝악을 다 긔이니 다 아지 못ᄒ나, 나히 졈졈 ᄌ라미 총명이 졀인(絶人)ᄒ니, 졈졈 모부인 힝ᄉ(行事)를 의심ᄒ여, 윤쇼져 봉변 후도 더욱 의심ᄒ여 슬피기를 심히 ᄒ니, 부인이 극히 괴로이 너겨 더욱 긔이기를 힘쓰더라.

영괴 후셥의 집의 잇셔 장쳐(杖處)를 조리ᄒ여 쾌ᄎ(快差)ᄒᄆ 십여일 후 도라오니, 부인이 반겨 급히 【32】 협실노 불너 츄부(秋部)483)의 가 ᄒ던 슈말(首末)을 뭇고 디로 왈,

"뎡가 츅ᄉᆼ은 윤광텬의 아들이오, 윤녀의 오라비랏다. 엇지 일췌 등은 다ᄉ리지 아니코 오직 너만 그리 혹형(酷刑)을 더으뇨?"

영괴 상쳐 흔젹을 니여 부인과 녕원을 뵈고 탄왈,

"쇼비 부인을 위ᄒ여 황기(黃蓋)484)의 《골육계∥고육계(苦肉計)485)》를 피치 아냐시디 ᄯ오 능히 봉츄(鳳雛)486)의 년환계(連環計)487)

─────────────

483)츄부(秋部) : 형부(刑部)를 달리 이르는 말.
484)황개(黃蓋) : 중국 삼국시대 동오(東吳)의 무장. 자는 공복(公覆). 적벽대전에서 고육계(苦肉計)를 써 조조를 속이고, 화공(火攻)으로 조조의 대군을 대파함으로써 손권·유비 연합군의 대승을 이끌었다.
485)고육계(苦肉計) : 자기 몸을 상해 가면서까지 꾸며 내는 계책이라는 뜻으로, 어려운 상태를 벗어나기 위해 어쩔 수 없이 꾸며 내는 계책을 이르는 말. = 고육책(苦肉策).
486)봉츄(鳳雛) : 방통(龐統). 178-213. 중국 삼국시대

─────────────

진왕이 도라와 엄아를 깁히 두어 외인이 보디 못ᄒ게 ᄒ니, 오히려 일가인도 아디 못ᄒ거든 더욱 엄부의셔 엇디 알미 잇시리오. 만일 최부인이 알진디, 그 부모를 죽이고져 ᄒᄂ 흉심이 그 ᄌ식를[을] 그져 둘 니 이시리오. 이러므로 진왕과 뎡비ᄂ 쳘인이며 달인이러라.

이ᄊ 엄부 최부인이 윤시를 소제ᄒ야 한님의 우익을 ᄯᅳᆺᄎᄆ 실노 다힝ᄒ나, 일단 긔탄ᄒᄂ 바ᄂ ᄌ녀의 어딜미라. 삼녀ᄂ 다 구가의 이시미 긔이기 쉬오려니와, ᄋ주ᄂ 일틱의 이시니, 비록 나히 어리나 ᄌ연 ᄌ긔 힝악【78】을 거의 짐작ᄒ고, 윤쇼져 봉변 이후ᄂ 더욱 의녀ᄒ여 슬피기를 심이 ᄒ니, 부인이 극히 괴로이 넉여 더욱 긔이더라.

영교 상쳐를 됴리ᄒ야 십여일만의 쾌ᄎᄒ미 도라오니 부인이 크게 반겨 급히 협실노 불너, 츄부의 가 ᄒ던 말을 다시옴 뭇고 디로ᄒ여 왈,

"《경가∥뎡가》 츅ᄉᆼ이 윤광쳔의 아들이오, 윤녀의 오라비랏다. 엇디 일췌 등은 조금도 다ᄉ리지 아니ᄒ고, 오직 너만 그리 혹형을 더으뇨?"

영교 이에 상쳐 흔젹을 니여 보여 왈,

"쇼비 일즉 부인을 위ᄒ야 황기의 고륙[육]계를 《힝치∥피치》 아니 하여시디, ᄯᅩᄒ 능히 봉츄의 년환계를 드리리 업셔, 윤쇼져

를 드리리 업서, 윤쇼져로 ᄒᆞ여곰 일명이 지연ᄒᆞ여 적쇼(謫所)로 향ᄒᆞ믈 한ᄒᆞᄂᆞ이다."

부인【33】이 칭션 왈,

"너희 츙셩은 가히 금셕(金石)의 박아 후셰의 젼ᄒᆞ염즉 ᄒᆞ지라. 니 엇지 니즈리오. 연이나 윤녜 임의 신샹 참누(慙累)를 시러 오가(吾家)로 니이(離異)ᄒᆞ여시니, 이제ᄂᆞᆫ 부당(不當)ᄒᆞᆫ 남이라. 다시 우리 집의 간셥지 아니ᄒᆞ니 나ᄂᆞᆫ 후환을 근심치 아니커ᄂᆞᆯ, 엇지 년환계(連環計) 드리ᄂᆞᆫ 쉬 업ᄉᆞ믈 한ᄒᆞᄂᆞ뇨?"

괴 요두(搖頭) 왈,

"부인이 '도지기일(徒知其一)이오 미지기이(未知其二)'【488】로쇼이다 윤시 일시 누얼을 시러 엄시의 니이(離異)ᄒᆞ나, 져 윤시ᄂᆞᆫ 디가고【34】문(大家高門)【489】이오, 벌열디족(閥閱大族)【490】이라. 혁혁ᄒᆞᆫ 부귀 권셰를 뉘 결우리오 주고로 텬ᄌᆞ도 인졍을 두샤 왕법을 굽히샤 친문코져 ᄒᆞ시며, 형뷔(刑部) 비즈를 독히 쳐 부듸 윤쇼져를 신빅(伸白)코져 ᄒᆞ니, 유죄무죄간(有罪無罪間) 죄명이 히괴(駭怪)ᄒᆞᆫ지라. 마지 못ᄒᆞ여 니이찬적(離移竄謫)ᄒᆞ나 이 본듸 우리 타ᄉᆞ노얘(太師老爺)의 모로시ᄂᆞᆫ 비오, ᄒᆞ물며 윤쇼졔 이런 망측ᄒᆞᆫ 죄의 걸녀도, 오히려 가즁 상하의 부인의 심복 밧근 다 져를 원앙(怨怏)이 넉이고, 그 용안(容顔) 덕【35】질(德質)을 이모ᄒᆞ미, 누명이

로 ᄒᆞ여금 일명을 《지여∥지연》ᄒᆞ여 오히려【79】적소로 향ᄒᆞ믈 한ᄒᆞᄂᆞ이다."

부인이 칭션ᄒᆞ야 굴오디,

"너의 츙셩은 가히 금셕의 박아 후셰의 젼ᄒᆞ염즉 ᄒᆞᆫ디라 니 엇디 일시나 이즈미 이시리오. 연이나 윤녀 신샹 참누를 시러 오가로 니이ᄒᆞ여시니, 이제ᄂᆞᆫ 부당ᄒᆞᆫ 남이라. 다시 오가의 간셥디 아니니, 나ᄂᆞᆫ 실노 후환을 근심치 아니커ᄂᆞᆯ, 엇디 년환계 드리ᄂᆞᆫ 쇠 업ᄉᆞ믈 《환∥한》ᄒᆞᄂᆞ뇨?"

영교 요두 왈,

"부인이 도지기일이오 미지기이로쇼이다. 윤쇼졔 일시 누얼을 시러 비록 엄시의 니이ᄒᆞ나, 져 윤시ᄂᆞᆫ[의] 대가고문의 혁혁ᄒᆞᆫ 부귀 권셰를 뉘 능히 결오리 이시리잇고? 이런 고로 텬ᄌᆞ도 인졍을 두샤 왕법을 굽혀 니이찬적ᄒᆞ시니, 이 본듸 우【80】리 태ᄉᆞ 노애의 모ᄅᆞᆫᄂᆞᆫ 비오, ᄒᆞ물며 윤쇼졔 이런 망측ᄒᆞᆫ 죄예 걸녀셔도 오히려 가듕상하의 부인 심복 밧근 다 져를 원앙이 넉이고, 범부인 모ᄌᆞ 고식의 관찰이 ᄯᅩᄒᆞᆫ 두리온디라. 튜밀노애 만일 도라오시면 댱ᄎᆞ ᄉᆞ괴 엇디 될동 알니잇고? 냥 엄부인이 구가의 무안홈과 쇼고의 지용을 앗기미, 윤쇼져의 원민ᄒᆞᆷ을 엇디 폭빅 신원치 아니며, 진왕이 반ᄃᆞ시 기녀의 죄루를 신셜코져 ᄒᆞ리니, 후일의 아모랄 줄 아디 못ᄒᆞᄂᆞ

촉한(蜀漢)의 정치가. 양양(襄陽) 출신으로 자는 사원(士元), 시호는 정후(靖侯). 봉추(鳳雛)는 그의 별호(別號)다. 제갈공명(諸葛孔明)과 함께 전략가로 이름을 떨쳤고, 적벽대전(赤壁大戰) 때 주유(周瑜)의 부탁을 받고 조조를 꾀어 연환계(連還計)를 성공시켰다.

487)년환계(連環計) : 간첩을 적에게 보내어 계교를 꾸미게 하고, 그사이에 자신은 승리를 얻는 계교. 중국 삼국 시대에 오나라의 주유(周瑜)가 위나라 조조의 군사를 불로 공격할 때에, 방통(龐統)을 보내어 조조의 군함들을 쇠고리로 연결시키게 하였다는 데서 유래한다.

488)도지기일(徒知其一) 미지기이(未知其二) : 다만 하나만 알고 둘은 모른다..

489)디가고문(大家高門) : =고문대가(高門大家). 대대로 부귀를 누리며 번창해온 지체가 높고 이름난 집안.

490)벌열디족(閥閱大族) : 고관(高官)을 많이 배출하여 나라에 공이 많고 자손이 많아 세력이 큰 집안.

이미호가 의심호니, 지어(至於) 범부인 모조 (母子) 고식(姑媳)의 관찰이 두리온지라. 츄밀 노애 도라오시미 장찻 스긔(事機) 엇지 될동491) 알니잇고? 냥 엄부인의[이] 구가의 무안홈과 쇼고(小姑)의 지용(才容)을 앗기미, 우리 노야와 츄밀 노야긔 힘뼈 윤쇼져의 원민(冤悶)호믈 폭빅(暴白)지 아니호며, 진왕이 도모호여 기녀의 죄루룰 신셜코져 호미, 후일이 아모랄 즇 아지 못호ᄂ니, 이 씨의 윤쇼져룰 아조 죽여 업시치 아닌즉,【36】이ᄂ 범을 노화 산으로 보니미오, 풀을 쳐 비암을 놀니미라. 비록 일이 여ᄎ지도(如此之道)의 미쳐 부인긔ᄂ 가히 원(寃)을 복(復)492)지 못 호려니와, 악시 발각호면 쳔비 등이 엇지 일명을 쇠호리잇가? 연즉(然卽), 젹년(積年) 간뫼(奸謀) 발각호리니, 틴ᄉ 노애 ᄌ녀의 안면을 고ᄌ(顧藉)호여493) 비록 츌거(黜去)ᄂ 아니 호시나 무궁혼 븟그러오믈 바드리니, 엇지 윤쇼져룰 무단이 바려두어 관겨(關係)치 아니타 호시ᄂ니잇가?"

녕원이 ᄯ 슷츨 니어【37】만흔 지물을 탈취코져 호여 웃고 갈오디,

"영낭의 의논이 고명(高名)호니 윤쇼져룰이 씨의 쇼졔(掃除)치 못혼즉 심복디환(心腹大患)494)이 되리이다."

부인이 쳥파(聽罷)의 츈몽(春夢)이 씬 듯호니, 번연(翻然) 경동(驚動) 왈,

"니 지식이 우몽(愚蒙)호여 미쳐 ᄭ닷지 못호괘라. 만일 나의 유뎨(乳弟)의 살가온495) 쇼견 곳 아니면, 엇지 이런 싱각을 호리오. 연즉(然卽) 이 쇼임은 신ᄉ(神師)와 후셥이 아니면 능히 윤녀의 젹쇼룰 ᄭ살와 히(害)치 못홀지라. ᄉ뷔 한번 슈고룰 ᄉ양치【38】말나. 니 ᄉ부룰 홀노 보닐 즇 모로지 아니호디, ᄉ뷔 ᄌ비지심(慈悲之心)으로 살싱을 조

니, 이씨 맛당이 윤쇼져룰 아조 죽여 업시호미 올흐니, 만일 악시 발각호면, 부인긔ᄂ 가히 원을 복지 못호려니와 쳔비 등이 엇디 일명을 쇠호리잇가? 연즉 젹【81】년《가뫼∥간뫼》발각호리니, 태ᄉ 노애 ᄌ녀 안면을 고ᄌ호샤 비록 츌거ᄂ 아니시나, 무궁혼 븟그러오믈 바드리니, 엇디 윤쇼져룰 무단이 브려두려 호시ᄂ니잇가?"

부인이 쳥파의 츈몽이 씬 듯호야,《변연∥번연》경동호여 굴오디,

"니 지식이 우몽호여 밋쳐 ᄭ닷디《못혼∥못하》괘라. 만일 내 유제의 살가온 쇼견 곳 아니면, 엇디 이런 묘계를 싱각호리오. 연즉 이 소임은 녕원과 후셥이 아니면 능히 윤녀의 젹쇼를 ᄭ살오디 못홀디라."

호고, 녕원을 쳥호야 이 ᄯ즐 니ᄅ○[고] 왈,

"ᄉ뷔 이번 슈고를 ᄉ양치 말나. 니 ᄉ부를 홀노 보닐 줄 모로디 아니호디, ᄉ뷔 ᄌ

---

491)-ㄹ동 : '-ㄹ지'의 뜻을 나타내는 어미로, 잘 모르 는 일이나 확인되지 아니한 어떤 사실에 대한 막연 한 추측이나 의문을 나타내는 말에 흔히 쓰인다.
492)복(復)호다 : 돌려주다. 보복하다. 앙갚음하다.
493)고ᄌ(顧藉)호다 : 돌아보다. 다시 생각하여 보다.
494)심복디환(心腹大患) : 마음속에 들어있는 큰 근심.
495)살갑다 : 마음씨가 부드럽고 상냥하다.

화 아니ᄒ믈 알미, 후셥을 한가지로 보ᄂᆞ니, 스부는 한갓 니응(內應)ᄒ여 윤녀를 싸로디, 십분 신밀(愼密)이 ᄒ여 윤녀 노쥬의 거쳐를 규찰(窺察)ᄒᆞᆫ 후, 후셥으로 ᄒ여곰 쇼루(疏漏)치496) 말고 윤시를 죽여 업시ᄒᆞ라."

녕원이 흔연이 명을 밧더라.

부인이 가만이 심복을 진궁 근쳐의 보니여 쇼식을 듯볼시, ᄎ시 윤쇼졔 봉변 이후는 엄·윤 냥뷔(兩府)【39】《ᄌ여‖ᄌ연》음신(音信)을 ᄭᅳᆾ쳐 삼 엄시 감히 스스로이 셔찰노 부모긔 존문을 알외지 못ᄒ고, 범부인도 빅ᄉ(伯姒)의 힝ᄉ 즈가(自家)의 간셥지 아니디, 시녀를 보니여 녀아의 안부를 뭇지 아니니, 최부인이 일신(一身)이 도시담(都是膽)이나 무슴 넘치로 윤부의 시녀를 보니리오.

다만 밧그로 탐지ᄒ니 능히 윤쇼져의 싱산ᄒ믈 젼연 부지(不知)ᄒ고, 다만 그 병이 즁ᄒ여 ᄉ싱의 미쳐시믈 인ᄒ여, 진왕이 치관(差官)의게 니ᄅᆞ고 젹힝(謫行)을 미루【40】어 치료ᄒ믈 알고 도라와 보ᄒ니, 부인이 그윽이 죽기를 죄와 날마다 사름을 보니여 쇼식을 듯보더니, 믄득 슈슌(數旬) 후 윤시 ᄉ질(死疾)이 회쇼ᄒ여 발힝ᄒᆞᆫ디 진왕의 잉희(媵姬) 모지 쇼져와 동힝ᄒᆞᆫ다 ᄒᆞᆫ지라.

부인이 디경 왈,
"윤관[광]텬은 쳔고의 흉인이로다. 화근의 빌미를 지긔ᄒ여, 믄득 져의 시인(侍人)과 셔ᄌ(庶子)를 ᄹᅩ와 힝ᄒ게 ᄒ미니, 흉흉ᄒᆞᆫ 도적이 무슨 흉계 잇ᄂᆞᆫ 쥴 알니오. 니 젼의 드ᄅᆞ니 윤광텬의 쇼희 양시는 본【41】디 졀강 창녜오, ᄯᅩ 지혜 잇고 능활(能猾)ᄒ다 ᄒᆞᄂᆞ니, 젼ᄌ의 월아를 어더 길너닌 지라. 이제 진왕이 양녀의 근신ᄒᆞ믈 밋어 그 모ᄌ로 맛져 보니니, 그 지뫼(智謀) 근심된지라. 스부는 후셥과 한가지로 가디, 조심ᄒ여 피루(敗漏)ᄒ미 업게 ᄒᆞ라."

지삼 당부ᄒ고 경보(瓊寶)를 만히 쥬어 힝냥(行糧)을 삼으라 ᄒ고, ᄯᅩ 미션으로 후셥의게 명을 나리오니, 녕원과 후셥이 언언낙종

비디심으로 살싱을 됴화 아니ᄒᆞ므로, 후셥을 한가【82】지로 보니ᄂᆞ니, 스부는 한갓 니응ᄒ여 윤녀를 싸로디, 십분 신밀이 ᄒ여 윤시 노쥬의 거쳐를 규찰ᄒᆞᆫ 후의, 후셥으로 ᄒ여금 소루치 말고 윤시를 죽여 업시ᄒᆞ라."

녕원이 흔연이 명을 밧더라.

부인이 가만이 심복믈[을] 진궁 근쳐의 보니여 소식믈[을] 듯볼시, ᄎ시 윤쇼져 봉변 이후는 엄·윤 냥뷔 쥬연 음신을 ᄭᅳᆫ허, 삼 엄시 감히 스스로이 셔찰노 부모긔 존문을 알외디 못ᄒ고, 범부인도 시녀를 보니여 녀아의 안부를 뭇디 아니니, 최부인이 일신이 도시 담이나 무슨 염치로 윤부의 시녀를 보니리오.

다만 밧그로 탐디ᄒ나 능히 윤쇼져의 싱산ᄒᆞ믈 젼연이 부디ᄒ고, 다만 그 병이 듕ᄒ여 ᄉ싱의 미【83】쳐시믈 듯고, 부인이 그윽이 둑기를 죄와 날마다 사름을 보니여 소식을 듯보더니, 슈슌 후 윤시 ᄉ질이 희소ᄒ여 발힝ᄒᆞᆫ디, 진왕의 잉희 양시 모지 쇼져와 동힝ᄒᆞ다 ᄒᆞᆫ는다라.

부인이 대경 왈,
"윤광쳔은 쳔고의 흉인이로다. 화근의 빌미를 지긔ᄒ고, 져의 시인과 셔ᄌ를 ᄹᅩ와 힝케 ᄒ니, 흉흉ᄒᆞᆫ 도적이 무슨 흉계 잇ᄂᆞᆫ 줄 알니오. 가장 근심된지라. 스부는 후셥과 한가디로 가디 조심ᄒ야 피루ᄒ미 업게 ᄒ라."

지삼 당부ᄒ고 경보를 만히 쥬어 힝장을 삼으라 ᄒ니, 녕원과 후셥이 언언낙종ᄒ고 즉시 힝장을 출혀 윤쇼져 후거를 ᄯᆞ로니라.

496)쇼루(疏漏)하다 : 생각이나 행동 따위가 꼼꼼하지 않고 거칠다.

(言言樂從)ᄒ고, 즉시 힝장을 찰혀 윤쇼져 후
거(後車)를 ᄯ로니, 양희 모지 능히【42】방
비ᄒ여 무ᄉᄒᆞᆫ가? 하회(下回)를 셩남(釋覽)ᄒ
옵쇼셔.

화셜, 보원(寶元) 이십삼년 츈삼월 초슌의
믄득 뇽젼(龍前)의 쳡음(捷音)이 년ᄒ여 오ᄅ
고, 평오디원슈의 환경(還京)ᄒᄂᆫ 션셩(先聲)
이 니ᄅᄂᆡ, 가국(家國)이 환열(歡悅)ᄒᆞᆷᆯ 긔
록지 못ᄒᆞᆯ너라.

이젹의 윤쇼져 발힝{발힝} 십여일이러라.
텬지 디원슈의 환경ᄒᆞᆷᆯ 드ᄅ시고 크게 깃게
샤, 난예(鑾輿)를 갓초와 동교(東郊)의 마ᄌ
《실시∥시니》, 만조빅관이 호휘ᄒ여 디군을
《영젹∥영졉》홀 시, 엄시랑 곤계 ᄯ 어가(御
駕)를 뫼셔 교외(郊外)의 나아가【43】부슉
을 마ᄌ랴 ᄒ니, ᄎᆞ일 조조(早朝)의 난긔(鑾
駕) 교외의 나시니, 엄엄(嚴嚴)ᄒᆞᆫ 《흔텬∥균
텬》광악(鈞天廣樂)[497]은 구텬(九天)을 흔들
고, 상셔의 구룸은 보좌(寶座)를 둘너시니,
남풍(南風)이 훈훈ᄒ고 텬긔 화창(和暢)ᄒ여
가히 틱평긔상(泰平氣象)을 알니러라.

어기(御街) 동교의 힝힝(幸行)ᄒᆞ샤 빅ᄉ장
(白沙場) 너를 ᄯᆡᆯ의 어막(御幕)을 비셜ᄒ고,
졍히 디군을 기다리시더니 일영(日影)이 쟝
반(將半)의, 믄득 동녁히 진틱[498] 창텬(漲
天)[499]ᄒ고, 승젼(勝戰) 군악(軍樂)이 조로 우
ᄂᆫ 곳의, 옥부금졀(玉斧金節)[500]이 층층밀밀
ᄒ여 졍긔폐일(旌旗蔽日)[501]ᄒ며【44】디군
이 나아오니, 디오(隊伍) 졍제ᄒ고 진법이 ᄯᆡᆨ

화셜, 보원 이【84】십삼년 츈삼월 초슌의
믄득 뇽젼의 쳡음이 년ᄒ여 오ᄅ고 평오대원
슈의 환경ᄒᄂᆫ 션셩이 니ᄅᄂᆡ, 가국이 환열
ᄒᆞᆷᆯ 긔록디 못ᄒᆞᆯ너라.

이젹의 윤쇼져 발힝 십여일이러라. 텬지
평오대원슈의 환경ᄒᆞᆷᆯ 드ᄅ시고 크게 깃게
샤, 난예를 갓초와 동교의 마ᄌ《실시∥시
니》, 만됴빅관이 호휘ᄒ여 대군을 영졉홀시,
엄시랑 곤계 ᄯ 어가를 뫼셔 교외의 나아가
부슉을 마ᄌ려 ᄒ니,

ᄎᆞ일 어기 동교의 힝힝ᄒᆞ샤 빅ᄉ졍 너른
ᄯᆞᆯ의 어막을 비셜ᄒ고 졍히 대군을 기ᄃ리시
더니, 《옥부금월∥옥부금졀》이 밀밀층층ᄒ여
졍긔 폐일ᄒ며 대군이 나아오니, 디외 졍제
ᄒ고 진법○[이] 싁싁ᄒ야 쥬아부의 위풍이
이시니, 샹이 좌우 제신을 도라보샤 왈,

---

497)균텬광악(鈞天廣樂) : 하늘에 닿을 정도로 큰 음악
　　소리. *균텬(鈞天): 천제가 산다는 하늘의 중앙.
498)진틱(塵틱) : 흙먼지[塵틱]와 땅위의 온갖 티끌.
499)창텬(漲天) : 하늘에 퍼져 가득함
500)옥부금졀(玉斧金節) : 옥으로 만든 부(斧:손도끼)와
　　금으로 만든 절(節: 수기). 이 '부'와 '절'은 조선 시
　　대에, 　관찰사·유수(留守)·병사(兵使)·수사(水
　　使)·대장·통제사 들이 지방관 또는 장군으로 부
　　임할 때에 임금이 내어 주던 물건들로, 부['월(鉞:도
　　끼)'이라고도 한다]는 도끼와 같은 형태로, 절은 수
　　기(手旗)와 같은 형태로 만들었으며, 임금이 부여한
　　군령권(軍令權:수기)과 생살권(生殺權:손도끼)을 상
　　징하였다. 줄여서 '부절(斧節)' 또는 '절월(節鉞)'이
　　라고도 한다. *여기서는 '군령을 따라 행군하는 대
　　규모의 군사들'을 비유한 말로 쓰였다.
501)졍긔폐일(旌旗蔽日) : 깃발이 해를 가릴 만큼 많음

삑ᄒ여 쥬아부(周亞夫)[502]의 위풍이 이시니, 상이 좌우 제신을 도라보와 갈오샤디,

"윤상부는 가히 아들을 두엇다 ᄒ리로다." ᄒ시더라.

이윽고 디군이 다다라 어기(御駕) 친님ᄒ시믈 알고, 썰니 하마ᄒ여 엄·윤 냥원슈와 윤텬시 일시의 산호만세(山呼萬歲)ᄒ고 팔비고두(八拜叩頭)ᄒ여 츄진(趨進) 비ᄉ(拜謝)ᄒ기를 맛ᄎ미, 군신이 반기미 상하치 아니터라.

상이 특별이 냥윤과 엄츄밀을 갓가이 브르샤 면유(面諭)[45]ᄒ실 시, 윤텬ᄉ의 고초ᄅ 위로ᄒ샤 샤쥬(賜酒)ᄒ시고 벼슬을 도도와 본직 남평빅의 좌승상을 더으시고, 평양후ᄅ 봉ᄒ시고 동졍 군졍ᄉᄅ 올니라 ᄒ샤 쟝졸의 공뇌ᄅ 등품(登品)ᄒ샤 작상(爵賞)과 후록을 ᄎ례로 나리오실시, 디원슈 평오왕의 셰부인을 다 봉작ᄒ시고 직첩을 나리오시며, 쇼엄시 월혜로 오왕의 원비(元妃) 직첩을 나리오샤, 휘젹(翬翟)[503]의 영광이 부모의게 밋게 ᄒ샤, 윤승상 효문공의 긔ᄌ 두어시믈 포장ᄒ시며, 부[46]원슈 엄공으로 본직 츄밀ᄉ의 오국공을 봉ᄒ시니, 츄밀이 디경ᄒ여 고두 쥬왈,

"텬디 부모의 우로지틱(雨露之澤)이 고목의 흡흡ᄒ샤, 피ᄌ 표의 년좌(連坐)ᄅ 문족(門族)의 더으지 아니시미 그 엇던 셩은(聖恩)이완디, 신이 엇지 감히 폐하의 포장ᄒ시믈 밧ᄌ오리잇고? 폐히 이러틋 관젼(寬典)을 드리오샤 만고의 업ᄂ 법젼을 나리오시니 엇지 감히 셩권(聖眷)을 ᄌ득(自得)ᄒ여 봉작을 밧ᄌ오리잇고? 이ᄂ 흉험 잔포ᄒ미 왕망(王莽) 동탁(董卓)의 뉘(類) 되오리니, 셩상이 만일 표의 년좌[47]ᄅ뻐 신을 버히시면 신이 우음을 먹음이 부월(鈇鉞)을 감심(甘心)ᄒ오려니와, 결(決)ᄒ여 외람흔 봉작을 맛줍지 못

"윤상부[85]ᄂ 가히 아들을 두엇다 ᄒ리로다"

이윽고 디군이 다ᄃ라 어기 친님ᄒ시믈 알고, 썰니 하마ᄒ야 엄·윤 냥원슈와 윤텬시 일시의 산호만셰ᄒ고 팔비고두ᄒ야 츄진 비ᄉ무ᄒ기를 맛ᄎ미, 군신이 반기미 상하치 아니터라.

상이 특별이 냥윤과 엄츄밀을 갓가이 브르샤 면유ᄒ실시, 윤텬ᄉ의 북이산 고초ᄅ 위로ᄒ시고, 벼슬을 도도와 본덕 남평빅의 좌승상 평양후ᄅ 봉ᄒ시고, 동졍 군졍ᄉᄅ 올니라 ᄒ샤, 쟝졸의 공뇌ᄅ 등품 작상을 ᄂ리오실시, 대원슈 평오왕 세 부인을 다 봉작ᄒ시고, 쇼엄시 월혜로 오왕의 원비 직첩을 ᄂ리오샤 휘젹의 영광이 부모의게 밋[86]게 ᄒ샤, 윤승상 효문공의 긔ᄌ 두어시믈 표장·ᄉ듀ᄒ시며, 부원슈 엄공으로 본직 츄밀ᄉ의 오국공을 봉ᄒ시니, 츄밀이 디경ᄒ여 고두 쥬왈,

"텬디 부모의 우로디턱이 고목의 흡흡ᄒ샤, 피ᄌ 표의 년좌ᄅ 문족의 더으디 아니시미, 그 엇던 셩덕이완디, 신이 엇디 감히 폐하의 포장ᄒ시믈 밧ᄌ오리잇고? 폐히 이럿툿 관젼을 드리오샤 만고의 업슨 법젼을 ᄂ리오시니, 신이 엇디 셩권을 ᄌ득ᄒ야 밧ᄌ오리잇고? 흉험 잔포ᄒ미 왕망 동탁의 뉘 되오리니, 셩상이 만일 표의 년좌로뻐 신을 버히시면, 신이 우음을 머금고 부월을 감심ᄒ오려니와, 외람흔 봉작은 밧줍디[87] 못ᄒ리로소이다."

---

502)쥬아부(周亞夫) : ? - BC143. 중국 전한(前漢) 전기의 무장, 정치가. 오초칠국(吳楚七國)의 난을 평정해 공을 세웠고 승상에 올랐다.

503)휘젹(翬翟) : '왕비가 입는 예복'을 이르는 말로, 붉은 비단에 꿩의 무늬를 수놓아 지었다. *여기서는 왕비를 가리키는 말로 쓰였다.

ᄒ리로쇼이다."

쥬파(奏罷)의 뉴혈징지(淚血爭之)ᄒ여 긋치지 아니ᄒ니, 상이 그 혈셩을 감동ᄒ샤 좌우로 붓드러 평신ᄒ라 ᄒ시고, 봉작(封爵)을 거두시나 평오왕의 츙의ᄅᆞᆯ 싱각ᄒ시고, 도로혀 뇽안이 츄연ᄒ샤 위로 샤쥬ᄒ샤 몬져 도라가라 ᄒ시니, 츄밀이 감뉘(感淚) 여우(如雨)ᄒ여 셩은을 ᄉ례ᄒ고, 이의 몬져 퇴조ᄒ여 낭ᄌ로 더부러 부【48】즁의 도라오니라.

쥬파의 뉴혈징디ᄒ야 그치디 아니니, 상이 그 혈셩을 감동ᄒ샤 좌우로 붓드러 평신ᄒ라 ᄒ시고, 봉작을 거두시나, 션오왕의 츙의을 싱각ᄒ시고, 츄연 ᄉ쥬ᄒ샤 몬져 도라가라 ᄒ시니, 츄밀이 감뉘 여우ᄒ야 셩은〇[을] ᄉ례ᄒ고, 이에 몬져 퇴됴〇〇[ᄒ여] 낭ᄌ로 더브러 부듕의 도라오니라.【88】

엄시효문청힝녹 권지십일

어시의 상이 부원슈 이하로 제군 장졸을 다 벼슬을 더으시고, 금빅(金帛)으로 상ᄉ(賞賜)ᄒ시며 일만 쇼ᄅᆞᆯ 잡으며, 일쳔 독504) 슐을 쥬어 장졸을 호궤(犒饋)ᄒ라 ᄒ시니, 삼군 장시 슈무족도(手舞足蹈)ᄒ여 은영(恩榮)을 즐기ᄂᆞᆫ 쇼ᄅᆡ 진동ᄒ더라.

날이 졈을ᄆᆡ 상이 환궁ᄒ시고 츌졍장시 다 도라가다.

상이 명일 조(詔)ᄅᆞᆯ 나리와, 녀젹 형뎨와 원홍 요젹과 봉암 요도와 낭요녀ᄅᆞᆯ 다시 뭇지 말고 쳐참ᄒ여 그 죄ᄅᆞᆯ 볽히고, 슈족(手足)을 이쳐(異處)ᄒ여 텬【49】하 사ᄅᆞᆷ으로 ᄒ여곰 후셰 젹ᄌ(賊者) 간신(奸臣)과 요음찰녀(妖淫刹女)ᄅᆞᆯ 징계ᄒ라 ᄒ시니, 만셩ᄉ셰(萬姓士庶) 녀젹부녀(呂賊婦女) ᄉ인과 요젹(妖賊) 요도(妖道)의 반싱힝악(半生行惡)을, 아니 츰 밧고 ᄭᅮ짓지 아니리 업더라.

어시의 엄츄밀이 낭ᄌ로 더부러 부즁(府中)의 도라오니, 가즁이 환환열열(歡歡悅悅)ᄒ여 동복(童僕)이 환영ᄒ고 혼시(閽寺)505)

초셜 상이 부원슈 이하로 제군 장쥴을 다 벼슬을 더으시고, 금빅으로 상ᄉᄒ시며 일만 쇼을 잡고 일쳔 독 슐을 쥬어, 장쥴〇[을] 호군ᄒ라 ᄒ시니, 삼군 장시 슈무족도ᄒ여 은셩(殷盛)을 즐기ᄂᆞᆫ 소ᄅᆡ 진동ᄒ더라.

날이 져물ᄆᆡ 상이 환궁ᄒ시고 쳔만장쥴이 다 도라가다.

상이 명일 됴ᄅᆞᆯ ᄂᆞ리와, 녀젹 형뎨와 원홍 요젹과 봉암 요도와 낭요녀를 다시 뭇디 말고 쳐참ᄒ여 그 죄ᄅᆞᆯ 볽히고, 슈족을 이쳐ᄒ여 텬하 사ᄅᆞᆷ으로 ᄒ여곰 후셰 간신젹ᄌ와 요음찰녀를 징계ᄒ라 ᄒ시니, 만셩ᄉ셰 녀젹부녀 ᄉ인과 요젹 요도의 반싱힝악을 아니 츔밧타 ᄭᅮ지【1】ᄌ 리 업더라.

어시의 엄츄밀이 낭ᄌ로 더부러 부듕의 도라오니 가듕이 환환열열ᄒ여 동복이 환영ᄒ고 혼시 요요ᄒᄆᆞᆯ 보리러라.

---

504)독 : 간장, 술, 김치 따위를 담가 두는 데에 쓰는 큰 오지그릇이나 질그릇. 운두가 높고 중배가 조금 부르며 전이 달려 있다.

505)혼시(閽寺) : 혼시(閽寺). ①궁궐의 내정(內廷)에서

요요(搖搖)ᄒ믈 보리러라.

공주 영이 밧문의 나와 즁부(仲父)ᄅᆞᆯ 마즈 계하(階下)의 졀ᄒ니, 츄밀이 반기고 ᄉᆞ랑ᄒ여 숀을 잡고 니당의 드러오니, 부인과 녀뷔(女婦)506) 마즈 네필【50】한훤파(禮畢寒暄) 파(罷)의, 이씨 윤혹ᄉ 부인 은혜쇼제 홀노 니르러시나, 냥 엄시 션·월 냥질이 업ᄂ지라.

츄밀이 부인을 ᄃᆡᄒ여 문왈,

"복(僕)이 츌ᄉ(出師) 후의 냥 질녜 즉시 도라가니잇가?"

부인이 홀연 아미(蛾眉) 슈집(愁集)ᄒ여 ᄃᆡ왈,

"냥질이 기시(其時)의 즉시 도라가ᄂ이다."

우문 왈,

"윤질뷔 무양(無恙)ᄒ니잇가?"

셜파의 은혜쇼제 함누(含淚)ᄒ고 부인이 츄연(惆然) ᄃᆡ왈,

"윤시 엇지 무고(無故)ᄒ믈 어드리잇고? 연연약녜(軟軟弱女) 만고강상의 ᄀᆞ업ᄉ 누명을 시러 맛ᄎᆞᆷ니 국법의 졍뉼(定律)【51】ᄒ믈 면치 못ᄒ여, 졀강 쇼흥부의 젹거(謫去)ᄒ니이다."

츄밀이 쳥파의 경희(驚駭) 추악(嗟愕)ᄒ여 연고를 뭇고져 ᄒ더니, 믄득 깁장이 움죽이며 니루(內樓)로 조ᄎᆞ 최부인이 삼녀로 더부러 니르니, 츄밀이 썰니 마즈 공경 비례ᄒ니, 부인이 답비(答拜)ᄒ고 좌의 나아가 한훤을 파ᄒ고, 츄밀이 몬져 ᄉᆞ샤 왈,

"쇼싱이 먼니 봉ᄉ(奉仕)ᄒ여 격세(隔世) 후 환가(還家)ᄒ니, 맛당이 몬져 나아가 비현(拜見)코져 ᄒ더니, 존쉬(尊嫂) 몬져 왕굴(枉屈)ᄒ시니 불승황괴(不勝惶愧)토쇼이【52】다."

부인이 공경문파(恭敬聞罷)의 쌍미제제(雙眉齊齊)507)ᄒ고 셩음이 온화ᄒ여 비ᄉ 왈,

공주 영이 밧문의 나와 듕부를 마즈 계하의 졀ᄒ니 츄밀이 반기고 ᄉᆞ랑ᄒ여 손을 잡고 니당의 드러오니, 부인과 녀뷔 마즈 한훤 필의, 이씨 윤혹ᄉ 부인 은혜쇼제 홀노 니르러시니, 냥 엄시 션·월 냥딜이 업ᄂ지라.

츄밀이 부인ᄃᆞ려 왈,

"복이 츌ᄉ 후의 냥딜녜 즉시 도라가니잇가?"

부인이 홀연 아미를 《슈삽‖슈집》ᄒ고 ᄃᆡ왈,

"냥딜이 기시(其時)의 즉시 도라갓ᄂ니다."

우문 왈,

"윤딜뷔 무양ᄒ니잇가?"

셜파의 은혜쇼제 함누ᄒ고, 부인이 츄연 ᄃᆡ왈,

"윤시 엇디 무고ᄒ믈 어드【2】리잇고? 연연약딜이 만고강상의 ᄀ업ᄉ 누명을 시러 맛ᄎᆞᆷ니 국법의 졍뉼을 면치 못ᄒ여 졀강의 젹거ᄒ니이다."

츄밀이 쳥파의 경희ᄒ여 연고를 뭇고져 ᄒ더니, 믄득 깁장이 움죽이며 니루로 조ᄎᆞ 최부인이 숨녀로 더부러 이르니, 츄밀이 마즈 공경 비례ᄒ니, 최부인이 답비ᄒ고 한훤을 파ᄒ미, 츄밀이 몬져 ᄉᆞ샤왈,

"쇼싱이 먼니 봉ᄉᄒ여 격세 후 환가ᄒ니 맛당이 몬져 나아가 비현코져 ᄒ더니, 존쉬 몬져 왕굴ᄒ시니 불승황괴로소이다."

부인이 쌍미 《쳬쳬‖제제》ᄒ고 셩음이 온화ᄒ여 ᄉ 왈,

문지기 노릇을 하는 환관(宦官).=내시. ②『역사』 조선 시대에, 내시부에 속하여 임금의 시중을 들거나 숙직 따위의 일을 맡아보던 남자. 모두 거세된 사람이었다.=내시. *여기서는 세가(勢家)의 고문갑제(高門甲第)에서 문지기 노릇을 하는 하인배(下人輩)들을 이른 말.

506)녀부(女婦) : 딸과 며느리.

507)쌍미제제(雙眉齊齊) : 두 눈썹을 가지런히 하여 공손한 얼굴빛을 지음.

"슉슉이 모년(暮年)의 먼니 봉ᄉ(奉仕)ᄒ시미, 역질(逆姪)의 무상ᄒ미 만고강상을 문허 바려 우흐로 군부를 아지 못ᄒ니, 엇지 골육의 친과 슉질의 정을 알니잇고? 부ᄌ와 창아를 머므르미 호구(虎口) 가온디 드리침 갓고, 슉슉의 봉ᄉᄒ시ᄂ 근심을 겸ᄒ미 ᄌ못 첩신(妾身)과 범데의 우우(憂虞)ᄒᆫ 심시, 엇지 동녁을 바라 침식이 평안ᄒᆯ 적이 이시리잇고마ᄂ, 힝혀 윤낭이 신이ᄒᆫ 지조와 지혜로【53】역질(逆姪)을 쇼멸(消滅)ᄒ며, 동오를 이정(理定)508)ᄒ시고, 버거 서번융적(西蕃戎賊)509)을 파(破)ᄒ여, 여러 즁슈(重囚)를 잡아 빗니 도라오샤 문호를 보전ᄒ시고, 도로혀 셩텬ᄌ 포장ᄒ시ᄂ 녜우를 밧ᄌ오니, 이ᄂ 화를 두 로혀 복을 밧으미로쇼이다."

츄밀이 비ᄉ(拜謝) 왈,

"이ᄂ 다 셩텬ᄌ의 일월 갓ᄒ신 셩덕이오, 조종(祖宗)의 묵우(默祐)ᄒ시미라. 문호의 디경이로쇼이다."

부인이 흔연 답ᄉᄒ고 ᄯᅩ 츄연 왈,

"녜붓터 인가의 비고이락(悲苦哀樂)이 눈회(輪廻)ᄒ미 덧덧ᄒᆫ지라. 가국의【54】변난이 한가지로 상싱(上生)ᄒ여 부ᄌ(夫子)와 슉슉(叔叔)이 가국(家國)을 ᄯ나시미, ᄯᅩ 가즁의 변괴 층싱(層生)ᄒ여 변이 의외의 잇ᄂ지라. 폐부(廢婦) 윤시 가간(家間)이 빈 ᄯᅢ를 타 방ᄌ무상(放恣無常)○○[ᄒ고] 음란ᄒ미 여ᄎᄒ디, 첩이 감히 ᄌ단(自斷)치 못ᄒ고 깁히 가도와 의식을 ᄌ뢰ᄒ믄, 냥질녀의 안면을 고렴ᄒ며 가군(家君)과 슉슉(叔叔)이 도라와 쳐치ᄒ시믈 기다리더니, 믄득 윤녀의 쇼문이 젼파ᄒ여 언노(言路)의 붓ᄯᅳᆺ찰 시험ᄒᆫ비 되어, 윤시의 음비쳔힝(淫鄙賤行)이 맛ᄎᆷ니【55】은익(隱匿)지 못ᄒ여, 옥시(獄事) 닐위 뉼젼(律典)을 마련ᄒ여, 윤시를 엄문의 니

508)이정(理定) : =평정(平定). 반란이나 소요를 다스려 진정시킴.
509)서번융적(西蕃戎賊) : 중국 서쪽에 있는 오랑캐 나라 족속(族屬)들. *셔번(西蕃): =서번국(西蕃國). 중국 서쪽에 있는 오랑캐 나라. *융족(戎族): 중국 서쪽지방에 살던 족속들을 '오랑캐'로 낮추어 이르던 말.

"슉슉이 모년의 먼니 봉ᄉᄒ시미, 역딜의 무상ᄒ미 만고강상을 문허ᄇ려 우흐로 군부를 아디 못【3】ᄒ니, 엇디 골늇의 친과 슉딜의 정을 고렴ᄒ리잇고? 부ᄌ와 창ᄋ를 머므라미 호구 ᄀ온디 드리침 갓고, 슉슉의 봉ᄉᄒ시ᄂ 근심을 겸ᄒ미, 다못 첩심과 범제의 우우ᄒᆫ 심시 엇디 편ᄒ리잇고만[마]ᄂ, 힝혀 윤낭의 신이ᄒᆫ 지죠와 지혜로 역딜을 쇼멸ᄒ{시}고, 여러 듕슈를 잡아 동오를 이정ᄒ여 빗나 도라오시니, 엇디 영힝치 아니리잇고?"

츄밀이 비ᄉ 왈,

"이ᄂ 다 셩텬ᄌ 일월 갓ᄐ신 셩덕이라. ᄯᅩᄒᆫ 조종이 묵우ᄒ시미니, 문호의 디경이로소이다."

부인이 흔연 답ᄉᄒ고 ᄯᅩ 츄연 왈,

"녜붓터 인가의 비고이락이 덧덧이 눈회ᄒᄂ니 업디 아니ᄒ온디라. 가국의 변난이 ᄒ가지로 상싱ᄒ니, 부ᄌ【4】와 슉슉이 가국을 ᄯ나시며, ᄯᅩ 가간의 변괴 층츌ᄒ여 변이 의외의 잇ᄂ디라. 폐부 윤시 가듕이 빈 ᄯᅢ를 인ᄒ여 방ᄌ 음난ᄒ미 여ᄎ여ᄎᄒᄃ, 첩이 감히 ᄌ단치 못ᄒ고 깁히 비실의 가도와 의식을 ᄌ뢰ᄒᆷ믄, 냥 딜녀의 안면을 고렴ᄒᆯ 쑨 아니라, 가군과 슉슉이 환가ᄒ샤 쳐치ᄒ믈 기ᄃ리더니, 믄득 은휘코져 ᄒᄂ 소문이 젼파ᄒ여 언논의 붓ᄯᅳᆺ찰 시험ᄒ미 되어, 윤시의 음루쳔힝이 맛춥니 은익디 못ᄒ여, 유ᄉ의 뉼젼을 마련ᄒ여 윤시를 엄문의 니이ᄒ고 절강의 정비ᄒ니, 죄의 경듕인즉 오히려 죄 디벌경이로디, 다만 참연ᄒᆫ 바ᄂ 슈년 슬하

이(離異)ᄒ고, 절강(浙江)의 졍비(定配)ᄒ니, 죄의 경즁(輕重)인즉 오히려 죄디벌경(罪大罰輕)이로ᄃᆡ, 다만 참연(慙然)ᄒᆞᆫ 바ᄂᆞᆫ 슈년 슬하의 년무(憐撫)ᄒ던 졍과, 삼질의 무안《ᄒᆞᆯ∥ᄒᆞᆯ》 바를 싱각ᄒ니, 쳡심(妾心)이 불안ᄒᆞᆷ을 니긔디 못ᄒᆞ니다.”

츄밀이 듯기를 다ᄒᆞ미 광미(廣眉)의 《모년∥모연(暮煙)510)》을 씌여 미미(微微)히 웃고, 정식(正色) 념슬(斂膝) 왈,

“삼아(三兒)의 무안(無顔)ᄒᆞᆯ 것 무어시리잇고? 윤시 명문싱츌(名門生出)노 ᄎᆞ마 이런 음오(淫汚)ᄒᆞᆫ 힝【56】실이 이시니 그 붓그러오미 졔 부형의게 잇고, 오문의 업ᄉᆞ리니 존슈ᄂᆞᆫ 엇지 불안ᄒᆞ시리잇고? 연(然)이나 쇼싱이 평일 윤시 알오믈 이 갓치 아녓더니, 이제 그 음악찰녜(淫惡刹女)를 드ᄅᆞ니 엇지 텬하의 사ᄅᆞᆷ을 알오미 어렵지 아니리잇고? 쇼싱이 ᄌᆞ금이후(自今以後)로, 사ᄅᆞᆷ 아지 못ᄒᆞᄂᆞᆫ 불명ᄒᆞᆫ 눈을 감아 ᄉᆞ례코져 ᄒᆞ나, 밋지 못ᄒᆞ리로쇼이다.”

언파의 웃ᄂᆞᆫ 가온ᄃᆡ 식위(色威) 씍씍ᄒᆞ여 츄야벽누(秋夜碧樓)의 한월(寒月)이 교교(皎皎)ᄒᆞᆫ 듯, 동일지ᄋᆡ(冬日之愛)511) 밧고여【57】‘하일(夏日)의 두려온 긔상(氣像)512)’이라. 견지(見者) 불감앙시(不敢仰視)ᄒᆞ고, 녀·화·셕 삼부인이 그윽이 쇽연(悚然)ᄒᆞᆷ을 니긔지 못ᄒᆞ고, 최부인이 심하의 분노ᄒᆞ나 감히 ᄉᆞ식(辭色)지 못ᄒᆞ고, 이윽이 한담ᄒᆞ다가 믄득 명일 텨ᄉᆞ와 한님의 도라오므로ᄡᅥ, 의복을 다ᄉᆞ리미 밧브믈 핑게ᄒᆞ고 도라가더라.

츄밀이 숀으로 셔안을 쳐 장탄불이(長歎不已) 왈,

“가변(家變)이 이의 밋츨 쥴 엇지 ᄯᅳᆺᄒᆞ여시리오.”

이윽고 모든 엄시 친쳑이며 셜복야 부인과 셜싱 등이 다 니ᄅᆞ러, 츄밀【58】긔 뵈옵고 왕

의 년무ᄒᆞ던 졍과 삼딜의 무안ᄒᆞ믈 싱【5】각ᄒᆞ니, 쳡심이 ᄌᆞ못 불안ᄒᆞᆷ을 이긔디 못ᄒᆞ리로소이다.”

츄밀이 쳥파의 광미의 모연을 씌여 미미히 웃고 《졍시∥졍식》 염슬ᄒᆞ여 왈,

“삼ᄋᆞ의 무안ᄒᆞ[ᆯ] 것이 무어시리잇고? 윤시 명문싱츌노 ᄎᆞ마 이런 음오ᄒᆞᆫ 힝실이 이시니, 그 붓그러오미 졔부형의게 잇고, 오문의 업ᄉᆞ리니, 존슈ᅵ 엇디 불안ᄒᆞ시리잇고? 《연임∥연이나》 쇼싱이 평일 윤시 알오믈 이 굿치 아녀더니, 이제 그 음악ᄒᆞᆫ 찰녜를 드ᄅᆞ니 엇디 텬하의 사ᄅᆞᆷ 아로미 어렵디 아니리잇고? 쇼싱이 ᄌᆞ금 이후로 눈를[을] 감아 지인의 불명ᄒᆞᆷ을 ᄉᆞ례코져 ᄒᆞ니[나] 밋디 못ᄒᆞ리로소이다.”

셜파의 웃ᄂᆞᆫ 가온ᄃᆡ 식위 식식ᄒᆞ여 츄야벽누의 한월이 교교ᄒᆞᆫ 듯, 동일지ᄋᆡ 밧고여 하일의 두리온 긔상이라.【6】견지 불감앙시ᄒᆞ고, 녀·화·셕 삼부인이 그윽이 송연ᄒᆞ고 최부인이 심하의 분노ᄒᆞ나, 감히 ᄉᆞ식지 못ᄒᆞ고, 이윽이 한담ᄒᆞ다가 문득 명일 태ᄉᆞ와 한님이 도오므로ᄡᅥ, 의복을 다ᄉᆞ리미 밧브믈 핑계ᄒᆞ고 도라가더라.

츄밀이 손으로 셔안을 ○[쳐] 장탄분기ᄒᆞ더라.

이윽고 모든 엄시 친쳑이며 셜복야 부인과 셜싱 등이 다 니ᄅᆞ러 츄밀긔 뵈옵고 왕ᄉᆞ를

---

510)모연(暮煙) : 저녁연기. 또는 저녁연기처럼 어두운 기색.
511)동일지ᄋᆡ(冬日之愛) : 겨울 햇살처럼 따뜻한 사랑.
512)하일(夏日)의 두려온 긔상(氣像) : =하일지위(夏日之威). '여름날의 해와 같은 위엄'이라는 뜻으로, 위엄이 높은 것을 비유적으로 이르는 말.

ᄉ(往事)를 일ᄏ라 불힝ᄒᄆᆯ 니긔지 못ᄒ고, 셜부인이 홀노 윤시의 음힝을 일ᄏ라 ᄊ짓기를 마지 아냐 왈,

"윤시ᄂᆫ 인면슈심(人面獸心)이라. 진왕과 뎡슉녈이 비록 어지나, 그 증조모 위터비와 죵조모 뉴시의 당년 흉포간악은 셰상의 모로리 업ᄉ니, 윤시 본ᄃᆡ 그 가문의 난 바로 위·뉘 ᄯᅩ 윤시를 아시의 심히 ᄉ랑ᄒ여 교휵(敎慉)ᄒ다 ᄒ나, 엇지 그 음흉간독(淫凶奸毒)ᄒᆫ 쇼힝(所行)을 달므미 괴이(怪異)치 아니리로다."

츄밀이 미ᄌ(妹子)의 무식ᄒᆫ 말을 드ᄅ【59】미 냥안을 놉히 ᄯᅥ 정식(正色) 칙왈(責曰),

"고인이 니ᄅ디, '사ᄅᆷ의 허물 드ᄅ믈 부모의 일홈 드롬갓치 ᄒ라'ᄒ거ᄂᆯ 현미 나히 이모(二毛)[513]의 미쳐 거의 ᄉ체(事體) 경즁(輕重)을 알듯ᄒ거ᄂᆯ, 엇지 불통(不通) 편식(偏塞)ᄒ미 이러틋 심ᄒ뇨? 위터비와 뉴부인이 녯날 그ᄅ미 이시나, 임의 허물을 뉘웃ᄎ미 복녹(福祿)이 제미(齊美)ᄒ여 위치(位次) 존즁ᄒ믄 니ᄅ지 말고, 우리 인아(姻婭)[514]의 친의(親誼)를 미ᄌ, 남혼녀가(男婚女嫁)의 우리 몃집 ᄌ녜 그 ᄌ숀항(子孫行)의 잇관ᄃᆡ, 현미(賢妹) 엇지 말ᄉᆷ을【60】삼가지 아냐, 진국군과 윤터부ᄂᆫ 디현군지라. ᄯᅩᄒ 장유유셔(長幼有序)를 의논치 말고, 《셩현∥대현(大賢)》의 친(親)을 존(尊)치 아니미 엇지 그ᄅ지 아니리오. 현미의 말이 젼셜(傳說)ᄒ여, 혹ᄌ 아ᄂᆞ니 이실진ᄃᆡ 진국군 형뎨 ᄌ질이 우리 남미 무힝(無行)ᄒᄆᆯ 장ᄎ 엇지 알며, 더욱 질녀 등이 불안치 아니랴! ᄒ믈며 사ᄅᆷ이 젼일 그ᄅ미 이시나 고치미 귀타 ᄒᆞᆫ 셩인의 경계어ᄂᆯ, 현미ᄂᆫ 무슨 녀교(女敎)의 극진ᄒ미 잇관ᄃᆡ, 타인의 허물 니ᄅ기를 휘(諱)【61】치 아니ᄒᄂᆞ뇨? 윤시ᄂᆫ 슉녀(淑女) 쳘뷔(哲婦)라. 홍안지히(紅顔之害) 이의 니ᄅ믈

일ᄏ라 불힝ᄒᄆᆯ 니긔디 못ᄒ고 셜부인이 홀노 윤시의 음힝을 일ᄏ라 ᄊ덧기를 마디아냐 왈,

"윤시ᄂᆫ 인면슈심이라. 진왕과 뎡슉열이 비록 어지나, 그 증조모 위태비와 죵조모 뉴시의 당연 흉포간악은 셰상의 모ᄅ리 업ᄉ니, 윤시 본ᄃᆡ 그 가문의 난 바로 위·뉴 ᄯᅩ【7】윤시를 ᄋ시의 심히 ᄉ랑ᄒ여 교휵하다 ᄒ니, 엇디 그 음흉간특ᄒᆫ 소힝을 달무미 고이ᄒ리오."

츄밀이 미ᄌ의 무식ᄒᆫ 말을 드ᄅ미 냥안을 놉히 ᄯᅥ 정식 칙왈,

"고인이 일오디, '사ᄅᆷ의 허물 드ᄅ믈 부모의 휘ᄶ 갓치 ᄒ라.' ᄒ거ᄂᆯ, 현미 나히 이모의 밋쳐, 거의 ᄉ태 경듕을 알 듯ᄒ거ᄂᆯ, 엇디 불통편식ᄒ미 심ᄒ뇨? 위태비와 뉴부인이 녯날 그ᄅ미 잇스나, 임의 허물을 누우ᄎ미 복녹이 제미ᄒ여 《위쳐∥위치》 존듕ᄒ믄 이ᄅ디 말고, 우리 《인호∥인아》의 친의를 미ᄌ, 남혼녀가의 우리 몃집 ᄌ녜 그 ᄌ손항의 잇관ᄃᆡ, 현미 엇디 말ᄉᆷ을 삼가디 아냐, 진국군과 윤태부ᄂᆫ 당셰 군ᄌ셩인이라. ᄯᅩᄒ 장유유셔를 ○[의]논치 말고, 《셩현∥대현》의 친을【8】존치 아니미 엇디 그ᄅ디 아니리오. 현미 이 말이 젼셜ᄒ여 혹ᄌ 아ᄂᆞ니 잇슬진디 진국군 형뎨ᄌ질이 우리 남미 무힝ᄒᄆᆯ 장ᄎ 엇더케 알며, 더욱 딜녀 등이 불안치 아니냐? ᄒ물며 사ᄅᆷ이 젼일 그ᄅ미 잇스나 곳치미 귀타 ᄒᆞᆫ 셩인의 경계여ᄂᆯ 현미ᄂᆫ 무삼 녀교의 극진ᄒ미 잇관ᄃᆡ 타인의 허물 이로기를 휘치 아닛ᄂᆞ뇨? 윤시ᄂᆫ 슉녀쳘뷔라. 홍안지히를 면치 못ᄒ여 어ᄂᆫ 곳 요인이 공교히 음히ᄒ여, 슉녀로 ᄒ여금 분항의 ᄲ러지믈 면치 못ᄒ나, 반ᄃ시 오ᄅ디 아냐 누얼을 신셜ᄒ미 슉녀현힝이 황금을 《관연∥단

---

513) 이모(二毛) : =이모지년(二毛之年). 두 번째 머리털 곧 흰 머리털이 나기 시작하는 나이라는 뜻으로, 32세를 이르는 말.

514) 인아(姻婭) : 사위 쪽의 사돈과 사위 상호간. 곧 동서(同壻) 쪽의 사돈을 아울러 이르는 말. '인(姻)'은 사위의 아버지. '아(婭)'는 사위 상호간을 말함.

면치 못ᄒᆞ여, 어니 곳 요인이 공교이 음히ᄒᆞ여, 슉녀로 ᄒᆞ여곰 분항(糞缸)515)의 ᄯᅥ러지믈 면치 못ᄒᆞ나, 반ᄃᆞ시 오라지 아냐 누얼(陋孽)을 신셜(伸雪)ᄒᆞ미[고] 슉뇨현ᄒᆡᆼ(淑窈賢行)이 황금을 단년(鍛鍊)ᄒᆞ여 셩덕문질(聖德文質)이 천츄녀ᄉᆞ(千秋女士)의 참예ᄒᆞ리니, 우형의 녀부(女婦) ᄉᆞ오인과 현미의 녀부 오륙인이 일인도 능히 윤질(尹姪)을 바랄 지 업ᄉᆞ리니, 현미ᄂᆞᆫ 우형(愚兄)의 말이 헛되지 아니믈 알니라."【62】

언파의 졍식묵도(正色黙睹)516)ᄒᆞ니, 긔위(氣威) 쥰엄ᄒᆞ여《하일츄상∥하일지위(夏日之威)517)》갓ᄒᆞ니 셜부인이 거거(哥哥)의 ᄎᆡᆨ언(責言)을 드ᄅᆞ미 대참디괴(大慙大愧)ᄒᆞ나, 본셩이 퍼악괴려(悖惡乖戾)ᄒᆞ고 호승(好勝)이 ᄐᆡ과(太過)ᄒᆞ여 올흔 일도 그르게 밀운즉, 부디 고집을 셰우려 ᄒᆞᄂᆞᆫ 무식불통이라.

믄득 낫츨 붉히고 발연작식(勃然作色)고 왈,

"윤가 남녀를 다 긔특ᄒᆞᆫ 쥴노 거거ᄂᆞᆫ 아ᄅᆞ시ᄃᆡ, 쇼미ᄂᆞᆫ 기시돈견(皆是豚犬)518)으로 아ᄂᆞ니, 위·뉴의 녯 허믈은 친히 보지 아닌 일이나 디기 진왕으로【63】븟허 제윤(諸尹)이 다 음황(淫荒)ᄒᆞ미 무ᄡᅡᆼ(無雙)ᄒᆞ여 남ᄌᆞᄂᆞᆫ 다 셩식(聲色)519)으로 집을 메워 요녀간쳡(妖女奸妾)을 총ᄒᆡᆼ(寵幸)ᄒᆞ고 졍실을 하당(下堂)의 굴욕ᄒᆞ미, 부당ᄒᆞᆫ 음ᄒᆡᆼ(淫行)으로 지졈(指點)ᄒᆞ여 참혹히 조로며 보치니, 윤싱 등의 ᄒᆡᆼ실이 다 니러틋 ᄒᆞ니 윤시 그 누의라. 남녀의 졍욕이 일쳬니 쇼미 일즉 드ᄅᆞ니, 창 질(姪)이 윤시를 ᄎᆔᄒᆞ여 ᄉᆞ실의 모드미 희쇼ᄒᆞ더라

언파의 졍식 목도ᄒᆞ미, 긔위 엄쥰ᄒᆞ여《동일한상∥하일지위》ᄀᆞᆺᄒᆞ니, 셜부인이 거거의 ᄎᆡᆨ언을 드ᄅᆞ미 디참ᄒᆞ나, 본셩이 퍼악괴려ᄒᆞ고 호승의[이]《퍼와∥ᄐᆡ과》ᄒᆞ여, 올흔 일도 그르게 밀원 즉, 부디 고집을 셰우려 ᄒᆞᄂᆞᆫ 무식불통이라.

믄득 낫츨 붉히고 발연작식 왈,

"윤가 남녀를 다 긔특ᄒᆞᆫ 쥴노 거거ᄂᆞᆫ 아ᄅᆞ시ᄃᆡ 쇼미ᄂᆞᆫ 기위돈견(皆爲豚犬)으로 아ᄂᆞ니, 다. 위·뉴의 녯 허믈은 친히 보디 아닌 일이니 니ᄅᆞ지 말녀니와, 디기 진왕으로붓터 제윤이 다 음황ᄒᆞ미 무ᄡᅡᆼᄒᆞ여, 남ᄌᆞᄂᆞᆫ 다 셩식으로 집을 메워 요녀 간쳡을 총ᄒᆡᆼᄒᆞ고, 졍실을 하당의 굴욕ᄒᆞ미 부당ᄒᆞᆫ 음ᄒᆡᆼ으로 지졈ᄒᆞ여 참혹히 조로며 보치니, 윤싱 등의 ᄒᆡᆼ실이【10】《그∥다》이러ᄒᆞ니, 윤시 그 누의라. 남녀의 졍욕이 일쳬라. 쇼미 일죽 드ᄅᆞ니, 창딜이 윤시를 ᄎᆔᄒᆞ여 ᄉᆞ실의 모드미 희소터라ᄒᆞ니, 다졍ᄒᆞᆫ 지 탐츈ᄒᆞᆫ[ᄒᆞ]ᄂᆞᆫ 졍을 이긔디

년》ᄒᆞ여 셩덕 문딜이 쳔츄 녀ᄉᆞ의 참녀ᄒᆞ리니, 우형과 현미의 녀부 듕의 일인도 능히 윤딜을 ᄇᆞ랄 지 업【9】ᄉᆞ리라."

515)분항(糞缸) : 똥통. 더러운 곳.
516)졍식묵도(正色黙睹) : 얼굴에 엄정한 빛을 띠어 말 없이 바라봄
517)하일지위(夏日之威) : '여름날의 이글거리는 해와 같은 위엄'이라는 뜻으로, 위엄이 높은 것을 비유적으로 이르는 말. 남북조시대 진(晉)나라 학자 두예(杜預)가 『춘추』를 주석하면서 (晉)나라 조둔(趙盾)의 인품을 '하일지위(夏日之威)'라고 평한 데서 유래했다.
518)기시돈견(皆是豚犬) : 모두 다 개나 돼지와 같은 것들이다.
519)셩식(聲色) : 노래를 잘하는 여자와 얼굴이 예쁜 여자.

ᄒᆞ니, 다졍(多精)ᄒᆞᆫ 지(者) 탐츈(貪春)ᄒᆞᄂᆞᆫ 졍을 니긔지 못ᄒᆞ여, 이러ᄒᆞᆫ 취루(醜陋)ᄒᆞᆫ 졍젹(情迹)이 낭쟈(狼藉)ᄒᆞ여 지【64】어(至於) 언관(言官)의 붓긋츨 더러이미오. 만셩ᄉᆞ셔(萬姓士庶)의 아동쥬졸(兒童走卒)520)이 윤시의 오예(汚穢)ᄒᆞᆫ 취명(醜名)을 모로리 업거늘, 거게(哥哥) 홀노 윤시의 이미ᄒᆞᄆᆞᆯ 붉히시고 쳘부셩녀로 밀위시니, 일노조ᄎᆞ 윤시 구문(舅門)의 득총(得寵)흠과 졔윤의 감수ᄒᆞᄆᆞᆯ 비길 디 업ᄉᆞ려니와, 만고 쳘부셩녜 다 붓그려 ᄒᆞ리로쇼이다."

츄밀이 미뎨의 가지록 불명픽악(不明悖惡)ᄒᆞᄆᆞᆯ 한심ᄒᆞ나, 말을 결우미 우이숑경(牛耳誦經)521)이라. 묵연(默然) 노식(怒色)ᄒᆞ여 다시 슈작(酬酌)지 아니코, ᄉᆞ미ᄅᆞᆯ 썰쳐 외당의 나【65】와 디긱(對客)ᄒᆞ더라.

셜부인이 거거의 말숨을 심노(甚怒)ᄒᆞ여 분분(紛紛)이 경일누로 도라가니, 범부인이 빅ᄉᆞ(伯姒)와 쇼괴(小姑) 다 노식을 ᄯᅴ여 도라가믈 불안ᄒᆞ더라.

츄밀이 분울(憤鬱)ᄒᆞᄆᆞᆯ 니긔지 못ᄒᆞ여 심하의 싱각ᄒᆞ디,

"가즁의 졈졈 가환(家患)의 삭시 비최고 니 평싱 셩이 강직ᄒᆞᄆᆞᆯ 참지 못ᄒᆞ니, 찰하리 벼슬을 바리고 향니의 도라가고져 ᄒᆞ나 황상이 니 원을 좃지 아니ᄂᆞ니, 엇지 탄흡지 아니리오."

ᄒᆞ더라.

명일은 터시 한님으로 더부러 도라오ᄂᆞᆫ지라. 츄【66】밀이 모든 친쳑(親戚) 인친(姻親)과 냥쟈(兩子)로 더부러 문외의 나아가 마즈니, 일일지간(一日之間)이나 형뎨 반기미 무비(無比)ᄒᆞ고, 모든 졔친(諸親) 붕우(朋友)와 셜복야는 별후(別後) 격셰(隔歲)의 터ᄉᆞ의 모년(暮年) 긔력(氣力)으로뻐, 텬이(天涯) 이국(夷國)의 가 골육의 변을 만나, ᄉᆞ싱이 위ᄐᆡᄒᆞ던 쥴 인수ᄒᆞ며, 표의 불초무상ᄒᆞ미 강상

못ᄒᆞ여 여ᄎᆞ 취루ᄒᆞᆫ 졍젹이 낭쟈ᄒᆞ니[나], 거게 홀노 윤시의 이미ᄒᆞᄆᆞᆯ 붉히시고 쳘부셩녀로 밀위시니, 일노《초ᄎᆞ∥조ᄎᆞ》 윤시《군문∥구문》의 득총흠과 졔윤의 감수ᄒᆞᄆᆞᆯ 알녀니와, 만고 쳘부셩녀 다 붓그려 ᄒᆞ리로소이다."

츄밀이 미졔 가지록 불명픽악ᄒᆞᄆᆞᆯ 한심ᄒᆞ나 말을 결우미 우이송경이라. 묵연 노식ᄒᆞ여 다시 슈작디 아니코 ᄉᆞ미ᄅᆞᆯ 썰쳐 외당으로 나와 대긱ᄒᆞ더라.

셜부인이 거거의 말숨을 심노ᄒᆞ여 분분이 경일누의 가니, 범부인이 빅ᄉᆞ와 소괴 다 노식【11】을 ᄯᅴ여 도라가믈 블안ᄒᆞ더라.

츄밀이 분울ᄒᆞᄆᆞᆯ 이긔디 못ᄒᆞ여 심하의 싱각ᄒᆞ디,

"가듕의 졈졈 화환의 삭시 빗최고 내 평싱 셩이 강덕ᄒᆞᄆᆞᆯ 곳치기 어려온지라. 츌하리 벼슬을 바리고 향니의 도라고져 ᄒᆞᄂᆞ, 황상이 내 원을 조ᄎᆞ시디 아니리니, 엇디 탄흡디 아니리오?"

ᄒᆞ더라.

명일은 태시 한님으로 더브러 도라오ᄂᆞᆫ디라. 츄밀이 모든 친쳑 인친과 냥ᄌᆞ로 더브러 문외의 나아가 마ᄌᆞ니, 일일간이나 형뎨 반기미 무비ᄒᆞ고, 모든 졔친 붕우와 셜복야은 별후 격셰의 태ᄉᆞ의 모년《긔력∥긔력》으로뻐 텬이 이국의 가 골육의 변을 만나 ᄉᆞ싱이 위탁ᄒᆞ던 《둘∥듈》 인수ᄒᆞ며, 표의 블효무상ᄒᆞ미 강상○[을] 잔멸ᄒᆞ【12】여 능히 소방 긔업을 진복디 못ᄒᆞ고, 여홰 문호의 밋츨 번ᄒᆞ던 바를 일ᄏᆞ라 쥬직이 ᄎᆞ상ᄒᆞᄆᆞᆯ 마디아니ᄒᆞ더라.

---

520)아동쥬졸(兒童走卒) : 쳘없는 아이들과 어리석은 사람들을 아울러 이르는 말.

521)우이숑경(牛耳誦經) : =우이독경(牛耳讀經). 쇠귀에 경 읽기라는 뜻으로, 아무리 가르치고 일러 주어도 알아듣지 못함을 이르는 말.

을 잔멸(殘滅)ᄒ여 능히 쇼방긔업(小邦基業)을 진복(鎭服)지 못ᄒ고, 여홰(餘禍) 문호의 밋츨 번ᄒ던 바룰 일ᄏ라, 쥬긱(主客)이 ᄎ상(嗟賞)ᄒᄆᆯ 마지 아니ᄒ더라.

텬지 디【67】신을 보니여 조문ᄒ시며, 위디(危地)룰 버서나 평안이 도라오믈 위로ᄒ시니, 틱ᄉ 부지 텬은을 감은ᄒ여 금궐(禁闕)을 바라 ᄉ비ᄒ며 감뉘여우(感淚如雨)ᄒ더라.

틱ᄉ와 한님이 부즁의 도라오지 아니ᄒ고 궐하의 디죄(待罪) 상표(上表)ᄒ여 갈오디,

"황상이 비록 만고이리(萬古以來)의 업슨 은젼을 드리오샤, 반신젹ᄌ(叛臣賊者) 표의 시체룰 온젼○[케]ᄒ○[시]고, 년좌(連坐)룰 문족(門族)의 쓰지 아니시나, 신 등은 역신(逆臣)의 아ᄌ비와 동긔라. 엇지 타인과 갓ᄒ리잇고? 셩쥬의【68】명졍기죄(明定其罪)ᄒ시믈 바라나이다."

ᄒ디,

상이 어람ᄒ시고 크게 아롬다이 너기샤 이의 슈조(手詔)[522]로 위로ᄒ여 갈오샤디,

"엄푀 불효 무상ᄒ여 츙효룰 바리미 이시나, 미쳐 반역의 삭시 기지[523] 아냐 젹발(摘發)ᄒ미 되고, ᄯᅩ 간젹 요녀의 작당(作黨)ᄒ여 달뉘미니, 본디 불츙무상(不忠無上)ᄒ여 셩을 일코 외입(外入)ᄒ여, 죄룰 명교(命敎)의 어드미오, 더욱 기부 오왕 빅경의 츙의 공녈(功烈)이 우쥬의 두렷ᄒ 바의, 다시 기ᄌ의 불초ᄒᄆᆯ 능히 아라 죽【69】기룰 당ᄒ여 젼두룰 혜아리미 뇨연(了然)ᄒ여, 몬져 유표로 군측(君側)의 ᄉ심을 은휘(隱諱)치 아니미 가인부ᄌ(家人父子) 갓ᄒ니, 이 진실노 군신디의(君臣大義)로ᄡᅥ 부ᄌ지졍(父子之情)을 겸ᄒ미라. 짐이 그 명쳘(明哲) 겸퇴(謙退)ᄆᆯ 어엿비 너기ᄂᆞ니, ᄎᆞ마 엇지 표의 불초ᄒ 년좌(連坐)룰 슉친(叔親) 동긔(同氣)의게 쓰리오. 경등은 모로미 안심물ᄉ(安心勿辭)ᄒ고 집의 도라가 원노힝역(遠路行役)의 구치(驅馳)ᄒᄆᆯ 조리ᄒ라."

ᄒ시니, 틱시 황조(皇詔)룰 밧ᄌ오미 더욱

텬지 디신을 보니여 됴문ᄒ시며 위지를 버서ᄂᆞ 평안이 도라오믈 위로ᄒ시니, 태시 부지 텬은을 감은ᄒ여 금궐을 ᄇᆞ라 ᄉ비ᄒ여 감누여우ᄒ더라.

태ᄉ와 한님이 바로 궐하의 디죄 샹표 왈,

"황상이 비록 만고이리의 업슨 은젼을 드리오ᄉ 반신젹ᄌ 표의 신체를 완젼○[케]ᄒ시고, 년좌를 문죡의 쓰디 아니시나, 신등은 역신의 아ᄌ비와 동긔라. 엇디 타인과 갓ᄐ리잇고? 셩쥬의 명졍기죄ᄒ시믈 ᄇᆞ라ᄂᆞ이다."

ᄒ대,

상이 어람ᄒ시고 크게 아롬다이 넉이샤 이에 슈됴로 위로ᄒ시고 갈ᄋ샤디,

"엄표 블【13】츙무상ᄒ여 츙효를 져ᄇᆞ린 죄 이시나, 미쳐 반역의 삭시 기디 아냐 젹발ᄒ미 되고 간젹 요녀의 작당ᄒ여 달뉘미니, 본디 블츙무식 ᄒᆞᆫ 지, 셩을 일코 외입ᄒ여, 죄을 명교의 어드미오, 더욱 기부 오왕 빅경의 츙의공열이 우쥬의 두렷ᄒ 바의, 다시 기ᄌ의 블효ᄒᄆᆯ 능히 알아 죽기를 당ᄒ여 젼두를 혜아리미, 뉴언ᄒ여 몬져 뉴표로 군측의 ᄉ심을 은휘치 아니미 가인부ᄌ 굿ᄒ니, 이 진실노 군신대의로ᄡᅥ 부ᄌ○[지]졍을 겸ᄒ미라. 딤이 그 명쳘겸퇴ᄒᄆᆯ 어엿비 넉기ᄂᆞ니, ᄎᆞ마 엇디 표의 블초ᄒ 년좌를 슉친 동긔게 쓰리오. 경 등은 모로미 안심믈ᄉᄒ고 집의 도라가 원노 힝역의 구【14】치ᄒᄆᆯ 됴리ᄒ라."

ᄒ시니 태시 황됴를 밧ᄌ오미 더욱 황공블

522)슈조(手詔) ; 제왕이 손수 쓴 조서(詔書).
523)기지 : 길지. 자라지. *길다: 자라다.

황공불승ᄒᆞ여 감뉘(感淚) 종횡(縱橫)ᄒᆞ니, 다【70】시 상쇼ᄒᆞ여 갈오ᄃᆡ,

"노신 부ᄌᆞᄂᆞᆫ 역신의 아ᄌᆞ비와 동긔어ᄂᆞᆯ 이러틋 관유(寬宥)ᄒᆞ시나, 노신이 하면목으로 닙어조(立於朝)ᄒᆞ리잇고? 원컨디 셩상은 신의 직임을 다 가라 쥬시면, 님쳔(林泉)의 도라가 고요히 여년을 맛ᄎᆞ '화봉인(華封人)의 쳥축셩인(請祝聖人)'524)을 효측(效則)ᄒᆞ리이다."

이씨 츄밀이 ᄯᅩᄒᆞᆫ 사직표를 올녀 형뎨 냥인이 다 혈심의 비로ᄉᆞ니, 상이 침음ᄒᆞ샤 결치 못ᄒᆞ시거ᄂᆞᆯ, 윤ᄐᆡ부 하승상 등 제ᄃᆡ신이 쥬왈,

"엄빅명의 형【71】뎨 스ᄉᆞ로 골육의 난을 슬허ᄒᆞ고, 셩쥬의 은영을 《조ᄎᆞ샤∥감격ᄒᆞ오미니》, 빅명 빅흠의 벼슬을 가라 그 집의 편히 잇게 ᄒᆞ시고, 엄희 엄운 등의 인지(人才) 츌인(出人)ᄒᆞ니, 족히 그 부슉의 뒤흘 니을가 ᄒᆞᄂᆞ이다."

상이 모든 ᄃᆡ신의 쥬ᄉᆞ(奏辭)를 의윤(依允)ᄒᆞ샤, 다시 슈조(手詔)525)를 나리오샤 위로ᄒᆞ시고, 쇼원을 조ᄎᆞ실 바를 니ᄅᆞ샤, ᄐᆡᄉᆞ와 츄밀을 인견ᄒᆞ시니, 한님은 텬은을 망극ᄒᆞ여 감누를 흘녀 본부로 도라【72】가고, ᄐᆡᄉᆞ와 츄밀은 단지(丹墀)526)의 비알ᄒᆞ온ᄃᆡ, 상이 흔연 ᄉᆞ좌(賜坐)ᄒᆞ시고, ᄐᆡ시 간인의게 곤ᄒᆞ여 거의 죽게 되엿던 쥴 위로ᄒᆞ여 차탄ᄒᆞ시고, 옥비(玉杯)의 향온을 ᄉᆞᄒᆞ시니, ᄐᆡ시 감누를 드리워 고두 ᄉᆞ은 왈,

"셩상 융은(隆恩)은 금고(今古)의 희한ᄒᆞ신지라. 신등이 분골쇄신ᄒᆞ오나 셩은을 다 갑습지 못ᄒᆞ올 거시오, 죽은 아이 '구원야ᄃᆡ(九

승의 감뉘 죵힁ᄒᆞ니, 다시 상쇼ᄒᆞ여 굴오ᄃᆡ,

"노신 부ᄌᆞᄂᆞᆫ 역신의 아ᄌᆞ비와 동긔어ᄂᆞᆯ 이러틋 관곡ᄒᆞ시나, 노신이 하면목으로 입어됴ᄒᆞ리잇고? 원컨대 셩상은 신의 직임을 가라 쥬시면 님쳔의 도라가 고요히 여년을 맛ᄎᆞ 화봉인의 쳔츅셩인을 효측ᄒᆞ리이다."

이씨 츄밀이 ᄯᅩᄒᆞᆫ ᄉᆞ딕 표를 올녀 형뎨 양인이 다 혈심의 비로ᄉᆞ니, 상이 침음ᄒᆞ샤 결치 못ᄒᆞ시거ᄂᆞᆯ, 윤ᄐᆡ부 하승상 등 제대신이 쥬왈,

"엄빅명의 형뎨 스ᄉᆞ로 골육의 난을 슬허ᄒᆞ고 셩쥬의 은영을 감격ᄒᆞ오미니, 복원 폐하ᄂᆞᆫ 그 지원을 조ᄎᆞᄉᆞ 빅명 빅흠【15】의 벼슬를 ᄀᆞ라 그 집의 편히 잇게 ᄒᆞ고, 엄운 엄희 등의 인지 츌인ᄒᆞ니 죡히 그 부슉의 뒤흘 니을가 ᄒᆞᄂᆞ이다."

상이 모든 대신의 쥬ᄉᆞ를 의윤ᄒᆞ샤 다시 슈됴를 ᄂᆞ리오샤 위로ᄒᆞ시고, 소원을 조차실 바를 이ᄅᆞ샤 태ᄉᆞ와 츄밀를 인견ᄒᆞ시니, 한님은 텬은을 망극ᄒᆞ여 감누를 흘녀 본부로 도라가고, 태ᄉᆞ와 츄밀은 단디의 비알ᄒᆞ온ᄃᆡ, 상이 흔연 ᄉᆞ좌ᄒᆞ시고, 태시 북니의 곤ᄒᆞ여 거의 죽게 되엿던 줄 위로 츠탄ᄒᆞ시고 향온을 ᄉᆞᄒᆞ시니, 태시 감누를 드리워 고두 ᄉᆞ은ᄒᆞ고 왈,

"셩상 늉은은 금고의 희한ᄒᆞ신디라. 신 등이 분골쇄신ᄒᆞ오나 셩은을 다 갑습디 못홀 거시오, 죽은 ᄋᆞ이 구쳔 야ᄃᆡ의 구술을 먹○[음]으리【16】로소이다. 노신 등이 견마지년이

---

524)화봉인(華封人)의 쳥축셩인(請祝聖人) : 중국 요임금이 화(華) 지방을 순시하였을 때, 그 땅을 지키던 봉인(封人)이 요임금을 위해 세가지 복(福), 곧 '수(壽)·부(富)·다남자(多男子)'를 빌어주었다는 고사를 이른 말. 『장자(莊子)』<외편(外篇)> 천지(天地)장에 나온다. *화봉인(華封人) : 화 땅을 지키던 벼슬아치. *쳥축셩인(請祝聖人) : "셩인[임금]을 위해 복을 빌겠다"의 뜻.
525)수조(手詔) : 제왕이 손수 쓴 조서.
526)단지(丹墀) : 붉은 칠을 하거나 화려하게 꾸민 마룻바닥. 임금이 좌정한 자리를 뜻한다.

原夜臺)527)의 구슬을 먹음'528)으리로쇼이다. 노신 등이 견마지년(犬馬之年)529)이 반빅(半白)이 지낫숩ᄂ지라. 본성이 몽완(蒙頑)530)【73】ᄒ온 바의, 다시 동긔ᄅ 상(喪)ᄒ와 슈족의 슬푸미 극ᄒ거늘, ᄯᅩ 역질(逆姪)의 멸뉸강상지변(滅倫綱常之變)을 만나와 마음이 죽은 지 갓흔지라. 폐히 신 등의 지원(至願)을 조ᄎ시니 간뇌도디(肝腦塗地)531)ᄒ오나, 셩은을 다 갑숩지 못ᄒ리로쇼이다."

상이 틱ᄉ 등의 슈척(瘦瘠)ᄒᆫ 형용과 쇠(衰)ᄒᆫ 귀 밋치, 일년 ᄉ이의 슈발(鬚髮)이 쇼쇼(疏疏)532)ᄒᆷ믈 보시고, 그 동긔의 상(喪)을 과도히 상비(傷悲)ᄒ고 골육의 난을 통히ᄒ여 심간(心肝)을 술온 쥴 알지라.

상이 더욱 츄연 왈,

"냥경(兩卿)의 츈식(春色)이 쇠【74】ᄒ여 환형(幻形)ᄒᆷ믈 보니, 그 동긔지졍(同氣之情)이 주별턴 쥴 참연ᄒ고, 경뎨(卿弟) 즁도의 죨ᄒᆷ믈 슬허ᄒ노라. 표의 힝흉악시 홀노 제 죄 아니라, 음녀 발부의 힝악이 셔로 도으미라. 녀젹의 《형됴∥형뎨》 부녀 슉질의 관영ᄒᆫ 죄악은 천참만육(千斬萬戮)의 엇지 앗갑다 ᄒ리오. 짐이 삼쳑(三尺)의 뉼(律)533)을 정히

―――――――――

527)구원야디(九原夜臺) : 저승. 사람이 죽은 뒤에 그 혼이 가서 산다고 하는 세상. =구원(九原). =야대(夜臺). =저승.

528)구원야대(九原夜臺)에 구슬을 머금다 : 죽어 저성에 가서도 구슬을 물어다가 꼭 은혜를 갚겠다'는 뜻으로, '함환이보(衛環以報: 구슬을 물어다 보답하겠다)'에서 온 말. 즉, 옛날 중국의 양보(楊寶)라는 소년이 다친 꾀꼬리 한 마리를 잘 치료하여 살려 보낸 일이 있었는데, 후에 이 꾀꼬리가 양보에게 백옥환(白玉環)을 물어다 주어 보은했다는 고사에서 온 것임.

529)견마지년(犬馬之年) : =견마지치(犬馬之齒). 개나 말처럼 보람 없이 헛되게 먹은 나이라는 뜻으로, 남에게 자기의 나이를 낮추어 이르는 말.

530)몽완(蒙頑) : 어둡고 완고함.

531)간뇌도지(肝腦塗地) : 참혹한 죽임을 당하여 간장(肝臟)과 뇌수(腦髓)가 땅에 널려 있다는 뜻으로, 나라를 위하여 목숨을 돌보지 않고 애를 씀을 이르는 말.

532)쇼쇼(疏疏) : 드문드문하고 성글다.

533)삼척(三尺)의 뉼(律) : '삼척(三尺)'은 옛날 중국에서 석 자 길이의 대쪽에 법률(法律)을 썼던 고사(故事)에서 나온 말로, 곧 법률을 의미한다. *삼척지율(三尺之律)도 같은 뜻이다.

반빅이 디낫습ᄂ디라. 본성이 몽완혼 바의 다시 동긔를 상ᄒ와, 슈쥭의 슬푸미 극ᄒ거늘, ᄯᅩ 역딜의 멸뉸퍠상지변을 만나와 마음이 죽은 지 곳튼지라. 폐히 신 등의 지원을 조ᄎ시니 간뇌도디혼[ᄒ]오나 셩은을 갑숩지 못ᄒ리로소이다."

상이 태ᄉ 등의 슈쳑혼 형용과 쇠혼 귀밋치 일 년 ᄉ니[이]의 슈발이 고고ᄒᆷ믈 보시고, 그 동긔의 상을 과도히 상비ᄒ고 골육의 난을 통히ᄒ여 심간을 살은 쥴 알디라.

상이 더옥 츄연 왈,

"냥경의 츈식이 쇠ᄒ여 환형ᄒᆷ믈 보니 그 동긔디졍이 주별턴 쥴 참연ᄒ고, 경뎨 즁도의 죨ᄒᆷ믈 슬허ᄒ노라. 표의 힝흉 악시 홀노 제죄 아니라. 음녀 발【17】부의 힝악이 셔로 도으미라. 녀젹 형제 부녀 슉딜의 관영ᄒ 죄악은 천참만뉵의 엇디 앗갑다 ᄒ리오. 딤이 숨쳑의 뉼를 정히 ᄒ여 금일 요젹 등을 참슈ᄒᄂ니, 경 등은 가히 음녀의 간을 ᄶᅦ혀 오국 죵ᄉ를 그랏 민든 원을 갑흐라."

ᄒ여, 금일 요젹 등을 참슈(斬首)ᄒᄂᆞ니, 경
등은 가히 음녀의 간을 ᄲᅢ혀 오국 죵ᄉᆞ를 그
릇 ᄆᆡᆫ든 원을 갑흐라.”

튀ᄉᆞ 등이 ᄇᆡ슈(拜手) 왈,

“셩샹이 비록 명하치 아니시나【75】신 등
부지 엇지 녀가 부녀와 요도 작샤(作事)ᄅᆞᆯ
모로리잇고만은, 아이 싱시의 지곡ᄒᆞ미 잇셔
신 등의게 글을 ᄭᅵ쳐, ᄉᆞ싱이 유슈(有數)ᄒᆞ니
남두(南斗)534)의 마련ᄒᆞᆫ 슈복이 쟝원ᄒᆞ면 북
두 감히 싱살을 쳐단치 못ᄒᆞᄂᆞ라. 쇼뎨 진
실노 쟝슈(長壽)ᄒᆞ면 요얼이 엇지침노ᄒᆞ리오.
쟝ᄎᆞᆺ 뎌명이 진흔 씨의 요인이 공교히 작ᄉᆞ
ᄒᆞ나, 근본은 명진(命盡)ᄒᆞ미 요인의 작시 아
니오, 다만 져의 취명(醜名)만 더을 ᄯᆞᄅᆞᆷ이
니, 타일 요젹이 발각ᄒᆞ여 복쥬(伏誅)ᄒᆞ나 힝
혀 원【76】슈라ᄒᆞ여 더러온 심통(心統)을 가
져 나의 ᄆᆞᆰᄋᆞᆫ 녕ᄇᆡᆨ(靈魄)을 놀나게 말나 ᄒᆞ
오니, 신 등이 아이 즁도의 죽ᄉᆞ오미 스ᄉᆞ로
명(命)인 쥴노 아옵ᄂᆞ니, 엇지 돈견(豚犬) ᄀᆞᆺ
치 더러온 흉젹 음녀의 고기로ᄡᅥ ᄆᆞᆰ은 녕ᄇᆡᆨ
(靈魄)의 졔(祭)ᄒᆞ리잇고?”

샹이 쳥필(聽畢)의 탄지칭예(嘆之稱譽)ᄒᆞ샤
왈,

“현지(賢哉)라! 경뎨 싱시의 명달(明達) 인
ᄌᆞ(仁慈)ᄒᆞ더니, ᄉᆞ후의 ᄯᅩ 신셩특달(神聖特
達)ᄒᆞ여   여견만니지총(如見萬里之聽)535)이
여ᄎᆞᄒᆞ니, 니른 바 ᄉᆞ광(師曠)의 지난 총이
라. 짐이 더옥 앗기고 슬허ᄒᆞ노라.”

뇽안이 ᄌᆞ못 쳑연(慽然)ᄒᆞ시【77】니 튀ᄉᆞ
등이 고두 ᄇᆡᆨᄇᆡᄒᆞ여 황은을 슉ᄉᆞ(肅謝)ᄒᆞ고
이의 부즁의 도라오니, 졔직이 부졀여류(不
絶如流)ᄒᆞ여, ᄉᆞ마쥬륜(駟馬朱輪)536)이 문의
메여시니, 이로 응졉지 못ᄒᆞᆯ너라.

튀ᄉᆞ 츄밀노 더부러 죵일 뎌직(對客)ᄒᆞ디

태ᄉᆞ 등이 ᄇᆡ슈 왈,

“셩샹이 비록 명하치 아니시나 신 등 부지
엇디 녀가 부녀와 요도의 작ᄉᆞ를 모ᄅᆞ리잇고
마ᄂᆞᆫ, 《아니‖아이》 싱시의 《긔긔‖지긱》ᄒᆞ
미 잇셔 신 등의게 글을 ᄭᅵ쳐 ᄉᆞ싱이 유슈ᄒᆞ
니, 남두의 마련ᄒᆞᆫ 슈복이 쟝원ᄒᆞ면 《북되‖
북뒤》 감히 싱ᄉᆞ를 《쳐간‖쳐단》치 못ᄒᆞᄂᆞ지
라. 쇼졔 진실노 쟝슈ᄒᆞ면 요얼이 엇디 침노
ᄒᆞ리오. 쟝ᄎᆞ 뎌명이 진흘 씨의 요인이 공교
히 작ᄉᆞᄒᆞ나, 근본은 명단ᄒᆞ미오, 요인의 빌
미 아니오.【18】다만 져의 취명만 더을 ᄯᆞᄅᆞᆷ
이니, 타일 요젹이 발각ᄒᆞ여 복쥬ᄒᆞ나, 힝혀
원슈라 ᄒᆞ며 더러온 심통을 가져 나의 ᄆᆞᆰ근
녕을 놀나게 말나 ᄒᆞ오니, 신 등의 ᄋᆞ이 듕
도의 죽ᄉᆞ오미 스ᄉᆞ로 명인 쥴노 아옵ᄂᆞ니,
엇디 돈견 ᄀᆞᆺ치 더러온 흉젹음녀의 고기로ᄡᅥ
ᄆᆞᆰ근 《명빅‖녕빅》의 졔ᄒᆞ리잇고?”

샹이 쳥필의 탄지칭녜[예]ᄒᆞ샤 왈,

“현지라! 경뎨 싱시의 명달 인ᄌᆞᄒᆞ더니,
ᄉᆞ후의 ᄯᅩ 신셩특달ᄒᆞ여 여견만니지총이 여
ᄎᆞᄒᆞ니, 니른바 ᄉᆞ광의 《진난‖지난》 총이
라. 딤이 더옥 앗기고 슬허ᄒᆞ노라.”

뇽안이 ᄌᆞ못 쳐긔(悽氣)ᄒᆞ시니 태ᄉᆞ 등이
고두 ᄇᆡᆨᄇᆡᄒᆞ여 황은을 슉ᄉᆞᄒᆞ고 이에 부듕의
도라오니, 졔직이 《블별‖부졀》여류ᄒᆞ여 ᄉᆞ
마쥬륜이 문의 메여시니, 이로 응졉디 못【1
9】ᄒᆞᆯ너라.

태ᄉᆞ 츄밀노 더브러 죵일 대직ᄒᆞ디, 홀노

---

534) 남두(南斗) : =남두셩(南斗星). 남방에 있는 여섯
　　별로 구성된 별자리. 그 모양이 '말(斗)'과 비슷하기
　　에 생겼다 하여 붙여진 이름임. 도교에서 남두성은
　　사람의 수명을 관장한다고 한다.
535) 여견만니지총(如見萬里之聽) : 만리 밖을 내다 보
　　는 총명.
536) ᄉᆞ마쥬륜(駟馬朱輪) : 네 마리의 말이 끄는 붉을
　　바퀴를 단 수레.

홀노 진국군과 윤시 제공이 오지 아니믈 괴이히 너기더니, 황혼의 빈킥이 훗허진 후 퇴시 바야흐로 니당의 드러오니, 한님은 임의 몬져 도라와 양모와 슉모긔 뵈고 슈미(嫂妹)로 반기며, 공즈 영이 형장 스미를 붓드러 반기고 깃거, 일별(一別)【78】 격세(隔歲)의 형의 풍광이 환탈(換脫)ᄒ여 몰나보게 되여시믈 놀나고 슬허ᄒ며, 한님은 아이 더 즈라고 슈미(愁眉)ᄒ믈 ᄉ랑ᄒ며 형뎨 숀을 잡고 무릅을 년ᄒ여 체체(棣棣)훈 우이 비길 디 업ᄉ니, 슉당(叔堂) 슈미(嫂妹) 등이 기특이 너기나, 홀노 최부인이 디진노(大震怒)ᄒ여 그 죽지 아니코 ᄉ라 도라오믈 뮈워, 반기는 낫갓치 살긔등등(殺氣騰騰)ᄒ고, 웃는 가온디 뮈워 보는 목지(目眥) 즈못 평안치 아니니, 한님이 즈안(慈顔)을 우러러 시로이 경심(驚心)ᄒ여 비한(背汗)이 첨의(沾衣)ᄒ믈 니【79】 긔지 못ᄒ더라.【80】

진국군과 유시 제공이 오디 아니믈 고히 넉이더니, 황혼의 빈킥이 훗터진 후 태시 바야흐로 니당의 드러오니, 한님은 임의 도라와 양모와 슉모긔 뵈고 수미로 반기며, 공즈 영이 형장 스미를 붓드러 반기고 깃거, 《일변‖일별》 격세의 형의 풍광이 환탈ᄒ여{시믈} 몰ᄂ보게 되여시믈 놀나고 슬허ᄒ며, 한님은 ᄋ의 더 즈라고 슈미ᄒ믈 ᄉ랑ᄒ미[여], 형뎨 손을 잡고 무릅흘 년ᄒ여 체체훈 우이 비길 디 업ᄉ니, 슉당 《쥬미‖슈미》 등이 긔특이 넉이나, 홀노 최부인이 질오ᄒ여 그 죽디 아니코 ᄉ라 도라오믈 뮈워 반기는 늣긋치 살긔등등ᄒ고, 웃는 ᄀ온디 뮈워 보는 목지 즈못 평안치 아【20】니니, 한님이 즈안을 우러러 시로이 경심ᄒ여, 비한이 쳠의ᄒ믈 ᄭᅦ둧디 못ᄒ고,

엄시효문청힝녹 권지이십

화셜, 엄한님이 즈안(慈顔)을 우러러 시로이 경심(驚心)ᄒ여 비한(背汗)이 쳠의(沾衣)ᄒ믈 면치 못ᄒ고, 범부인 모녀의 한님을 위ᄒ여 추악(嗟愕)ᄒ믄 니르지 말고, 녀·화·셕 삼부인이 인즈온냥(仁慈溫良)ᄒ며 현슉강명(寒肅剛明)ᄒ여 모부인○[의] 간험질독ᄒ믈 담지 아냣ᄂ지라.

삼부인이 다 구가의 머므러 각각 가부의 니죄(內助) 호번(浩繁)ᄒ여 능히 즈로 귀령(歸寧)치 못ᄒ므로, 모친의 과악(過惡)을 치아지 못ᄒ나, 잇다감 보와도 모부인 긔식【1】이 아마 평상치 아냐, 윤쇼져 적거ᄒ미 평일 그 지덕으로 보와 밋부지537) 아니미 만코, 모부인 거동을 의심할 즈음의, 작석의 즁부의 은은ᄒ 말숨이 필유ᄉ고(必有事故)ᄒ믈 ᄭᅢ다라, 그윽이 즈위 긔식을 유의ᄒ여 슬피더니, 이날 한님이 도라오미 상하 졔인이 그 인심을 가진 즈ᄂ 그 고고ᄒ 형용을 추셕ᄒᄂ 비어ᄂᆯ, 모친이 홀노 분분ᄒ여 깃거ᄒ고 ᄉ랑ᄒᄂ 듯ᄒ 가온듸, 은은이 불호ᄒ 긔식이 이시믈 보미, 【2】젼후 윤쇼져 화란의 빌미를 거의 ᄭᅢ다라 즈위 힝ᄉ를 골돌ᄒ나 모녀지간(母女之間)이로듸 ᄎ시 즁듸ᄒ니, 도ᄎ(到此)의 발구(發口)치 못ᄒ여, 삼부인이 셔로 심ᄉ를 니르고, 화부인 난혜ᄂ 더욱 한님을 위ᄒ여 근심ᄒ며 슬허, 즈위 실덕(失德)을 간ᄒ려 ᄒ더라.

최부인이 비록 양즈 부부를 히ᄒᆯ ᄯ즌이 급ᄒ나 아직 춤《아ㅔ으니》, 격셰(隔歲) 니가(離家)의 위부지심(爲夫之心)이 엇지 헐ᄒ리오.

범부인 모녀의 한님 위ᄒᄂ 마음이 차악ᄒᄆᆫ 니르디 말고, 녀·화·셕 삼부인이 인즈온냥《ᄒᄆ로ㅔᄒ여》 모부인의 간험딜독ᄒᄆᆯ 치 아디 못ᄒᄆᆫ, 각각 구가의 머므러 그 가부의 니죄 호번ᄒ여, 능히 즈로 귀령치 못ᄒᄂ 비○○[이러]라.

이날 니르러 모부인 거동○[을] 의심ᄒ고, 듕부의 은은ᄒ 말숨이 필유ᄉ고ᄒᄆᆯ ᄭᅢ드라 탄식ᄒ더니, 한님이 도라오미 모친이 것ᄎ로 깃거ᄒᄂ 듯ᄒ 가온듸, 은은이 블호디식이 이시믈 보미, 젼후 윤쇼져 환난의 빌미를 거의 지긔ᄒ나, 모녀디졍으로 도ᄎ의 발구치 못ᄒ여, 삼부인이 셔로 심ᄉ를 니르고, 화부인 눈혜ᄂ 더옥 한님을 위ᄒ여 근【21】심ᄒ며, 슬허 즈위 실덕을 간ᄒ려 ᄒ더라.

최부인이 비록 양즈부를 히ᄒᆯ ᄯ즌이 급ᄒ니, 윤시의 죄얼을 밍낭ᄒ 곳디 밀워 아모조록 태시 고지 듯기를 죄여 ᄉᄉ 난녜 빅츌ᄒ더라.

엄시효문청힝녹 권지십일 고대본

숙야(夙夜) 우려ᄒ여 일념이 방하(放下)치 못ᄒ던 바로, 이날 환가ᄒ미 엇지 깃부지 아니ᄒ리오. 【3】 가즁의 쥬찬을 셩비ᄒ여 빈ᄀᆡᆨ을 졉ᄃᆡᄒ고 윤시의 죄얼을 밍낭ᄒᆫ 곳의 밀위오믈 아모조록 ᄐᆞ시 곳이듯기를 죄오미, ᄉᆞᄉᆞ《망녜‖만려(萬慮)》 빅츌(百出)ᄒ고, 무ᄉᆞᆫ 디ᄉᆞ를 경영ᄒᄂ 듯ᄒ니, 안식이 ᄌᆞ로 변ᄒ씨닷지 못ᄒ더라.

황혼의 졔ᄀᆡᆨ이 다 흣터지고 비로쇼 ᄐᆞ시 ᄂᆡ당의 드러와 부인과 ᄌᆞ녀를 반기며 범부인이 녀부로 더부러 슉슉을 마ᄌᆞ 면면이 지난 바를 니르고, 표의 불초피악(不肖悖惡)ᄒ미 스스로 망신 망국ᄒ기의 미ᄎᆞ믈 ᄎᆞ탄【4】ᄒ며, ᄐᆞᄉᆞ와 윤텬ᄉᆞ의 위경을 경녁ᄒ여 ᄉᆞ싱이 위ᄐᆡᄒ던 쥴 드르미, 경심ᄎᆞ악(驚心嗟愕)지 아니리 업더라.

일기 한 당의 모다 셕식(夕食)을 파ᄒ고 촉을 니어 담쇼ᄒ미 역쇼역탄(亦笑亦嘆)ᄒ고 일희일비ᄒ여 한셜이 슈어만이러라.

다쇼 셜화 져기 진졍ᄒ미, ᄐᆞ시 윤쇼져의 봉변지ᄉᆞ(逢變之事)ᄂ 아지 못ᄒᄂ지라.

믄득 좌우를 도라보와 갈오디,

"노ᄇᆡ 격셰 후 도라오니 그 ᄉᆞ이 가간ᄉᆞ를 아지 못ᄒ거니와, 션·월 냥질은 달문 달평이 셩공 반샤【5】ᄒ여 갓 도라와시니 미쳐 이의 귀령치 못ᄒ려니와, 윤쇼ᄇᆡ 젼일 비록 신누즁 이시나 임의 일월이 오리고, 노ᄇᆡ ᄉᆞ화(死禍)를 면ᄒ여 위ᄐᆡᄒᆫ 가온디 보젼ᄒ여 도라오미 이시니, 쟝ᄎᆞᆺ 가즁의 경ᄉᆞ라. 국가의 경ᄉᆞ이시면 반ᄃᆞ시 텬하의 디ᄉᆞ(大赦)ᄒᄂ니, 가국이 일체라. 윤시의 죄명을 샤ᄒ여 브르라."

언파(言罷)의 좌위 묵묵ᄒ여 능히 슈이 디치 못ᄒ고 셔로 도라보거늘, ᄐᆞ시 괴이히 너겨 우왈,

"윤시 《슈괴‖슈괴(雖愧)[538]》나 이번은 【6】ᄂᆡ 보고져 ᄒ니 ᄉᆞ(赦)ᄒ고, 후의 다시 작죄(作罪)ᄒ면 엇지 용셔ᄒ리오."

언필의 최부인이 발연작식(勃然作色)ᄒ고 갈오디,

황혼의 졔ᄀᆡᆨ이 흣터지고 비로소 태시 ᄂᆡ당의 드러오니, 부인과 ᄌᆞ녜 마ᄌᆞ며 범부인이 수슉ᄃᆡ녜를 맛ᄎᆞ미, 면면이 지ᄂᆞ 바를 니르고, 표의 블초피악ᄒ미 스스로 망신망국ᄒ기의 밋ᄎᆞ믈 ᄎᆞ탄ᄒ더라.

일개 한 당의 모다 셕식을 파ᄒ고 쵹를 이어 담소ᄒ미, 역소역탄ᄒ고 일희일비ᄒ여 한셜이 슈어만니러라.

다소 셜화 져기 진졍ᄒ미, 태시 윤쇼져의 봉변지ᄉᆞᄂ 아지 못ᄒᄂ다라.

믄득 좌우를 도라보아 왈,

"노ᄇᆡ 격셰 후 도라오니 그 ᄉᆞ이 가간ᄉᆞ【22】를 아지 못ᄒ거니와, 션·월 냥딜은 달문 달평이 셩공반ᄉᆞᄒ여 갓 도라와시니 미쳐 이의 귀령치 못ᄒ려와, 윤쇼ᄇᆡ 젼일 비록 《진누‖신누》 듕 이시나 임의 일월이 오리고, 노ᄇᆡ ᄉᆞ화를 면ᄒ여 위ᄐᆡᄒᆫ 가온디 보젼ᄒ야 도라오미 이시니, 역시 가듕지경ᄉᆞ라. 국가의 경ᄉᆞ 이시면 반ᄃᆞ시 텬하디ᄉᆞᄒᄂ니, 가국이 일체라. 윤시의 죄명을 ᄉᆞᄒ여 《므르라‖브르라》."

언파의 좌우 믁믁ᄒ여 능히 슈이 디치 못ᄒ고 셔로 도라보거늘, 태시 고이히 넉여 우왈,

"윤시 슈괴ᄂᆞ 이번은 ᄂᆡ 보고져 ᄒ니 ᄉᆞᄒ고, 후의 다시 작죄ᄒ면 엇디 용셔ᄒ리오?"

언필의 최부인이 발연 변식ᄒ고 왈,

---

[538]슈괴(雖愧) : 비록 부끄러워할지라도.

"상공의 처음 주부 윤시 ᄉᄉ(事事)의 어질고 긔특ᄒ기로 일마다 일ᄏᄅ시더니, 상공과 슉슉이 가즁을 ᄲ나신 후 더욱 긔탄(忌憚)이 업ᄂᆫ지라. 간부(姦夫)를 의법이539) 통신(通信)ᄒ여 위청이 회람의 갈 제, 몬져 ᄉ정을 년신(連信)ᄒ여540) 긔약을 맛초아, 모야의 여ᄎ여ᄎ ᄌ긱이 드러 쳡을 히ᄒ려 ᄒ다가, 쳡이 맛춤 죽지 아【7】닐 ᄯ라. 시비 등이 몬져 알고 도적을 웨지ᄌ니 적이 미쳐 하슈(下手)541)치 못ᄒ고 다라날 제, 여ᄎ여ᄎ 흉셔(凶書)를 ᄲ르첫거늘, 쳡이 분히(憤駭)ᄒ믈 니긔지 못ᄒ나, 상공과 슉슉이 계시니 달니 ᄌ단(自斷)치 못ᄒ여, 아직 음분(淫奔)ᄒᄂᆫ 길이나 막고져 ᄒ여 깁히 가도완 지 슈월의, 홀연 언관의 디계(臺啓)542) 구즁(九重)543)의 ᄉ뭇ᄎ니, 셩상이 옥ᄉ를 븟쳐 츄부(秋部)로 그 좌우를 잡아 져쥬니, 치잉이 여ᄎ여ᄎ 복초ᄒ지라. 시고(是故)로 옥시 조늇(照律)【8】ᄒ여 윤녀로ᄡ 엄문의 니이(離異)ᄒ여 절강 쇼흥부의 적거ᄒ니, 상공과 창이 긔간 쇼유를 망미(茫昧)ᄒ실시, 이의 고ᄒᄂᆡ이다."

부인의 말이 긋치미, 한님은 다만 쇼건(素巾)을 슉여 가변(家變)을 한심ᄒ미 신식(神色)이 져상ᄒᆯ ᄲᆫ이오. 틱ᄉᄂᆫ 실식(失色)544) 냥구(良久)의 믄득 변식(變色) 왈(曰),

"진왕은 당셰(當世) 군ᄌ(君子) 장뷔(丈夫)라. 기녀(其女) 만일 쇼힝(所行)이 음ᄉ(淫邪)ᄒᆯ진디, 결연이 그 ᄉ싱을 요디(饒貸)치 아냐 할단ᄌ이(割斷慈愛)ᄒ리니, 엇지 믄득 거두워 도라가 시인(侍人)과 셔ᄌ(庶子)로 ᄒ여곰 비

---

539) 의법이 : ①기탄(忌憚)없이. 거리낌없이. ②여전(如前)히. 전과같이.
540) 년신(連信)ᄒ다 : 계속하여 서신이나 소식 따위를 주고받다.
541) 하슈(下手) : 손을 대어 사람을 죽임.
542) 디계(臺啓) : 『역사』 조선 시대에, 사헌부와 사간원의 대간(臺諫)들이 벼슬아치의 잘못을 임금에게 보고하던 글.
543) 구즁(九重) : 겹겹이 문으로 막은 깊은 궁궐이라는 뜻으로, 임금이 있는 대궐 안을 이르는 말.≒구중궁궐(九重宮闕). 구중금궐(九重禁闕).
544) 실식(失色) : 놀라서 얼굴빛이 달라짐.

"상공의 쳔금 주부 윤시 ᄉᄉ의 《녀모‖너모》 어딜고 긔특ᄒ기로, 일마다 남의 《뉴의‖눈의》 표ᄒ여, 상공과【23】 슉슉이 부듕을 ᄲ나신 후 더옥 긔탄 업ᄂᆫ디라. 간부을 《의범히‖의법히》 통신ᄒ여 위청이 회남의 갈 제, 몬져 ᄉ졍을 년신ᄒ여 긔약을 맛초와, 모야의 여ᄎ ᄌ긱이 드러 쳡을 히ᄒ려 ᄒ다가, 쳡이 맛춤 죽디 아닐 ᄯ라. 시비 등이 몬져 알고 도젹을 웨지지니, 젹이 밋쳐 하슈치 못ᄒ고 다라날 제, 여ᄎ여ᄎ 흉셔를 ᄲ르쳣거늘, 쳡이 분히ᄒᄆᆯ 이긔디 못ᄒ나, 상공과 슉슉이 아니 계시니 달니 처단치 못ᄒ여, 아직 《읍분‖음분》ᄒᄂᆫ 길히나 막고져 ᄒ여 깁히 가도완 지 수월의, 홀연 언관의 디계 구듕금궐의 ᄉ못ᄎ니, 셩상이 유ᄉ의 븟쳐 츄부로셔 그 좌우를 잡아 죄쥬니, 치잉이 여ᄎ여ᄎ 복초ᄒᄂᆞ다. 시고로 유시 됴뉼ᄒ여, 윤녀【24】로ᄡ 엄문의 니이ᄒ여 절강 소흥부의 젹거ᄒ니, 상공과 창ᄋ 기간 쇼유를 망미ᄒ실시, 이에 고ᄒᄂᆞ다."

부인의 말이 긋치미, 한님은 긔시 업ᄉ○[스]니, 다만 쇼건을 슉여 가변을 한심ᄒ미 신식이 져상ᄒᆯ ᄲᆫ이오, 태ᄉᄂᆫ 실식양구의 믄득 변식 왈,

"진왕은 당셰 군ᄌ 장뷔라. 기녜 만일 쇼힝이 음ᄉ할딘디 결연이 그 ᄉ싱을 요대치 아냐 할단ᄌ이ᄒ리니, 엇디 믄득 거두어 도라가 신인과 셔ᄌ로 하여곰 비힝ᄒ여 보닐니 이시리오? 알괘라! 윤시 홍안이 너모 슈

힝(陪行)ᄒ여【9】보닐 니 이시리오. 알괘라! 윤시 홍안(紅顏)이 너모 슈미(秀美)ᄒᆞᆫ 고로, 능히 조물지싀(造物之猜)를 면치 못ᄒ여, 시운(時運)이 불니(不利)ᄒᆞᆫ 바의 요인(妖人)이 아부(兒婦)의 빙옥신상(氷玉身上)을 히ᄒ미로다."

부인이 변식 왈,

"상공이 진실노 혼암불명(昏暗不明)ᄒ도쇼이다. 윤시 오문의 드러오미 창이 본디 온즁졍디(穩重正大)ᄒ여 방외(房外)의 한낫 희첩이 업스니, 뉘 윤시를 히ᄒ며, 셜ᄉ 이 가즁의 작악(作惡)ᄒᆞᆫ 지 잇다 ᄒᆞᆫ들, 져 위쳥은 진왕의 셔녀셔(庶女婿)오, 윤시의 셔형뷔(庶兄夫)라. 텬하의 사ᄅᆞᆷ이【10】만커눌 굿ᄒ여 공교로이 위쳥을 지목ᄒ리잇고? 젼ᄌ(前者)의ᄂᆞᆫ 문시 이실 제 냥질부ᄅᆞᆯ 히ᄒ려 ᄒᆞ미, 혹ᄌ 윤시의 식광(色光)을 아쳐ᄒ여545) 히ᄒ다 지목ᄒ엿거니와, 이제ᄂᆞᆫ 문시 슉슉의 노ᄅᆞᆯ 만나 제 집의 도라간 슈년의 문공이 깁히 가도와 오히려 샤(赦)치 아냣다 ᄒᆞ니, 아모리 싱각ᄒ여도 윤시 제 죄 아닌 후야 뉘 가히 히ᄒ다 ᄒ리잇가? 상공은 원간 외뫼 아름다오면 닉지(內資)546) 현슉ᄒᆞᆫ가 너기시거니와, 고금을 혜여 싱【11】각ᄒ쇼셔. 첩은 녀지라 지식이 우몽(愚蒙)ᄒ여 그러ᄒ민가, 일즉 녯글을 보니 밍광(孟光)547) 무염(無艶)과 황시(黃氏)548)의 황발흑면(黃髮黑面)은 덕이 이시믈 드러시디, 고금의 녹쥬(綠珠)549)와 양퇴진(楊太眞)550) 조비연(趙飛燕)551)이 식(色)이

545) 아쳐ᄒ다 : ①아쉬워하다. ②안쓰러워하다. ③싫어하다.
546) 닉지(內資) : 내자(內資). 안의 자질. 타고난 자질.
547) 밍광(孟光) : 후한 때 사람 양홍(梁鴻)의 처. 추녀였으나 남편의 뜻을 잘 섬겨 현처로 이름이 알려졌고, 고사 거안제미(擧案齊眉)로 유명하다.
548) 황시(黃氏) : 중국 삼국시대 촉의 정치가 제갈량의 처. 용모는 몹시 추(醜)녀였으나 재주가 뛰어났다고 한다.
549) 녹쥬(綠珠) : 중국 진 무제(晉武帝) 때의 부자 석숭(石崇)의 첩. 석숭이 자신을 빼앗으려는 권신 손수(孫秀)와 대립하다가 모함을 받아 처형되자, 석숭과 함께 놀던 누대에서 떨어져 자살하였다.
550) 양태진(楊太眞) : 양귀비(楊貴妃). 중국 당나라 현종(玄宗)의 비(妃)(719~756). 이름은 옥환(玉環). 도교에서는 태진(太眞)이라 부른다. 춤과 음악에 뛰어

미ᄒᆞᆫ 고로 능히 조믈지싀를 면치 못ᄒ여, 시운이 블니ᄒᆞᆫ 바의 요인이 아부의 빙옥신상을 히ᄒ미로다."

부인이 변식 왈,

"상공이 진실노 혼암블명ᄒ도다. 윤시 오문【25】의 드러오미 창이 본디 졍디ᄒ여 방외의 한낫 희첩이 업스니, 뉘 잇셔 윤시를 히ᄒ며, 셜ᄉ 이 가듕의 작악ᄒ다 ᄒᆞᆫ들 져 위쳥은 진왕의 셔녀셰오, 윤시의 셔형뷔라. 쳔하 ᄉᆞᄅᆞᆷ이 만커눌 굿타여 공교로이 위쳥을 지목ᄒ리오? 젼주의ᄂᆞᆫ 문시 잇실 제 냥딜부ᄅᆞᆯ 히ᄒ려 ᄒᆞ며, 혹ᄌ 윤시의 식광을 아쳐ᄒ여 히ᄒ려 ᄒᆞ다 지목ᄒ려니와, 이제ᄂᆞᆫ 문시 슉슉의 노ᄅᆞᆯ 만나 제 집의 도라간 수 년의 문공이 깁히 가도와 오히려 ᄉᆞ치 아녓다 ᄒᆞ니, 아모리 싱각ᄒ여도 윤시 제죄 아닌 후야 뉘 가히 히ᄒ리잇가? 상공은 원간 외뫼 아름다오면 내지 현슉ᄒᆞᆫ가 넉이거니와, 고금을 혜여 싱각ᄒ쇼셔. 첩은 녀지라. 지식이 우몽【26】ᄒ여 그러ᄒ민가, 일즉 녯글을 보니 밍광 무염과 황시의 황발흑면은 덕이 이시믈 드러시디, 고금의 녹쥬와 양태진 조비연이 식이 잇시되 덕이 업고, 힝실이 놉흐믈 듯디 못ᄒ엿고, 측쳔의 빗는 체와 쇼비의 날난 긔딜이 일부로 튱ᄒ믈 듯디 못ᄒ여시니, 상공은 윤시 용안이 슈미홈 만 아름다이 넉이고,

이시디 덕(德)이 업고, 힝실이 놉흐믈 듯지
못ᄒᆞ엿고, 측텬(則天)의 빗난 체(體)와 쇼비
의 날난 긔질이 일부(一夫)를 종(從)ᄒᆞ믈 듯
지 못ᄒᆞ엿ᄂᆞ니, 상공이 윤시 용안이 슈미(秀
美)홈만 아롬다이 너기시고, 그 쇼힝의 음ᄉᆞ
(淫邪)ᄒᆞ미, 포ᄉᆞ(褒姒)552) 달기(妲己)553)의
뉴(類)믈 아지 못ᄒᆞᄂᆞᆫ도다."

태시 졍식 왈,【12】
"부인이 이러틋 불명혼암(不明昏暗)ᄒᆞ니,
반ᄃᆞ시 그윽ᄒᆞᆫ 가온디 간인의 용ᄉᆞ(用事)ᄒᆞ
미, 몬져 부인을 쇽이고 윤시를 히ᄒᆞ미로디,
부인이 아지 못ᄒᆞ고 윤시 빙옥방신을 의심ᄒᆞ
미 여ᄎᆞᄒᆞ도다."

츄밀이 태ᄉᆞ와 부인의 여러 말슘으로 징단
(爭端)ᄒᆞ디, 형장의 쇼탈ᄒᆞ미 오히려 부인의
교언식ᄉᆞ(巧言飾辭)ᄒᆞᄂᆞᆫ 구밀복검(口蜜腹劍)
을 치 아지 못ᄒᆞ고, 다만 윤시 이미ᄒᆞ믈 거
의 알오디 능히 부인의 허물을 아지 못ᄒᆞ믈
탄식ᄒᆞ나, ᄉᆞ이지ᄎᆞ(事已至此)554)ᄒᆞ니 ᄎᆞ【1
3】역텬애(此亦天也)555)라. 한님 부부의 운익
(運厄)이 긔구(崎嶇)ᄒᆞ믈 ᄎᆞ셕홀 ᄯᆞ롬이러라.

이의 형장을 향ᄒᆞ여 안식을 화히 ᄒᆞ여 탄
식 왈,
"윤시의 만난 바는 질실노 지목(指目)지
못홀 비라. 어디 밀월 곳이 업스니 이ᄂᆞᆫ 귀
신의 측량치 못홀 조홰라. 인녁의 밋츨 비
아니니, 다만 텬도의 묵묵ᄒᆞ시[신] 가온디 복
션명응지니(福善冥應之理)를 기다릴 거시니

그 쇼힝의 음ᄉᆞᄒᆞ미 포ᄉᆞ 달긔의 뉴믈 아디
못ᄒᆞᄂᆞᆫ도다."

태시 졍식 왈,
"부인이 이럿틋 블명혼암ᄒᆞ니, 반ᄃᆞ시 그
윽ᄒᆞᆫ 가온디 간인이 용ᄉᆞᄒᆞ여 몬져 부인을
쇽이고 윤시를 히ᄒᆞ미로다, 부인이 아디 못
ᄒᆞ고 윤시 빙옥 방신을 의심ᄒᆞ미 여ᄎᆞᄒᆞ도
다."

츄밀이 태ᄉᆞ와 부인의 여러 말슘으로 징단
ᄒᆞ디, 형댱의 소탈ᄒᆞ미【27】오히려 부인의
교언녕ᄉᆞᄒᆞᄂᆞᆫ 구밀복검을 치 아디 못ᄒᆞ고,
다만 윤시 이미ᄒᆞ믈 거의 《알로디‖알오디》,
능히 부인의 허물을 아디 못ᄒᆞ믈 기탄ᄒᆞ나
ᄉᆞ이지ᄎᆞᄒᆞ니, ᄎᆞ역텬얘며 명얘라. 한님 부
부의 운익이 긔구ᄒᆞ믈 ᄎᆞ셕홀 ᄯᆞ름일너라.
이에 형댱을 디ᄒᆞ여 안식을 화히 ᄒᆞ고 탄식
왈,

"윤시의 만ᄂᆞᆫ 바ᄂᆞᆫ 진실노 지목ᄒᆞ여 미월
곳이 업시니, 이ᄂᆞᆫ 귀신의 측양치 못홀 조홰
라. 인녁의 밋츨 비 아니니, 다만 텬도의 믁
믁ᄒᆞ신 가온디 복션명응지니를 기ᄃᆞ릴 거시
니이다. 윤시ᄂᆞᆫ 니론바 인듕셩현이오 작듕봉

나고 총명하여 현종의 총애를 받았으나 안녹산의
난 때 죽었다.
551)조비연(趙飛燕) : 중국 전한(前漢) 성제(成帝)의 비
(妃). 시호는 효성황후(孝成皇后). 가무(歌舞)에 뛰
어났고 빼어난 미모로 성제의 총애를 받아 황후에
까지 올랐다.
552)포사(褒姒) : 중국 주(周)나라 유왕의 총희(寵姬)로
웃음이 없었다. 유왕이 그녀를 웃게 하기 위해 거
짓 봉화를 올려 제후들을 소집하였다가, 뒤에 외침
(外侵)을 받고 봉화를 올렸으나 제후들이 모이지 않
아 왕은 죽고 포사는 사로잡혔다고 한다.
553)달기(妲己) : 중국 은나라 주왕의 비(妃). 왕의 총
애를 믿어 음탕하고 포악하게 행동하였는데, 뒤에
주나라 무왕에게 살해되었다. 하걸(夏桀)의 비 매희
(妹喜)와 함께 망국의 악녀로 불린다.
554)ᄉᆞ이지ᄎᆞ(事已至此) : 일이 이미 이에 이르렀음.
555)차역텬애(此亦天也) : 이 또한 하늘의 뜻이다.

이다. 윤시는 니른바 인즁셩현(人中聖賢)이오, 금즁봉황(禽中鳳凰)556)이라. ᄌᆞ고로 환난의 버서나지 아닌 셩인이 업고, 농즁(籠中)【14】의 갓치인 봉황이 업ᄂᆞᆫ지라. 간인(姦人)이 어ᄂᆞ 곳의 은복(隱伏)ᄒᆞ믈 모로거니와, 오라지 아녀 간당이 발각ᄒᆞ고 윤시의 누명이 반ᄃᆞ시 표표(表表)히 신셜(伸雪)ᄒᆞ오리니, 향ᄌᆞ지의(向者之疑)557) 금일 셜(雪)ᄒᆞᄂᆞ니 만히 잇ᄉᆞ오니, 형장은 믈녀(勿慮)ᄒᆞ샤 타일 텬운이 슌환ᄒᆞ미, 악인이 즁긔의 ᄶᅵ러지고 현인이 등비(騰飛)ᄒᆞᄂᆞᆫ 경ᄉᆞᆯ 보시리이다."

터시 졈두 왈,

"현뎨의 의논이 통달ᄒᆞ니 우형의 무식ᄒᆞᆫ 흉금(胸襟)을 상연(爽然)케 ᄒᆞ도다. 연이나 아등(我等)이 가간의 이런 변괴 이시믄【15】 젼연(全然) 부지(不知)ᄒᆞ고, 오기를 더디ᄒᆞ여 아부(兒婦)를 다시 보지 못ᄒᆞ니 가한(可恨)이로다."

츄밀이 지삼 호언(好言)으로 위로ᄒᆞ고 좌우 졔인이 다 묵묵ᄒᆞ니, 부인은 만심 불쾌ᄒᆞ믈 니긔지 못ᄒᆞ며, 영은 스ᄉᆞ로 의ᄉᆡ 져상(沮喪)ᄒᆞ여, 이 일이 아마도 쥬위와 영교 등이 작악인 ᄃᆞᆺ 시부니, 머리를 슉여 옥안이 ᄌᆞ로 변ᄒᆞ여 부슉이 긔식을 아ᄅᆞ실가 ᄉᆞ식을 쳔만 강잉ᄒᆞ더라.

터시 우탄(憂嘆) 왈,

"니 불명ᄒᆞ여 가간의 여ᄎᆞ ᄉᆞ괴 이시믈 젼연 부【16】지ᄒᆞ고, 댱슈를 더ᄒᆞ여 아부(我婦)의 금쥬 힝도를 허ᄒᆞ미 엇지 탄흡지 아니리오. 이제 오라지 아냐 도로 하향(下鄕)ᄒᆞᆯ지라. 하면목(何面目)으로 댱슈를 보옵고, ᄯᅩ 무어시라 위로ᄒᆞ리오."

츄밀이 빈미(矉眉) 장탄 왈,

"형장의 말ᄉᆞᆷ이 진실 그러ᄒᆞ도쇼이다. 연이나 ᄉᆞ이이의(事而已矣)558)니 두 번 졔긔ᄒᆞ여 무엇ᄒᆞ리잇고?"

형뎨 냥인이 초창(悄愴)ᄒᆞᆯ ᄯᅮᆫ이러라.

황(雀中鳳凰)이라. ᄌᆞ고로 환난의 버서나디 아닌 셩인이 업고, 농듕의 ᄀᆞ친 봉황이 업ᄂᆞᆫ다라. 간인이 어ᄂᆡ 곳의 은복ᄒᆞ믈 모르거니【28】와 오ᄅᆞ디 아냐 간당이 반ᄃᆞ시 발각ᄒᆞ고, 윤시의 누얼이 표표히 신원ᄒᆞ오리니, 형댱은 믈녀ᄒᆞ샤 타일 텬운이 슌환ᄒᆞ미, 악인이 풍진의 ᄶᅵ러지고 현인이 등비ᄒᆞᄂᆞᆫ 경ᄉᆞᆯ 보시리이다."

태시 졈두 왈,

"현제 의논이 통달ᄒᆞ니 우형의 무식ᄒᆞᆫ 흉금이 상연ᄒᆞ도다. 연이나 아등이 니가ᄒᆞᆫ ᄉᆞ이 이간의 이런 변괴 이시믄 젼연 무디ᄒᆞ고, 오기를 더디 ᄒᆞ여 아부를 다시 보디 못ᄒᆞ니 가한이로다."

츄밀이 지슘 호언으로 위로ᄒᆞ고 좌우 졔인이 다 믁믁ᄒᆞ니, 부인은 만심불쾌ᄒᆞ며, 영은 스ᄉᆞ로 의ᄉᆡ 져상ᄒᆞ여 이 일이 아마도 쥬위와 영교 등의 작악인 ᄃᆞᆺ 시부니, 머리를 슉이고 옥안이 ᄌᆞ로 변ᄒᆞ여 부슉이 긔식을 아ᄅᆞ실가 ᄉᆞ식을 쳔만강잉ᄒᆞ더라.

태【29】시 우탄 왈,

"내 블명ᄒᆞ여 가간의 여ᄎᆞ 괴시 이시믄 젼연 부지ᄒᆞ고, 댱슈긔 ᄋᆞ부의 금쥠 힝도를 허ᄒᆞ미 잇더니, 이제 오라디 아냐 도로 하향ᄒᆞᆯ다라. 하면목으로 댱슈를 뵈옵고 무어시라 위로ᄒᆞ리오?"

츄밀이 빈미 댱탄 왈,

"형댱지언이 졍합뎨심이로소이다. 연이나 ᄉᆞ이이의니 두 번 {지}제긔ᄒᆞ여 무엇ᄒᆞ리잇가?"

형뎨 냥인이 탄식초창ᄒᆞᆯ ᄯᅮᆫ이러라.

---

556)금즁봉황(禽中鳳凰) : 날짐승 가운데는 봉황이라 할 수 있다.
557)향ᄌᆞ지의(向者之疑) : 지난날의 의심.
558)ᄉᆞ이이의(事而已矣) : 일이 이미 끝난 일이다.

녀·화·셕 삼부인은 ᄌᆞ긔 지은 죄 업ᄉᆞ
ᄃᆡ, 즁부의 명견(明見)을 구연(懼然) 늇니(忸
怩)ᄒᆞ여 ᄒᆞ믈 니긔지 못【17】ᄒᆞ고, 최부인은
앙앙(怏怏)ᄒᆞ믈 마지 아니ᄒᆞ며 교아절치(咬牙
切齒)ᄒᆞ더라.

임의 야심ᄒᆞ미 각기 침쇼의 도라갈ᄉᆡ, 틱
시 디셔헌의 나와 헐슉(歇宿)고져 ᄒᆞᄃᆡ, 츄밀
이 고왈,

"다못 형장과 쇼뎨 년긔 이모(二毛)ᄅᆞᆯ 지
나시니 규방을 뉴련(留連)ᄒᆞᆯ 빈 아니오나, 니
가 격셰 후 쇼뎨 ᄯᅩᄒᆞᆫ 영일누의 슉침코져 ᄒᆞ
ᄋᆞ니이다."

틱시 슈미(愁眉)ᄅᆞᆯ 두로혀 잠쇼 왈,

"우형은 쇼시로븟터 본ᄃᆡ 규방의 쥬졉들
미559) 업ᄉᆞ니, 이제 만ᄂᆡ(晚來)의 당ᄒᆞ여 귀
밋히 빅발이 셩【18】셜(成雪)코져560) ᄒᆞ거늘,
더욱 부부의 ᄉᆞ실지회(私室之會)ᄅᆞᆯ 싱각ᄒᆞ리
오. 현뎨ᄂᆞᆫ 오히려 나히 날{이}의셔 둘히 못
ᄒᆞ니, 비록 졈다ᄂᆞᆫ 못ᄒᆞ나, 혹ᄌᆞ 슈슈ᄅᆞᆯ 오
리 ᄯᅵ나 ᄉᆞ렴지심(思念之心)도 업지 아닌가
시브ᄃᆡ, 우형은 현뎨도곤 역이노의(亦已老
矣)561)라. 규방의 ᄠᅳ시 니도ᄒᆞ니562) 현뎨의
의논이 여ᄎᆞᄒᆞ니 맛당이 조ᄎᆞ리라.

언파의 ᄌᆞ질을 명ᄒᆞ여 셔당의 안헐(安歇)
ᄒᆞ라 ᄒᆞ고, 거름을 두로혀 경일누의 드러가
니, 츄밀이 ᄯᅩᄒᆞᆫ 영일누의 드러가니라.

틱시 바【19】야흐로 윤시 제공의 셔로 ᄎᆞᆺ
지 아니ᄒᆞ미, 이 곳 윤쇼져의 연고로 혐의ᄒᆞ
믈 알오미, 심하의 불안ᄒᆞᆷ믈 니긔지 못ᄒᆞ여
명일 진궁의 친히 나아가, 진왕 곤계(昆季)ᄅᆞᆯ
보고 냥 질녀ᄅᆞᆯ 보려ᄒᆞ더니, 명조의 믄득 진
왕 곤계와 남평빅 동오왕 등 모든 윤시 제인
이 옥궐의 조회ᄅᆞᆯ 파ᄒᆞ고 바로 엄부의 니ᄅᆞ

녀·화·셕 삼부인은 ᄌᆞ긔 지은 죄 업ᄉᆞ디,
듕부의 명견을 구연 늇니ᄒᆞ믈 이긔디 못ᄒᆞ
고, 최부인은 앙앙ᄒᆞ믈 마디아냐 교아절치ᄒᆞ
더라.

임의 야심ᄒᆞ미 각거침소홀시, 태시 대셔헌
의 나와 헐슉고져 ᄒᆞ디, 츄밀이 고왈,

"다못 형댱과 쇼뎨 이모를 디나 규방을 유
련홀【30】 비 아니나, 니가ᄒᆞᆫ 격셰 후 도라오
니 형댱은 경일누의 췌침ᄒᆞ쇼셔. 쇼뎨 ᄯᅩᄒᆞᆫ
영일누의 슉침코져 ᄒᆞᄂᆞ이다."

태시 잠쇼 왈,

"우형은 쇼시로븟터 본ᄃᆡ 규방의 쥬졉들미
업ᄉᆞ니, 이제 모년을 당ᄒᆞ야 귀밋히 빅발이
소소(疏疏)코져 ᄒᆞ니, 더옥 부부의 ᄉᆞ실디회
를 싱각ᄒᆞ리오. 현뎨ᄂᆞᆫ 오히려 내 나의 둘이
못ᄒᆞ니, 비록 졈다 못ᄒᆞ나 수수를 오리 ᄯᅵ나
ᄉᆞ렴디심이 업디 《아난가∥안은가》 시브니,
현뎨의 의논《으로∥을》 조ᄎᆞ리라."

언파의 ᄌᆞ딜을 명ᄒᆞ여 셔당의 가 쉬라 ᄒᆞ
고, 거룸을 두루혀 경일누로 향ᄒᆞ니, 츄밀이
ᄯᅩᄒᆞᆫ 영일누로 향ᄒᆞ니라.

태시 바야흐로 윤시 제공의 ᄎᆞᆺ디 아니미,
반ᄃᆞ시 윤쇼져의 연고로 혐의ᄒᆞ민가 심하의
블【31】안ᄒᆞ야, 명일 진궁의 친히 나아가, 진
왕 곤계를 보고 냥 딜녀를 보려 ᄒᆞ더니, 명
됴의 진왕 곤계와 남빅 등 윤시 제인이 옥궐
의 됴회를 파ᄒᆞ고 바로 엄부의 니ᄅᆞ니,

---

559) 쥬졉들다 : 주접들다. 궁상(窮狀)맞다. 몸치레나 행
동 따위가 초라하고 너절하다.
560) 셩셜(成雪)ᄒᆞ다 : 성설(成雪)하다. 검은 머리털이
하얀 눈으로 변하다. 이백(李白)의 시에 "그대는 보
지 못했는가. 고당의 거울에 비치는 슬픈 흰 머리
칼, 아침에 푸른 실 같더니 저녁에 눈으로 변한 것
을.(君不見高堂明鏡悲白髮 朝如靑絲暮成雪)"이라는
구절이 나온다. 『李太白集 卷2 將進酒』
561) 역이노의(亦已老矣) : 또한 더 늙었다.
562) 니도ᄒᆞ다 : 매우 다르다. 판이(判異)하다.

니, 터ᄉ 곤계 연망이 마ᄌ 녜필(禮畢) 한훤(寒暄)의 진왕이 몬져 ᄉ레 왈,

"냥위 현형이 위험지디(危險之地)의 빗니 도라오시믈 드ᄅ나, 복의 형뎨 봉【20】친지하(奉親之下)의 ᄉ괴(事故) 년텹(連疊)ᄒ고, 가아(家兒) 등이 도라오미 ᄌ연 집을 ᄺ나지 못ᄒ여, 합하(閤下)를 ᄎᄌ미 '인호(姻好)의 정분(情分)'563)이 박(薄)ᄒ믈 슈괴(羞愧)ᄒᄂ이다."

터시 쳥파의 참식(慙色)이 만안(滿顔)ᄒ여 츄연(惆然) ᄉ샤(謝辭) 왈,

"디왕이 이 엇진 말ᄉᆷ이뇨? 만싱(晩生)이 디왕을 보오미 실노 낫치 둣거오니, 정히 귀궁(貴宮)의 몬져 나아가 죄룰 쳥ᄒ고, 무부고아(無父孤兒)의 질녀 등을 보고져 ᄒ나, 실노 무안(無顔) 뉵니(忸怩)ᄒ믈 니긔지 못ᄒ여 정히 ᄌ져(趑趄)ᄒᄂ564) 즈음이러니, 의외의 디왕이 왕굴(枉屈)ᄒ샤 만싱을 ᄎ【21】ᄌ시고, 달문 등의 귀ᄒᆫ ᄌ최 니ᄅ니 셩덕을 감은ᄒᆫ 바의, 더욱 붓그러오믈 니긔지 못ᄒ리로쇼이다."

츄밀이 니어 샤왈,

"불초 역질(逆姪)이 무상ᄒ여 하마 달문의 쳔금즁신(千金重身)이 위터흘 번ᄒ고, ᄯ 환가ᄒ미 가간(家間)의 괴란(怪亂)이 상싱ᄒ여, 질부의 옥골방신(玉骨芳身)이 남황장녀(南荒瘴癘)의 적힝(謫行)을 일위니, 엇지 놀납고 ᄎ악지 아니리잇고? 빅시 이 일노뻐 디왕을 보올 안면이 업서 참괴(慙愧)ᄒ시미로쇼이다."

진왕이 흔연 잠쇼 왈,

"화복(禍福)이 【22】문이 업고 궁달(窮達)이 관슈(關數)ᄒ니 ᄉ시(事事) 텬의(天意)라, 사ᄅᆷ이 시슈(時數)룰 아지 못ᄒ고 비환(悲歡)의 뉸회(輪廻)ᄒ믈 ᄉ렴ᄒ여 슬허ᄒᄂ 자ᄂ, 이 곳 용부쇽ᄌ(庸夫俗子)의 힝흘 비니, 복(僕)이 비록 용우ᄒ나 엇지 아녀ᄌ의 시운이 불니ᄒ여 스스로 운익(運厄)의 비로ᄉ믈 아

태시 곤계 연망이 마ᄌ 녜필한훤의 진왕이 몬져 《샤려∥샤례》 왈,

"냥위 현형이 위험지지의 빗니 도라오시믈 드ᄅ나, 복의 형뎨 봉친시하(奉親侍下)의 ᄉ괴 년텹ᄒ고, 가ᄋ 등이 도라오미 ᄌ연 집을 ᄺ나디 못ᄒ야 합하를 ᄎᄌ미 느ᄌ오니, 인호의 정분이 박ᄒ믈 슈괴ᄒᄂ이다."

태시 쳥파의 츄연 ᄉ샤 왈,

"대왕이 이 엇던 말ᄉᆷ이뇨? 만싱이 대왕을 보오미 실노 ᄂ치 둛거오니, 정히 귀궁의 몬져 나아가 죄를 쳥ᄒ고, 무부고ᄋ 등을 보고져 ᄒ나 무안 뉵니ᄒ야 ᄌ져【32】ᄒ더니, 대왕이 의외 왕굴ᄒ샤 만싱을 ᄎᄌ시고, 달문 등의 귀ᄒᆫ ᄌ최 니ᄅ니, 셩덕을 감은ᄒᆫ 바의, 더욱 붓그러오믈 니긔디 못ᄒ리로소이다."

츄밀이 니어 샤왈,

"블초 역딜이 무상ᄒ야 하마 달문의 쳔금듕신이 위터흘 번ᄒ고, ᄯ 환가ᄒ미 가간의 괴란이 상싱ᄒ야, 딜부의 옥골빙신〇[이]이 남황장녀의 적힝을 지으니, 엇디 놀납고 ᄎ악디 아니리잇고? 빅시 이 일노뻐 대왕을 보올 안면이 업서 참괴ᄒ시미로소이다."

진왕이 흔연 잠쇼 왈,

"화복이 문이 업고 궁달이 관슈ᄒ니 ᄉ시 텬의라. 샤롬이 시슈를 아디 못ᄒ고, 비환의 뉸회ᄒ믈 ᄉ렴ᄒ여 슬허ᄒᄂ 지ᄂ 이 곳 용부쇽ᄌ의 힝흘 비니, 복【33】이 비록 용우ᄒ나 ᄋ녀의 시운이 블니ᄒ야 스스로 운익의 비로ᄉ믈 아디 못ᄒ고, 녹녹히 사룸을 원ᄒ야 블통편익ᄒ미 잇시리오? 블효녀 힝신이

---

563) 인호(姻好)의 정분(情分) : 혼인으로 맺은 친척의 정.
564) ᄌ져(趑趄)ᄒ다 : 주저하다. 머뭇거리며 망설이다.

지 못ᄒ고, 녹녹(碌碌)히 사룸을 원(怨)ᄒ며 한(恨)ᄒ여, 불통(不通) 편익(偏阨)ᄒ미 이시리오. 불초녜 힝신이 비박(卑薄)ᄒ여 존문의 득죄ᄒ고, 강상(綱常)의 죄롤 어더 그 법을 졍히 ᄒ미 엇지 당당이 국법【23】아러 죽기를 면ᄒ리잇고만은, 힝(幸)혀 셩쥬의 관유(寬宥)ᄒ신 셩덕을 닙ᄉ와, 일명이 남아 남녁 슈졸(戍卒)이 되니, 유죄무죄간(有罪無罪間) 져의 죄롤 혜건디 ᄯ초 다힝ᄒ 일이라. 요힝(僥倖) 목슘이 남아시니 만일 죄명을 신셜(伸雪)ᄒ 즉, 부녜 모도미 무어시 어려오리오. 냥위 합하ᄂ 불초 녀식으로 인ᄒ여 인호(姻好)의 화긔롤 일흘가 념녀치 마ᄅ쇼셔, 녀이 비록 존문의 기인(棄人)이나 아부와 냥질뿐 이시니, 아등이 엇지 인친의 졍이 일【24】녀의 년고(緣故)로 범연ᄒ니 이시리오. 오아와 냥질이 엇지 누의로 인ᄒ여 합하긔 불호ᄒ미 이시리잇고? 원(願) 합하ᄂ 이갓흔 쇼쇼미ᄉ(小小微事)의 거리끼지 마ᄅ쇼셔."

터ᄉ와 츄밀이 진왕의 어위찬565) 규량(揆量)566)과 통달ᄒ 의논롤 항복ᄒ여, 일시의 비ᄉ 왈,

"디왕의 명달ᄒ신 의논을 드ᄅ니 만싱 등의 무식(霧塞)ᄒ567) 흉금(胸襟)이 활연(豁然)ᄒ도쇼이다. 주금(自今) 이후의 조곰도 불평ᄒ믈 기회(介懷)568)치 마ᄉ이다."

왕과 승상이 흔연 답ᄉ(答謝)ᄒ고 남빅【25】과 오왕의 군종 형뎨 다 부슉의 말숨을 니어 화긔 가득ᄒ니, 일인도 쇼져의 화란을 일ᄏ라 이체(礙滯)ᄒ미 업ᄉ니 터ᄉ와 츄밀이 그 도량을 탄복ᄒ더라.

진왕이 한님 보기룰 쳥ᄒ디 터시 츄연 왈,
"돈이(豚兒) 싱부의 호텬지통(昊天之痛)569)을 만나 긱[긱]골통상(刻骨痛傷)ᄒ 가온디 불

비박ᄒ야 존문의 득죄ᄒ고, 강상의 죄를 어더, 그 법을 졍히 ᄒ미 엇디 국법 아러 죽기를 면ᄒ리오마는, 힝혀 셩쥬의 관유ᄒ신 셩덕을 닙ᄉ와 남녁 슈쫄이 되니, 유죄무죄간 져의 죄를 혜건디 ᄯ초 다힝ᄒ 일이라. 요힝 목슘이 남아시니 만일 죄명을 신셜ᄒ직, 부녀 만나미 무어시 어려오리오? 냥위 합하ᄂ 블효녀식을 인ᄒ여 인호의 화긔를 일흘가 념녜치 마ᄅ쇼셔. 녀이 비록 존문의 기인이나 ᄋᆞ부와 냥딜뿐 이시니, 아등이 엇디 인【34】친의 졍이 일녀의 연고로 범연홀 니 이시리오. 합하ᄂ 이 ᄀᆞᆺ튼 소소미ᄉ를 거릿끼디 마ᄅ쇼셔."

태ᄉ와 츄밀이 진왕의 어위찬 규량과 통달ᄒ 의논을 항복ᄒ야, 일시의 비ᄉ 왈,

"대왕의 명달ᄒ신 의논을 드ᄅ니 만싱 등의 무식ᄒ 흉금이 활연ᄒ도소이다. 주금 이후로 조고마치도 블열ᄒ믈 기회치 마ᄉ이다."

왕과 승상이 흔연 답샤ᄒ고 남빅 등 군종 형뎨 화긔 가득ᄒ이[니], 일인도 쇼져의 환난을 일ᄏ라 이쳬ᄒ미 업ᄉ니, 태ᄉ 형뎨 그 도량을 탄복ᄒ더라.

진왕이 한님 보기를 쳥ᄒ디 태시 츄연 왈,
"돈이 싱부의 호텬디통을 만나 각골통상ᄒᄂ 가온디, 블효ᄒ 동긔의 목젼 참ᄉᄒ믈 만

---

565)어위차다 : 도량이 넓고 크다. 너그럽다. 넉넉하다. =어위다. =어위츠다. =어위크다. =어위ᄒ다. *어위키 : 넓고 크게. 너그럽게.
566)규량(揆量) : 헤아림. *규량(揆量)하다 : 헤아리다.
567)무식(霧塞)ᄒ다 : 안개가 짙게 끼어 시야가 꽉 막혀 있다.
568)기회(介懷) : 어떤 일 따위를 마음에 두고 생각하거나 신경을 씀.=개의(介意).
569)호텬지통(昊天之痛) : 하늘처럼 크고 가없는 슬픔.

초(不肖)ᄒ나 동긔의 목젼(目前) ᄌ익(自縊)ᄒᆞ
ᄂᆞᆫ 참상을 만나, 그 심장이 화(化)ᄒ여 거의
지 되엿거ᄂᆞᆯ, ᄯᅩ 비쳐(配妻)의 화익(禍厄)이
ᄎᆞ악ᄒᆞᆷ을 드ᄅᆞ니 그 심ᄉᆡ 엇지 편ᄒᆞ리오. 슈
고(愁苦)ᄒᆞ미 【26】 심ᄒᆞᆫ 고로, 고요히 서당
의셔 조리ᄒᆞ라 ᄒᆞ엿더니, 이제 브ᄅᆞᄉᆡ이다."

　셜파의 시동을 명ᄒᆞ여 한님을 브ᄅᆞ니, 이
씨 한님이 서당의 도라와, 부인의 식광은 족
히 군ᄌ의 니를 비 아니어니와, 유한졍졍(幽
閑貞靜)ᄒᆞᆫ 긔질과 겸숀비약(謙遜卑弱)570)ᄒᆞᆫ
셩덕이 '셩인(聖人)도 하쥬(河洲)의 구ᄒᆞ신
비'571)어ᄂᆞᆯ, ᄌ긔 복이 박ᄒ여[고] 조물이 다
싀(多猜)ᄒᆞ여, 참누(慘陋) 악얼(惡孼)노ᄡᅥ 옥
인의 신상의 무릅ᄡᅥ, 규즁(閨中) 약질(弱質)
이 남녁 한 가의 젹거죄쉬(謫居罪囚) 되여
만단풍상(萬端風霜)은 니ᄅᆞ【27】지 말고, 분
명이 복경(腹慶)이 이시믈 혜아려 거의 삭쉬
만월(滿月)ᄒᆞ여시리니, 그 ᄒᆡ만(解娩)ᄒᆞ미 어
니 씨의 이시믈 아지 못ᄒᆞ니, 심녜(心慮) 만
복(滿腹)ᄒ나, ᄌ긔 목금(目今) 궁텬지통(窮天
之痛)의 가업ᄉᆞᆫ 슬프믈 셔리담고, 버거 양모
(養母)의 증염(憎厭)ᄒᆞᄂᆞᆫ 긔식이 결단코 ᄌ긔
를 고이 두지 아닐지라.

　맛춤ᄂᆡ 신셰 위란ᄒ고 ᄌ최 울울ᄒ미 어ᄂᆞ
곳의 니를 쥴 아지 못ᄒᆞ니, 미처 념녜 타ᄉ
(他事)의 결을치 못ᄒᆞ여, 쳐ᄌ의 안위ᄅᆞᆯ 근심
ᄒᆞᆯ 비 아니로ᄃᆡ, 그윽ᄒᆞᆫ 【28】 근심이 ᄌ연
심위(心憂) 호번(浩繁)ᄒ지라. 윤시 졔시(諸
氏) 졔공(諸公)을 더ᄒᆞᆯ 낫치 업고, ᄂᆡᆼ 져져의
《지심∥ᄌ심(滋甚)》ᄒᆞᆫ 지통 가온ᄃᆡ 다시 무
안ᄒᆞᆫ 심ᄉᆡ 엇더ᄒᆞ리오.

나 그 심장【35】이 지 되고져 ᄒ던 바의, ᄯᅩ
비쳐의 화익이 ᄎᆞ악ᄒᆞᆷ을 드ᄅᆞ니, 그 심ᄉᆡ 엇
디 편ᄒᆞ리오. 슈고ᄒᆞ미 심ᄒᆞᆫ 고로, 고요히
서당의셔 됴리ᄒᆞ라 ᄒᆞ엿더니, 이제 부ᄅᆞᄉᆡ이
다."

　셜파의 시동을 명ᄒᆞ야 한님을 브ᄅᆞ니, 이
씨 한님이 서당의 도라와, 부인의 《싱광∥
식광》은 죡히 니를 비 아니여니와, 유한졍졍
ᄒᆞᆫ 긔딜과 겸손비악[약]ᄒᆞᆫ 셩덕으로ᄡᅥ, 참누
악얼을 방신의 시러 규듕의 약딜이 남녁 ᄒᆞᆫ
ᄀ의 젹거죄슈 되여, 만단풍상은 니ᄅᆞ디 말
고, 분명이 복경이 이시믈 혜아려 거의 삭쉬
만월ᄒᆞ여시리니, 그 ᄒᆡ만ᄒᆞ미 어ᄂᆞ 씨 이시
믈 아디 못ᄒᆞ니, 심녜 만복ᄒ나, ᄌ긔 목금
궁텬디통이 《ᄂᆞ업ᄉᆞᆫ∥ᄀᆞ업ᄉᆞᆫ》 슬프믈 셔리담
【36】고, 버거 양모의 증염ᄒᆞᄂᆞᆫ 긔식이 결단
코 ᄌ긔를 그져 두디 아닐디라.

　맛춤ᄂᆡ 신셰 위난ᄒ고 ᄌ최 얼울ᄒ미 어ᄂᆞ
곳의 니를 줄 알니오. 밋처 념녀 타ᄉ의 결
을치 못ᄒᆞ여 쳐ᄌ의 안위를 근심ᄒᆞᆯ 비 아니
로ᄃᆡ, 그윽ᄒᆞᆫ 근심이 ᄌ연 심위 호번ᄒᆞᆫ다라.
윤시 졔공을 더ᄒᆞᆯ 놋치 업고 ᄂᆡᆼ져져의 《지심
∥ᄌ심》ᄒᆞᆫ 디통 가온ᄃᆡ 다시 무안ᄒᆞᆫ 심ᄉᆡ 엇
더ᄒᆞ리오.

570)겸숀비약(謙遜卑弱) : 스스로를 낮추고 자신의 뜻
을 드러내어 주장하지 않음.
571)셩인(聖人)도 하쥬(河洲)의 구ᄒᆞ신 비' : 여기서 셩
인은 중국 주(周)나라 문왕(文王)을, 하쥬(河洲)는
『시경』<관저(關雎)>장의 "관관저구 재하지주(關關雎
鳩 在河之洲: 꾸우꾸우 물수리 모래톱에 있네)" 구
(句)의 물 가운데에 있는 '모래톱'을 이르는 말로,
이 모래톱에 있는 '물수리[雎鳩]'는 곧 문왕의 비
(妃)인 태사(太姒)를 비유적으로 이른 말이다. 따라
서 본문의 '셩인도 하주에서 구하신 바'의 부인은
곧 문왕의 비(妃)인 '태사(太姒)'를 말한 것으로, 이
비유의 대상인물인 엄창의 부인 윤월화 또한 태사
와 같은 덕을 갖춘 부인임을 부각한 표현이다.

여러 가지로 ᄉ량(思量)ᄒ니 난녜(亂慮) 빅츌ᄒ여, 십이경(十二經)572)이 요요(遙遙)573)ᄒ니, 시야(是夜)의 능히 잠을 일우지 못ᄒ니, 공주 영이 형의 심우(心憂)를 다 아지 못ᄒ나 ᄌ못 춍명(聰明) 효우(孝友)ᄒᆫ 고로, 그 심위(心憂) 번난ᄒ믈 민망ᄒ여, 학낭쇼어(謔浪笑語)로 위로ᄒ믈 마지 아니니, 한님이 아의 효우룰 년이(憐愛)ᄒ여, 침즁(枕中)의 아희(兒戲)ᄒ【29】여 이 밤을 지니나, 능히 졉목지 못ᄒ더니, 티시 이튼날 그 슈약(瘦弱)ᄒ믈 경녀(驚慮)ᄒ여 깁히 잇셔 조리ᄒ믈 니ᄅ니, 한님이 비ᄉᄒ고 셔당의 고요히 드럿더니, 셜싱 등이 니ᄅ러 위로ᄒ며 말숨ᄒ더니, 믄득 셔동이 진왕의 니림ᄒ믈 니ᄅ고 부명을 젼ᄒ니, 한님이 실노 디인ᄒ미 괴로오나 진왕은 범연ᄒᆫ 빙악(聘岳)이 아니라, 마지 못ᄒ여 쇼건(素巾)을 슈렴(收斂)ᄒ고 디셔헌의 니ᄅ니, 진왕 곤계와 윤시 제공이 니ᄅ럿더라.

한【30】님이 좌즁의 녜(禮)ᄒ고 진왕과 상국을 향ᄒ여 존후룰 뭇줍고, 제인으로 초초(草草)ᄒᆫ 한훤(寒暄)을 파ᄒ미 말셕의 시좌ᄒ니, 모다 보건디 한님의 긔운이 쇼삭(消索)ᄒ여, 옥골이 표연(飄然)ᄒ고 셜부(雪膚)의 병긔(病氣) 비최여[며], 냥협(兩頰) 홍슌(紅脣)의 혈긔 돈감ᄒ여, 젼일 풍영쇄락(豐盈灑落)ᄒ던 《쥰안 ∥ 쥰아(俊雅)》ᄒᆫ 풍치 조곰도 업셔, 맛치 ᄉ병(死病)든 사ᄅᆷ 갓ᄒ니, 심즁의 지통(至痛)이 지심ᄒᆯ 줄 알니러라.

진왕과 상국이 불승(不勝) 참연(慘然)ᄒ고 왕이 그 심시 남다ᄅᆷ믈 이셕ᄒ여, 이의 좌룰 《날호여 ∥ 나호여574)》 ᄒ을【31】 잡고 등을 어로만져, 츄연(惆然) ᄌ상(自傷)575) 왈,

여러 가디로 ᄉ량ᄒ미 난녜 빅츌ᄒ여 심경(心經)이 요요ᄒ야 시야의 능히 잠을 일우디 못ᄒ니, 공주 영이 형의 심우를 다 아디 못ᄒ나 ᄌ못 춍명효우ᄒᆫ 고로 그 심위 번난ᄒᆯ 민망ᄒ야 학낭쇼어로 위로ᄒ니, 한님이 아의 효우를 년이ᄒ여 침듕의 아희ᄒ야 이 밤【37】을 디나나 능히 졈목디 못ᄒ더니, 태시 그 슈약ᄒᆷ을 경녀ᄒ여 깁히 드러 됴리ᄒᆷ믈 니ᄅ니, 한님이 비ᄉᄒ고 셔당의 드럿더니, 믄득 셔동이 진왕의 니림ᄒᆷ믈 니ᄅ고 부명을 젼ᄒ니, 한님이 실노 디인ᄒ미 괴로오나 마디 못ᄒ야 소건을 슈렴ᄒ고 대셔헌의 니ᄅ러 좌듕의 녜ᄒ고, 《장왕 ∥ 진왕》 곤계을 향ᄒ여 존후를 뭇줍고 제인으로 한환을 파ᄒ미 말셕의 시좌ᄒ니, 모다 보건디 한님이 긔운이 소삭ᄒ야 옥골〇[이] 《쵸변 ∥ 표연》ᄒ고, 셜부의 병긔 빗최여 냥협홍슌의 혈긔 돈감ᄒ여 풍영 쇄락〇〇[ᄒ던] 쥰아ᄒᆫ 풍치 조금도 업셔 마치 ᄉ병든 사ᄅᆷ ᄀᆺᄐ니, 심듕의 디통이 《지심 ∥ ᄌ심》ᄒᆫ 줄 알니러라.

진왕과 승상【38】이 블승참연ᄒ여, 왕이 좌룰 나호여 손을 잡고 등을 어ᄅ만져 츄연ᄌ상 왈,

---

572)십이경(十二經) : =시이경맥(十二經脈). =십이경락(十二經絡). 인체의 기혈(氣血)을 운행하고 각 부분을 조절하는 통로를 가리킨다. 12개의 큰 줄기가 온몸을 순행하고 있기 때문에 12경맥(經脈) 혹은 12경락(經絡)이라고 부른다. 경락은 경맥(經脈)과 낙맥(絡脈)을 합한 말이다. =심경(心經).

573)요요(遙遙)ᄒ다 : 마음이 흔들려 안정되지 아니하고 들뜨다.

574)나호여 : 나아오게 하여. *나다: 나아오다. *나호여다: 나아오게 하다.

575)ᄌ상(自傷) : 스스로 상심(傷心)함

"쇼녜(所女) 불초ᄒᆞ여 임의 군가의 기뷔(棄婦)되고 강상의 더죄라, 슉경으로 옹서의 졍이 ᄯᅳᆫ쳐시나 아등이 엇지 녯 마음을 변ᄒᆞ리오. 다시 옹서의 졍을 완젼키 어려오나 고우의 ᄌᆞ식이오, 아부의 동긔로 인호(姻好)의 졍이 ᄌᆞ별ᄒᆞ리니, 네 ᄯᅩ 모로미 《말�∥날》을 의졀ᄒᆞᆫ 빙부로 우이 너기지 말고, 다만 녕존의 고우와 녕미의 식아뷔로 싱각ᄒᆞ여, 친친ᄒᆞᆫ 졍을 변치 말나."

한님이 그 관인디도(寬仁大度)ᄒᆞᆫ 규량(規量)576)을 항복ᄒᆞ여 역○○[시 함]누비ᄉᆞ(含淚拜謝) 왈,【32】

"쇼싱이 명박인싱(命薄人生)이라. 부군을 영별(永別)ᄒᆞ고 동긔의 참상을 만나, 비록 일ᄏᆞᆷ 즉지 아니나 골육의 졍은 현불초(賢不肖)의 닛지 아니ᄒᆞ온지라. 죄형(罪兄)이 비록 가국의 유뮈불관(有無不關)ᄒᆞ오나, 쇼싱의 심ᄉᆞᄂᆞᆫ 타인 동긔와 간격지 아니ᄒᆞ온지라. ᄯᅩ 격셰 후 환경ᄒᆞᄆᆡ 가간의 변난이 상싱(相生)ᄒᆞ와 실인(室人)의 화란이 셰간(世間)의 희한ᄒᆞ니, 쇼싱이 본디 년쇼 우몽ᄒᆞ와 셰고(世苦)를 경녁지 못ᄒᆞᆫ 바의, 그 화의 근본이 아모 곳으로 조ᄎᆞ 나시믈 아지 못ᄒᆞ기【33】니와, 쇼싱이 감히 존하(尊下)의 뵈올 안면이 업도쇼이다."

진왕이 편편쇼슈(翩翩素手)577)로 미염(美髥)을 어로만져 미쇼 왈,

"증이파의(曾已罷矣)578)라! 피ᄎᆞ 아름답지 아닌 말을 시로이 일ᄏᆞ라 심ᄉᆞ를 ᄉᆞ오납게 ᄒᆞ리오. 녕존(令尊)과 군이 나의 우직(愚直)ᄒᆞ믈 우으려니와, 현셔(賢壻)와 아녀(我女)ᄂᆞᆫ 실노 옥뎨(玉帝) 명ᄒᆞ신 텬졍냥필(天定良匹)579)이라. 비록 조물(造物)이 니극(已極)ᄒᆞ고580) 쇼녜 홍안지히(紅顔之害)581)를 면치

576)규량(規量) : 규모와 도량을 함께 이른 말.
577)편편쇼슈(翩翩素手) : 멋스러운 옷소매를 두른 하얀 손.
578)증이파의(曾已罷矣) : 이미 끝난 일이다.
579)텬졍냥필(天定良匹) : 하늘에서 미리 정하여 준 좋은 배필이라는 뜻으로, 나무랄 데 없이 잘 어울리는 한 쌍의 부부를 이르는 말
580)니극(已極) : '이극지시(已極之猜)'의 줄임말. 샘을 내서 미워함이 지나치게 심함

"쇼녜 불쵸ᄒᆞ야 군가의 기뷔 되고 슉경으로 옹서의 졍이 긋쳐시나, 아등이 엇디 녯 마음을 변ᄒᆞ리오? 다시 옹서의 졍을 완젼키 어려오나, 고우의 ᄌᆞ식이오 ᄋᆞ부의 동긔로 인호의 졍이 ᄌᆞ별ᄒᆞ리니, 네 ᄯᅩ 모ᄅᆞ미 날을 의졀ᄒᆞᆫ 빙부로 아디 말고, 다만 녕돈의 고우와 녕미의 식아비로 싱각ᄒᆞ연 친친ᄒᆞᆫ 졍을 변치 말나."

한님이 그 관인디도훈 《국량∥규량》을 항복ᄒᆞ야 역시 함누비ᄉᆞ 왈,

"쇼싱은 명박인싱이라. 부군을 영별ᄒᆞ고 동긔를 참상ᄒᆞ고, 쇼싱의 심ᄉᆞᄂᆞᆫ 타인과 다ᄅᆞᆫ 디통 듕 격셰 후 환경ᄒᆞᄆᆡ, 가간의 변난이 상싱ᄒᆞ와【39】실인의 화란이 셰간의 《희환∥희한》ᄒᆞ니, 쇼싱이 본디 년쇼우몽ᄒᆞ와 셰고를 경녁디 못ᄒᆞᆫ 바의, 그 화의 근본이 아모 곳으로조ᄎᆞ 나시믈 아디 못ᄒᆞ거니와, 쇼싱이 감히 존하의 뵈올 안면이 업도소이다."

진왕이 편편소슈로 미염을 어ᄅᆞ만져 미쇼 왈,

"증의파의라! 피ᄎᆞ 아롬답디 아닌 말을 시로이 일ᄏᆞ라 심수를 ᄉᆞ오랍[납]게 ᄒᆞ리오. 녕존과 군이 나의 우직ᄒᆞ믈 우으려니와, 현셔와 녀ᄋᆞᄂᆞᆫ 옥뎨 명ᄒᆞ신 텬졍긕년[연]이라. 비록 조믈이 이극ᄒᆞ고 쇼녀 홍안디히를 면치 못ᄒᆞ나, 오라디 아여 누명을 신원ᄒᆞ고 쥰요○[로]온 영복이 무흠ᄒᆞ리니, 쇼쇼 익경을 근

못ㅎ나, 혜건디 오러지 아녀 누명(陋名)을 신원(伸冤)ㅎ고 연산(燕山)[582]의 뇽검(龍劍)[583]이 지합(再合)ㅎ고, '슈호(繡戶)의 파경(破鏡)이 두렷ㅎ즉'[584], 죵【34】요로온 영복(榮福)이 무흠ㅎ리니, 쇼쇼익경(小小厄境)을 과도히 근심ㅎ리오. 연(然)이나 현셰(賢壻) 미간(眉間)의 프른 긔운이 씨이고 지앙(災殃)이 어려여시니, 오러지 아녀 즁병을 엇지 아니면, 괴이(怪異)ㅎ 화란(禍亂)의 버셔나지 못ㅎ여, 몸이 시외(塞外)의 뉴락(流落)ㅎ는 변이 이실가 ㅎ노라."

터시 쳥파(聽罷)의 경히(驚駭)ㅎ여 갈오디,

"돈이 집상(執喪)의 만히 상ㅎ미 이시니 즁병 들믄 혹주 괴이치 아닐 듯ㅎ거니와, 무슨 화익(禍厄)이 그디도록 즁ㅎ여 시외(塞外)의 뉴찬(流竄)토록 ㅎ리오. 가장 놀【35】납도쇼이다."

왕이 잠쇼 왈,

"녕낭의 지앙이 비상ㅎ여 의외지변(意外之變)이 이시나, 본디 슈복(壽福)이 하원(遐遠)ㅎ니 ᄉ싱지녀(死生之慮)는 업ᄉ리니 과려(過慮)치 마ᄅ쇼셔. 길인(吉人)은 반ᄃ시 빅신(百神)이 돕ᄂ니이다."

터ᄉ와 츄밀이 졈두(點頭)ㅎ여 왕의 명달ㅎ 의논을 칭가(稱加)ㅎ나[585], 심두(心頭)의

심ㅎ리오. 연이나 현셰 미간의 프른 긔운이 씨이고, 지앙이 어【40】려여시니, 오러지 아녀 듕병을 엇디 아니면, 고이ㅎ 환난의 버셔나디 못ㅎ야, 몸이 시외의 뉴락ㅎ는 변이 이실가 ㅎ노라."

태시 쳥파의 경히ㅎ야 굴오디,

"오이 집상의 상ㅎ미 이시니, 혹 듕병들믄 고이치 아닐 듯ㅎ거니와, 화익이 그디도록 듕ㅎ야 시외의 뉴찬토록 ㅎ리오. 가장 놀납도소이다."

왕이 잠소 왈,

"녕낭의 지앙이 비상ㅎ야 의외 변이 이시나 본디 슈복이 하원ㅎ니, ᄉ싱지녀는 업ᄉ리니 다려(多慮)치 마ᄅ쇼셔. 길인은 반ᄃ시 빅신이 돕ᄂ이다."

태ᄉ와 츄밀이 졈두ㅎ여 왕의 명달ㅎ 의논을 칭가ㅎ나 심두의 깁히 념녀ㅎ며, 한님은

---

581)홍안지히(紅顏之害) : 젊고 예쁜 여자가 겪는 시련.
582)연산(燕山) : 중국 하북성(河北省) 북부에 있는 연산산맥을 이르는 말로, 오랜 역사 동안 중국의 주요 철강(鐵鋼) 산지의 하나다.
583)뇽검(龍劍) : 용천검(龍泉劍)을 달리 이른 말인 듯. *용천검(龍泉劍): 중국 춘추 시대 간장(干將), 막야(莫邪) 두 부부(夫婦)가 제작했다는 보검(寶劍)의 이름이나, 여기서는 단지 '보검'의 의미로 쓰였다
584)슈호(繡戶)의 파경(破鏡)이 두렷ㅎ즉: 헤어진 부부가 화촉동방에서 전처럼 다시 만나게 되면. *슈호(繡戶): '수놓은 비단을 바른 지게문'이란 뜻으로 부부의 침실을 비유적으로 표현한 말. *파경(破鏡): '깨어진 거울'이란 말로, 부부가 헤어지는 것을 비유적으로 이르는 말. 두렷하다: 둥그렇다. 흠결이 없다. *참고로 당나라 두목(杜牧)의 시 〈파경(破鏡)〉에 "가인이 실수하여 거울이 처음 갈라졌으니, 어느 날에 둥그렇게 다시 임과 만날거나.〔佳人失手鏡初分, 何日團圓再會君〕"라고 한 구절이 있다. (『全唐詩』 卷524 <破鏡>).
585)칭가(稱加)ㅎ다 : 칭찬을 더하다.

깁히 념녀ᄒᆞ미 젹으나, 한님은 스ᄉᆞ로 인심이 지령(至靈)ᄒᆞᆫ지라. 진왕의 말ᄉᆞᆷ을 드ᄅᆞ미 심하의 의려(疑慮)ᄒᆞ믈 마지 아녀 슈식(愁色)이 만연(蔓延)ᄒᆞ더라.

ᄐᆡ시 좌우로 쥬찬을 나와 빈【36】쥐(賓主) 통음(痛飮)ᄒᆞ며 한담ᄒᆞᆯᄉᆡ, 진왕과 상국이 또 니ᄅᆞᄃᆡ,

“가아(家兒) 등의 젼어(傳語)ᄅᆞᆯ 드ᄅᆞ니, 녕존슈(令尊嫂)[586] 오국비(吳國妃) 붕셩지통(崩城之痛)[587] 가온ᄃᆡ, 식부 등을 ᄉᆞ렴ᄒᆞ샤 돈아 등 다려 근친귀령(覲親歸寧)[588]을 쳥ᄒᆞ시더라 ᄒᆞ니, 만니원노(萬里遠路)의 부인 녀ᄌᆞ의 ᄒᆡᆼ되 극난(極難)ᄒᆞ나 마지 못ᄒᆞ여 허락ᄒᆞᄂᆞ니, 냥 합히(閤下) 오국 초긔(初朞) 밋쳐 ᄒᆡᆼᄒᆞ시리니, ᄒᆡᆼ도(行途)의 식부 등을 거ᄂᆞ려 ᄒᆡᆼᄒᆞ시면 만젼(萬全)ᄒᆞᆯ가 ᄒᆞᄂᆞ이다.”

냥공이 칭ᄉᆞ 왈,

“ᄃᆡ왕과 합히(閤下) 이러틋 관인후덕(寬仁厚德)ᄒᆞ샤, 질녀 등의 귀령(歸寧)【37】을 허ᄒᆞ시니, 복(僕) 등이 《션복ᄒᆞ믈∥셩복(誠服)ᄒᆞ여[589]》 ○○[달리] 의논치 못ᄒᆞ리로쇼이다.”

왕과 상국이 겸양(謙讓) ᄉᆞ샤(謝辭)ᄒᆞ고 흔연(欣然) 담쇼(談笑)ᄒᆞᄃᆡ, 한셜(閑說)이 다시 윤쇼져긔 밋지 아니니, 좌즁이 그 도량을 탄복ᄒᆞ더라.

셕양의 윤시 제공이 부쇽을 뫼셔 도라가다.

ᄎᆞ야의 ᄐᆡᄉᆞ와 츄밀이 진왕 형뎨의 관후(寬厚) 명달(明達)ᄒᆞᆫ 덕을 일ᄏᆞ라니, 최부인은 것ᄎᆞ로 일ᄏᆞᄅᆞ나 심하의 더욱 ᄃᆡ로ᄒᆞ여, 가만이 ᄭᆞ짓기ᄅᆞᆯ 마지 아니ᄒᆞ고, 범부인은 츄밀의 말ᄉᆞᆷ을 듯고 탄상(歎賞)【38】ᄒᆞ여 갈오ᄃᆡ,

“진국군과 윤ᄐᆡ부ᄂᆞᆫ 진짓 셩인군지며, 지ᄌᆞ(知者) 쳘인(哲人)이로쇼이다. 션·월 냥질

586)녕존슈(令尊嫂) : 윗사람의 형수 또는 제수를 높여 이르는 말.

587)붕셩지통(崩城之痛) : 성이 무너질 만큼 큰 슬픔이라는 뜻으로, 남편이 죽은 슬픔을 이르는 말.

588)근친귀령(覲親歸寧) : 시집간 딸이 친정에 가서 부모를 뵘. =근친(覲親).=귀령(歸寧).

589)셩복(誠服)ᄒᆞ다 : 성심을 다하여 따르다.

ᄉᆞᄉᆞ로 인심이 지령ᄒᆞᆫ디라. 진왕의 말ᄉᆞᆷ을 드ᄅᆞ미 심하의 의려ᄒᆞ믈 마디아니ᄒᆞ더라.

태시 좌우【41】 쥬찬을 나와 빈쥐 통음ᄒᆞᆯ시, 진왕 곤계 일오ᄃᆡ,

“가ᄋᆞ 등의 젼어를 드ᄅᆞ니, 녕존슈 오국비 븡셩디통 가온ᄃᆡ 식부 등을 ᄉᆞ렴ᄒᆞ샤 돈ᄋᆞ 등 ᄃᆞ려 근친 귀령을 쳥ᄒᆞ시더라 ᄒᆞ니, 수쳔니 원노의 부인 녀ᄌᆞ의 ᄒᆡᆼ되 극난ᄒᆞ나 마디 못ᄒᆞ야 허락ᄒᆞᄂᆞ니, 냥합히 오국군 초긔 미쳐 ᄒᆡᆼᄒᆞ시리니, ᄒᆡᆼ도의 식부 등을 거ᄂᆞ려 ᄒᆡᆼᄒᆞ시면 만젼ᄒᆞᆯ가 ᄒᆞᄂᆞ이다.”

냥공이 칭샤ᄒᆞ더라.

진왕 곤계 흔연 담쇼ᄒᆞᄃᆡ 한셜이 다시 윤쇼졔긔 밋디 아니니, 좌듕이 그 도량을 탄복ᄒᆞ더라.

셕양의 윤시 제공이 부쇽을 뫼셔 도라가다.

ᄎᆞ야의 태ᄉᆞ와 츄밀이 진왕 형뎨의 관후명달ᄒᆞ믈 일ᄏᆞ라니, 최부인이 것ᄎᆞ로 일ᄏᆞ라나 심하의 더옥 대로ᄒᆞ여,【42】 ᄀᆞ마니 ᄭᆞ짓기를 마디아니ᄒᆞ고, 범부인은 츄밀의 말ᄉᆞᆷ을 듯고 탄상ᄒᆞ여 ᄀᆞᆯ오ᄃᆡ,

“진국군과 윤태부ᄂᆞᆫ 진짓 셩인군ᄌᆞ며 지ᄌᆞ 쳘인이라. 션·월 냥 딜녀의 쳔고탁이ᄒᆞᆫ 셩덕

녀의 천고(千古) 탁이(卓異)흔 셩덕(聖德) 지 질(材質)이 쳥문과 효문의 주부 되미 붓그렵 지 아니커니와, 은혜의 우암(愚暗)흔 지용(才 容)을 가져 이 갓흔 셩덕지문(聖德之門)의 가 (嫁)흐여 놉흔 군주와 슉녀의 교회(敎誨)를 닙어시미, 엇지 영힝(榮幸)치 아니리잇고?"

부뷔 셔로 탄상(歎賞)흐믈 마지 아니며 한 님을 위흐여 근심이 즁쳡(重疊)흐니, 츄밀이 능히 잠을 일우지 못흐눈지라. 부인이 도로 혀 위【39】로흐더라.

최부인이 격년(隔年) 궁모곡계(窮謨曲 計)590)로 겨유 윤쇼져를 업시흐여, 한님으로 흐여 년니지(連理枝)591)의 가지를 버히고 원 앙(鴛鴦)의 날기를 끗쳐시나, 오히려 아조 죽 지 아냐 비록 년지(連枝)를 버혀시나, 쑬 히592)를 업시치 못흐여시니, 이야 진짓 심복 디환(心腹大患)이어눌, 쏘 티시 도라오미 윤 시의 허믈을 드라나 취명(醜名)을 조곰도 의 심치 아냐, 도로혀 어니 곳 요인(妖人)이 은 복(隱伏)흐여, 쳔금(千金) 주부(子婦)의 빙옥 주질(氷玉資質)을 구함(構陷)흐여 킹참(坑塹) 의 함익(陷溺)흐믈 니르【40】미, 분앙(憤怏)흔 심장이 터질 듯흔지라. 더욱 두리눈 바눈 츄 밀의 주상흐○○[미라]. {믈 괴로이 너기고} 티스의 총명을 아스 한님을 스랑흐눈 주이를 몬져 병드리지 못흔즉, 한님을 슈이 업시치 못흘지라.

이의 가만이 영교 미션으로 계규를 의논흐 미, 교 등이 헌칙(獻策) 왈,

"이눈 가히 미혼쥬(迷魂酒)와 도봉잠593)으

지딜이 쳥문과 효문의 주뷔 되미 붓그럽디 아니커니와, 은혜의 우암흔 지용으로 이 굿 튼 셩덕지문의 가흐야 놉히 군주슉녀의 교희 를 닙으미 엇디 영힝치 아니리잇고?"

부뷔 셔로 탄상흐믈 마디아니며 한님을 위 흐여 근심이 듕쳡흐니, 츄밀이 능히 줌을 일 우지 못흐눈다라. 부인이 도로혀 호언으로 위로흐더라.

최부인이 격년 《궁묘극계∥궁모곡계》로 겨 유 윤시를 업시흐여, 한님의 년지의 가디 를 버히고 원앙의 날기를 긋쳐시나, 오히려 【43】 아조 죽이디 못흐고, 비록 가디를 버혀 시나 불희를 업시치 못흐여시니, 심복 대환 이어눌, 쏘 태시 도라오미 윤시의 허믈을 드 르나 조금도 의심치 아냐, 도로혀 어느 곳 요인이 은복흐여, 쳔금 주부의 빙옥주질을 구함흐믈 니르미, 분앙흔 심장이 터질 듯흔 다라. 더옥 두리눈 바눈 츄밀이라. 태스의 총명을 아스 한님을 스랑흐눈 주이를 몬져 병드리지 못흔즉 한님을 수히 업시치 못흘디 라.

이에 フ마니 미·교 등으로 의논흐미, 교 등이 헌칙 왈,

"이눈 가히 미혼쥬와 도봉줌을 시험흐야

---

590)궁모곡계(窮謀曲計) : 궁극한 꾀와 곡진한 계획
591)년니지(連理枝) : 뿌리가 다른 나뭇가지가 서로 엉 켜 마치 한 나무처럼 자라는 것으로 화목한 부부나 남녀 사이를 비유적으로 이르는 말. 당(唐)나라 시 인 백거이(白居易)의 현종과 양귀비의 애달픈 사랑 을 노래한 <장한가(長恨歌)>에서 "하늘에서는 비익 조가 되기를 원하고 땅에서는 연리지가 되기를 원 했네(在天願作飛翼鳥, 在地願爲連理枝)"라는 구절 에서 나온 말임.
592)쑬히 : 뿌리.
593)도봉잠 : 한국 고소설에서 악류들이 특정인의 마음 을 변심시켜 자신들의 뜻대로 조종하기 위해 흔히 쓰는 요약(妖藥). 작품에 따라 익봉잠 · 현혼단(眩昏 丹) · 몽혼단(夢魂丹) 등의 이름으로 쓰이기도 한다.

로뻐 시험ᄒ여 틱ᄉ와 츄밀긔 나와, 한님 노
야 주이를 버히고, 틱ᄉ룰 《모모‖도모》ᄒᆞᆯ
거시로디, 두리온 바는 츄밀 노얘라. 만일
젼쳐로 틱ᄉ룰 쥬【41】야 뫼셔 계시면 실노
용ᄉ키 어려오니, 쇼비 등이 한 계규 이시니
근간 시로 난 약이 이시니 명왈 미혼미셩단
(迷魂未醒丹)이라. 사롬이 먹으면 긔운이 강
명치 못ᄒ고 졍긔 숀상ᄒ여, 비록 죽지 아니
나 여혼여실(如昏如失)ᄒ여, 졍긔 가장 특이
ᄒ 주는 반년을 혼침(昏沈)ᄒ엿다가 낫기를
엇고, 용녈ᄒ는 거이 일이년을 병들고, 심
약ᄒ면 인ᄒ여 광분질쥬(狂奔疾走)ᄒᆞ느니이
다. 이 약이 가장 희한ᄒ니 한 환의 갑시 쳔
금이라. 부인이 맛당이 이 약을 어더 츄밀
노야【42】긔 시험ᄒ시디, 양부인 시녀 슉낭을
브리시면 디시 거의 일울 거시오, ᄯ 한 일
이 이시니, 오왕뎐하의 초긔 머지 아녀 계시
니, 냥위 노야와 한님 상공이 불구의 하향
(下鄉)ᄒᆞᆯ 거시니, 만일 부듕을 ᄯ나시면 용ᄉ
(用事)ᄒ기 어려울지라. 이제 틱ᄉ 노야룰 미
혼단(迷魂丹)으로 취케 ᄒ시고 츄밀 노야룰
미셩약(未醒藥)을 시험ᄒ여 졍긔룰 어리오게
ᄒ 후, 여ᄎᆞ 셜계ᄒ여 한님 상공으로 ᄒ여곰
가히 하향(下鄉)ᄒᆞᆯ 힝도룰 쓴케 ᄒ고, 이리
ᄒ노라 ᄒ면 녕원신법시 도라올 거시【43】니
엇지 한님을 업시치 못ᄒᆞᆯ가 근심ᄒ리잇고?"

부인이 ᄭᆡ다라 묘ᄒᆞᆷ을 일ᄏ고 즉시 힝계ᄒᆞᆯ
시, 최부인이 이의 슉낭을 불너 쥬식(酒食)으
로 관디(寬待)ᄒ고, 필빅(疋帛)과 은젼(銀錢)
으로뻐 쥬고 계규룰 가르치니, 슉낭이 품셩
이 공교롭고 게으른 고로, 양시 아모 일을
맛지면 잠쥬고 한유ᄒ기룰 됴화○○[ᄒ여],
쇼임을 졔씨의 찰히지 못ᄒ니, 쇼졔 미온ᄒ
여 쇼임의 게으룸을 칙ᄒᆞᆫ지라.

슉낭이 스스로 졔 그룸은 아지 못ᄒ고 쇼
져룰 원망ᄒ며 문시룰 후히【44】미즈 ᄉ괴
여 주못 조히 너기더니, 문시 츌뷔 되미 슉
낭이 의지업는 듯 셥셥ᄒᆞᆷ을 니긔지 못ᄒᆞ던지
라. 최부인이 뜰디잇셔 {도ᄒ여} ᄭᆡᆺᄭᆡᆺ 무휼ᄒ
더니, 이날 디계로뻐 촉탁ᄒ니 슉낭이 필빅
과 은화룰 엇고 디희ᄒ여, 낙낙히 명을 밧으

태수와 츄밀 노야긔 나와, 한님 노야 주이를
버히고, 《대ᄉ‖틱ᄉ》룰 도모ᄒᆞᆯ 거시로디,
두리온 바는 츄밀 노야라. 만일 젼쳐로 태수
노야룰 쥬야【44】뫼시고 겨신즉, 실노 용ᄉ
키 어려오니, 쇼비 등이 ᄒᆞᆫ 계교 이시니, 근
간 시로 ᄂᆞᆫ 약이 이시니, 명왈 '미혼미셩단
(迷魂未醒丹)'이라. 사롬이 먹으미 졍긔 손상
ᄒ여 비록 죽디 아니나, 졍긔 잇는 긔특ᄒ
니는 반 년을 혼침ᄒ엿다가 낫기를 엇고, 용
녈ᄒ면 일이년을 병들고, 심약ᄒ면 인ᄒ야
광분질주ᄒᆞ느니이다. 이 약이 ᄒᆞᆫ 환의 갑시
쳠금이라. 부인이 맛당이 이 약을 어더 츄밀
노야긔 시험ᄒ샤디, 양부인 시녀 슉낭을 부
리시면 디시 거의 일 거시오, ᄯᅩ 일이 이시
니, 오왕 뎐하의 초긔 머디 아냐시니, 냥위
노야와 한님 상공의[이] 블구의 하향ᄒ실 거
시니, 만일 부듕을 ᄯᅥ나시면 용ᄉᄒ기 어려
울 거시니, 이 계교로뻐 태수 노야와 츄밀
노야룰 어리오게 ᄒᆞᆫ 후,【45】여ᄎᆞ여ᄎᆞ 셜계
ᄒ야 한님 노야룰 ᄒ여곰 감히 하향ᄒᆞᆯ 힝도
룰 ᄭᅳᆫ게 ᄒ시고, 이리 ᄒᆞᄂᆞ라 ᄒ면 녕원이
도라올 거시니, 엇디 한님을 업시치 못ᄒᆞᆯ가
근심ᄒ리잇고?"

최부인이 셕연이 ᄭᆡᄃᆞ라 묘ᄒᆞᆷ을 《일ᄀᆞᆺ고‖
일ᄏ고》 즉시 힝계ᄒᆞᆯ시, 이에 슉낭을 블너
쥬식을 관디ᄒ고, 필빅과 금은을 주고 계교
룰 ᄀᆞ르치니, 슉낭이 품셩이 공교롭고 게어
른 고로, 양시 아모 일을 맛긔면 줌주고 한
유ᄒ기룰 됴화○○[ᄒ여], 소임을 졔 씨의 찰
히디 아니니, 쇼졔 주로 칙ᄒ니 슉낭이 스스
로 그르믄 아디 못ᄒ고 쇼져을 원망ᄒ며, 문
시 츌뷔 되고 의지 업슨 듯 셥셥ᄒᆞᆷ을 이긔디
못ᄒ더니, 최부인이 후의 ᄡᆯ 고디 잇셔{도}
ᄭᆡᄭᆡ 무휼ᄒ더니, 이날 대계로뻐 츄【46】탁ᄒ
니, 슉낭이 금은을 엇고 대희낙낙ᄒ여 명을
바드니, 하눌이 간인으로 ᄭᆡ을 빌니시미 ᄯᅩ
ᄒᆞᆫ 현인의 운건ᄒᆞᆫ 시슈를 응ᄒ미러라.

므로써 디ᄒ더라.

ᄎ희(嗟噫)라! ᄒᄂᆯ이 간인으로 쇠ᄅᆯ 빌니시미, ᄯ혼 현인의 운건(運蹇)594)혼 시슈(時數)ᄅᆯ 응ᄒ미러라.

슉낭이 미셩단(迷性丹)595)을 몸가의 감초고 가만이 식방(食房)의 드러가 찬션(饌膳)【45】가음이[아]ᄂᆫ 무리의 셧겨 악ᄉᆞᄅᆯ 힝ᄒ올시, 츄밀의 깅반(羹飯)을 열고 약가로(藥가로)ᄅᆯ 드리치니, 이 맛시 본디 ᄡ지 아니ᄒᄂ니 뉘 능히 이런 ᄉᆞ긔(事機)ᄅᆯ 알니오.

엄한님이 디익(大厄)이 님박(臨迫)ᄒ니 츄밀의 ᄌᆞ샹(仔詳) 총명(聰明)ᄒ미나 흘일업더라.

ᄎᆞ일 셕샹(夕床)을 물니미 츄밀이 홀연 두통이 디발(大發)ᄒ여 샹샹(床上)의셔 신음ᄒ니, 병근이 비록 디단치 아니나 은은(隱隱) 간간(間間)이 신음ᄒ고, 여러 날이 되미 총명졍긔 졈졈 쇼삭ᄒ여 마치 연무 즁 사ᄅᆷ 갓【46】ᄒ니, 부인이 념녜 비경(非輕)ᄒ고 ᄌᆞ녜 초황(焦遑)ᄒ여 의치(醫治)로써 다ᄉᆞ리나, 촌호(寸毫) 가감(加減)이 업고, 날노 심샹치 아냐 긔뷔(肌膚) 슈고(瘦枯)ᄒ니, 가즁이 ᄌᆞ못 분황(紛遑)ᄒ며, 텨시 ᄯᅩ 슈일을 디통(大痛)ᄒ고 쾌ᄎᆞ(快差)ᄒ여시나, 아조 본셩을 일허 츄밀의 병후ᄅᆯ 념녀ᄒ미 업고, 슌여일 후의 츄밀이 ᄯᅩ 병셰는 조곰 나으나 아조 무릉지인(無能之人)이 되여, 가즁 디쇼ᄉᆞ(大小事)의 아조 강단이 업ᄉᆞ니, 최부인 노쥬ᄂᆫ 불승암희(不勝暗喜)ᄒ나, 시랑 형데ᄂᆫ 경녀(驚慮)ᄒ고 부인과 한님【47】은 디경ᄎᆞ악ᄒ더라.

이러구러 월여의 미ᄎᆞ니 시셰(時歲) 초하(初夏) 슌간(旬間)이라. 진궁 윤부의셔 바야흐로 냥 엄부인의 귀령을 허ᄒ고, 인ᄒ여 금쥬 힝도ᄅᆯ 일워 모후ᄅᆯ 반기게 ᄒ니, 냥 엄부인이 즉일의 쇼거금뉸(素車金輪)의 위의ᄅᆯ 갓초와 본부의 도라와 교즁(轎中)의 나리니, 최·범 냥부인이 녀부ᄅᆯ 거ᄂ려 마주 반기

슉낭이 일혼단(逸魂丹)을 몸ᄀ의 감초고 가마니 식방의 드러가 찬션을 가음아ᄂᆫ 무리의 셧겨 악ᄉᆞᄅᆯ 힝ᄒ니, 뉘 능히 ᄉᆞ긔를 알니오.

엄 한님 대익이 임박ᄒ니 츄밀의 ᄌᆞ샹총명ᄒ미나 흘일업더라.

ᄎᆞ일 셕샹을 믈니미 츄밀이 홀연 두통이 대단ᄒ여 샹샹의셔 신음ᄒ니, 병근이 비록 대단치 아니나 은은이 신음ᄒ고, 여러 날이 되미 총명졍긔 졈졈 소삭ᄒ야 맛치 연무 듕 사ᄅᆷ ᄀᆞᄐ니, 부인이 념녜ᄒ고 ᄌᆞ녜 초황ᄒ여 의치로 다ᄉᆞ리나 가감이 업고, 날노 신샹이 슈고ᄒ니 가【47】즁이 ᄌᆞ못 분황ᄒ며, 태시 ᄯᅩ 수일을 대통ᄒ고 쾌ᄎᆞᄒ여시나 아조 본셩을 일허 츄밀의 병을 념녜ᄒ미 업고, 슌여 일 후의 츄밀의 병셰ᄂᆫ 조금 나으나 아조 무릉지이 되여 가듕 대쇼ᄉᆞ의 아조 강단이 업ᄉᆞ니, 최부인 노쥬ᄂᆫ 불승암희ᄒ나 시랑 형데ᄂᆫ 《경녜‖경녀》ᄒ고, 범부인과 한님이 대경ᄎᆞ악ᄒ더니,

이러구러 월여의 밋ᄎᆞ미 시셰 초하 슌간이라. 윤부의셔 바야ᄒ로 냥엄부인이 금쥐 힝도를 일워 모친긔 뵈옵고져 흘시, 냥부인 귀령ᄒ야 즉일의 소거금뉸의 위의를 갓초와 본부의 도라오니, 최·범 냥부인이 녀부를 거ᄂ려 마주 반기고, 시랑 곤계와 한님이 반기믈 이긔디 못ᄒ나,

---

594)운건(運蹇) : 운수가 막힘.
595)미셩단(迷性丹) : '사람의 본성을 흐리게 하는 약'이란 뜻으로 '도봉잠·익봉잠·현혼단·몽혼단·일혼단(逸魂丹)' 등의 이름으로 조선조 가문소설계 작품들에 나오고 있는 '도봉잠' 계열 요약의 일종.

고, 시랑 곤계와 한님이 반기믈 니긔지 못ᄒ
나, 홀노 틱ᄉ와 츄밀이 냥질을 보나 각별
젼 갓치 반기고 이련(愛憐)【48】ᄒ미 업서,
예ᄉ로이 인ᄉᄒ여 맛치 일가(一家)의셔 무
샹이 머므던 사롬 갓치 ᄒ니, 냥부인이 심하
의 디경ᄒ여 ᄌ미 냥인이 셔로 도라보아 경
희(驚駭)ᄒ믈 마지 아니ᄒ더라.

윤시 졔공이 쏘훈 니르러 엄공 형뎨를 보
고 경희ᄎ악(驚駭嗟愕)596)ᄒ여 본부의 도라
가 진왕의게 엄공 형뎨의 거동을 고ᄒ니, 진
왕이 셔안(書案)을 쳐 탄왈(嘆曰),

"ᄎ지(嗟哉)라! 엄창이 맛ᄎᆷᄂᆡ 고원(故園)
의 무ᄉᄒ믈 긔필(期必)치 못ᄒ리로다. 디홰
(大禍) 박두(迫頭)ᄒ니 군ᄌ 현인의 평싱【49】
이 엇지 한갈갓기를 바라리오."

윤시 졔인이 말ᄉᆷ을 니어 ᄎ탄ᄒ믈 마지
아니ᄒ여, 엄한님을 위ᄒ여 차셕ᄒ더라.

어시의 한님이 의외의 양부(養父)와 즁부
(仲父)의 힝ᄒ시ᄂᆞ 비 괴이ᄒ믈 보미, 스스로
금쥬 힝도를 일우지 못홀 쥴 알고, 심하의
슬허ᄒ믈 마지 아니ᄒ고, ᄌ긔 디익(大厄)이
머지 아닐 쥴 지긔(知機)ᄒ더라.

최부인이 틱ᄉ를 디ᄒ여 감언(甘言)으로
다릐여 갈오디,

"군ᄌ와 슉슉이 노년의 원노풍상(遠路風
霜)을 겻고597) 심녀를 허비【50】ᄒ여, 병근이
ᄌ못 가비압지 아니시니, 결연(決然)이598) 금
쥬 힝도를 일우지 못ᄒ실지라. 창이 쏘 샹공
과 슉슉이 가지 아니시면, 슬하를 ᄯᅵ나미 결
연(缺然)《ᄒ오니∥ᄒ옵고599)》, 졔 부왕의 쇼
긔(小朞)600)를 가 지니{지 못ᄒ}오면, 쏘훈
슬프미 과도ᄒ여 병들미 쉽오리니, 원컨디
샹공은 창아를 보니지 마르시고, 슉슉의 힝

596)경희ᄎ악(驚駭嗟愕) : 몹시 놀람
597)겻다 : 겪다. 어렵거나 경험될 만한 일을 당하여
　　치르다.
598)결연(決然)이 : 결연히. 마음가짐이나 행동에 있어
　　태도가 움직일 수 없을 만큼 확고하게.
599)결연(缺然)ᄒ다 : 모자라서 서운하거나 불만족스럽
　　다.
600)쇼긔(小朞) : =소상(小祥). 사람이 죽은 지 1년 만
　　에 지내는 제사. ≒기년제·소기(小朞). 일주기(一周
　　忌).

홀노 태ᄉ와 츄밀이 냥딜【48】을 보나 젼일
ᄀᆞᆺ치 반기고 이련ᄒ미 업셔, 녜ᄉ로이 인ᄉ
ᄒ여 맛치 일가의셔 무샹이 머므런 사롬 ᄀᆞᆺ
치 ᄒ니, 냥부인이 셔로 도라보아 경희ᄒ믈
마디아니ᄒ더라.

윤시 졔공이 쏘훈 니르러 엄공 형뎨를 보
고 경희ᄎ악ᄒ야 본부의 도라가, 진왕이 셔
안을 쳐 탄왈,

"ᄎ지라! 엄창이 맛ᄎᆷᄂᆡ 《그원∥고원》의
무ᄉᄒ믈 긔필치 못ᄒ리로다. 대홰 박두ᄒ니
군ᄌ 현인의 평싱이 훈갈ᄀᆞᆺ기를 ᄇᆞ라리오."

윤시 졔인이 말ᄉᆷ을 니어 ᄎ악경심ᄒ믈 마
디아니ᄒ여, 엄 한님을 위ᄒ야 ᄎ셕ᄒ더라.

어시의 한님이 의외의 양부와 듕부의 힝ᄒ
시ᄂᆞ 비 고이ᄒ믈 보미, 스스로 금쥐 힝도를
일우디 못홀 줄 알고 심하의 슬허ᄒ【49】믈
마디아니ᄒ고, ᄌ긔 대익이 머디 아닐 줄 지
긔ᄒ더라.

최부인이 태ᄉ를 디ᄒ여 감언으로 달내여
왈,

"군ᄌ와 슉슉이 노년의 원노풍상을 격고
심녀를 허비ᄒ여 병근이 ᄌ못 ᄀᆞ비얍디 아니
시니, 결연이 금쥐 힝도을 일우디 못ᄒ실디
라. 창이 쏘 샹공과 슉슉이 가디 아니시면
《스프믈∥슬프믈》 과도이 ᄒ여 병들미 쉬오
니, 원컨디 샹공은 창ᄋ를 보니디 《말르시고
∥마르시고》, 슉슉의 힝도를 여ᄎ 말니시고,
운·회 냥딜과 션·월 냥 딜녀를 가게 ᄒ시미
올ᄒ니이다."

도룰 여추여추 만뉴(挽留)ᄒ시고, 윤·희 냥
질과 션·월 냥 질녀룰 가게 ᄒ시미 올ᄒ니
이다."

틴시 요약의 심졍이 상(傷)ᄒ 후ᄂ 부인
의 말을 【51】다 올히 너기ᄂ지라. 과연 그
러히 너겨 이의 튜밀을 불너 니로ᄃᆡ,

"우형이 현뎨로 더부러 창아와 제질을 거
ᄂ려 금쥬 나려가 아의 초긔(初忌)룰 지니려
ᄒ엿더니, 이졔 우형과 현뎨 노역(路役)의 구
치(驅馳)ᄒ여 병이 나시니, 능히 힝도(行途)
룰 일우지 못ᄒ지라. 연즉 창아도 슬하룰 ᄯᅥ
나기 어려오니, 비록 싱부(生父)의 초긔(初
忌)의 가지 못ᄒ미 참통(慘痛)ᄒ나, ᄉ세(事
勢) 여추ᄒ니 ᄯᅩ훈 가지 못ᄒ리로다."

튜밀 ᄯᅩ훈 요약의 졍긔(精氣) 혼미(昏迷)훈
비 되여시니 엇지 【52】형쟝의 말ᄉᆞᆷ이 불연
(不然)ᄒ믈 붉히리오.

다만 졈두(點頭) 묵연(默然)ᄒ여 변별(辨
別)ᄒ미 업ᄉ니, 최부인이 틴ᄉᆞ의 말ᄉᆞᆷ을 니
어 왈,

"상공과 슉슉이 원노풍상(遠路風箱)의 심
녀(深慮)룰 허비ᄒ여 이제 환후의 원위(元憂)
가비얍지 아니시고, 창이 더욱 허약훈 긔질
의 슈쳑(瘦瘠)ᄒ미 ᄯᅩ훈 심훈지라. 여추지즁
의 원도힝역(遠道行役)의 구치ᄒ면 그 싱병
(生病)ᄒ미 필연훌 거시니, 《더고나∥더구나》
홀노 보니지ᄂ 못훌 비로소이다."

최부인이 창아룰 깁히 념녀ᄒᄂ 듯ᄒ 【53】
나, 기실은 창을 급히 히코져 ᄒᄂ 마음이
잇ᄂ 연괴라.

태시 요약의 심졍이 상훈 후ᄂ 부인의 말
을 다 올히 넉이ᄂ지라. 과연 그러히 넉여
이에 튜밀을 블너 닐오ᄃᆡ,

"우형이 현뎨로 더브러 창ᄋᆞ와 제딜을 거
ᄂ려 금쥬 《나려가∥나려가》【50】아의 초긔
룰 지니려 ᄒ엿더니, 이졔 우형과 현뎨 노역
의 구치ᄒ여 병이 나시니, 능히 힝도룰 일우
다 못훌 거시오, 우리 아니 가면 ᄯᅩ 창ᄋᆞ를
보ᄂᆡ디 못훌 거시니, 맛당이 운·회 냥이 냥
딜녀로 더브러 하향ᄒ여 아의 초ᄉᆞ(初祀)룰
지니고 도라오게 ᄒ미 엇더ᄒ뇨?"

튜밀이 ᄯᅩ훈 미셩단의 혼신(魂神)이 어려
훈낫 농괴(朧塊) 되엿ᄂ지라. 젼일 총명이 업
거니와 무산 강단으로 ᄉ체(事體)를 의논ᄒ
리오.

맛치 훈낫 어림쟝이ᄀᆞᆺ치 이리 두렷 져리
두렷 ᄒ다가 디왈,

"형댱 말ᄉᆞᆷ이 유리ᄒ시니 명대로 ᄒ샤이
다."

ᄒ고 다시 아모 말도 아니ᄒ니, 태시 ᄯᅩ
시랑과 혹ᄉᆞ를 명ᄒ여 왈,

"우슉이과 여뷔 다 병이 잇셔 능히 금쥬
힝도를 일우디 못훌 거시니,【51】 여등이 맛
당이 냥미로 더브러 하향ᄒ여 수이 도라오게
ᄒ라."

시랑 형뎨 믁연슈명ᄒ거늘, 한님이 망극
결연ᄒ믈 이긔디 못ᄒ여 하셕 체읍ᄒ고 고
왈,

"대인과 듕부의 명이 여추ᄒ시나, 인지 ᄎᆞ
마 {엇디} 어버이 초ᄉᆞᆯ 참ᄉᆞ치 못ᄒ오믄,
졍니의 참디 못ᄒ올 빈라. 복원 대인은 하졍
을 통쵹ᄒ샤 힝도를 허ᄒ시믈 부라ᄂ이다."

태시 밋쳐 답디 못ᄒ여셔 최부인이 변식
칙왈,

"인ᄌᆞ 되여 ᄉᆞᄉᆞ의 경슌니열(敬順怡悅)ᄒ
미 읏듬이라. 네 본ᄃᆡ 년쇼ᄒ거널, 슉슉 초
상의 집상ᄒ믈 너모 과이 ᄒ여 약딜이 슈픽
ᄒ미 극ᄒ엿ᄂᄃᆡ, ᄯᅩ 이번 가미 상공 면젼을

션·월 냥쇼제 그 빅모의 한님을 굿이 아
니 보니려 ᄒᆞ미, 반ᄃᆞ시 변고ᄅᆞᆯ 지어 한님이
무ᄉᆞ치 못ᄒᆞᆯ 쥴 지긔ᄒᆞ고, 위ᄒᆞ여 참통 비상
ᄒᆞ미 살ᄒᆞᆯ 지ᄅᆞ고 ᄲᅧ를 바으ᄂᆞᆫ 듯ᄒᆞᄃᆡ, 빅부
와 즁뷔 다 연무(煙霧)의 아득ᄒᆞ여 본셩을
아조 일허 계시고, 가즁 범빅ᄉᆡ(凡百事) 다
빅모의 쟝악의 이시니, ᄌᆞ긔 등의 약셕지언
(藥石之言)[601]이 감히 발뵈지 못ᄒᆞᆯ 고로, 셔
어(齟齬)ᄒᆞᆫ 말ᄊᆞᆷ을 니지 아니ᄒᆞ고 한갓 진슈
(蟬首)[602]를【54】 슉여 쇼안(素顔)을 젹시ᄂᆞᆫ
쥬뤼(珠淚) 삼삼(滲滲)ᄒᆞᆯ ᄯᆞ롬이오.

이ᄱᅵ 제쇼제 구가의 칙임(責任)이 즁ᄒᆞᆫ ᄌᆞ
ᄂᆞᆫ 오지 아녓고, 오직 최부인 ᄎᆞ녀 화상셔
부인은 잇던지라. 믄득 낫빗츨 졍히 ᄒᆞ고 옥
셩을 강기(慷慨)이 ᄒᆞ여 왈,

"인인(人人)이 부ᄌᆞᄂᆞᆫ 텬셩지친(天性之親)
이라. 창뎨 고향의 도라가 계부 초긔(初忌)를
참ᄉᆞ(叅祀)ᄒᆞ려 ᄒᆞ옵거ᄂᆞᆯ, 뎌인과 ᄌᆞ위 엇지
그 힝도를 막으시미 ᄉᆞ졍의 망극ᄒᆞ며, 긱박
ᄒᆞ시미 아니리잇고? 복원 텨텨(太太)ᄂᆞᆫ 익이
혜아리쇼셔."

텨시 묵연【55】ᄒᆞ고 부인이 노왈,

"노뫼 창아의 몸을 념녀ᄒᆞ고 다른 ᄯᅳᆺ이 아

---

601)약셕지언(藥石之言) : 약셕지언(藥石之言). 약으로
　　병을 고치는 것처럼 남의 잘못된 행동을 훈계하여
　　그것을 고치는 데에 도움이 되는 말.
602)진슈(蟬首) : '매미의 머리'라는 뜻으로, 아름다운
　　용모를 이르는 말. 여기서는 '얼굴'을 뜻함

ᄶᅵ나 조심ᄒᆞᄂᆞᆫ 도리 업ᄉᆞᆯ디라. 연즉 병을 깁
히 더으면 우【52】리 노부쳐로 ᄒᆞ여곰 ᄀᆞ업
ᄉᆞᆫ 념녀를 ᄭᅵ치리니, 결단코 가지 못ᄒᆞ리
라."

태시 ᄯᅩ 닐오ᄃᆡ,

"네 모친의 말이 {니} 당연ᄒᆞ거ᄂᆞᆯ, 오이 엇
디 거역ᄒᆞ여 인ᄌᆞ의 승슌지도을 아디 못ᄒᆞᄂᆞ
뇨? 네 질실노 가고져 ᄒᆞ면 노뷔 말디든 아
니려니와, 노뷔 너를 다시 보디 아니리라."

한님이 복슈쳥교의 대경황공ᄒᆞ여 연망이
고두샤죄ᄒᆞ고, ᄂᆞ작이 시립ᄒᆞ미 소건을 슈겨
츄연이 《합누∥함누》ᄒᆞᆷ을 마디아니ᄒᆞ니, 범
부인 모지 위ᄒᆞ여 잔잉ᄒᆞ며, 범부인은 츄밀
의 병근이 고이ᄒᆞᆷ을 의심ᄒᆞ고 념녀ᄒᆞ여, 이
런 일이 다 한님의게 블힝ᄒᆞᆷ믈 초탄ᄒᆞ고, 냥
엄부인이 부듕 ᄉᆞ긔를 살펴 아의 신샹이 위
터ᄒᆞᆷ믈 지긔ᄒᆞ고, 위ᄒᆞ여 참통비샹ᄒᆞ미 살ᄒᆞᆯ
지ᄅᆞ고 ᄲᅧ를 비으ᄂᆞᆫ 둧【53】ᄒᆞᄃᆡ, 빅부와 듕
뷔 다 《연의∥연무(煙霧)》의 아득ᄒᆞ여 본셩
을 아조 일허 계시고, 가듕 범빅시 다 빅모
의 쟝악의 잇시니, ᄌᆞ긔 등의 약셕지언이 감
히 발뵈디 못ᄒᆞᆯ 고로, 셔어ᄒᆞᆫ 말ᄊᆞᆷ을 니디
아니ᄒᆞ고, ᄒᆞᆫᄀᆞᆺ 진슈를 슉여 소안(素顔){월
빈}의 쥬뤼 슘슘ᄒᆞᆯ ᄯᆞ롬이오,

이ᄱᅵ 제쇼제 구가의 칙임이 듕ᄒᆞᆫ ᄌᆞᄂᆞᆫ 오
디 아니ᄒᆞ고, 오작 최부인 ᄎᆞ녀 화 상셔 부
인은 잇던다라. 믄득 낫빗츨 졍히 ᄒᆞ고 옥셩
이 강기ᄒᆞ여 고왈,

"인인의 부ᄌᆞᄂᆞᆫ 텬셩지친이라. 창뎨 이제
고향의 도라가 계부 초긔를 참ᄉᆞᄒᆞ려 ᄒᆞ옵거
ᄂᆞᆯ, 대인과 ᄌᆞ위 엇디 그 힝도를 막으시미
ᄉᆞ졍의 망극ᄒᆞ며 각박ᄒᆞ시미 아니리잇고? 복
원 태태ᄂᆞᆫ 닉이 혜아리쇼셔."

태시 묵연ᄒᆞ고 부인이 노왈,

"노뫼【54】 창ᄋᆞ의 몸을 념녀ᄒᆞ고 다른 ᄯᅳᆺ
이 아니여늘, 녜이 엇디 믄득 부모를 그ᄅᆞ다

니어눌, 녀이 엇지 믄득 부모룰 그릭다 ᄒᆞᄂᆞ뇨? 제 본듸 가려ᄒᆞ면 우리 엇지 말니리오."

셜파의 노식이 표연ᄒᆞ니 츄밀이 츠경을 좌우로 면지고지(眄之顧之)ᄒᆞ여 어린 듯ᄒᆞ다가, 홀연 혜식은603) 우음으로 우어 왈,

"존슈의 창아 앗기고 ᄉᆞ랑ᄒᆞ시미 오히려 영아의 바랄 비 아니라. 그 말ᄉᆞᆷ이 다 진정쇼발(眞情所發)의 비로ᄉᆞ미니 우슉이 감히 우러러 존슈의 셩덕을 항복ᄒᆞᄂᆞ니,【56】 질녀 등은 ᄉᆞ체 모로ᄂᆞᆫ 말을 말나."

셜파의 최부인이 양양ᄌᆞ득(揚揚自得)ᄒᆞ여 노식을 두로혀 쇼안(笑顏)이 미미ᄒᆞ니, 범부인 모녀 고식(姑媳)과 엄부인 ᄌᆞ미와 화부인이며 시랑 등이 츄밀공의 이더도록 변ᄒᆞ시믈 아연ᄎᆞ악(俄然嗟愕)ᄒᆞ여, 면면상괴(面面相顧)러라.

시랑 형뎨와 냥 엄부인이 하향(下鄕)ᄒᆞ려 ᄒᆞᆯᄉᆡ, 일기 분분이 힝니룰 출히더니, 셜복야 부인이 동긔지졍으로ᄡᅥ, 한번 오왕의 분젼(墳前)의 곡결(哭訣)604)ᄒᆞ고져 ᄒᆞ여, 당(堂) 우희 구괴(舅姑) 잇지 아니ᄒᆞᆫ 고로, 각【57】별 취품(就稟)ᄒᆞᆯ 디 업셔 다만 셜공긔 쳥ᄒᆞ니, 공이 부인의 졍ᄉᆞ(情私)룰 감동ᄒᆞ여 허락ᄒᆞ니, 부인이 깃거 드듸여 제부로 ᄒᆞ여곰 가ᄉᆞ룰 맛지고, 냥ᄌᆞ로 더부러 냥 질녀와 질ᄌᆞ 등을 거ᄂᆞ려 하향(下鄕)ᄒᆞ려 ᄒᆞ니, 냥 엄부인이 한님의 한가지로 힝ᄒᆞ지 못ᄒᆞ믈 심히 창연ᄒᆞ여, 그 빅모의 무고(無故)히 견집(堅執)ᄒᆞ여, 인ᄌᆞ의 ᄉᆞ졍을 슷쳐 가지 못ᄒᆞ게 ᄒᆞᆯ ᄲᅮᆫ 아니라, 필연 변시(變事) 이실 줄 혜아려, 이달오며 슬허ᄒᆞ더니, 슉모와 이죵뎨 한가【58】지로 가려ᄒᆞ믈 크게 깃거ᄒᆞ며, 제인이 분분(紛紛)이 힝니(行李)룰 다ᄉᆞ려 우명일(又明日)노 발힝ᄒᆞ려 ᄒᆞ더라.

어ᄉᆡ의 한님이 셔지의 도라와 슬프믈 니긔지 못ᄒᆞ여, 기리 원침(遠寢)605)의 쓰러져 ᄉᆞ미로 낫츨 덥고, 쇼릭 업시 비읍(悲泣)ᄒᆞ여

---

603)혜식다 : 일판이나 술판 따위에서 흥이 깨어져 서 먹서먹하다.
604)곡결(哭訣) : 상장례에서 상주나 조문하는 사람이 죽은 이와 곡(哭)하여 영결(永訣)함
605)원침(遠寢) : 멀리 떨어진 잠자리.

ᄒᆞᄂᆞ뇨? 제 부듸 가려 ᄒᆞ면 우리 엇디 말니 리오."

셜파의 노식이 표연ᄒᆞ니, 츄밀이 츠경을 좌우로 고면(顧眄)ᄒᆞ다가 홀연 혜식게 우어 왈,

"존슈의 창ᄋᆞ 앗기고 ᄉᆞ랑ᄒᆞ시미 오히려 영ᄋᆞ의 ᄇᆞ랄 비 아니라. 그 말ᄉᆞᆷ이 다 진졍소발의 비로ᄉᆞ미시니, 우슉이 감이 우러러 존슈의 셩덕을 항복ᄒᆞᄂᆞ니, 딜녀 등은 ᄉᆞ체 모로ᄂᆞᆫ 말을 말나."

셜파의 최부인은 양양ᄌᆞ득ᄒᆞ여 노식을 두루혀 소안이 미미ᄒᆞ고, 범부인 모녀 고식과 엄부인 ᄌᆞ미와 화부인이며 시랑 등이 츄밀공의 이도록 변ᄒᆞ시믈 악연ᄎᆞ악ᄒᆞ여 면면상괴러라.

시랑 형뎨와 냥 엄부인이 하향【55】ᄒᆞ려 ᄒᆞᆯᄉᆡ, 일기 분분이 힝니룰 찰히더니, 셜복야 부인이 동긔디졍으로ᄡᅥ ᄒᆞᆫ 번 오왕의 분젼 〇[의] 곡결ᄒᆞ고져 ᄒᆞ여, 당 우희 구괴 잇디 아닌 고로 각별 취픔홀 디 업셔 다만 셜공긔 쳥ᄒᆞ니, 공이 부인의 졍ᄉᆞ를 감동ᄒᆞ여 허가ᄒᆞ니, 부인이 깃거 드듸여 제부로 가ᄉᆞ를 맛지고, 냥ᄌᆞ로 더브러 냥 딜녀와 딜ᄌᆞ 등을 거ᄂᆞ려 하향ᄒᆞ려 ᄒᆞ니, 냥 엄부인이 한님의 ᄒᆞᆫ가디로 가디 못ᄒᆞ믈 ᄌᆞ못 창연ᄒᆞ더니, 슉모와 이죵뎨 ᄒᆞᆫ가디로 가려 ᄒᆞ믈 크게 깃거ᄒᆞ더라. 제인이 분분이 힝니룰 찰혀 우명일 노 발힝ᄒᆞ려 ᄒᆞ더라.

츠일 한님이 셔지의 도라와 슬프믈 니긔디 못ᄒᆞ여 기리 원침의 쓰러져 ᄉᆞ미로 낫츨 덥고 소릭 업【56】시 비읍ᄒᆞ여 눈믈이 벼기의

눈물이 벼기의 흐르믈 씨닷지 못ᄒ더니, 믄득 공지 다ᄃ라 형의 침와○⋯결락11자⋯○[ᄒ여시믈 보고 잠드럿는가] ᄒ여 갓가이 나아와 보니, 한님이 광슈로 옥면을 덥고 ᄌ는 ᄃ시 누어시나, 셜빈(雪鬢)의 가로 흐르는 눈물이 환난(汍亂)ᄒ여 귀【59】밋히 한 그릇 물을 브은 ᄃ시거ᄂᆞᆯ, 공지 그 ᄌ지 아니ᄒ던 쥴 알고, 역시 감창(感愴)ᄒ여 옥누를 흘니고, 좌룰 근(近)ᄒ여 그 몸을 흔들어 씨오나, 한님이 잠연이 아지 못ᄒ는지라.

　공지 바야흐로 그 슬프미 과도ᄒ미 엄식(奄塞)ᄒ기의 밋쳐시믈 보고 더욱 감회ᄒ여, 연망이 숀을 쥐므르며 슉직(宿直) 셔동을 불너 온ᄎᆞ룰 가져오라 ᄒ여, 스스로 상협(箱篋)을 열고 회싱단(回生丹)을 ᄂᆡ어 갈아 구즁(口中)의 드리오고져 ᄒ더니, 한님이 믄득 번【60】신(翻身)ᄒ여 슘을 ᄂᆡ쉬고 눈을 ᄯᅥ보니, 영이 녑히 안ᄌ 눈물을 흘니고, 숀의 약종(藥鍾)[606]을 드러시믈 보고, ᄌ긔 혼졀(昏絶)ᄒ엿던 쥴 씨ᄃᆞ라, 이의 영의 숀을 잡고 희허(噫噓) 일셩(一聲)ᄒ여 기리 탄식ᄒ니, 영이 위로 왈,

　"형장이 슬프믈 니긔지 못ᄒ샤 몸을 도라보지 아니ᄒ여 이러틋 ᄒ시니, 만일 보젼(保全)치 못ᄒᄋ온 즈음이면, 학발아치(鶴髮兒齒)[607]의 부뫼 그 ᄌ하샹명(子夏喪明)[608]이 엇더ᄒ시리잇고? 더욱 외로오신 계모(季母)[609]긔 불효 쟝ᄎᆞᆺ 엇더ᄒ【61】오리잇가? 바라건디 형장은 비회(悲懷)를 관억(寬抑)ᄒ샤, 우흐로 ᄲᅡᆼ친의 졀우(絶憂)와, 쇼뎨의 민면(黽勉)ᄒ[610] 졍ᄉ(情私)룰 도라 싱각ᄒ쇼셔."

---

[606]약종(藥鍾) : 약 종지. 약을 담은 종지.

[607]학발아치(鶴髮兒齒) : 머리가 하얗게 세고, 빠진 이가 다시 돋아난 노인. *아치(兒齒) : 늙은이의 이가 빠진 후에 다시 난 이. 오래 살 징조라고 한다.

[608]ᄌ하상명(子夏喪明) : 상명지통(喪明之痛). 눈이 멀 정도로 슬프다는 뜻으로, 아들이 죽은 슬픔을 비유적으로 이르는 말. 옛날 중국의 공자의 제자 자하(子夏)가 아들을 잃고 슬피 운 끝에 눈이 멀었다는 데서 유래한다

[609]계모(季母) : 아버지의 막내아우의 아내.

[610]민면(黽勉)ᄒ다 : 애면글면하다. 몹시 힘에 겨운 일을 이루려고 갖은 애를 쓰다

흐으믈 씨듯디 못ᄒ더니, 믄득 공지 다ᄃ라 형의 침와ᄒ여시믈 보고 잠드럿는가 ᄒ여 갓가니 ᄂᆞ아가 보니, 한님이 광슈로 옥면을 덥고 ᄌ는 듯ᄒ니, 셜빈의 가로 흐르는 눈물이 환난ᄒ여 귀밋터 한 그릇 믈을 부은 듯ᄒ거ᄂᆞᆯ, 공지 그 ᄌ지 아니ᄒ던 《둘‖줄》 알고 역시 감창ᄒ여 옥누를 흘니고 좌룰 근ᄒ여 그 몸을 흔드러 씨오나, 한임이 《ᄌ연이‖줌연이》 아디 못ᄒ는디라.

　공지 ᄇᆞ야흘노 그 슬프미 과도ᄒ여 엄식ᄒ기에 밋쳐시믈 보미, 《덕옥‖더옥》 감회ᄒ여 연망이 손을 쥐므르며, 슉직 셔동을 블너 더운 차를 가져오라 ᄒ여, 스스로 상협을 열고 회싱단을 ᄂᆡ여 ᄀᆞ라 구둥의 드리오고져 ᄒ더니, 믄득 한님이 스스로 번신ᄒ【57】여 니러 안거ᄂᆞᆯ, 공지 슬프믈 니긔디 못ᄒ여 《쳡읍‖체읍(涕泣)》ᄒ여 일오디,

　"형댱아! 인싱이 비빅셰라. 인지싱셰의 동방삭의 삼쳔갑ᄌ와 핑조의 수박[백]셰 향수는 금고의 희한ᄒ니, 부유(蜉蝣) ᄀᆞᆺ튼 인싱이 인슈팔십(人雖八十)을 산다 ᄒ여도 맛ᄎᆞᆷ니 ᄒ 번 도라가미 다시 도라오디 못ᄒ거ᄂᆞᆯ, 그 훌훌ᄒ믈 싱각건디 의의히 몽환이라. 계부의 관인후덕ᄒ시므로 고인의 하슈(遐壽)를 엇디 못ᄒ시고 듕도의 년셰(捐世)ᄒ믄 타인디심이라도 감샹홀 ᄇᆞ어ᄂᆞᆯ, 더욱 동긔디친디심과 지어ᄌ딜디심의 망극통박ᄒ미니잇가? 쇼제 감히 형댱 셩효을 하ᄌ(瑕疵)ᄒ미 아니로디, 형뎨간은 {이} 골육의 디친이라. 쇼제 엇디 형댱의 과도ᄒ시믈 간치 아니리잇고? 계뷔(季父) 비【58】록 《관게‖관셰(捐世)》ᄒ여 계시나, 오히려 대인과 ᄌ위 반셕 ᄀᆞᆺ투시고, 계뫼(季母) 계셔 붕셩디통과 ᄌ하샹명을 능히 관심ᄒ시믄, 디통 가온디나 형댱과 냥위 져져를 위ᄒ시미여ᄂᆞᆯ, 형댱이 니럿틋 ᄒ샤 만일 보젼치 못ᄒᄂᆞᆫ 즈음이면 학발ᄋ치의 부

한님이 쳥파(聽罷)의 일셩을 탄식ᄒ고 말을 ᄒ려 ᄒ더니, 믄득 긔운이 올나 슈승(數升) 피를 토ᄒ고, 인ᄉ(人事)를 바리고 엄식(奄塞)ᄒ니, 방즁의 젹혈이 홀난(混亂)ᄒᆫ지라.

공쥬의 ᄉ후(伺候)ᄒ던 셔동이 디경실식(大驚失色)ᄒ고, 공쥬ᄂᆫ 한님을 븟들어 우ᄂᆫ 눈물이 챵히(滄海) 쇼쇼(小小)ᄒ여 급히 동쥬를 명ᄒ여 시랑 노야긔 알외라 ᄒ더【62】니, 믄득 시랑과 혹시 이의 다ᄃᆞ라 쵸경을 보고 디경실식ᄒ여, 황망이 나아가 슈족을 쥐므르니 원긔(元氣) 디허(至虛)ᄒᆫ 가온디, 심녀(心慮) 디발(大發)ᄒ여시므로 뉵믹(六脈)611)이 허약ᄒ여 슈족이 어름 갓ᄒ니, 시랑이 디경ᄒ여 급급히 회싱단을 온ᄎ(溫茶)의 갈아 구즁의 드리오고, 슈족(手足)을 쥐므르며 탄식(歎息)이상(哀傷)ᄒᆷ을 마지 아니ᄒ더니, 식경(食頃)이 지난 후 한님이 비로쇼 슘을 니쉬고, 눈을 둘너 좌우 경상을 보고 기리 희허(噫嘘)ᄒ여 말이 업ᄉ니, 【63】시랑과 혹시 좌우로 숀을 잡고 참연 비쳬(悲涕) 왈,

"현뎨 비록 ᄉ졍의 망극ᄒ미 간졀ᄒ나, 엇지 이러틋 심녀 ᄡᅳ기를 과도히 ᄒ여 옥쳬를 상히올 바를 싱각지 아니ᄒᄂᆄ? 모로미 비회를 관억ᄒ여 빅부모의 념녀를 ᄭᅵ치지 말고, 먼니 현망(懸望)ᄒ시ᄂᆫ 계모의 졀우를 엇지 도라보지 아니ᄒᄂᆄ?"

한님이 쳥파의 츄연 탄식 냥구의 겨유 닙을 열어 갈오디,

"쇼뎨 ᄯᅩᄒᆫ 어리지 아니ᄒ고 미거(未擧)치 아니ᄒ오니, 엇지 이런 【64】줄 모로리잇고마은, 진실노 지통을 능히 억제치 못ᄒ오니, 참고져 ᄒ나 ᄯᅩᄒᆫ 참지 못ᄒᄂᆫ지라. 슈연(雖然)이나 쇼년 혈긔 방강(方强)ᄒ니 ᄉ싱 념녀

611)뉵믹(六脈) : 『한의』 여섯 가지 맥박. 부(浮), 침(沈), 지(遲), 삭(數), 허(虛), 실(實)의 맥을 이른다.

뫼 비록 밋든 아냐 계시ᄂᆞ, 그 쥬하상명이 엇더ᄒ시며, 외로오신 계모게 블효 장ᄎ 엇더ᄒ시리잇고? ᄇᆞ라건디 형댱은 비회을 관억ᄒ샤 우흐로 쌍친의 졀우와 쇼뎨의 민면ᄒᆫ 졍ᄉ를 도라 싱각ᄒ소셔."

한님이 쳥파의 《일경∥일셩》을 탄식ᄒ고 말을 ᄒ고져 ᄒᄆᆡ, 믄득 긔운이 올나 슈승 피를 토ᄒ고 인ᄉ를 ᄇᆞ리니 방듕의 젹혈이 홀난ᄒᆫ지라.

공쥬와 ᄉ후ᄒ던 셔동이 디경실식ᄒ여, 공쥬ᄂᆫ 한님을【59】븟드러 우ᄂᆫ 눈물이 챵히 소소ᄒ여, 급히 동쥬를 명ᄒ여 시랑 노야게 알외라 ᄒ더니, 믄득 시랑과 혹시 이에 드ᄃᆞ라 쵸경을 보고 디경실식ᄒ여 황망이 ᄂᆞ아가 슈쥭을 쥐무르미, 원긔 디허ᄒᆫ 가온디 심녀 대발ᄒ여시므로 뉵믹이 허약ᄒ여 슈쥭이 어름 갓ᄐ니, 시랑이 대경ᄒ여 급히 회싱단과 온차를 ᄂᆞ와 구듕의 드리오고 슈쥭을 쥐무르며 탄식이상ᄒᆷ을 마지아니ᄒ더니, 식경이 지ᄂᆫ 후 한임이 비로소 슘을 니쉬고 눈을 드러 좌우 경상을 보고, 기리 희허ᄒ여 말이 업ᄉ니, 시랑과 혹시 좌우로 손을 잡고 참연 비쳬 왈,

"현뎨 비록 ᄉ졍의 망극ᄒ미 간졀ᄒ나 엇디 이럿틋 심녀 ᄡᅳ기를 과도히 ᄒ여 옥【60】쳬를 상ᄒᆯ 바를 싱각디 아니ᄒᄂᆄ? 모로미 비회를 관억ᄒ여 빅부모의 념녀를 ᄭᅵ치웁디 말고, 먼니 현망ᄒ시ᄂᆫ 계모의 졀우를 엇디 도라보디 아니ᄒᄂᆄ?"

한님이 쳥파의 츄연 탄식 냥구의 계유 입를 여러 굴오디,

"쇼졔 ᄯᅩᄒᆫ 어리지 아니ᄒ고 미거치 아니니, 엇디 이런 줄 모로리잇고마ᄂᆞᆫ, 진실노 디통을 능히 억제치 못ᄒ오니, 춤고져 ᄒ오나 ᄯᅩ 춤지 못ᄒᄂᆫ디라. 슈연이나 쇼년 혈긔 방강ᄒ니 ᄉ싱 염녀야 이시리잇가?"

야 이시리잇가?"

언파의 좌우로 미쥭(米粥)을 가져오라 ᄒ여 일긔를 진음(進飮)ᄒ고, 냥형과 아아612)로 더부러 마음업시 한담ᄒ다가, 스스로 비회롤 자정(自靜)ᄒ니, 공지 깃거ᄒ고 시랑과 혹시 그 심스롤 년셕(憐惜)ᄒ여 호언으로 위로ᄒ더라. 시랑 형데 초야의 셔당의셔 밤을 지니고 니루(內樓)롤【65】 찻지 아니ᄒ더라.

일긔 힝니(行李)롤 조비(造備)ᄒ여 명일 발힝ᄒ려 훌시, 셜싱 형데와 엄시랑 형데 조정의 말미롤 어더, 염셜 냥부의셔 힝장을 찰혀 발힝ᄒ려 ᄒ미, 티스와 츄밀이 다만 미쥬와 조질을 더ᄒ여 평안이 왕반ᄒ기롤 니롤 ᄯᄅᆷ이오, 각별 다른 말이 업고, ᄯᅩ 아613)의 초긔롤 한가지로 참예치 못ᄒ믈 조곰도 결연(缺然)ᄒ미 업셔 무심무려ᄒᆫ 거동이 아조 인스불셩(人事不省)갓ᄒ니, 시랑 형데 눈섭을 찡긔고 모부인긔 고왈,【66】

"빅부와 디인의 환휘 비경ᄒ시니 비록 질독(疾毒)ᄒ시미 아니로디, 근원증졍(根源症情)이 능히 갈히잡지 못ᄒ고, ᄯᅩ 의약의 효험을 보지 못ᄒ니 아히 등이 일월지간(一月之間)이나 니가(離家)ᄒᄂᆫ 마음이 방하(放下)치 못ᄒ리로쇼이다. 복원(伏願) 즈위ᄂᆫ 디인의 병후롤 진심 보호ᄒ샤, 그 스이 안강(安康)ᄒ시믈 바라ᄂ이다."

부인이 쳐연 왈,

"부쥬의 위환(危患)이 근원이 괴이ᄒ시나, 스싱의 념녀ᄂᆫ 업스니 아히 등은 과려치 말고, 원노 왕반의 슉모롤 뫼시고 두 누의【67】로 더부러 무스히 단여오라."

시랑 등이 비이슈명(拜而受命)ᄒ니, 츄밀은 한갓 어림장이 갓ᄒ여 말을 아니ᄒ디, 티스ᄂᆫ 변식 왈,

"아은 병이 잇ᄂᆫ지 모로거니와 우슉은 각별 디단치 아니ᄒ거눌, 여등이 미양 병신으로 지목ᄒ니 그 엇지뇨?"

시랑 형데 빅부의 말솜을 듯고 온화히 불민(不敏)ᄒ믈 스죄ᄒ고, 도라 한님의 숀을 잡

언파의 좌우로 미쥭을 가져오라 ᄒ여 일긔를 진음ᄒ고, 냥형과 아오로 더브러 마음 업시 한담ᄒ다가 스스로 비회를 진졍ᄒ니, 공지 깃거ᄒ고 시랑과 혹시 그 심스를 연셕ᄒ여 호언으로 위로ᄒ【61】더라. 시랑 형데 초야의 셔당의셔 밤을 지니고 니루을 찻지 아니ᄒ니라.

일긔 힝니를 조비ᄒ여 명일 발힝ᄒ려 훌시, 셜싱 형데와 엄 시랑 형데 묘졍의 말미를《엇더∥어더》엄·셜 냥부의셔 힝장을 찰혀 발힝ᄒ려 ᄒ미, 태스와 츄밀이 다만 미쥬와 조딜을 더ᄒ여 평안ᄒ기를 이를 ᄯᄅᆷ이오, 각별 말이 업고, ᄯᅩ 아의 초긔를 ᄒᆫ가지로 참녜치 못ᄒ믈 결연ᄒ여 ᄒ미 업셔, 무심무려ᄒᆫ 거동이 아조 인스블셩 ᄀᆺᄐ니, 시랑 형데 눈섭을 찡긔고 모부인긔 고왈,

"빅부와 대인 환휘 비경ᄒ시니, 비록 질독ᄒ시미 아니로디, 근원 증졍을 갈히 잡기《여렵고∥어렵고》, ᄯᅩ 약초의 효험을 보디 못ᄒ오니, 아희 등이 일월지간이ᄂ 니가【62】ᄒᄂᆫ 마음이 방하치 못ᄒ리로소이다. 복원 즈위ᄂᆫ 대인의 병후을 진심보호ᄒᆞᄉ 그 스이 안강ᄒ시믈 ᄇ라ᄂ이다."

부인이 쳐연 왈,

"부쥬의 위한 근원이 고이ᄒ시나 스싱지녀ᄂᆫ 업스리니, ᄋ히 등은 과녀치 말고, 원노 왕반의 슉모를 뫼시고 두 누의로 더브러 무스이 단녀오라."

냥인이 비이슈명ᄒ니, 츄밀은 ᄒᆫ갓 어림장이 ᄀᆺᄐ여 말을 아니ᄒ디, 태스ᄂᆫ 변식 왈,

"아ᄂᆫ 병이 잇ᄂᆫ지 모로거니와 우슉은 각별 디단치 아니ᄒ거눌, 여등이 미양 병신으로 지목ᄒ믄 엇디뇨?"

시랑 형데 빅부 말솜를 듯고 온화이 블민ᄒ믈 샤죄ᄒ고, 도라 한님의 손을 잡고 지삼

---

612)아아 : 아우. 동생.
613)아 : 아우. 동생.

고 지삼 보즁ᄒᆞ믈 일ᄏᆞᄅᆞ니, 한님이 쳑연(慽然) 비ᄉᆞ(拜謝)ᄒᆞ여 스스로 슬프믈 니긔지 못ᄒᆞ니, 최부인이 노식 왈,

"가【68】즁의 일이 업거놀 여등의 거동이 극히 괴이(怪異)ᄒᆞ니, 아니 날노뼈 '상모(象母)의 은(嚚)'⁶¹⁴ᄒᆞ미 잇ᄂᆞᆫ가 념녀ᄒᆞᄂᆞᆫ다?

시랑이 쳥파의 더욱 폐(弊)로이 너겨 화열이 웃고 다언(多言)ᄒᆞ믈 ᄉᆞ죄ᄒᆞ더라.

설부인과 시랑등과 아즈 형뎨와 냥질녀로 더부러 힝거를 발ᄒᆞ여 길히 오르니, 거마(車馬) 복종(僕從)과 힝장긔구(行裝器具)의 셩(盛)ᄒᆞᆫ 위의(威儀) 장녀(壯麗)ᄒᆞ니, 일노(一路)의 장관을 도로의 보ᄂᆞᆫ 지 아니 칭찬ᄒᆞ리 업더라.

한님은 다만 모비긔 글월을 올녀, 망극ᄒᆞᆫ 졍유(情由)를 진달ᄒᆞ【69】고 불효를 ᄉᆞ죄ᄒᆞ며, 최·범 냥부인과 제쇼제 다 댱후긔 셔간을 닷가 보니더라.

한님이 후원 고루의 올나 슉모와 냥미와 종형의 먼니 가ᄂᆞᆫ 양을 바라보다가, 졈졈 틋글이 아득ᄒᆞ여 물이 구비⁶¹⁵를 두르고 ᄉᆞ이 산이 막히이니, 형영(形影)을 보기 어려온지

---

614)상모(象母)의 은(嚚) : '상모(象母)의 어리석음'이란 뜻으로, 상의 모가 효자 순(舜)을 죽이기 위해 갖은 악행을 자행하고도 끝내 개과천선하지 않았던 일을 말함.
615)구비 : 굽이. 휘어서 구부러진 곳.

보듕ᄒᆞ믈 일ᄏᆞᄅᆞ니, 한님이 쳑연 비ᄉᆞᄒᆞ여 스스로 슬프믈 이긔지 못【63】ᄒᆞ며, 최부인이 노식 왈,

"가듕의 일이 업거놀 여등의 거동이 극히 고이ᄒᆞ니, 아니 날노뼈 상모의 은ᄒᆞ미 잇ᄂᆞᆫ가 념녀ᄒᆞ{ᄒᆞ}ᄂᆞᆫ다?"

시랑이 쳥파의 더옥 헤로이 넉이나, 화열이 웃고 다언ᄒᆞ믈 ᄉᆞ죄ᄒᆞ더라.

셜부인의 고약ᄒᆞᆫ 셩졍의도 냥거의 홀연 변화 긔질ᄒᆞ믈 고히이 넉이거든, 더옥 냥 엄부인의 달니ᄒᆞᆫ 명식니리오. 아을 위ᄒᆞᆫ 근심이 아미ᄅᆞᆯ 둘너더라.

이윽고 죵각의 경괴 동ᄒᆞ니 힝거 일시의 발ᄒᆞ미, 셜부인과 냥엄부인이 거교의 오ᄅᆞ미, 엄 시랑 형뎨와 셜 흑ᄉᆞ 곤계 쥰마를 탁고 수다 ᄒᆞ리와 가졍이며 시녀 초환이 옹위ᄒᆞ며 부문을 나니, 셜부인 치거금눈의 ᄉᆞ지 관환과 쳥의 아환이 버럿고, 냥엄【64】부인이 다 일픔 왕후의 니상이라. 소거옥눈이 졍제ᄒᆞᆫ디 더옥 소엄비ᄂᆞᆫ 일면 후젹의 부려ᄒᆞᆫ 위의를 어더시니, 남·오 니국 무슈ᄒᆞᆫ 하관 비리 우부고취와 옥부금졀을 잡아 냥부인 옥눈을 호위ᄒᆞ고, 수빅 시녜 현군황상과 쳥의 소군으로, 비록 홍장 치복을 펴(廢)ᄒᆞ여○○[시]니 《심이‖십니의》 향이 분비ᄒᆞ여, 팔좌의 니즈와 왕후빅즈남의 부귀 이에 표표ᄒᆞᆫ 줄 알니러라. 그 뒤회 엄·셜 군죵 ᄉᆞ인이 고거 쥰마로 표연이 치를 ᄇᆞ야 힝ᄒᆞ니, 일노의 장관을 도로 관지 아니 칭찬ᄒᆞ리 업더라.

한님은 다만 모비긔 글을 올녀 망극ᄒᆞᆫ 졍유를 진달ᄒᆞ고 블초를 샤죄ᄒᆞ며, 최·범 냥부인과 제쇼제 다 댱후긔 셔간을 닷가 보니더라.

한님이 후원【65】 고루의 올나 슉모와 냥미와 죵형 등의 먼니 가ᄂᆞᆫ 양을 바라보다가, 졈졈 틋글이 아득ᄒᆞ여 물이 구뷔지고 ᄉᆞ이 산이 막히니 형영을 보기 어려온지라.

라.

　한님이 실셩장통(失性長慟)ᄒ여 피를 말이나 토ᄒ고 셧던 ᄌ리의 것구러지니, 공지 지후종지(在後從之)러니 더경ᄎ악ᄒ여 아모리 ᄒᆯ 줄 몰나, 급히 니당의 고흔들, 티ᄉ와 츄밀이 다 연【70】무즁(煙霧中)의 잠겻거든 뉘 념녀ᄒ리오.

　최부인이 듯고 ᄭ지져 갈오디,

　"창이 이러틋 불초ᄒ여 우리 부뷔 제 몸을 념녀ᄒ여 보니지 아니믈 믄득 포원(抱冤)ᄒ여, 짐짓 구혈혼식(嘔血昏塞)616)ᄒ고 죽어가ᄂᆫ 체ᄒ니, 이ᄂᆫ 우리 져를 보니지 아니믈 원망ᄒ고 싱부뫼 아니믈 붉히미라. 엇지 통히치 아니리오. 바려두라."

　ᄎ환이 홀일업셔 믈너나니 한님의 유모 셜향이 눈물을 흘니고, 황망이 영일누의 나아가 범부인긔 쇼유【71】를 알외고, 최부인 거동을 젼ᄒ니, 부인이 졍히 조션(朝膳)을 파치 못ᄒ엿더니 ᄎ언을 듯고 경히 ᄎ악 왈,

　"이ᄂᆫ 질이 심녀를 과도히 ᄒ여 젹상(積傷)ᄒᆫ 증졍(症情)이 ᄯᆡᄯᆡ 발ᄒ미라. 냥위 노얘 연무즁의 아득ᄒ여시니, 셜ᄉ 질아의 ᄉ싱이 위퇴ᄒᆫ들 뉘 가히 념녀ᄒ리오. 연이나 ᄉ싱의 밋츨 바ᄂᆫ 업술가 ᄒᄂᆞ니, 너ᄂᆫ 공ᄌ다려 닐너 경심치 말고 구ᄒ라 ᄒ고, 네 ᄯᅩ 한가지로 구호ᄒ여 긔운이 나리게 ᄒ라."

　ᄒ고 온ᄎ 일긔(一器)와 청심【72】단을 니여 쥬거ᄂᆞᆯ, 셜향이 연망이 바다 후원의 드러가 공ᄌ를 더ᄒ여 슈말(首末)을 고ᄒᆯ시, 졍당 부인의 칙ᄒ시던 바와, 홀일업셔 범부인긔 고ᄒ여 약을 가져 왓시믈 고ᄒ니, 공지 크게 이닯고 슬허 울며 셜향과 ᄒᆫ가지로 한님을 구호ᄒ여, 이윽고 한님이 긔운을 슈습ᄒ미, 눈을 들어보니 공ᄌ와 유뫼 ᄌ가를 쥐므르며 눈물이 만연ᄒ엿고, ᄌ가의 좌셕의 혈식이 낭ᄌ하엿ᄂᆞᆫ지라. 한님이 아의 《효의‖효우(孝友)》를 감【73】동ᄒ고, 유모의 졍ᄉ를 츄연ᄒ여 안식을 졍돈ᄒ고, 니러 안ᄌ 공ᄌ의 숀을 잡고 위로 왈,

　"우형이 이제 부왕의 초긔 님박ᄒ오디 능

616)구혈혼식(嘔血昏塞) : 피를 토하고 혼졀함.

　한님이 실셩장통ᄒ여 피를 말이나 토ᄒ고 셧던 ᄌ리의 것구러지니, 공지 지후죵지러니 더경ᄎ악ᄒ여 아모리 ᄒᆯ 줄 몰나, 급히 니당의 보흔들, 태ᄉ와 츄밀이 연무 듕의 잠겻거든 뉘 념녀ᄒ리오.

　최부인이 듯고 ᄭ지져 왈,

　"창이 이렷틋 블초ᄒ여 우리 부부 제 몸을 념녀ᄒ여 보니디 아니믈, 믄득 《조원‖포원》ᄒ여 짐즛 《긔혈‖구혈》혼식ᄒ고 죽어가ᄂᆞᆫ 체ᄒ니, 이ᄂᆫ 우리 져를 보니디 아니믈 원망ᄒ고 싱부모 아니믈 붉히미라. 엇디 통히치 아니ᄒ리오? 부려【66】두라."

　ᄎ환이 홀일업셔 믈너나니, 한님의 유모 셜향이 눈물을 흘니고 황망이 영일누의 ᄂᆞ아가 범부인긔 이 소유을 알외고 최부인 거동을 젼ᄒ니, 부인이 졍히 됴션을 파치 못ᄒ엿더니 ᄎ언을 듯고 경히ᄎ악 왈,

　"이ᄂᆫ 딜이 심녀를 과도히 ᄒ여 젹상흔 증졍이 ᄯᆡᄯᆡ 발ᄒ미라. 냥위 노얘 아득ᄒ미 연무 듕의 계신 둣ᄒ니, 셜ᄉ 딜이의 ᄉ싱이 위태흔들 뉘 가히 념녀ᄒ리오. 연이나 ᄉ싱의 밋츨 바ᄂᆫ 업술가 ᄒᄂᆞ니, 너ᄂᆫ 공ᄌ다려 닐너 경심치 말고 구호ᄒ라 ᄒ고, 네 ᄯᅩ ○[ᄒᆫ]가지로 구호ᄒ여 긔운이 ᄂᆞ리게 ᄒ라."

　온ᄎ 일긔와 청심단을 니여쥬거ᄂᆞᆯ, 셜향이 연망이 바다 후원의 드러가 공ᄌ를 대ᄒ여 슈말을 고ᄒᆯ【67】시, 졍당 부인의 칙ᄒ시던 바와 홀일업셔 범부인긔 고ᄒ여 약를 가져와시믈 고ᄒ니, 공지 크게 이닯고 슬허 울며 셜향과 ᄒᆫ가지로 한님을 구호ᄒ여, 이윽고 한님이 긔운을 슈습ᄒ미 눈을 드러 보니, 공ᄌ와 유뫼 ᄌ가를 쥐무르며 약탕을 들고 눈믈이 만면ᄒ엿고, ᄌ가의 좌셕의 혈식이 낭ᄌ하엿ᄂᆞᆫ디라. 한님이 아의 효우를 감동ᄒ고 유모의 졍ᄉ를 츄연ᄒ여, 안식을 졍돈ᄒ고 이러 안ᄌ 공ᄌ의 손을 잡고 위로 왈,

　"우형이 이제 부왕의 초긔 임박ᄒ오디, 능

히 가간이 ᄉ괴 년쳡ᄒ여 참ᄉ치 못ᄒ고, 분전(墳前)의 비알(拜謁)치 못ᄒ믈 슬허ᄒ미, ᄌ연 가슴 가온디 지통을 관억지 못ᄒ미라. 비록 긔운이 부족ᄒ여 토혈이 즁(重)ᄒ나 죽기의 니를 거ᄉ 아니니, 현뎨와 유모ᄂ 념녀 말나."

공ᄌ 읍읍(悒悒)ᄒ여617) 말슴을 못ᄒ고, 셜파(婆) 체읍 왈,

"상공은 오히려 년쇼ᄒ【74】샤 셰졍을 모ᄅᄂᆞ이다. 노신이 일즉 댱후 낭낭 명을 밧ᄌ와 노야ᄅᆞᆯ 양휵ᄒ오미, 우츙(愚衷)618)이 몸을 죽여 갑흘 ᄯᅳᆺ이 잇ᄂᆞᆫ지라. 상공이 강보를 겨유 면ᄒ시며 뎐하와 낭낭이 귀국ᄒ시니, 쳡이 틴ᄉ 노야와 군부인 명을 밧ᄌ와 노야(老爺)를 보양(保養)ᄒ여, 요힝 아롬다이 장셩ᄒ샤 년급약관(年及弱冠)의 뇽닌(龍鱗)을 븟들고 봉익(鳳翼)을 더위잡아, 옥당금마(玉堂金馬)619)의 쥬인이 되시고, 규합(閨閤)의 윤쇼져 갓ᄒ신 슉녀를 비(配)ᄒ시니, 쳡심이 우러러 두굿겁고 깃【75】브믈 니긔지 못ᄒᆯ 비라. 그윽이 신기(神祇)620)의 암츅(暗祝)ᄒ여 군ᄌ 슉녜 비필이 관관(關關)ᄒ시미, 여고금슬(如鼓琴瑟)621)ᄒ시며, 슈부다남ᄌ(壽富多男子)622)ᄒ샤 기리 복녹이 무흠ᄒ실가 ᄒ옵더니, 시운이 운건(運蹇)ᄒ여 오왕 뎐히 즁도의 관셰(捐世)623)ᄒ시고 노얘 호텬지통(昊天

---

617)읍읍(悒悒)ᄒ다 : 마음이 매우 우울하고 답답하여 편하지 아니하다.

618)우츙(愚衷) : 말하는 이가 자기의 마음속을 낮추어 이르는 말.

619)옥당금마(玉堂金馬) : 중국의 한림원, 조선의 홍문관을 이르는 말. 중국 한(漢)나라 대궐의 옥당전(玉堂殿)과 금마문(金馬門)을 함께 이르는 말로, 황제를 가까이서 받드는 요직의 벼슬아치들을 뜻한다. 옥당전은 한림원이 있었던 전각의 이름이며 금마문은 전각의 문으로 문 앞에 동마(銅馬)가 있어 붙여진 이름이다. 조선에서는 홍문관을 옥당이라 했다.

620)신기(神祇) : 천신지기(天神地祇). 천신과 지기를 아울러 이르는 말. 곧 하늘의 신령과 땅의 신령을 이른다.

621)여고금슬(如鼓琴瑟) : 북과 가야금 비파가 서로 화음을 이루 듯 부부가 서로 화목 하는 것을 이름. = 종고금슬(鐘鼓琴瑟).

622)슈부다남ᄌ(壽富多男子) : 오래 살고 부자로 살며 아들을 많이 두어 후손을 번창시키는 일로, 사람의 누리고자 하는 현세적 행복이다.

히 가간의 ᄉ괴 연쳡ᄒ여 춤ᄉ치 못ᄒ고 분젼의 비알치 못ᄒ믈 슬허ᄒ미, 주연 가슴 가온듸 디통을 관억디 못ᄒ미라. 비록 긔운이 부죡ᄒ【68】여 토혈이 듕ᄒ나 죽기의 《니ᄅᆞ‖나롤》거ᄉ 아니니, 현뎨와 유모ᄂ 념녀 말나."

공지 읍읍ᄒ여 말슴을 못ᄒ고, 셜파 체읍 왈,

"상공은 오히려 년쇼ᄒ여 셰졍을 모로시ᄂ이다. 노신이 일즉 댱낭낭 명을 밧ᄌ와 노얘을 양휵ᄒ오미, 우츙이 몸을 죽여 갑흘 ᄯᅳᆺ이 업ᄉᆞᆫᄂᆞ이다. 상공이 강보을 겨유 면ᄒ시며 뎐하와 낭낭이 귀국ᄒ시니, 쳡이 태ᄉ 노얘와 군부인 명을 밧ᄌ와 노야를 보양ᄒ여, 요힝 아롬다니[이] 댱셩ᄒ여 년급약관의 뇽인을 븟들고 봉익을 더위잡아 옥당금마의 쥬인이 되시고, 규합의 윤쇼져 ᄀᆞᆺᄐᆫ 슉녀을 비ᄒ시니, 쳡심이 우러러 두굿겁고 깃부를[믈] 니긔디 못ᄒ 비라. 그윽이 신긔의 암츅ᄒ여 군ᄌ슉녀의 비필[69]이 관관ᄒ시미, 여고금슬ᄒ시며 슈부다남ᄌᄒ샤 기리 복녹이 무흠ᄒ실가 ᄒ옵더니, 시운이 운건ᄒ여 오왕 뎐하 듕도의 관셰ᄒ시고, 노얘 호텬디통을 픔으샤 혈긔 미졍ᄒ신 바의 디통이 가업ᄉᄆᆫ《일ᄅ 도‖니ᄅᆞ도》말고, 풍파 상싱ᄒ여 윤쇼져 빙옥 신상의 참참ᄒᆫ 죄루를 무릅셔, 엄문의 졀

之痛)624)을 품으샤 혈긔 미졍ᄒ신 바의 지통이 가업ᄉᄆᆫ 니ᄅ도 말고, 풍파(風波) 상싱ᄒ여 윤쇼졔 빙옥신상이 참참(慘慘)ᄒᆫ 죄루ᄅᆯ 무릅ᄡ고, 엄문의 졀의(絶義)ᄒ샤 원도텬이(遠道天涯)의 젹킥(謫客)이 되시니, 이 곳 노신(老臣)의 슬허ᄒ【76】옵ᄂᆫ 비라. 이제 ᄯᅩ 상공이 이러툿 과상(過傷)ᄒ샤 만일 쳔금지신(千金之身)을 상히오시면 우흐로 디노야와 졍당부인긔 불효와, 낭낭의 밋으며 바라시ᄂᆫ 비 오직 노야긔 즁ᄃᆞᄒ옵거ᄂᆞᆯ, 노얘 이러툿 조급ᄒ샤 귀톄ᄅᆯ ᄌ고(自顧)치 아니시니, 노신이 다시 노야 결복(闋服)625)ᄒ심과 윤부인 누명을 신셜ᄒ여, 원앙의 ᄡᅡᆼ이 가죽ᄒ시믈 보옵지 못ᄒ고, 즐네626) 죽ᄉ올가 슬허ᄒᄂᆫ이다."

셜파의 비뤼(悲淚) 쳔항이라. 한님이 유모의 말을 드ᄅᆞ미 믄득 팔【77】치냥미(八彩兩眉)627)의 슈운을 두로혀, 희미히 우어 왈,

"어뮈 말이 가쇠(可笑)로다. 니 아직 '호텬(昊天)의 긍(亘)ᄒᆫ 셜우미'628) 간혈(肝血)629)을 녹이고져 ᄒ거ᄂᆞᆯ, 어ᄂᆞ 결을630)의 부부 호락(好樂)을 뉴련(留連)ᄒ며 쳐ᄌ의 안위ᄅᆯ 념녀ᄒᆯ 거시라 이런 의외지언(意外之言)을 만히 ᄒᄂᆈ? 어뮈ᄂᆫ 노셩(老成)ᄒ니 거의 ᄉ리(事理)ᄅᆯ 알 ᄃᆞᆺᄒ거ᄂᆞᆯ, 윤시ᄂᆫ 오가의 죄인이라. 디장뷔 효도와 튱졀을 완젼치 못ᄒᆯ가 근심ᄒᆯ지언졍, 셔즁유녀아녀옥(書中有女顔如玉)631)이라 ᄒ니, 쳐ᄌ 어ᄂᆞ 곳의 업술

의ᄒ여 원도텬의의 젹킥이 되여시니, 이 곳 노신의 슬허ᄒ옵ᄂᆫ 비라. 이제 ᄯᅩ 상공이 이럿툿 과상ᄒᄉ 만일 쳔금지신을 상히오실진디, 우희로 대노야와 졍당 부인긔 블효와 먼니 낭낭의 미드며 ᄇᆞ라시ᄂᆫ 비 오작 노야긔 듕대ᄒ옵거ᄂᆞᆯ, 노얘 이럿툿 조급ᄒ샤 귀톄를 ᄌ보(自保)치 아니시니, 노신이 다시 노야 결복ᄒ심과 윤부【70】인의 누명을 신셜ᄒ여 원앙의 ᄡᅡᆼ이 가작ᄒ시믈 보옵디 못ᄒ고, 스레 듁[죽]ᄉ올가 슬허ᄒᄂᆞ이다."

셜파의 비루쳔항이라. 한님이 유모의 말을 드ᄅᆞ미, 믄득 팔치 냥미의 슈운이 두루혀 희미히 우어 왈,

"어미 말이 가쇠로다. 니 아즉 호텬의 긍ᄒᆫ 셜우미 간혈을 녹이고져 ᄒ거ᄂᆞᆯ, 어ᄂᆞ 결을의 부부 화락과 쳐ᄌ의 안위를 념녀ᄒᆯ 거시라, 이런 《의의지언∥의외지언》을 만히 ᄒᄂᆈ? 어미ᄂᆫ 《노경∥노셩》ᄒ니 거의 ᄉ리를 알 ᄃᆞᆺᄒ거ᄂᆞᆯ, 윤시ᄂᆫ 오가의 죄인이라. 대장뷔 츙효를 완젼치 못ᄒᆯ가 근심ᄒᆯ디언졍, '셔듕유녀안여옥이라.' ᄒ니, 쳐ᄌ 어ᄂᆞ 곳의 업슬가 굿ᄐᆞ여 강상 발부 찰녀을 다시 뉴련ᄒ리오."

---

623)관셰(捐世) : '세상을 버리다'는 뜻으로 '죽음'을 이르는 말. =연셰(捐世)

624)호텬지통(昊天之痛) : 하늘처럼 크고 가없는 슬픔.

625)결복(闋服) : 어버이의 삼년상을 마침. =해상(解喪). 종상(終喪). 탈상(脫喪).

626)즐네 : 즈레. 지레. 어떤 일이 일어나기 전 또는 어떤 기회나 때가 무르익기 전에 미리.

627)팔치냥미(八彩兩眉) : 여덟 가지 빛깔을 띤 아름다운 눈썹. *팔채(八彩) : 요(堯)임금의 눈썹이 여덟 가지 빛을 띠었다고 하는데서 유래한 말로, '아름다운 눈썹'을 이르는 말.

628)호텬(昊天)의 긍(亘)ᄒᆫ 셜움 : 하늘에 닿을 만큼 큰 서러움. *긍(亘)ᄒ다 : 닿다. 걸치다. 이어지다.

629)간혈(肝血) : 간과 혈[혈관].

630)결을 : 겨를. 틈. *겨를: 어떤 일을 하다가 생각 따위를 다른 데로 돌릴 수 있는 시간적 여유. 늑 틈.

가 근심ᄒ리오. 굿ᄒ여 강상발부【78】찰녀(綱常潑婦刹女)632)를 다시 뉴련(留連)치 아닐지니, 유모는 이러ᄒᆫ 말 두번 말나.”

셜파의 유모의 지리ᄒᆫ 간언(諫言)을 괴로이 너겨, 공조의 숀을 닛그러 정당으로 향ᄒ니, 셜향이 한님을 면유(勉諭)ᄒ다가 그 말을 드ᄅ미, 한님의 깁흔 ᄯᆺ은 아지 못ᄒ고, 윤쇼져ᄅᆞᆯ 진짓 발부(潑婦) 찰녀(刹女)로 밀위ᄂᆞᆫ가 원망ᄒ고, 갑갑ᄒᄆᆞᆯ 니긔지 못ᄒ나, 힝혀 최부인이 알가 두려 다시 말을 못ᄒ고, 분분이 물너가며 가만이 니ᄅᄃᆡ,

“과연 남지란 거시 무신(無信)ᄒ고 녀지 극히 가련(可憐)ᄒ단 말이【79】올토다. 윤쇼져의 식모(色貌)ᄂᆞᆫ 니ᄅᆞ도 말고, 요조(窈窕)ᄒ신 ᄉᆞ덕(四德)과 츌셰(出世)ᄒᆫ 셩힝(性行)으로, 최부인은 비록 발부음녀로 밀위믄 오히려 괴이치 아니커니와, 그 가뷔야 엇지 부인의 덕힝을 아지 못ᄒ리오만은, 이러틋 지심(知心)치 못ᄒ여 져 최부인과 갓치 쇼져ᄅᆞᆯ 찰녀로 밀위미 엇지 이닯고 셟지 아니ᄒ리오.”

ᄒ여, 슬허ᄒᄆᆞᆯ 마지 아니ᄒ더라.【80】

셜파의 유모의 지리ᄒᆫ 간언을 괴로이【71】 너겨, 공조의 손을 잇그러 정당으로 향ᄒ니, 셜향이 한님의 깁흔 ᄯᆺ은 아디 못ᄒ고, 윤쇼져를 진짓 발부 찰녀로 밀월가 원앙ᄒ고 갑갑ᄒᄆᆞᆯ 니긔디 못ᄒ나, 힝혀 최부인이 ᄉᆞ긔를 알가 두려 다시 말을 못ᄒ고, 분분이 믈너가며 ᄀᆞ마니 눈믈을 흘녀, 혼ᄌᆞ말노 닐오ᄃᆡ,

“과연 남ᄌᆞ란 거시 무신블의ᄒ고 녀지 극히 가련ᄒ단 말이 올토다. 윤쇼져의 식모용치ᄂᆞᆫ 니ᄅᆞ도 말고, 온유ᄒ신 ᄉᆞ덕과 츌셰ᄒᆫ 덕힝이 고금 셩녀철부시라도 밋디 못ᄒ려든, 우리 한님 상공이 춍명영지로 그 셩덕을 아디 못ᄒ시고 누언을 신쳥ᄒᄂᆞᆫ가 시브니, 엇디 이닯디 아니ᄒ며 녀ᄌᆞ의 힝신이 엇디 어렵디 아니며, 용부슉ᄌᆞ의【72】 말이야 닐너 무엇ᄒ리오.”

그윽이 ᄌᆞ추ᄒᄆᆞᆯ 마디아니ᄒ고, 최부인 거동을 보미 한님의 전졍이 엇디 될고 슬허ᄒ미 측양업더라.

일노조ᄎᆞ 태ᄉᆞ와 츄밀의 춍명을 가리오고, 남빅 부인과 평오 왕비와 시랑 곤계 다 경ᄉᆞ를 ᄯᅵ나시니, 그 밋쳐 도라오지 아냐셔 디계를 운동ᄒ여 한님을 업시ᄒ려 훌시, 괴로이 영원과 후셥의 도라오미 업ᄉᆞᄆᆞᆯ 착급히 기ᄃᆞ려 과한(過限)ᄒᄆᆞᆯ 념녀ᄒ더니, 수월 후 믄득 도라오니 이 믄득 윤시 젹힝을 ᄣᅳ라 깃분 소식을 젼ᄒ미 아니라. 드ᄅ미 몬져 담이 ᄯᅵ려지고 쳥텬의 급헌 벽녁이 두상의 님흔 듯ᄒ니, 아디 못게라. 이 무ᄉᆞ 곡졀인고?

---

631)셔즁유녀아녀옥(書中有女顔如玉) : ‘책속에 얼굴이 옥처럼 아름다운 여인이 있다.’는 뜻으로『고문진보전집(古文眞寶 前集)』제1권 권학문(勸學文) 진종황제권학(眞宗皇帝勸學)의 “아내를 데려옴에 좋은 중매 없음을 한하지 말라. 책속에 얼굴이 옥처럼 아름다운 여인이 있다.(娶妻莫恨無良媒 書中有女顔如玉)”구(句)에서 따온 말이다.
632)강상발부찰녀(綱常潑婦刹女): 사람이 지켜야 할 도리를 거역한 패륜녀이면서 사람을 잡아먹는 나찰과 같은 여자.

엄시효문쳥힝녹 권지이십일

화셜. 윤쇼졔 무양(撫養)ᄒ시던 존당과 이련ᄒᄂᆫ 부모슉당(父母叔堂) 슬하를 ᄯ나 슈쳔니 타향의 젹거ᄒᄆᆡ, 능히 도라올 지쇽을 졍치 못ᄒ거늘, 몸 우희 친구(親舅)의 텬상(天喪)633)을 닙어, 가부의 다시 도라오지 못ᄒᄆᆯ 슬허ᄒ고, 양구(養舅) 틱ᄉ공의 평일 무이ᄒ시미 친녀의 감치 아니ᄒ신 바로, 이제 참참(慘慘)ᄒᆫ 죄명을 시러, 타향 젹힝(謫行)을 닐우나, 다시 슬하의 하직(下直)ᄒ여 유죄 무죄를 편단치 못ᄒᄆᆯ, 슬하 유치(幼稚)를 히복(解腹)634) 슈【1】칠(數七)의 고고(孤孤)히 더져, 모비(母妃)의 겹겹 근심과 블효를 ᄭᅵ치고, 친쳑을 ᄯ나며 가향(家鄕)을 바리고 가ᄂᆫ 심회 장ᄎᆺ 엇더ᄒ리오만은, 일분 위로ᄒᄂᆫ 바ᄂᆫ 셔모와 셔형이 보호ᄒ여 힝ᄒ니, 일노ᄡᅥ 위회(慰懷)ᄒ미 만하, 쇼졔 만일 슬허ᄒᆫ즉, 양희 ᄯᅩᄒᆫ 슬허ᄒ고, 쇼졔 밥을 폐ᄒᆫ즉 양희 조ᄎᆞ 먹지 아니며, 좌우의 어로만져 보호ᄒᄆᆯ 강보영아(襁褓嬰兒)635) ᄀᆞᆺ치 ᄒ여, ᄌᆞ모의 종요로온 도를 다ᄒ고, 윤싱이 밧긔 잇셔 노복을 검거(檢擧)636)ᄒ여 힝도를 보호ᄒ미, ᄌᆞ못 근신쥬밀(謹愼周密)【2】ᄒ니, 쇼졔 셔모(庶母)와 셔형(庶兄)의 지극ᄒᄆᆯ 감ᄉᆞᄒ여, 쳔만슈한(千萬愁恨)을 관억ᄒ여, 일노의 무ᄉᆞ히 힝ᄒ더니, 일일은 쇼졔 신긔 블평ᄒ여 일즉 졈ᄉᆞ의 드러 쉬고져 ᄒᆯᄉᆡ, 이곳 디

셔시의 윤시 쳔쳔만만 몽상지외의 빙옥 방신【73】의 가업ᄉᆞᆫ 누명을 시려, ᄉᆞ랑ᄒ시ᄂᆫ 존당과 이련ᄒᄂᆫ 부모슉당 슬하를 ᄯ나, 슈쳔 니 타향의 젹거ᄒᄆᆡ, 능히 도라올 디쇽을 졍치 못ᄒ거늘, 몸 우의 친구의 텬상을 닙어 가부의 다시 도라오믈 보디 못ᄒ고, 양구 태ᄉ공의 평일 무이ᄒ시미 친녀의 감치 아니ᄒ시던 바로, 이제 참참ᄒᆫ 죄명을 시러 타향 젹힝을 일우나, 다시 슬하의 하직ᄒ여 유죄 무죄를 편단치 못ᄒ며, 슬하 유치를 히복 슈칠의 고고히 더져 모비의 겹겹 근심과 블효를 ᄭᅵ치고, 니친쳑(離親戚) 기가향(棄家鄕)ᄒᄂᆫ 심회 장ᄎᆞ 엇더ᄒ리오마ᄂᆞᆫ, 일분 위로ᄒᄂᆫ 바ᄂᆫ 셔모와 셔형이 보호ᄒ여 힝ᄒ니, 일로ᄡᅥ 위회ᄒ미 만하, 쇼졔 만일 슬허ᄒᆫ즉【74】양희 ᄯᅩᄒᆫ 슬허ᄒ고, 쇼졔 밥을 폐ᄒᆫ즉 양희 조차 먹지 아니며, 좌와(坐臥)의 어로만져 보호ᄒᄆᆯ 강보 영아갓치 ᄒ여, ᄌᆞ모의 죵요로온 도를 다ᄒ고, 윤싱이 밧긔 잇셔 노복을 검거ᄒ여 힝도를 보호ᄒ미, ᄌᆞ못 근신쥬밀ᄒ니, 쇼졔 셔모와 셔형의 지극ᄒᄆᆯ 감ᄉᆞᄒ여 쳔슈만한을 관억ᄒ여, 일노의 무ᄉᆞ히 힝ᄒ더니, 일일은 쇼졔 신긔 블평ᄒ여 일즉 졈ᄉᆞ의 드러 쉬고져 ᄒᆯᄉᆡ, 이곳 지명은 미쥐 산음현이니, 읍듕이 번화ᄒ고 인심이 슌후ᄒ더라.

---

633)텬상(天喪) : 부모의 상(喪)을 이르는 말.

634)히복(解腹) : 해산(解産). 분만(分娩).

635)강보영아(襁褓嬰兒) : 포대기에 싸여 있는 갓난아이.

636)검거(檢擧) : 스스로를 엄중하게 단속함. 각찰검거(覺察檢擧)의 줄임말로 체포의 의미가 있는 현대의 검거와는 다르다. *각찰검거(覺察檢擧): 스스로 자신을 살펴 잘못을 저지르지 않도록 엄히 단속하는 것으로, 잘못을 범한 일이 있으면 발각되기 전에 스스로 말하면 그 죄를 모두 면해 준다.

명은 미쥬 산음현이니, 읍즁(邑中)이 번화ᄒ
고 인심이 슌후ᄒ더라.

쥬옹(主翁)이 긱실(客室)을 셔르져 윤싱을
드리고, 쥬고(主姑)ᄂ 니실을 슈리ᄒ여 쇼져
와 양시를 안돈ᄒ니, 쇼제 양희와 일칙 잉난
등으로 더부러 긱당(客堂)의 머믈고, 다른 ᄎ
환 등은 초당의셔 주【3】려ᄒ실ᄉ, 셕식을 파ᄒ
고 날이 어두오미 쵹을 붉히고 말슴ᄒ더니,
쇼제 창을 열고 우연이 눈을 들미 긱실 쳠하
우희 괴이ᄒ 긔운이 어리여, 혹 흣허지며 혹
모히며 혹근혹원(或近或遠)637)ᄒ여, 어두은
구셕으로 조ᄎ 은은이 왕니ᄒᄂ 곳의, 누리
고 비린니 코흘 거스리ᄂᄂ지라.

쇼제 냥안 졍광으로 완젼(完全)ᄒ여 슬피
미, 긔운이 졈졈 믈너 집 우흐로 오르ᄂᄂ지
라.

쇼제 반ᄃ시 주긱(刺客)의 변이 금야의 이
실 쥴 지긔ᄒ미, 말을 아니【4】ᄒ고 숀을 드
러 긔운을 가르치니, 양희와 잉난 등이 이
거동을 보미 크게 의심ᄒ여, 반ᄃ시 무슴 변
이 이실가 우려ᄒ거놀, 쇼제 이의 필연을 나
와 쇼지(燒紙)638)의 두어 말을 젹어 셔형의
게 보ᄂ니, 윤싱은 ᄌ못 지식이 잇고 쏘 학
니(學理) 고명ᄒ여, 복희시(伏羲氏)639) 쥬역
(周易)640) 팔과(八卦)641)를 궁구ᄒ여 역니(易
理)를 능통ᄒᄂ지라.

쇼져의 글을 보미, 간인의 질지이심(疾之

쥬옹이 긱실을 셔르져 윤싱을 드리고, 쥬
고ᄂ 안희셔 니실을 슈리ᄒ여 쇼져와 양시를
안둔ᄒ니, 쇼제 양희와 일칙 잉난 등으로 더
브러 긱당의 머믈고, 다【75】른 ᄎ환 등은 초
당의셔 주려 흘ᄉ, 셕식을 파ᄒ고 날이 어두
오미 쵹을 붉히고 말슴ᄒ더니, 쇼제 창을 열
고 우연이 눈을 들미, 긱실 쳠하 우희 고이
ᄒ 긔운이 어리여, 혹 흣터지며 혹 모히며
혹근혹원ᄒ여, 어두은 구셕으로조차 은은이
왕니ᄒᄂ 고ᄃᆞ, 누리고 비린니 코흘 거스리
ᄂᄂ다.

쇼제 냥안 청광을 완젼ᄒ여 슬피미, 긔운
이 졈졈 믈너 집 우흐로 오르ᄂᄂ다.

쇼제 반ᄃ시 주긱의 변이 금야의 이실 쥴
지긔ᄒ미, 말을 아니ᄒ고 다만 손을 드러 긔
운을 가르치니, 양희와 잉난 등이 이 거동을
보미 크게 의심ᄒ여, 반ᄃ시 무슨 변이 이실
가 우려ᄒ거놀, 쇼제 이에 필연을 나와 쇼지
의【76】 두어 말을 젹어 셔형의게 보ᄂ니, 윤
싱은 ᄌ못 지식이 잇고, 쏘 혹이 고명ᄒ여
복희씨 쥬역 팔괘를 궁구ᄒ여 역니를 능통ᄒ
ᄂ다.

쇼져의 글을 보미, 금야의 반ᄃ시 변이 이

---

637)혹근혹원(或近或遠) : 혹 가까워졌다가 혹 멀어졌
　　다가 함.
638)쇼지(燒紙) : 『민속』 부정(不淨)을 없애고 신에게
　　소원을 빌기 위하여 흰 종이를 태워 공중으로 올리
　　는 일. 또는 그런 종이.
639)복희시(伏羲氏) : 중국 고대 전설상의 제왕. 삼황
　　(三皇)의 한 사람으로, 팔괘를 처음으로 만들고, 그
　　물을 발명하여 고기잡이의 방법을 가르쳤다고 한
　　다. 늑복희
640)쥬역(周易) : 유학 오경(五經)의 하나. 만상(萬象)을
　　음양 이원으로써 설명하여 그 으뜸을 태극이라 하
　　였고 거기서 64괘를 만들었는데, 이에 맞추어 철
　　학·윤리·정치상의 해석을 덧붙였다. 늑역(易)·역
　　경(易經
641)팔과(八卦) : <주역>에서 세상의 모든 현상을 음
　　양을 겹치어 여덟 가지의 상으로 나타낸 ☰[건(乾)],
　　☱[태(兌)], ☲[이(離)], ☳[진(震)], ☴[손(巽)], ☵[감
　　(坎)], ☶[간(艮)], ☷[곤(坤)]을 이른다

근심(근甚)642)ᄒ믈 더옥 통히ᄒ나, ᄉ리를 경동치 아니ᄒ고 가만이 쥬역을 궁구ᄒ여, 이윽이 【5】헤아리미, 윤싱은 ᄯ 쇼년셔싱이나 일즉 궁예(弓藝)643)를 슉습(熟習)ᄒ여 ᄉ지(射才) 츌즁ᄒ지라.

이의 날이 어둡기를 기다려 긴 옷슬 벗고 져른 의복을 닙어 결쇽을 가비야이 ᄒ고, 조궁(雕弓)644)의 살을 먹이다 살 ᄭᆺ히 독을 발나 만작ᄒ여645) 들고 안을 향ᄒ여 어두운 구셕의 몸을 감초와 셧더니, 밤이 삼경은ᄒ여 문득 안흐로 검은 긔운 한 ᄶᅦ가 완완(緩緩)이 나라 공즁으로 셧도라646) 밧그로 향ᄒ거ᄂᆯ, 윤싱이 가만이 한 살을 만작ᄒ여647) 검은【6】긔운을 우러러 쏘니, 살이 시위를 ᄯᅵ나며 쇼리를 응ᄒ여 반공 즁의셔 두어 마디 이고이고 쇼리 나며, 그 긔운이 거의 ᄯᅥ러질 듯ᄒ더니, 믄득 거두쳐 다시 쇼쇼ᄯᅳ며648) 살히 ᄯᅥ러지며, 그 긔운이 공허ᄒ여 간 ᄃᆡ 업더라.

ᄯᅥ러진 살을 보니 피무든 눈망울이 무더나시디649) 그 사ᄅᆷ의 눈이며 즘싱의 눈이믈 모ᄅᆞᆯ너라. 윤싱이 크게 통히(痛駭)ᄒ여 잡지 못ᄒ믈 한ᄒ나 오히려 남은 의심이 잇ᄂᆫ지라.

다시 한 살을 먹여들고650) 그졔야 쇼져 머므ᄂᆫ 곳【7】당 밋히 슘엇더니, 밤도록 아모 동졍이 업스니 각녁(脚力)이 핍진(乏盡)ᄒ여 심하의 혜오디,

"'쇼졔 왈(曰) 조긱의 변이 그만ᄒ여 잇지 아녀 금야의 필연 ᄯ 이시리라' ᄒ미, 너모 《오원∥우원(迂遠)》한 싱각이시로다. 요인이 임의 피루ᄒ여 도라가시니, 어니 결을의 다

642)질지이심(疾之己甚) : 매우 미워함.
643)궁예(弓藝) : 활 쏘는 재주. =사예(射藝). 사기(射技)
644)조궁(雕弓) : 독수리 모양의 활.
645)만작ᄒ다 : 활시위를 한껏 당기다
646)셧돌다 : 섞여 돌다.
647)만작ᄒ다 : 만작하다. 활시위를 한껏 당기다.
648)쇼쇼ᄯᅳ다 : 솟아 뜨다. 솟구쳐 오르다. 아래에서 위로 세차게 솟아오르다.
649)무더나다 : 묻어 나오다. 어떤 물질이 다른 물건에 닿아 옮아 묻어 나오다.
650)먹여들다 : 먹여서 들다. *먹이다: 활시위에 화살을 끼워가지고 들다.

시리라 ᄒ믈 보미, 간인의 질지이심ᄒ믈 더옥 통히ᄒᄂᆞ, ᄉ긔를 경동치 아니ᄒ고, 가마[만]이 쥬역을 궁구ᄒ여 그윽이 헤아리미, 윤싱은 ᄯ 쇼년 셔싱이나 일즉 궁예를 슉습ᄒ여 사지 츌듕ᄒ지라.

이에 날이 어둡기를 기ᄃᆞ려 긴 오슬 벗고 져른 의복을 닙어 결쇽을 ᄀᆞ비야이 ᄒ고, 됴궁의 살흘 먹이다, 살 ᄭᆺ터 독을 발나 만죽ᄒ여 들고, 안흘 향ᄒ여 어두은 구석을 향ᄒ여 몸을 감초와 셧더니, 밤이 삼경은ᄒ여셔 문득【77】안흐로셔 거믄 긔운 ᄒᆫ ᄶᅦ가 《왕왕이∥완완(緩緩)이》 ᄂᆞ라 공듕으로 셧도라 밧그로 향ᄒ거ᄂᆞᆯ, 윤싱이 가마니 ᄒᆫ 살흘 만죽ᄒ여 거믄 긔운을 우러러 《쓰니∥쏘니》, 살이 시위를 ᄯᅵ나며 소리를 응ᄒ여 반공 듕의셔 두어 마디 이고고 소리 나며, 그 긔운이 거의 ᄯᅥ러질 둣ᄒ더니, 믄득 거두쳐 다시 소소ᄯᅳ며 살이 ᄯᅥ러지며 ,그 긔운이 공허ᄒ여 간 ᄃᆡ 업더라.

ᄯᅥ러진 살흘 보니 피 무든 눈망울이 무더 나시디, 그 사ᄅᆷ의 눈이며 즘싱의 눈이믈 아디 못ᄒ더라. 윤싱이 크게 통히ᄒ여 잡지 못ᄒ믈 한ᄒ나, 오히려 나믄 의심이 잇ᄂᆞ디라.

다시 ᄒᆫ 살흘 먹여 들고 그졔야 쇼져 머무ᄂᆞ 니실 긱당 밋태 슘엇더니, 밤도록 아모 죵젹이 업ᄉ【78】니, 각녁이 핍진ᄒ여 심하의 혜오디,

"쇼졔 싱각이 너무 오원ᄒ시도다. 요인이 임의 니게 피쥬ᄒ여 ᄃᆞ라ᄂᆞ시니, 어ᄂᆞ 결을의 다시 깅싱ᄒ여 도라오리요."

시 긩싱(更生)흐리오."

흐여, 졍히 긱실(客室)노 도라가고져 흐더니, 믄득 긱당 뒤히 퇴락(頹落)흔 울셥[651] 밋 ᄎ로조ᄎ 무어시 어른어른흐며 졈졈 갓가이 오거늘, 윤싱이 ᄌ세히 보니 비록 흑얘(黑夜)【8】침침(沈沈)흐여, ᄌ셔치 아니흐나 분명흔 사룸이라.

기인(其人)이 ᄌ최를 규규(絲絲)[652]히 흐여 어로긔여[653] 가만가만 ᄌ최업시 졈졈 후당 갓가이 나아오거늘, 윤싱이 만심경히(滿心驚駭)[654]흐여, 이의 활을 만작흐여 젹인(賊人)을 향흐여 쏘니, 졍히 젹한(賊漢)의 좌비(左臂)룰 맛친지라.

젹인이 살을 마ᄌ 한 쇼리 지르고 것구러지거늘, 윤싱이 급히 가졋던 궁시(弓矢)로 젹인을 두다리며, 일변으로 쇼리룰 놉히 흐여 브르니, 노ᄌ 등이 비긱실(非客室)[655]의 ᄌ나 그다도록 머지【9】아닌지라. 맛ᄎ 잠을 씨여 흠신(欠伸)[656]흐더니 믄득 싱의 급히 브르는 쇼리룰 듯고 놀나 급히 니러 드러가니, 그ᄉ이 젹인이 살흘 마즐ᄯᆞᆫ 아냐 년흐여 족히 치믈 바다 능히 운동치 못흐는지라.

노ᄌ 등이 이 거동을 보미 디경흐여 일시의 다라드러 젹인을 잡아 결박흐니, 젹한이 비록 용밍이 과인흐나 이의 다ᄃ라는 능히 흘 일 업는지라.

싱이 젹인을 닛그러 긱실(客室)노 오라 흐여 졍하(庭下)의 울니고 형【10】벌긔구룰 갓초와 젹인을 다ᄉ릴ᄉᆡ,

"네 본디 니집과 은원(恩怨)이 업거늘, 네 뉘 부촉을 드르며 누[657]룰 히흐려 흐여 이의

흐고, 졍히 긱실노 도라오고져 흐더니, 믄득 긱당 뒤희 퇴락흔 울셥 밋ᄐ로조ᄎ 무어시 어른어른흐며 졈졈 ᄀᆞᆺᄀᆞ이 오거늘, 윤싱이 ᄌ셰히 보니 비록 흑야 침침흐여 ᄌ셔치 아니나, 분명흔 사룸이라.

기인이 ᄌ최을 규규히 흐여 나아가며 닐오디,

"녕원이 반ᄃ시 나의 공을 아ᄉ려 흐는가? 엇디 쇼식를 밤드도록 통치 아니흐ᄂ뇨? 니 엇디 힘힘이 녁이긔의 어리믈 효측흐여 공을 졔게 아이리오."

흐거늘, 윤싱이 쏘 ᄌ긱인 줄 알고, 심하의 쇼져의 션견디명을 감탄흐고, 흔 살흘 만 죽흐여 《쓰니‖쏘니》, 살히 시【79】위를 ᄯᅥ나며 젹인이 왼편 팔을 맛쳐, 크게 소리흐고 것구러지니, 소리를 응흐여 좌우 긱당 뒤히 미복흐엿던 가졍 복뷔 일시의 쵹블과 홰블을 잡고 니다라 젹을 착냑흐여 니니, 일기 흉한이 셔리 ᄀᆞᆺᄐᆞᆫ 칼을 ᄇᆞ리고 ᄯ히 것구러졋ᄂ 디라. 왼팔의 살흘 맛고 뉴혈이 돌돌흐엿더라.

범ᄀᆞᆺᄐᆞᆫ 장확이 니다라 쇽박지흐고 계셜지흐여 외실노 나오니, 윤싱이 초당의 나와 안고 쵹을 붉히미, 살흘 거두고 요피를 ᄲᅥ혀 올이라 흐여 보니, '강쥐 심양인 김후셥의 나히 삼십여 셰라.' 흐엿더라.

윤싱이 대로흐여 결박 엄장흐여 그 식인 ᄌ를 무ᄅᆞ나, 후셥이 엇디 즐겨 근본을 니ᄅᆞ리오.

---

651)울셥 : 울타리를 치느라 꽂아 세운 막대기들

652)규규(絲絲)히 : 뭉뚱그려. *뭉뚱그리다 : 되는대로 대강 뭉쳐 싸다.

653)어로긔다 : 엉금엉금 기다. 큰 동작으로 느리게 기다.

654)만심경히(滿心驚駭) : 마음이 온통 소름이 끼칠 정도로 크게 놀람.

655)비긱실(非客室) : 객실이 아닌 방. *객실: 손님을 거처하게 하거나 접대할 수 있도록 정해 놓은 방.

656)흠신(欠伸) : 하품과 기지개를 아울러 이르는 말.

657)누 : 누구. 의문문에 쓰여, 잘 모르는 사람을 가리키는 인칭 대명사.

드러왔던고?"

ᄒ여, 산장(散杖)658)으로 미이 치며 저쥬니, 적인이 비록 미의 죽으나 엇지 근본을 니르리오.

믄득 미를 견디지 못ᄒ여 승복ᄒᄂᆫ 체ᄒ고 왈,

"우리ᄂᆫ 다른 ᄌ직이 아니라 회람 목수 위상공 장하(帳下)659) 심복이러니 이의 위공의 명을 바다 양 유인과 윤 상공을 죽이고 윤 부인을 뫼셔가려 ᄒ더니라."

ᄒ니, 윤싱【11】이 익노ᄒ여 장ᄎᆺ 엄장쥰ᄎ(嚴杖峻次)660)ᄒ여 그 실상을 무르랴 ᄒ더니, 믄득 안흐로셔 쇼져 유모 일췸 나와 쇼져 말ᄉᆞᆷ으로 전어 왈,

"임의 밤이 깁고 죄인을 다ᄉ리고져 ᄒ미, 니 ᄯᅩ흔 죄인이라. 죄인의 피폐(疲弊)흔 힝식(行色)이 ᄯᅩ 죄인을 다ᄉ릴 비 아니니, 명일 붉거든 잡아 본현의 보니여 다ᄉ리게 ᄒ고, 밤이란 엄히 가도와 부디 실포(失捕)치 말게 ᄒ쇼셔."

윤싱이 공경ᄒ여 듯고 통히(痛駭)ᄒᄂᆫ 마음을 니긔지 못ᄒ나, 엇지 감히 쇼져의 명을 거스리리【12】오. 짐즛 적을 실포(失捕)ᄒ여 최부인 허믈을 엄적(奄跡)고져 ᄒ민 쥴 지긱(知機)ᄒ미, 더옥 셩덕을 탄복ᄒ여 이의 회답ᄒ여,

"명디로 ᄒ리이다"

ᄒ고, 좌우를 분부ᄒ여 '적을 결박ᄒ여 단단이 직희라' ᄒ고, 타연이 긱실의 드러가 잠드니, 모든 복뷔(僕夫) ᄯᅩ흔 퇴ᄒ여 져희가지661) 허여져 방의 드러가 잠졸 시, 노복이 임의 일췸의 말노 조ᄎ 쇼져의 전어(傳語)를 드르미 잇ᄂᆫ 고로, 거짓 결박ᄒ나 각별 미이662) 미지 아니ᄒ고, 직회기를 굿게 아니ᄒ

━━━━━━━━━━━━━━━━━━━━

믄득 미를 견디지 못ᄒ【80】ᄂᆫ 체 닐오디,

"우리ᄂᆫ 다른 ᄌ직이 아니라. 회남 목수 위공의 부하 심복이러니, 이제 위공의 명을 바다 양 유인과 윤 상공을 죽이고 부인을 뫼셔 가려 ᄒ더니라."

윤싱이 더옥 노ᄒ여 장ᄎ 엄장쥰차ᄒ여 그 실상을 무르려 ᄒ더니, 믄득 안흐로셔 쇼져 유모 일췸 나와 쇼져 말ᄉᆞᆷ으로 전어 왈,

"임의 밤이 깁고 죄인을 다ᄉ리고져 ᄒ미, 니 ᄯᅩ흔 죄인이라. 죄인의 피폐흔 힝식이 ᄯᅩ 죄인을 ᄃᆞᄉ릴 비 아니니, 명일 붉거던 잡아 본현의 보니여 다ᄉ리게 ᄒ고, 밤으란 엄히 가도와 부디 실포치 말게 ᄒ쇼셔."

윤싱이 공경ᄒ여 듯고 블승통히ᄒ나, 엇디 감히 쇼져의 명을 거스리리오. 짐짓 적을 실포ᄒ여 최부인 허믈 엄적ᄒ고【81】져 ᄒ민 쥴 지긱ᄒ미, 더옥 셩덕을 탄복ᄒ여 이에 회답ᄒ여,

"명디로 ᄒ리이다."

ᄒ고, 좌우를 분부ᄒ여 적을 결박ᄒ여 단단이 직히라 ᄒ고, 타연이 긱실의 드러가 타연이 잠드니, 믄득 복뷔 ᄯᅩ흔 퇴ᄒ여 져의 ᄉᆞ지 허○○[여져] 방의 드러가 줌잘 시, 노복이 임의 일췸의 말노조ᄎ 부인의 전어를 드르미 잇ᄂᆫ[ᄂᆞᆫ] 고로, 거짓 결박ᄒ나 각별 미이 미지 아엿ᄂᆫ 고로,

━━━━━━━━━━━━━━━━━━━━

658)산장(散杖) : 「역사」 죄인을 신문할 때, 위엄을 보여 협박하기 위해서 많은 형장(刑杖)이나 태장(笞杖)을 눈앞에 벌여 내어놓던 일.

659)장하(帳下) : 『역사』 주장(主將)이 거느리던 장교와 종사관.=막하(幕下). 휘하(麾下).

660)엄장쥰ᄎ(嚴杖峻次) : 형장(刑杖)을 엄히 치다.

661)-가지 : ①-까지. ②-끼리. 「접사」 '그 부류만이 서로 함께'의 뜻을 더하는 접미사. *여기서는 ②의 의미임.

여 한 구석의【13】안치고, 훗허져 주디 젼혀 방비ᄒᆞ미 업셔 비셩(鼻聲)이 우레 갓거늘, 젹이 용약(勇躍)ᄒᆞ여 드디여 민 거술 쓴코 도망홀 시, 뒤흐로 인연ᄒᆞ여 니닷다가 보니 날이 거의 붉고져 ᄒᆞ여, 시벽 빗치 몽농ᄒᆞᆫᄃᆡ 울밧 굴헝아ᄅᆡ 사ᄅᆞᆷ이 것구러져 알ᄂᆞᆫ663) 쇼ᄅᆡ 미미ᄒᆞ거늘, 후셥이 놀나 술펴보니 흰 장삼(長衫)의 믠머리 니고(尼姑)의 복식이 분명ᄒᆞᆫ 녕원이라.

후셥이 디경ᄒᆞ여 한 팔노 붓드러 니ᄅᆞ혀며 문왈,

"후셥은 용녈(庸劣)ᄒᆞᆫ 필뷔(匹夫)라 퍼루ᄒᆞ미 괴【14】이치 아니커니와, 스부ᄂᆞᆫ 신인(神人)이라, 무슨 연고로 이런 더러온 굴헝664) 가온ᄃᆡ 것구러졋ᄂᆞ뇨?"

녕원이 올흔 눈을 우희여665) 간간이 알ᄒᆞ며 겨유 니ᄅᆞᄃᆡ,

"이 곳이 말홀 곳이 아니니 한 종용ᄒᆞᆫ 곳의 가 말ᄒᆞ쟈. 니 졍히 죽게 되엿노라."

후셥이 더옥 놀나 역시 원 팔을 쓰을고 겨유 셔로 붓드러 어로긔여 스오리롤 힝ᄒᆞ여, 냥피ᄒᆞᆫ 경식으로 머므던 쥬인을 ᄎᆞ자 긱실의 드러가, 바야흐로 놀난 거술 진졍ᄒᆞ고 갓분 슘을 나리와, 셔로 지난【15】바롤 니ᄅᆞ려 ᄒᆞ더라.

원닉 녕원 요리(妖尼)666)와 후셥 흉젹이 최부인의 명을 바다, 쇼져 힝도롤 급급히 쏠와 이의 니ᄅᆞ러 힝ᄉᆞᄒᆞ려 ᄒᆞ나, 쇼져의 진양졍긔(眞陽精氣) 당당ᄒᆞ니, 요얼(妖孼)667)이 감히 힝ᄉᆞ치 못ᄒᆞ여, 여러날 유유지지(儒儒遲遲)668)ᄒᆞ더니, 후셥이 최부인긔 복명ᄒᆞ미 더듸믈 독촉ᄒᆞ니, 요괴 마지 못ᄒᆞ여 이 날이

흔 구석의 안치고 훗터져 주디, 젼혀 방비ᄒᆞ미 업셔 비셩이 우레 굿ᄐᆞ니, 젹이 용약ᄒᆞ여 드디여 민 거술 쓴코 도망ᄒᆞ야 니드라니, 시벽빗치 몽농ᄒᆞᆫᄃᆡ 울밧 굴헝 아ᄅᆡ 사ᄅᆞᆷ이 것구러져 알ᄂᆞᆫ 소ᄅᆡ 미미ᄒᆞ거늘, 후셥이 놀나 술펴보니 흰 장삼의 뮌[민]머리 니괴니【82】복식이 분명흔 녕원이라.

후셥이 대경ᄒᆞ야 흔 팔노 붓드러 니ᄅᆞ혀며 무ᄅᆞ디,

"후셥은 용열흔 필뷔라. 퍼루ᄒᆞ미 고이치 아니커니와 스부ᄂᆞᆫ 신인이라. 무슴 연고로 더러온 구렁[령]의 것구러졋ᄂᆞ뇨?"

녕원이 올흔 눈을 우희여 간간이 알ᄒᆞ며 겨유 닐오ᄃᆡ,

"이곳이 말홀 곳이 아니니, 조용흔 곳의 가 말ᄒᆞ쟈."

후셥이 더옥 놀나 역시 팔을 쓰을고, 겨유 셔로 붓드러 스오 리를 힝ᄒᆞ여, 머므던 쥬인을 ᄎᆞ져 긱실의 드러가 놀난 거술 진졍ᄒᆞ야 말을 ᄒᆞ더라.

녕원과 후셥이 최부인 명을 바다 윤쇼져 힝도를 급히 쏘라 이에 니ᄅᆞ러 힝ᄉᆞᄒᆞ려 ᄒᆞ나, 쇼져의 진양졍긔 당당ᄒᆞ니, 감히 요얼이 힝ᄉᆞ치 못ᄒᆞ여 여러 날 유【83】유지지ᄒᆞ더니, 후셥이 최부인긔 복명이 더듸믈 독촉ᄒᆞ니, 요괴 마디 못ᄒᆞ야, 이 날이 윤쇼졔

---

662)미이 : 매우. 보통 정도보다 훨씬 더.
663)알다 : 앓다. 병에 걸려 고통을 겪다.
664)굴헝 : 구렁. 움쑥하게 파인 땅. 늑구학(溝壑).
665)우희다 : 움키다. 손가락을 우그리어 물건 따위를 놓치지 않도록 힘 있게 잡다. 늑움구다.
666)요리(妖尼) : 요사스러운 비구니(比丘尼). *비구니(比丘尼): 여승.
667)요얼(妖孼) : ①요악한 귀신의 재앙. 또는 재앙의 징조. ②요망스러운 사람.
668)유유디디(儒儒遲遲) : 어떤 일에 딱 잘라 결정을 내리지 못하고 어물어물하며 시간을 끎.

윤쇼져 절명화극일(絶命禍極日)669)이라 ᄒᆞ여, 반ᄃᆞ시 간범(干犯)코져 ᄒᆞ여, 녕원이 몬져 승셕(乘夕)ᄒᆞ여 윤쇼져 햐쳐(下處)670)의 나아가 동졍을 탐쳥코져 갓가이 밋쳐, 【16】김 젹(賊)의게 젼치 못ᄒᆞ고, 윤싱의 독ᄒᆞᆫ 살을 마ᄌᆞ 살ᄯᅳ시 졔일 독이 잇ᄂᆞᆫ 고로, 경긱의 눈망울지 도라 ᄢᅢ지니, 안즁(眼中)이 독히 알프믈 니긔지 못ᄒᆞ여, 평싱 지조를 다ᄒᆞ여 겨유 잡히믈 면ᄒᆞ나, 먼니 다라날 긔운이 업셔, 겨유 울 밧글 넘으며 측즁(廁中) 굴형 밋히 것구러져, ᄌᆞ연 더러온 분취(糞臭) 옷시 ᄉᆞ못길671) 면치 못ᄒᆞ니, 시러곰672) 변화치 못ᄒᆞ고 졍히 위급ᄒᆞᆯ 즈음이러니, 후셥이 야심토록 녕원이 쇼식 업스믈 보고, 믄득 의【17】심ᄒᆞ여 져의 요슐이 긔특ᄒᆞ니 피루ᄒᆞᆯ 쥴은 싱각지 아니ᄒᆞ고, 공을 독당(獨當)ᄒᆞ려ᄂᆞᆫ가 노(怒)ᄒᆞ여, 공을 닷호고져 ᄒᆞ여 왓다가, 좌비(左臂)의 살흘 마ᄌᆞ 졍히 탈신ᄒᆞᆯ 길히 업더니, 믄득 윤부인의 명이 나렷다 ᄒᆞ고 붉ᄂᆞᆫ 날 본관의 보니기를 니ᄅᆞ고, 결박ᄒᆞ여 직희라 ᄒᆞ믈 암희ᄒᆞ여, 졔인의 잠잘 ᄣᅢ를 타 도망ᄒᆞ여 오다가 요괴(妖怪)를 만나미러라.

이인(二人)이 겨유 져의 햐쳐로 오니 날이 붉앗더라.

셔로 더ᄒᆞ여 슈말(首末)을 니ᄅᆞ고 낭픽ᄒᆞ믈 니ᄅᆞᆯ【18】시, 피치 샹쳐를 샹고(詳考)ᄒᆞ미 녕원은 좌목(座目)의 살이 마ᄌᆞ 망울지 ᄣᅢ져시니, 혈흔(血痕)이 낭ᄌᆞ(狼藉)ᄒᆞ여 간간이 알키를 마지 아니ᄒᆞ며, 장삼의 분취 무더 능히 변화치 못ᄒᆞ고, 후셥은 우비(右臂)를 마ᄌᆞ 살흘 ᄣᅢ히나 깁히 샹ᄒᆞ여, 피 흐르고 ᄲᅧ 샹ᄒᆞ여 왼팔이 다 부어시니, 능히 움죽이지 못ᄒᆞ여 죽어가거늘, 능히 도망치 못ᄒᆞ여 쏘 난장(亂杖)673)을 맛기를 슈업시 ᄒᆞ여, 일신의

《져논∥졀》명화극일이라 ᄒᆞ여, 녕원이 승셕ᄒᆞ야 윤쇼져 햐쳐의 나아가 동졍을 탐쳥코져 ᄒᆞ여 햐쳐를 ᄎᆞᄌᆞ 왓다가, 밋쳐 소식도 모ᄅᆞ고 윤싱의 독ᄒᆞᆫ 살을 마ᄌᆞ 경긱의 눈망울지 도라 ᄢᅢᆺ더니, 안듕이 독히 알프믈 이긔디 못ᄒᆞ여, 평싱 지조를 다ᄒᆞ여 겨유 잡히기를 면ᄒᆞ나, 먼니 갈 긔운이 업셔 겨유 울 밧글 너무며 측듕 구렁 밋히 것구러져 ᄌᆞ연 더러온 분취 오시 ᄉᆞ못기를 면치 못ᄒᆞ니, 시러금 변화치 못ᄒᆞ고 졍히 위급ᄒᆞ엿더니, 후셥이 녕원이 야심토록 소식이 업스믈 보고 믄득 의심ᄒᆞ여【84】져의 요슐이 긔특ᄒᆞ니, 공을 독당ᄒᆞ려ᄂᆞᆫ가 노ᄒᆞ여, 공을 닷토고져 ᄒᆞ여 왓다가, 우비의 살을 마ᄌᆞ 졍히 탈신ᄒᆞᆯ 길히 업더니, 믄득 윤부인 명이 ᄂᆞ렷다 ᄒᆞ고, 명일 본관의 보니기를 니ᄅᆞ고 결박ᄒᆞ여 딕히믈 암희ᄒᆞ야, ○…결락8자…○[졔인의 잠잘 ᄣᅢ]를 타] 도망ᄒᆞ야 오다가, 요괴를 만나미러라.

서로 더ᄒᆞ야 수말을 니ᄅᆞ고 상쳐를 서로 상고(詳考)ᄒᆞ미, 녕원은 좌목의 살이 마ᄌᆞ 망울찌 ᄣᅢ져시니 혈흔이 낭ᄌᆞᄒᆞ고, 후셥은 우비를 마ᄌᆞ 살흘 ᄢᅢ혀[혀]시나 깁히 상ᄒᆞ야, 피 흐르고 ᄲᅧ 상ᄒᆞ야 윈 팔이 다 상ᄒᆞ야 능히 움죽이디 못ᄒᆞ니, 서로 상쳐를 어ᄅᆞ만져 알프믈 이긔디 못ᄒᆞ여 쇼져와 윤싱의게 브ᄃᆡ 보원ᄒᆞ려 ᄒᆞ더라.

---

669)절명화극일(絶命禍極日) : 목숨이 끊어져 화(禍)가 최고조(最高潮)에 오른 날.

670)햐쳐(下處) : =사처(私處). 손님이 길을 가다가 묵음. 또는 묵고 있는 그 집.

671)ᄉᆞ못다 : 사무치다. 깊이 스며들거나 멀리까지 미치다.

672)시러곰 : 능히. 하여금. 이에.

673)난장(亂杖) : 『역사』고려·조선 시대에, 신체의 부위를 가리지 아니하고 마구 매로 치던 고문. 영조

피 엉긔여 운신치 못ᄒᆞᄂᆞᆫ지라. 셔로 상쳐를 어로만져 알프믈【19】니긔지 못ᄒᆞ여, 윤쇼져를 원망ᄒᆞ여 윤싱과 쇼져의게 부디 보원(報怨)ᄒᆞ려[674] ᄒᆞ더라.

녕원이 분취 므든 옷슬 벗고 냥인이 누어 알터니 쥬인이 나와 보고 놀나 연고를 뭇거ᄂᆞᆯ, 냥인이 답왈,

"우리 남미 작셕의 사룸을 보라 갓더니 그릇 도젹을 만나 즁히 맛고 기즁 한 도젹이 녕원과 원싉러니 한 눈을 쌘히다."

ᄒᆞ니, 쥬옹(主翁)이 곳이듯고[675] 츠탄ᄒᆞ며 블상이 너겨 조리ᄒᆞ여 가라 ᄒᆞ니, 냥인이 ᄉᆞ례ᄒᆞ고 이의 치료ᄒᆞᆯ시, 녕원이 본디 요【20】괴로온 약이 만코 의슐이 졍통ᄒᆞ미 후셥의 상쳐ᄂᆞᆫ 요약으로 다ᄉᆞ리미 과연 슈일 후 완합(完合)ᄒᆞ디, 녕원은 눈을 일허시니 아모리 긔특ᄒᆞᆫ 약이 이시나 엇지ᄒᆞ리오. 시고(是故)로 신고(辛苦)ᄒᆞ여 월여의 비록 쇼셩(蘇醒)ᄒᆞ나 맛춤ᄂᆡ 좌목을 폐밍ᄒᆞ여시니, 교아졀치(咬牙切齒)ᄒᆞ여 부디 젹쇼(謫所)의 작난ᄒᆞ여 잡고져 ᄒᆞ나, 윤쇼져 월화 일젼(一戰)을 죵시 ᄭᆞ리ᄂᆞᆫ 바의, 일ᄒᆡᆼ이 발셔 이곳을 ᄯᅵ난지 오린지라. ᄯᅩ 최부인긔 복명(復命)ᄒᆞ미 더딜가, 몬져 도라가 부인긔 젼【21】후 낭픾(狼狽)ᄒᆞ믈 고ᄒᆞᆫ 후 다시 윤쇼져를 히ᄒᆞ려 ᄒᆞ여, 급급히 환경ᄒᆞ노라 ᄒᆞ나, 발셔 달이 포[676] 되여시니, 최부인의 기다리미 간졀ᄒᆞ더라.

초셜. 윤쇼제 본디 신명예쳘(神明睿哲)[677]ᄒᆞ여 총명달식(聰明達識)[678]이 잇ᄂᆞᆫ지라. 한 번 긔운을 살펴 능히 요식(妖色)을 ᄉᆞ못고 각별 요동치 아니ᄒᆞᄂᆞᆫ 가온디, 셔형(庶兄)의게 계규(計規)를 맛져 낭긔 흉젹 제어(制御)ᄒᆞ기를 용한(容閑)[679]이 ᄒᆞ여, 스ᄉᆞ로 그 히

녕원이 분취 무든 오슬 벗【85】고 냥인이 누어 알터니, 쥬인이 나와 보고 놀나 연고를 므른디, 냥인이 답왈,

"우리 남미 작셕의 사룸을 보라 갓다가, 도젹을 만나 듕이 맛고, 기듕 흔 도젹이 녕원과 원싉러니, 눈을 쌘히다."

ᄒᆞ니, 쥬옹이 고디듯고 츠탄ᄒᆞ며 됴리ᄒᆞ여 가라 ᄒᆞ니, 냥인이 샤례ᄒᆞ고, 이에셔 월여를 신고ᄒᆞ야 나하시나, 녕원은 좌목이 폐밍ᄒᆞ야시니, 교아졀치ᄒᆞ야 브디 젹소의 가 작난코져 ᄒᆞ나, 져희 최부인긔 복명ᄒᆞ미 더던 고로 도라가 부인긔 젼후 낭픾믈 고흔 후, 다시 윤쇼져를 히ᄒᆞ려 ᄒᆞ야, 급급히 환경ᄒᆞ노라 ᄒᆞ나, 발셔 달이 포 되여시니, 최부인 기ᄃᆞ리미 ○[간]졀ᄒᆞ더라.

ᄎᆞ시 윤쇼제 도젹을 짐짓 다ᄅᆞ나게 ᄒᆞᄆᆞ【86】존고의 실덕이 낫타놀가 ᄒᆞ미러라.

46년(1770)에 없앴다. 늑난장형.

674)보원(報怨)ᄒᆞ다 : 앙갚음하다.

675)곳이듯다 : 곧이듣다. 남의 말을 듣고 그대로 믿다. 늑곧듣다.

676)포 : '거듭'의 옛말.

677)신명예쳘(神明睿哲) : 신령스럽고 지혜가 깊어 사리에 매우 밝음.

678)총명달식(聰明達識) : 매우 영리하고 재주가 많아, 견문과 학식이 뛰어남.

679)용한(容閑) : 한가(容閑)함. 각박하지 않고 여유가

룰 밧지 아닐지언정, 도적을 잡아 ᄉ적(事迹)을 알녀 아니ᄒ고 짐짓 다라나【22】게 ᄒ믄, 양존고(養尊姑) 최부인 실덕이 낫하나지 아니케 ᄒ미러라.

윤싱이 명조(明朝)의 니러나니 적(賊)이 임의 간더 업ᄂᆞᆫ지라. 그윽이 쇼져의 션견지명을 탄복ᄒ고, 모지 더ᄒ여 쇼져의 져 갓흔 셩덕으로 홍안박명(紅顔薄命)이 극ᄒ믈 ᄎ셕(嗟惜)ᄒ고 일취 등은 분연ᄒ믈 마지 아니터라.

윤쇼져 일힝이 산음현을 ᄯᅵ나 일노(一路)의 무ᄉ히 힝ᄒ여 적쇼(謫所)의 니ᄅᆞ니 쇼흥 디부(知府) 남공은 진왕의 삼비 남시의 친질(親姪)이라. 치관(差官)680)이 공문을 드리니, 남디뷔 디경(大驚)ᄒ【23】여 그 연고롤 무러 알고 ᄎ탄ᄒ며, 관니룰 분부ᄒ여 큰 집을 졍ᄒ여 하쳐(下處)룰 삼게ᄒ고, 므릇 긔용즙믈(器用什物) 미곡(米穀)을 갓초와 보니○[고], 디뷔 친히 니ᄅᆞ러 윤싱을 보고 부인의 화익(禍厄)을 치위(致慰)ᄒ며, 인호(姻好)681)의 후ᄒ믈 일ᄏᆞ라 지극 우디○○[ᄒ고], 치관을 후디ᄒ여 도라보니니, 쇼져와 윤싱 모지 후의룰 못니 감ᄉᄒ며, 일가의 평셔(平書)682)룰 븟치더라

쇼져 일힝이 적쇼의 머믈미 본디 슈즁(手中)의 지믈이 만코, 디뷔 계모의 친질(親姪)이라. 므릇 디졉이 관곡(款曲)【24】ᄒ며 《양신∥양씨》의 동긔친척(同氣親戚)이 이곳의 만히 ᄉ더니, 양희 진왕의 총희(寵姬) 되여 영귀ᄒ여, 이제 젹녀(嫡女)룰 조ᄎᆞ 적쇼의 와시믈 듯고, 다토와 니ᄅᆞ러 양시 모ᄌ룰 반기고, 양희 ᄯᅩ 이리 올 제 저의 친척의게 부귀룰 ᄌᆞ랑코져 ᄒ여, 경보(輕寶)와 금쥬치단(金珠綵緞)683)을 만히 가져왓던 고로, 그 즁의

윤싱이 명됴의 니러나니, 적이 임의 업ᄉ니, 그윽이 쇼져의 션견디명을 탄복ᄒ고 모지 더ᄒ야 쇼져의 져 갓튼 셩덕으로 홍안박명이 극ᄒ믈 ᄎ셕ᄒ고, 일취 등은 분연ᄒ믈 마디 아니ᄒ더라.

윤쇼져 일힝이 산음현을 ᄯᅵ나 일노의 무ᄉ히 힝ᄒ야 적소의 니ᄅᆞ니, 소흥 디부 남공은 진왕 삼비 남비의 친딜이라. 치관이 공문을 드리니 남지뷔 대경ᄒ야 그 연고를 무러 알고 ᄎ탄ᄒ고 관니를 분부ᄒ야 큰 집을 졍ᄒ야 햐쳐ᄒ게 ᄒ고, 지뷔 친히 니ᄅᆞ러 윤싱을 보고 부인의 화익을 치위ᄒ며, 인호의 후ᄒ믈 일ᄏᆞ라 지극 우디ᄒ고, 치관을【87】후디ᄒ야 도라보니니, 쇼져와 윤싱 모지 후의를 못니 감ᄉᄒ며 일가의 평셔를 븟치더라.

쇼져 일힝이 적소의 머믈미 본디 슈듕의 지믈이 만코, 디뷔 계모의 친딜이라. 므릇 디졉이 관곡ᄒ며, 양시의 동긔 친쳑이 이곳○[의] 《만하∥만히》 ᄉ더니, 양희 진왕의 총희 되여 이제 젹녀를 조ᄎ 적소의 왓시믈 듯고, 다토와 니ᄅᆞ러 양시 모ᄌ를 반기고, 양시 진보 필빅을 친쳑을 난화 쥬며, ᄌᆞ로 쳥ᄒ야 후디ᄒ니, 양시의 동긔 친쳑이 양희의 부귀를 흠앙ᄒ고, 슈린의 풍치 쥰슈ᄒ믈 긔특이 넉여 츄존ᄒ리 만터라.

있음.

680)치관(差官) : 차관(差官). 예전에, 어떤 일을 맡아 보게 하려고 벼슬아치를 임명하던 일. 또는 그 임명된 관리(官吏).

681)인호(姻好) : 인친가(姻親家)의 아름다운 정(情).

682)평셔(平書) : 무사한 소식. ≒평신(平信).

683)금쥬치단(金珠綵緞) : '금과 구슬과 온갖 비단'을 통틀어 이른 말.

빈궁흔 겨레를 쥬머 주로 쳥흐여 후디흐니, 양희의 동긔친쳑이 양희의 부귀를 흠앙(欽仰)흐고 슈린의 풍치 쥰슈흐믈 긔특이 너겨, 츄존(推尊)흐리 만터라.

양희 【25】 모지 쇼져를 지극히 보호흐여 젹쇼의 머므런지 거의 긔년(朞年)684)의, 쏘 요졍이 니르러 작난흐다가 피루흐여 도라갓더니, 최부인이 쏘 질지이심(疾之己甚)이 히코져흐미 드디여 젹쇼의 안신흐믈 엇지 못흐여 비쥬(婢主) 오인이 건복(巾服)685)을 밧고와 발셥도로(跋涉道路)686)흐여 금쥐 엄부 뎐퇵(田宅)의 도라가 고모 댱후를 뫼시미 되고, 양희 모주는 경수로 도라오니라.

시시의 녕원 요리(妖尼)와 김젹이 도라와, 감히 엄부의 나아가지 못흐여 후셥의 집의 니르니, 미션이 밧【26】비 마주 녕원의 일목이 폐밍(廢盲)흐여시믈 보고, 몬져 크게 놀나 밧비 일의 셩픽(成敗)와 윤쇼져의 수명(死命)687)을 므르니, 후셥이 숀을 져어 왈,

"그디는 니르지 말나. 윤시는 진실노 셰간의 요악흔 녀지라. 발셔 우리 스긔를 아른 양(樣)흐여 여추여추 스부와 니 여추여추 죱상흐니, 나는 힝혀 스부의 신긔로온 션슐노 그런 상체 다 흐려시디688), 스부는 그릇 눈을 마주 망주689)를 일코 도라오니, 비록 션가(仙家)의 의슐이 긔특흔들 엇지흐리오 여추고(如此故)690)【27】로 의시 삭막(索漠)흐고 예긔(銳氣) 최찰(摧擦)흐여, 감히 다시 힝수홀 의시 업셔 겨유 병을 조리흐여 왓노라."

미션이 쳥파의 디경실식(大驚失色)흐여 한 말을 못흐고 보보젼경(步步顚傾)흐여 상부(相府)의 도라와, 최부인긔 녕원과 후셥의 낭픽

양희 모지 쇼져를 지극○[히] 보호흐여 디니더라.

시시의 녕원요괴와 김젹이 도라와【88】 후셥의 집의 니르미, 미션이 밧비 마주 녕원의 일목이 폐밍흐여시믈 보고, 몬져 크게 놀나 밧비 일의 셩블[불]을 므르니, 후셥이 숀을 져어 닐오디,

"그디는 니르디 말나. 윤시는 진실노 셰간의 희한흔 녀즈라. 발셔 우리 스긔를 아라던 양 흐야 여추여추 흐여, 스부와 니 여추 죱상흐여, 나는 힝혀 스부의 션슐노 그런 상체 다 하레시디 스부는 그릇 눈망울을 일코 도라와 겨유 병을 됴리흐야 왓노라."

미션이 쳥파의 실식대경흐야 상부의 드러가 최부인긔 녕원 등이 낭픽흐야 도라온 곡졀을 낫낫치 고흐니, 최부인이 역시 놀납고

---

684)긔년(朞年) : 만 일 년이 되는 날. 돌.
685)건복(巾服) : 늑옷갓. 남복(男服). 옷옷과 갓을 아울러 이르는 말. 흔히 예전에 남자가 정식으로 갖추던 옷차림을 이른다.
686)발셥도로(跋涉道路) : 도로 위를 걸어 떠돎.
687)수명(死命) : 사(死: 죽음)와 명(命: 목숨·삶)을 아울러 이르는 말. 늑사생(死生).
688)흐리다 : (병이) 낫다.
689)망주 : 망울. 눈망울. 눈알. 척추동물의 시각 기관인 눈구멍 안에 박혀 있는 공 모양의 기관.
690)여추고(如此故) : 이러한 까닭(으로)

ᄒ여 도라온 곡졀을 낫낫치 고ᄒ니, 부인이 역시 놀나오미 쳥텬의 벽녁이 나린 듯ᄒ고, 이닯고 분ᄒ미 효지 고비(考妣)의 상ᄉ(喪事)를 만남 갓ᄒ여, 눈물이 히음업시 힝뉴(行流)ᄒ믈 ᄭᅵ닷지 못ᄒ여 교아졀치(咬牙切齒) 왈,

"챵이 부뷔 우리 모【28】ᄌ와 무슴 원쉬러뇨? 나의 젹년심녁(積年心力)을 허비ᄒ여 요죵을 업시치 못ᄒ고, 윤가 요녀를 어더 요믈(妖物)의 음악요ᄉ(淫惡妖邪)ᄒ미 ᄯᅩ 이러틋ᄒ여, 쳔방빅계(千方百計)로 목슘을 도망ᄒ니, 이는 하늘이 돕지 아니코 귀신이 희지으미라. 슈연(雖然)이나 녕원신법ᄉ의 긔특ᄒᆫ 신슐노 윤가 요녀의 슈즁의 곤(困)ᄒ미 되어, 일목을 폐밍ᄒ다 ᄒ니 엇지 앗갑고 슬프지 아니ᄒ리오."

미션이 역시 함누디왈(含淚對曰),

"윤쇼져ᄂᆫ 히ᄒ나 아니나, 녕원 신ᄉ(神師)와 후셥이 다 병【29】인이되여시믈 면치 못ᄒ오니, 이 원슈ᄂᆫ 츠싱의 아니 갑지 못ᄒ올지라. 녕원 후셥이 '병을 조리ᄒ여 쾌히 낫고, 부인 명을 다시 밧ᄌ와 불원쳔니(不遠千里)ᄒ옵고 젹쇼가지 ᄯᅡ라가, 부디 윤쇼져와 윤싱 모ᄌ를 다 죽여 져의 병인된 원슈를 갑흐려노라' ᄒ더이다."

부인이 탄왈,

"니ᄅ지 말나. 한 번도 공(功)을 원디로 일우미 업스니, ᄯᅩ 셜ᄉ 젹쇼가지 ᄯᅡ라간들 엇지 졔어ᄒᆯ 쥴 알니오. ᄎᆞ역(此亦) 오원(迂遠)ᄒᆫ 계귀(計規)라 ᄂᆡ 밋지 아니ᄒ노라. 슈연이【30】나, 녕원을 가만이 블너오라. 그 놀난 거슬 위로ᄒ고 말을 무ᄅᆞ리라. 그러나 ᄎᆞ쇼졔 미쳐 도라가지 아녀시니, 넌ᄌ시 승셕(乘夕)ᄒ여 협실노 드러오라."

블언죵시(不言終時)691)의 슈호(繡戶)를 가비야이 여ᄂᆫ 곳의, 화상셔부인 난혜 드러와 졍식 고왈,

"아ᄌ 모친과 미션의 ᄉ어를 쇼녜 다 드러ᄉᆞ오니, 원간 녕원과 후셥이란 ᄌᆞᄂᆫ 눌을 니ᄅᆞ미잇고? 쇼녜 일즉 힝신쳐ᄉ(行身處事)692)

이ᄃᆲ고 분ᄒ미 복밧쳐 히음업시 눈물이 방울방울 ᄒ믈 ᄭᅵ닷디 못【89】ᄒ야 교아졀치 왈,

"챵이 부뷔 우리 모ᄌ와 무슴 원슈러뇨? 늬의 젹년 심녁을 허비ᄒ여 요죵을 업시치 못ᄒ고, 윤가 요녀를 어더 음악요ᄉᄒ미 이럿툿 쳔방빅계로 목슘을 도망ᄒ니 이는 하늘이 돕디 아니코 귀신이 희지으미라. 녕원신ᄉ의 긔특ᄒᆫ 신슐노 윤녜의 슈듕의 곤ᄒ미 되어 일목이 폐밍타 ᄒ니 엇디 앗갑디 아니리오."

미션이 역시 함누ᄒ니,

부인 왈,

"녕원을 ᄀᆞ마니 블너오라. 그 놀난 거슬 위로ᄒ고 말을 무ᄅᆞ리라."

불언죵시의 슈호를 여ᄂᆫ 곳의 화상셔 부인 난혜 드러와 졍식 고왈,

"아ᄌ의 모친이 미션과 ᄒ시ᄂᆫ ᄉᆞ긔를 다 드럿습ᄂᆞ니라. 원간 녕원○[과] 후셥이란 ᄌᆞᄂᆫ【90】 눌을 니ᄅᆞ미잇고? 쇼녜 근간 요예ᄒᆫ

691)블언죵시(不言終時) : 말이 다 끝나지 않은 때에.
692)힝신쳐ᄉ(行身處事) : 사람이 가져야 할 몸가짐과

와 근간 허다 오예(汚穢)흔 취명(醜名)693)이 주주(藉藉)흠믈 괴이히 너기디. 그 작수주(作事者)694)를 갈희잡지695) 못【31】흐옵더니 엇지 자위(慈闈)와 미교 등의 동심합세(同心合勢)흐여 창뎨 부부를 히코져 흐시는 쥴 알아시리잇가? 히이(孩兒) 드르미 심한골경(心寒骨驚)흠믈 니긔지 못흐리로쇼이다. 알과이다 모친이 반드시 만흔 지산과 누뎌봉수(累代奉祀)696)로뻐 창뎨의게 온젼흠믈 앗기시미어니와, 고어의 왈, '젹덕으로뻐 씨쳐 주숀의게 젼흐고 젹악으로뻐 주숀의게 젼치 말나'흐여시니, 윤시를 부딕 업시코져 흐시나 하놀이 길인(吉人)을 묵우(默祐)흐시느니, 창뎨 엇지 미【32】교 등의 흔 계규의 명이 맛츠며, 더옥 윤시 유죄무죄간 임의 오문(吾門)의 졀의(絶義)흐여 강상죄명(綱常罪名)697)을 시러 혈혈아녀지(孑孑兒女子)698) 잔도이각(棧道涯角)699)의 도라가니, 그 졍시(情事) 잔잉흠믄700) 니르도 말고, 임의 니이(離異)흐○[엿]거놀 주위 이러트시 이심히 히코져 흐시느니잇고? 주위 종시 실덕을 뉘웃지 아니실진디 다못 쇼녀 등과 영뎨 엇지 슈복이 쟝원홀 쥴 긔약흐리잇가?"

부인이 쳥파의 녀이 스긔를 아라시믈 크게 놀나며【33】블힝흠믈 니긔지 못흐나 홀 일 업고, 쏘 말단의 주녀 남미 슈복이 쟝원치

올바른 일처리를 함께 이른 말
693)취명(醜名) : 추명(醜名). 더러운 평판이 난 이름.
694)작수주(作事者) : 일을 꾸민 자.
695)갈희잡다 : 가려내다. 갈피를 잡다.
696)누뎌봉수(累代奉祀) : 여러 대의 조상의 제사를 받듦.
697)강상죄명(綱常罪名) : 사람이 마땅히 지켜야 할 도리인 삼강(三綱)과 오상(五常=五倫)을 범한 죄명, 곧 인륜범죄(人倫犯罪)를 저지른 죄명을 이른다.
698)혈혈아녀지(孑孑兒女子) : 의지할 데 없는 홀몸의 어린 여자아이.
699)잔도이각(棧道涯角) : 하늘가처럼 멀고 벼랑길처럼 험한 길을 지나야 도달할 수 있는, 극도로 외지고 먼 땅. *잔도(棧道): 험한 벼랑 같은 곳에 선반처럼 달아서 낸 길로, 특히 중국 사천성 검각현(劍閣縣)의 대검산 소검산 사이에 난 잔도는 험하기로 유명하다. *애각(涯角): 천애지각(天涯地角)의 준말. 하늘가와 땅 모퉁이처럼 아주 동떨어져 있는 외지고 먼 땅
700)잔잉흐다 : 불쌍하다. 가엾다. 안쓰럽다.

허다 취명이 주주흠믈 고이히 넉이디, 그 작수쟈를 갈히잡디 못흐옵더니, 엇디 주위 미교 등과 동심합계흐야 창뎨 부부를 히흐시는 줄 아라시리잇고? 히이 드르미 심한골경흐느니, 알괘이다. 모친이 반드시 만흔 지산과 누뎌봉수를 창뎨의게 운젼흐믈 앗기시거니와 고인이 운왈, '젹덕을 깃쳐 주손의게 젼악으로 젼치 말나'흐시니 윤시를 업시코져 흐나, 하놀이 길인을 보우흐시느니, 창뎨 엇디 미•교 등의 계교의 명을 맛츠리잇가? 주위 죵시 실덕을 뉘웃디 아니실진디, 다못 쇼녜 등과 영뎨 엇디 슈복이 쟝원홀 쥴 엇디 긔약흐리잇고?"

부인이【91】쳥파의 녀이 스긔를 아라시믈 크게 놀나 블힝흠믈 이긔디 못흐나, 홀일업고, 말단의 주녀 남미 슈복이 쟝원치 못흐리

못ᄒ리라 ᄒ믈 ᄉ외롭고701) 노ᄒ여 변식 왈,

"여모의 반싱 심녁을 허비ᄒ믄 여등을 위ᄒ미오, 더옥 영아의 효우인ᄌ(孝友仁慈)ᄒ므로, 무고히 일가의 무용지이(無用之兒) 될 쥴 이달나. 부디 요종(妖種)을 업시ᄒ여 유냥지탄(莠良之嘆)702)을 갑고, 도쳑(盜跖)703)의 우희 하혜(下惠)704) 잇다 ᄒ믈 듯지 말고져 ᄒ므로, 쳔빅(千百)가지 냥칙(良策)의[이] 영아게 유익다 ᄒ면, 여뫼 살흘 쌋가도 앗갑지 아닐【34】가 시분 고로, 이제 녕원법ᄉ는 쳔변만화(千變萬化)의 모를 거시 업ᄉ디, 깁히 산즁의 슈도ᄒ여 일흠이 놉흐디, 셰상의 즐겨 날 쯧이 업다 ᄒ거늘, 여뫼 후셥을 보니여 후례(厚禮)로 쳥ᄒ여 왓느니, 네 부디 근본을 알고져 흘시 니르ᄂ니, 노뫼 몬져 창아를 업시커든, 네 ᄯ로 영시와 져희를 쇼제(掃除)ᄒ미 엇더ᄒ뇨? 그러나 네 창의 부부를 위ᄒ는 우이는 가지록 긔특ᄒ거니와, 영아는 부모의 만니(晩來) 쇼즁(所重)이오, 노뫼 늣게야 어더 귀즁ᄒ는 쥴 알【35】며, 믄득 강악(强惡)흔 원언(怨言)으로 여뫼 젹앙(積殃)이 밋츠리라 ᄒ니, 이 가히 동긔지간(同氣之間)의 ᄒ염즉흔 말이냐? 노뫼 깁히 유감(遺憾)ᄒ믈 니긔지 못ᄒ리로다."

셜파의 노긔발연(怒氣勃然)705)ᄒ니, 화부인이 블변안식(不變顔色)ᄒ고 날호여 고왈,

"창뎨와 영뎨 동긔(同氣)는 일체라 쇼녜

라 말을 드르미 ᄉ외롭고 노ᄒ여 왈,

"여모의 반싱심녁을 허비ᄒ믄 여등을 위ᄒ미오, 더욱 영ᄋ의 인ᄌ효우ᄒ므로 무고히 일가의 무용지이 된 줄 이달나 브더 요죵을 업시ᄒ야 유와 양을 니신 탄을 듯디 말과져 ᄒ므로 쳔 빅 가지 냥칙의 영을 위ᄒ야 이 녕원법ᄉ는 쳔만변화의 모를 거시 업고, 산듕의 슈도ᄒ야 일홈이 놉흐미 여뫼 후셥을 보니여 후례로 드려왓느니, 노뫼 몬져 창ᄋ을 업시커든 네 ᄯ로 영시와 제창을 다 쇼제ᄒ미 엇더ᄒ뇨? 네 창의 부부 위ᄒ는 우이는【92】ᄀ장 둣텁거니와 영ᄋ는 부모의 만니 쇼듕이오, 노뫼 늣게야 어더 귀듕ᄒ는 줄 알며, 믄득 강악흔 원언으로 어미 젹앙이 밋츠리라 ᄒ니, 이 가히 동긔지간 ᄒ염즉흔 말이야[냐]? 노뫼 유감ᄒ도다."

화부인이 디 왈,

"창뎨와 영뎨 동긔는 일체라. 쇼녜 무상ᄒ

---

701)ᄉ외롭다 : 꺼림칙하다. 마음에 걸려서 언짢고 싫은 느낌이 있다. ≒꺼림직하다.

702)유양지탄(莠良之嘆) : '(하늘이) 악한 사람을 내고 또 착한 사람을 낸 것을 한탄한다.'는 뜻으로, 세상에는 선과 악이 공존한다는 사실을 말해주고 있다. *유양(莠良) : 나쁜 풀(莠)과 좋은 풀(良), 곧 나쁜 사람과 좋은 사람을 비유적으로 이르는 말.

703)도쳑(盜跖) : 중국 춘추 시대의 큰 도적. 현인 유하혜(柳下惠)의 아우로, 수천 명의 도적 떼를 거느리고 천하를 횡행하였다고 한다. 몹시 악한 사람을 비유적으로 이르는 말로 쓰인다.

704)하혜(下惠) : 유하혜(柳下惠). 중국 춘추시대 노(魯)나라의 명재상(名宰相). 맹자(孟子)는 그를 '더러운 임금을 섬기는 일도 부끄럽게 여기지 않을 만큼 화해와 조화의 기질을 가진 성인'이라 하였다. 그러나 그도 천하의 대도(大盜)였던 자신의 아우 도척(盜跖)을 교화시키지는 못했다.

705)노긔발연(怒氣勃然) : 갑자기 버럭 화를 냄.

무상ᄒ오나 엇지 창을 위ᄒ여 영을 원망ᄒ리 잇가? 쇼녀의 말ᄉᆷ은 텬니(天理) 인ᄉ(人事)를 취ᄒ여 모친 실덕을 간(諫)ᄒ오미니, 복원(伏願) ᄌ위는 왕ᄉ(往事)는 이의(已矣)라. 다시 위퇴ᄒᆫ 일을 마르시고 히아【36】등의 슈복(壽福)이 장원(長遠)케 ᄒ쇼셔. 미교 등의 요언(妖言)을 치랍(採納)지 마르시고, 요승과 흉적을 휘지(揮之)ᄒ여 가니의 잡인이 왕너치 못ᄒ게 ᄒ쇼셔. ᄌ고로 셩뎨명왕(聖帝明王)[706]이 친현신원쇼인(親賢臣遠小人)[707]ᄒ신즉, 국기 흥늉(興隆)ᄒ고 친쇼인원현신(親小人遠賢臣)[708]ᄒ신즉 형셰 경퇴(傾頹)[709]ᄒᆫ다 ᄒ오미 츈의녈ᄉ의 졍논이라 이제 ᄌ위 힝ᄒ시는 비 용군암쥬(庸君暗主)[710]의 방블(彷彿)ᄒ시니 엇지 두립지 아니리잇고.?"

부인이 쳥파의 녀아의 간언을 노ᄒ여 작식(作色) 왈,

"노뫼 임의 ᄯᅳᆺ이 결ᄒ엿ᄂᆫ니 너는 두【37】번 말을 말나. 노모의 디악은 너의 남미거의 짐작ᄒᆷ이 이시리니, 독고황후(獨孤皇后)[711]와 녀퇴후(呂太后)[712] ᄀᆞᆺ치 무셔온 쥴

오나 엇디 창을 위ᄒ야 영을 원망ᄒ리잇고? 쇼녀의 말ᄉᆷ은 텬니와 인ᄉ를 취ᄒ야 모친 실덕을 간ᄒ옵ᄂᆞ니, 복원 ᄌ위는 미교 등의 요언을 찰납디 마르시고 요승과 흉적을 휘지ᄒ여 가니의 잡인이 왕너치 못ᄒ게 ᄒ쇼셔. 이제 ᄌ위 힝ᄒ시는 비 용군암쥬와 방블ᄒ시니, 엇디 두립디 아니리잇고?"

부인이 녀ᄋ의 간언을 노ᄒ여 작식【93】왈,

"노뫼 임의 ᄯᅳᆺ의 결ᄒᄂᆞ니, 너는 두 번 니ᄅ디 말나. 노모의 디악은 너의 남미 짐작ᄒ미 이시니, 독고황후 녀태후 ᄀᆞᆺ치 지목ᄒ여

---

706) 셩뎨명왕(聖帝明王) : 덕이 높고 지혜로운 임금.
707) 친현신원쇼인(親賢臣遠小人) : 어진 신하를 가까이 하고 간사한 사람을 멀리함.
708) 친쇼인원현신(親小人遠賢臣) : 간사한 사람을 가까이 하고 어진 신하를 멀리함.
709) 경퇴(傾頹) : 낡은 건물 따위가 기울어져 무너짐.
710) 용군암쥬(庸君暗主) : 용렬하고 혼암한 임금.
711) 독고황후(獨孤皇后) : 543-602년. 중국 수(隋)나라 문제(文帝)의 비(妃) 문헌황후 독고씨(文獻皇后 獨孤氏), 이름은 독고가라(獨孤伽羅). 수 문제 양견이 아직 수나라를 건국하기 전인, 14세 때 문제와 혼인하면서, 첩에게서 자식을 두지 말 것을 혼인 조건으로 내세워 혼인하였고, 이후 내조를 잘하여 양견이 수를 건국하는데 기여하였다. 황후에 오른 뒤 문제가 위지씨(尉遲氏)를 총애하자, 그녀의 목을 베고 이를 문제에게 보게 하였을 만큼, 황제와 황자, 대신들의 축첩행위에 단호하였다. 그러나 백성들에게는 인자하고 존경받는 황후였다
712) 녀퇴후(呂太后) : ?-BC108. 한(漢)나라 고조(高祖)의 황후 여후(呂后). 성은 여(呂). 이름은 치(雉). 중국의 대표적인 여성권력자로, 고조를 보좌하여 진말(秦末)·한초(漢初)의 국난을 수습하였으나, 고조가 죽은 뒤 실권을 장악하여, 고조의 애첩인 척부인(戚夫人)과 척부인 소생 왕자 조왕(趙王)을 죽이는 등 포악을 일삼아, 측천무후(則天武后), 서태후(西太后)와 함께 중국의 3대 악녀로 꼽힌다.

노 지목ᄒ여 다시 아ᄅᆫ양 말고, 네 이러틋 ᄒ면 니 역정이 더옥 발ᄒᄂ니, 네 목전의 나의 거동을 보라. 나ᄂ 창을 죽이리니 너ᄂ 여모를 죽여 원슈를 갑흐라."

설파의 노긔 표동ᄒ여 슈호(繡戶)[713]를 열치고 미션으로 좌우를 블너 시노로 ᄒ여금 한님을 잡아오라 ᄒ니, 이 씨 맛춤 외당의 긱이 왓ᄂ 고로, 터시 셔헌(書軒)의셔 디긱(待客)【38】ᄒ고 츄밀은 깁히 드러 병을 치료ᄒ며, 범부인은 ᄌ긔 침쇼의셔 가ᄉ(家事)를 검찰(檢察)ᄒ니, 경일뉘 비록 일퇵지상(一宅之上)이나 본디 심슈(深邃)ᄒ여, ᄉ이 머러 어음(語音)이 블상통(不相通)이라. 이러므로 쳔흉만악(千凶萬惡)을 비포ᄒ니 범부인이 아지 못ᄒ더라.

한님은 공ᄌ로 더부러 숀을 피ᄒ여 독셔당의 드럿더니, 시이 믄득 졍당부인 명을 젼ᄒᄂ지라. 한님이 심시 블평ᄒ여 긴긴이 잠와(潛臥)ᄒ엿더니, 모명을 듯고 완완이 니러나 의디(衣帶)를 슈렴(收斂)ᄒ니, 시【39】뇌 니음다라[714] 지쵹 왈,

"군부인이 진노ᄒ샤 한님노야를 잡아오라 ᄒ시니 가ᄉ이다."

ᄒᄂ지라. 한님과 공지 그 연고를 아지 못ᄒ나 디경황망(大驚慌忙)ᄒ여 급히 드러가니, 공지 역시 놀나 뒤흘 조ᄎ 니당의 니ᄅ니,

---

다시 아ᄅᆫ 양 말고, 네 이럿툿 ᄒ면 니 역졍이 더옥 발ᄒᄂ니, 네 목젼의 나의 거동○[을] 보라. 나ᄂ 창을 죽이리니, 너ᄂ 여모를 죽여 창의 원슈를 갑흐{리}라."

설파의 노긔 표동ᄒ여 슈호를 열치고 밍셩으로 좌우로[를] 블너, 《시로노‖시노로》 한님을 잡아오라 ᄒ니, 이 씨 맛춤 외당의 긱이 왓ᄂ 고로, 터시 셔헌의셔 디긱ᄒ고, 츄밀은 깁히 드러 병을 치료ᄒ며, 범부인 침소ᄂ 일퇵 듕이나 ᄉ이 머러 어음이 불상통이라. 이러므로 최부인이 쳔흉만악이[을] 비포ᄒ【94】나, 범부인이 아디 못ᄒ더라.

한님은 공ᄌ로 더브러 손을 피ᄒ여 셔당의 드럿더니, 시이 믄득 졍당부인 명을 젼ᄒᄂ다라. 한님이 심시 블평ᄒ야 긴긴이 잠와ᄒ엿더니, 모명을 듯고 의디를 슈렴ᄒ고 드러올 시, 시뇌 이음다라 지쵹ᄒ니, 한님과 공지 그 연고를 아디 못ᄒ나, 대경 황망ᄒ야 급히 드러가니, 공지 역시 놀나 뒤흘 조ᄎ 니당의 니ᄅ니라.【95】

엄시효문쳥ᄒ녹 권지십이

가장 조치 아닌 경식이라. ᄌ부인(慈夫人)이 아황(蛾黃)[715]의 노긔 표동(飄動)ᄒ여 한님을 계하(階下)의 ᄭᅮᆯ니고, 블초피악흉음(不

촌시 한님이 모명을 이어 니당의 니ᄅ니, 가장 됴치 아닌 경식이라. ᄌ부인이 아황봉미의 노긔 표동ᄒ야 한님을 계하의 ᄭᅮᆯ니고, 불쵸피악 흉음ᄒᆫ 죄를 무슈히 쥬츌ᄒ야 ᄭᅮ짓

---

713)슈호(繡戶) : 수놓은 비단을 바른 지게문
714)니음달다 : 이음달다. 잇따르다.
715)아황(蛾黃) : 여자의 분바른 얼굴.

肖悖惡(凶淫)716)흔 죄목을 무슈히 쥬츌(做出)
ᄒ여 ᄭᅵ짓고, 시노ᄅᆞᆯ 호령ᄒ여 《슈장∥장책
(杖責)》ᄒ기ᄅᆞᆯ 지촉ᄒ니, 츄고 미온 거동이
셜텬(雪天)【40】의 한월(寒月)이 교교(皎皎)
ᄒ여 셜상(雪上)의 바이고717), 셜풍(雪風)이
늠늠ᄒᆫᄃᆡ 상셜(霜雪)이 비비(霏霏)ᄒᆫ 듯, 사
ᄅᆞᆷ의 ᄲᅧ를 브ᄂᆞᆫ718) 듯ᄒ니, 견ᄌᆞ(見者)로 ᄒ
여금 비한(背汗)이 쳠의(沾衣)ᄒ믈 ᄭᅢ닷지 못
ᄒ리러라. 한님이 죄의 곡직(曲直)을 아지 못
ᄒ나 엇지 감히 거역ᄒ리오.

날호여 의ᄃᆡ를 그르고 죄의 나아갈ᄉᆡ, 온
화히 ᄉᆞ죄ᄒ고 칙(責)을 바들ᄉᆡ, 시의 공지
한님의 뒤흘 조ᄎᆞ 니ᄅᆞ니, 한님은 형판(刑板)
의 업디엿고 져져 화부인이 봉관(鳳冠)719)을
벗고 화리(花履)720)를 탈(脫)ᄒ여 계하의 쳥
죄ᄒ여시니, 공지 그 아모 곡【41】졀인 쥴 모
ᄅᆞ고 디경망극(大驚罔極)721)ᄒ여 연망이 계
하의 머리를 두다려 부인긔 쳥죄ᄒ야, 형의
슈칙(受責) 곡졀을 뭇ᄌᆞ온ᄃᆡ 부인이 쳥이블
문(聽而不聞)722)ᄒ고 쳔호만환(千呼萬喚)723)
의 시쳥(視聽)이 업숨 갓ᄒ여, ᄌᆞ녀의 거동을
보며 듯지 못흠 갓ᄒ니, 다만 시노ᄅᆞᆯ 호령ᄒ
여 치기를 지촉ᄒ니, 이 집장(執杖) 뇌ᄌᆞ(奴
者)ᄂᆞᆫ 다ᄅᆞ니 아니라 영교의 아들이라. 나히
이십여 셰오, 건장 흉한ᄒᆞᆫ지라. 임의 부인의
심복뇌ᄌᆞ로 그 명을 바다시니, 엇지 한님을
앗기미 이시리오.

흉한(凶悍)ᄒᆫ 힘을【42】다ᄒ여 치니, 한
미의 피육(皮肉)이 후란(朽爛)ᄒ여 연ᄒᆞᆫ 가족

고, 시노ᄅᆞᆯ 호령ᄒ여 치기를 지촉ᄒ니, 츄고
미온 거동이 셜텬의 상셜이 비비흔듯ᄒ니,
한님이 죄의 곡직을 아디 못ᄒ나, 엇디 감히
거역ᄒ리오.

ᄂᆞ죽이 의ᄃᆡ를 그르고 칙을[를] 바둘ᄉᆡ, 시
의 공지 한님의 뒤흘조초 니ᄅᆞ니, 한님은 형
판의 업디엿고, 져져 화부인이 봉관을 벗고
계하의 쳥죄ᄒ여시니, 공지 그 아모 곡졀이
믈 모ᄅᆞ디, 대경망극ᄒ야 년망이 계하【1】의
머리를 두다려 부인긔 쳥죄ᄒ야, 형의 슈칙
곡졀을 뭇ᄌᆞ오디, 부인이 쳥이블문ᄒ고, 다
만 시노ᄅᆞᆯ 호령ᄒ여 치기를 지촉ᄒ니, 집장
노ᄌᆞᄂᆞᆫ 다ᄅᆞᆫ 이 아니라, 영교의 아돌이라.
나히 이십여셰오, 극히 건장흔디라. 임의 부
인의 심복 ○○○○○[노ᄌᆞ로 그 명]을 바다,
한님을 앗길 이 이시리오.

흉한 힘을 다ᄒ여 치니, ᄒᆞᆫ 미의 피육이
후란ᄒ니, 연ᄒᆞᆫ 가죡이 ᄶᅵ러지고 셜ᄲᅱ 미란

---

716)블쵸픠악흉음(不肖悖惡凶淫) : 불효하고 도리를 지
    키지 않으며 흉악한 행동을 함.
717)바이다 : 늑밤븨다. 빛나다. 눈부시다.
718)브다 : 불다. 바람이 일어나서 어느 방향으로 움직
    이다.
719)봉관(鳳冠) : 예전에 귀족 부녀자가 착용하던 예모
    (禮帽)로 윗부분에 금이나 옥으로 만든 봉황 모양의
    장식이 있다.
720)화리(花履) : 꽃신.
721)디경망극(大驚罔極) : 크게 놀라고 슬프기가 한이
    없음.
722)쳥이불문(聽而不聞) : 듣고도 못 들은 체함. =쳥약
    불문(聽若不聞).
723)쳔호만환(千呼萬喚) : 천만번을 부름. 수없이 많이
    부름.

이 찌러지고, 지장(再杖)의 설뷔(雪膚) 미란(靡爛)724)ᄒᆞ여 셩혈(腥血)이 님니(淋漓)ᄒᆞ니, 임의 힐난ᄒᆞᆯ ᄉᆞ이의 슈십장이 넘엇ᄂᆞᆫ지라.

한님이 ᄌᆞ유로 경ᄌᆞ옥골(瓊姿玉骨)725)이 연연쳥약(軟軟淸弱)ᄒᆞ미 신뉴(新柳) 갓흔 바로, 다시 궁텬지통(窮天之痛)이 간장을 녹이고져 ᄒᆞ미, 근뇌의 혼도구혈(昏倒嘔血)726)이 ᄌᆞᄌᆞ 깁흔 병이 고황(膏肓)의 ᄉᆞ못고, 유시로붓허 양모의 잔포극악(殘暴極惡)의 간위(肝胃) 만히 샹ᄒᆞ여시니, 오히려 부인의 위엄이나 텻ᄉᆞ와 츄밀을 긔탄(忌憚)ᄒᆞ미, 임의로 다【43】ᄉᆞ리지 못ᄒᆞ니, 싱셰 십오셰의 이 갓흔 즁장(重杖)은 쳐음이라.

삼십여장의 미쳐는 비록 낫빗츨 변치 아니ᄒᆞ고 일셩(一聲)을 부동(不動)ᄒᆞ나 졈졈 호흡이 나즉ᄒᆞ고 긔운이 엄식(奄塞)ᄒᆞᆯ 듯ᄒᆞ니, 스스로 ᄌᆞ긔 긔운이 이 미를 견디지 못ᄒᆞᆯ 줄 알미, ᄌᆞ부인 잔학ᄒᆞᆫ 셩되 ᄌᆞ가의 간언을 쳥납ᄒᆞ여 ᄉᆞ(赦)ᄒᆞ실 줄은 아지 못ᄒᆞ나, 혹ᄌᆞ(或者) 요힝을 바라 ᄌᆞ안을 우러러 머리조아 갈오디,

“욕ᄌᆞ(辱子) 무상ᄒᆞ여 ᄌᆞ위(慈闈) 셩노(盛怒)를 촉범(觸犯)ᄒᆞ여ᄉᆞ오미, 복원 ᄌᆞ위는 셩덕을 드【44】리오샤, 용샤ᄒᆞ시믈 바라ᄂᆞ이다. 히이 셜ᄉᆞ 무상ᄒᆞ오나 두 번 작죄(作罪)치 아니리이다.”

셩음이 유화(柔和)ᄒᆞ고 안식이 참연ᄒᆞ여 셕목이 요동ᄒᆞᆯ 듯ᄒᆞ디, 최부인이 엇지 일호(一毫)나 감동ᄒᆞ리오. 드른 체 아니ᄒᆞ고 다만 호령이 싱풍(生風)ᄒᆞ여 치기를 지쵹ᄒᆞ니, ᄯᅩ 십여 장을 더 치미 합 ᄉᆞ십여 장이라. 한님이 말ᄒᆞ여 무익ᄒᆞ믈 씨다라 닙을 다ᄃᆞ 다시 말숨이 업더라.

화부인과 공지 이걸ᄒᆞ고 아모리 브르지나, 부인이 쳔호만환【45】의 동치 아니ᄒᆞ니 시러곰 엇지ᄒᆞ리오. 뉵십여장의 니르러는 한

ᄒᆞ여 셩혈이 돌지ᄒᆞ미 임의 수십 댱이 너멋ᄂᆞᆫ더라. 한님이 ᄌᆞ유로 옥골경지 연연쳥약ᄒᆞ야, 신뉴 ᄀᆞᆺᄐᆞᆫ 바로 텬봉의 셔르미 강장을 녹이고져 ᄒᆞ니 근뇌의 혼도구혈이 ᄌᆞᄌᆞ, 깁흔 병이 고황의 ᄉᆞ못고, 유시로붓터 양모의 잔포극악의 간위 만히 샹ᄒᆞ【2】여시니, 오히려 부인의 《위염∥위엄》이나 텻ᄉᆞ와 츄밀을 긔탄ᄒᆞ야 임의로 다ᄉᆞ리디 못ᄒᆞᆷ으로, 한님이 십오셰의 이 ᄀᆞᆺᄐᆞᆫ 듕장을[은] 쳐음이라.

삼십여장의 밋쳐는 비록 눗빗츨 변치 아니ᄒᆞ고 일셩을 브동ᄒᆞ나 졈졈 긔운이 엄식ᄒᆞᆯ 듯ᄒᆞ니, 스스로 ᄌᆞ긔 긔운이 이 미를 견디디 못ᄒᆞᆯ 줄 알고 ᄌᆞ안을 우러러 기리 머리 조아 왈,

“욕ᄌᆞ 무상ᄒᆞ와 ᄌᆞ위 셩노를 범ᄒᆞ엿ᄉᆞ오나 복원 ᄌᆞ위는 셩덕을 드리오샤 용ᄉᆞᄒᆞ시믈 ᄇᆞ라ᄂᆞ이다. 히이 무상ᄒᆞ오나, 두 번 작죄치 아니리이다.”

셩음이 유화ᄒᆞ고 안식이 참연ᄒᆞ여 셕목이 요동ᄒᆞᆯ 듯ᄒᆞ나, 최부인은 드룬체 아니코 다만 호령이 싱풍ᄒᆞ야 치기를 지쵹ᄒᆞ니, ᄯᅩ 십여【3】 장을 더 치니, 한님이 무익ᄒᆞ믈 ᄭᆡ다라 입을 다다 다시 말숨이 업더라.

화부인과 공지 아모리 이걸ᄒᆞ나 부인이 쳔호만환의 동치 아니ᄒᆞ고 뉵십여장의 니르러

---

724)미란(靡爛) : 살이나 뼈가 죽처럼 문드러짐.
725)경ᄌᆞ옥골(瓊姿玉骨) : 경옥(瓊玉)같이 아름다운 자태와 백옥(白玉)같이 희고 깨끗한 골격이라는 뜻으로, 고결한 풍채를 이르는 말.
726)혼도구혈(昏倒嘔血) : 정신을 잃고 쓰러져 피를 토함.

님이 구혈혼식ᄒ니 닙으로조차 붉은 피 돌돌
ᄒ여 보기의 놀나온지라.

공지 이의 다ᄃ라ᄂ 실식대경(失色大驚)ᄒ
여 엄읍뉴체(掩泣流涕)ᄒ여 역시 혼졀ᄒ니,
화부인이 눈믈이 비갓ᄒ여 나아가 공ᄌ를 븟
들고 우러 갈오디,

"냥뎨의 이 경식은 젼혀 우져(愚姐)의 탓
시라. 우제 부졀업ᄉ 말을 ᄒ여 이 변이 나
시니, 우제 타일 구쳔하(九泉下)의 가, 하면
목으로 계부디인 지【46】텬지녕(在天之靈)의
뵈오리오."

셜파의 크게 우러 긔운이 막힐 듯ᄒ니, 최
부인이 디간디악(大姦大惡)이나 한님의 구혈
혼도ᄒ 경상(景狀)과 ᄌ녀의 이갓ᄒᄂ 경상을
보미ᄂ, 흘일업서 져기 식노(息怒)ᄒ여 좌우
로 ᄒ여곰, '한님을 글너 샤ᄒ라' ᄒ고, 시녀
를 명ᄒ여 아ᄌ를 븟드러 구호ᄒ라 ᄒ나, 오
직 녀아ᄂ 본체 아니ᄒ니, 화부인이 블승(不
勝) 슬허ᄒ나 흘 일 업서, 간언을 다시 못ᄒ
고 다만 아을 븟드러 구호ᄒ니, 공지 즉시
인ᄉ(人事)를 슈습【47】ᄒ여 한님을 ᄯ라 울
며 나아가니, 부인이 어히업셔 ᄌ녀의 항직
(亢直)ᄒ믈 능히 칙지 못ᄒ더라.

공지 형을 뫼셔 외당의 나오니, 한님이 둔
육(臀肉)이 하나토 업고, 셩혈(腥血)이 난만
ᄒ여 과의(袴衣)를 잠앗고727) 긔식이 엄엄ᄒ
니, 공지 블승비도(不勝悲悼)ᄒ여 눈믈을 흘
니고, 형을 븟드러 편히 누이고, 셔동의 무
리로 더부러 슈족을 쥐므르며 약믈 드려 구
호ᄒ니, 가장 오린 후 한님이 바야흐로 졍신
을 슈습ᄒ여, 눈을 드러 공ᄌ를【48】보니,
공지 옥안셩모(玉顔星眸)728)의 슬픈 눈믈이
방방(滂滂)ᄒ여 옷깃슬 젹시ᄂ지라.

한님이 역시 오열(嗚咽)ᄒ여 아의 숀을 잡
고 슈루장탄(垂淚長歎) 왈,

"우형이 블초ᄒ여 ᄌ젼의 득죄ᄒ미 만ᄒ니
ᄌ위 진노ᄒ샤 다ᄉ리시미 맛당ᄒ니, 오히려

ᄂ 한님이 《긕혈∥구혈》혼식ᄒ니, 입으로조
ᄎ 블근 피 돌돌ᄒ여 보기의 놀나온더라.

공지 이에 다ᄃ라ᄂ 실식 대경ᄒ여 엄읍유
체ᄒ야 역시 혼졀ᄒ니 화부인이 눈믈이 비
갓ᄒ여 나아가 공ᄌ를 븟들고 울며 왈,

"냥뎨 이 경식은 젼혀 우져의 탓시라. 우
뎨[제] 부졀업ᄉ 말을 ᄒ여 이 변이 나시니,
우제 타일 구텬 하의 가 하면목으로 계부 대
인긔 뵈오리오."

셜파의 크게 우러 긔운이 막힐 듯ᄒ니, 최
부인이 대간대악이나 한님의 구혈혼도ᄒ 경
상【4】과, ᄌ녀의 이 갓튼 경상을 보미ᄂ 흘
일 업서, 져기 식노ᄒ여 좌우로 ᄒ여금 한님
을 글너 ᄉᄒ고, 《시려∥시녀》를 명ᄒ야 ᄋ
ᄌ를 븟드러 구호ᄒ라 ᄒ나, 오직 녀ᄋᄂ 본
체 아니니, 화부인이 불승 슬허ᄒ나 흘일업
셔 간언을 다시 못ᄒ고 다만 아를 븟드러 구
호ᄒ니, 공지 즉시 인ᄉ를 슈습ᄒ여 한님을
ᄯ와[라] 울며 나아가니, 부인이 어히업셔 ᄌ
녀의 항직ᄒ믈 능히 칙디 못ᄒ더라.

공지 형을 뫼셔 외당○[의] 나아오니 한님
이 둔육이 ᄒ낫토 업고, 셩혈이 난만ᄒ여 과
의를 잠갓고 긔식이 엄엄ᄒ니, 공지 불승비
도ᄒ야 눈믈을 흘니고 형을 븟드러 침상의
편히 누이고, 셔동의 무리로 더브러 슈죡을
쥐무르며 약을 쳐○[미] 구호ᄒ니, ᄀ【5】장
오란 후 한님이 ᄇ야흐로 졍신을 슈습ᄒ야
눈을 드러 공ᄌ를 보니, 공지 옥안셩모의 슬
픈 눈믈이 방방ᄒ야 옷기살 젹시ᄂ지라.

한님이 역시 오렬ᄒ여 아의 손을 잡고 슈
루 장탄 왈

"우형이 불초ᄒ여 ᄌ젼의 득죄ᄒ미 만흔
니, ᄌ위 진노ᄒ샤 다ᄉ리시미 맛당ᄒ니, 오
히려 죄 듕ᄒ고 벌이 경ᄒ거늘, 현뎨 엇디

---

727)잠으다 : 잠그다. 물속에 물체를 넣거나 가라앉게
　　하다.
728)옥안셩모(玉顔星眸) : 옥처럼 맑은 얼굴과 별처럼
　　빛나는 눈동자.

블초훈 죄 듕ᄒ고 다ᄉ리미 경ᄒ거놀, 현데 엇지 니러툿 과도히 슬허ᄒ여 우형의 심회를 돕ᄂ뇨?"

공지 뉴체 왈,

"쇼데 년쇼ᄒ고 우몽(愚蒙)ᄒ여 알오미 업ᄉ나, 엇지 ᄌ위 셩의를 앙탁(仰度)지 못ᄒ리잇고? 이눈 【49】 반드시 ᄌ위 쇼데를 위ᄒ여 형장을 괴롭게 ᄒ시민가 ᄒᄂ이다. 블초데 출하리 죽어 모친 심우를 더르시게 ᄒ고, 형장 신상을 무ᄉ케 ᄒ리이다."

한님이 쳥파의 정식왈,

"현데 비록 년쇼치몽(年少稚蒙)ᄒ나, 녜긔(禮記)《초학∥쇼학(小學)》을 정통ᄒ여, 삼강오상(三綱五常)729)의 듕ᄒ믈 알녀든, 엇지 이런 블통무식(不通無識)ᄒ 말을 ᄒ여 ᄌ위를 촉범ᄒ니, 이 말이 인ᄌ(人子)의 홀 말이며, 우형을 디ᄒ며, '니 죽으면 네 평안ᄒ리란' 말이 엇지 인데(人弟)의 홀 말가? 알괘라! 이눈 미【50】거 훈 너의 죄 아니라, 우형이 무상ᄒ여 아을 어지리 가르치지 못훈 고로, 너의 인ᄉ와 말숨이 이러툿 우몽(愚蒙)ᄒ미로다. 우형이 너의 블통훈 말을 드르미, 심골이 경한(驚寒)ᄒ믈 니긔지 못ᄒ리로다. 나의 훈데(訓弟)치 못훈 죄를 엄하의 밧ᄌ올진 디, 도로혀 이 벌(罰)이 경(輕)치 아니ᄒ랴?"

셜파의 미위(眉宇) 슉연ᄒ고 ᄉ식이 강기ᄒ여, 셜텬(雪天)의 빅월이 넝담훈 긔운을 토ᄒᄂ 듯ᄒ니, 공지 아쇼(兒小)의 조급훈 마음의 형의 잔혹훈 상처와 엄【51】엄훈 긔식을 보니, 망극초조(罔極焦燥)ᄒ미 ᄌ긔 몸의 듕칙이 당ᄒ나 이더도록 망극지 아닐 비오, 져져 화부인의 거동(擧動)과 언근(言根)을 드럿고, 전일 협실(夾室)의셔 영교 미션으로 더부러 모부인이 궁모(窮謨)를 획칙ᄒ미 비겨 싱각건디, 윤쇼져의 화란이 다 뉘 작용이라 ᄒ리오.

의심업시 모부인 과악(過惡)을 쾌각(快覺)

---

729))삼강오상(三綱五常) : 삼강오륜(三綱五倫). 유교의 도덕에서 기본이 되는 세 가지의 강령과 지켜야 할 다섯 가지의 도리. 군위신강, 부위자강, 부위부강과 부자유친, 군신유의, 부부유별, 장유유서, 붕우유신을 통틀어 이른다.

이럿툿 과도히 슬허ᄒ야, 우형의 심회를 돕ᄂ다?"

공지 뉴체 왈,

"쇼데 년소우몽ᄒ나 엇디 ᄌ부인 셩의를 앙탁지 못ᄒ리잇가? 이눈 ○…결락35자…○ [반드시 ᄌ위 쇼데를 위ᄒ여 형장을 괴롭게 ᄒ시민가 ᄒᄂ이다. 블초데 출하리 죽어 모친] 심우를 더르시게 ᄒ고 형장 신상을 평안케 ᄒ리이다."

한님이 쳥파의 정식 왈,

"현데 비록 년쇼치몽이나 네긔를 넑어 삼강오상이 듕훈 줄 알녀【6】든, 엇디 이런 블통무식훈 말○[을] ᄒ야, ᄌ위를 촉범ᄒ니 이 말이 인ᄌ의 홀 말이며, 우형을 디ᄒ여 내 죽으면 네 무ᄉ ᄒ리란 말이 쏘 인데의 홀 말가? 알괘라 이눈 미거훈 너의 죄 아니라. 우형이 무상ᄒ여 아을 어디{라}리 가르치디 못훈 고로, 너의 인ᄉ와 말이 이러툿 무힝ᄒ미로다. 우형이 너의 블통훈 말을 드러미 심골이 경한ᄒ믈 이긔디 못ᄒ리로다."

셜파의 미위 슉연ᄒ고 ᄉ식이 강기ᄒ니, 공지 ᄋ쇼의 조급훈 마음의, 형의 잔혹훈 상쳐와 엄엄훈 긔식을 보니, 망극쵸죠ᄒ미 ᄌ긔 몸의 듕칙이 당ᄒ나, 이대도록 망극디 아닐디라. 져져의 거동과 젼일 협실으셔 미·교 등으로 더브러 모친이【7】 궁모를 획칙ᄒ믈 비겨 싱각건디, 윤쇼져의 화란이 다 뉘 작용이라 ᄒ리오.

의심업시 모부인 과악을 쾌각{ᄒ}ᄒ미, 진

ㅎ미, 진졍으로 슬프고 이달오믈 니긔지 못ㅎ여, 어린 마음의 출하리 즈긔 죽으면, 모부인이 혹조 감동ㅎ여 형을 무ᄉ히 둘가 ㅎ여, 【52】언시 져기 《호급∥조급(躁急)》ㅎ기를 면치 못ㅎ엿더니, 믄득 한님의 칙교롤 드르미 블승(不勝) 구연황괴(懼然惶愧)ㅎ여, 머리롤 숙이고 쳥뉘(淸淚) 환난(汍瀾)ㅎ여 머리를 두다려 ᄉ죄홀 ᄯᄅ름이니, 한님이 도로혀 기유(開諭)ㅎ고 경계ㅎ니, 공지 묵연 ᄉ죄러라.

한님이 만신(滿身)이 다 식여지ᄂ[730] 듯ㅎ나, 강잉ㅎ여 니러나 의디롤 슈렴ㅎ여 피무든 과의롤 갈고져 ㅎ나, 우흐로 최부인이 증념(憎念)ㅎ여 죽이지 못ㅎ믈 한ㅎ거든, 엇지 아론체 ᄒ며, 안흐로 실【53】기 업ᄉ니 뉘 의복지졀을 맛초며, 터시 미혼단(迷魂丹)의 아득ᄒ 후ᄂ, 의연이 고렴(顧念)ㅎ미 업거든, 뉘라셔 환부싱이(鰥夫生涯)[731]롤 위로ㅎ리오. 다만 잇다감 굵은 포목이나 최부인이 유모 셜향을 맛져 초초히 다ᄉ리ᄂ체 ㅎ나, 최부인이 ᄯ흔 셜향을 한헐(閑歇)[732]ᄒ ᄶ 업시 앙역(仰役)[733]을 ᄒ게 ㅎ니, 즉금도 셜향이 원즁의 드러가 뵈ᄊᄭ기룰 급히 ㅎ니, ᄶ의 밥도 못 ᄎ조 먹거든, 어너 결을의 한님의 즁장 바다시믈 알니【54】오.

한님이 의디롤 졍돈ㅎ여 ᄂ당의 니르니 공지 ᄯ ᄶ라드러가니, 부인이 노식으로 본 체 아니ㅎ거눌, 한님이 블승황공ㅎ여 계하의 ᄶ러 복슈쳥죄(伏首請罪)[734]ㅎ여 죵일토록 믈너나지 아니ㅎ니, 츅쳑(踧惕)ᄒ 거동과 슈피(瘦敗)ᄒ 거동이 환탈ㅎ나, 완연이 ᄉ병(死病)을 어든 사름 갓ㅎ니, 부인이 그 효슌ㅎ믈 모로지 아니ㅎ디 그 공슌ㅎ믈 더옥 믜이 너기고, 그 신뉴(新柳) 갓흔 긔질노뼈 아즛

졍으로 슬프고 이달오믈 이긔디 못ㅎ여, 어린 마음의 찰하리 즈긔 죽으면, 모친이 감동ㅎ야 형을 무ᄉ히 둘가 ㅎ여, 언시 《호급∥조급》ㅎ기를 면치 못ㅎ엿더니, 한님이[의] 《칙조∥칙교》를 드르미 블승 구연황괴ㅎ야 머리를 숙이고 쳥뉘 환난ㅎ야 머리를 두ᄃ려 샤죄홀 《분∥ᄯᆫ》이니, 한님이 도로혀 개연ㅎ고 경계ㅎ니, 공지 묵연 샤죄ㅎ더라.

한님이 만신이 다 식러[여]지ᄂ 듯ㅎ나, 강잉ㅎ야 니러나 의디를 굴고져 ㅎ나, 최부인이 증염ㅎ야 죽이지 못ㅎ믈 한ㅎ거든 엇디 의복지졀을 아【8】ᄅᆫ 체ᄒ며, 안흐로 실기 업ᄉ니 뉘 의복지졀을 맛초며, 터시 미혼단의 아득ᄒ 후ᄂ, 의연이 고렴ㅎ미 업거든, 뉘라셔 환부싱이룰 위로ㅎ리오. 다만 잇다감 굴근 포목으로 유모 셜향으로 의복을 다ᄉ리게 ㅎ되, 한님을 믜이 넉여{미} 셜향을 한 ᄶ도 안혈ㅎ미 업시 앙역○[을] ㅎ게 ㅎ니, 《조금도∥즉금도》 원듕의 드러가 뵈 ᄲᄭ기를 급히ㅎ미, 어너 결을○[의] 한님의 ○[즁]장 바다시믈 알니오.

○…결락16자…○[한님이 의디룰 졍돈ㅎ여 ᄂ당의 니르니], 공지 ᄯ ᄶ라드러가니, 부인이 노식으로 본체 아니커눌, 한님이 황공ㅎ야 계하의 ᄶ러 복슈쳥죄ㅎ야 죵일토록 믈너나가디 아니니, 츅쳑ᄒ 거동과 슈피ᄒ 형용이 환탈ㅎ여 완연이 ᄉ병○[을] 어든 사름 ᄀᆺᄐ니, 부인이 그 효슌ㅎ믈 모르【9】디 아니디, 브디 괴롭도록 보치여 죽으믈 보려 ㅎᄂ 고로 죵일을 용납디 아니니, 한님이 좌왜 평상치 아닌 고로 신식이 ᄌ로 변ㅎ고 호흡이

---

730)식여지다 : 스러지다. 형체나 현상 따위가 차차 희미해지면서 없어지다. 늑슬다
731)환부싱이(鰥夫生涯) : 홀아비의 평생 동안의 삶.
732)한헐(閑歇) : 한가히 쉼.
733)앙역(仰役) : 직접 주인의 명을 받아 노동력을 제공함. *앙역노비(仰役奴婢); 주인의 관리 하에 그 지시를 따라 직접적인 노동력을 제공하는 노비.
734)복슈쳥죄(伏首請罪) : 엎드려 죄를 청함.

의735) 슈쟝ㅎ미 헐치 아니혼 바의, 또 구혈혼도(嘔血昏倒)ㅎ여736)【55】거의 ᄉ싱이 급ㅎ던 바로, 어니 ᄉ이 여샹(如常)이 강기(慷慨)ㅎ여 의연이 와시믈 보니, 그 강쟝(強壯)혼 긔운이 이러틋 ㅎ믈 더옥 쩌려, 부디 괴롭도록 보치여 못 견디도록 ㅎ여, 죽으믈 본 후 긋치고져 ㅎᄂᆫ 쥬의(注意) 잇ᄂᆫ 고로 죵일 용납지 아니ㅎ니, 한님이 좌왜(坐臥) 평샹치 아닌 고로, 신식(神色)이 ᄌ로 변ㅎ고 호흡이 쳔촉(喘促)ㅎ며, 향한(香汗)이 농셔(濃暑)737)ㅎ여 귀밋히 쥬즐이 미쳐 비 갓치 쩌러지고, 과의의 ᄉ못츤 혈흔이 보기의 놀나오나, 죵일 국궁(鞠躬)【56】혼 거술 곳치지 아니 ㅎᄂᆫ지라. 공지 눈믈이 만면ㅎ여 한님의 뒤히 부복ㅎ여 죵일 식슈(食水)를 구궐(俱闕)ㅎ미 한님과 한가지라.

부인이 아ᄌ를 앗기나 그 형을 위ㅎ여 괴로이 구ᄂᆫ 거슬 역졍(逆情)ㅎ여 짐짓 ᄇᆞ려두나 마음은 앏흔지라.

화부인이 참지 못ㅎ여 모젼의 나아가 셩안(星眼)을 ᄂᆞ죽이 ㅎ고 ᄂᆞᆺ빗츨 유화히 ㅎ며 셩음이 오열ㅎ여 고왈,

"ᄌ위야! ᄌ식이 되여 치우미 어믜를 브르고, 비 골프미 어뮈를 브른다 ㅎ옵【57】ᄂᆞ니, 아히 등을 ᄌ위 휵(慉)지 아니시며 양(養)치 아니시면, 아히 등이 엇지 싱쟝ㅎ미 이시리잇가? 챵뎨 쏘 ᄌ위 친히 고복(顧復)738)ㅎ샤 휵아(慉兒)ㅎ시미 아니나, 본디 히아(孩兒) 등의 골육년지(骨肉連枝)739)라. 다시 강보(襁褓)740)의 더인과 ᄌ위 계후(繼後)ㅎ샤 거두어 양휵(養慉)ㅎ시니, 양휵지은(養慉之恩)이 쏘

쳔촉ㅎ며 향한이 농셔ㅎ여 셜빈의 쥬즐이 미쳐 비굿치 쩌러디니 과의의 ᄉ못츤 혈흔이 보기의 놀나오나 죵일 국궁혼 거슬 곳치디 아니ㅎᄂᆫ디라. 공지 눈믈이 만면ㅎ야 한님 뒤히 부복ㅎ여 죵일 식슈를 구궐ㅎ미 한님과 혼가디라.

부인이 아ᄌ를 앗기나 그 형을 위ㅎ야 괴로이 구ᄂᆫ 거슬 역졍ㅎ야 짐짓 ᄇᆞ려두나 ᄆᆞ음은 알ᄂᆞᆫ디라.

화부인인 참디 못ㅎ야 모젼의 나아가 셩음이 오열ㅎ야 고왈,

"ᄌ위야, ᄌ식이 치우미 어미를 몬져 브르고, 비【10】골프미 어미를 브른다 ㅎ옵ᄂᆞ니, 챵뎨 비록 ᄌ위 친히 고복ㅎ샤 휵아ㅎ시미 아니나, 본디 히ᄋ 등의 골육년지로 다시 강보의 대인과 ᄌ위○[긔] 츌계ㅎ샤[야], 양휵디은이 쏘 엇디 구로싱디의 다ᄅᆞ미 이시리오. 복원 ᄌ위ᄂᆞᆫ 셩덕을 드리오샤 불초훈 죄 이시나 임의 슈쟝ㅎ야 죄를 쇽ㅎ엿ᄉ오니, 그만ㅎ야 믈너가 그 샹쳐를 됴리ㅎ게 ㅎ쇼셔."

---

735) 아ᄌ의 :「부사」아까. 조금 전에. *아ᄌ:「명사」아까. 조금전.
736) 구혈혼도(嘔血昏倒) : 피를 흘리며 정신을 잃고 쓰러짐.
737) 농셔(濃暑)ㅎ다 : 심히 더워지다. 뜨거워지다. *농셔(濃暑): 심한 더위.
738) 고복(顧復) : '고복지은(顧復之恩)'의 줄임말로, 어버이가 자식을 돌보아 길러준 은혜.
739) 골육년지(骨肉連枝) : 혈족관계에 있는 형제자매.
740) 강보(襁褓) : 포대기. 어린아이의 작은 이불로 덮고 깔거나 어린아이를 업을 때 쓴다. 여기서는 포대기 속에 감싸여 있는 때. 곧 '갓난아기 때'를 말함.

엇지 구로싱지(劬勞生之)[741]의 다르미 이시리잇고? 복원 주위는 셩덕을 드리오샤 블초훈 죄 잇스오나, 임의 슈장ᄒᆞ여 죄롤 쇽ᄒᆞ엿스오니, 주위는 후일을 경계ᄒᆞ시고 그만ᄒᆞ여 샤ᄒᆞ【58】샤, 그 상체 딘단ᄒᆞ니 믈너가 조리ᄒᆞ믈 허(許)ᄒᆞ쇼셔."

부인이 엇지 즐겨 샤홀 ᄯᅳᆺ이 이시리오만은 영을 앗기는 고로, 녀아의 간언을 신쳥ᄒᆞᄂᆞᆫ ᄃᆞ시 이의 묵연냥구(默然良久)[742]의 니르디,

"블초지 날을 원망ᄒᆞᄂᆞ냐? 그러치 아니면 누어 조리치 아니ᄒᆞ고 드러와, 노모룰 역정ᄒᆞ여 괴롭도록 ᄒᆞᄂᆢ? ᄲᅢᆯ니 믈너가 조리케 하라."

한님이 황공 ᄉᆞ죄ᄒᆞ고 믈너나 디셔헌의 가 부친을 뵈옵고져 ᄒᆞ나, 만신골뷔(滿身骨膚)[743] 즛니긔는 ᄃᆞᆺᄒᆞ여, ᄉᆞ지빅히(四肢百骸)[744] 춤아 무거오【59】니 능히 거룸을 두로혀지 못ᄒᆞ여, 겨유 셔당의 도라와 누으미, 공ᄌᆞ다려 니르디,

"우형이 가장 블평ᄒᆞ니 능히 긔거룰 닐위지 못ᄒᆞ여 디인과 슉당의 뵈옵지 못홀지라. 현뎨 모로미 디인과 즁부모(仲父母)긔 나의 유질(有疾)ᄒᆞ므로ᄡᅥ 혼졍의 블참ᄒᆞ믈 알외라"

공지 울며 슈명ᄒᆞ여 몬져 디셔헌의 니르니, 부공이 발셔 긱을 보니시고 니각의 드러가시고 아니 계시거놀, 주부인 침누(寢樓)의 드러가니 터시 졍히 셕상(夕床)을 바닷거【60】놀, 공지 나아가 형이 유병ᄒᆞ여 혼졍 못ᄒᆞ믈 고ᄒᆞ니, 터시 그려도 뉴련지심(留憐之心)이 업지 아냐 니르디,

"병이 만일 딘단ᄒᆞ거든 의약으로 다ᄉᆞ릴 거시오, 니 친히 문병ᄒᆞ리라."

부인이 믄득 발연변식(勃然變色)ᄒᆞ여 갈오디,

부인이 엇디 즐겨 샤홀 ᄯᅳᆺ이 이시리오마는 영을 앗기는 고로, 묵연양구의 닐오디,

"불초지 날을 원망ᄒᆞᄂᆞ냐? 누어 됴리치 아니ᄒᆞ고 드러와 노모를 괴롭게 ᄒᆞᄂᆢ? ᄲᅢᆯ니 믈너가라."

한님이 황공 샤죄ᄒᆞ고 믈너나, 디셔헌의 가 부친을 뵈옵고져 ᄒᆞ나, 만신 골뷔 즛닉이는 ᄃᆞᆺᄒᆞ야 빅히【11】 무거오니, 능히 거룸을 두로혀지 못ᄒᆞ야, 겨유 셔당의 도라와 누으미 공ᄌᆞ다려 왈,

"우형이 ᄀᆞ장 불평ᄒᆞ니 능히 긔거를 일위지 못홀지라. 현뎨는 대인과 슉당의 나의 유질ᄒᆞ므로ᄡᅥ 혼졍을 불참ᄒᆞ믈 알외라."

공지 울며 슈명ᄒᆞ며 몬져 태[대]셔헌의 니르니, 공이 불셔 손을 보니시고 니각의 드러가신디라. 주부인 침누의 드러가니, 태시 졍히 셕상을 바닷거놀 공지 나아가 형이 유병ᄒᆞ야 혼졍 못ᄒᆞ믈 고ᄒᆞ니, 태시 그려도 뉴련지심이 업지 아냐 왈,

"병이 만일 대단ᄒᆞ면 의약을 다ᄉᆞ릴 거시니, 내 친히 문병ᄒᆞ리라."

부인이 변식 왈,

---

741)구로싱지(劬勞生之) : 자식을 낳아서 기르느라고 힘을 들이고 애를 씀.
742)묵연냥구(默然良久) : 한동안 잠잠히 말이 없음.
743)만신골뷔(滿身骨膚) : 온몸의 뼈와 살.
744)ᄉᆞ지빅히(四肢百骸) : 두 팔과 두 다리와 온몸을 이루고 있는 모든 뼈를 통틀어서 이른 말로, 몸 전체를 뜻하는 말. =온몸.

"졈은 아히 쇼쇼질양(小小疾恙)이 이신들 그리 디단홀 거시라, 상공이 친히 문병토록 ᄒ시리잇고? 제 도로혀 블안홀 거시니 군즈는 뭇지 마로쇼셔. 다만 셜향과 셔동의 무리를 당부ᄒ여 의치(醫治)나 착실이 ᄒ라 ᄒ쇼셔."

틴시 조【61】곰이나 녯 졍신이 이시면 한님의 병이 쇼쇼질양이 이시나, 그 고렴ᄒ미 오죽ᄒ리오만은, 즉금은 연무즁(煙霧中) 사름 갓ᄒ니 한낫 농판(弄판)745)이 되엿ᄂ지라. 부인의 말을 듯고 그러히 너겨 믁연ᄒ더라.

부인이 공즈의 밥먹기를 권ᄒ니, 공지 모부인 심용(心用)을 알거니, 즈긔 이곳의셔 밥을 먹으면 형을 쥬지 아닐 쥴 알미, 엇지 진식(進食)746)ᄒ리오. 즈긔 아직 ᄉ식지념(思食之念)이 업ᄉ니, 셔당으로 형의 밥과 한가지로 보니시믈 쳥ᄒ고 총총이 니러 가【62】니, 부인이 즈녀의 마음이 하나토 즈긔와 갓지 못ᄒ믈 이달나 ᄒ나 홀 일 업더라.

공지 영일누의 나아가 슉당(叔堂)의 문안ᄒ고 쇼유(所由)를 고ᄒ니, 츄밀은 더옥 틴ᄉ도곤 위즁ᄒ고, 독긔(毒氣) 막질녀747) 귀가지 먹엇ᄂ지라. 공즈의 젼어를 드르나 '이리 두렷 져리 두렷'748)ᄒ여 믁연무어(默然無語)749)ᄒ고, 범부인은 발셜치는 아니ᄒ나 발셔 ᄉ긔를 아랏ᄂ지라. 아론체 ᄒ즉 영이 무안홀가 ᄒ여 아론체 아니ᄒ더라.

공지 믈너 셔당【63】의 니ᄅ니 니당 시녜 이의 셕식을 가져왓더라. 공지 동즈로 ᄒ여금 블을 붉히고 식상을 나와 형장을 권ᄒ니, 한님이 본디 심녜(心慮) 즁ᄒ 바의 상쳬 디단ᄒ니, 구미(口味) 무상(無想)ᄒ여 ᄉ식지념(思食之念)이 업ᄉ디, 아이 먹지 아니ᄒ니 마지 못ᄒ여 약간 햐져(下箸)ᄒ고, 갈(渴)ᄒ믈

"져믄 아히 소소 질양이 이신들 그리 대단홀 거시라, 상공이 친히 문병ᄒ도【12】록 ᄒ리오. 제 도로혀 불안홀 거시니, 다만 셔동과 셜향을 당부ᄒ야 의치나 착실이 ᄒ라 ᄒ쇼셔."

태시 연무듕 사름 ᄀᆞᄐ여 ᄒ낫 농판이 되엿ᄂ다라. 부인의 말을 그러히 넉여 믁연ᄒ더라.

부인이 공즈의 밥 먹기를 권ᄒ니, 공지 부인 심용을 알거니와, 즈긔 이 곳으셔 밥을 먹으면 형을 주디 아릴[닐] 줄 알미 엇디 진식ᄒ리오. 아직 ᄉ식지념이 업ᄉ니 셔당으로 형의 밥과 ᄒ가지로 보니시믈 쳥ᄒ고 나가니, 부인이 즈녀의 ᄆᆞᄋᆞᆷ이 ᄒ나토 즈긔의[와] ᄀᆞᆺ디 아니믈 이달아 ᄒ더라.

공지 영일누의 가 슉당의 믄안ᄒ고, 쇼유를 고ᄒ니, 츄밀은 더욱 태ᄉ도곤 위증이 더ᄒ고, 독긔 막질녀 귀 ᄯᅩᄒ 먹엇ᄂ지라. 이리 두렷 져리【13】 두렷ᄒ여 믁연ᄒ니,

공지 믈너 셔당의 니ᄅ니, 니당 시녜 셕식을 가져왓더라. 공지 식상을 나와 형당을 권ᄒ니, 한님이 ᄉ식지념이 업ᄉ디, 아이 먹디 아니니 마지못ᄒ여 약간 하져ᄒ고, 일긔 넝슈를 구ᄒ야 먹고, 인ᄒ야 즈리의 누어 밤이 맛도록 통셩이 미미ᄒ니, 공지 역시 즈지 못ᄒ고 기형의 운건ᄒ미 이ᄀᆞᄐᆞᆯ 통도ᄒ더라.

---

745)농판(弄판) : 실없고 장난스러운 기미가 섞인 행동거지. 또는 그런 사람.
746)진식(進食) : 밥을 먹음.
747)막질리다 : 함부로 냅다 질리다. '막지르다'의 피동사.
748)이리 두렷 져리 두렷 : 눈을 굴리며 자꾸 여기저기 살피다. =두렷거리다. 두리번거리다.
749)믁연무어(默然無語) : 잠잠히 말이 없음.

니긔지 못ᄒᆞ여 일긔(一器) 닝ᄎᆞ(冷茶)를 구ᄒᆞ여 마시고, 인ᄒᆞ여 ᄌᆞ리의 나아가 밤이 밋도록 통셩이 은은ᄒᆞ니, 공ᄌᆞ 역시 ᄌᆞ지 못ᄒᆞ고 겻히셔 구호ᄒᆞ며, 기형(其兄)의【64】셩덕을 탄복ᄒᆞ며 문명도덕이 흡흡히 고금 셩덕군ᄌᆞ의 하등이 아니로ᄃᆡ, 시명(時命)750)이 건우(愆遇)751)ᄒᆞ미 이갓흐믈 통도이상(痛悼哀傷)ᄒᆞ더라

이러구러 슈일이 지나ᄆᆡ 화부인이 구가로 도라갈ᄉᆡ, 님힝의 오열비상(嗚咽悲傷)752)ᄒᆞ여 모부인긔 하직ᄒᆞ고, 셔당의 나와 한님을 ᄃᆡᄒᆞ여 지삼 보즁ᄒᆞᄆᆞᆯ 닐ᄏᆞᆺ고, 부슉(父叔)의 병근이 괴이ᄒᆞ여 젼일 총명을 일흐시미, 다 문운의 블힝이라 ᄒᆞ니, 한님이 쳑연(慽然) ᄃᆡ왈,

"이ᄂᆞᆫ 다 쇼뎨의 팔ᄌᆞ(八字)753) 명박(命薄)ᄒᆞ고 운익(運厄)이 긔【65】구(崎嶇)ᄒᆞ미라. 한갓 명도를 ᄌᆞ탄ᄒᆞᆯ ᄯᆞ룸이오 슈한슈원(誰恨誰怨)754)이리잇고? 쇼뎨ᄂᆞᆫ 다만 텬슈(天數)의 의탁ᄒᆞ엿ᄉᆞ오니, 길흉화복(吉凶禍福)의 각별 놀나미 업ᄂᆞ이다."

화부인이 슈루탄식(垂淚歎息)755)ᄒᆞ고 기리 보즁ᄒᆞ믈 일ᄏᆞᆺ고 화부로 나아가니라.

이러구러 수일이 디나미, 화부인이 구가로 도라갈ᄉᆡ, 님힝의 오열ᄒᆞ여 모부인긔 하직ᄒᆞ고, 셔당의 나와 한님을 ᄃᆡᄒᆞ여 지삼 보듕ᄒᆞᄆᆞᆯ 일ᄏᆞᆺ고, 부슉의 병근이 고이ᄒᆞ여 젼일 총명을 일흐시미 다 문운의 블힝이라 ᄒᆞ니, 한님이 쳑연 ᄃᆡ왈,

"쇼뎨 팔ᄌᆞ 명박ᄒᆞ야 문운의 블【14】힝ᄒᆞ미 만흐니, 슈한슈원이리잇고?"

화부인이 츄연 왈,

"현뎨의 셩효와 인덕은 공밍이 부ᄉᆡᆼᄒᆞ시나 므블하지러니, 송시 말셰의 현뎨 ᄀᆞᆺᄐᆞᆫ 대현을 ᄂᆡ시고 윤시 ᄀᆞᆺᄐᆞᆫ 셩녀를 ᄂᆞ리오시미, 엇디 맛ᄎᆞᆷᄂᆡ 미믈ᄒᆞ시리오. 이후 측양치 못ᄒᆞᆯ 화시 이시나, 모로미 대슌의 우믈 가온ᄃᆡ 겻 궁글 두시믈 효측ᄒᆞ고, 신ᄉᆡᆼ의《구파∥국파》신망(國破身亡)ᄒᆞ믈 효측디 말믈 ᄇᆞ라노라."

한님이 져져의 지우를 감격ᄒᆞ여 ᄇᆡ이ᄉᆞ례ᄒᆞ니, 부인이 쥬뤼 환난ᄒᆞ야 지삼 니별ᄒᆞ고 구가로 도라오니, 구고 슉당 상히 반기고 화상셰 마ᄌᆞ 쇼왈,

"요ᄉᆞ이 악당과 엄츄샹이 오국의 가ᄃᆞ가 도라오신 후, ᄒᆡ외타국의 무슨 풍ᄉᆞ잡기[귀](風邪雜鬼)를 드러 왓ᄂᆞᆫ가 ᄒᆞᆫ낫 농괴(聾塊) 농판(弄判)이 되여, 아모【15】 말ᄉᆞᆷ이나 뭇ᄌᆞ온즉 어블셩졀[셜](語不成說)ᄒᆞ야 아모 상답 업고, 츄밀공은 더욱 귀조ᄎᆞ 먹엇ᄂᆞᆫᄃᆡ, 쑬 먹은 벙으리 되여 이리 두렷 져리 두렷ᄒᆞ니, 진실노 무러 말ᄒᆞ미 우은 고로, 오릭 존

750)시명(時命) : 그 시대의 운명이나 운수.
751)건우(愆遇) : 잘못 만남.
752)오열비상(嗚咽悲傷)"슬피 울며 마음을 상함.
753)팔ᄌᆞ(八字) : 사람의 한평생의 운수. 사주팔자에서 유래한 말로, 사람이 태어난 해와 달과 날과 시간을 간지(干支)로 나타내면 여덟 글자가 되는데, 이 속에 일생의 운명이 정해져 있다고 본다.
754)슈한슈원(誰恨誰怨) : 누루를 한하고 누구를 원망할 것인가.
755)슈루탄식(垂淚歎息) : 눈물을 흘리며 탄식함.

ᄎᆞ셜. 최부인이 녀아의 강직ᄒ믈 괴로이 너겨 능히 작ᄉ(作事)치 못ᄒ더니, 믄득 화부의셔 거미(車馬) 니르러 화부인이 도라가니, 부인 노쥬 디희ᄒ여 급급히 녕원을 쳥ᄒ여 일장 디란을 비져ᄂᆞ려 훌시, 미션이 제 집의【66】도라가 녕원을 보며 후셥을 디ᄒ여, 부인의 밀계(密計)를 니르고 부디 슈일니의 작ᄉᄒ여 셩ᄉᄒ믈 니르니, 녕원 후셥이 용약발분ᄒ여 니룰 갈아 갈오디,

"우리 냥인이 본디 셩ᄒᆫ 몸으로 병인이 되믄 다 한님 부부의 연괴라. .우리 등이 엇지 목슘이 ᄯᆞᆾ지 아니ᄒᆫ 젼의 이 원슈를 어이 아니 갑흐리오. 엄한님 윤쇼져를 다 죽일 ᄲᅮᆫ 아니라, 반ᄃᆞ시 윤싱 모ᄌᆞ를 잡아 일만 살756) 아릭 죽여 이 원슈를 갑고, 져희로 ᄒ

부의 나아가지 못ᄒ니 정히 궁금ᄒ고, ᄋᄌ를 오러 보디 못ᄒ니 심시 울울ᄒ더니, 금일 도라오니 복의 심우를 적탕ᄒ리로쇼이다."

부인이 샹셔의 말ᄉᆞᆷ을 드르미 그윽이 참슈만안ᄒ여 유유브답ᄒ니, 상셰 ᄯᅩ 탄왈,

"싱이 윤부인의 인믈션악은 아디 못ᄒ거니와 녕뎨 창은 당셰의 셩인군ᄌᆞ여놀, 그 만난 비 ᄌᆞ못 고이ᄒᆫ 일이 만흔가 시브니, 엇디 현인군ᄌᆞ의 신셰 잔잉치 아니리오. 부인이 춍명이 이실진디 존부의 가변 짓ᄂᆞᆫ ᄌᆞ를 아디 못【16】ᄒᄂ뇨?"

부인이 셩안이 ᄂᆞ죽ᄒ고 단험이 미미ᄒ야 디왈,

"첩이 혼암ᄒ야 악광의 춍과 니루의 명이 업ᄉ니, 그 소작지 뉜동 알이잇고?"

상셰 유유히 ᄎᆞ탄ᄒ더라. 부인이 샹셰 친당ᄉᆞ를 아ᄂᆞᆫ 둧ᄒ믈 참괴ᄒ야 말이 업ᄉ나, 심니의 모부인을 위ᄒ야 골돌이 이달나, 슉야의 우ᄉᆔ울억ᄒ여 슉식이 블평ᄒ니, 화용이 소삭ᄒ고 형뫼 쵸체ᄒ니, 상셰 도로혀 호언으로 위로ᄒ며, 부인의 강열ᄒ믈 《안ᄂᆞᆫ‖아ᄂᆞᆫ》고로, 그날 한님의 슈장 시의 모친을 간위ᄒ다가 도로혀 히유치 못ᄒ고, 최부인 일층 노을 도도와 한님의 뉵십 장칙 바드믈, 오셰 ᄋᄌ의 말노 아라시디, 부인을 디ᄒ나 《ᄋ지‖아직》 젼{훈}치 아니ᄒ더라.

ᄎᆞ셜. 최부인이 녀아의 직강ᄒ믈【17】괴로이 넉여 능히 작ᄉ치 못ᄒ더니, 화부의셔 거미 니르러 화부인이 도라가니, 부인 노쥬 대희ᄒ야 급급히 녕원을 보며 후셥을 디ᄒ여 부인의 밀계를 니르고, 브디 수일 니 작ᄉᄒ믈 니르니, 녕원 후셥이 용야발분ᄒ여 니를 ᄀᆞ라 왈,

"우리 냥인이 본디 셩ᄒᆫ 몸으로 병신 되믄 다 엄 한님 부부의 연괴라. 우리 등이 엇디 목슘이 ᄯᆞᆺ디 아닌 젼의 이 원슈를 어이 갑지 아니리오? 엄 한님 부부를 죽일 분 아니라, 윤싱 모ᄌᆞ를 잡아다가 일만 살 아리 죽여 원슈를 갑고져 ᄒ노라."

여금 보복(報復)이 명【67】명(明明)혼 줄 알게 ᄒᆞ리라."

ᄒᆞ더라.

미션이 계규를 일일히 가ᄅᆞ치고 도라와 부인긔 복명ᄒᆞ니 부인이 깃거ᄒᆞ더라.

ᄎᆞ야의 틴시 니루의 슉침ᄒᆞᆯ시, 부인이 믄득 아미를 찡긔고 빵셩(雙星)의 쳐ᄉᆡᆨ(悽色)이 가득ᄒᆞ여 심히 즐기지 아니ᄒᆞ거놀, 틴시 본셩이 침묵ᄒᆞ여 만일 젼일 셩졍이 이실진디, 부인 긔ᄉᆡᆨ을 유심ᄒᆞ여 무를니 이시리오만은, 미혼단의 한번 잠긴 후ᄂᆞᆫ 아득ᄒᆞ미 칠야(漆夜)갓흔지라.

부인의 슈ᄉᆡᆨ이 만안(滿顔)ᄒᆞᆷ을 보고 괴로히 너겨 연고를【68】무른디, 부인이 믄득 희허(噫噓) 장탄식(長歎息) 왈,

"쳡이 팔지 무상ᄒᆞ여 일즉 싱ᄌᆞ(生子)를 못혼 고로, 창아를 계후ᄒᆞ여 져의 인믈이 비상ᄒᆞ고 효위(孝友) 츌뉴(出類)ᄒᆞ니, 쳡의 ᄉᆞ랑이 엇지 친ᄌᆞ의 다ᄅᆞ리잇고만은, 후의 영이 이시나, 쳡이 져를 영아의셔 더ᄒᆞ다 ᄒᆞᆷ은 오히려 간ᄉᆞ타 ᄒᆞ려니와, ᄯᅩ 엇지 영의게 지리잇고만은, 창이 동몽유치(童蒙幼稚)[757]의ᄂᆞᆫ ᄯᅩ혼 효위츌텬(孝友出天)[758]ᄒᆞ고 힝시 긔특ᄒᆞ더니, 윤시를 취혼 후ᄂᆞᆫ 크게 젼일과 다ᄅᆞ미 만흐디, 상공과 슉슉이【69】창의 부부를 과도히 이즁ᄒᆞ시ᄂᆞᆫ 고로, 쳡의게 블초ᄒᆞ미 만흐나 감히 ᄉᆞᆨᄉᆡᆨ(辭色)[759]지 못ᄒᆞ더니, 이제 당ᄒᆞ여ᄂᆞᆫ 창이 믄득 윤시의 봉익(逢厄)ᄒᆞ미 쳡의 모지 모히(謀害)ᄒᆞ미라 ᄒᆞ고, ᄯᅩ 영으로뼈 져를 탈젹(奪籍)ᄒᆞ련다[760] ᄒᆞ여 조셕(朝

미션이 계교를 일일히 ᄀᆞ라치고 도라와 부인긔 고ᄒᆞ니, 부인이 깃거ᄒᆞ더라.

ᄎᆞ야의 태시 니루의 슉침ᄒᆞᆯ시, 부인이 믄득 아미를 ᄣᅡᆼ[삥]긔고【18】심히 즐기디 아니커놀, 태시 본셩이 침목ᄒᆞ야 젼일 셩졍이 이실진디, 부인 긔ᄉᆡᆨ을 유심ᄒᆞ여 무를 니 이시리오마ᄂᆞᆫ, 미혼단의 혼 번 잠긴 후ᄂᆞᆫ 아득ᄒᆞ미 칠야ᄀᆞᆺ튼디라.

부인의 슈ᄉᆡᆨ이 만안ᄒᆞᄆᆞᆯ 보고 고이히 넉여 연고를 무른디, 부인이 허희 탄식 디왈,

"쳡이 팔지 무상ᄒᆞ야 일ᄌᆞᆨ 싱ᄌᆞ를 못혼 연고로 창을 계후ᄒᆞ미, 져의 인믈이 비상ᄒᆞ고 효의 츌뉴ᄒᆞ니 쳡이 ᄉᆞ랑이 엇디 친ᄌᆞ의 다ᄅᆞ이[리]잇고마ᄂᆞᆫ, 후의 영이 이시나 쳡이 져를 영의셔 더 ᄉᆞ랑ᄒᆞ다 ᄒᆞᆷ은 간ᄉᆞ타 ᄒᆞ려니와, ᄯᅩ 엇디 영의게 지미 이시리오마ᄂᆞᆫ, 창이 동몽유치의ᄂᆞᆫ 효위 츌인ᄒᆞ더니, 윤시를 취혼 후ᄂᆞᆫ 크게 졀[젼]일과 다ᄅᆞ미 만흐디, 상공과 슉슉이 창【19】의 부부를 과도히 익이ᄒᆞ시ᄂᆞᆫ 고로, 쳡의긔 블초혼 일이 만흐디 감히 ᄉᆞᄉᆡᆨ디 못ᄒᆞ더니, 이제 당ᄒᆞ여ᄂᆞᆫ 창이 믄득 윤시의 봉익ᄒᆞ미 쳡의 모지 모히ᄒᆞ미라 ᄒᆞ고, ᄯᅩ 영으로뼈 져를 탈젹ᄒᆞ련다 ᄒᆞ여 됴셕으로 조르며 보치니, 영이 견디디 못ᄒᆞ야 약혼 아히 졈졈 형용이 슈픠ᄒᆞ야 블구의 듐

---

756)살 : 화살 또는 작살을 이르는 말. *화살: 활과 함께 무기(武器)로 쓰인다. *작살: 물고기 따위를 찔러 잡는 기구. 작대기 끝에 삼지창 비슷한 뾰족한 쇠를 박아 만드는데, 간혹 한두 개의 쇠꼬챙이를 박은 것도 있다.

757)동몽유치(童蒙幼稚) : 아직 장가가지 않은 어린 남자아이 또는 그 때.

758)효위츌텬(孝友出天) : 효성과 우애가 하늘이 냈을 만큼 뛰어남..

759)ᄉᆞᆨᄉᆡᆨ(辭色)ᄒᆞ다 : 어떤 일을 말과 얼굴빛에 드러내어 하다.

760)탈젹(奪籍)ᄒᆞ다 : 종손이 끊어지거나 아주 미약해진 때에 유력한 지손이 종손을 누르고 종손 행세를 하다. ≒탈종하다.

夕)으로 조르며 보치니, 영이 견디지 못ᄒ여 약ᄒ 아ᄒ 점점 형용이 슈픽(瘦敗)ᄒ여 블구(不久)의 즁병이 날 듯ᄒ니, 첩이 엇지 념녀치 아니리잇고?"

공이 쳥파의 신연(哂然)ᄒ여761) 졍식 왈,

"창이 엇지 이디도록 블초무상ᄒᆯ 쥴 아라시리오. 음녜【70】비록 블힝ᄒ여 외뫼 여인(如人)ᄒ나, 미달(妹妲)762)의 공교ᄒᆫ 심슐과 녀무(呂武)763)의 간음ᄒᆫ 힝실이 잇셔, 음뫼(陰謀) 발각ᄒᆫ 빅, 국법을 면치 못ᄒ여 스스로 죄의 복(伏)ᄒ미어ᄂᆞᆯ, 블초지 감히 원망ᄒ미 부모의게 밋ᄎ리오. 맛당이 그 병이 낫기ᄅᆞᆯ 기다려 즁칙경계(重責警戒)ᄒ리라."

부인이 탄식 왈,

"픽지(悖子) 요ᄉ이 ᄒᄂᆞᆫ 일이 다 포악ᄒ지라. 무고히 첩의 모ᄌᄅᆞᆯ 원망ᄒ고, 상공이 져ᄅᆞᆯ 스랑치 아니ᄒ신다 원망ᄒ여 짐짓 칭병ᄒ미오, 진짓 병이 《어【71】니‖아》니이다."

공이 더옥 노왈,

"돈이 ᄌᆇ(自少)로 인효ᄒ더니, 엇지 이디도록 무상(無狀)ᄒᆫ 곳의 이실 쥴 알니오. 그러면 명일 다ᄉ리리라."

부인이 츄연(惆然) 왈,

"연이나 부ᄌ(夫子)ᄂᆞᆫ 어린 아ᄒᄅᆞᆯ 과칙지 마ᄅᆞ시고, 약간 경칙ᄒ여 후일을 경계ᄒ쇼셔."

틱시 졈두ᄒ더라.

명조의 믄득 영이 홀노 드러와 신성(晨省)ᄒ더 근닉 십여일을 한님의 구병ᄒ기로 슉식을 젼폐ᄒ여 형용이 슈고(瘦枯)764)ᄒ엿ᄂᆞᆫ지라. 공이 작야의 부인의 참언(讒言)을 싱각고,【72】필연 한님의게 졸니여 져런가 ᄒ여 슉시 냥구의 변식 문왈,

---

병이 날 듯ᄒ니, 첩이 엇디 념녜치 아니리잇고?"

공이 쳥파의 신연ᄒ여 왈,

"창이 엇디 이디도록 블효무상ᄒᆯ 줄 아라시리오? 음녀 간음ᄒ 힝실이 잇셔 음뫼 발각ᄒ미, 국법을 면치 못ᄒ여 스스로 죄예 복ᄒ미어ᄂᆞᆯ, 블효지 감히 원망이 부모의게 밋ᄎ리오? 맛당이 그 병이 낫거든 듕칙경계ᄒ리라."

부인이 탄식 왈,

"픽지 요ᄉ이【20】이 ᄒᄂᆞᆫ 일이 다 포악ᄒ야 무고히 첩의 모ᄌᄅᆞᆯ 원망ᄒ고, 상공이 져ᄅᆞᆯ 스랑치 아니신다 질원ᄒ고 칭병ᄒ미오, 진짓 병이 아니라 ᄒ더이다."

공이 더옥 노왈,

"ᄎ이 ᄌᆇ로 인효ᄒ더니, 엇디 이디도록 무상ᄒᆯ 줄 알니오? 명일 다ᄉ리리라."

부인이 츄연 왈,

"연이나 부ᄌᄂᆞᆫ 어린 ᄋᆞ히ᄅᆞᆯ 과칙디 마ᄅᆞ시고, 약간 경칙ᄒ여 후일을 징계ᄒ쇼셔."

틱시 졈두ᄒ더라.

명됴의 영이 홀노 드러와 신셩ᄒ디, 근닉의 십여 일 한님의 구병ᄒ기로 슉식을 젼폐ᄒ야 형용이 슈고ᄒ엿나ᄂᆞ니라. 공이 작야 부인의 참언을 싱각고, 필연 한님의게 졸여 그런가 ᄒ여 슉시양구의 변식 문왈,

---

761)신연(哂然)ᄒ다 : 비웃음을 띠다.
762)미달(妹妲) : 중국 하(夏)의 마지막 황제 걸(桀)의 비(妃)인 매희(妹喜)와 주(周)의 마지막 황제 주(紂)의 비(妃) 달기(妲己)를 함께 이르는 말.
763)녀무(呂武) : 중국의 대표적인 여성권력자인 한(漢)나라 고조(高祖)의 황후 여후(呂后) 여치(呂雉?-BC108)와 당(唐)나라 고종의 황후 측천무후(則天武后) 무조(武曌 : 624-705)를 함께 이르는 말.
764)슈고(瘦枯) : 몸의 살이 빠져 파리하게 되고 몹시 여윔.

"창이 무슴 병이 즁ᄒ여 십여 일을 아뷔를 아니 보ᄂ뇨?"

공지 척연(慽然) 디왈,

"병이 진실노 긔거(起居)를 임의치 못ᄒ와 ᄉ오일 젼은 ᄉ싱간(死生間) 위터홀 듯ᄒ오니 념녀ᄒ옵더니, 근일의 져기 낫ᄉ오나 쇼셩(蘇醒)치 못ᄒ온 고로 능히 훤당(萱堂)의 뵈옵지 못ᄒ오미, 미양 디인과 ᄌ위 존안을 영모ᄒ여 눈물을 나리오더이다."

공이 홀연 감동ᄒ여 문왈,

"너의 모친이 니ᄅ디, '창【73】이 음부ᄅ 닛지 못ᄒ여 우리 부부ᄅ 원망ᄒ기로, 거짓 병을 일ᄏ라 신셩혼졍(晨省昏定)765)을 폐ᄒ다' ᄒ더니, 원니 진짓 병이러냐?"

공지 쳥파(聽罷)의 모친이 나죵은 부ᄌᄅ 니간(離間)ᄒ기의 밋ᄎᄆᆯ 골돌ᄒ나, ᄯᅩ 감히 그 허믈을 니ᄅ지 못ᄒ고, 원분(怨憤)ᄒᆫ 눈물이 삼삼ᄒ여766) 빅년(白蓮) 귀밋히 종힁(縱橫)ᄒ여 디왈,

"히아 등이 비록 블초(不肖)ᄒ오나 엇지 부모ᄅ 망긔(罔欺)767)ᄒ옵ᄂ 난지(亂子) 되리잇고? 형이 과연 병이 극즁(極重)ᄒ와 ᄉ싱이 가려(可慮)ᄒ더768), 디인과 ᄌ【74】위 조금도 녀렴(慮念)ᄒ샤769) 한 번 무ᄅ시미 업ᄉ오니, 텬눈지졍(天倫之情)이 엇지 박(薄)지 아니시며, 인ᄌ지심(人子之心)이 ᄯᅩ 엇지 슬프지 아니리잇고? 더욱 간악(奸惡)ᄒᆫ 비비(婢輩)의 무리 여ᄎ(如此) 밍낭ᄒᆫ 말을 지어 ᄌ졍의 알외여, 형을 미온(未穩)이 아ᄅ시게 ᄒ오니 엇지 한심치 아니ᄒ오며, '지어텬눈지졍(至於天倫之情)은 인쇼난언(人所難言)이어늘'770) 디인의 지ᄌ셩심(至慈聖心)과 ᄌ위의

"창이 무슨 병이 듕ᄒ야 십여 일을 아비를 아니 보는뇨?"

공지 척연 디왈,【21】

"병이 진실노 긔거를 임의치 못ᄒ와 ᄉ오일 젼은 ᄉ싱간 위터홀 듯ᄒ옵더니, 근일의 져기 낫ᄉ오나 소쳥치 못ᄒ온 고로 능히 훤당의 뵈옵디 못ᄒ오미, ᄆᆞ양 울울ᄒ야 ᄒ더이다."

공이 홀연 감동ᄒ야 문왈,

"너의 모친이 닐오디, '창이 음부를 잇디 못ᄒ야 우리 부부를 원망ᄒ기로, 거짓 병을 일ᄏ라 신셩혼졍을 펴ᄒ다.' ᄒ더니 원니 진짓 병이러냐?"

공지 쳥미의 모친이 나죵은 부ᄌ를 니간ᄒ기의 밋ᄎᄆᆯ 골돌ᄒ나, 감히 그 허믈을 니ᄅ디 못ᄒ고 원분ᄒᆫ 눈물이 슴슴ᄒ여 빅년 귀밋터 죵힁ᄒ여 디왈,

"히ᄋᆞ 등이 비록 블툐ᄒ오나 엇디 부모를 긔망ᄒ옵ᄂᆫ 난지 되리잇고? 형이 과연 병이 극듕ᄒ야 ᄉ싱이 가려ᄒ디, 대인과 ᄌ위【22】 조금도 녀렴ᄒ샤 ᄒᆫ 번 무ᄅ시미 업ᄉ오니, 텬눈지경이 엇디 박디 아니시리잇고? 더욱 간악ᄒᆫ 비비의 무리 여ᄎ 밍낭ᄒᆫ 말을 지어, ᄌ정의 알외여 형을 미온이 아ᄅ시게 ᄒ오니 엇디 한심치 아니ᄒ오며, 지어텬눈지졍은 인쇼난언이어늘, 대인의 지ᄌ셩심과 ᄌ위의 져독지은으로 히ᄋᆞ 등 못 미드시미 여ᄎᄒ시니, 히ᄋᆞ 블승통원ᄒ여이다."

---

765)신셩혼졍(晨省昏定) : 이른 아침에는 부모의 밤새 안부를 묻고, 밤에는 부모의 잠자리를 보아 드린다는 뜻으로, 부모를 잘 섬기고 효성을 다함을 이르는 말.

766)삼삼ᄒ다 : 잊히지 않고 눈앞에 보이는 듯 또렷하다.

767)망긔(罔欺) : =기망(欺罔). 남을 속여 넘김.=기만.

768)가려(可慮)ᄒ다 : 걱정이 되어 마음이 편하지 못하다.

769)녀렴(慮念)ᄒ다 : 염려(念慮)하다. 앞일에 대하여 여러 가지로 마음을 써서 걱정함. 또는 그런 걱정.

져독지은(舐犢之恩)[771]으로 히아 등○[을] 못 밋으시미 여추 호시니, 히이 블승통원 호여이다."

공이 묵연 냥구의 【75】 왈,

"여형(汝兄)의 병이 그디도록 즁(重)호량이면 네 엇지 날다려 니르지 아닌다?"

공지 슬허 디왈,

"형이 니르디, '야얘 아르시면 념녀호시리니 고호여 블효롤 더으지 말나' 호오니, 히이 감히 알외지 못호이다."

부인이 아즈의 쥰직(峻直)훈 말노 조추 공이 감동호믈 보고, 정식 칙왈,

"네 인지(人子) 되여 비록 형을 위훈 우이는 아름답거니와 블초훈 형을 위호여 부모○[룰] 긔망호미 심호니 가히 인즈지되(人子之道)랴? 네 홀노 효우로써 악인【76】을 감화코져 호나, 창은 별믈요종(別物妖種)이라. 맛춥니 감화호믈 바라리오."

셜파의 노긔 만면호여 공지 모부인 퍼악훈 악심을 시로이 경히호여, 엇지 부친 드르시믈 휘호리오. 크게 울고 왈,

"아형은 당셰의 셩현지덕이라. 츌텬(出天)훈 효위(孝友) 증왕(曾王)[772]으로 방불호옵거늘 터터 엇지 이런 말숨을 호시느니잇가?"

부인이 아즈의 거동을 보고, 강잉(强仍) 넝쇼 왈,

"연즉, 네 어뮈 스오납고 여형이 착호도다?"

셜파의 노식이 표연호니 공【77】지 블승체읍(不勝涕泣)호여 믈너오다.

공이 부인과 아즈의 말을 듯고 유예(猶豫)[773]호여 결(決)치 못호거늘, 부인이 다시 참쇼 왈,

공이 믁연냥구의 왈,

"여형의 병이 그디도록 듕호 량이면 네 엇디 날드려 니르지 아닌다?"

공지 꿀어 슬허 디왈,

"형이 닐오디, '야얘 아르신면 념녀호시리니 고호여 블효를 더으디 말나.' 호오니, 히이 감히 알외디 못호이다."

부인이 아즈의 쥰직훈 말노조추 공이 감동호믈 보【23】고 정식 칙왈,

"네 인즈 되여 비록 형을 위훈 우이는 아룹다오나, 블효 형을 위호야 부모을 긔망호미 심호니 가히 인즈디되라 호랴? 창은 별믈 악죵이라. 맛춥니 감화치 아니리라."

셜파의 공지 모부인 포악훈 악심을 시로이 경히호니, 엇디 부친 드르시믈 휘호리오? 크게 울고 왈,

"아형은 당셰의 셩인지덕이라. 효위증왕으로 방블호옵거늘, 태태 엇디 이런 말숨을 호시느이잇고?"

부인이 아즈의 거동을 보고 강잉 넝쇼 왈,

"연즉 네 어미 사오납고 여형이 착호도다."

셜파의 노식이 표연호니, 블승체읍호여 믈너오다.

공이 부인과 ♀즈의 말을 듯고 유예호야 결치 못호거늘, 부인이 다시 참쇼 왈,

770)지어텬눈지졍(至於天倫之情) 인쇼난언(人所難言) : 부모와 자식 사이의 하늘로부터 타고난 정은 사람들이 함부로 말할 수 없는 것임.

771)져독지은(舐犢之恩) : =지독지졍(舐犢之情). 어미 소가 송아지를 핥는 사랑이란 뜻으로, 자식에 대한 어버이의 지극한 사랑을 비유적으로 이르는 말.

772)증왕(曾王) : 중국의 대표적 효자인 증자(曾子 : BC505-435)와 왕상(王祥 : 184-268)을 함께 이르는 말.

773)유예(猶豫) : 망설여 일을 결행하지 아니함.

"첩은 그디도록 ᄒ믄 몰낫ᄉ습더니, 원간 창이 약간 미양(微恙)[774]이라도 드럿던가 시부이다커니와, 부ᄌ는 여ᄎ여ᄎ 젼어(傳語)ᄒ여 그 칭병ᄒ기를 못ᄒ게 원망ᄒ는 예긔(銳氣)를 썻그쇼셔."

공이 죵기언(從其言)ᄒ여 즉시 시녀를 명ᄒ여 한님의게 젼어 왈,

"노뷔 근니의 신양(身恙)이 미류(彌留)ᄒ기로, 너의 유질(有疾)ᄒ믈 아라시디 뭇지【78】못ᄒ엿더니, 엇지 오리 셩졍(省定)[775]을 폐ᄒᄂ뇨? 셜ᄉ 음부를 닛지 못ᄒ고 부모를 원망ᄒ여 난 병이나, 너모 지리히 양병블츌(佯病不出)ᄒ미 블가ᄒ니, 네 진실노 날 보기를 괴로이 너기거든, 금일이라도 힝니(行李)를 츌혀 금쥬로 가게 ᄒ○[리]라."

《여괴∥영괴》 틴ᄉ의 명을 바다, 셔당의 나와 젼어(傳語)ᄒ니라.

"첩의 그디【24】도록 ᄒ믈 몰나더니, 원간 창이 약간 미양이 잇더가 시브거니와, 부ᄌ는 여ᄎᄎᄒ야 원망ᄒᄂᆫ 예긔를 썩그쇼셔."

공이 죵기언ᄒ야 시녀를 명ᄒ야 한님의게 젼어 왈,

"노뷔 근니의 신양이 미류ᄒ기로 너의 유질ᄒ믈 뭇디 못ᄒ엿더니, 엇디 오리 셩졍을 폐ᄒᄂ뇨? 셜ᄉ 음부를 닛지 못ᄒ고 부모를 원망ᄒ여 난 병이나, 너모 지리히 양병블츌ᄒ미 블가ᄒ니, 네 진실노 날 보기를 괴로이 넉이거든, 금일이라도 힝니를 찰혀 금쥐로 가게 ᄒ○[리]라."

영교 젼ᄒ니,

---

774)미양(微恙) : 가벼운 병.
775)셩졍(省定) : =신셩혼졍(晨省昏定). 이른 아침에는 부모의 밤새 안부를 묻고, 밤에는 부모의 잠자리를 보아 드린다는 뜻으로, 부모를 잘 섬기고 효성을 다함을 이르는 말.

엄시효문쳥힝녹 권지이십이

화셜, 영괴 티스의 명을 바다 셔당의 나와 젼어ᄒ니, 추시 한님이 심녜(心慮) 번다ᄒ여 창체 디단ᄒ여 능히 움죽이지 못ᄒ니, 공주와 셜향이 초조ᄒ여 구호ᄒ며, 범부인이 잔잉ᄒᄆᆯ 니긔지 못ᄒ여 년주시 약음과 죽음을 년쇽ᄒ여 보니고, 범부인 유뎨(乳弟) 티란의 젹주 최계 약간 의슐을 아ᄂ 고로, 범부인이 가만이 티란을 보니여 최의ᄅᆞᆯ 불너 한님의 장쳐(杖處)ᄅᆞᆯ【1】곳치게 ᄒ니, 한님과 공지 즁모(仲母)776)의 셩덕을 감격ᄒ고, 츄밀공의 위증(危症)은 빅최(百草)777) 무효(無效)ᄒᄆᆯ 우려ᄒ더라.

한님이 통체(痛處) 슌여(旬餘) 후 잠간 초도의 미쳐시나 오히려 츌입지 못ᄒ고, 최부인이 공지 내당의 드러간 스이의 시녀ᄅᆞᆯ 보내여 슈이 죽으라 지쵹홀 ᄲᆞᆫ이오, 나의 사명(赦命) 업시ᄂ 안젼(眼前)의 뵈지 못ᄒ리라 ᄒ니, 한님이 황공ᄒ여 감히 긔거(起居)ᄅᆞᆯ 평상이 못ᄒ고, 혹 공주ᄅᆞᆯ 마조친즉 공지 분연(忿然)ᄒ여 즐퇴(叱退)ᄒ더라.

일【2】일은 공지 홀노 신셩(晨省)ᄒ라 드러갓다가 나오미, 신식(神色)이 쳐연ᄒ고 누흔(淚痕)이 만연ᄒ엿거ᄂᆯ, 한님이 경아(驚訝)ᄒ여 이 반드시 주가의 연괸(然故) 줄 알고, 츄연 탄식 왈,

"우형이 불초무상ᄒ여 부모의 셩녀ᄅᆞᆯ 끼치옵고 현뎨의 심우ᄅᆞᆯ 일위니, 엇지 불안치 아니리오. 우형이 이제ᄂ 장체(杖處) 져기 가경(可境)778)의 니르러시니, 나아가 부모긔 뵈옵고 셩졍을 오래 폐혼 죄ᄅᆞᆯ 쳥ᄒ리라."

추시 한님이 심녜 번다ᄒ며 창체 디단ᄒ니 능히 움죽디 못ᄒ니, 공주와 셜향이 쵸조ᄒ야 구호ᄒ며, 범부인이 잔잉ᄒ야 넌주시 약믈과 죽음을 년쇽ᄒ여 보니고, 범【25】부인 유뎨 태란의 젹주 최계 약간의 슐을 아ᄂ 고로, 범부인이 ᄀᆞ마니 태란을 보니여 최의를 블너 한님의 창쳐를 곳치게 ᄒ니, 한님이 듕모의 셩덕을 감격ᄒ고, 츄밀공의 위증은 빅최 무효ᄒᄆᆯ 우려ᄒ더라.

한님이 슌여 일 후 잠간 ᄎ도의 밋쳐시나 오히려 츌입지 못ᄒ고, 최부인이 공지 니당의 드러간 스이를 타 시녀를 보니여 수이 죽으라 지쵹홀 분이오, 나의 샤명 업시 안젼의 뵈디 못ᄒ리라 ᄒ니, 한님이 황공ᄒ여 감히 긔거를 평상이 못ᄒ고, 혹 공주를 마조친즉 공지 분연ᄒ여 즐퇴ᄒ더라.

일일은 공지 홀노 신셩ᄒ라 드러굿다가 나오디 신식이 쳐연ᄒ고 누흔이 만면ᄒ엿거ᄂᆯ, 한님이 경【26】야 츄연 탄식 왈,

"우형이 블쵸무상ᄒ야 부모의 셩녀를 끼치옵고 현계의 심우를 일위니, 엇디 블안치 아니리오. 우형이 이제ᄂ 장체 져기 가경의 이시니, 나아가 부모긔 뵈옵고 오릭 졍셩 폐혼 죄을 쳥ᄒ리라."

---

776) 즁모(仲母) : 둘째아버지의 아내. =둘째어머니.
777) 빅최(百草) : ①온갖 풀. ②온갖 약초.
778) 가경(可境) : 병이 회복되는 상태에 듦.

ᄒ고, 니러나 의디를 슈습ᄒ거눌, 공지 참연 슈루왈,【3】

"인ᄌ의 ᄒ올 말ᄉᆞᆷ이 아니어니와 부모의 명이시나 불가ᄒᆞᆷ이 여러 가지시니, 이제 뵈오며 디인은 그러이 너기시려니와, ᄌ위 마음이 ᄯᅩ 엇덜동 알닛고?"

정언간(停言間)의 영괴 나와 공의 전언을 고ᄒ니, 한님이 불승황공ᄒ여 눈물을 먹음고 명을 조ᄎ 내루의 드러가니, 공지 지후ᄒᆞ여 들어가니, 한님이 당의 오ᄅ지 못ᄒ고 계하의셔 머리를 두다려 오래 셩졍 폐ᄒᆞ믈 쳥죄ᄒ니, 소건(素巾) 아리 옥모화풍(玉貌華風)의 혈식【4】이 감ᄒ여 한 졈 혈긔 업ᄉ니, 년지(臙脂)를 ᄡᅵᆺᆫ 듯 단험779)이 변ᄒ여 옥년(玉蓮) 두 송이 지는 곳 갓고, 홍슌(紅脣)이 변ᄒ여 빅셜(白雪)의 무담(無淡)780)ᄒ믈 밧고왓고, 윤틱ᄒ 긔뷔(肌膚) 변ᄒ여 옥골(玉骨)이 슈고(瘦枯)781)ᄒ고 형용(形容)이 고고(枯槁)782)ᄒ니 미풍의 ᄲ러질 듯 ᄒ거눌, 계하의 복지하여시니 완슌(婉順)ᄒ 낫빗과 축척(蹴惕)ᄒ 거동이 견ᄌ로 ᄒ여금 년셕(憐惜)ᄒ믈 참지 못훌 비로디, 최부인이[은] 별악심장(別惡心腸)이라.

그 슈이 죽지 아니믈 통한하여 노호려 보는 눈꼴이 가장 조치 아【5】냐 흉악ᄒ고, 공은 평일 관인디도(寬仁大度)783)ᄒ던 셩정이 변ᄒ여시나, 한님 ᄉ랑ᄒᆞ믈[믄] ᄌ못 과도ᄒ여, 텬뉸 밧긔 ᄌ별ᄒ여 친ᄌ녀 우희 잇던지라. 한님 부부의 운익이 긔구ᄒ여 요약의 본셩을 일허시니, 그 얼굴과 거동을 보지 아녀실 젹은 부인의 니언(利言)784)을 신연(信然)ᄒ여, 아ᄌ의 불초ᄒ믈 미온ᄒ여 칙훌 마음이 잇더니, 그 얼굴과 거동을 보니 슈약(瘦

---

779)단험 : 단협(丹頰). 붉은 뺨. '험'은 '협(頰: 뺨 협)'의 변음. 아험→아협(雅頰).
780)무담(無淡) : 차분하고 평온하지 못함.
781)슈고(瘦枯) : 살이 빠져 파리하게 되고 몹시 여윔.
782)고고(枯槁) : ①초목이 바짝 마름. ②신세 따위가 형편없게 됨을 비유적으로 이르는 말.
783)관인디도(寬仁大度) : 마음이 너그럽고 어질며 도량이 큼.
784)니언(利言 : 상황에 따라 자기에게 유리하게 지어내거나 실속 없이 번드르르하게 하는 말.

ᄒ고 의디를 슈습ᄒ거눌, 공지 참연 슈루ᄒ여 왈,

"인ᄌ의 ᄒ올 말ᄉᆞᆷ이 아니어니와 부모의 명이시나 블가ᄒᆞᆷ이 여러 가지시니, 이제 뵈오미 대인은 그러히 넉이시려니와 ᄌ위 마음이 ᄯᅩ 엇덜동 알니오?"

정언간의 영교 나와 공의 말ᄉᆞᆷ을 젼ᄒ니, 한님이 황공ᄒ여 눈믈을 먹음고 명을 조ᄎ 드러가니, 공지 지후ᄒ여 드러가미, 한님이 감히 당의 오ᄅ지 못ᄒ고 계하의셔 머리를 두ᄃᆞ려 쳥죄ᄒ니, 소건 아리 옥모화풍의 혈【27】식이 감ᄒ여 ᄒ 졈 혈긔 업ᄉ니, 빅셜의 무담ᄒ믈 밧고앗고, 윤틱ᄒ 긔뷔 변ᄒ야 옥골이 슈고ᄒ야 미풍의 ᄲ러질 듯ᄒ거늘, 계하의 복지ᄒ여시니 완슌축쳑ᄒ미 견ᄌ로 ᄒ여금 연셕ᄒ믈 참지 못훌 비로디, 최부인은 별악심장이라.

그 슈이 죽디 아니믈 통한ᄒ야 노흐려 보는 눈이 흉악ᄒ고, 공은 평일 셩졍이 변ᄒ여시나 한님 ᄉ랑ᄒᆞ믄 ᄌ못 과도ᄒ던디라. 요약의 본셩을 일어시므로 그 얼굴 보디 못아 나실 적은 부인의 니언을 신연ᄒ야시나, 그 얼굴과 거동을 디ᄒ여 슈약ᄒ 모양과 완슌ᄒ 풍치를 보미, 미온ᄒ던 의ᄉᆡ 츈셜 긋고 이련ᄒ ᄆᆞ음이 소ᄉ나디,

弱)한 거동과 완슌한 풍치를 보미 미온하던 의시 츈셜(春雪)갓고, 이런한 마음【6】이 쇼소나더, 부인과 언약하여시미 스식(辭色)을 거두어 목송시(目送視)785) 냥구(良久)의, 명하여 한가지로 오르라 하니, 냥지 황감하여 승당 시립하니, 빈빈(彬彬)한 미모와 슉슉(肅肅)한 힝실이 문왕(文王)786)이 왕계(王季)787)○[를] 뫼심갓고, 공니(孔鯉)788) 즁니(仲尼)789)를 뫼신듯 하더라.

부인이 팀스의 긔식이 모호하믈 괴이히 너기고 쏘 뮈온 마음을 참지 못하여 변식하고 니르더,

"쇽셜(俗說)의 닐너시더 양병즉필유질(佯病卽必有疾)790)이라 하미 올토다. 네 무고히 날을 원망하고 윤시의 교언녕【7】식(巧言令色)791)을 닛지 못하여, 저리 병들기의 미쳐시니 엇지 한심치 아니리오."

공이 츠언을 듯고 문득 부인의 쇼참(所讒)을 씨다라, 쏘한 정식하고 한님다려 니르더,

"네 인지(人子) 되여 참아 음부를 위하여 부모를 원망하고, 쏘 녀식(女色)을 싱각하여 상스지질(想思之疾)을 일위여, 술앗는 부모와 죽은 아뷔를 조금도 싱각지 아니니, 엇지 텬하의 너갓튼 블초퍼지(不肖悖子) 이시리오."

부인이 넝쇼왈,

"난신적즈(亂臣賊子)792) 표의 아이 창이

<hr>

785)목송시(目送視) : 말없이 시선을 보내 바라봄.
786)문왕(文王) : 중국 주나라 무왕의 아버지. 고대의 이상적인 성인군주(聖人君主)의 전형으로 꼽힌다.
787)왕계(王季) : 중국 주 문왕(文王) 창(昌)의 아버지. 이름은 계력(季歷). 자손이 왕업(王業)을 이룰 수 있는 기초를 닦았다.
788)공니(孔鯉) : 공자(孔子)의 아들 이름.
789)즁니(仲尼) : 공자(孔子). 중국 춘추 시대의 사상가·학자(B.C.551~B.C.479). 이름은 구(丘). 자는 중니(仲尼). 노나라 사람으로 여러 나라를 두루 돌아다니면서 인(仁)을 정치와 윤리의 이상으로 하는 도덕주의를 설파하여 덕치 정치를 강조하였다. 만년에는 교육에 전념하여 3,000여 명의 제자를 길러내고, 《시경》과 《서경》 등의 중국 고전을 정리하였다. 제자들이 엮은 《논어》에 그의 언행과 사상이 잘 나타나 있다.
790)양병즉필유질(佯病卽必有疾) : 꾀병부리다가 진짜 병들게 된다.
791)교언녕식(巧言令色) : 아첨하는 말과 알랑거리는 태도.

부인과 언약하여시미 스식을 거【28】두어 목송시 양구의 명하야 한가지로 오르라 하니, 냥지 황감하여 승당시립하니, 빈빈한 녜모와 슉슉한 힝실이 문왕이 왕계를 뫼심 갓고 즈공이 듕니를 뫼신 듯하더라.

부인이 태스의 긔식이 모호하믈 고히 너여고, 쏘 뮈온 무음을 춤디 못하야 변식 왈,

"속셜의 닐너시더, '양병즉필유질이라.' 하미 올토다. 네 무고히 날을 원망하고 윤녀의 교언녕식을 잇디 못하여 저리 병들기의 미쳐시니, 엇디 한심치 아니리오?"

공이 츠언을 듯고 믄득 부인의 소참을 씨다라 쏘한 정식고 한님드려 왈,

"네 인지 되여 춤아 음부를 위하야 부모를 원망하고 요식을 싱각하야 상수지질을 일위여, 사랏는 부모와 죽은 아비【29】를 조금도 싱각디 아니니, 엇디 텬하의 너갓튼 퍼지 이시리오?"

부인이 깅쇼 왈,

"난신적즈 표의 아이 창이 아니면 뉘리오?

아니면 뉘리오. 퓌 문호쳥덕(門戶淸德)793)을 찌러바리고 【8】 퓌국망신(敗國亡身)794)ᄒ엿거늘, 셩쥬의 은퇴으로 겨유 보젼ᄒᆞᆫ 문호를, 챵이 쏘 업치지 아니키를 엇지 바라리오. 진짓 난형난뎨(難兄難弟)795)로다."

공이 쏘 말을 ○○[니어] 불효부졔(不孝不悌)ᄒᆞᆷ믈 디칙ᄒᆞ며,

"ᄎᆞ후 그ᄅ면 두 번 용셔치 아니리라."

ᄒᆞ니, 한님이 불승황공ᄒᆞ여 머리를 두다려 쳥죄ᄒᆞᆯ지언졍, 감히 변빅(辨白)지 못ᄒᆞ니, 공지 가ᄅ록 모부인 힝ᄉᆞ를 골돌ᄒᆞ나 할 일 업더라.

이윽고 퇴ᄒᆞ여 형뎨 한가지로 영일누의 니ᄅ러, 츄밀과 범부인긔 뵈오니 공은 증셰(症勢) 일양(一樣)이라.

이【9】 병근은 진실노 고황(膏肓)의 드러 즁악(重惡)흠도 업고 각별 알ᄂᆞᆫ디도 업서, 시식(時食)796)은 평셕(平昔)797) 갓ᄒᆞ나, 다만 인ᄉᆞ 심히 혼용(昏庸)ᄒᆞ여 평일 총명이 하나토 업서, 아조 슉믹인(菽麥人)798) 갓ᄒᆞ엿ᄂᆞᆫ지라.

한님이 ᄌᆞ가신상(自家身上)의 망조(罔措)799)ᄒᆞᆫ 심ᄉᆞ는 오히려 둘지오, 디인이 활연명달(豁然明達)ᄒᆞ신 셩졍과 즁부의 총명신셩(聰明神聖)ᄒᆞ시던 ᄌᆞ품(資稟)이 일조(一朝)의 이러틋 변화긔질(變化氣質)ᄒᆞ시니, 심상(尋常)ᄒᆞᆫ 병이 아니미 심난ᄒᆞᆫ 근심과 비상ᄒᆞᆫ 념녜 가득ᄒᆞ여, 즁부의 병후를 뭇ᄌᆞᆸ고

퓌 문호쳥덕을 찌러ᄇ리고 피국망신ᄒᆞ여거든, 셩쥐의 은퇴으로 겨유 보젼ᄒᆞᆫ 문호를 챵이 쏘 업티디 아니키를 엇디 ᄇᆞ라리오? 진짓 난형난뎨로다."

공이 쏘 말을 니어 블효브졔ᄒᆞᆷ믈 대칙ᄒᆞ며,

"ᄎᆞ후 두 번 그ᄅ면 용ᄉᆞ치 아니리라."

한님이 블승황공ᄒᆞ야 머리를 두ᄃᆞ려 쳥죄ᄒᆞᆯ지언졍 감히 변빅디 못ᄒᆞ니, 공지 가디록 모부인 힝ᄉᆞ를 골돌ᄒᆞ나 홀 일 업더라.

이윽고 퇴ᄒᆞ여 형뎨 ᄒᆞᆫ가지로 영일누의 니ᄅ러 츄밀과 범부인긔 뵈오니, 공은 증셰 일양이라.

이 병근이 고황의 드러 듕악흠【30】도 업고 각별 아는 디도 업서 시식은 평셕 굿ᄐᆞ나, 다만 인ᄉᆞ 심히 혼용ᄒᆞ야 아조 슉믹인 굿ᄐᆞ엿ᄂᆞᆫ지라.

한님이 ᄌᆞ가신상의 망조ᄒᆞᆫ 심ᄉᆞᄂᆞᆫ 오히려 둘지오, 대인과 듕부의 이러틋 변심ᄒᆞ시미 심상ᄒᆞᆫ 병이 아니니, 심난ᄒᆞᆫ 근심과 듕부의 병을 뭇ᄌᆞᆸ고 증후의 고이ᄒᆞ믈 일ᄏᆞ라 안식이 ᄌᆞ상ᄒᆞ디, 츄밀은 믁연괄목ᄒᆞ여 말이 업고, 범부인이 탄왈,

---

792)난신적ᄌᆞ(亂臣賊子) : 나라를 어지럽게 하는 신하(臣下)와 어버이를 해(害)치는 자식(子息)
793)문호쳥덕(門戶淸德) : 대대로 내려오는 그 집안의 청렴한 덕.
794)퓌국망신(敗國亡身) : 나라를 잃고 몸도 잃음.
795)난형난뎨(難兄難弟) : 누구를 형이라 하고 누구를 아우라 하기 어렵다는 뜻으로, 두 사물이 비슷하여 낫고 못함을 정하기 어려움을 이르는 말.
796)시식(時食) : 삼시식사(三時食事)의 줄임말. 아침, 점심, 저녁의 일정한 시간에 먹는 밥. 또는 그렇게 먹는 일.
797)평셕(平昔) : 이전부터 계속하여 달라짐이 없이.
798)슉믹인(菽麥人) : 사리 분별을 못 하고 세상 물정을 잘 모르는 사람. '숙맥불변'에서 나온 말이다. * 숙맥불변(菽麥不辨): 콩과 보리를 구별하지 못함.
799)망조(罔措) : =망지소조(罔知所措). 너무 당황하거나 급하여 어찌할 줄을 모르고 갈팡질팡함.

증후(症候)의 괴이ᄒ믈 일【10】ᄏ라 안식이 져상(沮喪)ᄒ되, 츄밀은 묵연(默然)이 괄목(刮目)ᄒ여800) 말이 업고, 부인이 탄왈,

"문운이 불힝ᄒ여 왕(王) 슉슉(叔叔)801)이 기셰ᄒ신 후로 조ᄎ 빅슉슉(伯叔叔)802)과 부지(夫子) 동오로셔 도라 오신 후 병근을 어드시되, 증휘(症候) 주못 괴이ᄒ시니, 나의 근심ᄲᅮᆫ 아니라 실노 현질의 운익이 긔구ᄒ민가 ᄒ노라."

한님이 쳑연 비ᄉ왈,

"즁모의 불초 질(姪)을 하렴(下念)ᄒ시ᄂᆫ 셩은이 이 갓ᄒ시니, 쇼질이 ᄯᅩ 엇지 의앙지졍(依仰之情)이 ᄯᅩ 주모의 감ᄒ미 잇ᄉ리잇고? 고인이 갈【11】오되, '금일 희ᄉ(喜事) 잇거든 즐기고 명일 근심이 잇거든 념녀하라' ᄒ여시나, 유ᄌ(猶子)803)의 근심은 나종의 아모 곳의 맛출지라도, 아직 즁부의 증휘 가비얍지 아니시니, 이 곳 유ᄌ 등의 젹지 아닌 근심이로쇼이다."

부인이 유유탄식(悠悠歎息)ᄒ고 그 슈약(瘦弱)ᄒ미 심ᄒ믈 념녀ᄒ여 좌우로 보긔(補氣)ᄒᆯ 미쥭(米粥)을 가져 먹기를 권ᄒ고, 과합(果盒)의 향과ᄅᆯ 가져 형뎨 먹기를 권ᄒ니, 한님이 구곡(九曲)의 쳔슈만한(千愁萬恨)이 얽혀시니 엇지 ᄉ식지념(思食之念)이 이시리오【12】만은, 즁모의 ᄉ랑ᄒ시믈 보미 ᄉ양치 못ᄒ여 쳘음(啜飮)ᄒ여 그릇슬 믈니고 과품(果品)을 맛보아, 이윽이 뫼셔 말ᄉᆷᄒ다가 셔당의 도라 왓더니, 이러구러 날이 져믈미, 한님이 ᄯᅩ 공ᄌ로 더부러 경일누의 드러가 혼졍(昏定)ᄒ미, 공이 졍식ᄒ고 말을 아니 ᄒ니, 이 ᄯᅩ 부인의 참언(讒言)이 뉴힝(流行)ᄒ믈 가히 알니러라.

"문운이 블힝ᄒ여 왕 슉슉이 기셰ᄒ신 후로, 빅슉슉과 부지 동오로○[셔] 도라오신 후, 이 병근을 어드시되, 증휘 주못 고이ᄒ시니, 나의 근심ᄲᅮᆫ 아니라, 실노 현질의 운익이 긔구ᄒ민가 ᄒ노라."

한님이 쳑연 왈,

"듕모의 블효질을 하렴ᄒ시ᄂᆫ 셩은이 이갓투시니,【31】 쇼딜이 ᄯᅩ 엇디 의앙지셩이 ᄯᅩ 엇디 주모의 감ᄒ미 잇시리잇고? 고인이 골오디, '금일 희ᄉ 잇거든 즐기고 명일 근심 잇거든 념녜ᄒ라.' ᄒ니, 유ᄌ의 근심은 나죵의 아못 고디 밋츨디라도, 아즉 듕부의 증휘 ᄀᆞ비얍디 아니시니 젹디 아닌 근심이로쇼이다."

부인이 유유탄식ᄒ고, 그 슈약ᄒ믈 념녜ᄒ야 좌우로 보긔ᄒᆯ 미듁을 가져 먹기를 권ᄒ고, 향과를 니여 형뎨 먹으라 ᄒ니, 한님이 구곡의 쳔슈만한이 얽혀시니 엇디 ᄉ식디념이 이시리오마ᄂᆞᆫ, 듕모의 ᄉ랑ᄒ시믈 보미 ᄉ양치 못ᄒ여 쳘음ᄒ고 과품을 맛보와, 이윽이 뫼셔 말ᄉᆷᄒ다가 셔당의 도라왓더니, 이러구러 날이 져믈미【32】혼졍ᄒ미 공이 졍식고 말을 아니니, ᄯᅩ 부인의 참언을 드ᄅ미러라.

---

800)괄목(刮目)ᄒ다 : 눈을 비비다. *괄목상대(刮目相對): 눈을 비비고 상대편을 본다는 뜻으로, 남의 학식이나 재주가 놀랄 만큼 부쩍 늚을 이르는 말.
801)슉슉(叔叔) : 남편의 형제, 특히 '시아주버니'를 문어적으로 이르는 말. *시아주버니: 남편의 형제 가운데 남편보다 나이가 많은 사람을 이르는 말.
802)빅슉슉(伯叔叔) : 남편의 맏형을 문어적으로 이르는 말.
803)유ᄌ(猶子) : 자식과 같다는 뜻으로, '조카'를 달리 이르는 말.

한님이 황공이퇴(惶恐而退)ᄒ여 셔당으로 도라오미, 스스로 진퇴얼울(進退黜衄)804)ᄒ고 ᄉ셰 냥난ᄒ니, 심번난녀(心煩亂慮)805)ᄒ여 버기 우희 잠을 일우지 못ᄒ【13】더니, ᄉ경시말(四更時末)806)의 겨유 삽몽(揷夢)807)ᄒ미, 믄득 부왕이 뇽포옥디(龍袍玉帶)로 엄연이 드러와 손을 잡고 츄연왈,

"니 아희 츌인(出人)ᄒᆫ 효우(孝友)와 비상ᄒᆫ 지덕이 범인의 밋츨 비 아니로디, 너의 명이 긔흔(奇釁)ᄒ여808) 젼후 쳡봉환난(疊逢患亂)809)ᄒ여 금일노붓터 가업ᄉᆫ 풍퍼(風波) 상ᄉᆼ(相生)ᄒ미 이후 화환(禍患)이 측냥치 못하려니와, 오아ᄂᆫ 위퇴ᄒᆫ 가온디 쳔만 신듕ᄒ여, 퇴산(泰山)의 즁ᄒᆷ므로뼈 홍모(鴻毛)의 더지지 마라 뼈, 여부(汝父)의 구쳔음혼(九泉陰魂)810)이 근심이 업게 ᄒ라."【14】

한님이 궁텬영모(窮天永慕)811)의 일만비한(一萬悲恨)이 시로이 겸발ᄒ니, 연망이 부왕의 뇽몌(龍袂)812)를 붓드러 가업ᄉᆫ 회포를 고ᄒ고져 ᄒ더니, 홀연 왕이 번신(翻身)ᄒ여, ᄉ미를 썰쳐 갈오디,

"비록 부자의 졍이 유유무궁(悠悠無窮)하나, 유명(幽明)이 길이 다르니 엇지 셔로 오리 뉴련(留連)ᄒ리오."

셜파의 즉시 뇽몌를 썰쳐 학가운듕(鶴駕雲登)813)ᄒ니, 한 줄 피옥(佩玉)이 뇨량(嘹喨)ᄒ고, 쳥풍이 난학(鸞鶴)을 멍에ᄒ여 한번 붓치미, 경긱(頃刻) ᄉ이의 불견거체(不見去處)러

---

804)진퇴얼울(進退黜衄) : 나아가고 물러나는 일이 다 위태로워 마음이 불안함.
805)심번난녀(心煩亂慮) : 마음이 번다(煩多)하고 생각이 어지러움.
806)ᄉ경시말(四更時末) : 사경(四更) 곧 새벽 3시부터 5시 사이의 끝 무렵인 새벽 4시 후반.
807)삽몽(揷夢) : 꿈을 꿈.
808)긔흔(奇釁)ᄒ다 : 팔자, 운명 따위가 사납고 흠이 많다. 늑기박(奇薄)하다.
809)쳡봉환난(疊逢患亂) : 근심과 재앙을 거듭하여 겹쳐서 만남.
810)구쳔음혼(九泉陰魂) : 저승에 있는 혼령
811)궁텬영모(窮天永慕) : 하늘에 닿을 만큼 사무치는 돌아가신 부모님을 사모하는 마음
812)뇽몌(龍袂) : 용포(龍袍) 소매.
813)학가운듕(鶴駕雲登) : 학을 타고 구름 위로 오름.

한님이 황공이퇴ᄒ야 셔당의 도라오미, 스스로 진퇴얼울ᄒ고 ᄉ셰양난ᄒ니 심번난녀ᄒ여 줌을 일우지 못ᄒ더니, ᄉ경시말의 겨유 삽몽ᄒ미, 믄득 부왕이 뇽포옥디로 엄연이 드러와 집슈 츄연 왈,

"내 《오이‖아희》 츌인ᄒᆫ 효우와 비상ᄒᆫ 지덕이 범인이 밋츨 비 아니로디, 여명이 긔혼ᄒ야 젼후 쳡봉화익ᄒ여 금일로붓터 ᄀ업ᄉᆫ 환난이 층양치 못ᄒ려니와, 오ᄋᆫ 위퇴ᄒᆫ 듕 쳔만 신듕ᄒ야 여부의 구쳔음혼이 근심이 업게 ᄒ라."

한님이 궁텬영모의 일만비한이 겸발ᄒ니, 년망이 부왕의 뇽몌【33】를 붓드러 가업ᄉᆫ 회포를 고코ᄌ ᄒ더니, 홀연 왕이 번신ᄒ여 ᄉ미를 썰쳐 왈,

"비록 부ᄌ의 졍이 유유ᄒ나 유명이 길히 다르니, 엇디 셔로 유련ᄒ리오?"

셜파의 학가운듕ᄒ니 ᄒᆫ 줄 피옥이 뇨량ᄒ고, 쳥풍이 난학를 멍에ᄒ여 ᄒᆫ 번 붓치미 경긱의 《블겨기쳐‖불견거쳐(不見去處)》라.

라.

한님이 경동(驚動) 홀각(忽覺)ᄒ미, 몽미(夢寐)의 흣허진【15】넉시 치 모히지 아냐셔, 믄득 니루(內樓)로 조ᄎ 도젹 웨ᄂ 소리 진동ᄒ니, 가쥭녀의 물쓸틋 ᄒᄂ지라.

한님이 꿈결의 놀난 넉시 오히려 진졍치 못ᄒ엿ᄂ지라. 소리를 드르며 몬져 삼혼(三魂)[814]이 나라나고 칠빅(七魄)[815]이 흣허지ᄂ지라.

원니 ᄎ(此) 하젹(何賊)인고?

시야의 틱시 ᄯ 경일누의 슉침ᄒ엿더니, 부인이 잠 업스믈 일쿳고 촉을 물니지 아니ᄒ고, 공은 잠간 가미(假寐) ᄒ엿더니, 이ᄯ 밤이 ᄉ경(四更)의 밋쳐ᄂ, 부인이 홀연 일셩(一聲)을 음아(吟哦)[816]ᄒ【16】여 도젹을 ᄯᅳᆨ지ᄌ니, 옥 마으ᄂ[817] 소리 징연(錚然) 뇨량ᄒ여 금셕(金石)으로셔 나ᄂ듯 ᄒ지라.

틱시 잠결의 디경ᄒ여 눈을 ᄯ 보니, 방즁의 일기 흉녕ᄒᆫ 디한(大漢)이 셔리 갓흔 비슈를 안고 방즁의 돌입ᄒ여, 바로 ᄌ가 침상을 향ᄒ여 히하려 ᄒᄂ 거동이니, 명촉하(明燭下)의 셤삭(閃爍)ᄒᆫ 흰날과 흉젹의 영한(獰悍)ᄒᆫ 거동이 보기의 금즉ᄒ거날[818], 담디홀ᄉ, 틱부인이 급히 니러나 벽상의 걸닌 보검을 ᄲ혀 우슈(右手)의 빗기들고, 셩안(星眼)의 풍운(風雲)【17】이 발발(勃勃)ᄒ여 젹을 ᄯᅳᆨ지며 방추(防遮)ᄒᄂ지라.

틱시 꿈속이 몽농한 가운디 이 광경을 보니 디경실식ᄒ여 혼신(魂神)이 비월(飛越)ᄒᄂ지라. 급히 니러날시, 본디 긔상이 웅건쇄락ᄒ고 쇼시의 용녁이 과인ᄒ던지라.

한님이 경동홀각ᄒ니 몽미의 흣터진 넉시 치 모히지 아녀셔, 믄득 니루로조ᄎ 도젹 외ᄂ 소리 진동ᄒ고 니외 믈 ᄯᅳᆯ 틋ᄒᄂ지라. 한님이 꿈결의 놀난 넉시 오히려 진졍치 못ᄒ여ᄂ디, 드르미 몬져 삼혼이 ᄂ라나고 칠빅이 운텬ᄒ더라.

원니 시야의 태시 ᄯ 경일누의 슉침ᄒ엿더니, 부인이 잠 업스믈 일쿠【34】라 쵹을 믈니디 아니ᄒ고, 공은 잠간 가미ᄒ엿더니, 밤이 ᄉ경의 밋쳐ᄂ, 부인이 홀연 일셩을 음아ᄒ야 젹을 ᄯᅳᆨ지ᄌ니 소리 징연ᄒ지라.

태시 잠결의 놀나 눈을 ᄯ보니, 방듕의 일기 녕한ᄒᆫ 대한이 셔리 굿튼 비슈를 안고 방듕의 돌입ᄒ여, 《발로∥바로》 ᄌ가 침상를 향ᄒ여 히흘려 ᄒᄂ 거동이라. 쵹하의 셤삭ᄒᆫ 흰 날과 흉젹〇[의] 녕한ᄒᆫ 거동이 보미 금즉ᄒ거놀, 담디홀손, 최부인이 벽상의 보검을 ᄲ혀 우슈의 빗기고, 젹을 ᄯᅳᆨ지ᄌ며 방추ᄒᄂ지라.

태시 이 관경을 보니 대경실식ᄒ여 급히 이러날시, 본디 긔상이 웅건쇄락ᄒ고 쇼시의 용녁이 과인ᄒ더라.

---

814)삼혼 : 『불교』대승기신론에 나오는 세 가지 미세한 정신 작용. 업상(業相), 전상(轉相), 현상(現相)이다. ≒삼정(三精).

815)칠빅(七魄) : 『불교』죽은 사람의 몸에 남아 있는 일곱 가지의 정령(精靈). 귀, 눈, 콧구멍이 각기 둘이고 입이 하나임을 가리킨다.

816)음아(吟哦) : ①시(詩) 따위를 음영(吟詠)하는 소리. ②싸움이나 경기에서 상대편의 기선(機先)을 제압하기 위해 내지르는 고함(高喊)소리.

817)마으다 : 부수다. 단단한 물체를 여러 조각이 나게 두드려 깨뜨리다.

818)금즉ᄒ다 : 진저리가 처질 정도로 두렵다.

쏘흔 적을 과도히 두리지 아냐 요하의 피도(佩刀)를 쌔혀 급히 치며 일변 도적을 웨니, 장후(帳後)의 슉직 시녀의 무리 일시의 놀나 씨다라, 이 경상을 보고 혼비빅산ㅎ여 일시의 도적을 웨는 쇼리 진동ㅎ니, 적이 【18】형세 니(利)치 아니믈 보고, 크게 분용(奮勇)ㅎ여 후창을 박ᄎ고 쮜여 니다르니, 난창(蘭窓)819)이 것구러지고, 긔완(器玩)820)이 산낙(散落)ㅎ니, 그 쇼리 더욱 요란ㅎ고, 도적 웨는 쇼리 ᄌ못 요란ㅎ니, ᄎᄎ 전ㅎ여 외당의 ᄉ못ᄎ니 좌우익낭(左右翼廊)821)의 잠드럿던 가인복뷔(家人僕夫) 놀나 ᄌ던 눈을 비븟고822) 의복을 ᄎᄌ 닙는 듯 마는 듯 겨유 과의(袴衣)를 걸치고, 니다라 횃불을 잡고 적의 ᄌ최를 ᄯ오니 적이 엇지 이시리오.

황황(遑遑)이 다라나 원장(垣墻)을 넘으니 엇지 잡【19】을 지 이시리오.

한님과 공지 실식디경(失色大驚)ㅎ여 쎌니 의디를 슈습(收拾)ㅎ고 경일누의 드러가니, 각당이 분분ㅎ여 일기 다 모혀 ᄌ직의 변을 놀나, ᄌ못 흉악ㅎ믈 닐러 의논이 분운(紛紜)ㅎ고, 한님은 스ᄉ로 심시 져상ㅎ여 일신이 썰니믈 씨닷지 못ㅎ여, 머리를 숙이고 신식(神色)이 찬지 갓더라.

믄득 ᄌ직을 ᄯᄅ던 창두의 무리 보보전경(步步顚傾)ㅎ여 니음다라 와 알외디,

"ᄌ직이 후장(後墻)을 인ㅎ여 넘으려 ㅎ다가 밧긔 슌시ㅎ는 군시 엄【20】호(嚴護)ㅎ믈 만나 넘지 못ㅎ고, 셔원 후장을 넘어 도망ㅎ려 ㅎ다가 어ᄉ 상노야 후졍을 넘으니, 상가 노지 맞춤 슌시하다가 잡으미 되엿다 ㅎ더이다."

좌위(左右) 더욱 디경하고 한님은 가연(可然)ㅎ여823) 탄식ㅎ믈 마지 아니 ㅎ더라.

쏘흔 적을 과도히【35】두리디 아냐 피도를 쌔혀 들고 급히 치며 도적을 외니, 장후의 슈직 시녀의 무리 일시의 놀나 씨ᄃ라, 이 경상을 보고 혼비빅산ㅎ야 일시의 도적 외는 소리 진동ㅎ니, 적이 형세 니치 아니믈 보고, 크게 분용ㅎ야 후창을 박ᄎ고 쮜여 니다라니, 난창이 것구러지고, 도적 외는 쇼리 요란ㅎ야 좌우 익낭의 잠드러던 가졍 복뷔, 놀나 자는 눈을 빗쑷고, 의복을 ᄎᄌ 입는 듯 마난 듯, 겨유 과의를 걸치고 니다라 적의 ᄌ최를 ᄯᄅ니, 적이 엇디 잇시리오?

한님과 공지 디경ㅎ여 쎌니 의디를 슈습ㅎ며 경일누의 드러가니, 각당이 분분ㅎ야 다 모혀 ᄌ직의 변이 ᄌ못 흉악ㅎ믈 일너 의논이 분분ㅎ고, 한님【36】은 스ᄉ로 심시 져상ㅎ믈 씨돗디 못ㅎ여, 머리를 슉이고 신식이 츤지 갓더라.

ᄌ직 ᄯᄅ던 창두의 무리 보보전경ㅎ여 니음ᄃ라 알외디,

"ᄌ직이 후장을 너므려 ㅎ다가 밧게 슌쵸 군이 《엄홀∥엄호(嚴護)》ㅎ믈 만나 넘디 못ㅎ고, 셔원 후장을 너며 도망ㅎ려 ㅎ다가 어ᄉ 상 노야 턱상 후졍을 너므니, 상가 노지 맞춤 슌쵸ㅎ다가 ᄌ브미 되엿다 ㅎ더이다."

좌우 더옥 디경ㅎ고 한님은 《가여이∥가연이》 탄식ㅎ더라.

---

819)난창(蘭窓) : 난(蘭)을 그린 종이, 또는 난을 수놓은 비단을 바른 아름다운 창문.
820)긔완(器玩) : 감상하며 즐기기 위하여 모아 두는 기구나 골동품 따위를 이르는 말.
821)좌우익낭(左右翼廊) : 대문의 좌우 양편에 이어서 지은 행랑.
822)비븟다 : 비벼 씻다.
823)가연(可然)ㅎ다 : 마땅하다고 여기다.

틱시 제노(諸奴)의 말을 듯고 니르디,

"주직이 오가의 죄인이라. 맛당이 상가의가 잡아다가, 엇던 사름의 쳥촉을 바다 우리롤 히호려 호던고, 죄상을 무럼즉 호도다."

부인 왈,

"부주(夫子)와 슉슉(叔叔)이 다 불안호시【21】고, 운·희 냥질이 먼니 나가고, 창이 상신(喪身)으로 주쳐죄인(自處罪人)호니, 주직을 잡아다가 뉘 다스리리잇고? 버려 두시고 다만 상어스의게 젼어호여, 도적이 심상치 아니니, 단단이 깁희 가도왓다가 명일 츄부(秋部)824)의 고장(告狀)호여, 형부 위염을 비러 주직을 엄츄(嚴推)호여, 본적(本跡)을 사힉(査覈)호미 올흘가 호느이다."

공이 신연(信然) 왈,

"부인의 의논이 명달(明達)호이다."

호고, 즉시 시노(侍奴)로 하여금 상어스긔 젼어(傳語)홀 시, 날빗치 임의 붉기의 미쳣더라.【22】

원너 도어스 상유는 젼일 영교의 쳥을 바다 윤소져룰 모함호던 지라. 집이 본디 엄부 셔장(西墻) 후원을 년졉(連接)호엿더니, 주직이 짐짓 이리로 넘으며, 잡히일 줄을 본디 모로지 아니호디, 짐짓 상어스의 총희 월션이 영교로 통호여 너응외합(內應外合)825)호미러라.

○[이] 후장(後墻)이 월션의 쳐소의 갓갑더니, 상부 니원(內園)을 슌시호는 군시, 엄부로셔 넘어 오는 도적을 잡아, 크게 즛궤여826) 외당의 보호니, 상어시 졍히 관즐(盥櫛)827)호고 옥궐(玉闕)의 조회호려 조【23】복(朝服)을 닙더니, 가인(家人)이 몬져 니원(內園) 도적을 잡아 알외며, 엄부 시뇌 니르러 틱스의 명으로 도적이 범연흔 적이 아니니, 엄슈(嚴囚)호여 엄히 다스려, 그 간졍(奸情)을 사힉호여 회보호라 호는지라. 상어시 임

태시 제노의 말을 듯고 일[이]로디,

"주직이 오가의 죄인이라. 맛당이 상가의가 잡아다가 져주어 믈을[으]리라."

부인 왈,

"부주의[와] 슉슉이 다 블안호시고 운·희 냥달이 업고, 《창의∥창이》 상신으로 주쳐죄인니, 주직을 잡【37】아온들 뉘라셔 다스리잇고? 부려두시고 다만 상 어스의게 젼어호여, 도적이 심상치 아니니 《당당히∥단단이》 가도왓다가, 명일 츄부의 고장호여 형부 위염을 비러 주직을 《엄츅∥엄츄》호여, 본적을 사힉호미 올흔가 호느이다."

공이 신연 왈,

"부인 의논이 명달호이다."

호고, 즉시 시로[노](侍奴)로 상 어스긔 젼어홀 시, 날이 임의 붉기의 니르러더라.

원너 상 어스는 윤쇼져 모함호던 지라. 본디 엄부 서원 후장를 연졉호엿더니, 짐짓 주직이 이리로 너머 오미 월션과 영교 서로 통호야 니응호미러라.

이 후장은 월션의 쳐쇠 갓갑더라. 상부 니원 슌시호던 군시, 엄부로 너머오는 도적을 잡아 외당의 보호니, 상 어시 졍히 관즐【38】호고 옥궐의 됴회호려 됴복을 닙덧[더]니, 가인이 몬져 도적을 잡아 알외며, 엄부 시노 태시 말을 젼호니, 상 어시 임의 아는 일이라.

의 아는 일이라.

흔연(欣然)이 젼어(傳語) 회샤(回謝)ᄒᆞ고, 즉시 젹을 미여 츄부(秋部)로 이거(移去)ᄒᆞ니, 이씨는 형뷔 졍위(廷尉)[828]를 갈고, 상유의 친형 상의 교디ᄒᆞ엿는지라. 탐지불인(貪財不仁)[829]ᄒᆞ미 진짓 상유로 난형난뎨(難兄難弟)[830]라.

이 날 상어시 파조(罷朝) 후 슐위를 두로혀 형을 보[24]고, 옥안(獄案) 좌기(坐起)[831]를 쳥쵹ᄒᆞ고 도라 오더라.

이 날 상형뷔 젹을 올녀 츄문(推問)ᄒᆞ니 젹이 불하슈장(不下數杖)의 복쵸(服招) 왈,

"텬디지간의 즁흔 거슨 텬눈이어눌, 소인 원신이 불인(不人)을 도와 악ᄉᆞ를 힝ᄒᆞ려 ᄒᆞ니 명텬이 엇지 도으리잇고? 소인은 본디 무뢰도박(無賴賭博)[832]ᄒᆞᄂᆞᆫ 뉴(類)로, 어려셔 이인(異人)을 만나 약간 검슐을 비화, 드듸여 쳔금의 니(利)를 취ᄒᆞ여 즈직 노릇시 갑시 만흔 고로 비홧삽더니, 우연이 엄한[25]님을 만나니 관곡(款曲)흔 디졉이 지극ᄒᆞ오미, 소인이 ᄯᅩ흔 의앙지졍(依仰之情)이 가비압지 아니ᄒᆞ온 고로, 그 시기는 명을 엇지 슈화(水火)의 든들 ᄉᆞ양하리잇고? 한님이 쇼인ᄃᆞ려 니ᄅᆞ디, '즈기 빅부의게 계후하엿더니 양뷔 쇼즈를 어든 후로붓혀 문득 사랑치 아니ᄒᆞ고, 고학(拷虐)ᄒᆞ미 심ᄒᆞ며 장챳 디종(大宗)을 폐ᄒᆞ려 ᄒᆞᄂᆞᆫ지라. 우리 엄시 조션이 본디 디디로 가음여러[833] 지산이 누거만(累巨萬)[834]이오, 고즁(庫中)의 가득흔 진금이보(珍金異寶)[835]와 쥬옥치단(珠玉綵緞)[836]을 다

《홀연이∥흔연(欣然)이》 젼어 회샤ᄒᆞ고 즉시 젹을 미여 츄부로 《이어∥이거》ᄒᆞ니, 이씨는 형뷔 졍위를 갈고 상유의 형 상의 교디ᄒᆞ엿는디라. 탐지블민[인]ᄒᆞ미 진짓 상유로 난형난뎨라.

이날 상 어시 ○[파]됴후 형을 보고 옥ᄉᆞ 되오기를 쳥쵹ᄒᆞ고 도라오니라.

형뷔 젹을 올녀 츄문ᄒᆞ니, 젹이 블급수장의 복쵸 왈,

"텬지간의 듕흔 거슨 텬눈이어눌, 쇼인 원신이 블인를 도아 악사를 힝ᄒᆞ려 ᄒᆞ미 명텬이 엇디 도으리잇고? 쇼인은 본디 무뢰도박ᄒᆞᄂᆞᆫ 뉴로, 어려서 이인를 만나 약간 검슐을 비화, 드듸여 쳔금[39]의 니를 취ᄒᆞ여 즈직 노릇시 갑시 《마흔∥만흔》 고로, 우연이 엄한님을 만나 관곡히 디졉ᄒᆞ니, 쇼인이 의향ᄒᆞ미 가비얍디 아니미, 그 시기는 명을 슈화 인들 ᄉᆞ양ᄒᆞ리오. 엄 한님이 쇼인ᄃᆞ려 일노디, '《주니∥주기》 그 빅부의게 츌계ᄒᆞ렷더니, 양뷔 쇼즈를 어든 후로붓터 믄득 ᄉᆞ랑치 아니며, 《그∥고》학(拷虐)ᄒᆞ미 심ᄒᆞ고 장챳 디죵을 《펴∥폐》ᄒᆞ려 ᄒᆞᄂᆞᆫ지라. 우리 엄시 됴션이 대대로 가음ᄒᆞ여 지산이 누거만이오, 진금이보 쥬옥치단을 다 ᅌᅴ게 도라보너리오? 셕의 슈양데는 아비를 죽이고 디업을 도모ᄒᆞ여시니, 국시나 ᄉᆞ시나 인지쇼욕이냐[야]어나 ᄃᆞᄅᆞ리오.' ᄒᆞ며,

---

828)졍위(廷尉) : 중국 진(秦)나라 때부터, 형벌을 맡아 보던 벼슬. 구경(九卿)의 하나였는데, 나중에 대리 (大理)로 고쳤다

829)탐지불인(貪財不仁) ; 재물을 탐하고 어질지 못함.

830)난형난뎨(難兄難弟) : 누구를 형이라 하고 누구를 아우라 하기 어렵다는 뜻으로, 두 사물이 비슷하여 낫고 못함을 정하기 어려움을 이르는 말.

831)좌기(坐起) : 관아의 으뜸 벼슬에 있던 이가 출근 하여 일을 시작함.

832)무뢰도박(無賴賭博) : 일정한 주거나 생업이 없이 떠돌아다니며 도박을 일삼음

833)가음열다 : 재산이 넉넉하고 많다. 부유(富裕)하다.

834)누거만(累巨萬) : 매우 많음. 또는 매우 많은 액수.

835)진금이보(珍金異寶) : 진귀한 금과 기이한 보배를

【26】아837)의게 도라보닉리니, 셕(夕)의 슈양뎨(隋煬帝)838)는 아븨롤 죽여 디업을 도모ᄒᆞ여시니, 국시나 가시나 인지쇼욕(人之所欲)이야 어닉 다르리오'ᄒᆞ며, 브딕 양부와 양모롤 한 칼의 죽여달나 ᄒᆞ옵거ᄂᆞᆯ, 쇼인이 그 올치 아닌 쥴을 아오디, 지긔의 간쳥ᄒᆞᄂᆞᆫ 바롤 미미(浼浼)치839) 못ᄒᆞ여 과연 즁야의 돌입훈즉, 혜오디 '잠든 노공과 잔약훈 부인을 제어치못 ᄒᆞ리오.' ᄒᆞ여 가연(可然)이840) 그 본부의 미쳐 즈지 아냐시믈 긔회(介懷)치 아니ᄒᆞ고 돌입ᄒᆞ엿ᄉᆞᆸ더니, 【27】긔약지 아닌 부인의 담딕ᄒᆞ심과 퇴ᄉᆞ 노야의 효용(驍勇)을 아라시리잇고? 그릇 낭피ᄒᆞ여 이의 니르미 쇼인의 지뫼(智謀) 부족ᄒᆞ오미 아니라, 실노 하날이 블인을 돕지 아니시믈 알니로소이다. 다만 이 밧근 알욀 말ᄉᆞᆷ이 업ᄉᆞ오니, 복원 노야ᄂᆞᆫ 오히려 그 살인의 니르지 아닌 쥴 아르샤 잔명(殘命)을 용ᄉᆞᄒᆞ쇼셔."

ᄒᆞ엿더라.

상형뷔 디로ᄒᆞ여 드듸여 '하옥ᄒᆞ라' ᄒᆞ고, 이디로 계ᄉᆞ(啓辭)841)ᄒᆞ려 훌 시, 젹이 쏘 훈 봉 서【28】찰과 오백냥 은ᄌᆞ를 닉여 헌ᄒᆞ니, 이ᄂᆞᆫ 한님의 명문(明文)842)을 닐우며 금빅으로뻐 쥰 거시러라.

형뷔 일변 초ᄉᆞ(招辭)843)를 거두어 엄부의

부딕 양부와 양모를 한 칼의 죽여달나 ᄒᆞ옵거ᄂᆞᆯ, 쇼인이 그 올치 아닌 줄 아오디 지【40】긔의 간쳥ᄒᆞᄂᆞᆫ 바를 미미치 못ᄒᆞ여, 과연 듕야의 돌입훈즉, 노공과 잔약훈 부인을 제어치 못ᄒᆞ리오 ᄒᆞ고 돌입ᄒᆞ엿더니, 그릇 낭피ᄒᆞ여 이에 니르러시니, 쇼인의 지뫼 브죡ᄒᆞ미 아니라, 실노 하늘이 블인을 돕디 아니시믈 알니로쇼이다."

형뷔 대로ᄒᆞ야 하옥ᄒᆞ라 ᄒᆞ고 이대로 계ᄉᆞ하려 훌시, 젹이 쏘 훈 봉 셔찰과 오빅 냥 은ᄌᆞ를 닉여 헌ᄒᆞ니, 이ᄂᆞᆫ 한님의 명문을 일우며 금빅을 준 거시라.

형뷔 일변 쵸ᄉᆞ를 거두어 엄부의 보니고

함께 이른 말.

836)쥬옥치단(珠玉綵緞) : 온갖 구슬과 옥·비단을 통틀어 이르는 말.

837)아 : 아우.

838)슈양뎨(隋煬帝) : 중국 수나라의 제2대 황제(569~618). 성은 양(楊). 이름은 광(廣). 부황(父皇)의 후궁 선화부인 진씨를 범하려다가 들켜 부황의 문책을 받게 되자 반란을 일으켜 부황 문제(文帝)와 형인 양용을 시해하고 황제에 올랐다. 대운하(大運河)를 비롯한 대규모 토목공사를 일으켜 폭정을 일삼았고, 대군을 이끌고 고구려를 침범하였다가 참패하였으며, 사치와 환락을 일삼다가 반란군에게 살해되었다. 재위기간은 604~618년이다.

839)미미(浼浼)ᄒᆞ다 : 창피를 줄 정도로 거절하는 태도가 쌀쌀맞다.

840)가연(可然)이 : 선뜻. 흔쾌히. 마땅하여 아무 주저 없이.

841)계ᄉᆞ(啓辭) : 논죄(論罪)에 관하여 임금에게 올리던 글.

842)명문(明文) : 사리가 명백하고 뜻이 분명하게 작성한 글.

보니고, 샹어시 일변 샹표(上表)ᄒ니, 디기
ᄉ(辭)의 왈,

　"복이(伏以) 신(臣){이} 도어ᄉ(都御史) 샹
유ᄂᆞᆫ 셩황셩공(誠惶盛恐)844) 돈슈빅비(頓首
百拜)845)ᄒ와 강샹디변(綱常大變)846)을 황데
폐하긔 알외ᄂᆞ이다. 만고쳔디(萬古千代)의 즁
ᄒᆞᆫ 거슨 텬셩쇼친(天成所親)847)이옵거ᄂᆞᆯ 샹
한쳔뉴(常漢賤流)와 녀리(閭里) 셔민(庶民)이
라도 가히 그 텬뉴의 즁홈과 강【29】샹의 지
엄ᄒᆞᆷ을 알 비어ᄂᆞᆯ, 이제 젼임 한님혹ᄉ 엄챵
이 낫ᄀᆞᆺ치848) 인형을 펏ᄉᆞ오나, 기힝(其行)은
금슈돈견(禽獸豚犬)과 일체라. 그 가간(家間)
의 여ᄎᆞ여ᄎᆞ 하온 변이 잇ᄉᆞ오니 엇지 만고
강샹(萬古綱常)의 히괴ᄒᆞᆫ 변이 아니리잇고?
본디 엄모의 집과 신의 집이 옥왜(屋瓦)849)
년(連)ᄒ고 담이 격(隔)ᄒ엿ᄉᆞᆸᄂᆞᆫ 고로, 증젼
(曾前)의 왕왕이 챵의 불초픠악ᄒᆞᆫ 힝ᄉᆞ를 듯
ᄉᆞ오디, 신이 젼언이 과실(過失)혼가 ᄒ여 풍
문을 의심치 아녓ᄉᆞᆸ더니, 작일 미【30】명의
월장ᄒᆞᆫ 도젹을 잡ᄉᆞ오니, 이ᄂᆞᆫ 즉직 원신이
라 하옵ᄂᆞᆫ 협긱이라. 신이 젹의 흉녕ᄒᆞᆷ을 의
심ᄒ와 졍위(廷尉)850)로 이문(移文)851)ᄒ와
져쥬온즉. 졍샹이 여ᄎᆞ여ᄎᆞ(如此如此)온지
라. 신의 형뎨 듯ᄉᆞ오니 불승통히ᄒ와 감히

843)초ᄉ(招辭) ; 공초(供招). 조선 시대에, 죄인이 범
　　죄 사실을 진술하던 일. 또는 그 사실을 기록한 글.
844)셩황셩공(誠惶盛恐) : 지엄한 황제의 위엄에 압도
　　되어 몸을 가눌 수 없을 만큼 두려움에 떨고 있음.
845)돈슈빅비(頓首百拜) : 머리를 조아려 백번 절함.
846)강샹디변(綱常大變) : 삼강(三綱)과 오상(五常)의
　　윤리를 무너뜨리는 큰 변고. *삼강(三綱): 군위신강
　　(君爲臣綱)・부위자강(父爲子綱)・부위부강(夫爲婦
　　綱). *오상(五常): =오륜(五倫). 부자유친(父子有親)
　　・군신유의(君臣有義)・부부유별(夫婦有別)・장유유
　　서(長幼有序)・붕우유신(朋友有信)
847)텬셩쇼친(天成所親) : 하늘이 정하여 준 바의 어버
　　이.
848)낫ᄀᆞᆺ치 : 낯가죽에.*낫갓ᄎᆞ: 낯가죽.
849)옥왜(屋瓦) : 지붕을 이는 기와.
850)졍위(廷尉) : 중국 진(秦)나라 때부터, 형벌을 맡아
　　보던 벼슬. 구경(九卿)의 하나였는데, 나중에 대리
　　(大理)로 고쳤다.
851)이문(移文) : 중국 한나라 때부터 있었던 공문서의
　　한 가지. 동등한 관청 사이에 주고받던 공문서로,
　　때로는 격(檄)과 더불어 포고문(布告文)의 성격을
　　띠기도 했다.

샹 어시 일변 샹표ᄒ니, 대개 왈,

　'신 도어ᄉ 샹유ᄂᆞᆫ 삼가 강샹대변을 황뎨
폐하긔 알외ᄂᆞ이다. 만고쳔더의 듕ᄒᆞᆫ 거슨
쳔셩소친이어ᄂᆞᆯ, 샹한《쳐뉴∥쳔뉴》라도【41】
가히 그 쳔뉴의 듕흠과 강샹의 지엄ᄒᆞ미[믈]
○○[알 비]어ᄂᆞᆯ, 이제 젼임 ᄒᆞᆫ님혹ᄉ 엄챵이
눗ᄀᆞᆺ치 인형을 쩌ᄉᆞ오나 《기형∥기힝(其行)》
은 금슈돈견과 일체라. 그 가간의 여ᄎᆞ혼 변
이 잇ᄉᆞ오니, 엇디 만고강샹의 히괴혼 변이
아니리잇고? 엄모의 집과 신의 집이 담이 격
ᄒᆞ엿ᄉᆞᆸᄂᆞᆫ 고로, 증젼의 왕왕이 챵의 블툐ᄒᆞ
힝ᄉᆞ○[를] 듯ᄉᆞ오디, 신이 젼언이 과실혼가
ᄒᆞ엿ᄉᆞᆸ더니, 작일 미명의 월쟝ᄒᆞᄂᆞᆫ 도젹을
잡ᄉᆞ오니, 이ᄂᆞᆫ 즉직 원신이라 ᄒᆞᄂᆞᆫ 협긱이
라. 신이 젹의 흉녕ᄒᆞᆷ을 의심ᄒᆞ야 졍위로 이
문ᄒ와 져쥬온즉 졍○[샹]이 여ᄎᆞ여ᄎᆞᄒ온다
라. 신의 형뎨 듯ᄉᆞ오미 블승통히ᄒᆞ와 감히
믈시치 못ᄒᆞ올 고로, 젹의 쵸ᄉᆞ를 거두어 알
외ᄂᆞ이다. 복원 폐하【42】ᄂᆞᆫ 멸뉸강디죄를
붉히쇼셔.'

　ᄒᆞ엿더라.

믈시(勿視)치 못ᄒᆞ올 고로, 이의 엄창의 아븨와 아들 도모ᄒᆞ던 문장과 적의 초ᄉᆞ를 거두어 알외옵ᄂᆞ니, 복원 폐ᄒᆞᄂᆞᆫ 멸뉸(滅倫) 강상 죄인(綱常罪人) 창의 죄를 명빅히 ᄒᆞ쇼셔.”

하엿더라.【31】

ᄯᅩ 한님의 문장과 ᄌᆞ직 원신의 초악(招惡)852)을 한가지로 올녀시니, 뎐상뎐하(殿上殿下)의 ᄀᆞ득ᄒᆞᆫ 사ᄅᆞᆷ이 아니 놀나고 흉히 너기지 아니 리 업고, 샹이 히연(駭然) 냥구(良久)의 옥식을 변ᄒᆞ시고, 좌우를 도라보아 갈오샤디,

“ᄎᆞᄂᆞᆫ 풍화(風化)의 관계ᄒᆞ니 짐이 ᄯᅩᄒᆞᆫ 모호이 쳐치홀 빈 아니라. 맛당이 창을 졍위의 나리와 졍샹(情狀)을 츄문(推問)ᄒᆞᆫ 후, 졔신으로 샹의ᄒᆞ여 결옥(決獄)ᄒᆞ리라.”

좌반즁(坐班中)의 일위 쇼년 디신이 일월빈샹(日月鬢上)853)의 각모(角帽)854)를 졍히ᄒᆞ고 봉익의 ᄌᆞ치 위【32】지ᄒᆞ여 샹간(上間)855)을 압두어 츄이진(趨而進)856)ᄒᆞ니, 긔 샹이 츄텬(秋天)갓고 면뫼(面貌) 히월(海月)857)갓ᄒᆞ니 와잠봉미(臥蠶鳳眉)858)ᄂᆞᆫ 츄슈의 맑은 거ᄉᆞᆯ 먹음엇고, 냥미(兩眉)ᄂᆞᆫ 강산의 슈츌(秀出)ᄒᆞᆫ 졍긔니, 텬디시초(天地始初)859)○[의] 싱(生)860)이며 만믈지시(萬物之始)861)○[에] 별긔(別氣)862)를 두어, ᄌᆞ연(自然)ᄒᆞᆫ 문명(文名)은 공부ᄌᆞ(孔夫子)의 후셕(後席)을

한님의 문장과 ᄌᆞ직의 쵸악을 ᄒᆞᆫ가디로 올녀시니, 뎐상뎐하의 ᄀᆞ득ᄒᆞᆫ 사ᄅᆞᆷ이 아니 놀나 리 업고, 샹이 히연양구의 옥식을 변ᄒᆞ시고 좌우를 도라보아 굴오ᄉᆞ디,

“ᄎᆞᄂᆞᆫ 풍화의 관계ᄒᆞ니 모호히 쳐치홀 비 아니라. 맛당이 창을 졍위의 ᄂᆞ리와 졍상을 츄문ᄒᆞᆫ 후, 졔신으로 상의ᄒᆞ여 결옥ᄒᆞ리라.”

좌반 듕의 일위 쇼년 대신이 츄이진ᄒᆞ니, 이 곳 남평빅《양후셩∥평양후》윤셩닌이라. 상뎐의 나아가 쥬왈,

---

852)초악(招惡) : 악사(惡事)를 적은 초사(招辭).
853)일월빈상(日月鬢上) : 살쩍 위에 매단 해와 달처럼 밝고 둥근 옥관자(玉貫子).
854)각모(角帽) : 모가 난 모자. 옛날 벼슬아치가 쓰던 관모(官帽)의 하나.
855)상간(上間) : 윗간. 윗자리. 여기서는 황제와 마주한 반열의 가장 윗줄.
856)츄이진(趨而進) : 성큼 걸어 나아감.
857)히월(海月) : 바다위에 떠 있는 둥근 달.
858)와잠봉미(臥蠶鳳眉) : 누운 누에처럼 도톰하여 윤곽이 분명하고 봉황의 눈썹처럼 영웅의 기상을 간직한 눈썹. 일반적으로 백미(白眉)는 출중함을, 봉미(鳳眉)는 영웅의 기상을, 아미(蛾眉)는 아름다움을 간직한 눈썹으로 표현된다.
859)텬디시초(天地始初) : 천지의 시초. 천지가 처음 형성되던 때.
860)싱(生) : 나옴.
861)만믈지시(萬物之始) : 만물의 시초. 만물이 처음 형성되던 때.
862)별긔(別氣) : 특별히 다른 기운(氣運)

니엇고, 엄연흔 신위(身威)는 댱구령(張九齡)863)의 항항지위(伉伉之威)864) 이시니, 이 곳 남평빅 평양후 윤셩닌이니, 진왕 쳥문의 지오, 션오왕(先吳王) 장셰(長壻)라.

이의 상젼의 나아가 쥬ᄒᆞ여 갈오디,

"신(臣) 셩닌은 이 말ᄉᆞᆷ을 쥬ᄒᆞ오미【33】혐의(嫌疑)○[의] 핍(逼)ᄒᆞ865)오나, 우튱(愚衷)866)이 겸발(兼發)867)ᄒᆞ와 님군의 드ᄅ868)신 거슬 줍숩고져 ᄒᆞ오니, 쇼쇼(小小) 수혐(私嫌)을 피치 아니ᄒᆞ나이다. 이제 엄창이 유명무실간(有名無實間)869) 죄뉼(罪律)이 강상(綱常)의 잇ᄉᆞ오니, 범연(泛然)이870) 졍위로 다ᄉᆞ린, 즉 오히려 ᄉᆞ시(私私) 업기를 밋지 못ᄒᆞ오리니, 폐하는 맛당이 이 옥ᄉᆞ를 졍위의 븟치지 마ᄅᆞ시고, 셜국엄문(設鞫嚴問)ᄒᆞ시미 ᄉᆞ체(事體) 즁난ᄒᆞ오나, 《ᄎ시∥ᄎ시(此事)》 ᄯᅩ 지상문미(宰相門楣)의 줍디흔 옥졍(獄政)이라. 용우(庸愚)흔 지(者) 경(輕)히 다ᄉᆞ려 진가를 ᄉᆞ힉지 못ᄒᆞ오리니, 복원【34】폐하는 뇽거(龍車)의 위엄을 잠간 빌니샤, 엄창을 졍위의 나리오시지 마ᄅᆞ쇼셔."

말ᄉᆞᆷ을 니어 여러 디신이 다 윤공의 쥬시 맛당ᄒᆞ믈 알외니, ᄎᆞ는 졔디신이 상형부의 탐지(貪財) 무상(無狀)ᄒᆞ믈 아는 지 만흔 고로 반ᄃᆞ시 ᄉᆞᄉᆞ를 두어 옥안(獄案)의 나아가미 어려올가 ᄒᆞ미러라.

"신이 이 말ᄉᆞᆷ○[을] 쥬ᄒᆞ오미 혐의에 핍ᄒᆞ오나, 우튱이 겸발ᄒᆞ와 님군의 드ᄅᆞ신 거슬 둡숩고져 ᄒᆞ오미 쇼쇼 수혐을 피치 아니ᄒᆞ옵ᄂᆞ니, 이제 엄창이 유명무실【43】간 죄명이 강상의 밋ᄡᆞ오니, 범연이 졍위로 다ᄉᆞ린 즉 ᄉᆞ시 업기를 밋디 못ᄒᆞ오리니, 폐히 친히 셜국ᄒᆞ샤 그 진위를 희셕ᄒᆞ쇼셔."

말ᄉᆞᆷ을 니어 여러 대신이 다 윤공의 쥬시 맛당ᄒᆞ믈 알외니,

---

863)댱구령(張九齡) : 673~740. 당나라 현종(玄宗) 때의 재상. 광동성(廣東省) 곡강(曲江) 출생. 문재(文才)가 뛰어나고 어진 재상이었으나 사치와 향락에 빠진 국왕에게 간언을 했다가 이임보(李林甫)에게 미움을 받아 좌천당했다. 안녹산(安祿山)이 위험인물임을 간파했다는 일화가 전한다.

864)항항지위(伉伉之威) : 기개가 매우 굳세고 강직한 데서 발현되는 위엄..

865)핍(逼)ᄒᆞ다 : 핍박(逼迫)받다. 공격받다.

866)우튱(愚衷) : 어리석고 고지식한 충성심이라는 뜻으로, 임금에게 신하가 자기의 충성심을 낮추어 이르는 말.

867)겸발(兼發) : (어떤 일들이) 한꺼번에 일어남. (화포 따위를) 한꺼번에 발사함.

868)드ᄅᆞ다 : 듣다. 흘리다. 떨어지다. 떨어뜨리다. *여기서는 '흘리다'의 의미로 쓰였다.

869)유명무실간(有名無實間) : 이름만 그럴듯하거나 실속이 없거나 간에.

870)범연(泛然)이 : 범연히. 차근차근한 맛이 없이 데면데면하게.

상이 쏘훈 인명(仁明)호신지라. 한님의 위인지덕(爲人才德)을 크게 앗기샤, 그 죄의 걸니믈 추셕호시는 고로, 가연이 제신의 쥬소룰 조추샤, 즉【35】일의 위졸(衛卒)을 발호여 한님 창을 잡히시며, 그 가즁 노복을 다 잡히라 호시니, 범갓흔 위졸이 취우(驟雨) 갓치 달녀 엄상부의 니르니, 엄가 남녀노복이며 한님을 다 잡히니, 추시 이 소식이 발셔 형부로셔 엄상부의 니르럿는지라.

한님이 앙텬탄식(仰天歎息)호고 이의 스소로 몸을 움즉여 졍위의 나아가 미이고져 호더니, 홀연 구혈혼식(嘔血昏塞)호니, 공쥬 영이 붓드러 실셩운졀(失性殞絶)호며 한가지로 죽으믈 원호니, 경식이 참블인견(慘不忍見)이라.【36】

거기(擧家) 황황실조(遑遑失調)호여 소장미확(小臧微獲)871)의 니르히, 최부인 심복 밧근 한님의 인주관홍(仁慈寬弘)훈 셩덕을 목욕(沐浴)훈 고로, 져마다 목슘을 죽어 갑흘 뜻이 잇거눌, 어진 쥬인이 공연이 강상디죄룰 시러 옥결방신이 쇽졀업시 만인깅참(萬仞坑塹)872)의 씨러질 바룰 블승통원(不勝痛冤)호미, 져마다 우는 눈물이 강히(江河) 쇼쇼(小小)호며, 범부인이 냥부로 더부러 실셩엄읍(失性掩泣)873)호여 상하의 비만(悲滿)훈 긔운이 가득호디, 홀노 우고이락(憂苦哀樂)874)을 아지 못호는 주는 츄밀공이러라.

티스는 미【37】혼즁(迷昏中)이나 오히려 졍신이 뇨연(瞭然)의셔 츄밀공의셔 나으미 잇는 고로, 추언을 듯고 실식디경(失色大驚)호여 갈오디,

"창이 셜스 무상(無狀)훈들 이디도록 픠악무상(悖惡無狀)호미 이시리오. 흉젹이 무슴 원쉼 잇셔 빅일지하(白日之下)의 이런 밍낭

---

871)소장미확(小臧微獲) : 어리고 작은 남녀종들. *장확(臧獲) : 종. 장(臧)은 사내종을, 획(獲)은 계집종을 말함.

872)만인깅참(萬仞坑塹) : 만 길이나 되는 깊고 긴 구령텅이.

873)실셩엄읍(失性掩泣) : 얼굴을 가린 채로 넋을 놓고 욺

874)우고이락(憂苦哀樂) : 근심·걱정·슬픔·즐거움을 함께 이른 말.

상이 쏘훈 인명호신디라. 한님의 위인지덕을 크게 앗기샤 그 죄의 걸니믈 챠셕호시는 고로, 가연이 제신의 쥬소를 조추샤 즉일의 위쥴을 발호여 엄 한님을 잡히시며, 그 가듕 복부를 다 잡히라 호시니, 범 갓튼 위쥴이 취우 갓치 달녀가 엄부 남녀 노복과 한님을 잡히니, 추시 이 소식이 발셔 형부로셔 엄부의 니르럿는디라.

한님이 앙텬탄식호고 스스로 몸을 미여 졍위예 나아가고져 호더니, 홀연 구혈혼식호니 공지【44】 붓드러 실셩운졀호며 흔가디로 죽기를 원호니,

거개 황황호여 최부인 심복 밧근 한님을 위호야 져마다 우는 눈물이 강히 소소호며, 범부인이 냥부로 더브러 실셩운졀하여 상하의 비만훈 긔운이 가득호디, 홀노 우고이락을 모로는 주는 츄밀공이러라.

태스는 미혼 듕이나 오히려 졍신이 뇨연훈 츄밀공의셔 나흐미 잇는 고로, 추언을 듯고 실식대경호여 골오디,

"창이 셜스 무상훈들 현마 이디도록 픠악무상호미 이시리오. 흉젹이 무슨 원슈로 빅일디하의 이런 밍낭디언으로 창으를 스디의 너흐리오?"

지언(孟浪之言)으로 창아롤 스디의 무함(誣陷)ᄒᄂ뇨?"

언파의 누쉬(淚水) 상연(爽然)ᄒ여 비도(悲悼)ᄒᄆᆯ 늬긔지 못ᄒ니, 부인이 크게 불안ᄒ나 임의 디계롤 운동ᄒ여 긔관(奇觀)을 비포(排布)ᄒ여시니 다른 근심이 업ᄂ지라.

거즛 근심ᄒ기롤 마지 아니【38】하더니, 아이오 범갓흔 위졸(衛卒)이 불문곡직(不問曲直)ᄒ고 다라드러, 바로 서헌가지 돌입ᄒ여 한님을 잡아가려 ᄒᆯ시, 한님이 겨유 씌엿ᄂ지라. 공쥬로 더부러 늬당의 드러와 부모 슉당의 하직ᄒᆯ 시, 공과 부인 슬하의 두 번 졀하고 고ᄒ여 갈오디,

"불초 욕지(辱子) 무상ᄒ와 죄롤 하늘긔 엇즈와, 이제 만고(萬古) 강상디죄인(綱常大罪人)의 일홈을 무릅뼈 국법의 나아가오미, 죄범(罪犯)이 등한치 아니ᄒ온지라. 다시 슬하의 졀ᄒ기롤 긔약【39】지 못ᄒ오니 졍히 스별(死別)이로소이다. 복원 디인과 쥬위는 만슈영강(萬壽寧康)ᄒ쇼셔. 블초이 다시 도라오지 못ᄒ올지라. 디하타싱(地下他生)의 지세슬하(再世膝下)[875]ᄒ기롤 바라ᄂ이다."

셜파의 냥항뉘(兩行淚) 쇠쳑(衰瘠)ᄒᆫ 귀밋출 젹시ᄂ지라. 졈졈이 피롤 화(化)ᄒ니 부인이 거즛 슬허 쳬읍ᄒᄂᆫ 쳬ᄒ고, 팃시 손을 잡고 실셩뉴쳬(失性流涕)ᄒ더라. 추하시(此下事) 엇지 된고?

어시의 팃시 한님의 손을 잡고 실셩뉴쳬 왈,

"네 아시(兒時)의 극히 효슌인즈(孝順仁慈)ᄒ더니, 윤시 요음찰녀(妖淫刹女)[876]롤【40】만난 후로붗터 네 이러틋 그릇되기의 미츠니, 엇지 이닯지 아니리오. 노뷔 몬져 죽어 너의 참스(慘死)ᄒᄂᆫ 거동을 보지 말미 힝(幸)ᄒ리로다."

싱이 오열(嗚咽)ᄒ여 능히 디치 못ᄒ고, 슉

언파의 누쉬 상연ᄒ니, 부인이 크게 블안ᄒ나 임의 대계롤 운동ᄒ여시니 다른 근심이 업ᄂ디라.

거즛【45】근심ᄒ기롤 마디아니ᄒ더니, 아이오 범ᄀᆺ튼 위츌이 블문곡직ᄒ고 바로 니셔 헌ᄉᆞ지 돌닙ᄒ니, 한님이 겨유 졍신을 슈습ᄒ여 공쥬로 더브러 니당의 드러와 부모 슉당의 하직ᄒᆯ 시, 공과 부인 슬하의 두 번 졀ᄒ고 고왈,

"블쵸 욕지 무상ᄒ와 죄롤 하늘긔 엇ᄉ오나, 이제 만고 강상대죄인의 일홈을 무릅뼈 국법의 나아가오미, 다시 슬하의 졀ᄒ기롤 긔약지 못ᄒᆞᆸᄂᆞ니, 복원 대인과 쥬위는 만슈무강ᄒ쇼셔."

셜파의 냥항뉘 쇠쳑ᄒᆫ 귀미출 젹시니, 졈졈이 피롤 화ᄒᄂ디라. 최부인이 거즛 슬허 쳬읍ᄒᄂᆫ 쳬ᄒ고, 태시 손을 잡고 실셩뉴쳬 왈,

"네 《오시∥아시》의 극히 효슌ᄒ더니, 윤가 요음찰녀【46】를 만난 연고로 네 이러틋 그릇되기의 밋츠니, 엇디 이둡디 아니리오. 노뷔 몬져 죽어 너의 참ᄉᆞᄒᄂᆫ 거동을 듯디 말미 다힝ᄒ리로다."

싱이 오열ᄒ여 능히 디치 못ᄒ고 슉모게

---

875)지세슬하(再世膝下) : 다시 슬하에 태어남. *재세(再世) : 다시 태어남.
876)요음찰녀(妖淫刹女) : 요사스럽고 음란하며 사람고기를 즐겨 먹는다는 여귀(女鬼). *찰녀(刹女); 『불교』 여자 나찰. 사람의 고기를 즐겨 먹으며, 큰 바다 가운데 산다고 한다. =나찰녀(羅刹女).

부모긔 하직ᄒᆞ며 츄밀은 지각이 업ᄂᆞᆫ듯 잇ᄂᆞᆫ 듯 아모란 상이 업고, 범부인이 질아를 붓들어 쳥뉘 환난ᄒᆞ여 아모려나 나종이 무ᄉᆞ키를 원ᄒᆞ며, 한·양 냥쇼졔 옥뉘(玉淚) 방방ᄒᆞ여 한님의 거동을 참아 보지 못ᄒᆞ더라.

한님이 거룸을 두로ᄒᆞ니.【41】위졸이 압거(押去)ᄒᆞ여 도라가ᄂᆞᆫ지라. 공지 망극ᄒᆞ미 텬디망망(天地茫茫)ᄒᆞ여 한 번 우러 세 번 막히ᄂᆞᆫ지라. 부인이 붓드러 위로ᄒᆞ니 공지 시쳥(視聽)이 업슨 듯ᄒᆞ여 시일(是日)노붓터 식음을 젼폐ᄒᆞ고 ᄉᆞᄉᆡᆼ(死生)을 형과 갓치 ᄒᆞ려ᄒᆞ더라.

가즁 남녀노복을 다 잡히니 이 즁의 영교 미션과 능교 옥진 금월 등이 다 잡혀 갓더라.

시시의 엄상부 ᄂᆡ외 곡셩이 챵텬(漲天)ᄒᆞ여 상가(喪家) 갓ᄒᆞ니, 장안 ᄃᆡ로 십ᄌᆞ가 동화곡 거리의 굿보ᄂᆞᆫ 이 곡즁의 몌여 인셩이【42】훤화(喧譁)ᄒᆞ며, ᄎᆞ셕ᄒᆞ여 갈오ᄃᆡ,

"셕일의 엄오왕 삼곤계 조과(早科) 뇽방(龍榜)ᄒᆞ여 츙녈이 우쥬(宇宙)의 두렷ᄒᆞ고, 공훈이 쳥ᄉᆞ(靑史)의 가득ᄒᆞ여 공후빅ᄌᆞ람(公侯伯子男)의 부귀 극ᄒᆞ더니, 오왕이 죽으미 틱ᄉᆞ 형뎨 괴이ᄒᆞᆫ 병증을 엇고, 엄왕의 장지 ᄃᆡ역부도(大逆不道)의 죄를 져ᄌᆞ러 ᄌᆞ익(自縊)ᄒᆞ다 ᄒᆞᄆᆞᆯ 드럿더니, ᄯᅩ 이제 버금 아들이 만고(萬古) 강상죄인(綱常罪人)[877]으로 졍형(正刑)을 당ᄒᆞᆯ 쥴 어이 알니오."

ᄒᆞ더라.

이 씨 위졸이 엄싱과 모든 노복을 다 잡으며, 임의 텬ᄉᆡᆨ(天色)이 어두【43】엇ᄂᆞᆫ 고로, 능히 셜국(設鞫)지 못하시고 하옥(下獄)ᄒᆞ엿더니, 명조의 상이 황극뎐(皇極殿)[878]의 조회를 여르샤 문무백관이 조하(朝賀)ᄒᆞ기를 맛고, 믈너 단지(丹墀)[879]의 고두(叩頭)ᄒᆞ고 옥

하직ᄒᆞ미, 츄밀은 지각이 잇ᄂᆞᆫ 듯 업ᄂᆞᆫ 듯 아모란 상이 업고, 범부인은 한님〇[을] 붓드러 쳥뉘 환난ᄒᆞ여 아모려나 나죵이 무ᄉᆞᄒᆞ기를 원ᄒᆞ더라.

한님이 거룸을 두로ᄒᆞ니 위죨이 압거ᄒᆞ여 가ᄂᆞᆫ다라. 공지 망극ᄒᆞ미 텬지 망망ᄒᆞ야 ᄒᆞᆫ 번 우러 세 번 막히ᄂᆞᆫ다라. 부인이 붓드러 위로ᄒᆞ나, 공지 시쳥이 업슨 듯ᄒᆞ야 식음을 젼폐ᄒᆞ고 ᄉᆞᄉᆡᆼ을 형과 굿치 ᄒᆞ려 ᄒᆞ더라.

가듕 남노 여복이 다 잡혀가니, 이 듕 영교 미션도 잡혀가다.

이씨 위죨이 엄싱과 모든 노복을 잡아오미,【47】임의 텬ᄉᆡᆨ이 어두엇ᄂᆞᆫ 고로, 능히 셜국디 못ᄒᆞ시고 다 하옥ᄒᆞ엿다가, 명됴의 상이 황극뎐의 됴회를 여르시고 문무빅관의[이] 됴하ᄒᆞ기를 맛고, 믈너 《단거∥단지》의 고두 시립ᄒᆞ니,

---

877) 강상죄인(綱常罪人) : 사람이 마땅히 지켜야 할 도리인 삼강(三綱)과 오상(五常)을 범한 큰 죄인, 곧 인륜범죄(人倫犯罪)를 지은 죄인을 이른다. 여기서 오상(五常)은 오륜(五倫)을 달리 이른 말.

878) 황극전(皇極殿) : 중국 황제가 집무하던 궁전.

879) 단지(丹墀) : 붉은 칠을 하거나 화려하게 꾸민 마룻바닥. 임금이 좌정한 자리를 뜻한다.

계의 슉위(宿衛)880)를 시립ᄒ니, 문무냥관(文武兩官)의 월피(月佩)881) 셩관(星冠)882)이 제제(齊齊)ᄒ고 옥결(玉玦)이 낭낭(朗朗)ᄒ며 만세 옥탑의 향연이 농빅(濃白)ᄒ니, 샹운ᄌ뮈(祥雲紫霧) 어리여 쳥뇽(靑龍)은 샹셔를 토ᄒ는 듯ᄒ고, 빅호(白虎)는 긔운을 먹음은 듯ᄒ니, ᄌ각단누(紫閣丹樓)의 뇽이 셔리며 봉이 츔츄어 셩시(盛時)를 하례ᄒ는 듯ᄒ더라. 【44】

상이 옥음을 나리와 옥계하(玉階下)의 형장긔구(刑杖器具)를 찰히시고, 강상죄인 엄창을 올니시며, 엄가 남녀노복을 다 므릇실시, 엄싱이 머리의 관이 업고 허리의 ᄯᅴ 업고 발의 신이 업거늘, 최마효의(衰麻孝衣)883)를 닙어 본디 죄인의 복식을 닙엇거늘, 일신의 긴 ᄉ술노 결지(結之)ᄒ고 쇽박지(束縛之) ᄒ여, 큰 칼흘 ᄡᅵ워시니, 완연이 즁슈(重囚)의 모양이라.

일월텬졍(日月天庭)884)의 운발(雲髮)이 어ᄌ러워 보비로운 귀밋히 덥혀시니, 십오야(十五夜) 붉은 달이 구름 속의 ᄡᅳ혓는【45】듯. '냥궁(兩弓)을 휘인듯흔 가월ᄡᅡᆼ미(佳月雙眉)'885)의 슈운(愁雲)이 니러나고, 일ᄡᅡᆼ 봉안의 슬픈 안기 모혀시니, 츄쉬(秋水)《홍홍∥흉흉(洶洶)》ᄒ듯 홍년(紅蓮) 갓흔 냥협(兩頰)의 혈긔 쇼삭(消索)ᄒ여시니, 빅년(白蓮) 두 송이 훈향(熏香)886)이[의] 져즌 듯, 도솔(兜

상이 옥음을 ᄂ리와 옥계하의 형댱긔구를 ᄎ리시고, 강상지인 엄창을 올니시며 엄가 남녀 노복을 다 무릇실시, 엄싱이 머리의 관이 업고 허리의 ᄯᅴ 업고 발의 신이 업거늘, 최마효의를 닙어 본디 죄인의 복식이어늘, 일신을 긴 ᄉ살노 결지쇽박지ᄒ여 큰 칼을 ᄡᅵ워시니, 완연흔 듕슈의 모양이라.

일월텬졍의 운발이 어즈러워 보비로온 귀밋터 덥혀시니, 십오 일 붉은 달이 구름 속의 ᄡᅳ엿는 듯, 냥궁을 휘온【48】듯 흔 가월ᄡᅡᆼ미의 ○○○[슈운이] 니러나고, 일ᄡᅡᆼ 봉안의 슬픈 안기 모혀시니, 츄쉬 흉흉흔 듯 홍년 ᄀᆺ튼 냥협의 혈긔 쇼삭ᄒ고, 젼일 풍영윤틱ᄒ며 쇄락동탕ᄒ던 긔위 쇼삭ᄒ야 공산의 촉뇌 되어시니,

---

880) 슉위(宿衛) : 숙직하면서 지킴. 또는 그런 사람.
881) 월패(月佩) : 가슴이나 허리에 차는 패옥(佩玉)의 한 가지.
882) 셩관(星冠) : 칠셩관(七星冠)이라고도 하는 모자의 일종인데, 신선들이 쓰는 모자이다. *여기서는 문무 관료들이 쓰는 모자를 신선들이 쓰는 모자에 비유한 것이다.
883) 최마효의(衰麻孝衣) : =상복(喪服). =효복(孝服). 부모, 조부모, 증조부모, 고조부모의 상중에 자손들이 입는 상복(喪服).
884) 일월텬졍(日月天庭) : 해나 달처럼 둥글고 환한 이마. *텬졍(天庭) : 관상에서, 두 눈썹의 사이 또는 이마의 복판을 이르는 말.
885) 냥궁(兩弓)을 휘인듯흔 가월ᄡᅡᆼ미(佳月雙眉) : 활 2 장을 휘어놓은 듯한 아름다운 두 눈썹. *양궁(兩弓): 활 2장(張: 활을 세는 단위) *가월쌍미(佳月雙眉): 초승달처럼 아름다운 두 눈썹.
886) 훈향(熏香) : 제사 때 신에게 올리는 향. =神香

率)887)의 금단(金丹)888)을 년(軟)히 너기던
홍슌(紅脣)이 혈싴이 하나토 업스며, 전일 풍
완윤틱(豊婉潤澤)ᄒᆞ며 동탕쇄락(動蕩灑落)889)
ᄒᆞ던 긔위(氣威) 소삭ᄒᆞ여, 공산(空山)의 촉
뇌(髑腦)890) 되어시니, 슈약표경(瘦弱慓
輕)891)ᄒᆞ미 초츈미셰류(初春微細柳) 갓ᄒᆞ니,
의복을 니긔지 못홀 듯, 견주로 ᄒᆞ여곰 바라
보미 위퇴ᄒᆞᆫ 거동이 경【46】즉의 업더지며
싀여질892) 듯ᄒᆞ니, 져으기 인심 잇ᄂᆞᆫ 주ᄂᆞᆫ
그 죄의 경즁은 의논치 말고, 져 거동을 바
라보미 번연긔읍(翻然起揖)893)ᄒᆞ믈 면치 못
ᄒᆞ리러라.

뎐상뎐히(殿上殿下) 미지일관(未之一觀)894)
의 그 죄명이 문득 강상의 이시믈 씨닷지 못
ᄒᆞ고, 그 참참(慘慘)ᄒᆞᆫ 형용과 고고한 경상을
감창(感愴)치 아니리 업더라.

상이 번연 동용ᄒᆞ샤 이의 옥식을 곳치시고
옥음을 열어 갈으샤디,

"네 소년 지학으로 일즉 짐의 득인(得人)
ᄒᆞᄂᆞᆫ 셩ᄉᆞ(聖事)를 참예ᄒᆞ여, 약관이 ᄎᆞ지 못
ᄒᆞ【47】여서 봉각닌디(鳳閣麟臺)895)의 츌입ᄒᆞ
여 청현(淸賢)으로 ᄌᆞ임(自任)ᄒᆞ던 진신(縉紳)
으로, 또 다시 엄부엄ᄉᆞ(嚴父嚴師)의 훈교롤

《슈약쵸경 ‖ 슈약표경(瘦弱慓輕)》ᄒᆞ미 의복을
이긔디 못홀 듯, 견쟈로 ᄒᆞ여금 보미 위퇴ᄒᆞᆫ
거동이 경즉의 업더질 듯ᄒᆞ니, 져기 인심 잇
ᄂᆞᆫ 쟈ᄂᆞᆫ 그 죄의 경듕은 의논치 말고, 이 거
동을 보미 번연긔읍ᄒᆞᆷ믈 면치 못ᄒᆞ리러라.

뎐상뎐히 미지일견의 그 죄명이 믄득 강
샹의 이시믈 씨닷디 못ᄒᆞ고, 그 경상을 감챵
치 아니 리 업더라.

상이 번연 감동ᄒᆞ샤 이에 옥식을 곳치시
고 옥음을 누리오샤 왈,

"네 쇼년 지혹으로 일죽 딤의【49】 득인ᄒᆞ
ᄂᆞᆫ 디 참녜ᄒᆞ여, 약관이 ᄎᆞ디 못ᄒᆞ여서 봉각
닌디의 츌입ᄒᆞ야 청현을 ᄌᆞ임ᄒᆞ던 진신으로,
다시 엄부엄ᄉᆞ의 훈교를 바다 인뉸오상을

887)도솔(兜率) : =도솔궁(兜率宮). 도솔천(兜率天)에
　　있다는 궁전.
888)금단(金丹) : 신선이 만든다고 하는 장생불사의 영
　　약으로 단사(丹砂)처럼 진한 붉은색을 띤다고 한다.
　　=선단(仙丹).
889)동탕쇄락(動蕩灑落) : 몸이 훤칠하며 살집이 있고
　　얼굴이 맑고 깨끗함.
890)촉뇌(髑腦) : 살이 다 썩어 뼈만 남은 죽은 사람의
　　머리뼈. =촉루(髑髏). 해골(骸骨).
891)슈약표경(瘦弱慓輕) : 몸이 야위고 가벼워 바람에
　　날릴 듯함.
892)싀여지다 : 식어지다. 스러지다. 사라지다. 죽다.
893)번연긔읍(翻然起揖) : 갑작스럽게 자리에서 일어나
　　예(禮)를 표함.
894)미지일관(未之一觀) : 한 번 보지도 못함.
895)봉각닌디(鳳閣麟臺) : 중서성(中書省)과 기린각(麒
　　麟閣)을 함께 이른 말. *봉각(鳳閣): 중서성(中書省:
　　조선시대의 議政府)의 별칭. 인대(麟臺): 기린각(麒
　　麟閣)을 달리 이르는 말로 국가에 공이 많은 신하
　　들이 있던 관부(官府)를 말함. 한(漢) 선제(宣帝) 때
　　곽광(霍光) 등 십일 공신의 상을 각 위에 그려 그
　　공적을 드러내 찬양하게 한 데서 유래함. 봉건시대
　　에는 기린각 위에 그 모습을 그림으로써 탁월한 공
　　적과 최고의 영예를 표시하는 경우가 많았음.

바다, 인눈(人倫) 오상(五常)의 츙회 웃듬인 줄 모로지 아니려든, 이제 믄득 너의 죄악이 여ᄎ여ᄎᄒ여 만고강상(萬古綱常)을 져즈러 블효되기를 면치 못하니, 불효난지(不孝亂子) ᄯ 엇지 츙이 이시믈 알니오. 임의 불츙불회 극ᄒ미 텬디간(天地間) 죄인(罪人)이라. 짐이 진실노 너의 외모풍신을 앗기ᄂ니, 네 만일 일분이나 원앙(怨怏)ᄒ미 잇거든 군신은 부ᄌ 일체니 쇼【48】회ᄅ 실진무은(悉陳無隱)ᄒ여 죽기ᄅ 면ᄒ라.”

한님이 ᄎ시ᄅ 당ᄒ여 토목심장(土木心臟)이 아니어니 만인쇼시(萬人所視)의 그 붓그럽고 슬프미 장ᄎ 엇더ᄒ리오.

칠쳑장신(七尺長身)의 ᄉ술을 씐 죄인이 되어 옥계하(玉階下)의 《규류∥구류(拘留)》ᄒ미, 능히 머리ᄅ 드지 못ᄒ고, 국궁진쳬(鞠躬盡瘁)896)하여 빅셜안모(白雪顔貌)의 홍광이 점점ᄒ여 봄술을 취ᄒ 듯ᄒ고 ᄡᅡᆼ셩봉목(雙星鳳目)의 츄쉬징동(秋水爭動)897)ᄒ믈 면치 못하더니, 이의 상교ᄅ 듯ᄌ오미 머리ᄅ 두다리고 눈물이 만연ᄒ여 체읍(涕泣) 쥬왈,

“불【49】초 죄신이 홀노 상텬긔 죄 엇ᄉ오믈 틱산 갓치 ᄒ와, 싱뷔(生父) 즁도의 세상을 바리오니 인ᄌ(人子)의 궁쳔극통(窮天極痛)이 비길디 업ᄉ거늘, 버거 픽악(悖惡)ᄒᆫ 형이 만고불츙불효(萬古不忠不孝)로 참익ᄌ살(慘縊自殺)ᄒ오미, 그 죄 오히려 슈형(首形)을 완젼ᄒ며 형체ᄅ 평안이 디즁(地中)의 장(葬)ᄒ오미 셩텬ᄌ의 늉은혜퇵(隆恩惠澤)이오디, 죄신의 겹겹지통은 미ᄉ지젼(未死之前)898)의 닛지 못하옵고, 폐하의 텬디우로(天地雨露)의 흡흡(洽洽)ᄒ신 셩덕으로 문호ᄅ 보젼ᄒ오미 만힝(萬行)이라. 양부(養父)와 《아ᄌ뷔∥아ᄌ비》 악질(惡疾)【50】의 연고로, 참아 조항간(朝行間)의 참예치 못ᄒ와, ᄉ직

896)국궁진쳬(鞠躬盡瘁) : 몸을 굽혀 예(禮)를 다하느라 애씀. *진쳬(盡瘁); 몸이 여위도록 마음과 힘을 다하여 애씀.
897)츄쉬징동(秋水爭動) : 가을 물결이 다투어 일렁거림.
898)미ᄉ지젼(未死之前) : 아직 죽기 전 살아있는 동안에.

알녀든, 이제 믄득 너의 죄악이 여ᄎ여ᄎᄒ니, 만고강상을 어즈러인 블효 되기ᄅ 면치 못ᄒ니, 블효난지 ᄯ 엇디 츙이 이시믈 알니오. 텬지간 죄인이라. 딤이 실노 너의 외모풍신을 앗기ᄂ니, 네 만일 일분이나 원앙ᄒ미 잇거든, 군신은 부자일쳬니 쇼회ᄅ 실진무은ᄒ여 죽기ᄅ 면ᄒ라.”

한님이 ᄎ시ᄅ 당ᄒ여 토목금[심]장(土木心臟)이 아니어니, 만인쇼시의 그 붓그럽고 슬픔미[이] 장ᄎ 엇더ᄒ리오. 칠쳑장신의 ᄉ슬을 씐 죄인이 되어 옥계하의 구류ᄒ미 능히【50】머리ᄅ 드디 못ᄒ고, 국궁《진쉬∥진쳬》(鞠躬盡瘁)ᄒ야 빅셜안모의 홍광이 봄술을 취ᄒ 듯ᄒ고, ᄡᅡᆼ셩봉목의 츄쉬 징동ᄒ믈 면치 못ᄒ더니, 이에 상교ᄅ 듯ᄌ오미 머리ᄅ 두디[다]리고 눈물○[을] 흘녀 체읍 쥬왈,

“블효 죄신이 홀노 상텬긔 죄ᄅ 엇ᄉ와, 싱부 듕도의 셰상을 바리오니, 인ᄌ의 궁텬극통이 비길 디 업ᄉ거늘, 버거 픽악ᄒᆫ 형이 만고 불츙블효로 참익ᄌ살ᄒ오니, 그 죄 오히려 슈형을 완젼ᄒ여 지듕의 장ᄒ오미, 셩텬ᄌ의 늉은혜틱이오디, 죄신의 겹겹지통이 미ᄉ디젼의 잇디 못ᄒ고, 폐하의 텬지우로의 흡흡ᄒ신 셩덕으로 문호ᄅ 보젼ᄒ오미 만힝이라. 양부와 아ᄌ비 악딜의【51】 연고로 ᄉ직ᄒ옵고 양노ᄒ옵더니, 시운이 블니ᄒ옵고 신의 부ᄌ 슉질의 명되 다쳔ᄒ와, 부와 슉이 홀득위질의 병증이 장ᄎ 고이ᄒ오미, 죄신이 스ᄉ로 명도의 ᄀᆞᆺ초 긔구ᄒ믈 셜워ᄒ옵고, 신상의 싱부의 텬상을 벗디 못ᄒ온 죄인이라.

ᄒᆞ옵고 양노(養老)ᄒᆞ옵더니, 시운이 불니(不利)ᄒᆞ옵고, 신의 부ᄌᆞ 슉질이 명되(命途) 다 뎐(多舛)899)ᄒᆞ오미, 상뎨 진노ᄒᆞ샤 쳡쳡지앙 (疊疊災殃)을 나리오시미 혹독ᄒᆞ와, 부와 슉 이 홀득위질(忽得危疾)의 병증이 쟝ᄎᆞᆺ 괴이 ᄒᆞ오미 니ᄅᆞ오니, 죄신이 스ᄉᆞ로 명도의 갓 초 긔구ᄒᆞᆷ믈 셜워ᄒᆞ오며, ᄯᅩ 신상(身上)의 싱 부의 텬상(天喪)900)을 벗지 못ᄒᆞᆫ 죄인이라. 스ᄉᆞ로 깁히 쳐ᄒᆞ와 궁텬을 브ᄅᆞ며 명도의 갓초 험흔(險釁)ᄒᆞ【51】올[오]믈 탄ᄒᆞ오미, 어 ᄂᆞ 결을의 사ᄅᆞᆷ으로 더부러 《교우∥교유》홀 ᄯᅳᆺ이 잇ᄉᆞ오며, ᄒᆞ믈며 싱부(生父)의 초긔(初 忌) 님박ᄒᆞ오디 죄신이 양부의 병이 즁하옵 고, 한낫 동긔 어렵ᄂᆞᆫ 고로 능히 고향의 도라가 싱부의 초ᄉᆞ(初祀)를 참예치 못ᄒᆞ오 니, 인ᄌᆞ의 지통이 더욱 깅가일층(更可一層) ᄒᆞ와 만시 무렴(無念)ᄒᆞ온지라. 몸이 이런 흉 역부도의 미일 쥴을 엇지 알니잇고? 실노 하 ᄂᆞᆯ이 죄인의 불초무상ᄒᆞᆷ믈 진노ᄒᆞ샤, 이 갓 흔 참익디화(慘厄大禍)를 나리오시나,【52】 죄신이 ᄯᅩᄒᆞᆫ 일즉 사ᄅᆞᆷ의게 슈원(受怨)ᄒᆞᆫ 비 업ᄉᆞ오니, 결연이 이런 흉ᄉᆞ를 힝ᄒᆞᆯ ᄌᆞᄂᆞᆫ 업 슬 거시니, 다만 하ᄂᆞᆯ과 귀신이 죄신을 뮈이 너기샤 지앙을 나리오신가 ᄒᆞ나이다."

상이 다시 무ᄅᆞ시니 한님이 디쥬 왈,

"신의 소회(所懷) 이 밧근 다시 알욀 말ᄉᆞᆷ 이 업ᄉᆞ오니, 다만 셩상의 쳐분만 기다릴 ᄯᆞ 룸이로쇼이다."

궁텬을 브르며 명도의 갓초 험흔ᄒᆞᆷ믈 탄ᄒᆞ오 미[미], 어ᄂᆞ 결을의 사ᄅᆞᆷ으로 더브러 교유홀 ᄯᅳᆺ이 잇ᄉᆞ오며, ᄒᆞ믈며 싱부 쵸긔 임박ᄒᆞ오 디 죄신이 양부의 병이 듕ᄒᆞ옵고 ᄒᆞ낫 동긔 어려온 고로, 능히 고향의 도라가 싱부의 쵸 ᄉᆞ를 참녜치 못ᄒᆞ오니, 인ᄌᆞ의 지통이 더욱 깅가일층ᄒᆞ와 만시 무렴ᄒᆞ온디라. 몸이 이런 흉역의 미일 줄 엇디 알니잇고? 하【52】ᄂᆞᆯ이 죄신의 블초무상ᄒᆞᆷ믈 진노ᄒᆞ샤 이 ᄀᆞᆺᄐᆞᆫ 참익 을 ᄂᆞ리오시민가 ᄒᆞᄂᆞ이다."

상이 우왈,

"연작 네 이미타 ᄒᆞᆯ진디 너ᄂᆞᆫ 사ᄅᆞᆷ의게 슈 원ᄒᆞ미 업다 ᄒᆞ나, 너를 뮈워ᄒᆞᄂᆞᆫ 지 머디 아닌 고디 잇셔 너를 함졍의 밀치민가 ᄒᆞ노 라."

한님이 상의 아디 못ᄒᆞ시ᄂᆞᆫ 가온디 의심ᄒᆞ 시믈 보미, 힝혀 ᄌᆞ부인 실덕이 나타날가 황 망ᄒᆞ야 ᄲᆞᆯ이 디왈,

"셜ᄉᆞ 셩교 이 ᄀᆞᆺᄌᆞ오나 간당이 어니 곳의 이시믈 알니잇고? 죄신의 블쵸무상ᄒᆞᆫ 힝실이 신긔의 득죄ᄒᆞ와 망극ᄒᆞᆫ 죄명을 당ᄒᆞ와ᄉᆞᄉᆞ [오]니, 텬위지하의 발명ᄒᆞ와 증참이 분명치 아닌 바로ᄡᅥ, 강상디죄를 면코져 ᄒᆞ리잇고? 다만 국법의 업디믈 ᄇᆞ랄 ᄯᆞ룸이로쇼이다."

899)다뎐(多舛) : 운명 따위가 기구(崎嶇)함. 세상살이 가 순탄하지 못하고 까탈이 많음.
900)텬상(天喪) : 아버지의 상(喪)을 달리 이른 말. 아 버지가 돌아가신 슬픔을 '붕천지통(崩天之痛: 하늘 이 무너지는 슬픔)'이라 한 데서 온 말이다.

쥬파의 빅년용화(白蓮容華)의 모운(暮雲)이 니러나고 츄파빵셩(秋波雙星)의 물결이 삼삼(滲滲)ᄒ나901) 봉음(鳳音)이 쇄락ᄒ여 진납이 산협(山峽)의셔 브르지지눈【53】듯ᄒ니, {엇지} 상이 어엿비 너기샤 분호의심(分毫疑心)이 한님의게 도라가지 아니ᄒ니, 엇지 즈레 즁형을 더으시리오.

이의 엄가 노복을 옥계의 브르샤 전후 ᄉ상(事狀)을 므르실 시 더하의 군용(軍容) 무시(武士) 부월(斧鉞)을 잡아 시위ᄒ엿고, 넙은 미롤 단단이 헤쳐 오형지구(五刑之具)롤 갓초와시니, 위엄이 셔리 갓거날, 옥식(玉色)이 참엄ᄒ시며 뇽음이 엄녀(嚴厲)ᄒ시미, 뇽거(龍據902))의 빙상(氷霜)이 빈번ᄒ고 셜텬(雪天)의 한풍이 늠녈(凜烈)ᄒ딕, 위의(威儀)눈 쳔년 노룡이 긔셰롤 발ᄒ미, 남히 디【54】양(大洋)이 진탕(盡蕩)ᄒ여 일만어복(一萬魚鰒)903)이 밀물ᄒ눈 듯, 심산밍회(深山猛虎) 파람ᄒ니 남산이 최외(崔嵬)ᄒ고904) 텬디위위(天地威威)905)ᄒ지라.

엄가 노복이 불승전뉼(不勝戰慄)906)ᄒ여 소회롤 은익(隱匿)지 아냐, 전후 한님의 인ᄌ효우흠과 양부뫼 극이ᄒ여 부자형뎨간의 ᄉ단이 업던 바로뼈, 금일지시(今日之事) 쳔쳔만만 몽상지외(夢想之外)의 이시믈 고ᄒ며, 셜향이 눈물을 흘니며 전후 한님의 츌인흔 효우눈 범뉴(凡類)의 소ᄉ나던 바롤 고홀지언졍, 감히 최부인 악ᄉ눈 고치 못ᄒ눈지라.

홀노【55】영교 미션이 고ᄒ딕,

"한님의 《간만∥가만》흔 악힝은 아지 못하오나, 본딕 구밀복검(口蜜腹劍)으로 밧그로 화슌흔 낫빗과 온화흔 담쇼로 사롬의 이목을

언쥬파의 가월【53】텬창의 슈운이 니러나고 츄파의 믈결이 《ᄉᄉ∥슘슘(滲滲)》ᄒ나, 봉음이 쇄락ᄒ야 진납이 산협의셔 우는 듯ᄒ니, 상이 어엿비 넉이샤 분호 의심치 아니시니, 엇지 즈례 듕형을 더으시리오.

이에 엄가 노복을 옥계하의 브르샤 전후 ᄉ상을 무르실 시, 대하의 군용 무시 부월을 잡아 시위ᄒ엿고, 넙은 미와 오형지구를 ᄀ초아시니 위위 슉슉ᄒ니, 셜텬의 한풍이 소소흔 둣ᄒ더라.

엄가 노복이 블승전뉼ᄒ야 소회를 은익디 아냐, 전후 한님의 인ᄌ효우흠과 양부뫼 극이ᄒ야 부ᄌ형뎨간 ᄉ단이 업던 바로써, 금일지시 천만몽믜 밧기믈 고ᄒ며, 셜향이 눈믈을 흘니고 전후 한님의 츌인흔【54】효위 범뉴의 소ᄉ나던 바를 고홀지언정, 감히 최부인 악ᄉ눈 고치 못ᄒ눈더라.

홀노 영교 미션이 고ᄒ딕,

"한님의 가만흔 힝악은 아디 못ᄒ오나, 본딕 구밀복검으로 밧그로 화슌흔 ᄂᆺ빗《다∥과》온화흔 담소로 이목을 가리오니,

---

901)삼삼(滲滲)ᄒ다 : 물이나 눈물 따위가 흘러나옴.
902)뇽거(龍據) : 임금의 거동.
903)일만어복(一萬魚鰒) : '일만가지의 고기와 전복'이라는 말로 온갖 종류의 바닷고기와 조개류를 통칭하여 이른 말.
904)최외(崔嵬)ᄒ다 : 높고 험하여 범접(犯接)하지 못하다.
905)텬디위위(天地威威) : 천지에 위엄이 등등함. 또는 하늘과 땅의 모든 생령이 위엄에 눌려 벌벌 떪.
906)불승전뉼(不勝戰慄) : 몹시 무섭거나 두려워 몸을 벌벌 떪.

가리오니, 일가비복이 다 아지 못하옵고, 더욱 부슉의 주이를 씌여 겸공효ᄉ(謙恭孝事)[907]ᄒ미 못 밋출듯ᄒ니, 뉘 가히 의심ᄒ리잇고? 홀노 안흐로 호심낭슐(虎心狼術)[908]이 포장화심(包藏禍心)[909]ᄒ여숩ᄂ 고로, 가만이 암ᄒᆡᆼ악ᄉ(暗行惡事)ᄂ 주못 신밀(愼密)ᄒ더니이다. 연이나 주직의 변이야 엇지 알니잇고?"

상이 쏘 주직 원신주를 【56】올녀 므르실시, 요정(妖精)이 평싱 요슐을 미드미 잇ᄂᆞᆫ지라. 조곰도 구속ᄒ미 업셔 안연(晏然)이 옥탑(玉榻)을 우러러, 한님을 향ᄒ여 길게 탄식 왈,

"니 본디 한님의 외모풍신을 ᄉᆞ랑ᄒ여, 불초ᄒᆞᆫ ᄒᆡᆼᄉᆡ 이의 밋ᄎᆞ믈 앗가이 너기나, 그디 굿ᄒ여 시부살뎨(弑父殺弟)ᄒ기를 꾀홀 시, 니 쏘ᄒᆞᆫ 지혜 쳔단(淺短)ᄒ여 ᄉᆞ랑ᄒᆞᄂ 벗의 이걸ᄒᆞᄂ 쳥을 아니 듯지 못ᄒ여, 금이 피루ᄒ믈 면치 못ᄒ니 뉘웃ᄎᆞ나 밋ᄎᆞ리오. 그디ᄂ 날을 원치 말고 다만 하날이 돕지 【57】아니시믈 원ᄒ라."

셜파의 뎐상을 우러러 고왈,

"신이 비록 엄창의 다리오믈 드러 무원무고(無冤無故)ᄒᆞᆫ 엄모 부부를 ᄒᆡ코져 ᄒᆞ오미 죄당만시(罪當萬死)[910]라. 연이나 이 본디 신의 스스로 악ᄉᆞ를 ᄒᆡᆼᄒ미 아니오라. 부모쳐지 긔한ᄒ오니 부귀공주의 소쳥(所請)을 조ᄎᆞᆫ 즉, 쳔금을 어더 빈한키를 면○○홀가] ᄒᆞ오미오. 쏘 엄창이 니로디, '만일 주가의 소원을 닐위 쥬면, 지산을 서로 난호며, 조졍의 쳔거ᄒ여 발신ᄒ여 한미ᄒᆞᆫ 문호를 현달케 ᄒ여 쥬마.' ᄒ【58】오므로, 스스로 불인을 도으미 되여 이의 미쳐ᄉᆞ오나, 다시 쥬ᄒᆞᆯ 말숨이 업ᄂᆞᆫ지라. 어제 날 신이 잡히기ᄂ 창의 양모 최시ᄂ 과연 녀즁셩녜(女中聖女)

---

[907]겸공효ᄉ(謙恭孝事) : 겸손하고 공손하며 효를 다해 섬김.
[908]호심낭슐(虎心狼術) : 범의 사나움과 늑대의 교활함.
[909]포장화심(包藏禍心) : 남을 해칠 마음을 품음.
[910]죄당만시(罪當萬死) : 죄가 만 번 죽임을 당해도 마땅할 만큼 크다.

일가 비복이{이} 아디 못ᄒᆞ읍고, 더옥 부슉의 주이를 씌여 겸공효ᄉᄒ미 못 밋츨 듯ᄒ니, 뉘 가히 의심ᄒ리잇고만[마]ᄂ, 안흐로 가마니 암ᄒᆡᆼ악ᄉᄂ 주못 신밀ᄒ더니이다. 연이나 주직의 변이야 엇디 알니잇고?"

상이 주직 원신주를 올녀 무르실시, 요정이 평싱 요슐을 밋고 조금도 두리지 아냐, 안연이 옥탑을 우러러 한님을 향ᄒ야 길게 탄식 왈,

"내 본디 한님의 외모풍신으로【55】ᄡᅥ, 이런 불효ᄒᆞᆫ ᄒᆡᆼᄉᆡ 이에 밋ᄎᆞ믈 앗가이 넉이나, 그디 굿ᄐᆞ여 시부살뎨ᄒ믈 쐬홀시, 내 쏘 지혜 쳔단ᄒ여 ᄉᆞ랑ᄒᆞᄂ 벗의 이걸ᄒᆞᄂ 쳥을 아니 듯디 못ᄒ여 금이 피루ᄒ믈 면치 못ᄒ니, 뉘웃ᄎᆞ나 밋ᄎᆞ리오. 그디ᄂ 날을 원치 말고 다만 하ᄂᆞᆯ이 돕디 아니믈 원ᄒ라."

셜파의 뎐상을 우러러 고왈,

"신이 비록 엄창의 다리오믈 드러 무원무고ᄒᆞᆫ 엄모 부부를 히코져 ᄒ오미 죄당만ᄉᆞ오나, 이 본디 신의 스스로 힝악이 아니오라, 부모 쳐지 긔한ᄒ미 부귀 공주의 쇼쳥을 조ᄎᆞᆫ즉 쳔금을 어더 빈한ᄒ믈 면홀가 ᄒ미오, 엄창이 니로디, '주가 쇼원을 다 닐위 쥬면 지산을 서로 난호며, 됴졍의 쳔거ᄒ야 발신케 ᄒ【56】마.' ᄒ므로 스스로 블인을 도으미 되여 이에 밋ᄉᆞ오니, 다시 주ᄒᆞᆯ 말숨이 업ᄂ이다. 어제 날 잡히기ᄂ 창의 양모 최시ᄂ 녀듕셩녀라. 신이 그 진양졍긔에 《훈오여 힘고이∥혼이 아이여 힘힘이》 잡혀 츄부의 ᄂᆞ려, 밋쳐 놀난 졍신을 슈습디 못ᄒ와 도라가디 못ᄒ엿ᄉᆞ오나, 임의 실수를 알외여ᄉᆞ오니 고향의 도라가 그른 거슬 곳쳐 죄을 범치 아니리이다."

러이다. 신이 그 업순 진양졍긔(眞陽精氣)[911]의 혼이 아이여 능히 지조룰 펴지 못ᄒ고, 힘힘이 잡혀 츄부의 나려 밋쳐 놀란 졍신이 완젼치 못ᄒ와 도라가지 못하여ᄉ오나, 이제 텬위지하(天威之下)의 두 번 독형을 바드리잇고? 신이 임의 실ᄉ롤 다 알외여ᄉ오니 다시 알욀 말ᄉᆷ이 업ᄉᆫ【59】지라. 원컨디 고향으로 도라가 다시 그룬 거슬 곳쳐 죄의 나아가지 아니리이다."

셜파의 몸을 한 번 움죽이미 그 썰치믈 인ᄒ여 결박ᄒ엿던 쳘삭이 낫낫치 분삭(分索)ᄒᄂᆫ 바의 일진괴풍(一陣怪風)을 모라 공즁으로 오ᄅ며 문득 간디 업ᄉ니, 뎐상뎐하(殿上殿下)의 가득ᄒᆫ 인원이 무심즁의 이변을 만나니, 디경실식지 아니리 업셔 피ᄎ 상고실식(相顧失色)ᄒ여 말을 못하더니, 냥구후 상이 텬심을 진졍ᄒ샤 문무냥관(文武兩官)다려 니ᄅ사디,

"고어【60】의 왈, ᄉ불범졍(邪不犯正)이라 ᄒ니, 진짓 셩인의 안젼(眼前)의 요미(妖魅) 감히 작난치 못ᄒ다 ᄒ거늘, 이제 짐의 안젼의 요인이 방ᄌ히 다라나니, 짐이 스스로 경히ᄒ믈 니긔지 못ᄒ고 쏘 박덕ᄒ믈 붓그리ᄂ니 경 등은 장ᄎᆺ ᄎ시 엇더타 ᄒᄂ뇨?"

졔신이 미쳐 디치 못ᄒ여셔 형부상셔 상의와 도어ᄉ 상위 반녈(班列)을 ᄶ나 쥬ᄒ디,

"이ᄂ 아조 쉬온 일이라. 죄인 엄창이 인눈디변(人倫大變)을 짓고져 ᄒ오미, 어디 가 이런 요인을 ᄉ괴【61】여 인심을 현혹(眩惑)ᄒ고, 시부살뎨(弑夫殺弟)ᄒ려 ᄒ다가, ᄒ눌이 악인을 돕지 아녀 악ᄉ 발각ᄒ미 요인이

셜파의 몸을 썰치믈 인ᄒ야 결박ᄒ엿던 쳘삭이 낫낫치 분삭ᄒᄂ 바의, 일진괴풍이 모라 공듕으로 《오ᄅ면 가ǁ오ᄅ며 간》 디 업ᄉ니, 뎐상뎐하의 ᄀ득ᄒ 인원이 무심 듕 이변을 만나 대경실식디 아니 리 업셔, 피ᄎ 면면상고ᄒ야 말을 못ᄒ더니, 냥구 후 상이 텬심을 졍ᄒ샤 문무 냥【57】관ᄃ려 닐ᄋ샤디,

"고어의 왈 '샤블범졍'이어눌 진짓 셩인의 안젼의 요미 감히 작난치 못ᄒ거눌, 이제 딤의 안젼의 요인이 방ᄌ히 ᄃ라나니, 딤이 스스로 경히ᄒ고 박덕ᄒ믈 붓그리ᄂ니, 경 등은 ᄎ시 엇더타 ᄒᄂ뇨?"

졔신이 밋쳐 디치 못ᄒ야셔 형부상셔 상의와 도어ᄉ 상위 쥬ᄒ디,

"이ᄂ 이조 쉬온 일이라. 죄인 엄창이 인뉴의 대변을 짓고져 ᄒ오미, 어디 가 이런 요인을 ᄉ괴여 인심을 현혹ᄒ고 시부살뎨ᄒ려 ᄒ다가, 하눌이 악인을 돕디 《아여ǁ아녀》 악ᄉ 발각ᄒ미, 요인이 ᄃ라나미로쇼이

---

911)진양졍긔(眞陽精氣) : 한국 고소설의 서사도구의 하나. 요도(妖道)·요승(妖僧)·요괴(妖怪) 등의 변신술(變身術)을 제압하는 도구로, 한의학에서 말하는 사람의 몸 안에 있는 '양(陽)의 기운' 가운데 '정수(精粹)의 기운'을, '진양정기'라 이름 붙여 의학적 사실과는 전혀 상관없이 쓰고 있다. 고소설에서 이 기운은 엄격한 수련의 과정을 거쳐 회득되는 것이 아니라, 작자가 작품의 서사과정에서 필요한 때에 특정한 인물에게만 부여하는 일종의 초능력으로, 생득적(生得的)인 것이다. 또 이 진양정기를 타고난 사람을 '군자' 또는 '숙녀'로 호칭하기도 하며, 이들은 다 주필(朱筆)과 부적(符籍)을 사용하는 능력을 갖고 있다.

다라나미로소이다. 복원 셩샹은 무식ᄒᆞᆫ 비비의 쳥문(聽聞)을 치랍(採納)지 마르시고, 엄창을 바로 형육(刑戮)912)의 나오샤 삼목(三木)913)의 졍형(正刑)을 더으샤 그 졍샹(情狀)을 친문(親問)ᄒᆞ시고 안뉼쳐ᄉᆞ(按律處死)ᄒᆞ쇼셔."

한님이 고두(叩頭) 읍쥬(泣奏) 왈,

"죄인이 임의 텬디의 관영ᄒᆞᆫ 죄악이 왕법의 쥬ᄒᆞ오믈 면치 못ᄒᆞ올지라. 복원 셩샹은 법디로 쳐치ᄒᆞ샤 후셰 불초지인을 【62】《중계∥징계》ᄒᆞ소셔."

샹이 묵연침음(默然沈吟)ᄒᆞ시나 아마도 창의 죄명이 강샹일죄(綱常一罪)라. 무단이 물시(勿施)튼 못할 거시오. 형벌을 더으고져 ᄒᆞ신즉 목금 한님의 거동이 십분 위위(危危)ᄒᆞ여, 비록 형벌을 더으지 아냐도 시킥의 식여질 듯ᄒᆞ니, 춤아 미로뻐 더으믈 츄연ᄒᆞ샤 ᄌᆞ못 유예(猶豫)ᄒᆞ시다 일반 간당이 틀기를 마지 아냐 쥬ᄒᆞ디, 창의 죄 당당이 국법의 물시지 못할 바를 닷호니, 샹가의 무리 원간 젼일 션(先) 오왕이 조졍의 ᄉᆞ환(仕宦)홀 적 벼【63】슬이 언관으로 이실 씨의 샹어ᄉᆞ의 아뷔 샹양이 불의무식ᄒᆞ여 계쥬ᄌᆞ를 ᄒᆞ여 탐학ᄒᆞ미 잇던 고로, 오왕이 논힉(論劾)ᄒᆞ여 샹양이 조졍의 죄를 어더 형히(逈海)의 슈졸(戍卒)ᄒᆞ여 슈년만의 도라오지 못ᄒᆞ고, 인ᄒᆞ여 타향 긱ᄉᆞ(客死)ᄒᆞ니, 샹가 형뎨 한갓 최부인 회뢰(賄賂)를 바다실 ᄲᅮᆫ 아니라, 이 가온디 ᄉᆞ혐(私嫌)이 깁흔 연괴(緣故)러라.

윤·하·뎡 졔인은 엄싱의 인지를 깁히 앗기나 유죄 무죄간 한님의 죄악이 임의 강샹(綱常)의 간셥ᄒᆞ엿는 고【64】로, 디신이 되여 감히 말ᄉᆞᆷ을 발뵈지914) 못ᄒᆞᆫ지라.

샹이 시러곰 홀일업셔 좌우로 ᄒᆞ여곰 한님을 쟝찻 형벌의 올니려 ᄒᆞ시미, ᄉᆞ예(司隸)915) 팔을 메왓고 큰 미를 드러 힘을 다ᄒᆞ

---

912)형육(刑戮) : 죄지은 사람을 형법에 따라 죽임.≒형벽(刑辟).
913)삼목(三木) : 죄인의 목·손·발에 각각 채우던 세 형구(刑具). 칼, 수갑, 차꼬를 이른다.
914)발뵈다 : 발보이다. 무슨 일을 일부만 잠깐 드러내 보이다.

다. 복원셩샹은 무식ᄒᆞᆫ 비비의 쳥문을 치랍디 마르시고, 엄창을 바로 형육의 삼목지형을 더으ᄉᆞ 그 졍【58】샹을 《진문∥친문》ᄒᆞ시고 안뉼쳐ᄉᆞᄒᆞ쇼셔."

한님이 고두 읍왈,

"죄신이 임의 텬지의 관영ᄒᆞᆫ 죄악이 왕법의 쥬ᄒᆞ믈 면치 못ᄒᆞ올지라. 복원 셩샹은 법디로 쳐치ᄒᆞ샤 후셰 블쵸지인을 징계ᄒᆞ쇼셔."

샹이 믁연침음ᄒᆞ시다가 싱각ᄒᆞ시미, 아마도 창의 죄명이 강샹일죄라. 무단이 믈시튼 못할 거시오, 형벌을 더으고져 ᄒᆞ신즉, 목금 한님의 거동이 십분 위위ᄒᆞ여 시킥의 식여질 듯ᄒᆞ니, 츠마 미로뻐 더으지 못ᄒᆞ샤 츄연ᄒᆞ샤 ᄌᆞ못 유예ᄒᆞ시다, 일반 간당은 틀기를 마디아냐 쥬ᄒᆞ디, 창의 죄 당당이 국법의 믈시치 못할 바를 닷토니, 샹유의 무리 원간 젼일 션오왕이 벼슬이 언관의 잇실 젹, 샹유의 아비 샹【59】양이 블의무식ᄒᆞ여 계쥐 ᄌᆞᄉᆞ를 ᄒᆞ여 탐확(貪攫)ᄒᆞ미 잇던 고로, 오왕이 논힉ᄒᆞ여 샹양이 형히(逈海)의 슈졸하여 슈년만의 도라오디 못ᄒᆞ고, 인ᄒᆞ야 타향 긱ᄉᆞᄒᆞ니, 샹가 형뎨 ᄒᆞᆫ갓 최부인 회뢰을 바들 ᄲᅮᆫ 아니라, 이 가온디 ᄉᆞ혐이 깁흐미러라.

윤·하·《경∥뎡》 졔인은 엄싱의 인지를 앗기나, 유죄무죄간 한님의 죄악이 강샹의 간셥ᄒᆞ엿는 고로, 대신이 되여 감히 말을 못ᄒᆞ더라.

샹이 시러금 홀일업셔 좌우로 한님을 형벌의 올니니, ᄉᆞ예 팔을 메왓고 큰 미를 드러 시험ᄒᆞ니, 한님이 블변안식ᄒᆞ고 가연이 형댱여 시험ᄒ니, 한님이 불변안식(不變顏色)ᄒ고 가연이 형장의 나아가미, 일장(一杖)의 몬져 셜뷔(雪膚) 허여지고916) 지장(再杖)의 쎼 씨여지니, 추희(嗟噫)라! 한님이 계츌상문(繼出相門)ᄒ여 싱어교이(生於嬌愛)ᄒ고 장어호치(長於豪侈)ᄒ여 일싱부귀 가온디 싱장ᄒ 바로뼈, 겨유 약관 지년의 신뉴【65】ᄀ치 약ᄒ 긔질이 엇지 불의 참형을 당ᄒ여 살기를 바라리오마은, ᄒ눌이 각별 길인을 보호ᄒ시ᄂ지라.

정히 장쉼 십여장의 밋쳐ᄂ 옥골 셜뷔 즁상ᄒ여, 뉴혈(流血)이 님이(淋漓)하여시더, 한님이 일셩을 부동ᄒ고 신식이 ᄌ약ᄒ여 일ᄶ 봉안을 그린 ᄃ시 감앗고, 호흡도 요란치 아니ᄒ니 좌우 견시지(見視者) 도로혀 그 긔운의 강녈ᄒ믈 어려이 너기더니, 홀연 금문(禁門) 밧긔 등문고(登聞鼓)917) 소리 급ᄒ여, 미쳐 브르【66】ᄂ 명이 나리지 아니ᄒ여셔 일기 소동이 구름 갓흔 운발을 편발(編髮)918)노 싸하 지워시니, 광윤(光潤)이 아라ᄒ여919) 길과 가죽ᄒ거늘920), 비봉(飛鳳) 갓튼 엇게의 빅나포(白羅布)921)를 거러시니 표연ᄒ여 션학(仙鶴)922)이 운소(雲霄)923)의 나린듯ᄒ니, 나히 불과 팔구셰ᄂ ᄒ디 션풍(仙風)이 표일

의 나아가니, 일댱의 몬져 셜뷔 허여지고 지장의 쎼 씨여지니, 추회라! 한님이 계츌상문ᄒ야 장어호【60】치ᄒ야 일싱 부귀 가온디 싱장하나, 바로 겨유 약관지년 신뉴ᄀ치 약ᄒ 긔딜의 엇디 참형을 당ᄒ야 살기을 ᄇ라리오.

정히 십여 장의 밋쳐ᄂ 옥골셜뷔 듕상ᄒ여 뉴혈이 임이ᄒᄃ, 한님이 일셩을 브동ᄒ고 봉안을 그린 ᄃ시 감아 호흡도 요란치 아니니, 좌우 견지 도로혀 그 긔운을 어려이 넉이더니, 홀연 금문 밧긔 급ᄒ 등문고 소리 급ᄒ며, 미쳐 부ᄅᄂ 명을 기ᄃ리지 아니코 일기 쇼동이 구름 ᄀ튼 운발을 싸하 지워시니, 광윤이 ○○○○[아라ᄒ여] 길과 ᄀᄌᄀᄒ거늘, 비봉 ᄀ튼 엇게예 빅나포를 거러시니, 표연ᄒ야 션학이 운소의 ᄂ린 둣, 나히 《블가‖불과》 팔구 셰ᄂ ᄒ디, 션풍이 표일ᄒ고 옥안이 슈려ᄒ야, 반악이 지셰ᄒ고 초태위 쥭지 아임 ᄀ튼【61】니, 뎐상뎐히 크게 긔이히 넉이니, 추하인야오?

---

915) ᄉ예(司隸) : 중국 주나라 때 추관(秋官: 刑部)에 소속된 관리. 한나라 때는 사예교위(司隸校尉)라는 관직명이 보인다. ＊여기서는 조선시대 형부(刑部)소속의 집장사령(執杖使令)을 달리 이른 말로 보인다.
916) 허여지다 : 헤어지다. 살갗이 터져 갈라지다.
917) 등문고(登聞鼓) : ①중국에서 제왕이 신하들의 충간(忠諫)이나 원통함을 듣기 위하여 매달아 놓았던 북. 진(晉)나라에서 시작하여 당나라, 송나라, 명나라 때도 두었다. ②조선 시대에, 임금이 백성의 억울한 사정을 듣기 위하여 매달아 놓았던 북. 태종 원년(1401)에 처음으로 두었다가 이후 '신문고(申聞鼓)'로 이름을 고쳤다.
918) 편발(編髮) : 예전에, 관례를 하기 전에 머리를 길게 땋아 늘이던 일. 또는 그 머리.
919) 아라ᄒ다 : 아득하다. 희미하고 매우 멀다.
920) 가죽ᄒ다 : 가직하다. 거리가 가깝다.
921) 빅나포(白羅布) : 하얀 비단으로 지은 도포(道袍). ＊도포(道袍); 예전에, 통상예복으로 입던 남자의 겉옷. 소매가 넓고 등 뒤에는 딴 폭을 댄다.
922) 션학(仙鶴) : 두루미.
923) 운소(雲霄) : ①구름 낀 하늘. ②높은 지위를 비유적으로 이르는 말.

(飄逸)ᄒ고 옥안이 슈미(秀美)ᄒ여 반악(潘岳)924)이 지세ᄒ고 초ᄐᆡ우(楚大夫)925) 죽지 아님 갓ᄒ니 뎐샹뎐히 크게 긔이히 너기니 ᄎ(此) 하인야(何人也)오?

ᄎ시 엄공ᄌ 영이 그 형이 나졸의 ᄭᅴ이여926) 가【67】ᄂᆞᆫ 양을 보고, 실셩호통(失性號慟)ᄒ여 엄식(奄塞)ᄒ여 것구러졋더니, 최부인이 이 말을 듯고 디경ᄒ여 친히 나아와 아ᄌᆞ를 구호ᄒ니, 식경후(食頃後)927)야 공지 겨유 심신을 진졍ᄒ여 눈을 ᄭᅥ 부모를 보고, 실셩뉴쳬(失性流涕) 왈,

"오형(吾兄)의 셩덕디질(盛德大質)노 텬도의 희극(戲劇)ᄒᆫ 지앙이 쳔만의외(千萬意外)의 밋ᄎᆞ니, 엇지 문호의 불ᄒᆡᆼ이 아니며, 유유창텬(悠悠蒼天)이 엄시ᄅᆞᆯ 망케 ᄒᆞ미 아니리오. 빅시(伯氏) 만일 보젼치 못ᄒᆞ면 히아ᄂᆞᆫ 결연이 홀노 살기ᄅᆞᆯ 구【68】치 아니ᄒᆞ오리니, 복걸 디인과 ᄌᆞ위ᄂᆞᆫ 쳐음의 업ᄉᆞ니로 아ᄅᆞ샤 셩녀의 거리ᄭᅵ지 마ᄅᆞ쇼셔."

셜파의 다시 우러 긔운이 막힐 둣ᄒᆞ니 공은 묵연(默然) 뉴쳬(流涕)ᄒᆞᆯ ᄯᆞ롬이오, 부인은 졍식 칙왈,

"등하블명(燈下不明)으로 창이 무상블초(無狀不肖)ᄒᆞᆷ을 이 가즁 상히○[만] 몰낫지, 외인은 다 알아 쇼문이 ᄌᆞᄌᆞᄒᆞ여, 언논이 분분(紛紛)ᄒᆞᆫ 가온디 일이 비로셧ᄂᆞ니, 그 힝시 진짓 역ᄌᆞ(逆子) 표와 난형난뎨(難兄難弟)라. 그 ᄉᆞ성(死生)이 결과(結果)ᄒ기의928) 밋ᄎᆞᆫ들

ᄎ시 엄공지 형이 나쫄의게 ᄭᅴ이여《간ᄂᆞᆫ∥가ᄂᆞᆫ》양을 보고 실셩호통ᄒ여 것구러졋더니, 최부인이 대경ᄒ야 친히 니와 ᄋᆞᄌᆞ를 구호ᄒ니, 식경 후야 공지 심신을 진졍ᄒ야 눈을 ᄯᅥ 부모를 보고 뉴쳬 왈,

"오형의 셩덕으로 텬도의《화극∥희극(戲劇)》ᄒᆫ 지앙을 ᄂᆞ리오시니, 엇디 문호의 블ᄒᆡᆼ이 아니며 유유창텬이 엄시를 망케 ᄒᆞ미 아니리오. 빅시 만일 보젼치 아니면 히이 홀노 살기○[ᄅᆞᆯ] 구치 아니ᄒᆞ오리니, 복걸 대인과 ᄌᆞ위ᄂᆞᆫ 쳐엄의 업ᄉᆞ니로 아라 셩녀의 거릿ᄭᅵ디 마ᄅᆞ쇼셔."

셜파의 다시 우러 긔운이 막힐 둣ᄒᆞ니, 공은 믁연이 뉴쳬ᄒᆞᆯ ᄯᆞ롬이오, 부인은 졍식 칙왈,

"등하블명으로 창의 무상ᄒᆞᆷ을 이 가듕샹【62】히○[만] 몰낫디, 외인은 다 아라 쇼문이 쟈쟈ᄒᆞ야 언논이 분분ᄒᆞᆫ ○○[가온디] 일이 비ᄅᆞ셧ᄂᆞ니, 그 힝시 진짓 역ᄌᆞ 표와 난형난뎨라. 그 ᄉᆞ싱이 결과ᄒ기의 밋ᄎᆞᆫ들 졔죄라. 무어시 앗가오리오. 너ᄂᆞᆫ 엄시의 듕ᄒᆞᆫ

---

924)반악(潘岳) : 247~300. 중국 서진(西晉)의 문인(文人). 자는 안인(安仁). 권세가인 가밀(賈謐)에게 아첨하다 주살(誅殺)되었다. 미남이었으므로 미남의 대명사로도 쓴다.

925)초ᄐᆡ우(楚大夫) : 중국 전국시대 초나라 대부(大夫) 송옥(宋玉). BC290-227. 중국의 대표적인 미남자의 한 사람이며, 사부(辭賦)를 잘하여 <구변(九辯)>, <초혼(招魂)>, <고당부(高唐賦)> 등의 작품을 남겼다. 굴원(屈原)과 함께 굴송(屈宋)으로 불렸으며 난대령(蘭臺令)을 지냈기 때문에 난대공자(蘭臺公子)로 불리기도 했다.

926)ᄭᅴ이다 : 끌리다. 바닥에 닿은 채로 잡아당겨지다. '끌다'의 피동사.

927)식경후(食頃後) : '밥 한 그릇 먹을 시간이 지난 후'라는 뜻으로, 잠깐 동안의 시간이 지난 후를 이르는 말.

928)결과(結果)ᄒ다 : 어떤 원인으로 결말이 생기다.

제 죄【69】라, 무어시 앗가와 세상의 뉘 앗기리 이시며, 너는 엄시의 즁흔 아히어눌 엇지 이런 망녕된 말을 ᄒ며, 역쥬와 ᄉᄉᆼ을 갓치 ᄒᄌ ᄒᄂ냐?"

공지 형을 ᄯ룰 ᄯ시 급ᄒ니 다시 부인 말숨을 듯지 아니ᄒ고 ᄶ뛰여 밧그로 나가려 ᄒ나, 부인이 아ᄌ의 ᄯ을 굿이 직희여 니여보니지 아니ᄒ니, 공지 ᄒᆯ일업서 시킥이 더디믈 더옥 초조착급(焦燥着急)ᄒ더니, 믄득 일계를 싱각고, 믄득 닉급(內急)929)ᄒ믈 닐큿고 이러【70】나가니, 부인이 쇼차환(小叉鬟) 츈이를 명ᄒ여 공주를 뫼셔 여측(如厠)ᄒ고930) 즉시 드려오라 ᄒ니, 공지 당의 나리며 총망이 다름쥬어 밧그로 향ᄒ니, 츈이 디경ᄒ여 급히 ᄯ와 즁문(中門)의 밋쳐는 드립ᄯ ᄉ미를 잡고 왈,

"공지 측간으로 아니 가시고 어듸로 가려 ᄒ시ᄂ니잇고?"

공지 디로ᄒ여, 두 발을 모도 박츠 것구ᄅ 치고 밧비 거러 밧문으로 니다라니, 뇽힝호뵈(龍行虎步) 편편(翩翩)ᄒ여 뉘 능히 ᄯ로리오, ᄒ믈며, 장노양낭(臧奴養娘)931)은 다 잡【71】혀갓고, 잇는 ᄌ는 다 쇼장미확(小臧微獲)932)과 아시비(兒侍婢) ᄯᆫ이고. 능히 공주를 ᄯ와 잡지 못ᄒ고 니당의 보ᄒ니, 부인이 아지 무슴 작용을 힝홀고? 초조ᄒ나 ᄒᆯ 일업더라.

공지 바로 궐즁으로 향ᄒ니 그 심복 셔동 운학 계학이 조츠 궐하의 다ᄃ르니, ᄶᆡ 발셔 오런지라. 쇼식을 듯보니 텬지 한님을 친히 형육(刑戮)ᄒ신다 ᄒᄂ지라. 공지 이 말을 드ᄅ미 더옥 혼블부체(魂不附體)ᄒ여 급히 쇽옷ᄌ락을 ᄯᅵ히고 숀가락을【72】ᄶᅵ무러 혈표(血表)를 지으니, ᄉ의(辭意) 극히 쳐완비졀

아히어눌, 엇디 이런 망녕된 말을 ᄒ여 역쥬와 ᄉᄉᆼ을 갓치 ᄒᄌ ᄒᄂ뇨?"

공지 형을 ᄯᅩᆯ올 ᄯ시 급ᄒ니, 다시 부인 말을 듯디 아니코 ᄶ뛰여 밧그로 나가려 ᄒ나, 부인이 ᄋᄌ의 ᄯ을 알고 구지 직희니, 공지 시킥이 더디믈 더옥 쵸조착급ᄒ더니, 믄득 일계을 싱각고 닉급ᄒ믈 핑계ᄒ고 니러 나가니, 부인이 쇼차환 츈이를 명ᄒ야 공주를 뫼셔 여측ᄒ거든 즉시 드려오라 ᄒ니, 공지 당의 ᄂ려 총망이 다름쥬어 밧그로 향ᄒ니, 츈이 대경【63】ᄒ여 급히 ᄯ라 듕문의 밋쳐는 드립ᄯ ᄉ미를 잡고 왈,

"공지 측간으로 아니 가시고 어듸를 가려 ᄒ시ᄂ닛고?"

공지 대로ᄒ여 두 발노 박추 것구로 치고 밧비 거러 밧문을 니ᄃ라니, 뉘 능히 ᄯ로리오. 장노 양낭은 다 잡혀가고 잇는 ᄌ는 쇼장 ○○○[미확과] ᄋ시비 등 ᄯᆫ이라. 능히 공주를 ᄯ와잡디 못ᄒ고 니당의 보ᄒ니, 부인이 ᄋ지 무슨 작용을 힝홀고? 초조ᄒ나 ᄒᆯ일업더라.

공지 바로 궐듕으로 향ᄒ니, 그 심복 시동 운학 계학이 조츠 궐하의 다ᄃ르니, ᄶᆡ 볼셔 오란다. 쇼식을 듯보니 텬지 한님을 친히 형육ᄒ신다 ᄒᄂ다라. 공지 더옥 혼블니쳬ᄒ여 급히 속옷 ᄌ락을 ᄯ히고 손가락을 ᄶᅵ무러 혈표를 지어 가지고,

---

929)닉급(內急) : 뱃속에 탈이 나서 급한 볼 일이 생김.

930)여측(如厠)ᄒ다 : 뒷간에 가다.

931)장노양낭(臧奴養娘) 남자종과 여자종. 주로 성인이 된 남자종과 여자종을 일컫는다.

932)쇼장미확(小臧微獲) : 어리고 작은 남녀종들. *장획(臧獲) : 종. 장(臧)은 사내종을, 획(獲)은 계집종을 말함.

(처완비절悽惋悲絶)[933]ᄒᆞ여 셕목(石木)이 감동ᄒᆞ며 금옥(金玉)이 녹을 듯ᄒᆞ더라.

이의 등문고(登聞鼓)[934]를 두다리며 미처 브르믈 기다리지 못ᄒᆞ여 보보전진(步步前進)이러니, 니문(內門)의셔 위시(衛士) 잡아 뎐하(殿下)의 미츠니, 공지 셩음이 오열(嗚咽)ᄒᆞ여 크게 브르지져 고ᄒᆞ되,

"복원(伏願) 텬디부모는 쇼신 영의 지원극통(至冤極痛)을 슬피쇼셔."

ᄒᆞ며, 셤슈(纖手)의 혈표를 밧드러 뎐하의 노ᄒᆞ며, 고두ᄉᆞ비(叩頭四拜)ᄒᆞ고 읍혈뉴체(泣血流涕)[935]ᄒᆞ여 블승엄【73】읍(不勝掩泣)[936]ᄒᆞ니, 이뤼(哀淚) 만면(滿面)ᄒᆞ며 그 경상이 참참(慘慘)ᄒᆞ여 참블인견(慘不忍見)[937]이러라.

만조쳔관(滿朝千官)이 져마다 기용변식(改容變色)[938]ᄒᆞ여 ᄒᆞ믈 씨닷지 못ᄒᆞ고, 상이 ᄯᅩᄒᆞᆫ 감오(感悟)ᄒᆞ샤, 이의 뎐전흑ᄉᆞ 뎡슈긔로 그 표를 바다 올녀 이의 닑으라 ᄒᆞ시니, 뎡흑시 봉음(鳳音)을 놉혀 닑을시, 임의 디하(臺下)의 미를 머므럿ᄂᆞᆫ지라.

디기 ᄉᆞ(辭)의 왈,

"쇼신 엄영은 돈슈빅비(頓首百拜)[939]ᄒᆞ옵고 혈표를 올녀 군부지젼(君父之前)의 고ᄒᆞ옵ᄂᆞ니, 쇼【74】신이 년미십세(年未十歲)의 어뮈 회리(懷裏)[940]를 ᄉᆞ랑ᄒᆞ옴만 아옵고, 아뷔 익이ᄒᆞ옴만 밧ᄌᆞ와 오히려 텬니인ᄉᆞ(天理人事)를 치 아옵지 못ᄒᆞ오니, 이러틋 미형쇼

등문고를 두다리며 밋처【64】 브르믈 디치 못ᄒᆞ여 보보전진ᄒᆞ야 뎐하의 니ᄅᆞ러 크게 브르지져 고ᄒᆞ되,

"복원 텬지 부모는 쇼신 영의 지원극통을 슬피쇼셔."

ᄒᆞ고 혈표를 밧드러 뎐하의 노ᄒᆞ며 고두ᄉᆞ비ᄒᆞ니, 이루만면ᄒᆞ며 그 경상이 참참ᄒᆞ니, 참블잉[인견이러라.

만됴쳔관이 져마다 기용변식ᄒᆞ고 상이 ᄯᅩᄒᆞᆫ 감오ᄒᆞ샤, 이에 젼젼흑ᄉᆞ 뎡슈긔로 그 표를 올녀 닑으라 ᄒᆞ시니, 뎡흑시 봉음을 놉혀 닑으니 굴와시디,

'쇼신 엄영은 돈슈빅비ᄒᆞ옵고 혈표○[를] 올니옵ᄂᆞ니, 쇼신이 년미구셰의 어믜 회리를 ᄭᅵ나지 못ᄒᆞ옵고, 아비 닉이홈만 밧ᄌᆞ와 오히려 쳔니 인ᄉᆞ를 치 아디 못ᄒᆞ오니, 미형쇼이 무어슬 알니잇고【65】마는,

---

933)처완비절(悽惋悲絶) : 슬픔과 한탄으로 몹시 서러워하며 비통해 함.

934)등문고(登聞鼓) : 조선 시대에, 임금이 백성의 억울한 사정을 듣기 위하여 대궐의 문루(門樓)에 매달아 놓았던 북. 태종 원년(1401)에 처음으로 두었다가 이후 '신문고(申聞鼓)'로 이름을 고쳤다.

935)읍혈뉴체(泣血流涕) : 피눈물을 흘리며 서럽게 욺.

936)블승엄읍(不勝掩泣) : 눈물을 훔치며 울기를 그치지 못함.

937)참블인견(慘不忍見) : 참혹하여 차마 볼 수 없음.

938)기용변식(改容變色) : 얼굴의 표정과 색을 고침.

939)돈슈빅비(頓首百拜) : '머리를 조아려 백번 절한다.'는 뜻으로, 임금께 올리는 표문 등에 경의를 표하는 말로 상투적으로 쓰는 표현이다.

940)회리(懷裏) : '품속'이라는 뜻으로 '품안의 자식'을 이르는 말이다.

이(未形小兒)941) 무어슬 알니잇고만은, 죄형(罪兄) 창은 운익(運厄)이 긔구(崎嶇)ᄒ와 목금(目今)의 강상죄얼(綱常罪孼)942)이 일신(一身)의 핍(逼)ᄒ943)엿ᄉ오나, 본성 텬진(天眞)의 그음업시 어짐과 효의(孝義) ᄳ혀나믄, 놉히 신기(神祇)의 질졍(質正)ᄒ오나 그 붓그럽지 아니ᄒ오올 거시오, 먼니 안증(顔曾)944)의 비겨 의논【75】ᄒ오나 셩현의 욕되지 아니ᄒ오려든, 더옥 금셰ᄅᆞᆯ 의논ᄒ오리잇가? 신형의 이갓흔 효우덕힝으로, 엇지 오늘날 ᄎ악(嗟愕)흔 죄루(罪累)의 걸녀 형벌 아리 나아갈 쥴 알니잇고? 고어(古語)의 왈, '지신(知臣)은 막여군(知臣莫如君)이라'945) ᄒ오니, 폐히 신형(臣兄)으로ᄡᅥ 일즉 경악(經幄)의 근시ᄒ시미, 비록 셰월이 오러지 아니ᄒ오나 셩군의 일월지광으로ᄡᅥ, 거의 신형의 ᄉ오납지 아니ᄒ오온 쥴을 통쵹ᄒ오시리【76】니, 근뇌 신의 집 문운(門運)과 시운(時運)이 한가지로 블힝ᄒ와, 부와 슉이 다 침병ᄒ와 인ᄉᆞᄅᆞᆯ 모로ᄂᆞᆫ 디경의 밋ᄉᆞᆸ고, ᄯᅩ 형이 이갓ᄉ온 죄명의 걸니오니, 슬프다! 신의 문회 이의 망ᄒᆞᆷ믈 알니로쇼이다. 이ᄂᆞᆫ 춤아 사ᄅᆞᆷ의 힝흘 비 아니오라, 귀신이 뮈이 너겨 지앙을 일편되이 나리오시미로쇼이다. 복원 셩상은 붉히 '복분(覆盆)의 원(寃)946)'을 비최시고 신형의 잔명을 어엿비 너기쇼셔."

ᄒ엿더라.【77】

상이 듯기ᄅᆞᆯ 다ᄒ시미 크게 긔특이 너기샤

---

941)미형쇼ᄋᆡ(未形小兒): 아직 다 자라지도 못한 어린 아이.

942)강상죄얼(綱常罪孼): 강상대죄를 범한 재앙.

943)핍(逼)ᄒ다: 닥치다. 위급하다. 핍박하다.

944)안증(顔曾): 공자(孔子)의 제자인 안회, 증삼을 아울러 이르는 말.

945)지신(知臣)은 막여군(知臣莫如君)이라: '신하를 아는 것은 임금만 한 이가 없다.'는 말. 중국 춘추 때 제(齊)나라 환공(齊桓公)이 관중(管仲)을 문병하면서 후임자로 누가 적합한지를 묻자, 관중이 대답한 말로, 『사기(史記) 권33』〈제태공세가(齊太公世家)〉에 나온다.

946)복분(覆盆)의 원(寃): 복분지원(覆盆之寃). 죄를 뒤집어쓰고 밝히지 못하고 있는 억울함. *복분(覆盆): 동이가 뒤집혀진 채로 있어 속을 볼 수 없음을 뜻하는 말로, 죄를 뒤집어쓰고 밝히지 못하고 있음을 나타낸 말.

죄형 창은 운익이 긔구ᄒ와 목금의 강상죄얼이 일신의 핍ᄒ엿ᄉ오나, 본셩 텬진의 그음업시 어짐과 효의예 ᄲᅵ혀나믄, 놉히 신기의 질졍ᄒ오나 붓그럽디 아니ᄒ오올 거시오, 먼니 안증의 비겨 의논ᄒ오나 욕되지 아니ᄒ오려든, 더옥 금셰를 의논ᄒ리잇가? 신형의 이곳튼 효우덕힝으로 엇디 오날 ᄎ악흔 죄루의 걸녀, 형벌 아리 나아가[갈] 줄 알니잇고? 고어의 왈, '지신은 막여군이라.' ᄒ오니, 폐히 신형을 경악의 근시ᄒ시미, 비록 셰월이 오라지 아니ᄒ오나 셩군의 일월지광으로ᄡᅥ 거의 신형의 사오납지 아니ᄒ오온 줄 통쵹ᄒ오시리니, 근뇌 신의 집 문운이 블힝ᄒ와 부와 슉이 다 침병ᄒ와 인샤를 모ᄅᆞᆫ【66】지경의 밋ᄉᆞᆸ고, ᄯᅩ 형이 이 ᄀᆞᆺᄉ온 죄명의 걸니오니 슬프다! 신의 문회 이에 망ᄒᆞᆷ믈 알니로쇼이다. 이는 ᄎᆞᆷ아 ᄉᆞ름의 힝흘 바 아니라. 귀신이 뮈이 넉여 지양을 《일련이■이‖일편되이》ᄂᆞ리오시미로쇼이다. 복원 셩상은 붉히 복분의 원을 빗최샤 신형의 잔명을 어엿비 너기쇼셔.'

ᄒ엿더라.

상이 듯기를 다ᄒ시미 크게 긔특이 넉이샤

《편뎐∥뎐뎐(殿前)》의 갓가이 브르샤 문왈,

"여형의 죄범이 크게 강상(綱常)의 관계ᄒ엿거늘, 너 쇼이 망녕되이 텬위를 아지 못ᄒ고, 한갓 ᄉ졍(私情)의 거리쎠 당돌이 격고등문(擊鼓登聞)947)ᄒ여, 텬위를 두리지 아니ᄒᄂ뇨? 쇼이 무ᄉ 의견이 이시리오. 블과 챵이 너를 ᄉ랑ᄒ므로, 네 ᄯᅩ 형을 ᄉ랑ᄒ여 이러틋 ᄒᄂ가 시브거니와, 국법은 경이(輕易)히 굽히지 못ᄒᄂ 줄 모로ᄂ다?"

공지 체읍 왈,

"쇼신이 비록 나【78】히 어리오나 ᄉ오세로븟허 녯글을 보아, 고쟈(古者) 셩뎨명왕(聖帝明王)의 지으신 녜(禮)와, 현신냥ᄉ(賢臣良士)의 츙효녜졀을 약간 아옵ᄂ니, 엇지 신형의 효우인ᄌᄒᆞᆷ믈 아지 못ᄒᄋ며, 망녕되이 ᄉ졍을 젼쥬(傳奏)ᄒ여 국법을 굽히고져 ᄒ오며, 더옥 형의 죄명이 젼혀 시부살뎨(弑父殺弟)ᄒᄂ 흉역의 죄라 ᄒ오니, 형이 진실노 이 ᄯ이 잇ᄉᄋ올진디, 엇지 상시(常時)의 신을 ᄉ랑ᄒᄋ미 ᄌ신 우희 두미 이시리잇고?"

상이 우문 왈,

여언(汝言)이 최션(最善)ᄒ나,

"ᄌ직 원신의 【79】초ᄉ(招辭) 여ᄎ여ᄎᄒ니, 챵이 엇지 이미타 ᄒ리오."

ᄒ시더라. 【80】

뎐젼의 갓가이 브의[르]샤 문왈,

"여형의 죄범이 크게 강상의 관계[계]ᄒ엿거늘, 너 쇼이 망녕도이 텬위를 아디 못ᄒ고, 흔갓 ᄉ졍만 위ᄒᄋ야 당돌이 격고등문ᄒ여 텬위를 두리디 아니ᄒᄂ뇨?"

공지 고두체읍 왈,

"쇼신이 비록 나히 어리오나 ᄉ오셰로븟터 녯 글을 보아, 고쟈 셩【67】뎨명왕의 지으신 녜와 현신냥ᄉ의 츙효녜졀을 아옵ᄂ니, 엇디 신형의 인ᄌ효우ᄒᄆ믈 아디 못ᄒ오면[며], 망녕도이 ᄉ졍을 젼쥬ᄒ여 《굽법∥국법》을 굽히고져 ᄒ오며, 더옥 형의 죄명이 젼혀 시부살뎨ᄒᄂ 흉역의 죄라 ᄒ오니, 형이 진실노 이 ᄯ이 잇ᄉᄋ올진디, 엇지 상시의 신 ᄉ랑ᄒ오미 ᄌ신 우의 두미 이시리잇고?"

상이 우문 왈,

"여언이 최션ᄒ나 ᄌ직 원신의 쵸시 여ᄎ쳐ᄎ ᄒ니, 챵이 엇디 이미타 ᄒ리오?"

---

947)격고등문(擊鼓登聞) : 등문고(登聞鼓)를 울려 임금
께 직접 억울한 사정을 아룀.

엄시효문청힝녹 권지이십삼

화셜, 상이 우(又) 문왈,

"여언이 최션ᄒ나 ᄌ직 원신의 초시 여ᄎ 여ᄎᄒ니 창이 엇지 이미타 ᄒ리오."

공지 우 쥬왈,

"쇼신이 비록 나히 어려 셰ᄉ를 경녁지 못ᄒ엿ᄉ오나, 형이 어리지 아니ᄒ옵고 밋치지 아냣ᄉ오니, 셜ᄉ(設使) 픠륜악역지심(悖倫惡役之心)이 잇ᄉ와 도적으로 동심홀시 올ᄉ올진디, 적이 텬위지쳑(天威咫尺)을 두려 아녀, 다라나ᄂ 환슐노뻐 처음의 일을 그리 쇼리(率易)히 ᄒ여 복초【1】ᄒ여 죄를 붉힌 후 다라날 니 이시리잇고? 이 한 일만 보와도 반ᄃ시 모로ᄂ 가온디 형을 뮈워ᄒᄂ 지 모함ᄒᄂ 쥴을 알니로쇼이다."

상이 우왈(又曰),

"창이 빅면셔싱(白面書生)으로 그 위인이 현덕ᄒ며 풍치 아롬답고 인지 츌즁ᄒ니, 반ᄃ시 사롬의게 슈원치 아념 즉ᄒ거늘, 어느 곳 유심혼 간인이 이미혼 사롬을 강상디죄(綱常大罪))의 지졈ᄒ여 죽을 곳의 도라보니리오. 아지못게라! 너의 가간(家間)의 요인이 은복ᄒ여 창을 뮈워【2】ᄒᄂ니 잇ᄂ냐?"

공지 읍쥬(揖奏) 왈,

"본디 이런 일이 업ᄉ오디 평디(平地)의 풍퍼(風波) 상싱ᄒ오니, 이ᄂ 텬디귀신이 일편되이 지앙을 나리오미로쇼이다."

상이 밋쳐 답지 못ᄒ여셔 상형뷔 쥬왈,

"영의 말슴이 니연(以然)948)ᄒ오나, 창이 진실노 이미ᄒ올진디 홀노 어린 영의 말만 췌신홀 거시 아니옵고, 비비(婢輩)의 무리ᄂ 쥬인의 말을 은휘(隱諱)ᄒ오미 괴이치 아니

공지 쥬왈,

"쇼신이 비록 나히 어려 셰ᄉ를 경녁지 못ᄒ엿ᄉ오나 어리고 미치지 아냐ᄉ오니, 셜ᄉ 픠뉴악역지심이 이ᄉ와 도적으로 동심홀시 올ᄉ올진디, 적이 텬위지쳑을 두리지 아냐 ᄃ라나ᄂ 환슐노뻐, 처엄의 그리 쇼리【68】히 ᄒ여 복쵸ᄒ여 죄를 붉힌 후, ᄃ라날 이 이시리잇고? 이 혼 일만 ᄒ여도 반드시 모른 가온디 형을 뮈워 모함ᄒᄂ 줄 알니로쇼이다."

상이 우왈,

"창이 빅면셔싱으로 반다시 사롬의게 슈원치 아염 즉ᄒ거늘, 어느 곳 유심혼 간인이 이미혼 사롬을 죽일 죄예 밀치리오? 아디못게라! 너의 가간의 요인이 은복ᄒ여 창을 뮈워ᄒᄂ 니 잇ᄂ냐?"

공지 읍쥬 왈,

"본디 이러 일이 업ᄉ오디 평지의 풍퍼 상싱ᄒ오니, 이ᄂ 텬지 귀신이 일편도이 지앙을 ᄂ리오시미로쇼이다."

상이 밋쳐 답지 못ᄒ여셔 상 형뷔 쥬왈,

"홀노 어린 영의 말슴을 췌신홀 거시 아니옵고, 비비의 무리ᄂ 쥬인을 위ᄒ야 은휘ᄒ미 고이치 아니ᄒ오니, 폐【69】하ᄂ 맛당이 엄빅명 형뎨의게 슈됴를 ᄂ리와 무르시미 맛당홀가 ᄒᄂ이다."

---

948)이연(以然) : 그럴 듯함. 그러하다고 여김.

ᄒ오니, 폐ᄒᆞᄂᆞᆫ 맛당이 엄빅 형뎨의게 실상
을 므ᄅᆞ시ᄃᆡ, 빅명 형뎨【3】풍병(風病)이
즁타 ᄒᆞ오니 맛당이 슈조(手詔)949)를 나리와
므ᄅᆞ시미 맛당ᄒᆞᆯ가 ᄒᆞᄂᆡ이다."

상이 의윤(依允)ᄒᆞ샤 즉시 니시를 엄부의
보ᄂᆡ여,

"엄틴ᄉᆞ와 츄밀이 병이 즁ᄒᆞ나, 곡직(曲直)
은 거의 알 듯ᄒᆞ고, 그 쳐ᄌᆞᄂᆞᆫ 각각 의논이
이시리니 각각 부인의게 므ᄅᆞ라."

ᄒᆞ시니, 니시 승명ᄒᆞ여 가더니, 슈유(須臾)
의 틴ᄉᆞ부인 최시 표를 올녀 갈오ᄃᆡ,

"역ᄌᆞ(逆子) 창이 과연 ᄌᆞ쇼로 블초무상ᄒᆞ
와 본ᄃᆡ 가간의 블미지ᄉᆞ(不美之事) 만턴 거
시니, 이제 여ᄎᆞ지【4】시 괴이치 아니ᄒᆞ옵고
ᄌᆞ고로 '공숀홍(公孫弘)이 뵈이블'950)의 간ᄉᆞ
ᄒᆞ미 이시니, 창의 죄악이 ᄯᅩ 엇지 그ᄅᆞ다
ᄒᆞ리잇고? 쇼ᄌᆞ(小子) 영이 어린 아ᄒᆡ 식견
이 쳔단(淺短)ᄒᆞ온 고로, 텬위를 두리지 아녀
격고등문ᄒᆞᄂᆞᆫ 거죄 잇ᄉᆞ오나, 창은 만고젹신
(萬古敵臣) 엄표의 친뎨(親弟)라. 미양 언두
의 그 형의 원앙ᄒᆞᆷ믈 니ᄅᆞ고 칭원(稱冤)ᄒᆞ옵
던 거시니, 가(家) 안이 모로지 아니ᄒᆞᄂᆡ이
다."

ᄒᆞ엿더라.

영교 미션이 여츌일구(如出一口)히 한님의
죄악을 붉히ᄂᆞᆫ지라.

상이 침【5】음믁연(沈吟默然)ᄒᆞ시고 윤·하·
뎡 모든 지샹은 최부인 힝ᄉᆞ를 졀통(切痛)ᄒᆞ
나, 감히 남의 부녀의 허믈을 낫ᄒᆞ니지 못ᄒᆞ
여 한 말을 구치 못ᄒᆞ고, 샹어ᄉᆞ 등 일반 간
당은 다 엄싱의 죄얼(罪孽)이 올ᄒᆞ믈 닷호니,
공지 모부인 힝ᄉᆞ를 골돌 분앙ᄒᆞ나 능히 폭
빅지 못ᄒᆞ고, 한갓 형의 셩효로ᄡᅥ 원억ᄒᆞᆫ 죄
루 즁 맛ᄎᆞ미 될가 원앙(怨怏) 참분(慘憤)ᄒᆞᆫ

상이 의윤ᄒᆞ샤 즉시 니시로 엄 틱ᄉᆞ 형뎨
의게 곡직을 무ᄅᆞ시니,

슈유의 틱ᄉᆞ 부인 최시 표을 올녀 굴오ᄃᆡ,

"역ᄌᆞ 창이 ᄌᆞ쇼로 블쵸무상ᄒᆞ와, 본ᄃᆡ 가
간의 블미지시 만턴 거시니, 여ᄎᆞ 블미지시
고이치 아니ᄒᆞ옵고, ᄌᆞ고로 공손홍의 뵈니
블의 간ᄉᆞᄒᆞ미 이시니, 창의 죄악이 엇디 그
ᄅᆞ다 ᄒᆞ리잇가? 쇼ᄌᆞ 영이 어린 아ᄒᆡ 식견이
쳔단ᄒᆞ온 고로, 텬위를 두리디 아냐 격고등
문ᄒᆞᆫ 거죄 잇ᄉᆞ오나, 창은 젹신 엄표의 친
뎨라. 마양 언두의 그 형의 원망ᄒᆞᆷ믈 니ᄅᆞ고
칭원ᄒᆞ옵던 거시오니, 가인(家人)니 모ᄅᆞ지
아니ᄒᆞᄂᆡ이다."

ᄒᆞ엿더라.

상이 침음믁연ᄒᆞ시【70】고, 윤·하·뎡 모든
지샹은 최부인 힝ᄉᆞ를 졀통ᄒᆞ나, 감히 ᄂᆞᆷ의
부녀의 허믈 니ᄅᆞ디 못ᄒᆞ여 ᄒᆞᆫ 말을 구치 못
ᄒᆞ고, 샹 어ᄉᆞ 등 일반 간당은 엄싱의 죄 올
ᄒᆞ믈 닷토와니, 공지 모부인 힝ᄉᆞ를 골돌분
앙ᄒᆞ나 능히 폭빅지 못ᄒᆞ고, ᄒᆞᆫ갓 형의 셩효
로ᄡᅥ 원억ᄒᆞᆫ 죄루 듕 맛ᄎᆞ미 될가, 원앙참분
ᄒᆞᆫ 눈믈이 옷기슬 젹셔, 고두읍혈ᄒᆞ여 형의

---

949)슈조(手詔) ; 제왕이 손수 쓴 조서.
950)공숀홍(公孫弘)의 뵈 이블 : ='공손홍(公孫弘) 포피
　　(布被)'. 공손홍이 한(漢) 나라 삼공의 지위에 있으
　　면서 검소를 가장하여 베 이불을 덮었던 것을 말
　　함. *공숀홍(公孫弘) : 중국 전한(前漢)의 학자·정
　　치가(B.C.200~B.C.121). 자는 계(季). 무제 때 현량
　　으로 추천되어 승상에 오르고, 평진후에 봉해졌다.
　　BC 124년 동중서와 함께 최초의 유가(儒家) 학교인
　　태학을 세웠다.

눈물이 옷깃슬 적셔, 다만 고두읍혈(叩頭泣血)ᄒ여 형의 목슘이 맛츨가 ᄒ여 이걸ᄒ기를 마지 아니ᄒ니, 샹【6】이 그 어린 나히 효우(孝友)를 긔특이 어기샤 이련(哀憐)이 너기시고, 한님의 ᄌ모(才貌)를 본디 ᄉ랑ᄒ시ᄂ지라. 엇지 무단이 죽이고져 ᄒ시리오. 이의 하조(下詔) 왈,

"엄창이 죄 비록 즁ᄒ나 ᄌ긱을 일허 증참이 명빅지 아니ᄒ고, 영이 어린 나히 효위(孝友) 긔특ᄒ니, 짐이 특은(特恩)을 두터이 홀 ᄲᆞᆫ 아니라, 션왕 빅경의 지시의 짐이 단서철권(丹書鐵券)951)을 쥬어 그 ᄌ숀이 역옥(逆獄)의 간섭지 아닌 즉 용셔ᄒ기를 허ᄒ얏ᄂ니, [텬ᄌᄂᆫ 무희언(無戲言)이라. 빅경이 비록 죽어시]952)【7】나, 짐이 엇지 죽은 신하의게 녯 언약을 져바리리오. 창이 ᄯᅩ 초초(悄悄)953)○[이] 이려즁(哀慮中)954)의 시믹(澁脈)955)이 실낫 갓ᄒ여 블과 십여 장 형장의 못 견디여 죽기의 갓가오니, 다시 더을 거시 업ᄂ지라. 특별이 샤(赦)ᄒ여 장ᄉ(長沙)956) 누쳔니(累千里)의 젹거ᄒ여, 혹ᄌ 이미ᄒ미

---

951)단서철권(丹書鐵券) : 쇳조각에 지워지지 않게 붉은 글씨를 써서 공신(功臣)에게 주어 그 자손(子孫)이 죄를 지어도 죄를 면하도록 하던 일종의 증서

952)한국학디지탈아카이브[한국학중앙연구원](http://yoksa.aks.ac.kr/)에서 제공하는 낙선재본 '엄시효문쳥힝록(嚴氏孝門淸行錄)' v23. 이미지 7쪽(4a)에 끝부분 1행(16자)의 결락이 있다. 그런데 이 낙선재본을 한자병기를 하여 전사한 '한국고대소설대계(三) 『엄씨효문청녹·화문녹』(이석래·김진세·이상택·정병욱, 한국정신문화연구원, 1982) 394쪽 15-16행에는 위 본문 [ ] 안에 옮겨 놓은 것과 같이 16자의 원문이 전사되어 있다. 이를 보면 위 이미지 7쪽(4a)의 1행 결락은 이미지 제작과정에서 발생한 단순 오류로 보인다.

953)초초(悄悄) : 근심과 걱정으로 기운을 차리지 못함.

954)이려즁(哀慮中) : 여막(廬幕: 궤연(几筵)이나 무덤 가까이에 지어 놓고 상제가 거처하는 초막) 가운데서 애통하고 있다는 말로 '상중(喪中)에 있음'을 비유적으로 표현한 말.

955)시믹(澁脈) : 색맥(澁脈). 『한의』맥상(脈象)의 하나. 체내에 진액이 부족할 때 원활하지 못하고 거칠게 느껴지는 맥이다.≒삽맥(澁脈).

956)장ᄉ(長沙) : 중국 호남성의 동부 곧 동정호(洞庭湖) 남쪽 상강(湘江) 동쪽 하류에 있는 도시. 수륙 교통의 요충지이며 호남성의 성도(省都)이다.

목슘 빌기를 마디아니니, 샹이 그 어린 나히 효우를 긔특이 넉이시고, 한님의 지모를 ᄉ랑ᄒ시던 비라. 엇디 무단이 죽이고져 ᄒ시리오. 이에 하됴 왈,

"엄창이 죄 비록 듕ᄒ나, ᄌ긱을 일허 증참이 명빅디 아니코 영이 어린 나히 효우 긔특ᄒ니, 딤이 특은을 두터이 홀 ᄲᅮᆫ 아니라, 션【71】왕 빅경의 지시의 딤이 단셔 쳘권을 주어, 그 ᄌ손이 《영옥∥역옥(逆獄)》의 간섭디 아닌즉 용셔ᄒ기를 허ᄒ엿ᄂ니, 딤이 엇디 죽은 신하의게 녯 언약을 비반ᄒ리오. 특별이 샤ᄒ야 댱ᄉ의 젹거ᄒ야, 혹ᄌ 이미ᄒ미 잇거든 타일 신원ᄒ기를 기ᄃ리라."

잇거든 타일 신원(伸冤)의 길을 기다리고, 블연즉 영영 고국의 도라오지 못ᄒᆞ게 ᄒᆞ라."

ᄒᆞ시고,

"ᄌᆞ긱 원신을 비록 이 일이 아니라도 빅쥬의 환슐ᄒᆞᄂᆞᆫ 요인을 셩셰(盛世)의 머므러 민심을 【8】쇼요치 못ᄒᆞ리니, 각별 신칙(申飭)ᄒᆞ여 금포영문(禁捕營門)957)이 만일 요인을 잡아 드리ᄂᆞᆫ 지 이시면, 천금으로 상ᄒᆞ리라."

ᄒᆞ시고,

"엄가 노복은 다 방셕ᄒᆞ라."

ᄒᆞ시며, 드듸여 제신의 어즈러온 의논을 다 믈니치시고, 공쥬를 위로ᄒᆞ여 도라가라 ᄒᆞ시니, 영교 미션 등이 심하의 앙앙ᄒᆞ믈 니긔지 못ᄒᆞ여 믈너나고, 엄공쥬와 셜향 등 제복(諸僕)은 그만이나 ᄒᆞᆫ 쥴을 영힝ᄒᆞ여 셩은을 고두빅비(叩頭百拜)ᄒᆞ고, 한님을 구ᄒᆞ여 도라올시, 한님【9】이 이련(哀憐)ᄒᆞᆫ 가온디 만히 상ᄒᆞ엿ᄂᆞᆫ고로, 십여 장 미를 능히 견디지 못ᄒᆞ여 인ᄉᆞ를 아조 바려시며, 옥각(玉脚)이 씨여지고 셜뷔 웃쳐져 혈흔이 님니(淋漓)ᄒᆞ며, 면무인식(面無人色)958)ᄒᆞ여시니 견지(見者) 불승감체(不勝感涕)ᄒᆞ고, 영과 셜향이 읍체여우(泣涕如雨)ᄒᆞ여 븟드러 최예959)의 담아 도라가고져 ᄒᆞᆯ시, 진왕 윤청문의 부ᄌᆞ 이인이 쥬 왈,

"창은 인뉸 즁죄인(重罪人)이라. 비록 텬은이 망극ᄒᆞ샤 ᄉᆞ죄(死罪)를 샤(赦)ᄒᆞ시나, 이ᄂᆞᆫ ᄌᆞ고(自古)의 업ᄂᆞᆫ 법젼(法典)이라. ᄉᆞ죄인이 목【10】슘 ᄉᆞ라남도 셩쥬의 호싱지덕(好生之德)이옵거늘, 엇지 제 집의 가 무고(無故)ᄒᆞᆫ 사름과 갓치ᄒᆞ여 가게 ᄒᆞ리잇고? 맛당이 바로 교외(郊外)로 보늬여 즉일 발힝ᄒᆞ게 ᄒᆞ쇼셔."

진왕의 ᄎᆞ언은 최부인의 잔포질독(殘暴嫉毒)ᄒᆞᆫ 힝ᄉᆞ를 거울갓치 비최ᄂᆞᆫ 고로, 한님이 집의 도라가미 슬아 찬적(竄謫)ᄒᆞ믈 한(恨)ᄒᆞ여, 부듸 죽기를 지쵹ᄒᆞᆯ 쥴 알고, 바로 교외

957) 금포영문(禁捕營門) : 의금부(義禁府)·포도청(捕盜廳)·영문(營門)을 함께 이른 말.
958) 면무인식(面無人色) : 몹시 놀라거나 무서움에 질려 얼굴에 핏기가 없음. ≒면여토색(面如土色)
959) 최예 : 치여(輜輿). 상여(喪輿).

ᄒᆞ시고

"ᄌᆞ긱 원신은 비록 이 일이 아니라도, 빅쥬의 환슐ᄒᆞᄂᆞᆫ 요인을 셩셰의 머모[므]러 민심을 소요치 못ᄒᆞ리니, 각별 신칙ᄒᆞ여 요인을 잡아드리ᄂᆞᆫ 지 이시면 천금을 상ᄒᆞ리라."

ᄒᆞ시고,

제신의 어즈러온 언(言)을 믈니치고, 공쥬를 위로ᄒᆞ여 도라가라 ᄒᆞ시니, 영교 미션 등이 심니의 앙앙ᄒᆞ야 믈너나고, 엄공쥬와 셜향 등이 한님을 구ᄒᆞ여 도라올시, 한님이 이녀(哀慮) 듕 만히 상ᄒᆞ엿【72】ᄂᆞᆫ 고로, 십여 장 미를 견듸지 못ᄒᆞ여 인ᄉᆞ를 아조 ᄇᆞ려시며, 다리 씨여지고 셜뷔 웃쳐져 혈흔이 님니ᄒᆞ며 면무인식ᄒᆞ여시니, 견지 블승감체ᄒᆞ고 영과 셜향 등이 읍체여우ᄒᆞ여 븟드러 최예의 담아 도라가고져 ᄒᆞᆯ시, 진왕 부지 쥬왈,

"창은 인〇[뉸] 즁죄인이라. 비록 텬은이 망극ᄒᆞ샤 ᄉᆞ죄를 샤ᄒᆞ시니, 이ᄂᆞᆫ ᄌᆞ고의 업ᄉᆞᆫ 법젼이라. 목숨 ᄉᆞ라남도 셩쥬의 호싱지덕이옵거늘 엇디 《계∥제》 집의 《ᄃᆞ라∥드러》가 무고ᄒᆞᆫ 사름과 굿치 ᄒᆞ리잇고? 맛당이 바로 교외로 보늬샤 즉일발힝케 ᄒᆞ쇼셔."

진왕의 ᄎᆞ언은 최부인 잔포ᄒᆞᆫ 힝ᄉᆞ를 아ᄂᆞᆫ 고로, 한님이 집의 도라가미 ᄉᆞ라 찬적ᄒᆞ믈 한ᄒᆞ야 브듸 죽기를 지쵹ᄒᆞᆯ 줄 알고, 바로

로 가게 ᄒᆞ미러라.

상이 올히 어기샤 윤허ᄒᆞ시고, 날이 발셔 황혼(黃昏)이라. 상이 파조(罷朝)ᄒᆞ시고 빅관이 【11】퇴조ᄒᆞᆯ시, 윤시 제공이며 한님의 동반고우(同班故友) 모든 쇼년명ᄉᆞ와 엄가 친족이 다 참연(慘然)ᄒᆞ여, 치관(差官)과 한가지로 한님 최예(轜輿)960)를 조ᄎᆞ 교외로 나갈시, 한님이 바야흐로 인ᄉᆞ를 출혀 치관의게 청ᄒᆞ여 본부의 도라가 하직이나 ᄒᆞ기를 간청ᄒᆞ니, 치관 냥인은 다 어진 사ᄅᆞᆷ이라 허락ᄒᆞ고, 춍춍이 한님을 인ᄒᆞ여 엄부로 가니, ○[진]왕 부ᄌᆞ 형뎨 치관을 당부ᄒᆞ여 슈히 오기를 니ᄅᆞ고 몬져 교외로 가더라.

제윤은 다 동문 외 취운산의 【12】잇ᄂᆞᆫ 고로 엄한님의 햐쳐(下處)ᄒᆞᆯ 곳이 머지 아니ᄒᆞ더라.

ᄎᆞ시 최부인이 영의 망녕된 힝ᄉᆞ를 최후의 알고 디경더로ᄒᆞ나 ᄒᆞᆯ 일 업더라.

최부인이 슈산돈족(手散頓足)961)ᄒᆞ여 아ᄌᆞ를 ᄭᅮ짓더니, 이윽고 니시 니ᄅᆞ러 슈조(手詔)로 정상을 무ᄅᆞ시니, 범부인은 이닯고 슬프믈 니긔지 못ᄒᆞ여 실셩고흉(失性叩胸)962)ᄒᆞ여 말을 못ᄒᆞ고, 최부인이 안연(晏然)이 문묵(文墨)을 나와 쇼(疏)를 지어 올니고 셩명(性命)을 걸시, 장ᄎᆞᆺ 엇더ᄒᆞ며 창이 힝혀 술아날가 죄오ᄂᆞᆫ 마음이 【13】후간(喉間)이 초갈(焦渴)ᄒᆞ믈 면치 못ᄒᆞ더니, 아이오 셕양의 텬문의 결시 나리미 이 믄득 평싱쇼원이 아니라. 한님의 싱존보명(生存保命)ᄒᆞ여 정비(定配)ᄒᆞᄂᆞᆫ 쇼식이라.

ᄎᆞᄉᆞ(此事)를 드ᄅᆞ미 그 무ᄉᆞᄒᆞᄆᆞᆯ 한ᄒᆞ여 통입골슈(痛入骨髓)ᄒᆞ더니, 황혼의 미쳐 한님이 완연이 병체(病體)를 ᄭᅳ어 공ᄌᆞ로 더부러 드러와 감히 승당치 못ᄒᆞ고, 계하(階下)의셔 고두(叩頭) 청죄(請罪)ᄒᆞ여 가업ᄉᆞᆫ 블효를 고

교외【73】로 가게 ᄒᆞ미러라.

상이 올히 넉이샤 '즉일 교외로 나라.' ᄒᆞ시고 파됴ᄒᆞ시니, 빅관이 퇴됴ᄒᆞ야 윤시 제공이며 한님의 동반 고우 모든 쇼년 명ᄉᆞ와 엄시 친죡이 다 참연ᄒᆞ야 치관과 ᄒᆞ가지로 한님를 조ᄎᆞ 교외로 나갈시, 한님이 ᄇᆞ야흐로 인ᄉᆞ를 출혀 치관의게 청ᄒᆞ야 본부의 가 하직이나 ᄒᆞ기를 간청ᄒᆞ니, 냥인은 다 어진 사ᄅᆞᆷ이라. 허락ᄒᆞ고 춍춍이 한님을 드리고 엄부로 가니, 진왕이 치관을 당부ᄒᆞ야 슈이 오기를 니ᄅᆞ고, 몬져 교외로 가니라. 윤부은 동문 외의 잇ᄂᆞᆫ 고로 엄 한님 하쳐와 머디 아니터라.

ᄎᆞ시 최부인이 영의 망녕된 힝ᄉᆞ를 알고 대경대노ᄒᆞ나 ᄒᆞᆯ일업서 슈산돈죡ᄒᆞ야 ᄋᆞᄌᆞ를 ᄭᅮ【74】짓더니, 이윽고 니시 니ᄅᆞ러 슈됴로 정상을 무ᄅᆞ시니, 범부인은 이닯고 슬프믈 이긔지 못ᄒᆞ야 실셩고흉ᄒᆞ여 말을 못ᄒᆞ고, 최부인은 완연이 문묵을 나와 소을 올이고, 창이 힝혀 ᄉᆞ라날가 죄오ᄂᆞᆫ ᄆᆞ음이 후간이 초갈ᄒᆞ믈 면치 못ᄒᆞ더니, 아이오 셕양의 텬문의 결시 ᄂᆞ리미, 이 믄득 소원이 아니라.

그 무ᄉᆞᄒᆞᄆᆞᆯ 한ᄒᆞ여 통입골슈ᄒᆞ더니, 황혼의 한님이 병체를 ᄭᅳ어 공ᄌᆞ로 더브러 드러와, 감히 승당치 못ᄒᆞ고 계하의셔 청죄ᄒᆞ여 ᄀᆞ업슨 블효를 고ᄒᆞ고, 하직을 알외여 시직이 밧브믈 고ᄒᆞᄂᆞ니라.

---

960)최예(轜輿) : 치예(轜輿). 죄인을 호송하기 위한 용도로 제작한 수레. ＊치거(輜車): 짐이나 관(棺) 따위를 운반하는 데 쓰는 수레. 짐수레.

961)슈산돈족(手散頓足) ; 손을 내젓고 발을 구르고 함.

962)실셩고흉(失性叩胸) : 정신적 충격이 너무 커 넋을 잃고 가슴만 두드림.

ᄒ고 하직(下直)을 알외여, 시직이 밧브믈 고
ᄒᄂᆫ지라.

이ᄶᅵ 가듕이 진경(盡驚)ᄒ여 다 한당의
【14】모혓ᄂᆫ디, 츄밀은 지각이 잇ᄂᆫ 듯 업ᄂᆫ
듯ᄒ여 한님의 경식을 보나, 좌우고시(左右
顧視)963)ᄒ여 말이 업ᄉᆞ니, 한님이 즁부의
져 갓ᄒᆞ시미 더옥 ᄌᆞ가 신상의 망극ᄒᆫ 슬프
미라.

츄밀이 만일 이런 흉괴ᄒᆫ 괴질이 드지 아
냐시면, ᄌᆞ긔 엇지 이 경식을 당ᄒ여시리오.

부슉을 우러러 안쉬(眼水) 비 갓ᄒ여 겨유
하직ᄒ고, 버거 양모(養母) 부인과 즁모(仲
母) 부인긔 읍혈 ᄒ직 왈,

"욕지(辱子) 무상ᄒᆞ와 ᄒᆡᆼ신이 신명을 져바
리온 고로, 텬디간 희한ᄒᆫ 죄얼【15】이 핍신
(逼身)ᄒ와 당당이 죽기ᄅᆞᆯ 디령ᄒᆞ옵고, 살기
ᄅᆞᆯ 바라지 아냣ᄉᆞᆸ더니, 셩쥬의 호ᄉᆡᆼ지덕을
닙ᄉᆞ와 초로잔천(草路殘喘)964)이 일누(一縷)
ᄅᆞᆯ 진여965) 남황장녀(南荒瘴癘)966)의 찬적
(竄謫)ᄒᆞ오미, 능히 죄명을 신셜ᄒ와 도라올
지쇽이 업ᄉᆞᆸᄂᆫ지라. 복원 ᄌᆞ위와 즁모친(仲
母親)은 기리 영안(寧安)ᄒ쇼셔. 블초지 먼니
가오미 환쇄(還刷)ᄒᆞᆯ 긔약을 아지 못ᄒᆞ옵거
ᄂᆞᆯ, 디인과 즁뷔 위환(危患) 즁 게시니, 블초
의 원니(遠離)ᄒ옵ᄂᆫ 심시 더옥 지졉기 어렵
도쇼이다."

범부인은 쳥뮈 환난【16】ᄒ여 말을 못ᄒ고,
ᄐᆡᄉᆞᄂᆫ 오히려 츄밀과 다른 고로 몽농ᄒᆫ 가
온ᄃᆞ나 한님의 봉변을 아ᄂᆞᆫ 고로, 믄득 눈믈
을 흘니고 칙(責)ᄒ여 갈오ᄃᆡ,

"우리 노부체(老夫妻) 비록 너ᄅᆞᆯ 싱치 아
니ᄒ여시나, 강보 초시의 계후ᄒ여 휵양ᄒᆞ미
ᄌᆞ이지졍(慈愛之精)이 범연(凡然)치 아니ᄒᆞ거
ᄂᆞᆯ, 네 맛ᄎᆞᆷᄂᆡ 이런 악ᄉᆞᄅᆞᆯ 져즈러 스스로
몸이 죽기의 니ᄅᆞᆯ 번ᄒ고, 겨유 술아나믄 어
드나 먼니 젹거ᄒ여 환가지쇽(還家遲速)을

가듕이 진경ᄒ여 다 ᄒᆞᆫ 당의 모혓ᄂᆫ디라.
츄밀은 지각이 업셔 한님의 경식을 보나 좌
우고시ᄒᆞ야 말이 업【75】ᄉᆞ니, 한님이 계부의
져 ᄀᆞᆺ투시미 더옥 ᄌᆞ가 신상의 망극ᄒᆫ 슬프미
라.

부슉을 우러러 안쉬 비 ᄀᆞᆺ투야 겨유 하직
ᄒ고, 버거 최부인과 듕모긔 읍혈하직 왈,

"욕지 무상ᄒᆞ와 ᄒᆡᆼ신을[이] 신명을 져부린
고로 텬디간 희한ᄒᆫ 죄얼이 핍신ᄒᆞ와 당당이
죽기을 디령ᄒᆞ와숩더니, 셩쥬의 호ᄉᆡᆼ지덕을
닙ᄉᆞ와 잔쳔이 일누를 진여 찬젹ᄒᆞ오미, 도
라올 지쇽이 업ᄉᆞ온디라. 복원 ᄌᆞ위와 듕모
ᄂᆞᆫ 기리 녕안ᄒᆞ시믈 ᄇᆞ라ᄂᆞ이다."

범부인은 쳥뮈 환난ᄒᆞ야 말을 못ᄒ고, 태
ᄉᆞᄂᆫ 오히려 츄밀과 다른 고로 몽농ᄒᆫ 가온
ᄃᆞ나 한님의 봉변을 아ᄂᆞᆫ 고로, 눈믈을 흘니
고 칙왈,

"우리 노부체 비록 너를 싱치 아녀시【76】
나, 강보 쵸의 계후ᄒᆞ야 휵양ᄒᆞ미, ᄌᆞ이지졍
이 범연치 아니ᄒᆞ거ᄂᆞᆯ, 네 ᄎᆞ마 이런 악ᄉᆞᄅᆞᆯ
져즈러 스스로 몸이 죽기의 니ᄅᆞᆯ 번ᄒ고, 겨
유 ᄉᆞ라나믈 어드나 먼니 젹거ᄒᆞ야 환가지쇽
을 알디 못ᄒᆞ니, 부ᄌᆞ지졍의 엇디 참연치 아

---

963)좌우고시(左右顧視) : 좌우를 두리번대며 돌아봄.
964)초로잔천(草路殘喘) : 풀잎에 맺혀있는 이슬처럼
    겨우 붙어 있는 목숨.
965)진이다 : 지니다. 몸에 간직하여 가지다.
966)남황장여(南荒瘴癘) : 남쪽지방의 기후가 덥고 습
    한 곳에서 생기는 유행성 열병이나 학질.

아지 못ᄒᆞ니, 너의 블초ᄒᆞᆫ 죄 즁ᄒᆞ나 부ᄌᆞ지【17】정이 엇지 참연치 아니리오. 네 모ᄅᆞ미 다시 그ᄅᆞ지 말고 회과ᄌᆞ칙ᄒᆞ여, 맛ᄎᆞᆷ내 여형(汝兄) 표의 피륜망신(悖倫亡身)ᄒᆞ며, 픠가실국(敗家失國)ᄒᆞᄆᆞᆯ 본밧지 말나."

한님이 체읍오열(涕泣嗚咽)ᄒᆞ여 말ᄉᆞᆷ을 못ᄒᆞ니, 최부인은 죽지 못ᄒᆞᆫ 원분이 막질니미⁹⁶⁷⁾, 한ᄒᆞᄂᆞᆫ 눈믈이 슬픈 마디로 겸ᄒᆞᆫ 듯ᄒᆞ여, 잠간 가ᄎᆞ(假借)ᄒᆞᄂᆞᆫ 빗ᄎᆞᆯ 니여 승당평신(陞堂平身)ᄒᆞᄆᆞᆯ 니ᄅᆞ고 이원(哀怨)이 탄식ᄒᆞ미, 츄연이 아미ᄅᆞᆯ 씽긔고 영탄ᄒᆞ여 창연이 닐너 갈오ᄃᆡ,

"내 너ᄅᆞᆯ 고복(顧復)의 친(親)이【18】업ᄉᆞ나, 휵아(慉兒)의 은(恩)이 ᄯᅩ 엇지 너의 싱모와 다ᄅᆞ미 이시리오만은, 네 스ᄉᆞ로 블초ᄒᆞ여 영을 싀시와⁹⁶⁸⁾ 화란이 금일의 미쳐 부ᄌᆞ형뎨의 친(親)이 변ᄒᆞ여 구젹(仇敵)의 쳐ᄒᆞ미 진실노 너 보기ᄅᆞᆯ 븟그리ᄂᆞ니, 네 ᄯᅩ 우리 모ᄌᆞᄅᆞᆯ 디ᄒᆞ미 참괴치 아니랴. 슈연(雖然)이나 왕ᄉᆞ(往事)ᄂᆞᆫ 이의(已矣)라. 일ᄏᆞᆯ 부졀업ᄉᆞ니 두 번 졔긔치 말고, 모ᄅᆞ미 먼니 도라가나 엄부(嚴父) 엄ᄉᆞ(嚴師)ᄅᆞᆯ 뫼심 갓치ᄒᆞ여, 힝실을 닥고 허믈을 곳쳐 다시 죄의[를] 범치 말나.【19】슬프다! 이 엇지 너의 탓시리오. 부ᄌᆞ(夫子) 젼혀 혼암(昏暗)ᄒᆞ여 일즉 너의 외모ᄅᆞᆯ 과ᄋᆡ(過愛)ᄒᆞ여 ᄋᆡ이무교(愛而無教)⁹⁶⁹⁾ᄒᆞ여 깁히 '마원(馬援)의 경계(警戒)'⁹⁷⁰⁾ᄅᆞᆯ 두지 못ᄒᆞ시미로다."

셜파의 함체오열(含涕嗚咽)ᄒᆞᄆᆞᆯ 마지 아니ᄒᆞ니, 범부인 고식(姑媳)이 그 간흉을 시로이 한심통한(寒心痛恨)ᄒᆞ더라.

니리오. 네 모ᄅᆞ미 다시 그릇디 말고 회과ᄌᆞ칙ᄒᆞ야 형의 망신기국ᄒᆞ믈 본밧디 말나."

한님이 체읍오열ᄒᆞ고 말ᄉᆞᆷ을 못ᄒᆞ니, 최부인은 원분이 막질니미 한ᄒᆞᄂᆞᆫ 눈믈이 나, 거즛 슬허ᄒᆞ야 잠간 가ᄎᆞᄒᆞᄂᆞᆫ 빗츨 니여 승당평신ᄒᆞ라 ᄒᆞ고 이원이 탄식 왈,

"내 너를 낫치 아녀시나 휵아지은이 ᄯᅩ 엇지 너의 싱모와 다라미 이시리오마ᄂᆞᆫ, 네 스ᄉᆞ로 블통ᄒᆞ야 영을 싀시와 화란이 금【77】일의 밋처 부ᄌᆞ형뎨의 변ᄒᆞ야 구젹이 되니, 진실노 내 너 보기를 븟그리ᄂᆞ니, 네 ᄯᅩ 우리 모ᄌᆞ 보미 븟그럽디 아니냐? 슈연이나 먼니 가나 힝실 닥고 허믈을 곳처 다시 죄의 범치 말나."

셜파의 함체오열ᄒᆞ니, 범부인 고식이 그 간흉을 시로이 한심통히ᄒᆞ더라.

---

967)막질니다 : 막히다. *막질다; 막다.
968)싀시오다 : 시새우다. 자기보다 잘되거나 나은 사람을 공연히 미워하고 싫어하다.
969)ᄋᆡ이무교(愛而無教) : 사랑할 줄만 알고 가르치지를 않음.
970)마원(馬援)의 경계(警戒) : 중국 후한 때의 무장 마원(馬援)의 가르침. 곧 대장부는 뜻을 품었으면 어려울수록 굳세어야 하고 늙을수록 건장해야 한다(大丈夫爲者 窮當益堅 老當益壯). *마원(馬援); 중국 후한 광무제(光武帝) 때의 무장. 자는 문연(文淵). 광무제 때 강족(羌族)을 평정하였으며, 교지(交趾)의 난을 진압하고 흉노족을 쳐서 공을 세웠다. 후에 남방의 무릉만(武陵蠻) 토벌 중 병사하였다.

이씨 녀·화·셕 삼부인은 다 모부인 과악이 맛춥니 효주현부룰 히ᄒᆞ미 이 디경(地境)의 니ᄅᆞ믈 골돌ᄒᆞ미, 한님을 볼 낫치 업셔 이의 아니오고, 츄밀의 양녀 조·윤 냥부인만 가【20】변(家變)을 놀나 이의 모닷던 고로, 한님을 붓들고 못니 슬허ᄒᆞ고, 공주ᄂᆞᆫ 긔운이 엄억(奄抑)ᄒᆞ여 말을 못ᄒᆞ더라.

문밧긔셔 치관이 시긱을 급촉(急促)ᄒᆞ니, 한님이 니졍(離情)이 무한ᄒᆞ나 능히 지류치 못ᄒᆞ여 총총이 하직ᄒᆞ미, 삼슈고별(摻手告別)의 별뉘(別淚) 쳔항(千行)이러라.

일즉 니별을 맛고 거름을 두로혀미 영이 조초 가고져 ᄒᆞ거놀, 한님이 경계 기유(開諭)왈,

"우형이 가국(家國)의 디죄인이라. 능히 죄목을 다 혜아린 즉 슈형(首形)을 보젼치 못ᄒᆞᆯ 거시로디, 【21】힝혀 셩쥬(聖主)의 호싱지덕(好生之德)과 너의 효우(孝友)로ᄡᅥ 일누룰 진여시니, 타일 당당이 셔로 모들ᄯᅵ 이실 거시니 엇지 니별을 결연ᄒᆞ여 약장(弱臟)을 과도히 상히오ᄂᆞᆫ뇨? ᄒᆞ믈며 햐체(下處) 가장 번잡ᄒᆞ니 현데 갈 곳이 아니라. 집의셔 ᄯᅥ나나 먼니 가 니별ᄒᆞ나 한 번 니별은 한가지니, 굿ᄒᆞ여 만목인원(萬目人員)974) 가온디 아히 가 무엇 ᄒᆞ리오. 다만 훤당(萱堂)975)을 뫼셔 기리 무양(無恙)ᄒᆞ라."

공지 형의 광슈(廣袖)룰 잡고 체읍 오열ᄒᆞ여 겨유 디【22】왈,

"형장이 이 경계(境界)룰 당ᄒᆞ시미 젼혀 블초 데 셰상의 잇ᄂᆞᆫ 연괴라. 이후 셰초(歲

이씨 녀·화·셕 삼부인은 모부인 과악을 골돌ᄒᆞ고 한님 볼 낫치 업셔 이에 아니 오고, 츄밀의 냥녀ᄂᆞᆫ 가변을 놀나 이에 모닷ᄂᆞᆫ 고로 한님을 붓들고 슬허ᄒᆞ미 측양업고, 공주ᄂᆞᆫ 긔운이 억식ᄒᆞ야 말을 못ᄒᆞ더라.

문밧긔셔 치관이 급촉ᄒᆞ니, 한님이 《니졍∥니졍(離情)》이 무한ᄒᆞ나 능히 지류치 못ᄒᆞ야, 일장 니별을 맛고 거름을 두로혀미, 영이【78】조ᄎᆞ가고져 ᄒᆞ거놀, 한님이 경계 기유 왈,

"우형이 가국의 대죄인이라. 죄목을 혜아린즉 슈형을 보젼치 못ᄒᆞᆯ 거시로디, 힝혀 셩쥬의 호싱지덕과 너의 효우로ᄡᅥ 일누를 진녀시니, 타일 당당○○○이 셔로 모들 ᄯᅵ 이시리니, 엇디 니별을 슬허ᄒᆞ냐[야] 약장을 과도히 상히오ᄂᆞ뇨? 햐체 ○[가]장 번잡ᄒᆞ니 현데 갈 곳이 아니라. 집의셔 ᄯᅥ나나 먼니 가 니별ᄒᆞ나 ᄯᅥ나기ᄂᆞᆫ 흔가지니, 만목 인원 가온디 아희가 무엇ᄒᆞ리오? 다만 훤당을 뫼셔 기리 무양ᄒᆞ라."

공지 형의 광슈를 잡고 체읍오열ᄒᆞ여 겨유 디왈,

"형댱이 이 경계를 당ᄒᆞ시미 쇼뎨 셰상의 잇ᄂᆞᆫ 연괴라. 이후 셰초를 보아 죵시 쇼뎨의 ᄯᅳᆺ 굿디 아닐진디, 당당이 죽어 죄를 쇽흐여【79】ᄒᆞᄂᆞ이다."

---

971)디경(地境) : ①나라나 지역 따위의 구간을 가르는 경계. ②'경우'나 '형편', '정도'의 뜻을 나타내는 말. *여기서는 ②의 의미로 쓰였다.
972)엄억(奄抑) : 갑자기 막힘.
973)삼슈고별(摻手告別) : 아무런 준비 없이 맨손만 잡고 서로 이별을 함. *삼(摻) : '곧고 길게 쭉 뻗은 나무' 모양을 이르는 말로 '밋밋하다'는 뜻을 갖고 있다. 따라서 '삼슈(摻手)'는 아무 것도 들지 않은 '맨손'이라는 의미다.
974)만목인원(萬目人員) : 수많은 사람의 눈.
975)훤당(萱堂) : 남의 어머니를 높여 이르는 말. 또는 부모(父母)를 함께 이르는 말로 도 쓰인다. *훤(萱)은 훤초(萱草) 곧 '원추리'로 어머니를 상징하는 화초(花草)이다.

次)를 보아 만일 종시 쇼뎨의 뜻과 갓지 못
ᄒ올진디, 당당이 한 목슘을 결(決)ᄒ여 죄를
쇽ᄒ려 ᄒᄂ이다."

설파의 강기ᄒᆫ 눈믈이 옥빈(玉鬢)의 니음
ᄎ니 한님이 쳥파의 졍식 칙 왈,

"네 비록 나히 어리나 이 엇진 말고? 이는
네 날을 죽과져 ᄒ미라. 네 진실노 이런 망
녕된 의ᄉ를 곳치지 아닌 즉, 우형이 죽는
날 넉시라도 구원 아러 서로 보지 【23】아닐
거시오, 현뎨 한갓 동긔를 위ᄒ여 ᄉ싱을 가
비아야 너기면, 이는 텬디를 아지 못ᄒᄂ 죄
인이라. 엇지 혼빅인들 귀신 뉴의 츙슈(充數)
ᄒ리오."

드디여 일장을 ᄉ리로 졀칙(切責) 기유(開
諭)ᄒ며, 또 어로만져 위로ᄒ고 인ᄒ여 니별
ᄒ니, 공지 실언ᄒ믈 ᄉ죄ᄒ고 부디 보즁ᄒ
시기를 당부ᄒ여 분슈ᄒ미, 《니별 ‖ 별언(別
言)》이 슈어만(數於萬)이오, 별뉘(別淚) 하슈
(河水) 갓ᄒ니, 견지 져 형뎨의 효우를 감탄
ᄒ더라.

최부인이 가만이 시비로 ᄒ여곰 【24】쥬
찬으로 치관(差官)을 디졉ᄒ며, 빅금 슈빅냥
을 보니여 회뢰(賄賂)를 힝ᄒ고, 한님 죽이기
를 쳥쵹(請囑)ᄒ여시니, 냥 치관이 블승한심
(不勝寒心)ᄒ여 엄히 믈니쳐 밧지 아니려 ᄒ
다가, 일노뻐 혹 후일 증험이 이실가 ᄒ여
흔연이 바다 낭즁(囊中)의 심장(심장)ᄒ고,
한님 죽이기를 졍녕이 허락ᄒ니라.

한님이 가즁 상하의 니별ᄒ기를 맛ᄎ미 이
의 치관으로 더부러 칙예(輪輿)의 오르니, 유
모 셜향의 부쳐와 유뎨(乳弟) 셩산이 한님을
ᄯᆞᆯ와 젹쇼【25】로 가려 ᄒ더라.

최부인이 종시 일냥 은ᄌ도 힝냥(行糧)[976)
을 보타미 업ᄉ니, 셜향의 부부 부ᄌ 삼인은
댱가 시이(侍兒)런 고로, 울며 져희 셰ᄉ(細
私)[977)를 기우려 반젼(盤纏)[978)을 삼아 한님
을 뫼셔 발힝ᄒ니라.

---

976)힝냥(行糧) : 길 가는 중에 먹을 식량.
977)셰ᄉ(細私) : 집안 살림에 쓰는 온갖 물건. 세간살
이.
978)반젼(盤纏) : 먼 길을 떠나 오가는 데 드는 비용.
=노자.

설파의 강기ᄒᆫ 눈믈이 옥빈의 이음ᄎ니 한
님이 졍식 칙왈,

"이 엇진 말고? 이ᄂ 네 날을 죽과져 ᄒ미
라. 네 진실노 이런 망녕된 의ᄉ를 곳치지
아닌 즉, 우형이 죽은 넉시라도 구원 아러셔
보지 아릴[닐] 거시오, 현뎨 ᄒ갓 동긔를 위
ᄒ여 ᄉ싱을 ᄀ비야이 넉이면 이ᄂ 텬지를
아디 못ᄒᄂ 죄인이라. 엇디 혼빅인들 귀신
유의 충수ᄒ리오."

드디여 일장을 ᄉ리로 졀칙ᄒ며, 또 어르
만져 위로ᄒ고 인ᄒ야 니별ᄒ니, 공지 실언
ᄒ믈 샤죄ᄒ고 브디 보듕ᄒ기를 당부ᄒ야 분
슈ᄒ미, 별뉘 하슈 ᄀᆞᄐ니 견지 져 형뎨의
효우를 감탄ᄒ더라.

최부인이 가마니 시비로 ᄒ여금 쥬찬으로
관치를 디졉ᄒ【80】며, 빅금 수 빅냥을 보니
여 회뢰ᄒ고 한님 죽이기를 쳥쵹ᄒ여시니,
냥 치관이 블승한심ᄒ야 엄히 믈니치고 밧디
아니려 ᄒ다가, 일노뻐 후일 증험이 이실가
ᄒ여 흔연이 바다 심장ᄒ고, 한님 죽이기를
졍녕이 허락ᄒ니라.

한님이 치관으로 더브러 칙여○[의] 오르
니 유모 셜향의 부쳐와 유뎨 셩산이 한님을
ᄯᆞᆯ와 젹쇼로 가려 ᄒ더라.

최부인이 죵시 일냥 은ᄌ도 힝냥을 보타미
업ᄉ니, 셜향의 부부 부ᄌᄂ 장가 시이런 고
로, 울며 져의 셰수를 기우려 반젼을 삼아
한님을 뫼셔 발힝ᄒ니라.

어시의 한님이 치관으로 더부러 교외의 니ᄅ니, 날이 졈으럿고 동문이 거의 닷치게 되엿더라. 윤시 졔공과 엄시 모든 친쳑이 몬져 햐쳐의 기다리고 녀·화·셕·조 졔인이 다 모혓더라.

한님이 졔공의 후의ᄅᆞᆯ 감ᄉᆞᄒᆞ나 신상누【26】얼(身上陋孼)979)이 진실노 ᄉᆞ인대참(使人大慙)980)이라. 엇디 디인졉믈(待人接物)981)의 ᄯᅳᆺ이 이시리오. 사름을 디ᄒᆞ미 몬져 참괴ᄒᆞ미 압셔니, 히음업시 옥안(玉顔)의 홍광(紅光)이 졈졈ᄒᆞ고 츄파(秋波)의 쳐식(悽色)이 어리여 무릅흘 ᄭᅮᆯ어 제인을 향ᄒᆞ여 기리 읍 왈,

"누인(陋人)은 텬디간 죄인이라 죄범강상(罪犯綱常)ᄒᆞ니, 죽으미 당당ᄒᆞ고 술미 만무(萬無)ᄒᆞ거ᄂᆞᆯ, 힝혀 셩상의 호싱지덕(好生之德)982)이 텬디의 협흡(浹洽)983)ᄒᆞ샤, 칼 아리 죽기ᄅᆞᆯ 면ᄒᆞ여 영히(嶺海)984)의 슈졸(戍卒)이 되니, 이 쳔고 업순 법젼이오, 누【27】인의 당치 못ᄒᆞᆯ 은영이라. 비록 일뉴(一縷) 지연(遲延)ᄒᆞ나, 감히 텬일지하(天日之下)의 언연(偃然)이 낫츨 드러 녈위(列位)의 뵈올 낫치 업순지라. 바라건디 녈위 존공은 누인의 심ᄉᆞ 남 다ᄅᆞᄆᆞᆯ 어엿비 너기샤, 일즉 도라가샤 누인의 마음을 편케 ᄒᆞ시면 지우(知遇)ᄒᆞ시ᄂᆞᆫ 셩덕일가 ᄒᆞᄂᆞ이다."

언파의 블안ᄒᆞᆫ ᄉᆞ식이 가득ᄒᆞ니, 좌상 졔공이 그 슈쳑ᄒᆞᆫ 의용과 쳑감(慽感)ᄒᆞᆫ 언ᄉᆞᄅᆞᆯ 드르미, 감동ᄒᆞ여 초초(草草)ᄒᆞᆫ 말ᄉᆞᆷ으로 화란(禍亂)의 ᄎᆞ악(嗟愕)ᄒᆞᄆᆞᆯ 위로ᄒᆞ고 즉【28】시 도라가니, 다만 졀우친붕(絶友親朋)985)과

---

979)신상누얼(身上陋孼) : 몸 위에 덧 씌워진 억울한 죄명.
980)ᄉᆞ인대참(使人大慙) : 하는 짓이 옆에서 보는 사람이 부끄럽게 여길 만함.
981)디인졉믈(待人接物) : 남과 접촉하여 사귐.
982)호싱지덕(好生之德) : 사형에 처할 죄인을 특사하여 살려 주는 제왕의 덕.
983)협흡(浹洽) : 물이 물건을 적시듯이 널리 고루 퍼지거나 전하여짐.
984)영히(嶺海) : '깊은 산중'과 '먼 바닷가'를 함께 이른 말.
985)졀우친붕(切友親朋) : 더할 나위 없이 친한 벗

어시의 한님이 치관으로 더브러 교외의 니ᄅ니, 날이 져므럿고 동문이 거의 닷치게 되엿더라. 윤시 졔 공과 엄시 모든 친쳑이 몬【81】져 햐쳐의 기다리고 녀·화·셕·조 졔인이 다 모혓더라.

한님이 졔공의 후의를 감ᄉᆞᄒᆞ나, 신상 누얼이 진실노 ᄉᆞ인대참이라. 엇디 디인졉믈의 ᄯᅳᆺ이 이시리오. 사름을 디ᄒᆞ미 몬져 참괴ᄒᆞ미 압셔니, 히음업시 옥안의 홍광이 졈졈ᄒᆞ고, 츄파의 쳐식이 어리여 므릅흘 ᄭᅳ러 제인을 향ᄒᆞ야 왈,

"누인은 텬지간 죄인이라. 죽으미 당당ᄒᆞ거ᄂᆞᆯ 힝혀 셩상의 호싱디덕이 텬지 협흡ᄒᆞ샤, 칼 아리 죽기를 면ᄒᆞ야 녕히의 《슈츌∥슈쫄》이 되니, 이 쳔고○[의] 업슨 법젼이라. 비록 진연ᄒᆞ나 감히 텬일지하의 언연이 ᄂᆞᆺ찰 드러 녈위긔 뵈오리오. 부라건디 녈위 존공은 누인의 심ᄉᆞ 남다ᄅᆞᄆᆞᆯ 어엿비 녁이샤 일죽이 도라가샤 누인의【82】ᄆᆞ음을 편케 ᄒᆞ시면 지우ᄒᆞᄂᆞᆫ 셩덕일가 ᄒᆞᄂᆞ이다."

좌상 졔공이 그 슈쳑ᄒᆞᆫ 의용과 쳑감ᄒᆞᆫ 언ᄉᆞ를 드르미, 감동ᄒᆞ여 초초ᄒᆞᆫ 말ᄉᆞᆷ으로 화란의 ᄎᆞ악ᄒᆞᄆᆞᆯ 위로ᄒᆞ고 즉시 도라가니, 다만 졀우친붕과 친쳑이 약간 머므러 별회를 니ᄅ고 진왕부지 머므러 참연이셕ᄒᆞ야, 그

친척이 약간 머므러 별회롤 니룰시, 제윤이 또ᄒᆞᆫ 도라가고 진왕 부ᄌᆞ와 오왕 부ᄌᆞ 머무러, 진왕 부ᄌᆞ 이련ᄒᆞ여 신상의 강상디죄롤 시러 장하여ᄉᆡᆼ(杖下餘生)986)이 녕히슈졸(嶺海戍卒)987)이 되며, 아ᄌᆞ 궐즁의셔 장하의 위위ᄒᆞᆫ 거동으로ᄡᅥ, 이제 강잉 슈작ᄒᆞ미 유히홀 고로 참연 이셕ᄒᆞ여, 다만 그 숀을 잡고 탄식 위로ᄒᆞ여 편히 눕기룰 권ᄒᆞ며, 녀·화·셕 삼인이 져 거동을 보고 그 강녈ᄒᆞᆷ을 어려이 너기고, 위【29】란ᄒᆞᆫ 신셰룰 ᄎᆞ셕ᄒᆞ여 슬허ᄒᆞ고, 악모의 힝악이 상모(象母)988)의 지나고, 포(暴)ᄒᆞ미 민모(閔母)989)의 더으믈 통히(痛駭)ᄒᆞ나, 도ᄎᆞ(到此)의 아른 체홀 비 아니라. 다만 원노의 보즁ᄒᆞᄆᆞᆯ 니룰시 한님이 신음ᄒᆞᄂᆞᆫ 긔식이 이시디, 야심토록 눕지 아니니, 제인이 권ᄒᆞ여 편히 쉬기룰 니ᄅᆞ고 상쳐 보기룰 구ᄒᆞ디, 한님이 빈미(嚬眉) 츄연(惆然) 왈,

"블민용우(不敏庸愚)990)ᄒᆞ여 텬디간(天地間) 죄인으로 약간 형벌 밧ᄌᆞ오미 죄듕벌경(罪大罰輕)이라. 엇지 붓그럽지 아냐 조흔 일 갓치 즁목【30】쇼시(衆目所視)의 니여 ᄌᆞ랑ᄒᆞ리오."

진왕은 그 심ᄉᆞ롤 어엿비 너겨 츄연 탄식ᄒᆞ고, 남빅과 평오왕이 그 숀을 닛그러 친히 벼기의 누이며 니ᄅᆞ디,

"셩인이 경권(經權)991)을 두샤 '우믈의 것

손을 잡고 탄식 위로ᄒᆞ야 편이 눕기를 권ᄒᆞ며, 녀·화·셕 삼인이 그 위난ᄒᆞᆫ 신세를 ᄎᆞ셕ᄒᆞ야 슬허ᄒᆞ고, 악모의 힝악이 상모의 디나믈 통히ᄒᆞ나, 도ᄎᆞ의 아른 체홀 비 아니라. 다만 원노의 보듕ᄒᆞᄆᆞᆯ 니를 시, 한님이 신음ᄒᆞᄂᆞᆫ 긔식이 이시디, 야심토록 눕디아니【83】니, 제인이 권ᄒᆞ야 편히 쉬믈 니ᄅᆞ고, 상쳐 보기를 구ᄒᆞ디, 한님이 츄연 왈,

"누인의 약간 형벌○[을] 밧ᄌᆞ오미 죄듕벌경이라. 됴흔 일ᄀᆞᆺ치 니여 자랑하리잇고?"

진왕은 그 심ᄉᆞ를 어엿비 넉여, 츄연탄식ᄒᆞ고, 남빅과 오왕이 친히 그 손을 잇그러 벼기의 누이고 닐오디,

"셩인이 경권을 두샤, 우믈의 것 굼글 두

---

986)장하여ᄉᆡᆼ(杖下餘生) : 혹독한 장형아래 남은 목숨.
987)녕히슈졸(嶺海戍卒) : 도성에서 멀리 떨어진 산간이나 해변에서 수자리 사는 병사. 또는 그러한 곳에 유배된 죄인.
988)상모(象母) : 중국 순임금의 계모. 상(象)의 생모. 남편 고수(瞽瞍)와 아들 상과 함께 전처소생인 순(舜)을 죽이기 위해 갖은 악행을 자행했다.
989)민모(閔母) : 중국 춘추시대 노나라 현인 민자건(閔子騫)의 계모. 추운 겨울날 자신의 친아들에게는 두터운 솜옷을 입히면서도 전처소생의 의붓아들인 민자건에게는 갈대를 넣은 옷을 입히는 등으로 자건을 학대하였다. 남편이 이를 알고 쫓아내려 하자 자건이 말려 출화(黜禍)를 면했는데, 이 사실을 안 그녀는 이후 자신의 잘못을 뉘우치고 자건을 잘 보살폈다.
990)블민용우(不敏庸愚) : 어리석고 용렬하여 재빠르지 못함.
991)경권(經權) : ①경법(經法)과 권도(權道)를 아울러

굼글 두시며'992) '집 우희 블을 피ᄒ여 살기
를 도모ᄒ샤'993) '하빈(河濱)의 질그릇슬 구
으시며, 뇌퇴(雷澤)의 고기 잡으시다'994), 맛
춤ᄂᆡ 셩효를 완전ᄒ샤 만셰의 셩인이 되시
니, 뎨슌(帝舜)이 엇더ᄒ신 셩인이시뇨만은,
오히려 부모지명(父母之命)이라도 ᄉᆞ지(死地)
의ᄂᆞᆫ 계규(計規)로 버셔나시【31】니, 후인이
칭복ᄒ고, '신싱(申生)의 국파신망(國破身亡)
ᄒᄂᆞᆫ 효(孝)'995)를 긔특다 아닛ᄂᆞ니, 슉경이
시금 명되 다험(多險)ᄒ여 의외 변난이 상싱
ᄒ여 죄명이 초악ᄒ나, 부뫼 명ᄒ여 죽으라
ᄒ시미 업ᄉᆞᆫ 바의, 누명이 '오조(烏鳥)의 ᄌᆞ
웅(雌雄)'996) ᄀᆞᆺᄒᆞᆫ 인인(人人)이 쇼공지(所

시며, 집 우희 블을 피ᄒ여 살기를 도모ᄒ
샤, 하빈의 질그릇슬 구오시며 뇌퇴의 고기
잡으시다, 맛춤ᄂᆡ 셩효를 완전ᄒ샤 만셰의
셩인이 되시니, 슉경이 시금 명되 다험ᄒ여
의외 변난이 상싱ᄒ고 죄명이 초악ᄒ나, 부
뫼 명ᄒ여 죽으라 ᄒ시미 업ᄉᆞᆫ 바의, 누명이
오됴의 ᄌᆞ웅 ᄀᆞᆺᄐᆞᆫ 인인의 소공지라. 더욱
【84】 셩샹의 일월명감이 조금도 의심치 아
니시고, ᄌᆞ고의 업ᄉᆞᆫ 관젼을 드리오샤 명을
쒸이시니 군은이 망극ᄒ지라. 엇지 ᄒᆞᆫ곳 누
명을 븟그럽다 ᄒ여, 댱쳐를 감초아 남 뵈기
를 고집ᄒᆯ진ᄃᆡ, 만일 댱흔이 덧난 즉 죽기의
《니ᄅᆞ러도‖니ᄅᆞ리니》,   ○○○○○○이에
니ᄅᆞ러도】 의원을 뵈지 아니랴? 아등이 군을

이르는 말. ②언제나 변하지 않는 원칙과 상황에
따라 취하는 임기응변을 비유적으로 이르는 말.

992)우믈의 겻굼글 두시며 : 순의 완악한 부모가 그를
우물에 들어가게 한 후 우물을 묻어 죽게 하였으
나, 순이 우물에 미리 구멍을 파 두어, 이를 통해
나옴으로써 화(禍)를 피해 효(孝)를 완전케 하였던
고사. 『맹자』<만장장구상(萬章章句上)>에 나온다.

993)집 우희 블을 피ᄒ여 살기를 도모ᄒ샤 : 순의 완
악한 부모가 순을 지붕에 올라가게 하고는 사다리
를 치우고 집에 불을 질러 타 죽게 하였으나, 순이
미리 준비해간 두 개의 삿갓을 펴 날 듯이 내려와
화를 모면해 효(孝)를 완전케 하였던 고사. 『맹자』
<만장장구상(萬章章句上)>에 나온다.

994)하빈(河濱)의 질그릇슬 구으시며, 뇌퇴(雷澤)의 고
기 잡으시다 : 순임금이 하빈(河濱)에서 질그릇을
구울 때에 하빈의 그릇이 모두 조악하지 않았고,
뇌택(雷澤)에서 물고기를 잡을 때에는 뇌택가의 사
람들이 모두 고기잡는 자리를 양보하였다. 그리하
여 순 임금이 거처하는 곳에는 1년 만에 촌락이 이
루어졌고, 2년 만에 읍이 이루어졌으며, 3년 만에
도(都)가 이루어졌던 고사를 이른 말이다. 『사기』
<오제본기(五帝本紀)>에 나온다.

995)신싱(申生)의 국파신망(國破身亡)ᄒᄂᆞᆫ 효(孝) : 신
생(申生)은 중국 춘추 시대 진 헌공(晉獻公)의 태자
(太子)였는데, 헌공의 애첩(愛妾)인 여희(驪姬)가 자
기 소생 아들 해제(奚齊)로 하여금 헌공의 뒤를 잇
게 하려고 신생을 모함하였다. 신생은 여희의 음모
인 것을 알면서도, 음모를 밝히면 여희가 죽임을
당하여 늙은 헌공이 상심할 것을 염려하여 밝히지
않고 자살하였다. 이로써 임금의 자리는 뒤에 내란
끝에 두 동생인 이오(夷吾)와 중이(重耳)에게 돌아
감으로써 그는 결국 나라도 잃고 자신의 몸도 잃었
던 고사를 말한다. 《춘추좌전(春秋左傳)》 희공(僖
公) 5년조에 나온다.

996)오조(烏鳥)의 ᄌᆞ웅(雌雄) : '까마귀의 암수를 가리
는 일'이란 뜻으로, 잘잘못이나 좋은 것과 나쁜 것
따위를 따져서 분간하기가 어려움을 이르는 말.

共知)라. 더욱 셩샹이 일월명감이 조곰도 의심치 아니시고, ᄌ고의 업순 관젼을 드리오샤 명을 쑤이시니997), 군은(君恩)이 망극ᄒ온지라. 엇지 한갓 누명이 붓그럽다 ᄒ여 장쳐(杖處)를 감초와 남 뵈기를 고집ᄒ올진【32】디 만일 장흔이 덧난 즉 죽기의 니르러도 의원을 뵈지 아니랴. 아등이 군을 알오미 총명영달(聰明怜達)흔 쥴노 아랏더니, 엇지 이디도록 고집블통인 쥴 알니오."

한님이 탄식 왈,

"본디 장쉬 만치 아닌지라. 쇼뎨 비록 잔약ᄒ나 당당흔 디장뷔라. 십여장 형장을 못견디여 ᄉ싱지녜(死生之慮) 이시리오."

화상셔 니로디,

"악졍ᄌ츈(樂正子春)998)은 발이 샹ᄒ미 셕달을 근심ᄒ여 뉴체(遺體)999)를 앗겻ᄂ니, 슉경은 식니군ᄌ(識理君子)로 금일지언(今日之言)이 엇지 블통치【33】아니리오."

셜파의 위력으로 나말(羅襪)1000)을 그르고 장쳐를 보니, 비록 만히 맛지 아녀시나 장체 디단ᄒ여, 연연(軟軟)흔 살이 ᄶ러지고 옥 갓흔 ᄶ 은연이 빗최여 보기의 놀납고, 셩혈(腥血)이 님니(淋漓)ᄒ여 과의(袴衣)의 ᄉ못찻ᄂ지라. 제인이 이셕(哀惜) 참연(慘然)ᄒ여 상연흠비(傷然含悲)1001)ᄒ믈 니긔지 못ᄒ거늘, 녀한님은 셩졍이 본디 나약인ᄌ(懦弱仁慈)흔지라. 한님의 상쳐를 어로만져 실셩장탄(失性長歎)ᄒ믈 마지 아니ᄒ고, 화상셔는 걸호(傑豪)흔 군지라. 엄한님의 경상을【34】볼ᄉ록 악모(岳母) 힝악을 분긔ᄒ미 깁흐니, 엇지 즁인의 이목을 휘(諱)ᄒ리오. 쇼러나믈

알오미 총명녕달흔가 ᄒ엿더니, 엇디 이디도록 고집불통인 쥴 알니오."

한님이 탄식 왈,

"본디 장쉬 만치 아닌지라. 쇼뎨 비록 잔약ᄒ나 당당흔 댱뷔라. 십여장 형댱을 못견디여 ᄉ싱지녀 잇시리오."

화상셰 일오디,

"악졍ᄌ츈이 발이 샹ᄒ미 셕달을 근심ᄒ여 뉴체를 앗겨ᄂ니, 슉경은 식니군ᄌ로 금일지언이 엇지 블통치 아니리【85】오."

셜파의 위녁으로 나말을 그르고 댱쳐를 보니, 비록 마니 맛디 아녀시나 댱체 디단ᄒ야, 연연흔 살이 ᄶ러지고 옥 ᄀᆺ튼 ᄶ 은연이 빗최여 보기의 놀납고, 셩혈○[이] 님니ᄒ여 과의의 ᄉ못찻ᄂ디라. 졔인이 시로이 이셕ᄒ여 상연 하루ᄒ거늘, 녀한님은 텬셩이 《난약‖나약》ᄒ디라. 한님의 상쳐를 어르만져 실셩장탄ᄒ고, 화상셔는 걸호흔 셩졍이라. 엄한님○[의] 경샹을 볼스록 악모 힝악을 분긔ᄒ미 깁프니, 엇디 듕인의 이목을 휘ᄒ리오. 쇼러나믈 ᄭᅢ닷디 못ᄒ여 갈오디,

---

997)쑤이다 : 꾸이다. 남에게 다음에 받기로 하고 돈이나 물건 따위를 빌려 주다.
998)악졍ᄌ츈(樂正子春) : 중국 노나라의 효자. 성(姓)은 악정(樂正), 이름은 자춘(子春). 증자(曾子)의 제자. 마루를 내려오다 발을 다치자, 부모로부터 온전하게 받은 몸을 순간의 방심으로 상하게 하여 효(孝)를 잃은 것을 반성하며, 여러 달 동안을 문밖을 나오지 않고 근신(謹愼)하였다. 『소학』<계고(稽古)>편에 나온다.
999)뉴체(遺體) : 유체(遺體). 부모로부터 물려받은 몸.
1000)나말(羅襪) : 비단으로 지은 버선.
1001)상연흠비(傷然含悲) : 마음이 감상(感傷)하여 슬픔을 머금음.

씨닷지 못ᄒ여 갈오디,

"ᄌ고로 녀무(呂武)1002)의 투악(妒惡)이 만
더의 희한ᄒ가 ᄒ엿더니, 금셰의 ᄯ 엇지 더
뒤(對頭)이실 쥴 알니오. 슉경의 오날 이 거
조ᄂ 디슌의 경계의 지나니, 슌은 오히려 신
셰 괴롭고 위ᄐᄒ 가온디나, 샹(象)의 포(暴)
흠과 모(母)의 악ᄒ미 표표히 낫하나미 만코,
텬되(天道) 각별 니신 바 텬종지셩(天縱之
聖)1003)으로, 슈요궁달(壽夭窮達)이 빅녕(百
靈)이 쓸와 보호ᄒ미【35】잇거니와, 이제 슉
경은 악뷔(岳父) 관인ᄒ시고 동긔(同氣) 효우
ᄒ디, 가만ᄒ 음히를 만나 일신을 함지킹참
(陷之坑塹)ᄒ미 남은 ᄯ히 업ᄉ니, 엇지 인ᄌ
의 통셕(痛惜)지 아닐 비며, 일후지히(日後之
害) 그만ᄒ 쥴 밋지 못ᄒ니, 슉경이 ᄯ 엇지
적디(謫地)의 평안ᄒ믈 밋으리오."

언파의 블승분연(不勝憤然)ᄒ니 좌위 묵연
ᄒ고, 한님이 변식 왈,

"형언이 괴이타. 사ᄅ의 슈요궁달과 화복
길흉이 문(門)이 업ᄉ니, 군ᄌ셩인이라도 오
ᄂ 익을 면치 못ᄒ시니, 즁니 디셩(大聖)이샤
【36】디 시황(始皇)1004)이 경셔(經書)를 블지
ᄅ 쥴 능지(能知)ᄒ샤, 경셔를 벽간(壁間)의
감초시ᄂ 셩춍(盛寵)으로도 '진채(陳蔡)의 익
(厄)'1005)을 피치 못ᄒ샤 칠일 절냥(絶糧)ᄒ

"ᄌ고로 녀무의 투악이 만더의 희한ᄒ가
ᄒ엿더니, 금셰의 ᄯ 엇디 더뒤 잇실 줄 알
니오. 슉경이[의] 오날ᄂ 거조ᄂ 디슌의 경계
의 디나【86】니, 이제 슉경이 악뷔 관인ᄒ시
고 동긔 효우ᄒ디, ᄀ만ᄒ 음히를 만나, 일
신을 함디킹참ᄒ미 남은 ᄯ히 업ᄉ니, 엇디
인ᄌ의 통셕디 아릴[닐] 비며, 슉경이 ᄯ 엇
디 젹니의 평안ᄒ믈 미드리오."

언파의 블승분연ᄒ야 ᄒ니, 좌위 묵연ᄒ고
한님이 변식 왈,

"형언이 고이타. 사ᄅ이[의] 궁달슈요와 화
복길흉이 문이 업ᄉ니, 군ᄌ셩인이라도 오ᄂ
익을 면치 못ᄒ시니, 듕니 디셩이샤디 시황
이 경셔를 블지ᄅ 줄 능지ᄒ샤, 경셔를 벽간
의 감초시ᄂ 셩춍으로도 진치의 욕을 피치
못ᄒ샤 칠일 졀양ᄒ샤ᄂ니, 쇼데 ᄀᄐ 위인
의 엇디 참아 비겨《의논ᄒ시ᄂ니잇고‖의논
ᄒ시며》, 언ᄉ의 망녕되믈 싱각지 아니시ᄂ

1002)녀무(呂武) : 중국의 대표적인 여성권력자인 한
(漢)나라 고조(高祖)의 황후 여후(呂后) 여치(呂
雉?-BC108)와 당(唐)나라 고종의 황후 측천무후(則
天武后) 무조(武曌 : 624-705)를 함께 이르는 말.
1003)텬종지셩(天縱之聖) : 공자의 제자 자공이 『논어
자한(子罕)』에서 공자를 '하늘이 내신 성인(天縱之
聖)'이라고 한 데서 나온 말로, 공자의 덕화(德化)
또는 제왕의 성덕을 칭송하여 이르는 말로 쓰인다.
1004)시황(始皇) : 진시황제(秦始皇帝). 중국 진(秦)나
라의 제1대 황제(B.C.259~B.C.210). 이름은 정(政).
기원전 221년에 중국을 통일하고 스스로 시황제라
칭하였다. 중앙 집권을 확립하고, 도량형·화폐의
통일, 만리장성의 증축 등의 치정(治政)이 있었으
나, 아방궁의 축조, 분서갱유 등의 폭정으로도 유명
하다. 재위 기간은 기원전 247~기원전 210년이다.
1005)진채(陳蔡)의 익(厄) : 공자(孔子)가 초(楚)나라
소왕(昭王)의 초빙을 받고 초나라로 가던 중, 진(陳)
나라와 채(蔡)나라의 접경지역에서 진·채의 군사들
에게 포위된 채, 양식이 떨어져 7일 동안을 굶으며
고난을 겪었던 고사를 이르는 말. 이를 진채지액(陳
蔡之厄)이라 한다.

시며, '셔빅(西伯)이 뉴리칠년지익(羑里七年
之厄)'1006)을 면치 못ᄒ시고, 빅읍고(伯邑
考)1007)의 고기를 맛보시니, 이 곳 셩인지되
(聖人之道) 낫부미 아니오, 투철명식(透徹明
識)이 쟝녀를 모로미 아니로디, 능히 방비ᄒ
여 피치 아니시믄 그 셩덕의 호연(浩然)ᄒ시
미니, 슬프다! 쇼뎨 갓흔 위인의 엇지 춤아
셩인의 비홀 비라 형쟝이 이러틋 고셩(古聖)
의 비【37】기ᄂᆞ뇨? 누뎨(陋弟) 진실노 누명을
신셜(伸雪)ᄒ여 인뉸의 다시 참예ᄒ기를 원
치 아니ᄒ오니, 형쟝이 언스의 망녕(妄靈)되
믈 싱각지 아니시ᄂᆞ뇨? 쇼뎨 용누비질(庸陋
卑質)이 셩인의 덕이 업고, 쏘 사룸으로 더
부러 슈원(受怨)ᄒ미 업ᄉ니, 뉘 쇼뎨롤 히ᄒ
리오. 블과 나의 불명ᄒᆞ믈 신명이 외오 너기
샤 죄얼을 나리오시미라. 엇지 신명을 원ᄒ
며 사룸을 탓ᄒ리오. 더옥 후화(後禍)룰 근심
ᄒ믄 부인의 셜셜(屑屑)ᄒ미라.1008) 디쟝부의
말이 아니로쇼이【38】다."

셜파의 안식이 식식ᄒ여 츄텬상노(秋天霜
露)1009)의 한월(閑月)이 비긴 듯ᄒ니, 좌위
그 효의롤 탄복ᄒ고 군ᄌ디질(君子大質)이
넉넉ᄒᆞ믈 초셕(嗟惜)ᄒ더라

남빅과 평오왕이 한님의 슌을 잡아 기리
탄식 왈,

"하ᄂᆞᆯ이 슉경과 아미(我妹)룰 ᄂᆡ시미 반ᄃ

뇨? 쇼뎨 용누비질이 셩인의 덕이【87】업고
쏘 사룸으로 더브러 슈원ᄒ미 업ᄉ니 뉘 쇼
뎨를 히ᄒ리오. 블과 나의 불명ᄒᆞ믈 신명이
뮈오녁여 지얼을 나리오시미라. 엇디 신명을
원ᄒ며 샤룸을 탓ᄒ리오. 더옥 후화를 근심
ᄒ믄 부인의 셜셜ᄒ미라. 디댱부의 ᄯᅳᆺ지 아
니로쇼이다."

셜파의 안식이 식식ᄒ니, 좌위 그 효의를
탄복ᄒ고, 군ᄌ 대질이 넉넉ᄒᆞ믈 초셕ᄒ더
라.

남빅과 평오왕이 한님의 손을 잡아 기리
탄식 왈,

"하ᄂᆞᆯ이 슉경과 아미를 ᄂᆡ시미 반ᄃᆞ시 유

1006)셔빅(西伯) 뉴리칠년지익(羑里七年之厄) : 서백(西
伯)은 주(周) 문왕의 다른 호칭. 은나라 주왕(紂王)
이 구후(九侯)와 악후(鄂侯)를 죽이자 문왕이 이를
탄식하였는데, 주왕이 이를 노하여 문왕을 유리(羑
里)의 감옥에 가둬버린다. 이로써 문왕이 7년간 이
곳에 갇혀 고초를 겪게 되는데, 이를 '유리지액(羑
里之厄)'이라 한다. 문왕은 이 옥에 갇혀 있는 동안
역(易)의 8괘를 64괘로 추연(推演)해서 만들었다고
한다. 『사기, 권3, 은본기(殷本紀)』에 나온다.
1007)빅읍고(伯邑考) : 은나라 말기 때 기원전 12세기
문왕(文王)인 희창(姬昌)의 아들이자 무왕(武王)의
형이다. 성은 희(姬), 이름은 읍고(邑考)이며, 백(伯)
은 문왕의 직위인 서백(西伯)에서 유래했다. 주왕
(紂王)에 의해 능지처참(凌遲處斬)당했다, 아버지
희창보다 먼저 죽었기 때문에 동생인 희발(姬發)이
부친의 지위를 계승해 무왕(武王)에 즉위했다.
1008)셜셜(屑屑)ᄒ다 : 자잘하게 굴다, 구구(區區)하다.
1009)츄텬상노(秋天霜露) : 가을의 서리와 이슬을 함께
이른 말.

시 하날이 유의ᄒ여 각별이 닛시미어눌, 쇼조(所遭)[1010]의 긔구(崎嶇)ᄒ미 여ᄎᄒ니, '쇼장(蕭墻)의 적은 변(變)'[1011]이 강상의 간섭ᄒ여, 부부 냥인이 다 동남(東南) 한 가의 적거ᄒ여 누명이 ᄎ악ᄒ고, 환귀지쇽(還歸遲速)이 망[39]단(望斷)ᄒ여 긔약이 업ᄉ나, 하날이 가만ᄒᆫ 가온디 반ᄃ시 길인(吉人)을 보호ᄒ리니, 아미의 셩덕ᄌ질과 슉경의 군ᄌ디질이 엇지 몰몰(沒沒)ᄒ리오[1012]. 필연 누명을 신셜ᄒ고 빗니 도라와, 북당훤초(北堂萱草)[1013]의 무치지낙(舞彩之樂)[1014]과 '금슬(琴瑟)이 상화(相和)ᄒ여'[1015], 오복(五福)[1016]의 한 흠이 업슨 시절의 금일 익경(厄境)은 일장츈몽(一場春夢)의 비길지라. 군은 당당ᄒᆫ 쟝뷔라, 심ᄉ를 널니 ᄒ여 타일

의ᄒ여 닛시미어눌, 쇼조의 긔구ᄒ미 여ᄎᄒ니, 쇼쟝의 져근 변이 강상의 간셥ᄒ여, 부부 냥인이 다 동남 한가의 적거ᄒ여, 누명이 ᄎ악ᄒ고 환귀지쇽이 망단ᄒ야 긔약이 업ᄉ나,【88】 하날이 반ᄃ시 길인을 보호ᄒ리니, 아미의 셩덕ᄌ딜과 슉경의 군ᄌ디질이 엇디 믈믈ᄒ리오. 필연 누명을 신셜ᄒ고 빗니 도라와, 북당훤쵸의 무치디락과 금슬디[이] 상화ᄒ여, 오복의 한 《혬‖흠》이 업슬 시절의 금일 익경은 일쟝츈몽《이라‖의 비길지리》. 군은 당당ᄒᆫ 댱뷔라. 심ᄉ를 널니 ᄒ여 타일 아등이 이곳의 와 마ᄌᆯ 적은 안거쥬눈으로 빗니 도라오라."

1010)쇼조(所遭) : '만난 바'. 또는 '당한 바'의 의미로 변역될 수 있는 한자어로, '치욕이나 고난을 당함'을 뜻하는 말이다..

1011)쇼장(蕭墻)의 변(變) : =소장지변(蕭墻之變). 소장(蕭墻)은 '담장'을 뜻하는 말로, '소장지변(蕭墻之變)은 '담장 안' 또는 '집 안', '대궐 안', '자기 편' 등의 내부의 인물 또는 요인에 의해서 일어나는 변란을 뜻한다. 『논어, 계씨(季氏)』의 "계손(季孫)의 걱정거리가 전유에 있지 않고 담장 안에 있는 것 같다(吾恐季孫之憂   不在顓臾而在蕭墻之內也))라고 한, 공자의 말에서 연유한다. ㄴ자중지란(自中之亂)

1012)몰몰(沒沒)ᄒ다 : 가라앉다. 묻혀서 보이지 않다. 세상에 알려지지 않은 채로 사라져 없어지다.

1013)북당훤초(北堂萱草) : '어머니' 또는 '어머니를 모심'을 이르는 말. '북당'은 집의 북쪽에 있는 건물로 집안의 주부(主婦)가 거처하는 곳이어서 어머니를 이르는 말로 쓰였다. 훤초 또한 『시경』<위풍(衛風)> '백혜(伯兮)'편의 "어디에서 훤초를 얻어 북당에 심을꼬.(焉得萱草 言樹之背 *背는 이 시에서 北堂을 뜻함)"라 한 시구에서 유래하여, 주부가 자신의 거처인 북당에 심고자 했던 풀이라는 데서, '어머니' 또는 '어머니를 모심'을 이르는 말로 쓰였다.

1014)무치지낙(舞彩之樂) : 색동옷 입고 춤을 추어 어버이를 즐겁게 해 드림. 중국 춘추 때 초나라 사람 노래자(老萊子)가 70세에 색동옷을 입고 어린애 장난을 하여 늙은 부모를 즐겁게 해드렸다는 고사에서 유래한 말.

1015)금슬(琴瑟)이 상화(相和)ᄒ여 : 금슬상화(琴瑟相和) : 부부가 서로 화락함.

1016)오복(五福) : 유교에서 이르는 다섯 가지의 복. 보통 수(壽), 부(富), 강녕(康寧), 유호덕(攸好德), 고종명(考終命)을 이르는데, 유호덕과 고종명 대신 귀(貴)와 다남자(多男子: 아들을 많이 둠)를 꼽기도 한다..

아듕이 이곳의 와 마줄 적은 안거쥬륜(安車朱輪)[1017]으로 빗니 도라오라."

인호여【40】 좌상제인(座上諸人)이 다 호언(好言) 관위(款慰)호며, 오왕이 친히 장쳐룰 보아 장흔(杖痕)의 당제(當劑)룰 바루며, 약음으로 구호호여 추야룰 종용이 조리호여, 계명의 한님이 친척붕우와 제윤과 녀·화·셕 제인을 상별(相別)호고, 상거(象車)[1018]의 오루니 치관(差官)이 말을 모라 뒤흘 좃고, 유부(乳父)[1019] 셩쳔 부부 부지 힝장을 슈습호여 한님을 조차 젹쇼로 향홀 시, 진왕이 각별 금빅을 후히 쥬어 힝니(行李)룰 돕더라.

제인이 먼니 가도록 쳠망(瞻望)하다가 각각 도라올 시, 제공이 연연추셕(連連嗟惜)[1020]【41】호믈 마지 아니하더라.

한님이 힝마(行馬)룰 두로혀미 천슈만한(千愁萬恨)이 층가쳡다(層加疊多)호믄, 몸 우희 최마(衰麻)룰 벗지 못한 죄인으로 다시 죄악이 등한치 아니니, 양부(養父)의 평일 연이지정(憐愛之情)[1021]이 님힝의 한번 가초(假借)호시미 업스며 말숨의 위곡(委曲)호시미 업고, 즁부(仲父)의 자상명쳘(仔詳明哲)호시므로 흉독한 괴질을 어드샤 님별의 한 마디 알오미 업셔, 지각이 몽연(蒙然)[1022]호시믈 싱각호미, 슬프고 이달오미 자긔 누명을 시룬 바의 더하니, 힘음업시 장부웅심(丈夫雄心)이【42】 셜셜(屑屑)호고, 영웅의 긔운이 최찰(摧擦)호니, 구곡십이경(九曲十二經)[1023]의 녕원

《인언의‖인ᄒ여》 좌상 제인이 다 호언관위하며, 댱흔의 당제를 브루며 악음으로 구호하야 추야을 지니고, 계명의 한님이 친척 제인를 상별하고 상거의 오루니, 치관이 말을 모라 뒤흘 좃고, 셜향 부부 부지 힝장을 슈습하야 한님을 조초 힝홀 시, 진왕이 각별 금빅를 후히 쥬【89】어 냥지(糧資)를 돕더라.

제인이 먼니 가도록 현망하다가 도라올시 연연추셕하더라.

한님이 힝마를 두루혀미 천슈만한이 쳠가하믄, 몸 우희 최마를 벗디 못한 죄인으로 다시 죄악이 등한치 아니니, 냥부의 평일 자이지졍이 임힝의 한번 가초하시미 업고, 듕부의 자상명쳘하시므로 흉독한 괴질을 어드샤 임별의 한 마디 아롬이 업스믈 싱각하니, 슬프고 이다라미 히음업시 댱부웅심이 셜셜하고, 영웅의 긔운이 최찰하니, 《구회십이징‖구회십이경(九廻[1])十二經)》의 녕원이 요요하니, 혈뉘 화하야 후간의 연념이 오장을 살오니, 긱니(客裏)의 능히 잠을 닐우지 못하고, 구미 돈감하야 식음을 나오지 못하니, 유모 셜향 부쳬 쥬야 울【90】며 기유하야

1017)안거쥬륜(安車朱輪) : 바퀴에 붉은 칠을 하여 고위관리나 귀인이 타는 편안한 수레.
1018)상거(象車) : 코끼리가 끄는 수레.
1019)유부(乳父) : 유모(乳母)의 남편.
1020)연연추셕(連連嗟惜) : 잇따라 탄식하며 아까워함.
1021)연이지정(憐愛之情) : 어여삐 여겨 사랑하는 정.
1022)몽연(蒙然) : 환하지 못하고 어두움.
1023)구곡십이경(九曲十二經) : 구곡간장(九曲肝腸)과 십이경맥(十二經脈)을 함께 이른 말로 둘 다 '마음 속' 또는 '마음의 상태'를 비유적으로 이르는 말이다. *구곡간장(九曲肝腸): '굽이굽이 서린 창자'라는 뜻으로, 깊은 '마음속' 또는 시름에 쌓인 '마음속'을 비유적으로 이르는 말. *십이경맥(十二經脈): 기혈(氣血)이 순환하는 열두 경맥으로 심장의 박동 상태가 이를 통해 온몸에 전달된다. 따라서 맥이 '있다' '없다', '빠르다' '느리다' 등의 말로, 의욕이 있고 없고, 감정이 흥분된 상태인지 아닌지 등을

1)구회(九廻) : 구회장(九廻腸)의 줄임말. 마음속에 시름이나 슬픔이 맺혀서 풀리지 않음을 뜻하는 말로, 한(漢)나라 사마천(司馬遷)의 〈보임소경서(報任少卿書)〉에 "이런 까닭에 시름이 창자에서 하루에 아홉 번 돈다(是以腸一日而九廻)"고 한 말에서 유래했다.

(靈源)1024)이 요요(搖搖)ᄒ믈 엇지 면ᄒ리오. 금심철장(金心鐵腸)이 설설(屑屑)ᄒ니, 혈뉘 화ᄒ여 후간(喉間)의 연염(煙焰)1025)이 오장(五臟)을 살오니, 긱디(客地)의 능히 잠을 일우지 못ᄒ고, 구미(口味) 돈감(頓減)ᄒ여 식음을 나오지 못ᄒ니, 유모 셜향 부쳐와 셔종 셩산이 쥬야 뫼셔 울며 기유ᄒ여 약을 힘뼈 조호ᄒ며, 치관 등이 임의 최부인 심슐을 안 후는, 스스로 방심치 못ᄒ야 원노의 상심(詳審) 보호ᄒ니, 최부인 노쥬는 치관의【43】게 회뢰(賄賂)를 ᄒᆡᆼᄒ엿ᄂᆞᆫ 고로, 반드시 도즁의셔 ᄒᆡ흘 쥴노 알고, 다시 ᄌᆞ직을 보ᄂᆡ지 아니니, 드ᄃᆡ여 무ᄉᆞ이 득달ᄒ여 적쇼의 안거(安居)ᄒᆞ니라.

약음을 힘ᄡᅵ며, 치관 등이 임의 최부인 심슐을 안 후는, 스스로 방심치 못ᄒ야 원노의 《방심‖상심(詳審)》 보호ᄒ니, 최부인 노쥬는 치관의게 회뢰를 ᄒᆡᆼᄒᆫ 고로, 반ᄃᆞ시 도즁의셔 ᄒᆡ흘 줄 알고, 다시 ᄌᆞ직을 보ᄂᆡᄃᆡ 아니니, 드ᄃᆡ여 무ᄉᆞ히 득달ᄒ야 적쇼의 안거ᄒᆞ니라.【91】

엄시효문쳥ᄒᆡᆼ녹 권지십삼

션시의 셜시랑과 엄흑ᄉᆞ 등 졔칭이 셜부인과 냥 윤부인으로 더부러 일노의 무ᄉᆞ히 ᄒᆡᆼᄒ여 금쥬 고턱의 니ᄅᆞ니, 복부 ᄎᆞ환이 몬져 션보ᄒ니 댱휘 션왕의 초긔 님박ᄒ니 시로온 지통이 원읍통상ᄒ더니, 이 말을 드ᄅᆞ미 슬프고 반가오믈 니긔지 못ᄒ여 굴지계일(屈指計日)1026)ᄒ더니, 셜부인【44】과 냥녀의 위의(威儀) 부즁의 니ᄅᆞ미, 셜시랑 형뎨와 엄시랑 형뎨 슉모와 냥미로 더부러 ᄂᆡ입(內入) 부문의, 삼부인이 몬져 왕의 녕연의 통곡ᄒ니 댱휘 심·뉴 냥희와 호시로 더부러 조상(弔喪)ᄒ는 녜를 맛고, 븟드러 반길ᄉᆡ 피ᄎᆞ 우는 눈물이 창ᄒᆡ(滄海) 쇼쇼(小小)ᄒ고 반기미 블가형언이라.

션시의 셜시랑과 엄흑ᄉᆞ 등 졔인이 셜부인과 냥 엄시로 더브러, 일노의 무ᄉᆞ히 ᄒᆡᆼᄒ야 금쥐○[의] 니ᄅᆞ니, 복뷔 몬져 션보ᄒ니, 댱휘 이 말을 드ᄅᆞ미 슬프고 반가오믈 이긔디 못ᄒ여 굴지계일ᄒ더니, 셜부인과 냥녀와 셜시랑 형뎨 엄싱 형뎨○○○○○○[ᄂᆡ입부문ᄒᆞ야], 몬져 오왕 녕연의 통곡ᄒ니, 댱휘 심·뉴 냥희와 호시로 더브러 조상ᄒᆞ는 녜를 맛고 븟드러 반길ᄉᆡ, 피ᄎᆞ 우는 눈물이 창ᄒᆡ 쇼쇼ᄒ고 반기미 블가형언이라.

나타내기도 한다.
1024)녕원(靈源) : '영(靈)의 근원'이란 뜻으로, '마음'. 또는 '심령(心靈)', '정신(精神)' 등을 이르는 말.
1025)연염(煙焰) : 타오르는 불길.
1026)굴지계일(屈指計日) : 손가락을 꼽아 가며 예정된 날을 기다림

설부인이 댱후의 숀을 잡고 실셩뉴체(失性流涕)ᄒ여 말을 못ᄒ고, 냥 윤부인이 모후를 붓들고 ᄌ안(慈顏)을 우러러 비블ᄌ승(悲不自勝)1027)ᄒ니, 옥안(玉顏)이 참참(慘慘)ᄒ고 쇼리 경열(哽咽)ᄒ여, 구원(九原)1028)의 부왕【45】을 영모ᄒ고 오ᄂᆡ촌졀(五內寸絶)1029)ᄒ거늘, 더욱 쇼 엄부인은 강보의 텬뉸을 실니ᄒᆞᆫ 십여년의 부모를 ᄎᄌ 부안을 반기미 이시나, 당시 ᄌ안을 오히려 긔억지 못ᄒᆞᆷ이 십칠년이라. 모녀지정이 장ᄎᆺ 엇더ᄒ리오.

이씨 모후의 숀을 밧들고 반가오미 넘지며, 부왕을 츄모ᄒ여 실셩쟝통(失性長慟)ᄒᆞᆷ미 긔운이 《엄읍∥엄엄(奄奄)1030)》ᄒ고 옥안이 찬지 갓ᄒ니, 댱후와 셜부인이 디경ᄒ여 일만 비회를 관억ᄒ고, 좌우로 냥녀를 구호ᄒ여 냥구(良久) 후【46】 냥 부인이 인ᄉᆞ를 슈습ᄒ니, 모휘 ᄌ가 등의 숀을 잡아 년험(蓮臉)을 졉ᄒ여 흐르는 누쉬(淚水) 오월쟝슈(五月長水)1031) 갓ᄒ니, 블효를 씨다라 정신을 강작(强作)1032)ᄒ고, 청누(淸淚)를 녕엄(領掩)1033)ᄒ여 고ᄒ여 갈오디,

"블초 쇼녀 등이 만니이국(萬里異國)의 죵가(從嫁)ᄒ여 ᄉᆞ양모텬(斜陽暮天)1034)의 야랑(爺郞)1035)의 음용(音容)을 삼상(參商)1036)치 아니리잇고만은, 삼년일조(三年一朝)1037)의 부안(父顏)을 우러러 영모지회(永慕之懷)를

설부인이 댱후의 손을 붓들고 실셩뉴체ᄒ야 말을 못ᄒ고, 냥 엄시 모후를 우러와 비불ᄌ승ᄒ니, 옥안이 참참ᄒ고 소리 경열ᄒ야 구원의 부왕을 영모ᄒ고, 냥셰 싱모【1】를 뵈오미 오ᄂᆡ최졀ᄒᆞᄆᆯ 씨닷디 못ᄒ거놀, 쇼엄시는 더욱 강보의 텬뉸을 실셔ᄒ야 십연[년]의 부모를 ᄎᄌ 부안을 반기미 이시나, 당시 ᄌ안을 모ᄅᆞᆫ디라. 모녀의 《활발∥정》이 장ᄎ 엇더ᄒ리오.

냥엄시 모후의 손을 붓들고 부왕을 츄모ᄒ야 실셩쟝통의 긔졀ᄒ니, 댱후와 셜부인이 대경ᄒ야 일만 원을 관억ᄒ고, 냥녀를 구호ᄒ야 냥구 후 양인이 인ᄉᆞ를 슈습ᄒ야, 모휘 슬허ᄒ시믈 보고, 불효를 씨ᄃ라 정신을 강작ᄒ고, 청누를 녕엄ᄒ여 고왈,

"불효쇼녀 등이 만니 이국의 죵가ᄒ여 샤양모쳔의 《아랑∥야랑》의 음용을 슘샹치 아니리잇고마는, 삼년일됴의 부안을 우러러 영모지회를 위로ᄒ오나, 쥬쥬야야의 ᄌ안【2】을 샹모ᄒᆞᆷ미 심곡의 디통을 일위더니, 불효 등

1027)비블ᄌ승(悲不自勝) : 슬픔이 너무 커 이겨내지 못한 채 애통함.
1028)구원(九原) : 저승.
1029)오ᄂᆡ촌졀(五內寸絶) : 오장(五臟)이 마디마디 끊어지는 듯함.
1030)엄엄(奄奄)ᄒ다 : 숨이 곧 끊어지려 하거나 매우 약한 상태에 있다.
1031)오월댱슈(五月長水) : 오월 장마로 불어난 큰물.
1032)강작(强作) : 억지로 기운을 냄.
1033)녕엄(領掩) : 눈물 따위를 옷깃으로 가리거나 닦음
1034)ᄉᆞ양모텬(斜陽暮天) : 해가 지는 저녁하늘.
1035)야랑(爺郞) : 아버지.
1036)삼상(參商) : ①삼성(參星)과 상성(商星)을 아울러 이르는 말. ②삼성(參星)과 상성(商星)이 동서(東西)로 멀리 떨어져 있는 데서, 멀리 떨어져서 그리워함을 이르는 말.
1037)삼년일조(三年一朝) : 제후가 3년에 한 번씩 황제에게 조회(朝會)던 일.

위로ㅎ오나, 쥬쥬야야(晝晝夜夜)의 ᄌ안(慈顔)을 상모(想慕)ㅎ미 심곡의 지통을 일윗더니, 불초 등의 죄악【47】이 여산(如山)ㅎ와 황텬(黃泉)의 진노ㅎ시믈 만나 부왕이 기세ㅎ시고, 가운이 블힝ㅎ와 망형이 블초피악의 죄를 어더, 몬져 텬졍(天廷)이 쇼요(騷擾)ㅎ고 버거논 형이 스스로 참망(慘亡)ㅎ여 국파신망(國破身亡)ㅎ믈 효측(效則)ㅎ니, 요힝 셩텬ᄌ의 양츈우로지틱(陽春雨露之澤)[1038]으로 문호를 보젼ㅎ고 망형의 시쉬 완젼ㅎ믈 어드나, 모후의 궁텬지통(窮天之痛)[1039] 가온디 다시 'ᄌ하(子夏)의 상쳑(喪慽)을 우ᄅ시미'[1040] 불 우희 기롬을 더으미니, ᄌ후(慈后)의 지통을 싱각훌진디 아히 등【48】의 슬프믈 장ᄎ 무어시 비기리잇고? 더옥 블초아(不肖兒) 월혜논 싱지 칠팔 삭의 평디의 풍파를 만나, 텬뉸을 실니(失離)ㅎ고 일신이 쳔ᄒ 곳의 ᄶ러져, 인가쳔녀(人家賤女)의 휵양(慉養)을 바다 구ᄎㅎ 가온디 싱장ㅎ미, 또 인뉸(人倫)을 졍ㅎ미 냥가 부뫼 미작(媒妁)으로 통ㅎ미 업고, 모비의 경계ㅎ시믈 밧줍지 못ᄒ 젼의, 몬져 사룸을 조ᄎ 지어산휵(至於産蓄)가지 ㅎ온 후, 가업순 화익(禍厄)의 ᄲ져 바야흐로 누명을 신셜ㅎ며, 부왕의 닙조시(入朝時)의 흉【49】인의 종젹을 ᄎᄌ 십여 년 막힌 텬뉸이 단원ㅎ오나, 임의 규녀(閨女)의 쳥졍흔 도롤 일허 ᄉ문을 츄락ㅎ미 남은 ᄶ히 업습고, 다시 녜로ᄡ 가ㅎ오나 무슴 깃부미 이시리잇고? 부왕을 반기고 동긔를 ᄎᄌ 텬셩쇼친(天性所親)[1041]을 아지 못ㅎ던

좌악이 여산ㅎ여 부왕이 기세ㅎ시고, 가운이 불힝ㅎ와 망형이 불쵸피악의 죄를 어더 국파신망ㅎ오니, 요힝 셩텬ᄌ의 양츈우로지틱으로 문호를 보젼ㅎ고 망형의 신쉬 완젼ㅎ믈 어드나, 모후의 궁텬디통 가온디, 다시 ᄌ하의 《상쳥∥상쳑(喪慽)》을 보시니, ᄌ후의 디통을 싱각훌진디, 아히 등의 슬프믈 장ᄎ 무어시 비기리잇고? 더옥 불쵸ᄋ 월혜논 싱디 칠팔삭의 평디의 풍파 상싱ㅎ고, 태평셩시의 독난을 만나 텬뉸을 《실희∥실니(失離)》ㅎ고, 일신이 인가 쳔녀의 양휵을 바다 싱장ㅎ야, 쏘 인뉸을 졍ㅎ미 냥가 부뫼 쥬혼ㅎ미 업시 사룸을 조ᄎ 산휵ᄀ디 ㅎ고, 겨유 부왕을 만【3】나 십여년 막힌 텬뉸이 단원ㅎ나, 임의 규녀의 쳥졍흔 도를 일허 ᄉ문을 츄락ㅎ미 남은 ᄶ히 업ᄉ오니, 다시 녜로 가ㅎ오나, 무삼 깃부미 이시리잇고? 부왕을 반기며 동긔를 ᄎᄌ 텬셩소친을 모ᄅ던 망극디통을 니ᄌ나, 만니 이국의 ᄌ안을 반기올 길 업ᄉ믈 쥬야 슬허ㅎ옵더니, 금일이 하일이완디 ᄌ뎐의 비알ㅎ믈 엇줍고 슬하의 교무ㅎ믈 밧ᄌᆸ ᄂ니잇고? 연이나 북당훤위 ᄲᆼ존ㅎ샤 교이ㅎ시믈 보옵디 못ㅎ고, ᄌ위 고당의 궁텬디통을 픔어 외로오시믈 보오니, 불쵸의 무지완장이 심여토목이나 엇디 슬프지 아니리잇고?"

<hr>

1038)양츈우로지틱(陽春雨露之澤) : 봄 햇살과 비이슬과 같은 덕택.

1039)궁텬지통(窮天之痛) : 하늘에 사무치는 고통이나 설움.

1040)ᄌ하(子夏)의 상쳑(喪慽)을 우ᄅ시미 : 옛날 중국의 자하(子夏)가 아들을 잃고 슬피 운 끝에 눈이 멀었던 고사를 이른 말이다. *ᄌ하(子夏): 중국 춘추 시대의 유학자(B.C.507~?B.C.420). 본명은 복상(卜商). 공자의 제자로 십철(十哲)의 한 사람이다. 위나라 문후(文侯)의 스승으로 시와 예(禮)에 능통하였다. *상쳑(喪慽): 참척(慘慽). 자손이 부모나 조부모보다 먼저 죽는 일.

1041)텬셩쇼친(天性所親) : '하늘로부터 타고난 친한 사람'이라는 뜻으로, 부모와 자식 또는 형제자매

망극지통(罔極之痛)은 비록 이져스오니[나], 만니이국의 주안을 반기올 길히 업스믈 쥬야 슬허ᄒ옵더니, 금일이 하일(何日)이완디 주젼의 비알(拜謁)ᄒ믈 엇스오며, 슬하의 교무(交撫)ᄒ시믈【50】밧ᄌ오니, 엇지 깃브믈 비길디 이시리잇가? 연이나 북당훤위(北堂萱闈)1042) 빵존(雙尊)ᄒ샤 쇼녀 등을 교이(嬌愛)ᄒ시믈 보옵지 못ᄒ옵고, 주위 고당(孤堂)의 궁텬지통(窮天之痛)을 품어 외로오시믈 보오니, 블초의 무지완장(無知頑腸)1043)이 심여토목(心如土木)1044)이오나, 엇지 슬프지 아니리잇고?"

언파의 옥셩이 낭낭ᄒ여 금반(金盤)의 진쥬를 구을니고, 휘휘(輝輝)ᄒ 염광(艶光)이 옥년(玉蓮)이 츄턱(秋澤)의 잠기고, 니훼(梨花) 춰우(驟雨)1045)를 무릅쓴 듯, 옥골(玉骨)이 니쳑(嬴瘠)1046)ᄒ여 표연(飄然)이 우화(羽化)ᄒ【51】듯, 풍슈지통(風樹之痛)1048)이 지심(滋甚)ᄒ 줄 알니러라. 년급이구(年及二九)1049)의 뇨조(窈窕)ᄒ 식티 츄공명월(秋空明月)이 두렷ᄒ여 표연쇄락(飄然灑落)1050)ᄒ고, 장녀 남평빅 부인의 션연미모(鮮妍美貌)는 십여 셰까지 슬하의 두어 이이교지(愛而

언파의 옥셩이 낭낭ᄒ야 금반의 진쥬를 구을니고, 휘휘ᄒ 광【4】염이 옥년이 츄턱의 줌기고 니훼 춰우를 무릅쓴 듯, 옥골이 니쳑ᄒ야 표연이 우화홀 듯, 풍슈의 통이 지심흔 줄 알니러라.

댱녀는 십여 셰ᄉ지 슬하의 두어 이이교지흔 비니, 떠난 지 뉵칠년이나 임의 그 텬지

를 이르는 말.
1042) 북당훤위(北堂萱闈) : '북당(北堂)'이나 '훤위(萱闈)'는 다같이 '어머니가 계신 처소'를 뜻하는 말로, 둘 다 '어머니'를 달리 이르는 말이다. 그런데 종종 어머니가 계신 처소엔 아버지도 함께 계시기 때문에, '부모'를 이르는 말로도 쓰인다. 여기서도 '부모'를 이르는 말로 쓰였다.
1043) 무지완장(無知頑腸) : 아는 것이 없고 둔하기만 한 몸. *장(腸): 창자. 큰창자와 작은창자를 통틀어 이르는 말인데, '몸' 또는 '마음'에 대한 비유어로도 쓰인다.
1044) 심여토목(心如土木) : 마음이 나무나 흙처럼 아무런 생각이 없음.
1045) 춰우(驟雨) : 갑자기 세차게 쏟아지다가 곧 그치는 비. =소나기.
1046) 니쳑(嬴瘠) : 몸이 몹시 여위고 파리함.
1047) 우화(羽化)ᄒ다 : =우화등선(羽化登仙)하다. 몸에 날개가 돋아 신선이 되어 하늘로 올라가다.
1048) 풍슈지통(風樹之痛) : =풍수지탄(風樹之嘆). 효도를 다하지 못한 채 어버이를 여읜 자식의 슬픔을 이르는 말.
1049) 년급이구(年及二九) : 나이 18세에 이르러.
1050) 표연쇄락(飄然灑落) : 바람에 날릴 듯이 경쾌하고 산뜻함.

敎之)혼 비니, 씨난 지 육칠년이 되어시나, 임의 그 현지방용(賢姿芳容)[1051]이 안져(眼底)의 삼삼ᄒ여[1052] 긔억호 비어니와, 츠녀 평오왕비는 강보(襁褓)의 실셔(失緒)[1053]ᄒ여 스싱을 모로던 바로, 그 아시(兒時)의 교교염미(皎皎艷美)[1054]ᄒ미 졀염미식(絶艷美色)이믄 임의 아라시나, 장셩(長成)ᄒ미 엇지 슈츌탁이(秀出卓異)[1055]홀 쥴 아라시리【52】오.

전언(傳言)으로조츠 텬지(天地)의 별긔(別氣)[1056]와 일월(日月)의 졍화(精華)를 거두어 곤이(坤離)[1057]의 지셩(至聖)[1058]이믈 《알니오∥드러시나》, 진슈아미(螓首蛾眉)[1059]의 문명(文明)[1060]이 ᄌ연(自然)ᄒ니 흡흡(洽洽)히 쥬국셩비(周國聖妃)[1061]의 졍졍완혜(貞靜婉慧)[1062]흠과 위강(魏姜)[1063]의 단일셩장(端一誠莊)[1064]ᄒ믈 홀노 긔특다 못홀지라.

1051)현지방용(賢姿芳容) : 어진 자태와 꽃다운 용모.
1052)삼삼ᄒ다 : 잊히지 않고 눈앞에 보이는 듯 또렷하다.
1053)실셔(失緒) : 일이나 사건을 풀어 나갈 수 있는 실마리를 잃음.
1054)교교염미(皎皎艷美) : 얼굴이 희고 예쁨.
1055)슈츌탁이(秀出卓異) : 뭇사람들 속에서 매우 두드러지게 빼어남.
1056)별긔(別氣) : 특별한 기운.
1057)곤이(坤離) : 주역(周易)의 건(乾)·곤(坤)·이(離)·감(坎) 4괘(卦) 중, 곤괘와 이괘는 음(陰)·양(陽) 이기(二氣)로 구분하면, 음기(陰氣) 곧 암컷에 속한다. 따라서 본문의 '곤이(坤離)'는 사람으로 말하면 남자에 대립되는 성(性)인 여자를 이른 말로, '여자 가운데' 또는 '여성 가운데'의 의미로 쓰였다.
1058)지셩(至聖) : 슬기와 덕행이 뛰어난 성인.
1059)진슈아미(螓首蛾眉) : '매미의 머리처럼 갸름하고 길쭉한 얼굴'과 '누에나방의 눈썹처럼 가늘고 길게 굽어진 눈썹'이란 뜻으로, 미인의 아름다운 얼굴과 눈썹을 함께 이른 말이다.
1060)문명(文明) : 문채(文彩)가 나고 환하게 밝음.
1061)쥬국셩비(周國聖妃) : 중국 주(周)나라 문왕의 비(妃)인 태사(太姒)를 이르는 말. 태사는 현모양처(賢母良妻)로 문왕을 잘 내조하여 성군(聖君)이 되게 하였는데, 특히 남편의 많은 후궁들을 덕으로 잘 거느려 화목한 가정을 이룬 일로, 후세의 칭송을 받고 있다.
1062)졍졍완혜(貞靜婉慧) : 마음씨가 곧고 고요하며 행실이 아름답고 지혜로움.
1063)위강(魏姜) : 위후장강(衛后莊姜). 중국 춘추시대 위(衛)나라 장공(莊公)의 비(妃) 장강(莊姜). 아름답고 시를 잘하였으며 부덕(婦德)이 높았다.
1064)단일셩장(端一誠莊) : 단정하고 한결같고 성실하

방용이 안져의 숨숨ᄒ야 《긔어∥긔억》혼 비어니와, 츠녀는 강보의 일허 그 ᄋ시의 교교염미ᄒ미 졀염미식이믄 아라시나, 댱셩ᄒ미 엇지 슈츌탁아홀 쥴 아라시리오. 전언으로조츠 텬지의 별긔와 일월졍화를 거두어 곤이의 디셩이믈 드러시나 진슈아미의 문명이 ᄌ연ᄒ니 흡흡히 쥬국셩비의 졍졍완혜와 위후장강의 단일셩장을 홀노 긔특다 못홀디라.

당휘 슬프미 교집(交集)ᄒ고 반가오미 병츌(竝出)ᄒ니, ᄒ음업시 냥녀의 손을 잡고 셜부인을 향ᄒ여 체루댱탄(涕淚長歎) 왈,

"박명 죄쳡이 묘복(眇福)ᄒ여 즁도의 쇼텬(所天)을 상(喪)ᄒ고 인간극통이 이 밧긔 업거늘, 가지록 신명의 죄 어드미 만코, 십삭 틱교【53】의 블명(不明)ᄒ미 고인을 밋지 못ᄒ여, 블쵸역ᄌ(不肖逆子)를 두어 존문청덕(尊門淸德)을 츄락ᄒ미 극ᄒ지라. 오날 날 부인을 디ᄒ미 엇지 참괴(慙愧)치 아니리오. 부인을 분슈(分手)ᄒ여 셰월이 오런 쥴을 알니로쇼이다. 쳡이 경도(京都)를 ᄭᅵ날 제 제질이 유하동몽(乳下童蒙)을 면치 못ᄒ엿더니, 어느시 닙신(立身) 셩장(成長)ᄒ여 디관(大官)의 니ᄅ럿고, 부인이 쇼년홍옥(少年紅玉)[1065]이 지나, 즁년노부(中年老婦)의 존디ᄒᆫ 체위 계시니, 니별이 오러믈 알니로쇼이다."

셜부인이 츄연 탄 왈,

"져져지언(姐姐之言)【54】이 실노 연(然)ᄒ도쇼이다. 왕셜구일(往說舊日)[1066]은 일장츈몽(一場春夢) 갓ᄒ니 니ᄅ지 말녀니와, 왕형(王兄)의 셩심인ᄌ(誠心仁慈)ᄒ시므로 하슈(遐壽)를 향(享)치 못ᄒ샤, 즁도의 '관ᄉ(館舍)를 바리시고'[1067], 현져(賢姐)의 셩덕으로 즁년의 미망ᄌ폐(未亡自廢)[1068]ᄒ여[고], 져져 부부의 지현(至賢)ᄒ시므로 표 갓ᄒᆫ 역ᄌ(逆子)를 두샤 허다 역경을 지니시니, 이ᄂ

당휘 슬프미 교집ᄒ고 반가오미 병츌【5】ᄒ니, 냥녀의 옥슈를 어ᄅ만져 셜부인을 향ᄒ야 체루 댱탄 왈,

"박명 죄쳡이 묘복ᄒ여 듕도의 쇼텬을 상ᄒ고 인간극통이 이 밧긔 업거늘, 가지록 신명의 죄 어드미 만코 십삭 틱교의 고인을 밋디 못ᄒ여, 블쵸역ᄌ를 두어 존문청덕을 츄락ᄒ미 극ᄒ미라. 오날 늘 부인을 디ᄒ미 참괴치 아니리오. 부인을 분슈ᄒ미 셰월이 오런 줄 알니로쇼이다. 쳡이 경도를 ᄭᅵ날 제ᄂ 제딜이 유하동몽을 면치 못ᄒ엿더니, 어느시 입신 셩장ᄒ여 디관의 니ᄅ럿고, 부인이 쇼년홍옥이 지나 즁년 노부인이 되여 계시니, 니별이 오러믈 알니로쇼이다."

셜부인이 츄연 왈,

"왕셕구일은 일댱츈몽 ᄀᆞᆺᄐᆞ니 니ᄅ【6】디 말녀니와, 왕형의 셩심인ᄌ ᄒ시므로 하슈를 향치 못ᄒ샤 듕도의 관슈를 ᄇᆞ리시고 현져의 셩덕으로 듕도의 미망ᄌ폐ᄒ고, 져져부부의 지현ᄒ시므로 표 ᄀᆞᆺᄐᆞᆫ 역ᄌ를 두샤 허다 역경을 디니시니, 이ᄂ 쥬문의 관치 이심 ᄀᆞᆺᄐᆞᆫ디라. 연이나 ᄉᆞ시 텬야며 명애라. 왕슈ᄂ 이의어니와, 목젼 《참대∥참홰》 잇시니 엇디 져져의 블힝이 아니리잇고?"

고 장중함. 한(漢)나라 유향(劉向)이 찬(撰)한 『열녀전』 권1 '주실삼모(周室三母)' 조에 "태임의 성품은 단정하고 한결같고 성실하고 장중하여 오직 덕행을 일삼았다(太任之性, 端一誠莊, 惟德之行)"는 말이 나온다.

1065)쇼년홍옥(少年紅玉) : 아직 나이 어리고 살결이나 얼굴빛이 홍옥처럼 윤이 나고 아름다운 소녀.

1066)왕셜구일(往說舊日) : 오래된 옛날에 대한 지난 이야기들.

1067)관ᄉ(館舍)를 바리다 : '관사(館舍)를 버리다'의 뜻으로, 관직이 높은 사람의 죽음을 높여 이르는 말. 상례에서 관직이 높은 사람의 죽음을 조문하는 글의 서식에 들어 있는 말인 '연관사(捐館舍)'의 번역어. *관ᄉ(館舍): 고려·조선 시대에, 각 고을에 설치하여 외국 사신이나 다른 곳에서 온 벼슬아치를 대접하고 묵게 하던 숙소. =객사.

1068)미망ᄌ폐(未亡自廢) : 죽지 못하여 스스 폐인(廢人)이 됨.

'쥬문(周門)의 관채(管蔡)'1069) 이심 갓고, '요슌지지(堯舜之子) 블초(不肖)흠'1070)과 일체(一體)로쇼이다. 연(然)이나 ᄉᆞ시(事事) 텬야(天也)며 명애라(命也). 왕ᄉ(往事)는 이의(已矣)여니와, 목젼(目前)의 쏘 참화(慘禍) 이시니 엇【55】지 져져(姐姐)의 블힝ᄒᆞ미 아니리잇고?"

드디여 윤시의 음힝(淫行)과 허다(許多) 셜화(說話)를 젼ᄒ고 우 왈,

"윤시 ᄉᆞ문 녀ᄌ로 기힝(其行)이 금슈로 일체나, 임의 죄상이 ᄃᆡ론(臺論)1071)의 낫하나, 오문(吾門)의 니이(離異)ᄒᆞ고 졀강(浙江)1072)의 찬츌ᄒᆞ니 이ᄂᆞᆫ 타문 녀지라. 일시 문견(聞見)이 ᄎᆞ악ᄒᆞ나 의졀ᄒᆞ여 바린 후ᄂᆞᆫ 오가의 간섭지 아니니, 다시 념녀훌 비 업거니와, 냥위 거게(哥哥) 환경(還京) 이후의, 우연흔 질셰(疾勢) 여ᄎᆞ여ᄎᆞᄒᆞ여 병근이 과이ᄒᆞ시니, 엇지 문호의 블힝이 아니며,【56】창이 쏘 젼일 윤시의 외모롤 과이ᄒᆞ여 ᄉ졍(私情)이 즁ᄒᆞ더니, 믄득 윤시의 화란으로써 최

드디여 윤시의 음힝과 허다 셜화를 니ᄅ고 우 왈,

"일시 문견이 ᄎᆞ악ᄒᆞ나 의졀ᄒᆞ야 ᄇᆞ린 후ᄂᆞᆫ 오가의 간섭디 아니니, 다시 념녀훌 비 업거니와, 양위 거거 환경이후의 《위연∥우연》흔 질셰 여ᄎᆞ여ᄎᆞᄒᆞ여 병근이 고이ᄒᆞ시니 엇디 문호의 블힝이 아니리오."

1069)쥬문(周門)의 관채(管蔡) : 중국 주나라 문왕(文王)의 아들이자 무왕(武王)의 동생인 관숙(管叔)과 채숙(蔡淑)을 말함. 무왕(武王)이 죽고 형제 가운데 주공(周公)이 무왕의 어린 아들 성왕(成王)을 도와 섭정을 하자, 역심(逆心)을 품고 반란을 일으켰다가, 관숙은 죽음을 당하고 채숙은 추방당했다.

1070)요슌지지(堯舜之子) 블초(不肖)흠 : 요임금의 아들 단주(丹朱)와 순임금의 아들 상균(商均)이 불초하여, 요와 순이 각각 아들에게 왕위를 물려주지 않고, 요는 순에게, 순은 우(禹)에게 왕위를 물려준 고사를 말함. *단주(丹朱): 중국 요(堯)임금의 아들. 이름은 주(朱). 단연(丹淵)에 봉해졌다. 성품이 포악하여 요임금이 왕위를 그에게 물려주지 않고 순임금에게 선위(禪位)하였다. *상균(商均): 중국 순(舜)임금의 아들. 이름은 균(均) 우(虞)에 봉해졌는데 그 땅이 상(商)에 가깝다 하여 상균으로 불린다. 성품이 어리석어 순임금이 왕위를 그에게 물려주지 않고 우(禹)임금에게 물려주었다.

1071)ᄃᆡ론(臺論) : 사헌부와 사간원에서 하던 탄핵(彈劾).ᄂᆞᆺ대탄(臺彈).

1072)졀강(浙江) : 중국 절강성(浙江省)에 있는 전당강(錢塘江) 및 그 상류의 총칭. *절강성(浙江省); 중국 동남부의 동중국해 연안에 있는 성. 고대 월나라의 땅이었으며, 주산군도(舟山群島)에는 불교의 4대 명산 중 하나인 보타산(普陀山)이 있고, 근해에 중국 최대의 어장(漁場)인 심가문(沈家門)이 있다. 성도(省都)는 항주(杭州).

저의 주이 헐호고, 윤시의 죄뤼(罪累) 이미이 핍신(逼身)호 줄노 아라, 간간이 원언(怨言)이 최져의 모주긔 밋쳐, 점점호여 블효지시 낫하나니, 쏘호 문호의 블힝이 아니리잇고?"

댱휘 쳥파의 비록 윤시를 보지 아녀시나, 션왕 지시의 슉녀로 밀위시던 비 엇지 한심치 아니리오. 댱후의 총명으로 한 싯츨 드르미 엇지 션악을 씨닷지 못호리【57】오. 윤시의 옥질빙주(玉質氷姿)로 원망(怨望)호 죄루를 시름1073)과, 일노조초 최시의 블인(不仁)호 심용(心用)이 닙장(立長)1074)코져 호미 여홰(餘禍) 무죄호 주부의게 밋고, 쏘 괴이호 약뉴로 냥 슉슉의 총명을 병드려시니, 아주의 위구(危懼)호 신셰는 블문가지(不問可知)라. 심하의 앗기고 슬프미 이운1075) 간장이 다시 촌촌(寸寸)호거눌, 셜부인의 무지블총(無知不聰)이 간수(奸邪)를 신쳥(信聽)호여, 아주부부(兒子夫婦)를 의심호믈 이닯고 슬허호나, 도추(到此)의 주긔 언어로 주부의 원앙(怨怏)을 니르지 못홀지라. 다【58】만 참연 뉴체 왈,

"이 도시 쳡의 팔지(八字) 긔괴호여, 주식이 다 블초호고 며느리 무상(無狀)호미라. 슈한슈원(誰恨誰怨)이리오. 쳡이 붕셩지통(崩城之痛) 가온디 쳡봉참경(疊逢慘景)호여 간위(肝胃) 다 쇼삭(消索)호지라. 다시 세상 쳘마(鐵馬)1076)의 괴로온 쇼식을 드르미 원이 아니오, 쏘 블초주(不肖子)와 한부(悍婦)의 무힝(無行)호 말을 듯고져 아니호느니, 두 번 번거히 니르지 마로쇼셔."

셜부인이 본디 우용광망(愚庸狂妄)호 녀지라. 진실노 그러히 너겨 다시 말을 아니호니, 셜칭 등은 총명군【59】지라, 댱후의 블녜

댱휘 비록 윤시를 보디 아냐시나【7】 션왕 지시의 슉녀로 밀위시던 바라. 엇디 한심치 아니리오. 댱후의 총명으로 흔 싯츨 드르미 엇디 션악을 씨둣디 못호리오. 고이흔 약뉴로 냥 슉슉의 총명을 병드려시니, 아주의 위구흔 신셰는 블문가지라. 심하의 앗기고 슬픔[픈] 간장이 다시 촌촌호거눌, 셜부인의 무지블통이 간슈를 신쳥호여 아주부부를 의심호믈 보미 이둛고 슬프나 도추의 주긔 언어로 주부의 원앙을 니르디 못홀지라. 드만 참연 뉴체 왈,

"이 도시 쳡의 팔지 무상호여 주식이 블효호고 며느리 무상호미라, 슈한슈원이리오. 쳡이 붕셩디통 가온디 쳡봉참경호야 간위 다 소삭훈지라. 다시 쳘마의 괴로온 소식을 드르미 원이 아【8】니오. 쏘 블효주와 한부의 무힝흔 말을 듯고져 아니호느니, 두 번 번거히 니르디 마르쇼셔."

부인은 우몽광망흔 녀주라. 진실노 그러히 넉여 다시 말을 아니니, 셜칭 등은 총명흔 군지라. 댱후의 블예흔 긔식과 모친의 다언

1073)시르다 : 싣다. 물체나 사람을 옮기기 위하여 탈 것, 수레, 비행기, 짐승의 등 따위에 올리다.

1074)닙장(立長) : 종통을 계승시키기 위해 장자(長子)가 아닌 사람을 장자로 세움.

1075)이울다 : ①꽃이나 잎이 시들다. ②점점 쇠약하여 지다.

1076)쳘마(鐵馬) : 쳘마지셩(鐵馬之聲)의 줄임말. 쇠붙이를 단 말이나 수레 따위에서 나는 요란한 소리라는 뜻으로. 세상의 온갖 시끄러운 소리를 비유로 이르는 말.

(不豫)훈 긔식과 모친의 다언(多言)ᄒᆞ믈 민망
ᄒᆞ나, 감히 간언을 너지 못ᄒᆞ더라.

댱휘 냥녀의 숀을 잡고 비뤼(悲淚) 환난(汍
瀾)ᄒᆞ여 츄연(惆然) 희허(噫嘘) 왈,

"여등 남미 묘복(眇福)훈 어뮈 팔ᄌᆞ롤 응
ᄒᆞ여, 표 갓흔 블초지 몬져 가셩(家聲)을 츄
락ᄒᆞ고, 챵이 힝혀 조션여음(祖先餘蔭)으로
품슈ᄒᆞ미 지즁물(地中物)[1077]이 아니니, 부슉
의 명풍을 니으며 블초훈 형을 셜치(雪恥)홀
가 ᄒᆞ엿더니, 쏘 의외의 외입상셩(外入喪
性)[1078]ᄒᆞ미 여ᄎᆞᄒᆞ여, 문풍셰덕(門風世
德)[1079]을 츄락게 되니, 【60】엇지 놀랍고 슬
푸지 아니리오. 션아ᄂᆞᆫ 일즉 만니이국(萬里
異國)의 니친(離親)훈 졍ᄉᆞ(情私) 슬푸나, ᄌᆞ
고로 '녀ᄌᆞ유힝(女子有行)이 원부모형데(遠父
母兄弟)〇[오], 빅니(百里)의 블분상(不奔喪)
이니'[1080] 각별 슬프미 업ᄉᆞ니, 다만 어진 군
ᄌᆞ의 문의 의탁ᄒᆞ여 안한ᄒᆞ미 읏듬이니, 여
뫼 션아롤 위ᄒᆞ여 다시 근심치 아니코, 월아
ᄂᆞᆫ 작셩이질(作性異質)[1081]이 너모 긔이(奇
異)ᄒᆞ여 조믈(造物)[1082]이 니극(以劇)ᄒᆞ
믈[1083] 인ᄒᆞ여, 강보의 골육이 실니(失離)ᄒᆞ
여 슬프믈 갓초 지니여시니, 이제 텬뉸(天倫)
이 단취(團聚)ᄒᆞ고 윤군 갓【61】흔 디현군ᄌᆞ
롤 비(配)ᄒᆞ여 닌봉(驎鳳) 갓흔 ᄌᆞ녀를 갓초
두어시니, 비록 아시의 텬뉸을 실니(失離)ᄒᆞ

믈 민망ᄒᆞ나, 감히 간언을 니디 못ᄒᆞ더라.

댱휘 냥녀를 어ᄅᆞ만져 반기고 두굿기는 가
온디나 궁텬디통이 더옥 시롭더라.

1077)지즁물(地中物) : 지상적 존재. 또는 지상(地上)에
    살고 있는 평범한 인물.
1078)외입상셩(外入喪性) : 잘못된 데에 빠져 본성을
    잃음.
1079)문풍셰덕(門風世德) : 한 가문에 전하여 오는 풍
    습과 대대로 쌓아 내려오는 미덕.
1080)녀ᄌᆞ유힝(女子有行)이 원부모형데(遠父母兄弟)오,
    빅니(百里)의 블분상(不奔喪)이니 : 예전에 부모가
    딸을 시집보내면서 딸에게 이르는 말로. 여자의 행
    실은 한번 시집가면 친가의 부모형제를 생각지 말
    것이며, 부모가 죽어도 백리 밖에서 달려와 조상(弔
    喪)할 수 없다는 말. 『소학』<명륜편(明倫篇)>에 나
    온다.
1081)작셩이질(作性異質) : 타고난 본성과 뛰어난 자
    질.
1082)조믈(造物) : 우주의 만물을 만들고 다스리는 신.
    =조물주(造物主).
1083)니극(以劇)ᄒᆞ다 : 희극(戱劇)하다. 실없는 행동을
    하다. 장난치다.

고 단합(團合)의 초초(焦憔)[1084]흔 셜우미 참
지 못흘 지통이나, 현마 엇지 하리오. 여뫼
(汝母) 붕셩지통(崩城之痛)[1085]의 망극흠과
상명(喪明)[1086]의 긱골(刻骨)흐미 완장(頑
腸)[1087]이 무지(無知)흐여 보젼흐미 이시니,
진실노 명완(命頑)흐믈 한흐나 금일 모녜 반
기미 또흔 '비환(悲歡)이 상반(相伴)흐미
라'[1088]. 여등은 비회(悲懷)롤 관억(寬抑)흐여
어뮈 비회롤 돕지 말나."

냥 부인이 기용화긱(改容和氣)흐여 모후롤
위로【62】흘 시, 뎡휘 냥녀롤 어로만져 반기
고 두굿기는 가온다, 궁텬지통(窮天之痛)이
더옥 시롭고. 아주 부부의 화란이 비상흐믈
십분 경히 이셕흐믈 마지 아니흐나, 일분 목
젼의 위로흐는 비, 숀이(孫兒) 슬하의 넘노라
조모의 비회롤 위로흐는지라. 쇼아 남미롤
어로만져 닐오디,

"하늘이 호현부의 현덕을 감동흐샤 추아
남미롤 일시의 강싱(降生)○○[흐여] 식부의
박명신셰롤 위로흐민가 흐노라."

냥부인이며 졔질이 다 맛당흐시믈 일【63】
콧더라.

한담(閑談)흐여 날이 졈을미, 뎡휘 쇼고와
녀부 졔질노 더브러 녀추(廬次)[1089]의 님흐
여 셕졔(夕祭)롤 파흐미, 즁당의 촉을 붉히고
말슴흐다가 야심 후 각기 퇴쇼흘시, 졔싱은
외당으로 나가고 셜부인은 뎡후로 더브러 밤
을 지니니, 뎡휘 냥녀로 더브러 흔흡(欣洽)흔
심시 인뉸의 한이 업스디, 쇼흠주(所欠

날이 져물미 뎡휘 《소거∥소고》와 녀부 졔
딜로 더브러 녀추의 임흐여 셕졔를 파흐고,
듕당의 촉을 붉히고 말슴흐다가 야심 후 각
기 퇴쇼흘시, 졔싱은 외당으로 나가고 셜부
인은 뎡후와 흔가지로 밤을 지니니, 뎡휘 냥
녀를 겻히 두어 흔흡흔 심시 인뉸○○의
한이 업손 돗흐나, 소【9】흠쟈는 션왕의

1084)초초(焦憔) : 애를 태우며 근심함.
1085)붕셩지통(崩城之痛) : 성이 무너질 만큼 큰 슬픔
　　이라는 뜻으로, 남편이 죽은 슬픔을 이르는 말.
1086)상명(喪明) : 아들의 죽음을 이르는 말. 중국 춘
　　추시대 공자의 제자 자하(子夏)가 아들을 잃고 슬피
　　운 끝에 눈이 멀었다는 고사에서 유래한 말. *상명
　　지통(喪明之痛): '아들이 죽은 슬픔'을 이르는 말.
1087)완장(頑腸) : 둔한 몸. 또는 모진 몸. *장(腸): 창
　　자. 큰창자와 작은창자를 통틀어 이르는 말로, '몸'
　　또는 '마음'에 대한 비유어로도 쓰인다.
1088)비환(悲歡)이 상반(相伴)흐다 : 비환상반(悲歡相
　　伴). 슬픔과 기쁨이 서로 짝을 이뤄 일어남.
1089)녀추(廬次) : 상중에 궤연(几筵) 옆이나 무덤 가
　　까이에 지어 놓고, 상제(喪制)가 임시로 거처하는
　　곳. =여막(廬幕)

者)[1090]는 션왕(先王)의 연셰(捐世)흔 지통(至痛)이라. 모녀 삼인이 심시 상하치 아니ᄒᆞ고, 더옥 쇼(小) 엄부인은 싱셰 십팔 셰의 쳐엄으로 모후의 안화(顔華)[1091]를 【64】 우러러, 비록 쇼의(素衣) 가온디 년긔 이모(二毛)[1092]를 디나시나, 셩덕광화(聖德光華)ᄒᆞ시미 찬연슈이(燦然秀異)ᄒᆞ여 당년 몽즁의 비현흔 바로 다르미 업더라.

모녀의 간간(懇懇)흔 졍이 능히 잠을 일우지 못ᄒᆞ고, 장장(長長)흔 담논(談論)이 긔록기 어렵더라.

이러구러 일월이 도도블뉴(滔滔不留)[1093]ᄒᆞ여 션왕의 초긔(初忌) 다드르니, 가즁이 분분ᄒᆞ여 졔젼(祭奠)을 갓초와 셜졔(設祭)흘 시, 장셩흔 상인(喪人)이 업ᄉᆞ니 당휘 더옥 한님의 참졔(叅祭)치 못홈과 냥 슉슉(叔叔)의 님(臨)치 아니시믈 슬허, 친히 잔을 【65】부으며 향을 ᄭᅩ즐 시, 시로이 심신이 여쇄여삭(如碎如削)ᄒᆞ여[1094] 셜우미 구쳔(九天)[1095]의 ᄉᆞ못츨 듯ᄒᆞ고, 냥 엄부인과 호시의 참참(慘慘)흔 호곡지셩(號哭之聲)이 셩쳘어텬(聲徹於天)[1096]ᄒᆞ거날, 심·뉴 냥희와 셜부인과 졔질(諸姪)의 슬픈 곡셩이[에] 벽텬(碧天)이 혼흑(昏黑)ᄒᆞ여 월광(月光)이 슈식(愁色)ᄒᆞ고 쳥산이 위비(爲悲)ᄒᆞ니[1097] 초목금슈(草木禽獸) 다 슬허ᄒᆞ더라.

파졔(罷祭) 후 당휘 오히려 우룸을 긋치지 못ᄒᆞ니, 혈뉘 삼삼(滲滲)ᄒᆞ여 상복의 졈졈ᄒᆞ니, 냥 엄부인과 호시 ᄯᅩ흔 지통을 니긔지 못ᄒᆞ여 종야 호【66】곡ᄒᆞ니, 모녀고식(母女姑媳)[1098]의 슬픈 곡셩(哭聲)이 쳐졀ᄒᆞ여 좌우

년셰흔 지통이라. 모녀 삼인이 심시 상하치 아니코, 소엄시는 싱셰 십팔 셰의 쳐엄으로 모후의 안화를 우러러, 비록 소의 가온디 《셩덕관화∥셩덕광화》ᄒᆞ시미 찬연슈이ᄒᆞ샤, 당연 몽듕의 비현흔 바로 다르미 업더라.

모녀의 간간흔 졍이 잠을 일우디 못ᄒᆞ고 《징징∥장장(長長)》흔 담논이 슈어셔의 긔록디 못흘러라.

이러구러 일월이 《도도부뉴∥도도블뉴(滔滔不留)》ᄒᆞ여 션왕의 쵸긔 디ᄂᆞ니, 시로이 심신이 여쇄여삭ᄒᆞ야 슬픈 곡셩이[에] 벽텬이 혼흑ᄒᆞ여 월광이 슈식흔 둣, 초목금슈 다 슬허ᄒᆞᄂᆞᆫ디라.

1090)쇼흠ᄌᆞ(所欠者) : 모자라거나 아쉬운 것.
1091)안화(顔華) : 예쁘게 생긴 얼굴. =용화(容華)
1092)이모(二毛) : ①검은 털과 흰 털을 아울러 이르는 말. ②이모지년(二毛之年)의 줄임말. 두 번째 머리털 곧 흰 머리털이 나기 시작하는 나이라는 뜻으로, 32세를 이르는 말.
1093)도도블뉴(滔滔不留) : 강물이나 세월 따위가 막힘 없이 깊고 널리 기운차게 흘러 감.
1094)여쇄여삭(如碎如削)ᄒᆞ다 : 부서지는 듯 깎여지는 듯하다.
1095)구쳔(九天) : 가장 높은 하늘. 늑구민(九旻)
1096)셩쳘어텬(聲徹於天) : 소리가 하늘까지 사무침.
1097)위비(爲悲)ᄒᆞ다 : 슬퍼하다. 슬피 여기다.

룰 동(動)ᄒ니, 견지(見者) 막블식비(莫不嘖悲)ᄒ고 방인(傍人)이 감동ᄒ더라.

셜부인이 몬져 우름을 긋치고 댱후 모녀 고식을 빅단(百端)1099) 위로ᄒ여 슬프믈 진졍ᄒ니, 날이 임의 평명(平明)이라. 댱휘 쳔비만통(千悲萬痛)을 니기지 못ᄒ여 간격(肝膈)1100)이 초삭(焦鑠)ᄒ니, 이 한갓 붕셩(崩城)의 통(痛)만 아니라, 아ᄌ(兒子)의 위구(危懼)ᄒᆫ 신셰룰 긱골통상(刻骨痛傷)ᄒ미러라.

이윽고 댱휘 긔운이 엄억(奄抑)1101)ᄒ니 냥녀와 호시 등이 경황ᄒ여 눈물을 흘니고, 삼다(蔘茶)로【67】뻐 구호ᄒ여, 식경(食頃) 후 겨유 졍신을 슈습ᄒ여 눈을 드러 좌우룰 술피고, 녀부의 슬허ᄒ믈 보고 묵연초창(默然怊悵)ᄒ여 말이 업스니, 셜부인이 함누위로(含淚慰勞) 왈,

"져제(姐姐) 비록 심회(心懷) 통할(痛割)ᄒ시나, 질부의 졍스와 냥질의 초젼(焦煎)ᄒ믈 념녀치 아니시ᄂ니잇고?"

냥녀와 호시 ᄯᅩᄒ 비루(悲淚)룰 드리워 지삼 위로ᄒ니, 모녀고식이 상위(相慰)ᄒ여 슈일이 지나니, 믄득 경스 엄상부로조ᄎ 가인이 니ᄅ고, 윤상부 창두(蒼頭) 한가지로 니ᄅ러 모든 셔찰을【68】올니니, 댱휘 경아(驚訝)ᄒ여 니로디,

"왕 초긔(初忌) 임의 지나시니 쇼고와 녀아 제질이 환가홀 날이 머지 아냣거ᄂᆯ, 기간의 무슴 ᄉ괴 잇관디 가셰(家書) 니ᄅ럿ᄂ뇨?"

냥 부인이 역경(亦驚)ᄒ여 몬져 엄부 가셔룰 기간ᄒ니, 이 곳 최·범 냥부인의 슈젹(手迹)이라. 디기 몬져 션왕의 초긔(初忌) 덧업스믈 인스ᄒ고, 버거 한님이 강상디죄(綱常大罪)룰 시러 장ᄉ(長史)1102)의 원젹(遠謫)

제파의 셜부인이 몬져 우름을 긋치고 댱후 모녀를 빅단 위로ᄒ니, 댱휘 쳔비만통을 이긔디 못ᄒ야 긔운이 엄이【10】ᄒ니, 냥녀와 호시 등이 경황ᄒ야 눈물을 흘니며 삼다로ᄡᅥ 구호ᄒ여 식경 후 겨유 졍신을 슈습ᄒ여 믁연초창ᄒ니, 셜부인이 함누 위로 왈,

"져제 비록 심회 통한ᄒ시나 딜녀 등의 초젼ᄒ믈 념녀치 아니시ᄂ니잇가?"

냥녀와 호시 ᄯᅩᄒ 비누(悲淚)를 드리워 지삼 위로ᄒ니, 모녀고식이 상위ᄒ야 슈일이 디나니, 믄득 경스 엄부 가인이 니ᄅ고, 윤상부 창두 ᄒᆫ가지로 모든 셔츌을 올니니, 댱휘 경아 왈,

"션왕 초긔 디나시니 쇼고와 녀ᄋ 제딜이 환가홀 ᄢᅵ 머디 아엿거ᄂᆯ, 기간의 무슴 ᄉ괴 잇관디 가셰 니ᄅ럿ᄂ뇨?"

냥 엄시이 역경ᄒ야 몬져 엄부 가셔룰 기간ᄒ니, 이 곳 최·범 냥부인 슈셔라. 디기 몬져 션【11】왕의 초긔 덧업스믈 인〇[스]ᄒ고, 버거 한님이 강상디죄를 시러 댱스의 원젹ᄒᆫ ᄉ의로디, 범부인 글월의[은] 디기를 초초히

1098)모녀고식(母女姑媳) : 어머니와 딸과 시어머니와 며느리를 함께 이르는 말
1099)빅단(百端) : 여러 가지 방법. 또는 온갖 수단과 방도.=백방.
1100)간격(肝膈) : 간(肝)과 흉격(胸膈; 가슴)을 함께 이른 말로, 마음 또는 마음속을 달리 이르는 말.
1101)엄억(奄抑) : 갑자기 억눌려 막힘. 늑억색(抑塞)
1102)장ᄉ(長沙) : 중국 호남성의 동부 곧 동정호(洞庭湖) 남쪽 상강(湘江) 동쪽 하류에 있는 도시. 수륙

흔 ᄉ의(辭意)로디, 범부인 글월은 더기를 초초(草草)이 긔록ᄒ여시나, 최부인 셔간은 한님의 블【69】초무상(不肖無狀)흠과 샹눈패힝(傷倫悖行)의 죄명을 누누히 긔록ᄒ엿고, 윤부 가셔는 진왕과 승상이 각각 식부의게 부친 셔간이니, 션왕의 초긔 지나믈 인ᄉᄒ고 식부 환경을 지쵹ᄒ고, 한님의 화익(禍厄)이 심상치 아니믈 베펏더라.

댱후와 냥 부인이 간파의 거의 짐작ᄒ미나, 간인의 작악이 이더도록 ᄲ르문 싱각지 아닌 비라. 댱휘 옥슈로 분흉(憤胸)¹¹⁰³을 어로만저 일셩장탄(一聲長歎)의 비뤼(悲淚) 산산(潸潸)ᄒ여¹¹⁰⁴ 갈오디,

"'유유창텬(悠悠蒼天)아, 츠하인지(此何人哉)오!'¹¹⁰⁵ 오이(吾兒) 군ᄌ디【70】도(君子大道)를 밋지 못ᄒ나, 거의 식니션유(識理先儒)¹¹⁰⁶의 조리를 드디미 붓그럽지 아닌가 ᄒ엿더니, 이러틋 멸눈패상(滅倫敗常)의 죄인으로 국법의 미이여 만셩ᄉ셔(滿城士庶)의 ᄡ지람을 면치 못ᄒ니, 살미 죽음만 못ᄒ거늘, 장하여싱(杖下餘生)이 녕히슈졸(嶺海守卒)이 되니, 오희(嗚噫)라! 니 아희 이칠츙유(二七沖幼)¹¹⁰⁷로 약관미년(弱冠未年)¹¹⁰⁸이라. 그 약ᄒ미 신뉴(新柳) 갓고 묽으미 어름 갓흐니, 놉흔 집의 편히 잇셔도 오히려 두립거든, 이제 남황장녀(南荒瘴癘)¹¹⁰⁹의 슈토풍상(水土風霜)¹¹¹⁰을 비포(排布)¹¹¹¹ᄒ미, 제 엇지 무ᄉ싱환(無事生還)ᄒ믈 【71】바라리오.

긔록ᄒ여시나, 최부인 셔간은 한님의 블효무상ᄒ믈 누누히 긔록ᄒ엿고, 윤부 가셔은 진왕과 승상이 각각 ᄌ부의게 붓친 셔간이라. 션왕의 쵸긔 디나믈 인ᄉᄒ고 식부의 환경을 지쵹ᄒ고, 한님의 화익이 심상치 아니믈 베퍼더라.

댱후와 냥 엄시 간파의 거의 짐작ᄒ미나, 간인이[의] 작악이 이더도록 ᄲ르믄 싱각디 아닌 비라. 댱휘 기리 장탄 왈,

"오ᄋ 군ᄌ디도를 밋디 못ᄒ나, 거의 식니명뉴의 조리를 드디미 붓그럽디 아닌가 ᄒ엿더니, 멸눈패상의 죄인으로 국법의 미니[이]여 만셩【12】ᄉ셔의 ᄡ지람을 면치 못ᄒ니, 살오미 죽음만 못ᄒ거늘, 장하여싱이 녕히슈죨이 되니, 《이져∥이제》 남황장녀의 슈토풍상을 비포ᄒ미, 제 엇디 무스 싱환ᄒ믈 ᄇ라리오. 알괘라! 나의 여앙이 미진ᄒ야 슈소ᄌ녀의게 밋츠미로다."

교통의 요충지이며 호남성의 성도(省都)이다.
1103)분흉(憤胸) : 성난 가슴.
1104)산산(潸潸)ᄒ다 : 눈물 빗물 따위가 줄줄 흐르다.
1105)유유창텬(悠悠蒼天)아, 츠하인지(此何人哉)오! : "끝없이 푸른 하늘이여, 어떤 사람이 이렇게 하였는가!" 『시경』〈서리(黍離)〉에 나오는 말이다.
1106)식니션유(識理先儒) : 이치를 아는 옛 선비.
1107)이칠츙유(二七沖幼) : 열네 살의 어린 나이.
1108)약관미년(弱冠未年) ; 아직 관 쓸 나이도 못됨.
1109)남황장녀(南荒瘴癘) : 남쪽지방의 기후가 덥고 습한 곳에서 생기는 유행성 열병이나 학질.
1110)슈토풍상(水土風霜) : 물과 땅과 바람과 서리를 통틀어서 이른 말. 또는 이와 같은 기후나 토질로 인하여 발생하는 온갖 풍토병.
1111)비포(排布) : 일정한 차례나 간격에 따라 벌여 놓음. =배치.

알괘라! 나의 여앙(餘殃)이 미진(未盡)ᄒ여 슈쇼ᄌ녀(數少子女)1112)의게 밋ᄎ미로다."

셜파의 실셩운졀(失性殞絶)ᄒ니 냥 부인과 호시 역읍뉴쳬(亦泣流涕)ᄒ여 지삼 관위(寬慰)ᄒ고, 셜부인은 최부인 말을 신쳥ᄒ미 만코, 경ᄉ의 이실 졔질아(諸姪兒)를 그릇 너겻던지라. 댱후의 거동이 ᄉ졍의 괴이치 아니나 스ᄉ로 긔ᄌ(己子)의 블초ᄒ믈 아지 못ᄒ믈 묵연ᄒ여, 한 말 위언(慰言)이 업ᄉ니, 댱휘 그윽이 쇼고(小姑)의 혼암(昏暗)ᄒ믈 긔탄ᄒ나 ᄉ식지 아니코, 셜싱 엄싱 등은 한님의 봉변ᄒ【72】믈 디경ᄎ악(大驚且愕)ᄒ여 각각 눈믈을 흘녀 슬허ᄒ며, 엄시랑 곤계는 긱골 슬허ᄒ미 일신(一身) ᄀᆞᆺᄒ지라.

가간(家間)의 변난(變亂)이 시로오믈 드ᄅ미 더옥 귀심(歸心)이 여시(如矢)1113)ᄒ니, 이의 댱후긔 슈이 샹경홀 바를 고ᄒᆞᆫ디, 댱휘 냥녀를 샹니(相離)ᄒᆞᄂᆞᆫ 비회(悲懷)를 니긔지 못ᄒ나, 미양 《닛지∥잇지1114)》 못홀 비니 일시 ᄉ졍(事情)의 거리낄 비 아니라.

츄연 왈,

"우슉(愚叔)의 지통은 도ᄎᆞ(到此)1115)의 한가지라. 미ᄉ지젼(未死之前)의 플닐 길히 업ᄉ리니, 여등이 하향(下鄉) 슈월(數月)이라. 엇지 미【73】양 머믈니오."

졔질(諸姪)이 비ᄉ(拜辭)1116)ᄒ고 즉시 치힝(治行)ᄒ여 슈일 후 도라갈ᄉᆡ, 님별(臨別)의 셜부인이 댱후와 호시를 연연(戀戀)ᄒ여 니별ᄒ고, 냥 부인이 질아(姪兒) 남미를 다시음 안아 모후의 숀을 밧들고, 냥 셔모와 호시를 도라보와 쳥뉘(淸淚) 환난(汍瀾)ᄒ여 모후(母后)긔 하직(下直) 왈,

"ᄌ위(慈闈)ᄂᆞᆫ 블초아(不肖兒) 등을 셩녀(聖慮)의 거리ᄭᅵ지 마로시고, 지통을 억졔ᄒ

셜파의 실셩운졀ᄒ니, 냥 엄시와 호시 역읍 뉴쳬ᄒ여 지삼 관위ᄒ고, 셜부인은 최부인 말을 신쳥ᄒ야 댱후의 거동이 고이치 아니나, 스ᄉ로 긔ᄌ의 블쵸ᄒ믈 아디 못ᄒ믈 믁연ᄒ야 ᄒᆞᆫ 말 위언이 업ᄉ니, 댱휘 그윽이 쇼고의 혼암ᄒ믈 긔탄ᄒ나 ᄉ쉭디 아니코, 셜싱 엄싱 등은 한님의 봉변ᄒ믈 대경ᄎ악ᄒ야 각각 눈믈을 흘녀 각골ᄒ미 일신 ᄀᆞᆺᄐᆞ디라.

가간 변난이 시로오【13】믈 드ᄅ미 귀심이 살 ᄀᆞᆺᄒ여, 이에 댱후긔 수히 샹경홀 바를 고ᄒ니, 댱휘 냥녀를 샹니ᄒᆞᄂᆞᆫ 비회 시로오나 미양 잇디 못홀 비니, 일시 ᄉ졍의 거릿길 비 아니라.

츄연 왈,

"우슉의 디통은 도ᄎᆞ의 ᄒᆞᆫ가디라. 여등이 하향 누월이라. 이에 미양 머믈이오."

졔딜이 비ᄉᄒ고 즉시 치힝ᄒ야 수일 후 도라갈ᄉᆡ, 셜부인이 댱후와 호시를 년년ᄒ여 니별ᄒ고, 냥엄시 쳥누 환난ᄒ야 모후긔 하직 왈,

"ᄌ위ᄂᆞᆫ 블쵸 등을 셩녀의 거릿기디 마ᄅ시고, 디통을 억졔ᄒ샤 맛ᄎᆞᆷᄂᆡ 녕슌ᄒ샤 부

1112)슈쇼ᄌ녀(數少子女) ; 몇 안 되는 적은 수의 아들 딸들.
1113)여시(如矢) : 쏜살같다. 쏜 화살과 같이 매우 빠르다.
1114)잇다 : 있다. 사람이나 동물이 어느 곳에서 떠나거나 벗어나지 아니하고 머물다.
1115)도ᄎᆞ(到此) : 이곳에 와서도.
1116)비ᄉ(拜辭) : 웃어른께 작별을 고함. =하직(下直).

샤 호져(姐)의 궁텬지통(窮天之痛)을 어엿비 너기시고, 냥 질과 운혜 남미룰 무휼(撫恤)ᄒ샤 비회(悲懷)룰 믈니치시고, 맛춤ᄂᆡ 영슈(永壽)ᄒ【74】샤 비회룰 믈니치시고, 부왕의 삼긔(三忌)룰 지니신 후, 창뎨 요ᄒ힝 신누(身累)룰 버셔 풍운(風雲)의 길시(吉時)룰 만난 즉, 쥬위 이 심산 향ᄂᆞ의 외로이 쳐ᄒ실 비 아니니, 셰ᄎᆞ룰 보와 경ᄉᆡ의 도라오샤, 녯 집의 모다 단ᄎᆔ(團聚)ᄒ기룰 원ᄒ나이다."

당휘 오열뉴체(嗚咽流涕) 왈,

"여모ᄂᆞᆫ 텬디간 명박지인(命薄之人)이라. 엇지 장ᄂᆡᄉᆞ(將來事)룰 예탁(豫度)ᄒ여 후회룰 긔약ᄒ리오. 연이나 여모ᄂᆞᆫ 완명(頑命)[1117]이라. 엇지 여등(汝等)의게 념녀룰 씨치리오. 여등은 어뮈룰 념녀치 말고 기리 무양(撫養)ᄒ라. 피ᄎᆞ【75】무양ᄒᆫ 후 다시 모도미 무어시 어려오리오."

냥 부인이 슈명비ᄉᆞ(受命拜辭)[1118]ᄒ고 일중 삼슈고별(摻手告別)[1119]을 맛ᄎᆞᄆᆡ, 셜부인은 화교옥뉸(華轎玉輪)[1120]의 오ᄅᆞ고, 냥 부인은 쇼거(素車)의 오ᄅᆞᄆᆡ, 슈빅 군인과 허다 집ᄉᆞ 아역이며 장졍 복부와 시녀 환관의 위의 황황(煌煌)ᄒ여 부문을 나니, 원근닌니(遠近隣里) 굿보며 칭찬ᄒ더라.

어ᄉᆡ의 당휘 제질과 냥녀룰 분슈(分手)ᄒ니, 가듕이 황연(荒然)ᄒ여 여실보화(如失寶貨)[1121]ᄒᆫ 듯, 상연뉴체(傷然流涕)ᄒ믈 마지 아니코, 심시 당황ᄒ여 조셕증상(朝夕蒸嘗)[1122]을 파ᄒᆫ 즉, 【76】쥬야 초침(草枕)의 머리룰 더져 셰ᄉᆞ룰 아지 못ᄒ니, 호시 역시 가부(家夫)의 증상(蒸嘗)을 맛촌 후ᄂᆞᆫ ᄌᆞ녀룰 닛그러 쥬야 존고룰 뫼셔, 좌하(座下)의셔 셤

왕 삼긔룰 디니신 후, 창뎨 요ᄒ힝 신누를 버셔 풍운의 길시를 만난즉, 쥬위 이 심산향ᄂᆞ의 외로이 겨실 비 아니니,【14】셰ᄎᆞ를 보아 경ᄉᆡ의 도라오샤 녯 집의 모다 단ᄎᆔᄒ기를 원ᄒᆞᄂᆞ이다."

당휘 뉴체 왈,

"여모ᄂᆞᆫ 텬디간 명박지인이라. 엇디 장ᄂᆡ를 브라리오. 연이나 여등은 어미를 념녀 말고 기리 무양ᄒ라. 피ᄎᆞ 무양ᄒᆫ 후 다시 모드미 무어시 어려오리오."

냥부인이 슈명비ᄉᆞᄒ고 호시와 냥희를 분슈ᄒ야 일장 니별을 맛ᄎᆞᄆᆡ, 위의를 휘동ᄒ야 부문을 나니,

당휘 냥녀와 제질를 분슈ᄒ니, 가듕이 황연ᄒ여 여실듕보ᄒᆫ 듯 심시 《다황‖당황》ᄒ야, 됴셕 증상을 파ᄒᆫ즉 쥬야 초침의 머리를 더져 돈연이 셰ᄉᆞ를 아디 못ᄒ니, 호시 ᄌᆞ녀를 잇그러 쥬야 존고를 뫼셔 좌하의 ᄌᆞ부의 되 극진ᄒ니, 휘 비황 듕이나 ᄌᆞ부의 심ᄉᆞ를【15】이련ᄒ야 지극ᄒᆫ 정이 모녀의 감치 아냐, 고식이 상의위명ᄒ야 보젼ᄒ미 되니라.

1117)완명(頑命) : 죽지 않고 모질게 살아 있는 목숨.
1118)슈명비ᄉᆞ(受命拜辭) : 윗사람의 분부를 받고 절하여 하직함.
1119)삼슈고별(摻手告別) : 서로 손을 부여잡고 작별을 고함.
1120)화교옥뉸(華轎玉輪) : 화려하게 치장한 가마와 수레.
1121)여실보화(如失寶貨) : 보화를 잃은 듯함.
1122)조셕증상(朝夕蒸嘗) : 아침저녁으로 올리는 제사. 증상(蒸嘗)은 제사(祭祀)를 뜻하는 말로, '증(蒸)'은 겨울제사를, '상(嘗)'은 가을제사를 말한다.

기미 주부의 도룰 다ᄒ니, 휘(后) 비황(悲況)
ᄒ 가온다나 주부의 심ᄉ룰 이련ᄒ여, 지극
ᄒ 졍이 모녀의 감치 아니니, 드디여 고식이
상의위명(相依爲命)[1123]ᄒ여 보젼ᄒ미 되니
라.

ᄎ시 엄·셜 졔ᄉ이 모친과 냥미로 더부러
무ᄉ히 힝ᄒ여 협슌(浹旬)[1124]만의 경ᄉ의
니ᄅ러ᄂ, 진궁의셔 쇼년 졔ᄉ이 교외【77】의
니ᄅ러 마ᄌ 한가지로 냥 엄부인을 뫼셔 윤
상부로 도라가니, 냥 부인이 ᄯᅩᄒ 감히 본부
로 도라가지 못ᄒ고 구가로 도라가니라.

엄시랑 군종형뎨(群從兄弟)ᄂ 한가지로 셜
부인을 뫼셔 몬져 엄부의 니ᄅ니, 이 씨ᄂ
한님이 니가(離家) ᄒ연 지 오러더라.

ᄎ시ᄂ 퇴ᄉ와 츄밀의 병셰 졈졈 가헐(可
歇)ᄒ 즈음이로디, 최부인이 아조 한님을 업
시치 못ᄒ엿ᄂ 고로, 아ᄌ룰 닙장종통(立長
宗統)[1125]치 못ᄒ 젼이라.

퇴ᄉ의 마음이 변ᄒᆯ가【78】져허 미혼단(迷
魂丹)을 다시 시험ᄒ나, 츄밀은 다시 나오지
못ᄒ니, 주연 날이 오러고 달이 포집으
미[1126], 위질(危疾)이 가헐(可歇)[1127]ᄒ여 안
졍(眼睛)의 허홰(虛火) 젹막(寂寞)ᄒ고, 지각
과 인ᄉ ᄎᄎ 나ᄒ니, 범부인과 한·양 이
쇼졔 블승디희(不勝大喜)ᄒ여 힝혀 다시 작
시 이실가 ᄒ여, ᄎ후 츄밀의 식봉감지(食奉
甘旨)[1128]의 반ᄃ시 부인과 냥뷔 친집(親執)
ᄒ고, 아모 친신(親信)한 비비(婢輩)도 맛지
지 아니ᄒ더라.【79】

ᄎ시 엄·셜 졔ᄉ이 모친과 냥미로 더브러
무ᄉ이 힝ᄒ야 경ᄉ의 니르러, 진궁의셔 쇼
년 졔ᄉ이 나와 냥 엄시를 마ᄌ 바로 윤부로
가고,

엄 시랑 등 군죵 형뎨ᄂ 셜부인를 뫼셔 엄
부의 니ᄅ니, 이씨ᄂ 한님이 니가ᄒ연 디 오
ᄅ고,

ᄎ시ᄂ 태ᄉ와 츄밀이 병셰 졈졈 《가혀ᄂ
ᄒ디‖가복ᄒ엿ᄂ 디》, 최부인이 한님을 죽
이지 못ᄒ엿고, 영을 《입장쥬츙‖입장쥬통
(立長宗統)》치 못ᄒ엿ᄂ디라.

태ᄉ의 ᄆ음이 변ᄒᆯ가 져허 미혼단을 다시
시험ᄒ나, 츄밀의게ᄂ 다시 나오디 못ᄒ니,
주연 날이 오러고 달이 가미 위질이 가복ᄒ
여 인ᄉ ᄎᄎ 나으니, 범【16】부인과 한·양
이 쇼졔 블승대희ᄒ야 힝혀 다시 작시 이실
가 ᄒ며, ᄎ후 공의 식봉을 친집ᄒ고 아모
친신ᄒ 비비라도 맛디디 아니터라.

1123) 상의위명(相依爲命) : 서로 의지하여 목숨을 이
　　어감.
1124)협슌(浹旬) : 열흘 동안. 십간(十干)을 날짜에 배
　　당하여 갑(甲)에서부터 마지막 계(癸)에 이르는 날
　　수를 뜻한다. ≒협일.
1125)닙장종통(立長宗統) : 종통을 계승시키기 위해 장
　　자(長子)가 아닌 사람을 장자로 세움.
1126)포집다 : 거듭 집다. 그릇을 포개어 놓다.
1127)가헐(可歇) : 병세가 차도가 있음.
1128)식봉감지(食奉甘旨) : 식사와 감지를 받들어 모
　　심. *감지(甘旨): 주전부리로 먹는 맛이 좋은 갖가
　　지 음식

엄시효문청힝녹 권지이십수

화셜, 츄밀의 식봉감지(食奉甘旨)를 반두시 부인과 냥븨 친집ᄒᆞ고, 아모 친신ᄒᆞᆫ 비비라도 맛지지 아니ᄒᆞ더라.

이 날 엄시랑 형뎨 슉모를 뫼셔 도라오니, 최·범 냥부인이 마ᄌᆞ 반기고 깃거 피ᄎᆞ 지난 바를 니ᄅᆞ며, 셜부인은 금쥬 댱후 모녀의 반기며 슬허ᄒᆞ던 셜화를 젼ᄒᆞ며, 최부인은 눈믈을 어즈러이 ᄲᅮ려 피악(悖惡)ᄒᆞᆫ 변고를 젼ᄒᆞ미, 교밀(巧密)ᄒᆞᆫ 언에 ᄌᆞ못 언슌니졍(言順理正)[1129]ᄒᆞ고, 범【1】부인은 다만 쳐연탄식(淒然歎息)ᄒᆞ여 가변이 망극ᄒᆞᆷ믈 니를 ᄯᆞ름이라.

져 무식블통(無識不通)ᄒᆞᆫ 셜부인이 사름의 현우션악(賢愚善惡)을 엇지 알니오. ᄎᆞ언을 드ᄅᆞ미 히연경악(駭然驚愕)ᄒᆞ미 시로와 갓오디,

"챵아ᄂᆞᆫ 조션(祖先)의 블효죄인이라. 맛당이 왕법의 업디염즉 ᄒᆞ거눌, 윤가의 셰엄으로 죽기를 면ᄒᆞᆫ가 시부거니와, 거거(哥哥)와 져졔(姐姐) 엇지 이런 피ᄌᆞ로 종ᄉᆞ(宗嗣)를 닛지 못ᄒᆞᆯ 쥴 알녀든 엇지 디ᄉᆞ를 결치아냐, 영을 승젹(昇籍)지 아녓ᄂᆞ니잇고?"

최부인이 탄【2】왈,

"부인지언(夫人之言)이 션애(善也)라. 부ᄌᆞ와 슉슉이 밋쳐 명치 아냐 계시니, 쳡이 ᄌᆞ단(自斷)치 못ᄒᆞ미로쇼이다."

부인이 졈두 왈,

"거게 ᄯᅩ 엇지 이 ᄯᅳᆺ이 업ᄉᆞ리오만은 영이 아직 셩인(成人)치 못ᄒᆞ므로 밧부지 아니타 ᄒᆞ시미니, 져져ᄂᆞᆫ ᄲᆯ니 거거긔 엿ᄌᆞ와 디ᄉᆞ를 쇽히 결ᄒᆞ쇼셔."

이날 엄 시랑 형뎨 슉모를 뫼셔 도라오니, 최·범 {냥}냥부인이 마ᄌᆞ 반기고 깃거 피ᄎᆞ 디난 바를 니ᄅᆞ며, 셜부인은 금쥐 셜화를 ᄒᆞ며, 최부인은 눈믈을 어즈러이 ᄲᅳ려 피악ᄒᆞᆫ 변고를 젼ᄒᆞ미 교밀ᄒᆞᆫ 언에 ᄌᆞ못 언슌니졍ᄒᆞ니, 셜부인이 ᄎᆞ언을 드ᄅᆞ미 히연경악ᄒᆞ미 시로와 갓오디,

"챵ᄋᆞᄂᆞᆫ 됴션의 블효죄인이라. 당당이 왕법의 업디염 즉ᄒᆞ거눌, 윤가의 셰엄으로 둑기를 면ᄒᆞᆫ가 시브거니와, 거거와 져졔 엇디 이런 피ᄌᆞ로 죵ᄉᆞ를 넝치 못ᄒᆞᆯ 줄 알녀든, 엇디 디ᄉᆞ를 결치 아【17】냐 영을 승젹디 아녓ᄂᆞ니잇고?"

최부인이 탄왈,

"부인지언이 션애라. 부ᄌᆞ 슉슉이 미쳐 명치 아니시니, 쳡이 ᄌᆞ단치 못ᄒᆞ미로쇼이다."

부인이 졈두ᄒᆞ고,

1129)언슌니졍(言順理正) : 말이 조리가 있음.

최부인이 쇼고의 말솜이 맛당ᄒᆞ믈 일ᄏᆞᄅᆞ니, 범부인이 냥 부인의 슈작(酬酌) 셜화를 드르미, 심하의 블승분히(不勝憤駭)ᄒᆞ여 갈오ᄃᆡ,

"창이 유죄무죄간(宥罪無罪間) 인가변【3】난(人家變亂)이 가위(可謂) 도ᄎᆞ이극의(到此已極矣)[1130]라. 그 망극ᄒᆞ미 장ᄎᆞᆺ 문호를 보젼치 못ᄒᆞ기의 미쳣거눌, 어니 결의 닙종승젹(立宗昇籍)을 의논ᄒᆞᆯ 비리잇고? 첩은 다만 합연이ᄉᆞ(溘然而死)[1131]ᄒᆞ여 인눈의 망극ᄒᆞᆫ 변을 보지 아니키를 원ᄒᆞᄂᆞ이다."

셜파의 최부인은 발연작식(勃然作色)[1132]ᄒᆞ고 셜부인은 묵연이러라.

틱ᄉᆞ와 츄밀이 미즈와 제질을 보고 반겨 그 ᄉᆞ이 별회를 펴고. 틱ᄉᆞᄂᆞᆫ 지는 가변을 니ᄅᆞ고 창아의 블초ᄒᆞ믈 닐너 탄식ᄒᆞ믈 마지 아니ᄒᆞ고, 츄밀【4】은 가변을 차악(嗟愕)ᄒᆞ며, 왕뎨(王弟)의 초긔 지ᄂᆞᄃᆡ ᄌᆞ긔 괴이ᄒᆞᆫ 병을 어더 참ᄉᆞ(叅祀)치 못ᄒᆞ믈 일ᄏᆞᄅᆞ, 오히려 몽농즁(朦朧中) 갓치 한님의 누명을 일ᄏᆞᄅᆞ미 업더라. 이 엇지 한님의 운익(運厄)이 긔구(崎嶇)치 아니ᄒᆞ미리오.

셜 복애(僕射) 부인의 환경ᄒᆞ믈 알고 즉시 청ᄒᆞ여 도라가니라.

시랑 형뎨 부모 슉당의 비알ᄒᆞ고 슈미(嫂妹)와 부인으로 셔로 보미, 종일 부모를 뫼셔 지난 셜화를 문답ᄒᆞᆯᄉᆡ, 부군(父君)의 위질(危疾)이 만히 가경(可境)의 드러 계시믈 환【5】희ᄒᆞ나, 종뎨(從弟)의 년셕(憐惜)ᄒᆞᄂᆞᆫ 마음이 ᄌᆞ긔 몸의 당ᄒᆞᆫ 듯ᄒᆞ더라.

츄밀의 냥녀 조상셔 부인 초혜와 윤흑ᄉᆞ 부인 벽혜 다 본부의 도라와, 부모 슉당의 뵈옵고 냥 거거를 반기며, 지난 가화(家禍)를 일ᄏᆞ라ᄃᆡ, 화상셔 부인은 해 지나ᄃᆡ 오지 아니ᄒᆞ고, 시녀비도 통치 아니ᄒᆞ니, 범부인 모ᄌᆞᄂᆞᆫ 반ᄃᆞ시 가변을 짐작ᄒᆞ고, 화상셰 악모의 힝ᄉᆞ를 통히ᄒᆞ여 부인의 귀령을 막으미라

태ᄉᆞ와 츄밀이 가변을 니ᄅᆞ고 왕의 쵸긔를 디니디 ᄌᆞ긔 고이ᄒᆞᆫ 병을 어더 참ᄉᆞ치 못ᄒᆞ믈 일ᄏᆞ라, 오히려 몽듕 굿치 한님의 누명을 니ᄅᆞ미 업더라.

셜 복야 부인의 환경ᄒᆞ믈 듯고 즉시 쳥ᄒᆞ야 가니라.

시랑 형뎨 부모 슉당의 비알ᄒᆞ고 슈미와 부인으로 보미, 죵일 부군를 뫼셔 디난 셜화ᄒᆞᆯᄉᆡ, 부군의 위딜이 만히 가경의 드러 겨시믈 환희ᄒᆞ나, 죵뎨를 년셕ᄒᆞ미 ᄌᆞ긔 몸의 당ᄒᆞᆫ 듯ᄒᆞ더라.

츄밀의 냥녀 등이 본부의 모다 부모 슉당의 뵈【18】옵고 냥 거거를 반기며 디난 가화를 일ᄏᆞ라ᄃᆡ, 화 상셔 부인은 히 디나도록 오디 아니ᄒᆞ고 시녀비도 통치 아니ᄒᆞ니, 범부인 모ᄌᆞᄂᆞᆫ 반ᄃᆞ시 가화을 짐작ᄒᆞ고 화 상셔의 막으민 줄 짐작ᄒᆞ나, 최부인은 녀셔의

1130)도ᄎᆞ이극의(到此已極矣) : 지금보다 더 심한 적은 없다.
1131)합연이ᄉᆞ(溘然而死) : 갑작스럽게 죽음.
1132)발연작식(勃然作色) : 발끈하여 불쾌함을 얼굴빛에 드러냄.

짐작ᄒᆞ나, 최부인은 녀셔의 미몰ᄒᆞ【6】믈 한ᄒᆞ나, 츌하리 그 괴로온 간언을 듯지 아니믈 다힝ᄒᆞ여, 쳥치 아니ᄒᆞ고 가장 심한(深恨)ᄒᆞ더니, 슈월만의 공치(公差)도라오ᄃᆡ 죵젹이 부즁의 넘치 아니ᄒᆞ고, 사ᄅᆞᆷ으로ᄡᅥ 한님의 평셔를 젼ᄒᆞᄂᆞ지라.

가즁이 한님의 무ᄉᆞ히 안쇼(安所)ᄒᆞ믈 깃거ᄒᆞ나, 홀노 최부인 노쥐 디경(大驚)ᄒᆞ여 후셥을 ᄲᆞᆯ니 치관(差官)의 집의 보ᄂᆡ여 한님을 히(害)치 아닌 연고를 무ᄅᆞ니, 치관이 넝쇼 왈,

"우리 본ᄃᆡ 건망증이 잇ᄂᆞᆫ지라. 그 ᄡᅵ 약간 금빅을 쥬고【7】무어시라 ᄒᆞ던가 시브ᄃᆡ, 우리ᄂᆞᆫ 엄부인이 ᄌᆞ이지졍(慈愛之情)으로 한님을 무ᄉᆞ히 다려가라 ᄒᆞᄂᆞᆫ 쳥쵹만 너겻더니, 원ᄂᆞ 죽여 달나ᄒᆞ미랏다! 이러나 져러나 금빅은 우리 ᄡᅳ고 와시니 도로 쥴거시 업ᄂᆞᆫ지라. 후일 녹봉(祿俸)이나 타거든 갑흐리니, 너ᄂᆞᆫ 도라가 이디로 쥬(奏)ᄒᆞ라."

셥이 악연(愕然) 실망ᄒᆞ여 분분이 도라와 부인ᄭᅴ 고ᄒᆞ니, 부인이 디경ᄃᆡ로(大驚大怒)ᄒᆞ나 금빅인들 엇지 ᄎᆞ즐 의ᄉᆞ를 ᄒᆞ리오. 발 굴너 니로ᄃᆡ,

"영교 미션아 큰일【8】이 낫고나. 네 그 ᄡᅵ 말을 그릇 젼치 아냐실 거시로ᄃᆡ, 져 무리 젹츄(賊酋) 우리 말을 못 드른 체ᄒᆞ고, 이제 반복(反覆)ᄒᆞ미 여ᄎᆞᄒᆞ니, ᄎᆞ등(此等)이 이 말을 셜파ᄒᆞᆫ 즉, 우리 노쥬의 경영ᄒᆞ던 디시 그릇되지 아니ᄒᆞ랴?"

냥비(兩婢) 역시 탄식ᄒᆞ고,

"치관(差官) 등이 즁쳥(重聽)[1133]이 아니니, 그 ᄡᅵ 쇼비 등의 말을 그릇 드러시리잇가만은, 필연 실계(失計)ᄒᆞ여시미 금을 환숑치 아니미 묘믹이 이시미니, 이제 만일 금빅을 ᄎᆞᄌᆞ려 ᄒᆞ다가ᄂᆞᆫ 도로혀 낭패ᄒᆞ여, 져 무【9】리 이 말을 푼포ᄒᆞ미[1134] 괴이치 아니ᄒᆞ려니와, 은ᄌᆞ를 ᄎᆞᆽ지 아닌 즉, 도로혀 뇌믈

《미믈∥미몰》ᄒᆞ믈 한ᄒᆞ나, 츌하리 그 괴로온 간언을 듯디 아니믈 다힝ᄒᆞ야 쳥치 아니나 가장 심한{ᄒᆞ}ᄒᆞ더니, 수월 만의 공치 도라오ᄃᆡ 부듕의 임치 아니ᄒᆞ고, 사ᄅᆞᆷ으로ᄡᅥ 한님의 평셔를 젼ᄒᆞᄂᆞᆫ디라.

가듕이 한님이 무ᄉᆞ이 안소ᄒᆞ믈 깃거ᄒᆞ나, 홀노 최부인 노쥐 대경ᄒᆞ야 후셥으로 치관의 집의 보ᄂᆡ여 무ᄅᆞ니, 치관이 넝쇼 왈,

"우리ᄂᆞᆫ 엄부인이 ᄌᆞ이대졍의 한님을 무ᄉᆞ히 ᄃᆞ려가라 ᄒᆞ【19】ᄂᆞᆫ 쳥쵹만 녁엿더니, 원ᄂᆞ 죽여달나 ᄒᆞ미랏다? 이러나 져러나 금빅은 우리 ᄡᅳ고 업ᄉᆞ니 후일 녹봉이나 타거든 갑흐리니, 너ᄂᆞᆫ 도라가 이디로 쥬ᄒᆞ라."

셥이 악연ᄒᆞ야 도라와 부인ᄭᅴ 고ᄒᆞ니, 부인이 대경대로ᄒᆞ나 금빅인들 ᄎᆞ즐 의ᄉᆞ를 ᄒᆞ리오.

1133) 즁쳥(重聽) : 귀가 어두워서 소리를 잘 듣지 못하는 증상.
1134) 푼포ᄒᆞ다 : ①=분포(分布)하다. 퍼지다. 퍼져 있다. ②널리 퍼뜨리다. 널리 알리다

바든 정적이 피루(敗漏)홀가 두려 블츌구외
(不出口外)ᄒ리이다."

부인이 과연ᄒ여 감히 뇌믈을 ᄎ줄 의ᄉᄅᆯ
못ᄒ나, 한님이 죽지 아니코 적쇼의 무ᄉ히
머므ᄂ 쥴 앙앙돌돌(怏怏咄咄)[1135]ᄒ여, 교아
분미(咬牙憤罵) 왈,

"미·교야! 연즉 심복디환(心腹大患)을 엇지
ᄒ즈 ᄒᄂ뇨? 우리 노쥬 반싱(半生) 심녁을
허비ᄒ고 ᄎ요(此妖)를 종시(終是)[1136] 업시
치 못ᄒ여, 오아로 ᄒ여곰 무용지믈(無用之
物)이 【10】되게 ᄒ며, 엄시 십만 지산과 허
다 셰젼지믈(世傳之物)[1137]을 남의게 드리미
잔[1138] 말가?"

미·괴 눈믈을 흘녀 디 왈,

"계규(計規)ᄂ 사ᄅᆷ의게 이시나 득실(得失)
은 하ᄂᆯ의 잇ᄂ지라. 비지 부인 교명(敎命)
젼의 몬져 후셥과 녕원 신ᄉ(神師)로 이 일
을 의논ᄒ온 즉, 신ᄉᄂ 닐오디, '블가의 조
비로ᄡᅥ 사ᄅᆷ을 춤아 죽이든 못ᄒ노라.' ᄒ고,
셥은 한님의게 두번 피루ᄒ여시니 필연 하ᄂᆯ
ᄯᅳᆺ이 한님을 죽지 아니려 ᄒ시미니, 텬의
(天意)를 거ᄉ려 셰번 햐슈(下手)[1139]【11】치
아니려 ᄒ니 이 아니 난쳐ᄒ니잇가?"

부인이 요두(搖頭) 왈,

"모로ᄂ 말 말나. 창이 블과 범틱육골(凡
胎肉骨)[1140]이라. 제 무슴 긔특ᄒ여 하ᄂᆯ이
감응(感應)ᄒ리오. 연(然)이나 '텬졍(天定)이
승인(勝人)이나 인즁(人衆)이 승텬(勝天)이
믈'[1141] 긔약(期約)지 아니리오. 니 각별 녕
원과 의논홀 일이 이시니 너의 후당의 가 블
너오라."

교아분미 왈,

"미·교야! 심복대환을 엇디 ᄒ쟈 ᄒᄂ뇨?
우리 노쥬 반싱 심녀를 허비ᄒ고 ᄎ요를 죵
시 업시치 못ᄒ니, 엇디 한흡디 아니리오?"

미·교 눈믈 흘녀 디왈,

"계교난 사ᄅᆷ의게 이시나 득실은 하ᄂᆯ의
잇ᄂ디라. 후셥의 한님을 두 번 힛타가 피루
ᄒ여시니, 필연 하ᄂᆯ ᄯᅳᆺ이 한님을 죽이디 아
니려 ᄒ미니, 텬의를 거스리미 난쳐ᄒ이다."

부인이 요【20】두 왈,

"모ᄅᆫ는 말 말나. 창이 블과 범틱육골이
라. 제 무슨 긔특ᄒ야 하ᄂᆯ이 감응ᄒ리오.
텬졍승인이나 인듕이 승텬이믈 긔약지 아니
리오. 니 각별 녕원과 의논홀 일이 이시니,
영원을 블너 오라."

1135)앙앙돌돌(怏怏咄咄) : 마음속으로 불만이 가득하
　　여 원망하고 꾸짖음.
1136)종시(終是) : 끝까지 내내. =끝내.
1137)셰젼지믈(世傳之物) : 대대로 전하여 내려오는 물
　　건.≒세전품.
1138)드리미다 : 들이밀다. 안쪽으로 밀어 넣거나 들여
　　보내다.
1139)햐슈(下手) : 손을 대어 사람을 죽임.
1140)범틱육골(凡胎肉骨) : 평범한 사람의 뼈와 살을
　　받아 태어난 몸.
1141)천정승인(天定勝人) 인중승천(人衆勝天) : 하늘이
　　사람을 지배하지만, 사람이 힘을 합하면 하늘을 이
　　길 수 있음.

ᄒ니, 원ᄂ니 최부인이 녕원 요괴ᄅ 니당 갓가이 두미 이목이 번거ᄒᆯ가 저허 후당 심슈(深邃)ᄒᆫ 곳의 감초미러라.

영괴 원즁의 드러가 녕원을 쳥ᄒ여 부인【12】ᄭ긔 뵈니, 부인이 후졍(後庭) 깁흔 협실의 블러 한님을 아조 업시ᄒᆯ 계규ᄅ 므른디, 녕원이 교미(嬌眉)1142)ᄅ 씽긔고 숀가락을 곱아 이윽이 헤아리다가, ᄀᆯ오디,

"한님부부ᄅ 업시코져 ᄒᆞ오미 계괴 만일 신밀(愼密)치 못ᄒ여ᄂ 못ᄒ리니, 쇼되 부디 한 사람을 쳔거ᄒ오리니, 요ᄉ이 강호(江湖) ᄉ이의 유협(遊俠)ᄒᄂᆫ 일기 협ᄉ(狹士) 이시니 셩명은 오릉이오, 별호ᄂ 무젹지라 ᄒ더이다. 츠인이 상뫼(相貌) 흉장(凶壯)ᄒ여 젹발황면(赤髮黃面)이오, 신장이 팔쳑이오 용【13】녁(勇力)이 무빵ᄒ니, 강호의 유명ᄒᆫ 협긱이라. ᄯᅩ 일즉 칼흘 잘 ᄡᅳ며 궁지(弓才) 년슉(鍊熟)ᄒ니, 사람의 머리 취ᄒ믈 낭즁취믈(囊中取物)1143)갓치 ᄒᄂ지라. 부인이 맛당이 후례(厚禮)ᄅ 앗기지 마ᄅᆞ쇼셔. 빈되 김후랑으로 더부러 한가지로 가, 이 사람을 츠ᄌ 계규ᄅ 가ᄅ처 장ᄉ 젹쇼로 보니고, 김후랑으로 한가지로 졀강의 가, 윤쇼져 햐쳐(下處)ᄅ 츠ᄌ 화공(火攻)으로 윤시 노쥬ᄅ 블 가온디 살와, 하나흔 부인 원을 일우시게 ᄒ고 둘흔 아등의 ᄉ원(私怨)을 쾌히 갑고져【14】ᄒᄂ이다."

부인이 디희 왈,

"진실노 ᄉ부의 말 갓흐면 쳡이 무삼 근심이 이시리오. 지믈은 쳔금을 니ᄅ지 말나 만금이라도 앗기지 아니리라."

드듸여 상협(箱篋)을 열고 쳔금 은ᄌ와 반젼(盤纏)1144)을 후히 쥬며, ᄯᅩ 후셥의게 젼어ᄒ여, '녕원 신ᄉ와 한가지로 가 용심(用心)ᄒ여 두 곳의 공을 일우고 슈이 도라오라.' ᄒ니, 간젹(奸賊)과 요괴(妖怪) 낙낙(諾諾)히

영교 밧비 원듕의 가 녕원을 쳥ᄒᆞ야 협실의셔 부인ᄭ긔 뵈오니, 부인니 한님을 아조 업시ᄒᆯ 계교를 므로디, 녕원이 교미를 ᄲᅳᆼ긔고 손가락을 곱작여 헤아리다가 ᄀᆯ오디,

"한님 부부를 업시고져 ᄒᆞ오미 각별이 신밀ᄒ여야 ᄒᆯ 거시니, 쇼되 ᄒᆫ 사람을 쳔거ᄒ오리니, 요ᄉ이 강호의 유협ᄒᄂ《일게∥일기》협ᄉ 이시니, 셩명은 오룡이오 별호ᄂ 무젹지라. 츠인이 칼흘 가지고 사람의 머리 취ᄒ믈 낭듕취믈ᄀᆞᆺ치 ᄒᄂᆫ다라. 부인이 맛당이 후【21】례를 앗기디 마르쇼셔. 빈되 김후랑으로 더브러 이 사람을 ᄎᆞᄌ 계교를 가르쳐 장ᄉ 젹쇼로 보니고, 김디랑과 ᄒᆫ가지로 졀강의 가 윤시 햐쳐를 ᄎᆞᄌ 화공을 ᄀᆞᆺ초아 윤시 노쥬를 블 가온디 살와, ᄒ나흔 부인의 원을 일우시게 ᄒ고, ᄒ나흔 아등의 ᄉ원을 갑고져 ᄒᄂ이다."

부인이 대희ᄒ여.

쳔금 은ᄌ와 반젼을 후히 쥬며, ᄯᅩ 후셥을 당부ᄒᆞ야, '녕원과 ᄒᆫ가지로 가 두 곳의 공을 다 일우고 오라.' ᄒ니, 간젹과 요괴 낙낙히 허락ᄒ고 즉시 힝니를 슈습ᄒᆞ야 ᄌ직을 ᄎᆞᄌ가다.

1142)교미(嬌眉) : 아름다운 눈썹.
1143)낭즁취믈(囊中取物) : 주머니 속에서 물건을 꺼내 듯이 아주 손쉽게 얻을 수 있음을 이르는 말. 늑탐낭취믈.
1144)반젼(盤纏) : 노자(路資). 먼 길을 떠나 오가는 데 드는 비용.

허락ᄒ고 즉시 힝니(行李)를 슈습ᄒ여 몬저 심양 강쥬로 ᄌᄌ긱을 ᄎᄌ가다.

부인 노쥐【15】양양ᄌ득(揚揚自得)ᄒ여 이번이나 셩공ᄒᄆᆯ 기다리니, 아지못게라! 요인 등의 ᄎ힝의 한님부부의 ᄉ싱이 하여오? 부인 노쥐 셔로 심밀ᄒᆫ ᄉ어를 뉘 능히 알니오만은, 쇽어의 '쥬언(晝言)은 문조(聞鳥)ᄒ고 야언(夜言)은 문셰(聞鼠)라1145) ᄒ니, 두상(頭上)의 신명(神明)이 ᄉᆯ피미 쇼쇼(昭昭)ᄒ니, 최시의 암흉악ᄉ(暗凶惡事)를 엇지 도아 무고히 군ᄌ슉녀의 젼졍(前程)이 쇽졀업시 참참(慘慘)ᄒᆫ 신누(身累)를 시러 원앙참몰(怨怏慘沒)ᄒ리오.

ᄎ시 공ᄌ 영이 옷슬 가라닙고져 ᄒ여, 모친 침누의 니ᄅ니 슈호(繡戶)1146)【16】를 고요히 닷쳐시ᄃᆡ, 모부인 어셩(語聲)이 미미(微微)ᄒ거놀, 경의(驚疑)ᄒ여 혜오ᄃᆡ,

"ᄃᆡ인이 ᄂᆡ셔헌(內書軒)의 계시고 ᄌ위 눌과 ᄉ어를 ᄒ시ᄂᆞᆫ고? 이 가온ᄃᆡ 드럼즉ᄒᆫ 말이 이시리라."

ᄒ고, 족용(足容)을 즁지ᄒ여 깁장 ᄉ이의 몸을 감초와 드르니, 모부인이 미·교 등으로 더부러 형의 부부를 히ᄒ라 ᄒᄂᆞᆫ 사의라.

공ᄌ 쳥미반(聽未半)의 심혼이 경상(驚傷)ᄒ나 시종을 치 알고져 ᄒ여 호흡을 낫초와 드르니, 미션 등이 ᄯᅩ 후당의 드러가 한 요승(妖僧)을 인도ᄒ여【17】드러오니, 모친이 조ᄎ 협실노 드르시ᄆᆯ 보고 ᄌ긔 몸을 감초와 후창 하의 가 종젼시말(終前始末)을 드른지라.

심골이 경한(驚寒)ᄒ고 혼빅이 니쳬(離體)ᄒ여 어린 듯ᄒ더니, 이윽고 요승이 훗허지고 부인이 나오려 ᄒᄆᆯ 보고, 힝혀 ᄌ최를 들녀1147) 모부인 초ᄎ긱(誚責)을 듯ᄌ올가 져허, 몸을 두로혀 셔당의 나오니 좌위 고요ᄒ여 냥형이 다 ᄂᆡ셔헌의 가고 업ᄂᆞᆫ지라.

공ᄌ 졍신이 산비(散飛)ᄒ여 분긔(憤氣) 엄

부인 노쥐 양양ᄌ득ᄒ여 이번이나 셩공ᄒᄆᆯ 기ᄃᆞ리더라.

ᄎ시 영이 옷 가라닙고져 ᄒ여 모친 침누의 니ᄅ니, 슈호를 고요이 닷쳣【22】ᄂᆞᆫᄃᆡ 모친 어셩이 미미ᄒ거놀,

죡용을 듕지ᄒ여 겹장 ᄉ이의 몸을 감초와 드르니, 모친이 미·교 등으로 더브러 형의 부부를 히ᄒ자 ᄒᄂᆞᆫ ᄉ의라.

공ᄌ 쳥미반의 심혼이 경상ᄒ나, 시죵을 다 알고져 ᄒ여 호흡을 낫초아 후창하의 가 죵젼시말을 드른다라.

심골이 경한ᄒ야 어린 듯ᄒ더니, 이윽고 요승이 훗터지고 부인이 나오려 ᄒᄆᆯ 보고, 힝혀 ᄌ최를 ○○[들녀] 모친 포ᄎ긱(暴責)을 드를가 져허 몸을 두루혀 셔방(書房)으로 나오니, 좌위 《교요∥고요》ᄒ여 냥형은 다 ᄂᆡ셔헌의 가고 업ᄂᆞᆫ다.

공ᄌ 졍신이 산비ᄒ여 긔운이 엄이ᄒ니,

1145) 쥬언(晝言)은 문조(聞鳥)ᄒ고 야언(夜言)은 문셰(聞鼠)라 : 낮말은 새가 듣고 밤말은 쥐가 듣는다. 아무도 안 듣는 데서라도 말조심해야 한다는 말.
1146) 슈호(繡戶) : 수놓은 비단을 바른 지게문
1147) 들리다 : 들키다.

이(奄磚)ᄒ니 ᄎ마 견ᄃᆡ지 못ᄒ여 ᄌ【18】결코져 ᄒ다가, 홀연 형장의 님힝(臨行) 경계ᄅᆞᆯ 싱각ᄒ미 암암(暗暗)히 슬허 눈물을 흘녀,

'형장은 가히 사광(師曠)[1148]과 니루(離婁)[1149] 갓ᄒ시도다. 니 ᄎ마 형장 경계ᄅᆞᆯ 져바리지 못ᄒᆞᆯ 거시오, 집의 이시ᄆᆡ 난쳐ᄒᆞᆫ 일이 만흐리니, 찰ᄒ리 장ᄉ로 가 형장긔 쇼유ᄅᆞᆯ 고ᄒ여 션쳐(善處)ᄒ시게 ᄒ고, 인ᄒ여 한가지로 머무러 ᄌᆞ위(慈闈)의 회과ᄒ시믈 기다려 도라오미 효우(孝友)ᄅᆞᆯ 완전ᄒᆞ미라. 엇지 일시 ᄯᅳᆺ 갓지 못ᄒ다 ᄒ고 힘힘히 죽어, 무지쳔인(無智賤人)의 발【19】분ᄌ져(發奮趑趄)[1150]ᄒᆞᆷ믈 본바드리오.'

의시 이의 밋ᄎᆞ미 가연이 눈물을 거두고 복심 셔동 운학 계학을 블너 니ᄅᆞ니, 냥노(兩奴)ᄂᆞᆫ 형뎨라. 블과 십여 셰로ᄃᆡ 효용(驍勇)ᄒ고 담긔(膽氣) 잇서, 오륙 셰븟허 공ᄌᆞᄅᆞᆯ 셤겨 시셔ᄅᆞᆯ 능통ᄒ고, 지족다모(知足多謀)ᄒ여 츙셩이 관일(貫一)ᄒ여, 기ᄌᆞ츄(介子推)[1151]의 할고지츙(割股之忠)[1152]이 잇ᄉᆞ니, 공ᄌᆞ ᄯᅩ ᄉᆞ랑ᄒ여 명위노쥬(名爲奴主)[1153]나 실은 동긔(同氣) 갓ᄒᆞᆫ 졍이 이시니, 공ᄌᆞ 냥노ᄅᆞᆯ 명ᄒ여 벽좌우(辟左右)[1154]ᄒ고 심슘

ᄎ마 견ᄃᆡ지 못ᄒ여 《ᄌ별‖ᄌ결》코져 ᄒ다가, 홀연 한님의 님힝 경계ᄅᆞᆯ 싱각고 암암히 슬허 눈물 흘니며 싱각ᄒᄃᆡ,

'내【23】 집의 이시ᄆᆡ 난쳐ᄒᆞᆫ 일이 만흐리니, 찰하리 장ᄉ의 가 형댱긔 고ᄒ고, 인ᄒ야 ᄒᆞᆫ가디로 머무러 ᄌᆞ위 회과ᄒ시믈 기ᄃᆞ려 도라오미 효우를 완전ᄒᆞ미라.'

ᄒ고, 이에 심복 셔동 운학 계학을 블너 이 일을 니ᄅᆞᄃᆡ, ᄎᆞ인은 형뎨라. 블과 십여 셰로ᄃᆡ 효용ᄒ고 담ᄃᆡᄒ며 지쥭다모ᄒ고 츙셩이 관일ᄒ여, 명위노쥬나 실위동긔 ᄀᆞᆺᄐᆞᆫ 졍이 잇더라. 냥뇌 쳐음은 대경ᄒ더니, 다시 싱각ᄒ미 공ᄌᆞ 차힝을 아닌즉, 한님의 ᄉᆞ싱이 위급ᄒᆞᆫ디라. 이에 고ᄒ여 왈,

---

1148)사광(師曠) : 춘추시대 진나라 음악가로, 소리를 들으면 이를 분별하여, 길흉을 정확히 점쳤다 한다.
1149)니루(離婁) : 중국 고대의 전설상의 인물. 백 보 떨어진 곳의 털끝을 볼 수 있을 만큼 시력이 뛰어났다고 한다.
1150)발분ᄌ져(發奮趑趄) : 용기를 냈다가 주저했다가 함. 마음이 갈팡질팡하여 딱 부러지게 결단을 내리지 못함.
1151)기ᄌᆞ츄(介子推) : 중국 춘추 시대의 은자(隱者). 진(晉)나라 문공(文公)을 섬겨 19년 동안 함께 망명 생활을 하였다. 이때 문공의 굶주림을 면케 하기 위해 자신의 넓적다리 살을 베어서 바쳤다는 고사가 전한다. 그러나 문공이 귀국하여 왕이 된 후 자신을 멀리하자 면산(緜山)에 들어가 숨어 살았는데, 문공이 잘못을 뉘우치고 자추가 나오도록 하기 위하여 그 산에 불을 질렀으나, 나오지 않고 타 죽었다고 한다.
1152)할고지튱(割股之忠) : 중국 춘추시대 진나라 사람 개자추(介子推)가 문공을 섬겨 19년 동안 함께 망명생활을 하던 중 문공이 굶주리자 자신의 넓적다리 살을 베어서 바쳤다는 고사를 일컬은 말.
1153)명위노쥬(名爲奴主) : 명분이 종과 주인일 뿐임.
1154)벽좌우(辟左右) : 밀담(密談)하기 위해 주변에 있는 사람을 물리침.

쇼회(所懷)를 니룬디, 쳐음은 디경ᄒ더니 다
【20】시 싱각ᄒ미, 공지 ᄎ힝을 아닌즉 한님
의 ᄉ싱이 위급홀지라. 이의 ᄠ슬 결ᄒ여 밀
밀히 의논홀시 고ᄒ여 왈,

"ᄎ힝이 긔회 더옥 묘ᄒ지라. 쇼복(小僕)의
아븨 맛춤 장ᄉ로 가ᄂ 길이라 공지 동힝ᄒ
면 힝노(行路)의 군핍(窘乏)ᄒ미 업ᄉ리이
다."

공지 디희 왈,

"하늘이 나의 원을 조ᄎ시니 오형의 복이
더옥 놉흐시믈 알니로다."

ᄒ고, 즉시 힝니(行李)를 슈습ᄒ여 운학의
아븨 김원강의게 보니여 동힝ᄒ기를 언약홀
시, 원니 김원【21】강의 근본은 냥민(良民)이
라. 니부(吏部) 비리(陪吏)[1155]러니, 엄부시녀
츈단이 ᄌ식이 화려ᄒ믈 유정(有情)ᄒ여 ᄌ
녀를 나흐미라.

ᄎ시 김원강이 장ᄉ의 공ᄉ(公事)○[를] 맛
다 나려가ᄂ 길이라. 임의 범ᄉ(凡事)를 요리
ᄒ미, 공지 ᄎ셕의 니당의 드러가 혼졍(昏定)
홀시, 금번 집을 ᄯ나미 귀가지쇽(歸家遲速)
이 아득ᄒ지라. 쇼아(小兒)의 니친니가지회
(離親離家之懷) 엇지 안연ᄒ리오.

부공의 광몌(廣袂)를 밧드러 암연(暗然)이
슬허ᄒ며 ᄌ안(慈顔)을 우러러 비뤼(悲淚) 상
연(傷然)ᄒ니, 팃ᄉ와 부인이 괴이히 너겨 연
고를 【22】무룬디, 공지 함체(含涕) 디왈,

"히이 근니 마음이 슬프고 ᄯᄯ 놀나오니
반ᄃ시 셰상이 오라지 아냐, 북당(北堂)의
'ᄌ하(子夏)의 우름'[1156]을 ᄭ칠가 슬허ᄒᄂ
이다."

셜파의 뉴체ᄒ니, 팃ᄉ부뷔 놀나 부인이
칙ᄒ여 왈,

"아히 엇지 이러툿 호망(胡妄)[1157]ᄒ여 친

1155)비리(陪吏) : 고을의 원이나 지체 높은 양반이 출
    입할 때 모시고 따라다니던 아전이나 종.
1156)ᄌ하(子夏)의 우름 : 자식을 잃고 우는 울음. 공
    자(孔子)의 제자인 자하(子夏)가 서하(西河)에 있을
    때 자식을 잃고 너무 슬퍼 울다 소경이 된 고사에
    서 온 말.
1157)호망(胡妄) : =호언망동(胡言妄動). 제멋대로 말하
    고 분별없이 행동함.

"ᄎ힝이 긔효 더옥 묘ᄒ디라. 쇼복의 아비
맛춤 장ᄉ로 가ᄂ 길히라. 힝ᄒ시면 힝노의
군핍ᄒ미 업ᄉ리이다."

공지 대희ᄒ야, 즉시 힝니를 슈습ᄒ여 운
【24】학의 아비 김원강의게 보니여 동힝ᄒ기
를 언약ᄒ디, 원니 김원강은 냥민이라. 니부
비리러니 엄부 시녀 츈단이 ᄌ식이 가려ᄒ믈
보고 유정ᄒ여 ᄌ녀를 나흐니라.

ᄎ시 김원강이 장ᄉ의 공ᄉ 맛튼 일이 이
셔 가ᄂ 길히라. 임의 범ᄉ를 뇨리ᄒ미, 공
지 ᄎ셕의 니당의 드러가 혼졍홀시, 금번 집
을 ᄯ나미 귀가 지쇽이 아득ᄒ더라. 쇼ᄋ의
니친니가지회 엇디 안연ᄒ리오.

부모를 우러러 암암 슬허ᄒ나, 부뫼 힝혀
의심ᄒ실가 두려,

뎐의 놀나온 말을 ᄒᆞ여 어버이 심장(心腸)을 놀니여 블효롤 싱각지 아닛ᄂᆞ뇨?"

공지 더옥 슬허 디왈,

"형이 가즁을 ᄯᅵ난 후ᄂᆞᆫ 쇼지 심신(心身)이 스스로 산난ᄒᆞ여 싱세지심(生世之心)이 돈무(頓無)[1158]ᄒᆞᆫ지라. 짐작건디 슬하【23】룰 하직ᄒᆞᄆᆡ 날이 오릭지 아니로쇼니, 즈연 인심이 지령(至靈)이라, ᄉᆞ식(辭色)의 낫하나도 쇼이다."

부뫼 이 말을 듯고 경녀(驚慮)ᄒᆞ여 어로만져 위로ᄒᆞᄆᆞᆯ 마지 아니ᄒᆞ니, 공지 슬프믈 겨유 강잉(强仍)ᄒᆞ여[1159] 이윽이 말숨ᄒᆞ더니, 이윽고 혼졍을 파ᄒᆞ고 신긔 블평ᄒᆞᄆᆞᆯ 고ᄒᆞ여 일즉이 믈너가 조리ᄒᆞᄆᆞᆯ 일코르니, 부인이 경녀 왈,

"진실노 블평ᄒᆞ면 니당의셔 조리ᄒᆞ라."

공지 유유(儒儒)[1160] 디왈,

"디단치 아니니 니각이 비록 편ᄒᆞ나 종용ᄒᆞᆷ믄 셔당만 못【24】ᄒᆞ니 셔당의 나가 쉬고져 ᄒᆞᄂᆞ이다."

부뫼 그러히 너겨 일즉이 믈너가 쉬라 ᄒᆞ고 유랑을 명ᄒᆞ여 공주룰 구호ᄒᆞ라 ᄒᆞ니, 공지 강잉 잠쇼 왈,

"히이(孩兒) 슈세 치지(稚子) 아니오, 유모의 품을 뉴련(留連)ᄒᆞ리잇가? 운학 등이 튱근영니(忠謹怜悧)ᄒᆞ니 셩녀치 마로쇼셔."

ᄒᆞ고, 믈너 영일누의 ○[가] 즁부룰 뵈올시, 옥안이《쳑쳑ᄒᆞ여 범부인긔 고 왈‖쳑쳑ᄒᆞ거놀, 범부인 왈》,

○…결락18자…○["네 어디 블평ᄒᆞ냐? 안식이 쳑쳑ᄒᆞ뇨?"

공지 디왈]

"유지(猶子) 형을 원니(遠離)ᄒᆞ온 후ᄂᆞᆫ 슉식이 다 블안ᄒᆞ온지라. 금일은 심시 더옥 창감(愴感)ᄒᆞ이다."

부인이 이셕ᄒᆞ여 위【25】로 왈,

"너 쇼이 혈긔미졍(血氣未定)[1161]ᄒᆞ디 심

슬프믈 강잉ᄒᆞ여 이윽이 말숨ᄒᆞ더니, 이윽고 혼졍을 파ᄒᆞᄆᆡ

믈너 영일누의 가 듕부긔 뵈올시, 범부인 왈,

"네 《어니‖어디》 블평ᄒᆞ냐? 안식이 쳑쳑ᄒᆞ뇨?"

공지 디왈,

"유ᄌ 형을 원니ᄒᆞ온 후ᄂᆞᆫ 슉식이 다 블안ᄒᆞ【25】온디라. 금일은 더욱 창감ᄒᆞ이다."

부인이 이셕ᄒᆞ여 위로 왈,

1158) 돈무(頓無) : 전혀 없음.

1159) 강잉(强仍)ᄒᆞ다 : 억지로 참다. 또는 마지못하여 그대로 하다.

1160) 유유(儒儒) : 모든 일에 딱 잘라 결정을 내리지 못하고 어물어물한 데가 있음.

녀(心慮)를 과히 쓰면 약질이 반둣시 병나기 쉬오리니 조심ᄒ라.”

공지 비소ᄒ고 이윽이 안ᄌ 말솜ᄒ다가 퇴 흘시, 감히 하직을 고치 못ᄒ고 ᄶᅵ나는 심시 창결(悵缺)ᄒ여 한번 거름의 경일누와 영일 누를 세 번 도라보믈 면치 못ᄒ더라

공지 서당의 나와 계학을 명ᄒ여, ‘천니구 (千里駒)를 ᄃᆡ령(待令)ᄒ라.’ᄒ고, 침상의 나 아가 한잠을 쾌히 주고 ᄶᅵ니, 바야흐로 효괴 (曉鼓) 늉늉ᄒ고 계셩(鷄聲)이 악악ᄒ더라.

ᄲᆡ니 니러 쇼셰(梳洗)【26】ᄒ고 경보(輕寶) 를 슈습ᄒ여 낭ᄃᆡ(囊帶)의 장(藏)ᄒ고, 계학 으로 더부러 부문(府門)을 날시, 경일누를 향 ᄒ여 눈믈을 흘니고 두번 졀ᄒ여 하직ᄒ고, 총총이 문을 나 바로 김가(金家)의 니ᄅᆞ니, 원강이 발셔 니러나 ᄒᆡᆼ니를 찰혀 공ᄌᆞ를 기 다리다가, 깃거 급히 조반을 파ᄒ고 ᄲᆡ니 ᄒᆡᆼ ᄒ니라.

ᄎᆞ일 신조의 최부인이 이러나 아ᄌᆞ 신긔 블평ᄒ다 ᄒ더니 엇더ᄒᆫ고 알고져 ᄒ여, 쇼 시아 츈이를 서당의 보ᄂᆡ여 공ᄌᆞ 침슈(寢睡) 를 아라오ᄃᆡ, 만일 ᄌᆞ거든 ᄶᅵ오【27】지 말나 ᄒ니, 시이 서당의 니ᄅᆞ니 창호(窓戶)를 긴긴 히 다쳐 인젹이 고요ᄒ거놀, 즉시 도라와 왈,

“공지 잠드러 계신지 창호룰 다 다닷더이 다.”

부인이 아ᄌᆞ 블평ᄒ여 늦도록 ᄌᆞ는가 ᄒ 여, 다시 말을 아니ᄒ고 ᄶᅵ기를 기다리더니, 날이 느ᄌᆞ디 아ᄌᆞ 드러오지 아니니 졍히 의 아ᄒ여 브르고져 ᄒ더니, 믄득 시랑 곤계 조 당(朝堂)으로셔 도라와 셔당의 니ᄅᆞ니, 종뎨 (從弟)ᄂᆞᆫ 업고 일봉셰(一封書) 셔안 우희 노 혓거날, 괴이히 너겨 거두어【28】보니 이 곳 종뎨의 집을 ᄶᅵ나는 ᄉᆞ의(辭意)라.

시랑이 ᄃᆡ경ᄒ여 황망이 셔간을 가져 경일 누의 니ᄅᆞ니, 시랑 형뎨 ᄌᆞ연 안식이 다ᄅᆞ고 거지(擧止) 실조(失措)ᄒᆫ지라.

“네 쇼이 혈긔 미졍ᄒᆫᄃᆡ 심녀를 과히 ᄶᅳ면 약질이 병나기 쉬오니 조심ᄒ라.”

공지 비소ᄒ고 이윽고 퇴흘시, 감히 하직 을 고치 못ᄒ고 ᄶᅵ나는 심시 창결ᄒ야, 혼 번 거름의 경일누와 영일누를 세 번 도라보 믈 면치 못ᄒ더라.

공지 서당의 나와 경학ᄃᆞ려, ‘천니구를 ᄃᆡ 령ᄒ라.’ᄒ고, 침상의 나아가 혼 잠을 쾌히 자고 ᄶᅵ니, ᄇᆞ야흐로 계셩이 악악ᄒ더라.

공지 ᄲᆡ니 니러 소셰ᄒ고 경보를 슈습ᄒ야 낭ᄃᆡ의 장ᄒ고, 경일누를 향ᄒ야 눈믈을 흘 니고 두 번 졀ᄒ야 하직ᄒ고, 총총이 부문을 나 바로 김가의 니ᄅᆞ러 원강과 동ᄒᆡᆼᄒ니라.

ᄎᆞ일 신됴의 최부인이 니러나 ᄋᆞ【26】지 블평타 ᄒ더니 엇더ᄒᆫ고 알고져, 쇼시ᄋᆞ 츈 이를 명ᄒ야 서당의 가 공ᄌᆞ 침슈를 아라오 라 ᄒ니, 시이 셔당의 니ᄅᆞ미 창호를 긴긴히 닷쳐 인젹이 고요ᄒ거놀, 즉시 도라와 고왈,

“공지 잠드러 계신지 창호를 닷쳐더이다.”

부인이 ᄋᆞ지 블평ᄒ여 늦도록 ᄌᆞ는가 ᄒ더 니, 믄득 시랑 곤계 됴당으로셔 도라와 셔당 의 니ᄅᆞᆫ즉, 죵뎨ᄂᆞᆫ 업고 일봉 셔간이 잇거늘 고히 넉여 거두어 보니, 이 곳 죵뎨 집을 ᄶᅵ 난 《ᄉᆞ이║사의》라.

시랑이 ᄃᆡ경ᄒ여 셔간을 가져 경일누의 니 ᄅᆞ러 최부인긔 고왈,

1161)혈긔미졍(血氣未定) : 혈기는 ‘힘을 ᄊᆞ고 활동하 게 하는 원기(元氣)’를 이르는 말로, 이것이 아직 굳건하지 못하다는 뜻.

254
엄시효문쳥ᄒᆡᆼ녹 권지십삼 고대본

최부인이 졍히 미션을 명ᄒ여 공ᄌ를 씨오
라 ᄒ더니, 질아의 긔식을 보고 ᄌ연 경동ᄒ
여 급히 문 왈,

"현질이 무삼 일을 만나냐? ᄉ식이 엇지
다ᄅ뇨?"

시랑이 만면ᄎ악(滿面嗟愕)1162)ᄒ 빗ᄎ로
디 왈,

"빅뫼 영뎨의 니가ᄒ 쥴 아라시ᄂ니잇가?"

부인이 이【29】지 늣도록 씨지 아니믈 근
심ᄒ든 ᄎ, 쳥미(聽未)의 디경실식(大驚失色)
왈,

"ᄎ(此) 하언(何言)고? 오이 작일 블평ᄒ다
ᄒ더니 늣도록 니지 아녓거날, 현질의 말이
하유ᄉ(何有事)오?"

시랑 등이 부인이 막연(漠然)이1163) 아지
못ᄒ믈 보고, 셔찰을 드려 왈,

"죵뎨의 니가ᄒᄂ 소고ᄂ 유ᄌ(猶子)1164)
등의 아지 못ᄒ온 비오나, 셔즁ᄉ(書中辭) 집
을 씨나 먼니 간 ᄉ의(辭意)로쇼이다."

부인이 블승ᄎ악(不勝嗟愕)ᄒ여 밧비 셔간
을 보니 셔의 왈,【30】

"블초ᄌ 영은 돈슈빅비(頓首百拜)ᄒ여 부
모 좌하의 올니ᄂ니, 아희 본디 년쇼우몽(年
少愚蒙)ᄒ와 지식이 쳔단(淺短)ᄒ온디, 형의
군ᄌ디질(君子大質)과 셩현유풍(聖賢遺風)으
로뼈 무고히 흉음발부(凶淫潑婦)와 난뉸강상
(亂倫綱常)의 죄쉬(罪囚) 되여 녕히(嶺海)의
찬츌(竄黜)ᄒ믈 심하(心下)의 경히(驚駭)ᄒ올지
언졍, 형과 슈(嫂)의 화란이 엇지 블초로 말
미아무민 쥴 알니잇고? 지작(再昨)1165)의 ᄉ
긔(事機)를 디강 잠쳥(潛聽)ᄒ오니 무용ᄒ 몸
이 셰간의 잇ᄂ 고로, 어진 형과 슈의 몸이
인【31】뉴의 기인(棄人)이 되니, 슬프다! 녜의
념치ᄂ 셩인의 경계라. 타인이 비록 아지 못
ᄒ나 형의 부부로뼈 죽을 곳의 나아가게 ᄒ

"빅뫼 영뎨의 니가ᄒ 줄 아ᄅ시ᄂ니잇가?"

부인이 실식 왈,

"ᄎ하언고? 오이 작일 블평ᄒ다 ᄒ더니 늣
도록 니디 아녓거날, 현딜이 말이 하유ᄉ
오?"

시랑 등【27】이 셔찰을 드려 왈,

"죵뎨의 니가ᄒᄂ ᄉ고ᄂ 유ᄌ 등이 아디
못ᄒ오나, 셔듕ᄉ 집을 씨나 먼니 간《ᄉ이
∥ᄉ어》로쇼이다."

부인이 막블ᄎ악ᄒ여 밧비 셔간를 보니 셔
의 왈,

"블쵸ᄌ 영은 돈슈빅비ᄒ고 부모 좌하의
올니ᄂ니, 히이 년쇼우몽ᄒ야 《긔식∥지식
이》쳔단ᄒ온다라. 형과 수와[의] 군ᄌ디딜과
셩현유풍으로뼈 무고히 흉음발부와 난뉸강상
의 죄쉬 되여 영희의 찬츌ᄒ미, 무용ᄒ 몸이
셰간의 잇ᄂ 고로 어진 형이 인눈의 죄인이
되니, 슬프다! 녜의염치ᄂ 셩인의 경계라. 타
인이 비록 아디 못ᄒ나 형의 부부로뼈 죽을
곳의 나아가게 ᄒ믄 도시 히이 죄니, 이럿툿
소장의 해 상싱ᄒ야 형이 보젼치 못ᄒ진디
그 적앙은 쟝【28】ᄎ 뉘게로 도라가리오? 고
어의 왈, '부귀로뼈 ᄌ손의 게 씨치지 말고
젹덕으로뼈 씻치라.' ᄒ엿거늘, 이제 ᄌ위ᄂ
히ᄋ를 됴코져 ᄒ시미 도로혀 히ᄒ시미라.

1162)만면ᄎ악(滿面嗟愕) : 얼굴에 놀란 빛이 가득함.
1163)막연(漠然)이 : 막연(漠然)히. 갈피를 잡을 수 없을 정도로 아득하게.
1164)유ᄌ(猶子) : 조카. ①자식과 같다는 뜻으로, '조카'를 달리 이르는 말. ②편지글에서, 글 쓰는 이가 나이 많은 삼촌에게 자기를 이르는 일인칭 대명사.
1165)지작(再昨) : 엊그제.

믄 도시 히아(孩兒)의 죄니, 이러틋 '쇼장(蕭墻)의 홰(禍)'1166) 상싱(相生)ᄒ여 현인이 보젼치 못ᄒ홀진ᄃᆡ, 그 젹앙(積殃)을 장ᄎᆞᆺ 뉘게 도라 보ᄂᆡ리오. 고어의 왈, '부귀로ᄡᅥ ᄌᆞ손의 씨치지 말고 젹덕(積德)으로ᄡᅥ 씨치라' ᄒ엿거늘, 이제 ᄌᆞ위ᄂᆞᆫ 아ᄒᆡ를 조코져 ᄒᆞ시미 도로혀 히ᄒᆞ시미라. 히이 ᄎᆞᆯ하리【32】일명을 ᄯᅳᆺ쳐 ᄌᆞ위 실덕을 간ᄒᆞ옵고, 형의 부부로 ᄒᆞ여곰 완젼코져 ᄒᆞ오ᄃᆡ, 오히려 년쇼ᄒ온 고로 ᄉᆞ싱을 가ᄇᆡ야이 결치 못ᄒᆞ와, 운·계 냥 노로 더부러 금일 슬하를 하직ᄒᆞ오미, 희(噫)라! 엇지 환가지쇽(還家遲速)을 긔필ᄒᆞ리잇고? 히이 도라오기ᄂᆞᆫ ᄌᆞ위 회진현셩(回進賢性)1167)ᄒᆞ시며, 형의 부뷔 신누(身累)를 빗고 환쇄(還刷)ᄒᆞᄂᆞᆫ 날, 히이(孩兒) 뎨향(帝鄕)의 도라와 '치무(彩舞)의 희(戲)'1168)로 훤초(萱草)1169)를 하례ᄒᆞ고, 블연즉 일싱을 장야【33】음(長夜飮)1170)의 취(醉)ᄒᆞ여, 미록(麋鹿)과 초목으로 벗ᄒᆞ여, 다시 슬하의 졀ᄒᆞ미 쉽지 아니리이다."

ᄒ엿더라.

부인이 남필의 면여토식(面如土色)ᄒ여 쥬뤼(珠淚) 방방(滂滂)ᄒ니, 글을 븟들고 어린

히이 출하리 일명을 ᄯᅳᆺ쳐 ᄌᆞ위 실덕을 간ᄒᆞ옵고, 형의 부부로 ᄒᆞ여금 완전코져 ᄒᆞᄃᆡ, 오히려 년쇼ᄒᆞ온 고로 ᄉᆞ싱을 ᄀᆞᄇᆡ야이 결치 못ᄒᆞ와 금일 하직ᄒᆞ미, 엇디 환가 지속을 긔필ᄒᆞ리잇고? ᄌᆞ위 회진텬셩ᄒᆞ시며 형의 부부 신누를 벗고 환쇄ᄒᆞᄂᆞᆫ 씨, 히이 제향의 도라와 북당의 절ᄒᆞ고, 블연직 일싱을 댱야음의 취ᄒᆞ야 미록과 벗ᄒᆞ고, 다시 슬하의 절ᄒᆞ미 쉽디 아니리이다."

ᄒ엿더라.

부인이 남필의 면여토식ᄒ여 글을 븟들고

1166) 쇼장(蕭墻)의 홰(禍) : =소장지화(蕭墻之禍). 소장(蕭墻)은 '담장'을 뜻하는 말로, '소장지화(蕭墻之禍)'는 '담장 안' 또는 '집 안'. '대궐 안'. '자기 편' 등의 내부의 인물 또는 요인에 의해서 일어나는 모든 화란(禍亂)을 뜻한다. 『논어, 계씨(季氏)』의 "계손(季孫)의 걱정거리가 전유에 있지 않고 담장 안에 있는 것 같다(吾恐季孫之憂 不在顓臾而在蕭墻之內也)"라고 한, 공자의 말에서 연유한다. ≒자중지란(自中之亂)

1167) 회진현셩(回進賢性) : 본래 타고난 어진 성품에 돌이켜 나아감.

1168) '치무(彩舞)의 희(戲)' : 채무지희(彩舞之戲). 색동옷을 입고 춤을 추는 놀이 라는 뜻으로, 중국 춘추 때 초나라 사람 노래자(老萊子)가 70세에 색동옷을 입고 어린애 장난을 하여 늙은 부모를 즐겁게 해드렸다는 고사에서 유래한 말.

1169) 훤초(萱草) : 원추리. 어머니를 상징하는 화초(花草). 여기서는 어머니를 이르는 말로 쓰였다.

1170) 장야음(長夜飮) : '밤새도록 술을 마신다.'는 말로, 중국 은나라 마지막 임금인 주(紂)가 밤새도록 술을 마시며 즐기다보니 날짜를 잊었는데, 주위 사람들에게 날짜를 물어보자 그들 역시 아무도 몰랐다는 고사가 전한다.(『한비자, 설림 상(說林上)』).

듯ᄒ여 냥구히 말을 못ᄒ고, 틱ᄉᄂ 서즁ᄉ
의(書中辭意)룰 보다 오히려 두미(頭尾)룰 블
각(不覺)ᄒ고, 역시 당황ᄒ미 부인과 일반이
라.

부인이 반향(半晌) 후 겨유 놀난 거슬 진
정ᄒ여 싱각ᄒ미,

"아지 작일ᄉ룰 아랏던 듯ᄒ고, 서즁시 모
호ᄒ여【34】즈긔 허믈을 표표(表表)이 베프
미 업스나, 한님부부룰 군즈슉녀로 밀위여
그 화란의 빌미ᄒ미 다 즈가의 탓시라, 즈칭
긔죄(自稱己罪)ᄒ여 도망ᄒ미라도, 쇼아의 심
상치 아닌 쥬견(主見)이니, 즈긔 과악을 분명
이 아라시믈 헤아리고, 즈긔 회진현셩ᄒ고
한님부부 죄루룰 신셜ᄒ여, 가즁이 평안ᄒᆫ
후 도라오믈 닐너시니, 그 환가지쇽(還家遲
速)이 아득ᄒ지라. 아지 년쇼ᄒ여 셰졍(世情)
을 아지 못ᄒ므로 모즈의 쯧이 니도ᄒ믈[1171]
한(恨)ᄒ【35】고, 이 글을 운과 희 몬져 보와
시니 즈긔 힝악(行惡)을 짐작홀지라. 츄밀과
범부인이 엇더케 너길고?"

즈참닉괴(自慙內愧)ᄒ며 틱ᄉ의 쯧을 아지
못ᄒ니, 도로혀 아즈의 블초블슌(不肖不順)ᄒ
믈 심노(甚怒)ᄒ여 유연이 낫츨 븕히고, 날호
여 아연이 진슈(螓首)[1172]룰 슉이고, 초연(愀
然)이 단슌(丹脣)이 함홍(含紅)ᄒ여 상연(傷
然)이 체하(涕下)ᄒ믈 면치 못ᄒ더니, 틱ᄉ의
의황(疑怳)[1173]ᄒᆫ 가온디 두미(頭尾)룰 치 아
지 못ᄒ믈 보미, 천만요힝(千萬徼倖)ᄒ여 분
연긔탄(奮然慨歎) 왈,

"원간[1174] 블초즈의 유뮈블【36】관(有無不
關)ᄒ니 현마 엇지ᄒ리오. 고인이 《상즈∥싱
자》ᄒ미 처음 아니 나ᄒ니로 알나 ᄒ니, 니
쏘 영을 아니 나흔 양으로 알 ᄯ롭이라. 첩
이 블초의 힝ᄉ룰 싱각ᄒ미 표와 창의 더은
블최(不肖)라. 이제 십셰 쇼이 작용이 여ᄎᄒ
니, 희라! 픠 픠악ᄒ여 션슉슉(先叔叔) 청명
을 누츄(陋醜)ᄒ고, 쇼방긔업(小邦基業)을 보

1171)니도ᄒ다 : 다르다. 판이(判異)하다.
1172)진슈(螓首) : '매미의 머리'라는 뜻으로, 아름다
    운 이마를 이르는 말. 여기서는 '얼굴'을 뜻함.
1173)의황(疑怳) : 의아하고 몽롱함.
1174)원간 ; 워낙. 원래. 본디.

어린 듯ᄒ여 냥구히 말을 못ᄒ고, 태ᄉᄂ 셔
듕ᄉ의룰 보다 오히려 두미를【29】블각ᄒ고
역시 당황ᄒ미 부인과 일체라.

부인이 반향 후 겨유 놀난 거슬 진졍ᄒ여
싱각ᄒ미,

'ᄋ지 작일ᄉ을 아라던 양ᄒ고, 셔듕시 모
호ᄒ여 즈긔 허믈을 베플미 업스나, 한님 부
부의 환난의 빌미 다 즈가를 지목ᄒ여시니,
쇼ᄋ의 심상치 아닌 쥬견이 즈긔 회과ᄒᆫ 후
도라오리라 ᄒ믈 즈못 ᄒ고, 이 글을 시랑
등이 몬져 보아시니, 즈긔 힝악를 짐작흘디
라. 츄밀 부뷔 엇더케 알가?'

즈참닉괴ᄒᆫ더니, 태ᄉ의 황황ᄒᆫ 가온디 두
미를 치 아디 못ᄒ믈 보미 쳔만 요힝ᄒ여 분
연 긔탄 왈,

"원간 블효즈의 유무 블관ᄒ니 현마 엇디
ᄒ리오? 영을 아이의 아니 나흐므로 알 ᄯᄅ미
라. 첩이 블효의 힝ᄉ를 싱각ᄒ미 표와 창
의 더은 블【30】최라. 영이 미셩쇼ᄋ로 무고
히 집을 반ᄒᄂ 힝시 이시니, 이 엇디 문호
의 블힝이 아니리오?"

전치 못ᄒᆞ미, 창이 ᄯᅩ 무상ᄒᆞ여 죄범명교(罪犯明教)ᄒᆞ여 문호의 기인(棄人)이 되엿더니, ᄯᅩ 영이 미셩쇼아(未成小兒)로 무고히 집을 반(反)ᄒᆞᄂᆞᆫ 힝ᄉᆡ 이시니,【37】이 엇지 문호의 블힝이 아니리오. 이런 블초ᄌᆞᄂᆞᆫ 술아 ᄡᅳᆯ 디 업ᄉᆞ니, ᄎᆞᆯ하리 그만ᄒᆞ여 쥭다 ᄒᆞ면 깃브리로쇼이다."

비록 것ᄎᆞ로 말ᄉᆞᆷ이 이러ᄒᆞ나, 쳔금 아ᄌᆞ의 무거쳐(無去處)ᄒᆞᆷ믈 싱각ᄒᆞ니, 후간의 녈염(熱焰)이 치셩(熾盛)ᄒᆞ여 뉵ᄆᆡ동치(六馬同馳)ᄒᆞᄂᆞᆫ지라. 좌우로 한슈(寒水)를 구ᄒᆞ여 삼ᄉᆞᄀᆞᆨ(三四器)를 거후ᄅᆞ니, 긔운이 ᄌᆞ못 분분(忿憤)ᄒᆞᄂᆞᆫ지라.

ᄐᆡᄉᆞ 부인의 거동을 보고 말ᄉᆞᆷ을 드ᄅᆞ미 닙이 ᄡᅳ고 혜 돕지아냐, 묵묵 냥구의 츄연 장탄 왈,

"영의【38】블초무상ᄒᆞ미 홀노 져의 탓시 아니라. 우리 부부의 명되(命途) 긔구(崎嶇)ᄒᆞ미라. 연(然)이나 그 셔쥼의 가장 괴이ᄒᆞ여 뵈니, 혹ᄌᆞ 창의 이미ᄒᆞ미 잇던가? 슈악(首惡)의 단셔(端緒)를 ᄎᆞ즐 길히 업ᄉᆞ니, 어ᄂᆞ 곳의 간당이 은복(隱伏)ᄒᆞ여시믈 알니오."

부인이 ᄐᆡᄉᆞ의 몽농이 진가(眞假)를 아지 못ᄒᆞ믈 암희(暗喜)ᄒᆞ여, 목금(目今) 아ᄌᆞ의 거쳐 모로미 경긱의 간장이 ᄉᆞ히ᄂᆞᆫ¹¹⁷⁵) 듯, 이의 가즁 ᄂᆡ외의 하령ᄒᆞ여 공ᄌᆞ의 간 곳을 므른 즉, 다 아지 못ᄒᆞ믈 디ᄒᆞ니, 유【39】모 츈파ᄂᆞᆫ 엇지 모로리오만은 공ᄌᆞ의 당부를 드ᄅᆞᆫ 고로, 죵시 아지 못ᄒᆞ므로 디ᄒᆞ더라.

노복을 ᄉᆞ쳐로 헤쳐 심방(尋訪) 슈일의 형영(形影)이 업ᄉᆞ니 어디 가 ᄎᆞ즈리오. 헛되이 공환(空還)ᄒᆞ니 공ᄌᆞ ᄉᆞ쳐(四處)로 구식(求索)ᄒᆞᆯ 쥴 짐작ᄒᆞ고, 촉힝(促行)ᄒᆞ여 몬져 산노(山路)로 힝ᄒᆞ니, 노ᄉᆡ 하로 쳔니를 가ᄂᆞᆫ지라. ᄒᆞ믈며 원강 부지 근신쥬밀(謹愼周密)ᄒᆞᆫ 고로, 보호ᄒᆞ여 몬져 길흘 지나시니, ᄯᅩ로ᄂᆞᆫ 복부 등이 만나지 못ᄒᆞ나, 기즁(其中) 노가인(老家人) 셩츙이 신근(辛勤)이¹¹⁷⁶) ᄎᆞ【40】ᄌᆞ

ᄒᆞ고, 비록 것ᄎᆞ로 말ᄉᆞᆷ이 이러ᄒᆞ나, 쳔금 ᄋᆞᄌᆞ의 무거쳐ᄒᆞᆷ믈 싱각ᄒᆞ미, 후간의 념열이 치셩ᄒᆞ여 뉵ᄆᆡ동치ᄒᆞᄂᆞᆫ디라. 좌우로 한슈를 구ᄒᆞ여 삼ᄉᆞ 긔를 거후ᄅᆞ니, 긔운이 ᄌᆞ못 분분ᄒᆞᄂᆞᆫ디라.

ᄐᆡᄉᆞ 부인의 거동을 보고 말을 드ᄅᆞ미, 입이 ᄡᅳ고 혀 돕디 아냐 ᄆᆞᆨᄆᆞᆨ양구의 츄연 탄 왈,

"영이 블쵸ᄒᆞ미 홀노 져의 타시 아니라. 우리 부부의 명되 긔구ᄒᆞ미라. 연이나 그 셔듕시 ᄀᆞ장 고이ᄒᆞ니, 혹ᄌᆞ 창이 이미ᄒᆞ미 잇던가? 슈약의 단셔를 ᄎᆞ즐 길히 업ᄉᆞ나, 어ᄂᆞ 곳의 간인이 은복ᄒᆞ여시믈 알니요?"

부인이 ᄐᆡᄉᆞ의 몽농듕{ᄒᆞ이} 진가○[롤] 아디 못【31】믈 암희ᄒᆞ나, 목금 ᄋᆞᄌᆞ의 거쳐 모ᄅᆞ믈 각골ᄒᆞ야,

이에 기인을 ᄉᆞ쳐로 훗터 ᄎᆞ즈나 헛도이 공환ᄒᆞ니,

1175)ᄉᆞ히다 : 사위다. 다 타버리다. 불이 사그라져서 재가 되다.
1176)신근(辛勤)이 : 신근(辛勤)하여. 애쓰고 힘써.

히유ᄒᆞ니, 공지 친히 이걸(哀乞)ᄒᆞ여 갈오ᄃᆡ,

"니 ᄯᅳᆺ이 임의 결(決)ᄒᆞ여 부즁을 ᄯᅥ나시니, 여등이 만일 핍박ᄒᆞ거나 장ᄉᆞ로 가ᄂᆞᆫ 쇼식을 바로 고ᄒᆞ면, 형장 신상이 무ᄉᆞ치 못ᄒᆞ리니, 니 견ᄃᆡ여 ᄉᆞ지 못홀 거시오. 이제 핍박ᄒᆞ여 잡아가려 ᄒᆞ면 니 ᄯᅩ 슌히 가지 아녀 너 보ᄂᆞᆫ ᄃᆡ셔 죽으리라."

ᄒᆞ니, 셩튱은 본ᄃᆡ 튱근유식(忠謹有識)ᄒᆞᆫ지라. 공주의 강녈ᄒᆞ믈 긔탄(忌憚)ᄒᆞ고, 본ᄃᆡ 한님 닉외 신누(身累)ᄅᆞᆯ 《긱골칭원‖국골치원(刻骨置怨)[1177]》ᄒᆞ던 비라.

황망이 비복(拜伏)【41】 왈,

"쳔뇌(賤奴) 블튱무상ᄒᆞ오나 엇지 한님 상공 원앙(怨怏)ᄒᆞᆷ심과 공조의 효우(孝友)를 모로리잇고? 도라가 ᄎᆞᆺ지 못ᄒᆞ오므로 고ᄒᆞ오리니 복원(伏願) 공ᄌᆞᄂᆞᆫ 원노의 보즁ᄒᆞ쇼셔."

공지 칭ᄉᆞ 왈,

"그ᄃᆡ 튱심이 여ᄎᆞᄒᆞ니 우리 곤계 만일 풍운길시(風雲吉時)를 만나면 부ᄃᆡ 튱의ᄅᆞᆯ 져ᄇᆞ리지 아니리라."

셩튱이 ᄉᆞ례ᄒᆞ고 함누ᄇᆡ별(含淚拜別)ᄒᆞ며 운학 등을 당부ᄒᆞ여 공주를 보호ᄒᆞ라 ᄒᆞ고, 도라와 종시 ᄎᆞᆺ지 못ᄒᆞ므로 고ᄒᆞ니, 부즁이 진경(震驚)ᄒᆞ【42】여 ᄐᆡᄉᆞ 곤계와 범부인이 깁히 념녀ᄒᆞ고, 최부인이 그윽이 의심ᄒᆞ여 헤오ᄃᆡ,

"영이 어ᄃᆡ로 가리오. 반ᄃᆞ시 장ᄉᆞ(長沙) 젹쇼로 가 나의 비밀ᄒᆞᆫ 계규ᄅᆞᆯ 뉴셜ᄒᆞ라 갓거니와, 져 쇼이 길도 아지 못ᄒᆞᄂᆞᆫ 거시 운학 등으로 초초젼진ᄒᆞ여 가노라 ᄒᆞ면 녕원이 발셔 슈쇄ᄒᆞ여시리니, 창아의 ᄉᆞ싱은 념녀 업거니와, 오이 도로의 낭ᄑᆡ 측냥업ᄉᆞ니, 그 씨의 제 반ᄃᆞ시 원노발셥(遠路跋涉)[1178]ᄒᆞᆫ 줄 뉘웃ᄎᆞ리라."

ᄒᆞ고 ᄐᆡᄉᆞᄃᆡ 고 왈,

"쳡이 싱각【43】ᄒᆞ니 영이 반ᄃᆞ시 장ᄉᆞ로 갈 ᄃᆞᆺᄒᆞ니, 가히 근실ᄒᆞᆫ 창두를 장ᄉᆞ의 보니여 창아의 긔별도 알고, 영의 쇼식을 아라

1177) 긱골치원(刻骨置怨) : 마음 속 깊이 새겨 원망함.
1178) 원노발셥(遠路跋涉) : 산을 넘고 물을 건너 먼 길을 감.

부듕이 진경ᄒᆞ여 태ᄉᆞ 곤계와 범부인○[이] 깁히 념녜ᄒᆞ믈 마디 아니니, 최부인 헤오ᄃᆡ,

'영이 어ᄃᆡ로 가리오? 반ᄃᆞ시 장ᄉᆞ로 나아가 나의 비밀ᄒᆞᆫ 계교를 누셜ᄒᆞ라 갓거니와, 져 쇼이 길도 아디 못ᄒᆞᄂᆞᆫ 거시 운학 등을 ᄃᆞ리고 가노라 ᄒᆞ면, 병원이 발셔 슈쇄ᄒᆞ여시리니, 창ᄋᆞ의 ᄉᆞ싱은 념녀 업거니와, 오이 도로의 낭ᄑᆡ 측양업ᄉᆞ리라.'

ᄒᆞ고 태ᄉᆞᄃᆡ 고왈,

"쳡이 싱각건ᄃᆡ 영이 반ᄃᆞ시 장ᄉᆞ로 갈 ᄃᆞᆺᄒᆞ니, 가히 근신ᄒᆞᆫ 창두을 장ᄉᆞ로 보ᄂᆡ여 창의 안부도 알고 영의 쇼식을 아라 보ᄉᆡ이다."

보스이다."

공이 올히 너겨 즉시 창두(蒼頭) 슈인을 ○[치]졍(採定)ᄒ여[1179] 장소의 가 한님의 평부를 알고, 공지 갓거든 다려오라 ᄒ고, 부인이 당부ᄒ여 공지 아니 오려 ᄒ여도 위력으로 잡아오라 ᄒ니, 창뒤 슈명ᄒ여 즉시 힝니를 슈습ᄒ여 장소로 향ᄒ니라.

부인이 녕원과 후셥을 보내고 날이 맛지 아녀 이 경상을 만난지【44】라. 아즈의 작용이 여추ᄒ믈 어히업시 너겨, 즈긔 쯧과 갓지 아니ᄒ믈 한ᄒ나, 아지 바야흐로 십세 츙년이라. 운·계 냥뇌 쏘 년쇼ᄒ니 비록 담낙(膽略)이 과인ᄒ나 무슨 의견으로 아즈의 쳔금지신(千金之身)을 보호ᄒ리오.

장소로 간다 ᄒ여도 누쳔니(累千里) 수뢰(水路) 망망ᄒ니, 노셩장지(老成長者)라도 외로이 힝ᄒ미 극난ᄒ거든, 슈삼 기 쇼동이 원노 강산을 발셥ᄒ여 엇지 잘 득달ᄒ믈 바라며, 만일 장소의 가지 아녀신 즉, 그 아모 곳【45】의 뉴락(流落)ᄒ믈 아지 못ᄒ니, 만금지보(萬金之寶) 갓치 ᄉ랑ᄒ던 즈모지심(慈母之心)이 장ᄎᆺ 엇더ᄒ리오.

공지 니가ᄒ 후로 침식(寢食)이 구블안(俱不安)ᄒ니, 괴로이 장소 노복의 회환(回還)을 굴지계일(屈指計日)ᄒ여, 아즈의 쇼식을 희망ᄒ고 녕원 후셥의 디ᄉ를 도모ᄒ여, 한님의 흉음(凶音) 듯기를 날노 기다리니, ᄉᄉ난녜(邪思亂慮)[1180] 시시(時時)로 층가(層加)ᄒ고 날노 증익(增益)ᄒ여, 스스로 심번여란(心煩慮亂)[1181]ᄒ여 일업시 빅위(百憂) 층싱(層生)ᄒ니, 거지(擧止) 당황(唐惶)ᄒ고 의ᄉ(意思) 요일(擾溢)[1182]ᄒ여, 《지젹∥지졉(止接)[1183]》지 못ᄒᄂᆫ 거【46】동이니, 범부인이 그윽이 그 심ᄉ를 예지(豫知)ᄒ여 기탄(慨歎)ᄒ믈 마지 아니ᄒ더라.

공주의 니가ᄒ 쇼문이 일가의 젼ᄒ여 슈일

공이 올히 넉여 즉시 창두【32】 슈인을 치졍ᄒ여 장소의 가 한님의 평부를 알고, 공지 갓거든 ᄃ려오라 ᄒ고, 부인이 당부ᄒ여 공지 아니 오려 ᄒ여도 《우력∥위력》으로 잡아오라 ᄒ니, 창뒤 슈명ᄒ여 가니라.

부인이 ᄋ즈의 니가ᄒ 후로 침블안셕ᄒ고 식블감미ᄒ야, 괴로이 장소 간 노복이 회환ᄒ기를 굴지계일ᄒ여 ᄋ즈의 소식을 희망ᄒ고, 녕원 후셥이 디ᄉ를 도모ᄒ야 한님의 흉음 듯기를 날노 기다리니, ᄉᄉ난녜 시시로 층가ᄒ야 일업시 빅위 층싱ᄒ니 거디 당황ᄒ니, 범부인이 그윽이 그 심ᄉ를 예지ᄒ여 개탄ᄒ믈 마지아니터라.

공주의 니가ᄒ 소문이 수일지간의 모로 리

1179)치졍(採定)ᄒ다 : 여럿 가운데서 골라서 뽑다.
1180)ᄉᄉ난녜(邪思亂慮) : 좋지 못한 여러 가지 어지러운 생각.
1181)심번여란(心煩慮亂) : 마음이 산란함.
1182)요일(擾溢) : 정도가 지나칠 정도로 어지러움.
1183)지졉(止接) : 몸을 붙이어 의지함.

지간의 원근이 모르리 업눈지라. 녀·화·셕 삼부인이 쇼식을 듯고 디경ᄒᆞ여, 녀·셕 냥부인이 니르러 부모긔 뵈옵고, 아의 거쳐 업ᄉᆞ믈 놀나며 근심ᄒᆞ디, 화상셔ᄂᆞᆫ 종시 귀령을 허치 아녀 닐오디,

"이 근심은 존부의셔 ᄌᆞ취(自取)ᄒᆞ미라. 스스로 알고 져즌 바의 엇지 붓그러온들 남의 인ᄉᆞ【47】를 밧고져 ᄒᆞ며, 아모리 모녀지간인들 ᄌᆞ괴(自愧)치 아니리오. 싱이 이런 ᄌᆞ비(慈悲)를 혜아려 최부인 무안을 씨치지 아니려 ᄒᆞ므로, 부인의 귀령을 허치 아니ᄒᆞ노라. 영이 어디를 가리오, 벅벅이 슉경의 젹쇼로 가리니, 부인은 싱의 말을 헛되이 듯지 말고 가만이 잇다가, 타일 슉경의 형뎨 도라와 최부인을 감화ᄒᆞ여, 엄부 기란(家亂)을 진졍ᄒᆞ고 가니 슉쳥(淑淸)ᄒᆞ거든, 그 씨ᄂᆞᆫ 부인이 귀령을 쳥치 아냐도, 싱이 맛당이 금거옥뉸(金車玉輪)【48】으로ᄡᅥ 위의를 갓초와, 싱이 친히 호ᄒᆡᆼ(護行)ᄒᆞ여 부인의 영광을 도으리라."

부인이 묵연 참괴ᄒᆞ여 갈오디,

"군ᄌᆞ의 말ᄉᆞᆷ이 그르도쇼이다. 고어의 왈, '님군이 근심ᄒᆞ면 신히 죽고, 부뫼 그르시미 ᄌᆞ식이 셰번 간한다.' ᄒᆞ오니, ᄌᆞ뫼 영 뎨(弟)로 ᄒᆞ여 우례(憂慮) 심상치 아니믈 알며, 그 ᄌᆞ식된 지 엇지 편히 안ᄌᆞ 조흔 일 보듯 ᄒᆞ랴 ᄒᆞ시니, 쳡이 슈블혜(雖不慧)ᄒᆞ나 존의를 췌치 아니ᄒᆞᄂᆞ이다."

셜파의 안식이 식식ᄒᆞ여 츤 긔운이 옥【49】안의 어리니, 상셰 묵연함쇼ᄒᆞ고 외당으로 나가며, 교지(轎子)를 찰혀 귀령을 허ᄒᆞ니, 부인이 인ᄒᆞ여 귀령ᄒᆞ여 부모긔 비알ᄒᆞ고, 모든 제 형뎨로 반기며 좌하의 뫼셔 말숨ᄒᆞ다가, 셕식을 파흔 후 ᄉᆞ침으로 시립(侍立)홀 시, 부인이 좌졍 후 화·셕 냥 부인이 아미의 슈식을 씌여 피셕 고 왈,

"악을 먼니ᄒᆞ고 어지니를 희치 말나 ᄒᆞ시믄 셩인의 가르치시미어늘, 이제 ᄌᆞ위 과악을 씨닷지 못ᄒᆞ시고, 창뎨의 일과 영뎨의 기가【50】도쥬지경(棄家逃走之境)의 니르믄, 도시 튀튀(太太)의 허믈이라. 희아 등이 그윽이

업눈지라. 녀·화·셕 삼부인이 소식을 듯고 대경ᄒᆞ여, 녀【33】·셕 냥부인이 니르러 부모긔 뵈옵고 아이 거쳐 업ᄉᆞ믈 근심ᄒᆞ디, 화 상셔ᄂᆞᆫ 죵시 귀령을 허치 아냐 닐오디,

"이 근심은 존부의셔 ᄌᆞ취ᄒᆞ미라. 스스로 알고 져즌 바의 엇디 붓그러온들 남의 인ᄉᆞ를 밧고져 ○○[ᄒᆞ며], 아모리 모녀간인들 ᄌᆞ괴치 아니리오. 싱이 이런 ᄌᆞ비를 다 혜이려, 최부인 무안을 씨치디 아니려 부인의 귀령을 허치 아닛노라. 영이 어듸를 가리오. 벅벅이 슉경의 젹소로 가미니, 부인은 싱의 말을 헛도이 듯지 말나."

부인이 믁연참괴 왈,

"군ᄌᆞ의 말숨이 그르도쇼이다. 고어의 왈, '님군이 근심ᄒᆞ면 신히 죽ᄂᆞᆫ 지경의 니르고, 부뫼 그르시면 ᄌᆞ식이 셰 번 간한다.' ᄒᆞ오니, ᄌᆞ뫼 영뎨로 ᄒᆞ여금 우【34】례 심상치 아니시믈 알며, 그 ᄌᆞ식 된 지 편히 안ᄌᆞ 됴흔 일 보듯 ᄒᆞ리잇가?"

상셔 믁연함쇼ᄒᆞ고 외당의 나가며 교주를 찰혀 귀령을 허ᄒᆞ니, 부인이 본부의 도라와 부모게 비알ᄒᆞ고 모든 형뎨로 반기다가, 좌위 됴용흔 씨 화·셕 냥부인이 아미의 슈식을 씌여 피셕 고왈,

"고인이 닐오디, '악을 먼니ᄒᆞ고 어진 일을 《험‖힘》쓰라.' ᄒᆞ시믄 셩인이 붉히 ᄀᆞ르치시미라. 이제 ᄌᆞ위 과악을 씨닷디 못ᄒᆞ고, 창뎨의 일과 영뎨의 기가도쥬지경의 니르믄 도시 태태의 허믈이라. 희ᄋᆞ 등이 그윽이 우

우려ᄒ옵ᄂ니, 복망(伏望) ᄌ위(慈闈)ᄂ 세 번 싱각ᄒ샤 허믈을 고치시고 션도(善道)를 힝ᄒ시면, 창뎨와 영뎨 환가(還家)ᄒ미 오러지 아니리이다."

언파의 쥬뤼년낙(珠淚連落)[1184]ᄒ여 능히 말을 일우지 못ᄒ니, 부인이 냥녀의 간징(諫爭)을 드ᄅ미 발연작식(勃然作色) 왈,

"어인 팔ᄌ(八子) 슌(順)치 못ᄒ여 ᄌ녀라 ᄒᄂ 것들이 '명위ᄌ식(名爲子息)이나 실위구젹(實爲仇敵)이라'[1185]. 여등이 블구(不久)의 창으로 동심ᄒ여 여모[51]를 죽이고 말니니, 알괘라! 츠ᄂ 무타(無他)[1186]라. 어뮈ᄂ 늙어 슈족(手足)이 업고 창이 집 ᄃ종(大宗)을 니어 존즁ᄒ고, 션·월 냥이 후빅왕공의 부귀를 졈득(占得)ᄒ고, 음부 윤녜 윤광텬의 ᄉ랑ᄒᄂ 쓸이라. 윤가의 셰엄이 당금의 유명ᄒ여 한ᄃ(漢代) 왕망(王莽)[1187] 동탁(董卓)[1188] 갓흔 위권(威權)이 늉즁(隆重)ᄒ믈 아첨(阿諂)ᄒ미어니와, 이ᄂ 다 쳘인(哲人)의 명쳘보신지칙(明哲保身之策)이 아니라. 간당녕신(奸黨佞臣)[1189]의 빙상(氷霜) 갓흔 형셰 언마ᄒ여 문허질 거시라, 여등이 져디도록 아첨ᄒ[52]ᄂ다? 화 낭(郞)이 착ᄒ여 그런 거시 아니라 윤광텬을 제 아뷔 갓치 츄존(推尊)ᄒ므로, 나ᄌ죵은 난혜의 귀령ᄒᄂ 길도 막으믄 다 윤가 젹ᄌ(賊者)를 븟조ᄎᄆ이어ᄂ, 너희조ᄎ 이리 용녈ᄒ다? 여등은 셔어(齟齬)ᄒ 구셜(口舌)노

1184)쥬뤼년낙(珠淚連落) : 구슬방울 같은 눈물이 방울 방울 떨어짐.

1185)명위ᄌ식(名爲子息)이나 실위구젹(實爲仇敵)이라 : 이름은 자식이지만 실제는 원수나 다름없다는 말.

1186)무타(無他) : 무타(無他). 다른 까닭이 아니거나 다른 까닭이 없음.

1187)왕망(王莽) : B.C.45~A.D.23. 중국 전한의 정치가. 자는 거군(巨君). 자신이 옹립한 평제(平帝)를 독살하고 제위를 빼앗아 국호를 신(新)으로 명명하였다. 한(漢)나라 유수(劉秀)에게 피살되었다. 재위기간은 8~23년이다.

1188)동탁(董卓) : ?~192. 중국 후한(後漢) 때의 정치가. 소제(少帝) 유변(劉辯)을 시해하고 헌제(獻帝)를 옹립한 후, 권력을 잡고 폭정을 일삼다가, 여포(呂布)를 비롯한 자신의 측근들에 의해 암살당했다.

1189)간당녕신(奸黨佞臣) : 간사한 무리와 아첨하는 신하들을 함께 이른 말.

려ᄒ옵ᄂ니, 복망 ᄌ위ᄂ 세 번 싱각ᄒ샤 허믈을 곳쳐시고 션도를 닥그시면, 창뎨와 영뎨 환가ᄒ미 오라[35]디 아니리이다."

언파의 옥안의 쥬뤼 년낙ᄒ야 말을 능히 일우디 못ᄒ니, 부인이 발연 작식 왈,

"어인 팔지 슌치 못ᄒ여 ᄌ식들이 ᄒ나토 효슌치 아나, 여등이 블구의 창으로 동심합계ᄒ여 여모를 죽이고 말니니, 여등은 셔어ᄒ 구셜노 두 번 니ᄅ디 말나. 아모리면 오ᄌ챠? 니 임의 창을 제어코져 ᄒ미 발셔 디계를 운동ᄒ여, 언덕의 넌 다롬이 쑐연이 두루혈 빅 아니라. 니 죽거나 제 죽거나 ᄒ면 긋칠 ᄯᄅ름이니, 다시 니ᄅ디 말나. 여등이 이럿툿 말 만히 구러 나의 심화를 도도면, 악심이 져삭ᄒ믄 시로이 오히려 셩악이 더어, 나죵은 친히 쾌ᄌ의 소임이라도 힝ᄒ리니, 창이 젹소의셔[36] 죽으면 모ᄅ거니와, 싱환ᄒ면 내 친히 어장검을 빗기 ᄀ라 시험ᄒ리라. 블효으 영이 죵시 창을 위ᄒ야 어미 졍을 싱각디 아니니, 조ᄎ 죽은들 엇디 ᄒ리오. 너의 다 죽으라[나], 내 ᄯ흔 겁디 아니리라."

두번 니ᄅ지 말나, 아모려면 오죽ᄒ랴? 나의
ᄉ오나오믄 셰상이 다 아ᄂ니 한쇼렬(漢昭
烈)[1190]이 갈오ᄃ, '사ᄅ이 어질며 ᄉ오나오
미 상반(相伴)ᄒ다' ᄒ고, 도쳑(盜跖)이 엇지
슬거오미 공ᄌ(孔子)만 못ᄒ며, 어질미 하혜
(下惠)[1191]만 못ᄒ리오만은, 즁니(仲尼)【53】
의 텬종지셩(天縱之聖)[1192]이믈 알미, 만ᄃ의
명셩(名聲)이 병힝(竝行)치 못ᄒ 쥴《알미∥
알고》, 스ᄉ로 쳔흉만악(千凶萬惡)을 비포(排
布)ᄒ여 공ᄌ의 유명쳔츄(有名千秋)[1193]와 도
쳑의 유츄만년(有醜萬年)[1194]이 만ᄃ(萬代)의
ᄣ항힝(雙行)ᄒ엿ᄂ니, 이제 여등이 챵의 부부
츄복(推服)[1195]ᄒ미 만고셩녀(萬古聖女)로 밀
위니, 여뫼 ᄯ 엇지 독부지힝(毒婦之行)[1196]
과 잔적지명(殘賊之名)[1197]을 감심(甘心)치
아니리오. 니 임의 챵을 쇼졔(掃除)코져 ᄒ미
발셔 더계를 운동ᄒ여, 언덕의 《넌다ᄅ∥니
다ᄅ[1198]》이[을] 졸연(猝然)이 두로혈[1199] 비
아니라. 니 죽거나 제 죽거나 《ᄒ며∥ᄒ면》
긋칠【54】ᄯᄅ름이니 다시 의논ᄒ 비리오. 여
등이 바려두면 오히려 니 싱각ᄂ 도리 이시
려니와, 이러틋 말 만히 구러 나의 심화를

1190)한쇼렬(漢昭烈) : 한소열제(漢昭烈帝). 중국 삼국
  시대 촉한(蜀漢)의 제1대 황제. 이름은 유비(劉備,
  161~223). 자는 현덕(玄德)이고 묘호(廟號)가 소열
  (昭烈)이다.
1191)하혜(下惠) : 유하혜(柳下惠). 중국 춘추시대 노
  (魯) 나라의 명재상(名宰相). 맹자(孟子)는 그를
  '더러운 임금을 섬기는 일도 부끄럽게 여기지 않을
  만큼 화해와 조화의 기질을 가진 성인'이라 하였다.
  그러나 그도 천하의 대도(大盜)였던 자신의 아우 도
  척(盜跖)을 교화하지는 못했다.
1192)텬종지셩(天縱之聖) : '하늘이 낸 성인'이란 말로,
  공자 또는 공자의 덕화(德化)를 이르는 말. 자공이
  스승 공자를 높여 이른 말이다. 《논어 자한(子罕)》
  에 나온다.
1193)유명쳔츄(有名千秋) : 명성이 천년 후의 먼 훗날
  까지 역사에 길이 남음.
1194)유츄만년(有醜萬年) : 더러운 이름이 만년 후까지
  영원히 남음.
1195)츄복(推服) : 높이 받들고 복종함.
1196)독부지힝(毒婦之行) : 악독한 여자의 행실.
1197)잔적지명(殘賊之名) : 잔인한 살인자의 이름
1198)니다ᄅ다 : ①내닫다. 힘차게 뛰어나가다. ②내달
  리다. 힘차게 달리다.
1199)두로혀다 : 돌이키다.원래 향하고 있던 방향에서
  반대쪽으로 돌리다.

도도면, 악심(惡心)이 져삭(沮索)ᄒ기ᄂ1200)
시로이 오히려 셩악(性惡)1201)이 더어, 나죵
은 친히 쾌ᄌ1202)의 쇼임(所任)이라도 힝ᄒ
리니, 챵이 젹쇼의셔 죽으면 모로거니와 싱
환(生還)ᄒ면, ᄂ 친히 어댱검(魚腸劍)1203)을
빗ᄂ 가라, 심ᄉᄅ 쾌히 ᄒ리라. 블초아 영
이 ᄊ 죵시 챵을 위ᄒ여 어뮈 졍을 싱각지
아니니, 조ᄎ 죽은들 엇지ᄒ리【55】오. 비록
일너 효측(效則)ᄒ 비 아니로ᄃ, 한뎨(漢
帝)1204) 죵시 녀후(呂后)1205)ᄅ 당치 못ᄒ고
져발비ᄉ(疽發背死)1206)ᄒ여도 한고휘(漢高
后) 죵시 싀랑(豺狼)1207)의 셩1208)과 호표(虎
豹)1209)의 엄1210)을 주리지1211) 아녀시니, 여
뫼 홀노 뮈온 ᄌᄅ 죽여 심우(心憂)ᄅ 쾌히

1200)져삭(沮索)ᄒ다 : 기가 꺾이다. 맥이 빠지다. 위
　　축되다.
1201)셩악(性惡) : 성품이 악함. 늑성깔.
1202)쾌ᄌ(劊子) : 망나니. 회자수(劊子手). 사형수(死
　　刑囚)의 목을 자르는 사람. '쾌ᄌ'는 한자어 '회자
　　(劊子)'의 중국음(quizi)이다.
1203)어댱검(魚腸劍) : 중국 춘추전국시대 초(楚)나라
　　정치가 오자서(伍子胥)가 수하(手下) 자객 전제(專
　　諸)에게 주어 오왕(吳王) 요(僚)를 암살하게 하였던
　　명검(名劍). 전제가 이 검을 물고기의 내장 속에 숨
　　겨 들어가 암살에 성공하였다 하여, 요의 암살로
　　왕위에 오른 합려(闔閭)가 이 검에 '어장검(魚腸劍)'
　　이라는 이름을 붙여 주었다 한다.
1204)한뎨(漢帝) : 한고조(漢高祖). 중국 한(漢)나라의
　　제1대 황제(B.C.247~B.C.195). 성은 유(劉). 이름은
　　방(邦). 자는 계(季). 시호는 고황제(高皇帝). 고조는
　　묘호. 진시황이 죽은 다음해 항우와 합세하여 진
　　(秦)나라를 멸망시켰다. 그 뒤 해하(垓下)의 싸움에
　　서 항우를 대파하여 중국을 통일하고 제위에 올랐
　　다. 재위 기간은 기원전 206~기원전 195년이다.
1205)녀후(呂后) : BC241-180. 중국 한고조의 황후.
　　성은 여(呂). 이름은 치(雉). 고조를 보좌하여 진말
　　(秦末)·한초(漢初)의 국난을 수습하였으나, 고조가
　　죽은 뒤 실권을 장악하여, 고조의 애첩인 척부인(戚
　　夫人)과 척부인 소생 왕자 조왕(趙王)을 죽이는 등
　　포악을 일삼아, 측천무후(則天武后), 서태후(西太后)
　　와 함께 중국의 3대 악녀로 꼽힌다.
1206)져발비ᄉ(疽發背死) : 등에 등창이 나서 죽음.
1207)싀랑(豺狼) : 승냥이와 이리를 아울러 이르는 말.
1208)셩 : 사나움. 노엽거나 언짢게 여겨 일어나는 불
　　쾌한 감정.
1209)호표(虎豹) : 호랑이와 표범을 함께 이른 말.
1210)엄 : 어금니.
1211)주리다 : ①줄이다. 물체의 길이나 넓이, 부피 따
　　위를 본디보다 작게 하다. '줄다'의 사동사. ②주리
　　다. 제대로 먹지 못하여 배를 곯다.

ᄒᆞ미 올ᄒᆞ니, 한 영의 명을 앗길 것가? 너희
다 죽으라[니] ᄂᆡ 겁ᄒᆞ지 아니ᄒᆞ리라."

셜파의 노긔등등(怒氣騰騰)ᄒᆞ니, 초강밍녈
(超强猛烈)ᄒᆞ여 다시 말 븟치기 어려온지라.
냥녜 블승전뉼(不勝戰慄)ᄒᆞ여 숨을 길게 쉬
고 눈물을 흘녀 이달나ᄒᆞᆯ ᄯᆞᄅᆞᆷ이라. 냥녜 ᄯᅩ
ᄒᆞᆫ 【56】 감히 오러 머무지 못ᄒᆞ고 즉시 도
라가니라.

어ᄉᆡ의 엄공ᄌᆡ 영이 모과(母過)를 골돌ᄒᆞ
미, ᄌᆞ긔 ᄒᆞᆫ 번 쾌히 죽어 모부인 념녀를 ᄭᅳᆺ
고져 ᄒᆞ미 한두 번이 아니로ᄃᆡ, 본ᄃᆡ 인명이
지즁ᄒᆞᆫ 바의 ᄯᅩ 형의 님힝의 붉은 경계를 싱
각ᄒᆞ미, ᄎᆞᆷ아 뉴체(遺體)1212)○[를] 날1213)히
업디《여ᄖ거나》 노1214)히 미지 못ᄒᆞᆯ지라, 연
즉 '삼십뉵계(三十六計)의 닷ᄂᆞᆫ 거시 상칙이
라'1215)ᄒᆞ여, 가연이 쳑셔(尺書)1216)를 지어
부모를 하직ᄒᆞᄃᆡ, ᄯᅩ 츄심(推尋)ᄒᆞᄂᆞᆫ 폐를 두
려 방쇼(方所)를 고치 못ᄒᆞ고 모야(暮夜)의
【57】 부즁(府中)을 ᄯᅥ나 길헤 오ᄅᆞ미, 냥기
츙노의 복심 신ᄉᆞ(臣事)흠과, 원강의 지극 보
호ᄒᆞᄆᆞᆯ 힘닙어 만첩고산(萬疊高山)1217)과 슈
로○[를], {원노(遠路)의 근심 업시 힝ᄒᆞ여}
일노(一路)1218)의 무ᄉᆞ히 힝ᄒᆞ여 십여 일만
의 댱ᄉᆞ의 니ᄅᆞ니, 이ᄶᆡ ᄌᆞ직은 밋쳐 오지
못ᄒᆞᆫ ᄶᅵ라. 녕원 후셥이 몬져 심양의 가 ᄌᆞ
직을 광구(廣求)ᄒᆞ여 댱ᄉᆞ로 보ᄂᆡ노라 ᄒᆞ니,
왕반(往返)이 ᄌᆞ연 더디미러라.

이 젹의 한님이 젹쇼의 머므런지 훌훌이
ᄒᆡ룰   밧고왓ᄂᆞᆫ지라.   위인ᄌᆞ지도(爲人子之

셜파의 옥미셩안의 노긔 등등ᄒᆞ야, 븍풍동
텬의 상셜이 비비ᄒᆞ야 살흘 어히ᄂᆞᆫ 듯ᄒᆞ니,
냥인이 다시 간치 못ᄒᆞ고 눈물을 흘녀 이둘
나 흘 ᄯᆞᄅᆞᆷ이러라. 냥인이 즉시 구가로 도라
가디, 부인 ᄯᅩᄒᆞᆫ 머무르디 아니ᄒᆞ더라.

어ᄉᆡ의 엄공지 일노의 무ᄉᆞ이 힝ᄒᆞ야 십여
일 만의 댱ᄉᆞ의 니ᄅᆞ니, 이ᄶᆡ ᄌᆞ직은 미쳐
오디 못ᄒᆞᆫ ᄶᅵ러라.

이젹의 엄 한님이 젹소의 머므런 디 ᄒᆡ 밧
고앗ᄂᆞᆫ지라.

1212)뉴체(遺體) : 부모가 남겨 준 몸이라는 말로, '자
    기 몸'을 이르는 말.
1213)날 : 연장의 가장 얇고 날카로운 부분. 베거나 찍
    거나 깎거나 파거나 뚫을 수 있도록 되어 있다.
1214)노 : 실, 삼, 종이 따위를 가늘게 비비거나 꼬아
    만든 줄.
1215)삼십뉵계(三十六計)의 닷ᄂᆞᆫ 거시 상칙이라 : 36
    가지 계책(計策) 중(中)에서 줄행랑이 상책이라는
    뜻으로, 곤란(困難)할 때에는 기회(機會)를 보아 피
    함으로써 몸의 안전(安全)을 지키는 것이 최상(最
    上)의 방법(方法)이라는 말.
1216)쳑셔(尺書) : 길이가 한 자 정도 되는 글로, 예전
    에 편지를 이르는 말. =척독(尺牘)
1217) 만첩고산(萬疊高山) : 만 겹이나 되게 겹겹이 늘
    어서 있는 높은 산들.
1218)일노(一路) : 외곬으로 나가는 일.

道)1219)의 비록 용부쇽즈(庸夫俗子)와, 【58】
범뉴한쳔(凡類寒賤)이라도 부모동긔(父母同
氣)를 쳔니의 분슈(分手)ᄒᆞ미, 그 영모지회
(永慕之懷) 범연치 아니려든, 더옥 한님은 싱
어녜문지가(生於禮門之家)1220)ᄒᆞ고 쟝어덕가
지엽(長於德家之葉)1221)으로, 나며 비샹(非
常)ᄒᆞ고 즈라미 긔이(奇異)ᄒᆞ여 도덕인망(道
德人望)은 공밍(孔孟) 이후 일인이오, 츙텬ᄒᆞᆫ
셩효ᄂᆞᆫ 증즈(曾子) 왕샹(王祥)을 효측ᄒᆞ고,
년보(年譜) 초삼ᄉᆞ셰(初三四歲)1222)로븟허 어
진 ᄉᆞ부(師父)를 조ᄎᆞ 문학을 힘쁘며, 즈쇼
(自少)로 겸근인화(謙謹仁和)ᄒᆞ여 스스로 브
즈런ᄒᆞ며, 사ᄅᆞᆷ의 예셩(譽聲)을 요구치 아니
미로다, 텬디의 탁츌(卓出)흠과 녀질(麗質)의
츌【59】범(出凡)ᄒᆞ미, 셩인(聖人)의 싱이지지
(生而知之)1223)ᄒᆞᄂᆞᆫ 총명(聰明)이 잇고 하우
(夏禹)1224)의 촌음(寸陰)을 앗기시던 셩덕(聖
德)이 잇ᄉᆞ며, ‘ᄉᆞ시힝언(四時行焉)의 만믈싱
언(萬物生焉)’1225)ᄒᆞᄂᆞᆫ 조홰 잇고, 돈독ᄒᆞᆫ 힝
실이 년능계즈(延陵季子)1226)의 니ᄅᆞᆫ 바 ‘목

1219)위인즈지도(爲人子之道) : 아들 된 자의 도리.
1220)싱어녜문지가(生於禮門之家) : 예의를 숭상하는
  가문에서 태어남.
1221)쟝어덕가지엽(長於德家之葉) : 덕을 베풀기를 힘
  쓰는 가문의 자손으로 자라남.
1222)초삼ᄉᆞ셰(初三四歲) : 태어나서부터 헤아려 세 살
  네 살 되는 나이.
1223)싱이지지(生而知之) : 삼지(三知)의 하나. 도(道)
  를 스스로 깨달음을 이른다. *삼지(三知); 도(道)를
  깨달아 가는 지(知)의 세 단계. 생이지지(生而知之),
  학이지지(學而知之), 곤이지지(困而知之)를 이른다.
1224)하우(夏禹) : 중국 하(夏)나라의 창시자 우(禹)임
  금. 성은 하우씨(夏禹氏)이고, 순(舜)임금 때에 황하
  (黃河)의 치수(治水)에 공을 세워 순임금으로부터
  왕위를 선위(禪位) 받아 하(夏)를 세웠다. 은(殷)의
  탕(湯), 주(周)의 문왕, 무왕과 함께 성군으로서 후
  세에 숭상되고 있다
1225)ᄉᆞ시힝언(四時行焉) 만믈싱언(萬物生焉) : 사시(四
  時; 봄, 여름, 가을, 겨울)가 운행하며 온갖 사물을
  생성케 한다는 뜻.『논어』<양화(陽貨)>편에 나오는
  말.
1226)년능계즈(延陵季子) : 중국 춘추 시대 오(吳)나라
  의 현인(賢人). 오왕 수몽(壽夢)의 막내아들로 이름
  은 계찰(季札)이다. 오왕이 그에게 왕위를 물려주고
  자 하였으나 받지 않자, 연릉(延陵)에다가 봉하였으
  므로 연릉계자(延陵季子)로 불린다. 줄여서 계자(季
  子)라고도 한다. 공자가 그의 묘비에 ‘오호 오나라
  연릉군자의 묘로구나(嗚呼有吳延陵君子之墓)’라고

블시스식(目不視邪色)ᄒ고 이블쳥음셩(耳不廳淫聲)'1227)ᄒ믈 본바드니, 일동일졍이 네 밧긔 업던 바로뼈, 시운이 운건(運蹇)ᄒ미 '텬도(天道)〇[의] 휴영지니(虧盈之理)와 인도(人道)의 오영지니(汚榮之理)'1228)룰 면치 못ᄒ미, 평디의 풍파(風波) 상싱(常生)ᄒ여 빙쳥옥결(氷淸玉潔) 갓흔 신상의, 만고흉참(萬古凶慘)ᄒ 참누(慘陋)룰 무【60】롭뼈, {은} 셩텬즈의 일월 혜턱으로 관젼을 드리오시고, 아뎨(兒弟)의 츙텬ᄒ 효우로뼈 스화(死禍)룰 버셔나 슈쳔니 이각(涯角)의 니치이미, 산간초실(山間草室)의 고초ᄒ 싱계와 ᄎ악ᄒ 누명이 진실노 싱셰지념(生世之念)이 돈무(頓無)ᄒ거늘, 강남(江南)1229)의 니쇼(離騷)1230)룰 블워ᄒ믄 오히려 님군이 블명ᄒ미나 일홈이 더럽지 아니ᄒ고, 가의(賈誼)1231)의 복〇[조]부(鵩鳥賦)'1232)는 쳔츄의 뉴젼ᄒ는 비여니와, 즈긔의 신누(身陋)는 텬히 드르미 지소

___

10자를 써, 세웠다고 전해진다.

1227)목블시스식(目不視邪色) 이블쳥음셩(耳不廳淫聲) : 눈으로는 사악한 것을 보지 않고 귀로는 음란한 소리를 듣지 않음.

1228)텬도(天道)의 휴영지니(天道虧盈之理)와 인도(人道)의 오영지니(汚榮之理) : 하늘의 도는 가득차면 이지러지고 이지러지면 또 가득 채워지는 이치가 있고, 사람의 도는 영광을 오래 누리면 욕을 받게 되고, 욕을 받으면서도 꾸준히 선을 행하면 영광을 얻게 되는 이치가 있다.

1229)강남(江南) : 중국에서 양자강 남쪽지역을 이르는 말. 중국 전국시대 초나라 삼려대부 굴원이 참소를 당해 귀양을 간 장사(長沙))도 이 강남에 속한다. 굴원은 장사의 멱라수(汨羅水)에서 돌을 품고 빠져 죽었다.

1230)니쇼(離騷) : 중국 초나라의 굴원이 지은 부(賦). 조정에서 쫓겨난 후의 시름을 노래한 것으로 ≪초사≫ 가운데에서 으뜸으로 꼽힌다.

1231)가의(賈誼) : 중국 전한(前漢) 문제 때의 문인·정치가(B.C.200~B.C.168). 문제(文帝)를 섬기며 유학과 오행설에 기초를 한 새로운 제도의 시행을 주장하였다. 저서에 ≪좌씨전훈고(左氏傳訓詁)≫, ≪신서≫ 따위가 있다

1232)복조부(鵩鳥賦) : 중국 전한(前漢) 문제(文帝) 때의 문인 가의(賈誼)가 약관으로 최연소 박사가 되고 1년 만에 태중대부(太中大夫)가 된 뒤, 주발(周勃) 등 당시 고관들의 시기로 장사왕(長沙王)의 태부(太傅)로 좌천되자, 자신의 불우한 운명을 굴원(屈原)에 비유하여 지은 두 편의 부(賦)[<복조부(鵩鳥賦)>와 <조굴원부(弔屈原賦)>] 가운데 하나.

(指笑)ᄒᆞ【61】고 만셩이 타비(唾誹)ᄒᆞᄂᆞᆫ 비라.

한번 이곳의 온 후는 가향(家鄉)이 졀원ᄒᆞ고 쇼식이 아으라ᄒᆞ여, 북텬(北天)을 바라보미 관산(關山)1233)이 만쳡(萬疊)이나 ᄒᆞ고, 슈릐(水路) 망망ᄒᆞ여 연운(煙雲)1234)이 가이업스니, 충신효ᄌᆞ의 ᄉᆞ군ᄉᆞ친ᄒᆞᄂᆞᆫ 눈믈이 침변(枕邊)의 마를 젹이 업고, 동녁흐로 금쥬션능(先陵)을 바라보와 망부(亡父)의 긔일(忌日)을 참ᄉᆞ(叅祀)치 못ᄒᆞᄂᆞᆫ 죵텬극통(終天極痛)과 싱모의 궁텬지통(窮天之痛) 가온디 다시 ᄌᆞ가를 념녀ᄒᆞ여 블회 막디ᄒᆞᆫ 바를 싱각ᄒᆞ미, '쳑피챵혜(陟彼嶒兮)여 쳠망부혜(瞻望父兮)'1235)【62】를 싱각ᄒᆞ미, 모혜ᄌᆞ아(母兮慈我)1236)의 냥지묘망(兩地渺茫)1237)ᄒᆞ미 유명(幽明)이 졀원(絶遠)흠 갓흔지라.

화조월셕(花朝月夕)의 티항산(太行山) 구름을 늣기고 망운산(望雲山) 안기를 초창(怊悵)ᄒᆞ니, 히음업시 옥골풍광(玉骨風光)이 쇼삭(消索)ᄒᆞ여 능히 옷슬 니긔지 못홀 듯ᄒᆞ니, 츌입의 막디를 집허 힝보(行步)ᄒᆞᄂᆞᆫ지라.

유모 셜향과 유부 셩쳥 부지 쥬야 좌하의 보호ᄒᆞ기를 ᄌᆞ뫼(慈母) 젹ᄌᆞ(赤子)를 보양(保養)흠 갓ᄒᆞ니, 한님이 유모의 졍셩을 감동ᄒᆞ여 슬흔 거슬 강잉ᄒᆞ여 스스로 몸을 보호ᄒᆞ나, 흉【63】억(胸臆)의 얽힌 일만지통(一萬之慟)과 그음업슨 슈회(羞悔)ᄂᆞᆫ 능히 억제키 어려온지라.

한님이 이러틋 병이 즁ᄒᆞᆫ 가온디나 삭망졈

가향이 졀원ᄒᆞ【37】고 소식이 아으라ᄒᆞ니, 북텬을 ᄇᆞ라보미 관산이 만쳡이나 ᄒᆞ고, 슈뢰 망망ᄒᆞ여 연운이 ᄀᆞ이업스이니, 츙신효ᄌᆞ의 ᄉᆞ군ᄉᆞ친ᄒᆞᄂᆞᆫ 눈믈이 침변의 ᄆᆞ를 젹이 업고, 동녁흐로 금쥐를 ᄇᆞ라보와 망부의 긔일을 참ᄉᆞ치 못ᄒᆞᄂᆞᆫ 디통과, 싱모의 궁텬디통 가온디 다시 ᄌᆞ가를 념녀ᄒᆞ여 블효막디ᄒᆞᆫ 바를 싱각ᄒᆞ미, 쳑피챵혜여 쳠망부혜여 모혜ᄌᆞ오[아]의 냥디묘망ᄒᆞ미 유명이 졀원흠 굿톤다라.

화됴월셕 《태양산∥티행산(太行山)》 구름을 늣기고 망운산 안기를 쵸창ᄒᆞ니, 히음업시 옥골풍광이 소삭ᄒᆞ야 능히 오솔 이긔디 못홀 듯ᄒᆞ니, 츌입의 막디를 집고 힝보ᄒᆞᄂᆞᆫ다라.

유모 셜향【38】 부뷔 듀야 좌하의셔 보호ᄒᆞ기를 ᄌᆞ뫼 젹ᄌᆞ를 보양흠 굿튼니, 한님이 유모의 졍셩을 감동ᄒᆞ여 심스를 십분 관억ᄒᆞ며 슬픈 거슬 강잉ᄒᆞ나, 흉억의 얼킨 일만 디통과 그음업손 슈회는 능히 억제키 어려온다라.

한님이 이러틋 병이 듕ᄒᆞᆫ 가온디나 삭망졈

1233)관산(關山) : 주변에 있는 산.
1234)연운(煙雲) : 구름처럼 피어오르는 연기. *여기서는 '밥짓는 연기'를 이른 말로, 고향 또는 고향집의 대유(代喩)로 쓰였다.
1235)쳑피챵혜(陟彼嶒兮) 쳠망부혜(瞻望父兮) : 『시경(詩經)』<위풍(魏風)> 쳑호(陟岵)편에 나오는 시구(詩句). 쳑피호혜(陟彼岵兮; 산위에 올라) 쳠망부혜(瞻望父兮; 아버님 계신 곳 바라보네). *쳑피챵혜(陟彼嶒兮)는 쳑피호혜(陟彼怙兮)의 이표기(異表記).
1236)모혜자아(母兮慈我) : 어머님 날 사랑하셨네. 『시경(詩經)』<소아(小雅)> 요아(蓼莪)편에 나오는 시구(詩句). 부혜생아(父兮生我; 아버님 날 낳으시고) 모혜국아(母兮鞠我; 어머님 날 기르셨네) 중, '母兮鞠我'의 '鞠(기르다)'을 '慈(사랑하다)'로 바꾼 표현.
1237)냥지묘망(兩地渺茫) : 자신이 유배되어 있는 곳과 생부(生父)의 초기(初忌)를 지내고 있는 생모(生母)가 계신 곳 사이의 거리가 너무 멀어 아득함.

고(朔望點考)[1238]는 궐치 아냐, 반두시 궤장(几杖)을 의지ᄒᆞ고 초리(草履)를 쓰어 아문(衙門)의 나아가니, 디뷔 디경ᄒᆞ여 친히 붓들어 도라보니고, 쳔만ᄉᆞ샤(千萬辭謝)ᄒᆞ여 블감(不堪)ᄒᆞᆷ을 일ᄏᆞᄅᆞ니, 한님이 디부의 이 갓흐믈 믈니치지 못ᄒᆞ여 이후 삭망점고 맛기는 친히 가지 아니나, 반두시 유부를 보니여 디신ᄒᆞ니, 디뷔 그 겸숀흔 덕을【64】더옥 탄복ᄒᆞ더라.

한님이 쳐음 이의 니ᄅᆞ미, 디뷔(知府) 읍져(邑底)[1239]의 큰 집을 서ᄅᆞ져 하쳐를 삼게 ᄒᆞ나, 한님이 ᄉᆞ양ᄒᆞ고 산촌 유벽쳐(幽僻處)의 슈 간 초ᄉᆞ(草舍)를 어더 안돈ᄒᆞ고, 니당(內堂)의는 ᄌᆞ기 셩산으로 쳐ᄒᆞ고, 후당(後堂)은 유뫼 ○○부뷔[夫婦]쳐ᄒᆞ여 한님을 공봉(供奉)ᄒᆞ여 보즁케 ᄒᆞ고, 약간 경보(輕寶)와 냥ᄌᆞ(糧資)를 《노쥬∥유뫼(乳母)》를 쥬고[어] 서로 의지ᄒᆞ여 의식의 핍졀(乏絶)ᄒᆞᆷ은 업ᄉᆞ나, 한님이 미양 고요히 쳐ᄒᆞ여 죄인으로 ᄌᆞ쳐ᄒᆞ미, 닌니(隣里)라도 보지 아니ᄒᆞ니, 향민부로(鄕民父老)의 무【65】리 쳐음은 그 강상죄명(綱常罪名)을 가만이 지쇼(指笑)ᄒᆞ여 ᄭᅮ짓더니, 달이 오러미 ᄌᆞ연 그 풍광옥모(風光玉貌)를 눈닉여 보고 힝의도덕(行誼道德)의 탁월ᄒᆞᆷ을 보고 드ᄅᆞ미, 바야흐로 그 악명이 이미ᄒᆞ던가 의심ᄒᆞᄂᆞᆫ 뉘 만코, 향관(鄕關) 유싱의 무리 놉흔 힝실과 고명흔 녜의를 항복ᄒᆞ여, 닷호와 칙을 씨고 문젼의 니ᄅᆞ러 한 번 가ᄅᆞ치믈 구ᄒᆞ나, 한님이 온언(溫言)으로 접디ᄒᆞ고 ᄯᅩ 미몰치 아냐 화평이 거졀ᄒᆞ여, ᄌᆞ기 죄인으로 ᄌᆞ쳐ᄒᆞ미, 감히 데ᄌᆞ【66】를 교회홀 지죄 업ᄉᆞ믈 일ᄏᆞ라 거졀ᄒᆞ여, 말숨이 근니(近理)ᄒᆞ고 졍디(正大) 쥰격(峻激)ᄒᆞ여 닙을 열미 기기히 셩언현에(聖言賢語)라.

향즁 졔싱이 블승감탄(不勝感歎)ᄒᆞ여 감히 다시 지쳥(再請)치 못ᄒᆞ고, 각각 ᄉᆞ례ᄒᆞ고 도라가더라.

고을 궐치 아녀, 반두시 궤댱을 의지ᄒᆞ고 쵸리를 《쓰거∥쓰어》아문의 나아가니, 지뷔 대경ᄒᆞ야 친히 붓드러 도라보니고 블감ᄒᆞᆷ을 일ᄏᆞ라니, 한님이 지부의 이 ᄀᆞᆺᄐᆞᆫ 후의를 믈니치디 못ᄒᆞ야, 이후 삭망 졈고의 유부를 보니여 디신ᄒᆞ니, 지뷔 그 겸손흔 덕을 더욱 탄복ᄒᆞ더라.

한님이 미양 고요히 쳐ᄒᆞ여 죄인으로 ᄌᆞ쳐ᄒᆞ미 닌나라도【39】보디 아니니, 향민부로의 무리 쳐엄은 그 강상죄명을 ᄀᆞ마니 지쇼ᄒᆞ여 ᄯᅮ지ᄌᆞ리 만터니, 달이 오러미 ᄌᆞ연 그 풍광옥모를 눈녀 보고 힝의도덕을 드ᄅᆞ미, 부야흐로 그 악명이 이미ᄒᆞ던가 의심ᄒᆞᄂᆞᆫ 뉘 만코, 향관 유싱의 무리 놉흔 힝실과 고명흔 녜의를 항복ᄒᆞ야, 닷토와 칙을 씨고 문젼의 니ᄅᆞ러 흔 번 ᄀᆞᄅᆞ치믈 영구ᄒᆞ나, 한님이 온언으로 믈니쳐 ᄌᆞ기 죄인으로 ᄌᆞ쳐ᄒᆞ고, 소흑이 블민ᄒᆞ야 감히 놈을 ᄀᆞᄅᆞ칠 지덕이 업ᄉᆞ믈 일ᄏᆞ라니, 졔인이 감히 다시 쳥치 못ᄒᆞ고 가더라.

1238) 삭망점고(朔望點考) : 매월 초하룻날과 보름날에 관청에서 죄수 등의 수를 그 명부에 일일이 점을 찍어가며 조사하던 일.
1239) 읍져(邑底) : 『역사』조선 시대에, 관찰사 관아가 아닌 지방 관아가 있던 마을. =읍내.

일일은 한님이 셕상을 믈니고 홀연이 가향을 싱각ᄒ여 상연츌체(傷然出涕)ᄒ믈 ᄭᅵ닷지 못ᄒ더니, 홀연 싀비(柴扉)를 밀치는 곳의 일기 쇼동이 각별 통치 아니ᄒ고, 뒤히 두 낫 동지 뫼셧더라.

바로 안흐로 드러오니 맛춤 셩【67】쳥은 나모 뷔라 가고, 셜향은 치원의 나믈 ᄏᆡ라 가고, 셩산은 뒤 닉의 고기 낫고라 나가고, 한님이 홀노 쥭침의 비겨, 쥭창을 열고 마음 업시 텬이(天涯)를 우럴고, 원산을 쳠망ᄒ더니, 홀연 블각지즁(不覺之中)의 일인이 나아드러[1240] 졀ᄒ고 ᄉᆞ미를 븟드러 갈오ᄃᆡ,

"형장은 별ᄂᆡ 무양(無恙)ᄒ시니잇가? 블초뎨(不肖弟) 쳔신만고ᄒ여 니ᄅᆞ과이다."

한님이 경황시지(驚惶視之)ᄒ니 이 다ᄅᆞ니 아니라 오뎨(吾弟) 영이라. 한님이 경악실식(驚愕失色)ᄒ여 갈오ᄃᆡ,

"네 무슨【68】 연고로 먼니 와시며, 그 ᄉᆞ이 북당(北堂)[1241]이 강건ᄒ시며, 슉당 일기며 모든 슈미져뷔(嫂妹姐夫) 다 무ᄉᆞ(無事)ᄒ며, 현뎨 년유약질(年幼弱質)노 이의 니ᄅᆞ미 필유ᄉᆞ고(必有事故)ᄒ미로다."

인언(因言)의 눈을 드러 보니, 별후긔년(別後幾年)의 영의 슉셩슈미(夙成秀美)ᄒ미 몰나보게 되엿더라.

공지 한님의 ᄉᆞ미를 붓들고 겻히 안ᄌᆞ미 체뤼(涕淚) 만면(滿面)ᄒ여 지난 바를 젼ᄒ고, ᄌᆞ긔 이의 오미 부모의 명이 아니라, 여ᄎᆞ여ᄎᆞᄒ여 온 ᄉᆞ연을 젼ᄒ고, 슈루 왈,

"형장과 윤슈의 참익【69】이 다 쇼제의 셰상의 잇는 연괴라. 쳐음은 쾌히 죽어 인눈디변(人倫大變)을 보지 말과져 ᄒ더니, 형장의 님힝 경계를 ᄎᆞᆷ아 져ᄇᆞ리지 못ᄒ여 죽기를 긋치고, 운·계 양노(兩奴)로 더부러 여ᄎᆞ여ᄎᆞ 신고(辛苦)ᄒ여 니ᄅᆞ러, ᄉᆞ싱을 형장과 한가

일일은 한님이 셕상을 믈니치고 가향을 싱각ᄒ여 상연츌체ᄒ더니, 홀연 싀비를 밀치는 곳【40】의 일위 쇼동이 각별 통치 아니코 뒤히 두낫 동ᄌᆞ 뫼셔 드러오더라.

맛춤 셩쳥은 나모 뷔라 가고, 셜향은 치원의 나믈 ᄏᆡ라 가고, 한님이 홀노 초침의 비겨 텬이 우러러 원산을 쳠망ᄒ더니, 홀연 일인이 나아드러 졀ᄒ고 ᄉᆞ미를 븟드러 왈,

"형댱은 별후 무양ᄒ시니잇가? 블효뎨 쳔신만고ᄒ여 니ᄅᆞ다이다."

한님이 거안지시ᄒ니, 이 다ᄅᆞ니 아니라 ᄋᆞ뎨 영이라. 한님이 경악 왈

"네 무슨 연고로 이에 왓시며, 북당 슉당이 강건ᄒ시고, 모○[든] 슈미져뷔 무ᄉᆞᄒ며, 현뎨 년유약딜로 이에 니ᄅᆞ미 필유ᄉᆞ고ᄒ미로다."

인언의 눈을 드러 보니, 별후 긔년의 영의 슉셩ᄒ미 몰나보게 되엿더라.

공지 한님의 ᄉᆞ미를 들고 겻히 안ᄌᆞ 체뤼 만면ᄒ여【41】 디난 바를 젼ᄒ고, ᄌᆞ긔 오미 다른 연괴 아니라 여ᄎᆞᄎᆞᄒ야 온 ᄉᆞ연을 젼ᄒ고, 슈루 왈,

"형댱과 윤수의 참익이 다 쇼제 셰상의 잇는 연괴라. 쳐음은 쾌히 《둑어∥죽어》 인눈을 보디 말고져 ᄒ더니, 형댱의 님힝 경계를 ᄎᆞ마 져ᄇᆞ리디 못ᄒ야 죽기를 긋치고, 운·계 냥노로 더브러 여ᄎᆞ 신고ᄒ여 니ᄅᆞ러, ᄉᆞ싱을 형댱과 혼가디로 ᄒ려 ᄒᆡ이다."

1240)나아들다 ; 달려들다.
1241)북당(北堂) : 집안의 북쪽에 있는 당(堂)이란 뜻으로, 집안의 주부가 이곳에 거처하였기 때문에 '어머니'를 지칭하는 말로 쓰였다. 그러나 아버지도 어머니와 한 방에 거처하기 때문에 '부모님이 계신 당(堂)'이란 뜻으로 '부모'를 지칭하는 말로도 쓰였다.

지로 ᄒᆞ려ᄒᆞᄂᆞ이다."

말노조ᄎᆞ 분기ᄒᆞᆫ 눈물이 옥빈(玉鬢)을 적시며 냥안의 니음ᄎᆞ니, 한님이 영을 보미 거의 짐작ᄒᆞᆫ 일이나, 심한골경(心寒骨髄)믈 니긔지 못ᄒᆞ여, 역시 장탄희허(長歎噫嘘)ᄒᆞ며 누쉬【70】흐르믈 ᄢᆡ닷지 못ᄒᆞ여, 냥구묵묵(良久默默)이러니, 반향(半晌)1242)의 비로쇼 누슈(淚水)를 거두고 공ᄌᆞ를 향ᄒᆞ여 경계ᄒᆞ여 갈오ᄃᆡ,

"인ᄌᆞ지도(人子之道)ᄂᆞᆫ 승안양지(承顔養志)1243)ᄒᆞ미 웃듬이라. ᄌᆞ당이 셜ᄉᆞ 실덕픽되(失德悖道) 어ᄂᆞ 곳의 밋ᄎᆞ시나, 만시(萬事) 다 텬명이라. 셩인도 오ᄂᆞᆫ 익을 면치 못ᄒᆞ시니, 우형이 무ᄉᆞᆫ 사ᄅᆞᆷ이라 하ᄂᆞᆯ이 ᄂᆞ리오신 지앙을 면코져 ᄒᆞ리오. 슈연(雖然)이나 슈명(壽命)이 지텬ᄒᆞ니, 오슈박덕(吾雖薄德)1244)이나 결단코 즁도(中途)의 무고히 젹슈(賊手)의 명을 맛출 빅【71】아니라. 현데 엇지 망녕되이 슈쳔 니 발셥(跋涉)을 어려이 너기지 아니ᄒᆞ니, 엇지 무식지 아니리오. 만일 운노의 아뷔 보호ᄒᆞ미 아니런들 어려온 일이 만흘낫다. 현데 블초ᄒᆞᆫ 형을 위ᄒᆞ여 이러틋 먼 니 발셥ᄒᆞ니, 현데의 우이ᄂᆞᆫ 다ᄉᆞ(多謝)ᄒᆞ거와, 훤당(萱堂)1245)의 블효ᄂᆞᆫ 비경(非輕)ᄒᆞ니 엇지 너의 도리리오. 아직 여긔 머므랏다가 본부의셔 반ᄃᆞ시 너의 거쳐를 심방(尋訪)ᄒᆞ라, 가인(家人)이 올 거시니 도라가게 ᄒᆞ라.

공ᄌᆞ 읍 왈,

"쇼【72】뎨 ᄯᅩ 이럴 쥴 모로지 아니ᄒᆞᄃᆡ, ᄉᆞ셰(事勢) 여ᄎᆞ지도(如此之道)의 마지 못ᄒᆞ미라. 쇼뎨 다시 도라갈 ᄯᅳᆺ이 업ᄂᆞᆫ 고로 슈

말노조ᄎᆞ 분개ᄒᆞᆫ 눈물이 옥빈의 니음ᄎᆞ니, 한님이 영을 보미 거의 딤작ᄒᆞᆫ 일이나 시로이 심한골경ᄒᆞ여 냥구묵묵이러니, 반향 후 공ᄌᆞ을 경계 왈,

"인ᄌᆞ지도ᄂᆞᆫ 승슌ᄒᆞ미 웃듬이라. ᄌᆞ당이 셜ᄉᆞ 싱각디 못ᄉᆞ시고 실덕픽힝이 아모 곳의 밋ᄎᆞ시나, 만시 다 텬명이라. 셩인【42】도 오ᄂᆞᆫ 익을 면치 못ᄒᆞ시니, 우형이 무ᄉᆞᆫ 사ᄅᆞᆷ이라 하ᄂᆞᆯ이 ᄂᆞ리오신 지앙을 면코져 ᄒᆞ리오. 슈연이나 슈단이 지텬ᄒᆞ니, 오슈박덕이나 결단코 무고히 젹슈의 명을 맛출 빅 아니라. 현데 엇디 망녕도이 슈쳔 니 발셥을 어려 아니 넉이니, 무식지 아니리오. 만일 운노의 아비 보호ᄒᆞ미 아니런들, 어려온 일이 만흘낫다. 현데 블효ᄒᆞᆫ 형을 위ᄒᆞᆫ 효우ᄂᆞᆫ 다샤ᄒᆞ거니와, 훤당의 블효 비경ᄒᆞ도다. 아딕 예 머므럿다가 본부의셔 반ᄃᆞ시 너의 거쳐를 심방ᄒᆞ라 가인이 올 거시니, 도로 가게 ᄒᆞ라."

공ᄌᆞ 읍왈,

"쇼뎨 이럴 줄 모ᄅᆞ디 아니ᄒᆞᄃᆡ, ᄉᆞ세 여ᄎᆞ디도의 마디못ᄒᆞ미라. 쇼뎨 다시 드러갈 의시 이시【43】면 쳔 밧긔 쳔신만고ᄒᆞ여 니

1242)반향(半晌) : 나절. 한낮. 정오. 한동안. 잠시. 한참. *晌의 음은 '상' 또는 '향'이다.
1243)승안양지(承顔養志) : 부모를 봉양함에 있어 얼굴빛을 살피고 뜻을 받들어 섬김.
1244)오슈박덕(吾雖薄德) : 내 비록 덕이 없다 할지라도.
1245) 훤당(萱堂) : 훤(萱)은 훤초(萱草) 곧 '원추리'로 어머니를 상징하는 화초(花草)이다, 따라서 훤당(萱堂)은 어머니를 지칭하는 말로 쓰여 왔으나, 아버지도 어머니와 한 방에 거처하기 때문에 뒤에 '부모님이 계신 당(堂)'이란 뜻으로 '부모'를 지칭하는 말로도 쓰였다. =북당(北堂).

천니 밧긔 천신만고(千辛萬苦)ᄒ여 니르러시니, 죽을지언정 형장 ᄯᅥ나기를 원치 아니ᄒ옵ᄂ니, 이의 한가지로 잇다가 이후 십년이 지나도, 형장이 누명을 신셜ᄒ여 환쇄(還刷)[1246]ᄒ시ᄂᆫ 날, 쇼뎨도 조ᄎ 도라갈 거시오, 그도 ᄌᆞ위(慈闈) 회과칙션(悔過責善)ᄒ여 형장(兄丈)으로 모ᄌᆞ지졍(母子之情)을 완전ᄒ시거든, 바야흐로 집의 드러갈 거시오, 블연즉(不然則) 삭【73】발기셰(削髮棄世)[1247]ᄒ여 셕시(釋氏)[1248]의 뎨지 되여 인눈을 ᄉᆞ졀ᄒ려 ᄒᄂ이다. 이데 ᄯᅩ 형장이 쇼뎨의 간측(懇惻)ᄒᆫ 졍ᄉᆞ를 용납지 아니시고 강박ᄒ여 도라보니려 ᄒ신즉, 비록 형젼(兄前)의셔 ᄯᅥ나나 반ᄃᆞ시 집으로 도라가지 아니ᄒ고, 반노(半路)의셔 도망ᄒ여 아모 ᄃᆡ로나 가셔 죽지 아니ᄒ면, 밍셰코 산문의 츌가ᄒ려 ᄒᄂ이다.”

한님이 쳥파의 망녕(妄靈)되믈 디칙ᄒ나, 영의 고집이 이 갓ᄒ니 능히 강권치 못ᄒ여 도로혀 위로ᄒᆞ더【74】라.

한님이 ᄯᅩ 운학ㆍ계학을 블너 원노의 공ᄌᆞ를 보호ᄒᆞ믈 포장(褒獎)ᄒ니, 냥뇌 블감ᄒᆞ믈 일ᄏᆞᆺ더라.

이윽고 셩산 부ᄌᆞ와 셜피 드러와 쇼공ᄌᆞ 노쥬 슈인이 니르러시믈 보고, 크게 놀나 ᄯᅩ 연고를 무러 ᄌᆞ시 알고 ᄎᆞ탄(嗟歎)ᄒᆞ믈 마지 아니ᄒᆞ며, 임의 날이 어두엇ᄂᆫ 고로 초실의 쵹을 붉히고, 야식(夜食)을 갓초와 한님과 공ᄌᆞ 한가지로 햐져(下箸)홀시, 공ᄌᆞ 역비역쇼(亦悲亦笑)[1249] 왈,

“쇼뎨 형장을 ᄯᅥ난 후로는 만ᄉᆞ의 흥황(興

○[ᄅ]러시리잇가? 죽을지언정 형댱 ᄯᅥ나기를 원치 아니ᄒ옵ᄂ니, 이후 십 년이라도 형댱이 누명을 신셜ᄒ여 환쇄ᄒ시ᄂᆫ 날, 쇼뎨도 조ᄎ 본부로 도라갈 거시오, 블연즉 삭발거셰ᄒ여 셕시의 제지 되여 인눈을 ᄉᆞ졀ᄒ려 ᄒᄂ이다. 형댱이 쇼뎨의 간측ᄒᆞᆫ 졍수를 용납{디}ᄒ시다 아니시고 강박ᄒ여 도라보니려 ᄒ신즉, 비록 형댱 안젼의셔 ᄯᅥ나고 반노의셔 도망ᄒᆞ야 아모 ᄃᆡ로나 가셔 죽디 아니면 밍셰코 츌가ᄒ려 ᄒᄂ이다.”

한님이 쳥파의 망녕되믈 대칙ᄒ나, 영의 고집이 이 ᄀᆞᆺᄐᆞ니 능히 강권치 못ᄒ여 도로혀 위로ᄒᆞ더라.

한님이 운학 등【44】을 블너 원노의 공ᄌᆞ 보호ᄒᆞ믈 표○[장](表章)ᄒ니, 냥뇌 블감ᄒᆞ더라.

셜향 등이 도라와 공ᄌᆞ《뇌쥬‖노쥬》를 보고 크게 놀나 연고를 무러 ᄌᆞ시 알고 ᄎᆞ탄ᄒᆞ믈 마디 아니ᄒᆞ며, 날이 어두엇ᄂᆫ 고로 쵸실의 쵹을 붉히고 야식을 ᄀᆞᆺ쵸와 한님과 공지 ᄒᆞᆫ가지로 햐져홀시, 공지 왈,

“쇼제 형댱을 ᄯᅥ난 후는 만시 흥황이 업

1246)환쇄(還刷) : 머물던 곳을 깨끗이 정리하고 원래 있던 곳으로 돌아감.

1247)삭발기셰(削髮棄世) : 머리를 깎고 속세를 떠남.

1248)셕시(釋氏) : 석가모니(釋迦牟尼). 『불교』불교의 개조. 과거칠불의 일곱째 부처로, 세계 4대 성인의 한 사람이다. 기원전 624년에 지금의 네팔 지방의 카필라바스투성에서 슈도다나와 마야 부인의 아들로 태어났으며, 29세 때에 출가하여 35세에 득도하였다. 그 후 녹야원에서 다섯 수행자를 교화하는 것을 시작으로 교단을 성립하였다. 45년 동안 인도 각지를 다니며 포교하다가 80세에 입적하였다.

1249)역비역쇼(亦悲亦笑) : 반복하여 울었다가 웃었다가 함.

況)이 업셔 식【75】음(食飮)의 맛시 업고, 언쇼(言笑)의 쯧이 업더니, 금일 형쟝을 보오니 우음이 졀노 나고, 형쟝과 음식을 한가지로 먹으미 그 맛시 또 유미(有味)ᄒᆞ이다."

한님이 만ᄉᆞ의 흥황이 돈무(頓無)ᄒᆞ나 아의 이 갓흔 우이를 감동ᄒᆞ여, 이곳의 온 쳐음으로 또ᄒᆞᆫ 호호히 우어 갈오ᄃᆡ,

"현뎨 가히 복(福) 업도다. 산초믹반(山草麥飯)1250)과 초식(草食)이 무삼 맛시 이셔, 본부의셔 먹던 화미진찬(華味珍饌)의셔 맛시 더ᄒᆞ리오. 너의 우형(愚兄)을 ᄉᆞ랑ᄒᆞᆫ 효우는 다감(多感)ᄒᆞ거니【76】와, 초초야식(草草野食)1251)의 유미타 ᄒᆞᆷ믄 나의 쯧 갓지 아닌 말이로다."

공지 형의 우으믈 보고 큰 경ᄉᆞ를 본 듯ᄒᆞ여 크게 우어 갈오ᄃᆡ,

"초식이 과연 육식의셔 낫고, 들나믈의 쓴 맛시 뇽두봉미(龍頭鳳尾)1252)의셔 낫다 ᄒᆞᄂᆞᆫ 거시 아녀, 형뎨 일셕(一席)의셔 먹으니 쓴 맛시 단맛도곤 낫다 ᄒᆞᆷ미로쇼이다."

한님이 그 졍을 감오(感悟)ᄒᆞ여 그 머리를 쯔다듬아 이쥼ᄒᆞ며 슬허 갈오ᄃᆡ,

"우리 형뎨 어니 날 고원의 도라가 북당츈훤(北堂椿萱)1253)의 ᄲᅡᆼ봉효ᄉᆞ(雙奉孝事)1254)【77】ᄒᆞ고, 형뎨ᄌᆞ남(兄弟姉男)1255)이 무우환낙(無憂歡樂)ᄒᆞ여 '치무(彩舞)의 노름'1256)을

셔, 식음의 마시 업고 언소의 쯧이 업더니, 금일 형댱을 보오니 우음이 졀노 나고, 음식을 ᄒᆞᆫ가지로 먹으미 그 마시 유미ᄒᆞ이다."

한님이 아의 이ᄀᆞᆺ튼 효우를 감동ᄒᆞ야 이곳의 온 처음으로 우어 왈,

"현뎨 가히 복 업도다. 산촌 믹반과 쵸식이 무신 마시 잇셔 본부의셔 먹던 화미진찬의【45】셔 더ᄒᆞ리오. 너의 우형 ᄉᆞ랑ᄒᆞᆫ 효우는 다감ᄒᆞ나, 초초야식이 유미타 ᄒᆞᆷ믄 나의 쯧 굿디 아닌 말이라."

공지 형의 우음을 보미 큰 경ᄉᆞ를 본 듯ᄒᆞ야 디쇼 왈,

"들나믈이 용두봉미의셔 낫다 ᄒᆞ미 아녀, 형뎨 일셕의셔 먹으니 쓴 마시 단 맛도근 낫다 《ᄒᆞᄂᆞ이다‖ᄒᆞ미로쇼이다》."

한님이 그 졍을 감오ᄒᆞ야 머리를 쯔다듬아 이듕ᄒᆞ며 또 슬허 왈,

"우리 형뎨 어ᄂᆞ 날 고원의 도라가 븍당 츈훤의 ᄲᅡᆼ봉효ᄉᆞ지친ᄒᆞ며, 형뎨ᄌᆞ남이 무우환낙ᄒᆞ야 인간 셰상의 낫던 《둘‖쥴》 표ᄒᆞ리오."

1250)산초믹반(山草麥飯) : 산나물과 보리밥으로 차린 아주 빈곤한 사람의 밥상.
1251)초초야식(草草野食) : 성글고 거친 음식
1252)뇽두봉미(龍頭鳳尾) : 용의 머리와 봉황의 꼬리로 만든 진기(珍奇)한 반찬. *용은 어류, 봉은 조류(꿩·닭 등)를 대신 나타낸 말이다.
1253)북당츈훤(北堂椿萱) : 부모님. 또는 부모님의 처소. *븍당(北堂): 집안의 북쪽에 있는 당(堂)이란 뜻으로, 집안의 주부가 이곳에 거처하였기 때문에 '어머니'를 지칭하는 말로 쓰였다. 그런데 어머니와 아버지는 한 방에 거처하는 때가 많기 때문에 '부모'를 함께 이르는 경우도 많다. *츈훤(椿萱): 춘당(椿堂: 아버지를 달리 이르는 말)과 훤당(萱堂: 어머니를 달리 이르는 말)을 아울러 이르는 말. 곧 '부모'를 이르는 말이다
1254)ᄲᅡᆼ봉효ᄉᆞ(雙奉孝事) : 두 사람이 함께 부모님을 효성을 다해 섬김.
1255)형뎨ᄌᆞ남(兄弟姉男) : 남녀 형제를 아울러 이르는 말. *자남(姉男): 한 부모가 낳은 남녀 동기. =남매(男妹).

ᄒ며, 인간의 낫던 쥴 표(表)ᄒ리오."

이러틋 혹비혹희(或悲或喜)1257)ᄒ여, 형뎨
서로 위로ᄒ며 ᄉ랑ᄒ여 밤드도록 말솜ᄒ며,
쵹(燭)을 믈니미 벼기를 한가로 ᄒ여, 휴슈
접체(携手接體)1258)ᄒ고   힐지항지(頡之頏
之)1259)ᄒ미, 의의(猗猗)히1260) 오륜(五倫) 가
온디 ᄲᅱ여난 듯ᄒ니, 엇지 홀노 'ᄉ마광(司馬
光) 형뎨 우이우독(友愛尤篤)'1261)을 긔특다
ᄒ리오.

형뎨 일침동셕(一枕同席)1262)의   접체이와
(接體而臥)1263)ᄒ여 피ᄎᆞ(彼此) 즐거오미 극
(極)ᄒ미 종야블미(終夜不寐)1264)러라.

명조(明朝)【78】의 한가지로 니러나 조식
(朝食)을 파ᄒ고, 공지 한님의게 고ᄒ여 갈오
디,

"블구(不久)의 경ᄉ의셔 가인(家人)이 나려
와 ᄎᆞᆯ 거시니, 만일 쇼뎨 예 와 잇ᄂᆞᆫ 쥴

이러틋 혹비혹소ᄒ야 밤드도록 말솜ᄒ며
쵹을 믈이미, 벼기를 한가로 ᄒ야 휴슈접
체ᄒ야 힐지항지ᄒ야 밤을 디【46】니고,

명됴의 형뎨 니러나 됴식을 파ᄒ고, 공지
한님긔 고왈,

"블구의 경ᄉ의셔 가인이 ᄂᆞ려와 ᄎᆞᆯ 거
시니, 형댱은 본부 가인을 보시나 힝혀 쇼뎨

1256)치무(彩舞)의 노름 : 색동옷 입고 춤을 추어 어버
이를 즐겁게 해 드림. 중국 춘추 때 초나라 사람
노래자(老萊子)가 70세에 색동옷을 입고 어린애 장
난을 하여 늙은 부모를 즐겁게 해드렸다는 고사에
서 유래한 말. =무채지락(舞彩之樂)

1257)혹비혹희(或悲或喜) : 한편으로는 기쁘고 한편으
로는 슬픔. 기쁨과 슬픔이 번갈아 일어남. =일희일
비(一喜一悲).

1258)휴슈접체(携手接體) : 손을 잡고 몸을 끌어안아
마주 댐.

1259)힐지항지(頡之頏之) : 새가 날면서 오르락내리락
함. 형제가 서로 정답게 노는 모양을 말함.

1260)의의(猗猗)히 : 아름답고 성하게.

1261)ᄉ마광(司馬光) 형뎨의 우이우독(友愛尤篤) : 사
마광과 그의 형인 사마백강(司馬伯康) 사이의 우애
가 매우 독실(篤實)하였던 것을 이른 말이다. 『소학
(小學)』<선행편>에 보면, "사마광이 그 형인 백강과
함께 매우 우애가 돈독하여, 백강의 나이 팔십에
이르렀는데, 형을 받들기를 엄한 아버지같이 하며,
보살피기를 어린애 같이 하였다"고 한다. *사마광:
중국 북송 때의 학자·정치가. 1019~1086. 자는 군
실(君實). 호는 우부(迂夫)·우수(迂叟). 죽은 뒤 온
국공(溫國公)에 봉해져 사마온공(司馬溫公)으로도
불린다. 신종 초에 왕안석의 신법(新法)에 반대하여
물러났다가, 철종 때에 재상이 되어, 신법을 폐하고
구법(舊法)을 시행하였다. 저서에 ≪자치통감≫, ≪
사마문정공집(司馬文正公集)≫ 등이 있다

1262)일침동셕(一枕同席) : 같은 자리에 베개 하나를
베고 함께 누워 잠.

1263)접체이와(接體而臥) : 서로 몸을 붙여 누움.

1264)종야블미(終夜不寐) : 밤새도록 잠을 자지 않음.

곳 드르면, 부디 다려가려 흘 거시니, 본부의 도라가믄 쇼뎨 원(願)이 아니라. 형장은 본부 가인을 보오나, 힝혀 쇼뎨 이곳의 외시믈 언간(言間)의도 빗최지 마르시고, 이런 협칙(狹笮)1265)훈 집의 여러히 용신(容身)ㅎ기 어려오니, 져 노시1266)를 시상(市上)의 가 파라 오수이다."

한님이 그 말을 올히 너겨 즉시 【79】시노(侍奴)를 명ㅎ여, 나귀를 시상의 가 화미(和賣)ㅎ여 오라 ㅎ니라.【80】

이곳의 이시믈 수식디 마르시고, 이 협칙훈 집의 사롬이 여러히 용신ㅎ기 어려오니, 노시를 파라 오라 ㅎ샤이다."

한님이 그 말을 올히 넉여 즉시 시노를 명ㅎ야 나귀를 시상의 가 화미ㅎ여 오라 ㅎ다.

1265)협칙(狹笮) : 협착(狹窄). 차지하고 있는 자리가 매우 좁음.

1266)노시 : 노새. 『동물』말과의 포유류. 암말과 수나귀 사이에서 난 잡종으로 크기는 말보다 약간 작으며, 머리 모양과 귀·꼬리·울음소리는 나귀를 닮았다. 몸이 튼튼하고 힘이 세어 무거운 짐을 나를 수 있으나 생식 능력이 없다.

엄시효문쳥힝녹 권지이십오

화셜. 한님이 그 말을 올히 너겨 즉시 시노를 명ᄒ여 나귀를 시상(市上)의 가 화미(和賣)ᄒ여 오라 ᄒ니, 쳥이 승명ᄒ여 나귀를 넛그러 《나가더니∥나가더라》.

공지 이의 온지 ᄉ오일 만의 문득 경ᄉ의셔 노복이 니르니, 공지 운·계 냥노(兩奴)로 더부러 집 뒤히 숨고, 한님이 가인을 블너 부모 슉당의 존문(尊問)을 뭇고, 부모 슉당과 종형의 셔찰을 바다 크게 반기며 슬허 누쉬(淚水) 상연(爽然)ᄒ믈 ᄭᅵ닷지 못ᄒ고, 즁부의 【1】위환(危患)이 졈졈 가경(可境)의 미쳐시믈 즁모 글월 가온디 긔별ᄒ여시니, 한님이 ᄯᅩᄒᆫ 깃거ᄒ더라.

틱ᄉ와 최부인 글월 가온디 몬져 젹니고초(謫裏苦楚)와 평부(平否)를 뭇고 조초 영의 거쳐를 므럿ᄂᆞᆫ지라. 한님이 일일히 보고 면면이 반가오믈 니긔지 못ᄒ고, 부모의 글월을 어로만져 누쉬 방타(滂沱)ᄒ여 셜빈(雪鬢)1267)을 젹시더라.

한님이 유모로 ᄒ여곰 산촌 박쥬(薄酒)와 우육(牛肉)을 시상(市上)의 가 ᄉ오라 ᄒ여 가인을 먹이고 두어 날 슈여1268) 가기를 니르니, 가인【2】이 디 왈,

"노야와 부인이 공조의 쇼식을 즉시 아라 오라 ᄒ여 계시니, 슈히 도라가올지라 감히 오리 머므지 못ᄒ올쇼이다."

한님이 익일의 답셔를 일워 부모 슉당긔 상셔를 븟쳐 가인을 도라보니다.

한님이 ᄎᆞ후ᄂᆞᆫ 형뎨 좌와(坐臥)의 셔로 조ᄎᆞ미 크게 젼일 고젹흠과 다른지라. ᄌᆞ연 위

공지 이의 완디 ᄉ오 일 만의 경ᄉ의셔 노복이 니르니, 공지 운·계 냥노로 더브러 집 뒤히 숨고, 한님이 가인을 블너 부모 슉당의 존문을 뭇고 모든 셔찰○[을] 바다 크게 반기며, 듕부의 위환이 가경의 밋쳐시믈 듕모의 글월 ᄀᆞ온디 긔별ᄒ여시【47】니, 한님이 깃거ᄒ고,

태ᄉ와 최부인 글월 가온디 몬져 젹니고쵸와 평부를 뭇고, 조초 영의 거쳐를 므럿ᄂᆞᆫ디라. 한님이 일일히 보고 부모의 글월을 어ᄅᆞ만져 니친영모지심이 시로와 누쉬 방타ᄒ야 셜빈을 젹시더라.

한님이 유모를 명ᄒ여 듀육을 사다가 가인을 먹이고 수일 쉬여 가라 ᄒ니, 가인이 디 왈,

"노야와 부인이 공조 소식을 즈시 알아 오라 ᄒ여 겨시니, 수히 가올지라. 감히 지루치 못ᄒ올소이다."

한님이 즉시 답셔를 일워 도라보니다.

1267)셜빈(雪鬢) : 눈처럼 하얀 귀밑털.
1268)슈다 : 쉬다. 피로를 풀려고 몸을 편안히 두다.

회(慰懷)ᄒᆞ여 시일을 보ᄂᆡ더니, 니러구러 또 ᄉᆞ오 일이 지나ᄆᆡ, 일일은 심ᄉᆡ 번난ᄒᆞ여 밤드도록 블을 ᄡᅳ지 못ᄒᆞ고 형뎨 촉하의셔 고【3】셔ᄅᆞᆯ 담논ᄒᆞᆯ시, ᄀᆡᄀᆡ히 셩경현에(聖經賢語)[1269]라.

공ᄌᆡ 셔ᄉᆡᆼ이 낭낭ᄒᆞ여 글 닑기ᄅᆞᆯ 잠ᄎᆞᆨ(潛着)ᄒᆞ엿고 한님이 겻히셔 찬조ᄒᆞ여 화답ᄒᆞ더니, 공ᄌᆡ 믄득 ᄎᆡᆨ을 덥고 한님을 향ᄒᆞ여 왈,

"쇼뎨 년쇼유몽(年少幼蒙)ᄒᆞ여 녯 사ᄅᆞᆷ의 ᄒᆡᆼ젹을 논폄치 못ᄒᆞ려니와, ᄃᆡ슌은 만고 셩인이ᄉᆞᄃᆡ, 집 우희 블을 피ᄒᆞ시며 우물의 겻 굼글 두시며, 신ᄉᆡᆼ(申生)[1270]은 또 엇던 사ᄅᆞᆷ이완ᄃᆡ 안ᄌᆞ셔 ᄉᆞ화(死禍)ᄅᆞᆯ ᄉᆞ양치 아니ᄒᆞ니잇고? ᄎᆞ 냥인의 쇼죄(所遭) 다 효지근본(孝之根本)이로ᄃᆡ, 쇼뎨【4】ᄂᆞᆫ 실노 신ᄉᆡᆼ의 쇽슈ᄉᆞ변(束手俟變)[1271]ᄒᆞ믈 긔특다 못ᄒᆞ리로쇼이다."

한님이 탄 왈,

"신ᄉᆡᆼ이 엇지 한 조각 효심이야 부족ᄒᆞ리오만은, 결단이 업고 심졍이 너모 유(柔)ᄒᆞᆫ 고로 능히 큰 ᄯᅳᆺ을 픔지 못ᄒᆞ여, 안ᄌᆞ셔 살명지화(殺命之禍)ᄅᆞᆯ 용이(容易)히 바다시니, 이ᄂᆞᆫ 헌공(獻公)의 블명ᄒᆞ미오, ᄃᆡ슌(大舜)은 하날이 나리오신 진명셩인(眞明聖人)이시라. 츌텬ᄒᆞᆫ 효우와 관인(寬仁)ᄒᆞᆫ ᄃᆡ량(大量)이며 《훤화‖현하(懸河)[1272]》ᄒᆞᆫ 식견이 엇지 필부(匹婦)의 녹녹ᄒᆞᆷ과 신ᄉᆡᆼ(申生)의 나약ᄒᆞ미 이시리오. 시【5】고로 셩인의 탄탄(坦坦)ᄒᆞᆫ 규량(揆量)이 필부의 쳔단(淺短)ᄒᆞᆫ 지량(智量)《이‖과》 텬디의 하나히라○○○[ᄒᆞ리오]."

공ᄌᆡ 쇼왈,

"쇼뎨ᄂᆞᆫ 마ᄋᆞᆷ이 엇더ᄒᆞ여 셩인도 븗지 아니ᄒᆞ고 필부도 흠모치 아니ᄒᆞ옵ᄂᆞ니, 마ᄋᆞᆷ이

1269)셩경현에(聖經賢語) : 성인의 글과 현인의 말.
1270)신ᄉᆡᆼ(申生) : 진(晉) 나라 헌공(獻公)의 태자로, 헌공의 총비(寵妃)인 여희(麗姬)가 자신의 아들을 태자로 삼기 위하여 그를 참소하자, 이를 변백(辨白)하지도 않고 자살해 버렸다. 이로써 후세에 '융통성 없는 우직한 사람'의 전형으로 일컬어졌다.
1271)쇽슈ᄉᆞ변(束手俟變) : 아무런 대비도 하지 않은 채로 화변(禍變)을 기다림.
1272)현하(懸河) : 급한 경사를 세게 흐르는 하천. 또는 그처럼 말이나 생각을 거침이 없이 쏟아 냄.

이러구러 ᄉᆞ오 일이 디나ᄆᆡ, 일일은 심ᄉᆡ 번난ᄒᆞ야 밤드도록 블을 ᄡᅳ지 못ᄒᆞ고 형뎨 쵹하의 셔를 담논ᄒᆞᆯ시,

공ᄌᆡ 셔ᄉᆡᆼ이 낭낭ᄒᆞ야 글 닑【48】기의 잠착ᄒᆞ엿고, 한님이 겻ᄐᆡ셔 찬조ᄒᆞ여 화답ᄒᆞ더니, 공ᄌᆡ 믄득 ᄎᆡᆨ을 덥고 한님을 향ᄒᆞ여 왈,

"쇼뎨 년쇼우몽ᄒᆞ여 녯 사ᄅᆞᆷ의 ᄒᆡᆼ실을 뉴련치 못ᄒᆞ련니와, 대슌은 만고 셩인이샤ᄃᆡ 집 우희 블을 피ᄒᆞ시고 우믈의 겻 굼글 두시며, 신ᄉᆡᆼ은 엇던 사ᄅᆞᆷ이완ᄃᆡ 안ᄌᆞ셔 ᄉᆞ화를 당ᄒᆞ니잇고? ᄎᆞ냥인이 소죄 다 효디금본이로ᄃᆡ, 쇼뎨ᄂᆞᆫ 실노 신ᄉᆡᆼ의 쇽슈ᄉᆞ변ᄒᆞ믈 기특다 못ᄒᆞ리로쇼이다."

한님이 탄왈,

"신ᄉᆡᆼ이 엇디 ᄒᆞᆫ 조각 효심이야 부죡ᄒᆞ리오만ᄂᆞᆫ, 결단이 업고 심졍이 너무 유ᄒᆞᆫ 고로 큰 ᄯᅳᆺ을 픔디 못ᄒᆞ여, 안ᄌᆞ셔 살ᄉᆡᆼ디화를 용이히 바다시니, 이ᄂᆞᆫ 헌공의 블명ᄒᆞ미오, 대슌은 하ᄂᆞᆯ이 ᄂᆞ리오【49】신 진명셩인이시라. 츌텬효우와 관인ᄒᆞᆫ 덕량이 엇디 필부의 녹녹ᄒᆞᆷ과 신ᄉᆡᆼ의 나약ᄒᆞ미 이시리오. 시고로 셩인이[의] 탄탄ᄒᆞᆫ 규량이[을] 필부의 쳔단ᄒᆞᆫ 지량의 《비기리오‖비기디 못ᄒᆞ리라》."

공ᄌᆡ 왈,

"쇼뎨ᄂᆞᆫ ᄆᆞ음이 엇더ᄒᆞ여 셩인도 브럽디 아니ᄒᆞ고 필부도 흠모치 아니ᄒᆞ옵ᄂᆞ니, ᄆᆞ음이 분울ᄒᆞᆯ 젹은 블문곡직ᄒᆞ고 죽어 셰상을

분울(憤鬱)홀 적은 블문곡직(不問曲直)ᄒ고 아조 죽어 세상을 모로고 시부더이다."

한님이 미쇼 왈,

"가지록 블통무식(不通無識)ᄒᆫ 말이로다. 연즉 디슌이 부모의 명을 역(逆)ᄒ여1273) 블의 드러 ᄉ회며1274) 우물의 드러 술기를 쇠ᄒ지 아니ᄒ고, 분울(憤鬱)ᄒ여 아조 죽어【6】시량이면, 엇지 만고 셩인이 되시리오. 니러ᄒᆫ 즉 텬하 블효지 되여 도척(盜跖)1275)의 지나미 이시리라.

공지 년쇼(軟笑)1276)왈,

"고인이 운(云)ᄒ디, '슌(舜)○[은] 하인(何人)이며 아(我)○[ᄂᆞᆫ] 하인인고?' ᄒ시니, 셩인도 제 마음이오, 도척도 제 마음이라. 먼니 옛 일을 닐으지 말고 금 세간(世間)인들 션악(善惡)이 작히1277) 상반(相伴)ᄒ리잇고?"

한님이 홀연 탄식 왈,

"네 다시 니ᄅᆞ지 말나, 우형이 이런 말 듯기를 조화 아니ᄒ노라."

공지 역 탄 왈,

"셕ᄌᆞ(昔者)의 도척(盜跖)이 하혜(下惠)와 동긔골【7】육이러니, 금ᄌᆞ(今者)의 오문의 션종형(先從兄)이 블초패악(不肖悖惡)ᄒ여 패국망신(敗國亡身)ᄒ고, 형장이 족히 하혜(下惠)1278) 미ᄌᆞ(微子)1279)의 어진 힝실이 계신

1273)역(逆)ᄒ다 : 역(逆)하다. 마음에 거슬려 못마땅하다. 또는 못 마땅히 여기다.
1274)ᄉ회다 : 사위다. 삭다. 다 타서 재가 되다.
1275)도척(盜跖) : 중국 춘추 시대의 큰 도적. 현인 유하혜(柳下惠)의 아우로, 수천 명의 도적 떼를 거느리고 천하를 횡행하였다고 한다. 몹시 악한 사람을 비유적으로 이르는 말로 쓰인다.
1276)년쇼(軟笑) : 부드러운 웃음.
1277)작히 : '어찌 조금만큼만', '얼마나'의 뜻으로 희망이나 추측을 나타내는 말. 주로 혼자 느끼거나 묻는 말에 쓰인다.
1278)하혜(下惠) : 유하혜(柳下惠). 중국 춘추시대 노(魯)나라의 현자(賢者). 성은 전(展), 이름은 획(獲), 자는 금(禽) 또는 계(季). 유하(柳下)에서 살았으므로 이것이 호가 되었으며, 문인(門人)들이 혜(惠)라는 시호를 올렸으므로 '유하혜(柳下惠)'로 불렸다. 대도(大盜)로 유명한 도척(盜跖)이 그의 동생이다. 겨울밤에 추위에 떠는 여인을 자기 침상에 뉘어 몸을 녹여주었으나 그의 평소 행동이 단정하였기 때문에, 그의 결백을 의심하는 사람이 없었다고 한다.
1279)미ᄌᆞ(微子) : 미자계(微子啓). 중국 은나라 말기의

모로고 시부더이다."

한님이 소왈,

"가지록 블통ᄒᆫ 말이로다. 년즉 대슌이 부모의 명을 역ᄒ여 살기를 쇠ᄒ디 아니코 분울ᄒ야 죽으량이면 엇디 만고셩인이 되시리오."

공지 년소 왈,

"고인이 운ᄒ디, '슌하인이며 오하인고?' ᄒ시니, 셩인도 제 ᄆᆞ음이오 도척도 제 ᄆᆞ음이【50】라. 먼니 녯 일을 니ᄅᆞ디 말고 금셰간인들 션악이 작히 상반ᄒ리잇가?"

한님이 홀연 탄왈,

"네 다시 니ᄅᆞ디 말나. 우형이 이런 말 듯기를 조화 아닛노라."

지라. 쇼뎨 미양 고셔룰 본 즉, 형뎨눈 일체
골육(一體骨肉)이어눌, 션악과 위인이 그디도
록 상반ᄒᆞᄆᆞ로, 도쳑(盜跖)의 아이 하혜(下
惠)라 ᄒᆞᆷ을 밋지 아녓더니, 먼니 의논치 아
녀도 오문의 이런 일이 이시니, 바야흐로 옛
말이 올턴가 ᄒᆞᄂ이다."

한님이 졍히 답고져 ᄒᆞ더니, 믄득 지게룰
완연이 여는 곳의 일위 장지 셔【8】리 갓튼
비슈룰 안고 엄연이 돌입ᄒᆞ니, 젹면호슈(赤
面虎鬚)의 큰 눈이 등잔 갓고 긴 키와 큰 몸
이 일기 웅호장지(雄豪長者)더라.

햇블 갓튼 눈을 브릅쓰고 비슈룰 번득여
왈,

"이 노야는 강호의 일홈난 호걸이니, 별호
는 무적지(無籍者)라 이제 특별이 만고블효
(萬古不孝) 엄창을 버혀 후셰 블효ᄌᆞ룰 증계
(懲戒)코져 ᄒᆞᄂ니, 젹ᄌᆞ(賊子)[1280] 창은 목
을 늘희여 영웅의 위엄을 ᄉᆞ양치 말나."

셩음이 웅장ᄒᆞ여 심산의 웅회(雄虎) 웅어
리는 듯ᄒᆞ니, 져기[1281] 담냑(膽略) 업는 사름
【9】이면 엇지 경긱의 긔졀ᄒᆞ기룰 면ᄒᆞ리오만
은, 한님은 쳘장금심(鐵腸金心)[1282]이라. 단
연이 요동치 아니ᄒᆞ거날, 장ᄉᆞ 쏘 칼을 들
어 갈오디,

"이 노얘 너의 블초ᄒᆞᆫ 머리룰 어드라 왓드
니 이제 너룰 보미 쳥츈이 가련ᄒᆞᆫ지라, 만일
죄명이 원억ᄒᆞ미 잇거든 붉이 니ᄅᆞ라."

한님이 쳥파의 졍식 노왈,

"디장뷔 님ᄉᆞ(臨死)의 엇지 셜셜(屑屑)ᄒᆞ리
오[1283]. 니 비록 젹젹심야(寂寂深夜)[1284]의

공지 탄식고 답고져 ᄒᆞ더니, 믄득 지게를
완연이 여는 곳의 일위 장시 셔리 갓튼 비슈
를 씨고 돌입ᄒᆞ니, 젹면호슈의 큰 눈이 등잔
굿고, 긴 킈와 큰 몸이 일기 웅호장시라.

홰불 굿튼 눈을 브릅뜨고 비슈를 번득여
왈,

"이 노야는 강호의 일홈는 호걸이니, 이제
특별이 만고 블효죄인 엄창을 버히고져 ᄒᆞ노
라."

셩음이 웅장ᄒᆞ야 심산의 밍회 우러리는 듯
ᄒᆞ니, 져기 담 젹은 쟈은 경긱의 긔졀흘 거
시로디, 한님은 쳘장금심이라 단연【51】이 요
동치 아니니, 장시 쏘 칼을 드러 왈,

"너의 블쵸ᄒᆞᆫ 머리를 어드라 왓더니, 너를
보미 쳥츈이 가련ᄒᆞᆫ디라. 만일 죄명이 원억
ᄒᆞ미 잇거든 붉히 니ᄅᆞ라. 쾌히 일명을 용샤
ᄒᆞ{ᄒᆞ}리라."

한님 닝소 왈,

"대댱뷔 엇디 둑기를 두려ᄒᆞ리오."

현인(賢人). 기자(箕子), 비간(比干)과 함께 은말 삼
인(三仁; 세 어진 사람)으로 꼽힌다. 이름은 계(啓)
이고 은나라 마지막 왕인 주(紂)의 이복형이다. 주
를 간(諫)했지만 받아들이지 않자 조상을 제사 지내
는 제기들을 갖고 산서성 노성(潞城) 동북쪽에 있던
미(微) 땅으로 갔다. 주나라 무왕이 주(紂)를 정벌하
자 항복했는데, 무왕은 그를 미(微) 땅의 제후로 봉
했다. 그래서 미자(微子)라고 한다.
1280)젹ᄌᆞ(賊子) : 불충하거나 불효한 사람.
1281)져기 : 적이. 꽤 어지간한 정도로.
1282)쳘장금심(鐵腸金心) : 쇠처럼 단단한 마름.
1283)셜셜(屑屑)ᄒᆞ다 : 자잘하다. 잘게 부서지다. 자질
구레하다. 구차(苟且)하다. 구구(區區)하다.

숀의 쵼철(寸鐵)이 업고, 일기 셔싱(書生)이
나 사롬의 슈단(壽短)은 텬명(天命)이라. 너
갓【10】흔 밍ᄉ(猛士)ᄂ 그리 져허¹²⁸⁵⁾ 아니
ᄒ노라. 니 명을 스ᄉ로 하ᄂᆞᆯ긔 부쳣거ᄂᆞᆯ,
너의 져 갓흔 긔상으로 당당ᄒᆞᆫ 디장뷔 되어,
반야(半夜)의 ᄌ최ᄅᆞᆯ 가만이 ᄒᆞ여 모질믈 ᄌ
랑ᄒᆞ여, 무죄ᄒᆞᆫ 인명을 슐히ᄒᆞ면 엇지 텬앙
(天殃)을 닙지 아니ᄒᆞ리오.

셜파의 안식이 ᄌᆞ약ᄒᆞ고 식위(色威) 엄졍
ᄒᆞ여, 긔운이 ᄉᆞ벽(四壁)의 바이니¹²⁸⁶⁾, 쇄락
ᄒᆞᆫ 신치와 빗난 풍광이 촉하의 더옥 빗나고,
봉셩(鳳聲)이 쇄연(灑然)ᄒᆞ여 옥(玉)이 형산
(衡山)¹²⁸⁷⁾의 우ᄂᆞᆫ 듯ᄒᆞᆫ지라.

무젹ᄌ의 셩명은 오【11】릉이니, 강쥬 사롬
이라. 부뫼 구몰(俱沒)ᄒᆞ며 쳐ᄌ 업손 일신이
녕졍(零丁)ᄒᆞ니¹²⁸⁸⁾, 드디여 강호(江湖)의 뉴
탕(遊蕩)ᄒᆞ여¹²⁸⁹⁾ 무예ᄅᆞᆯ 비화 궁검도창(弓劍
刀創)¹²⁹⁰⁾을 쓰니, 용밍과 지죄 긔특ᄒᆞ여 념
파(廉頗)¹²⁹¹⁾·마원(馬援)¹²⁹²⁾의 영용(英勇)이
이시니, 스ᄉ로 무젹지라 ᄒᆞ고 삼쳑보검(三
尺寶劍)을 ᄎᆞ고 ᄉᆞ히팔방(四海八方)의 뉴랑
ᄒᆞ여, 사롬의 원슈 갑하 쥬기ᄅᆞᆯ 심상(尋常)이
ᄒᆞ디, 션악과 위인을 살펴 햐슈(下手)ᄒᆞᄂᆞᆫ지

원니 무젹ᄌ의 셩명은 오룡이니, 강쥐 사
롬이라. 무부모쳐ᄌᄒᆞ고 일신이 영졍ᄒᆞ미,
강호의 유탕ᄒᆞ야 무예를 비화 념파《마왕∥
마원》의 영용이 이시니, 스스로 무젹지라 ᄒᆞ
고, 삼쳑 비검를 ᄎᆞ고 ᄉᆞ히팔방의 오유ᄒᆞ며,
사롬의 원슈 갑하 쥬기를 심상이 ᄒᆞ디, 션악
과 위인을 살펴 하슈ᄒᆞᄂᆞᆫ지라.

1284)젹젹심야(寂寂深夜) : 아주 고요하고 깊은 밤.
1285)져허 : 두려워.
1286)바이다 : 빛나다. 부시다.
1287)형산(衡山) : 중국의 오악(五岳)의 하나인 남악(南
    岳).으로, 호남성(湖南省) 형양시(衡陽市) 북쪽
    40km 지점에 있는 산. 옥(玉)의 산지(産地)로 유명
    하다.
1288)녕졍(零丁)ᄒᆞ다 : 세력이나 살림이 보잘것없이 되
    어서 의지할 곳이 없다.
1289)뉴탕(遊蕩)ᄒᆞ다 : 기분 내키는 대로 마음껏 놀다.
1290)궁검도창(弓劍刀槍) : 활과 검과 창 따위의 각조
    병기
1291)염파(廉頗) : 중국 조(趙) 나라 혜문왕(惠文王) 때
    의 무장. 한때 인상여(藺相如)와 불화하였으나 그의
    도량에 감복하여 사과함으로써 서로 친구가 되어,
    그는 무공으로, 인상여는 지략으로, 조나라에 헌신
    했다. 인상여와의 문경지교(刎頸之交) 고사로 유명
    하다.
1292)마원(馬援); 중국 후한 광무제(光武帝) 때의 무장.
    자는 문연(文淵). 광무제 때 강족(羌族)을 평정하였
    으며, 교지(交阯)의 난을 진압하고 흉노족을 쳐서
    공을 세웠다. 후에 남방의 무릉만(武陵蠻) 토벌 중
    병사하였다.

라.

녕원 후셥으로 두어 번 쥬졈의 만나 면분(面分)이 이시나, 본디 그 위인이 어지지【12】못ᄒ믈 지긔ᄒ더니, 일일은 녕원 후셥이 ᄎᄌ 니ᄅ러 엄틱ᄉ 부인 명을 일콧고, 엄한님의 블효무상ᄒ미 시부살뎨(弑父殺弟)ᄒ려ᄒ다가 귀향 간 곡졀을 니ᄅ고, 부디 죽이면 즁히 갑기를 니ᄅ며, 몬져 쳔금을 쥬니 무젹지 졍히 ᄉ용(私用)이 핍진(乏盡)ᄒ니 민망ᄒ던 ᄎ의, 지믈을 밧고 흔연 허락ᄒ고, 즉시 힝ᄒ여 장ᄉ의 니ᄅ러 엄한님 젹쇼를 ᄎᄌ니, 져마다 니ᄅᄃ 이 집이 당셰 아셩(亞聖) 엄한님 젹쇠(謫所)라【13】ᄒ니, 무젹지 문왈,

"니 드ᄅ니 엄한님이 만고블효패악지인(萬古不孝悖惡之人)[1293]이라 ᄒ거ᄂᆞᆯ, 엇지 져 무상(無狀)ᄒᆫ 패ᄌ(悖子)로뻐 아셩(亞聖)이라 ᄒᄂ뇨?"

모다 우어 갈오디,

"이ᄂᆞᆫ 다 허언(虛言)이라. 우리도 엄한님을 보지 아녀실 젹은 셰상의 하로도 살와 두지 못ᄒᆯ 블인(不人)으로 아랏더니, 이 ᄯᅡ히 젹거ᄒᆫ 후로 닌니(隣里)의 쳐ᄒ여 그 ᄒᄂ 거동을 보니, 몬져 풍광덕질(風光德質)[1294]이 '승난(乘鸞) ᄌ진(子晉)'[1295]이오, '투귤(投橘) 두랑(杜郎)'[1296]이라. 그 도덕졍힝은 ᄒᆫ 일도

1293)만고블효패악지인(萬古不孝悖惡之人) : 영원토록, 어버이께 불효하고 흉악한 짓을 하여 사람의 도리에 어긋난 행실을 하였던 자로 남을 사람.

1294)풍광덕질(風光德質) : 사람의 풍채(風采)와 덕성·인품 따위의 자질을 함께 이른 말.

1295)승난(乘鸞) ᄌ진(子晉) : 난(鸞)새를 탄 자진(子晉). *자진(子晉); 왕자진(王子晉). 중국 주(周)나라 영왕(靈王)의 태자. 이름 교(喬). 생황(笙篁)을 잘 불었는데 봉황의 소리를 본떠 봉황곡(鳳凰曲)을 지었다. 도인(道人) 부구생(浮丘生)의 인도로 선학(仙學)을 배워 신선이 되어 갔다고 한다.

1296)투귤(投橘) 두랑(杜郎) : 부녀자들이 귤을 던져 관심을 끌고자 하던 두목지(杜牧之). 예전에 두목지는 용모가 준수하고 글을 잘 지어 부녀자들 사이에 인기가 대단했는데, 그가 거리에 나타나면 부녀자들이 앞 다투어 귤을 던져 그의 관심을 끌고자 했다 한다. *두목지(杜牧之): 803~852. 이름 두목(杜牧). 자 목지(牧之). 중국 만당(晚唐)때의 시인. 미남자로, 두보(杜甫)에 상대하여 '소두(小杜)'라 칭하며, 두보와 함께 '이두(二杜)'로 일컬어지기도 한다.

녕원 후셥으로 두어 번 면분이 이시나, 본디 그 위【52】인이 션치 못ᄒᆷ믈 지긔ᄒ야 친치 아니터니, 일일은 녕원 후셥이 ᄎᄌ 니ᄅ러 엄 태ᄉ 부인 명을 《일콧고‖일콧고》, 엄한님의 블효무상ᄒ미 시부살뎨ᄒ려다가 귀향 온 곡졀을 니ᄅ고, 브디 죽이면 듕히 갑기를 니ᄅ고 몬져 쳔금을 주니, 무젹이 졍히 ᄉ용이 핍진ᄒᆫ ᄶᅵ라. 지믈을 밧고 흔연히 허락고 즉시 힝ᄒ야 장ᄉ의 니ᄅ러, 엄 한님 젹소를 ᄎᄌ 니ᄅ러,

셩교의 버셔난 일이 【14】 업고, 효위(孝友)
츌인ᄒ여 일향(一向) ᄌ긔 죄실(罪室)의 쳐ᄒ
여 사ᄅᆞᆷ을 상졉(相接)지 아니ᄒ며, 날마다 조
셕으로 경향(京鄕)을 바라며 부모긔 신셕(晨
夕)마다 망ᄇᆡ(望拜)ᄒ여 일일도 궐치 아니ᄒ
며, 밤마다 글 닑고 망운(望雲)[1297] 육아편
(蓼莪篇)[1298]을 외와 효ᄌ의 되 지극ᄒ니, 이
ᄂᆞᆫ 금셰 증ᄌ(曾子)[1299]·왕상(王祥)[1300]이라.
ᄯᅩᄒᆞᆫ 비상ᄒᆞᆫ 일이 이시니 슌여일(旬餘日) 젼
의 경ᄉᆞ로셔 그 뎨(弟) 엄공지라 ᄒᆞᄂᆞ니, 나
히 겨유 팔구셰라. 그 형을 닛지 못ᄒ여 부
모도 모르게 두 낫 동ᄌ만 다리【15】고 ᄎᆞᄌᆞ
오니, 형뎨 우이 타별(他別)ᄒ고 그 즁의 엄
부 가힝 아ᄂᆞᆫ 녀랑(女娘)이 잇서, 니ᄅᆞ디,
'우리 한님 노야의 유모 셜파랑을 ᄉᆞ괴여 엄
틱ᄉ 부즁 ᄉᆞ젹을 잠간 드ᄅᆞ니, 틱ᄉ부인이
무ᄌ(無慈)ᄒ여 양ᄌ 엄한님을 히ᄒ고, 그 후
싱 친ᄌ를 승장(昇長)[1301]ᄒ려 그 ᄉᆞ이의 골
육을 상잔(傷殘)ᄒ여 기간 곡졀이 만하, 한님
이 이 ᄯᅡ히 젹(謫)ᄒ엿다 ᄒ더라."
ᄒ니, 무젹지 의심ᄒ여 싱각ᄒ디,
"원간 신무ᄌ 김후셥과 녕원법시 어지지
못ᄒᆞᆫ【16】사ᄅᆞᆷ이러니, 원ᄂᆡ 기간(其間) ᄉᆞ괴
잇닷다. 슈연(雖然)이나 열번 드ᄅᆞ미 한번 봄

1297)망운(望雲) : 객지에서 고향에 계신 어버이를 그
리워함을 이르는 말. 중국 당나라 때 적인걸(狄仁
傑)이 타향에서 부모가 계신 쪽의 구름을 바라보고
어버이를 그리워했다는 데서 유래한다.
1298)육아편(蓼莪篇) : 『시경 』 <소아(小雅)>에 들어
있는 육아(蓼莪) 시를 이르는 말. 돌아가신 부모를
생각하며 애통해하는 마음을 담고 있는 시다.
1299)증ᄌ(曾子) : 증삼(曾叄). 중국 노나라의 유학자.
자는 자여(子輿). 공자의 덕행과 사상을 조술(祖述)
하여 공자의 손자인 자사(子思)에게 전하였다. 후세
사람이 높여 증자(曾子)라고 일컬었으며, 유가에서
내세우는 대표적인 효자로, 효(孝)가 양구체(養口體;
음식과 몸을 섬기는 것)에 머물지 않고 양지(養志;
뜻을 섬기는 것)에 이르러야 함을 몸소 보여주었다.
저서에 ≪증자≫, ≪효경≫ 이 있다.
1300)왕상(王祥) : 184-268. 중국 삼국-서진 시대의
관료. 효자. 자는 휴징(休徵). 서주 낭아국(琅琊國)
임기현(臨沂縣) 사람. 중국 24효자의 한사람. 효성
이 지극하여 계모 주씨가 자신을 사랑하지 않음에
도 극진히 섬겨, '겨울에 얼음을 깨고 잉어를 구해
[叩氷得鯉]' 섬기는 등의 효행담을 남겼다.
1301)승장(昇長) : 장자(長子)로 높임.

만 갓지 못ᄒ다 ᄒ니, '엄한님을 엇던고 보리라.' ᄒ고, 밤들게야 가연이 칼홀 들고 한님 햐텨의 니르러 바로 초당의 ᄉ못ᄎ니, 듁창(竹窓)의 쵹영(燭映)이 명미(明微)[1302]ᄒᆫᄃᆡ 서셩(書聲)이 낭낭ᄒ여 옥쇄지셩(玉碎之聲)[1303]이 한가ᄒ거날, 무적지 일쳥(一聽)의 칭찬ᄒ며 구쳑장신(九尺長身)을 굽슙그려[1304] 창틈으로 규시ᄒ니, 일기 서싱이 츄포쇼건(麤布素巾)[1305]으로 쇼면월빈(素面月鬢)[1306]이 지【17】셰(再世) 반악(潘岳)[1307]이오 승난(乘鸞) ᄌ진(子晉)○○[이라].

츄슈골격(秋水骨格)은 산쳔졍긔ᄅᆞᆯ 일편되이 거두어 경운화풍이 초실(草室)의 요요찬찬(耀耀燦燦)ᄒ여 벽누쇼월(碧樓素月)이 광치ᄅᆞᆯ 흘ᄂᆞᆫ 듯, 쥰슈쇄락(俊秀灑落)ᄒ고 츌범긔이(出凡奇異)ᄒ여 당셰의 셩현군ᄌ라.

미우(眉宇)의 팔치문명(八彩文明)[1308]과 귀밋히 귀격달상(貴格達相)은 송홍(宋弘)[1309]의 덕된 긔상과 진승상(晉丞相)[1310]의 부귀지면(富貴之面)이오, 그 겻히 팔구 셰 쇼동이 안ᄌ 낭낭이 독셔ᄒ니, 옥모화풍(玉貌華風)과 슈미졀승(秀美絶勝)ᄒᆫ 풍치 학상션동(鶴上仙

초야 밤들기를 기더려 긔연이 칼을 ᄡᅳ을고 엄 한님 햐텨의 니르러 바로 쵸당의 ᄉ못ᄎ니, 듁장의 쵹영이 명미ᄒᆫᄃᆡ 셔셩이 낭낭○○[ᄒ여] 《옥쇄잉셩∥쇄옥셩》이 한가ᄒ거늘, 무젹지 칭찬ᄒ며 창틈으로 규시ᄒ니, 일기 셔싱이 츄【53】포소건으로 소면월빈이 지셰 반악이오 승난 《ᄌ건∥ᄌ진》이라.

츄슈골격이 요요찬찬ᄒ여 쥰슈쇄락ᄒ고, 츌범긔이ᄒ여 당셰의 일위셩현군ᄌ라.

1302)명미(明微) : 빛이 약하여 어슴푸레 함.
1303)옥쇄지셩(玉碎之聲) : =쇄옥셩(碎玉聲). 옥을 깨 뜨리는 소리라는 뜻으로, 아름다운 목소리를 이르 는 말.
1304)굽슙그리다 : 웅숭그리다. 몸을 궁상맞게 몹시 웅 그리다.
1305)츄포쇼건(麤布素巾) : 발이 굵고 거칠게 짠 베로 만든 흰 색 두건..
1306)쇼면월빈(素面月鬢) : 하얀 얼굴과 두건에 달린 달처럼 둥근 관자(貫子).
1307)반악(潘岳) : 247~300. 중국 서진(西晉)의 문인(文 人). 자는 안인(安仁). 권세가인 가밀(賈謐)에게 아 첨하다 주살(誅殺)되었다. 중국의 대표적인 미남자 가운데 한사람이다.
1308)팔치문명(八彩文明) : '여덟팔자(八字)' 모양의 눈 썹이 아름답고 선명함.
1309)송홍(宋弘) : 중국 후한(後漢) 광무제(光武帝) 때 사람. 『후한서(後漢書)』<송홍전>에 그가 광무제에게 한 말 곧, "가난할 때 친하였던 친구는 잊어서는 안 되고(貧賤之交不可忘), 지게미와 쌀겨를 먹으며 고생한 아내는 집에서 내보내서는 안 된다(糟糠之 妻不下堂)"는 말이 널리 전해지고 있다.
1310)진승상(晉丞相) : 중국 서진(西晉)의 미남자 반악 (潘岳). 자는 안인(安仁). 승상을 지냈고 미남자의 대명사로 쓰인다.

童)이라.

무젹【18】지 일견의 디경긔이(大驚奇異)ᄒ고 지쳠(再瞻)의 가만이 숨쉬여 칭찬ᄒ믈 마지 아니ᄒ더니, 믄득 방듕의셔 글 닑기를 긋치고 난만이 담논ᄒ니, 말마다 쥬옥금슈(珠玉錦繡)오, 셩언현에(聖言賢語)라.

무젹지 더옥 긔이ᄒ여 가만이 갈오디,

"과연 소문이 헛되지 아니토다. 져런 지 엇지 그런 누명을 싯고 이의 이시리오."

쏘 위인을 알고 거동을 믹밧고져 ᄒ여, 쾌히 칼흘 안고 돌입 방듕ᄒ니, 츠시 심야삼경(深夜三更)의 만뇌구젹(萬籟俱寂)ᄒ고 셩산·운【19】·계 세 동지 구셕구셕 쓰러져 잠이 깁헛고, 공ᄌ는 담디(膽大)ᄒ니[나] 년쇼ᄒᆫ지라. 블의무망(不意無妄)에 범 갓흔 디한(大漢)이 집검 돌입ᄒ니, 엇지 경악지 아니리오. 면여한회(面如寒灰)[1311]ᄒ여 믁연이 볼 쑌이어늘, 무젹지 말노 두어 번 시험ᄒ미 한님이 조곰도 굴치 아냐, 안식(顔色)이 상셜(霜雪) 갓고 말솜이 녈녈ᄒ여 분호(分毫)[1312] 구ᄎ(苟且)ᄒ미 업ᄉ니, 무젹지 칼흘 더지고, 고두복지(叩頭伏地) 왈,

"복원 노야는 쇼젹(小賊)의 죄를 샤ᄒ쇼셔."

한님 왈,

"한지(漢子)[1313] 임의 디【20】장부 협긔(俠氣)를 두어 블초ᄒᆫ 사름을 죽이고져 ᄒ면, 쎨니 햐슈(下手)홀 ᄯ롬이어늘 쳥죄ᄒ믄 엇지뇨?"

한지 다시 졀ᄒ여 갈오디,

"쇼인이 그릇 블인(不人)의 쇼쳥을 듯고 거의 현인군ᄌ를 히홀 번 ᄒ오니, 이 블총무식(不聰無識)ᄒᆫ 죄를 샤ᄒ쇼셔."

한님이 졍식 왈,

1311)면여한회(面如寒灰) : 너무 놀라 얼굴빛이 찬 재의 빛깔과 같은 회색빛으로 변함.
1312)분호(分毫) : 매우 적거나 조금인 것을 비유적으로 이르는 말. =추호
1313)한지(漢子) : '남자'를 낮잡아 이르는 말.

무젹지 일견의 대경긔이ᄒᄆᆞᆯ 이긔디 못ᄒ여, ᄀᆞ마니 숨쉬여 칭찬ᄒᄆᆞᆯ 마디아니터라. 믄득 방듕의셔 글닑기를 그치고 답논이 한가ᄒ야 말마다 쥬옥금쉬요 셩언현어라.

무젹지 더옥 긔이히 《너여∥넉여》 ᄀᆞ마니 굴오디,

《져언 지∥져런 지》 엇디 ᄎᆞ마 그런 누명을 싯고 이의 이시리오."

쏘 그 위인을 믹밧고져 ᄒ여, 칼을 안고 방듕의 돌입ᄒ니, 츠시 셩산 운·계 등은 구셕구셕 쓰러져 줌이 깁헛【54】고, 공쥬는 담디ᄒ나 년쇼ᄒᆫ디라. 블의예 범ᄀᆞᄐᆞᆫ 디한이 집검돌입ᄒ니, 엇디 경악디 아리니리오. 면여한회ᄒ여 믁연이 볼 쑌이러라. 무젹지 한님의 좀곰도 굴치 아니코 말숨이 녈녈ᄒ니, 무젹지 드듸여 칼흘 더디고 고두복지 왈,

"복원 노야는 쇼젹의 죄를 ᄉᆞᄒ쇼셔. 쇼인이 눈이 이시나 망지 업ᄉ와 그릇 블인의 쇼쳥을 듯고 거의 현인를 히홀 번ᄒ오니, 블통무식ᄒᆫ 죄를 샤ᄒ쇼셔."

한님이 졍식 왈,

"당당호 디장뷔 비록 일시 그른 곳의 ᄲᅥ져시나, 그 허믈을 당호여야 올커날, 허믈을 사롬의게 밀위리오. 호믈며 니 셩졍(性情)이 블명무상(不明無狀)호여 지경시(在京時)의 사롬의게 작척(作隻)[1314]한 곳【21】이 잇고, 이 곳의 온 후 쏘호 작쳑호 일이 만흐니, 스원(私怨)을 갑고져 호ᄂᆞ니 이시미 괴이호리오. 그디 임의 사롬의 쳥촉을 바다 일우지 못홀 셰(勢)면, 도라갈 ᄯᅳ룸이어날, 져쥬어 므릐미 업시 스스로 남의 쳥촉을 일ᄏᆞ라, 도로혀 사롬의게 원을 삼고져 호ᄂᆞ뇨?"

무젹지 황공 고두 왈,

쇼인이 비록 하방(遐方)의 싱장호와 아는 거시 업스오나, 엇지 스스로 노야와 쳑촌(尺寸)의 원이 업슨 바의, 무고히 노야를 히코져 호다가, 죄를 타인의게 【22】도라 보니리잇고? 쇼젹은 본디 고향의 부모쳐지 업고, 고혈호 ᄌᆞ최 스히(四海)의 무가긱(無家客)이라. 텬하로 집을 삼아 일즉 도라갈 곳이 업ᄂᆞᆫ지라. 노애 만일 죄를 샤호시고, 은혜를 드리오샤 안젼의 용납호시면, 쇼인이 견마(犬馬)의 힘을 다호여 노야와 공ᄌᆞ를 뫼셔 쓸 ᄡᅳᄂᆞ 소임이라도 감심호리이다."

공지 바야흐로 놀난 거슬 진졍호여 낫빗츨 곳치고, 한님이 져의 귀슌호믈 보고 이의 죄를 샤호고 밤을 지난 후 명신(明晨)의 가믈【23】허(許)호고, 슈어(酬語)[1315]로 슈작(酬酌)[1316]호며 바야흐로 츄파(秋波)를 흘녀 기인을 보니, 한지(漢子) 긔골이 웅위(雄偉)[1317]호며 위인이 걸츌(傑出)호여 일기 의협 남지라.

한님이 그 작인(作人)을 션히 너기고 긔상을 가이(可愛)호여 머므ᄅᆞ고져 호나, 몸이 죄인으로 잇서 져를 머므러 엇더흘고? 침음(沈

"당당호 대댱뷔 비록 일시 그른 고디 ᄲᅥ져시나, 그 허믈을 당호여야 올커놀, 허믈을 타인의게 밀위리오."

무젹지 고두 왈,

"쇼인이 비록 하방쵼토의 싱장호【55】와 아ᄂᆞ 거시 업스오나, 엇디 노야로 쳑촌의 원이 업슨 바의 무고히 노야를 히코져 ᄒᆞ리잇고? 쇼젹은 본디 고향의 부모 쳐지 업고 스히의 무가긱이라. 일즉 도라갈 곳이 업ᄂᆞᆫ디라. 만일 노야 쇼인의 죄를 샤ᄒᆞ시고 안젼의 용납ᄒᆞ신죽, 쇼인이 당당이 견마의 힘을 다ᄒᆞ야 노야를 뫼셔 ᄡᅳ례질ᄒᆞᄂᆞ 쇼임을 감심ᄒᆞ리이다."

한님이 져의 귀슌ᄒᆞ믈 보고 이의 부야흐로 츄파를 흘여 기인을 보니, 한지 긔골이 웅위ᄒᆞ며 위인이 걸츌ᄒᆞ여 일기 의협의 남지라.

한님이 그 작인을 션히 넉여 머믈고져 ᄒᆞ나, ᄌᆞ긔 몸이 죄인으로 잇서 져을 두미 블가ᄒᆞᆫ디라. 침음ᄒᆞ【56】니 무젹지 다시 ᄭᅮ러

1314)작척(作隻) : ①척을 짓는다는 뜻으로, 서로 원한을 품고 원수가 되어 시기하고 미워함을 이르는 말. ②원고(原告)와 피고(被告)가 됨.
1315)슈어(酬語) : 말을 주고받음.
1316)슈작(酬酌) : ①술잔을 서로 주고받음. ②서로 말을 주고받음. 또는 그 말. ③남의 말이나 행동, 계획을 낮잡아 이르는 말.
1317)웅위(雄偉) : 웅장하고 훌륭함.

吟) 쥬저(躊躇)ᄒ거놀, 무적ᄌᄂᆫ 슬거온 지라. 한님의 눈치를 짐작고 다시 ᄭᅮ러 고왈,

"쇼인을 의심ᄒ여 용납지 아니시면 당당이 도라가오려니와, 두리건디 일후【24】지화를 측냥치 못ᄒ올지라. 만일 쇼인이 아니면 노얘 능히 후환을 제어키 어려올가 ᄒ니이다. ᄒᄆᆯ며 쇼인을 다련 ᄌᄂᆫ 협긱(俠客) 김후셥이오, ᄯᅩ 녕원법시 동모ᄒᄂᆫ 그 지죄 천변만화(千變萬化)ᄒᄂᆫ지라. 스스로 니ᄅᆞ디 져ᄂᆫ 블가의 뎨지라 ᄒ여, 능히 살싱홀 지죄 부족ᄒ미 아니라, 블법(佛法)의 살싱치 아니ᄒ노라 ᄒ여, 쇼인을 달뇌여 보니더이다. ᄎᆞ등(此等)이 극히 요악(妖惡)ᄒ미 엇지 그져 이시리오? 노얘 종시 쇼인을【25】밋지 아니시니, 가셕가이(可惜可哀)ᄒ느니, 쇼인 낭즁(囊中)의 엄부인 보니신 쳔금이 여러 날 슐갑슬 ᄒ여ᄉᆞ오나 남앗느이다."

셜파의 남은 은ᄌᆞ를 니여 노ᄒ니, 한님곤계 어히업셔, 한님은 묵연ᄒ고 공지ᄂᆫ 냥안의 붓그러온 누쉬 가득ᄒ엿더라. 한님이 냥구 후 ᄯᅳᆺ을 결ᄒ여 일셩장탄의 쇼리를 나죽이 ᄒ여 갈오디,

"네 비록 상한쳔인(常漢賤人)이나 일안(一眼)의 나의 비고(悲苦)ᄒᆫ 졍ᄉᆞ를 짐작ᄒ여 믄져ᄂᆫ 목슘을 구ᄒ고,【26】ᄯᅩ 몸을 허ᄒ여 나의 슈족(手足)이 되고져 ᄒ니 엇지 용납지 아니리오만은, 네 가히 니 말을 드를쇼냐? 오릉이 황망이 고두 왈,

"노얘 쇼인의 ᄉᆞ죄(死罪)를 샤(赦)ᄒ시고 안젼의 용납ᄒ시니, 어이 슈화(水火)를 피ᄒ리잇고?"

한님이 갈오디,

"다른 일이 아니라 네 종신토록 날을 돕고져 홀진디, 타인을 디ᄒ여 녕원 후셥의 달뇌던 말을 블츌구외(不出口外)ᄒ여 타인이 알게 말나. 이러ᄒ면 네 도로혀 나의 은인이 아니리오."

셜파의 가연(可然)이[1318] 니러 심【27】심작비(甚深作拜)[1319]ᄒ니, 오릉이 디경황망(大驚

1318) 가연(可然)이 : 선뜻. 흔쾌히. 마땅하여 아무 주저 없이.

고왈,

"쇼인을 의심ᄒ여 용납디 아니시면 당당이 도라가오려니와, 두리건디 일후지화를 측양치 못ᄒ오니, 쇼인을 다련 ᄌᄂᆫ 협긱 김후셥과 녕원법시 동모ᄒ미, 그 지죄 천변만화의 도슐이 잇시나, 블법의 살싱치 못ᄒ노라 ᄒ여 쇼인을 둘뇌여 보니더이다. 쇼인 낭듕의 엄 부인 보니신 쳔금이 더러 남앗느이다."

셜파의 남은 은ᄌᆞ를 니여노ᄒ니, 한님은 믁연ᄒ고 공ᄌᄂᆫ 냥안의 붓그러온 누쉬 ᄀᆞ득ᄒ엿ᄂᆫ지라. 한님이 냥구의 소리를 ᄂᆞ죽이 ᄒ여 왈,

"네 비록 상한쳔인이나 식안이 고명ᄒ야 나의게 몸을 허코져 ᄒ니, 엇지 용납디 아니【57】리오마ᄂᆞ 네 가히 니 말을 드를쇼냐?"

오릉이 황망이 고두 왈,

"노얘 쇼인의 ᄉᆞ죄를 샤ᄒ시고 안젼의 용납ᄒ시니, 엇디 슈화을 피ᄒ리잇고?"

한님 왈,

"다른 일이 아니라. 네 죵신토록 날을 돕고져 ᄒ거든, 타인을 디ᄒ야 녕원 후셥의 달뇌던 말을 블츌구외홀진디, 네 도로혀 은인이 될가 ᄒ노라."

慌忙)ᄒᆞ여 밧비 븟드러 ᄇᆡᆨ번이나 머리를 좃고, 졀ᄒᆞ여 갈오ᄃᆡ,

"노얘 이 엇진 거죄시니잇고?"

한님이 탄 왈,

"너를 공경ᄒᆞ여 졀ᄒᆞ미 아니라, 회과ᄌᆞ칙(悔過自責)ᄒᆞ여 스ᄉᆞ로 어진 곳의 나아가믈 항복(降服)ᄒᆞ노라."

오릉이 황공ᄒᆞ믈 니긔지 못ᄒᆞ여 쳔만ᄉᆞ례ᄒᆞ고 스ᄉᆞ로 셩명과 년긔를 니ᄅᆞ니, 이십팔세러라. 무젹지 믄득 일계를 ᄉᆡᆼ각고 니러 밧그로 나가거놀, 운·계 등은 잠을 ᄭᆡ엿던지라.

운학【28】이 그 가는 ᄃᆡ를 므ᄅᆞ니 답 왈,

"햐쳐의 ᄒᆡᆼ니(行李)를 두고 왓더니, ᄎᆞᄌᆞ오려 ᄒᆞ노라."

ᄒᆞ더라.

한님과 공지 그 ᄌᆞ부인 실덕을 시로이 괴한(愧恨)ᄒᆞ여 능히 한 잠을 일우지 못ᄒᆞ더라.

무젹지 져의 햐쳐의 니ᄅᆞ니, 원ᄂᆡ 녕원 후셥이 무젹ᄌᆞ를 달ᄂᆡ여 장ᄉᆞ로 올 제 녕원은 졀강으로 가고, 후셥은 무젹ᄌᆞ를 ᄯᆞᆯ와 한님의 죽은 쇼식을 알고져 ᄒᆞ여 장ᄉᆞ의 와, 촌졈의 햐쳐ᄒᆞ고 무젹지 한님의 햐쳐로 향ᄒᆞ미, 후셥이 ᄇᆞᆰ도록 촉을【29】 ᄡᅳ지 아니코 기다리더니, 날이 거의 ᄇᆞᆰ고져 ᄒᆞᆯ ᄯᅢ의야 오릉이 도라오거놀, 후셥이 화긔만면(喜氣滿面)ᄒᆞ여 문 왈,

"오형아, 금번 ᄒᆡᆼ도의 희뵈(喜報) 엇더ᄒᆞ뇨?"

무젹지 눈을 부릅ᄯᅳ고 크게 ᄭᅮ지져 갈오ᄃᆡ,

"너희 블인(不人)의 무리 날을 쇽여 하마면 현인을 ᄒᆡᄒᆞᆯ 번ᄒᆞ괘라. 나는 텬하협긱의시(天下俠客義士)라. 임의 ᄃᆡ인군ᄌᆞ의 셩덕교화(盛德敎化)를 습복(慴伏)ᄒᆞᆯ ᄯᅳᆺ이 잇ᄂᆞ니, 네 목숨을 엇지 샤(赦)ᄒᆞ리오. 너를 쥭여 엄한님【30】긔 ᄉᆞ례ᄒᆞ리라."

1319)심심작비(甚深作拜) : 매우 깊고 간절한 마음으로 상대방에게 절을 함.

오룡이 감동황공ᄒᆞ야 머리 조아 쳥녕ᄒᆞ니, 이리ᄒᆞᆯ ᄌᆞ음의 ᄉᆡᆼ산 운학 등이 ᄭᆡ여 젼후곡직을 ᄌᆞ시 알고, 쥬군의 현덕을 감탄ᄒᆞ더라. 무젹지 스ᄉᆞ로 셩명과 년월을 니ᄅᆞ니, 이십팔 셰러라. 무젹지 일계를 ᄉᆡᆼ각고 니러 밧그로 나가거놀, 운학【58】이 가는 ᄃᆡ를 무ᄅᆞ니 답왈,

"햐쳐의 가 ᄒᆡᆼ니 남은 거ᄉᆞᆯ 거두라 가노라."

ᄒᆞ더라.

한님 형뎨 ᄌᆞ부인 실덕을 시로이 괴한ᄒᆞ여, 능히 줌을 일우지 못ᄒᆞ더라.

녕원 후셥이 무젹ᄌᆞ를 ᄃᆞᆯᄂᆡ여 장ᄉᆞ로 올 제, 녕원은 졀강으로 가고, 후셥은 무젹ᄌᆞ을 ᄯᆞ라 장ᄉᆞ의 와 촌졈의 햐쳐ᄒᆞ고 무젹ᄌᆞ를 기ᄃᆡ리더니, 날이 거의 ᄇᆞᆰ을 ᄯᅢ의 오룡이 칼을 안고 만면의 살긔등등ᄒᆞ야 도라오거놀, 후셥이 문왈,

"오형아! 희뵈 엇더ᄒᆞ뇨?"

무젹지 진목 즐왈,

"너희 블인의 무리 나를 속여 하마 ᄃᆡ현인을 ᄒᆡ케 ᄒᆞ괘라. 나는 텬하의협이라. 임의 대군ᄌᆞ의 도덕교화의 습복ᄒᆞ엿ᄂᆞ니, 네【59】 목숨을 엇디 ᄉᆞᄒᆞ리오?"

후섭이 디경ᄒ여 말을 못ᄒ여서 칼노 질너 죽이니, 경긱의 안전 ᄌ리의 피 흘너 ᄌ리의 ᄉ못ᄎ며 후섭의 명이 진ᄒ엿더라.

무젹지 후섭을 죽이미 쾌ᄒ믈 니긔지 못ᄒ여 밧비 거러 한님 쳐쇼의 니르니, 날이 발셔 붉앗더라.

드듸여 한님을 보고 후섭 죽인 ᄉ단(事端)을 고ᄒ고 십분 쾌활ᄒ여 ᄒ거눌, 한님과 공지 살싱ᄒ믈 아쳐ᄒ나 ᄯ훈 깃거ᄒ믄 타일 혹ᄌ 악시 발각ᄒᄂ 날이면, 쳑젹이 잡【31】히인 즉 ᄌ부인 실덕이 표표(表表)홀지라.

후섭 죽이미 ᄌ부인 우익을 ᄭᆞᆺ춤 갓ᄒ니 더옥 깃거ᄒ나, 한님은 지극 인ᄌ후덕(仁慈厚德)ᄒᆫ지라. 무젹ᄌ의 말을 듯고 츄연 왈,

"악인의 죄ᄂ 가살이나, 인명이 즁ᄒ거눌 플낫 갓치 ᄒ리오. 네 임의 그론 거슬 뉘웃고 션도의 도라가고져 홀진디, 살인이 블가ᄒ니 이후ᄂ 녯 버릇슬 곳치라. 반ᄃ시 슈복이 손상ᄒ고 원긔(冤氣) 극ᄒ미 지앙(災殃)이 ᄌ손의게 밋ᄎ믈 념녀치 아니리【32】오.

무젹지 쳔만 비ᄉ(拜謝)[1320]ᄒ고 즉시 안젼(眼前)의셔 칼흘 썻거 밍셰ᄒ니, 한님과 공지 깃거ᄒ더라.

이 날 아ᄎᆷ의 셜픽 밧긔 나가더니 드러와 고 왈,

"이 마을 화가졈의셔 어제 두어 사롬이 쥬인ᄒ엿더니 아ᄎᆷ의 ᄭᆡ여보니, 긱인(客人) 하나흘 뉘라 질너 죽엿다 ᄒ고, 동오 긱관이와 ᄎᄌ면 엇지ᄒ리 ᄒ며, 졈즁이 진동ᄒ여 쥬옹(酒翁) 쥬고(主姑)ᄂ 가슴을 두ᄃ려 이ᄡᅳ며, 술인ᄌ를 ᄎᆺ지 못ᄒ여 ᄒ더이다."

년ᄒ여 소문을 드르【33】니 삼일만의야 쥬인이 능히 술인ᄌ를 ᄎᆺ지 못ᄒ여, 긱인의 시쳬를 초셕(草席)[1321]의 ᄡᅡ 산촌 언덕의 초장(草葬)ᄒ고, 그 요픽(腰牌)[1322]를 글너 거리의 다라 혹 ᄎᆺᄂ니 이실가 ᄒ니, 요픽의 ᄲᅧ

ᄒ고, 칼흘 드러 후섭을 질너 죽이고,

쾌ᄒ믈 이긔디 못ᄒ여 밧비 한님 쳐소의 니르니, 발셔 붉앗더라.

한님을 보고 후섭 죽인 ᄉ단을 고ᄒ니, 한님이 살싱을 아쳐ᄒ나 ᄯ훈 깃거ᄒ믄, 혹자 악시 발각ᄒᄂ 날이면 쳑젹이 잡힌즉 ᄌ부인 실덕이 표표홀더라.

후섭 죽이미 ᄌ부인 우익을 《ᄭᆞᆺᄎ니∥ᄭᆞᆺ춤 갓ᄒ니》 다ᄒᆡᆼ하나, 무젹ᄌ의 말을 듯고 한님의 지극 인ᄌ후덕지심의 츄연 왈,

"악인의 죄ᄂ 가살 《달애∥당애(當也)》나, 인명이 지듕커눌 엇지 죽이기를 플낫굿치 ᄒ리오."

무젹지 쳔만 비ᄉᄒ고 즉시 안전의셔 칼을 썩거, 다시 이런 일을 ᄒᆡᆼ치【60】 아니믈 밍셰ᄒ더라.

1320)비ᄉ(拜謝) : 지은 죄나 잘못에 대하여 용서를 빎 ᄂ사죄(謝罪).
1321)초장(草葬) : 시체를 짚에 싸서 임시로 묻음.
1322)요픽(腰牌) : 조선 시대에, 군졸·사령·별배 등이 신분을 나타내기 위하여 허리에 차던 패. 나무로 만들어 패의 위쪽에 '엄금'이라고 새겼다.

시디 '심양인 김후셥'이라 ᄒᆞ엿고, 우비(右臂)의 여ᄎᆞ여ᄎᆞ ᄌᆞ지(刺字)ᄒᆞ엿더라 ᄒᆞ여, 분분이 전셜(傳說)ᄒᆞ니, 한님은 쾌히 금쥬셔 만나던 ᄌᆞ긱인 줄 알고, 공ᄌᆞᄂᆞᆫ 경희 왈,

"ᄎᆞ적(此賊)이 원간 다ᄅᆞᆫ 곳의 가셔도 수죄ᄅᆞᆯ 만히 지엇던가 시브이다."

한님이【34】탄식ᄒᆞ고 가만이 젼일 금쥬셔 만나던 줄 니ᄅᆞ니, 공지 더옥 ᄌᆞ부인 힝ᄉᆞᄅᆞᆯ 골돌ᄒᆞ더라.

무적지 ᄎᆞ후 긔운을 나죽이 ᄒᆞ고 한님과 공ᄌᆞᄅᆞᆯ 셤기미 츙근ᄒᆞ여 조금도 셩산 등의 지미 업ᄉᆞ니, 한님이 긔특이 너겨 가지록 션도로 인하여 타일 누명을 신셜하고, 은ᄉᆞᄅᆞᆯ 만날진디 조히 제도홀 ᄯᅳᆺ이 잇더라.

이러틋 슬픈 가온○[디] 공ᄌᆞᄅᆞᆯ 만나 위회(慰懷)ᄒᆞ미 만코, ᄯᅩ 무적ᄌᆞᄅᆞᆯ 만나 지긔(知己) 녹녹(碌碌)지 아니니, ᄌᆞ연 젼일【35】적적ᄒᆞᆷ과 달나 위회홀 적이 만터라.

ᄎᆞ셜 녕원신법시 강쥬셔 후셥과 무적ᄌᆞᄅᆞᆯ 니별ᄒᆞ고 바로 졀강의 니ᄅᆞ려ᄂᆞᆫ 스ᄉᆞ로 혜오디,

"최부인의 만흔 지믈을 슈고로이 어더 와 ᄯᅩ 엇지 남을 쥬리오. 바로 드러가 죽이믄 그 졍긔 괴로와 못ᄒᆞ려니와, 블을 노화 술와 죽이기야 관겨ᄒᆞ랴. 니 친히 윤시 햐쳐의 블을 노화 일힝을 다 술와 죽이고 경ᄉᆞ의 도라가셔 최부인다려, '판금(판金)1323)을 쥬고 무뢰악쇼【36】년(無賴惡少年)을 쳐결ᄒᆞ여 윤시ᄅᆞᆯ 쇼화ᄒᆞ엿노라' ᄒᆞ리라."

ᄒᆞ고, 스ᄉᆞ로 시상(市上)의 가 뉴황(硫黃) 념초(焰硝)ᄅᆞᆯ 만히 ᄉᆞ셔, 한 단 마ᄅᆞᆫ 셥흘 어더, {즁야의} 바람이 ᄉᆞ오납고 텬긔 명낭ᄒᆞᆫ 날을 갈히여, ○○○[즁야의] 윤쇼져 햐쳐의 나아가 안히 드러가 ᄉᆞ긔ᄅᆞᆯ 술피고져 ᄒᆞ즉, ᄉᆞ면 벽상과 좌우 창 우의 뇽호(龍虎) 갓흔 쥬필부작(朱筆符作)이 졍양진긔(正陽眞氣) 당당ᄒᆞ여, 바로 상광셔긔(祥光瑞氣)1324) 어리여 두우(斗宇)1325)의 《ᄡᅳ일∥ᄡᅩ일》 듯ᄒᆞ니, 요마

무젹지 ᄎᆞ후 긔운을 ᄂᆞ죽이 ᄒᆞ고 한님과 공ᄌᆞᄅᆞᆯ 셤기미 셩산 등의 디미 업ᄉᆞ니, 한님이 더옥 션도로 인도ᄒᆞ여 됴히 제도홀 ᄯᅳᆺ이 잇더라.

이렷틋 슬픈 가온디 공ᄌᆞᄅᆞᆯ 만나 위회ᄒᆞ미 만코, ᄯᅩ 무젹○[ᄌᆞ]를 만나 지긔 녹녹치 아니니, ᄌᆞ연 젼일 젹젹흠과 달나 위회ᄒᆞ미 만터라.

ᄎᆞ셜. 녕원이 바로 졀강의 니ᄅᆞ러ᄂᆞᆫ 스ᄉᆞ로 혜오디,

"만흔 지믈을 슈고로이 어더와 엇디 남을 주리오. 니 친히 윤시 햐쳐의 블을 노하 일힝을 다 쇼화ᄒᆞ고, 경ᄉᆞ의 도라가 최부인ᄃᆞ려 '금을 주고 무뢰악쇼년을 쳐결ᄒᆞ여 윤시ᄅᆞᆯ 쇼화ᄒᆞ엿노라.' ᄒᆞ리라"

ᄒᆞ고 스ᄉᆞ로 《상시∥시상(市上)》의 가 뉴황【61】염쵸를 사○[고], 흔 단 마란 셥흘 어더, {듕야의} 바롬이 사오나온 날을 굴히여, ○○○[듕야의] 블덩이○[ᄅᆞᆯ] {곳곳이} 집 우희 ○○○[곳곳의] 노코,

---

1323)판금(판金) : 어떤 일[판[사건]을 꾸며 그 판을 성공시켰을 때 대가로 주기로 한 돈. 늑판돈.
1324)상광셔긔(祥光瑞氣) : 상서로운 빛과 기운.

정젹(妖魔情迹)1326)이[의] 산간업츅(山間業畜)1327)으로 엇지 셩인군주의【37】쥬필(朱筆) 가온디 졍양지긔(正陽之氣)의 갓가이 범졉(犯接)ᄒ리오. 밧그로 방황ᄒ며 닌인(隣人)다려 므르니, 윤쇼져 셔모 양시 모지 그져 잇셔 한가지로 머믈시, 젹실ᄒ다 ᄒ더라.

녕원이 조곰도 호의(狐疑)치 아니ᄒ고 도라와 셕식을 먹고 밤들기를 기다려 요슐노 블노흘 긔계(器械)를 갓초와 운젼ᄒ여 가지고, 일진음운(一陣陰雲)을 타고 바로 윤쇼져 햐쳐의 가, 겹 가온디 뉴황 념초를 셕거 블덩이를 쏫고 집 우회 노코 닙으로 바람을 지어 부니, 【38】경긱의 광풍이 디쟉ᄒ고, 화광이 츙텬ᄒ여 널염(熱焰)이 하날의 다하시니, ᄯᅢ 졍히 심야 삼경(三更)이라. 만뇌구젹(萬籟俱寂)1328)ᄒ여 인젹(人跡)이 어이 이시리오. 화셰(火勢) 밍녈ᄒ여 바람을 조초 급히 니러나니, 아방궁(阿房宮)1329) 삼월홰(三月火)1330)라도 이의 더으든 못흘지라.

최후의 약간 닌니(隣里) 알고 잠결의 놀나 눈을 빅ᄯᅳ고 헌 옷슬 츄어 황황히 니다라 물을 급히 기르며, 셔로 브르지져 윤부인 햐쳐의 블을 구ᄒ라, 아모리 웨지지며 분쥬【39】ᄒ들, 닌니 다만 무심 즁 화변(火變)을 꿈 쇽의 맛낫거니, 엇지 셔로 구ᄒ리오.

쇽졀업시 십여간 초실이 남은 것 업시 쇼화ᄒ여, 광활흔 빈 터히 한 우흠1331) 지 되니 즙믈긔완(什物器玩)1332) 브치야 엇지 남은 거시 이시리오.

입으로 바룸을 지여 브니, 경긱의 광풍이 디쟉ᄒ고 화광이 츙텬ᄒ여 열염이 하눌의 다하시니, ᄯᅢ 졍히 삼경이라. 만뇌구젹ᄒ여 계견셩이 업ᄉ니, 더옥 사룸이 이시리오. 밍열흔 블쏫치 아방궁 삼월화의 비ᄒᆞᆯ너라.

최후의 약간 닌니 알고 급히 니다라 셔로 닌니를 브르디즈며 분주ᄒᆞᆫ들, 닌니 다 무심 듕 화변을 만나거든 엇디ᄒ리오.

쇽졀업시 《십연‖십여(十餘)》간 쵸실이 두어 시긱의 소산ᄒ여 빈 터희 흔 우흠 지 되고,

1325)두우(斗宇) : 온 세상.
1326)요마졍젹(幺麽情迹) : 하찮고 작은 흔젹.
1327)산간업츅(山間業畜) : 산속에 살고 있는 짐승.
1328)만뇌구젹(萬籟俱寂) : 밤이 깊어 아무 소리도 없이 아주 고요함.
1329) 아방궁(阿房宮) : ①『역사』중국 진(秦)나라 시황제가 기원전 212년에 세운 궁전. 유적은 산시성(陝西省) 시안(西安) 서쪽에 있다. ②지나치게 크고 화려한 집을 비유적으로 이르는 말.
1330)삼월홰(三月火) : 석 달 동안을 타고 있는 큰 불.
1331)우흠 ; 움큼. 손으로 한 줌 움켜질 만한 분량을 세는 단위.
1332)즙믈긔완(什物器玩) : 집 안이나 사무실에서 쓰는 온갖 집기와 감상하며 즐기기 위하여 모아 두는 기구나 골동품 따위를 통틀어 이르는 말.

다만 양시 모ᄌᆞ와 양낭 복부의 무리 ᄉᆞ산
분궤(四散粉潰)[1333]ᄒᆞ여, 통곡ᄒᆞ며 브ᄅᆞ지
더니, 날이 ᄉᆡᆫ 후 블이 ᄊᆞ지고 졔인이 셔로
니ᄅᆞ디,

"부인이 너모 고집ᄒᆞ여 빅희(伯姬)[1334] 즁
야(中夜)의 하당(下堂)치 아니믈 본바다, 화
즁경ᄉᆞ(火中竟死)[1335]ᄒᆞ여【40】시니, 우리 하
면목(何面目)으로 경ᄉᆞ(京師)의 흉음(凶音)을
보ᄒᆞ며, 도라가 진 뎐하와 뎡 비 낭낭을 보
오리오."

양희 모지 가슴을 두다리며 통곡ᄒᆞ니, 뉘
진가(眞假)를 알니오. 방인이 감동ᄒᆞ고 닌니
ᄎᆞ탄ᄒᆞ며 위ᄒᆞ여 슬허ᄒᆞ더라.

윤싱이 눈믈을 거두고, 닌가의 햐쳐를 잡
아 모시(母氏)와 비복을 안돈ᄒᆞ고, 복부로 지
를 츠고, 뎍미(嫡妹)의 시쳬를 어더 금슈의금
(錦繡衣衾)을 갓초와, 습념(襲殮)ᄒᆞ여 상ᄉᆞ
(喪事)를 다ᄉᆞ리며, 일변 관부의 보장(報狀)
ᄒᆞ니, 본현【41】디뷔(知府) 디경ᄒᆞ여 힝혀
진왕이 '본현이 진심치 아녀 녀아 뎍쇼의 블
이 나 쇼ᄉᆞ(燒死)ᄒᆞ엿다.' 죄를 므를가 경겁
ᄒᆞ여, 션발졔인(先發制人)[1336]을 힝ᄒᆞ여, 뎍
소 근쳐의 닌니를 다 잡아 옥의 가도고 죄를
뭇고져 ᄒᆞ거늘, 윤싱이 만뉴(挽留) 왈,

"이는 닌니의 잘못ᄒᆞᆫ 죄 아니라. 아등 노
쥐 블출(不察)ᄒᆞ미오, 뎍미 너모 집녜(執禮)
ᄒᆞ여 ᄉᆞ화(死禍)를 면치 못ᄒᆞ미니, 이역텬야
명얘(以亦天也命也)[1337]라. 무고ᄒᆞᆫ 빅셩을 죄

다만 블 가온디 양시 모ᄌᆞ와 밧【62】글 딕희
엿던 양낭 복부의 무리 ᄉᆞ산분궤ᄒᆞ여 브ᄅᆞ지
져더니, 날이 ᄉᆡ미 블이 ᄊᆞ지고 졔인이 통곡
ᄒᆞ며 셔로 닐오디,

"부인이 너무 고집ᄒᆞ샤 화듕경ᄉᆞᄒᆞ니, 우
리 등이 하면목으로 도라가 뎐하와 뎡비 낭
낭을 뵈오리오?"

ᄒᆞ며, 양희 모지 ᄀᆞ슴을 두ᄃᆞ려 통곡ᄒᆞ니,
뉘 진가을 알니오.

윤싱이 날이 붉은 후 닌가의 햐쳐를 잡아
모시와 일힝을 안둔ᄒᆞ고, 복부를 거ᄂᆞ려 지
를 치고, 뎍미의 시쳬를 어더 상ᄉᆞ 졔구를
다ᄉᆞ리려 ᄒᆞ며, 일변 관부의 보장ᄒᆞ니, 본현
지뷔 대경ᄒᆞ야, 윤부인 햐쳐 근방의 머므던
닌니를 다 잡아 옥의 ᄂᆞ리오고 죄를 뭇고져
ᄒᆞ니, 윤싱이 말뉴 왈,

"이는【63】닌니의 잘못ᄒᆞᆫ 죄 아니오, 아등
노쥐 블출ᄒᆞ미라. 복원 부존은 슬피쇼셔."

1333)ᄉᆞ산분궤(四散粉潰) : 사방으로 흩어져 재빨리 달
　　아남.=사산분주(四散奔走).
1334)빅희(伯姬) : 중국 춘추시대 魯(노)나라 宣公(선공)
　　의 딸. 송나라 恭公(공공)에게 시집갔다가 10년 만
　　에 홀로 됐다. 궁궐에 불이 났을 때 관리가 피하라
　　고 했으나 부인은 한밤에 보모 없이 집을 나설 수
　　없다고 고집해서 결국 불속에서 타 죽었다. 『열녀
　　전(烈女傳)』<정순전(貞順傳)>‘송공백희(宋恭伯姬)'
　　조(條)에 기사가 보인다
1335)화즁경ᄉᆞ(火中竟死) : 화염 가운데서 벗어나지 못
　　하고, 끝내 목숨을 잃음.
1336)선발제인(先發制人) : ①남의 꾀를 먼저 알아차리
　　고 일이 생기기 전(前)에 미리 막아 냄 ②일은 남보
　　다 먼저 착수(着手)하면 반드시 남을 앞지를 수 있
　　음
1337)이역텬야명얘(以亦天也命也) : 또한 천명(天命)일
　　따름이다..

쥬면 엇지 원민(怨悶)치 아니며, 망미(亡妹) 유령(幽靈)이 엇지 블【42】안치 아니리오. 원(願) 부존디인(府尊大人)은 슬퍼쇼셔."

디뷔 스샤 왈,

"족하의 의논이 금옥 갓거니와 두리건디 녕존 디왕 터의(太意)를 엇지 알니오."

윤싱이 스례 왈,

"우리 디왕은 관인총쳘ᄒ시니 망미의 흉음을 드르시미 그 명도를 ᄎ셕ᄒ실지언졍 화환으로ᄡ 본현의 허믈을 삼지 아니시리니 원컨디 믈셔ᄒ쇼져."

디뷔 디열 칭샤 왈,

"연즉 므ᄉ 근심이 이시리오. 그러나 녕존미(슉尊妹)의 셩덕지모로 원앙ᄒ 신누룰 신원(伸冤)치 못ᄒ【43】시고, 힘힘히 화환(火患)의 몰(沒)ᄒ시니 엇지 감챵(感愴)치 아니ᄒ리오."

윤싱이 쳑연 디 왈,

"젹미의 명되 가지록 궁험ᄒ여 의려(意慮) 밧 신명(神明)이 스스로 혹벌(酷罰)을 나리오신가 ᄒᄂ이다. 그러치 아니면 여러 사롬 가온디 홀노 젹미(嫡妹)의 노쥐 화ᄉ(火死)ᄒ리잇고?"

디뷔 지삼 차셕ᄒ믈 일ᄏ고 이의 윤싱의 말노조ᄎ 닌니룰 믈시ᄒ고, 아즁(衙中)으로셔 부의(賻儀)룰 두터히 ᄒ고, 상슈(喪需)룰 도으니, 윤싱 모지 젹미와 유랑의 블의 탄 시체룰 ᄎ주 의슈(依數)히[1338]【44】 습념(襲殮)[1339]ᄒ고, 관곽(棺槨)[1340]을 갓초와 셩복(成服)[1341]을 지니고 근쳐 산디(山地)의 장ᄒ고 말을 니디,

"관을 시러 바로 경ᄉ로 갈 거시로디, 요원ᄒ니 아직 이 곳의 장(葬)ᄒ엿다가, 타일 은ᄉ룰 닙거든 엄가 션산의 귀장(歸葬)ᄒ려

지뷔 ᄉᄉᄒ고 윤부인 화ᄉᄒ믈 치위ᄒ며, 지삼 ᄎ셕ᄒ고 부의룰 두터이 ᄒ고 상슈룰 도으니, 윤싱 모지 젹미와 유랑의 시슈룰 습념ᄒ고 관곽을 굿초와 근쳐 명산지지의 장ᄒ고, 말을 니디,

"관을 시러 경ᄉ로 갈 거시로디, 도뢰 요원ᄒ야 아즉 이곳의 장ᄒ엿다가 타일 은ᄉ룰 닙거든 빅골이라도 시러 엄가 션산으로 도라가렷노라."

1338) 의슈(依數)히 : 거짓으로 꾸민 것이 그럴듯하게. *의슈(依數): 일정한 수(數)대로 함. ≒준수(準數).
1339) 습염(襲殮) : 상례에서 시신을 씻긴 뒤 수의(壽衣)를 갈아입히고 염포(殮布)로 묶는 일.
1340) 관곽(棺槨) : 상례에서 시체를 넣는 속 널과 겉 널을 아울러 이르는 말.
1341) 셩복(成服) : 초상이 나서 상인(喪人)들이 처음으로 상복(喪服)을 입는 일. 보통 입관(入棺)을 마친 후 입는다.

노라."

ᄒ니, 사ᄅᆞᆷ이 다 그러이 너기더라.

윤싱이 이의 범ᄉᆞ를 요리ᄒᆞ고 본관의 드러가 고ᄒᆞ디,

"싱은 경ᄉᆞ인이라. 비록 가정지명(家庭之命)1342)을 밧ᄌᆞ와 이의 니ᄅᆞ러시나, 이제ᄂᆞᆫ 임의 젹미(嫡妹) 화ᄉᆞ(火死)ᄒᆞ여시니 머믈미 무익ᄒᆞᆫ지라. 이의【45】 도라가ᄂᆞ이다."

디뷔 흔연이 치위(致慰)ᄒᆞ며 녜단(禮緞)으로ᄡᅥ 힝니를 도으니, 윤싱이 굿이 ᄉᆞ양ᄒᆞ여 밧지 아니ᄒᆞ고, 남은 경보(輕寶)를 화미(和賣)ᄒᆞ여 힝장(行裝)을 찰혀, 모지 비복을 거ᄂᆞ려 경ᄉᆞ로 도라가니라.

디뷔 ᄯᅩᄒᆞᆫ 나라히 계문(啓聞)을 올녀 젹거 죄인 윤시의 화즁경ᄉᆞ(火中竟死)ᄒᆞᆫ ᄉᆞ연을 쥬달(奏達)ᄒᆞ니라.

녕원이 근쳐의 슘어 그 시종(始終)을 다 보미 블승쾌희(不勝快喜)ᄒᆞ여 이제야 득계(得計)ᄒᆞᆯ와 ᄒᆞ고, 도라가 최부인긔 요공(要功)1343)ᄒᆞᆯ 뜻이 급ᄒᆞ여 도라가고【46】져 ᄒᆞ나, 일월이 쳔연(遷延)ᄒᆞ여 후셥을 기다리디, 셔로 못ᄌᆞᆫ ᄒᆞᆫ 긔한이 지난 지 오러디 쇼식이 업ᄉᆞ니, 녕원이 기다리ᄂᆞᆫ 마음이 갈망ᄒᆞ여 노심(勞心)으로ᄡᅥ 싱각ᄒᆞ디,

"ᄎᆞ 젹츄(賊醜) 한님을 죽이미 ᄂᆡ 공을 앗고져 ᄒᆞ여 몬져 도라가도다."

ᄒᆞ고, 분ᄒᆞᆷ믈 니긔지 못ᄒᆞ여, '경ᄉᆞ의 도라가 한번 다토리라.' ᄒᆞ고 급급히 환경(還京)ᄒᆞ니, 아지못게라!1344) 윤쇼졔 진실노 요얼(妖孽)의 좀꾀의 감겨 옥부방신(玉膚芳身)이 속절업시 화즁【47】경혼(火中驚魂)이 된가?

ᄒᆞ니, 사ᄅᆞᆷ이 다 그러히 넉이더라.

윤싱이 범ᄉᆞ를 뇨리ᄒᆞ고,

나믈[믄] 경보를 화미ᄒᆞ야 힝장을 출혀 모지 비복을 거나려 경ᄉᆞ로 도라가니,

지뷔 ᄯᅩᄒᆞᆫ 나라히 계문ᄒᆞ야【64】 젹거 죄인 윤시의 화듕경ᄉᆞᄒᆞᆷ믈 쥬달ᄒᆞ니라.

녕원이 근쳐의 숨어 그 시죵을 다 보미 블승쾌희ᄒᆞ야, 도라가 최부인긔 요공홀 뜻이 급ᄒᆞ나, 일월을 쳔년ᄒᆞ야 후셥을 기다리디, 긔한이 오러디 소식이 업ᄉᆞ니, 녕원이 싱각ᄒᆞ디,

"ᄎᆞ 젹츄 한님을 죽이미 ᄂᆡ 공을 앗고져 ᄒᆞ야 몬져 도라가도다."

ᄒᆞ고, 분ᄒᆞᆷ믈 이긔디 못ᄒᆞ여, '경ᄉᆞ의 가 닷토리라.' ᄒᆞ고, 분분급급히 환경ᄒᆞ니라.

1342)가정지명(家庭之命) : 가정의 명. 곧 부친의 명을 이른 말이다. *가정(家庭) : ①한 가족이 생활하는 집. ②'아버지'를 달리 이르는 말.=엄정(嚴庭). *정훈(庭訓); 아버지의 가르침. 『논어』의 <계씨편(季氏篇)>에서 공자가 아들 이(鯉)가 뜰(庭)을 달려갈 때 불러 세우고 시(詩)와 예(禮)를 배워야 한다고 가르친 데서 유래한 말.

1343)요공(要功): 자기의 공을 스스로 드러내어 남이 칭찬해 주기를 바람. 또는 공의 대가를 요구함.

1344)아지못게라! : '모르겠도다!' '모를 일이로다! '알지못하겠도다!' 등의 감탄의 뜻을 갖는 독립어로, 많은 장편고소설들 속에서 관용적으로 쓰이고 있다.

하회 여하오.

추설, 션시의 윤쇼제 젹소의 머므런 지 격세(隔歲)ᄒ니, 어진 셔뫼(庶母) 조셕의 보호ᄒ미 여런 옥 갓고, 일취 잉난 녹운 옥쇼 등의 쥬야 뫼셔 심수를 위로ᄒ며, 셔형(庶兄) 윤싱이 근신쥬밀(勤愼周密)ᄒ여 가졍복부(家丁僕夫)를 거느려 외수(外事)를 검찰(檢察)ᄒ니, 쇼졔 비록 죄루즁(罪累中)이시나 일신이 평안ᄒ믄 구고(舅姑) 부즁(府中)의 이실 씨의셔 나으나, 존고 최부인의 부졍ᄒ신 심용(心用)을 혜건디, '독슈를 부【48】리미 아직도 머럿고, 즈긔 부부의 죵니(從來) 계활(契活)이 엇지 될고?' 념녀ᄒ여, 목금 한님의 젹니 고초(謫裏苦草)와 져의 지셩현효(至誠賢孝)로ᄡᅥ 부왕의 최마(衰麻)를 벗지 못ᄒ고, 참누를 시러 빅우(百憂)를 층싱(層生)ᄒ여 심위(心憂) 남다른 바를 싱각ᄒ미, 녀조의 위부지심(爲夫之心)의 엇지 편ᄒ리오.

쇽졀업시 부부 냥인이 각지텬이(各在天涯)ᄒ여 쇼식이 졀원(絶遠)ᄒ니, 시(時)의 니른 바, 회도ᄎ창(回棹差悵)[1345]이오 '음문(音問)이 우활(迂闊)이라'[1346]. 동셔로 ᄉ이 두어 은하(銀河)를 격(隔)ᄒ믄 【49】 우녀(牛女)[1347]의 니별(離別)이라. 오히려 일년일도(一年一度)의 칠셕가회(七夕嘉會)[1348]를 늣기믄 오히려 투긔(妬忌)를 과히 ᄒᆫ 연괴오, 반비(班妃)[1349]의 깁부치[1350]를 늣기믄 한뎨(漢帝)[1351]의 무심ᄒᆫ 연괴(然故)여니와, 즈가 부

[1345]회도ᄎ창(回棹差悵) : 돌아올 길이 어긋나 슬픔이 가득함. *회도(回棹): 배가 돛대를 돌려 돌아옴.

[1346]음문우활(音問迂闊) : 안부(安否)를 묻기가 아득하기만 함.

[1347]우녀(牛女) : 견우직녀(牽牛織女) 설화의 견우와 직녀를 함께 이른 말.

[1348]칠셕가회(七夕嘉會) : 칠월칠석날 까마귀와 까치가 은하수에 오작교를 놓아, 견우와 직녀를 만나게 해준다는, 설화 속의 두 사람의 아름다운 만남을 이르는 말.

[1349]반비(班妃) : 중국 한(漢)나라 성제(成帝)의 후궁. 시가(詩歌)를 잘하여 성제의 총애를 받았으나 조비연(趙飛燕)에게 참소를 당하여 장신궁(長信宮)에 있으면서 부(賦)를 지어 상심을 노래하였다.

[1350]깁부치 : 비단에 살을 붙여 만든 부채.

[1351]한뎨(漢帝) : 한성제(漢成帝). 중국 전한(前漢)의 제9대 황제(BC 33~7 재위). 이름은 유오(劉驁). 원

션시의 윤쇼제 젹소의 머므런 디 격세ᄒ니, 비록 어진 셔뫼 조셕의 보호○[ᄒ]미 디극ᄒ고, 일취 잉난 등이 쥬야 뫼셔 심수를 위로ᄒ며, 셔형이 근실듀밀ᄒ야 외수를 검찰ᄒ니, 쇼제 비【65】록 죄슈나 일신이 평안ᄒ믄 부듕의 잇실 제와 다르미 업시나, 존고의 《부젹‖부졍》ᄒ신 심용을 혜컨디, 즈긔 부부 계활이 쥰늬 엇덜고? 념녀ᄒ고, 목금 한님의 젹이고쵸와 져의 지셩현효로ᄡᅥ 부왕의 최마를 벗디 못ᄒ고 참누를 시러 심위 남다른 바를 싱각ᄒ니, 녀주의 위부지심의 엇디 편ᄒ리오.

부의 쇼조(所遭)는 고인과 다르미 만흐니, 야
란(若蘭)[1352]의 직금도(織錦圖)[1353] 쓰는 비
아(卑阿)ᄒ미 이시며, 작교(鵲橋)의 니별의
셜셜(屑屑)ᄒ믈[1354] 비길 비리오 군ᄌ의 묵
묵(默默)홈과 슉녀의 졍졍(貞靜)ᄒ미 부부의
금슬상화(琴瑟相和)를 뉴련(留連)ᄒ미 아니로
디, 녀ᄌ의 졍이 이러툿【50】ᄒ믄 텬니(天
理)의 상시(常事)라. 이 마음이 업ᄉ면 ᄯ 엇
지 인졍(人情)이라 ᄒ리오.

버거, ᄉ향니친지회(思鄕離親之懷)와 슬하
유치(膝下乳齒)를 겨유 히복지시(解腹之
時)[1355]의 슈쳔니(數千里) 경향(京鄕)의 아ᄋ
라히 ᄶ나, 발셔 돌시 지나시니 일월(日月)이
가히 오리다 홀지라.

화조월셕(花朝月夕)의 연연옥장(軟軟玉腸)
이 셜셜이 지 되기를 엇지 면ᄒ리오만은, 사
롬의 마음이 견고ᄒ미 쳘옥(鐵玉) 갓고 홍원
(弘遠)ᄒ미 강하(江河) 갓흔지라. 스ᄉ로 화
복(禍福)을 텬슈(天數)의 붓치고 길흉(吉凶)을
명운(命運)【51】의 붓쳐, 쳔만비회(千萬悲懷)
를 셔리담고 쳔슈빅녀(千愁百慮)[1356]를 젼연
이 니즌 듯ᄒ여, 일양(一樣) 단슌(丹脣)이 함
옥(含玉)의 보험(酺臉)[1357]이 젹뇨(寂廖)ᄒ고,
희로이락(喜怒哀樂)의 동(動)치 아니ᄒ니, 비
컨디 티공(太空)[1358]이 묵묵(默默)ᄒ디 셩인
(聖人)이 무위이화(無爲而化)[1359]홈 갓흔지

ᄉ향니친지회와 슬하유치를 겨유 히복지시
의 ᄶ나 발셔 돌시 디나시니, 일월이 가히
《오럿디 ᄒ다라 ‖ 오러다 흘다라》.

회됴월셕의 연연옥장이 지 되기를 엇디 면
ᄒ리오마는 스스로 관심ᄒ야 디나더니,

제(元帝)의 아들이다. 사치스러운 생활을 했으며,
술과 여자에 빠져 조비연(趙飛燕)과 조합덕(趙合德)
을 총애했다.
1352)야란(若蘭) : 소혜(蘇惠). 약란(若蘭)은 자(字). 중
국 동진 때 진주자사(秦州刺史) 두도(竇滔)의 아내.
남편이 진주자사로 있다가 유사(流沙)라는 곳으로
유배를 갔는데, 남편을 그리워하여 비단을 짜서 그
위에다 840자로 된 회문시(回文詩) <직금회문선기
도(織錦回文璇璣圖)>를 수놓아 보내, 남편을 감동케
한 이야기로 유명하다. 『진서(晉書)』에 이야기가 전
한다.
1353)직금도(織錦圖) : 소약란(蘇若蘭)의840자로 된
회문시(回文詩) <직금회문선기도(織錦回文璇璣圖)>
를 말함.
1354)셜셜(屑屑)ᄒ다 : 자잘하게 굴다, 구구(區區)하다.
1355)히복지시(解腹之時) : 해산(解産)한 때.
1356)쳔슈빅녀(千愁百慮) : 온갖 근심과 걱정.
1357)보험(酺臉) : 보검(酺臉). 뺨. *'臉'의 음은 '검'이
다.
1358)태공(太空) : 태허(太虛). 하늘.

라.

양희 모지 블승탄복ᄒ고 일취 잉난 등은 오히려 다힝ᄒ며 적니고초(謫裏苦楚)의 누명이 추악ᄒ나, 전주의 엄부 후원의 누실 가온ᄃ 텬일을 보지 못ᄒ며, 일일 일종(一鐘)도 쥬지 아니ᄒ여, 거츤 밥【52】과 쁜 나믈노 겨유 명(命)을 부지(扶持)ᄒ던 고초의 비겨 의논ᄒᄆᆡ, 오히려 금일 적니고힝이 텬디쇼양(天地宵壤)1360) 갓흔지라.

유모 일취ᄂᆞᆫ 스스로 혜오ᄃᆡ, '쇼제 년쇼ᄒ신 고로 오히려 셰졍(世情)을 아지 못ᄒ여 져러ᄒ시시[리]라.'ᄒ여, 더옥 슬프고 이달오믈 니긔지 못ᄒ니, 쇼제 유모 긔식을 지긔ᄒ고 심하의 실쇼(失笑)ᄒ나, 쏘ᄒᆫ 모로는 체ᄒ더라.

일일은 즁츈슌간(仲春旬間)이라. 츈긔(春氣) 블슌(不順)ᄒ여 츈풍(春風)이 ᄃᆡ긔(大起)ᄒ니, 【53】진틔(塵틔)1361) 아득ᄒ여 ᄉ셕(沙石)이 날니고 사롬이 능히 뜰히 나리지 못ᄒ더라.

이 찌 《동츈∥즁츈》슌간이라.

초일 조식(早食)을 파ᄒ고 쇼제 심시 블안ᄒ여 셔안(書案)의 지혓더니, 츈몽(春夢)이 몽농(朦朧)ᄒ여 ᄉ몽비몽간(似夢非夢間)의 공즁의셔 신인(神人)이 블너 왈,

"옥낭셩(玉狼星)1362) 윤시 월화ᄂᆞᆫ 년미(燃眉)1363)의 ᄃᆡ익이 급ᄒ여시니 밧비 져 긔운을 보라."

ᄒ니, 쇼제 경아(驚訝)ᄒ여 회두시지(回頭視之)ᄒ니, 동남간으로셔 일곱 쇼리 가진 여

일일은 쇼제 됴식를 파ᄒ고 《신시∥심시》블안ᄒ【66】야 셔안의 지혓더니, 츈몽이 몽농ᄒ여 얼프시 가미ᄒ니, 사몽비몽간의 공듕의 신인이 블너 왈,

"옥낭셩 윤시 ᄃᆡ익이 급ᄒ여시니 밧비 져 긔운을 보라."

쇼제 경아ᄒ야 회두시지 ᄒ니, 동남간으로셔 일곱 쇼리 가진 여이 반공즁의 숨어 입으

1359)무위이화(無爲而化) : 힘들이지 않아도 저절로 변하여 잘 이루어짐. 출전 ≪논어≫ <위령공>편.

1360)텬디쇼양(天地宵壤) : '하늘과 땅'을 반복하여 이른 말.

1361)진틔(塵틔) : 티끌. 흙먼지. 티와 먼지를 통틀어 이르는 말.

1362)옥낭셩(玉狼星) : '낭셩(狼星)'을 달리 이른 말. *낭셩(狼星):『천문』큰개자리에서 가장 밝은 청백색의 별. 하늘에서 볼 수 있는 가장 밝은 별로, 밝기는 −1.46등급이고, 지구에서 거리는 8.7광년이다. 백색 왜성과 쌍성을 이루고 있다.=늑대별. 시리우스.

1363)년미(燃眉) : 눈썹에 불이 붙었다는 뜻으로, 매우 급함을 이르는 말. 불교의 ≪오등회원(五燈會元)≫에 나오는 말이다.=초미(焦眉).

이 반공(半空) 운무즁(雲霧中)의 숨어 닙으로 괴이흔 악무(惡霧)룰 토(吐)【54】ᄒ며, ᄉ면의 블을 노커ᄂᆞᆯ, 쇼제 놀나 ᄭᅵ다ᄅᆞ니 얼픗 흔 ᄭᅮᆷ이러라. 심동(心動)ᄒ여 셰셰히 상냥(商量)ᄒ니 몽죄(夢兆) 가장 길치 아닌지라. 쇼제 본ᄃᆡ 총명영혜(聰明穎慧)ᄒ여 역니(易理)의 어둡지 아닌지라.

이의 방심치 못ᄒ여 셔안 우희 역셔(易書)1364)룰 펴고 역니(易理)룰 '산(算) 두어'1365) 길흉을 궁니ᄒ여 금일을 혜아린 즉 ᄃᆡ홰(大禍) 금야ᄒ 박두ᄒ엿ᄂᆞᆫ지라.

쇼제 ᄃᆡ경ᄒ여 급히 양희 모ᄌᆞ룰 쳥ᄒ여 상의흔ᄃᆡ, 윤싱이 ᄯᅩ흔 ᄉᄆᆡ 안히셔【55】 한 과(卦)룰 어드니, ᄯᅩ흔 ᄃᆡ경ᄒ여 갈오ᄃᆡ,

"과연 금야의 급홰 님(臨)ᄒ엿ᄂᆞᆫ지라. 속슈(束手)ᄒ고 안졋다가 지앙을 바드믄 지ᄌᆞ(知者)의 힝시 아니니, 맛당이 급히 션쳐ᄒ사이다. 졈ᄉ(占辭)의 닐너시ᄃᆡ, 동으로 슈빅니 밧긔 가셔야 평안ᄒ시믈 어들 거시오, 불연 즉(不然則) 크게 니(利)치 아니리이다."

쇼제 침음 왈,

"쇼ᄆᆡ의 싱각이 ᄯᅩ흔 이러흔지라. 그러나 감즉흔 곳이 업ᄉ니 형은 붉이 싱각ᄒ라."

윤싱 왈,

"나의 쳔견(賤見)의 혜건ᄃᆡ 동【56】으로 슈빅니 밧근 금쥬 ᄃᆡ경(地境)이니, 쇼제 비록 엄시의 기뷔(棄婦) 되여시나 무죄(無罪)ᄒ미 빅옥이 《누∥무흠》흔 듯ᄒ니, 최부인 일인 밧근 뉘 쇼져의 신누(身累)룰 의심ᄒ리오. 이제 망나(網羅)룰 버셔나 도라갈 곳이 업ᄂᆞᆫ 바의 텬명이 여ᄎᆞᄒ니 금쥬로 도라가지 아니코 어디로 가시리오? 밧비 힝니(行李)룰 슈습ᄒ시ᄃᆡ, 이목이 번거ᄒ고 도뢰 요원(遙遠)흔 바의 녀복으로 힝ᄒ시미 가치 아니니, 가히 남의(男衣)룰 곳치쇼셔."

쇼제 응낙ᄒ고 ᄎᆞ일【57】의 가만이 유모 시비 등으로 더부러 협문(夾門)으로 ᄯᅵ나, 양희의 동싱이 이시ᄃᆡ 일즉 과거(寡居)ᄒ여 ᄌᆞ녜 어리고 남지 업ᄂᆞᆫ 고로, 쇼져 노쥬 오륙

로 고이흔 악무를 토ᄒ여 ᄉ면의 불을 노커ᄂᆞᆯ, 쇼제 ○[놀]나 ᄭᅵ다라 심동{식지}ᄒ야 셰셰상냥ᄒ미, 몽죄 가장 길치 아닌 조각이 만흔다라.

이에 방심치 못ᄒ여 역니를 산두어 길흉을 혜아린 즉, ᄃᆡ홰 금야의 잇ᄂᆞᆫ다라.

쇼제 ᄃᆡ경ᄒ【67】야 급히 냥희 모ᄌᆞ를 쳥ᄒ야 상의흔ᄃᆡ, 윤싱이 ᄯᅩ흔 ᄉᄆᆡ 가온ᄃᆡ 흔 괘를 엇고 ᄃᆡ경 왈,

"과연 금야의 급홰 님박흔다라. 졈ᄉ의 닐너시ᄃᆡ, '동으로 수빅 니 밧긔 가셔야 평안ᄒ시믈 어드리라' ᄒ엿ᄂᆞ이다."

쇼제 침음 왈,

"쇼ᄆᆡ의 싱각이 ᄯᅩ흔 이러흔다라. 그러나 감즉흔 곳이 업ᄉ니 엇디ᄒ리오."

윤싱 왈,

"나의 쳔견은 동으로 수빅니 《ᄂᆞᆫ∥밧근》 금쥐 지경이니, 쇼제 비록 엄시의 죄부 되여시나 무죄ᄒ니, 최부인 일인 밧근 뉘 쇼져의 신누를{를} 의심ᄒ리오. 이제 텬명이 여ᄎᆞᄒ니 맛당이 금쥐로 도라가디 아니ᄒ고 어디로 가려 ᄒ시ᄂᆞ잇가? 밧비【68】 힝차를 슈습ᄒ시ᄃᆡ, 이목이 번거ᄒ고 도뢰 요원ᄒ니 가히 남의를 곳치쇼셔."

쇼제 이의 응낙ᄒ고 ᄎᆞ일의 ᄀᆞ마니 유모 시비 등으로 더므러 협문으로 ᄯᅵ나, 양희의 동싱이 이시ᄃᆡ 일즉 과거ᄒ여 ᄌᆞ녀 어리고 남지 업ᄂᆞᆫ 고로, 쇼져 노쥬 오인이 이곳의 올므니라.

1364)역셔(易書) : 졈에 관한 것을 기록한 책.
1365)산(算) 두다 : 셈을 하다. 졈을 치다.

인이 이곳의 올므니, 쥬괴(主姑) 아의 적녜
(嫡女)라 ᄒ여 큰 방을 서릐져 쇼져 노쥬를
안돈(安頓)ᄒ고 공경ᄒ믈 노쥬(奴主) 갓치 ᄒ
더라."

양희 모지 집안 세간1366) 즙믈(什物)을 다
형의 집의 옴기고, 초야(此夜)의 변을 기다리
더니, 과연 삼경(三更)의 블이 니러나 초실
(草室) 십여 간이 남은 것 업【58】시 쇼화ᄒ
니, 윤싱 모지 화변(火變)의 흉참ᄒ믈 초악ᄒ
고, 요인(妖人)의 계귀(計規) 궁흉(窮凶)ᄒ믈
통악(痛愕)히 너기더라.

양희 모지 거즛 통곡ᄒ며 블붓흔 집을 ᄭ
나, 쥬마(主媽)1367)의 집의 햐쳐(下處)ᄒ며,
거즛 쇼져의 시체를 엇노라 ᄒ여 말을 ᄂ디,
'심야 급화의 목슘을 도모ᄒ디 쇼제 고집ᄒ
여, 심야의 화지 괴이타 ᄒ여, 무단이 문 밧
글 나 블의(不義)의 욕을 면치 못ᄒ리라.' ᄒ
여, 드듸여 화즁(火中)의 경ᄉ(竟死)ᄒ다 ᄒ
니, 잠간 ᄉ【59】이의 초셜이 젼파ᄒ여 모리
업더라.

윤싱이 드듸여 이 쇼유(所由)를 본관(本官)
의 고ᄒ고 의례(依禮)히 치상(治喪)ᄒ여, 쇼
져 노쥬를 허장(虛葬)1368)ᄒ고, 범ᄉ요리(凡
事料理)를 션쳐(善處)ᄒ며 쓰던 긔용(器用)과
즙믈(什物)을 다 쥬고(主姑)를 쥬고, 윤싱 모
지 다쇼비복(多少婢僕)을 거ᄂ려 경ᄉ로 도
라올 시, 쇼제 임의 여러 벌 남의(男衣)를 츌
혓ᄂ지라. 스스로 빅의쇼디(白衣素帶)1369)로
상인(喪人)의 복식을 ᄒ여 건복(巾服)1370)을
착(着)ᄒ미, 일취 등 ᄉ오 인이 남장을 갓초
고, 양희로 눈믈을 ᄲ려 원【60】노의 보즁ᄒ
믈 일ᄏ고, 양희ᄂ 복부ᄎ환(僕夫叉鬟)을 거

양희 모지 집안 세간과 지믈을 다 형의 집
으로 옴기고, 초야의 ᄂ외 분분ᄒ여 변을 기
두리더니, 과연 시야 삼경의 급흔 불이 이러
나 쵸실 십연[여] 간의[이] 남은 것 업시 소
화ᄒ니, 윤싱 모지 집작흔 일이나, 초악ᄒ야

슈소 노복으로 더브러 거즛 통곡ᄒ며, 쇼졔
고집ᄒ야 '심야의【69】 무단이 문 밧글 나 불
의예 욕되믈 보리라.' ᄒ여, 드듸여 화듕의
ᄉᄒ다 ᄒ니, 화듕 참ᄉᄒ믈 《모르이∥모
리》 업더라.

윤싱이 드듸여 이 소유를 본관의 고ᄒ고,
쇼져 노쥬를 허장ᄒ고 경ᄉ로 도라올 시, 쇼
제 스스로 빅의소디로 상인의 복식을 ᄒ여
건복을 착ᄒ미, 일취 등이 복식을 곳치고,
양희로 더브러 눈믈을 ᄲ려 원노의 보듕ᄒ믈
일ᄏ고, 양희ᄂ 몬져 상경ᄒ고 윤싱은 슈기
가정으로 힝니를 슈습ᄒ야 즈럼길노 ᄀ마니
쇼져를 뫼셔 금쥐로 향흘 시,

1366)세간 : 집안 살림에 쓰는 온갖 물건. ≒세간살이,
　　세간붙이.
1367)쥬마(主媽) : 주인어미. 주인여자.
1368)허장(虛葬) : 오랫동안 생사를 모르거나 시체를
　　찾지 못하는 경우에 시체 없이 그 사람의 옷가지나
　　유품으로써 장례를 치름. 또는 그 장례.
1369)빅의소디(白衣素帶) : '흰옷'과 '흰띠'를 함께 이
　　르는 말로, 상복을 입은 사람의 차림.
1370)건복(巾服) : 웃옷과 갓을 아울러 이르는 말. 흔
　　히 예전에 남자가 정식으로 갖추던 옷차림을 이른
　　다. =옷갓.

ᄂᆞ려 몬져 상경ᄒᆞ고, 윤싱은 슈기 가졍으로 힝니를 슈습ᄒᆞ여, 즈럼길노 가만이 쇼져를 뫼셔 금쥬로 나아갈시, 윤싱과 쇼져ᄂᆞᆫ 건녀(健驢)를 타고 길히 오르ᄆᆡ, 쇼졔 쇼건(素巾)을 슉이고 포션(布扇)1371)으로 옥면을 가리와 힝ᄒᆞ니, 친구(親舅) 오왕(吳王)의 삼상(三喪)이 지나지 아녓ᄂᆞᆫ 고로, ᄌᆞ부(子婦)의 도를 ○○[차려] 무고(無故)히 상녜(喪禮)를 어즈러이지 아냐, 상인의 복식을 ᄒᆞ미러라.

미양(每樣) 그【61】윽ᄒᆞᆫ 촌졈을 어더 일즉 들고 늣게야 힝ᄒᆞ여, 오륙 일만의 금쥬 디경의 니르러 엄부를 ᄎᆞᄌᆞ, 윤싱이 쇼져를 뫼셔 엄부 근쳐의 햐쳐ᄒᆞ고, 몬져 엄부의 나아가 가인을 디ᄒᆞ여 니ᄅᆞ디,

"나ᄂᆞᆫ 경ᄉᆞ(京司) 평진왕의 셔ᄌᆞ 윤슈린이러니, 젹미(嫡妹) 엄한님 부인을 뫼셔 졀강 젹소의 잇습더니, 가장 비밀 시 잇셔 젹미 부인 글월을 밧ᄌᆞ와 니르럿ᄂᆞ니, 원컨디 노식(老廝)ᄂᆞᆫ 셔간을 댱 낭낭(娘娘)긔 드리라."

ᄒᆞ고, 봉【62】셔(封書)를 니여 쥬니, 가인(家人)이 바다 가지고 조ᄎᆞ 안히 젼ᄒᆞ니, ᄎᆞ시 댱휘 쇼고(小姑)와 냥녀(兩女)를 니별ᄒᆞᆫ 후, 시로온 비회(悲懷) 측냥치 못ᄒᆞ여 스스로 관심억졔(寬心抑制)1372)ᄒᆞ여 일월을 보니ᄂᆞᆫ 가온디, 쳔금(千金) 아ᄌᆞ 부부의 반싱비고(半生悲苦)를 싱각ᄒᆞᄆᆡ 안젼(眼前)의 보ᄂᆞᆫ 듯ᄒᆞ여 비회 날노 층싱(層生)ᄒᆞ니, 욕졀업시 챵오산(蒼梧山)1373)의 눈물을 ᄲᅮ리며, 망ᄌᆞ산(望子山)1374)의 이룰 술와 거두망산월(擧頭望山月)1375)ᄒᆞ고 회두망쳥텬(回頭望靑天)1376)ᄒᆞ여

미양 그윽ᄒᆞᆫ 촌졈을 어더 일ᄌᆞᆨ 들고 늣게야 힝ᄒᆞ야 오뉵일 만의 금쥐 니르러, 엄【70】부를 ᄎᆞᄌᆞ니, 향니 인민이 ᄀᆞᄅᆞ치니, 윤싱이 쇼져를 근쳐의 햐쳐ᄒᆞ고, 몬져 가인을 불너 닐오디,

"나ᄂᆞᆫ 평진왕 셔ᄌᆞ러니 젹미 엄한님 부인을 뫼셔 졀강 젹소의 잇더니, ᄀᆞ장 비밀시 잇셔 글월을 밧드러 왓ᄂᆞ니, 댱 낭낭긔 드리라."

ᄒᆞ고, 봉셔를 니여 쥬니, 가인이 바다 안의 젼ᄒᆞ니, ᄎᆞ시 댱휘 쳔금 ᄋᆞᄌᆞ의 부부의 반싱비고를 싱각고 신셕의 우탄ᄒᆞ더니, 이 날은 왕의 조졔를 곳 파ᄒᆞ고 심시 요란ᄒᆞ야 셔안의 지혓더니,

---

1371) 포션(布扇) : 상졔가 외출할 때에 얼굴을 가리기 위하여 가지고 다니던 물건. 네모난 베 조각 양쪽에 대로 된 자루를 붙였다.ᄂᆞ상션
1372) 관심억졔(寬心抑制) : 어떤 문제에 대한 마음을 너그럽게 가져 그것에 마음 쓰는 것을 억제함.
1373) 챵오산(蒼梧山) : 중국 호남셩(湖南省) 영원현(寧遠縣)에 있는 산 이름. 순임금이 이곳에서 붕어(崩御)하였음.
1374) 망ᄌᆞ산(望子山) : 집 가까이에 있는 동산 따위의 산으로, 어버이가 집나간 자식이 돌아오기를 기다리는 산
1375) 거두망산월(擧頭望山月) : 머리를 들어 망자산(望子山) 위로 떠오르는 달을 바라봄.
1376) 회두망쳥텬(回頭望靑天) : 머리를 돌려 푸른 하늘

'거목상비(擧目傷悲)오 촉처감창(觸處感愴)'1377)이라. 시녀 믄득 밧긔 【63】경소 평진왕의 셔지 와시믈 보ᄒᆞ고 일봉셔를 밧드러 올니니, 댱휘 경아(驚訝)ᄒᆞ여 글을 바다 기간ᄒᆞ니, 고식(姑媤)이 비록 상면(相面)치 못ᄒᆞ나 임의 글시ᄂᆞᆫ 안하(眼下)의 익은지라. 이 곳 다른 글이 아니라 오미(寤寐)의 미쳐 닛지 못ᄒᆞ고 금요션치(錦腰仙采)1378)를 한 번 슬하(膝下)의 교무(交撫)코져 ᄒᆞ던 바, 쳔금 아부 윤시 필젹이라. 찬난ᄒᆞᆫ 묵광과 쇄락ᄒᆞᆫ 필체 이목이 상연(爽然)ᄒᆞ니, 댱휘 크게 반기고 ᄯᅩ 의심ᄒᆞ여 밧비 보니 셔의 왈, 【64】

"블쵸죄부(不肖罪婦) 윤시ᄂᆞᆫ 빅비고두(百拜叩頭)ᄒᆞ여 존고 슬하의 올니ᄂᆞ이다. 쇼쳡은 존부(尊府)의 기인(棄人)이오, 뉸상(倫常)의 죄인이라. 하면목(何面目)으로 닙어텬일지하(立於天日之下)1379) ᄒᆞ리잇고만은, 힝혀 셩군(聖君)이 잔명을 용ᄉᆞ(容赦)ᄒᆞ시고, 부뫼 복분(覆盆)의 원(冤)을 조ᄎᆞ샤 일즉 죽으믈 명치 아니시고 살기로ᄡᅥ 경계ᄒᆞ시니, 쳡이 스ᄉᆞ로 죄를 혜아려 죽고져 ᄒᆞ오나 군부의 명이 이러툿 ᄒᆞ시니, 혹ᄌᆞ 타일(他日)을 바라 신누(身累)를 신셜(伸雪)【65】ᄒᆞ고, 한 번 존안의 앙비(仰拜)ᄒᆞ와 ᄌᆞ부의 도리를 《ᄒᆞ옵고∥ᄒᆞ오면》, 셕시(夕死)나 무한(無恨)이온 고로, 참누악명(慘累惡名) 가온디, 혈혈(孑孑)ᄒᆞᆫ 몸이 남황텬이(南荒天涯)1380)의 젹킥(謫客)이 되여 지우금(至于今) 보젼ᄒᆞ미 잇ᄉᆞᆸ더니, 쇼쳡의 운익이 긔구ᄒᆞ와 다시 젹쇼의도 잇지 못ᄒᆞ여, 모일야(某日夜)의 여ᄎᆞ여ᄎᆞ 요괴로온 변이 잇셔 집을 쇼화ᄒᆞ오니, 싱각ᄒᆞ옵건디 질지이심(疾之已甚)1381)이 히ᄒᆞᄂᆞᆫ 지 ᄯᅩ 가히 긋치기를 긔약지 못ᄒᆞ올지라. 시러곰【6

믄득 시녜 밧긔 경소 윤 진왕의 셔ᄌᆞ 왓시믈 보ᄒᆞ고 셔간을 드리거ᄂᆞᆯ, 댱휘 경아ᄒᆞ여 기간ᄒᆞ니 이 곳 쳔금 ᄌᆞ【71】부 윤시 필젹이라.

크게 반겨 슬피미, 셔의 왈,

"불쵸죄부 윤시ᄂᆞᆫ 빅비 고두ᄒᆞ고, 감히 존고 슬하의 글월을 올니ᄂᆞ이다. 쇼쳡은 존부의 기인이오, 뉸상의 죄인이라. 하면목으로 닙어텬일지하리잇고? 힝혀 님군이 잔명을 용ᄉᆞᄒᆞ시고 부뫼 죽기를 명치 아니시고 살기를 경계ᄒᆞ시미, 군부의 명이 이러툿 ᄒᆞ시니, 혹ᄌᆞ 타일 신누를 히셕ᄒᆞ고 한 번 존안의 앙비ᄒᆞ와 ᄌᆞ부의 도리를 ᄒᆞ옵고져 혈혈약명이 지우○[금] 보젼ᄒᆞᆸ더니, 쇼쳡의 운익이 긔구ᄒᆞ와, 젹소의도 안신치 못ᄒᆞ와 모일야의 화변을 만나, 비쥬 오인이 남의【72】를 밧고와 셔형으로 더브러 촌촌젼진여 이의 니르러ᄉᆞ오나, 죄쳡이 본디 존문 기인이라. 감히 방ᄌᆞ히 문하의 나아드[가]지 못ᄒᆞ와, 몬져 슈셔를 올녀 하졍을 알외옵고 힝혀 존명을 엇ᄌᆞ온즉, 나아가 슬하의 용납ᄒᆞ올가 알외ᄂᆞ이다. 죄쳡 윤시ᄂᆞᆫ 황공 ᄉᆞ죄로소이다."

ᄒᆞ엿더라.【73】

을 바라봄.
1377)거목상비(擧目傷悲) 촉처감창(觸處感愴) : 눈을 뜨면 슬픈 눈물만 흐르고, 마음 닿는 곳마다 슬픈 회포뿐임.
1378)금요션치(錦腰仙采) : 비단 같은 허리와 신선 같은 풍채.
1379)닙어텬일지하(立於天日之下) : 밝은 햇빛아래 섬.
1380)남황텬이(南荒天涯) : 남쪽 하늘 끝의 아득히 멀리 있는 거친 땅.
1381)질지이심(疾之已甚) : 매우 미워함.

6]적쇼를 직희지 못ᄒᆞ와 비쥬 오인이 남의를
밧고와 서형으로 더부러 촌촌젼진(寸寸前
進)1382)ᄒᆞ여 이의 니ᄅᆞ럿ᄉᆞ오나, 죄쳡이 본디
존문 기인이라. 감히 방ᄌᆞ히 나아가지 못ᄒᆞ
와 몬져 슈서(手書)를 올녀 하졍(下情)을 알
외옵고, 다힝이 존명을 엇ᄌᆞ온 즉 나아가 슬
하의 용납ᄒᆞ올가 알외ᄂᆞ이다. 죄쳡(罪妾) 윤
시ᄂᆞᆫ 스ᄉᆞ로 황공ᄒᆞ오믈 니긔지 못ᄒᆞ와 감쳥
ᄉᆞ죄(敢請死罪)로쇼이다.”

ᄒᆞ엿더라.【67】

엄시효문청○[힝]녹 권지십ᄉᆞ

어시의 댱휘 간파의 반갑고 깃브믈 니긔지
못ᄒᆞ여 밧비 ᄉᆞ지관환(事知官宦)1383)을 명ᄒᆞ
여 교조를 가져 윤상공 햐쳐의 가 쇼져를 뫼
셔 오라 ᄒᆞ니, ᄎᆞ환이 복부 등과 윤쇼져의
지용셩덕(才容盛德)을 귀가의 우레 갓치 드
럿던 고로, 이제 피화ᄒᆞ여 이의 온 곡졀을
알미 져마다 환희ᄒᆞ여, 밧비 교조를 갓초와
윤싱을 조ᄎᆞ 햐쳐(下處)의 니ᄅᆞ니, 쇼져 노쥐
발셔 건복을 벗고 녀의(女衣)를 기착(改着)ᄒᆞ
엿더라.

쇼제 양낭(養娘) 복쳡(僕妾)을 쥬육(酒肉)
【68】으로 관대ᄒᆞ고, 슈어조(數語條) 쳥아(靑
蛾)1384)를 드리워 은근 우디(優待)ᄒᆞ니, 제녜
우러러 쇼져의 용안을 보미 져의 본 바 쳐음
이라. 황홀 디찬(大讚)ᄒᆞ믈 마지 아니ᄒᆞ더라.

쇼제 존고의 보뇌신 거교와 위의 간냑ᄒᆞ믈

어시의 댱휘 간파의 반갑고 깃브믈 이긔디
못ᄒᆞ야, 밧비 ᄉᆞ디관환을 명ᄒᆞ여 교조를 가
져 윤상공 햐쳐의 가, 쇼져를 뫼셔 오라 ᄒᆞ
니, ᄎᆞ환 복뷔 밧비 교조를 갓초아 윤싱을
조ᄎᆞ 햐쳐의 니ᄅᆞ니, 쇼제 노쥐 발셔 건복을
벗고 녀의를 기착ᄒᆞ엿더라.

제녜 우러러 쇼져의 용안식광을 보미, 져
의 본 바 쳐음인 닷, 황홀 디찬ᄒᆞ믈 마디 아
니ᄒᆞ더라.

쇼제 됸고의 셩덕을 감탄열복ᄒᆞ여 이의 승

1382)촌촌젼진(寸寸前進) : 조금씩 조금씩 앞으로 나아
　　감.
1383)ᄉᆞ지관환(事知官宦) : 일에 능숙한 구실아치. *관
　　환(官宦): 지방의 관아(官衙)나 제후의 왕궁에 소속
　　되어 있는 구실아치.
1384)쳥아(靑蛾) : ①누에나비의 푸른 촉수와 같이 푸
　　르고 아름다운 눈썹을 이르는 말. ②‘미인(美人)’을
　　비유적으로 이르는 말.

보미 이 곳 주가의 쇼원이라. 심하의 존고의 성덕이 호연(浩然)ᄒ시믈 감탄열복ᄒ더라. 이의 승교(乘轎)ᄒ니 일취 잉난 등 ᄉ녜 시위ᄒ고, 댱후의 복부ᄎ환(僕夫叉鬟) 십여인이 조ᄎ 뫼시고, 윤싱이 건녀(健驢)를 타【69】고 비힝(陪行)ᄒ여 엄부의 니르러, 윤싱은 외당의 머믈고 ᄎ환복뷔 쇼져 교ᄌ를 메여 바로 니졍 하의 머믈고, 유뫼 교문(轎門)을 열고 쇼제 교즁(轎中)의 ᄂ리미, 셰셰(細細)ᄒ 금년(金蓮)1385)을 예예(芮芮)히1386) 옴겨 즁계(中階)의 다ᄃ라 고두복슈(叩頭伏首)ᄒ고 감히 당의 오르지 못ᄒ니, 댱휘 좌우 시녀를 명ᄒ여 젼어 위로 왈,

"지난 화익(禍厄)과 아부의 《빅일‖빅옥》 갓치 무하(無瑕)ᄒᄆ믈 아ᄂ니, 임의 신명의 질졍ᄒ여 붓그러오미 업슨 즉, 엇지 빅옥의 창승이 하【70】졈(瑕點)1387)이 되리오. 더옥 누셜을 기회치 말고 밧비 승당ᄒ여 미망노모의 비고(悲苦)ᄒ 심ᄉ를 위로ᄒ라."

쇼제 쳥파의 감격황공ᄒ여 마지 못ᄒ여 거름을 두로ᄒ니, ᄉ지관환이 인도ᄒ여 승함취슈(昇檻就舍)1388)의 ᄉ비(四拜) 고두(叩頭)ᄒ여 부복(俯伏) 체읍(涕泣)ᄒ여 블효를 ᄉ죄ᄒ고, 주부항의 츙슈ᄒ여 셰지구의(歲載久矣)로ᄃ ᄉ이지ᄎ(事己至此)ᄒ여 존하의 비알ᄒ미 느즘과 비시(陪侍)ᄒ여 주부지도(子婦之道)를 다 못ᄒ여, 환난비고(患亂悲苦) 가온디 뵈오미 늇니슈란(忸怩愁亂)1389)흠【71】과, 구부(舅

1385)금년(金蓮) : '미인의 정숙하고 아름다운 걸음걸이'를 비유적으로 이르는 말. 중국 남북조시대 남조(南朝) 제(齊)나라의 폐제(廢帝) 동혼후(東昏侯)가 황금으로 연꽃을 만들어 땅에 심어놓고 그 위로 반비(潘妃)를 걷게 하면서 말하기를 '걸음걸음마다 연꽃이 피는구나.'라고 하였다는 고사에 온 말. 늑금련보(金蓮步).
1386)예예(芮芮)히 : 사뿐사뿐. 매우 가볍게 잇따라 움직이는 모양.
1387)하졈(瑕點) : 티. 흠(欠).
1388)승함취슈(昇檻就舍) : 난함(欄檻)을 올라 방[房舍; 방]에 들어감. *난함(欄檻); 층계, 다리, 마루 따위의 가장자리에 일정한 높이로 막아 세우는 구조물. 사람이 떨어지는 것을 막거나 장식으로 설치한다. =난간(欄干)
1389)늇니슈란(忸怩愁亂) : 부끄럽고 시름이 많아 정신이 어지러움.

교ᄒ니, 일취 등 시비 시위ᄒ야 엄부의 니르【1】러 윤싱은 외당의 머믈고 쇼져ᄂ 바로 니당 졍하의 니르러 교듕의 ᄂ려 감히 당의 오르디 못ᄒ니, 댱휘 좌우로 젼어 왈,

"《디란‖디난》 화익과 ᄋ부의 빅옥 ᄀᆺ치 무하ᄒᄆᆯ 아ᄂ니, 누셜을 기회치 말고 밧비 승당ᄒ야 미망 노모의 비고ᄒ 심ᄉ를 위로ᄒ라."

쇼제 감격황공ᄒ야 마디 못ᄒ여 거름을 두로ᄒ니, ᄉ디관환이 인도ᄒ야 승함취슈의 존고 슬하의 ᄉ비 고두ᄒ고, 부복체읍ᄒ야 블효를 ᄉ죄ᄒ니, 댱휘 역스[시] 쇼져의 손을 잡고 실셩댱통ᄒ야 고식이 일장 됴【2】문ᄒ기를 맛ᄎ미, 댱휘 친히 옥슈를 잇그러 왕의 녕위의 나아가 통곡ᄒ니, 씨 거의 일낙이라. 셔즘의 숨ᄂ 날빗치 더욱 쳐량ᄒ야 슈회를 돕ᄂ더라. 댱후와 쇼져의 곡셩이 쳐졀이원ᄒ니 견지 막불식비ᄒ더라.

父) 오왕의 상녜 이후의 블초이(不肖兒) 죄루의 쳐ᄒ여 초상셩복(初喪成服)의 다 ᄌ부지도를 휴이(虧而)ᄒ미1390), 블효지죄(不孝之罪) 즁ᄒᄆ를 니ᄅ지 말고, 하졍의 통박ᄒᄆ를 갓초 고ᄒ미, 옥안이 《쳐열∥쳐연(悽然)》ᄒ고 셩음이 경열(哽咽)1391)ᄒ며, 옥뉘 삼삼(滲滲)ᄒ여 옥협(玉頰)을 젹시미, 션연가려(鮮然佳麗)ᄒ여 홍니홰(紅梨花) 츈우를 아쳐ᄒᄂ 듯ᄒ니, 댱휘 역시 쇼져의 옥슈를 잡고 실셩장통(失性長慟)ᄒ여 고식(姑媳)이 일장(一場) 존문(尊問)을 맛고, 댱휘 친히 쇼져의 옥슈를 닛그러 왕의【72】녕위(靈位)의 나아가 통곡ᄒ여 슬프믈 고ᄒ실시, ᄶᅵ 거의 일낙(日落)이라. 셔산의 슘ᄂ 날빗치 더옥 쳐량○[흐] 슈회(愁懷)를 돕ᄂ 듯ᄒ고, 댱후와 쇼져와 이셩이 쳐졀이원(悽絶哀怨)ᄒ여 산협(山峽)의 진납이 브ᄅ지지고, 구쇼(九霄)의 봉황이 우ᄂ 듯ᄒ니, 견지막블싴비(見者莫不嘶悲)1392)ᄒ더라.

냥구(良久)히 통곡ᄒ미 산쳔초목이 위ᄒ여 슬허ᄒᄂ 듯ᄒ고, 션왕의 향혼고빅(香魂孤魄)1393)이 의의(依依)히1394) 운슈(雲水)의 비겨 상감(傷感)ᄒᄂ 듯ᄒ더라.

댱휘 이윽고 우름을 긋치고 쇼져로 더부【73】러 즁당의 나와, 심·뉴 냥희와 쇼아 남미와 손아 남미로 셔로 보게 ᄒ고, 또 좌우로 호시를 블너 졔ᄉ금장(娣姒襟丈)이 셔로 보게 ᄒ니, 쇼졔 냥 셔모와 호시로 녜필의 존고를 뫼셔 시립ᄒ니, 댱후와 냥희며 호시 일시의 눈을 드러 쇼져를 보니, 이 엇지 일홈 아릭 헛되미 이시리오.

듯던 바의 셰번 더ᄒ미 이시니, 이 본디 고문셰덕(高門世德)의 녕지방향(靈芝芳香)이오, 명가긔믹(名家氣脈)의 형옥여졍(荊玉餘精)이라. 담쇼아미(淡素蛾眉)로 빅의쇼장(白

| 냥구히 통곡ᄒ다가, |

댱휘 우름을 긋치고 쇼져로 더브러 듕당의 나와 심희 양희와 쇼ᄋ 남미와 호시 모ᄌ를 블너 셔로 보게ᄒ니, 쇼졔 냥 셔모와 호시와 녜필ᄒ미, 존고 좌하의 시립ᄒ니, 좌위 일시의 눈을 드러 쇼져를 보니 이 엇디 일홈 아릭 헛되[되]미 이시리오.

듯【3】던 바의 세 번 더ᄋ미 이시니, 이 본디 고문 셰덕은 녕지방향이오, 명가긔믹은 형옥여졍이라. 담쇼아미로 빅의쇼장이 졍결{이}홀 ᄯ룸이오, 녹빙운환의 방틱을 무가ᄒ

衣素粧)이 정결홀 ᄯᆞ롬이오. 한【74】우흠물노 옥안을 조히 ᄡᅵ서시며, 녹빈운환(綠鬢雲鬟)의 방퇴(肪澤)[1395]을 무가(無加)ᄒᆞ고, 뉴미빵셩(柳眉雙星)의 지분(脂粉)의 취식(翠色)을 더ᄒᆞ미 업ᄉᆞ디, 텬싱녀질(天生麗質)이며 현지방용(賢姿芳容)[1396]이 션연가려(鮮然佳麗)ᄒᆞ고, 유한빙정(幽閑氷晶)ᄒᆞ여 옥누(玉樓)의 쇼월(素月)이 부운(浮雲)의 옹폐(壅蔽)ᄒᆞ여 광휘를 발치 아니ᄒᆞᄂᆞᆫ 듯, 청염결빅(淸廉潔白)ᄒᆞᆫ 긔질이 괵국부인(虢國夫人)[1397]이 지분을 폐ᄒᆞ고 지존긔 조회ᄒᆞ미 아니면, 셔시(西施)[1398] 져라(苧羅)[1399]의 나리미라 농슈ᄉᆞ져(龍鬚蛇蹄)[1400]ᄂᆞᆫ 그리지 아닐ᄉᆞ록 더옥 쇼쇄(素灑)ᄒᆞ여 춘산의 안기 몽농ᄒᆞᆫ 듯, 옥부츄영(玉膚秋影)[1401]【75】은 다듬지 아닐ᄉᆞ록 윤(潤)지고 긔이ᄒᆞ여 반듯ᄒᆞᆫ 면판(面版)의 쳔교빅미(千嬌百美) 찬연긔려(燦然奇麗)ᄒᆞ여, 향 ᄯᅳᆷᄂᆞᆫ 옥이오 말ᄒᆞᄂᆞᆫ 곳치라.

윤쇼제 십이(十二) 츙년(沖年)의 엄시의 적(籍)ᄒᆞ므로붓허, 양존고(養尊姑)의 포악ᄒᆞᆫ 호

1395)방퇴(肪澤) : 기름기. 머리 따위에 기름을 발라 윤기가 나게 함.
1396)현지방용(賢姿芳容) : 어진 자태와 꽃다운 용모.
1397)괵국부인(虢國夫人) : 중국 당(唐)나라 현종(玄宗)의 미녀. 양귀비(楊貴妃) 셋째 언니로 현종의 총애를 받아 괵국부인에 봉해졌다. 얼굴 피부가 고와서 언제나 분단장을 하지 않고 맨낯으로 현종을 대하였다고 한다.
1398)셔시(西施) : 중국 춘추 시대 월나라의 미인. 오나라에 패한 월나라 왕 구천이 서시를 부차에게 보내어 부차가 그 용모에 빠져 있는 사이에 오나라를 쳐 멸망시켰다.
1399)져라(苧羅) : 저라산(苧羅山). 중국 절강성(浙江省)에 있는 산 이름. 중국 월(越)나라 구천(句踐)이 이 산 아래에서 나무꾼의 딸을 얻었는데, 그가 바로 서시(西施)라 함. 『오월춘추(吳越春秋), 구천음모외전(句踐陰謀外傳)』에 나온다.
1400)농슈ᄉᆞ제(龍鬚蛇蹄) : 용의 수염과 뱀의 발굽이란 뜻으로, 그림을 그릴 때 있지도 않은 불필요한 것까지를 그리는 것을 말함.
1401)옥부츄영(玉膚秋影) : 옥처럼 아름다운 피부와 가을 햇살에 비친 그림자라는 뜻으로, 일반적으로 그림을 그릴 때, 이 부분들 곧, 옷 속에 가려진 피부나 가을 경치(景致)의 이면에 존재하는 그림자는 그리지 않는 부분이다. 따라서 이 표현은, '치장을 하여 꾸미지 않은 외모'를 비유적으로 표현한 말로 볼 수 있다.

고 옥안의 지분의 취식을 더으지 아냐디 텬지방용이 션연 가려ᄒᆞ고 유한빙정ᄒᆞ야 농슈ᄉᆞ져ᄂᆞᆫ 그리디 아닐ᄉᆞ록 더옥 소쇄ᄒᆞ여 츈산 ○의 안기 몽몽ᄒᆞᆫ 듯ᄒᆞ고, 옥부츄영이 다듬디 아닐ᄉᆞ록 윤지고 긔이ᄒᆞ여 쳔교빅미 찬연긔려ᄒᆞ여 향 ᄯᅳᆷᄂᆞᆫ 옥이요 말ᄒᆞᄂᆞᆫ 곳치라.

령과 잔험(殘險)호 독슈(毒手) 가온디, 공연이 심당(深堂)의 초슈(楚囚) 곳 아니면, 하로도 눈섭을 펴지 못ᄒ여 일양(一樣) 아미의 창원(愴怨)이 만쳡(萬疊)ᄒ엿더니, 근년의 쳐음으로 금일 비록 망명(亡命)○[의] 구ᄎᆞ홈과 환난의 상봉ᄒᄂᆞᆫ 심ᄉᆞ(心事) 갓초 즐겁다 못ᄒᆞᆯ 거시로디, 친고(親姑)【76】롤 봉시(奉侍)ᄒ여 그 덕셩인화(德性仁和)ᄒᆞᆫ 혜튁을 우러러 슬하 ᄌᆞ이롤 밧ᄌᆞ오미, 평싱 유한이 업ᄉᆞᆫ 듯 시분지라.

일만 창원을 썰치고 옥면셩모(玉面星眸)의 빗난 화긔롤 잠간 여러, 승안화긔로 《식난∥식양》이열(色養怡悅)¹⁴⁰²ᄒᆞ미 동황(東皇)¹⁴⁰³의 츈풍이 염염(冉冉)¹⁴⁰⁴ᄒ여, 양일(陽日)이 부싱(復生)의 만믈(萬物)이 싱화(生化)ᄒ미라 영발(暎發)ᄒᆞᆫ 화긔(和氣)와 ᄌᆞ연ᄒᆞᆫ 염광(艶光)이 어리여, '여덟 가지 샹셰(祥瑞)'¹⁴⁰⁵ 황황(恍恍)ᄒᆞ고, '다ᄉᆞᆺ 가지 치식(彩色)'¹⁴⁰⁶이 염염(艶艶)ᄒ니, 형형(形形)¹⁴⁰⁷ᄒ여 그림으로 모ᄉᆞ(模寫)ᄒ기 어렵고, 식식(色色)¹⁴⁰⁸ᄒᆞ【77】여 닙으로 형언키 어렵거ᄂᆞᆯ, 은은(誾誾)ᄒᆞᆫ 슉힝(淑行)과 슉슉(淑淑)ᄒᆞᆫ 부덕(婦德)이 외모의 낫ᄒᆞ나며, 만복완비지상(萬福完備之相)의 귀격(貴格)이 표표(表表)히 낫ᄒᆞ나니, 쳔츄의 한낫 셩녀오, 당셰의 무빵○[ᄒᆞᆫ] 졀염이니, 만일 그 냥쇼고(兩小姑) 션월냥혜¹⁴⁰⁹ 곳 아니면 텬하의 가히 디뒤(大頭) 업슬 듯ᄒᆞᆫ지라. 댱휘 이즁년이지졍(愛重憐愛之情)이 심솟ᄃᆞᆺ ᄒ여, 그 아모 곳으로조ᄎᆞ 나ᄂᆞᆫ 쥴을 아지 못ᄒ여, 츄연(惆然) 함누 왈,

슉슉ᄒᆞᆫ 부덕이 외모의 나【4】타나니 쳔츄셩녀오, 당셰무빵ᄒᆞᆫ 졀염이라. 만일 그 냥 쇼고 션월냥혜 곳 아니면 디두하리 업ᄂᆞᆫ 듯ᄒ니, 댱휘 이지연지 ᄒ여 츄연 함누 왈,

---

1402)식양이열(色養怡悅) : 어버이를 얼굴빛을 살펴 봉양하기를 극진히 하여 기쁘게 해드림.

1403)동황(東皇) : =동군(東君). 오방(五方: 동·서·남·북·중) 신장(神將)의 하나로, 봄을 맡고 있는 동쪽의 신을 이르는 말.

1404)염염(冉冉) : 부드럽고 약한 모양.

1405)여덟 가지 샹셰(祥瑞) : 팔방(八方)의 상서. 온 세상의 상서.

1406)다ᄉᆞᆺ 가지 치식(彩色) : =오색(五色). 다섯 가지의 빛깔. 파랑, 노랑, 빨강, 하양, 검정을 이른다.

1407)형형(形形) : 형상이 저마다 달라 여러 가지임.

1408)색색(色色) : 색깔이 저마다 달라 여러 가지임.

1409)션월냥혜 : '혜'자를 돌림자로 갖고 있는 작중인물 '션혜·양혜'를 달리 표현한 말.

"션군(先君)이 지시(在時)의 미양 현부의 셩덕지용(盛德才容)의 아룸다오믈 니ᄅ【78】시나, 엇지 이디도록 탁츌별이(卓出別異)ᄒᆞᆯ 줄 {어이}《알니오‖알앗스리오》. 진짓 니 아희 상젹(相敵)ᄒᆞᆫ 비필이라. 조고로 홍안(紅顔)이 박명(薄命)ᄒᆞ다 ᄒᆞ니, 고인이 엇지 허언을 쥬츌(做出)ᄒᆞ리오. 녜븟허 위쟝강(衛莊姜)1410) 반비(班妃)1411) 잇고, 금셰의 니 아희 월아와 현비 이시니, 엇지 이셕지 아니리오. 현비 싱어명문녜학지가(生於名門禮學之家)1412)ᄒᆞ여 튱현왕(忠賢王) 현숀(玄孫)이라. 아룸다온 지용과 어진 힝실이 엇지 속녀(俗女)와 갓ᄒᆞ리오만은, 시운(時運)이 부졔(不齊)ᄒᆞ고 명되(命途) 다쳔(多舛)ᄒᆞᄆᆡ, ᄉᆞ시(事事) ᄠᅳᆺ 밧긔 일【79】이 만ᄒᆞᆫ 밧, 조믈이 싀극(猜克)ᄒᆞᄆᆡ 지앙이 싱각 밧 니러나고, 셰ᄉᆞ(世事) 뉸회(輪廻)ᄒᆞᄆᆡ 만흐니, 엇지 슬프지 아니ᄒᆞ리오."

ᄒᆞ더라.【80】

"션군이 지시의 미양 현부의 셩덕지용의 아룸다오믈 이ᄅᆞ시나 이디도록 탁츌ᄒᆞᆯ 줄 알니오. 진짓 니 아히와 상젹ᄒᆞᆫ 비필이라. 조고로 홍안이 박명ᄒᆞ다 ᄒᆞ니, 녜브터 위쟝강 반비 잇고 금셰의 월혜와 현부 이시니 엇디 이셕디 아니리오. 현비 싱어명문녜학지가ᄒᆞ여 튱현왕 현숀이라. 아룸다온 지용과 어딘 힝실이 엇지 속【5】녀와 굿ᄐᆞ리오마ᄂᆞᆫ 시운이 부졔ᄒᆞ고 명되 다쳔ᄒᆞᄆᆡ ᄉᆞ시 ᄠᅳᆺ 굿디 아닌 일이 만하 지앙이 싱각 밧 니러나고 셰시 뉸회ᄒᆞᄆᆡ 만흐니 엇디 슬프지 아니리오.

1410)위쟝강(衛莊姜) : 중국 춘추시대 위(衛)나라 장공(莊公)의 처. 아름답고 덕이 높았고 시를 잘하였다.
1411)반비(班妃) : 중국 한(漢)나라 성제(成帝)의 후궁. 시가(詩歌)를 잘하여 성제의 총애를 받았으나 조비연(趙飛燕)·합덕(合德) 자매에게 참소를 당하여 장신궁(長信宮)에 있으면서 부(賦)를 지어 상심을 노래하였다.
1412)싱어명문녜학지가(生於名門禮學之家) : 예학(禮學)으로 이름난 가문에서 태어남.

엄시효문청힝녹 권지이십뉵

화셜. 댱휘 왈,

"노뫼 궁텬지통 가온디 더욱 념념경경(念念耿耿)[1413]ᄒᆞᄂᆞᆫ 바ᄂᆞᆫ, 아ᄌᆞ와 현부의 신상을 우려ᄒᆞ고 가업슨 간초(艱楚)[1414]를 ᄎᆞ셕ᄒᆞᄂᆞᆫ 비러니, 비록 환난 가온디 샹봉ᄒᆞ나 금일 현부의 화모옥질(花貌玉質)을 더허미, 나의 창감(愴感)ᄒᆞᆫ 심시 의희(依俙)히[1415] 몽환(夢幻)흠 ᄀᆞᆺᄒᆞ니, 왕ᄉᆞ(往事)ᄂᆞᆫ 이의(已矣)라. 현마 엇지 ᄒᆞ리오. 슈연(雖然)이나 금금(昑昑)[1416]ᄒᆞᆫ 양부고텬(陽府高天)[1417]과 침침(沈沈)ᄒᆞᆫ[1418] 음ᄉᆞ디뷔(陰司地府)[1419] 현인을 무고히 참얼(慘孽) 가온디【1】곤(困)케ᄒᆞ리오. 반ᄃᆞ시 오러지 아냐 풍운의 길시를 만나기를 원ᄒᆞᄂᆞ니, ᄯᅩᄒᆞᆫ 간댱이 퓌루흘 ᄯᅢ를 졍(定)치 못ᄒᆞ니 엇지 슬프지 아니리오."

쇼졔 온유(溫柔)히 ᄉᆞ례 왈,

"이ᄂᆞᆫ 쇼쳡이 블초비박(不肖卑薄)ᄒᆞ와 신명(神明)이 믜이 너기시믈 밧ᄌᆞ오미라. 엇지 사ᄅᆞᆷ을 원(怨)ᄒᆞ며 남을 탓ᄒᆞ리잇고?"

노뫼 궁텬디통 ᄀᆞ온디 더욱 념념경경ᄒᆞᄂᆞᆫ 바ᄂᆞᆫ ᄋᆞᄌᆞ와 현부 신상을 우려ᄒᆞ고 ᄀᆞ업슨 간초를 차셕ᄒᆞᄂᆞᆫ 비러니, 비록 환난 가온디나 현부의 화모옥질을 샹봉ᄒᆞ니, 나의 창감지회 의희히 몽환 ᄀᆞᆺᄐᆞ니, 왕ᄉᆞᄂᆞᆫ 이의라. 현마 어리ᄒᆞ리오. 슈연이나 하날이 무고희[히] 현인을 참얼 ᄀᆞ온디 곤케 ᄒᆞ리오. 반ᄃᆞ시 오라지 아【6】냐 풍운의 길시를 만나기를 원ᄒᆞ노라."

쇼졔 온유히 ᄉᆞ례 왈,

"쇼쳡이 ᄌᆞ부항의 츙수ᄒᆞ완 지 셰지 구의로디, ᄉᆞ이지ᄎᆞᄒᆞ여 존고의 비알ᄒᆞ오미 늦ᄉᆞ와 환난비고 가온디 존안을 비시ᄒᆞ와 셩덕현어와 은혜를 밧ᄌᆞ오니 금셕슈시나 무한이로소이다. 죄쳡이 블초비박ᄒᆞ와 신명의 믜이 넉이시믈 밧ᄌᆞ오미라. 엇디 사ᄅᆞᆷ을 원ᄒᆞ며 톳ᄒᆞ리잇고?"

1413)념념경경(念念耿耿) : 끊임없이 염려하며 애를 태움.
1414)간초(艱楚) : 힘들고 괴로움. ≒고초(苦楚).
1415)의희(依俙)ᄒᆞ다 : 어렴풋하다. 희미하고 흐릿하다.
1416)금금(昑昑) : 밝고 환함.
1417)양부고텬(陽府高天) : 양계(陽界)의 허공 가운데 높이 존재한다고 하는 하늘. *양계: 사람이 사는 세상. 또는 이 세상. =양부. *하늘: 신 또는 천인(天人)·천사(天使)가 살며, 청정무구하다는 상상의 세계로, 사람이 죽은 뒤에 그 혼이 올라가서 산다고 하는 세계.
1418)침침(沈沈) : 분명하지 않고 흐릿함.
1419)음ᄉᆞ디뷔(陰司地府) : 저승에 있다고 하는 지옥. *음사(陰司):『불교』죄업을 짓고 매우 심한 괴로움의 세계에 난 중생이나 그런 중생의 세계. 또는 그런 생존. =지옥. *지부(地府): 사람이 죽은 뒤에 그 혼이 가서 산다고 하는 세계. =저승.

인ᄒ여 옥면(玉面)의 봄빗치 《알연‖완연
(宛然)》ᄒ여 호언으로 존고ᄅᆞᆯ 위로ᄒ고, 호시
와 냥 셔모로 더부러 말ᄉᆞᆷᄒ니, 동쥬슌이셔
언(動朱脣而徐言)1420)ᄒ미 【2】 초옥음(酢玉
音)1421)이 경가명(更加鳴)1422)ᄒ니 옥뎌【쇄잉
셩(玉碎鶯聲)1423)이 도도히 금옥(金玉)1424)의
셔 나는 듯ᄒ니, 댱후의 만금ᄌᆞᄋᆡ(萬金慈愛)
와 심·뉴 냥희와 호시의 블승심복(不勝心
服)ᄒ믄 니ᄅᆞ도 말고, 양낭복쳡(養娘僕
妾)1425)이 다 쇼져의 낫츨 바라고 닙을 우러
러 암암칭찬(暗暗稱讚) 왈,

"부인의 ᄉᆡᆨᄌᆞ용광(色姿容光)은 쳔디의 무
빵ᄒ시니, 그 빗 업ᄉᆞᆫ 빅의쇼장(白衣素粧)의
더옥 한아(閑雅)ᄒ여 관음(觀音)이 년디(蓮
臺)1426)의 ᄂᆞ리심 갓다."

ᄒ더라. 일ᄎᆡᆨ등이 우러러 깃브믈 니긔지
못ᄒ더라.

쇼제 인ᄒ여 머물ᄆᆡ, 댱【3】휘 각별 슉소ᄅᆞᆯ
졍ᄒ여 머므ᄅᆞ고져 ᄒ거날, 쇼제 ᄂᆞ죽이 ᄉᆞ
양 왈,

"쇼쳡이 미양 존고ᄅᆞᆯ 시봉ᄒ와 ᄌᆞ부의 도
ᄅᆞᆯ 출히지 못ᄒ오믈 슬허ᄒ옵던 비라. 이 블
힝ᄒ온 가온디 텬힝으로 존고 좌하(座下)의
시봉ᄒ오믈 엇ᄌᆞ오니, 이는 쇼쳡의 평ᄉᆡᆼ의
원ᄒ옵던 비라. 굿ᄒ여 ᄉᆞ실을 졍ᄒ여 무엇
ᄒ리잇고? 존고 좌하의 시침ᄒ옵기ᄅᆞᆯ 원ᄒᄂ
이다."

댱휘 쳥파의 크게 어엿비 너겨 ᄉᆞ침을 졍
치 아【4】니ᄒ고 시침ᄒ게 ᄒ니, 쇼제 쥬야

언파의 옥쇄잉셩이 도도ᄒ니, 댱휘의 만금
ᄌᆞᄋᆡᄂᆞᆫ 니ᄅᆞ도 말고 심·뉴 냥희와 호시 블승
심복ᄒ더라.

댱휘 각별 쇼져의 슉【7】쇼ᄅᆞᆯ 졍ᄒ여 머므
ᄅᆞ고져 ᄒ니, 쇼제 ᄂᆞ죽이 ᄉᆞ양 왈,

"쇼쳡이 존고ᄅᆞᆯ 시봉ᄒ와 ᄌᆞ부의 도ᄅᆞᆯ 찰
히디 못ᄒ오믈 슬허ᄒ옵던 비라. 이제 불힝
ᄒ온 가온다나 쳔힝으로 존고 좌하의 시봉ᄒ
오니 엇디 굿ᄐᆞ여 ᄉᆞ실을 졍ᄒ여 무엇ᄒ리잇
고? 존고 좌침의 시침ᄒ기ᄅᆞᆯ 원ᄒᄂ이다."

댱휘 쳥필의 크게 어엿비 넉여 ᄉᆞ침을 졍
치 아니코 시침케 ᄒ니, 쇼제 쥬야 존고 좌

1420)동쥬슌이셔언(動朱脣而徐言) : 붉은 입술을 열어
천천히 말을 함.
1421)초옥음(酢玉音) : 말을 주고받음. 또는 주고받는
말. *옥음: 남의 '말'이나 '편지'를 높여 이르는 말.
1422)경가명(更加鳴) : '맑은 소리를 더 보탠다.'는 뜻.
여기서 '更'은 '다시' '더'의 의미음: 갱로 쓰였다.
1423)옥쇄잉셩(玉碎鶯聲) : 옥이 부서지는 소리나 꾀꼬
리의 울음소리처럼, 아름다운 목소리를 비유적으로
표현한 말.
1424)금옥(金玉) : 금과 옥을 아울러 이르는 말.
1425)양낭복쳡(養娘僕妾) : ①계집종과 사내종의 아내
라는 말로 모든 계집종을 이르는 말. ②계집종[양낭]
과 첩]과 사내종[복]을 아울러 이르는 말.
1426)년디(蓮臺) : 연화대(蓮花臺). 연꽃 모양으로 만든
불상(佛像)의 자리.

존고 좌측(座側)을 쩌나지 아니ᄒ여, 존구의
조석증상(朝夕蒸嘗)을 밧들며 좌와(坐臥)의
시측ᄒ미, 미아리 그림ᄌ를 응흠 갓ᄒ니, 빅
힝이 찬연(燦然)의 구덕(九德)[1427]이 겸비ᄒ
여 ᄉ덕(四德)[1428]이 진션진미(盡善盡美)ᄒ
니, 댱휘 더옥 이즁ᄒ고 냥희와 호시 다 ᄉ
랑ᄒ여 상하(上下)의 예셩이 가득ᄒ더라.

윤싱이 긔미를 참쳥ᄒ고 깃브믈 니긔지 못
ᄒ여 슈일 후 하직ᄒ고 경ᄉ로 도라갈시, 쇼
졔 결연ᄒ여 원노의 무양(無恙)[5]을 부촉
(咐囑)ᄒ고, 존당부모긔 상셔를 닷가 젼후 피
화혼 ᄉ연을 긔별ᄒ니, 윤싱이 슌슌응낙ᄒ고
남미 분슈ᄒ여 급급히 모시(母氏) 힝도를 조
ᄎ 환경(還京)ᄒ니라.

댱휘 윤쇼져 니ᄅᄆ로븟허 만시 무려혼 듯
ᄒ여, 조셕의 그 용안화질을 교무ᄒ미 더옥
아ᄌ의 젹니고초를 우려ᄒ여, 부뷔 모들 지
속이 쉽지 아니믈 슬허ᄒ더라.

댱휘 일일은 손아 봉·효 남미를 가ᄎ히ᄒ
여[1429], 쇼져를 도라보아 탄식ᄒ여 갈오디,

"챵[6]아와 현부는 어너 날 '슈호(繡戶)의
구슬이 완젼ᄒ고'[1430] 《년산(燕山) ‖ 년진(延
津)》의 뇽검(龍劍)이 지합(再合)ᄒ여'[1431] 농

[1427]구덕(九德) ; 아홉 가지의 덕. 충(忠), 신(信), 경
(敬), 강(剛), 유(柔), 화(和), 고(固), 정(貞), 순(順)
을 이른다.
[1428]ᄉ덕(四德) : 여자로서 갖추어야 할 네 가지 덕.
마음씨[婦德], 말씨[婦言], 맵시[婦容], 솜씨[婦功]를
이른다. ≒사행(四行).
[1429]가ᄎᄒ다 : 가까이 하다.
[1430]슈호(繡戶)의 구슬이 완전ᄒ고 : '방 안의 구슬이
완전함을 얻게 되고.'의 뜻으로, 작중인물 윤월화·
엄창 부부의 혼사장애가 극복되어 완전한 혼인을
성취하기를 바라는 기원이 담긴 말이다. 작중에서
윤월화는 그 모친 정혜주가 꿈에 선인(仙人)으로부
터 서해 용왕의 '정안주'라는 구슬을 전해 받고, 또
잘 길러 엄창과 천연(天緣)을 이루라는 계시(啓示)
를 받고 잉태하여 낳았다. 따라서 위 본문에서 '구
슬'은 서해용왕이 준 '정안주'라는 혼인 신물(信物)
을 말하는 것으로 '두 사람의 혼인'을 상징한다.
[1431]년진(延津)의 뇽검(龍劍)이 지합(再合)ᄒ여 : 연진
의 용검이 재합하듯 아들 부부(윤월화·엄창)의 재
합이 이루어지기를 소망하는 간절한 기원이 담긴
말이다. 이 '용검재합(龍劍再合)설화'의 내용은 이러
하다. 중국 진(晉)나라 때 뇌환(雷煥)이라는 사람이
용천검(龍泉劍)과 태아검(太阿劍)라는 두 자루의 보
검을 얻어, 그중 하나를 그의 벗인 장화(張華)에게

측을 쩌나지 아니ᄒ여, 존고의 됴석증상을
밧들며 좌하의 시측ᄒ미, 빅힝ᄉ덕이 겸비ᄒ
여 구덕[8]이 진션진미ᄒ니 댱휘 더욱 이듕
ᄒ고 가듕상하의 예셩이 ᄀ득ᄒ더라.

윤싱이 수일 후 하덕고 경ᄉ로 도라갈시,
쇼졔 결연ᄒ야 원노의 무양ᄋ믈 부쵹ᄒ고,
존당 부모긔 상셔를 닥가 젼후피화ᄒ던 ᄉ연
을 긔별ᄒ니, 윤싱이 응낙ᄒ고 남미 분슈ᄒ
야 급급히 그 모시 힝도를 조ᄎ 환경ᄒ니라.

댱휘 윤시를 압히 두ᄆ로부터 만시 무려혼
듯ᄒ여, 됴셕의 그 용안화질을 디ᄒ미, 더옥
ᄋᄌ의 젹니 고초를 우려ᄒ여 부뷔 모들 지
속이 쉽지 아니믈 슬[9]허ᄒ더라.

댱휘 일일은 손ᄋ 봉효 남미를 ᄀ챠ᄒ며
쇼져를 도라보아 탄식 왈,

"챵ᄋ와 현부는 어ᄂ날 슈호의 구슬이 완
젼ᄒ고 《년산 ‖ 년진》의 뇽검이 지합ᄒ여 뇽
손의 경ᄉ를 보리오."

손(弄孫)[1432]의 경사(慶事)를 보리오."

인ᄒ여 블승희허(不勝噫噓)ᄒ니, 쇼제 크게 감동ᄒ고 ᄯ 참안ᄒ여 옥면의 홍광(紅光)이 취지(聚之)ᄒ니 쇼안월빈(素顔月鬢)[1433]이 더옥 가려(佳麗)ᄒ지라. 댱휘 아부의 과도히 슈습ᄒ믈 보미 심하의 혜오디,

"창아, 최져의 잔험(殘險)이 보치기의 부부 지낙을 일우지 못ᄒ여시므로 싱쇼ᄒ미 심ᄒ여 아뷔 과도히 슈습ᄒ는도다."

ᄒ여, 쇼【7】져를 나아오라 ᄒ여 옥슈를 잡고 쇼몌를 밀고 보니, 눈 갓흔 살빗치 교결ᄒ여 연ᄒ 긔뷔 빙골(氷骨)이 빗최엿고, 텬향이 욱욱ᄒ여 긔이ᄒ믈 결울치 못홀 비로디, 다만 단ᄉ졈홍(丹砂點紅)[1434]은 흔젹이 업는지라. 휘 간파의 어엿브믈 니긔지 못ᄒ여 잠간 웃는 빗치 이시니, 쇼제 존고의 긔식을 ᄭᆡ다라, 더옥 슈괴ᄒ믈 니긔지 못ᄒ는지라.

쇼져의 유모 일취 믄득 나아와 ᄭᅮ러 고ᄒ디,

"쇼제 임의 경ᄉ의셔 '웅비(熊羆)【8】의 상셔(祥瑞)'[1435]를 응ᄒ여 유ᄐᆡ지즁(有胎之中)

인ᄒ여 불승희허ᄒ니, 쇼제 크게 감동ᄒ고 ᄯ 참안ᄒ야, 옥면의 홍광이 취지ᄒ니, 소안월빈의 더옥 가려ᄒ지라. 댱휘 윤시의 과도히 슈습ᄒ믈 보고 심하의 혜오디,

"창ᄋ 부뷔 최져의 잔험이 보치기의 부부지락을 일우지 못ᄒ여시므로 싱소ᄒ미 심ᄒ여 과도히 슈습ᄒ는도다."

ᄒ여, 【10】옥슈를 잡고 쇼몌를 미러보니, 눈 ᄀᆞᆺ튼 살이 교결ᄒ야 연연ᄒ 긔뷔 빙옥 ᄀᆞᆺᄐᆡ 다만 편홍이 업ᄂ디라. 휘 간파의 어엿브믈 이긔디 못ᄒ야 잠간 웃는 빗치 이시니, 쇼제 더옥 슈괴ᄒ야 ᄒ는디라.

쇼져의 유모 일취 믄득 ᄭᅮ러 고ᄒ디,

"쇼제 경ᄉ의셔 웅비의 상셔를 응ᄒ야 유ᄐᆡ디즁의 허다 고초를 격고, 적거시의 본부

주었는데, 후에 장화가 죽자 그 칼이 자취를 감추어 소재를 알 수 없게 되었다. 그 뒤 뇌환이 죽어 그 아들이 칼을 차고 다녔는데, 복건성(福建省) 연평진(延平津)을 지날 때 칼이 갑자기 칼집에서 떨어져 물속으로 들어가 버렸다. 이에 사람을 시켜 물속을 찾게 하였더니, 뇌환의 칼이 옛 장화의 칼과 합하여 두 마리 용으로 변하여 서리어 있다가 사라졌다고 한다. 《晉書 卷36 張華列傳》 이것을 '연진검합(延津劍合)' 또는 '연진지합(延津之合)'이라 하여, '다시 합하게 되는 인연'이나 '부부가 죽은 뒤에 합장하는 것'을 비유하게 되었다.

1432)농손(弄孫) : 재롱을 부리는 손주. 또는 그 재롱.

1433)쇼안월빈(素顔月鬢) : 새하얀 얼굴과 달처럼 둥근 귀밑머리를 함께 이르는 말.

1434)단ᄉ졈홍(丹砂點紅) : 주사(朱砂)로 찍은 붉은 점이란 뜻으로, '앵혈'을 달리 표현한 말. *앵혈: 중국의 '수궁사(守宮砂)'를 한국고소설에서 창작적으로 변용하여 쓴 서사도구의 하나. 도마뱀의 피에 주사(朱砂)를 섞어 만든 것으로, 이것을 팔에 한번 찍어 놓으면 성관계를 맺기 전까지는 절대로 없어지지 않는 속설 때문에, 고소설에서 여성의 동정(童貞)이나 신분(身分)의 표지(標識) 또는 남녀의 순결 확인, 부부의 합궁여부 판단 등의 사건 서사에 다양하게 활용되고 있다. 앵혈·주표(朱標)·비홍(臂紅)·홍점(紅點)·주점(朱點)·앵홍·앵점 등 여러 다른 말로도 쓰이고 있다.

의 허다 고초를 겻거, 젹거시(謫去時)의 바야
흐로 본부의 도라가 긔린옥슈(騏驎玉樹)1436)
갓흔 쇼공ᄌᆞ를 싱ᄒᆞ여, 삼칠일(三七日)만의
진궁의셔 유모를 졍ᄒᆞ여 머므르고 젹소로 와
시믈 고ᄒᆞ니, 댱휘 쳥파의 희동안식(喜動顔
色)ᄒᆞ여 역소역탄(亦笑亦嘆) 왈,

　"니 아희 츙뉴흔 지학과 현부의 슉덕명힝
으로 그 쇼싱지이(所生之兒) 엇지 범연ᄒᆞ리
오. 반ᄃᆞ시 쳔니긔린(千里騏驎)이 나시리니,
노뫼 셕시(夕死)라도 무한(無恨)이로다. 일시
화란이【9】야 현마 엇지 ᄒᆞ리오."

ᄒᆞ며, 더욱 최부인의 블인(不仁)ᄒᆞ믈 추탄
ᄒᆞ며, 한님부부를 잔잉 이련ᄒᆞ미 일념의 미
치인 병이 되엿더라.

　댱후는 윤쇼져를 슬하의 두미 비회를 만히
니ᄌᆞ미 되엿고, 윤쇼져는 존고의 ᄌᆞ이를 씌
여 일신이 평안ᄒᆞ나, 조양셕월(朝陽夕月)의
부모를 영모ᄒᆞ며, 동긔를 ᄉᆞ렴ᄒᆞ며 한님의
젹니고초(謫裏苦楚)를 슬허ᄒᆞ미, 연연(軟軟)
흔 옥장(玉腸)이 엇지 편흘 날이 이시리오만
은, 감히【10】존고의 안젼의 비식(悲色)을
간ᄃᆞ로 못ᄒᆞ여, 승안화긔(承顔和氣) 우휠 듯
ᄒᆞ며 셰ᄉᆞ를 모로ᄂᆞᆫ 듯ᄒᆞ니, 댱휘 더욱 어엿
비 너겨 날노 즁이(重愛)ᄒᆞ여 모녀의 고복져
독(顧復舐犢)1437)으로 다ᄅᆞ미 업ᄉᆞ니, 이러틋
상의위명(相依爲命)1438)ᄒᆞ여 날이 가고 달이

의 도라가 쇼공ᄌᆞ를 싱ᄒᆞ여 삼칠일만의 유모
를 졍ᄒᆞ여 진궁의 머므ᄅᆞ고 젹소로 가시믈'
고ᄒᆞ니, 댱휘 쳥파의 희동안식ᄒᆞ여 왈,

　"내 ᄋᆞ히 츙뉴【11】흔 지혹과 현부의 슉덕
명힝으로 그 소싱지이 엇디 범연ᄒᆞ리오. 노
뫼 셕시라도 무한이로다. 일시 환난이야 현
마 엇디ᄒᆞ리오."

ᄒᆞ며, 더욱 최부인의 블인ᄒᆞ믈 추탄ᄒᆞ며,
한님 부부를 잔잉이련ᄒᆞ미 일념의 미친 병이
되엿더라.

　쇼졔 존고의 ᄌᆞ이를 씌여 일신이 편ᄒᆞ나,
됴양셕월의 부모를 영모ᄒᆞ고 동긔를 ᄉᆞ념ᄒᆞ
며, 한님의 젹니 고쵸를 슬허ᄒᆞ미, 연연옥장
이 엇디 편ᄒᆞ리오마는 감히 존고 안젼의 비
식을 감초와 승안화긔 우휠 듯ᄒᆞ니, 댱휘 더
옥 어엿【12】비 너여 날로 듕이ᄒᆞ미, 모녀의
감치 아니터라. 이러틋 《상의위면‖상의위
명》ᄒᆞ여 히 《진니미‖진ᄒᆞ미》, 윤쇼졔 이에
머므런 디 긔년의 왕의 삼긔 임박ᄒᆞ나, 한임
이 아직 죄루 듕의 이시미 죵ᄉᆞ를 블참ᄒᆞ니,
댱후의 디통이 더옥 시롭더라.

1435)웅비(熊羆)의 상서(祥瑞) : '아들 낳을 상서'를 말
　함. 『시경(詩經)』 「소아(小雅)」 <사간(斯干)>에 "길
　몽이 무언가 하면, 큰 곰과 작은 곰에다, 큰 뱀과
　작은 뱀이로다. 대인이 꿈을 점치니, 큰 곰과 작은
　곰은 남아를 낳을 상서요, 큰 뱀과 작은 뱀은 여아
　를 낳을 상서로다(吉夢維何 維熊維羆 維虺維蛇 大
　人占之 維熊維羆 男子之祥 維虺維蛇 女子之祥)."
　라고 한 데서 온 말. *웅비(熊羆); 작은곰(熊)과 큰
　곰(羆).

1436)긔린옥슈(騏驎玉樹) : 하루에 천 리를 달린다는
　말과 옥처럼 아름다운 나무라는 뜻으로, 재주가 남
　보다 뛰어난 이를 비유(比喩)로 이르는 말.

1437)고복져독(顧復舐犢) : 지극한 돌봄과 사랑으로 길
　러준 어버이의 은혜를 이르는 말. *고복(顧復): 고
　복지은(顧復之恩)의 줄임 말로, 어버이가 자식을 돌
　보아 길러준 은혜를 이르는 말. *지독(舐犢): '舐'의
　음은 '지'. 어미 소가 송아지를 핥는 정이란 뜻으
　로, 자식에 대한 어버이의 지극한 사랑을 비유적으
　로 이르는 말.

1438)상의위명(相依爲命) : 서로 의지하여 목숨을 부지

오며 히 진(盡)ᄒ여 절셰(節序) 뒤이즈니, 윤
쇼졔 이의 머므런지 긔년(朞年)의 왕의 삼긔
님박ᄒ와, 한님이 아직 죄루(罪累)를 신셜치
못훈 고로 종ᄉ(終祀)를 블참ᄒ니, 댱후의 지
통이 더옥 시롭더라.

ᄎ【11】시ᄂᆞᆫ 엄상부의셔 최부인이 아즈 영
이 나간 후로 긔년이 지나디 쇼식이 돈절(頓
絶)ᄒ니, 부인이 졍히 우황(憂惶)ᄒᆞᆷ을 마지
아니ᄒ더라.

녕원이 도라와 윤시 젹소의 블을 노화 죽
인 곡졀을 듯고, 진궁 근쳐의 가 쇼식을 탐
쳥훈 즉, 과연 윤시 젹쇼의셔 화즁참몰(火中
慘沒)ᄒ실시 젹실ᄒ고, 양희 모지 도라왓ᄂᆞᆫ지
라.

부인이 쳥파의 근심을 두로혀 우어 갈오
디,

"이만 쉬온 거슬 니 엇지 그다도록 심【1
2】녀를 허던고? 윤녜 임의 죽어시니 이졔야
창의 죽으믈 마즈 드ᄅᆞ면 아심이 바야흐로
쾌ᄒ리로다. 영이 창이 아조 죽으믈 드ᄅᆞᆫ 후
ᄂᆞᆫ 젠들 어이 ᄒ리오. 날을 져히노라 창과
ᄉ싱을 갓치 ᄒ려노라 ᄒ나, 아조 죽은 후야
엇지 도라오지 아니ᄒ리오."

녕원 왈,

"빈승이{빈승이} 무뢰비를 쳐결ᄒ여 윤쇼
져 젹쇼의 블을 노화, 져 노쥬를 술와 죽인
후ᄂᆞᆫ 김디랑과 무젹즈로 긔회를 마초고 와,
두 사ᄅᆞᆷ【13】을 기다리다가 못ᄒ여 다시 참
지 못ᄒ고 도라왓더니, 김디랑의 쇼식이 업
ᄂᆞ니잇가?"

부인이 침음(沈吟) 쥬ᄉ(愁辭)[1439] 왈,

"셰상의 인심을 블가측(不可測)이라. 창이
본디 요악(妖惡)ᄒ니 혹즈 이 가온디 긔관(奇
觀)의 거죄(擧措) 잇셔, 후셥이 도로혀 피루
(敗漏)ᄒ미 업ᄂᆞᆫ 쥴 어이 알니오? 후셥이 피
ᄒ미 도라오기를 븟그려 다ᄅᆞᆫ 디로 갓ᄂᆞᆫ가
ᄒ노라."

녕원은 산즁요얼(山中妖孼)이라. 믄득 의심
ᄒ여 갈오디,

ᄎ시 엄부의셔 최부인이 ᄋ즈의 나간 후로
소식이 업ᄉᆞ미 부인이 우황ᄒ믈 마디안니터
니, 장ᄉ 갓든 창뒤 허환ᄒ고,

녕원이 도라와 윤시 젹소의 블을 노화 죽
인 곡절을 듯고, ᄯᅩ 진궁 근쳐의 가 소식을
탐쳥훈즉 윤시 과연 화듕참몰홀 시 올훈【1
3】더라.

부인이 근심을 두루혀 우어 왈,

"이만 쉬온 거살 내 엇디 그리 심녁을 허
비ᄒ던고? 윤녜 임의 죽어시니, 창의 죽으믈
마즈 드ᄅᆞ면 아심이 쾌ᄒ리로다. 영이 창의
아조 죽으믈 드ᄅᆞᆫ즉 젠들 어이ᄒ리오?"

녕원 왈,

"빈승이 무뢰비를 쳐결ᄒ여 윤시 노쥬를
소화ᄒ야 죽인 후, 김디랑과 무젹즈로 긔회
를 맛쵸아 기ᄃᆞ리다가 못ᄒ여 도라왓ᄂᆞ니,
김디랑의 소식이 《어니∥어이》 업ᄂᆞ니잇고?"

부인이 침음 왈,

"셰샹 인심이 블가측이라. 창이 본디 요악
ᄒ니 혹즈 이 가온디【14】 긔관의 거죄 잇셔,
후셥이 피루ᄒ미 도라오기를 붓그려 다ᄅᆞ 더
로 갓ᄂᆞᆫ가 ᄒ노라."

녕원은 산듕요얼이라. 믄득 의심ᄒ야 글오
디,

────────────

해 나감. 또는 서로 의지하여 살아감.
1439)쥬ᄉ(愁辭) : 걱정스러운 말. 또는 걱정하는 말.

"빈승이 미양 아모리 먼디라도 일일 슈쳔【14】니룰 왕반ᄒ여 단이다. 후셥은 육신(肉身)이라. 육골범인(肉骨凡人)을 다리고 단이려 ᄒ면 왕반이 더디나, 홀노 단이면 져 쟝ᄉ(長沙)1440) 오쳔니 왕반을 삼일만 ᄒ면 아니 단여 오리잇가? 아모커나 빈되 쟝ᄉ의 가 쇼식을 탐지ᄒ여 오리이다."

부인이 디희ᄒ여 상협(箱篋)을 거두어, 빅금 빅냥과 빅깁 다ᄉ 필을 니여 녕원을 상ᄉᄒ고, 부디 슈이 가 아라 오라 ᄒ니, 녕원이 비ᄉ슈명(拜謝受命)ᄒ고, 이 날 즉시 근두운(筋斗雲)1441)을 타고 쟝사의【15】니ᄅ니, 감히 젹소의ᄂ 가지 못ᄒ고 근쳐의 돌며 쇼문을 듯보더니, 과연 길가 쥬졈의 요피를 달고 방을 브쳐시니 이 곳 후셥의 요피(腰牌)1442)고, 모일의 촌졈의 와 죽어시디 사룸의 죽인 비 되어시니, 아모나 시체룰 ᄎ즈 가라 ᄒ엿ᄂ지라.

녕원이 이룰 보고 디경ᄒ여 쏘 엄한님 싱존을 방문(訪聞)1443)ᄒ니, 과연 '무ᄉᄒ미 반셕 갓다.' ᄒᄂ지라. 녕원이 더옥 디경실식ᄒ여 혜오디,

"엄한님은 과연 텬신이【16】로다. 무젹즈의 슈단을 엇지 면ᄒ고 후셥은 엇던 사룸이 죽엿ᄂ지 모로거니와, 니 비록 도라 최부인긔 복명ᄒ미 더딜지라도, 일ᄌ룰 더 쳔연ᄒ여 몬져 엄한님 젹쇼(謫所)의 블을 노화 신체룰 술와 죽이고, 초초 두로 도라 무젹즈의 종젹을 ᄎ즈며, 후셥 죽인 ᄌ도 ᄎ즈 최부인긔 더옥 여러 가지 쇼식을 젼ᄒ리라."

의ᄉ룰 졍ᄒ고 요특(妖慝)ᄒ 계규 더옥 궁흉극악(窮凶極惡)ᄒ니 엇지 ᄉᆽ치 조흐리오.

"빈승이 ᄆ양 일일 슈쳔 니룰 왕반ᄒ여 단니디, 후셥을 다리고 ᄃ니미 《모양∥미양》 왕반이 《어디나∥더디나》, 홀노 가면 쟝ᄉ 오쳔 니 왕반을 삼일 만ᄒ면 ᄃ녀오리이다."

부인이 대희ᄒ여 상협을 기우려 빅금 오빅냥을 니여 녕원을 상ᄉᄒ고, 부디 수이 가 아라오라 ᄒ니, 녕원이 비샤ᄒ고 근두운을 ᄐ고 쟝사의 니ᄅ러, 근쳐의 돌며 소문을【15】듯보더니, 과연 길가 쥬졈의 요피를 달고 방 브쳐시니, 이 곳 후셥의 요피요, 모일의 촌졈의셔 사룸의 죽인 비 되엿시니 신체룰 ᄎ즈가라 ᄒ엿ᄂᄃ라.

녕원이 대경ᄒ여 쏘 엄 한님 싱존을 방문ᄒ니, 과연 무ᄉᄒ미 반셕 굿다 ᄒᄂᄃ라. 녕원이 대경실식ᄒ여 혜오디,

"엄 한님은 과연 텬신이로다. 무젹즈의 슈단을 엇디 면ᄒ고? 니 비록 최부인긔 복명ᄒ미 더딜디라도 몬져 엄 한님 젹소의 블을 노화 살와 죽이고, 후셥 죽인 ᄌ도 ᄎ자 최부인긔 더옥【16】여러 가디 소식을 젼ᄒ리라."

1440)쟝ᄉ(長沙) : 중국 호남성의 동부 곧 동정호(洞庭湖) 남쪽 상강(湘江) 동쪽 하류에 있는 도시. 수륙 교통의 요충지이며 호남성의 성도(省都)이다.

1441)근두운(筋斗雲) : 거꾸로 내려오는 구름. *근두(筋斗)치다; 곤두치다. 높은 곳에서 머리를 아래로 하여 거꾸로 떨어지다.

1442)요피(腰牌) : 조선 시대에, 군졸·사령·별배 등이 신분을 나타내기 위하여 허리에 차던 패. 나무로 만들어 패의 위쪽에 '엄금(嚴禁)'이라고 새겼다.

1443)방문(訪聞) : 알려지지 않은 사실이나 소식 따위를 알아내기 위하여 직접 찾아가서 듣거나 봄.

가연【17】이 시샹의 가 뉴황 념초 화약과 마
른 셥흘 두어 뭇금1444)이 다 되게 ᄉ, 불지
를 긔계(器械)롤 갓초와 가지고, 가장 밤들기
를 기다려 엄한님 햐쳐의 나아가, 감히 디군
ᄌ의 졍양지긔(正陽之氣)1445)룰 ᄡ오이지 못ᄒ
여, 안희ᄂ 드지 못ᄒ고 밧그로 종젹을 감초
와시니, 엇지 엄공ᄌ와 무젹ᄌ 오릉이 다 이
곳의 이시믈 알니오.

밧긔셔 돌며 망보니 쥭창의 블빗치 비최지
아니ᄒ고, 인젹이 젹젹ᄒ여 계견(鷄犬)의 쇼
리도 업【18】ᄉ니, 요츅이 스스로 슘을 드리
고 시긱을 짐쟉ᄒ니, ᄶ ᄉ경(四更) 초ᄂ 되
어시니, ᄌ시(子時) 말은 된 듯ᄒ지라.

산간 초실의 슈간모옥이 안과 밧기 머지
아니ᄒ지라. 사름의 비셩이 밧긔 들니믈 우
뢰갓치 ᄒ니, 녕원이 즁인(衆人)의 즘드러시
믈 짐쟉ᄒ고, 용약ᄒ여 가연이 음운(陰雲)을
타고 반공즁(半空中)의 ᄶ여올나, ᄯ 젼쳐로
식초 뭉치의 뉴황 화약을 너허 블덩이를 ᄡ
집 우희 나리치며, 닙으로 광풍과 안기를 지
어【19】브니, 요츅(妖畜)의 변홰 비록 블측
ᄒ나 하날이 돕지 아닌 후야 엇지 시러곰 셩
ᄉᄒ리오.

윤쇼져ᄂ 텬쉬(天數) 임의 졍ᄒ여, 긔화(奇
禍)룰 일워 기리 댱후와 윤시 환난 가온디
긔봉(奇逢)을 빌녀시니, 부인의 운건(運蹇)ᄒ
시졀을 응시ᄒ여 요츅의 용간ᄒ미 되엿거니
와, 엄한님은 거의 운익이 쇼멸흘 ᄶ 갓가
왓ᄂ지라.

요마(幺麽)ᄒ 긔틀이 엇지 ᄯ 번번이 셩공
ᄒ리오. 요얼(妖孼)이 졍히 니러나며 음풍이
ᄉ긔(四起)ᄒ더니, 홀연【20】일진 넝풍(冷風)
이 디작(大作)ᄒ며, 음운이 모라 구름 밧긔
요츅을 나리치며, 텬디 진동ᄒ여 뇌졍벽녁
(雷霆霹靂)이 진탕(盡蕩)ᄒ며 큰 비 붓ᄃ시
오니, 경긱의 그런 숨녈(森烈)1446)ᄒ 블꼿치
다 쇼멸ᄒ고, 요츅이 구름 밧긔 ᄶ져1447) 졍

1444)뭇금 : 묶음. 한데 모아서 묶어 놓은 덩이.
1445)졍양지긔(正陽之氣) : 다른 것이 조금도 섞이지
    아니한 제대로 온전한 양의 기운.
1446)숨녈(森烈) : 기운이나 세력이 왕성하고 세참.
1447)ᄶ지다 : 떨어지다.

ᄒ고, 가연이 시샹의 가 뉴황 염초와 마른
셥흘 사 블지를 기계를 ᄀ초와 가지고, ᄀ장
밤든 후 엄 한님 햐쳐의 나아가, 감히 대군
ᄌ의 졍양지긔를 《ᄡ이디∥ᄯ오이디》 못ᄒ야,
안희ᄂ 드지 못ᄒ고 밧그로 울 밋터 가 관망
ᄒ니, 쥭창의 블빗치 업고 인젹이 젹요ᄒ고
계견의 소ᄅ도 업ᄉ니,

녕원이 용약ᄒ야 공듕의 ᄶ여 올나, 젼쳐로
식초 뭉치의 뉴황을 너허 블덩이를 ᄡ 바로
집 우희 나리치며, 입으로 광풍을 지어 부
니, 요츅의 변홰【17】 블측ᄒ나 하늘이 돕디
아닌 후 엇디 시러금 셩ᄉᄒ리오.

엄 한님의 운익이 거의 소멸흘 ᄶ 갓가왓ᄂ
디라.

요샤ᄒ 졍젹이 엇디 번번이 셩공ᄒ리오.
홀연 일진 넝풍이 디작ᄒ며 음운이 모라 구
룸 밧긔 ᄂ리치며, 텬디진동ᄒ며 뇌졍벽녁이
진동ᄒ고 큰 비 붓다시 오니, 경긱의 블꼿치
다 죽고, 《오츅∥요츅》을 동혀 쵸실 졍듕의
ᄶ러지[치]니, 추시 엄 한님 쳣잠이 깁허더
니, 홀연 뇌졍벽녁이 텬디 진동ᄒ야 쵸실 ᄉ
벽의 움죽여 《뒤눕∥뒤눕》ᄂ 듯ᄒ여 극히 뇨

신이 어즐ᄒ여 능히 요슐을 발치 못ᄒ고, 동
혀지운둣시1448) 초실졍즁(草室庭中)의 ᄶ러
진지 구러져시니, 초시 엄한님 형뎨와 무젹
ᄌ 셩산 등이 다 쳣잠이 깁헛더니, 홀연 뇌
졍벽녁이 텬디진동ᄒ여, 초실 ᄉ벽이 움죽
【21】여 뒤눕ᄂ1449) 듯ᄒ여 극히 요란ᄒ니,
졔인이 디경ᄒ여 급급히 블을 붉히고 창을
여러 보니, 벽녁쳔홰(霹靂天火)1450) 녑녑(曄
曄)ᄒ여1451) 졍즁(庭中)이[의] 조요(照耀)ᄒ
곳의 일변(一邊)의, 일기 녀승이 믠 머리의,
운납(雲衲)1452)은 버셔 바리고, 빅나장삼(白
羅長衫)1453)의 《혜란디∥낭디(囊袋)》1454)를
두로고, 빅팔념쥬(百八念珠)를 걸고 업더져
긔운이 혼미ᄒ여 벌덕이ᄂ 디, 놀난 눈망울
이 산 밧긔 비여지고 고긔로온 요힝ᄉ골이
라.

한님 형뎨 디경ᄒ여 졍히 뭇고져 ᄒ더니
믄득 벽녁이 더옥 급ᄒ며 금의신【22】장(金衣
神將)이 완연이 현셩(現成)ᄒ여 광미(廣眉)를
거스리고, 환안(環眼)1455)을 브룹ᄡ고 창디
갓흔 슈염이 갓구로 셔시미 위풍이 늠연ᄒ더
라.

디로 왈,
"산즁 요츅(妖畜)이 스스로 쇼혈(巢穴)을
직희지 아니ᄒ고, 셩셰(盛世)의 번거로이 왕

란ᄒ니, 졔인이 대경ᄒ【18】야 급급히 블을
붉히고 창을 여러 보니, 벽녁이 명멸ᄒ여 졍
듕이 조요ᄒ 곳의, 마당 일변의 일기 요승이
믠머리의 운납을 버셔ᄇ리고, 빅나장삼의
《혜란디∥낭디》를 두루고 빅팔념쥬를 걸고
업더져 긔운이 혼미ᄒ엿ᄂ디라.

한님 형뎨 대경ᄒ여 졍히 뭇고져 ᄒ더니,
믄득 벽녁이 더옥 급ᄒ며 금의신장이 완연이
현셩ᄒ야 광미를 거스리고 대호 왈,

"산듕 업츅이 스스로 소혈을 직희디 아니
ᄒ고, 셩셰의 번거로이 왕니《ᄒᄂ∥흄도》ᄉ
죄어ᄂ, 오히려 죄를 아디 못【19】ᄒ고 가디

1448)동혀지우다 : 동혀매다. *지우다: 묶다. 옭아매다.
1449)뒤눕다 : 물체가 뒤집히듯이 몹시 흔들리다.
1450)벽녁쳔홰(霹靂天火) : 벼락과 벼락이 쳐 일어난
    불을 함께 이른 말. *천화: 벼락이 쳐 일어난 불.
1451)녑녑(曄曄)ᄒ다 : 엽엽(曄曄)하다. 벼락이나 번개
    가 쳐 빛이 번쩍번쩍하다.
1452)운납(雲衲) : ①운수납자(雲水衲子)의 준말로, 승
    려를 달이 이르는 말. ②납의(衲衣: 승려의 옷)가
    구름처럼 펄럭인다 하여 붙여진 말로 납의를 달리
    이르는 말. ③승려가 머리에 쓰는 하얀 천으로 만
    든 모자. *여기서는 ③의 의미로 쓰였다.
1453)빅나장삼(白羅長衫) : 흰 비단으로 지은 장삼. *
    장삼(長衫):『불교』승려의 웃옷. 길이가 길고, 품과
    소매를 넓게 만든다.
1454)'혜란대'를 '낭디(囊袋)'로 교정한 것은 26쪽 녕원
    의 주검을 처리하는 장면에서 '혜란대'를 '낭디'로
    표기해 놓고 있는 것에 근거했다. 원 표기는 '혜진
    낭디(해어진 낭대)'였을 것으로 추론한다. *낭대: 등
    에 지고 다니는 자루 모양의 큰 주머니. =바랑.
1455)환안(環眼) : 고리눈. ①눈동자의 둘레에 흰 테가
    둘린 눈. ②놀라거나 화가 나서 휘둥그레진 눈.

니흠도 ᄉ쵀여늘, 오히려 죄를 아지 못ᄒ고 가지록 외월(猥越)ᄒ여, 블인을 도와 감히 옥낭션아(玉狼仙娥)[1456]룰 ᄯᆯ와[1457] 블을 노화 션낭(仙娘)을 도로의 분쥬(奔走)ᄒ게 ᄒ고, ᄯᅩ 이의 와 미화진군(尾華眞君)[1458]과 미슈진군(尾首眞君)[1459]을 다 블의 술와 죽이려 ᄒ니, 업츅(業畜)[1460]의 【23】죄 엇지 즁치 아니리오. 각목교(角木蛟)[1461] 황금뇽(黃金龍)[1462]이 네 죄를 알고 특별이 텬뎨(天帝)긔 쥬문(奏聞)ᄒ고, 풍빅(風伯) 우ᄉ(雨師)와 벽년신장(霹靂神將)을 쳥ᄒ여, 너 요졍을 잡아 죽이려 ᄒ느니, 요졍은 ᄲᆯ니 본형을 니라."

언미죵(言未終)의 그 요승이 만신(滿身)을 뒤틀며 크게 한 쇼릴를 ᄒ더니, 졍즁의 한 여이 업디엿더라.

신장이 믄득 공허(空虛)ᄒ며[1463] 뇌졍쇼릭 더옥 요란ᄒ더니, 공즁으로셔 동화(同火)[1464] 갓흔 블이 나려와 일곱 ᄭᅩ리 가진 여호를 분쇄ᄒ니, '누리며 비린 【24】ᄂᆡ'[1465] 진동ᄒ며,

록 외월ᄒ여 블인을 도아, 감히 옥낭셩를 ᄯᆞ 아 블을 노화 션낭으로 ᄒ여금 도로의 분쥬 ᄒ게 ᄒ고, ᄯᅩ 이의 와 긔화진군과 긔슈진군 을 다 블의 살와 죽이려 ᄒ니, 업츅의 죄 엇 디 듕치 아니리오. 특별이 옥제 풍빅 우ᄉ와 벽녁신장을 명ᄒ샤 너 요졍을 죽이라 ᄒ셧ᄂᆞ 니. 요졍은 ᄲᆯ니 본형을 니라."

《언기죵‖언미종(言未終)》의 그 요승이 만 신을 뒤틀며 크게 흔 소릭ᄒ더니, 졍듕의 업 디엿더라.

신장이 공허ᄒ며 공듕으로셔 동화 ᄀᆞ튼 블 이 ᄂᆞ려와 일곱 ᄭᅩ리 가진 여호를【20】 분쇄 ᄒ니, 그 소릭 원근의 다 진동ᄒ더라. 한님 형뎨와 무젹ᄌ 셩산 등이 거동을 보미, 츠악

1456)옥낭션아(玉狼仙娥) : 옥낭셩(玉狼星)에 살던 선녀. *옥낭셩: 낭셩(狼星)을 달리 이른 말. *낭셩(狼星):『천문』큰개자리에서 가장 밝은 청백색의 별. 하늘에서 볼 수 있는 가장 밝은 별로, 밝기는 -1.46등급이고, 지구에서 거리는 8.7광년이다. 백색 왜성과 쌍성을 이루고 있다.=시리우스.

1457)ᄯᆯ아오다 : 따라오다.

1458)미화진군(尾華眞君) : 미셩(尾星)의 가장 빛나는 별을 다스리던 신선. *미셩: 이십팔수(二十八宿)의 여섯째 별자리에 있는 별들. *진군(眞君): 만물의 주재자(主宰者). 또는 신선(神仙)을 높여 이르는 말.

1459)미슈진군(尾首眞君) : 미셩(尾星) 머리 부분의 첫 번째 별을 다스리던 신선(神仙).

1460)업츅(業畜) : 『불교』전생에 지은 죄로 인하여 이승에 태어난 짐승.

1461)각목교(角木蛟) : 이십팔수의 첫째 별자리에 있는 별들인 각셩(角星)을 달리 이른 말이다. 각성은 오행(五行: 水・木・火・土・金)은 목(木)에 속하고 별을 상징하는 동물은 교룡(蛟)인 데, 이러한 속성을 별자리 이름에 드러내어 '각목교(角木蛟)'라 한 것이다. (『選擇紀要』관상감제조 南秉吉 撰(1867. 고종4) 참조) *각셩(角星):『천문』이십팔수의 첫째 별자리에 있는 별들.

1462)황금뇽(黃金龍) : 각셩(角星)을 다스리는 셩신(星神)의 이름.

1463)공허(空虛)ᄒ다 : 아무것도 없이 텅 비다.

1464)동화(同火) : 봉화(烽火)・셩화(聖火)・햇불(炬) 등과 같이 여럿이 공동으로 이용하는 불꽃이 큰불들을 통틀어 이르는 말.

그 쇼릭의 원근이 다 놀나더라. 한님 형뎨와 무젹주 셩산 등이 목젼의 이 거동을 보미 추악경히(嗟愕驚駭)ᄒᆞᆷ믈 마지 아니나, 한님과 공주ᄂᆞᆫ 총명통달ᄒᆞ여 결비범인(決非凡人)이라.

임의 한 ᄭᅳᆺ츨 보미 엇지 모로리오. 블 노흔 흔젹을 명명이 보건디, 그 히코져 ᄒᆞᆫ 지 뉘라 ᄒᆞ리오.

임의 요축을 텬벌(天罰)ᄒᆞ미 광풍뇌위(狂風雷雨) 일시의 ᄢᅥ지니, 텬ᄉᆡᆨ(天色)이 명명(明明)ᄒᆞ미, '텬벌 닙은 요마(妖魔)롤 셔ᄅᆞ져 니라.' ᄒᆞᆫ디, 무젹주와 셩셩이 나【25】아가 셔ᄅᆞ져 먼니 ᄂᆡ칠ᄉᆡ, 주시 보니 골육이 하나토 남은 거시 업셔 분쇄ᄒᆞ고, 빈 가족만 오고라지게[1466] 타고, 벗던 운납(雲衲)과 ᄭᅴ엿던 낭디 오히려 타지 아냣거ᄂᆞᆯ, 무젹지 보니 분명ᄒᆞᆫ 녕원 신법ᄉᆞ의 가졋던 거시러니라 무젹지 그 요괴란 쥴 더경ᄒᆞ여 낭디를 드러 보니 심히 무겁거ᄂᆞᆯ 펴고 보니 한 장 유지의 단단이 봉ᄒᆞᆫ 거시 잇고 피봉의 한 쥴 가ᄂᆞ리 쓴 거시 이시니 필체 쥬옥 갓흔지라 무젹지 글주를【26】아지 못ᄒᆞᄂᆞᆫ지라. 괴이히 너겨 갓다가 한님긔 드리니, 한님이 바다 보미 피봉의 ᄡᅥ시디,

"모월 모일의 엄퇴ᄉᆞ 부인 최시ᄂᆞᆫ 녕원 신법ᄉᆞ의게 빅은 오빅 근을 쥬어 녜믈을 삼ᄂᆞ니, 장ᄉᆞ의 가 블쵸주 창을 브디 죽여 희보로ᄡᅥ 젼ᄒᆞ면, 당당이 쳔금으로ᄡᅥ 공을 즁히 갑흐리라."

ᄒᆞ엿더라.

졍공(精工)ᄒᆞᆫ 주획과 빗난 필젹이 분명ᄒᆞᆫ 최부인 필젹이라. 한님과 공지 간파(看罷)의 임의 짐작ᄒᆞᆫ 일이나 엇지 추악(嗟愕)지 아【27】니리오.

공지 일셩이호(一聲哀號)의 피룰 토ᄒᆞ고 업더져 긔졀ᄒᆞ니, 이ᄂᆞᆫ 혈긔미셩(血氣未成)ᄒᆞᆫ 어린 아희, 모부인 실덕을 긱골(刻骨) 이달나

경괴ᄒᆞᆷ믈 이긔디 못ᄒᆞ나, 한님은 총명통달ᄒᆞ여 결비범인이라.

임의 ᄒᆞᆫ ᄭᅳᆺ츨 보미 엇디 모르리오.

좌우를 명ᄒᆞ야 요슈의 졍젹을 셔ᄅᆞ져 니라ᄒᆞ니, 무젹주와 셩산이 나아가 먼니 ᄮᅢ어 ᄂᆡ칠ᄉᆡ, 주시 보니 골육이 남은 것 업시 분쇄ᄒᆞ고 빈 가족만 오고라지게 ᄐᆞ고, 벗던 운납과 낭디 ᄣᅵ러져 ᄐᆞ지 아엿거ᄂᆞᆯ, 무젹지 낭디를 드러 보니 심히 무겁거ᄂᆞᆯ, ᄒᆞᆫ 장 유지의 단단이 봉ᄒᆞᆫ 거시 잇고, 피봉의【21】글쓴 거시 이시니, 필쳬 쥬옥 ᄀᆞ튼디라. 무젹지 글주을 아디 못ᄒᆞᄂᆞᆫ 고로 고이히 넉여 한님긔 드리니, 한님이 바다 보미 피봉의 ᄡᅥ시디,

'모월모일의 엄태ᄉᆞ 부인 최시ᄂᆞᆫ 녕원《시॥신》법ᄉᆞ의게 빅은 오십 근을 쥬어 녜을 삼ᄂᆞ니, 블쵸주 창을 브디 죽여 회보ᄡᅥ 젼ᄒᆞ면 당당이 쳔금으로ᄡᅥ 공을 듕히 갑흐리라.'

ᄒᆞ엿더라.

한님과 공지 간파의 임의 짐작ᄒᆞᆫ 일이나, 엇디 추악디 아니리오.

공지 일셩이호의 피를 토ᄒᆞ고 업더져 긔졀ᄒᆞ니, 이ᄂᆞᆫ 혈긔 미졍ᄒᆞᆫ 어린아희 모친 실【22】덕을 각골 이달나 격년 심녀를 만히 허

1465)누리며 비린니 : 누린내와 비린내를 함께 이른 말. *누린내 : 동물의 고기나 털 따위의 단백질이 타는 냄새. *비린내: 날콩이나 물고기, 동물의 피 따위에서 나는 역겹고 매스꺼운 냄새. 늑성취.
1466)오고라지다 : 오그라지다.

긔혈(氣血)이 왕성치 못흔 바의, 격년(隔年) 심녀를 만히 허비ᄒ여, 졸연(猝然)이 울홰(鬱火) 층싱(層生)ᄒᄆᆡ 구혈혼식(嘔血昏塞)ᄒᄆᆡ라.

한님의 경황실식(驚惶失色)ᄒ여 급히 븟드러 ᄌᆞ리의 누이며, 슈족(手足)을 만져 보니 ᄉᆞ말(四末)이 궐닝(厥冷)ᄒ고 호흡이 쳔쵹(喘促)ᄒ여 경긱의 엄엄(奄奄) 슈진(壽盡)ᄒᆞᆯ 형상이라.

한님과 운·계 냥복(兩僕)이 ᄎ악ᄒᆞ믈 니긔지 못ᄒ여,【28】급히 쳥심단(淸心丹)을 가져 온슈(溫水)의 화(和)ᄒ여, 닙의 드리오며 좌우로 슈족(首足)을 쥐므르며 구호ᄒᄆᆡ, 식경(食頃)이 지난 후, 공지 비로쇼 숨을 니쉬고 눈을 ᄯᅥ 형을 보니, 한님의 맑은 눈물이 죵횡(縱橫)ᄒ여, ᄌᆞ긔 손을 잡고 낫ᄎᆞᆯ 다혀 아을 브르ᄂᆞᆫ지라. 공지 역시 슬프믈 니긔지 못ᄒ여 갈오ᄃᆡ,

"블쵸뎨(不肖弟) 젼후의 형쟝으로 ᄒ여곰 빅우(百憂)를 층싱ᄒ여, 남의 업순 회포를 겻그시게 ᄒ니, 이ᄂᆞᆫ 다 블쵸뎨의 연괴라. 쇼뎨 하면목(何面目)으로【29】닙어쳔일지하(立於天日之下)ᄒ리잇고? 맛당이 스스로 죽어 블쵸부뎨지죄(不肖不悌之罪)[1467]를 쇽(贖)ᄒ고, ᄌᆞ위(慈闈) 념녀를 ᄂᆞᆫᄎᆞ시게 ᄒ려 ᄒᄂᆞ이다."

셜파의 실셩오열(失性嗚咽)ᄒ여 다시 엄식(奄塞)ᄒᆞᆯ 듯ᄒ니, 한님이 안고 다리며 위로 왈,

"닉 아이 평일 통달ᄒᆞ더니 금일 엇지 이러틋 조비야오뇨? 이ᄂᆞᆫ 아의 타시 아니오 ᄌᆞ위 실덕이 아니라. 우형이 블민ᄒ여 덕이 신명(神明)을 져바리고 효위(孝友) 쳔박ᄒᄆᆡ라. 능히 증ᄌᆞ(曾子)[1468]의 양지(養志)와 민ᄌᆞ(閔子)

1467)블쵸부뎨지죄(不肖不悌之罪) : 못나고 어리석어 아우로서 형에 대한 도리를 다하지 못한 잘못이 있음.
1468)증ᄌᆞ(曾子) : 증삼(曾參). 중국 노나라의 유학자. 자는 자여(子輿). 공자의 덕행과 사상을 조술(祖述)하여 공자의 손자인 자사(子思)에게 전하였다. 후세 사람이 높여 증자(曾子)라고 일컬었으며, 유가에서 내세우는 대표적인 효자로, 효(孝)가 양구체(養口體; 음식과 몸을 섬기는 것)에 머물지 않고 양지(養志;

비ᄒ여, 졸연이 울홰 층싱ᄒᄆᆡ 긔절혼식ᄒᄆᆡ라.

한님이 경황실식ᄒ여 급히 븟드러 ᄌᆞ리의 누이고. 슈죡를 주므르며,

쳥심환을 온슈의 화ᄒ여 입의 드리오ᄆᆡ, 두어 식경 후 공지 비로소 숨을 니쉬고 눈을 ᄯᅥ 형을 보니, 한님이 맑은 눈믈이 죵힁ᄒ야 ᄌᆞ긔 손을 잡고 ᄂᆞᆺᄎᆞᆯ 다혀 아을 브르ᄂᆞᆫ디라. 공지 슬프믈 이긔디 못ᄒ여 굴오ᄃᆡ,

"블쵸뎨 젼후의 형댱으로 ᄒ여금 빅우를 층싱ᄒ야 남의 업순 회표를 격그시게 ᄒ니, 이【23】ᄂᆞᆫ 다 블쵸뎨의 연괴라. 쇼뎨 하면목으로 입어텬일디하다ᄒ리잇고? 맛당이 스스로 죽어 블쵸부뎨지죄를 쇽ᄒ고 ᄌᆞ위 념녀를 ᄂᆞᆺ츠시게 ᄒ려 ᄒᄂᆞ이다."

셜파의 실셩오열ᄒ여 다시 엄식ᄒᆞᆯ 듯ᄒ니, 한님이 안고 드리며 위로 왈,

"닉 아이 평일 통달ᄒᆞ더니, 금일 엇디 이럿틋 조ᄇᆞ야오뇨? 이ᄂᆞᆫ 우형의 블민ᄒ야 덕이 능히 신명을 져ᄇᆞ리고, 효위 쳔박ᄒ여 고인의 셩효를 밋디 못ᄒ야 ᄌᆞ위를 감동치 못ᄒ고, 어린 아오로 ᄒ여금 ᄆᆞ음 ᄡᅳ기를 과도

子)1469)의 치위1470) 견디는 셩효【30】를 밋지 못ᄒ여 주위를 감동치 못ᄒ고, 어린 아아로 ᄒ여곰 마음 ᄡᅳ기를 과도히 ᄒ여, 토혈긔식(吐血氣塞)ᄒᄂᆫ 디경의 니르게 ᄒ믄, 다 우형의 탓시라. 현데 이러틋 우형의 연고로 인ᄒ여 보젼치 못ᄒᆫ 즉, 이ᄂᆫ 우형의 손으로 현데를 히(害)ᄒᆫ 작시라1471). 엇지 홀노 술아 부모긔 뵈올 마음이 이시리오. 네 이후는 이런 념녀를 말고 심녀를 널니ᄒ여 신상의 질(疾)을 일위지 말나. 우형의 ᄉᆞᄉᆡᆼ거취(死生去就)1472)를 너와 갓【31】치 ᄒ리라."

드디여 온언(溫言)으로 지삼 기유(開諭)ᄒ니, 공지 형의 간절ᄒᆫ 졍을 감ᄉᆞᄒ여 기리 탄식ᄒ고 말이 업더니, 공지 오리게야 다시 갈오디,

"쇼뎨 형장 말ᄉᆞᆷ을 슈화(水火)라도 ᄉᆞ양치 아니ᄒ오리니, 형장이 ᄯᅩ 쇼뎨의 말ᄉᆞᆷ을 신쳥(信聽)ᄒ쇼셔."

한님이 어로만져 니르디,

"네 말이 드럼 즉ᄒ면 엇지 좃지 아니리오."

공지 탄식ᄒ여 갈오디,

"이ᄂᆫ 다 쉬온 일이니이다. 형장이 아즈의 오빅금 은ᄌᆞ를 피봉지(皮封紙)1473) 쇼뎨를 맛져【32】 찻지 마르쇼셔."

한님이 그 ᄯᅳᆺ을 알고 미쇼 왈,

"차믈(此物)이 비례지믈(非禮之物)이 아니니, ᄡᅳ다 무방커든 감초아 무엇ᄒ리오."

히 ᄒ여【24】 토혈혼식ᄒ는 지경의 니르게 ᄒ믄, 다 우형의 타시라. 현데 이러틋 ᄒ야 보젼치 못ᄒᆫ즉, 이ᄂᆫ 우형이 손으로 현데를 히ᄒᆫ 작시라. 우형이 엇디 홀노 ᄉᆞ라 부모게 뵈올 ᄆᆞ음이 이시리오? 네 이후는 이런 념녀를 말고, 심ᄉᆞ를 널니 ᄒ야 신상의 질을 닐위디 말나."

드디여 온언으로 지삼 기유ᄒ니, 공지 형의 간졀ᄒᆫ 졍을 감샤ᄒ야 기리 탄식 왈,

"쇼뎨 형댱 말ᄉᆞᆷ을 슈화라도 ᄉᆞ양치 아니리니, 형댱이 ᄯᅩᄒᆫ 쇼뎨 말ᄉᆞᆷ을 신쳥ᄒ쇼셔."

한님이 어르만져 왈,

"네 말【25】이 드럼 즉ᄒ면 엇디 좃디 아니리오?"

공지 탄식 왈,

"이ᄂᆫ 다 쉬온 일이라. 형댱이 아자 오빅금을 피봉지 쇼제를 쥬쇼셔."

한님이 그 ᄯᅳᆺ을 알고 미쇼 왈,
"ᄎᆞ믈이 비례디믈이 아니니, ᄡᅳ다 무방커든 감초와 무엇ᄒ리오?"

뜻을 섬기는 것)에 이르러야 함을 몸소 보여주었다. 저서에 《증자》, 《효경》 이 있다.
1469)민ᄌᆞ(閔子) : 민자건(閔子騫). 중국 춘추 시대 노나라의 현인. 공자의 제자. 이름은 손(損). 자는 자건. 공문십철의 한 사람으로, 효행이 뛰어났다.
1470)민ᄌᆞ(閔子)의 치위 : '민자건(閔子騫)의 추위'라는 말로, 중국 노나라 효자 민자건이 계모의 학대로 겨울에 솜을 넣지 않은 얇은 옷을 입고 추위에 떨었던 고사를 말함. 한나라 때 유향(劉向)의 『說苑』 및 당나라 때 구양순(歐陽詢)의『예문유취(藝文類聚)』등에 나온다.
1471)작시다 : 잦이다. *잦: 것. 꼴. 때문. 까닭. 사물, 일, 현상 따위를 추상적으로 이르거나, 그 모양, 이유, 원인 따위를 이르는 말.
1472)ᄉᆞᄉᆡᆼ거취(死生去就) : 죽고 살고 떠나가고 나아가는 모든 일.
1473)피봉지(皮封紙) : 것 봉투째.

공지 탄식 왈,

"형장이 적거시(謫去時)의 비록 오가 지믈노 힝지(行資)를 도으미 업스나, 진국군 부조의 보낸 힝냥(行糧)이 오히려 쥬족(周足)ᄒ고, 쇼데 가져온 경뵈 족이 싱활이 군쇽지 아니려든, 이 오빅금 은지 무슨 쓸 곳이 이시리잇고? 주위 반다시 칠미호(七尾狐)의 본형을 아지 못ᄒ시고 사룸만 넉여, 그 환슐(幻術)을 밋어 《범즁항시(范中行氏)[1474]∥지백(智伯)[1475]》의 국ᄉ(國師)로 예양(豫讓)[1476] 디졉ᄒ듯 ᄒ샤, 심즁쇼유(心中所有)를 은닉지 아니시고 디ᄉ를 맛기시믄, 그 깁히 미【33】드시믈 가히 알지라. 쇼데 이러무로 이 은ᄌ와 주위 필젹으로ᄡᅥ 증표를 숨아, 타일 주위 실덕을 간위(懇慰)코ᄌ ᄒ{시}미오, 다른 뜻

1474)범즁항시(范中行氏) : 중국 전국시대 진(晉)나라의 육경(六卿) 지위에 있었던 대부 범씨(范氏)와 중항씨(中行氏)를 함께 이른 말. 당시의 자객 예양(豫讓)이 두 사람을 섬긴 일이 있는데, 두 사람이 살해되었을 때, 예양은 두 사람의 원수를 갚지 않았다. 그 이유를 예양은 '두 사람이 자신을 보통사람으로 대우하였기 때문에 자신도 그들을 보통사람으로 대접하여, 그 원수를 갚지 않았다고' 하였다.(『史記 卷86 刺客列傳 豫讓』)

1475)지백(智伯) : 중국 전국시대 진(晉)나라의 육경(六卿) 지위에 있었던 대부의 한사람. 당시의 자객 예양(豫讓)이 지백을 주군(主君)으로 섬겼는데, 지백이 권신(權臣) 조양자(趙襄子)에게 살해되자, 지백의 원수를 갚기 위해 조양자를 암살하려다 붙잡혀 죽었다. 예양은 지백의 원수를 갚으려한 이유를, '지백이 자신을 국사(國士)로 예우하였기 때문에 자신도 국사로서 지백에게 보답하기 위해 원수를 갚으려 한 것이다."고 하였다. (『史記 卷86 刺客列傳 豫讓』) *따라서 위 본문의 '범즁항시'는 '지백'으로 교정되어야 한다.

1476)예양(豫讓) : 중국 진(晉)나라 때의 자객, 일찍이 진의 대부 범씨(范氏)와 중항씨(中行氏)를 섬기다가 지백(智伯)이 그 두 집을 멸하자, 다시 지백을 섬겼다. 그 뒤에 지백이 조양자(趙襄子)에게 죽음을 당하자, 예양은 주군(主君)의 원수를 갚기 위하여 숯을 삼켜 벙어리가 되고 몸에는 옻을 칠하여 문둥병환자로 가장하고 조씨를 암살하려 하였으나 실패하하였다. 조씨가 예양을 잡아, "너는 범씨와 중항씨를 죽인 지씨를 섬기더니 왜 나한테는 원수를 갚으려 하는 것이냐?"고 묻자, 답하기를, "범씨와 중항씨는 나를 보통 사람으로 대우하였으므로 나도 보통 사람으로 그들을 대접한 것이고, 지백은 나를 국사(國士)로 예우하였기 때문에 나도 국사로서 그에게 보답하려는 것이다."라 하고, 죽음을 당했다. (『史記 卷86 刺客列傳 豫讓』)

공지 탄왈,

"형댱 젹거시의 비록 오가의서 지믈노 힝지를 도으미 업스나, 진국군 부조의 보낸 《힝냥∥힝냥》이 오히려 쥬죡ᄒ고, 쇼뎨 가져온 경보가 죡히 싱계 군쇽디 아니라니, 이 오빅금 은지 무산 쓸 곳이 이시리잇고? 주위 반드시 칠미호의 본형을 아디 못ᄒ시리니, 이 은ᄌ와 주위 필젹으로ᄡᅥ【26】 증표를 삼아 타일 주위 실덕을 간위코져 ᄒ미니이다."

지 업스오니 형장은 ○[의]심 마르쇼셔."

한님이 위연 탄 왈,

"우형이 엇지 현뎨의 뜻을 아지 못ᄒ리오 다만 싱각건디 쥬졍의 긔왕지ᄉᆞ를 《국‖굿》ᄒ여 유심(有心)이 심장(深藏)ᄒ엿다가 다시 드리고, 그러틋 ᄒ미 인ᄌᆞ(人子)의 친의를 효슌ᄒᆞ는 도리 아닌가 ᄒᆞ노라."

공지 왈,

"《연쟉‖연즉(然則)》 고어(古語)의 왈, '부뫼 유과(有過)어시든 간이블역(諫而不逆)ᄒ여 숨 간이블쳥(三諫而不聽)이어시든 호읍이슈지(號泣而隨之)'1477)란 말이 ᄯᅩ 엇지 그ᄅ리잇가?"

한님이 【34】 공쥬의 도도ᄒᆞᆫ 말숨이 근니(近理)ᄒᆞᆷ믈 드르미 다시 말을 아니코, 다만 웃고 은ᄌᆞ 봉ᄒᆞᆫ 거슬 공쥬를 쥬니, 공지 바다 간ᄉᆞᄒᆞ더라1478).

셩산 등 노복은 임의 최부인 악ᄉᆞ를 아는 비라. 시로이 놀날 거시 업ᄉᆞ디, 그 궁모곡계(窮謀曲計) 빅츌(百出)ᄒ여 요얼을 다 ᄉᆞ괴여 본젹(本迹)을 아지 못ᄒᆞᆷ믈 헤ᄋ리미, 심흔골경(心寒骨驚)ᄒᆞ미 한님 곤계와 다르미 업고, 오릉이 ᄯᅩᄒᆞᆫ 젼일 후셥 녕원의게로 인ᄒ여 엄터ᄉᆞ 부인 과악을 붉이 아르ᄂᆞᆫ지라. 그윽이 한님 곤계 효위(孝友) 결비타인(決非他人)이믈 항복(降服) 칭찬ᄒ고, 녕원의 요괴(妖怪)런 쥴 알미, 스스로 그 ᄉᆞ람만 넉여 ᄉᆞ괴엿던 쥴 《후호‖후회》ᄒᆞ【35】미[고] 심혼(心魂)이 산긔(散氣)1479)ᄒᆞ여[며], 엄한님의 셩인군지믈 쾌히 알미 졔 ᄯᅩ 칠미호의게 홀니여 쳔싱귀현(天生貴賢)1480)을 히ᄒᆞ려 ᄒᆞ던 쥴과, 목젼(目前) 요졍의 쳔벌 바드믈 보미

한님 왈,

"우형이 엇디 현뎨 뜻을 아디 못ᄒᆞ리오. 다만 싱각건디 쥬졍의 긔왕ᄉᆞ를 굿ᄐ여 유심ᄒᆞ엿다가 다시 드리미, 인ᄌᆞ의 친의를 효슌ᄒᆞᄂᆞ 도리 아닌가 ᄒᆞ노라."

공지 왈,

"연즉 《고시‖고어》의 니른바 '부뫼 유괘어시든 《가이블역‖간이블역》ᄒᆞ며, 삼간이블쳥이어시든 《유혈싱지‖호읍이슈지(號泣而隨之)》'란 말이 어디 잇ᄂᆞ잇고?"

한님이 다시 말이 업셔 다만 은ᄌᆞ 봉ᄒᆞᆫ 거슬 공쥬를 쥬니, 공지 비ᄉᆞᄒᆞ고 바다 간ᄉᆞᄒᆞ더라.

셩산 등은 임의 최부인 악ᄉᆞ를 아는 비라. 시로히 놀나【27】오미 업ᄉᆞ디, 오룡은 그윽이 한님의 효위 츌인ᄒᆞᆷ믈 항복 칭찬ᄒᆞ고, 녕원이 요괴런 줄 알미 스스로 그 ᄉᆞᄅᆞᆷ만 넉여 ᄉᆞ괴여[엿]던 줄 후회ᄒᆞ고, 즈긔 칠미호의게 홀이여 텬싱대현을 히ᄒᆞ려던 줄 싱각ᄒᆞ미, 심혼이 산긔ᄒᆞ야 가지록 현심을 닥가 더욱 한님 위ᄒᆞᆫ{호}ᄒᆞᆫ 졍셩이 관일ᄒᆞ여, 딘문공의 개ᄌᆞ츄 되기를 ᄉᆞ양치 《아릴‖아닐》 뜻이 잇더라.

1477)부뫼 유과(父母有過)어시든 간이블역(諫而不逆)ᄒ여 숨간이블쳥(三諫而不聽)이어시든 호읍이슈지(號泣而隨之) : 『예기』<제의>편과 <곡례>편에 나오는 구절을 인용한 말. 번역하면, 부모에게 잘못이 있거든 간하되 거스르지 않으며(『禮記 祭儀』에 나온다), 세 번 간하여도 듣지 않거든 부르짖어 울면서 따른다(『禮記 曲禮』에 나온다)는 뜻이다..

1478)간ᄉᆞ하다 : 간수하다. 물건 따위를 잘 보호하거나 보관하다.

1479)산긔(散氣) : 기운이 흩어져 어수선함.

1480)쳔싱귀현(天生貴賢) : 하늘이 낸 귀한 현인.

더옥 천도의 보복지니(報復之理) 쇼연명빅(昭
然明白)흠과, 길인을 하늘이 흔가지로 돕는
쥴을 보미 져의 지는 죄룰 헤오려 샹담숑연
(喪膽悚然)[1481]흐믈 마지 아니흐며, 가지록
현심(賢心)을 닷가 다시 그른 곳의 나아가지
아니려흐미, 더옥 한님을 위흔 졍셩이 관일
(貫一)흐미, 진문공(晉文公)[1482]의 기즈츄(介
子推)[1483] 되기룰 ᄉ양치 아닐 쯧이 이시니,
희라! 무젹즈의 무식퍼악(無識悖惡)흠과 잔젹
지힝(殘賊之行)이라도 어려이 아니 넉이든
인물노뼈, 흔번【36】엄한님의 군즈지질과 셩
현지풍을 보미, 일안(一眼)의 항복굴슬(降服
屈膝)흐여 복복양ᄉ(服服讓事)[1484]흐기룰 못
밋칠 듯시 흐니, 이 엇지 셩인군즈의 인의교
홰(仁義敎化) 만믹지방(灣貊之邦)[1485]이라도
감동흔다 흐미 허언이 아니로다.

ᄎ시의 최부인이 영원을 보닐 제 숨일을
긔약흔 비러니, 오일의 니르도록 오는 쇼식
이 업스니 부인과 미괴 밀밀(密密)이 머리룰
마초와 의려흐믈 마지 아니흐더니, ᄎ야의
부인이 침두(枕頭)의 일몽을 어드니, 넉시 유
유히 나라 만슈쳔산(萬水千山)을 눈가의 지

ᅟᅵ시의 최부인이 녕원을 보닐 제 블과 삼
일을 긔약흔 비러니, 오일이 니르도록 오는
소식이 업스니, 부인과 미·교 등이 의려흐믈
마디【28】아니 흐더니, ᄎ야의 부인이 침두
의 일몽을 어드니, 넉시 유유흐야 만슈쳔산
을 디나니, 좌우의 다른 사롭이 업고 영교
미션이 좃ᄎ더라.

1481)샹담숑연(喪膽悚然) : 간담이 서늘하여 오싹 소름
이 돋음.

1482)진문공(晉文公) : 중국 진나라의 제24대 왕. 재위
BC 636~628년. 성은 희(姬), 휘는 중이(重耳), 시호
는 문공(文公). 진 헌공의 아들로, 진나라를 떠나
19년간 전국을 유랑하였다. 유랑하는 동안 그의 인
덕과 능력이 눈에 띄어 많은 명성을 얻었으며, 결
국 타국의 도움을 받아 진나라에 돌아와 왕위에 올
랐다. BC636년 즉위 후 죽을 때까지 집권하였으며,
각종 개혁정책과 군사활동의 성공으로 춘추오패의
한 사람으로 꼽힌다.

1483)기즈츄(介子推) : 중국 춘추 시대의 은자(隱者).
진(晉)나라 문공(文公)을 섬겨 19년 동안 함께 망명
생활을 하였다. 이때 문공의 굶주림을 면케 하기
위해 자신의 넓적다리 살을 베어서 바쳤다는 고사
가 전한다. 그러나 문공이 귀국하여 왕이 된 후 자
신을 멀리하자 면산(緜山)에 들어가 숨어 살았는데,
문공이 잘못을 뉘우치고 자추가 나오도록 하기 위
하여 그 산에 불을 질렀으나, 나오지 않고 타 죽었
다고 한다.

1484)복복양ᄉ(服服讓事) : 순종하여 따르며 자신을 낮
추어 섬김.

1485)만믹지방(灣貊之邦) : 오랑캐의 나라. *만맥(蠻
貊): 예전에, 중국인이 중국의 남쪽과 북쪽에 살던
민족을 낮잡아 이르던 말.

느니, 좌위의 다른 스룸이 업고 다만 영교 미션이 좃츳더라.

훈 곳의 다드루니, 일좌디산하(一座大山下)의 【37】 져근 초실(草室)이 은은이 슈풀 스이의 빗최고 글 쇼리 낭낭ᄒ거눌, 드루니 이 곳 천금 아즈의 쇄옥셩(碎玉聲)[1486]이라. 부인이 경희츠열(慶喜且悅)ᄒ여 혜오디,

"오즈(吾子) 영이 반다시 져 초실 가온디 잇도다. 원니 머지 아닌 곳의 잇던가 시부니 니 친히 보고 철셕(鐵石) 갓흔 말노 칙ᄒ여 다려 가리라."

ᄒ고, 싀비(柴扉)를 열치고 드러가니 슈숨 간(數三間) 모옥(茅屋)이 극히 쳐량ᄒ여 기운 기동과 찌러진 벽이 심히 황냑(荒略)ᄒ여 완연이 즁죄인의 거쳐ᄒ엿눈 곳이오, 평인의 거쳐ᄒ눈 곳 갓지 아니ᄒ더라.

부인이 드루니 방즁의셔 들니눈 글 쇼리 분명훈 영의 음셩이어눌, 반겨 드러가고즈 【38】ᄒ나 방즁의셔 여러 남지 문답ᄒ눈지라. 쥬져ᄒ여 드러가지 못ᄒ고, 가마니 챵틈으로 여어보니 영과 운학 계학이 다 잇고 한님과 셩산이 안즛고, 쏘 보지 못ᄒ던 남지 이시니 긔상이 웅위ᄒ여 흑살쳔신(黑煞天神)[1487]이 나린 둣ᄒ나, 입은 복식은 쳔인(賤人)의 모양이러라. 부인이 한님을 보미 디경디로(大驚大怒)ᄒ여 싱각ᄒ디,

"원간 영이 챵의 젹쇼의 와 날을 긔이고 훈가지로 잇도다."

분노ᄒ믈 이긔지 못ᄒ나 쑴이 샹시(常時)와 다르고, 모로눈 남지 이시믈 써려 드러가든 못ᄒ고, 분긔(憤氣) 엄이(奄碍)ᄒ여 크게 쇼리ᄒ여 한님을 쑤즈즈디, 한님이 청이블문(聽而不聞)ᄒ고 담쇼즈약(談笑自若)ᄒ다가 촉(燭)이【39】진ᄒ미, 일시의 블을 쓰고 잠드눈지라. 부인이 졍히 고장분분(鼓掌忿憤)ᄒ더니, 믄득 보니 녕원이 밧그로셔 싀초(柴草)훈 뭇[1488]시 블덩이룰 쓰들고 공즁의 쒸여올나

훈 곳의 다드루니, 일좌 디산하의 져근 쵸실이 은은이 슈플 스이의 빗최고 서셩이 낭낭ᄒ거눌, 드루니 이 곳 ᄋ즈의 영의 쇄옥셩이라. 부인이 경희ᄒ여 혜오디,

"영이 원니 머디 아닌 곳의 잇던가 시브니, 니 친히 보고 칙ᄒ여 드려가리라."

ᄒ고 싀비를 열고 드러가니, 수삼 간 모옥이 극히 쳐량ᄒ더라.

부인이 《드러가니‖드루니》 방듕의셔 들니는 소리 분【29】명이 영의 셩음이어눌, 반겨 드러가고져 ᄒ나 방듕의셔 여러 남지 문답ᄒ눈다라. 드러가다[디] 못ᄒ고 쥬져ᄒ다가 창틈으로 여어보니, 영과 운학 계학이 잇고 한님과 셩산이 안즛고, 쏘 보디 못ᄒ든 남지 안즈시니 긔상이 웅위ᄒ야 흑살쳔신 굿더라. 부인이 한님을 보미 대로ᄒ야 싱각ᄒ디,

"원간 영이 창의 젹쇼의 와 날을 긔이고 훈가지로 잇도다."

분노ᄒ믈 이긔디 못ᄒ나 모루눈 남지 이시믈 써려 드러가든 못ᄒ고, 크게 소리ᄒ야 한님을 쑤지즈디, 한님이 쳥이블문ᄒ고 담쇼【30】ᄒ다가 일시의 블을 쓰고 즈눈다라. 부인이 졍히 《ᄀ장‖고장》분분ᄒ더니, 믄득 보니 녕원이 밧그로셔 훈 뭇 블덩이을 들고 공듕의 쒸여올나 집의 노흐니, 연염이 크게 니러나눈지라.

1486)쇄옥셩(碎玉聲) : 옥을 깨뜨리는 소리라는 뜻으로, 아름다운 목소리를 이르는 말.

1487)흑살쳔신(黑煞天神) : 검은 살기를 띤 흉한 모습의 귀신.

1488)뭇 : 묶음. 한데 모아서 묶어 놓은 덩이.

집 우희 노흐니, 염염(焰焰)이 크게 이러나는
지라.

부인이 한님이 죽을가 깃거ᄒᆞ나, ᄋᆞ지 한
가지로 이시니 놀나, 밧비 쇼뢰ᄒᆞ여 아ᄌᆞ를
부ᄅᆞ고ᄌᆞ ᄒᆞ더니, 홀연 운뮈ᄉᆞ쇠(雲霧四色)ᄒᆞ
여 광풍(狂風)이 디작(大作)ᄒᆞ고, 디위(大雨)
붓드시 와, 그런 불이 다 ᄶᅥ지고, 혼 쇼뢰
벽녁셩(霹靂聲)의 녕원니괴 구룸 밧긔 ᄶᅥ러
지니, 금의신장(金衣神將)이 니다라 크게 ᄉᆞ
지져 미화후(尾華候)[1489]와 《긔∥미》슈셩(尾
首星)[1490]을 히치 못ᄒᆞ리라 ᄒᆞ고, 본형을 니
라 ᄒᆞ니, 이 곳 산즁의 깁히 드러 쳔년을
【40】슈도흔 바 일곱 쇼리 가진 암여이라.

공즁으로셔 《동회∥동화(同火)》 갓흔 불이
나려와 칠미호롤 벼락치니, 쳔위 진첩ᄒᆞ여
그 쇼뢰 산악이 움죽이는 듯ᄒᆞᆫ지라. 부인이
이을 보미 넉시 몸의 붓지 아녀 녕교 미션의
ᄉᆞᆫ을 븟들고 집 뒤히 숨어 호흡도 식훤이 통
치 못ᄒᆞ더니, 이윽고 풍위(風雨) 긋치고 쳔식
(天色)이 명낭ᄒᆞ거눌, 부인이 도라오고ᄌᆞ ᄒᆞ
디 영을 ᄇᆞ리고 가기 어려워 쥬져ᄒᆞ더니, 우
연이 눈을 들미 좌우 챵문을 다 열고 숫두어
리는 가온디 ᄌᆞ긔 녕원 쥬엇던 오빅냥 은지
한님 겻히 노혓고, 아ᄌᆞ 영이 슈승(數升) 피
룰 토ᄒᆞ고 긔절ᄒᆞ엿는지라.

부인이 챵황망극(蒼黃罔極)ᄒᆞ여 【41】 체면
을 도라 보지 못ᄒᆞ고, 나아가 아ᄌᆞ룰 붓더러
통곡ᄒᆞ며 부르지지나, 쳔호만호(天呼萬呼)의
아ᄅᆞ미 쇼쇼(蕭蕭)ᄒᆞ고, 한님이 영을 구호(救
護)ᄒᆞ여 졉면교싀(接面交腮)ᄒᆞ여, 힝혀 보젼
치 못홀가 슬허ᄒᆞᄂᆞᆫ 눈물이 오월 비 갓흐니,
부인이 그 효우(孝友)룰 감동ᄒᆞ나, 죽이지 못
ᄒᆞᆫ 원(怨)은 오히려 비 쇽의 가득ᄒᆞ엿고, 쥬
모로ᄂᆞᆫ[1491] 체ᄒᆞᄆᆞᆯ 디로ᄒᆞ여, 옥슈의 단도룰

부인이 한님이 죽을가 깃거ᄒᆞ나, 아지 훈
가지로 이시니 놀나 밧비 ᄋᆞ주를 브ᄅᆞ고져
ᄒᆞ더니, 홀연 큰 비가 붓드시 와 블이 ᄶᅥ디
고, 훈 소리 벽녁셩의 녕원이 구룸 밧긔 ᄶᅥ
러지니, 금의신장이 크게 ᄉᆞ지져 본형을 니
라 ᄒᆞ니, 이 곳 일곱 쇼리 가던 여호라.

공듕으로셔 동홰ᄀᆞᆺᄐᆞᆫ 블이 ᄂᆞ려와 칠미호
【31】 별학치니, 그 소리 산악이 움죽이는 듯
ᄒᆞᆫ지라. 부인이 넉시 몸의 븟디 아녀, 영교
미션의 손을 잡고 집 뒤히 숨어 호흡도 식훤
이 통치 못ᄒᆞ더니, 이윽고 풍위 긋치미 도라
오고져 ᄒᆞ디, 영을 ᄇᆞ리고 가기 어려워 쥬져
ᄒᆞ더니, 우연이 눈을 들미 좌우 챵문을 열고
숫두어리는 가온디, ᄌᆞ긔 녕원 쥬엇던 오빅
금이 한님 겻티 노혓고, ᄋᆞ주 영이 피를 토
ᄒᆞ고 긔졀ᄒᆞ엿ᄂᆞᆫ디라.

부인이 창황ᄒᆞ야 ᄋᆞ주를 붓드러 통곡ᄒᆞ더
니, 한님이 영을 안아 구호ᄒᆞᆷᄋᆞᆯ 보고 대로ᄒᆞ
여, 옥슈【32】의 단도를 ᄲᅢ혀들고 급히 한님
을 지ᄅᆞ고져 ᄒᆞ더니, 믄득 난디업슨 일위 션
인이 니ᄃᆞ라 칼흘 아ᅀᆞ며 진목 즐왈,

미화후(尾華候) : 미셩(尾星)의 가장 빛나는 별을
　다스리는 신선(神仙). 위 26권23쪽 엄챵의 젼신인
　'미화진군(尾華眞君)'을 달리 이른 말.

1490)미슈셩(尾首星) : 미셩(尾星) 머리 부분의 첫 번
　째 별을 다스리던 신선(神仙). 위 26권23쪽 엄영의
　젼신인 '미슈진군(尾首眞君)'을 달리 이른 말.

1491)쥬모로다 : 주무르다. 손으로 어떤 물건이나 몸뚱
　이 따위를 쥐었다 놓았다 하면서 자꾸 만지다.

쌘허들고 급히 한님을 지르고져 호더니, 믄
득 난디업손 일위 션인이 너다라 칼을 아스
며 진목(瞋目) 즐 왈,

"미화후논 텬샹 셩신이오, 인간 귀현(貴顯)
이라. 그디 엇지 무고히 히코즈 호느뇨?"

말을 맛치며 부인을 향호여 숀의 드럿던
우선(羽扇)을 드【42】러 호 번 붓치니, 부인
과 미·교의 넉시 호가지로 바롬의 날니여,
호 모롱이를 지나 거록호 져지 거리의 이르
니, 길 우히 스름의 요피(腰牌)를 걸고 방을
붓쳐시니, 이 곳 후셥의 죽은 스연이라.

부인이 아즈의 칠미호의 텬벌 입는 양(樣)
도 보고 쏘 후셥이 죽으믈 드르니, 우익을
다 일흔 듯훈지라. 실식디경(失色大驚)을
씨닷지 못호고 미션이 크게 통곡호더니, 홀
연 전면으로셔 귀곡셩(鬼哭聲)이 쳐쳐(悽悽)
호여 점점 갓가오미, 호 남즈와 녀지 만신
(滿身)의 피를 흘니고 울며 나아오니, 이는
다른 이 아니라 후셥과 신계랑이라.

두 귀신이 울며 부르지져 최부인을 쑤지져
원망호여 가【43】로디,

"우리 본디 무죄호니 최시 노쥬 곳 아니
면, 엇지 비명의 죽어 넉시라도 도라가지 못
호고, 길가 슈플의 우지지는 넉시되니 엇지
슬프지 아니리오. 부인이 만일 지믈을 앗기
지 말고 명산디쳔(名山大川)의 가 슈륙쳔도
(水陸薦度)[1492]호여 우리 부부의 넉살 쳔도
치 아니시면, 원혼이 쳔디의 프러지지 아냐
빅스(百事)의 지앙을 비즐 뿐 아니라, 부인
모즈의 복녹과 슈한의 유히호리라. 이제 이
곳의 와시니 우리를 디호여 쳔도호기를 허락
호고 도라가라."

호며 점점 나아드러[1493] 핍박호거놀, 부인
이 계랑 부쳐의 흉악호 거동으로 만신의 피
를 흘니고, 《비도노체∥비도유체(悲悼流涕)》

"미화후는 텬샹셩신이오 인간대현이라. 그
디 엇디 무고히 히코져 호느뇨?"

말을 맛츠미 부인을 향호야 손의 드러던
《우셔∥우션》을 드러 호 번 붓츠니, 부인과
미교의 넉시 호가지로 날여, 호 모롱이를
디나 거록호 져지 거리의 니르니, 길 우의
사롬의 요피를 걸고 방을 붓텨시니 이 곳 후
셥의 죽은 스연이라.

실식호야 미션이 크게 통곡호더니, 홀연
전면의 귀곡셩【33】이 쳐쳐호여 점점 갓가오
며, 호 남즈와 호 녀인이 만신의 피를 흘니
고 울며 나아오니, 이는 다른 니 아니라 후
셥과 신계랑이라.

울며 부르지져 최부인을 쑤지져 원망호여
골오디,

"우리 만일 최시 노쥬 곳 아니면, 엇디 비
명이 죽어 길가 슈플의 우지지는 넉시 되리
오. 부인이 만일 지믈을 앗기디 말고 명산디
쳔의 가 슈륙쳔도호여 우리 부부의 넉슬 쳔
도치 아니시면, 부인 모즈 슈복의 유히호리
라."

호고 점점 다라드러 핍박호거놀, 부인이
계랑 부쳐의 흉악호 거동으로 울【34】며 드
라들녀 호믈 보고 놀나, 급히 드라나고져 하
다가 즛쳐 형극 덩굴의 것구러지니, 놀나 씨
드라니 남가일몽이라.

[1492](水陸薦度) : 『불교』 수륙재(水陸齋)를 지내 죽은
　사람의 넋이 정토나 천상에 나도록 기원하는 일.
　불보살에게 재(齋)를 올리고 독경, 시식(施食) 따위
　를 한다. *수륙재(水陸齋): 물과 육지의 홀로 떠도
　는 귀신들과 아귀(餓鬼)에게 공양하는 재. 늑수륙
　굿, 수륙회(水陸會).
[1493]나아드다 : 나아들다. 달려들다.

ᄒ여 다라들려 ᄒ믈 보고, 크게【44】놀나 급히 다라나고ᄌ ᄒ다가, 쫏치여 긔구(崎嶇)ᄒᆫ 산노(山路)의 다ᄃ라 형극(荊棘) 덩굴의 것구로쳐, 놀나 ᄭ다ᄅᄂ니 남가일몽(南柯一夢)[1494]이라.

몽시 ᄌ못 녁녁(歷歷)ᄒ여 몽즁의 ᄒ든 일이 다 안젼(眼前)의 버러ᄂᆫ 듯ᄒᆫ지라. 날이 거의 효명(曉明)의 밋쳐시니, 인ᄒ여 젼뎐(輾轉)ᄒ여 자지 못ᄒ고, 심시 블호ᄒ여 쳔ᄉ만녜(千思萬慮) 빅츌ᄒ여, 이지 아니ᄒ고 침두(枕頭)의 경경(耿耿)ᄒ더니, 믄득 영교와 미셴이 쟝을 들고 드러와, 미셴이 만면(滿面) 우ᄉᆡᆨ(憂色)으로 부인긔 고 왈,

"쇼비 쟉야의 여ᄎ여ᄎᄒᆫ ᄭᅮᆷ을 ᄭ고 ᄭ치ᄆᆡ, 마음이 놀납고 몽시 명빅ᄒ와, 영낭다려 몽ᄉ를 이ᄅ고 길흉을 근심ᄒ온즉, 영낭의 몽시 ᄯ 흔가지라. 녕원이【45】갈 제 도로왕반(道路往返)이 ᄉᆞᆷ일ᄂᆡ(三日內)의 도라오려노라 ᄒ더니, 지삼일(在三日)[1495]의 쇼식○[이] 우금(于今) 업ᄉ오며, 비ᄌ 등의 몽시 ᄯ 이려ᄒ오니, 별단 묘믹(苗脈)이 잇ᄂᆫ가 ᄒᄂ이다."

부인이 쳥ᄑ의 번연(翻然)이 경동ᄒ여 금침을 믈니치고 이러 안ᄌ 갈오ᄃᆡ,

"ᄂᆡ ᄯᅩᄒᆫ 쟉야 몽시 그러ᄒ고 심시 번난(煩亂)ᄒ믈 이긔지 못ᄒ여, 졍히 너희 등을 블너 의논코ᄌ ᄒ더니, 진실노 여ᄎ 즉 아ᄌ(我子) 영이 쟝ᄉ의 갓실시 올흔 《즉∥작[1496]》시오, 후셥 영원이 다 죽단 말가?"

미셴이 탄식 오열 왈,

"몽ᄉ를 다 밋ᄉ올 거시 아니로ᄃᆡ, 하[1497]

<hr/>

1494)남가일몽(南柯一夢) : 꿈과 같이 헛된 한때의 부귀영화를 이르는 말. 중국 당나라의 순우분(淳于棼)이 술에 취하여 홰나무의 남쪽으로 뻗은 가지 밑에서 잠이 들었는데 괴안국(槐安國)의 부마가 되어 남가군(南柯郡)을 다스리며 20년 동안 영화를 누리는 꿈을 꾸었다는 데서 유래한다.≒괴몽, 괴안몽, 남가몽, 남가지몽.
1495)지삼일(在三日) : 사흘 만에. 또는 사흘 되는 날에. 사흘이 다 되어서야.
1496)작시다 : 잦다. 잦다. *잦: 것. 꼴. 때문. 까닭. 사물·일·현상 따위를 추상적으로 이르거나, 그 모양, 이유, 원인 따위를 이르는 말.
1497)하 : 정도가 매우 심하거나 큼을 강조하여 이르

몽시 녁녁ᄒ야 안젼의 버럿ᄂᆫ 듯ᄒ더라. 날이 거의 효명이라. 인ᄒ야 젼젼ᄒ야 ᄌᆞ디 못ᄒ고, 심시 블호ᄒ야 쳔ᄉ난녜 빅츌ᄒ더니, 믄득 영교 미셴이 쟝을 들고 드러와 미셴이 만면우ᄉᆡᆨ으로 부인긔 고왈,

"쇼비 등 몽시 여ᄎᄒᆞᆸ고, 녕원이 갈 제 왕환이 삼일 ᄂᆡ의 도라오렷노라 ᄒᆞᆸ더니, 입ᄯ 죵젹이 업ᄉ오니, 별단 《묘칙∥묘믹》이 잇ᄂᆫ가 ᄒᄂ이다."

부인이 쳥파의【35】번연경동ᄒ야 니러 안ᄌ 갈오ᄃᆡ,

"ᄂᆡ ᄯᅩᄒᆫ 작야 몽시 그러ᄒᆞᄆᆡ 졍히 너희 등을 블너 의논코져 ᄒ더니, 진실노 여ᄎ즉 ᄋᆞ지 쟝ᄉ의 가실 시 올흔 작시오, 후셥 녕원이 죽단 말가?"

미셴이 탄식 왈,

"몽ᄉ를 다 밋ᄉ올 거시 아니로ᄃᆡ, 하 녁녁ᄒ니 ᄭᅮᆷ을 ᄭᅵ오니 ᄆᆞ음이 ᄯᅥᆯ이ᄂᆞ이다."

녁녁(歷歷)ᄒ고 흉참ᄒ오니, 꿈을 ᄭᆡ오미 마음이 썰닉ᄂᆞᅵ다."

정언간(停言間)의 틱시 입실ᄒ니 노쥐 말을 긋치더라.

부인【46】이 ᄯᅩ ᄉ오일을 녕원을 기다리나 종시 쇼식이 업ᄉ니, 념녀 방하치 못ᄒ여, 가마니 가인을 쟝사의 보너여 쇼식을 아라 오라 ᄒ니, 가인 션츙은 미션의 오라비니 위인이 츙근ᄒᆞᆫ지라. 비록 최부인의 부리믈 바다시나 ᄆᆡ양 한님의 풍신지화(風神才華)와 츌쳔셩효(出天誠孝)로 무고(無故)이 강샹(綱常)의 신루(身累)를 어더 절역(絶域)의 원찬ᄒ믈 앙통(怏痛)이 넉이ᄂᆞᆫ 비오, 공쥬 영이 본디 쟝ᄉᆞ의 간 눈치를 아라시디 토셜치 아닌 지라.

이의 부인 명을 바다 즉일 발힝ᄒ여 쟝ᄉᆞ의 이로러 근쳐의 돌며 쇼식을 듯보니, 과연 후셥의 죽은 곡절과 칠미회(七尾狐) 한림 햐쳐의 블 노흐려 ᄒ다가 쳔화(天禍)를 입어 죽은 쥴을【47】ᄌᆞ시 《알닐너 ‖ 알니러》라.

츙이 ᄯᅩ 젹쇼의 드러가 한님과 공쥬를 보고 오디, 감히 셔로 평부를 젼치 못ᄒ믄 부인이 당부ᄒ여 다만 그 근쳐의 가 문견을 아라올지언졍, 한님을 ᄎᆞᆽ보지 말고 오라 ᄒ엿ᄂᆞᆫ지라.

션츙이 월여의 도라와 복명ᄒ디,

"과연 모월 모일의 여ᄎᆞ여ᄎᆞᄒ여 강쥐인 김후셥이 촌졈의 와 모야(某夜)의 뉘 숀의 죽은 비 되고, ᄯᅩ 모일야(某日夜)의 한님 상공 젹쇼의 여ᄎᆞ여ᄎᆞᄒᆞᆫ 일이 잇셔, 엇던 니괴(尼姑) 블을 놋타가 뇌졍(雷霆)의 놀나 본형을 니니, 칠미회 되여 드듸여 쳔벌을 입어 죽다 ᄒ더이다. 그러ᄒ디 공쥬ᄂᆞᆫ 가신 일이 업습ᄂᆞ지 쇼문이 업더이다."

최부인이 쳥파의【48】몽시 암합(暗合)ᄒ믈 더경실식(大驚失色)ᄒ여 발구르며, 가슴을 두드려 앙쳔탄식(仰天歎息)ᄒ여 갈오디,

"하ᄂᆞᆯ이 엇지 날을 도으지 아니시미 이디도록 심ᄒ시리오. 나의 반싱 심녁과 만흔 지믈을 허비ᄒ미, 젼혀 창을 업시ᄒ고 닉 ᄋ희

는 말. '아주', '몹시'의 뜻을 나타낸다.

정언간의 태시 입실ᄒ니, 노쥐 말을 곳치더라.

부인이 ᄯᅩ ᄉ오 일을 기ᄃᆞ리나 소식이 업ᄉ니, ᄀᆞᄆᆞ니 가인을 쟝ᄉᆞ의 보니여 소식을 아라 오라 ᄒ니, 《간인 ‖ 가인》 션츙은 미션의 오라비라. 《우인 ‖ 위인》이 츙근ᄒᆞᆫ 다라. 비록 최부【36】인의 브리믈 바다시나, ᄆᆞ양 한님의 셩덕지화로 무고히 강상의 신누를 어더 졀녁의 원찬ᄒᆞᆯ믈 앙통이 넉이ᄂᆞᆫ 비오, 공쥬도 쟝ᄉᆞ의 간 줄 눈치로 아라시디 토셜치 아닌 지라.

부인 명을 바다 즉일 발힝ᄒ야 쟝ᄉᆞ의 니ᄅᆞ러 소식을 ᄌᆞ시 듯고, 젹쇼의 드러가 한님과 공쥬를 보고 오디, 평부를 젼치 아니믄 부인이 당부ᄒ야 다만 근쳐의 가 문견으로 아라 오고, 한님을 ᄎᆞᆽ 보디 말나 ᄒ엿ᄂᆞᆫ디라. 션츙이 월여의 도라와 고ᄒᆞᆫ디,

"과연 모월 일야의 김후셥이 쟝ᄉᆞ 촌졈【37】의셔 뉘 손의 죽은 비 되고, 엇던 니괴 한님 상공 햐쳐의 블을 놋타가 뇌졍의 놀나 본형을 니니, 칠미회 되여 텬벌을 닙어 죽다 ᄒᆞ디, 공쥬ᄂᆞᆫ 가신 일이 업습ᄂᆞᆫ디 소문이 업더이다."

최부인이 쳥파의 몽시 암합ᄒᆞ믈 대경실식ᄒᆞ여, 발 구르며 가슴을 두ᄃᆞ려 앙텬 탄왈,

"하ᄂᆞᆯ이 엇디 날을 돕디 아니시미 이디도록 심ᄒᆞ리오? 나의 반싱 심녁과 만흔 지믈을 허비ᄒᆞ미 젼혀 창을 업시코져 ᄒᆞ미여놀, 유유창텬이 엇디 이디도록 술피디 아니시ᄂᆞ뇨?

낙선제본 엄시효문쳥힝녹 권지이십뉵　　　327　　　엄시효문쳥힝녹 권지십ᄉ　고대본

로 ᄒ여곰 엄시(嚴氏) 누디봉ᄉ(累代奉祀)를 녕(領)ᄒ1498)고조 ᄒ미러니, 유유챵천(悠悠蒼天)이 엇지 사름의 원을 이디도록 살피시지 아니시ᄂ뇨? 영이 종시 쟝ᄉ의 간 일이 업고, 나의 몽시 ᄯ흔 여ᄎᄒ니, 이ᄂ ᄆ음이 ᄉ오납기로 몽미 번잡ᄒ거니와, 약년(弱年) 쇼이 도로의 뉴리(流離)ᄒ지 긔년(朞年)이라. 엇지 ᄉ싱의 념녜 업ᄉ리오. 몽듕의 구혈혼식(嘔血昏塞)ᄒ여 바로 죽은 형상이런1499) 거시니, 벅벅이 어【49】디 가 죽으미 반듯ᄒ도다."

설파의 쇼리 나믈 《씨다지‖씨닷지》 못ᄒ여 크게 통곡ᄒ고, 긔운이 엄식ᄒ여 좌셕의 것구러지니, 미션이 ᄯ오 눈믈이 비 갓ᄒ여 후셥의 죽으믈 셜워ᄒᄂ지라.

영교 츈이 완이 등이 나ᅌ와 부인을 붓드러 구호ᄒ미, 부인이 겨유 씨여 다시 우러 왈,

"니 아히 본디 싱어교이(生於教愛)ᄒ고 쟝어부귀(長於富貴)ᄒ여 공후지상(公侯宰相)의 천금인옥(千金驎玉)1500)이라. 싱셰 초구지년(初九之年)의 긔질이 미약ᄒ여 '초궁(楚宮) 버들'1501)이 힘 업슴 갓고, 지란(芝蘭)이 방향(芳香)을 토치 못ᄒ 갓거ᄂ, 호화로온 가듕의 영화로이 싱쟝(生長)ᄒ여, 여린 옥과 묽은 어름 갓치 두려ᄒ며, 풍일(風日)의 미풍이 부러도 니 ᅌ히 천금지질(千金之質)이 촉【50】샹(觸傷)홀가 두리고, 가간의셔 오러 거러도 니 아히 약질이 곤비(困憊)홀가 져허ᄒ거ᄂ, 이제 만고요종(萬古妖種) 챵의 연고로, 부모를 쇽이고 만니의 유락(流落)ᄒ여 니가(離家)

1498)녕(領)ᄒ다 : 거느리다. 다스리다.
1499)-런 : -던. ('이다'의 어간, 형용사의 어간 또는 어미 '-으시-', '-었-' 뒤에 붙어) 앞말이 관형어 구실을 하게하고, 과거의 어떤 상태를 나타내는 어미.
1500)천금인옥(千金驎玉) : 천금(千金)처럼 귀하고 천리마(千里馬)처럼 재능이 뛰어나며, 옥수(玉樹)처럼 아름다운 아들을 이르는 말.
1501)초궁(楚宮) 버들 : '중국 초(楚)나라 궁중의 버들가지처럼 가느다란 허리의 미녀들'을 비유적으로 표현한 말. 특히 초나라 영왕(靈王)이 허리가 가는 미인을 좋아하여, 초궁에는 가는 허리의 미인들이 많았다 한다.

영이 죵시 쟝ᄉ의 간 일【38】이 업다 ᄒ고, 나의 몽듕의 긔혈혼식ᄒ여 바로 죽은 형상이런 거시니, 벅벅이 어디 가 죽으미 밧듯ᄒ도다."

설파의 소리 나믈 씨돗디 못ᄒ여 크게 통곡ᄒ고 긔운이 엄식ᄒ니, 영교 등이 붓드러 구호ᄒ미, 부인이 겨유 씨여 다시 우러 왈,

"니 ᄋ히 본디 싱아교이ᄒ고 쟝어부귀ᄒ며 공후지상의 천금인옥이라. 싱셰 초구의 긔딜이 미약ᄒ여 미풍이 브러도 니 ᄋ히 쵹샹홀가 두리고, 가간의셔 오러 거러도 니 ᄋ히 약딜의 곤뷔홀가 져허ᄒ거ᄂ, 만고 요죵 챵의 연고로 부모를 쇽이고 니가【39】 긔년의 영향이 묘연ᄒ니, 노쥬 삼ᄉ기 쇼이 그런 풍우상셜 ᄀ온디 약딜이 엇디 보젼ᄒ엿시리오."

긔년(朞年)의 영향(影響)1502)이 묘연(杳然)ᄒ
니, 노쥬 슴ᄉ 기 쇼이 쟝ᄎᆞ 그런 풍우상셜
(風雨霜雪)과 츄하졀셔(秋夏節序)의, 하쳐(何
處)의 뉴락ᄒ여 약질이 보젼ᄒ여시믈 어이
긔필ᄒ리오. 후셥 영원 갓흔 ᄌ도 의외지ᄋᆡᆨ
(意外之厄)이 극ᄒᆞ미 살신셩명(殺身成命)1503)
ᄒ믈 면치 못ᄒ엿거든, 히이(孩兒) 엇지 보젼
ᄒ믈 어드리오."

미션이 ᄯᅩ 울며 고왈,

"후셥이 본ᄃᆡ 동싱과 친쳑이 업ᄉ거눌 타
향의셔 비명의 죽ᄋᆞ니 엇지 슬푸지 아니리잇
고? 복원 부인은 쇼비【51】의 일신을 허락ᄒ
시면, 반젼(盤纏)1504)을 갓초와 쟝ᄉᆞ의 나아
가, 셥의 신체를 거두어 됴흔 ᄯᅡ희 뭇고 도
라오고져 ᄒᄂᆞ이다."

부인이 슬허 왈,

"즉금 너의 ᄆᆞ음이 당황(唐慌)ᄒ니 너눈
여러 말 말고 슈월 말미를 쥬어든 네 임의로
슈히 도라오라."

ᄒ며, ᄯᅩ 빅금(百金)을 쥬어 반젼(盤纏)을
삼으라 ᄒ니 미션이 울며 ᄉᆞ례ᄒ고 믈너와
즉시 ᄒᆡᆼ장을 ᄎᆞ려 제 올아비로 더부러 발ᄒᆡᆼ
ᄒ려 ᄒ더니, 하눌이 엇지 간비(姦婢) 악죵
(惡種)을 도으미 이시리오. 미션이 이날븟허
홀연 유병(有病)ᄒ여, 위독ᄒ여 슌여일의 밋
쳐 믄득 냥안이 폐밍ᄒ니, 능히 ᄒᆡᆼ도를 일우
지 못ᄒ니라.【52】

최부인이 미션의 홀연 폐밍(廢盲)ᄒ믈 놀
나고 블샹이 넉여, 명ᄒ여 ᄒᆞᆫ 구셕의 두고
의식을 후히 쥬어 잘 잇게 ᄒ라 ᄒ다.

부인이 미션이 마ᄌ 병드러 우익이 업고
후셥이 업ᄉ니, 요악(妖惡)의 죵뉴 ᄭᅳ쳐질 ᄲᅮᆫ
아니라, 쥬야 ᄋᆞᄌᆞ를 ᄉᆞ렴ᄒ여 식음을 젼폐
ᄒ고, 념녜 타ᄉᆞ(他事)의 밋지 못ᄒ니, 요악

미션이 울며 고왈,

"후셥이 본ᄃᆡ 동긔 친쳑이 업ᄉ거눌 타향
의 원ᄉᆞᄒ오니, 엇디 슬프디 아니리오. 복원
부인은 쇼비 일신을 허ᄒ시면, 쟝ᄉᆞ의 가 셥
의 신체를 거두어 됴흔 ᄯᅡ희 뭇고 도라오고
져 ᄒᄂᆞ이다."

부인 왈,

"즉금 아심이 당황ᄒ니 너눈 여러 말 말
고, 수월 말미을 주ᄂᆞ니 네 임의로 ᄒ고 수
이 오라."

ᄯᅩ 빅금을 주어 반젼을 삼으라 ᄒ니, 션이
울며 ᄉᆞ례ᄒ고 믈너나 즉【40】시 ᄒᆡᆼ장을 출
혀, 제 오라비로 더브러 발ᄒᆡᆼᄒ려 ᄒ더라.
하놀이 엇디 간비 악죵을 도으리오. 미션이
이날브터 유병ᄒ야 슌여 일 만의 믄득 냥안
이 폐밍ᄒ니, 능히 ᄒᆡᆼ도를 일우디 못ᄒ다.

최부인이 미션이 마ᄌ 병드러 우익이 업고
후셥이 업ᄉ니, 요악의 죵뉴 ᄭᅳ쳐질 ᄲᅮᆫ 아니
라, 쥬야 ᄋᆞᄌᆞ를 ᄉᆞ렴ᄒ야 식음을 젼폐ᄒ고
념녜 타ᄉᆞ의 밋디 아니니, 다시 요악을 시험
치 못ᄒ니, 태ᄉᆞ 곤계 병근이 날노 소셩ᄒ

1502)영향(影響) : ①그림자와 메아리. 모습과 음성.
　　②어떤 사물의 효과나 작용이 다른 것에 미치는
　　일.
1503)살신셩명(殺身成命) : 자기 몸을 죽여 하늘이 정
　　해놓은 수명을 마침. *셩명(成命) : 하늘이 정해놓
　　은 수명을 마침. 천명(天命)을 마침.
1504)반젼(盤纏) : 먼 길을 떠나 오가는 데 드는 비
　　용.=노자.

을 틱스와 츄밀긔 시험치 못ᄒ니, 틱스 곤계 병근(病根)이 날노 쇼셩(蘇醒)ᄒ여, 슈숨 삭이 진ᄒ미 녯날 총명이 완연이 도라오니, 부 야흐로 지난 일을 샹샹(想像)ᄒ미 과연 연무 즁(煙霧中) 갓ᄒ지라.

한님의 무죄(無罪)히 원젹(遠謫)ᄒ믈 거의 헤아리미 블승참도(不勝慘悼)ᄒ믈 마지 아니 ᄒ고, 조초[1505] 윤쇼져의 젹쇼의셔【53】화 즁참ᄉ(火中慘死)ᄒ믈 슬허ᄒ나, 능히 지향 (指向)ᄒ여 간졍(奸情)을 희셕(解釋)ᄒᆯ 길이 업ᄂ지라.

틱스는 셕월조양(夕月朝陽)의 우탄(憂歎)ᄒ 여 또ᄒᆫ 셩질(成疾)ᄒ여 상셕(牀席)의 ᄶᅵ나지 못ᄒ고, 츄밀은 바야흐로 녯 총명이 도라오 미, ᄌ긔 일이라도 의희(依俙)ᄒ야 ᄭᅮᆷ 속의 드러던 ᄃᆺ 시븐지라. 부인과 ᄌ녀를 디ᄒ여 지난 일을 무러 연고(緣故)를 ᄌ시 알고, 기 연(慨然) 탄식ᄒ고 슬허ᄒ며, 영의 쟝ᄉ의 간 쥴을 범부인이 슷쳐 알미 잇ᄂ 고로, 그 효 우를 아름다이 녁이고, 한님의 기시(其時) 경 샹을 보ᄂ ᄃᆺᄒ여 시로이 잔잉이 넉길지언 졍, 몸이 편히 이시믈 깃거 부인과 ᄌ녀를 디ᄒ여【54】탄왈,

"나의 병들미 공교ᄒ고 형쟝의 신샹이 블 평ᄒ심도 문운(門運)의 블힝이라. 우리 고이 ᄒᆫ 병근을 엇지 아녓던들, 엇지 챵ᄋ의 화익 과 가즁의 변(變)이 이디도록 ᄒ기의 밋ᄎ시 리오."

ᄌ숨 탄식ᄒ믈 마지 아니ᄒ고, 이러ᄐᆺ 비 고화란(悲苦禍亂) 가온디 오왕의 숨긔(三忌) 덧업시 지나간디, 가환(家患)이 연쳡(連疊)ᄒ 여 능히 죵ᄉ(終祀)를 참녜치 못ᄒ믈 곡진이 통샹(痛傷)ᄒ더라.

틱스와 츄밀이 고향 션산(先山)의 비알(拜 謁)치 못ᄒ미 슈년이라. 도금(到今)ᄒ여 병이 져기 낫고 녯 졍신이 완젼ᄒ미, 시로온 총명 이 도라오ᄂ지라. 이의 가즁 ᄂ외ᄉ(內外事) 를 다 시랑을 맛기고, 힝쟝을【55】ᄎ려 곤

니, 수삼 삭이 진ᄒ미 녯날 총명이 완연이 도라오니, 부야흐【41】로 디난 일을 상상ᄒ미 과연 연무 듕 ᄀᆺᄐᆫ다라.

한님의 무죄훈[히] 원젹ᄒ믈 거의 헤아리 미 블승참도ᄒ고, 조초 윤쇼제 화듕몰ᄉ훔과 영의 거쳐 업ᄉ믈 슬허ᄒ나, 능히 디향ᄒ야 간졍을 희셕ᄒᆯ 길히 업ᄂ다라.

태시 신셕의 우탄ᄒ야 또ᄒᆫ 셩질ᄒ야 상셕 의 ᄶᅵ나지 못ᄒ고, 츄밀은 ᄌ긔 일이라도 의 희ᄒ야, 부인과 ᄌ녀 등을 디ᄒ여 디난 일을 무러 ᄌ시 알고 가연 탄식ᄒ고, 한님의 긔시 경상을 보ᄂ ᄃᆺᄒ여 시로이 잔잉이 너이나, 몸이 편히 이시믈 깃거【42】부인과 ᄌ녀를 디ᄒ야 탄왈,

"나의 병과 형댱의 신상지딜도 문운의 블 힝이라. 우리 고이ᄒᆫ 병근을 엇디 아녓던들, 엇디 챵ᄋ의 화익과 가변이 이디도록 ᄒ기의 밋ᄎ리오."

ᄌ삼 탄식ᄒ고, 이러ᄐᆺ 가환이 년쳡ᄒ야 왕의 죵ᄉ를 참녜치 못ᄒ엿더니,

태ᄉ 곤계 도금ᄒ야 병이 낫고 녯 총명이 도라오ᄂ디라. 이에 가듕 ᄂ외를 시랑을 맛 기고 힝장을 츌혀 금쥐 고향의 ᄂᆞ르니〇라].

1505)조초 : 좇아. 따라. 대로. *조초다: 좇다. ①목표, 이상, 행복 따위를 추구하다. ②남의 말이나 뜻을 따르다

계 ᄒᆞᆫ가지로 고향의 니로니라.

익셜(益說) 금쥬 엄부의셔 쟝휘 션왕의 숨긔(三忌)를 맛ᄎᆞ미, 호·윤 냥부(兩婦)와 심·뉴 냥희(兩姬)로 더브러 더옥 슬프믈 이긔지 못ᄒᆞ나, 윤·호 냥비 신셕(晨夕)의 위로ᄒᆞ여 지보(持保)ᄒᆞ미 되엿더라.

일월이 지난 후, 홀연 경ᄉᆞ로좃ᄎᆞ 냥 슉슉의 하향ᄒᆞᄂᆞᆫ 션문이 이로니, 쟝휘 크게 반겨 좌우를 도라보니, 냥희와 호시 깃분 ᄉᆞ식(辭色)이 이시디, 홀노 윤쇼제 쇼슈(素袖)를 젖고, 진슈(蟬首)1506)를 슉여 침음ᄒᆞ여 싱각ᄒᆞᄂᆞᆫ 빗치 잇거ᄂᆞᆯ, 쟝휘 아라보고 날호여 무러 갈오디,

“현비 아니 냥 슉슉(叔叔)을 뵈옵지 말고ᄌᆞ ᄒᆞᄂᆞ냐? 엇지 싱각ᄂᆞᆫ 긔식이 잇ᄂᆞ【56】뇨?” 쇼제 복슈이텽(伏首而廳)의 ᄂᆞ죽이 ᄉᆞ러 디 왈,

“쇼첩이 이제 존구(尊舅)와 즁구(中舅) 디인이 하향ᄒᆞ시믈 듯ᄌᆞ오미, 엇지 밧비 비알ᄒᆞ와 슬하의 무이(撫愛)ᄒᆞ시든 셩은(盛恩)을 잇ᄌᆞ와, 존안을 등비코ᄌᆞ 아니ᄒᆞ리잇고마ᄂᆞᆫ, 첩이 본디 가국(家國)의 죄명이 즁ᄒᆞ와 아직 신셜(伸雪)치 못ᄒᆞ온 바의, 방ᄌᆞ히 존구 안젼의 보오미 극히 황공ᄒᆞ오니, 원컨디 아직 뵈옵지 말과ᄌᆞ ᄒᆞᄂᆞ이다.”

쟝휘 그 졍ᄉᆞ를 씨다라 허(許)ᄒᆞ여 ᄯᆞᆺ디로 허락ᄒᆞ니, 쇼제 비샤ᄒᆞ고 이의 유모와 잉난 등 ᄉᆞ녀로 더브러 후당의 깁히 잇더니, 쟝휘 복부ᄎᆞ환(僕婦叉鬟)을 분부ᄒᆞ여 윤쇼제 이시믈 불츌구외(不出口外)ᄒᆞ라 ᄒᆞ더라.

슈일 【57】 후 틱ᄉᆞ 곤계 고향의 니로러 바로 션산의 올나, 조종분젼(祖宗墳前)의 비곡(拜哭)ᄒᆞ고, 왕의 분묘의 입곡(入哭)1507)ᄒᆞ기를 맛고, 고틱의 니로니 남노녀복의 무리 문외(門外)의셔 맛고 ᄂᆡ당(內堂)의 드러오니, 쟝《희‖휘(后)》 냥희(兩姬)와 ᄌᆞ부와 숀ᄋᆞ를 다리고 즁당(中堂)의 나와 맛더라.

1506)진슈(蟬首) : ‘매미의 머리’라는 뜻으로, 아름다운 용모를 이르는 말.
1507)입곡(入哭) : 우제(虞祭), 졸곡(卒哭), 소상(小祥), 대상(大祥) 따위의 제사를 지내기 전에 먼저 신주(神主) 앞에서 슬프게 곡함.

익셜. 금쥐 엄부의셔 댱휘 션왕의 삼긔를 디니고 겨유 지보ᄒᆞ여 디니더니,

홀연 냥【43】슉슉의 하향하는 션문이 니르니, 댱휘 크게 반겨 냥희와 호시로 더브러 말숨 ᄒᆞᆯ시, 윤시ᄂᆞᆫ 누얼을 신셜치 못ᄒᆞ고 피화은 신ᄒᆞ민 고로 감히 존구긔 비알치 못ᄒᆞ고, 깁히 드럿더라.

태ᄉᆞ 곤계 고향의 니르러 바로 션산의 올나 조죵분젼의 비곡ᄒᆞ고, 왕의 분묘의 읍고 ᄒᆞ기를 맛고, 고틱의 니르러 ᄂᆡ당의 드러오니, 댱휘 듕당의 나와 마ᄌᆞ니,

어시의 틴스와 츄밀이 쟝후를 더ᄒᆞ여 숨샹
(三喪)이 훌훌(欻欻)흠과 그 ᄉᆞ이 허다ᄉᆞ고
(許多事故)를 일ᄏᆞ라 숨샹의 니로히[1508] 참
ᄉᆞ(叄祀)치 못ᄒᆞ미, 동긔지졍의 붓그럽고 박
ᄒᆞ미 심흠믈 인ᄉᆞᄒᆞ미, 말ᄉᆞᆷ으로좃ᄎᆞ 안쉬
(眼水) 비비(霏霏)ᄒᆞ니[1509], 쟝휘 츄연(惆然)
이 옥셩(玉聲)을 여러 그 ᄉᆞ이 가변의 참악
(慘愕)흠과 냥위 슉슉의 환휘 비경(非輕)ᄒᆞ여
위경(危境)의 이로시던 바의, 션군의 숨긔를
훌[58]훌이 맛ᄎᆞ니, ᄌᆞ연 셰고(世苦)의 골몰
ᄒᆞ시미오, 본디 이런 곡졀노뼈 동긔의 졍이
박훈가 념녜ᄒᆞ실 비 아니믈 일ᄏᆞ를지언졍,
힝혀도 ᄌᆞ부의 화란을 일ᄏᆞ지 아니ᄒᆞ니, 이
ᄂᆞᆫ ᄌᆞ연 ᄌᆞ부의 화란을 일ᄏᆞᄅᆞ미 혐의(嫌疑)
○[의] 핍(逼)ᄒᆞ미[1510] 잇ᄂᆞᆫ 고로, 각별 ᄉᆞ담
(私談) 가온디 너허 슈어(酬語) ᄉᆞ이의 일ᄏᆞ
ᄅᆞ미 업ᄉᆞ니, 그 셩덕의 명달ᄒᆞ미 여ᄎᆞ훈지
라.
    틴스 곤계(昆季) 블승탄복(不勝歎服)ᄒᆞ여
틴시 이의 졍금《의슬‖염슬》(整襟斂膝)[1511]
ᄒᆞ여 말ᄉᆞᆷ을 펴 갈오디,
    "챵ᄋᆞ와 윤식부ᄂᆞᆫ 진실노 쳔의(天意) 유의
ᄒᆞ신 바 군ᄌᆞ슉녀로, 하날이 오문의 종ᄉᆞ(宗
嗣)의 복경을 빌니신 바로디, 문운이 블힝ᄒᆞ
옵고 조믈(造物)이 다시(多猜)ᄒᆞ여, 복의 형
뎨 오국 위[59]란(危亂)을 졍(定)ᄒᆞ고 도라온
날이 오리지 못ᄒᆞ여셔, 고이훈 위질을 어더
일월을 경영ᄒᆞ여 치료ᄒᆞ는 바의, 긔괴훈 변
난이 귀신조화 갓치 니러나, 챵이 쟝하여싱
(杖下餘生)으로 녕히(領海)의 슈졸(戍卒)ᄒᆞ고,
ᄯᅩ 오리지 아니ᄒᆞ여 영이 스스로 종젹(蹤迹)
을 모로고, ᄯᅩ ᄃᆞᄅᆞ니 윤식부 적쇼의셔 화변
을 맛나 화즁경ᄉᆞ(火中竟死)타 ᄒᆞ옵ᄂᆞᆫ지라.
근니 복의 곤계 쇼환(所患)이 져기[1512] 가경
(可境)의 드오며, 이런 우환(憂患)이 연면(連

태ᄉᆞ와 츄밀이 댱후를 더ᄒᆞ야 왕뎨 삼상이
훌훌흠과 그 ᄉᆞ이 허다ᄉᆞ고로 삼상의 니르러
참ᄉᆞ치 못ᄒᆞ믈 일ᄏᆞ라미, 말ᄉᆞᆷ[44]으로조ᄎᆞ
안쉬 비비ᄒᆞ니, 댱휘 츄연이 옥셩을 여러 그
ᄉᆞ이 가변의 ᄎᆞ악흠과, 냥위 슉슉의 환휘 비
경ᄒᆞ시던 바의 션군의 삼긔 훌훌ᄒᆞ믈 일ᄏᆞ
를지언졍, 주부의 환난을 일ᄏᆞ라미 업ᄉᆞ니,

태ᄉᆞ 곤계 블승탄복ᄒᆞ야 태시 졍금위좌ᄒᆞ야
말ᄉᆞᆷ을 폐 골오디,

    "챵ᄋᆞ와 윤식부ᄂᆞᆫ 텬의 유의ᄒᆞ여 니신 바
군ᄌᆞ슉녀로, 하날이 오문 죵ᄉᆞ로 복경을 빌
니신 비로디, 문운이 블힝ᄒᆞ고 조믈이 다싀
ᄒᆞ여, 복의 형뎨 오국 위란을 졍ᄒᆞ고 도라와
날이 오라디 아냐, 고이훈 위질을 어더 치
[45]료ᄒᆞᄂᆞᆫ 바의, 긔괴훈 변난이 귀신의 조
화ᄀᆞᆺ치 니러나, 챵이 쟝하여싱으로 녕히의
슈졸ᄒᆞ고, ᄯᅩ 윤식뷔 적쇼의셔 화변을 만나
화듕경ᄉᆞ타 ᄒᆞᄂᆞᆫ디라. 근니 복의 곤계 소환
이 져기 가경의 잇ᄉᆞ오나, 즐거오미 업도소
이다."

1508)니로히 : 이르도록. *니로다: 이르다.
1509)비비(霏霏)ᄒᆞ다 : 비나 눈이 배고 가늘게 부슬부
   슬 내리는 모양.
1510)핍(逼)ᄒᆞ다 : 핍박하다. 또는 핍박받다.
1511)졍금염슬(整襟斂膝) : 옷깃을 여미고 무릎을 모아
   몸을 단정히 함.
1512)져기 : 적이. 꽤 어지간한 정도로.

綿)ᄒ오니, 형뢰(荊布) 챵아의 적힝을 근심ᄒ
고 영의 거쳐를 몰나, 목금(目今) 샹요(床褥)
의 침면(沈眠)ᄒ엿ᄉ오니, 이럿ᄐ시 근심ᄒ여
가ᄂᆡ의 ᄉ괴 ᄶᅵ날 적이 업ᄉ오니, 비록 신질
(身疾)이 가경(可境)의 밋ᄉ오나, 즐【60】거오
미 업도쇼이다."

설파의 광미디샹(廣眉大顙)[1513]의 쳐식이
만안ᄒ여 주부의 화란을 근심ᄒᆯ지연정 그 슈
악의 단셔를 아뢴 쥴 아지 못ᄒ여 분앙ᄒ나
의심이 부인의게 밋지 아니ᄒᄂᆞᆫ지라. 그 위
인이 관인디도(寬仁大度)ᄒ미 부족ᄒ미 아니
로디, 그 쇼탈ᄒ미 이러틋 ᄒ니, 이 진실노
등하블명(燈下不明)이러라.

댱휘 심의하 차탄ᄒ나 안셔이 샤샤(謝辭)
왈,

"왕ᄉᄂᆞᆫ 이의라. 첩이 고인의 틱도를 본밧
지 못ᄒ여 피주 표의 블초피힝(不肖悖行)이
가국의 디해 될 번ᄒ옵고, 다시 챵ᄋᆡ 죄범
이 크게 강샹(綱常)의[과] 《관계풍화 ‖ 풍화의
관계》ᄒ여 극늉의 나믄 목슘이 샹ᄉ의 찬비
(竄配)ᄒ오나, 이ᄂᆞᆫ 유죄무죄【61】간 죄즁벌
경(罪重罰輕)ᄒ미라. 다만 슈악(搜惡)[1514]을
원치 아니ᄒ며, 신긔(神祇)[1515]를 한(恨)치
아니ᄒ와 첩의 모주 쇼조(所遭)의 궁험과 명
도(命途)의 긔구(崎嶇)ᄒ오미 남과 다른 쥴을
한탄ᄒᆯ ᄯᆞ롬이로쇼이다. 슈연(雖然)이나 챵ᄋᆡ
의 누명이 반다시 오라지 아니 ᄒ오리니, 첩
은 왕ᄉ(往事)를 제긔치 아니ᄒᄂᆞ이다."

틱시 칭샤ᄒ고 츄밀이 모진 《요악 ‖ 요약
(妖藥)》의 정신을 일허실 적은 아조 인ᄉ블
셩(人事不省)ᄒ여 슉믹블변(菽麥不辨) 갓치
되엿든 비나, 임의 독약이 점점 플니고 옛
정신이 도라오며, 녜[녯]날 총명이 ᄌ샹(仔
詳)ᄒ미 여구(如舊)혼지라.

한님 부부의 허다(許多) 《참악 ‖ 참익(慘
厄)》이 최부인의 쟉용인 쥴 어이 아지 못ᄒ
리오마ᄂᆞᆫ, 슈【62】악(首惡)의 근본이 픠루치

설파의 주부의 화란을 근심ᄒᆯ지언정 그 슈
악의 단셔를 아디 못ᄒ니, 그 소탈ᄒ미 이러
틋ᄒ야 이 진실노 등하블명이러라.

댱휘 심하의 ᄎ탄ᄒ나 안셔히 ᄉ샤 왈,

"왕ᄉᄂᆞᆫ 이의라. 첩이 고인【46】의 틱교를
본밧디 못ᄒ여 피주 표의 블쵸피힝이 가국의
대해 될 번ᄒ고, 다시 창아의 죄범이 크게
강샹의[과] 《관계풍화 ‖ 풍화의 관계》ᄒ여, 국
늉의 나믄 목숨이 찬비ᄒ오나, 《유명무실 ‖
유죄무죄》간 죄듕벌경ᄒ미라. 첩이 다만 슈
악을 원치 아냐, 첩의 모주의 소조(所遭)의
궁험ᄒ옴과 명도의 긔구ᄒ믈 한탄ᄒᆯ ᄯᆞ롬이
로소이다."

태시 칭샤ᄒ고 츄밀이 말숨을 니어 댱후을
향ᄒ여 왈,

1513)광미디샹(廣眉大顙) : 넓은 눈셥을 가진 큰 이마.
1514)슈악(搜惡) : 악안(惡人)을 수사(搜査)함.
1515)신긔(神祇) : 천신(天神)과 지기(地祇)를 아울러
　　이르는 말. 곧 하늘의 신령과 땅의 신령을 이른다.=
　　천신지기(天神地祇).

아닌 젼(前)○[은], ○[그] 젼(前)의 ᄌᆞ긔 몬져 발각ᄒᆞ믈 블가히 넉이ᄂᆞᆫ 고로 잠잠ᄒᆞ나, 한님 부부의 잔잉 이셕ᄒᆞᆷ믄 일념의 미치인 비라.

형장의 쇼탈ᄒᆞᆫ 말ᄉᆞᆷ을 심하(心下)의 기탄(慨歎)ᄒᆞ여 이의 말ᄉᆞᆷ을 이어 쟝후를 향ᄒᆞ야 가로ᄃᆡ,

"ᄌᆞ고로 길흉은 군ᄌᆞ의 뭇지 아니ᄒᆞᄂᆞᆫ 비오, 화복은 셩인의 스ᄉᆞ로 아ᄂᆞᆫ 비라. 챵이 만난 ᄇᆡ 화익(禍厄)과 윤시의 익화(厄禍)ᄂᆞᆫ 고어(古語)[1516]의 이른 바 '슈지누셜지즁(雖在縲絏之中)이나 비기죄얘(非其罪也)라.'[1517] ᄒᆞ미 졍히 챵질 부부의게 비겸 즉ᄒᆞ니이다. 하날이 나리오신 지앙은 인력의 밋칠 비 아니오나, 형장과 쇼싱이 오국의 뉴쳐(留處)ᄒᆞ여실 젹, 윤시 죄{샹}【63】의 걸니여 《졀가 도라가고 ∥ 젹거죄슈(謫居罪囚) 되고》, ᄯᅩ 쇼싱 형뎨 병이 이시믹 ᄯᅩ 챵이 죄의 걸니니, 마ᄃᆡ마ᄃᆡ 간인의 공교(工巧)ᄒᆞᆫ 계괴 무심ᄒᆞᆫ 바의 잇다 ᄒᆞ리잇가? 도금(到今)ᄒᆞ여ᄂᆞᆫ 복(僕)의 곤계 위질(危疾)이 셩(盛)ᄒᆞ미 밋쳐ᄂᆞᆫ, 질ᄋᆞ와 윤시의 평일 힝ᄉᆞ를 츄이(推移)ᄒᆞ와 반다시 죄명의 무죄ᄒᆞ오믈 짐쟉ᄒᆞ오나, 능히 슈악(首惡)의 간셥ᄒᆞᆫ ᄌᆞ를 아지 못ᄒᆞ오니, 쟝ᄎᆞ 어ᄃᆡ로 좃ᄎᆞ 질ᄋᆞ 부부의 얼누(孼陋)[1518]를 신빅ᄒᆞ리잇고? 쇼싱이 블승ᄎᆞ악(不勝嗟愕)ᄒᆞ옵ᄂᆞ니 만일 챵의 누명을 신원홀 조각을 찻지 못ᄒᆞ올진ᄃᆡ, 구쳔타일(九泉他日)[1519]의 하면목(何面目)으로 왕뎨를 보오리잇고?"

셜파의 츄연 탄식ᄒᆞ여 번연【64】이 광미(廣眉)를 츅합(顣合)ᄒᆞ미 위위(危危)ᄒᆞᆫ 긔샹이

"ᄌᆞ고로 군ᄌᆞᄂᆞᆫ 길흉을 뭇디 아니ᄒᆞ고, 셩인은 화복을 스ᄉᆞ로 안다 ᄒᆞ옵ᄂᆞ니, 챵질(倡姪)의 만난 바 익경과 윤시의 익화ᄂᆞᆫ 슈지누셜○[지듕]【47】이나 비기죄야라. 하날이 ᄂᆞ리오신 지앙은 인력의 밋츨 비 아니오나, 쇼싱 형뎨 오국의 간 ᄉᆞ이 익화의 걸녀 젹거죄슈 되고, ᄯᅩ 형뎨 병이 이시믹 챵이 죄의 걸니니, 무디무디 간인의 공교ᄒᆞᆫ 계교 무심ᄒᆞᆫ 바의 잇다 ᄒᆞ오리잇가? 쇼싱이 블명ᄒᆞ야 만일 챵의 누명을 신원홀 조각을 ᄎᆞᆺ디 못홀진ᄃᆡ, 구텬 타일의 하면목으로 왕뎨를 보오리잇고?"

셜파의 츄연 댱탄ᄒᆞ니, 댱휘 손샤 왈,

[1516]고어(古語) : 옛말. 또는 옛 사람이 한 말.
[1517]'슈지누셜지즁(雖在縲絏之中)이나 비기죄얘(非其罪也)라 : "비록 포박되어 감옥에 갇힌 적이 있으나 그의 죄가 아니다."는 말로, 공자가 자신의 딸을 제자 공야장(公冶長)에게 시집보내면서 한 말이다. 즉 "아내를 둘만하다. 비록 포박되어 옥에 갇힌 적이 있으나 그의 죄가 아니다(可妻也 雖在縲絏之中 非其罪也)."(『論語 公冶長』)
[1518]얼누(孼陋) : 누얼(陋孼). 사실이 아닌 일로 뒤집어쓴 억울한 죄(罪).
[1519]구쳔타일(九泉他日) : 훗날 저승에서. *구쳔(九泉): 땅속 깊은 밑바닥이란 뜻으로, 죽은 뒤에 넋이 돌아가는 곳을 이르는 말.=저승.

한슉(寒肅)ᄒ여 하일(夏日)이 씩씩흠 갓흐니, 쟝휘 계슈이샤(稽首而謝)[1520] 왈,

"블초아 창이 본ᄃᆡ 비박용우(卑薄庸愚)ᄒ오니, 엇지 감히 슉슉의 이러틋 과쟝(誇張)ᄒ시믈 당ᄒ리잇고? 슈연(雖然)이나 궁달(窮達)이 유슈(有數)ᄒ고, 화복(禍福)이 지쳔(在天)ᄒ니, 챵ᄋᆞ와 윤시 진실노 복이 눕흘진ᄃᆡ, 일시 지난 바 슈익(數厄)[1521]이 참악(慘愕)ᄒ오나 천의유지(天意有之)ᄒ온즉 '복분(覆盆)의 원(怨)'[1522]을 신셜치 못흘가 념녜 ᄒ리잇고?"

츄밀이 지슙 탄식ᄒ고 좌우로 호시 모ᄌᆞ와 심희 뉴시 냥희의 ᄌᆞ녀를 블너보미, 냥공의 무이ᄒ미 친ᄌᆞ숀의 간격지 아니니, 그 돈독흔 우이 타별(他別)ᄒ미 타인의 비길【65】비 아니니, 냥희 그윽이 감오(感悟)ᄒ여 냥공의 져 갓치 ᄌᆞ인명달(慈仁明達)ᄒᆞ므로 홀연이 격년(隔年)토록 조화옹(造化翁)[1523]의 헌ᄉᆞ[1524] 가온ᄃᆡ 잇셔 본셩쳔질(本性天質)을 일흐미 도시 챵의 부부의 운익(運厄)이 다험흔 줄 알더라.

공의 형뎨 인ᄒ여 외당의 머무르며, 바야흐로 가인(家人)을 치졍(採定)ᄒ여 한님 젹쇼의 보니여 평부(平否)를 아라 오라 ᄒ더라.

금쥐와 쟝시 ᄯᅩ흔 졀원흔 고로 도로 왕반(往返)이 냥슌(兩旬)의 가인이 도라와, 한님의 샹셔를 올니니, 틱시 바다 ᄲᅧ혀 보미 디개 냥 디인의 병휘(病候) 가복(可復)ᄒ샤 향니의 힝도(行途)를 일우시믈 영힝ᄒ고, 블초흔 아히 가국의 죄슈로 환쇄(還刷)흘【66】기약이 묘연(杳然)ᄒ니, 존하의 졀ᄒ여 '훤초

"궁달이 유슈ᄒ고 화복이 지텬ᄒ니, 창ᄋᆞ와 윤시 진실노 복이 눕흘진ᄃᆡ, 일시 디넌 바 슈익이 참악ᄒ오나, 텬【48】의유디ᄒ온즉 복분의 원을 신셜치 못흘가 념녀ᄒ리잇고?"

츄밀이 지삼 탄식ᄒ고 좌우로 호시 모ᄌᆞ와 심·뉴의 ᄌᆞ녀를 블너 보미, 냥공의 무이ᄒ미 친ᄌᆞ친손의 각격디 아니니, 그 돈목흔 ᄌᆞ이 타별ᄒ미 타인의 비길 비 아니니, 당휘 냥공의 무이ᄒ미 친ᄌᆞ친손의 간격이 업셔, 져ᄀᆞ치 ᄌᆞ인명달ᄒᆞ므로 홀연 경년토록 조화옹의 헌ᄉᆞ ᄀᆞ온ᄃᆡ 이셔 본셩텬진을 일흐미, 도시 한님 부부의 운익이 다험흔 줄 알더라.

공의 형뎨 인ᄒᆞ야 외당의 머믈며, 가인을 치졍【49】ᄒᆞ야 한님 젹소의 보니여 평부를 아라 오니,

1520)계슈이샤(稽首而謝) : 머리를 땅에 닿도록 깊숙이 숙이고 사례함.

1521)슈익(數厄) : 운수에 따른 재액(災厄).

1522)복분(覆盆)의 원(怨) : '뒤집어진 동이의 원통함' 이라는 뜻으로, 죄를 뒤집어쓰고 밝히지 못하고 있는 사람의 원통함을 이르는 말.

1523)조화옹(造化翁) : 만물을 창조하는 노인이라는 뜻으로, '조물주'를 이르는 말.

1524)헌ᄉᆞ : ①희롱(戲弄). 손아귀에 넣고 제멋대로 가지고 놂. ②장난. 짓궂게 하는 못된 짓. ③수다. 쓸데없이 말수가 많음. ④아단(惹端). 매우 떠들썩하게 일을 벌이거나 부산하게 법석거림. 또는 그런 짓. ⑤요란(搖亂). 시끄럽고 떠들썩함.

(萱草)의 낙(樂)'[1525] 유[을] 추싱(此生)의 난득
(難得)일가 셜워훈 수연이라.

관곡(款曲)훈 수의와 간측(懇惻)훈 효성이
글 우히 낫타나, 조조히 슬푸고 언언이 간절
호니, 완연이 완슌훈 풍치로 슬하의 뫼셔 승
안앙지(承顏養志)호든 거동을 더훈 듯훈지라.

터시 간절이 수랑호미 쇼사나 번연(翻然)
이 감동호고, 츄연이 이련호며, 암연이 반가
오믈 이긔지 못호여, 지숨 글을 어로만져 탄
식 뉴체 왈,

"챵으로 호여곰 이 지경의 밋게 훈 간인
(奸人)을 찾는 날이면, 당당히 머리를 버혀
죄를 졍히 호리라."

츄밀이 역시 질으의 글을 어로만져 차마
놋치 못【67】호고, 탄식호믈 마지 아니호더
니, 형장의 말솜을 듯조오미 심하○[의] 어이
업셔 잠쇼 더 왈,

"챵질의 화익은 귀신의 조화요, 수룸의 힝
훈 비 아니로쇼이다. 다못 형장과 쇼뎨를 연
무즁의 아득게 호고 질으를 히훈 용심○[이]
등한치 아니훈 조의 쇼작(所作)이니이다."

터시 졈두 왈,

"현뎨지언(賢弟之言)이 심합(甚合)호디, 능
히 슈악(首惡)을 찾지 못훈 쟉, 어니 날 니
으히 악명을 신원호리오. 더옥 영으는 뉘 괴
롭게 호관디 가즁을 싸나 격셰가 되도록 쇼
식이 업느뇨?"

츄밀이 기연 탄식 왈,

"영이 환가지쇽(還家遲速)은 반다시 챵이
환귀(還歸)호는 날이 이시리다. 형장이 이러
틋 아득호샤 결치 못【68】호시는 바의 쇼뎨
엇지 쇼견을 은휘(隱諱)호리잇고? 쇼뎨 추언
을 니오미 실노 존슈(尊嫂)긔 득죄호오믄 깁
수오려니와, 형뎨는 골육의 난호미오 동긔의
친(親)이라. 감히 은휘치 못호느니, 형장이
실노 간졍을 수힉(査覈)호여 다시 부지 완젼

한님의 셔듕수의 완곡호고 간측훈 효성이
글 우희 나타나, 조조히 슬프고 언언이 간졀
호니, 완연이 완슌훈 풍치로 슬하의 뫼셔 승
안앙지호던 거동이 잇는지라.

태시 간필의 츄연이 이련호며 암연이 반가
오믈 이긔디 못호여, 지삼 글을 어르만져 탄
식 뉴체 왈,

"챵으로 호여금 이 지경의 밋게 훈 가인을
찾는 날이면, 당당이 머리를 버혀 죄를 졍히
호리라."

츄밀이 역시 딜아의 글을 추마 노치 못호
더니, 형댱 말솜【50】을 듯조오미 심하의 어
히업셔 잠쇼 디왈,

"챵딜의 화익은 귀신의 조홰 굿투여 다못
형댱과 쇼제를 연무 가온디 아득게 호고, 딜
으을 히훈 용심이 등한치 아닌 지의 쇼작이
니이다."

태시 졈두 왈,

"능히 슈악을 찾디 못훈 즉 니 아희 악명
을 어느 날 신원호리오. 더옥 영으는 무고히
가듕을 싸나 격셰 되도록 소식이 업느뇨?"

츄밀이 가연 탄식 왈,

"영으 환가지쇽은 반드시 챵의 환귀호는
날 이시리이다. 형댱이 이러틋 아득호샤 결
치 못호시는 바의, 쇼뎨 엇디 쇼견【51】을 은
휘호리잇고? 추언을 니오미 실노 존슈긔 득
죄호오미 깁수오려니와, 형뎨는 골육이 난호
미오 동긔의 친이라. 감히 은휘치 아닛느니,
형댱이 실노 간졍을 수힉고져 호시거든 경수
의 도라가시는 날이라도 영교 미션과 션츙을

1525)훤초(萱草)의 낙(樂) : 훤초(萱草: 원추리)는 부모
　　가 거처하는 집의 뜰에 심겨져 있는 화초이름으로
　　언제나 어버이를 가장 가까이서 볼 수 있는 꽃이
　　다. '훤초의 낙'은 훤초처럼 부모님과 가장 가까운
　　거리에서 모시고 살며 그 사랑을 받으면서 사는 즐
　　거움을 이른 말 이다.

코주 ᄒ실진ᄃᆡ, 경ᄉ의 도라가시ᄂᆞᆫ 날이라도 영교 미션과 션츙을 다ᄉᆞ리시면, 거의 슈악의 단셔(端緒)를 갈희잡으시리이다[1526]."

틱시 쳥파의 경 왈,

"션츙은 튱근ᄒᆞᆫ 노복이오 영교 미션이 셜ᄉ 요악ᄒᆞᆫ들 엇지 쥬인을 히ᄒᆞ리오."

츄밀이 ᄃᆡ 왈,

"형장이 '도지기일(徒知其一)이오 미지기이(未知其二)'[1527]로ᄉᆀ다. 셕ᄌᆞ의 쇼부허유(巢父許由)[1528]【69】ᄉᆞ히(四海)[1529]의 부귀를 더러이 넉이고, 엄ᄌᆞ릉(嚴子陵)[1530]이 공후 쥰귀를 괴로이 넉겨거니와[1531], 쇽셰시말(俗世時末)[1532]의 뉘 부귀를 ᄉᆞ랑치 아니ᄒᆞ며 존귀를 흠모치 아니리잇고? 영교 미션은 본ᄃᆡ 최부○[인]복얘(崔夫人僕也)[1533]라. 본ᄃᆡ 영이 나무로부터 창을 싀이(猜礙)[1534]ᄒᆞ믄 오가 셰젼ᄒᆞᄂᆞᆫ 누거만(累巨萬) 지산을 챵이 젼단ᄒᆞᆯ가 두리미, 간인을 쳐결ᄒᆞ여 흉계를 비포(排布)ᄒᆞ미 고이치 아니ᄒᆞ고, 션츙은 본가 비복으로 튱근녕니(忠勤怜悧)ᄒᆞ나 ᄌᆞ연 간모(奸謀)의 간셥ᄒᆞ미 고이치 아니ᄒᆞ오리니, 형장은 쇼뎨의 말ᄉᆞᆷ을 헛도히 듯지 마ᄅᆞ시고, 미교와 션츙을 엄문ᄒᆞ쇼셔."

1526)갈희잡다 : 가려잡다. 여럿 가운데서 골라서 가지다. =골라잡다.
1527)도지기일(徒知其一)이오 미지기이(未知其二)라 : 하나만 알고 둘을 모른다.
1528)쇼부허유(巢父許由) : 중국 고대 요(堯)임금으로부터 왕위를 맡아달라는 말을 듣고, 귀를 씻고 기산(箕山)에 들어가 숨었다고 하는, 전설상의 인물들인 소부(巢父)와 허유(許由)를 함께 이르는 말.
1529)ᄉᆞ히(四海) : 사방의 바다. 또는 온 세상.
1530)엄자릉(嚴子陵) : 중국 후한(後漢) 광무제(光武帝) 때의 인물. 본명은 엄광(嚴光). 자릉(子陵)은 자(字). 어릴 때 광무제와 함께 뛰놀고 공부하던 사이였다. 광무제가 황제가 된 후 은거하고 있던 그를 불러 함께 대궐에 머물게 되었는데, 이 때 그는 광무황제와 함께 자면서 황제의 배에 다리를 올려 놓을 만큼 허물없이 대했다는 고사가 전한다. 광무제가 그에게 간의대부(諫議大夫)라는 벼슬을 주었으나 사양하고 다시 산에 들어가 은거하였다 한다.
1531)넉겨거니와 : 여겼거니와. *넉기다: '너기다(여기다)'의 이표기(異表記).
1532)쇽셰시말(俗世時末) : 말세(末世). 세속의 정치, 도덕, 풍속 따위가 아주 쇠퇴하여 끝판이 다 된 때.
1533)최부인복얘(崔夫人僕也) : 최부인의 종.
1534)싀애(猜礙) : 시기하고 방해함.

다ᄉᆞ리시면, 거의 슈악의 단셔를 갈희 잡으시리이다."

태시 경왈,

"션츙은 튱근ᄒᆞᆫ 노복이오, 영교 미션이 셜ᄉ 요악ᄒᆞ나 엇디 쥬인을 히ᄒᆞ리오?"

츄밀이 ᄃᆡ왈,

"《셔쟈ǁ셕쟈》의 엄ᄌᆞ릉이 공후 존귀를 괴로이 넉여거니와, 쇽셰 시말의 뉘 부귀를 ᄉᆞ랑치【52】 아니리잇고? 션츙이 오가 비복으로 튱근녕니ᄒᆞ나 ᄌᆞ연 간모의 간셥ᄒᆞ미 고이치 아니ᄒᆞ리니, 형댱은 쇼뎨의 말ᄉᆞᆷ을 헛도히 듯디 마ᄅᆞ쇼셔."

터시 반신반의(半信半疑)ᄒ여 심하의 싱
【70】각ᄒ되, '아이 너모 의심이 만하 최시ᄅ
의심ᄒᄂᆫ가' 의려ᄒ여, 졈두(點頭) 묵연(默然)
ᄒ니, 츄밀이 우 왈,

"가국(家國)의 픠업(霸業)은 일체라. 형장
은 원컨디 호의(狐疑)치 마ᄅ쇼셔."

ᄒ더라.

ᄎ시 왕의 담ᄉ일(禫祀日)[1535]이 다ᄃᆞ르니
터ᄉ 곤계와 쟝휘 통츌샹하ᄒ여 담ᄉᄅᆯ 지니
고, 목쥬(木主)ᄅᆯ 가져 션셰 ᄉ우(祠宇)의 봉
안ᄒ며, 엄시랑 운희 형뎨 ᄯᅩᄒ 조졍의 말미
ᄅᆯ 어더 고향의 니르러 참ᄉ(叅祀)ᄒ며, 쟝후
ᄅᆯ 뵈옵고 부슉을 뫼셔 한가지로 환경ᄒ니,
쟝휘 냥 슉슉와[과] 제질을 분슈ᄒᄂᆫ 심시
시롭더라.

터시 쟝후ᄅᆯ 향ᄒ여 갈오디,

"망뎨의 죵시(終祀) 지낫고, 슈슈(嫂嫂) 황
산벽쳐(荒山僻處)의 외로이 머무【71】로실 비
아니니, 경ᄉ(京師) 고퇴의 환경ᄒ여 동긔 친
쳑을 반기시믈 긔약지 아니ᄒ시ᄂᆞ니잇가?"

쟝휘 함쳑(含慽) ᄉ왈,

"슉슉의 셩우(誠友)ᄅᆯ 쳡이 엇지 모로리
잇고마ᄂᆫ, 미망여싱(未亡餘生)이 가군의 슘샹
을 지니오미 궁쳔지통(窮天之痛)이 더옥 시
롭고, 《쳔마∥쳘마(鐵馬)[1536]》의 괴로오믈 더
옥 듯고ᄌ 아니ᄒ옵ᄂᆞ니, 엇지 다시 번화지
지(繁華之地)의 나아갈 ᄯᅳᆺ이 잇ᄉ오며, 버거
호시 모ᄌ의 괴혈ᄒᆞ믈 바리고 환경홀 ᄯᅳᆺ이
이시리잇고?"

터시 쳥파의 감블지쳥(敢不再請)ᄒ고 츄밀
이 디왈,

"슈슈의 원녜(遠慮) 심원ᄒ시니, 후싱이 항
복ᄒᄂᆞ이다. 원(願) 슈슈ᄂᆫ 긔게(起居) 안강

태시 반신반의ᄒ야 심하의 싱각ᄒ되, '아
이 너모 의심이 만하 최시ᄅᆯ 의심ᄒᄂᆫ가' 의
녀ᄒ여 졈두 묵연ᄒ더라.

ᄎ시 왕의 담ᄉ일이 다ᄃᆞ르니, 태ᄉ 곤계
와 댱휘 《통슐∥통츌》샹하ᄒ야 담ᄉᄅᆯ 디니
고, 목묘ᄅᆯ 가져 션셰 ᄉ우의 봉안ᄒ며, 엄
시랑 형뎨 ᄯᅩᄒ 됴졍의 말미ᄒ고 고향의 니
르러 참ᄉ하며, 댱후ᄅᆯ 뵈옵고, 부【53】슉을
뫼셔 환경ᄒ니, 댱휘 냥위 슉슉과 제딜을 분
슈ᄒᆞ며, 슬픈 심시 시롭더라.

1535)담ᄉ일(禫祀日) : 담사(禫祀)ᄅᆯ 지내는 날. *담사
　　(禫祀): 대상(大祥)을 치른 다음다음 달 하순의 정
　　일(丁日)이나 해일(亥日)에 지내는 제사. 초상(初喪)
　　으로부터 27개월 만에 지내나, 아버지가 생존한 모
　　상(母喪)이나 처상(妻喪)일 때에는 초상으로부터 15
　　개월 만에 지낸다. =담제(禫祭).
1536)쳘마(鐵馬) : '철마지성(鐵馬之聲)'의 줄임말. *철
　　마지성(鐵馬之聲): 쇠붙이를 단 말이나 수레 따위에
　　서 나는 요란한 소리. 곧 세상의 온갖 시끄러운 소
　　리를 비유로 이르는 말.

ᄒᆞ샤 고요이 쳐ᄒᆞ시다가, 창의 도라와 누명【72】을 신셜ᄒᆞ고, 《포‖표》의 죵샹(終喪)도 쾌히 지난 후, 바야흐로 환경ᄒᆞ시미 올ᄒᆞ니이다."

쟝휘 츄밀공의 명견(明見)을 항복ᄒᆞ여 염뇽ᄉᆞ례(斂容謝禮)[1537]ᄒᆞ더라.

공의 부ᄌᆞ슉질이 드듸여 승도발마(昇道發馬)[1538]ᄒᆞ여 경ᄉᆞ로 도라오니라.

쟝휘 윤쇼져를 블너 튀ᄉᆞ와 츄밀의 말을 니ᄅᆞ고,

"반다시 니 아희와 현부의 신원(伸冤)이 오러지 아니리니 현부는 슬허 말나."

쇼졔 쳥교(聽敎)의 깃거ᄒᆞ나, 냥공긔 비알치 못ᄒᆞ고 ᄉᆞ싱간 은휘(隱諱)ᄒᆞᄆᆞᆯ 스ᄉᆞ로 죄삼으니, 쟝휘 ᄉᆞᄉᆞ의 유슌ᄒᆞᄆᆞᆯ 더옥 년이ᄒᆞ며, ᄋᆞᄌᆞ의 부뷔 슈히 누명을 신원ᄒᆞ여 슈이 인눈을 완젼ᄒᆞ기를 원ᄒᆞ더라.

이ᄣᅵ 튀ᄉᆞ와 츄밀이 냥ᄌᆞ【73】로 더브러 일노(一路)의 무ᄉᆞ히 득달ᄒᆞ여, 본부의 도라오니, 모든 친붕고리(親朋故吏)[1539] 문외의 맛ᄂᆞᆫ지라. 모든 인친이 다 모다시니 ᄎᆞ즁(此中)의 윤시 졔공도 이로러ᄂᆞᆫ지라.

튀ᄉᆞ와 츄밀이 남빅과 평오왕의 숀을 잡고 진왕과 윤샹국을 디ᄒᆞ여 갈오디,

"가간(家間)[1540]의 가란이 샹싱(相生) 이후의, 녕낭(슈郞) 등이 공연이 오가(吾家)ᄅᆞᆯ 졀젹(絶迹)ᄒᆞ니, 도시(都是) 아등의 블명ᄒᆞ미어니와, ᄯᅩᄒᆞᆫ 인졍이 엇지 박지 아니리오. 원컨디 ᄒᆞᆫ번 관가(官暇)[1541]ᄅᆞᆯ 굴(屈)ᄒᆞ여[1542] 폐ᄉᆞ(弊舍)ᄅᆞᆯ 도라보미 엇더ᄒᆞ뇨?"

원니 엄부 가란 이후의 진왕이며 샹국이 월화쇼져의 연고로 인ᄒᆞ여, ᄌᆞ질을 경계ᄒᆞ여 'ᄌᆞ【74】로 가 졔엄(諸嚴)의 무안(無顔)ᄒᆞᄆᆞᆯ ᄭᅵ치지 말나' ᄒᆞᄆᆞ로, 오왕(吳王)의 지긔(齋

태ᄉᆞ와 츄밀이 댱후를 지삼 니별ᄒᆞ고 부ᄌᆞ슉딜이 드듸여 경ᄉᆞ로 도라오니라.

댱휘 윤시를 블너 태ᄉᆞ와 츄밀의 말을 니ᄅᆞ고,

"니 아히와 현부의 신원이 오러지 아니리니, 현부는 슬허 말나."

쇼졔 깃거ᄒᆞ나, 냥공긔 비알ᄒᆞ고 ᄉᆞ싱간 은휘ᄒᆞᄆᆞᆯ 스ᄉᆞ로 죄을 삼으니, 댱휘 ᄉᆞᄉᆞ의 유슌ᄒᆞᄆᆞᆯ 더옥 이년ᄒᆞ며, ᄋᆞᄌᆞ 부부의 누명을 수히 신원ᄒᆞ기를 원ᄒᆞ더라.

태ᄉᆞ와 츄밀이【54】 일노의 무ᄉᆞ이 힝ᄒᆞ야 본부의 도라오니, 모든 친붕과 인친이 다 모다시니, 윤시 졔공도 니ᄅᆞ럿ᄂᆞᆫ디라.

태시 남빅 형뎨의 손을 잡고 진왕 곤계를 디ᄒᆞ야 왈,

"가간의 가란이 샹싱 이후의 녕낭 등이 공연이 오기를 졀젹ᄒᆞ니, 도시 ᄋᆞ등의 블명ᄒᆞ미어이와, ᄯᅩ 엇디 인졍이 박지 아니리오. 원컨디 ᄒᆞᆫ 번 관가를 굴ᄒᆞ야 폐ᄉᆞ를 도라보미 엇더ᄒᆞ뇨?"

1537) 염뇽ᄉᆞ례(斂容謝禮) : 몸가짐을 가다듬고 용모를 단정히 하여 고마운 뜻을 나타냄.
1538) 승도발마(昇道發馬) : 목적지를 향해 길에 올라 말을 타고 출발함.
1539) 친붕고리(親朋故吏) : 친구들과 이속(吏屬)들을 함께 이르는 말.
1540) 가간(家間) : 집안.
1541) 관가(官暇) : 공무(公務)를 보고난 뒤 남는 시간.
1542) 굴(屈)ᄒᆞ다 : 낮추다.

期)1543)의 냥엄부인이 귀령(歸寧)ᄒ여 슉부모를 비현(拜見)ᄒ고, ᄌ미(姉妹)를 반기며 오궁의 허위(虛位)를 비셜ᄒ고 제전(祭奠)을 가초와 셜쟉(設酌)1544)ᄒ여 슘긔(三忌)를 지니고, 냥 부인이 결복(闋服)1545)ᄒ나 즉시 도라가고 머무지 아니ᄒ니, 최부인은 깃거ᄒ나 범부인 고식은 결연(缺然)ᄒ믈 이긔지 못ᄒ더라.

진왕과 샹국이 냥공의 말을 듯고 흔연 ᄉᆞ샤 왈,

"오ᄋᆞ 등이 엇지 무고히 존부를 졀적(絶迹)ᄒ리오마는, 블초녜(不肖女) 싱ᄉᆞ(生死)의 존문의 죄인이라. 아등 부ᄌᆞ슉질이 인호(姻好)1546)의 무안ᄒᆞᆷ 니로도 말고, 냥위 현형의 위질(危疾)이 근위(近憂) 비샹ᄒ믈 드르미, ᄉ【75】싱지여(死生之慮)는 밋지 아닐 듯ᄒ나, 일양(一樣) ᄉᆞ롭을 상접(相接)지 못ᄒᆞᆫ다 훌시, ᄌᆞ질(子姪)이 ᄌᆞ연이 등비(登拜)치 못ᄒ미라, 무ᄉᆞᆫ ᄉᆞ괴 이시리오."

남빅과 오왕이 ᄯ쇼 비샤(拜謝) 왈,

"쇼싱 등이 기간(其間) ᄉᆞ괴(事故) 연쳡(連疊)ᄒ고, 심즁의 블편ᄒᆞᆫ 일이 만하, 능히 귀부(貴府)를 말미암지 못ᄒ미러니, 금일 칙교(責敎)를 듯ᄌᆞ오미 블민(不敏)ᄒᆞ믈 황괴ᄒᆞᄂ이다."

퇴시 탄식 왈,

"돈ᄋᆞ(豚兒)의 화란과 현부(賢婦)의 익난(厄難)의 비샹ᄒᆞᆷ 진실노 인간의 이샹ᄒᆞᆫ 일이라. 복이 그 이미ᄒ믈 거의 알오디 신빅(伸白)홀 조각을 아직 춧기 어려오니, 쇽졀업시 ᄌᆞ부(子婦)로 ᄒᆞ여곰 싱ᄉᆞ의 한이 궁양(穹壤)의 밋칠지라. 스ᄉᆞ로 혼암ᄒᆞᆷ믈 붓그【76】리ᄂᆞ니, 어ᄂᆞ 결흘의 ᄉᆞ롭을 족가(足枷)ᄒᆞ며 달문 등을 낫비 여기리오마는, 일시 친친지심(親親之心)은 쇠(衰)치 아니리니, 고로 피

1543)지긔(齋期) : 제사를 지내기 위하여 몸과 마음을 깨끗이 하고 부정(不淨)한 짓을 멀리 하는 기간.
1544)셜쟉(設酌) : ①술자리를 베풂. ②신위(神位) 앞에 술을 올려 제사를 지냄.
1545)결복(闋服) : 어버이의 삼년상을 마침.=해상.
1546)인호(姻好) : 인척(姻戚). 혼인에 의하여 맺어진 친척.

진왕 곤계 냥공의 말을 듯고 흔연 샤ᄉ 왈,

"오ᄋᆞ 등이 엇디 무고히 존부를 졀ᄒ리오마는, 블쵸《뎨‖녜》 싱ᄉ의 존문【55】의 죄인이라. 아등이 인호의 무안ᄒᆞᆷ 니른도 말고, 냥위 현형의 위질이 근위 비경ᄒᆞ야 일양 사롬을 샹졉지 못ᄒᆞᆫ다 훌시, ᄌᆞ질이 ᄌᆞ연 등비치 못ᄒ미라. 무슨 ᄉ괴 이시리오?"

남빅과 오왕이 ᄯ쇼 비ᄉ 왈,

"쇼싱 등이 기간 ᄉ괴 연쳡ᄒ고 심듕의 블평ᄒᆞᆫ 일이 만하, 능히 귀부를 말미암지 못ᄒ미러니, 금일 칙교를 듯ᄌᆞ오니 블민ᄒᆞ믈 황괴ᄒᆞᄂ이다."

태시 탄식 왈,

"돈아의 화란과 현부의 익난이 비샹ᄒᆞᆷ 딘실노 인간의 이샹ᄒᆞᆫ 일이라. 복이 그 이미ᄒ믈 거의【56】 알오디 신빅홀 조각을 춧기 어려오니, 쇽졀업시 ᄌᆞ부로 ᄒᆞ여금 싱ᄉ의 한이 궁양의 밋츨디라. 스ᄉ로 혼암ᄒᆞ믈 붓그리ᄂᆞ이다. 어ᄂ 결을의 사름을 죡가ᄒ리잇고? 슈연이나 식븨 젹소의셔 화지를 만나 경ᄉ다 ᄒ니, 녕셔낭의 근신《ᄒ믈‖ᄒ므로》 엇디 ᄉ괴을 아디 《못ᄒ엿ᄂ고‖못ᄒᆞᆫ가》 ᄒ ᄂᆞ이다."

츠 희언이라. 뎌왕과 합ᄒᆞᆫ 허믈치 마ᄅᆞ쇼
셔. 슈연이나 식부 적쇼의셔 화지(火災)ᄅᆞᆯ 맛
나 경ᄉᆞ(竟死)ᄒᆞ다 ᄒᆞ니, 혜건디 무지심쳐(無
知深處)1547)의 유심(有心)ᄒᆞᆫ 간인(奸人) 곳
아니면 블을 노치 아니리니, 녕셔랑(令壻郞)
의 근신(勤愼)ᄒᆞᆷ므로 엇지 ᄉᆞ긔(事機)를 아지
못ᄒᆞᆫ가 ᄒᆞᄂᆞ이다."

진왕 왈,

"쳔이 비록 지식이 용우ᄒᆞ나 일분(一分)
헤아리믄 고명ᄒᆞᆫ지라. 거의 쟉ᄉᆞ(作事)ᄒᆞᆫ 요
인(妖人)을 아ᄅᆞ시디 잡지 아녀시니, 반다시
오ᄅᆞ지 아녀 존부의 간졍을 ᄉᆞ힉(査覈)ᄒᆞ리
이다."

텨시 의아 왈,

"후일의 요괴로온 졍젹을 아【77】모리 차
잔들 '빅인(伯仁)이 유아이시(由我而死)
라'1548) 임의 ᄉᆞᄌᆞᄂᆞᆫ 홀일업ᄂᆞ니이다1549)."

진왕이 디왈,

"슈요궁달(壽夭窮達)은 관슈(關數)ᄒᆞ니 이
ᄯᅩ 아녀의 명되(命途)1550) 박(薄)ᄒᆞ미라. 현
마 어이 ᄒᆞ리잇고?"

텨시 져두(低頭) 참연(慙然)ᄒᆞ고 츈밀은 진
왕의 쳘견명식(哲見明識)을 항복ᄒᆞ나, 그윽이
최부인을 위ᄒᆞ여 붓그리믈 마지 아니ᄒᆞ더라.

빈쥐 햐쳐(下處)의 모다 쥬비ᄅᆞᆯ 날녀 말ᄉᆞᆷ
ᄒᆞ다가 이윽고 파ᄒᆞ여 각각 부즁으로 도라오

진왕 왈,

"쳔이 비록 지식이 용우ᄒᆞ나 일분 헤아리
믄 고명ᄒᆞᆫ디라. 거의 작ᄉᆞᄒᆞᆫ 요인을 아라시
디 잡디 아녀시니, 반두시 오ᄅᆞ디 아녀 존부
의 간졍을 ᄉᆞ힉ᄒᆞ리이다."

태시【57】의아 왈,

"ᄎᆞ후 요괴로온 졍젹을 아모리 ᄎᆞ즌들 빅
인이 유아이시라. 임의 ᄉᆞᄌᆞᄂᆞᆫ 홀일업ᄂᆞ이
다."

진왕이 디왈,

"이 ᄯᅩ 아녀의 명되 박ᄒᆞ미라. 현마 어이
ᄒᆞ리잇고?"

태시 져두 참연ᄒᆞ고, 츈밀은 진왕의《쳔견
∥쳘견》명식을 항복ᄒᆞ나, 그윽이 최부인을
위ᄒᆞ여 붓그리믈 마디 아니ᄒᆞ더라.

빈쥐 햐쳐의 모다 쥬비를 날녀 말ᄉᆞᆷᄒᆞ다
가, 이윽고 파ᄒᆞ여 각각 부듕으로 도라오니
라.

1547)무지심쳐(無知深處) : 아무도 모르는 깊숙한 곳.

1548)빅인(伯仁)이 유아이시(由我而死)라 : '백인은 나
로 인해 죽었다'는 뜻으로, 직접적으로 사람을 죽이
지는 않았지만 죽은 사람에 대해 자신이 적극적으
로 구하지 않은 책임이 있음을 안타까워하거나, 어
떤 사건에 간접적으로 연관되어 있는 것을 비유적
으로 나타낸 말.《진서(晉書)》열전(列傳), 주의(周顗)
조(條)에 나오는 중국 동진(東晉)사람 왕도(王導)와
주의(周顗: 字 伯仁)사이의 고사에서 유래했다. 즉
왕도는 그의 종형(從兄) 왕돈(王敦)의 반역에 연좌
되어 죽을 위기에 있을 때 주의의 변호로 살아났는
데, 왕돈의 반역이 성공한 뒤, 주의가 죽게 되었을
때 자신이 그를 구명해줄 수 있는 위치에 있었음에
도 구하지 않고 외면하였다가, 뒤에 주의가 자신을
구명해주어 살아난 사실을 알고, 위와 같이 탄식하
였다 함.

1549)홀일업다 : 하릴없다. 달리 어떻게 할 도리가 없
다.

1550)명되(命途) : 운명과 재수를 아울러 이르는 말. =
명수(命數).

니라.

이씨 윤부의셔 양희 모지 도라와 쇼제의 피화(被禍) 봉변(逢變)ᄒᆞ믈 알외니, 존당부뫼 크게 놀나고 오히려 죽지 아니ᄒᆞ고 무ᄉᆞ히ᄉᆞ라 금쥐로 도라가 평안이 머믈물 깃거ᄒᆞ며, 최부인 힝악을 【78】 분히(憤駭)ᄒᆞ나, 진왕부부와 샹국부뷔 최부인 과악을 조곰도 일ᄏᆞᆺ지 아니니, 이ᄂᆞᆫ 셕년 ᄌᆞ긔 집 가환(家患)이 남다ᄅᆞ던 쥴 ᄌᆞ괴(自愧)ᄒᆞ미러라.

ᄎᆞ셜 엄티시 ᄌᆞ질노 더브러 본부의 도라오니 가즁이 무ᄉᆞᄒᆞᄃᆡ, 부인이 영을 ᄉᆞ렴(思念)ᄒᆞ고 후셥의 죽음과 미션이 폐밍(廢盲)ᄒᆞ니, 홀노 영괴 심ᄉᆞ를 난호나 실노 우익을 ᄉᆞᆺ쳣고, 녕원의 본형이 칠미회(七尾狐)런 쥴 알미, 부인의 간험질독(姦險嫉毒)ᄒᆞ미나, 심니(心裏)의 그런 요얼(妖孽)을 부니(府內)의 머무러 각하(閣下)의 쳐ᄒᆞ던 쥴 늇니상담(忸怩喪膽)1551)ᄒᆞ니, 여러가지 심녀를 겸ᄒᆞ여 우분셩질(憂憤成疾)1552)ᄒᆞ기의 니로니, 하회 엇지 된고 분셕ᄒᆞ라.【79】

태시 ᄌᆞ딜로 더브러 본부의 도라오니, 가듕이 무ᄉᆞᄒᆞᄃᆡ 최부인이 영을 ᄉᆞ렴ᄒᆞ여 심녀ᄒᆞ고, 우익이 업서 계교【58】 무칙ᄒᆞ야 우분셩질ᄒᆞ니,

----

1551) 늇니상담(忸怩喪膽) : 부끄러움과 창피함으로 마음이 몹시 상해 기운을 차리지 못함..

1552) 우분셩질(憂憤成疾) : 걱정과 분함으로 괴로워하다 병을 이룸.

엄시효문쳥힝녹 권지이십칠

어시의 최부인이 여러가지 심녀를 겸ᄒᆞ여 우분셩질(憂憤成疾)ᄒᆞ기의 니ᄅᆞ니, 젼일 모야(某夜) 몽시(夢事) 차착(差錯) 업시 마ᄌᆞᆷ을 보미, ᄯᅩ 영의 구혈엄식(嘔血奄塞)[1553]ᄒᆞ여 ᄉᆞ셩이 위급든 경상을 싱각ᄒᆞ니, 아마 살미 만무(萬無)ᄒᆞᆫ 듯ᄒᆞ미, 눈 알퓌 옥면낭셩(玉面朗聲)이 버럿고, 귀가의 초옥셩(楚玉聲)[1554]이 징징(琤琤)ᄒᆞ니, 잇고져 ᄒᆞ나 잇기 어렵고, 말고ᄌᆞ ᄒᆞ나 마지 못ᄒᆞ니, 심번녀란(心煩慮亂)ᄒᆞ여 몽시 날노 어즈러온지라.

ᄆᆡ양 눈 곳 감으면 영이 만면우식(滿面憂色)으로 슬하의 ᄭᅮ러, 실덕ᄒᆞᆷ을 간ᄒᆞ여 갈오ᄃᆡ,

"ᄌᆞ위 맛ᄎᆞᆷᄂᆡ 허물을 곳치지 아니실진ᄃᆡ, 히【1】이(孩兒) 죽는 혼빅이라도 능히 집의 도라오지 못ᄒᆞ고, 우셜풍운(雨雪風雲)의 슬픈 넉시 되리로쇼이다. ᄌᆞ위 만일 기심슈덕(改心修德)ᄒᆞ샤, 형의 부부로 ᄒᆞ여곰 인뉸의 완젼ᄒᆞᆫ ᄉᆞ롬이 되시게 ᄒᆞ시면, 히이 죽엇다가도 사라 도라오리니, 츠싱의 모지 싱면으로 반기오려니와, 블연즉 ᄉᆞ랏다가도 죽어 도라오지 아니리이다."

셜파의 이연실셩(哀然失性)ᄒᆞ여 슬픈 눈믈이 비 갓고, 셩원(誠願)ᄒᆞᆫ 셩음이 셕목(石木)이 감동홀지라. 부인이 반갑고 ᄯᅩ 슬허ᄒᆞ며 구연(懼然)ᄒᆞ여, 숀을 잡고 팔을 어로만져 역시 눈물을 흘니며 별회(別懷)를 니ᄅᆞ고, 초독(楚毒)ᄒᆞᆷ을 칙고ᄌᆞ ᄒᆞ더니, 영이 믄득 크게

젼일 몽시 착착이 마ᄌᆞᆷ을 보니, 아ᄆᆞ도 영이 살미 만무ᄒᆞ니, 눈 알퓌 옥면낭셩이 버럿고 귀ᄀᆞ의 간징ᄒᆞᄂᆞᆫ 소ᄅᆡ 징징ᄒᆞ니, 심번여란ᄒᆞ여 몽시 날노 어즈러온지라. 미양 눈 곳 《가으면∥감으면》 영이 만면우식으로 슬하의 《ᄭᅮ러∥ᄭᅮ러》 실덕을 간ᄒᆞ야, 혹 울고 글오ᄃᆡ,

"ᄌᆞ위 맛ᄎᆞᆷᄂᆡ 허물을 곳치디 아니실진ᄃᆡ, 히이 죽는 혼빅이라도 집의 도라오디 못ᄒᆞ고, 풍운우슈의 슬픈 넉시 되리로소이다. ᄌᆞ위 만일 기심슈덕ᄒᆞ샤 형의 부부로 ᄒᆞ여금 인뉸의 완젼ᄒᆞᆫ 사롬이 되게 ᄒᆞ시면, 히이【59】죽엇다가도 다시 사라오리니, 츠싱의 모지 싱면으로 반기오려니와, 블연즉 사랏다가도 죽어 도라오디 아니리이다."

셜파의 이원실셩ᄒᆞ여 슬픈 눈물이 《빗∥비》 갓고 쳐완ᄒᆞᆫ 셩음이 셕목이 감동홀디라. 부인이 반갑고 슬허 손을 잡고 별회를 니ᄅᆞ고져 ᄒᆞ더니, 영이 문득 크게 울고 ᄉᆞ미를 썰쳐 니러나니, 셩음이 앙장쳐쵸ᄒᆞ야 쎼 녹는 듯ᄒᆞ더라.

1553)구혈엄식(嘔血奄塞) : 피를 토하고, 갑자기 정신을 잃고 까무러침.
1554)초옥셩(楚玉聲) : 중국 초(楚)나라 사람 변화씨(卞和氏)가 초산(楚山)에서 얻었다고 하는 명옥(名玉)인 화씨벽(和氏璧)의 소리를 말함.

【2】울며 수미를 썰쳐 이러ᄂᆞ니 셩음이 앙쟝쳐초(怏壯凄楚)[1555]ᄒᆞ여 쎠가 녹ᄂᆞᆫ 듯ᄒᆞᆫ지라.

부인이 이 쇼리의 몽혼이 경동ᄒᆞ여 씨다르니 희미ᄒᆞᆫ 꿈이로다, 가장 명명(明明)ᄒᆞ고 ᄋᆞ즈의 쳐완(悽惋)ᄒᆞᆫ 우룸쇼리 귀가의 징징ᄒᆞ여, 부인이 졍신이 황홀ᄒᆞ여 헤오다,

"영이 필연 죽을시 젹실(的實)ᄒᆞ고 사라시미 만무ᄒᆞ도다."

싱각이 어의 밋ᄎᆞ미 심신이 어득ᄒᆞ여 슌으로 셔안을 치고 실셩통호(失性慟乎)[1556]왈,

"이지(哀哉)라 니 아히 너모 어뮈 간졀ᄒᆞᆫ 졍니(情裏)를 아지 못ᄒᆞ고, ᄒᆞᆫ 번 집을 ᄯᅥ나미 일지(日子) 격셰(隔歲)의 죵무쇼식(終無消息)ᄒᆞ믄, 약질이 반다시 조심치 아녀 죽으미 진젹(眞的)ᄒᆞ리니, 니 비록 챵ᄋᆞ를 다【3】시 히코즈 ᄒᆞ나, 누를 위ᄒᆞ여 디ᄉᆞ를 경영ᄒᆞ리오."

스ᄉᆞ로 탄아일셩(嘆哦一聲)[1557]의 긔운이 엄이(奄碍)[1558]ᄒᆞ니, 영괴 나아가 눈물을 흘니며 구호ᄒᆞ여 반향(半晌)의 인ᄉᆞ를 ᄎᆞ리나, 일노좃ᄎᆞ 샹쇼(常所)[1559]의 침면(沈眠)ᄒᆞ니, 비록 ᄉᆞ경(死境)의 니르지 아니나 그 초황(焦遑)ᄒᆞᆫ 형용이 오죽ᄒᆞ리오. 침블안셕(寢不安席)ᄒᆞ고 식블감미(食不甘味)ᄒᆞ니 능히 샹셕을 ᄯᅥ나지 아니ᄒᆞ고 먹기를 젼폐ᄒᆞ니, 날노 용뫼 초췌(憔悴)ᄒᆞ여 일월니(一月內)[1560]의 가인(家人)이 능히 몰나보게 되엿더라.

바야흐로 아ᄌᆞ(兒子)의 임별셔(臨別書)를 가져오라 ᄒᆞ여 ᄌᆞᄌᆞ(字字)히 피람(披覽)ᄒᆞ니, 언언이 근니(近理)ᄒᆞ고 ᄌᆞᄌᆞ히 관곡(款曲)ᄒᆞ여, 일ᄌᆞ일언(一字一言)이 혈셩쇼【4】지(血誠所在)[1561] 아닌 거시 업ᄉᆞ니, 부인이 ᄯᅩ 본디 위인이 총명ᄒᆞ며 쳔지특달(天才特達)ᄒᆞᆫ

부인이 이 소리의 몽혼이 경동ᄒᆞ야 씨다라니, 희미ᄒᆞᆫ 꿈이로다 가장 명명ᄒᆞ고, ᄋᆞ즈의 쳐완ᄒᆞᆫ 우룸 소리 귀ᄀᆞ의 징징ᄒᆞ니,【60】 부인이 졍신이 황홀ᄒᆞ야 헤오다,

"영이 필연 죽을 시 젹실ᄒᆞ도다."

싱각이 이에 밋ᄎᆞ미 심신이 어득ᄒᆞ여 손으로 셔안을 치고 실셩통호 왈,

"이지라! 니 아히 어믜 간측ᄒᆞᆫ 졍을 아디 못ᄒᆞ고, ᄒᆞᆫ 번 집을 ᄯᅥ나미 격셰의 죵무소식ᄒᆞ믄 약질이 조심치 아냐 죽으미 진젹ᄒᆞ리니, 니 비록 챵을 히코져 ᄒᆞᆫ들 눌을 위ᄒᆞ야 대ᄉᆞ를 경영ᄒᆞ리오?"

스ᄉᆞ로 탄아일셩의 긔운이 엄이ᄒᆞ니, 영교 나아가 구호ᄒᆞ여 반향의 인ᄉᆞ를 찰하나, 일노조ᄎᆞ 상셕을 ᄯᅥ나디 못ᄒᆞ고 먹기를 젼폐ᄒᆞ【61】니, 날노 용뫼 쵸체ᄒᆞ여 일월이 디ᄂᆞ나 몰나보게 되엿더라.

ᄇᆞ야흐로 ᄋᆞ즈의 님별셔를 가져오라 ᄒᆞ야 ᄌᆞᄌᆞ히 피람ᄒᆞ니, ᄌᆞᄌᆞ히 근니ᄒᆞ여 일ᄌᆞ일언이 혈셩소지 아닌 거시 업ᄉᆞ니, 부인이 ᄯᅩ 본디 흉명ᄒᆞᆫ디라. 스ᄉᆞ로 셩니를 모르며 악을 ᄲᅡ흐미리오. 남녜 다르나 엇디 니임보와

1555)앙쟝쳐초(怏壯凄楚) : 원망스럽고 비장하며 슬프고 쓰라림.
1556)실셩통호(失性痛乎) : 넋을 잃고 서럽게 욺.
1557)탄아일셩(嘆哦一聲) : 탄식하는 소리 한마디.
1558)엄이(奄碍) : 갑자기 기운이 막혀 정신을 잃음.
1559)샹쇼(常所) : 항상 앉거나 눕거나 하는 자리. 또는 일정한 장소.
1560)일월니(一月內) : 한 달 사이에.
1561)혈셩쇼지(血誠所在) : 진심에서 우러난 정성이 담겨 있음.

[여] 어둡지 아닌지라. 스스로 셩니(性理)를 모로며 악을 《쓰호미1562) ‖ 쓰흐미1563)》아니라. 엇지 셕(昔)의 니림보(李林甫)1564)의 구밀복검(口蜜腹劍)1565)이 군신디의(君臣大義) ○[룰] 모로미 아니로디, 스스로 은악양션(隱惡佯善)1566)ㅎ미 오국영신(誤國侫臣)1567)이 되여 오예(汚穢)ᄒᆫ 취명(醜名)이 만셰의 유명ᄒᆷ 갓ᄒᆞ니, 부인이 ᄌᆞ혜(慈惠)ᄒᆫ 혜ᄋᆞ림과 영오ᄒᆫ 총명으로, ‘은이양(隱而佯)ᄒᆞ고 악이션(惡而善)ᄒᆞ미’1568) 고금이 니도ᄒᆞ고1569) 남녜 다ᄅᆞ나, 엇지 당샹(唐相)1570)으로 흡ᄉᆞ치 아니리오.

ᄋᆞᄌᆞ의 별셔(別書)를 지삼 어로만져 뉴쳬(流涕) 왈,

“니 ᄋᆞ히 진실노 어미를 어리고 아득ᄒᆞ무로 《아랏다가 ‖ 아랏닷다》. 니 엇지 힝년(行年) 오십의 ᄉᆞ쳬(事體)를 혜ᄋᆞ[5]리미 너 쇼ᄋᆞ만 못ᄒᆞ리오마는, 일편도이 져를 조콰ᄌᆞᄒᆞ다가 이제 도로혀 쳔ᄉᆞ만려(千思萬慮)를 시러, 빅우(百憂)를 니 홀노 쳡봉(疊逢)ᄒᆞ미 되여시니, 계괴 궁극지 아니미 아니로디 하늘이 돕지 아니시니, 항젹(項籍)1571)의 이른

흡ᄉᆞ치 아니리오.

ᄋᆞᄌᆞ의 별셔를 어ᄅᆞ만져 뉴쳬 왈,

“니 이히 진실노 어믜를 어리고 아득{ᄒᆞ}ᄒᆞᄆᆞ로 아랏닷다. 니 엇디 힝년 오십여 셰의 ᄉᆞ쳬를 헤아리미 너 쇼ᄋᆞ만 못ᄒᆞ리오마는, 일[62]편도이 져를 됴콰져 ᄒᆞ다가 이제 도로혀 쳔ᄉᆞ만녀를 시러, 빅우를 니 홀노 쳡봉ᄒᆞ미 되여시니, 계교 궁극지 아니미 아니로디 하날이 돕디 아니시니, 이럴스록 창을 업시ᄒᆞ여 니 아히 원슈를 갑디 아니리오.”

1562)쓰호다 : 싸우다. 서로 이기려고 다투다.
1563)쓰흐다 : 쌓다. 여러 개의 물건을 겹겹이 포개어 얹어 놓다.
1564)니림보(李林甫) : 중국 당나라 현종(玄宗) 때의 정치가. 아첨을 잘하여 재상에까지 올랐고, 현종의 유흥을 부추기며, 바른말을 하는 신하는 가차 없이 제거하는 등으로 조정을 탁란(濁亂)하여 간신(奸臣)의 전형으로 꼽힌다. 그가 정적을 제거할 때는 먼저 상대방을 한껏 칭찬하여 방심하게 만들고 뒤통수를 쳤기 때문에, 당시 사람들이 그를 일러 구밀복검(口蜜腹劍)한 사람이라 하였다
1565)구밀복검(口蜜腹劍) : 입에는 꿀이 있고 배 속에는 칼이 있다는 뜻으로, 말로는 친한 듯하나 속으로는 해칠 생각이 있음을 이르는 말.
1566)은악양션(隱惡佯善) : 악을 숨기고 선으로 가장함
1567)오국영신(誤國侫臣) : 나라를 그르친 간사하고 아첨 잘하는 신하.
1568)은이양(隱而佯)ᄒᆞ고 악이션(惡而善)ᄒᆞ미 : 감추어 가장(假裝)하고 악하면서 선한 체 함.
1569)니도ᄒᆞ다 : 매우 다르다. 판이(判異)하다.
1570)당샹(唐相) : 당나라 재상. 여기서는 앞에 나온 당 현종(玄宗) 때의 재상 이임보(李林甫)를 가리킴.
1571)항젹(項籍) : 항우(項羽). B.C.232~B.C.202. 중국 진(秦)나라 말기의 무장. 이름은 적(籍). 우(羽)는 자(字). 숙부 항량(項梁)과 함께 군사를 일으켜 유방

바 '천망아(天亡我)오   비젼지죄(非戰之罪)
라'[1572] ᄒ미 졍히 나의 일을 이로미로다. 이
럴ᄉ록 챵을 업시ᄒ여 엇지 니 아히 원슈를
갑지 아니리오. 니 아히 용뫼 관옥(冠玉) 갓
고 츌인ᄒ니, 엇지 엄시 디종(大宗)을 녕(領)
치 못홀가 근심ᄒ리오마ᄂ, 됴믈(造物)이 일
이 업시 다싀(多猜)ᄒ여 나기를 늣게야 ᄒ여,
챵의 뒤홀 좃ᄎ미 되니 차지(嗟哉)라. 챵의
도덕(道德) 지학(才學)과 효위(孝友) 엇지 부
죡【6】다 ᄒ리오 마ᄂ, 나의 ᄒ 조각 이달ᄋ
온 마음이 부디 져룰 업시ᄒ여, 니 ᄋ히로
ᄒ여곰 하ᄂᆯ 조홰 흙셩구져[1573] '냥(良)과 유
(莠)를 니신 탄(歎)'[1574]을 갑고, 영빈(穎
濱)[1575]의 우히 동파(東坡)[1576] 잇다 ᄒ믈 듯
지 말고ᄌ ᄒ미러니, 유쳔(唯天)이 무지(無
知)ᄒ여 ᄉ룸의 지원을 좃지 아니미 이러텃
ᄒ니, 엇지 ᄒ흡지 아니리오."

이러탓 탄우초챵(歎憂怊悵)ᄒ여 능히 슉식
이 안온치 못ᄒ니, 화죠월셕(花朝月夕)의 구
회(九廻)[1577] 촌단(寸斷)ᄒ고 간위(肝胃) 젼요

이러텃 탄우쵸챵ᄒ야 슉식이 안온치 아니
니 구회 촌단ᄒ니. 일즉을 ᄭ라나면 삼츄 굿던
바의 집을 하직ᄒ연 지 슈 셰 되니, 답답이

(劉邦)과 협력하여 진나라를 멸망시키고 스스로 서
초(西楚)의 패왕(霸王)이 되었다. 그 후 유방과 패
권을 다투다가 해하(垓下)에서 포위되어 자살했다.
1572)천망아(天亡我)오 비젼지죄(非戰之罪)라 : 하늘이
나를 망하게 한 것이지, 전쟁을 잘못한 탓이 아니
다. 일을 잘 못한 것이 아니라 운수(運數)가 글러서
성공(成功) 못 함을 탄식(歎息)한 말.
1573)흙셩굿다 : 얄궂다. 짓궂다. 심술궂다.
1574)냥(良)과 유(莠)를 니신 탄(歎) : '(하늘이) 악한
사람을 내고 또 착한 사람을 낸 것을 탄식한다.'는
뜻으로, 세상에는 선과 악이 공존한다는 것을 말함.
*냥유(良莠) : 좋은 풀(良)과 나쁜 풀(莠), 곧 나쁜
사람과 좋은 사람을 비유적으로 이르는 말.
1575)영빈(穎濱) : 소철(蘇轍). '영빈(穎濱)'은 소철의
호. 소식(蘇軾) 호 동파(東坡)의 아우로, 당송 팔대
가의 한 사람. 벼슬은 문하시랑(門下侍郞)을 지냈
음. 간결한 작풍에 고문으로도 빼어났음. 저서로는
『난성집(欒城集)』 등이 있음
1576)동파(東坡) : 소식(蘇軾) : 1036~1101. 중국 북송
의 문인. 자는 자첨(子瞻). 호는 동파(東坡). 당송
팔대가의 한 사람으로, 구법파(舊法派)의 대표자이
며, 서화에도 능하였다. 작품에 <적벽부>, 저서에
≪동파전집(東坡全集)≫ 등이 있다
1577)구회(九廻) : 구회장(九廻腸: 아홉 굽이나 굽어
도는 창자)의 줄임말. 마음속에 시름이나 슬픔이 맺
혀서 풀리지 않음을 뜻하는 말로, 한(漢)나라 사마
천(司馬遷)의 <보임소경서(報任少卿書)>에 "이런 까
닭에 시름이 창자에서 하루에 아홉 번 돈다(是以腸

(戰搖)1578)ᄒ여 즁야(中夜)의 잠이 업셔 금금(錦衾)을 믈니치고, 나창(羅窓)을 밀치미 져두ᄉ량(低頭思量)의 구회만단(九懷萬端)이오. 앙청천이관명월(仰靑天而觀明月)1579)의 샹연체하(傷然涕下)ᄒ여 ᄋ으라히 원산(遠山)을 챵망【7】ᄒ여, 망구산(望舊山)1580)의 져믄 구롬을 늣기며 촉원(蠋願)1581)의 이롤 살오니, ᄉ양모천(斜陽暮天)1582)의 계전홍빅(溪前紅白)1583)이 시 단쟝을 일우믈 보미, ᄋᄌ(兒子)의 슈발화려(秀拔華麗)ᄒᆫ 용안(容顔)을 더ᄒᆫ듯, 츄연ᄌ오(秋淵慈烏)1584)의 어미롤 부ᄅ지지ᄂᆫ 쇼릭롤 드ᄅ미, ᄋᄌ의 화풍셩모(和風盛貌)의 승안화긔(承顔和氣)롤 씌여 어리로이 ᄌ모롤 브ᄅ든 거동으로 의희(依俙)ᄒ니, 일일을 못 보면 십년을 못 본듯ᄒ고, 일직(一刻)을 ᄭ나면 숨츄(三秋)롤 ᄭ남 갓ᄒ니, 훌훌이 집을 하직ᄒᆫ 지 슈셰츈츄(數歲春秋)라. 답답이 그리온 졍과 갑갑이 보고시분 마음이 진실노 것잡기 어려오니, 역니지통(逆理之痛)1585)과 단쟝지곡(斷腸之曲)이 황【8】원(荒原)의 도라간 넉살 슬허ᄒ미 아니오, ᄌ하(子夏)의 샹명지통(喪明之痛)도 가치 아니ᄒ고, '한ᄌᄉ(韓刺史)의 우름'1586)도 당치

그리온 졍과 급급ᄒ고 보고시분 ᄆ음의 진실노 것잡기 어려오니, 니ᄅᆫ바 싱니ᄂᆫ ᄉ별도곤 어렵다 ᄒ미, 이런 고디 일넘 죽ᄒ더라.
【63】

一日而九廻"고 한 말에서 유래했다.

1578)전요(戰搖) : 두려움으로 벌벌 떪.

1579)앙청천이관명월(仰靑天而觀明月) : 푸른 하늘을 우러러 밝은 달을 바라본다.

1580)망구산(望舊山) : 고향의 옛 산을 바라 봄.

1581)촉원(蠋願) : '안촉(顔蠋)이 집으로 돌아가기를 바라다'는 뜻으로, 안촉은 전국시대 제(齊)나라 은사(隱士)다. 일찍이 제선왕(齊宣王)을 만나본 일이 있는데, 선왕이 자신과 교유해주면, 좋은 음식과 수레와 화려한 의복을 제공하겠노라고 하였다. 이에 안촉은 자신의 바람은, "내 집에 돌아가서 … 맑고 고요하고 곧고 바름으로써 스스로 즐기는 것(蠋願得歸…淸靜貞正以自娛)이라고 하였다. 작중에서 최부인은 자신의 아들 영이 이러한 촉의 마음과 같을 것이라고 생각하고 있다.,

1582)ᄉ양모천(斜陽暮天) : 해질녘의 저녁하늘.

1583)계전홍빅(溪前紅白) : 시냇가에 핀 붉은색 흰색의 꽃들.

1584)츄연ᄌ오(惆然子烏) : 가을 못의 새끼 까마귀.

1585)역니지통(逆理之痛) : 순리(順理)를 거스르는 일을 당한 슬픔이란 말로, 자식을 잃은 부모의 슬픔을 말함.

1586)한ᄌᄉ(韓刺史)의 우름 : 조주자사(潮州刺史) 한유(韓愈)가 조카 한성로(韓成老)가 죽자, <제십이랑

아니ᄒ니, 이 가히 이른바 싱니(生離)ᄂ 亽별(死別)도곤 어렵다 ᄒ미 이런 디 이름즉 ᄒ더라.

어시의 틴슈와 츄밀이 도라와 ᄂ각(內閣)을 여러날 춧지 아녓더니, 일야(一夜)의 틴시 부인의 병을 염녀ᄒ여 ᄂ당의 드러가니, 믄득 당즁(堂中)의셔 부인의 호읍(號泣)ᄒᄂ 쇼러 들니며, 챵을 죽이지 못ᄒ믈 이달나 ᄒ고, 영괴 쏘 간간(間間) 셰어(細語)로 위로ᄒᄂ지라.

틴시 졍히 금쥐로셔 도라온 후로붓터 깁히 스렴(思念)ᄒᄂ 비 잇셔, 암연(闇然)이[1587] 혜ᄋ리나, 능히 근본을 찻지 못ᄒᆯ 즈음이라. 【9】얼프시 츠언을 드르니 반다시 언근(言根)이 이시믈 짐작ᄒ고, 죡용(足容)을 즁지ᄒ고 난함(欄檻)을 의지ᄒ여 노쥬의 샤어(私語)ᄅ 탐텽(探聽)ᄒ니, 부인이 쳬읍ᄒ여 갈오디,

"몽시 연야(連夜) 블길ᄒ고 아심(我心)이 근니 심히 황황(遑遑)ᄒ니, 영이 필연 무스치 못ᄒ미오, 그러치 아니면 ᄂ 반다시 죽을 날이 갓가온가 시부도다. ᄂ 만일 이러틋 인병치亽(因病致死)ᄒ면 당당히 모진 귀신이 되여 챵을 잡아 만졈(萬點)의 《어흐러‖너흐러[1588]》, 그 비샹ᄒ 낫찰 싹고 심간(心肝)을 ᄲᅢ혀, 사라셔 죽이지 못ᄒ 원슈ᄅ 갑흐리라."

영괴 역읍 위로ᄒ여 갈오디,

"쳔비와 미션이 츙이 부족ᄒ미 아니오, 젼후 모계(謀計) 공교치 아【10】니미 아니로디, 쳔되(天道) 돕지 아니시무로 한님을 죽도록 ᄒ디, 종시 죽이지 못ᄒ고 겨유 ᄒ 윤쇼져ᄅ 업시ᄒ여시니, 이ᄂ 가지ᄅ 버혀시나 쌜희ᄅ 업시치 못ᄒ 쟉시라. 무어시 쾌ᄒ리잇고? 공지 비록 년쇼ᄒ시나 댱긔(壯氣) 잇고 긔질이

문(祭十二朗文)을 지어 그 죽음을 슬피 애도한 일을 두고 이르는 말. *한유(韓愈); 중국 당나라의 문인 · 정치가(768~824). 자는 퇴지(退之). 호는 창려(昌黎). 당송 팔대가의 한 사람으로, 변려문을 비판하고 고문(古文)을 주장하였다. 시문집에 ≪창려선생집≫ 따위가 있다.
1587)암연(闇然)이 : 모호하게. 흐릿하게. 광명정대하지 않게.
1588)너흘다 : 물다. 물어뜯다. 씹다.

이씨 태슈와 츄밀이 도라와 ᄂ각을 여러 날 춧디 아녓더니, 일야의 태시 부인의 병을 념녀ᄒ야 ᄂ당의 드러가니, 믄득 당듕의셔 부인의 오읍ᄒᄂ 소리 들니며, 챵을 죽이지 못ᄒ믈 이달나 ᄒ고, 영교 ᄀ만ᄀ만이 위로ᄒᄂ지라.

태시 금쥐로셔 도라온 후로ᄂ 깁히 스렴ᄒᄂ 비 이시나, 능히 근본을 찻디 못ᄒᆯ 즈음이라. 얼프시 츠언을 드르미 반ᄃ시 언근이 이시믈 짐작ᄒ고, 죡용을 듕지ᄒ고 난함의 의지ᄒ여 노쥬의 亽어를 탐텽ᄒ니, 부인이 쳬읍ᄒ야 굴오디,

"몽시 년야【64】블길ᄒ고 아심이 근니 심히 황황ᄒ니, 영이 필연 무스치 못ᄒ미오, 그러치 아니면 ᄂ 반ᄃ시 죽을 날이 갓가온가 시브도다. ᄂ 만일 이러틋 인병치亽ᄒ면 당당이 모진 귀신이 되여 챵을 잡아 만졈의 너흐러, 사라셔 죽이디 못ᄒ 원슈를 갑흐리라."

영교 역읍 위로 왈,

"쳔비와 미션이 츙이 부죡ᄒ미 아니로디, 텬되 돕디 아니시므로 한님을 죽이디 못ᄒ고, 겨유 ᄒ 윤쇼져를 업시ᄒ여시니, 엇디 쾌ᄒ리잇고? 공지 비록 년쇼ᄒ나 담긔 잇고 긔딜이 비샹ᄒ시니, 몰몰히 약【65】년의 요몰ᄒ시기의 밋츠리잇고? 부인은 관심졀우ᄒ시고, 다시 도모ᄒ여 한님을 업시ᄒ미 됴흘가 ᄒᄂ이다."

비샹ᄒᆞ시니, 믈믈이 힝걸도로ᄒᆞ여 약년 뇨몰(夭歿)ᄒᆞ시기의 밋ᄎᆞ리잇고? 부인은 관심졀우ᄒᆞ시고 다시 셰셰히 도모ᄒᆞ여 한님 샹공을 업이 ᄒᆞ미 조홀가 ᄒᆞᄂᆞ이다.”

부인이 탄왈,

“넌들 엇지 이 뜻이 업ᄉᆞ리오 마는, 챵ᄋᆞ 요종의 《부ᄌᆞ‖부부》를 업시 ᄒᆞ려 ᄒᆞ기로, 지믈을 업시 ᄒᆞᆫ 거시 몃 쳔금인 쥴 알며, 심녀를 허비【11】ᄒᆞ여 겨유 윤녀 ᄒᆞᆫ 목슘을 죽이고, 셰 인싱이 샹ᄒᆞᆫ 쟉시니, 이제 또 챵을 업시ᄒᆞ려 ᄒᆞ미 또 몃 인싱이 샹홀 쥴 알니오.”

영괴 믄득 답왈,

“연(然)ᄒᆞ나 젼공(前功)이 가셕(可惜)이니 엇지 즁도의 폐ᄒᆞ리잇가? 쇼비 또 아모조록 부인을 도아 ᄃᆡᄉᆞ를 긔어이 셩공케 ᄒᆞ오리이다.”

부인이 쏘ᄒᆞᆫ 답고ᄌᆞ ᄒᆞ더니 홀연 보니 곡난(曲欄)의 은은이 샤룸의 ᄌᆞ최 잇는 듯ᄒᆞ거놀, ᄃᆡ경ᄒᆞ여 쟝 ᄉᆞ이로 잠간 살펴보니 희미ᄒᆞᆫ 달빗치 ᄐᆡᄉᆡ 난함을 의지ᄒᆞ엿ᄂᆞᆫ지라.

괴 ᄒᆞᆫ 번 보ᄆᆡ 경황실조(驚惶失措)ᄒᆞ여 말을 못ᄒᆞ거놀, 부인이 영교의 긔식을 보고 고이 넉여 연고를 무【12】른ᄃᆡ, 영괴 다만 숀으로 밧글 가ᄅᆞ치며 입으로 뜻을 보ᄂᆡ고 감히 말을 못ᄒᆞ거놀, 부인은 영오(穎悟)ᄒᆞᆫ지라. 역경실식(亦驚失色)ᄒᆞ여 역시 면여환[한]회(面如寒灰)[1589]ᄒᆞ고 쥬슌(朱脣)이 여흑(如黑)ᄒᆞ믈 ᄭᆡ닷지 못ᄒᆞ더라.

쳥지일문(聽之一聞)[1590]의 ᄃᆡ경ᄃᆡ로(大驚大怒)ᄒᆞ여 거롬을 두로혀 셔헌(書軒)의 나오니, 아직 초경(初更)이라. 츄밀이 냥ᄌᆞ로 더브러 촉하의셔 말숨ᄒᆞ다가, ᄐᆡᄉᆡ 광미(廣眉)의 분긔 어릐여 도로 나오믈 보고, 경ᄋᆞ(驚訝)ᄒᆞ여 연고를 뭇ᄌᆞ온ᄃᆡ, 공이 빈미장탄(嚬眉長歎)[1591] 왈,

“요죵을 업시ᄒᆞ려 ᄒᆞ기로 지믈 업시 ᄒᆞᆫ 거시 몃 쳔금인 줄 알며, 심녀를 허비ᄒᆞ여 계유 윤녀 ᄒᆞᆫ 목숨을 죽이고, 셰 인싱이 상ᄒᆞᆫ 작시니, 이제 창을 업시려 ᄒᆞ미, 또 몃 인싱이 상홀 줄 알니오?”

괴 답고져 ᄒᆞ더니, 홀연 보니 곡난의 은은이 사룸의 ᄌᆞ최 잇거놀, 대경ᄒᆞ야 창 ᄉᆞ이로 살펴보니, 희미ᄒᆞᆫ 달비치 태ᄉᆡ 난함을【66】 의지ᄒᆞ엿ᄂᆞᆫ지라.

교 ᄒᆞᆫ 번 보ᄆᆡ 경황실식ᄒᆞ야 말을 못ᄒᆞ거놀, 부인이 영교의 긔식을 고이히 넉여 연고를 무ᄅᆞᄃᆡ, 영교 다만 손으로 밧글 ᄀᆞᄅᆞ치며 말을 못ᄒᆞ거놀, 부인이 영오ᄒᆞᆫ디라. 역경실식ᄒᆞ야 역시 면여한회ᄒᆞ믈 ᄭᆡ돗디 못ᄒᆞ더라.

태ᄉᆡ 쳥디일문의 대로ᄒᆞ야 거름을 두루혀 셔헌의 나아오니, 츄밀이 냥ᄌᆞ로 더브러 촉하의셔 말숨ᄒᆞ다가, 태ᄉᆡ 분긔 어릐여 나아오믈 보고 경아ᄒᆞ야 연고를 뭇ᄌᆞ온ᄃᆡ, 공이 빈미 탄왈,

---

1589)면여한회(面如寒灰) : 너무 놀라 얼굴빛이 찬 재의 빛깔과 같은 회색빛으로 변함.
1590)청지일문(聽之一聞) : 들리는 말소리를 모두 다 귀 기울여 들어서 앎.
1591)빈미장탄(嚬眉長歎) : 눈살을 찌푸리고 길게 탄식함.

"우형이 혼암블명(昏暗不明)ᄒ여 슌증(舜 曾)1592) 갓ᄒ 아달노뼈 디슌(大舜)의 경계를 지니게 ᄒ고, 임ᄉ(姙似)1593) 갓흔 며ᄂ리로 뼈 원억(冤抑)히 죽어 청츈【13】혼빅(靑春魂 魄)이 한을 먹음어 구원야디(九原夜臺)1594)의 슬푸믈 먹음게 ᄒ니, 엇지 슬푸며 가련치 아 니ᄒ리오."

드디여 ᄋᄌ지언(俄者之言)1595)을 일일이 전ᄒ니, 츄밀이 임의 짐죽흔 일이라 시로이 놀날 거시 업셔 다만 샤례 왈,

"쇼뎨 가변(家變)을 차악(嗟愕)ᄒ고 군ᄌ슉 녜 무고히 화(禍)의 ᄍ러지믈 ᄎ셕(嗟惜)ᄒ옵 더니, 형쟝이 이러틋 ᄶ다ᄅ시니 ᄒᆫ갓 창 질 (姪)의 누얼(陋孼)을 신셜(伸雪)ᄒ올 ᄯᆞᆫ 아니 라, 실노 문호(門戶)의 디경(大慶)이로쇼이 다."

ᄒ더라.

퇴시 드디여 디셔헌의 팔창(八窓)을 통기 (通開)ᄒ고, 쵹(燭)을 낫갓치 밝히고 금녕(金 鈴)을 흔드러 ᄉ졸(士卒)을 모호니, 슈유(須 臾)의 범 갓흔 아녁(衙役)과 ᄉ졸이 디하(臺 下)의 구롬갓치【14】모드미, 이의 명을 나 리와 경일누 시녀룰 잡아드리고 ᄯᅩ 션츙을 잡아오라 ᄒ니, 호령이 엄슉ᄒ고 위의(威儀) 한샹(寒霜) 갓흔지라.

가정복뷔(家丁僕夫) 황공전뉼(惶恐戰慄)ᄒ 여 슈유의 경누 ᄎ환 시녀룰 몰슈이 잡아 올 니니, 이러틋 쇼요ᄒ미 가니 진경ᄒᄂ지라. 최부인이 디경실식ᄒ여 청쳔빅일(靑天白日) 의 급흔 벽벽이 나리ᄂ 듯ᄒ더라.

이윽고 믄득 놀난 심신을 진정ᄒ여 도로혀 안연ᄌ약(晏然自若)ᄒ여 갈오디,

"여ᄎ지도(如此之道)의 ᄉ이이의(事而已矣)

───────────────

1592)슌증(舜曾) : 순임금과 증자(曾子)를 함께 이르는 말.
1593)임ᄉ(姙似) : 중국 주(周)나라 현모양처(賢母良妻) 인 문왕의 어머니 태임(太姙)과 무왕(武王)의 어머 니 태사(太姒)를 함께 일컫는 말.
1594)구원야디(九原夜臺) : 저승. 사람이 죽은 뒤에 그 혼이 가서 산다고 하는 세상. =구원(九原). =야대 (夜臺). =저승.
1595)ᄋᄌ지언(俄者之言) : 조금 전에 있었던 말. *아 자(俄者): 조금 전. 갑자기.

"우형이 혼암블명ᄒ야 슌【67】증 ᄀᆞᆺ튼 ᄋ 돌노뼈 대슌의 경계를 디니게 ᄒ고, 임ᄉ ᄀᆞᆺ 튼 며ᄂ리로 원억히 죽어 쳥츈혼빅이 한을 먹음게 ᄒ니, 엇디 슬프며 가련치 아니리 오."

드디여 아쟈지언을 젼ᄒ니, 츄밀이 임의 짐작흔 비라. 시로히 놀날 거시 업셔 다만 ᄉ례 왈,

"쇼뎨 가변을 ᄎ악ᄒ더니 형장이 이럿틋 ᄶ다ᄅ시니, ᄒᆫ갓 창딜의 누얼을 신셜ᄒ올 ᄲᅮᆫ 아니오라, 실노 오문의 대경이로소이다."

태시 드디여 대셔헌의 팔창을 통기ᄒ고 금 녕을 흔드러 ᄉ쥴을 모흐니, 슈유의 범 ᄀᆞᆺ튼 아역과 ᄉ【68】쥴이 디하의 구름 ᄀᆞᆺ치 모드 미, 이에 경일누 좌우 시녀를 다 잡아드리고 션츙을 잡아오라 ᄒ니,

슈유의 경일누 ᄎ환 시녀을 몰슈히 잡아 올 니니, 이러틋 소요ᄒ미 가니 진경ᄒᄂ 듕 최 부인이 대경실식ᄒ더니,

이윽고 놀난 심신을 졍ᄒ야 도로혀 안연 ᄌ약ᄒ여 왈,

"여ᄎ디도의 ᄉ이이의라. 념녀ᄒ여 무익ᄒ

라. 념녀ᄒ여 무익ᄒ니 니 셜ᄉ 유괘(有過)나 ᄌ녀의 안면을 보아도 죽이든 아니홀 거시오, 셜ᄉ 죽으라 ᄒ여도 두립지 아니니, 나ᄂᆫ 싱ᄉ의 관계【15】치 아니ᄒ거니와, 다만 잔잉홀샤 영교 미션이 우리 모ᄌᄅᆯ 위ᄒ여 오ᄌᆨ 진튱(盡忠)ᄒ다가, 무고이 모진 형벌 아러 위탁홀 거시니 가련ᄒ거니와, 추역 져의 명운이며 팔지라. 현마 어이 ᄒ리오. 나의 천금 쇼아 거쳐를 모로고도 능히 견듸여 사라시니, 져 슈슘 기 하쳔이야 현마 엇지ᄒ리오.”

언파의 울홰(鬱火) 발ᄒ여 번연(翻然)이 나금(羅衾)을 밀치고 포진긔완즙믈(鋪陳器碗什物)을 즛바라 정하(庭下)의 니치고, 창호(窓戶)를 다 열치고 표연(飄然)이 몸을 샹셕(牀席)의 바려시니, 츠시 계츄(季秋)라. 쇼슬ᄒᆫ 샹풍(霜風)과 비비(霏霏)ᄒᆫ 샹뇌(霜露) 한긔를 도ᄋ니, 부인이 존귀ᄒᆫ 긔질이 병즁 울화를 겸ᄒ여 이러틋ᄒ니【16】어이 샹치 아니리오. 츠환 냥낭의 무리를 다 잡혀 보ᄂᆡ고 오직 쇼차환 슈인이 이시니, 초조황망(焦燥慌忙)홀 ᄯᆞ룸이러라.

임의 영교 미션 언잉 츈강 졔녀를 ᄎᆞ례로 형벌의 올녀 티시 교위를 난간 밧긔 노코 졍셩엄교(正聲嚴敎) 왈,

“니 임의 듯기를 셤셰(纖細)히 ᄒ엿ᄂᆞ지라. 여등이 반호(半毫)도 은익(隱匿)지 말고 젼젼죄샹(前前罪狀)을 직초(直招)ᄒ라.”

위엄이 셔리 갓고 호령이 능늠ᄒ여 구츄상풍(九秋霜風)의 ᄎᆞᆫ셔리 갓ᄒ니, 졔녜(諸女) 혼블부체(魂不附體)ᄒ여 원앙(怨怏)ᄒᆞ믈 브ᄅ지져 발명(發明)ᄒᆞ미 진졍쇼지(眞情所在)라. 티시 디로ᄒ여 션튱을 몬져 올녀 무ᄅ니, 튱이 블하일쟝(不下一杖)의 젼후ᄉ(前後事)의 디강 아ᄂᆫ 바【17】를 고왈,

“쳔복(賤僕)은 외간노예(外間奴隸)[1596]라 니당부인이 ᄒᆞ시ᄂᆞᆫ 일을 엇지 알니잇고? 다만 쇼공지 집을 ᄯᅵ나시신 곡졀이 여ᄎᆞ여ᄎᆞᄒᆞ오신 쥴만 아옵고, 모월의 부인이 여ᄎᆞ여ᄎᆞ

니, 니 셜ᄉ 유괘나 죽이든 아니홀 거시오, 죽으라 ᄒ여도 두립디 아니ᄒ니, 나는 싱ᄉ의 관계치 아니ᄒ거니와, 잔잉홀ᄉ 영교 미션이라! 우리 모ᄌᄅᆯ 위ᄒ야 진튱【69】ᄒ다가 모진 형벌 아리 위탁홀 거시니 가련ᄒ거니와, 추역 져의 명이라. 현마 어이ᄒ리오?”

언파의 울홰 셩ᄒ여 번연이 나금을 밀치고 《표진∥포지》긔완즙믈을 즛ᄇᆞ라 졍하의 니치고, 창호를 다 열치고 표연이 몸을 샹셕의 ᄇᆞ려시니, 츠환 양낭 등은 다 잡혀가고, 오직 쇼시비 수인이 이셔 초죠홀 ᄯᆞ룸이러라.

임의 영교 미션 등 졔녀를 형벌의 올녀 무를시, 태시 교위를 난간 밧긔 노코 졍셩 엄문 왈,

“내 임의 듯기를 ᄌᆞ시 ᄒ여시니, 여등은 젼젼 죄상을 ᄲᆡ니 직초ᄒ라.”【70】

위엄이 셔리 ᄀᆞ고 호령이 늠늠ᄒ니, 졔녜 혼블니쳬ᄒ여 원앙ᄒᆞ믈 브ᄅ지져 발명ᄒ니, 태시 디로ᄒ야 션튱을 몬져 올녀 무ᄅ니, 튱이 블하일쟝의 젼후ᄉ를 디강 아ᄂᆫ 바를 고왈,

“쳔복은 외간 노예라. 니당 군부인의 ᄒᆞ시ᄂᆞᆫ 바를 엇디 알니잇고? 다만 쇼공지 집을 ᄯᅵ나시신 곡졀이 여ᄎᆞ여ᄎᆞᄒ신 줄만 아옵고, 모월의 부인이 여ᄎᆞ여ᄎᆞ 장ᄉ의 가 소식을

1596)외간노예(外間奴隸) : 외당 주인 곧 바깥주인의 명을 받아 일을 하는 종.

샤 쟝ᄉᆞ(長沙)[1597]의 가 한님노야 ᄉᆞ싱을 아라 쇼식을 주시 듯보아 오라 ᄒᆞ시니, 여ᄎᆞ여ᄎᆞ ᄒᆞ여 미션의 가부 후셥이 긱즁(客中)의 참ᄉᆞ(慘死)ᄒᆞ고, 쇼위 영원법시라 ᄒᆞᄂᆞᆫ 요승이 한님을 히ᄒᆞ려, 적쇼의 가 블을 놋타가 쳔벌을 입어 죽다 ᄒᆞ옵거놀, 쳔복이 도라와 이디로 고ᄒᆞᆫ 밧 다ᄅᆞᆫ 일은 아지 못ᄒᆞᄂᆞ이다."

텨시 션츙의 츙박ᄒᆞᆷ을 아는 고로 다시 뭇지 아【18】니ᄒᆞ고, 영교 미션을 엄형(嚴刑) 엄문(嚴問)ᄒᆞ니, 일쟝(一杖)의 피육(皮肉)이 ᄶᅵ러지고 지쟝(再杖)의 골뷔(骨膚) 미란(糜爛)[1598]ᄒᆞ여, 일치[1599]를 다ᄒᆞ미, 영교·미션이 시러곰 발명치 못ᄒᆞ여 이의 울며 초샤(招辭) 왈,

"비ᄌᆞ 영교는 부인 유뎨(乳弟)로 ᄌᆞ라기를 ᄒᆞᆫ가지로 ᄒᆞ옵고, 져잘 난혼 졍이 골육의 감치 아니ᄒᆞ옵고, 쇼비 미션은 최부인 비ᄌᆞ 난츈의 ᄌᆞ식으로 부인긔 앙ᄉᆞ(仰事)[1600]ᄒᆞ오며, 부인이 ᄯᅩᄒᆞᆫ ᄉᆞ랑ᄒᆞ샤 비ᄌᆞ 냥인을 다 골육의 졍을 두시고, '빅니(百里)의 명(命)'[1601]을 맛지시믈 효측(效則)ᄒᆞ시니, 비ᄌᆞ 등이 ᄯᅩᄒᆞᆫ 우츙(愚忠)을 다ᄒᆞ여 갑습고ᄌᆞ ᄒᆞ옵ᄂᆞᆫ 고로, 한님 노야를 쇼졔(掃除)ᄒᆞ시고 공ᄌᆞ를 입쟝(立長)[1602]코【19】ᄌᆞ ᄒᆞ시무로, 초의 요무(妖

아라 오라 ᄒᆞ시니, 미션의 가부 후셥이 긱듕 참ᄉᆞᄒᆞ고, 쇼위 녕원니고라 ᄒᆞᄂᆞᆫ 요승이 한님 노야 적쇼의 블을【71】 놋타가 텬벌을 닙어 죽다 ᄒᆞ옵거놀, 쳔복이 도라 이대로 고ᄒᆞ온 밧, 다른 일은 아디 못ᄒᆞ옵ᄂᆞ이다."

태시 션츙의 츙박ᄒᆞᆷ을 아는 고로 다시 뭇디 아니ᄒᆞ고, 영교 미션을 엄형츄문ᄒᆞ니, 영교 미션이 시러금 발명치 못ᄒᆞ야 이에 울며 쵸ᄉᆞ 왈,

"비ᄌᆞ 영교는 부인 유제로 ᄌᆞ라기를 ᄒᆞᆫ가디로 ᄒᆞ고, 졋슬 난혼 졍이 골육의 감치 아니ᄒᆞ옵고, 쇼비 미션은 최부인 비ᄌᆞ 난츈의 ᄌᆞ식으로 부인을 앙ᄉᆞᄒᆞ미 부인이 ᄉᆞ랑ᄒᆞ샤, 쇼비 냥인을 골육의 졍을 두시고 빅니의【72】 명을 맛디시믈 효측ᄒᆞ시니, 비ᄌᆞ 등이 ᄯᅩᄒᆞᆫ 우츙을 다ᄒᆞ여 갑고져 ᄒᆞ옵ᄂᆞᆫ 고로, 한님 노야를 소제ᄒᆞ고 공ᄌᆞ를 닙장코져 ᄒᆞ시믈, 초의 요무 신계랑을 사괴여 방슐로ᄡᅥ 져주를 여ᄎᆞ여ᄎᆞ ᄒᆡᆼᄒᆞ여, 방연이 손빈 히ᄒᆞ던 신슐

1597)쟝ᄉᆞ(長沙) : 중국 호남성의 동부 곧 동정호(洞庭湖) 남쪽 상강(湘江) 동쪽 하류에 있는 도시. 수륙교통의 요충지이며 호남성의 성도(省都)이다.

1598)미란(糜爛) : 살이나 뼈가 죽처럼 문드러짐.

1599)일치 : =일츼. 한 바탕의 매질. *츼; 치. 매질. 죄인을 신문할 때 공포감을 주어 자백을 강요할 목적으로 한바탕 가하는 매질. 또는 그러한 매질의 횟수를 세는 단위. '츼'는 '笞(매질할 태)'의 원음, '태'는 그 속음(俗音)임.

1600)앙ᄉᆞ(仰事) : 우러러 섬김.

1601)빅니(百里)의 명(命) : '6척의 어린 군주와 백 리 되는 나라의 운명을 맡길 만한 사람'이라는 뜻으로, 『論語 泰伯』에 보인다. 즉, "증자가 말하기를 6척의 어린 임금을 부탁할 만하고, 1백리 되는 나라의 운명을 맡길 만하며, 큰 절개를 지켜야 할 일이 앞에 닥쳐도 그 뜻을 빼앗을 수 없다면 … 군자다운 사람이다.(曾子曰 可以託六尺之孤 可以寄百里之命 臨大節而不可奪也 … 君子人也)". 위 본문에서 작중 인물 영교·매선이 위의 말을 끌어다 쓴 것은 자신들이 그 만큼 최 부인으로부터 두터운 신임을 받고 있었음을 과시한 말이다.

巫) 신계랑을 ᄉ괴여 방슐(方術)노뻐 저쥬를 여ᄎ여ᄎ ᄒ여, '《방연(龐涓)의 숀빈(孫臏) 히ᄒ던∥숀빈(孫臏)의 방연(龐涓) 잡던》 신슐(神術)'1603)노뻐 한님을 히코ᄌ ᄒ옵더니, 한님은 무ᄉᄒ시고 의외의 신계랑이 블의(不意)○[예] 폭ᄉ(暴死)ᄒ오니, 부인이 놀나 가마니 원문(園門)으로 신체를 니여쥬시며 빅금(百金)을 쥬어 후장(厚葬)ᄒ게 ᄒ시고, 그 지아비 김후섭이 도라오미 힝혀 원망홀가 저허, 미션을 허ᄒ여 후섭을 쥬고, 섭이 ᄯ 강쥐 심양의 왕니ᄒ여 요약을 화미(和賣)ᄒᄂ고로, 그 약뉴를 천금으로 구ᄒ여 한님을 히ᄒ려 ᄒ오미, 전후(前後)의 여ᄎ여ᄎ(如此如此)ᄒ오며, 냥위 노야를 시【20】험ᄒ미 여러 슌(順)이로디, 능히 노야의 총명을 가리오지 못ᄒ시고 시름ᄒ시ᄂ 가온디, 윤쇼제 입문(入門)ᄒ시니 식ᄌ용광(色姿容光)1604)이 한님 샹공의 빅셰가위(百歲佳偶)1605)라. 부○[인]이 더옥 질오(嫉惡)ᄒ샤 천방빅계(千方百計)로 도모ᄒ샤, 일모(一暮)1606)의 디노야를 미혼단(迷魂丹)을 음(飮)ᄒ시게 ᄒ니, 노얘(老爺) 슈일을 고통ᄒ시고 홀연 한님부부 ᄉ랑이 감ᄒ시니, 부인이 승시(乘時)ᄒ여 모야(暮夜)의 비ᄌ 등을 여ᄎ여ᄎ 단약(丹藥)을 먹여, 미션이 윤쇼제 되고 후섭이 위 슈ᄌ(竪

노뻐 한님을 히코져 ᄒ더니, 의외 공ᄌᄂ 무ᄉᄒ시고, 계랑이 블의예 《쵹ᄉ∥폭ᄉ》ᄒ오니, 부인이 놀나 ᄀ마니 신체를 원문으로 니여 쥬시며, 금빅을 쥬어 후장ᄒ게 ᄒ고, 그 지아비 김후섭이 도라오미 원망홀가 저허 미션을 허ᄒ여 섭을 쥬고, 섭이 ᄯ 강쥐 심【73】양의 왕니ᄒ여 요약을 화미ᄒᄂ 고로, 천금으로 구ᄒ야 한님을 히ᄒ려 ᄒ오미, 전후의 여ᄎ여ᄎ여ᄒ야 냥위 노야를 시험ᄒ미 여러 슌이로디, 능히 노야 총명을 가리오디 못ᄒ시고, 《사름∥시름》 가온디 윤쇼제 입문ᄒ시니, 부인이 더옥 질오ᄒ샤 천방빅계로 도모ᄒ샤, 대노야를 미혼단을 음ᄒ시게 ᄒ니, 노얘 수일 고통ᄒ시다가 홀연 한님 부부 ᄉ랑이 감ᄒ시니, 부인이 승시ᄒ야 여ᄎ여ᄎ 단약을 《머어∥먹어》, 미션은 윤쇼제 되고 후섭이 위싱이 되여 대노야의 의심을 도도와ᄉ【74】단을 크게 니르혀려 ᄒ옵더니, ᄯ 일이 《니치∥니지》 못ᄒ고, 문쇼제 어지지 못ᄒᄆ로 셔로 통ᄒ야 양·윤를 전제ᄒ려 도모ᄒ 거시, 도로혀 츄밀 노야의 신명ᄒ시미 ᄉ광 ᄀᄐ실 줄 알니잇고? 윤쇼제 《죄렴∥피혐》 누실ᄒ시며, 츄밀 노야 곡직간 문쇼져를 츌거ᄒ시고, 태ᄉ 노야로 듀야 동쳐ᄒ샤 니각 츌입을 막으시니, 대노얘 씨다라샤 다시

1602)입장(立長) : 한 가문의 장자(長子)로 세움.
1603)숀빈(孫臏)의 방연(龐涓) 잡던 신슐(神術) : 전국시대에 제(齊)나라 장수 손빈이 위(魏)나라 장수 방연과 싸울 때, 손빈이 방연이 이끄는 위 나라 군사를 마릉(馬陵)의 협곡으로 유인한 다음, 군사를 매복시키고 큰 나무를 쪼개어 "방연이 이 나무 아래에서 죽는다."고 크게 써놓았는데, 방연이 밤중에 그곳에 이르러 불을 켜서 글씨를 보려다가, 제 나라 군사들의 화살공격을 받고 대패(大敗)하여 죽은 전투를 말한다. *손빈과 방연은 함께 귀곡자(鬼谷子)에게 병법을 배웠는데, 위나라 장수가 된 방연이 손빈의 재주를 시기하여 그를 위나라로 불러 발을 자르고 묵형(墨刑)을 가하는 수모를 주었다. 훗날 손빈은 제나라로 탈출한 후, 군사를 지휘하여 방연의 군대를 마릉(馬陵)에서 대파하여 방연을 자살케 하였다. 『史記 卷65 孫子吳起列傳』에 나온다.
1604)식ᄌ용광(色姿容光) : 여자의 아름다운 자태와 고운 얼굴.
1605)빅셰가위(百歲佳偶) : 평생을 같이 지낼 아름다운 배필. =백년가우(百年佳偶)
1606)일모(一暮) : 어느 해 질 무렵.

子)의 얼골이 되어, 디노야의 의심을 크게 도도와 ᄾ단(事端)을 크게 이르려 ᄒᆞᆸ더니, ᄯᅩ 일이 이지 못ᄒᆞ고, 문쇼○[제] 정적(情迹)[1607]을 낫타니여 조정(朝廷)을 쇼【21】요(騷擾)ᄒᆞ니, 위싱이 여ᄎᆞ고(如此故)로[1608] 인ᄒᆞ여 회람의 안치(安置)ᄒᆞ고, 윤쇼제 누실즁(陋室中)의셔 ᄉ병(死病)을 어더 진궁의가, 인ᄒᆞ여 적쇼로 향ᄒᆞ니, 부인이 오히려 싱환(生還)홀가 두려, 즁노(中路)의 ᄌᆞ직을 보니여 엄습ᄒᆞ미 후셥은 금쥐 가, 학ᄉ 샹공긔 잡혀 우비(右臂)를 ᄌᆞ지(刺字)ᄒᆞ고, 영원신법스란 니고(尼姑)를 어드니, 이 곳 후셥의 쳔거혼 비라. 그 환슐(幻術)이 비샹ᄒᆞ므로 인간의 싱블(生佛) 갓치 위왓쳐,[1609] 윤쇼제 젹힝(謫行)을 ᄯᆞ로미, 미쥐 산음현의 가 도로혀 낭피ᄒᆞ여 살 마ᄌ 도라오고, 쇼져ᄂᆞᆫ 무ᄉᆞᄒᆞ다 ᄒᆞᄂᆞᆫ 고로, 부인이 한님 부부를 히치 못ᄒᆞ여 초조ᄒᆞ샤 쳔방빅계(千方百計) 아니【22】밋츤 곳이 업ᄉᆞᆫ 고로, 제일 약뉴를 구ᄒᆞ여 실혼단(失魂丹)을 츄밀 노야긔 나와 여러 달 인ᄉᆞ를 모로시게 ᄒᆞ고, 미혼단으로써 디노야긔 나와 아조 쳔셩(天性)을 일허 가즁디쇼ᄉ(家中大小事)를 다 아지 못ᄒᆞ시게 ᄒᆞ고, 모야의 ᄌᆞ직이 되어 디노야를 경동(驚動)ᄒᆞ고, 인ᄒᆞ여 다라나 짐즛 샹가 후장의 가 잡히고, 다시 샹어ᄉ 형데를 납뇌(納賂)ᄒᆞ여 아조 한님을 디역강상지죄(大逆綱常之罪)로 모함ᄒᆞ여 죽이려 ᄒᆞ다가, 쳔되 현인을 도으미러신지, 국군의 셰염(勢嚴)으로 진왕 젼하의 도모ᄒᆞ시미러신지, 황샹이 형부(刑部)의 유ᄉᆞ를 맛지지 아니시고, 스ᄉᆞ로 쳐결ᄒᆞ샤 약간 형벌노【23】 무르랴 ᄒᆞ시다가, 쇼공지 격고등문(擊鼓登聞)[1610]ᄒᆞ니, 황애 그 효우를 감동ᄒᆞ

윤쇼져를 의심치 아○○[니ᄒᆞ]시ᄂᆞᆫ 즈음의, 오왕 뎐히 별셰ᄒᆞ샤 흉문이 니르시미, 냥위 노야와 한님 샹공이 오국 힝도를 일우시니, 그 ᄉ【75】이 여ᄎᆞ 모계로 윤쇼져를 히ᄒᆞ야, 누옥의 오륙 삭을 가도아 작슈를 아니 주디 죵시 죽디 아니니, 샹 어ᄉ 튱희를 《회로∥회뢰(賄賂)》ᄒᆞ고 윤쇼져의 음힝을 여ᄎᆞ여ᄎᆞ 낫타니여, 누실 듕의셔 ᄉ병을 븟들녀 젹쇼로 향ᄒᆞ니, 부인이 오히려 싱환홀가 두려 듕노의 ᄌᆞ직으로 엄습ᄒᆞ미, 녕원신법스란 니고를 어드니, 이 곳 후셥의 쳔거혼 비라. 그 환슐의 비상ᄒᆞ므로 인간의 싱블 굿치 위와다 윤시 젹힝을 ᄯᆞ로미, 도로혀 낭피ᄒᆞ야 도라오니, 부인이 한님 부부를 업시치【76】 못홀가 초조ᄒᆞ샤, 쳔방빅계 아니 밋츨 곳이 업순 고로, 제일 《양뉴∥약뉴》를 구ᄒᆞ야, 《일혼단∥실혼단》은 츄밀 노야긔 나와 여러 달 인ᄉᆞ를 모로시게 ᄒᆞ고, 미혼단으로써 대노야긔 나와 아조 텬셩을 일허, 가듕 디쇼ᄉ를 다 아디 못ᄒᆞ시게 ᄒᆞ며, ᄎᆞᄎᆞ 도모ᄒᆞ며 녕원이 변ᄒᆞ여 ᄌᆞ직이 되여 대노야를 경동ᄒᆞ고, 다시 샹 어ᄉ 형데를 납뇌ᄒᆞ고, 아조 한님을 대역지죄로 모함ᄒᆞ여 죽이려 ᄒᆞ다가, 텬되 도으샤미런지 장ᄉᆞ의 졍비ᄒᆞ시니, 부인이 ᄯᅩ 사라나믈 통히ᄒᆞ샤 《치단∥치관》을 회뢰ᄒᆞ고, 부디 한님을 죽【77】여달나 ᄒᆞ엿더니, 공치 도라와 여ᄎᆞ여ᄎᆞᄒᆞ미, 감히 뇌믈을 찻디 못ᄒᆞ고, 녕원이 윤쇼져의 젹소의 블을 노화 윤쇼제를 화ᄉᆞ게 ᄒᆞ고, 후셥의 무젹ᄌᆞ란 ᄌᆞ직을 장ᄉᆞ의 보니엿더니 소식이 업고, 녕원이 홀노 도라왓기 다시 장ᄉᆞ의 보니엿더니, 간 디 여○[러] 날이로디 소식이 업ᄉᆞ오미, 부인이 션츙을 보니여 소식을 듯ᄌᆞ오미, 후

1607)정적(情迹) : 남녀가 사사로이 정을 통한 흔적. 여기서는 문소저가 개용단을 먹고 위청으로 변용해 윤소저로 변용한 시비 익섬과 간통하는 장면을 연출하여 윤소저를 모해한 사건을 이른 말이다.

1608)여ᄎᆞ고(如此故)로 : 이러한 까닭으로.

1609)위왓다 : 위왇다. 떠받들다. 섬기다.

1610)격고등문(擊鼓登聞) : 등문고(登聞鼓)를 울려 임금께 직접 억울한 사정을 아룀. ＊등문고; 조선 시대에, 임금이 백성의 억울한 사정을 듣기 위하여 매달아 놓았던 북. 태종 원년(1401)에 처음으로 두었

샤 드디여 한님을 치죄치 아니시고, 쟝ᄉ의 정비ᄒᆞ니, 부인이 그 사라 젹쇼의 도라가믈 통히(痛駭)ᄒᆞ샤, ᄯᅩ 다려가ᄂᆞᆫ 치관(差官)의게 부디 한님을 죽여달나 ᄒᆞ엿더니, 공지 도라와 죵시 회보 업거ᄂᆞᆯ, 부인이 후셥으로 ᄒᆞ여곰 치관을 보와 죽이지 못ᄒᆞᆫ 연고를 뭇잡고, 뇌믈을 ᄎᆞᄌᆞ려 ᄒᆞᆫ작, 치관이 쥬지 아니코 여ᄎᆞ여ᄎᆞ 져히니, 도로혀 일언을 기구(開口)치 못ᄒᆞ여 다시 찻지 못ᄒᆞ고, 녕원이 강쉬 ᄌᆞ직 무젹지라 ᄒᆞ리를 쳔거ᄒᆞ여, 부인이 ᄯᅩ 쳔금을 쥬【24】고 후셥 영원을 졀강과 쟝샤의 보니엿ᄉᆞᆸ더니, 오라지 아녀 녕원은 윤쇼져 젹쇼의 블을 노하 쇼져를 화사(火死)케 ᄒᆞ고 도라오디, 후셥은 쟝ᄉ로 간지 오러되 죵젹이 업ᄉᆞᆫ 고로, 부인이 의려ᄒᆞ샤 ᄯᅩ 영원을 쟝샤의 보니여 쇼식을 듯보고, 공ᄌᆞ의 도쥬ᄒᆞ시미 젼후 여러 번 부인 실덕을 간ᄒᆞᆸ더니, 부인이 죵시 듯지 아니시미 공지 미양 울고 셜워ᄒᆞ시던 비라. 시러곰 부인의 실덕ᄒᆞ믈 죵시 간치 못ᄒᆞ여, 부인을 회과케 ᄒᆞ시지 못ᄒᆞ믈 붓그려, 여ᄎᆞ여ᄎᆞ 별셔를 지어 하직ᄒᆞ고 부즁을 ᄯᅥ나신 고로, 겸ᄒᆞ여 쟝ᄉ의 가신가 ᄒᆞ여 아라【25】오라 ᄒᆞ엿더니, 영원이 ᄯᅩ 도라오지 아니ᄒᆞ미, 부인이 ᄯᅩ 션흉을 보니여 쇼식을 듯보오미1611), 후셥의 참ᄉ흠과, 녕원 니괴(尼姑) 쳔벌을 입어 죽으미 이 곳 칠미호(七尾狐)의 본형이 탈노(綻露)ᄒᆞᆫ 쥴 알고, 미션이 후셥의 신쳬를 ᄎᆞᄌᆞ려 가려 ᄒᆞ다가 인ᄒᆞ여 병드러 폐목ᄒᆞ고, 부인이 연일야(連日夜)의 몽시 블길ᄒᆞ샤 공쥬의 신샹을 우려(憂慮)ᄒᆞ시미, 쟝ᄎᆞᆺ 우분셩질(憂憤成疾)ᄒᆞ시기의 밋쳐시디, 오히려 공쥬의 혈셩(血誠)을 감동치 아니ᄒᆞ샤, 쳘원(徹寃)1612)이 한님 노야긔 도라가샤 맛ᄎᆞᆷ 고요ᄒᆞ믈 인ᄒᆞ여 노쥐 심즁쇼유(心中所有)1613)를 문답ᄒᆞ옵더니, 노야의 드ᄅᆞ시미 되여 비ᄌᆞ 등【26】의 잔

섭의 참사흠과 녕원의 텬벌 닙어 죽은 줄 알고, 미션이 후셥의 시신을 ᄎᆞ즈라 가려 ᄒᆞ다가 인ᄒᆞ여 병드러 폐목ᄒᆞ고, 부인이 년일 몽시 블길ᄒᆞ샤 공쥬의 신【78】상을 우려ᄒᆞ시미, 쟝ᄎᆞ 우분셩질ᄒᆞ시기의 밋ᄎᆞ시더, 쳘원이 한님 노야긔 도라가샤 맛ᄎᆞᆷ 고요ᄒᆞ믈 인ᄒᆞ야 노쥐 심듕 소유를 문답ᄒᆞ옵더니, 노얘 드ᄅᆞ시미 되오니, 이 밧 알외올 말ᄉᆞᆷ이 업ᄂᆞ이다. 복원 노야ᄂᆞᆫ 호싱지덕을 드리오샤 잔명을 용ᄉᆞᄒᆞ쇼셔."

ᄒᆞ엿더라.

다가 이후 '신문고'로 이름을 고쳤다.
1611)듯보다 : 알아보다. 살펴보다.
1612)쳘원(徹寃) : 쳘쳔지원(徹天之寃)의 줄임말. *쳘천지원(徹天之寃): 하늘에 사무치는 크나큰 원한.
1613)심즁쇼유(心中所有) : 마음 가운데 품고 있는 생각.

명(殘命)이 형쟝의 급흘 줄 어이 알니잇고?
이 밧 알욀 말슴이 업숩ᄂ이다. 복원 노야ᄂ
호싱지덕(好生之德)을 드리오샤 잔명을 용샤
ᄒ쇼셔.”

터시 쳥파의 디분디로(大憤大怒)ᄒ여 진목
디즐(瞋目大叱) 왈,

“늬 블명혼암(不明昏暗)ᄒ여 발부(潑婦)의
이디도록 잔포(殘暴)ᄒ믈 아지 못ᄒ고, 챵ᄋ
갓흔 아달노ᄡ 수싱이 위틱ᄒ게 흘 번ᄒ고,
윤시 갓흔 현부로 ᄒ여곰 쳥년의 참ᄉ(慘死)
ᄒ여 원이 궁○이양(穹壤)의 밋게ᄒ니, 블통
무식(不通無識)ᄒ미 엇지 붓그럽지 아니리
요.”

다시 시노(侍奴)를 호령ᄒ여, ‘냥녀를 쥰ᄎ
(峻次)1614)ᄒ여 젼젼죄샹(前前罪狀)을 유루
(遺漏)치 말고 낫낫치 알외라’ ᄒ니, 미·괴
울며 고왈,

“다만 혼 일을 이져삽【27】ᄂ니 무ᄌ 고ᄒ
리이다. 쳐음의 윤쇼져를 히ᄒ려 흘 졔, 쳔
금을 밧고 팔고져 ᄒ미, 맛춤 《윤남왕‖운남
왕》 부인 임낭낭 시녀 영츈은 쳔비 영교의
죵형(從兄)이라. 남젼히(南殿下) 여러 비
빙1615)을 두어시나 금옥(金屋)1616)의 져시(儲
嗣)1617) 업시니, 그윽이 미녀 구ᄒ믈 듯고
여ᄎ여ᄎᄒ여 쇼져의 근본을 쇽여 남궁(南
宮)의 팔고, ᄯ 쇼져를 여ᄎ여ᄎ 쇽여 즁야
(中夜)의 탈취ᄒ여 남궁의 보니엿삽더니, 이
튼날 보오니 쇼졔 반셕(盤石) 갓ᄒ시니이다.
부인이 그 엇지ᄒ여 면화(免禍)혼 연고를 몰
나 비지 가마니 남궁의 ᄉ룸을 보니여 탐문
ᄒ니, 원ᄂ 윤쇼졔 ᄉ긔를 아랏던 양ᄒ여 신
긔이 화룰【28】버셔ᄂ시고, 남궁의 가칭(假
稱) 윤쇼져ᄂ 시비 《치영‖치잉》일너이다.
부인이 윤쇼져룰 히(害)치 못ᄒ시니 실망ᄒ
믄 일캇도 말고, ‘치잉이 엇지혼[홀]고?’ 념
녜ᄒ시더니, 그 후의 드ᄅ니 치잉이 각별 토

태시 쳥파의 대경대로ᄒ여 진목 즐왈,

“늬 블명혼암ᄒ야 발부의 이디도록 잔포ᄒ
믈 아디 못ᄒ고, 챵 갓튼 ᄋ달로ᄡ 수싱이
위틱케 ᄒ고, 윤시 갓튼 현부로ᄡ 쳥녀의 참
ᄉᄒ여 원이 궁양의 밋게 ᄒ【79】니, 블통무
식ᄒ미 엇디 붓그럽디 아니리요.”

다시 시노를 명ᄒ야 냥녀를 듄ᄎᄒ여 젼젼
죄샹을 낫낫치 알외라 ᄒ니, 미·괴 울며 고
왈,

“다만 혼 일을 니졋습ᄂ니, 쳐음의 윤쇼져
을 쳔금을 밧고 ○○○[팔고져] 운남왕긔 여
ᄎ여ᄎᄒ여 윤쇼져를 남궁의 보니엿더니, 윤
쇼졔 ᄉ긔를 아랏던 양ᄒ야 신긔히 화를 버
서나시고, 남궁의 간 윤시ᄂ 시비 치잉이러
이다.”

1614)쥰ᄎ(峻次)ᄒ다 ; 매나 형장(刑杖)을 엄히 치다.
1615)비빙 : 궁중에서, ‘비빈(妃嬪)’을 이르던 말.
1616)금옥(金屋) : ‘금으로 꾸민 화려한 집’이란 말로
　　궁궐(宮闕)을 달리 이른 말.
1617)져시(儲嗣) : ①왕세자. ②후사(後嗣). 대(代)를 잇
　　는 자식

셜(吐說)ᄒ미 업셔 완연이 남젼하 쇼셩(小星)이 되어, 득총(得寵)흔다 ᄒ더이다."

퇴시 쳥파의 부인 노쥬(奴主)의 극악간포(極惡姦暴)ᄒ믈 어히 업셔 경심분탄(驚心憤嘆) 왈,

"니 ᄌ유(自幼)로 고셔(古書)ᄅᆯ 박남(博覽)ᄒ미 '한제(漢帝)의 녀후(呂后)'[1618]와 '결쥬(桀紂)의 미달(妹妲)'[1619]이 창궐(猖獗)ᄒ믈 깁히 분히(憤駭)ᄒ더니, 금셰의 니 능히 일녀ᄌᄅᆯ 제어(制御)치 못ᄒ여 가즁변난(家中變亂)이 조정(朝廷)의 오르고, 취명(醜名)이 ᄉ린(四隣)의 나타나, 블초(不肖)흔 가ᄉ(家事)로뼈 만셩(萬姓)의 회ᄌ(膾炙)ᄒᆯ【29】줄 알니요. ᄎ시(此事) 등한(等閑)흔 일이 아니라. 임의 조정의 나타ᄂ시니, 이제 ᄯᅩ 슈악(首惡)의 단셔(端緒)ᄅᆯ 갈히미, 더러온 가ᄉ로뼈 쳔졍의 쥬달치 못ᄒ면, 엇지 능히 싱ᄌ(生者)ᄅᆯ 신원(伸冤)ᄒ며 ᄉᄌ(死者)ᄅᆯ 신빅(伸白)ᄒ여 창ᄋ의 인뉸이 완젼ᄒ며, 윤시로 원망(怨亡)흔 혼빅(魂魄)이 되게 ᄒ리요."

언파의 션츙과 션미 언잉 츈강 등 제 시비ᄂᆫ 다 푸러노흐라 ᄒ고, 영교 미션은 옥의 가도와 명일 쳐치ᄅᆯ 기다리라 ᄒ고, 드디여 파ᄒ니, 션미 등은 다시 경일 누의 드러가 부인을 뫼셔 위로ᄒ더라.

츄밀이 ᄉ어(辭語)ᄅᆯ 《탐쳥‖참쳥(叄聽)》ᄒ미, 도로혀 질ᄋ 부부ᄅᆯ 이셕ᄒᄆᆫ 져근 일이요, 최부인 힝ᄉᄅᆯ【30】위ᄒ여 골돌ᄒ고, 지어(至於)[1620] 독쉬 ᄌ가의게 밋쳣던 바ᄅᆯ 히

태시 쳥파의 격상분탄 왈.

"니 ᄌ유로 고셔ᄅᆯ 박남ᄒ미 한제의 녀후와 결쥬의 미달이 창궐ᄒ믈 깁히 분히ᄒ더【80】니, 금셰의 내 능히 일녀ᄌᄅᆯ 제어치 못ᄒ여 가듕 변난이 됴졍의 오르고 ᄉ린의 취명이 회ᄌᄒᆯ 줄 《알니오‖알았으리오》. ᄎ시 등한흔 일이 아니라, 텬졍의 번듯디 아니면 엇디 능히 싱ᄌ를 신원ᄒ고 ᄉᄌ를 신빅하리오."

언파의 영교 미션을 가도와 명일 쳐치를 기ᄃ리라 ᄒ고 드디여 파ᄒ니,

츄밀이 ᄉ어을 참쳥ᄒ미, 최부인 힝ᄉ를 위ᄒ야 골돌ᄒ고, 지어 독쉬 ᄌ가의게 밋쳐던 바를 히연ᄒ여, 왕ᄉ를 시로 한심ᄒ야 분탄ᄒ더라.

1618)한제(漢帝)의 녀후(呂后) : 중국 한(漢)나라 고조(高祖)의 황후 여후(呂后). *녀후(呂后): BC241-180. 중국 한고조의 황후. 성은 여(呂). 이름은 치(雉). 고조를 보좌하여 진말(秦末)·한초(漢初)의 국난을 수습하였으나, 고조가 죽은 뒤 실권을 장악하여, 고조의 애첩인 척부인(戚夫人)과 척부인 소생 왕자 조왕(趙王)을 죽이는 등 포악을 일삼아, 측천무후(則天武后), 서태후(西太后)와 함께 중국의 3대 악녀로 꼽힌다.

1619)결쥬(桀紂)의 미달(妹妲) : 중국 하(夏)나라 걸왕의 비(妃) 매희(妹喜)와 은(殷)나라 주왕의 비. 달기(妲己). 중국의 포악무도한 임금과 왕비의 대명사로 일컬어지는 인물들이다.

1620)지어(至於) : 더욱 심하다 못하여 나중에는. 늑심 지어(甚至於).

연(駴然)ᄒ며, 왕스(往事)를 시로이 혜ᄋ려 가변을 한심ᄒ며, 윤부(尹府)의 종시 무안(無顏)홀 바를 기연 분탄ᄒ더라.

터시 촉을 나와 도도고 일폭 빅깁을 나와 ᄒ 장 표문(表文)을 지어 명신의 천정의 쥬달ᄒ여 한님의 신누를 신빅ᄒ려 홀시, 시야의 터시 시로이 젼뎐(輾轉)ᄒ여, 심시 블평ᄒ미 분탄(憤嘆)ᄒ여 종야블미(終夜不寐)ᄒ고, 아즈 젹니고초(謫裏苦楚)와 ᄋ부의 쳥츈요스(靑春夭死)ᄒ믈 슬허 비회만쳡(悲懷萬疊)ᄒ니, 츄밀과 냥질이 호언으로 관위(寬慰)ᄒ며, 쥬찬을 나와 스스로 위로ᄒ며 이 밤을 시오니라.

명조의 터시 심복가인으로 ᄒ여【31】곰 표를 가져 바로 《통명스∥통졍스(通政司)》[1621]의 밧치니, 이 씨 터스형뎨 스직(辭職)ᄒ연 지 슴년이라.

조졍의 츌입지 아닌는 고로 몬져 표를 통졍스의 올니고, 버거 영교 미션을 미여 유스의게 부치려 ᄒ더라.

추일 천지 금난젼(金鑾殿)[1622] 샹(上)의 슉위(宿衛)를 비셜(排設)ᄒ고, 문무빅관이 조하(朝賀)를 맛ᄎ미 샹이 파조ᄒ려 ᄒ시더니, 믄득 통졍시 젼임터스(前任太史) 엄빅명의 표를 올니거ᄂᆞᆯ, 샹이 고이히 넉이샤 이의 근시로 넑으라 ᄒ시니, 젼뎐 한님학스 하몽쥐 봉음을 놉히 넑으니 기스(其辭)의 왈,

"미신 엄빅명은 숨가 황공(惶恐) 돈슈빅비(頓首百拜)ᄒ와 누루(累陋)ᄒ온 가졍지스로뼈 황뎨폐하긔 올니ᄂᆞ이다. 초(初)의 【32】신이 다만 숨녜 잇습고 아달이 업습ᄂᆞᆫ지라, 신의 필뎨(畢弟) 빅경이 냥즈를 두오니 쟝(長)은 갈온 역즈(逆子)요 차(次)ᄂᆞᆫ 챵이라. 챵이 강보지초(襁褓之初)로붓터 긔질이 총명ᄒ온 고로 신이 거두어 즈식을 숨으니, 혼갓 신의 일신 신후(身後)를 염녀홀 ᄲᅮᆫ 아니라, 진실노 선셰봉스를 현영(顯榮)고즈 ᄒ미러니, 챵이

태시 촉을 나와 도도고 흔장 표문을 지어 【81】명신의 텬졍의 쥬달ᄒ려 ᄒ더라. 태시 시로이 젼젼ᄒ야 종야블미ᄒ고 ᄋᄌ의 젹니고초와 윤시의 쳥츈 요스ᄒ믈 슬허ᄒ고 비회만쳡ᄒ니, 츄밀이 호언 관위ᄒ더라.

명됴의 표을 통졍스의 밧치니,

추일 텬지 금난뎐의 슉위를 비셜ᄒ시고 문무빅관이[의] 됴하를 밧고, 상이 됴회를 파코져 ᄒ시더니, 믄득 통졍시 젼임 태스 엄빅명이[의] 표를 올리니, 상이 고이히 녁이샤 이에 근시로 넑으라 ᄒ시니, 기스의 왈,

"미신 엄빅명은 삼가 황공돈슈빅비ᄒ와 누루흔 가졍지스로 폐【82】하의 알외ᄂᆞ이다. 초의 신이 다만 삼녜 잇습고 아들이 업습ᄂᆞ다라. 신의 필뎨의 ᄎᄌ 챵을 강보의 신이 거두어 즈식○[을] 삼으니, 챵이 즈라미 더옥 긔특ᄒ오니, 외모풍신은 폐하의 친견ᄒ신 비니, 다시 의논치 마옵고, 빅힝이 특이ᄒ와 족히 가졍을 욕먹이디 아닐만 ᄒ옵고, 신의 며ᄂᆞ리ᄂᆞᆫ 진왕 윤광쳔의 쇼녀라. 윤녜 스덕이 뇨됴ᄒ옵거ᄂᆞᆯ, 신의 ᄎᄌ 영은 신쳐 최시

1621) 통졍스(通政司) : 국내외(國內外)의 장주(章奏)를 관장하는 명(明)나라 관서(官署) 이름. 조선의 승정원(承政院)과 같은 기능을 하는 관서다.
1622) 금난젼(金鑾殿) : 중국 당(唐)나라 때의 궁전 이름으로, 천자가 조회를 받는 정전(正殿).

주라미 더옥 긔특ᄒᆞ오니, 본디 그 《위모‖외모》풍신(外貌風神)은 폐하의 친견ᄒᆞ신 비니, 다시 의논치 마옵고, 빅ᄒᆡᆼ(百行)이 특이ᄒᆞ와 족히 가셩(家聲)을 욕먹이지 아닐만 ᄒᆞ옵고, 그 비ᄒᆞᆫ 바ᄂᆞᆫ 진{평}왕 윤광쳔의 쇼녀라. 윤녜 본디 츙현여믹(忠賢餘脈)으로 ᄉᆞ덕(四德)이 구비(具備)ᄒᆞ오니, 신이 ᄌᆞ못 과【33】이(過愛)ᄒᆞ옵더니, ᄯᅩ 신의 버금 아달 영이 잇ᄉᆞ오니, 이 곳 챵을 계후(繼後)ᄒᆞ온 후 신의 쳐 최시의 나흔 비오니, 희라! ᄌᆞ고로 혹ᄌᆞ 계믜(繼母) 블현(不賢)ᄒᆞ여 젼츌(前出)1623)이 간간(間間) 부득지(不得志)ᄒᆞ옵거니와, 신의 가ᄉᆞ(家事)ᄂᆞᆫ 만만 녯일과 다ᄅᆞ옵거놀, 신쳐 최시 홀연 샹모(象母)의 은(嚚)을 비호고져 ᄒᆞ옵고, 민모(閔母)의 《표‖포(暴)》ᄒᆞᆷ을 ○[본]밧고져 ᄒᆞ여, 믄득 간비(姦婢)를 복심으로 미ᄌᆞ며, 요괴로○[온] 무녀(巫女)를 ᄉᆞ괴며, 환슐(幻術)ᄒᆞᄂᆞᆫ 요졍(妖精)을 쳐결ᄒᆞ오며, ᄉᆞ오나온 조직을 쳐결ᄒᆞ여 양ᄌᆞ(養子)와 며ᄂᆞ리를 ·죄업시 죽이고져 ᄒᆞ오미, 그 쳔흉(千凶)을 비로 ᄒᆞ오며 만악(萬惡)을 비져니오미 ᄒᆞᆫ 두 일이 아니오라, ᄌᆞ부를 히코○[지] ᄒᆞᄂᆞᆫ 【34】흉심이 궁극(窮極)ᄒᆞ오미, 집의 빈 ᄯᅢ를 승간(乘間)ᄒᆞ여, 쳔금 뇌믈노 인심을 ᄉᆞ괴여 언노(言路)의 븟ᄀᆞᆺ찰 도모ᄒᆞ여, 젼후 궁모곡계(窮謀曲計) ᄒᆞᆫ 두 번이 아니온지라. 신이 블명혼암(不明昏暗)ᄒᆞ와 능히 ᄒᆞᆫ 쳐의 허다작악(許多作惡)○[을] 젼연부지(全然不知)ᄒᆞ옵고, 요괴로온 약뉴(藥類)의 졍긔(精氣)를 다 일허, 효ᄌᆞ현부(孝子賢婦)로 ᄒᆞ여곰 망극ᄒᆞᆫ 죄루의 나ᄋᆞ가○○[게 하]오디 아득히 아지 못ᄒᆞ옵다가, 이제 간졍의 슈악(首惡)을 ᄎᆞ즈 ᄉᆞ획(査覈)ᄒᆞ오미, 엇지 신의 혼암블명ᄒᆞ미 붓그럽지 아니ᄒᆞ오며, 하면목(何面目)으로 입어쳔일지하(立於天日之下)리잇고? 더러온 가ᄉᆞ를 나타니여 뇽젼의 번득고져 ᄒᆞ리잇고마ᄂᆞᆫ, 폐하의 아ᄅᆞ시미 아니면, 능히 챵의 【35】죄명을 신셜(伸雪)ᄒᆞ와, 은샤(恩赦)를 밧ᄌᆞ와 부지 완취(完聚)ᄒᆞ기 어렵ᄉᆞ온 고로, 마지 못ᄒᆞ와 당돌이 누루(累陋)온 가ᄉᆞ를 쳔

싱ᄒᆞ온 비라. ᄌᆞ고로 혹ᄌᆞ 계믜 불현ᄒᆞ여 젼츌이 간간 브득디 ᄒᆞ옵거니와 신의 가ᄉᆞᄂᆞᆫ 녯 일과 다【83】ᄅᆞ옵거놀 최녜 샹모의 은흠과 민모의 포ᄒᆞᆷ믈 입ᄂᆞᆫ니고져 ᄒᆞ와, 간비 복심으로 요괴로온 무녀와 환슐ᄒᆞᄂᆞᆫ 요졍을 쳐결ᄒᆞ여 양ᄌᆞ와 며느리를 업시코져ᄒᆞ여 쳔흉만악의[을] 비져니오미 ᄒᆞᆫ 두 일이 아니오라, 젼후 궁모극[곡]계 아니 밋츨 곳이 업ᄉᆞ오디 신이 불명ᄒᆞ와 능히 ᄒᆞᆫ 쳐의 작악을 젼연부디 ᄒᆞ옵고, 요괴로온 약유의 졍긔를 다 일허 효ᄌᆞ현부로 ᄒᆞ여금 망극ᄒᆞᆫ 죄루의 나아가오디 아득히 아디 못ᄒᆞᆸ다가, 이제 간졍의 슈악을 ᄎᆞᄌᆞ ᄉᆞ획ᄒᆞ오미, 엇디 신의 혼암【84】불명ᄒᆞ미 붓그럽디 아니 ᄒᆞ오리잇고? ○[ᄯᅩ] 더러온 가ᄉᆞ를 뇽뎐의 번득이고져 ᄒᆞ리잇고마ᄂᆞᆫ, 폐하의 아라시미 아니면 능히 챵의 죄명을 신셜ᄒᆞ와 부지 완취ᄒᆞ미 어렵ᄉᆞ와 당돌이 텬위의 번득ᄒᆞ오며, 간비와 《고‖그》 쵸ᄉᆞ를 ᄒᆞ가지로 츄부의 보니여 셩쥬의 ᄇᆞᆰ기 쳐치ᄒᆞ시믈 부라ᄂᆞ이다."

ᄒᆞ엿더라.

1623)젼츌(前出) : 전처소생 자녀.

위(天威)의 번득ᄒ옵고, 간비와 그 초샤(招
辭)룰 한가지로 츄부(秋部)의 보니여, 셩쥬의
밝히 쳐치ᄒ시믈 바라ᄂ이다. 모월모일의 전
텸ᄉ 엄빅명은 블승황공(不勝惶恐) 돈슈(頓
首)ᄒ와 감우폐하(敢于陛下)[1624] ᄒ옵ᄂ이
다.”

　상이 간필(看畢)의 ᄌ못 경히(驚駭)ᄒ샤,
미·교 등의 초사룰 다 올니라 ᄒ샤 보시고,
최시 과악(過惡)을 블승통한(不勝痛恨) ᄒ시
고 엄한님의 비원(悲怨)ᄒᆫ 졍ᄉ(情事)룰 참연
(慘然)ᄒ샤 즉시 젼지(傳旨) 왈,

　“군신부ᄌ(君臣父子) 일체(一體)라. 텸시
엄뫼 가ᄉ(家事)로뼈 그 임군의게 고ᄒ미 엇
지 각별 블안ᄒᆫ 비 이시리오. 짐이 엄【36】모
의 표(表)와 간당의 초사룰 보미, 창의 졍시
실노 잔잉ᄒ고 최녀의 과악이 호대(浩大)ᄒ
도다. 맛당이 법부의셔 엄형국문(嚴刑鞫問)ᄒ
여 졍샹(情狀)을 츄문(推問)ᄒᆫ 후의 계ᄉ(啓
事)라. 짐이 반다시 명졍쳐치(明正處置)ᄒ
여 원억(冤抑)ᄒ미 업게 ᄒ리라.”

　ᄒ시고

　“형부샹셔 샹의와 어ᄉ 샹유룰 츄고(推考)
ᄒ여 조항(朝行)의 잇지 말고 믈너가나, 종결
샤(終結辭)룰 보아 쳐치룰 기다리라.”

　ᄒ시니, 샹가 형뎨 블승젼뉼(不勝戰慄)ᄒ여
참황(慙惶)ᄒ믈 이긔지 못ᄒ여 믈너나다.

　형부시랑 경슉으로 형부샹셔룰 ᄒ이샤
미·교룰 다ᄉ리라 ᄒ시니, 경샹셰 명을 봉
지(奉之)ᄒ여 믈너 본부(本部)의 도라와 좌긔
(坐起)룰 비셜(排設)ᄒᆫ 후 엄부 니외비복(內
外婢僕)과 영【37】교 미션을 다 잡아오니, 이
즁의 ᄯ 츄밀이 양시의 시녀 슉낭을 잡아 보
니엿더라.

　형뷔 엄부 비복을 낫낫치 무ᄅ니 복부차환
(僕婦叉鬟)이 다 져희논 이미ᄒ믈 알외고, 영
교·미션의 초ᄉ 젼후일체오, 션츙의 알외논
말이 ᄯᅩᄒᆫ 젼과 ᄒᆫ가지오, 오직 양시 시녜
슉낭이 고 왈,

　“쳔비 과연 미련ᄒ와 니욕(利慾)을 탐ᄒ와
영교·미션의 후이 디졉훔과 약간 금빅으로

　상이 간필의 ᄌ못 경희ᄒ샤, 미·교 등의
쵸ᄉ룰 다 올니라 ᄒ샤 보시고, 최시의 과악
을 불승통한 ᄒ시고 엄한님의 비원ᄒᆫ 졍수룰
긍지ᄒ샤, 이의 젼지ᄒ샤

.

　“형부샹셔 샹위와【85】어ᄉ 샹유를 츄고
○○[ᄒ라]”
　ᄒ시고,

　형부시랑 경슉으로 형부샹셔를 ᄒ이샤
미·교를 다ᄉ리라 ᄒ시니, 경샹셰 ○○[명]
을 봉지ᄒ야 믈너나 츄부의 좌긔를 비셜ᄒ
고, 엄부 너외 비복을 다 잡아오니, 이 듕
양시의 시비 슉낭이 잡혀오다.

　형뷔 엄시 시비 등을 낫낫치 무ᄅ니, 져의
논 다 이미ᄒ믈 알외고, 영교 미션의 쵸ᄉ
젼후일체오, 슉낭이 고왈,

　“쇼비 미련ᄒ와 니욕을 탐ᄒ와 영교 미션
이 후디ᄒ며 빅금을 쥬며 여ᄎ여ᄎᄒ옵거늘,

1624)감우폐하(敢于陛下) : 감히 폐하게 올립니다.

은혜를 끼치며 여츠여츠 다려옵거늘, 비지 블통ㅎ온 쳔견의 최부인 은혜를 감격ㅎ고, 일을 셩스ㅎ온 후의 금빅(金帛)으로 만히 쥬어 일싱을 편토록 ㅎ마 ㅎ오미, 비지 니욕을 탐ㅎ여 과연【38】요약을 슌슌이 가져 츄밀긔 시험ㅎ오미 여러 슌(順)이로디, 능히 득계(得計)치 못ㅎ엿숩더니, 나죵의 무슨 독약이런지 ᄒᆞᆫ 번 시험ㅎ오미, 츄밀노얘 과연 침질(寢疾)이 즁ㅎ샤 혼혼블셩(昏昏不醒)ㅎ시니, 슉믹(菽麥)을 아지 못ㅎ시미 거의 오륙삭이라. 이 스의 한님 노야를 디화(大禍)의 모라 너헛고, 그랴도 한님을 업시치 못ㅎ엿는 고로, 다시 츄밀노야의 총명이 도라올가 두려 ᄯᅩ ᄒᆞᆫ 번 시험ㅎ니이다. 그 후 오리지 아녀서 공지 나가시니, 그 후는 부인이 과도히 심녀ㅎ샤, 다시 젼쳐로 극셩ᄒᆞᆫ 일이 업더니이다. 비즈는 다만 이 밧 아는 일이 업ᄂᆞ이다."

형뷔 이【39】말을 듯고 다시 말이 업셔, 모든 초스를 거두어 샹(上) 젼(前)의 계달(啓達)ㅎ오니, 샹이 일일히 어람(御覽)ㅎ시미, 윤쇼져의 화즁참스(火中慘死)ㅎ믈 이셕ㅎ샤, 즉시 츄부(秋部)[1625]의 뉼젼(律典)을 샹고(詳考)ㅎ여 알외라 ㅎ시고, 유사(有司) 봉명(奉命)홀 시, 샹이 ᄯᅩ 엄한님긔[의] 적힝(謫行)홀 ᄯᅵ의 그 압거ㅎ엿던 치관(差官) 슌호·졍환 등을 다 블너, 기시(其時) 녕교 미션의 달니며 뇌믈 바든 스연이며, 기간 다른 곡졀이 엇더ㅎ믈 일일이 힐문ㅎ시다.

형뷔 {다} 이의 다시 명을 밧ᄌᆞ와 본부의 위의(威儀)를 샹셜(霜雪) 갓치 차리고 형쟝(刑杖)을 엄히ㅎ여 죄샹을 셰셰히 무르니, 치스(差使) 졍환 슌호 등이 알외디,

"한님을 영거(領去)[1626]ㅎ여【40】가올 ᄯᅵ의, 녕교 미션 등이 은ᄌᆞ를 만히 쥬오며, 최부인 명으로 한님을 즁노의셔 죽이면, 너희게 ᄯᅩ 샹급이 적지 아니리라 ㅎ옵기의 미련ㅎ온 마음의 지믈의 욕심이 동ㅎ여 허락ㅎ고 나려가오며, 쳔방빅계(千方百計)로 쥬션(周

비지 불통ᄒᆞᆫ 쳔견의 최부인 은혜를 감격ㅎ【86】여 과연 요약을 여러번 시험ㅎ디 득계치 못ㅎ더니, 나죵의 무슨 독약이런지 ᄒᆞᆫ 번 시험ㅎ미 츄밀노얘 과연 침듕위질ㅎ샤 슉믹 블변ㅎ시미, 이 스이에 한님노야를 디죄의 모라 넛[너]헛ᄂᆞ이다."

형뷔 이의 모든 쵸ᄉᆞ를 거두어 상젼의 계달ㅎ오니, 상이 일일히 어람ㅎ시고, 윤시의 화듕참ᄉᆞᄒᆞᄆᆞᆯ 이셕ㅎ샤, 즉시 츄부의 뉼젼을 상고ㅎ여 알외라 ㅎ시고, ᄯᅩ 엄창이 적기시 압거ㅎ엿던 치관을 블너, 기시 미·교 등의 뇌물 바드믈 힐문ㅎ시니, 냥인이 돈슈【87】 주왈,

"신 등이 그 ᄯᅢ 엄창을 압거홀시 창이 집의 하딕ㅎ랴 ㅎ옵거늘 신 등이 ᄯᅡ라갓숩더니, 영교 미션이란 비지 오빅금 은ᄌᆞ을 주며 창을 죽여달나 쳥촉ㅎ옵거늘, 신 등이 최시 노쥬의 간흉ㅎᄆᆞᆯ 통히ㅎ야 밧디 말고져 ㅎ옵다가, 거즛 허락ㅎ고 후일 이런 긔미를 만나

1625)츄부(秋部) : 형부(刑部)를 달리 이르는 말.
1626)영거(領去) : 함께 데리고 가거나 가지고 감.

旋)ㅎ오디, 원간 졍인군주(正人君子)를 요마(幺麼)[1627] 미쳔(微賤)ㅎ온 무리가 희(害)ㅎ올 슈단이 업수와 여의(如意)치 못ㅎ여수오니, 그 죄 외의 다른 일은 업수오니 잔명을 구버 살피쇼셔."

거든, 창을 신빅ㅎ올 씨 증험을 삼고져 ㅎ와 은주을 밧고 단여온 후 여추여추 디답ㅎ고, 뇌물을 신등이 오히려 봉피을 씨히디 아니코 협수의 두어습더니, 이에 어람ㅎ시게【88】ㅎ옵고, 도로 그 임주의게 도라보니려 ㅎ느이다."

드듸여 두 봉 은주을 가져다가 드리니, 각각 오빅금식 봉ㅎ엿고, 봉피의 써시디,

"모월일의 엄태수 부인 최시는 역주 창을 업시코져 ㅎ므로 수쇼 녜물을 보니느니, 공등은 쥬션ㅎ믈 브라노라."

ㅎ엿더라.

상이 쏘 상유 형뎨를 브르샤 젼일 수상을 무르신디, 어수 상위 불승황공ㅎ야 디쥬 왈,

"쇼쳡 월션이 엄가 수젹을 아노라 ㅎ고 윤시 음힝을 니언이 ㅎ옵거놀 신이 벼술이 언노의 잇습는【89】고로, 윤시의 음힝을 추셕ㅎ와 공논으로 소계ㅎ미요, 월션의 회뢰 바드믄 아디 못ㅎ느이다."

상의 쥬왈,

"신은 엄창의 모지 불화ㅎ 곡졀이야 엇디 알니잇고? 다만 엄가의 집과 신의 집이 격장ㅎ여시니, 주긱이[을] 신의 집 후창 밋터셔 잡은 비라. 이러므로 잡아 다수리미로소이다."

상이 탄왈,

"경등의 지죄 긔특ㅎ니, 벼술이 언관의 잇셔 뇌물을 밧고 원앙ㅎ 죄명을 일우며, 법관이 되야 뇌물을 밧고 옥안을 흘려 풍화의 변을 곳쳐 니니, 진짓 간관이며 녈【90】시로다."

ㅎ시니, 상가 형뎨 불승황괴 ㅎ더라.【91】

엄시효문쳥힝녹 권지십오

1627)요마(幺麼): ①작은 상태임. 또는 그런 것. ②변변하지 못함. 또는 그런 사람.

(결권)

형뷔 여러 번 국문ᄒᆞ디 ᄯᅩᄒᆞᆫ 다시 무를 말
이 업서 영교·미션·슉낭의 무리ᄂᆞᆫ 칼 메워
다 엄히 가도고, 다른 노복 등은 셩【41】샹
쳐치ᄒᆞ시기ᄅᆞᆯ 기다리라 ᄒᆞ고[여] 다 방숑ᄒᆞ
고, 다시 닙궐ᄒᆞ여 모든 초샤ᄅᆞᆯ 쳔졍의 밧드
러 밧치고, 셩샹 쳐치ᄒᆞ시믈 바라더라.

샹이 이의 젼후 엄부 가화(家禍)의 초ᄉᆞᄅᆞᆯ
셰셰히 어람(御覽)ᄒᆞ시고 갈오ᄉᆞ디,

"셰샹의 최시의 죄샹은 다시 말ᄒᆞᆯ 거시 업
ᄂᆞᆫ 거시, 빅쥬(白晝)의 궁흉극악ᄒᆞᆫ 몹슬 일을
쳔방빅계(千方百計)ᄅᆞᆯ 계츌(計出)[1628]ᄒᆞ야,
양ᄌᆞ(養子) 부부ᄅᆞᆯ 히ᄒᆞ미 여지업시[서] 이로
셩언(成言)치 못ᄒᆞ여[며], 갈ᄉᆞ록 간악ᄒᆞᆫ 무
리ᄅᆞᆯ 공연(空然)ᄒᆞᆫ 지믈노 쥬쇼쳐결(晝宵締
結)[1629]ᄒᆞ여 쳔흉만악이 아니 밋츤 곳지[이]
업시, 지어(至於)[1630] 가부(家夫)의게가지 밋
쳐, 환혼단(幻魂丹)[1631]ᄅᆞᆯ[을]【42】먹여 ᄆᆞᄋᆞᆷ
을 변ᄒᆞ게 ᄒᆞ여시니, 이 극악(極惡)은 블가ᄉᆞ
문어인국(不可使聞於人國)[1632]이라. 쇼당죄샹
(所當罪狀)[1633]을 의논ᄒᆞ면 능지쳐참(凌遲處
斬)[1634]ᄒᆞ여도 죄가 남을 거시로디, 엄틱ᄉᆞ의
부ᄌᆞ 안면을 ᄉᆞ렴(思念)ᄒᆞ여 특별히 엄가로
니니(離異)ᄒᆞ여 ᄉᆞᄉᆞ(賜死)ᄒᆞ여 그 포악ᄒᆞᆷ을
보복(報復)이 쇼연(昭然)케 ᄒᆞ고, 도어ᄉᆞ 샹
위 ᄯᅩᄒᆞᆫ 벼살이 위즁(威重)ᄒᆞᆯ 분 아니라 신
위(身位) 지샹(宰相)ᄒᆞ여, 더러온 지믈을 취

(결권)

1628)계츌(計出) : 꾀를 냄.
1629)쥬쇼쳐결(晝宵締結) : 주소체결(晝宵締結). 낮이나
　　밤이나 서로 맺어 얽혀져서 지냄.
1630)지어(至於) : 더욱 심하다 못하여 나중에는. =심
　　지어(甚至於).
1631)환혼단(幻魂丹) : 마음을 변하게 하는 약이라는
　　말로 미혼단(迷魂丹)을 달리 이른 말. *미혼단(迷魂
　　丹) : 익봉잠·도봉잠 뉴(類)의, 사람을 변심시키는
　　약. 이 약을 사람에게 먹이면 마음이 변하게 되어
　　먹은 사람의 마음이 먹인 사람의 뜻대로 조종당하
　　게 된다.
1632)블가ᄉᆞ문어인국(不可使聞於人國) : 남이나 다른
　　나라 사람들에게 까지도 알게 할 수 없음.
1633)쇼당죄샹(所當罪狀) : 범죄 사실에 대한 마땅한
　　죗값
1634)능지쳐참(凌遲處斬) :『역사』 대역죄를 범한 자에
　　게 과하던 극형. 죄인을 죽인 뒤 시신의 머리, 몸,
　　팔, 다리를 토막 쳐서 각지에 돌려 보이는 형벌.
　　능능지(凌遲), 능지처사(陵遲處死)

혹(取惑)1635)ᄒᆞ여 정현명부지가(貞賢命婦之家)1636)를 히(害)ᄒᆞ려 ᄒᆞ여시니, 그 죄 적지 아니ᄒᆞᆫ지라. 삭탈관직ᄒᆞ고 젼니(田里)의 니치고, 함긔 흉계로 동모ᄒᆞ던 법관은 ᄯᅩᄒᆞᆫ 결곤(決棍)1637) 숨십(三十) 도(徒)1638) 외(外) 먼니 젼니의 츅【43】숑(逐送)1639)ᄒᆞ고, 간비 영교 미션 등과 모든 요졍(妖精)의 무리ᄂᆞᆫ 다 숨노가샹(三路街上)1640)의 니여 능지쳐츱ᄒᆞ여 후인을 증계(懲戒)ᄒᆞ라. ᄒᆞ시니 셩샹의 쳐치ᄒᆞ시미 명빅히 ᄒᆞ시더라.

형뷔(刑部) 나와 간비의 무리ᄅᆞᆯ 부디시(不待時) 《쳐삼 ‖ 쳐참(處斬)》ᄒᆞ고, 엄부의 인ᄒᆞ여 조명(朝命)을 나리니라.

샹이 남왕을 픿초(牌招)ᄒᆞ샤 윤시 시녀ᄅᆞᆯ 아ᄉᆞ갓다가 쳡(妾)슴은 곡졀을 ᄌᆞ셔히 무르시니, 남왕이 돈슈 쥬왈,

"신이 무ᄌᆞ(無子)ᄒᆞ와 희실비빙(姬室妃嬪)1641)을 구휼지언졍, 이제 이로러 윤시 시녀 이리 되온 ᄉᆞ단(事端)은 ᄌᆞ셔히 모로옵고, 모년모월의 여ᄎᆞ여ᄎᆞᄒᆞ와 그 위인을 보오미, 【44】그 졍졍(貞靜)ᄒᆞᆫ 식틱용광(色態容光)이 하 용쇽(庸俗)지 아니키로, 복쳡(卜妾)ᄒᆞ여1642) 임의 냥ᄌᆞ(兩子)ᄅᆞᆯ 두옵고 지금것 그 ᄌᆞ셔ᄒᆞᆫ ᄉᆞ단은 모를 ᄯᅮᆫ이로쇼이다."

샹이 우으시고, 윤시 시녀의 몸을 딕신ᄒᆞ여 여ᄎᆞ여ᄎᆞ 계교ᄅᆞᆯ 니여, 그 시녀 치잉으로 이리이리 ᄒᆞᆫ ᄉᆞ단을 졀졀(節節)이 이르시고, 부르라 ᄒᆞ시니, 남왕이 샹의 하교(下敎)ᄅᆞᆯ 드

(결권)

1635)취혹(取惑) : 무엇을 가지고자 하여 정신을 못차림.
1636)정현명부지가(貞賢命婦之家) : 곧고 어진 외명부(外命婦)의 가정. *외명부(外命婦):『역사』조선 시대에, 왕족·종친의 딸과 아내 및 문무관의 아내로서 남편의 직품(職品)에 따라 봉작(封爵)을 받은 부인을 통틀어 이르던 말.
1637)결곤(決棍) :『역사』곤장으로 죄인을 치는 형벌을 집행하던 일.늑치곤(治棍).
1638)도(徒) : 곤장(棍杖)을 맞는 횟수를 세는 단위
1639)축송(逐送) : 쫓아 보냄.
1640)숨노가샹(三路街上) : 삼거리 길가.
1641)희실비빙(姬室妃嬪) : 정실이 아닌 부실(副室) 지위의 후궁(後宮)과 빈(嬪).
1642)복쳡(卜妾)ᄒᆞ다 : 여자를 골라 첩으로 들이다. 특히, 성(姓)이 다른 여자를 첩으로 고르는 일을 이른다.

르미 일변 놀ᄂ며 일변으로 웃고, 즉시 치잉을 블어 드리니, 치잉이 언연이 드러와 전정(前庭) 압히서 팔비고두(八拜叩頭)ᄒ고 산호비무(山呼拜舞)ᄒ니, 그 용식이 절묘ᄒᆯ 분 아니라, 입으로 이로 형언치 못ᄒᆯ 경국가인(傾國佳人)이라.

샹이 일남(一覽)의 경【45】동희열(輕動喜悅)ᄒ샤, 이의 엄퇴ᄉ의 가즁 전전(前前) 가란ᄉ(家亂事)를 무르시니, 잉이 이러 다시 두 번 절ᄒ고 전일지ᄉ(前日之事)를 일일히 갓초 쥬달(奏達)ᄒ옵고, 오리 긔망(欺罔)ᄒ오믈 고두청죄(叩頭請罪)ᄒ온디, 샹이 문파의 더열 더찬(大悅大讚)ᄒ샤 남왕을 도라보아 갈ᄋᄉᄃᆡ,

"미지(美哉)며 찬지(讚哉)라. 츠녀ᄂᆫ 고금의 진짓 무빵ᄒᆫ 시녀로다. 위쥬[주]튱심(爲主忠心)이 남ᄋ의게도 밋지 못ᄒᆯ 일을 힝ᄒᆞ여시니, 무슴 죄 이시리오. 경은 범연이 알지 말고 착실이 거두어 빅년을 긔약ᄒ여 일호도 쇼홀이 더졉 말나."

ᄒ시니 남왕이 젼교를 듯줍고 복복ᄉ은(伏伏謝恩) 퇴조(退朝)ᄒ니라.【46】

샹이 엄퇴ᄉ의 가란(家亂) 쟉얼(作孽)ᄒᆫ 죄인을 져져(這這)히[1643] 젹발ᄒ여 명빅히 쳐결ᄒ시고, 인ᄒ여 쟝ᄉ의 젹거ᄒᆫ 죄인 젼 한님 엄창의 츌쳔셩효를 못니 칭찬 감탄ᄒ샤, 특별이 교지를 나리와 본직 한님학ᄉ 지지교(翰林學士知製敎) 더제학(大提學)[1644]을 ᄒ이샤, 쥼ᄉ(中使)를 명ᄒ샤 금[급]마발숑(急馬發送)[1645]ᄒ여 나려보니여, 급히 환경ᄒ라 ᄒ시고, 원니 윤시의 이미이 원ᄉ(冤死)ᄒ믈 이련긍측(哀憐矜惻)[1646]히 너기샤, 지현명녈현덕부인(至賢明烈賢德夫人)의 죽쳡(爵牒)[1647]을

(결권)

1643)져져(這這)히 : 져져(這這)이. 있는 사실대로 낱낱이 모두.

1644)더제학(大提學) : 조선 시대에 둔, 홍문관과 예문관의 으뜸 벼슬. 정이품으로, 태종 1년(1401)에 태학사를 고친 것이다

1645)급마발숑(急馬發送) : 『역사』 급한 일이 있을 때에, 벼슬아치에게 말을 주어 급히 보내던 일. =급마하송(給馬下送).

1646)이련긍측(哀憐矜惻) : 애처롭고 가련하며 불쌍하고 가엾다

나리오샤, 또 하교(下敎)을 엄부의 나리오샤, 그 시슈(屍首)를 엄가의셔 거두어 엄가 션산의 편히 안장ㅎ고, 묘 압히 졍문(旌門)[1648] 【47】을 셰워 그 힝젹을 표ㅎ게 ㅎ시고, 그 유모 일취는 일쟉 쳔인(賤人)으로 졀의를 셰워 쥬인을 조초 죽어시니, 츙의 쏘흔 아름다온지라. 고인이 밋지 못ㅎ 비니 별(別)노이 관곽을 갓초와 부인 묘하의 안장ㅎ고, 졍문을 셰워 그 츙의를 표ㅎ라 ㅎ시고, 진왕을 블너 위로ㅎ시며 엄티스를 쏘흔 위로ㅎ시더니, 진왕이 문득 옥계(玉階)의 느려 면관고두(免冠叩頭)[1649]ㅎ여 쥬(奏)ㅎ여 갈오디,

"신이 셩쥬(聖主)를 니니 긔망(期望)ㅎ온 죄를 부월지하(斧鉞之下)의 쳥ㅎ옵ᄂᆞ이다. 신녀(臣女) 그 화란지시(禍亂之時)의 죽음 《관경∥곤경(困境)》을 도쳐(到處)의 당ㅎ와 쳔방빅계(千方百計)로 【48】궁극히 목슘을 도모ㅎ여, 보젼ㅎ여 스라 잇스오니, 엇지 한갓 긔군망샹(欺君罔上)[1650]ㅎ여 안한(安閑)이 폐하의 이러툿 ㅎ신 표장(表獎)ㅎ시믈 감당ㅎ오며, ㅎ믈며 엄모의 최시 안히 비록 일시 과악이 호디(浩大)ㅎ미 잇스오나, 이ᄂᆞᆫ 다 널니 싱각지 못ㅎ미오, ᄉᆞ룸은 과히 샹히(傷害)온 일이 업스오니, 엇지 ᄉᆞᄉᆞ(賜死)ㅎ기의 밋ᄉᆞ오미 너모 쳔의(天意) 《과격ㅎ시미로쇼이다∥과격ㅎ시미 아니리잇가》? 만일 최시를 ᄉᆞᄉᆞ(賜死)ㅎ온즉 엄챵은 츌쳔디효지인(出天大孝之人)이라. 결단코 셰샹의 거두(擧頭)치 아니ㅎ올 의시 잇스오리니, 비록 최시 일명은 앗갑지 아니ㅎ다 ㅎ오나, 엄챵 갓흔 인지를 나라의셔 쓰지 【49】못ㅎ올 바를 근심ㅎ옵고, 엄영도 쏘흔 조항(朝行)의 셔지 못ㅎᆯ가 ㅎᄂᆞ이다. 셩샹의 관홍(寬弘)ㅎ신 덕틱을 업디여 바라옵ᄂᆞ이다."

(결권)

1647)쥭쳡(爵牒) : 『역사』 작위를 봉(封)하는 사령장(辭令狀).

1648)졍문(旌門) : 충신, 효자, 열녀 들을 표창하기 위하여 그 집 앞에 세우던 붉은 문. 늑작설(綽楔)·홍문(紅門).

1649)면관고두(免冠叩頭) : 관을 벗고 머리를 땅에 조아려 절함.

1650)긔군망샹(欺君罔上) : 임금을 속임.

샹이 쳥파의 씨다르샤 경동안식(驚動顔色)으로 갈아샤디,

"디지(大哉)라 션싱의 통달한 말 곳 아니런들, 하마 쳔금 갓흔 인지를 일흘낫다! 윤녀의 싱존하믈 드르니 그 흉계빅츌(凶計百出)한 가니(家內)의 잔명을 반셕갓치 보젼하미 더옥 긔특도다."

진왕이 여츠여츠 하여 윤녀의 탈신싱환(脫身生還)하온 일을 셰셰히 쥬달하오니, 샹이 드르시고 긔특이 너기샤, 특별이 최시의 샤스하는 명을 거두시고, 나【50】문 요졍을 씨업시 잡아 죽이라 하시니라.

형뷔 후셥과 이고(尼姑)를 긔묘히 잡아 가도고 이 연유(緣由)를 쳔즈긔 쥬달하니, 샹이 하교왈,

"즈긱도 함긔 잡아 초스를 바드라."

하시니, 형뷔 승명하고 즉시 나와 니고와 후셥을 잡아니라 하고, 즈긱을 쏘한 널리 긔포(譏捕)[1651]하여 잡으라 하니, 옥졸이 보하디,

"즈긱은 부지거쳐(不知去處)하여 그 종젹을 모룰너라."

하고,

"니고와 후셥은 제죄를 짐작하고 스스로 죽엇느이다."

하거눌, 형뷔 문파의 일변 놀나고 두려 이디로 쥬한디, 샹이 그 죽엄을 져지의 뉵시쳐춤(戮屍處斬)하【51】라 하시고, 져의 즈지기죄(自知己罪)하고 스스로 죽음과 즈긱의 거쳐 업스믈 고이히 너기시더라.

추셜 시시의 최부인이 젼젼과악(前前過惡)이 표표이 드러나, 마룬 하눌의 급한 벼락이 머리를 쓰리는 둧, 쳔지 아득하고 졍신이 삭막(索莫)하여 아모리 홀 쥴 두셔룰 지향치 못하더니, 즈녀 등이 이르러 조흔 말노 위로하여 갈오디,

"모친이 오날눌 이러한 변이 잇실 쥴 모로셧삽느니잇가?"

(결권)

1651)긔포(譏捕) : 『역사』 조선 시대에, 강도나 절도를 탐색하여 체포하던 일. 포도청과 훈련도감, 총융청 따위의 오군영(五軍營)에서 맡아보았다.

ᄒ며 붓들고 통곡ᄒ니, 최부인이 이런 포
악과 간흉이며 날넌 말ᄉᆞᆷ시가 다 어디로 도
망ᄒ여 갓ᄂᆞᆫ지, 한이 어린 거시【52】 되시
[니] 믁믁분히(默默憤駭)ᄒ여 가슴이 울울(鬱
鬱)ᄒ여, 일언(一言)을 못ᄒ다가 갈오ᄃᆡ,

"나의 일은 여등의 도시 알 비 아니라. 나
의 심녁 쓴 비 윤시 ᄒ나 못죽여시니, 이ᄂᆞᆫ
범을 잡으려 ᄒ다가 그릇 톳기ᄅᆞᆯ 잡으미요,.
맛ᄎᆞᆷᄂᆡ ᄂᆡ 일은 하날이 가지록 돕지 아니ᄒ
샤, ᄯᅳᆺ과 갓지 못ᄒ여 인ᄒ여 챵을 죽이지
못ᄒ니, 분한(憤恨)ᄒᆫ 즁 ᄂᆡ 도로혀 ᄉᆞ지의
나아가게 이ᄅᆞ니, 이리 죽어도 죽엄이요 져
리 죽어도 쥭엄이라. 아모리 죽어도 일반이
라 죽기ᄂᆞᆫ 셥지 아니 ᄒ여도, 챵을 죵ᄂᆡ 죽
이지 못ᄒ여 일을 셩ᄉᆞ치 못ᄒ니, 엇지 이닯
지 아니【53】리요. 죽어 황쳔야ᄃᆡ(黃泉夜
臺)[1652]의 도라가나 명목(瞑目)지 못ᄒᄂᆞ{ᄂᆞ}
니, 너희 등은 잡말 말고 두고 보라. ᄂᆡ 죽
은 녕혼이 훗터지지 아녀, 모진 흉악ᄒᆫ 귀신
이 되여 죳ᄎᆞ다이[니]며 원슈의 놈 챵을 만
조각의 ᄂᆡ여 죽여 지옥으로 잡아가며, 샹공
은 빅슈노안(白首老顔)의 피갓흔 눈믈이 마
ᄅᆞᆯ ᄯᅢ가 업셔, 챵ᄌᆞ 아홉 구븨구븨 ᄯᅳᆫᄂᆞᆫ 양
을 넉시라도 《보와∥보기ᄅᆞᆯ》 밤낫업시 츅슈
ᄒ노라."

셜파의 그 거동이 독ᄉᆡ(毒蛇) 일만 ○○○
[마리가] 독흠을 픔고, ᄉᆞᄅᆞᆷ을 노리ᄂᆞᆫ 형샹이
○[니] 겻ᄒᆡ 잇ᄂᆞᆫ ᄉᆞᄅᆞᆷ○○[으로] ᄒ여곰 ᄯᅥᆯ
녀 바로 보지 못○○[ᄒ게] 흘너라.

녀·화·셕 삼부인이 이 말을 드ᄅᆞ미 ᄲᅥᆨ가
【54】 져리고 ᄆᆞ음이 ᄯᅥᆯ녀 ᄒᆞᆫ갓 구살 갓흔
눈믈이 이음ᄎᆞ 흐ᄅᆞ니, 이호(哀呼) 통곡ᄒ여
갈오ᄃᆡ,

"이고[1653] 통지라! 모친이 엇지 이런 말ᄉᆞᆷ
을 ᄒ시ᄂᆞ니잇고? 고어의 운ᄒ디, '하ᄂᆞᆯ을
슌히 ᄒᄂᆞᆫ ᄌᆞᄂᆞᆫ 챵셩ᄒ고, 하ᄂᆞᆯ을 거ᄉᆞ리ᄂᆞᆫ
ᄌᆞᄂᆞᆫ 망ᄒᆞᆫ다' ᄒ온 말ᄉᆞᆷ이 아니 잇ᄉᆞᆸᄂᆞ니잇
가? 텀텀 흉악ᄒᆫ 괴믈의 말ᄉᆞᆷ을 신쳥ᄒ시

(결권)

―――――――――――
1652)황쳔야ᄃᆡ(黃泉夜臺) : 저승에 있는 무덤. *야대
    (夜臺) : '무덤'을 달리 이르는 말.
1653)이고 : 애고. '아이고'의 준말

고, 젼후의 ㅅ름의 힝치 못ㅎ올 심녁을 부졀
업시 허비(虛費)ㅎ시미, 스ㅅ로 퍼역(悖逆)ㅎ
믈 아ㄹ실 ㄸ롬이오, 현인(賢人)은 일분 유히
ㅎ미 업ᄂᆫ 거시, 텬되(天道) 쇼쇼(昭昭)ㅎ시
미 《잇ᄂᆞ이다∥니이다》. 챵의 부부ᄂᆞᆫ 천의
(天意) 유의ㅎ신 군ᄌ슉녀【55】라. 엇지 영교
미션 등의 져근 쇠의 감겨, 천금즁신(天金重
身)을 일조(一朝)의 무단이 맛ᄎ리잇고? 윤시
여ᄎ여ᄎㅎ여 긔묘ᄒ 지혜로 면ᄉ(免死)ㅎ여,
금쥐 고향의 도라가 반셕갓치 댱 슉모ᄅᆞᆯ 시
봉ㅎ여 무양(無恙)ㅎ미 여젼ㅎ오니, 엇지 홀
홀(忽忽)이 죽으미 잇ᄉ오리잇고? 쳔지 쳐음
은 퇴퇴긔 ㅅ(死)ㅎᄂᆫ 명으로 샤ᄉ(賜死)ㅎ라
엄교 ᄂᆞ리오셧거ᄂᆞᆯ, ᄋᆞ히들이 쳔지망극(天地
罔極)ㅎ여 이의 니ᄅᆞ러, 부문(府門)을 치 드
지 못ㅎ여셔 다시 쳔졍(天廷) 쇼식을 듯ᄉ오
니, 진공 윤쳥문이 샹젼(上前)의 여ᄎ여ᄎ 말
숨을 잘 알외여, 기녀(其女)의 싱존ㅎ여 안여
평셕(晏如平席)ㅎ믈 고ㅎ고,【56】 힘뼈 다토
와 간ㅎ여 천의ᄅᆞᆯ 두로혀ᄉ, 모친의 샤명(死
命)을 거두다 ㅎ더이다. ᄌ위(慈闈) 엇지 윤
쳥문의 관인ᄒ 후덕을 져바리샤, 갈ᄉ록 쳔
방빅계(千方百計)로 기녀ᄅᆞᆯ 죽이려 ㅎ거ᄂᆞᆯ,
진왕은 셰상의 군ᄌ오 댱ᄌ라. 일반 지덕을
필보필샹(必報必償)[1654]이라 ㅎ오니, 쇼녀 등
이 결초(結草)[1655]ㅎ여 져의 덕을 만분지일
이라도 갑지 못ᄒᆯ가 근심ㅎᄂ이다. 퇴퇴(太
太)[1656] 엇지 가지록 이런 악ᄒ 말숨을 입
밧긔 ᄂᆡ시ᄂᆞ니잇가?"

부인이 듯기ᄅᆞᆯ 다ㅎ미, 윤시의 싱존타 ㅎ
믈 어린다시 긔가 막혀, 멍멍이 안ᄌ 진왕의

(결권)

1654)필보필샹(必報必償) : 남이 저에게 해를 준 대로
    저도 그에게 반드시 해를 주어 앙갚음(報償)을 함.
1655)결초(結草) : 결초보은(結草報恩)을 이르는 말. 죽
    은 뒤에라도 은혜를 잊지 않고 갚음을 이르는 말.
    중국 춘추 시대에, 진나라의 위과(魏顆)가 아버지가
    세상을 떠난 후에 서모를 개가시켜 순사(殉死)하지
    않게 하였더니, 그 뒤 싸움터에서 그 서모 아버지
    의 혼이 적군의 앞길에 풀을 묶어 적을 넘어뜨려
    위과가 공을 세울 수 있도록 하였다는 고사에서 유
    래한 말.
1656)퇴퇴(太太) : 예전에 '어머니'를 이르는 말. 또는
    '부인'에 대한 존칭. (중국어 간접차용어).

관홍디덕(寬弘大德)을 쏘흔 드르미, 디【57】
간디악(大姦大惡)으로 식랑(豺狼)의 ᄆ음이
이시나, 일변 구연(懼然)ᄒᆞ믈 이긔지 못ᄒᆞ여
낫찰 붉히고 말이 업서, 다만 금니(衾裏)로
머리를 쓰고, 쳔만ᄉ(千萬事)를 도모지 모로
고 누어 ᄌᆞ는 모양을 ᄒᆞ며, 식랑지심(豺狼之
心)이 흉즁(胸中) 가득ᄒᆞ여 앙앙옹옹(怏怏喁
喁)ᄒᆞ여1657) 병즁(病中)의 울화(鬱火) 더ᄒᆞ더
라.

범부인이 녀부(女婦)를 거ᄂᆞ려 드러와 젼
후의 남 못 격근 화변(禍變)을 치위(致慰)ᄒᆞ
며, 슘인으로 더부러 ᄌᆞ약(自若)히 한담ᄒᆞ나
최시는 죽은 다시 머리도 니밀미 업시 일언
반시(一言半辭)1658) 업더라.

셕양의 틱시 츄밀노 더부러 도라오니, 틱
시 미우(眉宇)히 샹풍(霜風)이 늠늠(凜凜)ᄒᆞ여
바로 즁당의 드러【58】와, 좌우를 호령ᄒᆞ여
급히 부인을 후원 비실(鄙室)의 깁깁히 가도
랴 ᄒᆞᆯ시, 부인이 골돌1659) 분원(忿怨)ᄒᆞ여 만
단(萬端)으로 발악ᄒᆞ나, 엇지 밋ᄎᆞ리오.

틱시 시녀로 젼어(傳語)ᄒᆞ여 젼후 죄목을
혜여 일일이 이로니,

"그 하〇[나]흔 아달이 늦도록 업서 챵을
계후ᄒᆞ미, 간비를 쳐결(締結)ᄒᆞ여 만단으로
보치미 ᄉᆞ름의 힝ᄒᆞ여 밋지 못ᄒᆞᆯ 비요, 그
둘은 군ᄌᆞ셩인이라 쳔방빅계로 ᄒᆞ여도 죽이
지 못ᄒᆞ미, 계교 궁ᄒᆞ여 가부를 요약을 먹여
ᄆ음을 어즈러이니, 그 죄 둘히오. 가부는
이로지 말고, 남은 독을 식아ᄌᆞ비를 먹여
【59】마ᄌᆞ 죽이려 ᄒᆞ여시니, 그 죄 셔히요,
쏘 무죄흔 ᄌᆞ부를 쳔방빅계를 ᄂᆞ여 죽이려
ᄒᆞ니, 그 죄 너히요, 쳔금으로 남을 ᄉᆞ괴여,
ᄂᆞ 집 화란을 모든 데 연누(連累)ᄒᆞ니 그 죄
다숫이오, 현인을 미러 깅참(坑塹)의 너허,

(결권)

1657)앙앙옹옹(怏怏喁喁)ᄒᆞ다 : (마음속에 불평불만이
　　가득하여) 원망하며 야속해하고 자꾸 입을 벌름거
　　려 한숨을 쉬다.
1658)일언반시(一言半辭) : 한 마디 말 또는 반 마디
　　말이라는 뜻으로, 아주 짧은 말을 이르는 말.=일언
　　반구(一言半句).
1659)골돌 : 골똘하다. 한 가지 일에 온 정신을 쏟아
　　딴생각이 없다.

인명은 일체여놀 스룸 죽이믈 조흔 것 보둣
ᄒᆞ니, 그 죄 여섯시오, 김후섭 계량 등을 지
물○[을] 산진(散盡)ᄒᆞ여 결납(結納)ᄒᆞ여[고]
포악(暴惡)을 의논ᄒᆞ니, 그 죄 일곱이오, 슌
호《졍한∥졍환》으로 교도ᄅᆞᆯ 허ᄒᆞ여 녀ᄌᆞ의
슈필을《어더∥주어》살ᄌᆞ(殺子)ᄒᆞ기ᄅᆞᆯ 쳥촉
ᄒᆞ니, 그 죄 여덟이오, 이 외의 극악ᄒᆞᆫ 죄ᄂᆞᆫ
말을 ᄒᆞ고ᄌᆞ ᄒᆞ미 입이 더럽고, 방인(邦人)이
【60】붓그러온지라. ᄎᆞ마 다 ᄒᆞᆫ 입으로 이로
지 못ᄒᆞ고, 팔ᄃᆡ극악(八大極惡) 흉포지죄(凶
暴之罪)ᄅᆞᆯ 졔졔(齊齊)히 이로ᄂᆞ니, 인면슈심
(人面獸心)으로 숨긴 인믈이 일분 염의(廉意)
이실진ᄃᆡ, 스스로 죽어 쳔일(天日)을 ᄃᆡ치 아
니ᄒᆞ미 올커눌, 무슨 낫ᄎᆞᆯ 드러 나문 악독을
발ᄒᆞ여, 극셩ᄒᆞᆫ 말노 잘ᄒᆞᄂᆞᆫ 양 ᄒᆞᄂᆞᆫ다? 그
ᄃᆡ 스스로 혜아려도 죽으미 맛당ᄒᆞ거ᄂᆞᆯ, 쳔
만 몽ᄆᆡ(夢寐) 밧 황샹이 호싱지덕을 나리오
샤, 져런 더러온 일명을 ᄉᆞᄒᆞ시니, 덕ᄐᆡᆨ(德
澤)을 목욕ᄒᆞ여 악ᄒᆞᆫ ᄆᆞ음을 곳치고, 비실(鄙
室)의 드러잇서 쳔일을 보지 아니미 ᄉᆞ롬의
도리어ᄂᆞᆯ, 어이 방ᄎᆞ(防遮)ᄒᆞ고 허믈【61】을
뉘게 이루고ᄌᆞ ᄒᆞᄂᆞ뇨? ᄲᆞᆯ니 드러가라.”

ᄒᆞ고, 티시 친히 댱확(臧獲)[1660]을 명ᄒᆞ여
엄ᄉᆡᆨ(掩塞)ᄒᆞ기ᄅᆞᆯ 맛ᄎᆞ미, 바야으로 ᄂᆡ당으로
드러와 숨녀ᄅᆞᆯ 볼ᄉᆡ, 숨부인이 봉관ᄌᆞᆷ옥(鳳
冠簪玉)[1661]을   그ᄅᆞ고   쳥안화험(淸眼花
臉)[1662]의   옥뉘연낙(玉淚連落)ᄒᆞ여   야애(爺
爺)긔 뵈오미, 오열(嗚咽)ᄒᆞ미 말을 일우지
못ᄒᆞᄂᆞ지라.

티시 냥구슉시(良久熟視)[1663]의 낫빗ᄎᆞᆯ 졍
히 ᄒᆞ여 갈오ᄃᆡ,

“여등이 아니 모녀의 관영(貫盈)ᄒᆞᆫ 죄악을
죵시 아지 못ᄒᆞ고, 군부(君父)의 쳐치ᄒᆞ시믈
원망ᄒᆞᄂᆞ냐?”

(결권)

1660) 댱확(臧獲) : 장획(臧獲). 예전에, 남의 집에 딸려
　　천한 일을 하던 사람. =종.
1661) 봉관ᄌᆞᆷ옥(鳳冠簪玉) : 봉관(鳳冠)과 옥잠(玉簪)을
　　함께 이른 말. *봉관(鳳冠); 봉황(鳳凰)을 장식한 여
　　자의 예관(禮冠). *옥잠(玉簪): 옥비녀. 옥으로 만든
　　비녀.
1662) 쳥안화험(淸眼花臉) : 맑은 눈과 꽃처럼 아름다운
　　얼굴.
1663) 냥구슉시(良久熟視) : 오래도록 눈여겨 바라 봄

슉부인이 엄친의 칙교ᄒ시ᄂ 말ᄉ믈 듯ᄌᆸ
고 체읍 더왈,

"히ᄋ 등이 엇지 일호나 감히 ᄌ모의 실덕
(失德)을【62】올타 ᄒ오며, 셩샹의 호ᄉᆼ지덕
(好生之德)1664)과 야얘의 관홍ᄒ신 셩덕을
아지 못ᄒᆞ옵고, 감히 언두의 원망을 거러 블
민(不敏)ᄒ 힝ᄉ(行事) 잇ᄉ리잇가? 다만 모
녀ᄂ 텬싱의 지극ᄒᆞ온 은이(恩愛)라. ᄌ모의
죄 즁여티산(重如泰山)이오, 벌이 경ᄒ시믈
바라지 아니ᄒ오ᄃᆡ, 쇼여 등이 그 슬히 되여
ᄌ모의 고초ᄒ시믈 당ᄒᆞ와 엇지 편히 잇셔
타연(泰然) 홀진ᄃᆡ, 이ᄂ 금슈(禽獸)와 다ᄅᆞ
이 업술지라. 야얘의 호연(浩然)ᄒ신 셩덕으
로 하괴 이의 이러틋 밋치시믄 쳔쳔만(千千
萬) 뜻밧기로쇼이다."

텨시 이 말 듯기를 맛ᄎ미, 희허(噫嘘)이
일너 갈오ᄃᆡ,

"너희 오러 잇【63】실 거시 아니니 금일노
도라들 가라."

슉부인이 고두비샤(叩頭拜謝) 왈,

"ᄌ뫼 죄즁의 계시니 히ᄋ 등이 엇지 ᄆᆞ음
을 일시나 평안이 이시믈 춰ᄒ리잇고?"

텨시 빈미(嚬眉) 졍식고 디칙(大責)ᄒᆞ여 갈
오ᄃᆡ,

"'녀ᄌ유힝(女子有行)은 빅니(百里)라도 블
분상(不奔喪)이라'1665). 허믈며 녀모(汝母) 쳔
힝(天幸)으로 죽지 아녀시니 만힝이라. 엇지
무고히 부도(婦道)를 폐ᄒ랴 ᄒᄂ뇨?"

슉부인이 고두체읍(叩頭涕泣)ᄒ여 ᄎ마 도
라갈 뜻이 업더라.

텨시 인ᄒᆞ여 외당의 나오미, 친쳑과 붕우
드리 다 모다, 지ᄂ 바 화익을 치위(致慰)ᄒ
고, 한님부부의 신원(伸冤)이 운권쳥쳔(雲捲
靑天)1666)갓치 쾌ᄒ믈 치하ᄒ니, 텨시 곤계
기리 【64】탄식ᄒ고 좌슈우응(左酬右應)1667)

(결권)

1664)호ᄉᆼ지덕(好生之德) : 사형에 처할 죄인을 특사하
여 살려 주는 제왕의 덕.
1665)녀ᄌ유힝(女子有行)은 빅니(百里)라도 블분상(不
奔喪)이라 : 여자의 행실은 부모가 죽어도 백리 밖
에서 달려와 조상(弔喪)할 수 없다. 『소학』<명륜편
(明倫篇)>에 나온다.
1666)운권쳥쳔(雲捲靑天) : 구름이 걷힌 푸른 하늘.

ᄒᆞ여 슈답(酬答)이 여류(如流)ᄒᆞ더라.

숨부인이 인ᄒᆞ여 도라가지 못ᄒᆞ고 각각 구고(舅姑)긔 샹셔(上書)ᄒᆞ여 누월(累月) 귀근(歸覲)ᄒᆞᄆᆞᆯ 쳥ᄒᆞ여, ᄌᆈ 죄루의 쳐ᄒᆞ여시니 인ᄌᆞ지도(人子之道)의 도라가지 못ᄒᆞᄆᆞᆯ 세세이 알외니, 구괴 각각 식부의 졍ᄉᆞ(情事)를 이셕ᄒᆞ여 반월(半月) 말미를 허ᄒᆞ니, 숨부인이 드디여 본부의 머므러 동원(東園) 비실(鄙室)의 약믈과 보미1668)를 쓸 시{이} 업시 연쇽ᄒᆞ여 이우니, 그 챵황분쥬(蒼黃奔走)1669)ᄒᆞ미 이로 셩언(成言)치 못ᄒᆞ며, 한님의 도라오기를 밤낫즈로 기다리더라.

이 씨 동원의셔 츈단 션미 부인을 힘뼈 보호ᄒᆞ미, 식경(食頃)【65】이나 된 후의 졍신을 슈습ᄒᆞ니, ᄌᆞ긔 젹년묘계(積年妙計) 일조의 그릇되믈 슬허ᄒᆞ니, 츈단 등이 만단(萬端)으로 보호ᄒᆞ더라. 부인이 에분초조(恚憤焦燥)1670)ᄒᆞ여 스ᄉᆞ로 죽고져 ᄒᆞ나, ᄎᆞ마 영을 잇지 못ᄒᆞᆯ분 아니라, 죽기도 임의로 못ᄒᆞᆯ 분더러, 심하의 싱각ᄒᆞ되,

"니 본디 ᄉᆞ라셔 조만간 크게 쥬션(周旋)ᄒᆞ여 ᄒᆞᆫ 번 쾌히 블초ᄒᆞᆫ 챵을 만나거든 통쾌히 너흐러1671) 죽이지 못ᄒᆞᆫ 분을 플고, 니ᄋᆞ히 영을 보고 죽으면 '금셕슈시(今夕雖死)나 무한(無恨)이라'1672)."

ᄒᆞ고, 셜고 분ᄒᆞᆫ ᄆᆞᄋᆞᆷ○[을] 헤ᄋᆞ려 강잉ᄒᆞ여 식음(食飮)을 쥬ᄂᆞᆫ 디로 ᄉᆞ양치 아니ᄒᆞ고, 죵일죵야(終日終夜) 평셕(平席)ᄒᆞ여, 씨씨【66】 영의 임별셔(臨別書)를 잠심(潛心)ᄒᆞ여 완곡(婉曲)ᄒᆞᆫ 문체를 보미, 아ᄌᆞ의 아리ᄯᆞ온 화풍(華風)이 안져(眼底)의 버러ᄂᆞᆫ 듯, ᄌᆞᄌᆞ언

(결권)

1667)좌슈우응(左酬右應) : 이쪽저쪽으로 부산하게 상대하고 응함.
1668)보미 : 늑미음(米飮). 쌀에 물을 충분히 붓고 푹 끓여 체에 걸러 낸 걸쭉한 음식. 흔히 환자나 어린 아이들이 먹는다.
1669)챵황분쥬(蒼黃奔走) : 미처 어찌할 사이도 없이 몹시 바쁘게 뛰어다님.
1670)에분초조(恚憤焦燥) : 몹시 분하여 애를 태우며 마음을 졸임.
1671)너흘다 : 물다. 물어뜯다. 씹다.
1672)금셕슈시(今夕雖死)나 무한(無恨)이라 : 비록 오늘 밤에 죽는다고 해도. 여한(餘恨)이 없다.

언(字字言言)이 항직(伉直)흔[1673] 스의(辭意)
눈 마디마디 미치이고, 주부인(慈夫人) 실덕
ᄒ시믈 슬허ᄒ미 몸으로ᄡ려 집을 ᄯ니며 슬하
를 하직ᄒ미, 은은이 피발곡용(被髮哭踊)[1674]
ᄒ며 위광(爲狂)ᄒ여 댱야음(長夜飮)[1675]의
늙기를 긔약ᄒ여시니, 스의(辭意) 쳐쳐초초
(悽悽悄悄)[1676]ᄒ고 이연비졀(哀然悲絶)흔지
라.

심하의 츄연ᄒ고 암연이 스스로 탄식ᄒ여
갈오ᄃ,

"오이(吾兒) 샹문교아(相門嬌兒)[1677]로 싱
어교이(生於嬌愛)[1678]ᄒ고 쟝어부귀(長於富
貴)[1679]ᄒ니, 평싱의 괴로오믈 아지 못ᄒ고,
약년쇼이(弱年小兒) 무슨 셜우미 이시리오
마눈, 오직 스오【67】나온 어미 죄로ᄡ 인ᄒ
여 빅우(百憂)를 층싱(層生)ᄒ미, 혈긔미졍(血
氣未定)흔 아히, 셜홰(說話) 만만경숄(萬萬輕
率)ᄒ고 망녕된 거조를 만히 힝ᄒ여, 집을
ᄯ난지 어니덧 쟝근(將近)[1680] 두어 히가 남
은지라. 그윽히 싱각건더 져의 신뉴(新柳) 혜
초(蕙草) 갓흔 긔질노, 도로 풍샹을 《비블녀
‖비블니 겪어》 연연흔 약질이 입ᄯ가지 엇
지 보젼ᄒ여시믈 바라리오"

이러툿 만단스렴(萬端思念)이 아니 밋춘
곳이 업셔, 심회만단(心懷萬端)ᄒ니, 날노 악
흔 ᄆ음이 져식(沮塞)ᄒ미 악악흔[1681] 즐언
(叱言)이 긋치고, 종일종야의 고와(高臥)ᄒ여

1673)항직(伉直)ᄒ다 : 마음이 꼿꼿하고 곧다.=강직하
다.
1674)피발곡용(被髮哭踊) : 머리를 풀고 발을 구르며
슬피 욺.
1675)장야음(長夜飮) : '밤새도록 술을 마신다.'는 말
로, 중국 은나라 마지막 임금인 주(紂)가 밤새도록
술을 마시며 즐기다보니 날짜를 잊었는데, 주위 사
람들에게 날짜를 물어보자 그들 역시 아무도 몰랐
다는 고사가 전한다.(『한비자, 설림 상(說林上)』).
1676)쳐쳐초초(悽悽悄悄) : 몹시 슬퍼하며 근심함.
1677)샹문교아(相門嬌兒) : 재상가문의 어여쁜 아들.
1678)싱어교이(生於嬌愛) : 주위 사람들의 예쁨과 사랑
을 받으며 태어남
1679)쟝어부귀(長於富貴) : 부귀 가운데서 자람.
1680)쟝근(將近) : 거의. 어느 한도에 매우 가까운 정
도.
1681)악악ᄒ다 : 억지를 부리고 고함을 지르며 떠들썩
거리다. =악악거리다.

(결권)

세샹만ᄉ를 도모지1682) 아ᄂ 듯 모로ᄂ 듯
ᄒ니, 츈단【68】이 이를 보미, 부인의 ᄆ음이
져긔1683) 회과(悔過)가 되엿ᄂ가, 도로혀 ᄆ
음의 깃거 좌의 뫼셔 위로ᄒ미, 반다시 어진
말솜으로 풍문(風聞)을 젼ᄒ여 위로ᄒ며, 부
인이 공ᄌ 스렴ᄒ미 날노 깁ᄒ시믈 보미, 역
시 져의 냥ᄌ(兩子)를 스렴ᄒ여 부인긔 ᄯ훈
실셩(失性)훈 말솜을 고코ᄌ ᄒ나, 아직 부인
의 회식(晦塞)훈 거시 열니지 못ᄒ엿ᄂ지라.
ᄯ 쳔견(賤見)이 우미(愚昧)ᄒ고 아모리 싱각
ᄒ여도 졸연이 능히 발셜치 못ᄒ더라.

(결권)

   이ᄶ 즁시(中使) 은지(恩旨)를 밧ᄌ와 쟝스
의   《금마 ‖ 급마》마발숑(急馬發送)1684)으로
급히 ᄂ려가 한님의 젼홀시, 텨시 글을 붓
쳐,

   "몬져 금쥐의 가 여부(汝父)의【69】묘젼
(墓前)의 참제(叅祭)ᄒ고 슈슈(嫂嫂)긔 뵈옵고
최마(衰麻)를 벗고, 윤시 ᄯ 졀강셔 셔로 만
나 금쥐의 머무다가, ᄶ날 ᄶ 부뷔 동힝ᄒ
라."

   ᄒ고, 가인을 당부ᄒ여 부즁쇼식을 고치
말나 ᄒ고, 부디 금쥐로 가믈 당부ᄒ다.

   ᄎ시 남왕이 치영의 근본을 ᄌ시 아라시
나, 임의 총이 극ᄒ고 냥지 이시니, 의(義)예
져바리○[지] 못홀지라. 잉이 바야흐로 남궁
의 희빈의 복식으로 진궁의 비알ᄒ고, 남왕
이 이의 황금 일쳔 냥을 보ᄂ여 방냥(放良)
ᄒ믈 쳥ᄒ니, 진왕이 흔연이 샤례ᄒ고 밧지
아니ᄒ며, 《뎡이 ‖ 왕이》 도로혀 명쥬보쥐(明
珠寶珠)로 잉을 샹【70】사(賞賜)ᄒ고, 문권(文
券)1685)을 쥬어 도라보ᄂ니 남왕이 크게 항
복ᄒ고, 잉이 황공감격ᄒ여 만만칭복ᄒ고 도
라오니라.

   치잉이 인ᄒ여 남왕의 총희(寵姬) 되여 일

1682)도모지 : 도무지. 이러니저러니 할 것 없이 아주.
    늑도시, 도통.
1683)져긔 : 적이. 꽤 어지간한 정도로.
1684)급마발숑(急馬發送) :『역사』급한 일이 있을 때
    에, 벼슬아치에게 말을 주어 급히 보내던 일. =급마
    하송(給馬下送).
1685)문권(文券) : 땅이나 집 따위의 소유권이나 그 밖
    의 권리를 증명하는 문서. 늑문기, 문서.

싱이 평안ᄒᆞ니라.

시시의 즁시 은지ᄅᆞᆯ 가져 쟝ᄉᆞ(長沙)의 샤명(赦命)을 젼ᄒᆞ니, 공ᄌᆞᄂᆞ 피ᄒᆞ고 한님이 향안(香案)을 비셜ᄒᆞ고 됴셔(詔書)ᄅᆞᆯ 마ᄌᆞ 북향ᄉᆞ비(北向四拜)[1686]ᄒᆞ고, 은지(恩旨)ᄅᆞᆯ 밧ᄌᆞ와 본쥐 지부의 즁ᄉᆞᄅᆞᆯ 관접(款接)ᄒᆞᆯᄉᆡ, 디ᄒᆞ여 쥬연이 감누(感淚)ᄅᆞᆯ 드리워 갈오ᄃᆡ,

"블초 죄신이 본ᄃᆡ 지덕이 업고 혼암ᄒᆞ온 고로, 몬져 블효의 죄ᄅᆞᆯ 어더 강샹죄인(綱常罪人)[1687]이 ○○[된지]라. 이제 신원(伸冤)을 ᄒᆞᆫ다 ᄒᆞ나 무슴 쾌ᄒᆞ미 이시【71】리오. 다만 신누(身累)ᄅᆞᆯ 히셕(解釋)[1688]ᄒᆞ미 셩쥬의 은퇴이 일신의 져져시나, 맛당이 향니의 도라가 니 명을 맛치미 누인(陋人)의 쇼원이라. 엇지 외람ᄒᆞᆫ 작위ᄅᆞᆯ 밧ᄌᆞ와 셩쥬의 은영(恩榮)을 감당ᄒᆞ리오."

즁시 만단으로 위로ᄒᆞ여 갈오ᄃᆡ,

"녜붓터 명현군지(明賢君子) 초년(初年)의 명박(命薄)ᄒᆞ니 만흐니, 명공의 디지로 지ᄂᆞᆫ 화상(禍狀)[1689]이 비샹(非常)ᄒᆞ시나, 이제 더러온 명을 신빅(伸白)ᄒᆞ시미, 무어시 붓그러워 평ᄉᆡᆼ 신누ᄅᆞᆯ 숨으시리오. 셩쥐 미양 명공의 지덕을 잇지 못ᄒᆞ샤, 누명을 '증슴(曾叅)의 살인(殺人)'[1690] ᄀᆞᆺᄒᆞᆫ가 의심ᄒᆞ시던 바로, 이제 누명을 신○[셜]ᄒᆞ미 셩【72】샹이 밧비 됴졍의 일위며 근시(近侍)ᄅᆞᆯ 숨고져 ᄒᆞ시거눌, 명공이 고집ᄒᆞ여 임군의 지우(知遇)ᄅᆞᆯ 져바리고ᄌᆞ ᄒᆞ시ᄂᆞ니잇가? 녕존공(令尊公)이 이로시ᄃᆡ, '미돈(迷豚)[1691]이 아직 싱부(生父)의 년종(年終)[1692]을 맛지 못ᄒᆞ엿ᄂᆞ지라. 인

1686)북향ᄉᆞ비(北向四拜) : 임금이 계신 곳을 향하여 네 번 절함.
1687)강샹죄인(綱常罪人) : 삼강(三綱)과 오상(五常)에 어긋나는 행위(行爲)를 한 사람.
1688)히셕(解釋) : 죄인의 죄를 풀어 석방(釋放)함.
1689)화상(禍狀) : 화란(禍亂)의 실상(實狀).
1690)증삼(曾叅)의 살인(殺人) : 헛소문, 또는 잘못된 소문. 증자의 어머니가 증자가 사람을 죽였다는 헛된 소문을 듣고 베 짜던 북을 던지고 사건 현장으로 달려갔다는 고사 곧 '증모투저(曾母投杼)에서 유래된 말.
1691)미돈(迷豚) : 어리석은 돼지라는 뜻으로, 남에게 자기의 아들을 낮추어 이르는 말. ≒가아(家兒), 가돈(家豚). 돈견(豚犬). 우식(愚息).

(결권)

ᄌ(人子)의 지통이 시로올 거시니, 도라오ᄂᆞᆫ 길히 군명(君命)이 급ᄒᆞ시나, 몬져 고향의 도라가 녕ᄌᆞ당 오후(吳后)를 뵈옵고, ᄉᆞ의(絲衣)[1693]를 곳쳐 녕션디왕(令先大王) 분전(墳前)의 곡비(哭拜)ᄒᆞᆫ 후, 녕합(令閤) 윤부인으로 더부러 ᄒᆞᆫ가지로 환경ᄒᆞ라.' ᄒᆞ시더이다. 명공은 금쥐 단여 즉시 도라오시면, 쇼관은 반노(返路)의 가 《관가∥관거(官車)》를 기다리리이다."

정언간의 본부 가인이 이로【73】러 가셔를 올니거ᄂᆞᆯ, 한님이 부슉의 글을 보고 반갑고 슬푸믈 이로 성언치 못ᄒᆞ더라. 즉시 치ᄒᆡᆼ(治行)ᄒᆞ여 금쥐로 가려ᄒᆞᆯ 시, 즁노(中路)의 가 맛나기를 긔약ᄒᆞ더라.

댱ᄉᆞ{가}의셔 금쥐가 십여일 졍되(程度)라.

한님이 공ᄌᆞ다려 왈,

"우형이 신누를 버스나 무어시 쾌ᄒᆞ리오. 퇴퇴(太太) 반다시 블초의 연고로 셩체 블안ᄒᆞ시리니, 우형의 심ᄉᆞ 엇더ᄒᆞ리오. 맛당이 금쥐로 가지 말고 경ᄉᆞ로 가미 올흐디, 부명이 여ᄎᆞᄒᆞ시고 신상(身上)의 최복(衰服)을 밋쳐 벗지 못ᄒᆞ엿ᄂᆞᆫ지라. 이제 샹명을 밧ᄌᆞ와 도라가나 엇지 최복으로 군부긔 뵈【74】오리오. ᄉᆞ셰(事勢) 부득이 금쥐의 잠간 단여가려니와, 여ᄎᆞᄒᆞ면 일ᄌᆞ(日子) 쳔연(遷延)ᄒᆞᆯ 거시니, 지체ᄒᆞ미 어려오니 인ᄌᆞ 졍니(情理)의 엇지 안한(安閑)ᄒᆞ리오. 현뎨 맛당이 본부 가인을 다리고 몬져 부즁의 도라가미 하여오?"

공지 츄연탄식(惆然歎息)고 갈오디,

"슌편(順便)ᄒᆞᆫ 집 갓ᄒᆞ면 이 말ᄉᆞᆷ이 올삽거니와 쇼뎨 쇼원이 퇴퇴 회과(悔過)ᄒᆞ신 후야, 부즁의 도라가미 ᄯᅩᄒᆞᆫ 본의(本意)오니, 엇지 가즁ᄉᆞ를 모로고 쇼루(疏漏)히 도라가 ᄯᅩ다시 인뉸의 변을 보리잇가? 부디 형장으로 동ᄒᆡᆼ코ᄌᆞ ᄒᆞ옵ᄂᆞ니, 형장은 막지 마ᄅᆞ쇼셔. ᄒᆞ믈며 션계【75】뷔(先季父) 관셰(捐世)ᄒᆞ시나 만니이국(萬里異國)의 도리 요원ᄒᆞ고, 쇼뎨 년유ᄒᆞ여 능히 강쥬의 나아가지 못ᄒᆞ여

(결권)

1692)년종(年終) : 삼년종상(三年終喪)의 줄임말로, '삼년상을 마침'을 뜻하는 말.

1693)ᄉᆞ의(絲衣) : 삼실로 짠 베옷.

시니, 이제 맛당이 형쟝으로 더부러 흠긔 힝
ᄒ샤이다."

한님이 구지 막지 못ᄒ여 허ᄒ고, 인ᄒ여
갓치 발힝ᄒ여, ᄶ1난지 여러날만의 금쥐의
이로러, 몬져 묘쇼의 나아가 묘젼의 두 번
졀ᄒ고 딕셩통곡ᄒᆯ 시, 흐르는 눈믈이 옷깃
슬 적시믈 ᄶ1닷지 못ᄒ니, 공지 역시 엄읍뉴
체(掩泣流涕)1694)ᄒ여 비례ᄒ기ᄅᆞᆯ 맛고, 한님
이 반일(半日)이 되도록 감읍(感泣)ᄒ니, 산
쳔초목○[이] 위ᄒ여 슬허ᄒᄂᆫ 둣ᄒ고, 일월
이 오히려 무광(無光)ᄒᆫ 둣ᄒ더라.

이윽고 긔운【76】을 ᄎ1리미 일만비회(一萬
悲懷)ᄅᆞᆯ 쳔만관회(千萬寬懷)ᄒ여, 공주로 더
브러 닉입부즁(內入府中)ᄒ니, 댱휘 망부(亡
父)의 냥희(兩姬)ᄅᆞᆯ 거ᄂᆞ려 ᄋᆞ즈(兒子)ᄅᆞᆯ 볼
시, 한님이 츄진(推進)ᄒ여 예알(禮謁)ᄒ미,
모지(母子) 악슈샹봉(握手相逢)ᄒ여, 다만 말
을 이로지 못ᄒ고, 휘(后) 쳬비읍(涕悲
泣)1695)이러라.

슬푸미 좌우ᄅᆞᆯ 동ᄒ니 좌우의 보는 지 뉘
감읍지 아니ᄒ리 업더라.

냥구 후의 쳡쳡ᄒᆫ 비회ᄅᆞᆯ 진졍ᄒ고, 냥 셔
모와 호시로 셔로 녜필 후의 부뷔 셔로 보
미, 윤쇼졔 진슈(螓首)ᄅᆞᆯ 슉이고, 한님을 향
ᄒ여 ᄂ죽이 녜ᄒ니, 한님이 공슌이 답읍(答
揖)ᄒ미, 공지 ᄯᅩ흔 계모(季母) 슬하의 지비
ᄒ고, 좌즁의 한훤파(寒暄罷)【77】의 화란을
치위ᄒ미, 댱휘 한님을 어로만져 슈년 젹니
(謫裏)의 고초(苦楚)이 지니무로 화풍(華風)이
쇼삭(消索)ᄒ고, 형뫼(形貌) 초췌(憔悴)ᄒ믈
이셕ᄒ나, 지난 일을 일ᄏᆞᄅᆞ미 최부인긔 핍
(逼)ᄒ여 ᄌ질의 마음이 블안ᄒᆞᆯ가, 일호(一
毫)도 발셜치 아니ᄒ더라.

공지 계모(季母)1696)의 쇼의(素衣) 가온디
빅면쇼안(白面韶顔)1697)과 월용션틱(月容仙
態)1698) 쇄락ᄒ고, 셩덕광휘(盛德光輝) 가즉

(결권)

1694)엄읍뉴체(掩泣流涕) : 얼굴을 가리고 울며 눈물을
   흘림.
1695)쳬비읍(涕悲泣) : 눈물을 흘리며 슬퍼 욺.
1696)계모(季母) : 아버지의 막내아우의 아내.
1697)빅면쇼안(白面韶顔) : 젊은이처럼 자신감과 생기
   가 넘치는 희고 환한 노인의 얼굴.≒소용.

ᄒᆞ시믈 블승션복(不勝善福)ᄒᆞ며, 댱ᄒᆔ ᄯᅩᄒᆞᆫ
공ᄌᆞ를 보믹 옥골영풍(玉骨英風)○[이] ᄒᆞ안
(何晏)1699) 반악(潘岳)1700)이 진세흠 갓고,
신쟝(身長)이 유여(裕餘)ᄒᆞ여 엄연이 쇼쟝부
(小丈夫)의 틀이 가죽 일워시니, 이 진짓 엄
문을 붓들고 국가의 보익(輔翊) 되믈 붓그러
아닐지라.

부인이 가쟝【78】깃거 ᄒᆞ시거늘, 공지 다
시 ᄭᅮ러 고ᄒᆞ여 갈오ᄃᆡ,

"쇼질(小姪)이 미양 계모 좌하(座下)의 등
비(登拜)치 아니ᄒᆞ엿시리잇고 마ᄂᆞᆫ, 동북 만
니관산(關山)이 ᄉᆞ이 ᄯᅳ고, 쇼이 ᄯᅩᄒᆞᆫ 년미
(年微)ᄒᆞ여 능히 존하(尊下)의 앙비(仰拜)치
못ᄒᆞ옵더니, 의외의 시운이 불니(不利)ᄒᆞ옵고
가화(家禍) 공참(孔慘)ᄒᆞ와1701) 계부디인(季
父大人)이 만니의셔 관셰ᄒᆞ시니, 쇼질의 지
통이 ᄯᅩ 형쟝과 다르미 이시리잇고?"

ᄒᆞ더라.

이씨 윤쇼제 임의 션구(先舅)의 종제(終祭)
를 지나니라.【79】

(결권)

1698)월용션ᄐᆡ(月容仙態) : 달처럼 아름다운 얼굴과 선
녀처럼 고운 자태.
1699)ᄒᆞ안(何晏) : 중국 삼국 시대 위(魏)나라의 학자.
자는 평숙(平叔). 벼슬은 시중상서에 이르렀으며,
청담을 즐겨 그것이 유행하는 계기를 만들고 경학
을 노장풍(老莊風)으로 해석하였다. 저서에 ≪논어
집해≫가 있다. 얼굴에 분을 발라 멋을 부려, 미남
자로도 이름이 높았다.
1700)반악(潘岳) : 247~300. 중국 서진(西晉)의 문인(文
人). 자는 안인(安仁). 승상을 지냈고 미남자의 대명
사로 쓰인다.
1701)공참(孔慘)ᄒᆞ다 : 매우 참혹하다.

엄시효문청힝녹 권지이십팔

이씨 윤쇼뎨 임의 션구(先舅)의 종제(終祭)
를 지니시니, 한님이 오히려 결복(闋服)[1702]
지 아닐쥴 알고 쇼장(素粧)[1703]을 곳치지 아
녀더니, 이의 단회(團會)ᄒ여 부뷔 ᄒ가지로
결복ᄒ니라.

한님이 겨유 ᄉ오일을 머믈어 환경(還京)
ᄒ려 ᄒᄂ지라. 쟝휘 슈슘일간이나 옥 갓흔
ᄋᄌ와 곳 갓흔 미뷔(美婦) 슬하의 ᄲ앙으로
버러시믈 보미, 깃분 ᄆᆞ음도 유동(流動)ᄒ고,
션군(先君)의 싱각이 블현 다시 나, 츄모ᄒ여
《슬피미∥슬프미》 가히 업다가, 다시 이별을
쏘 당ᄒ미 슬프믈 이긔지 못ᄒ나, ᄋᆞ지 그
양모를 위ᄒ【1】여 일념이 황황급급(遑遑急
急)ᄒ믈 보미 능히 억제ᄒ여 견집(堅執)지 못
ᄒ더라.

한님이 공ᄌ로 더부러 훌연(欻然)이 모비
를 하직ᄒ고, 윤싱다려 부인 힝거를 종후(從
後)ᄒ라 ᄒ고, 몬져 힝마(行馬)를 도로혀니,
가즁 샹히 시로이 결연(缺然)ᄒ나 훌일 업더
라.

윤쇼제 이 곳의셔 냥셰(兩歲)를 머무러 존
고를 시봉ᄒ미 지극흔 졍이 모녜 갓더니, 츠
마 ᄶᅵ나기 연연(戀戀)ᄒ여 슈일 더 머무러
샹하 니졍(離情)을 위로홀 시, 당휘 이별을
앗겨 시로온 슈회(愁懷) 만쳡(萬疊)ᄒ니, 쇼
제 더옥 감격ᄒ고 유랑이 더옥 감은ᄒ더라.

슈일 후 윤싱이 힝마【2】를 지촉ᄒ여 지방
관이 샹명을 밧ᄌ와 일노의 호힝ᄒ라 ᄒ신
비라. 허다 위의(威儀)로뼈 힝거(行車)를 지

(결권)

1702)결복(闋服) : 어버이의 삼년상을 마침. =해상(解
　　喪), 종상(終喪), 탈상(脫喪).
1703)쇼장(素粧) : 화장으로 꾸미지 않은 깨끗한 차림.
　　여기서는 소복(素服) 곧 상복(喪服) 차림을 말한다.

촉ᄒ니, 금윤(金輪)은 일식(日色)의 휘동(輝動)ᄒ고 《슈의‖슈위》나졸(守衛羅卒)은 십니 ○[의] 이엇더라.

날이 느ᄌ미 댱휘 마지 못ᄒ여 쇼져 옥슈를 잇그러 즁당의 나와 보닐시, 숀을 잡고 눈물을 먹음어 갈오디,

"아부룰 쳔만 ᄯᆺ밧 화란즁 샹봉ᄒ여 슬픈 즁 일월을 덧업시 보니더니, 샹쳐(喪處)훈 지 긔년(朞年)의 이제 도로 ᄶᅵ나게 되니, 비록 은ᄉ룰 입ᄉ와 빗니 도라가나, 고식(姑媳)의 샹니(相離)ᄒ는 슬푸미 엇지 시롭지 아니리오. 현부는 원노의 무ᄉᆞ이 힝ᄒ여 녕존당【3】을 반기옵고, 슉슉과 져져룰 뫼셔 기리 무양(無恙)ᄒ라. 노뫼 셰ᄎᆞ(歲次)1704)룰 보아가며 너의 부뷔 평안ᄒᆞ믈 어든즉, 가히 훈 번 고턱의 도라가 돈ᄋᆞ와 현부의 영효룰 밧고 녀년(餘年)을 경ᄉᆞ의셔 맛쳐, 돈ᄋᆞ의 지통이 구원(九原)의 밋게 아니리라."

쇼졔 감오(感悟)ᄒ여 셩안(星眼)의 이루(哀淚)룰 먹음어 ᄉᆞ비(四拜) 하직ᄒ여 고왈,

"쇼첩이 환난 즁 존고룰 시봉ᄒ여 혜퇵이 우로(雨露)의 밋ᄎ시니, 우러러 앙모지셩(仰慕之誠)이 범연ᄒ리잇고? 이제 존하룰 훌연이 하직 ᄒᆞ오미, 비알(拜謁)ᄒ미 쉽지 아닐가 챵연(悵然)ᄒ옵더니, 하교(下敎)룰 듯ᄌᆞ오미 하졍(下情)의 ○[막]블영힝(莫不榮幸)이로쇼【4】이다. 복원(伏願) 존고는 그 ᄉᆞ이 셰체(勢體)1705) 무강(無疆)1706)ᄒ시믈 바라ᄂᆞ이다."

심·뉴 냥희와 호시로 이별ᄒ니, 숨인이 다 눈물을 ᄂᆞ리와 피ᄎ 무양(無恙)ᄒ믈 원ᄒ더라.

쇼졔 승교츌문(乘轎出門)ᄒ여 발힝ᄒᆞᄂᆞᆫ지라. 댱휘 슬푸믈 금치 못ᄒ니 냠희와 호시 위로ᄒ여 졍당으로 도라오다. 댱휘 윤쇼져룰 이별ᄒ미 여실긔화(如失奇花)1707)ᄒ여 울울

(결권)

1704)셰ᄎᆞ(歲次) : 시간의 흐름 가운데 생기거나 맞닥뜨리게 되는 기회. 또는 형편.
1705)셰체(勢體) : 몸의 기력. 또는 기세. =기체(氣體).
1706)무강(無疆) : '무한하다'는 뜻으로, 편지나 인삿말에서, 윗사람의 안부를 묻거나 건강을 기원하는 말.
1707)여실긔화(如失奇花) : 매우 아름다운 꽃을 잃은 것과 같음.

히 즐기지 아니ᄒ더라.

ᄎ셜 엄한님이 공ᄌ로 더부러 힝젼(行
纏)1708)을 비야니 납월초슌(臘月初旬)1709)이
라. 텬긔 극히 엄한(嚴寒)ᄒ고 빅셜이 참텬
(叅天)ᄒ여1710) 산과 길흘 덥허시나, 한님형
뎨 황황급급ᄒᆫ ᄆᆞ음이 일【5】긱여삼츄(一刻如
三秋)라. 힝노(行路)의 심히 괴로오믈 아지
못ᄒ고, 쥬야비도(晝夜倍道)1711)ᄒ여 즁노(中
路)의 이로니, 즁시 발셔 와 기다리다가, 크
게 깃거 셔로 맛나 길을 갓치 여러 날 만의
황셩의 이로러ᄂᆞᆫ, 즁ᄉᆞᄂᆞᆫ 궐하의 나아가 복
명ᄒ고, 한님은 표을 올녀 ᄉᆞ직(辭職) 쳥죄
(請罪)ᄒ고, 바로 부즁으로 도라오니 문외의
뭇 숀이 부졀여류(不絶如流)ᄒ디, 한님이 일
일이 샤양(辭讓)ᄒ여 보지 아니코 표연이 본
부로 도라오니, 한님 곤계(昆季) 밧문의 들
미, 임의 ᄌᆞ부인(慈夫人)이 동원(東園)의 슈
계(囚繫)ᄒᆫ 지 슈월(數月)의 밋쳐 계시믈 알
고, 황황ᄒ여 냥인이 감히 큰 문으로 드지
아니코, 쟝【6】원(牆垣)1712)으로 도라 원문(園
門)으로 드러 동원 비실 아리 이로니, 형극
(荊棘)이 하날 갓치 썻고, 쇄문쳘박(鎖門鐵
縛)1713)ᄒ여 완연이 ᄉᆞ죄인(死罪人)의 위[위]
리안치(圍籬安置)1714)ᄒᆫ 거동이라.

한님 곤계 ᄎᆞ경(此景)을 보미 간담이 최삭
(摧塞)1715)ᄒ고 오닉분열(五內分裂)1716)ᄒ여

(결권)

1708)힝젼(行纏) : 바지나 고의를 입을 때 정강이에 감
아 무릎 아래 매는 물건. 반듯한 헝겊으로 소맷부
리처럼 만들고 위쪽에 끈을 두 개 달아서 돌라매게
되어 있다. ≒사폭, 행등.
1709)납월초슌(臘月初旬) : 음력 섣달(12월) 1일에서
10일 사이.
1710)참천(叅天)ᄒ다 : 하늘을 찌를 듯이 공중으로 높
이 솟아서 늘어서다.
1711)쥬야비도(晝夜倍道) : 밤낮을 쉬지 않고 걸어 이
틀에 갈 길을 하루에 걸음. *배도(倍道) : 이틀에
갈 길을 하루에 걸음. ≒배도겸행(倍道兼行).
1712)쟝원(牆垣) : 담. 담장.
1713)쇄문쳘박(鎖門鐵縛) : 문을 걸어 잠그고 철사나
쇠줄로 동여 묶음.
1714)위리안치(圍籬安置) : 유배된 죄인이 거처하는 집
둘레에 가시로 울타리를 치고 그 안에 가두어 두던
일
1715)최삭(摧塞) : 최색(摧塞). 꺾이고 막힘.
1716)오닉분열(五內分裂) : 오장(五臟)이 나누어지고
찢겨짐

ᄎ마 견ᄃᆡ여 ᄎᆞᆷ을 ᄇᆡ 아니라.

한님이 비실(鄙室)을 바라며 일셩댱통(一聲長慟)의 왈,

"텨텨(太太)의 이 경식은 블초의 연괴(然故)라. 하면목(何面目)으로 입어쳔일지히(立於天日之下)리오."

드ᄃᆡ여 셩산 운학 등을 명ᄒᆞ여 흔 닙 거젹을 잇그러 셕고ᄃᆡ죄(席藁待罪)[1717]ᄒᆞ니, 공ᄌᆞ의 경식(景色)이 ᄯᅩ흔 흔가지라.

셜향은 윤쇼져ᄅᆞᆯ 좃ᄎᆞ 오는 고로 ᄯᅵ러져시니, 셩[7]산 부ᄌᆞ와 운학형뎨는 좃ᄎᆞ 왓는지라. 밋쳐 문을 드지 못ᄒᆞ여셔 이런 거죄 이시니 노즁년(魯仲連)[1718]의 이른바, '댱군(將軍)이 유ᄉᆞ지심(有死之心)ᄒᆞ고, ᄉᆞ졸(士卒)이 무ᄉᆡᆼ지긔(無生之氣)라'[1719] ᄒᆞ미, 셩산 등이 쥬인의 이 갓ᄒᆞᆷ믈 보니, 엇지 마음이 안한(安閑)이 편ᄒᆞ미 이시리오.

역시 초셕(草席)을 어더 흔 가의 ᄭᆞᆯ고 버러 안ᄌᆞ 황황ᄒᆞᆯ ᄯᆞ름이라.

밋쳐 문을 드지 못ᄒᆞ여 한님 형뎨 각각 글을 올녀 야야긔 쳥죄ᄒᆞ니, 텨ᄉᆞ 곤계 한님의 환가(還家)ᄒᆞᄂᆞᆫ 션문(先聞)을 듯고 밧비 즁당(中堂)의 모다 기다리더니, 아이오! 가인이 급히 드러와,

"한님과 공ᄌᆡ 어ᄃᆡ로좃ᄎᆞ 모다 계시던지【8】흔가지로 도라오시더니, 밋쳐 문을 드지 못ᄒᆞ여셔 부인이 동원의 슈계ᄒᆞ신 쇼식을 드ᄅᆞ시고, 동원 문으로 다러드러오샤[1720] 동원 아ᄅᆡ 셕고ᄃᆡ죄ᄒᆞ시고, 샹셔(上書)ᄅᆞᆯ 올니시더

(결권)

1717)셕고ᄃᆡ죄(席藁待罪) : 거적을 깔고 엎드려서 임금의 처분이나 명령을 기다리던 일.

1718)노즁년(魯仲連) : 전국시대 제나라 무장(武將). 그가 조(曺)나라에 머물고 있을 때, 진(秦)나라가 조나라를 침공해 수도 한단(邯鄲)을 포위하자 조나라를 위해 위(魏)나라를 설득해 진나라를 치게 함으로써 조나라를 위기에서 구해주었다. 이때 그가 '불의(不義)한 진(秦) 나라가 천하를 지배하여 황제 노릇하면 차라리 동해에 빠져 죽겠다'고 한 말이 『사기』열전(列傳)에 전하고 있다.

1719)댱군(將軍)이 유ᄉᆞ지심(有死之心)ᄒᆞ고, ᄉᆞ졸(士卒)이 무ᄉᆡᆼ지긔(無生之氣)라 : '장군은 목숨을 바치겠다는 각오가 있고, 사졸은 살겠다는 생각이 전혀 없다.'는 뜻. 『통감(通鑑) 1권』에 나온다.

1720)다러드러오다 : 달려 들어오다. 뛰어 들어오다.

이다."

티시 쳥미(聽未)의 냥조의 셔간 보기를 맛
추미, 발연작식(勃然作色)[1721]고 무어[언](無
言)이니, 츄밀은 미쇼ᄒ고 글을 보니, 더기
냥인의 쳥죄ᄒᄂᆫ 슈단이 조가 등의 연고로
부뫼 블화ᄒ시ᄂᆫ 근본이 되고,

"조뫼(慈母) 누옥고초(陋獄苦楚)를 격그시
니 블초오ᄂᆫ 쳔지죄인(天地罪人)이라. 추마
낫찰 드러 더인(對人)ᄒᆯ 안면이 업스니 더옥
하면목(何面目)으로 야야(爺爺)와 즁부(仲父)
안젼의 뵈【9】오리잇고? 어미 누실고초(陋室
苦楚)를 당ᄒ여시니, 조식이 엇지 고당(高堂)
의 안신ᄒ리잇고? 다만 조모로 좃ᄎ 거쳐를
갓치 ᄒ려 ᄒᄂ이다."

ᄒ엿ᄂᆫ지라.

티시 영의 무ᄉ이 도라오믈 깃거ᄒ며, 한
님을 반기ᄂᆫ 쯧이 범연ᄒ리오마ᄂᆫ, 그 셩효
를 모로미 아니로더, 부인 힝ᄉ를 통한ᄒ미
엇지 ᄉ(赦)ᄒᆯ 쯧이 이시리오.

믄득 노목(怒目)으로 더즐(大叱) 왈,

"창의 형뎨 다만 어미를 알고, 아비를 아
지 못ᄒ니, 이 진짓 이젹금슈지힝(夷狄禽獸
之行)이라[1722]. 니 ᄯᅩ 블초조를 보고져 아닛
ᄂ니, ᄉ싱(死生)을 임의로 ᄒ고, 니게 취픔
(就稟)치 말나."

가인이 블승황공ᄒ여 무류(無聊)이 퇴ᄒ
【10】여 이디로 젼ᄒ니, 영은 샹연유체(傷然
流涕)ᄒ고, 쳬희(涕噫) 댱탄(長歎) 왈,

"블초흔 몸이 목슘이 완지(頑之)ᄒ여 인ᄒ
여 죽지 못ᄒ여 허다 붓그러오믈 지ᄂᆞ며, 맛
춤ᄂᆡ 일누(一縷)를 지연(遲延)ᄒ여, 오날놀
부뫼 블화ᄒ시믈 보니, 사라시미 죽음만 갓
지 못ᄒ도다."

셜파의 흐르ᄂᆫ 눈믈이 숨숨(滲滲)ᄒ여 냥
빈(兩鬢)을 젹시니, 견지(見者) 추마 보지 못
ᄒ더라.

날이 셕양의 광픙이 더작(大作)ᄒ고 셔셜

1721)발연작식(勃然作色) : 왈칵 성을 내어 얼굴빛이
    달라짐. =발연변색(勃然變色).
1722)이젹금슈지힝(夷狄禽獸之行) : 오랑캐나 짐승의
    행실.

(결권)

(絮雪)이 분분(紛紛)ᄒ여 즙시간의 만산편야(滿山遍野)[1723]ᄒ니, 한님공ㅈ 업딘 ᄌ리의, 그 ᄉ룸과 ᄌ리를 분간치 못ᄒ게 되어시디, 냥인이 종시 몸을 움작여【11】한셜(寒雪)을 피ᄒ ᄯᅳᆺ이 업ᄉ니, 셩쳥 부지 울며 나아가 신변(身邊)의 눈을 쓸고 고집ᄒ시믈 간ᄒ디, 냥인이 쳥이블문(聽而不聞)ᄒ고 다만 탄식 왈,

"요ᄉ이 일긔 엄한ᄒ나 오히려 일셰(日勢) 온화ᄒ더니, 금일 홀연이 쳔위(天威) 진쳡(震疊)ᄒ시믄, 하ᄂᆞᆯ이 날을 뮈이 너기샤 여익(餘厄)이 미진ᄒ믈 알니로다. 엇지 니 몸이 괴롭다 ᄒ고 ᄌ위 고초ᄒ시믈 괄시ᄒ리오."

ᄒ고 젼연(全然) 부동ᄒ니, 무적ᄌᄂᆞᆫ 감히 문안의 드지 못ᄒ고 원문 밧긔 방황ᄒᄂᆞᆫ지라.

한님이 셩산으로 젼어왈,

"너는 본디 오가 비복이 아니라 엇지 좃ᄎ날과 갓치【12】치위를 견디리오. 인가의 쥬인을 어더 머무다가, ᄉ(事) 졍ᄒᆫ 후 도라오라."

무적지 고왈,

"쇼인이 노야 셩덕으로 목슘이 ᄉ옵고, 악을 바려 어진디 도라가오미 다 노야 은덕이라. 노야와 공지 쳔금귀골(千金貴骨)노 다 치우믈 피치 아니시거ᄂᆞᆯ, 비복 갓ᄒᆫ 쳔신이 엇지 못 견디리잇고?"

ᄒ고, 즐겨 믈너가지 아니ᄒ더라.

셩쳥 등이 치우믈 견디지 못ᄒ여 낭즁(囊中)의 남은 반젼(半錢)을 가져 쥬육(酒肉)을 어더 무적ᄌ로 더부러 어한(禦寒)ᄒ고, 몬져 한님과 공ᄌ긔 젼ᄒᆫ디, 냥인이 니니 응치 아니ᄒ더라.

이러구러 황혼의 밋ᄎ니 한긔 더ᄒ【13】여 ᄉ룸이 ᄎ마 견딜 비 아니로디, 냥인이 종시 움죽이지 아니터니, 범부인과 여·화·셕 슴부인이 알고 디경실식(大驚失色)ᄒ여 셕식(夕食)을 갓초와 《동헌‖동원(東園)》으로 보ᄂᆡ고, '범시 경권(經權)이 잇시믈' 일너 시비로 ᄒ여곰 젼어ᄒ디, 듯지 아니ᄒ고 셕식을 먹

(결권)

[1723]만산편야(滿山遍野) : 산과 들에 가득함.

지 아니코, 여일(如一)ㅎ거놀, 범부인이 기리 탄식ㅎ여 갈오디,

"챵 질(姪) 여익(餘厄)이 미진ㅎ닷다. 평안 흔 시졀의도 안신(安身)ㅎ믈 엇지 못ㅎ여시니, 반싱 풍샹간익(風霜艱厄)의 격년(隔年) 긔화(奇禍)를 《비포ㅎ∥격근》 약질이 엇지 셜한(雪寒)의 병나지 아니ㅎ믈 미드리오."

녀·화·셕 숨인이 눈믈 흘니【14】고 초조(焦燥)이 지너더라.

엄시랑 형데 동원의 나아가 한님을 빅단 기유ㅎ나, 한님이 다만 함누(含淚)ㅎ고, 영은 희허(噫噓)ㅎ여 블효롤 슬허ㅎ고,

"합연부지(溘然不知)ㅎ여 부뫼 블화ㅎ시믈 보지 말고즈 ㅎ누이다."

읍읍탄식(泣泣歎息)ㅎ여 믄득 긔운이 엄식(奄塞)ㅎ니, 공지 역시 도로 발셥(跋涉)의 뇌곤(路困)흔 바로뻐, 종일 한쳐(寒處)ㅎ여 눈을 마즈니, 일신이 어름이 되엿눈지라.

형의 경상(景狀)을 보미 챠악(嗟愕)ㅎ여 일셩(一聲)을 기리 늣기고 긔운이 막히이니, 시랑 형데 디경ㅎ여 두로 만져보니, 냥인이 일신이 춘 옥갓고, 호흡이 최졀(摧折)ㅎ눈지라.

경【15】겁(驚怯)ㅎ여 디셔헌의 알외니 틱시 어히업서 탄왈,

"고인이 이로디 후싱이 가히 두렵다 ㅎ미 그릇지 아니도다."

츄밀이 지삼 간ㅎ여 갈오디,

"슈쉬(嫂嫂) 과악(過惡)이 비록 호디(浩大)ㅎ시나, 제질의 안면으로 아니 고렴치 못흘 거시오. 챵의 셩효롤 져바리지 못ㅎ오리니, 복원(伏願) 형장은 그만ㅎ여 슈슈롤 샤(赦)ㅎ쇼셔."

틱시 기리 탄식 왈,

"니 비록 용녈(庸劣)ㅎ여 샤코즈 ㅎ나, 군부의 명이 계시니 엇지 임의로 ㅎ리오."

츄밀 왈,

"셩군은 인효로 치쳔ㅎ(治天下)○ㅣ히옵눈니, 셩샹이신들 챵의 인지롤 앗기시고 영의 효우롤 아롬다【16】이 너기시니, 엇지 명일 샹젼의 이 쇼유롤 알외여 셩샹 쳐치롤 기다리시고, 금일 수명을 나리와 냥질(兩姪)을 블

(결권)

너 위로ᄒ시며 무이(撫愛0ᄒ시미 올치 아니
리잇가?"

터시 훌일업서 이의 시녀로 ᄒ여곰 동원의
가 명일 ᄉ명 나리믈 젼ᄒ고, 냥ᄌ를 부르라
ᄒ시니, 시비 급급히 니로러 말ᄉᆞᆷ을 젼ᄒ니,
시랑이 형뎨 졔노(諸奴)를 분부ᄒ여 한님 형
뎨를 븟드러 셔당의 도라와, 온ᄎᆞ(溫茶)와 보
미(寶米)를 나와 보호ᄒ며, 터ᄉ곤계 친님ᄒ
여 잔잉ᄒ고 앗기믈 이로 칙냥(測量)치 못ᄒ
나, 터시 엄식을 더어 괴로온 간언을 듯지
아니려, 반일 보【17】기를 허치 아니코, ᄉ졍
을 쳔만(千萬) 졀억(節抑)ᄒ든 ᄆᆞᆷ이 경칙의
츈셜 갓치 ᄉ라지니, 츄밀을 도라보와 탄왈,

"챵ᄋᆞ의 강악(强惡)흠[1724]과 영ᄋᆞ의 돈독
(敦篤)ᄒ미 여ᄎᆞᄒ니 가히 난형난뎨(難兄難
弟)라 일으리로다. 발부(潑婦)를 응시(應時)ᄒ
여[1725] 낫도다."

츄밀이 탄식고 딕왈(對曰),

"냥 질이 힝ᄉ는 인ᄌ의 덧덧ᄒᆫ 일이라.
쇼뎨 ᄉ긔(事機) 여ᄎᆞ(如此)ᄒᆫ {글} 줄{의} 아
오디, 형쟝(兄丈)이 존슈(尊嫂)를 심노(甚怒)
ᄒ시니, 쇼뎨 감히 셩노(盛怒)를 간예(干預)
치 못ᄒ여 ᄒᄂ이다."

터시 다만 졈두묵묵(點頭默默)○○[ᄒ고]
ᄎᆞ탄(嗟歎)ᄒ더니, 이윽고 냥인이 인샤(人事)
를 슈습ᄒ여 ᄌᆞ긔 등이 방즁의 드러왓고, 부
슉【18】이 지샹(在上)ᄒ시고 냥형이 구호ᄒᆞᆷ믈
보미, 황망이 긔신(起身)ᄒ여 고두복지(叩頭
伏地)[1726]ᄒ고 말을 못ᄒ더니, 한님이 고두
쳥죄(叩頭請罪)[1727] 왈,

"ᄒᆡᄋᆞ(孩兒)는 쳔지간의 용납지 못ᄒ올 죄
인이라. 하면목(何面目)으로 낫츨 드러 엄하
의 뵈오리잇고? 역명지죄(逆命之罪)를 쳥(請)
ᄒᆞ옵ᄂᆞ니, 복원(伏願) 야야는 블초ᄌ의 죄를
졍히 ᄒ시고, 터터(太太)의 비실고초(鄙室苦
楚)를 그만ᄒ여 ᄉ(赦)ᄒ시믈 바라ᄂᆞ이다."

(결권)

[1724]강악(强惡)ᄒ다 : 억세고 모질다.
[1725]응시(應時)ᄒ다 : 시기에 맞추다. 때에 따르다.
[1726]고두복지(叩頭伏地) : 머리를 조아려 절하고 자리
     에 엎드림.
[1727]고두쳥죄(叩頭請罪) : 머리를 조아려 절하고 죄를
     청함.

언흘(言訖)의 항뉘(行淚) 비비(泌泌)ᄒ여 설빈(雪鬢)의 방하(滂下)[1728]ᄒ믈 ᄭᅵ닷지 못ᄒ고, 영이 ᄯᅩ 머리를 두다려 슈년 블효ᄒ믈 쳥죄ᄒ고, 부뫼 블화ᄒ심과 죄 젼후 실덕이 다 즤 죄믈 일【19】ᄏ라. 무용지인(無用之人)이 부졀업시 셰샹의 잇ᄂᆫ 줄 슬허ᄒ미, 슈루(垂淚) 읍고(泣告) 왈,

"블초지 젹년(積年) 니가(離家) ᄒ옵다가 이제 도라오오니, ᄌᆞ모의 젼후 실덕ᄒ시믄 다 히오를 편이(偏愛)ᄒ여 조쾌ᄌ[1729] ᄒ시무로 현형(賢兄)의 신셰 편치 못ᄒ고, 이제 형이 신누(身陋)[1730]를 히셕(解釋)[1731]ᄒ시미 ᄯᅩ 죄 블평ᄒ시니, 이런 망극ᄒ온 회푀(懷抱) 업ᄉᆞᆫ지라. 복원 야야ᄂᆫ 가간 블평지ᄉᆞ(不平之事) {다} 젼두(前頭)[1732]의 다 블초ᄋᆞ의 연괴(然故)를 아르샤, 히오를 죽여 ᄌᆞ모의 죄를 쇽ᄒ시고, 형의 반싱긔화(半生奇禍)를 경녁(經歷)ᄒ여 고초턴 바로뼈, 이제나 인눈(人倫)의 완젼ᄒᆫ ᄉᆞ룸【20】이 되게 ᄒ쇼셔."

셜파의 셩음이 오열(嗚咽)ᄒ여 비블ᄌᆞ승(悲不自勝)ᄒ니, 슈년지ᄂᆡ(數年之內)의 신쟝체지(身長體肢) 슈미쟝셩(秀美長成)ᄒ여 니가시(離家時)와 ᄂᆡ도ᄒ니, 옥안녕풍(玉顔英風)이 발월(拔越)ᄒ여 슬허ᄒᄂᆫ 거동이 더옥 보암 즉ᄒ거눌, 한님이 ᄉᆞ년(四年) 젹니고초(謫裏苦楚)를 격근 가온디, 영풍(英風)이 동탕슈려(動蕩秀麗)[1733]ᄒ여[나] 형용이 초췌(憔悴)ᄒ믈 면치 못ᄒ여시나[니], 댱셩(長成)ᄒ믄 젼ᄌᆞ(前者)로 비ᄒ여, 이가시(離家時)시ᄂᆞᆫ 약관(弱冠) 미쇼년으로 옥슈(玉樹)○[가] 풍젼(風前)의 독닙(獨立)흠 갓더니, 이제 도라오미ᄂᆞᆫ 엄연ᄒᆫ 디쟝부의 체위(體威) 미진(未盡)ᄒ미 업ᄉᆞ니, 형뎨 비록 쇼쟝(所長)[1734]이 ᄂᆡ도ᄒ

(결권)

1728)방하(滂下) : 눈물이 끊임없이 흘러내림. =방타(滂沱).
1729)조쾌ᄌ : 좋게 하고자.
1730)신누(身陋) : 몸에 덧씌워진 억울한 평판.
1731)히셕(解釋) : 억울한 죄명이나 평판 따위를 잘 해명하여 사실을 밝히고 억울함을 벗겨냄.
1732)젼두(前頭) : 앞 또는 앞에 있었던 일.
1733)동탕슈려(動蕩秀麗) : 얼굴이 잘생기고 살집이 있어 빼어나게 아름답다.
1734)쇼쟝(所長) : 자기의 재능이나 장기 가운데 가장

나, 옥골션풍(玉骨仙風)이 호 썅 옥인(玉人) 【21】긔린(騏驎)이오. 일기(一個) 군조성현(君子聖賢)이라.

비록 타인의 범범(凡凡)호 지라도 아룹답고 긔특호믈 이긔지 못호려든, 호믈며 만금즁이(萬金重愛)[1735]호논 부슉지심(父叔之心)이리오.

터시 깁히 부인을 미온(未穩)호여, 냥조(兩子)의 징간(爭諫)[1736]을 용납지 아니호려 호든[1737] 용심(用心)이, 냥조룰 더호미 홍노(烘爐)[1738]의 점셜(點雪)[1739] 갓치 스러지고, 터산(太山)의 점호(點湖)[1740] 갓치 쇼삭(消索)[1741]호나, 히음업시[1742] 편편(翩翩)호 광슈(廣袖)룰 드러 좌슈로 한님의 옥슈(玉手)룰 잡고 우슈로 공조의 옥슈룰 잡으미 ᄎ기 어름 갓호여 숀이 슬희[1743]지라.

광미디샹(廣眉大顙)의 쳐식(悽色)이 어리여 댱탄 왈,

"긔왕(旣往)을 니르고져 【22】호나 노부의 혼암호 허믈이 쏘호 업지 아니니, 노뷔 조유(自幼)로 광거천하(廣居天下)[1744]의 열인(閱人)[1745]호미 적지 아니코, 평싱 지감(知鑑)[1746]을 《조복∥조부(自負)》호던 빈로뼈,

(결권)

뛰어난 재주.
1735)만금즁이(萬金重愛) : 만금(萬金)처럼 소중히 여겨 사랑함.
1736)징간(爭諫) : 다투어 간함.
1737)호든 : 하던.
1738)홍노(烘爐) : 큰 화로.
1739)점셜(點雪) : 초봄에 산과 들에 여기저기 조금씩 남아 있는 눈. 여기서는 '하나의 작은 눈 덩이'를 이른 말..
1740)점호(點湖) : 물방울처럼 작은 호수.
1741)쇼삭(消索) : 점점 줄어들어 다 없어짐. 또는 다 써서 없앰. =소진(消盡).
1742)히음업시 : 하염없이. 이렇다 할 만한 아무 생각이 없이.
1743)슬희다 : 시리다. 몸의 한 부분이 찬 기운으로 인해 추위를 느낄 정도로 차다.
1744)광거천하(廣居天下) : 『맹자 등문공하(滕文公下)』의 '거천하지광거(居天下之廣居)'를 줄여 쓴 말로, '천하의 가장 넓은 집에 머무른다.'는 뜻이다. 여기서 '넓은 집(廣居)'은 '어진 마음'을 뜻한다.
1745)열인(閱人) : 사람을 많이 겪어 봄.
1746)지감(知鑑) : 사람을 잘 알아보는 능력. =지인지감(知人之鑑).

식모(識耗)[1747]의 혼암(昏暗)ㅎ미 젹지 아니
코, 혼모(昏耗)[1748]ㅎ미 녀모(汝母)의 반싱간
웅(半生奸雄)인 줄 알지 못ㅎ고, ㅇ시(兒時)
조강결발(糟糠結髮)[1749]노 항녀(伉儷)[1750]의
졍을 박(薄)히 ㅎ미 업ㅅ디, 무고(無故)라[히]
오ㅇ(吾兒)로 ㅎ여곰 만싱비고(萬生悲苦)[1751]
를 경역(經歷)케 ㅎ니 엇지 통한치 아니리
오.”

드듸여 미·교의 초샤와 젼후슈말(前後首
末)을 이로고 블승통히(不勝痛駭) 왈,

“한부(悍婦)의 쟉악(作惡)이 훈갓 냥ㅇ(兩
兒)를 모히코즈 ㅎ논 흉심만 아니라, 쏘훈
친싱(親生)을 죽이고즈 ㅎ논 쥬의【23】니, 범
연(泛然)이[1752] 가ㅅ(家事)라 일ㅋ라, 셩쥐(聖
主) 과도히 칙지 아니시고, 윤쳥문이 극역(極
力)ㅎ여 ㅅ명(死命)을 거두시게 ㅎ니, 현인
(賢人)의 원○[리](原來) 바라문 여ᄎ여ᄎ 훈
낫 갓치 ㅎ거늘, 악인의 포원(抱冤)ㅎ문 터산
(太山)ㅎ여 이제도 오히려 개과홀 줄을 밋지
못ㅎᄂ니, 만일 그 친당(親黨)이 이실진더 엇
지 도라보니지 아니리오 마는, 친기(親家)
《영쳑‖영체(零替)[1753]》ㅎ고 동긔(同氣) 션쇼
(鮮少)ㅎ여[1754], 훈낫 동긔 쳔니의 봉ㅅ(奉
仕)ㅎ여 변방의 쳐ㅎ여시니, 도라갈 곳지 업
ᄂ지라. 고인의 '유쇼취(有所取) 무쇼귀(無所
歸)'[1755]를 아니 싱각지 못ㅎ리니, 일노뻐 거

(결권)

1747)식모(識耗) : 늙어서 지식이나 식견이 다 소모된
    상태에 있음.
1748)혼모(昏耗) : 늙어서 정신이 흐릿하고 기력이 쇠
    약함.
1749)조강결발(糟糠結髮) : 고생을 함께 해온 아내와
    관례(冠禮)를 행하고 처음 맞은 아내를 함께 이르는
    말로, '본처(本妻)'를 비유적으로 표현한 말.
1750)항녀(伉儷) : 남편과 아내로 이루어진 짝.
1751)만싱비고(萬生悲苦) : 일만 번을 다시 태어나서
    겪을 슬픔과 고통.
1752)범연(泛然)이 : 범연(泛然)히. 차근차근한 맛이 없
    이 데면데면하게.
1753)영체(零替) : 세력이나 살림이 줄어들어 보잘 것
    없이 되다.
1754)션쇼(鮮少)ㅎ다 : 선소(鮮少)하다. 아주 적다. =선
    소(尠少)하다.
1755)유쇼취(有所取) 무쇼귀(無所歸) : =유쇼취(有所取)
    무쇼귀(無所歸)면 블거(不去). 삼불거(三不去)의 하
    나. 맞이해온 곳이 있었으나 그 부모가 죽어 돌아
    갈 곳이 없으면 출거(黜去)해서는 안 된다는 말. *

리써미오. 노뷔 쏘 주쇼(自少)로 호【24】식방탕(好色放蕩)ㅎ여 탑하(榻下)의 타인의 원식(願食)[1756]ㅎ리 업시니, 녀뫼(汝母) 무고(無故)흔 악힝이 아모리 혜여도 그 가온딕 그 가(可)흔 바룰 아지 못ㅎᄂ니, 노뷔 만일 주녀의 안면(顔面)을 고렴(顧念)ㅎ미 아니면 엇지 별단거죄(別段擧措)[1757] 업스리오마ᄂᆞᆫ, 노뷔 용녈(庸劣)ㅎ여 그 다스리미 헐흔 줄 모로고, 여등이 엇지 여ᄎᆞ 괴로이구ᄂ뇨? 녀등은 진짓 어미룰 아ᄂᆞᆫ 효지(孝子)오, 아비 모로ᄂᆞᆫ 블효지로다."

한님 형뎨 부복문쳥(俯伏聞聽)[1758]의 황공 숑연ㅎ여 일시의 고두쳥죄ㅎ고, 주부인 슈계(囚繫)룰 푸지 못홀가 초조ㅎᄂᆞᆫ 간담(肝膽)[1759]이 경긱의 일울 듯흔 거동이니, 츄밀이 냥【25】질의 셩효룰 감동ㅎ여 이셕(哀惜)ㅎ미, 형장을 지삼 히위(解諭)ㅎ여 명일 부인을 샤(赦)ㅎᄆᆞᆯ 명명(明明)이 일너 기심(其心)을 위로ㅎ니, 냥지 블승감격ㅎ여 ㅎ더라.

ᄎᆞ야의 부슉이 주질을 어로만져 그 지ᄂᆞᆫ 바룰 일일○[이] 이로며, 슈삼년 젹니(謫裏)의 가엽슨 고초룰 문답ㅎ여, 이셕ㅎ미 측냥 업스니, 한님형뎨 슙ᄉᆞ년 니슬지회(離膝之懷)룰 흘지언졍, 녕원의 쳔화(天禍) 입든 ᄉᆞ연은 고치 아니니라.

후릭(後來)의 셩산 운학 등이 젹니고초룰 고홀 젹의, 요리(妖尼) 변화ㅎ여 칠미회(七尾狐) 되여 텬벌 입은 ᄉᆞ연을 엄시랑형뎨○○[의게] 고ᄒᆞ니, 주못 요악(妖惡)히【26】 너겨

(결권)

삼불거(三不去): 유교에서, 칠거지악을 범한 아내일지라도 버리지 못하는 세 가지 경우. 부모의 삼년상을 같이 치렀거나, 장가들 때 가난했다가 나중에 부자가 되었거나, 아내가 돌아가도 의지할 데가 없는 경우이다.

1756) 원식(願食) : ①밥 먹기를 원함. ②『불교』 오식(五食)의 하나로. '여러 가지 수행(修行)으로 선근(善根)을 쌓는 것을, 음식을 먹어 몸을 유지하는 것에 비유하여 이르는 말다. *오식(五食): 선근(善根)을 기르는 다섯 가지 법식(法食). 염식(念食), 법희식, 선열식, 원식(願食), 해탈식을 이른다.

1757) 별단거죄(別段擧措) : 특별히 다른 조치.

1758) 부복문쳥(俯伏聞聽) : 엎드려 듣기를 다함.

1759) 간담(肝膽) : 간과 쓸개를 아울러 이르는 말로, '속마음'을 비유적으로 표현한 말.

부슉긔 고ᄒᆞ미 되니라.

　티시 부인을 샤(赦)ᄒᆞ고ᄌᆞ ᄒᆞ나 텬의롤 아
지 못ᄒᆞ여 결치 못ᄒᆞ더니,
{명조 믄득 즁시 니를 지졔의 아니믈 지쵹ᄒᆞ
시니, 한님이 깁히 드러 숀을 밧지 아니ᄒᆞ
고, 표을 올녀 갈오디, 죄신 엄챵은 쳔지간
용납지 못홀 죄인으로 ᄉᆞ의 간졀ᄒᆞ더라.}

명조의 믄득 즁시 이로러 지졔의 환경ᄒᆞ믈
[미] 오러되, 입조치 아냣시믈 칙ᄒᆞ시고, 쏄
니 조현ᄒᆞ라 ᄒᆞ시니, 한님이 드러 숀을 ᄉᆞ양
ᄒᆞ여 보지 아니코, 표을 올녀 갈오디,
　"죄신 챵은 쳔지간(天地間) 일디죄인(一大
罪人)이라. 몬져 신샹의 망극ᄒᆞᆫ【27】죄명의
[이] 강샹(綱常)의[을] 범ᄒᆞ오니, 우리 셩샹
《의∥쎼오셔》 양츈혜틱(陽春惠澤)과 우로지
은(雨露之恩)을 드리오샤, ᄉᆞ지(死地)의 일누
(一縷)룰 지연(遲延)ᄒᆞ며[미] 잇ᄉᆞ오나, 엇지
낫츨 드러 인뉴의 츙슈(充數)홀 뜻이 이시리
잇고? ○○[다만] 신은 스스로 죽어 《어비∥
어미씌》 막디ᄒᆞᆫ 블효룰 씨치○[지] 못ᄒᆞ오미
러니이다. 이제{ᄂᆞᆫ} 죄신의 {벗숩고져 ᄒᆞ오미}
노뫼 누옥고초룰 당ᄒᆞ오니, 신뫼 로병약질
(老病弱質)이 엇지 누옥고초룰 견디며 보젼
ᄒᆞ리잇고? 연즉(然卽) 신이 어미룰 히(害)ᄒᆞ
오미니, 비록 황은이 망극ᄒᆞ시나, 신이 하면
목으로 금ᄌᆞ(金紫)1760)룰 씌고 ᄉᆞ필(史筆)을
잡아, ᄎᆞ마 죄인의 몸으로 뇽【28】누봉각(龍
樓鳳閣)의 쳥현지직(淸賢之職)을 ᄌᆞ임ᄒᆞ오며,
폐하 영춍을 ᄌᆞ득ᄒᆞ리잇고? 복원 폐하ᄂᆞᆫ 신
의 외람ᄒᆞ온 쟉호(爵號)룰 거두시고 노모의
쇠잔ᄒᆞᆫ 목슘을 보젼ᄒᆞ여, 신으로 ᄒᆞ여곰 인
뉴의 죄인 되기룰 면케 ᄒᆞ시면, 죄신이 간뇌
도지(肝腦塗地)1761)ᄒᆞ오나, 셩은을 갑숩지 못
홀가 ᄒᆞᄂᆞ이다."

1760)금ᄌᆞ(金紫) : 금인(金印)과 자수(紫綬)라는 뜻으
　　로, 높은 벼슬이나 그 벼슬에 있는 사람을 비유적
　　으로 이르는 말.
1761)간뇌도지(肝腦塗地) : 참혹한 죽임을 당하여 간장
　　(肝臟)과 뇌수(腦髓)가 땅에 널려 있다는 뜻으로,
　　나라를 위하여 목숨을 돌보지 않고 애를 씀을 이르
　　는 말.

(결권)

ᄒᆞ엿더라.

《천지‖즁시》 엄싱의[이] 셕고디죄ᄒᆞ여 의
디를 히탈ᄒᆞ고 형용이 고고ᄒᆞ며 거동이 참연
ᄒᆞ여 완연이 즁슈(重囚)의 모양이믈 보니, 그
셩효의 지극ᄒᆞ믈 감탄ᄒᆞ고 인지를 앗겨, 도
라가 이디로 셰셰이 쥬ᄒᆞ며 표를 올닌디, 샹
이 표【29】를 보시고 탄왈,

"챵은 효우군지(孝友君子)로다! 아룸답지
아니리오. 짐이 엇지 챵의 효셩을 보아 기모
최시를 샤치 아냐, 챵과 영으로 ᄒᆞ여곰 '빅
인(伯仁)이 유아이샤(由我而死)'[1762]ᄒᆞ믈 ᄒᆞᆫ
(恨)ᄒᆞ게 ᄒᆞ리오. ᄌᆞ고로 현셩지군(賢聖之君)
이 ᄉᆞ룸의 효우를 일워 쥬ᄂᆞᆫ 거시니, 짐이
엇지 법(法)밧지 아니ᄒᆞ리오."

ᄒᆞ시고, 이의 다시 슈조(手詔)를 ᄂᆞ리워
엄한님을 위로ᄒᆞ시고 최부인을 샤ᄒᆞ시니, 즁
시 다시 엄한님 집의 이로러 쳔ᄌᆞ의 조셔를
젼ᄒᆞᆫ디, 한님의 북향ᄉᆞ비(北向四拜)ᄒᆞ고 조셔
를 밧ᄌᆞ와 보오미, 일변 ᄌᆞ긔를 위로ᄒᆞ시고
최부인을 ᄉᆞᄒᆞ시ᄂᆞᆫ ᄉᆞ의여ᄂᆞᆯ, 한님【30】곤계
쳔은을 감격ᄒᆞ여 몸 둘 디가 업셔 ᄒᆞ더라.

틱시 이를 당ᄒᆞ미 크게 심히 블평ᄒᆞ나, ᄉᆞ
이지ᄎᆞ(事己至此)[1763]ᄒᆞ여 흘일업셔, 즉시 부
인을 마ᄌᆞ 영당으로 드릴시, 한님 곤계 운학
등을 거ᄂᆞ려 동원의 드러가 형극을 헐고, 나
아가 보니 슈간(數間) 초옥이 파락(破落)ᄒᆞ여
심히 쇼조(蕭凋)홀분 아니라, ᄉᆞ벽이 거이 문
허지고ᄌᆞ ᄒᆞ니, 엄한(嚴寒)을 당ᄒᆞ여 원즁산
협(園中山峽)을 디(對)ᄒᆞᆫ지라. 픙우를 가리오
기 어렵고, 방즁을 살펴보니 ᄉᆞ벽이 누츄ᄒᆞ
며 웅웅ᄒᆞᆫ[1764] 비 코흘 거ᄉᆞ리니, 최녜 ᄌᆞ쇼

1762) 빅인(伯仁)이 유아이시(由我而死)라 : 백인(伯仁;
　　중국 동진東晋 사람 주의周顗)은 나로 인해 죽었다'
　　는 뜻으로, 직접적으로 사람을 죽이지는 않았지만
　　죽은 사람에 대해 자신이 적극적으로 구하지 않은
　　책임이 있음을 안타까워하거나, 어떤 사건에 간접
　　적으로 연관되어 있는 것을 비유적으로 나타낸 말.
　　《진서(晉書)》열전(列傳), 주의(周顗) 조(條)에 나오는
　　말.
1763) ᄉᆞ이지ᄎᆞ(事己至此) : 일이 이미 이 지경에까지
　　이름.
1764) 웅웅 : 세찬 바람이 물체를 스쳐 지날 때 나는
　　소리.

(결권)

(自少)로 공후디가(公侯大家) 조슌으로 금옥
(金玉)의 쏜혀다【31】가, 십세 츙년(沖年)의
엄부의 드러와 총뷔(冢婦)[1765]되어[니], 또훈
훤혁지가(煊赫之家)[1766]라.

가법이 숨엄ᄒ여 여러 쳐실을 갓초지 아니
ᄒ며, 터시 은은졍디(誾誾正大)ᄒ여 쇼시붓허
믈욕이 담연(淡然)ᄒ여 여식을 유의치 아니
코, 부인의 졀셰훈 용광과 영오훈 긔질을 견
권(繾綣)ᄒ여 은이(恩愛) ○[교]칠(膠漆) 갓ᄒ
니, 부인이 ᄌ연 의긔(意氣) 방ᄌᄒ여, 일죽
싱셰 오십여년의 니로러 고초를 아지 못훈
바로, 추년 이 누옥(陋屋)의 슈계를 감심ᄒ
니, 비록 죄명이 지신(在身)ᄒ고 누옥의 갓쳐
타 ᄒ나, 엇지 셕일 윤쇼졔 노쥬의 쟉슈(勺
水)[1767]를 엇지 못ᄒ여 쳔만○[번] 슈ᄉ(垂
死)[1768]ᄒ던 경식(景色)【32】의 비겨 의논홀
비○○[리오].

쳔지현격(天地懸隔)[1769]건 마ᄂ 부인은 젼
고후만디(前古後萬代)[1770]의 ᄌ가 갓훈 고힝
이 업ᄂ 줄노 아라, 슘녀의 이우ᄂ[1771] 화미
진찬(華味珍饌)이 부족ᄒ미 아니로디, ᄉ식지
염(思食之念)[1772]이 돈연(頓然)ᄒ여 능히 음
식을 먹지 못ᄒ고, 다만 일긔쳥슈(一器淸水)
로 갈(渴)훈 목을 젹시고, 일종(一鍾) 미음으
로 긔갈을 위로홀지언졍, 다시 쟉슈를 ᄎᄌ
미 업셔, 종일종야(終日終夜) 영을 다만 ᄉ렴
ᄒ미 《이러∥여러》 근심이 만쳡(萬疊)인 즁,
또 슈월 슈간모옥(數間茅屋)의 쳔일을 보지
못ᄒ고 심쟝을 살오니, 이 본디 귀골약질이

(결권)

1765)총뷔(冢婦) : 종자(宗子)나 종손(宗孫)의 아내. 곧
　　종가(宗家)의 맏며느리를 이른다. =종부(宗婦).
1766)훤혁지가(煊赫之家) : 업적이나 공로 따위가 크고
　　빛나는 가문.
1767)쟉슈(勺水) : 한 작(勺)의 물이라는 뜻으로, 한 모
　　금의 물을 이르는 말. *작(勺): 술이나 기름, 죽 따
　　위를 풀 때에 쓰는 기구. 자루가 국자보다 짧고, 바
　　닥이 오목하다.=구기.
1768)수ᄉ(垂死) 거의 다 죽게 됨.
1769)쳔지현격(天地懸隔) : 하늘과 땅만큼이나 차이가
　　매우 심함.
1770)젼고후만디(前古後萬代) : 지난 옛날로부터 돌아
　　올 만대에 이르기까지.
1771)이우다 : 잇다. 끊어지지 않게 계속하다.
1772)ᄉ식지염(思食之念) : 밥을 먹고 싶은 마음.

라' 엇지 병을 일위지 아니ᄒ리오.

　다만 괴로온 가【33】온디 영의 별셔를 일시도 놋치 아니ᄒ니, ᄌ연 날이 오리미 그 혈심을 감동ᄒ여 왕ᄉ(往事)를 져기 츄회(追悔)ᄒ나, 시녀비ᄂ 붓그려 가마니 탄식ᄒ여 갈오디,

　"슉담의 일너시디, 괴로오믈 바든 후야 남의 고초ᄒ던 줄을 안다 ᄒ니, 이 말이 엇지 올치 아니리오."

　윤시의 보복이 니게 도라오고, 챵의 보복이 영의게 도라가고, 니 일쟉 샹공을 결발(結髮)[1773] ᄉ십여년의 금슬이 조화(調和)ᄒ여, 일국 지샹의 부인으로 ᄌ녜 가죽ᄒ고, 복녹과 귀ᄒ미 일흠이 업던 거슬, 니 ᄆ음이 너모 믈욕의 교제(交際)ᄒ여 무량ᄒ 탐【34】심(貪心)이, 이 가즁 만금지산(萬金財産)을 다 니ᄋ히 긔믈(己物)을 숨고져 ᄒ므로, 더옥 영교 미션의 단 말의 금빅(金帛)을 무슈이 허비ᄒ고, 쇼원은 하나토 일우지 못ᄒ며, 《아랍고∥어렵고[1774]》 위퇴ᄒ 가온다, 챵의 부부ᄂ 무ᄉᄒ미 반셕(盤石) 갓ᄒ야 점점 긔상이 싀싁ᄒ여 가미, 영원뇨리 졍영(丁寧)이[1775] 블의 살와 죽이랴 ᄒ던 윤시 싱존흠과, 뇨리(妖尼) 챵을 히ᄒ려 ᄒ다가 쳔벌을 바다시니, 일[1776]노 츄이(推移)ᄒ여 볼진디 길인은 신명이 돕ᄂ다 ᄒ미 엇지 올치 아니ᄒ며, 이제 일이 발각ᄒ미 져 부부 셩덕은 쳔ᄌ의 포쟝(褒奬)ᄒ시미 되어, 만셩ᄉ셔(萬姓士庶)의 아【35】롬다온 일흠이 가득ᄒ고, 나ᄂ 오예(汚穢)홀[흔] 취명(醜名)이 됴졍의 나타ᄂ고, 쳔하의 지쇼(指笑)ᄒᄂ 쑤지롬을 면치 못ᄒ니, 엇지 신명(神明)이 이디도록 악ᄒ 거살 비쳑ᄒ시미 심ᄒ신고! 니 엇지 일공(一空)이 이디도록 아득ᄒ여, 어진 ᄌ녀의 간

(결권)

1773)결발(結髮) : ①상투를 틀거나 쪽을 찌는 일. 또는 그렇게 한 머리. ②'혼인(婚姻)'을 달리 이르는 말.
1774)어렵다 : 어렵다. 하기가 까다로워 힘에 겹다.
1775)졍영(丁寧)이 : 졍녕(丁寧)히. 조금도 틀림없이 꼭. 또는 더 이를 데 없이 정말로.
1776)일노 :「부사」①이리로: 이곳으로. 또는 이쪽으로. ②이렇게: 상태, 모양, 성질 따위가 이와 같게.

언을 듯지 아닌 고로 이런 화(禍)를 만나니, 비탄(悲歎) 니하(奈何)[1777]오?

아지못게라! 오이(吾兒) 옥골빙즈(玉骨氷姿)[1778]로 이런 늉동셜한(隆冬雪寒)을 어니 곳의셔 지니며 어니 곳의셔 유락(流落)ᄒ엿ᄂᆞᆫ고? 슬푸다 옥갓흔 얼골과 눈갓흔 긔부(肌膚)로뼈 은(隱)흔 어미 과악(過惡)을 간(諫)치 못ᄒ고, 각골지통(刻骨之痛)을 품어, 이 씨의 뉴락(流落)ᄒᄂ 비 산ᄉᆞ야졈(山寺野店)【36】 곳 아니면, 두 낫 어린 셔동으로 더부러 노쥬 숨인이 젼젼뉴락(輾轉流落)[1779]ᄒ여, 경영(鶊鶬)흔 즈최○[로] 인가 쳠하(檐下)의 잠을 빌고, 셔가(西家)의 잠을 어더 주며 동가(東家)의 밥을 비러, 긔갈(飢渴)ᄒ미[1780] 어니 디경의 이시며, 가즁번화(家中繁華)를 싱각고 ᄉᆞ오나온 어미를 얼마나 한ᄒᄂᆞᆫ고! 블연(不然)이면 호표(虎豹)의 밥이 되여신들 이가(離家) 숨년의 쇼식이 졀원(絶遠)ᄒ니, 엇지 ᄉᆞ싱존망을 긔약ᄒ여 알니오.

이러툿 번뇌ᄒ미 즈연 악심이 날노 스스로 스러져 회한(悔恨)ᄒ믈 마지 아니나, 틱ᄉᆞ의 박졍미몰ᄒ믈 한ᄒ미 통닙골슈(痛入骨髓)ᄒ여 강개흔 눈믈이 침금을 젹시이니, 셜미 츈【37】단이 부인이 졈졈 회심(回心)ᄒ여 가시믈 지긔(知機)ᄒ미, 심하의 암희ᄒ여 쥬야 좌우의 뫼셔 셩언(誠言)으로 위로ᄒ여, 한갓 셰월 ○○○[가기만]을 한업시 바라더니, 일일은 밧기 슛두어리며 울장(울墻)[1781] 버히ᄂ 쇼리 요란ᄒ거놀,《션·당‖셜·단》등이 고이히 너겨 여러 보니, 쳔만 몽미(夢寐) 밧 한님 곤계 남누흔 의복을 오히려 벗지 아니ᄒ고, 화풍경운(和風慶雲)이 쇼삭(消索)ᄒ여 표연(飄然)이 우화(羽化)[1782]흘 둣ᄒ니 그 원노

(결권)

1777)니하(奈何) : 어찌함 또는 어떠함의 뜻을 나타내는 말.

1778)옥골빙즈(玉骨氷姿) : 옥같이 희고 깨끗한 골격과 얼음처럼 맑고 깨끗한 자태.

1779)젼젼뉴락(輾轉流落) : 정처 없이 이리저리 돌아다니며 타향살이를 하다.

1780)긔갈(飢渴) : 배가 고프고 목이 마름.

1781)울장(울墻) : '울타리'의 방언(方言). ＊울타리: 풀이나 나무 따위를 얽거나 엮어서 담 대신에 경계를 지어 막아놓은 설치물.

발섭(遠路跋涉)의 초고(焦苦)ᄒᆞ믈 알 거시로
디, 쟝셩슈미(長成秀美)ᄒᆞ미 젼ᄌᆞ와 닉도ᄒᆞ더
라.

　이의 좌우를 지휘ᄒᆞ여 울을 헷치고 형극
(荊棘)을 싯ᄂᆞᆫ지라. 《션미∥셜미》 등이 쳔만
쯧밧 이를 당【38】ᄒᆞ미 디경(大驚)ᄒᆞ여 밧비
부인긔 고ᄒᆞᆫ디, 침두(枕頭)의 부인이 이《말
을∥쇼리를》 듯고 잠적(潛寂)ᄒᆞ여[1783] '역니
(逆理)의 우름'[1784]이 촉원(囑願)[1785]의 이를
싯ᄂᆞᆫ 듯ᄒᆞ더니, ᄎᆞ언을 드ᄅᆞ미 경희차열(驚
駭且悅)[1786]ᄒᆞ여 연망(連忙)이 금니(衾裏)를
믈니며, 이러 안ᄌᆞ 이로디,

（결권）

　"츈단아! 이 진짓 말이냐? 챵은 은샤(恩
赦)를 맛나 싱환ᄒᆞ미 올커니와, 영이 어디로
좃ᄎᆞ 날을 구ᄒᆞ리오."

　말을 맛치며 인적(人跡)이 졈졈 갓가오며,
냥지 지젼(在前)ᄒᆞ여 봉쇄ᄒᆞᆫ 문을 열고 감히
머리를 드지 못ᄒᆞ고, 고두ᄌᆡ비(叩頭再拜) 통
곡ᄒᆞ여 졍하(庭下)의 셔고, 한님은 젼후의 모
친 압히 블효 씨치오믈 일ᄏᆞ라, ᄌᆞ부인(慈夫
人) 체체(棣棣)[1787]○[로] 누실【39】고초(陋室
苦楚)를 다 격그시미, ᄌᆞ긔 블효ᄒᆞ온 죄를
[믈] 닉니 일ᄏᆞ라 고두복죄(叩頭服罪)[1788]ᄒᆞ
미, 누쉬(漏水) 더옥 숨숨(滲滲)ᄒᆞ여 빅년(白
蓮) 귀밋출 줌으니, 초췌(憔悴)ᄒᆞᆫ 용광(容光)
과 완슌(婉順)ᄒᆞᆫ 풍치 셕목간쟝(石木肝腸)이
라도 감동홀 듯ᄒᆞ거눌, ○○[영이] 옥면봉목
(玉面鳳目)의 ᄯᅩᄒᆞᆫ 쳥뉘(淸淚) 종횡(縱橫)ᄒᆞ
여 고두쳥죄(叩頭請罪) 왈,

　"블초ᄌᆞ 영이 이슬(離膝) 슈년의 요힝 형
이 은ᄉᆞ를 닙ᄉᆞ와 환가ᄒᆞ오니, 히이(孩兒) 좃

1782)우화(羽化) : 사람의 몸에 날개가 돋아 하늘로 올
　　라가 신선이 됨. =우화등선(羽化登仙).
1783)잠적(潛寂)ᄒᆞ다 : 말소리가 없이 고요하다.
1784)역니(逆理)의 우름 : =역리지통(逆理之痛). 순리
　　(順理)를 거스르는 일을 당한 슬픔이란 말로, 자식
　　을 잃은 부모의 슬픔을 말함.
1785)촉원(囑願) : 소원이나 요구를 들어주기를 부탁하
　　고 원함.
1786)경희차열(驚駭且悅) : 놀라고 또 기뻐함.
1787)체체(棣棣) : 위의(威儀)가 있는 모양. 예의에 밝
　　은 모양.
1788)고두복죄(叩頭服罪) : 머리를 조아려 자신의 죄를
　　스스로 일컬음.

촌 샹경ㅎ여ㅅ오니, 주위 이의 밋ᄎ시문 전
혀 블초ᄌ를 과이(過愛)ᄒ샤 일편도이 조코
ᄌ ᄒ신 연괴라. ᄋ히 스ᄉ로 터티(太太)를
ᄒᆫ갓 그른 곳의 나아가시게 ᄒ오니, 히이의
블초ᄒᆞᆫ 죄【40】악은 터럭을 ᄲ혀도 다 혜
지 못ᄒ리로쇼이다. ᄒᆡᆼ혀 형장의 셩효 여ᄎ
여ᄎᄒ샤 우흐로 쳔위(天威)를 감동ᄒ옵고,
야야 셩노를 두로혀1789) 모친의 슈계(囚繫)
ᄒ시믈 프르샤, 졍당으로 뫼시려 ᄒ옵ᄂᆞ니,
복원 터티ᄂᆞᆫ 이후나 윤[융]슝기덕(隆崇其
德)1790)ᄒ샤, 셩덕인ᄌ(盛德仁慈)ᄒ시믈 원ᄒ
오며, 모ᄌ동긔(母子同氣) 완젼키기를 바라옵
ᄂᆞ이다."

부인이 냥ᄌ를 쳔만 ᄠᅳᆺ밧 만나미 도로혀
경황난측(驚惶難測)ᄒ니, 의희(依俙)이 몽환
ᄒ여 넉시 몸가온ᄃᆡ 잇ᄂᆞᆫ 듯ᄒᆞᆫ지라. 다만 심
신이 아득ᄒ여 숀을 져어 갈오ᄃᆡ,

"노뫼 바야흐로 심신이 아득ᄒᆞᆫ지라. 왕ᄉ
(往事)ᄂᆞᆫ ᄎ유(次有)거니【41】와 긔왕(旣往)이
니 다시 이로지 말나. 노뫼 슈월을 계옥궁쉬
(繫獄窮囚)되여 텬일을 보지 못ᄒ니, 졍히 흉
금이 답답ᄒ여 셩화 갓ᄒ지라. 임의 ᄉ명(赦
命)이 이신즉, 밧비 노모를 다려다가 싀훤ᄒᆞᆫ
집의 옴기라. 조용이 모지 ᄃᆡᄒ여 졍회를 이
로리라."

냥인이 ᄌ부인 형식이 슈고초체(瘦枯憔
悴)1791)ᄒ여 몰나보게 되여시믈 디경ᄒ며, 공
ᄌᄂᆞᆫ ᄌ부인이 져러툿 환형(幻形)ᄒ시미 다
ᄌ가를 ᄉ렴(思念)ᄒ신 연괴믈 혜ᄋ려, 블효
를 어긔여 ᄊᆞᆯ 곳지[이] 업셔 ᄒ더라.

이의 가인을 분부ᄒ여 교ᄌ를 가져오라 ᄒ
여, 냥ᄌ(兩子) 붓드러 교ᄌ의 올녀 뫼셔 뎡
당【42】의 이로니, 슘녜 즁당의 나와 모친을
마ᄌ 시로이 슬허ᄒ며, 범부인이 ᄯᅩᄒᆞᆫ 녀부
(女婦)를 거ᄂ려 부인을 마ᄌ 슈월(數月) 옥
니고초(獄裏苦楚)를 치위(致慰)ᄒ고, 이제 냥
질(兩姪)의 무ᄉ이 도라오믈 치하ᄒ니, 부인
이 참슈만안(慚羞滿顔)ᄒ여, 면이부답(面而不

(결권)

1789)두로혀다 : 돌이키다. 돌리다.
1790)융슝기덕(隆崇其德) : 덕을 극진히 베풂.
1791)슈고초체(瘦枯憔悴) : 몸이 몹시 마르고 파리함.

쏩)1792)이라. 한님 곤계 바야흐로 즁모와 제
슈 제미룰 샹견ㅎ미 면면이 눈믈 나리믈 씨
닷지 못ㅎ더라.

부인이 뎡당의 안돈(安頓)ㅎ미 쥬야 ᄉ렴
ㅎ든 영이 도라오니, 환흡(歡洽)《ᄒᆞᆯ ‖ ㅎ여》
젼신이 빗기 혼득이니, 만념(萬念)이 부운(浮
雲) 갓치 ᄉ라지ᄂᆞᆫ지라.

ᄉ지(四肢) 셩쾌(成快)1793)ㅎ여 빅병이 츈
셜 스듯 ㅎ여 ㅎ나, 누월【43】 침식을 구졀
(俱絶)ㅎ고 심녀룰 허비ㅎ여 슈약(瘦弱)ㅎ미
만터라.

가즁샹히(家中上下) 한님과 공쥬룰 더ㅎ여
탐탐흔 별회룰 베퍼 한셜(閑說)이 이윽ㅎ미,
최부인이 비로소 한님을 슬하의 명ㅎ고 공쥬
룰 나와 집슈댱탄(執手長歎)의, 즈긔 지ᄂᆞᆫ 허
믈을 즈칰ㅎ미 《즈모 ‖ 즈못》 과도ㅎ여 셩의
(誠意)○[의] 밋ᄎ니, 좌위 다 최부인 회션기
악(回善棄惡)ㅎ미 혈심쇼지(血心所在)의 비로
ᄉ믈 못닉 깃거ㅎ고, 한님 곤계 평싱유한(平
生遺恨)이 일조(一朝)의 다 푸러져, 일만 근
심이[을] 씰쳐 ᄬ셩봉안(雙星鳳眼)의 승안화
긔(承顔和氣)룰 일워시니, 일가의 환셩(歡聲)
이 가득ㅎ고, 각샹(閣上)의 츈풍화긔(春風和
氣) 어려여시니, 숨녜 다【44】 슈미(愁眉)룰
씰쳐 깃거ᄒᆞ며, 틱ᄉ와 츄밀이 부인의 회진
기변(回進機變)1794)ㅎ믈 드ᄅᆞ미, 틱ᄉᆞᄂᆞᆫ 오히
려 밋지 아니딕, 츄밀이 과도히 깃거 형장
(兄丈)긔 치하ㅎ여 왈,

"챵질의 셩효딕덕(成孝大德)과 영질의 츌
셰흔 효우 곳 아니면, 슈슉 엇지 슈히 회진
기변ㅎ리잇고? 즈금(自今) 이후 가시 평안ㅎ
고 챵이 부뷔 반다시 조종(祖宗)을 챵(昌)ㅎ
오리니, 쇼제 형장 복녹을 하례ㅎᄂᆞ이다."

틱시 미쇼부답(微笑不答)이러라. 이러구러
슈일이 지닉미 금쥐로 좃ᄎ 윤쇼제 진궁으로
도라오믈 보ㅎ니, 일기 환열(歡悅)ㅎ여 틱시
밧비 녀부(女婦)의 긔별ㅎ여 셔치【45】룩(序

(결권)

───────────────

1792)면이부답(面而不答) : 얼굴을 대하여 대답하지 못
함.
1793)셩쾌(成快) : 병이 다 나음.
1794)회진기변(回進機變) 미음이 변하여 선도(善道)에
나아감.

齒錄)1795)을 곳쳐 진궁의 보니고, 즉일의 틱
ᄉ 곤계 가(駕)1796)를 두루혀 진궁의 나아가
식부를 볼시, 초시 윤쇼제 셔형으로 더브러
일노의 무ᄉ이 득달ᄒᆞ여 본부의 이로니, 존
당부모와 제형ᄌᆞ미 마ᄌᆞ 반기믈 이긔지 못ᄒᆞ
니, 쇼제 ᄯᅩᄒᆞᆫ 구모지여(久慕之餘)의 친안(親
顔)을 득승(得承)ᄒᆞ오미 환흡(歡洽)ᄒᆞ미 일실
(一室)을 들네더라.

초시 틱ᄉ 곤계 진궁의 니로니 진왕이 마
ᄌᆞ 한훤파(寒暄罷)의 식부의 무ᄉᆞ환경ᄒᆞ믈
치위ᄒᆞ고, 윤쇼제를 보고시분 ᄆᆞ음이 급ᄒᆞ여
브르니, 이윽고 쇼제 외당의 이르러 잠(簪)을
ᄲᅢ히고 계하(階下)의 부복ᄒᆞ온디, 틱ᄉ 부
【46】인의 용모 쇼쇽(消索)ᄒᆞ믈 이련(哀憐)ᄒᆞ
여 급히 오르라 ᄒᆞ니, 부인이 마지 못ᄒᆞ여
명을 밧ᄌᆞ와 당의 올나, 틱ᄉ와 츔밀 슉부긔
나아가 두 번 졀ᄒᆞ고 공슈시립(拱手侍立)ᄒᆞ
니, 틱ᄉ곤계 '그 ᄉᆞ이 만고풍상(萬古風霜)의
죽을 욕을 모피(謀避)1797)ᄒᆞ고, 부부 단회(團
會)ᄒᆞ여 올나오믈 보니, 아심(我心)의 이만
다힝ᄒᆞ미 업도다.' ᄒᆞ고, 연연무이(憐愛撫愛)
ᄒᆞ미 현어면모(顯於面貌)1798)ᄒᆞ여 ᄉᆞ랑ᄒᆞ믈
이로 형언치 못ᄒᆞ더라.

이윽고 시비 어린 공ᄌᆞ를 안고 나왓거ᄂᆞᆯ
진왕다려 무르니, 그 화란즁(禍亂中) 녀이 탄
싱ᄒᆞ믈 셜파ᄒᆞ고, '기시의 즉시 통홀 일이로
디, ᄉᆞ괴(事故) ᄯᅩ 엇더홀지 몰나 집의 기르
노라.'

틱ᄉ 곤【47】계 일을 보미 일변(一邊) 다힝
(多幸)ᄒᆞ고 일변(一邊) 무식(無色)ᄒᆞᆫ 빗치 잇
셔 믁믁(默默) 돈좌(頓挫)1799)타가, 칭ᄉᆞ(稱
辭) 왈,

"쇼뎨의 가환(家患)은 도시 ᄒᆞᆫ 입으로 형
언ᄒᆞ기 난난(難難)ᄒᆞ여 디홀 말이 업ᄉᆞ오나,

（결권）

1795)셔치록(序齒錄) : 사람 이름을 나이 순서대로 적
　　은 문서나 책.
1796)가(駕) : 거가(車駕). 『역사』임금이 타던 수레.
　　=어가(御駕). *고소설에서는 일반 사대부들도 흔히
　　타고 다니고 있다.
1797)모피(謀避) : 피하려고 꾀를 냄. 또는 그렇게 하
　　여 피함.
1798)현어면모(顯於面貌) : 얼굴에 나타남.
1799)돈좌(頓挫) : 기운이나 기세 따위가 갑자기 꺾임

요힝 흉모비계(凶謀祕計)[1800] 층츌(層出)의 일인도 亽망지환(死亡之患)이 업서시니, 만힝 인 즁 숀ᄋ를 보미 긔골이 셕디ᄒ고, 빅체(百體) 무흠ᄒ여 부풍모습(父風母襲)[1801]ᄒ여 오가(吾家)의 쳔니구(千里駒)니, 진짓 이만 즐거오미 업서 젼시(前事) 일쟝츈몽이로쇼이다".

ᄒ고, 아희를 무릅 우히 안고 연연무이(戀戀撫愛)[1802]ᄒ미 비홀디 업더라.

이윽고 셕양이 지산(在山)ᄒ미, 식부의 슈이 도라오믈 니로고 도라오니라.

슈일 후 진궁의셔【48】부ᄌ모녀 제ᄌ 서로 맛나 젹년이회(積年離懷)를 다 펴지 못ᄒ여서, 엄부의 오라ᄂ 명을 거스지[1803] 못ᄒ여 훌훌이[1804] 존당부모긔 하직ᄒ고, 엄부의 니로러 턱亽긔 현알ᄒ고, 《구고∥존고(尊姑)》 최부인긔 잠을 뻬히고 고두쳥죄(叩頭請罪)ᄒ니, 부인이 도로혀 미안ᄒ고 심즁의 붓그러온 빗치 동ᄒ여, '잠을 쏫즈라' 명ᄒ고, '젼후(前後) 지ᄂ 노뫼 간인 등의 어러믈[1805] 임(臨)ᄒ여 힝ᄒᆫ 바, 흔 일이 블가亽문어인국(不可使聞於他人國)[1806]이니, 다시 구두(口頭)의 걸미 亽롭의 도리 아니라.' ᄒ고 젼젼과악(前前過惡)흔 마음이 일조(一朝)의 봄눈 스듯ᄒ고, 긔슈심덕(改修心德)흔 ᄆ음이 뉴츌(流出)ᄒ여【49】집○[슈]무이(執手撫愛)ᄒ미 일분 간격이 업더라. 츠례로 슈슈[슉]제ᄌ(嫂叔諸子)를 녜로 뵈옵고, 일가의 샹하 업시 환열희지(歡悅喜之)ᄒᄆᆫ 일필난긔(一筆難記)러라.

숨 엄부인이 옥슈(玉手)를 이어 반기며 슬

(결권)

1800)흉모비계(凶謀祕計) : 음흉하게 남몰래 꾸민 꾀.

1801)부풍모습(父風母襲) : 모습이나 언행이 부모를 고루 닮음.

1802)연연무이(戀戀撫愛) : 애틋한 마음으로 쓰다듬어 주며 사랑함.

1803)거스다 : 거슬다. 거스르다. 일이 돌아가는 상황이나 흐름과 반대되거나 어긋나는 태도를 취하다.

1804)훌훌이 : 훌훌히. 미련 따위를 모두 털어 버리는 모양.

1805)어러다 : 어르다. 어떤 일을 하도록 사람을 구슬리다.

1806)블가亽문어인국(不可使聞於他人國) : 남이나 나라가 알게 할 수 없음.

허 혹쇼혹탄(或笑或嘆)ᄒ며 밤으로뻐 낫즐 이엇더라.

존당부뫼 좌우를 명ᄒ여 쇼져의 유ᄋ(幼兒)를 안아오니, ᄋ히 싱지ᄉ세(生之四歲)라. 츌어범뉴(出於凡類)ᄒ고 발호기체[줴](拔乎其萃)1807)ᄒ여 미여관옥(美如冠玉)1808)이오 목여낭셩(目如狼星)1809)이라. 뇽뫼(容貌) 히월(海月) 갓고 풍치(風彩) 쇄락(灑落)ᄒᆯ 분 아니라, 임의 문ᄌ를 희득ᄒ여 거의 인ᄉ를 아ᄂ지라.

일즉 유하(乳下)의 밋쳐 인ᄉ를 아지 못ᄒᆯ 적은 남정빅과【50】 더엄부인을 호시(怙恃)1810)로 아더니, 슈세(數歲) 되미 일가쇼ᄋ(一家小兒)의 무리 닷토와 근본을 니로니, 임의 나히 어리나 텬품(天稟)이 총명ᄒ무로, ᄎ후ᄂ 즐기지 아니코 우우(憂憂)히 근심ᄒ더라.

즉일(卽日)의 티ᄉ 곤계 진부의 이로러 진왕을 디ᄒ여 슈일 ᄉ이을 문후ᄒ고 식부를 디ᄒ여 서로 볼시, 쇼제 금년(金蓮)1811)을 옴겨 승당(昇堂)ᄒ여 냥공긔 지비(再拜) 녜알(禮謁)ᄒ고 복슈쳥죄(伏首請罪)ᄒ니, 티시 급히 명ᄒ여 평신ᄒᆷ믈 니로고 쇼져의 옥슈를 잡고 츄연댱탄(惆然長歎) 왈,

"노뷔 블명ᄒᆫ 연고로 의외 가란이 샹싱ᄒ여 현부의 빙옥방신(氷玉芳身)으로 원망ᄒ 누【51】명(陋名)을 시러 수쳔니 타향의 고초를 적지 아니케 격고, 화란여싱(禍亂餘生)이 지우금(至于今) 보명(保命)ᄒ여 신긔히 요인

(결권)

1807)발호기췌(拔乎其萃) : 그 무리 가운데서 빼어남.
1808)미여관옥(美如冠玉) : 아름답기가 관옥과 같다. *관옥(冠玉): 관의 앞을 꾸미는 옥.
1809)목여낭셩(目如狼星) : 눈은 낭셩처럼 빛남. *낭셩(狼星):『천문』큰개자리에서 가장 밝은 청백색의 별. =늑대별. =시리우스.
1810)호시(怙恃) : '믿고(怙) 의지하는(恃) 이'라는 뜻으로 '부모'를 이르는 말.『시경 소아(小雅)』'육아(蓼莪)' 시에 "아버지 아니시면 누구를 의지하며, 어머니 아니시면 누굴 믿을까(無父何怙 無母何恃)."라는 시구에서 유래하였다.
1811)금년(金蓮) : 금으로 만든 연꽃이라는 뜻으로, 미인의 예쁜 걸음걸이를 비유적으로 이르는 말. 중국 남조(南朝) 때 동혼후(東昏侯)가 금으로 만든 연꽃을 땅에 깔아 놓고 반비(潘妃)에게 그 위를 걷게 하였다는 고사에서 유래한다.

(妖人)의 화를 버셔나 금쉬의 안신ᄒ고, 슈슈(嫂嫂)를 시봉ᄒ여 주부의 도을 다ᄒ니, 이 진짓 이른 바 고인의 명철보신(明哲保身)[1812]ᄒ다 ᄒ미 현부를 이로미라."

쇼제 복슈문파의 블승황공ᄒ여 념용(斂容) 슈왈(謝曰),

"쇼첩의 지ᄂᆫ 브ᄂᆫ 스스로 운익(運厄)의 긔구(崎嶇)ᄒ오미오, 즁도의 봉변을 당ᄒ여 ᄉᆞ긔(事機)를 잠간 알미, 임의 화익이 당젼흘 줄 아오며, 안ᄌᆞ셔 ᄉᆞ화(死禍)를 기다리오믄 습쳑쇼ᄋᆞ(三尺小兒)의 쇼견이라도, 이러치 아니ᄒ온 고로,《조각∥'소각(燒却)》의 화(禍)를 버【52】셔나오나'[1813] 챵졸(倉卒)의 도라갈 곳을 졍치 못ᄒ여, 건복(巾服)[1814]을 ᄒ옵고 금쉬의 도라갈 곳을 졍치 못ᄒ여 도로의 방황ᄒ다가, 쳔힝으로 존고를 시봉ᄒ오나, 우ᄒ로 임군을 긔망ᄒ여 젹쇼를 ᄯᅵ난 죄인이 되옵고, 녀지 복식을 밧고와 도로의 분쥬(奔走)ᄒ오미, 빅희(伯姬)[1815]의 죄인이 되옵고, ᄯᅩ 존구와 즁부딕인이 하향(下鄉)ᄒ시믈 아오디 능히 ᄉᆞ디(死地)를 신빅(申白)지 못흔 죄인이 되여 존하의 비현(拜見)치 못ᄒ여ᄉᆞ오니, 이제 요힝 셩문(聖門) 은틱(恩澤)으로 누명을 신빅(伸白)ᄒ옵고, 은ᄉᆞ(恩赦)를 입ᄉᆞ와 존하(尊下)의 뵈오미, 젼일 긔망(欺罔)ᄒᆞ온 죄를 다ᄉᆞ리시믈 기【53】다리옵더니, 존귀(尊舅) 셩덕을 드리오샤 용샤(容赦)ᄒ시니 황공감은(惶恐感恩)ᄒᆞ믈 이긔지 못ᄒ옵거늘, 도로혀

(결권)

1812)명철보신(明哲保身) : 총명하고 사리에 밝아 일을 잘 처리하여 자기 몸을 보존함.

1813)소각(燒却)》의 화(禍)를 버셔나오나 : 작중화자 윤월화가 절강에 유배되었을 때, 칠미호의 변신인 영원이 절강까지 찾아와, 자신의 적소에 방화(放火)함으로써, 소각(燒却)될 위기를 겪었던 사건(앞 25권 38-41쪽에 나온다)을 회상한 말.

1814)건복(巾服) : =옷갓. 웃옷과 갓을 아울러 이르는 말로, 흔히 예전에 남자가 정식으로 갖추던 옷차림을 이른다.

1815)빅희(伯姬) : 중국 춘추시대 魯(노)나라 宣公(선공)의 딸. 송나라 恭公(공공)에게 시집갔다가 10년 만에 홀로 됐다. 궁궐에 불이 났을 때 관리가 피하라고 했으나 부인은 한밤에 보모 없이 집을 나설 수 없다고 고집해서 결국 불속에서 타 죽었다. 『열녀전(烈女傳)』<정순전(貞順傳)>'송공백희(宋恭伯姬)'조(條)에 기사가 보인다.

여ᄎᆞ 과장(誇張)ᄒᆞ시니 블승황감(不勝惶感)ᄒᆞ
믈 이긔지 못ᄒᆞ리로쇼이다."

옥셩이 낭낭ᄒᆞ고 의문(疑問)이 간박(簡朴)
ᄒᆞ나 ᄉᆞ리 온당ᄒᆞ며, 온유ᄒᆞᆫ 광휘와 혜ᄋᆞ(慧
雅)ᄒᆞᆫ 긔질이 쇄락ᄒᆞ여, 천교만염(千嬌萬艶)
이 폐쟝(肺腸) 가온ᄃᆡ 더옥 찬연ᄒᆞ여, 젼ᄌᆞ
(前者)로 닉도ᄒᆞᆫ지라.

틱ᄉᆡ 지ᄉᆞᆷ 어로만져 무ᄋᆡᄒᆞᄆᆞᆯ 마지 아니
코, 츈밀이 ᄯᅩᄒᆞᆫ 형장 말ᄉᆞᆷ을 이어 포쟝위면
(褒獎慰面)1816)ᄒᆞᄆᆞᆯ 마지 아니니, 쇼졔 블감
승당(不堪承當)이러라.

이윽고 ᄉᆞᆷ 엄시 나와 냥공(兩公)긔 뵈오ᄆᆡ
냥공이 ᄉᆞ【54】랑ᄒᆞ여 흔연이 말ᄉᆞᆷᄒᆞ더니, 진
왕 곤계 시녀를 분부ᄒᆞ여 쥬찬을 갓초와 빈
쥬(賓主) 통음(痛飮)1817) 칠팔비(七八杯)의,
쇼ᄋᆡ(小兒) 쳥ᄉᆞᆷ(青衫)을 븟치며 혜란(蕙
蘭)1818)을 모라 나오니, 개개히 옥쳥션동(玉
清仙童)1819)이 하계(下界1820))ᄒᆞᆫ 듯ᄒᆞ니, 이
ᄂᆞᆫ ᄉᆞᆷ 엄부인 쇼싱이라.

제ᄋᆡ(諸兒) 일시의 승당(升堂) 비알(拜謁)
ᄒᆞᆯ시 니 뉴(類)의 엄 ᄋᆡ(兒) 나왓ᄂᆞᆫ지라. 졔
ᄋᆞ를 좃ᄎᆞ 틱ᄉᆞ와 츈밀을 향ᄒᆞ여 비례ᄒᆞ니,
교악(喬嶽)1821)ᄒᆞᆫ 톄지(體肢)ᄂᆞᆫ 신츈(新春)의
셰류(細柳) 금당(金塘)1822)의 휘드ᄂᆞᆫ1823) ᄃᆞᆺ,
옥모영ᄋᆡ(玉貌靈艾)1824) 징쳥쇄락(澄清灑落)
ᄒᆞ여 의희(依俙)의 틱허(太虛)의 오ᄅᆞᄂᆞᆫ 긔질
이라. 블셰(不世)의 긔린이 나린ᄃᆞᆺᄒᆞ니, 틱ᄉᆡ
안(眼)의 긔이(奇異)희 넉여 문왈,

(결권)

1816)포쟝위면(褒獎慰面) : 면전에서 칭찬하여 위로함.
1817)통음(痛飮) : 술을 매우 많이 마심. ≒침음(沈飮).
1818)혜란(蕙蘭) : 혜초와 난초를 함께 이른 말. 여기
　　서는 빼어난 자질을 갖춘 자손을 비유하는 말로 쓰
　　였다. ≒천리구(千里駒). 기린(騏驎).
1819)옥쳥션동(玉清仙童) : 옥청궁(玉清宮)에서 선도(仙
　　道)를 닦고 있는 동자(童子)들. *옥청궁(玉清宮): 도
　　교 삼청궁(三清宮)의 하나로, 천제(天帝)가 살고 있
　　다고 하는 궁.
1820)하계(下界) : 인간 세상에 내려옴.
1821)교악(喬嶽) : 높고 큰 산.
1822)금당(金塘) : '금(金)'은 오행(五行) 상 서쪽에 해
　　당한다. 따라서 '금당'은 석양의 황금빛 노을이 물
　　든 연못을 이른 말이다.
1823)휘드다 : 휘듯다. 흔들리다.
1824)옥모영ᄋᆡ(玉貌靈艾) : 옥처럼 맑고 신령스러운 쑥
　　처럼 여린 모습의 어린 아이.

"추이 엇던 ᄋᆞ히요[뇨]? 전【55】ᄌᆞ의 본 비업도다."

남빅(南伯)이 쇼이더왈(笑而對曰),

"ᄎᆞ이(此兒) 싱지(生之) ᄉᆞ세(四歲)라. 합하(閤下)는 근러 제 쳐(處)를 도라보지 아녀지오러니, ᄎᆞᄋᆞ를 엇지 보아 계시리오. ᄎᆞ이 원간[1825] 부모 업순 아히라. 우연이 바린 ᄋᆞ히를 어더 기르ᄂᆞ이다."

정언간(停言間)의 진왕이 정식 왈,

"엄합하ᄂᆞᆫ 녀등(汝等)의 부집존항(父執尊行)이라. 셔어(齟齬)히[1826] 쳐슉(妻叔)과 인친(姻親)으로 《외온∥의논》치 말고, 아븨 지교(至交)를 공경치 아녀 문득 언단(言端)의 희언(戲言)을 두ᄂᆞ뇨?"

남빅이 블승황공 묵연이어늘 틱시 쇼왈,

"쇼뎨 우연이 ᄋᆞ히 지모를 ᄉᆞ랑ᄒᆞ여 무르미 고이ᄒᆞ미, 녕낭(令郞)의 답언이 희언의 갓가오미 이시나, 현공이【56】엇지 달문을 과칙ᄒᆞ시ᄂᆞ뇨?"

진왕이 ᄉᆞ왈,

"합하 쇼ᄋᆞ의 근본을 모로미 돈이 반다시 실노뼈 고ᄒᆞᆯ 거시어늘, 믄득 희언을 두니 엇지 무힝(無行)ᄒᆞ미 심치 아니리오."

원닉 ᄎᆞᄋᆞᄂᆞᆫ 녀ᄋᆞ의 싱이(生兒)라. 녀이 젹거시(謫去時)의 회팀만월(懷胎滿月)ᄒᆞ엿던 고로, 본부의 도라와 분산(分産)ᄒᆞ고, 슴칠(三七)[1827] 만의 젹힝ᄒᆞᆫ 슈말을 ᄌᆞ시 젼ᄒᆞ니, 틱ᄉᆞ곤계 쳥미파의 ᄎᆞ경ᄎᆞ희(且警且嬉)ᄒᆞ여 깃부미 망외(望外)라.

연망이 쇼ᄋᆞ를 나호여 슬샹의 올녀 ᄌᆞ시 보미 과연 비샹ᄒᆞᆫ지라. 냥공이 딕희과망(大喜過望)ᄒᆞ여 틱시 총망(悤忙)이 이러 진왕을 향ᄒᆞ여 지비(再拜)ᄒᆞ니, 진왕이 급히 븟【57】드러 말녀 갈오디,

"현형이 반다시 밋치지 아니면 췹(醉)ᄒᆞ여

1825)원간 : ①「명사」 사물이 전하여 내려온 그 처음.
　　=본디. =원래.　②「부사」 처음부터 또는 근본부터.
　　=본디. =원래.
1826)셔어(齟齬)히 : 익숙하지 아니하여 서름서름하게.
1827)슴칠(三七) : 삼칠일(三七日).『민속』아이가 태어
　　난 후 스무하루 동안. 또는 스무하루가 되는 날. 대
　　개는 이날 금줄을 거둔다.=세이레.

(결권)

게시도다. 형가 슌이 쏘흔 오가 슌이라. 이
디도록 과도히 숑혜(頌惠)[1828]ᄒ리오. 우뎨
(愚弟) ᄉ심의 블안ᄒᆞᆷ믈 니긔지 못ᄒ리로쇼
이다.”

티시 ᄉ왈,

“만ᄉᆡᆼ(晩生)이 블명혼암ᄒᆞ여 현부로 ᄒᆞ여
곰 만샹긔화(萬狀奇禍)를 경녁(經歷)게 ᄒᆞ고,
이런 긔특흔 슌이 이시디 이제 져리 ᄌᆞ라기
의 이르도록 아지 못ᄒᆞ니, 엇지 만ᄉᆡᆼ의 블명
ᄒᆞ미 심치 아니리오. 디왕이 슌ᄋᆞ룰 아롬다
이 교양(敎養)ᄒᆞ여 오다가 변(變)이 진정흔
후 도라보니여 텬뉸을 완전케 ᄒᆞ니, 만ᄉᆡᆼ이
엇지 흔 번 졀ᄒᆞᆯ ᄲᅮᆫ이리오. 고두빅비(叩頭百
拜)【58】ᄒᆞ여 셩덕(盛德)을 ᄉᆞ례ᄒᆞ여도 밋지
못흘가 ᄒᆞ노라.”

왕이 겸양ᄒᆞ고 츄밀이 빗난 풍협(豐
頰)[1829]의 희휘희연ᄒᆞ여 칭ᄉᆞ왈,

“ᄎᆞᄋᆞ는 오문의 쳔니귀(千里駒)라.[1830] 디
왕이 오가 긔린(騏驎)을 위란지시(危亂之時)
의 거두워 쥬시니, 아등(兒等)의 영ᄒᆡᆼ(榮幸)
감격ᄒᆞᆷ믈 측냥 못ᄒ리로쇼이다.”

왕이 좌슈우답(左酬右答)의 블감(不敢)이라
ᄒᆞ더라.

이윽고 파(罷)ᄒᆞ여 도라갈ᄉᆡ, 티시 슌ᄋᆞ의
명을 쥬어 ‘홍문’이라 ᄒᆞ고, ᄌᆞ(字)를 ‘현뵈’
라 ᄒᆞ니, 쇼이 졀ᄒᆞ여 일홈 쥬시믈 즐겨ᄒᆞ
며, 조부와 종조의 광슈(廣袖)를 밧드러 ᄯᅥ나
믈 년년(戀戀)ᄒᆞᄂᆞᆫ지라. 티ᄉᆞ곤계 지ᄉᆞᆷ 년이
ᄒᆞ여 이러ᄂᆞ지 못ᄒᆞ더니,【59】홍문이 믄득
ᄯᅳ라가믈 고ᄒᆞ여 왈,

“쇼ᄉᆞᆫ이 강보(襁褓)의 어미룰 ᄯᅥ나 외왕부
모(外王父母)의 휵양(慉養)을 밧ᄌᆞ와 이제야
텬뉸을 긔억ᄒᆞ여 어미룰 반기오며, 낭위 왕
부긔 보오믈 엇ᄉᆞ오나, 인ᄌᆞ(人子) 싱셰의 아
븨 면목을 아지 못ᄒᆞ오미 쳔지간 지통이라.
ᄌᆞ뫼 오릭지 아녀 도라오리니, 쇼ᄉᆞᆫ이 몬져
왕야(王爺)[1831]를 뫼셔 가고져 ᄒᆞᄂᆞ이다.”

(결권)

1828)숑혜(頌惠) : 은혜를 기림.
1829)풍협(豐頰) : 살이 두툼한 탐스러운 뺨.
1830)쳔니구(千里駒) : =쳔리마(千里馬). 뛰어나게 잘난
  자손을 칭찬하여 이르는 말.
1831)왕야(王爺) : 할아버지.

좌위 쳥파(聽罷)의 그 츙유비상(沖幼非常)
ᄒ미 발셔 쳔셩지친(天性之親)이 즁ᄒᆫ 줄 알
아, 언ᄉ쳐변(言事處變)이 슉셩ᄒ믈 보미, 블
승칭이(不勝稱愛)ᄒ믈 마지 아니며, 팀ᄉ곤계
긔특이 너겨 드듸여 유모로 ᄒ여곰 쇼ᄋ를
다려갈 ᄉᆡ, 크게 즐겨 표【60】문(表門) 샹하
의 하직ᄒ고 두 왕부를 ᄯ라가는 지라.

냥공이 녀질(女姪)을 도라보아 윤쇼져와
ᄒᆫ가지로 도라오라 ᄒ고, 윤시의 슈히 도라
오믈 일컷고, 제윤으로 분슈(分手)ᄒ여 본부
로 도라오니, 가인이 몬져 희보(喜報)를 젼ᄒ
엿는지라.

팀시 ᄋ슌을 잇그러 즁당의 드러와 일개
ᄒᆫ가지로 볼ᄉᆡ, 홍문의 옥골(玉骨)과 츄슈골
격(秋水骨格)[1832]이 엄시랑의 ᄌ녀와 어ᄉ의
ᄌ녀 칠팔인과 기여 녀ㆍ화ㆍ셕 등의 ᄌ녀의
게   셧기미, '팀산지어누질(泰山之於陋質)과
하히지어힝도(河海之於洐濤)와 봉황지어쥬슈
(鳳凰之於走獸)와 화풍지어화왕[앙](和風之於
禍殃)이오, 옥즁지빅벽(玉中之白璧)이라'[1833].
쳔지별긔(天地別氣)와 건곤(乾坤)【61】의 조화
를 홀노 거두어시니, 제이(諸兒) 또ᄒᆫ 칠팔세
이하로 층층ᄒ여 옥 남긔 구살[1834] 갓흐니,
홍문의 비ᄒ미 슘ᄉ층 나리니, 샹히 뎌경실
식ᄒ고, 범부인 고식과 녀부인 등 슘ᄌ미 탐
혹과이(耽惑過愛)ᄒ여, 윤쇼져 명철보신ᄒᆫ 지
혜 이 갓ᄒ여, 기시(其時) 비샹간고(備嘗艱
苦)[1835] 즁 능히 복아(腹兒)를 보젼ᄒ되, 독

(결권)

1832)츄슈골격(秋水骨格) : 가을 물처럼 맑고 깨끗한
    신체.
1833)팀산지어누질(泰山之於陋質)과 하히지어힝도(河海
    之於洐濤)와 봉황지어쥬슈(鳳凰之於走獸)와 화풍지
    어화앙(和風之於禍殃)이오, 옥즁지빅벽(玉中之白璧)
    이라 : 높고 큰 산이 낮고 작은 야산들에 비교됨과
    같고, 큰 강과 바다가 작은 개울과 물결들에 비교
    됨과 같으며, 또 봉황이 온갖 길짐승들에 비교됨과
    같고, 솔솔 부는 화창한 바람이 갑작스럽게 닥친
    화란(禍亂)과 재앙(災殃)에 비교는 것과 같으니, 옥
    가운데서도 백벽(白璧)과 같은지라. *백벽(白璧): 전
    국시대 변화씨(卞和氏)라는 사람이 형산(荊山)에서
    돌 위에 봉황이 깃들이는 것을 보고 얻었다는 명옥
    (名玉),   화씨벽(和氏璧)ㆍ연성지벽(連城之璧)ㆍ조성
    지주(趙城之珠) 등의 여러 이름과 전설이 전한다.
1834)구살 : 구슬.
1835)비샹간고(備嘗艱苦) : 온갖 고생을 두루 겪음.

슈룰 두려 ᄉ긔룰 나텨ᄂ;지 아녀, 이제 풍운 길시(風雲吉時)룰 맛나 부뷔 지합이 쉽고, 부 ᄌ의 쳔늄이 단원(團圓)ᄒ믈 긔특이 너기ᄆᆡ, 칭셩(稱聲)이 요요(擾擾)ᄒ고 하셩(賀聲)이 분 분(紛紛)ᄒ니, 항ᄉ(恒事)[1836] 화긔 가득ᄒ여 윤쇼졔 슈히 도라오믈 기ᄃᆞ리더라.

한님이 초【62】의 분슈(分手)ᄒᆯ 젹의 윤부 인과 일야회실(一夜會室)이 츈몽 갓ᄒᆞᆫ 바로, 일쟝신몽(一場神夢)을 응ᄒ여 '비웅(羆熊)의 샹셰(祥瑞)'[1837]이 잇시믈 명명이 아ᄂᆡ, 기후 (其後) 쇼졔 죄루(罪累)의 쳐ᄒᆞ고, ᄌ개(自家) 쳔붕지통(天崩之痛)을 맛나 오국의 분상(奔 喪)ᄒ여, 금쥬의 힝쟝(行葬)ᄒᆞᄂᆞᆫ 즈음의 부인 이 졀강의 원젹(遠謫)ᄒ고, ᄯ또 ᄌ개 환경ᄒ여 오ᄅᆞ지 아녀, 망극ᄒᆞᆫ 신누룰 어더 쟝ᄉᆞ의 원 찬ᄒᆞ여시니, 부뷔 샹니(相離)ᄒᆞᆫ ᄉᆞ이라. 피ᄎᆞ 셩문(聲聞)이 밋지 아니며 유명지간(幽明之 間) 갓ᄒᆞᆫ 바로, 이제 쳔만 긔약지 아닌 ᄋᆞ지 싱지(生之) ᄉᆞ셰의 이갓치 비샹ᄒᆞ믈 보니, 엇 지 부ᄌᆞ쳔늄이 범연ᄒ리오.

아ᄒᆡ룰 어로【63】만져 츄연(惆然)ᄒᆞᆫ ᄉᆞ식이 이시나, 각별 이즁ᄒᆞᄂᆞᆫ 긔식을 나토지 아니 ᄃᆡ, 쇼이 황홀이 야야룰 ᄯᆞ라 셤슈로 야야의 광슈룰 밧들고, 부안을 우러러 즐거오믈 니 긔지 못ᄒᆞᄂᆞᆫ지라.

공지 어엿부믈 이긔지 못ᄒ여 친히 안고 경일누의 드러가니, 추시 최부인이 졍당의 드러와 ᄋᆞ지 도라오ᄆᆡ 만시 여의ᄒᆞ고 임의 젼악룰 ᄶᅵ다라 다시 이쳬(礙滯)ᄒᆞᆫ ᄆᆞ음이 업 ᄂᆞᆫ지라.

비록 터시 미몰ᄒ믈 한ᄒ나 ᄌᆞ연 심ᄉᆞ룰 널니ᄒᆞ고, 냥ᄌᆞ(兩子)의 동쵹(洞屬)[1838]ᄒᆞᆫ 졍

(결권)

1836)항ᄉ(恒事) : 늘 있는 일.

1837)비웅(羆熊)의 샹셰(祥瑞) : '아들 낳을 상서'를 말 함. 『시경(詩經)』「소아(小雅)」<사간(斯干)>에 "길 몽이 무언가 하면, 큰 곰과 작은 곰에다, 큰 뱀과 작은 뱀이로다. 대인이 꿈을 점치니, 큰 곰과 작은 곰은 남아를 낳을 상서요, 큰 뱀과 작은 뱀은 여아 를 낳을 상서로다(吉夢維何 維熊維羆 維虺維蛇 大 人占之 維熊維羆 男子之祥 維虺維蛇 女子之祥)." 라고 한 데서 온 말. *웅비(熊羆); 작은곰(熊)과 큰 곰(羆).

1838)동쵹(洞屬) : 동동쵹쵹(洞洞屬屬)의 줄임말. 공경

셩이 신기(神祇)를 감동홀 듯ᄒᆞ여, 임의 은(嚚)ᄒᆞᆫ[1839] ᄆᆞ음를[을] 감화ᄒᆞ미 되니, ᄯᅩ 엇지【64】ᄌᆞ부인 심ᄉᆞ를 도로혀게 못ᄒᆞ리오.

부인이 나날이 심ᄉᆡ 열니이미 약음이 슌강(順降)ᄒᆞᄂᆞᆫ지라. 날노 긔운이 쇼셩(蘇成)ᄒᆞ미 스스로 허믈을 ᄌᆞ칙ᄒᆞ미 깁흔 고로, 감히 즁목쇼시(衆目所視)의 참녜치 못ᄒᆞᄂᆞᆫ지라.

이날도 슌ᄋᆞ의 도라오믈 드ᄅᆞ니 이 곳 천천만만(千千萬萬) 몽시지외(夢事之外)라. 시로이 ᄌᆞ괴어심(自愧於心)ᄒᆞ여 기리 탄식분이오, 감히 슌ᄋᆞ 보믈 구치 못ᄒᆞ더니, 문득 공지 홍문을 안고 한님으로 더부러 병비(竝臂)ᄒᆞ여 드러오미, 공지 웃고 문을 나리와 ᄌᆞ젼(慈前)의 노ᄒᆞ며 고왈,

"ᄎᆞ이 윤 슈(嫂)의 칭ᄒᆞ신 비라. 윤 쉬 미구(未久)의 도라오실 거시미 아희를 몬【65】져 다려왔ᄂᆞ이다."

한님이 홍을 가ᄅᆞ쳐 왕모긔 절ᄒᆞ여 뵈오라 ᄒᆞ니, 쇼이 나아가 최부인 슬하의 절ᄒᆞ고 복슈 고왈,

"쇼숀이 어미 연좌(連坐)로 싱셰 ᄉᆞ년의 천지를 모로ᄂᆞᆫ 죄인이 되어, 쥬야 슬허ᄒᆞ옵더니, 금일 시로이 천우신조ᄒᆞ여 부지 지합(再合)ᄒᆞ옵고 왕부모 좌하의 비알ᄒᆞ오니, 셕시(夕死)나 무한(無恨)이로쇼이다. 복원 디모ᄂᆞᆫ 어미 비록 유죄ᄒᆞ오나, 쇼ᄌᆞᄂᆞᆫ 무죄ᄒᆞ믈 가이(可愛)ᄒᆞ샤 무휼ᄒᆞ시믈 바라ᄂᆞ이다."

셜파의 옥〇[음](玉音)니 낭낭ᄒᆞ고 쇼음(小音)이 이원(哀願)ᄒᆞ여 단혈(丹穴)[1840]의 유봉(幼鳳)이 부ᄅᆞ지지ᄂᆞᆫ 듯ᄒᆞᆫ지라. 부인이 《탐탄‖찬탄》과이(讚歎過愛)[1841]ᄒᆞ미 지극【66】ᄒᆞ더라.

이씨의 한님이 궐하의 나아가 슉비(肅拜) 쳥죄(請罪)ᄒᆞ온디, 샹이 급히 입시ᄒᆞ라 지촉ᄒᆞ시고 반가이 보시니, 한님이 젹거(謫去) 젼

(결권)

하고 삼가며 매우 조심함.
1839)은(嚚)ᄒᆞ다 : 어리석다.
1840)단혈(丹穴) : =단산(丹山). 전설상의 산 이름으로, 이곳에 오색영롱한 봉황새가 산다고 한다.(『山海經 南山經』)
1841)찬탄과이(讚歎過愛) : 칭찬하고 감탄하며 지나칠 정도로 사랑함.

(前)의는 약관(弱冠) 미쇼년(美少年)으로 약질이 미앙궁(未央宮)[1842] 버들이 츈산(春山)의 휘듯는[1843] 듯 ᄒᆞ더니, 이제 보미는 팔쳑쟝신(八尺長身)이 언건(偃蹇)ᄒᆞ고 칠[팔]쳑신비과슬(八尺身臂過膝)[1844]ᄒᆞ여 원비일요(猿臂逸腰)[1845]의 옥면유풍(玉面柳風)이 진승샹(陳丞相)[1846]의 부귀지면(富貴之面)[1847]과 숑홍(宋弘)[1848]의 덕된 긔샹을 아오로와시며[1849], 일빵 츄파(秋波)의 히월(海月) 갓흔 졍치(精彩)와 냥미《강산∥간상》(兩眉間上)[1850]의 녕녕(瑩瑩)혼 문명(文明)[1851]이 텬지의 슈일(秀逸)혼 긔믹(氣脈)을 오로지 거두어시니, 가슴 가온디는 혼 도덕을 심쟝(深藏)ᄒᆞ고 도학은 셩덕【67】진유(盛德眞儒)의 말게(末契)[1852] 《된∥될》 거시오 츌쳔셩효(出天誠孝)는 증션싱(曾先生)[1853]을 이웃ᄒᆞᆯ지라.

(결권)

1842)미앙궁(未央宮) : 중국 한(漢)나라 때에 지은 궁전. 고조 원년(B.C.202)에 승상인 소하(蕭何)가 장안(長安)의 용수산(龍首山)에 지었다.

1843)휘듯다 : 흔들거리다. 휘날리다.

1844)팔쳑신비과슬(八尺身臂過膝) : 키가 팔척이나 될 만큼 크고, 팔이 무릎을 넘을 만큼 길다.

1845)원비일요(猿臂逸腰) : 긴 팔과 늘씬한 허리.

1846)진승샹(陳丞相) : 중국 한나라 정치가 진평(陳平; ? - BC178). 가난한 집에서 태어났으나 용모가 뛰어나고 독서를 좋아하였다. 부잣집 딸과 혼인하여 부를 얻고, 처음 초나라의 항우(項羽)를 섬기다가, 뒤에 한고조(漢高祖) 유방(劉邦)을 섬겼는데 '여섯 번 기발한 꾀를 내'(六出奇計) 천하 통일을 이루었다. 여태후(呂太后)가 죽은 뒤 주발(周勃)과 힘을 합하여 여씨 일족의 반란을 평정하였다

1847)부귀지면(富貴之面) : 부귀를 누릴 관상(觀相).

1848)숑홍(宋弘) : 중국 후한(後漢) 광무제(光武帝) 때 사람. 『후한서(後漢書)』<송홍전>에 그가 광무제에게 한 말 곧, "가난할 때 친하였던 친구는 잊어서는 안 되고(貧賤之交不可忘), 지게미와 쌀겨를 먹으며 고생한 아내는 집에서 내보내서는 안 된다(糟糠之妻不下堂)"는 말이 널리 전해지고 있다.

1849)아오로다 : 아우르다. 여럿을 한데 합치다.

1850)냥미간상(兩眉間上) : 두 눈썹 사이에.

1851)문명(文明) : 문채(文彩)가 뛰어나고 분명함.

1852)말게(末契) : ①선학과 후학의 사귐을 이르는 말. ②서로 교유하는 사이에서 상대방에게 자신을 낮추어 이르는 말. =하교(下交). *여기서는 '후학(後學)' 정도의 의미로 쓰였다.

1853)증션싱(曾先生) : 증자(曾子). 이름은 삼(參), 자는 자여(子輿). 중국 노나라의 유학자. 공자의 덕행과 사상을 조술(祖述)하여 공자의 손자인 자사(子思)에게 전하였다. 후세 사람이 높여 증자(曾子)라고 일

▌낙선제본 엄시효문쳥ᄒᆡᆼ녹 권지이십팔   410   엄시효문쳥ᄒᆡᆼ녹 권지십ᄉᆞ 고대본 ▌

밧기 졍(靜)ᄒᆞ미 안이 더옥 밝가, 능늠(凜凜)이 챵숑(蒼松) 갓고, 이이(哀哀)히 고쥭(孤竹) 갓ᄒᆞ여, 바라미 늠연(凜然) 싁싁ᄒᆞ여 《츅상셔‖슈샹자(手上者)》로 ᄒᆞ야곰 긔경취즁(起敬取重)ᄒᆞ믈 면치 못홀 비오, 슈하ᄌᆞ(手下者)로 ᄒᆞ여곰 숑연공〇[경](悚然恭敬)ᄒᆞ믈 면치 못홀 비라.

뎐샹젼히(殿上殿下) 긔이ᄒᆞ믈 이긔지 못ᄒᆞ고, 쳔안옥식(天顔玉色)[1854]의 희긔영농(喜氣玲瓏)ᄒᆞ샤, 흔연 ᄉᆞ좌(賜座)《ᄒᆞ샤‖ᄒᆞ시고》 옥비난향(玉杯蘭香)을 반ᄉᆞ(頒賜)ᄒᆞ샤 옥음(玉音)이 권권(眷眷)《ᄒᆞ샤‖ᄒᆞ시며》, 은우(恩遇)를 지슙 은근(慇懃)ᄒᆞ샤 권춍(眷寵)이 늉늉(隆隆)ᄒᆞ시니, 지제(知製) 황은〇[을] 감츅ᄒᆞ여 종일 옥탑(玉榻)의 근시ᄒᆞ여, 날이 느즌 후 퇴조ᄒᆞ여 부【68】즁의 도라오니, 부슉이 궐즁슈말(闕中首末)을 드러 텬춍이 관우(寬優)ᄒᆞ시믈 듯ᄌᆞ오미, ᄌᆞ서제질(子壻弟姪)을 경계ᄒᆞ여 츙근진명(忠勤盡命)ᄒᆞ라 ᄒᆞ더라.

지제 명일 파조후(罷朝後) 바야흐로 그 악쟝(岳丈) 진왕의 지우(知遇)를 감격ᄒᆞ여, 이의 가(駕)를 두루혀 진궁의 이로러 바로 니당의 쳥알ᄒᆞ니, 진왕 형뎨와 남빅 오왕 등이 ᄉᆞ미를 잇그러 니당의 드러가, 존당과 제부인긔 비현ᄒᆞ니, 뎡비 등이 왕ᄉᆞ를 일ᄏᆞ라 이제 무ᄉᆞᄒᆞ믈 치하ᄒᆞ며, 쇼져를 블너 부뷔 서로 보게ᄒᆞ고 남풍녀뫼(男風女貌) ᄎᆞ등치 아니믈 두굿기며, 뎡비ᄂᆞᆫ 왕ᄉᆞ를 싱각고 감탄{ᄒᆞ}【69】ᄒᆞ더라.

엄지제 옥안셩모(玉顔星眸)의 화긔 영발(英發)ᄒᆞ여, 준이 이르미 거흘너 제공의 후의를 믈니치지 아니터라.

종일 한훤졍화(寒暄情話)[1855]를 파ᄒᆞ고 도라가니라.

명일의 슘 엄부인이 부모긔 친졍 귀령(歸寧)ᄒᆞ믈 쳥ᄒᆞ여, 쇼고(小姑)로 더부러 본부의 도라갈 시, ᄉᆞ부인이 셩쟝옥피(盛裝玉佩)로

(결권)

걸었으며, 저서에 ≪증자≫, ≪효경≫ 이 있다.
1854)쳔안옥식(天顔玉色) : 임금의 옥처럼 아름다운 얼굴.
1855)한훤졍화(寒暄情話) : 인사말과 정담.

금뉸치거(金輪彩車)의 오르니, 현금황샹(絢錦黃裳)과 녹의분빅(綠衣粉白)이 빵빵ᄒ고, 슈빅 시녜 향촉(香燭)을 잡아 시위(侍衛)ᄒ니, 무슈ᄒᆫ 집ᄉᆞ아역(執事衙役)이 졍침(定針)[1856]이[의] 관복(官服)ᄒ고 엄기검픠(嚴其劍珮)ᄒ여 허다위의(許多威儀)로 힝ᄒ여 엄부의 니ᄅᆞ니, 니외 진동ᄒ더라.

ᄉᆞ부인이 엇개【70】를 가죽이 ᄒ여, 몬져 즁당의 드러가 틱ᄉᆞ와 튜밀부부긔 뵈옵고 존후를 뭇ᄌᆞ오미, 년보(蓮步)[1857]를 두루혀 경일누의 나아갈시, 윤부인이 줌(簪)을 ᄲᅢ히고 봉관(鳳冠)[1858]을 탈(脫)ᄒ여 디하(臺下)의 복지쳥죄(伏地請罪)ᄒ고, 감히 승당치 못ᄒ니, 최부인이 비록 슬하인(膝下人)이나, 엇지 셔로 보미 낫치 이시리오.

참식(慙色)이 만안(滿顔)ᄒ여 반향(半晑)[1859]이나 믁믁무언(黙黙無言)이라가, 슘녀를 도라보아 왈,

"현뷔 하죄(何罪)리오. 노뫼 졍히 식부의게 죄를 쳥코져 ᄒ디 톄면(體面)이 엇더ᄒ여[1860] 능히 이 거조(擧措)를 힝치 못ᄒᆞ나, 현뷔 쳥【71】죄ᄒᆞᆯ ᄉᆞ단(事端)이 업ᄂᆞ니, 슘아ᄂᆞᆫ ᄲᆡᆯ니 현부를 부르라."

녀·화·셕 삼 부인이 《최미 ‖ 치미(彩眉)》의 우으믈 먹음고 친히 계하(階下)의 ᄂᆞ려, 녀부인은 봉관을 드러, 윤쇼져 두상(頭上)의 가(加)ᄒ며, 화부인은 잠(簪)을 드러 운환(雲鬟)의 곳ᄌᆞ니, 제 부인이 일시의 승함칚ᄉᆞ(昇檻就舍)[1861]ᄒ여, 쇼졔 존고를 향ᄒ여 지비ᄒ

(결권)

1856)졍침(定針) : ①배가 침로(針路)를 일정하게 유지함. *여기서는 정해진 위치에 서서 대열을 이루어 일정한 방향으로 행진하는 것을 말함..

1857)년보(蓮步) : 미인의 정숙하고 아름다운 걸음걸이를 비유적으로 이르는 말.=금련보(金蓮步)

1858)봉관(鳳冠) : 옛날 부인들이 썼던 봉황이 장식 되어 있는 관(冠).

1859)반향(半晑) : 나절. 한낮. 정오. 한동안. 잠시. 한참. =반상(半晑). *晑의 음은 '상' 또는 '향'이다.

1860)엇더ᄒ다 : 의견, 성질, 형편, 상태 따위가 어찌되어 있다. *엇더ᄒ여: 어찌되어.

1861)승함칚ᄉᆞ(昇檻就舍) : 난함(欄檻)을 올라 방[房舍; 방]에 들어감. *난함(欄檻); 층계, 다리, 마루 따위의 가장자리에 일정한 높이로 막아 세우는 구조물. 사람이 떨어지는 것을 막거나 장식으로 설치한다. =난간(欄干)

고 제 쇼졔로 녜를 맛추미, 다시 존하의 쑤
러 쳥죄ᄒ니, 풍완호질(豊婉皓質)1862)이 젼일
교교염념(嬌嬌艶艶)ᄒ던 바와 니도ᄒ여, 슈국
(水菊)의 향난(香蘭)이 방향(芳香)을 토(吐)ᄒ
고, 일죵(一種) 부게(芙蕖)1863) 쳥강닝우(淸江
冷雨)1864)를 씰치ᄂ【72】ᄃᆺ, 셕일(昔日)은 별
갓더니 금일은 달갓고, 젼일은 지난(芝蘭)의
방향(芳香)이 니의 아득ᄒ여, 치 펴지 못흠
갓더니, 금쥬ᄂ 도리홰(桃李花) 금원(禁苑)의
퓌여 웃ᄂ 닷ᄒ니, 봉관화리1865) 가온더 더
옥 쌘혀ᄂ니, 부인이 타의(他意) 업시 《너╟
더》를 만져 무이(撫愛)ᄒ며 뉘웃ᄂ 셜홰 슈
거셔(數車書)1866)의 다 긔록지 못ᄒᆯ너라.

　윤부인의 아ᄌ 홍문이 일실이 부뫼 단합ᄒ
시믈 희열(喜悅)ᄒ여, 일일은 모부인을 뫼셔
조용이 말ᄉᆷᄒᆯ 시,

　"히이 셰샹의 난 후 나히 네 살의 밋도록
회리지은(懷裏之恩)1867)【73】과 '고복(顧復)의
은혜'1868)를 아지 못ᄒᄂ 죄인이 될가 슬허
ᄒ옵더니, 금일 디인과 쥬위 일턱지샹(一宅
之上)의 모ᄃ시니, 히이 셕시(夕死)나 무한
(無恨)이로쇼이다."

　부인이 쇼ᄋ의 너모 지릉(才能)ᄒ믈 깃거

(결권)

1862)풍완호질(豊婉皓質) : 풍만하며 아름답고 해맑은
　자질.
1863)부거(芙蕖) ; 연꽃. 부용(芙蓉).
1864)쳥강닝우(淸江冷雨) : 맑은 강물에 찬비가 내림.
1865)봉관화리 : '봉관하피(鳳冠霞帔)'의 이칭(異稱).
　조선시대 복식(服飾)의 일종으로 「명주보월빙」연작
　등 소설류에는 '봉관화리'만 나타나고, '한국고전종
　합DB'의 김장생『沙溪全書』등 고전전적들에는 '봉
　관하피'만 검색된다. *봉관하피(鳳冠霞帔): 조선시
　대 봉작을 받은 명부(命婦)의 예복차림으로, 봉관
　(鳳冠)과 하피(霞帔)를 함께 이른 말이다. *봉관(鳳
　冠) : 조선시대 작위가 있는 내외명부가 착용하던
　예모(禮帽)로 윗부분에 금이나 옥으로 만든 봉황 모
　양의 장식이 있다. *하피(霞帔) : 조선시대 비빈(妃
　嬪)의 예복인 적의(翟衣)에 부속된 옷가지로, 적의
　를 입을 때 어깨의 앞뒤로 늘이는 것을 말한다. 길
　게 한 폭으로 되어 있어 목에 걸치게 되어 있다.
1866)슈거셔(數車書) : 여러 수레에 실을 만큼의 많은
　글.
1867)회리지은(懷裏之恩) : 어버이가 자식을 품에 안아
　길러준 은혜.
1868)고복(顧復)의 은혜 : 어버이가 자식을 돌보아 길
　러준 은혜.

아녀 봉미(鳳眉)를 삥긔여 왈,

"아름답지 아닌 셕亽를 듯고주 아닌누니 다시 이로지 말나. 내 므음이 스스로 블평ᄒ니 존당이 깃거 아니실가 ᄒ노라."

공지 황연이 계슈비샤(稽首拜賜)ᄒ더라.

윤쇼졔 이의 머믈미 시로온 덕힝이 가지록 비샹ᄒ니 일개 감탄ᄒ고, 틱亽【74】의 과도ᄒᆫ 주이는 니로도 말고, 최부인의 황혹(恍惑)ᄒᆫ 주이(慈愛) 비길디 업亽니, 튱밀부뷔 위ᄒ여 깃부믈 이긔지 못ᄒ더라.

이ᄢᅵ 엄틱亽 희의 부인 문시 츌거ᄒᆫ지 뉵년(六年)이러니, 문시 본부의 도라가 그 부친 엄노(嚴怒)를 맛나, 누옥(陋屋)의 슈계(囚繫)ᄒᆫ지 亽오년의 밋ᄎ니, 본셩이 간독(奸毒)ᄒ문 업ᄂᆫ 고로, 셰월이 오러미 허믈을 뉘웃쳐 션도(善道)의 나아가니, 문공이 바야흐로 샤ᄒ여 슬하의 졍을 녜 갓치 ᄒ나, 엄부 가환(家患)이 쳡쳡ᄒ여, 염녜 문시의게【75】밋지 못ᄒ여 맛ᄎ니 ᄎ지미 업고, 문시 ᄯᅩᄒᆫ 악亽(惡事)를 붓그려 다시 구가의 가기를 원치 아니나, 녀주의 한(恨)이 쳥신빅두음(淸晨白頭吟)[1869]을 면(免)ᄒ며, 소혜(蘇惠)[1870]의 '히월년년조득편(海月娟娟鳥得翩)'[1871]이 두도(竇滔)[1872]의 무신(無信)ᄒ믈 한(恨)치 아니

(결권)

[1869]쳥신빅두음(淸晨白頭吟) : 새벽에 이르도록 밤새 애끊는 마음으로 백두음(白頭吟)를 읊음. *백두음(白頭吟); 중국 전한(前漢) 때 사마상여(司馬相如)의 처 탁문군(卓文君)이 남편이 첩을 얻으려 하자 남편의 변심을 야속해하는 마음을 시로 읊어 남편의 마음을 돌이켰다는 시

[1870]소혜(蘇惠) : 중국 동진 때 진주자사(秦州刺史) 두도(竇滔)의 아내. 자(字)는 약란(若蘭). 남편이 진주자사로 있다가 유사(流沙)라는 곳으로 유배를 갔는데, 남편을 그리워하여 비단을 짜고 그 위에다 841자로 된 회문시(回文詩)를 수놓아 보내, 남편을 감동케 한 이야기로 유명하다. 『진서(晉書)』에 이야기가 전한다. *회문시(回文詩); 머리에서부터 내리 읽으나 아래에서부터 올려 읽으나 뜻이 통하고, 평측(平仄)과 운(韻)이 맞는 한시(漢詩)

[1871]히월년년조득편(海月娟娟鳥得翩) : 곱디고운 달빛이 저녁바다를 비추면 새들이 날기를 시작한다. *교주자는 이 칠언1구가 소혜(蘇惠)의 회문시 가운데 나오지 않는 점으로 미루어, 이를 작자의 창작으로 보고 번역하였다.

[1872]두도(竇滔) : 중국 동진 때 진주자사(秦州刺史)를 지낸 무장. 소혜(蘇惠)의 남편.

리오.

부뫼 그 회심개과(回心改過)[1873]호무로 그 신세를 가련이 너기나, 흘일업셔 길시(吉時)만 바라더니, 이 씨를 당호여 엄부 가란(家亂)이 진정호고 간당(奸黨)이 쇼멸(消滅)호미 가니 숙쳥(淑淸)훈지라.

문시 쇼식이 주연 엄부의 이로니, 튜밀이 바야흐로 위의를 갓초와 ○○[쥬어], 엄시랑이 친히 【76】문부의 나아가, 문공을 보고 문시를 거느려 도라오니, 문시 춥괴호믈 이긔지 못호여 몸둘 곳이 업수나, 빅슉이 친히 와 다려가니 능히 수양치 못고 니르나, 만심이 숑구호여 담쟝아미(淡粧蛾眉)[1874]로 교주의 나려 고두쳥죄(叩頭請罪)호여 감블승당(敢不陞堂)호니, 붓그리는 터도와 가려(佳麗)훈 긔질이 쏘훈 쇼담[1875] 주약(自若)호니, 구고슉미 도로혀 잔잉이 너겨 흔연이 평신호믈 니로고 어로만져 경계호니, 문시 구고의 셩덕을감골호여 눈믈을 드리워 셩은을 스례호고, 데【77】수쇼고(娣姒小姑)[1876]와 제숙(諸叔)으로 네필의, 양부인을 셔로 볼시 참슈만안(慙羞滿顔)호여 능히 낫츨 드지 못호니, 양부인이 문시를 더호여 왕수(往事)를 일쿳고, 이제 피추 허믈을 곳쳐 일가의 모드미 경시(慶事)라 호여 시로이 화협(和協)호믈 원호니, 유화(宥和)훈 말숨이 츈풍 갓호여, 일만 곳치 무릐녹아 반만 픤 형상 갓호여, 일호(一毫) 간격호미 업수니, 문시 치신무지(置身無知)호고 참괴만면(慙愧滿面)호여 넷 허믈을 수죄호미, 유슌낭졍(柔順朗淨)[1877]호여 암험(暗險)훈 품질이 수라져 아조 업고, 요조(窈窕)훈 가인(佳人)이 되여는지【78】라. 구괴 수랑호고 양시 딕희호여 셔로 화목호미 동포주미(同胞姉妹)[1878] 갓호니, 가즁샹히(家中上

(결권)

1873)회심개과(回心改過) : 마음을 돌이켜 먹어 잘못을 고침.
1874)담쟝아미(淡粧蛾眉) : 엷게 화장한 눈썹.
1875)쇼담 : 생김새가 탐스러움.
1876)제수쇼고(娣姒小姑) : 동서와 시누이들. *제사(娣姒): 손윗동서와 손아랫동서. 소고(小姑): 시누이.
1877)유슌낭졍(柔順朗淨) 부드럽고 순하며 밝고 맑음.
1878)동포주미(同胞姉妹) : 한 어머니에게서 난 자매.

下) 문시의 회과(悔過)ᄒᆞ미 이 갓ᄒᆞᆷ을 크게
깃거ᄒᆞ더라.

　어ᄉᆞ는 관홍쟝부(寬弘丈夫)라. 문시회과ᄒᆞ
믈 감동ᄒᆞ여 문시ᄅᆞᆯ ᄎᆞᄌᆞ 전과(前過)ᄅᆞᆯ 경계
ᄒᆞ고, 구졍(舊情)을 이으니, 총셰(寵勢) 비록
양시긔 밋지 못ᄒᆞ나, 후ᄃᆡ(厚待)ᄒᆞᄆᆞᆫ 지극ᄒᆞ
더라.【79】

(결권)

엄시효문청힝녹 권지이십구

어시의 어시 관홍ᄒᆞᆫ 장뷔라. 문시의 회과
ᄒᆞᄆᆞᆯ 감동ᄒᆞ여 문시ᄅᆞᆯ ᄎᆞᄌᆞ 젼과(前過)ᄅᆞᆯ 경
계ᄒᆞ고 구졍(舊情)을 이으니, 총셰 비록 양시
의게 밋지 못ᄒᆞ나 후디ᄒᆞᆷ믄 지극ᄒᆞ니, 문시
크게 감격ᄒᆞ여 온슌ᄒᆞᄆᆞᆯ 힘쓰니, 부뮈 아ᄌᆞ
의 가졔(家齊) 공변되믈[1879] 깃거ᄒᆞ며, 맛ᄎᆞᆷ
○[니] 가법을 굽히지 못ᄒᆞ리라 ᄒᆞ여, 문시로
어ᄉᆞ의 원비(元妃)ᄅᆞᆯ 숨으나, 문시 분복(分
福)[1880]○○이 박ᄒᆞ여 싱산ᄒᆞ여 ᄉᆞᆷ녀ᄅᆞᆯ 두
고, 양시ᄂᆞᆫ 오ᄌᆞ이녀ᄅᆞᆯ 싱ᄒᆞ니, ᄌᆞ녜 개개히
아롬다와 옥슈경지(玉樹瓊枝)[1881] 갓ᄒᆞ[1]니,
양시 댱ᄌᆞ 경문으로 문시의 아달을 숨아 어
ᄉᆞ 부부의 댱ᄌᆞ(長子)ᄅᆞᆯ 숨으니라.

가즁이 화평ᄒᆞ니 티시 부인을 은노(殷
怒)[1882]ᄒᆞ여 비록 일틱의 쳐ᄒᆞ나, 부뷔 셔로
얼골을 보지 아니며 언어ᄅᆞᆯ 통치 아니ᄒᆞ니,
가즁(家中)이 일노뻐 우려ᄒᆞ더라.

션시의 셰환지졀(歲換之節)이 다ᄃᆞᄅᆞ니, 제
부인이 각각 구가의 도라가니 가즁이 시로이
결연ᄒᆞ더라.

지졔 비록 부뷔 일틱의 모다 셰월이 밧고
이디 ᄉᆞ실(私室)의 모드미 업스니, 티시 칙
왈,

"너의 부뷔 ᄉᆞ오년을 쳔니(千里)의 ᄯᅵ나
십싱구ᄉᆞ(十生九死)ᄒᆞ여 겨유【2】단취(團聚)
ᄒᆞ미, 맛당이 부뷔 화락ᄒᆞ여 ᄌᆞ슌이 션션(詵

(결권)

詵)[1883]ᄒᆞ믈 구ᄒᆞᆯ 거시어ᄂᆞᆯ, 엇지 무고(無故)
이 독쳐(獨處)ᄒᆞᄂᆞᆫ 괴ᄉᆡ(怪事) 잇ᄂᆞ뇨?"

지졔 샹연츌쳬(傷然出涕)ᄒᆞ여 쥬ᄒᆞ되,

"'부야쳔지(父也天之)시고 모야지지(母也地
之)라'[1884]. 쳔지 화합ᄒᆞ여 긔운이 슌(順)ᄒᆞᆫ
후야 만믈이 시ᄉᆡᆼ(始生)ᄒᆞ옵ᄂᆞ니, 히이 죄악
이 지즁(至重)ᄒᆞ여 부뫼 화(和)치 못ᄒᆞ시니,
마음 가온ᄃᆡ 지극히 셜우미 잇ᄉᆞ온지라. 부
뫼 우연이 블화ᄒᆞ셔도 인ᄌᆞ지심(人子之心)의
부부 샹화ᄒᆞ믈 ᄉᆡᆼ각지 못ᄒᆞ오려든, 히ᄋᆞ의
연고로 부뫼 블화ᄒᆞ시니, 히이 부모ᄅᆞᆯ 이간
(離間)ᄒᆞ【3】ᄂᆞᆫ 블초지라. 마음이 쥬야 젼긍
(戰兢)[1885]ᄒᆞ오니, 어니 결을의 부부화락(夫
婦和樂)의 의ᄉᆡ이시리잇고?"

말ᄉᆞᆷ을 좃ᄎᆞ 누쉬 죵횡ᄒᆞ니 티시 노최(怒
責) 왈,

"노뷔 한부(悍婦)의 관영지죄(貫盈之罪)ᄅᆞᆯ
용샤(容赦)ᄒᆞ여 고당의 안거흠도 여등의 안
면을 고렴ᄒᆞ미여ᄂᆞᆯ, 네 ᄯᅩ 날노뼈 한부로 녜
ᄉᆞ 부부 갓기ᄅᆞᆯ 권ᄒᆞᄂᆞ뇨? 미시 한부의 허믈
은 아지 못ᄒᆞ고 네 무고히 현부ᄅᆞᆯ 박디ᄒᆞ니,
현부ᄂᆞᆫ 슉녜라. 부부화락을 몽니(夢裏)의도
유렴치 아니ᄒᆞ려니와, 진왕 부지 우리 박졍
무식(薄情無識)ᄒᆞ믈 ᄊᆞ짓지 아니ᄒᆞ랴? 네
만일 【4】 일향(一向) 고집을 흘진ᄃᆡ 노뷔 결
연이 부ᄌᆞ의 윤의(倫義)ᄅᆞᆯ ᄯᅳᆺ쳐 안젼의 용납
지 아니ᄒᆞ리라."

언파의 미우(眉宇)의 한샹(寒霜)이 어러니
지졔 블승황공ᄒᆞ여 밧긔 나와 방황ᄒᆞ다가,
디인이 잠드ᄅᆞ시믈 보고 드러가 시침(侍寢)
ᄒᆞ며, 그러치 아니면 후당 빈 방의 홀노 머
믈지언졍 니당의 ᄌᆞ최ᄅᆞᆯ ᄭᅳᆫᄒᆞ니, 나죵은 공
이 디로ᄒᆞ여 좌우로 등 미러 니치고 안젼의
용납지 아니ᄒᆞ니, 지졔 문밧긔 나와 셕고디
죄(席藁待罪)ᄒᆞ고 침식을 폐ᄒᆞ니, 공지 ᄯᅩ 지
졔와 ᄒᆞᆫ가지라.

ᄎᆞ시 즁츈(仲春)이라. 【5】 일긔 오히려 ᄉᆞ

(결권)

1883)션션(詵詵) : 수가 많은 모양.
1884)부야쳔지(父也天之)시고 모야지지(母也地之)라 :
　　아버지는 하늘이시고 어머니는 땅이십니다.
1885)젼긍(戰兢) : 전전긍긍(戰戰兢兢). 몹시 두려워서
　　벌벌 떨며 조심함.

오나와 스람이 한쳐(寒處)ᄒ미 병들기 쉬온지라. 지제 본디 초토(草土)의 샹(傷)ᄒ미 만코 비샹화란(非常禍亂)의 심녀 쓰미 과ᄒᆫ지라.

이리ᄒᆫ지 오뉵일의 병이 발ᄒ여 구혈혼식(嘔血昏塞)ᄒ니, 공지 디경 구호ᄒ고 문홍이 나히 어리나 효의(孝義) 츌인ᄒ고 관홍디도(寬弘大度)ᄒᆫ 고로, 디인을 좃추 믈너나지 아니니, 지제 엄칙ᄒ여 안젼의 잇지 못ᄒ게 ᄒ니, 문이 감히 갓가이 뫼시지 못ᄒ고 근쳐의 방황ᄒ더니, 이 거동을 보고 디경ᄒ여 급히 조부긔 고ᄒ니, 추시 윤부인이【6】감히 안연이 고당의 편히 잇지 못ᄒ여, 관잠(冠簪)을 그ᄅ고 비실의 나려 죄ᄅᆯ 기다리ᄂᆫ지라. 퇴부인이 ᄌ부의 블안ᄒ미 다 ᄌᄀᆡ 연괴라. 왕ᄉ(往事)ᄅᆯ ᄌ참(自慙)ᄒ여 기리 탄식고 말이 업더라.

홍문의 고ᄒᄆᆯ 좃추 퇴시 어히업서 츄밀을 도라보며 기리 탄식ᄒ여 왈,

"챵이 과연 발부의 효지로다."

츄밀이 잠쇼ᄒ고 알외디,

"슈쉬 비록 과실이 호디(浩大)ᄒ시나, 제질의 안면을 도라보시고 회과(悔過)ᄒ신 덕이 계시니, 형쟝의 칙죄(責罪) 너모 과ᄒ시민가 ᄒᄂᆞ이다. 복원【7】형쟝은 슈슈의 허믈을 샤ᄒᄉᆞ 챵 질(姪)노 ᄒ여곰 편ᄒᆫ 시졀의나 근심이 업게 ᄒ쇼셔."

퇴시 마지 못ᄒ여 동ᄌ로 지제의 젼어ᄒ여 갈오디,

"노뷔 일즉 너ᄅᆯ 가ᄅ치미 츙효로 위본ᄒ라 ᄒᆞ엿거늘, 이제 믄득 노부의 경계ᄅᆯ 듯지 아녀 한부ᄅᆯ 위ᄒ여 스ᄉ로 몸을 도라보지 아니ᄒ며, 병을 일위여 군부의 이우(貽憂)ᄅᆯ 씨치고져 ᄒ니, 이ᄂᆫ 츙효ᄅᆯ 다 져바려 비쳑ᄒ미라. 노뷔 너의 힝ᄉᄅᆯ 통한ᄒ여 샤ᄒᆯ 뜻이 업ᄉ나, 홍문 쇼ᄋᆡ 졍ᄉ와 윤현뷔 평【8】샹치 아니타 ᄒᄆᆞ로, 너의 쇼원을 좃추려니와, 완ᄌ(頑子) 더옥 아비ᄅᆯ 업슈이 넉이리로다."

동지 이디로 젼어ᄒ니, 지제 황공감읍ᄒ여 의디(衣帶)ᄅᆯ 슈렴ᄒ여 디셔헌○[의] 이로

(결권)

러 복계쳥죄(伏稽請罪)ᄒ1886)고 감블승당(敢
不陞堂)ᄒ니, 텨시 보건디 지졔 화풍(華風)이
돈감(頓減)1887)ᄒ여 미풍의 쓸니인 듯ᄒ니,
텨시 이련ᄒ여 온식(慍色)을 푸러 승당ᄒ믈
명ᄒ고 식위(色威) 화평ᄒ니, 지졔 곤계 환열
(歡悅) 감은(感恩)ᄒ미 비길디 업더라.

이날 텬지 엄 지졔의 여러 날 조회 블참ᄒ
믈 고이히 너기샤, 명픠를 나리오시니, 지졔
【9】조복을 갓초고 젼하(殿下)의 조회ᄒ오니,
샹이 ᄉ오일지간의 그 풍광이 환탈(換脫)ᄒ
여시믈 보시고 놀나 연고를 무르신디, 지졔
다시 쥬왈,

"신이 맛춤 요ᄉ이 미양(微恙)이 잇ᄉ와
조회의 참녜치 못ᄒ옵고, 지금 미츠즁(未差
中)이오디 픠명(牌命)을 거역지 못ᄒ와 입조
ᄒ엿ᄂ이다."

샹이 경녀(驚慮)ᄒ샤 갈오샤디,

"경이 진실노 신샹이 블안ᄒ거든 믈너가
차병후(差病後) 찰직ᄒ라."

ᄒ시고, 닉시로 붓드러 도라보니시며 어의
와 약음으로 간병케 ᄒ시니, 만죄 그 샹총을
아니 흠앙(欽仰)ᄒ리 업더라.

지졔 【10】텬은을 망극ᄒ여 힘뼈 조병ᄒ
여 위궐(魏闕)1888)의 슉ᄉ(肅謝)1889)ᄒ니, 쳔
지 그 슈이 나흐믈 깃그샤 ᄉ쥬(賜酒)ᄒ시고,
특지로 니부상셔 텨학ᄉ을 ᄒ이시니, 샹셰
황은을 슉ᄉ(肅謝)ᄒ고 퇴조ᄒ여 도라오니,
이부쳔관(吏部天官)1890)의 빗ᄂ 위의와 품복
(品服)이 휘황찬난ᄒ고, 금닌(金印)이 빗ᄂ니
규엄(規嚴)1891)ᄒ 체뫼(體貌) 지샹의 골격이
이러시니, 부모슉당이 크게 두굿기고 가즁

1886)복계쳥죄(伏稽請罪)ᄒ : 엎드려 이마를 땅에 댄
　　채로 죄 받기를 청함.
1887)돈감(頓減) : 몰라보게 줄어짐.
1888)위궐(魏闕) : '큰 궁궐'이라는 말로 임금이 있는
　　'대궐' 또는 '조정'을 달리 이르는 말.
1889)슉ᄉ(肅謝) : 숙배(肅拜)와 사은(謝恩)을 아울러
　　이르는 말. 새 벼슬에 임명되어 처음으로 출근할
　　때나 외직을 받아 임지로 떠날 때 먼저 대궐에 들
　　어가 임금에게 숙배하고 사은하여 인사하던 일.
1890)이부쳔관(吏部天官) : 조선 시대에 '이조 판서'를
　　달리 이르던 말. 천관(天官)은 육조(六曹)의 판서
　　가운데 으뜸이라는 뜻이다.
1891)규엄(規嚴) : 모범이 되고 엄숙함.

(결권)

샹히 칭찬치 아니리 업더라. 추야의 샹세친
히 상서를 잇그러 니당을 향홀시, 경계 왈,

"너희 부뷔 화란 이후의 평안이 모든 후,
셕【11】시(釋氏)의 졔지 아니어니 독슉(獨宿)
을 어이 감심ᄒ리오. 오이 금야는 ᄉ실의 드
러가 오뉵년 샹니지회(相離之懷)를 펴라. 노
뷔 ᄯ호 니실의 슉쇼ᄒ리라."

샹세 디희ᄒ여 셩덕을 샤례ᄒ고 부친을 뫼
셔 경일누의 드르시믈 보고, 거름을 두루혀
옥원젼의 이로니, 부인이 촉하의 예긔를 슈
련ᄒ다가 이러 마ᄌ니, 셔로 ᄶ난지 임의 오
년이라.

시로이 황괴ᄒ여 동셔좌졍(東西坐定)ᄒ미
부인이 봉관(封冠)을 슉이고 진슈(螓首)를 낫
초아 보험(輔臉)이 젹뇨(寂廖)ᄒ니, 교ᄌ염광
(嬌姿艶光)이 아라ᄒ여 지란(芝蘭)【12】의 방
향(芳香)이 츄샹(秋霜)을 아쳐ᄒᄂ[1892] ᄃ시,
광휘 《암신‖암실(暗室)》의 바이니, 샹세 일
변 반갑고 긔이ᄒ믈 결을치 못ᄒ여, 날호여
말솜을 펴 갈오디,

"우리 부뷔 운익이 긔구ᄒ여 허다 화란을
지니고, 이제 보젼ᄒ여 셔로 보니 엇지 깃부
지 아니리오. 부인이 ᄯ호 통달ᄒ니 왕ᄉ(往
事)를 슬허 말고 가지록 어진 덕을 슈련ᄒ여
여음(餘蔭)이 ᄌ손의게 밋게ᄒ쇼셔."

(결권)

엄시효문쳥힝녹 권지십뉵

부인이 쳔만슈괴ᄒ믈 ᄯ여 염임(斂衽)샤왈,

"쳡슈블혜(妾雖不慧)나 일즉 부모의 명훈
(明訓)을 밧ᄌ와 녀도(女道)를 아옵ᄂ니, 엇
지 편협ᄒ미 이시리잇고?【13】 숨가 가르치
시는 명을 바드리이다."

어시의 윤부인이 샹셔의 말솜이 그치○
[미], 쳔만 슈괴ᄒ믈 ᄯ여 념임ᄉ왈,

"쳡슈블혜나 일즉 부모의 명훈을 밧ᄌ와
녀도를 아옵ᄂ니 엇지 불통편협ᄒ미 이시리
잇고? 근슈교의리이다."

1892)아쳐ᄒ다 : 아쉬워하다. 싫어하다. 미워하다.

설파의 온화호 긔질과 화슌호 말숨이 《빙옥‖빙옥(氷玉)》을 교탁(巧琢)1893《호며‖흠 갓고》 슈졍(水晶)이 맑음 갓호니, 샹셰 이의 아리ᄯ오믈 보미 심니(心裏)○[의] 더옥 항복호더라.

야심호미 촉을 믈니고 금병(錦屛)을 《나드러‖다드미》 슈쟝(繡帳)이 나죽호디, 부뷔 녜로뻐 옥샹나요(玉床羅褥)의 원앙댱(鴛鴦帳)을 호가지로 호니, 구졍(舊情)을 니으미 여교여칠(如膠如漆)1894호디, 조곰도 셜만(褻慢)호 거조(擧措)와 방일(放逸)호 말숨이 업스니, 시(詩)의 이른바 '낙이불음(樂而不淫)호고 이이블샹(哀而不傷)'1895이러라.

명조의 부뷔 졍당의 나아가 문안호니 시【14】야(是夜)의 팀시 ᄯ호 부인을 디호여 젼일 과악호 힝스를 쥰졀이 경계호고, 즈긔 싱니(生來)의 얼골을 다시 보려 아니믈 밍셰호여더니, 효ᄌ 챵과 현부의 민울(悶鬱)호 거동을 ᄎ마 보지 못호여, 부인의 하늘 갓치 관영(貫盈)호 죄룰 샤(赦)호고 부뷔 녜 갓ᄎ믈 니로니, 최부인이 아모리 도시담(都是膽)1896이나 면식이 홍열(紅熱)호여 블감디언(不敢對言)이러라. 팀시 드듸여 니루(內樓)의 슉쳐(宿處)호니라.

명조의 샹셔 부부와 공지 졍당의 문안호미, 팀ᄉ 부뷔 병좌(竝坐)호여 일실 가온디 화긔 츈풍 갓【15】호니, 샹셰 부뷔 이룰 당호미 환희(歡喜)호믈 이로도 말고, 공지 더옥 형의 부부의 셩효(誠孝) 즈가의 밋기 어려오믈 항복(降服)호여, 형쟝의 힝호는 일인죽 공경심복(恭敬心服)호여 가ᄅ치믈 바드미, 놉흔 스싱갓호니, 가즁상히(家中上下) 흠탄(欽歎)홀분 아니라 쳔하의 일홈ᄂ니, ᄉ서인(士庶

설파의 온화호 긔딜과 화슌호 말숨이 빙옥을 교탁ᄒ며 슈졍이 몱은 둣ᄒ니 샹셰 더옥 항복ᄒ더라.

냥구히 말숨ᄒ다가 야심ᄒ미 이에 촉을 쟝외로 믈니고, 금병을 다드미 슈쟝이 나죽호디, 부뷔 녜로뻐 친호여 옥샹나요의 원앙쟝을 호가지로 ᄒ니, 구졍의 환흡흠과 금이 화ᄒ며 슬이 골나, 즁즁호【1】은졍이 여교여칠ᄒ디 조금도 셜만호 거조와 방일호 말숨이 업스니, 니른바 군ᄌ는 묵묵ᄒ고 슉녀는 졍졍ᄒ다 ᄒ미 샹셔와 윤부인긔 일념즉 ᄒ더라.

명됴의 부뷔 호가지로 졍당의 문안ᄒ니, 시야의 태시 ᄯ호 부인를 디ᄒ여 젼일을 디칙ᄒ고 경계ᄒ여 즈긔 싱닉의 부인 얼골을 다시 보지 아니려 ᄒ더니, 효ᄌ현부의 각골민박ᄒᄂ 거동을 ᄎ마 보디 못ᄒ여, 부인의 관영호 죄악을 샤ᄒ고, 부뷔 녜 굿기를 니ᄅ니, 최부인이 일신이 도시담이나 면식이 홍녜ᄒ여 감히 디치 못ᄒ더라. 팀시 드듸여 니루의 슉침ᄒ니라.

명됴의 샹셔부부와 공지 문안ᄒ니, 팀ᄉ부뷔【2】병좌ᄒ여 화긔 츈풍갓트니, 샹셔 부부의 환희ᄒ믄 니ᄅ도 말고, 공지 더옥 형의 부부의 셩효 즈가의 밋기 어려오믈 항복ᄒ여, 형댱의 힝ᄒ는 일인즉, 공경심복ᄒ여 두리믈 부공일체로 ᄒ고, 가ᄅ치믈 맛ᄌ오미 놉흔 ᄉ싱굿치 ᄒ니, 가듕샹히 흔곳 흠탄홀 ᄯ 아니라, 텬하의 ᄉ서인이 셔로 젼파ᄒ여 흔곳 쟝안의 유명홀 ᄯ 아니라, 텬하 십삼

1893)교탁(巧琢) : 옥이나 돌 따위를 아름답게 다듬음.
1894)여교여칠(如膠如漆) : '아교와 옻칠 같다'는 뜻으로, 매우 친밀하여 서로 떨어질 수 없는 관계를 비유적으로 이르는 말. =교칠(膠漆).
1895)낙이불음(樂而不淫) 이이불샹(哀而不傷) : 즐거워하되 음탕(淫蕩)하기에 이르지 아니하고, 슬퍼하되 몸을 상하게 하지 않는다는 뜻으로, 즐거움과 슬픔을 도를 넘게 하지 않음을 뜻하는 말.
1896)도시담(都是膽) : 매우 담이 크고 뻔뻔함.

人)이 셔로 전파ᄒ여, 쳔하십슴군현(天下十三郡縣)1897)이 모로리 업고, 젼젼(轉轉)ᄒ여 화이빈국(華夷貧國)1898)의 밋ᄎ니, 이 시(時)의 남월왕(南越王) 형뎨 블목(不睦)이러니, 이 말을 듯고 크게 붓그려 셔로 일오디,

"아등이 비록 이젹지국(夷狄之國)1899)의 싱장ᄒ여시나 형【16】제는 골육일신(骨肉一身)이라 이제 촌토척지(寸土尺地)를 닷토와 형제 블목(不睦)ᄒ미 이 갓ᄒ면 어늬 낫츠로 쳔하의 ᄉ름을 보리오."

ᄒ고, 드디여 우이ᄒ미 지극ᄒ더라.

이 쇼식이 ᄯᅩ 걸안1900)의 밋ᄎ니 ᄎ시 걸안 셔융이 블궤(不軌)의 ᄯᅳᆺ이 이셔 쟝ᄉ(壯士)를 브르며 군ᄆᆞ(軍馬)를 훈습(訓習)1901)ᄒ여 즁원(中原)을 엿보려 훌시, 디쟝군 황후쇼ᄂᆞᆫ 디국인이니 셤○[셔]ᄉ름이라.

본디 노원산의셔 흉모를 쇠ᄒ다가 병부샹셔 화희경의 멸ᄒᆞᆫ 비 되어, 산치(山寨)를 블지르며 가족을 살파(殺破)ᄒ고, 여당(餘黨)이 폭멸(暴滅)ᄒ미, 【17】후쇠 스스로 일신이 망명ᄒ여 디국지방의 머무지 못ᄒ고, 그믈의 신 고기갓치 도망ᄒ여 걸안 흉적의게 투항ᄒ여, 임의 득지(得志)ᄒ미 드디여 셔융(西戎)을 다리여 신긔(神機)1902)를 엿보고져 ᄒᄂᆞᆫ지라. 셔융이 날마다 즁국지계(中國地界)의 보니여 디국 쇼식을 듯보1903)ᄂᆞᆫ지라.

군현이 몰로 리 업고, 젼젼ᄒ여 화이 번국의 밋ᄎ니, 이 시의 남월왕 형뎨 블목이러니, 이 말을 듯고 크게 붓그려 셔로 이로디,

"아등이 비록 이젹지국의 싱장ᄒ여시나 형뎨 골육이라. 이제 촌토척지을 닷【3】토와 형뎨 블목ᄒ면 어느 낫츠로 쳔하 ᄉ롬을 보{오}리오."

ᄒ고, 드디여 우이ᄒ미 지극ᄒ더라.

이 쇼식이 ᄯᅩ 걸안의 밋ᄎ니, ᄎ시 졍히 걸안 셔융이 블궤의 ᄯᅳᆺ이 이셔 쟝슈를 훈습ᄒ여 듕원을 엿보려 훌시, 디쟝군 황후소ᄂᆞᆫ 듕국인니니 셤셔 ᄉ람이라.

본디 노원산의셔 흉모○[를] 쇠ᄒ다가 병부샹셔 화희경의 멸ᄒᆞᆫ 비 되어, 산치를 블지라며 가쇽을 《산파∥살파》ᄒ고 여당이 쵹멸ᄒ미, 후쇠 스스로 일신이 망명ᄒ여 디됴지방의 머그지 못ᄒ고, 망망이 그믈의 신 고기 갓치 도망ᄒ여, 걸안 융적의게 투항ᄒ여 임의 득지ᄒ미, 드디여 셔융을 달너여 텬됴【4】을 엿보고져 ᄒᄂᆞᆫ드라. 셔융이 날마다 듕국지계의 보니여 대국 쇼식을 듯보ᄂᆞᆫ지라.

1897)쳔하십슴군현(天下十三郡縣) : 중국의 13개 지방 행정 구역. =십삼성(十三省). *십삼성(十三省): 명나라 때에는 전국을 산동, 산서, 하남, 섬서, 호광, 강서, 절강, 복건, 광동, 광서, 귀주, 사천, 운남 등 13성으로 나누었다.

1898)화이빈국(華夷貧國) : 중국 주변 오랑캐 종족의 가난한 나라들.

1899)이젹지국(夷狄之國) : 오랑캐 나라.

1900)거란 : 5세기 중엽부터 내몽골의 시라무렌 강(Siramuren江) 유역에 나타나 살던 유목 민족. 몽골계와 퉁구스계의 혼혈종으로, 10세기 초 야율아보기가 여러 부족을 통일하여 요나라를 건국한 후 발해를 멸망시키고 고려에도 세 차례나 쳐들어왔으나, 12세기 초 금나라의 성장으로 말미암아 세력이 약화되어 다시 부족 상태로 분열하였다

1901)훈습(訓習) : 가르처서 익히게 함. =훈련(訓鍊).

1902)신긔(神機) : 신묘한 계기(契機).

1903)듯보다 : 듣보다. 듣기도 하고 보기도 하며 알아보거나 살피다.

세작(細作)이 도라와 만심갈치(滿心喝采)ᄒ
여 디국 문견(聞見)을 전ᄒᆞᆯ 시, 이 가온디 와
젼(訛傳)이 업지 아녀 말이 ᄌᆞ연 젼셜(傳說)
ᄒᆞ미, ᄯᅩ 일홈 밧긔 과(過)ᄒᆞᆫ 곳이 업지 아니
ᄒᆞᆫ지라. 융졸(戎卒)의 쇼견 잇ᄂᆞᆫ 주○○○○
○○[의] 젼셜ᄒᆞᄂᆞᆫ 비ᄂᆞᆫ 다란 일이 아니라,

"디【18】됴의 ᄒᆞᆫ 지샹이 이시니, 양ᄌᆞ(養
子) 일인과 친ᄌᆞ(親子) 일인을 두어 가변(家
變)이 여ᄎᆞ호딕, 그 양지 증ᄌᆞ(曾子)[1904] 왕
샹(王祥)[1905]의 지난 회(孝) 잇고 ᄉᆞ마온공
(司馬溫公)[1906]의 우이(友愛) 잇셔 은모(嚚
母)[1907]를 감화ᄒᆞ니, 묽은 힝실과 빗ᄂᆞᆫ 효셩
이 쳔하 ᄉᆞ림(士林)의 스싱이 될 ᄲᅮᆫ 아니라,
츙녈(忠烈)이 개셰(蓋世)ᄒᆞ여 급암(汲黯)[1908]
의 풍치 잇고, 《지제‖지혜》 통쳘(通徹)ᄒᆞ여
《ᄉᆞ암‖사악(四岳)[1909]》의   지니고, 복즁(腹

세작이 도라와 만심갈치ᄒᆞ여 디국 문견을
젼ᄒᆞᆯ시, 이 가온디 ᄯᅩ 와젼이 업디 아닌지
라. 말니 ᄌᆞ연 《젼결‖젼셜》ᄒᆞ미 ᄯᅩ 일홈 밧
긔 과ᄒᆞᆫ 곳이 업디 아닌지라. 말이 ᄌᆞ연 《젼
결‖젼셜》ᄒᆞ미, 융졸이[의] 쇼젼ᄌᆞᄂᆞᆫ 다른 일
이 아니라,

"대됴의 ᄒᆞᆫ 지샹이 잇시니, 양ᄌᆞ 일인과 친
ᄌᆞ 일인을 두어 가변이 여ᄎᆞᄒᆞ딕, 그 양지
증ᄌᆞ 왕샹의 지난 효 잇고, ᄉᆞ마온공의 효위
잇셔 은모을 감화ᄒᆞ니, 그 묽은 힝실과 빗ᄂᆞᆫ
효셩이 텬하 사롬의 스싱이 되여실 ᄲᅮᆫ 아녀,
츙녈이 기셰ᄒᆞ야 급암의 풍치잇고 지혜 통텰
ᄒᆞ야 ᄉᆞ【5】악의 지나고, ᄯᅩ 지죄 무쌍ᄒᆞ야
금셰의 밋ᄎᆞᆯ 리 업다."

ᄒᆞᄂᆞᆫ디라.

1904)증ᄌᆞ(曾子) : 이름은 삼(參), 자는 자여(子輿). 중
국 노나라의 유학자. 공자의 덕행과 사상을 조술(祖
述)하여 공자의 손자인 자사(子思)에게 전하였다.
후세 사람이 높여 증자(曾子)라고 일컬었으며, 저서
에 ≪증자≫, ≪효경≫ 이 있다.

1905)왕상(王祥) : 184-268. 중국 삼국-서진 시대의
관료. 효자. 자는 휴징(休徵). 서주 낭야국(琅琊國)
임기현(臨沂縣) 사람. 중국 24효자의 한사람. 효성
이 지극하여 계모 주씨가 자신을 사랑하지 않음에
도 극진히 섬겨, '겨울에 얼음을 깨고 잉어를 구해
[叩氷得鯉]' 섬기는 등의 효행담을 남겼다.

1906)ᄉᆞ마온공(司馬溫公) : ᄉᆞ마광(司馬光). 중국 북송
때의 학자ㆍ정치가. 1019~1086. 자는 군실(君實).
호는 우부(迂夫)ㆍ우수(迂叟). 죽은 뒤 온국공(溫國
公)에 봉해져 사마온공(司馬溫公)이라고도 한다. 신
종 초에 왕안석의 신법(新法)에 반대하여 물러났다
가, 철종 때에 재상이 되자, 신법을 폐하고 구법(舊
法)을 시행하였다. 『소학(小學)』<선행편>에 보면
"사마온공이 그 형인 백강(伯康)과 함께 매우 우애
가 돈독하여, 백강의 나이 팔십에 이르렀는데, 형을
받들기를 엄한 아버지같이 하며, 보살피기를 어린
애 같이 하였다"고 한다. 저서에 ≪자치통감≫, ≪
사마문정공집(司馬文正公集)≫ 등이 있다

1907)은모(嚚母) : ①모진 어머니.*은(嚚); 어리석다.
모질다. ②순(舜)임금의 계모를 지칭하는 말

1908)급암(汲黯) : ?~B.C.112. 중국 전한(前漢) 무제 때
의 간신(諫臣). 자는 장유(長孺). 성정이 엄격하고
직간(直諫)을 잘하여 무제로부터 '사직(社稷)의 신
하'라는 말을 들었다.

1909)사악(四岳) : 중국 요(堯) 임금 때의 관직 이름으
로, 사방 제후의 일을 관장하던 직책이다. 일설에
의하면 고대의 사방 제후의 우두머리, 즉 희화(羲
和)의 네 아들인 희중(羲仲), 희숙(羲叔), 화중(和

中)의 제주빅가(諸子百家)[1910]룰 쟝(藏)ᄒ여 문쟝은 팔두(八斗)[1911]의 가득히 가음열고, 지모(智謀)ᄂᆞᆫ 이윤(伊尹)[1912]의 지ᄂᆞ고 위슈(渭水)[1913]의 팔십노옹(八十老翁)[1914]이 쥬국(周國) 팔빅년(八百年) 긔업을 일우던 긔이ᄒᆞᆫ 슐법(術法)의 더으니, 붉으미 【19】ᄉᆞ광(師曠)[1915] 갓흘 분 아니라, 지죄 무량(無量)ᄒᆞ고 영웅(英雄)이 무빵(無雙)ᄒᆞ니 금세(今世)의 밋ᄎ리 업다 ᄒᆞ더이다."

걸안이 듯고 심긔(心氣) 져샹(沮喪)ᄒ여 믁연ᄒ거놀, 언지 목달시 병풍 뒤히 잇다가 나아와 일오디,

"디왕아! 황후쇼의 말을 듯지 말나. 반다시 망신피국(亡身敗國)ᄒᆞ리라."

걸안이 갈오디,

"황후쇼ᄂᆞᆫ 나의 디쟝이오 슈족(手足) 갓ᄒᆞᆫ 신히라 이제 디ᄉᆞ를 도모ᄒᆞ미 엇지 그 말을 듯지 아니ᄒᆞ리오."

걸안이 드ᄅᆞ미 심긔 져샹ᄒ야 믁연ᄒ거놀, 언지 목달시 병풍 뒤흐로 나와 닐오디,

"디왕아! 황후소의 말을 듯디 말나. 반두시 피국 망신ᄒᆞ리라."

걸안 왈,

"후소ᄂᆞᆫ 나의 디쟝이라. 이제 디ᄉᆞ를 도모ᄒᆞ미 엇디 그 말을 듯디 아니리오."

仲), 화숙(和叔)을 말한다고 한다. 『書經 堯典』

1910)제주빅가(諸子百家) : 춘추 전국 시대의 여러 학파. 공자(孔子), 관자(管子), 노자(老子), 맹자(孟子), 장자(莊子), 묵자(墨子), 열자(列子), 한비자(韓非子), 윤문자(尹文子), 손자(孫子), 오자(吳子), 귀곡자(鬼谷子) 등의 유가(儒家), 도가(道家), 묵가(墨家), 법가(法家), 명가(名家), 병가(兵家), 종횡가(縱橫家), 음양가(陰陽家) 등을 통틀어 이른다.

1911)팔두(八斗) : 중국 위(魏)나라 시인 조식(曹植: 192~232)의 재주가 뛰어남을 비유적으로 이른 말. 즉 동진(東晋)의 시인 사령운(謝靈運 : 385~433년)이 '천하의 재주를 한 섬으로 볼 때 조식의 재주가 팔두(八斗)을 차지한다'고 한데서 유래했다.

1912)이윤(伊尹) : 중국 은나라의 전설상의 인물. 이름난 재상으로 탕(湯) 임금을 도와 하나라의 걸왕을 멸망시키고 선정을 베풀었다.

1913)위슈(渭水) : 중국 황하(黃河)의 큰 지류(支流). 감숙성(甘肅省) 남동부에서 시작하여 섬서성(陝西省)으로 흘러 황하로 들어간다. 태공망(太公望) 여상(呂尙)이 이곳에서 낚시를 드리우고 있다가 주(周)나라 문왕(文王)을 만난 곳으로 전해지고 있다.

1914)팔십노옹(八十老翁) : 강태공(姜太公). 중국 주(周)나라 초기의 정치가. 태공망(太公望). 여상(呂尙) 등의 다른 이름으로도 불린다. 무왕을 도와 은나라를 멸하고 천하를 평정하였다. 위수(渭水)에서 10년 동안이나 낚시를 하며 때를 기다려 주 문왕을 만났다는 고사가 전한다. 저서에 『육도(六韜)』가 있다.

1915)ᄉᆞ광(師曠) : 춘추시대 진나라 음악가로, 소리를 들으면 이를 잘 분별하여 길흉을 점쳤다 한다. 이로써 소리를 잘 분별하는 것을 '사광지총(師曠之聰)'이라 한다.

언지 분연호여 갈오디,

"디왕이 미혹호다. 엇지 후쇼 역적의 말을
듯느뇨? 쏘 져의 긔【20】식(氣色)을 모로는
다. 츠적이 본디 디됴의 ᄉ죄를 짓고 도망호
여 아국의 오디, 우리 왕이 그 지조를 ᄉ랑
호여 죽이지 아니코 놉흔 벼살노 후휼(厚恤)
호니, 적지(賊者) 왕은(王恩)을 아지 못호고,
믄득 간모(奸謀)를 궁구호여 디ᄉ를 도모호
쥬 호니, 니 쳐음은 진실노 그런가 호더니,
두고 보미 과연 못 쓸 도적이라. 무양 조회
(朝會)의 눈을 흘긔여 디왕을 보거놀 너 의
심호여 살피니, 과연 왕의 이희(愛姬)를 도적
호여 날마다 후궁의 머무러, 풍뉴로 연낙(宴
樂)호며 디왕죽이믈 도【21】모혼다 호거놀,
쳡이 발셔 왕긔 니로고져 호나, 간부음녀의
못는 긔회를 맛초지 못혼즉 밋지 아닐가 호
엿더니, 금일 간부와 음녜 후궁의셔 연음호
는지라. 긔회를 아라 일오너니 왕이 맛당이
후궁의 드러가 간부를 잡아 그 죄를 졍히 호
디, 후쇼는 잡아 쳔조의 밧쳐 슈년 조공 폐
호믈 ᄉ죄호라. 연즉 국개 무ᄉ호려니와 블
연호면 디병이 이른즉, 옥셕(玉石)을 엇지 분
간호리오."

셔융(西戎)[1916]이 본디 언지[1917]를 ᄉ랑호
는지라. 츠언을 듯고 디로【22】호여 급히 큰
칼을 들고 바로 후궁의 드러가니, 후쇠 졍히
술을 디취(大醉)호고, 셔융의 후궁 야희단으
로 더부러 숀을 잡고 엇개를 비겨 음쥬달난
(飮酒團欒)[1918]호다가, 졍히 셔융의 발검돌입
(拔劍突入)호믈 보고, 디경실식호여 급히 다
라느고져 호더니, 취혼 다리 부드러워 능히
닷지 못호거놀, 셔융이 분긔디발(憤氣大發)호
여 혼 칼희 간부음녀를 참(斬)호여, 음녀의
머리로써 궁즁의 효시(梟示)호고, 후쇼의 머

언디 《부연∥분연》왈,

"디왕이 미혹호다. 엇디 후소의 긔식을 모
르는다? 츠적이 본디 디됴의셔 ᄉ죄를 짓고
도망호야 우리나라히 와, 놉흔 벼살노 후디
호니, 적지 왕은을 아디 못호고, 믄득 간모
를 궁구호야, 대ᄉ를 도모호랴 호니, 니 쳐
음은 그런가 호엿더니, 두고보니 과연 못쓸
도【6】젹놈이라. 대왕이[의] 이희를 도젹호야
날마다 후궁의 드러가 풍유로 연락호며, 대
왕을 죽이려 도모혼다 호니, 금일 간젹과 음
녀 모다 연음호는 긔회를 아라 니르느니, 맛
당이 친히 잡아 대됴의 밧처 수년 됴공 폐혼
죄을 쳥호라."

셔융이 본디 언디를 ᄉ랑호는디라. 츠언을
듯고 대경대로호여 급히 큰 칼을 들고 바로
후궁의 드러フ니, 후쇠 술을 취호여 셔융의
후궁 야희단으로 더부러 손을 잡고 음쥬달난
호다가, 셔융이 발검돌입호믈 보고, 급히 드
라나고져 호나 취혼디라. 다리 부들러워 능
히 닷디 못호거놀, 셔융이 간부음녀를 혼【7】
칼의 참호야, 음녀의 머리를 궁듕의 회시호
고, 황후소의 머리를 졋담아 목함의 너허 ᄉ
신을 졍호여 젼후 ᄉ연과 ○[슈]년 폐혼 됴
공을 일시의 올녀 쳥죄호니, 상이 광녹시의

1916)셔융(西戎) : 예전에, 중국에서 서쪽의 오랑캐라
　　는 뜻으로 서쪽 지방에 사는 민족을 낮잡아 이르던
　　말.
1917)언지 : 고소설에서, 중국의 북방 또는 서역의 북
　　호(北胡)·흉노(匈奴)·몽고(蒙古)·거란(契丹)·서
　　융(西戎)·견융(犬戎) 등의 나라의 '왕비'를 이르는
　　말.
1918)음쥬달난(飮酒團欒) : 여럿이 모여 화목한 가운데
　　술 마시며 즐김.

리를 졋담아 목함(木函)의 너허, 스신을 졍ᄒ여 슈년 조공 폐ᄒᆞᆫ 곡졀이 다 노원산【23】망명역젹(亡命逆賊) 황후쇼의 지촉(指囑)이런 줄 발명(發明)ᄒ고, 이의 간졍(奸情)을 ᄌ시 알고 머리를 버혀 조졍의 헌(獻)ᄒᄂᆞᆫ 스연이며, 허다 녜단(禮緞)으로 슈년 폐ᄒᆞᆫ 조공을 일시의 올녀 쳥죄ᄒ니, 노시(虜使)[1919] 쥬야비도(晝夜倍道)ᄒ여 황셩의 드러가 허다 진공을 올니고, 후쇼의 머리를 드려 쳥죄ᄒ니, 샹이 졍히 걸안의 조공 폐ᄒᆞᆷ믈 디로(大怒)ᄒ샤, 지용명장을 보녀여 문죄ᄒ려 ᄒ시○더니, 홀연 북시(北使) 이로러 산젹(山賊)의 슈급과 슈년 진공을 올녀 쳥죄ᄒᆞᆷ믈 보시고, 문무로 더부러 의논ᄒ샤 걸안의 무도지죄(無道之罪)를 샤(赦)ᄒ시【24】고, 광녹시로 잔치를 쥬어 븍ᄉ를 디졉ᄒ여 도라보ᄂᆞ실 시, 맛춤 당셰(當世) 디신이 좌의 참녜ᄒ엿더니, 븍시 믄득 일오디, '우리 임군이 블궤의 ᄯᆞᆺ시 잇더니 드르니 디됴의 인지 강셩ᄒᆞᆷᄆᆞᆫ 일오지 말고, 니부샹셔 지졔교 엄공의 형뎨 금셰의 아셩(亞聖)이라. 우흐로 보필지지(輔弼之才) 잇고, 아리로 증밍(曾孟)[1920]의 효와 공안(孔顏)[1921]의 도덕이 잇다 ᄒ니, 우리 임군이 듯고 더옥 두리고 긔탄(忌憚)ᄒ여, 언지 여ᄎ여ᄎ 왕을 다리여 망명젹츄(亡命賊酋)를 버힌 젼후 ᄉ연을 이로니, 듯ᄂᆞᆫ 지 더옥 엄 샹셔의 셩효를 칭복지 아니【25】리 업더라. 븍시 도라간 후, 졔 디신이 탑하의 근시ᄒᆞᆯ 시 북시의 문견으로ᄡᅥ 알외니, 샹이 긔특이 너기샤 일흠지어 엄샹셔를 효문션싱이라 ᄒ시고, ○…결락18자…○엄영으로ᄡᅥ 호를 주어 쳥힝션싱이라 ᄒ시니], 일노좃ᄎ 효문쳥힝이라 ᄒ시다.

엄부 가란이 진졍ᄒᆞ미 다시 흠(欠)ᄒᆞᆯ 거시 업ᄂᆞᆫ지라. 이 젹의 엄공ᄌ 영이 쟝셩ᄒ여 십숨셰의 밋ᄎ미, 임의 그 셩덕효의(盛德孝懿)ᄂᆞᆫ 쳔하의 일흠난 비니, 다시 이로지 말녀니

잔치을 《두어∥쥬어》 북ᄉ를 디졉ᄒᆞ야 도라보니다.

북시, 엄상셔 형뎨의 셩효와 우공 도덕을 듯고, 우리 님군이 두리고 긔탄ᄒᆞ야 젹츄를 버힌 ᄉ연을 니르니, 듯ᄂᆞᆫ 지 더욱 엄상셔의 셩효를 칭복ᄒᆞ고, 제신이 북ᄉ의 문견으로ᄡᅥ 탑젼의 알외니, 샹이 긔특이 넉이샤 일홈디어 엄상셔을 효문공이라 ᄒᆞ시고, 엄영으로ᄡᅥ 《효∥호》를【8】 주어 쳥힝션싱이라 ᄒᆞ시니, 일로조ᄎᆞ 텬히 다 효문쳥힝이라 일ᄏᆞᆺ더라.

이젹의 공ᄌ 영이 쟝셩ᄒᆞ야 년미 십삼셰의 니르미, 임의 그 셩덕효의ᄂᆞᆫ 텬ᄒᆞ의 일홈ᄂᆞᆫ 비니 다시 니르지 말고 슈려ᄒᆞᆫ 용광과 신신

1919)노시(虜使) : 오랑캐국의 사신.
1920)증밍(曾孟) : 증자(曾子)와 맹자(孟子)를 함께 이르는 말.
1921)공안(孔顏) : 공자(孔子)와 안자(顏子)를 함께 이르는 말.

와, 슈려훈 용광(容光)과 신신(新新)훈 풍치
관옥승상(冠玉丞相)[1922]이오, 헌아ᄉ인(軒雅
舍人)[1923]이라.

터시 ᄋᄌ의 댱셩(長成) 슈미(秀美)ᄒ미 관
(冠)쓰기의 넉넉ᄒᄆ를 근심【26】ᄒ여, 슉녀미
부(淑女美婦)를 널니 구ᄒ더니, 쳐샤 진담은
명문거족(名門巨族)이오 산님고현(山林古賢)
이라. 부인 쇼시긔 숨ᄌ를 두고 만닉의 일녀
를 싱ᄒ여 명은 연벽이라. 침어낙안지용(沈
魚落雁之容)과 폐월슈화지틱(閉月羞花之態)
이시며, 셩힝이 온슌미약(溫順微弱)ᄒ여 임강
마등(任姜馬鄧)[1924]의 어진 덕이 이시니, 집
이 ᄯᅩᄒ 맛춤 동닌(洞隣)의 거ᄒ엿ᄂ지라.

진쇼져의 아롬다온 셩홰 닌니(隣里)의 가
득ᄒ고, 그 거거(哥哥) 진싱 숨인이 다 쇼년
지ᄉ(少年才士)로 일흠이 나니, 터시 진쇼져
의 셩화(聲華)를 익이 듯고 미파를 보닉여
구혼ᄒ니, 진쳐시 ᄯᅩᄒ 엄공ᄌ의 풍신지화
(風神才華)와 셩효【27】의 비샹ᄒᄆ를 주시 아
ᄂ 고로, 일언의 쾌허ᄒ고 드듸여 뇌약(牢約)
ᄒ니, 엄부의셔 디희ᄒ여 냥개 혼구룰 셩비
(盛備)ᄒ고, 길월냥신(吉月良辰)[1925]을 틱ᄒ
여 냥신가긔(良辰佳期)[1926] 임박ᄒ미, 엄공ᄌ
영이 옥안영풍(玉顏英風)의 길복을 졍히 ᄒ
고, 금안빅마(金鞍白馬)[1927]의 만조요긱(滿朝

훈 풍치 관옥승상이오, 헌아샤인이라.

태시 ᄋᄌ의 장셩슈미ᄒ미 관 쓰기의 넉넉
ᄒᄆ를 근심ᄒ야 미부를 너비 둣보더니, 쳐ᄉ
진남의 부인 소시긔 삼ᄌ일녀 이시니, 명은
년벽이라. 침어낙안지용과 폐월슈화지틱 이
시며 셩힝이 임강 마등 굿다 ᄒ니, 맛참 동
닌의 거ᄒ지라.

진쇼져의 아롬다온 셩홰 닌니의 ᄀ득ᄒ고
그 형남 진싱 삼인이 다 쇼년지ᄉ로 쳥현아
망【9】이 일셰의 진동ᄒᄂ지라. 태시 진쇼져
의 셩화를 익이 듯고 미파로 구혼ᄒ니 딘쳐
시 엄공ᄌ의 풍신지덕이 비상ᄒᄆᆯ 주시 아ᄂ
디라. 일언의 쾌허ᄒ고 틱일셩녜홀시 냥개
혼슈를 셩비ᄒ야 길일이 다ᄃᄅ미 공지 옥안
《명홍∥영풍》의 길복을 졍히 ᄒ고 금안빅마
의 만됴요긱이 위요ᄒ야 혼가의 나아가 딘쇼
져를 빅냥우귀ᄒ야 부듕의 도라와 교비ᄒ니,
남풍녀뫼 일월이 ᄒ가지로 붉앗ᄂ 듯ᄒ더라.

1922)관옥승상(冠玉丞相) : 관옥(冠玉)처럼 아름다운
　　풍채를 지닌 승상(丞相). *관옥(冠玉); 관을 꾸미는
　　옥. *승상(丞相); 우리나라의 정승에 해당하는 중국
　　의 벼슬
1923)헌아사인(軒雅舍人) : 풍채가 뛰어나게 아름다운
　　사인 벼슬아치. 곧 중국 당(唐)나라 때 시인 두목지
　　(杜牧之)를 가리킴. *두목지(杜牧之) : 803~852.
　　이름 두목(杜牧). 자 목지(牧之). 만당(晩唐)때의 시
　　인. 시에 뛰어나 두보(杜甫)와 함께 '이두(二杜)'로
　　일컬어지며, 중서사인(中書舍人)에 올랐고, 중국의
　　대표적 미남자로 꼽힌다.
1924)임강마등(任姜馬鄧) : 중국 주(周) 문왕(文王)의
　　모친 태임(太任)과, 주(周) 선왕(宣王)의 비(妃) 강후
　　(姜后), 동한(東漢) 명제(明帝)의 후비 마후(馬后),
　　동한(東漢) 화제(和帝)의 후비(后妃) 등후(鄧后)를
　　함께 이르는 말. 모두 어진 덕으로 이름이 높다.
1925)길월냥신(吉月良辰) : 남녀가 결혼하기에 좋은 달
　　이자 좋은 절기.
1926)냥신가긔(良辰佳期) : 결혼할 날로 받아 둔 좋은
　　때.
1927)금안빅마(金鞍白馬) : 금으로 꾸민 안장과 흰 말.

繞客)1928)이 위요(圍繞)ᄒ고 싱쇼고악(笙蕭鼓樂)1929)이 훤천(喧天)1930)ᄒ여, 진쇼져를 빅냥우귀(百輛于歸)1931)ᄒ여 부즁의 도라와 쳥즁(廳中)의셔 교비(交拜)1932)ᄒ니, 남풍녀뫼(男風女貌) 일월(일월)이 ᄒ가지로 밝은 듯ᄒ더라.

"교비를 파ᄒ고 ᄌ하샹(紫霞觴)1933)을 난호믜, 공ᄌ는 외당으로 나가고, 신뷔 뉵쳑향신(六尺香身)의 녜복(禮服)을 ᄯᅳ어 구고긔 페빅을 헌【28】ᄒ고, 슉당 제좌(諸坐)의 녜를 맛ᄎ믜 좌의 드니, 가업는 셩덕광염이 빅ᄉ 윤쇼져와 죵(從)ᄒ고 오왕비긔 블급(不及)ᄒ나, 뉴미셩안(柳眉星眼)과 도쥬잉슌(桃朱櫻脣)1934)이 긔긔묘려(奇奇妙麗)ᄒ여 경영(鶊鴒)1935)ᄒ 체질이 슈국(水國)의 난최(蘭草) 향염(香艶)을 토(吐)ᄒ는 듯ᄒ니, 약년(弱年) 십이셰의 금봉(金鳳)1936)이 미기(未開)ᄒ고 신월(新月)1937)이 두렷지 못ᄒ여시니, 쟉뇨아틱(婥窈雅態)1938) 션연요라(鮮姸姚娜)1939)ᄒ여 일딕셔믈(一代瑞物)이오 완젼복녹지샹(完全福祿之相)이니, 구괴(舅姑) 블승디희(不勝大喜)ᄒ여, 아ᄌ의 ᄡᅡ이 샹젹(相敵)ᄒ믈 두굿겨 미우(眉宇)의 희긔 가득ᄒ니, 제직의 치히

ᄌ하상을 난호믜 신낭은 밧그로 나가고 신뷔 페빅을 밧드러 구고긔 진헌ᄒ고 제ᄉ쇼고로 녜필의 좌의 나아가니, ᄀᆞ업순 셩덕광염이 윤쇼져와【10】 남평빅 부인 ᄌ미를 ᄇᆞ라지 못ᄒ나, 유미셩안과 쟉뇨아틱 션연교라ᄒ여, 일딕 셔믈이요, 유한ᄒ 덕과 완젼ᄒ 복덕이 어려여시니, 구괴 불승디희ᄒ야 희식이 ᄀᆞ득ᄒ니 제직이 어즈러니 칭찬ᄒ야 하셩이 요요ᄒ니, 태ᄉ 부뷔 좌슈우응의 치하를 슈양치 아니 ᄒ더라.

1928)만조요긱(滿朝繞客) : 만조백관(滿朝百官)이 요객(繞客)이 됨.
1929)싱쇼고악(笙蕭鼓樂) : 생황, 퉁소, 북 등으로 연주하는 음악.
1930)훤천(喧天) : 소리가 하늘에 닿을 만큼 떠들썩함.
1931)빅냥우귀(百輛于歸) : 백량(百輛)의 수레에 둘러싸여 신부가 처음으로 시집에 들어감.
1932)교비(交拜) : 전통 혼인례에서, 신랑과 신부가 서로 맞절을 함.
1933)ᄌ하상(紫霞觴) : 전설에서, 신선들이 술을 마실 때 쓰는 잔. '자하'는 신선이 사는 곳에 서리는 보랏빛 노을이라는 말로, 신선이 사는 선계(仙界)를 뜻한다. *여기서는 신랑신부가 교배례(交拜禮)에서 합환주(合歡酒)를 마시는 잔을 달리 표현한 말이다.
1934)도쥬잉슌(桃朱櫻脣) : 복숭아꽃이나 앵두처럼 붉은 입술.
1935)경영(鶊鴒) : 꾀꼬리와 할미새. 또는 그처럼 날렵한 모양.
1936)금봉(金鳳) : 금봉화(金鳳花). 봉선화(鳳仙花). 봉숭아꽃.
1937)신월(新月) : 초승에 뜨는 달. =초승달.
1938)쟉뇨아틱(婥窈雅態) : 예쁘고 고상하며 우아한 자태.
1939)션연요라(鮮姸姚娜) : 매우 곱고 아름다움.

(致賀) 요요(擾擾)ᄒ니, 퇴ᄉ부뷔 좌슈우응(左酬右應)의 치하를 승당(承當)ᄒ더라.【29】

종일진환(終日盡歡)의 빈직이 훗터지미, 신부슉쇼를 옥난졍의 졍ᄒ야 도라보니다.

여·화·셕 슘부인이 하례 왈,

"금일 신부를 보오니 진짓 영졔의 가위(佳偶)라. 더인과 ᄌ위 복녹이 무량ᄒ시믈 칭ᄒᄒᄂᆞ이다."

퇴시 부뷔 미우의 희긔영농(喜氣玲瓏)ᄒ여 가로디,

"오ᄋ 등의 의논이 고명ᄒ니 노뷔 ᄉ양치 아닌노라." ᄒ더라.

초야의 공ᄌᆡ 부명을 이어 신방의 나아가, 금쟝슈막(錦帳繡幕)1940) 가온디 슉인(淑人)을 샹디ᄒ니, 그 옥모화안(玉貌花顔)이 《젼셰∥셤셰(纖細)》 쇼담ᄒ여 진짓 군ᄌᆡ의 관관(關關)1941)ᄒᆞᆫ 짱이라. 공ᄌᆡ 봉졍츄파(鳳睛秋波)를 잠간 흘【30】녀 그 긔질을 살피미, 그 식(色)을 호(好)ᄒ미 아니라, 덕긔(德氣) 면모의 어려여시믈 심니(心裏)의 심히 깃거ᄒ더라.

야심후 쵹을 멸ᄒ미 부뷔 녜로뻐 공경ᄒ여 슈요나금(繡褥羅衾)의 나아가미 진즁ᄒᆞᆫ 은이 관져(關雎)의 노름을 보리러라.

명됴의 부뷔 짱으로 문안ᄒ니, 부뫼 시로이 두굿기며 츄밀공 부부의 진쇼져 사랑ᄒ미 친ᄌᆞ부의 감ᄒ미 업더라.

진쇼제 인ᄒ여 구가(舅家)의 머믈미, 효봉구고(孝奉舅姑)ᄒ고 승슌군ᄌᆞ(承順君子)ᄒ며 화우슉미(和友叔妹)ᄒ미 ᄉ덕(四德)1942)이 슉요(淑窈)ᄒ고 셩힝(性行)이 은혜((恩惠)ᄒ여, 고시의 이른바 슉인현녀(淑人賢女)로 흡흡(洽洽)ᄒ니, 구괴(舅姑)【31】 만심긔이(滿心奇愛)ᄒ며, 공ᄌᆡ 공경즁디(恭敬重待)ᄒ며, 졔ᄉ쇼

졍일 진환의 빈긱이 훗터지미, 신부 슉쇼를 옥난졍의 졍ᄒ야 도라보니다.

초야의 공ᄌᆡ 부명을 디어 옥난졍의 나아가 금쟝슈막 가온디 슉인을 샹디ᄒ니 공ᄌᆡ 츄파를 잠간 흘녀 그 긔딜을 ᄉ[슬]피미, 그 식을 호ᄒ미 ○○[아니]라, 어진 덕긔 면모의 어려 여시믈 깃거ᄒ더라.

야심후 쵹을 멸ᄒ미, 부【11】뷔 슈요나금의 나아가미, 진듕ᄒᆞᆫ 은이 흡흡ᄒ야 관져의 노름을 보리러라.

명됴의 부뷔 짱짱이 문안ᄒ니, 부뫼 시로이 두굿기며 츄밀공부뷔 진쇼져 사랑ᄒ미 친ᄌ부의 감치 아니러라.

진쇼져 인ᄒ여 구가의 머믈미 효봉구고ᄒ고 화우슉미ᄒ며 승슌군ᄌᆞ《ᄒ며∥ᄒ미》 슉연○[ᄒᆞᆫ] ᄉ덕이 흡흡ᄒ니 구고의 만금듕이 친녀의 감치 아니ᄒ고, 싱이 공경듕디ᄒ더라.

1940)금쟝슈막(錦帳繡幕) : 수놓은 비단으로 지은 장막(帳幕).
1941)관관(關關) : 『시경, 국풍(國風)·주남(周南)』의 '관저(關雎)'편 "관관저구(關關雎鳩; 까악 까악 우는 저구 새)"에서 따온 말로, 암수가 서로 서로 정답게 지저귀는 저구 새의 울음소리를 흉내 낸 의성어. 여기서는 '정다운' 정도의 의미로 쓰였다.
1942)ᄉ덕(四德) : 여자로서 갖추어야 할 네 가지 덕. 마음씨[婦德], 말씨[婦言], 맵시[婦容], 솜씨[婦功]를 이른다.

괴(娣姒小姑) 우이(友愛)ㅎ여, 졍이 동포ᄌ녜
(同胞子女) 갓더라.

ᄎ년(次年) ○[츈(春)]의 갑과(甲科)○[를]
응(應)ㅎ여, 엄공ᄌ 영이 과쟝의 나아가 평싱
아지(平生雅才)1943)를 ᄒ 번 시험ㅎ미 임의
《달두‖팔두(八斗)1944)》의 가음연 문쟝이 ᄉ
마쳔(司馬遷)1945)을 압두ㅎ고 니두(李杜)1946)
의 넉살 쏘ᄒ 놀닉ᄂ지라.

의의(猗猗)히 용갑(龍甲)1947)을 맛쳐 계슈
제일지(桂樹第一枝)를 써그니, 쳔지 영의 일
흠을 드ᄅ시미 이 본디 오미(寤寐)1948)의 ᄉ
렴(思念)ㅎ샤 ᄌ라믈 기다리시던 비라. 그 십
슘 동치(童穉)로 지흑이 츌뉴ㅎ믈 더옥 긔특
이 너기샤, 젼의 올녀 어화쳥슘(御花靑
衫)1949)을 쥬시고, 모든 신진을 ᄎ례【32】로

1943)평싱아지(平生雅才) : 평생동안 닦아온 아름다운
　　재주.
1944)팔두(八斗) : 중국　위(魏)나라　시인　조식(曹植:
　　192~232)의 재주가 뛰어남을 비유적으로 이른 말.
　　즉 동진(東晉)의 시인 사령운(謝靈運 : 385~433년)
　　이 '천하의 재주를 한 섬으로 볼 때 조식의 재주가
　　팔두(八斗)를 차지한다'고 한데서 유래했다.
1945)1711)ᄉ마쳔(司馬遷) : 중국 전한(前漢)의 역사가.
　　자는 자장(子長). 태사령 사마담(司馬談)의 아들로.
　　부친 사망 후 부친의 뒤를 이어 태사령이 되었다.
　　무제(武帝) 때 흉노에게 항복한 이릉(李陵)의 일족
　　을 다 죽이려는 논의가 있자. 그의 충신(忠信)과 용
　　전(勇戰)을 변호하다가 무제의 격노를 사서 궁형을
　　당하고 그 후에 중서령(中書令)이 되었다. 부친이
　　끝내지 못한 역사 기술을 계승하여 태사령으로 있
　　을 때 궁중에 소장된 도서를 자유롭게 읽었고 궁형
　　을 당한 후에는 더욱 발분하여 거작인 『사기(史記』
　　를 지었다.
1946)이두(李杜) : 당나라 때 시인 이백(李白: 701-762)
　　과 두보(杜甫: 712~770)를 함께 이른 말.
1947)용갑(龍甲) : 과거시험에서 갑과(甲科) 1등에 급
　　제한 것을 이르는 말. *갑과(甲科): 과거급제자들을
　　갑과 · 을과 · 병과 3등급으로 나누는데, 가장 성적
　　이 우수한 첫 등급을 갑과라 한다. 갑과에는 3인을
　　뽑아 첫째는 장원랑(壯元郞)이라 하고, 둘째는 방안
　　(榜眼) 또는 .아원(亞元)이라 하고, 셋째는 탐화랑(探
　　花郞)이라 하였으며, 장원랑에게는 종6품의 품계를
　　주고, 나머지 2인에게는 정7품의 품계를 주었다.
　　그리고 을과에는 7인을 뽑아 이들에게는 정8품의
　　품계를 주고, 병과에는 23인을 뽑아 이들에게는 정
　　9품의 품계를 주었다. 『大典會通 吏典 諸科』
1948)오미(寤寐) : 자나 깨나 언제나.
1949)어화쳥삼(御花靑衫) : 어사화(御賜花)를 꽂은 오
　　사모(烏紗帽)를 쓰고 푸른 색 도포를 입은 과거 급
　　제자의 차림. *어사화(御賜花); 조선 시대에, 문무

ᄎ년 츈의 공지 갑과를 응ㅎ야 의의히 뇽
갑을 맛쳐 계슈제일지를 썻그니,

텬지 영의 일홈을 드ᄅ시고, 이 본디 수이
ᄌ라믈 기두리시던 비라. 그 십삼 동치로디,
○[지]흑이 츌뉴ㅎ믈 아름다이 넉이샤 뎐의
올【12】녀 어화쳥삼을 쥬시고, 특별이 위유ㅎ
시고 쟝원각을 《ᄉ송‖하ᄉ》ㅎ시니, 쟝원이
텬은을 슉ᄉㅎ더라.

화디(花帶)1950)룰 쥬시고 어온(御醞)을 반스
(頒賜)ᄒ실 시, 쟝원을 특별이 위유(慰諭)ᄒ
여 갈오샤디,

"짐이 너의 츌뉴(出類)ᄒ 지학(才學)과 아
룸다온 효우(孝友)룰 잇지 못ᄒ여, 조라믈 기
다리더니, 금일 짐의 ᄆᆞ음을 맛치니 더옥 깃
거ᄒ노라."

ᄒ시고, 틱스의 싱ᄌ(生子) 잘ᄒᄆᆞᆯ 칭찬ᄒ
시며, 셩즁 ᄌᆞ운곡의 큰 집을 쥬시니, 쟝원
이 황은을 사은ᄒ고, 엄샹셰 블승황공ᄒ여
더홀 말숨이 업셔ᄒ더라.

군신이 종일 진환(盡歡)ᄒ고, 날이 져믈미
쟝원이 방하(榜下)룰 거ᄂᆞ려 궐문을 나미, 샹
세 군종곤계(群從昆季)1951)와 고거ᄉ마(高車
駟馬)1952)로 쟝원을 압셰워 【33】도라오니,
쳥동빵개(靑童雙個)1953)와 숨현《현츄∥고츄》
(三絃鼓吹)1954) 일노(一路)를 덥허, 부즁(府
中)의 이로미, 몬져 ᄉᆞ묘(祠廟)의 비알ᄒ고
부모슉당의 뵈올시, 쟝원이 옥익(玉額)의 ᄉᆞ
화(賜花)룰 슉이고, 봉익(鳳翼)의 쳥삼(靑衫)
을 붓치며, 셰요(細腰)의 보디(寶帶)룰 두루
고, 옥슈(玉手)의 아홀(牙笏)1955)을 잡아 부
모슉당의 나아와 비례ᄒ니, 셰 줄기《잉화∥
계화(桂花)1956)》ᄂᆞ 빈상(鬢上)의 어른기고 ᄉᆞ
쥬(賜酒)ᄒ신 향온(香醞)이 옥면의 반츄(半醉)
ᄒ니, 《슉앙∥슈앙(睟盎)1957)》ᄒ 풍치와 쇄연

츙일 군신이 진환ᄒ고 날이 져믈미 파됴ᄒ
야, 샹셰 군종곤계로 더브러 고거ᄉ마로 쟝
원을 압셰워 부듕의 도라오니, 《쳔동∥쳥동》
빵개ᄂᆞ 노상의 빗나고 삼현고츄 일노의 진동
ᄒ야, 본부의 니르러 ᄉᆞ묘의 비알ᄒ고 부모
슉당의 뵈오니, 네 줄기 잉화ᄂᆞ 빈상의 어른
기고, ᄉᆞ쥬 향온의 옥안의 방타ᄒ여시니, 슈
앙ᄒ 풍치와 쇄연ᄒ 긔딜이 반악이 영쥐 노
상의셔 비회ᄒᄂᆞ 듯, ᄉᆞ랑ᄒᄂᆞ 부모의 ᄆᆞ음
이 무릇녹ᄂᆞᆫ지라. 태ᄉᆞ부뷔 두굿기미 측양업
더라.

과에 급제한 사람에게 임금이 하사하던 종이꽃.
1950)화디(花帶) : 임금이 과거급제자에게 주는 어사화
　　(御賜花)와 옥대(玉帶)를 함께 이르는 말.
1951)군종곤계(群從昆季) : 여러 사촌(從)·육촌(再
　　從)·팔촌(三從)의 종형제들.
1952)고거ᄉ마(高車駟馬) : 네 필의 말이 끄는 높고 큰
　　수레.
1953)쳥동빵개(靑童雙個) : 푸른 옷을 입은 두 명의 화
　　동(花童).
1954)숨현고츄(三絃鼓吹) : 세 (거문고·가야금·비파)
　　현악기의 줄을 타고[三絃] 북을 치며[鼓] 피리를 붊
　　[吹].
1955)아홀(牙笏) : 무소뿔이나 상아로 만든 홀(笏)로써,
　　조선 시대에, 벼슬아치가 임금을 만날 때에 손에
　　쥐던 물건이다. 조복(朝服), 제복(祭服), 공복(公服)
　　따위의 부대품(附帶品)으로, 1품부터 4품까지는 상
　　아홀, 오품 이하는 목홀(木笏)을 썼다.≒수판(手板).
1956)계화(桂花) : 예전에 임금이 과거급제자에게 내리
　　던 종이로 만든 계수나무 꽃
1957)슈앙(睟盎) : 수면앙배(睟面盎背)의 줄임말로 '순

(灑然)훈 긔질이 가지록 졀승ᄒ여, ᄉ랑ᄒ는
부모의 정이 취(醉)ᄒ이고 의시(意思) 무로녹
는지라. 틱ᄉ 부부의 두굿기미 얼골의 넘씨
더라.

이【34】윽고 외당의 하릭이 운집ᄒ여 신릭
(新來)[1958] 부르는 소릭 진동ᄒ니, 틱ᄉ곤계
ᄌ질을 거느려 나와 딕릭(待客)ᄒ여 즐길시,
쥬육진찬(酒肉珍饌)이 난만(爛漫)ᄒ고, 풍악
이 원근의 진동ᄒ니, 빈쥑 크게 즐겨 신릭를
빅단으로 유희ᄒ여, 쳔셔만단(千緒萬端)의 아
니 시험ᄒ미 업더라.

이러틋 숨일유과[가](三日遊街)를 맛고 궐
하의 나아가 슉ᄉᄒ온디, 샹이 인견(引見)ᄒ
시고 시로이 ᄉ랑ᄒ샤 훈님셔길샤(翰林庶吉
士)[1959]를 제슈(除授)ᄒ시니, 엄싱이 샤은ᄒ
고 인ᄒ여 힝공찰직(行公察職)ᄒ니, ᄉ군치졍
(事君治政)의 군상(君上)을 돕ᄉ오미, 고인의
청망직졀(淸望直節)을 【35】ᄯ로고, 거관(居
官)의 식싁ᄒ며, 거가(居家)의 화평ᄒᄃ 쳔셩
이 항직(伉直)[1960]ᄒ여 급장유(汲長孺)[1961]의
풍치 이시니, 동뉴(同類) 공경ᄒ고 귀신이 긔
탄ᄒ여, 감히 쇼년으로 보지 못ᄒ너라.

진쇼져 십ᄉ춓 츙년의 봉관화리[1962]로 헌앙

외당의 하릭이 운집ᄒ야【13】 신닉 부르는
소릭 진동ᄒ니, 공의 곤계 ᄌ질을 거느려 나
와 딕릭ᄒ여 즐길시, 쥬육진찬이 난만ᄒ고
풍악이 진동ᄒ니 빈쥑 크게 즐겨 신릭를 빅
단으로 유희ᄒ여 쳔셔만단의 아니 시험ᄒ미
업더라.

이러틋 숨일유과를 맛고 궐하의 나아가 슉
ᄉᄒ온디 샹이 인견ᄒ시고 시로이 ᄉ랑ᄒ샤
훈님셔길샤를 ᄒ이시니, 한님이 샤은ᄒ고,
인ᄒ야 힝공찰직ᄒ니 ᄉ군치졍의 군상을 돕
ᄉ오미 ○○○[고인의] 청망직졀을 ᄯ로고,
거관의 식싁ᄒ며, 거가의 화평ᄒᄃ 쳔셩이
항직ᄒ야, 급장유의 풍치 이시니, 동뉴 공경
긔탄ᄒ야 감히 쇼년으로 보디 못ᄒ더라.

수한 아름다움이 얼굴에 드러나고 등에 가득 차 넘
친다.'는 말로, 군자의 내면에 축적된 아름다움이
넘쳐서 몸으로 드러나는 것을 말한다. 『맹자(孟子)』
<진심 상(盡心上)>에 "군자의 본성은 인의예지가
마음속에 뿌리하여, 그로부터 나오는 빛이 수연(睟
然)하여 얼굴에 드러나고 등에 가득 차 넘친다.(君
子所性 仁義禮智根於心 其生色也 睟然見於面 盎於
背)" 하였다. *'睟然(수연)'은 '粹然(수연)'과 같은
말로 '사람이 얼굴이나 마음이 꾸밈이 없고 순박함'
을 이른다.
1958)신릭(新來) : 과거에 새로 급제한 사람.
1959)훈님셔길샤(翰林庶吉士) : 관직명. 중국 명·청
　　나라 때 한림원(翰林院)에 둔 관명. 진사(進士)가
　　운데서 문학에 뛰어난 사람을 뽑아 임명했다. =서
　　상(庶常).
1960)항직(伉直) : 강직함.
1961)급장유(汲長孺) : 한(漢) 무제(武帝) 때의 정치가.
　　급암(汲黯). 장유(長孺)는 그의 자. 바른말을 잘하여
　　황제도 그를 꺼려할 정도였다. 황제의 철권통치에
　　맞서 백성에 대해 선정을 베풀 것을 직언하다 회양
　　지방 수령으로 좌천되었는데, 그 곳에서 선정을 베
　　풀어 백성들의 존경을 받았다.
1962)봉관화리 : '봉관하피(鳳冠霞帔)'의 이칭(異稱).
　　조선시대 복식(服飾)의 일종으로「명주보월빙」연작

흔 명뷔되니 아룸다온 긔질이 금슈(錦繡) 우
히 숯 갓흔지라. 냥가 부뫼 이룰 보미 더옥
두굿겨 연연이즁(戀戀愛重)ᄒᆞ믈 마지 아니ᄒᆞ
더라.

오러지 아녀 윤부인이 회ᄐᆡ(懷胎)ᄒᆞ여 영
ᄌᆞ룰 ᄯ오 싱ᄒᆞ니 ᄐᆡᄉᆞ 부부와 가즁(家中)이
더희ᄒᆞ여 하셩(賀聲)이 요요(嘹嘹)ᄒᆞ더라.

진쇼제 ᄯ오 회ᄐᆡ만월(懷胎滿月)ᄒᆞ여 명츈(明
春)의 일개 긔【36】린을 싱ᄒᆞ니, 《히타‖히파
(海波)》의 금가마괴1963) ᄯ러지고 텬즁(天中)
의 옥톡기1964) ᄂᆞ려시니, 윤부인 신싱(新生)
으로 더브러 샹하(上下)치 아니니, 가즁이 더
옥 깃거ᄒᆞ며 최부인이 만심환희(滿心歡喜)ᄒᆞ
여 화당고루(華堂高樓)의 제숀을 가촛ᄒᆞ니,
도모지 일이 업고 ᄆᆞ음이 ᄯᅳᆺ디로 화열(和悅)
ᄒᆞ더라.

"추시 엄샹셔의 위망(威望)이 날노 늉늉(隆
隆)ᄒᆞ여, 샹이 그 지덕을 긔딕(期待)ᄒᆞ시고
슈유블니(須臾不離)ᄒᆞ여 총(寵)ᄒᆞ시는 고로,
이의 드듸여 좌각노(左閣老)룰 ᄒᆞ이시고 황
ᄌᆞ 진왕 ᄐᆡ부(太傅)룰 삼아 왕을 가르치게
ᄒᆞ시니, 각뇌 쳔은을 황공슉ᄉᆞᄒᆞ여 진왕을
교학(敎學)ᄒᆞ【37】미, 반다시 고ᄌᆞ(古者) 쳔셩
지군(天成之君)1965)의 딕도(大道)로ᄡᅥ 가르치
고, 이윤(伊尹)·쥬공(周公)의 덕으로ᄡᅥ 가ᄅᆞ
치니, 진왕이 칠셰로디 극히 총명ᄒᆞ여 비호
기룰 브즈러니 ᄒᆞ더라.

등 소설류에는 '봉관화리'만 나타나고, '한국고전종
합DB'의 김장생 『沙溪全書』 등 고전전적들에는 '봉
관하피'만 검색된다. *봉관하피(鳳冠霞帔): 조선시
대 봉작을 받은 명부(命婦)의 예복차림으로, 봉관
(鳳冠)과 하피(霞帔)를 함께 이른 말이다. *봉관(鳳
冠): 조선시대 작위가 있는 내외명부가 착용하던
예모(禮帽)로 윗부분에 금이나 옥으로 만든 봉황 모
양의 장식이 있다. *하피(霞帔): 조선시대 비빈(妃
嬪)의 예복인 적의(翟衣)에 부속된 옷가지로, 적의
를 입을 때 어깨의 앞뒤로 늘이는 것을 말한다. 길
게 한 폭으로 되어 있어 목에 걸치게 되어 있다.
1963)금가마괴: 금오(金烏). '해'를 달리 이르는 말.
태양 속에 세 개의 발을 가진 금까마귀가 있다는
전설에서 유래하였다.
1964)옥톡기: 옥토(玉兎). 달 속에 있다고 하는 토끼.
달을 달리 이른 말.
1965)천셩지군(天成之君): 하늘이 이루어 낸 성군(聖
君)

오라디 아냐 윤시 회ᄐᆡᄒᆞ야 옥ᄀᆞᆺ튼 영주를
싱【14】ᄒᆞ니, 태ᄉᆞ부부와 가듕이 대희ᄒᆞ여 하
셩이 요요ᄒᆞ더라.

딘쇼져 ᄯ오 회ᄐᆡ만월ᄒᆞ야 명년 츈의 일쳑
옥동을 싱ᄒᆞ니, 히파의 금가마괴 ᄯ러진둣
ᄒᆞ니, 가듕 샹히 더옥 깃거ᄒᆞ며, 최부인이
만심환희ᄒᆞ야 와당고루의 언와ᄒᆞ여 제손을
가차ᄒᆞ니, 만시 여의ᄒᆞ더라.

추시 샹셔의 위망이 날노 늉늉ᄒᆞ고 샹이
그 지덕을 긔딕ᄒᆞ시는 고로 이에 벼슬를 도
도와 각노를 ᄒᆞ이시고 황ᄌᆞ 진왕의 태부를
삼으시니, 샹셰 대경ᄒᆞ야 구지 ᄉᆞ양ᄒᆞ나 죵
불윤ᄒᆞ시니, 흘일 업셔 샤은ᄒᆞ고 진왕을 교
훅ᄒᆞ더라.

이러구러 팔구년이 얼푸시 지나니, 윤부인과 길수 부인 진쇼제 연(連)ᄒ여 금동옥녀(金童玉女)를 싱ᄒ니, 구고 주이ᄂᆞᆫ 일오지 말고, 각뇌 가지록 셩효ᄅᆞᆯ 극진이 ᄒ○[며], 여가(餘暇)의 금슬(琴瑟)의 녜악(禮樂)이 챵(昌)ᄒ여, 슬하의 옥슈인벽(玉樹驎璧)[1966]이 빵빵ᄒ니 무어시 슬프리오마ᄂᆞᆫ, 일염(一念)의 경경(耿耿)ᄒᆫ 바ᄂᆞᆫ 싱모 오왕비 궁텬지통(窮天之痛)을 서리담고, 금쥐 고향의셔 좨왜(坐臥)적【38】막(寂寞)ᄒ여 신셰 고초ᄒ시믈 슬허, 쥬야의 몽혼이 경경ᄒ여 ᄆᆞ양 ᄉᆞ시(四時)의 《져쥬‖전쥬(轉住)[1967]》을 싱각ᄒᆞᄂᆞᆫ지라.

당휘 엇지 아주의 심ᄉᆞ를 모로리오마ᄂᆞᆫ 추ᄆᆞ 혈혈(孑孑)ᄒᆫ 호시를 싱각ᄒ며, 그 주녀를 닛지 못ᄒ여 경ᄉᆞ 힝도를 일우지 못ᄒ더니, 심·뉴 냥희의 주녀와 호시의 주녜 다 댱셩ᄒ니, 봉효와 봉임의 명을 고쳐 봉문·효옥이라 ᄒ니, 이ᄂᆞᆫ 각뇌 주긔 주녀의 명주(名字)와 갓고져 ᄒ미러라. 봉이 남미 엄시 여풍을 이어 지뫼 아름답고 쳔셩이 유슌ᄒ나 인인(人人)이 표의 블초피【39】악(不肖悖惡)ᄒ믈 모로리 업ᄉᆞᆫ 고로, 쥬문갑계(朱門甲第)[1968] 거족(巨族)이야 즐겨 ᄉᆞ회와 며ᄂᆞ리를 숨고져 ᄒ리오.

봉ᄋ 남미 십칠의 이로도록 가긔(嫁期) 추라ᄒ더니[1969] 겨유 구ᄒ여 금쥐 향환(鄕宦) 두쳐ᄉᆞ의 ᄯᆞᆯ노뼈 봉문의 쳐를 숨으니, 두시 용안지덕(容顔才德)이 츌셰(出世)ᄒ여 진짓 봉이의 긔질노 샹젹ᄒ더라.

효옥은 본향 《기인‖거인(擧人)[1970]》 슌공

이러구러 팔구년이 얼프시 디나니, 윤부인과 딘쇼제 히를 연ᄒ야 싱산ᄒ여 주녀를 굿초 두【15】니, 개개히 아롬다와 남ᄋᆞᄂᆞᆫ 옥으로 삭인 듯ᄒ고, 녀ᄋᆞᄂᆞᆫ 곳추로 무은 듯ᄒ니, 일개 모다 환열ᄒ며, 최부인이 더옥 희열ᄒ여 면면이 가츠ᄒ여, 시일노 무이ᄒ미 더옥 주별ᄒ니, 젼주 악포ᄒᆫ 심용으로 비흘진디, 소양불모ᄒᆞᆫ지라. 각노 형뎨 시로이 영힝ᄒ믈 이긔디 못ᄒ더라.

각뇌 환낙ᄒᆞᄂᆞᆫ 듕, 모후를 잇디 못ᄒ야 쥬야 긴졀이 ᄉᆞ렴ᄒᆞᄂᆞᆫ 회포 극ᄒ야, 수이 환경ᄒ시믈 주ᄒ여 ᄉᆞ의 간곡ᄒ고, 효위 인심을 감동홀디라.

당휘 ᄯᆞᄒᆫ ᄋᆞ주의 간곡ᄒᆫ 글월을 디홀 젹마다, 츄파의 흐ᄅᆞᄂᆞᆫ 누쉬 옷깃슬 젹시며, ᄋᆞ주의 효의를 막디 못ᄒ여 가ᄉᆞ를 션치ᄒᆫ 후 환경【16】ᄒ믈 일ᄏᆞᆮ더라. 심·뉴 냥희의 주녀 등이 졈졈 주라미, 심희 주로뼈 교싱 뉴슉의 녀를 ᄎᆔᄒ고, 뉴희의 녀ᄋᆞ로뼈 형부샹셔 경모의 쳡주와 혼인ᄒ니, 각각 부부의 긔딜이 샹젹ᄒᆞᆫ다. 심·뉴 냥희 깃부며 슬허ᄒ믈 마디 아니ᄒ더라.

봉ᄋ 남미 십칠의 니ᄅᆞ도록 가긔 추라 ᄒ더니, 겨유 구ᄒ여 금쥐 향환 두쳐ᄉᆞ의 ᄯᆞᆯ노뼈 구혼ᄒ여 봉문의 쳐를 숨으니, 두시 ᄉᆞ용지덕이 쵸셰ᄒ야 진짓 봉ᄋᆞ의 긔딜과 샹젹ᄒ더라.

효옥은 ○[본]향 거인 슌공의 주뷔 되니,

1966)옥슈인벽(玉樹驎璧) : 옥수(玉樹; 아름다운 나무), 기린(騏驎; 천리마), 옥벽(玉璧; 둥그런 옥)을 아울러 이르는 말로, 모두 '재주 뛰어나고 용모가 빼어난 사람'을 이르는 말이다.
1967)전쥬(轉住) : 살던 곳을 떠나 다른 곳으로 옮겨 삶. =전거(轉居).
1968)쥬문갑계(朱門甲第) : 붉은 대문을 단, 크게 잘 지은 집이란 뜻으로, 높은 벼슬아치가 사는 집을 이르는 말.
1969)ᄎᆞ라ᄒ다 : 차라하다. 아득하다. 아득히 멀다.
1970)거인(擧人) : 조선시대에 각종 크고 작은 과거시험에 응시하던 사람. 또는 그 합격자. =거자(擧子).

의 주뷔 되니, 슌싱이 쏘호 인지(人材) 츌인
(出人)ᄒ여 인인의 일컷는 쇼릭 훤ᄌ(喧藉)ᄒ
니, 댱휘 숀부숀셔(孫婦孫壻)의 가셰(家勢)
쇠샤(衰斜)[1971]ᄒ나 문미 혁혁ᄒ고 지풍이
결비 하등 아니믈 보미 일변 슬허ᄒ나【40】
일변 표의 후시 막연치 아니믈 깃거ᄒ더라.

심희 일ᄌ 엄쇼로뻐 교싱 뉴슉의 녀를 취
ᄒ고, 뉴희의 녀ᄋ로뻐 형부샹셔 경모의 셔
ᄌ와 혼닌ᄒ니, 각각 부부의 긔질이 ᄒ나토
우열(愚劣)이 별노 업고 샹적(相敵)ᄒᄒ지라.
심·뉴 냥희 깃브며 일변 슬허ᄒ믈 마지 아
니코 댱휘 츄렴왕ᄉ(追念往事)ᄒ여 감회ᄒ믈
마지 아니터라.

심·뉴 냥희와 호시 ᄌ녀를 혼취ᄒ며 빵을
다 일우미 셰월노 좃ᄎ 각각 년싱ᄌ녀(連生
子女)ᄒ니 댱휘 숀부숀셔(孫婦孫壻)와 셔ᄌ녀
(庶子女) 부부를 다 쳥ᄒ여 일가(一家)의 두
니, ᄌ연 젹막【41】ᄒ던 가즁이 번화ᄒ고, 호
시 심·뉴 냥희로 더브러 가ᄉ를 션치(善治)
ᄒ미, 댱휘 다시 호시를 위ᄒ여 근심이 업는
지라.

바야흐로 만ᄉ의 거리낄 거시 업셔 염녀를
끗고 경ᄉ로 이의 도라올 시, 각뇌 친히 졀
일(節日)의 션산의 비알ᄒ고, 인ᄒ여 모비를
뫼셔 환경홀 시, 댱후의 참연지심(慘然之心)
과 호시 등의 슬픈 심시(心思) 샹하(上下)치
아니터라.

엄각뇌 쇼거금뉸(小車金輪)[1972]의 허다(許
多) 부셩(富盛)ᄒ 위의(威儀)로 경ᄉ(京師)의
도라와, 바야흐로 왕부고틱(王府故宅)을 슈리
ᄒ고, 뎡당 화쳥젼의 슉쇼를 졍ᄒ【42】니, 제
ᄉ쇼고(娣姒小姑)와 냥 슉슉이 ᄌ녀제숀을
거느려 마ᄌ니, 일가의 환셩(歡聲)이 여류(如
流)ᄒ고, 모녀(母女) 고뷔(姑婦) 오러 이별ᄒ
엿다가, 바야흐로 단취(團聚)ᄒ미 환환열열
(歡歡悅悅)ᄒ 깃부믈 ᄒ 입으로 이로 형언치
못ᄒ고, 피ᄎ(彼此) 악슈연비(握手連臂)[1973]

숀싱이 쏘호 인지 츌인ᄒ니, 댱휘 손부손셔
의 가셰 《싀ᄉ∥쇠ᄉ》ᄒ나, 문미 혁혁ᄒ고
지풍이 결비하등【17】이믈 보미, 일변 슬허ᄒ
고 일변 불초ᄌ의 후시 막연치 아니믈 깃거
ᄒ더라.

심·뉴 냥희와 호시의 ᄌ녀 각각 년싱ᄌ녀
ᄒ니, 댱휘 숀셔와 셔ᄌ셔를 다 일틱의 두
니, ᄌ연 젹막던 가듕이 번화ᄒ미, 댱휘 다
시 호시를 위ᄒ여 근심이 업는지라.

각뇌 친히 졀일의 션산의 비알ᄒ고 인ᄒ여
모비를 뫼셔 환경홀시, 댱후의 창연홈과 호
시 등의 결연흔 심시 샹하치 아니터라.

엄각뇌 쇼거금뉸의 허다 부셩흔 위의로 경
ᄉ의 도라와, 바야흐로 왕부고틱의[을] 소쇄
ᄒ고 졍당 화쳥뎐의 슉쇼를 졍ᄒ니, 제ᄉ쇼
고와 냥 슉슉이 ᄌ녀제숀을 거느려 마【18】
ᄌ니, 일가의 환셩이 여류ᄒ고, 모녀 고뷔
누년 구별을 단취ᄒ미, 환환열열흔 깃부믈
일구로 형언하리오. 악슈연비의 함쳠 쟝듕ᄒ
미, 좌듕샹하 츄렴셕ᄉᄒ고 금셕지논ᄒ야,
합개 취회ᄒ미, 가듕의 연셕을 긔쟝ᄒ니, 댱
시 죵족과 엄시 친쳑이 다 댱휘를 쪄난 지

)쇠샤(衰斜) : 힘이나 셰력이 졈졈 줄어셔 약해짐.
)쇼거금뉸(小車金輪) : 쇠바퀴를 단 작은 수레.
)악슈연비(握手連臂) : 손을 잡아 인사를 하고 팔
을 벌려 끌어안음.

의 함취당즁(咸聚堂中)[1974]ᄒ미, 좌즁상히(座中上下) 츄렴왕ᄉ(追念往事)ᄒ고 금셕지논(今昔之論)ᄒ여, 일개(一家) 모드미 가즁(家中)의 연셕(宴席)을 기장(開場)ᄒ니, 당시 종족과 엄시 친척이 다 댱 후(后)ᄅᆞ 씨난지 오란지라. 이날 쟝휘 도라와 연셕을 베푸니 남녀 제인이 ᄉᄋᆞ빅이러라. 니당 너룬【43】젹각이 오히려 좁아 엇개 기야이고[1975] 쳥단(靑團)이 다이지니[1976] 《빈폐∥빈패(玭佩)[1977]》 부러지고 옥셩(玉聲)이 낭낭(朗朗)ᄒ더라.

이날 쳔지 오왕비 당시 환가(還家) 제향(帝鄉)ᄒ며, 엄각뇌 열친(悅親) 잔치ᄒ믈 드ᄅᆞ시고, 특별이 샹방진찬(尚方珍饌)[1978]과 어원풍악(御苑風樂)[1979]을 ᄉ급(賜給)ᄒ샤 즐기믈 도ᄋᆞ라 ᄒ시니, 각뇌 고두ᄉ양(叩頭辭讓)ᄒ여 알외디,

"신의 어미 일즉 '붕셩(崩城)의 고통'[1980]과 'ᄌ하(子夏)의 샹명(喪明)'[1981]을 품어 샹시(常時) 쳐신ᄒᄋᆞ미 의복(衣服) 거체(居處) 궁민(窮民)으로 ᄌ쳐ᄒ옵ᄂᆞᆫ지라. 신뫼(臣母) 경향(京鄉)을 씨난 지 오리온 고로 이제 도라오미, 샹니(相離)ᄒ엿든 동긔 친척이 모다 별회(別懷)ᄅᆞᆯ【44】이로고져 ᄒ와, 약간 쥬셕(酒席)을 갓초오나, 이 ᄯᅩ 신모의 쇼원이 아니라. 엇지 비반(杯盤)[1982]을 낭ᄌ히 ᄒ오며

오란지라. 댱휘 도라와 연셕을 베프니 남녀 제빈이 ᄉᄋᆞ빅이나 ᄒ더라.

텬지 오왕비 당시 환가 제향ᄒ미, 엄각뇌 ᄉ연열친ᄒ믈 드ᄅᆞ시고, 특별이 샹방진찬과 어원풍악을 ᄉ급ᄒ시니, 각뇌 고두 ᄉ양 왈,

"신의 어미 일즉 붕셩지통을 품어 샹시 쳐신ᄒ오미 의복거체 궁민으로 ᄌ쳐ᄒ【19】옵ᄂᆞᆫ지라. 엇지 셩은을 감당ᄒ오리잇고? 신뫼 경향을 씨나온 지 오리온 고로, 이제 도라오미, 샹니ᄒ엿습던 동긔친척이 모다 별회를 니ᄅᆞ고져 ᄒ와, 약간 쥬식을 갓초오나 이 ᄯᅩ 신모의 쇼원이 아니오라, 엇디 비반을 낭ᄌ히 베풀리잇가? ᄇᆞ라옵건디, 외람ᄒ온 은명을 거두시믈 바라ᄂᆞ이다."

[1974]함취당즁(咸聚堂中) : 모두 함께 대청 가운데 모임.
[1975]기야이다 : 붐비다. 부딪치다.
[1976]다이지다 : 부딪다. 부딪치다. 치다. 때리다.
[1977]빈패(玭佩) : 옥패(玉佩). 옥으로 만든 패물(佩物).
[1978]샹방진찬(尚方珍饌) : 궁중의 상방에서 마련한 진귀하고 맛좋은 음식. *상방(尚房); 궁중의 각종 음식, 의복, 기물(器物) 들을 관리하던 곳. '상의원(尚衣院)'이라고도 한다.
[1979]어원풍악(御苑風樂) : 궁중음악(宮中音樂). 궁중에서 연주하는 음악. *풍악(風樂); 예로부터 전해 오는 우리나라 고유의 음악. 주로 기악을 이른다. ≒ 삼현풍악(三絃風樂).
[1980]붕셩(崩城)의 고통 : 붕성지통(崩城之痛). 성이 무너질 만큼 큰 슬픔이라는 뜻으로, 남편이 죽은 슬픔을 이르는 말.
[1981]ᄌ하(子夏)의 샹명(喪明) : 자하(子夏)의 상명지통(喪明之痛)을 이르는 말. 즉 옛날 중국의 공자의 제자 자하가 아들을 잃고 슬피 운 끝에 눈이 멀었다는 고사에서 유래한다.
[1982]비반(杯盤) : ①술상에 차려 놓은 그릇. 또는 거

풍악으로 요란이 ᄒᆞ리잇고? 외람ᄒᆞ온 은명(恩命)을 거두시미 원이로쇼이다."

샹이 웃고 갈오샤ᄃᆡ,

"경뫼 비록 원치 아니ᄒᆞᄂᆞᆫ 비나 인주의 《연친∥열친(悅親)》ᄒᆞᄂᆞᆫ 도리 범연홀 비 아니오. 짐이 ᄒᆞᆫ갓 경을 위ᄒᆞ미 아니라 경부(卿父)의 젼일 융공디업(隆功大業)을 ᄉᆡᆼ각ᄒᆞ미 겸ᄒᆞ여 영광을 ᄂᆞ리오미니, 경은 구지 ᄉᆞ양치 말지어다."

각뇌 흘일업서 드듸여 쳔은을 ᄉᆞ비슉ᄉᆞ(四拜肅謝)ᄒᆞ고【45】본부의 도라오니, 임의 쇼황문(小黃門)1983)이 봉지(奉旨)ᄒᆞ여 샹방(尙房) 어션(御膳)과 어악(御樂)을 거ᄂᆞ려 이로러더라.

각뇌 니당의 드러와 부모슉당긔 궐즁의 드러가 황샹이 젼교ᄒᆞ시던 ᄉᆞ연을 낫낫치 알외니, 부슉이 가지록 황은이 감츅(感祝)ᄒᆞ시믈 일변 감격ᄒᆞ며 감누를 흘녀 갈오ᄃᆡ,

"어ᄂᆞ 띡 디마다 군신이 업ᄉᆞ리오마ᄂᆞᆫ 셩샹과 왕뎨ᄂᆞᆫ 어쉬샹합(魚水相合)1984)ᄒᆞᆫ 군신이러니, 외국의 봉군(奉君)ᄒᆞ여 군신의 졍을 펴지 못ᄒᆞ고, 즁도(中道)의 언(偃)1985)ᄒᆞ여 셰샹을 바리니, 셩군(聖君)【46】의 어슈(魚水)1986)를 갑ᄉᆞ오미 오히려 젹ᄉᆞ오미라. 여등은 맛당이 갈역진츙(竭力盡忠)ᄒᆞ여 셩은을 갑ᄉᆞ오라."

각뇌 비슈슈명(拜首受命)ᄒᆞ미, 댱휘 젼후 문답셜화를 제제(齊齊)히 다 듯고, 기리 츄연탄식ᄒᆞ여 갈오ᄃᆡ,

"셩은이 비록 망극ᄒᆞ시나 녀모(汝母)ᄂᆞᆫ 셰

샹이 웃고 굴오샤ᄃᆡ,

"경뫼 비록 원치 아니나 인주의 열친ᄒᆞᄂᆞᆫ 도리 엇디 범연ᄒᆞ리오. 딤이 ᄒᆞᆫ갓 경을 위ᄒᆞ미 아니라, 경부의 젼일 늉공디업을 싱각ᄒᆞ미, 겸ᄒᆞ야 은영을 ᄂᆞ리오미니, 모르미 경은 ᄉᆞ양치 말나."

ᄒᆞ시니, 각뇌 시러금 흘일업서 쳔은을 슉ᄉᆞᄒᆞ【20】고, 믈너 본부의 도라오니, 임의 소황문이 봉지ᄒᆞ야 샹방 어션○○○[과 어악]을 거ᄂᆞ려 니르럿더라.

○…결락8자…○[각뇌 니당의 드러와] 부모슉당의[긔] 궐즁슈말을 알외니, 부슉이 황은을 감격ᄒᆞ야 감누를 흘니며 갈오ᄃᆡ,

"어ᄂᆞ 딕의 군신지간이 업ᄉᆞ리오마ᄂᆞᆫ 셩샹과 왕뎨ᄂᆞᆫ 진짓 어쉬샹합ᄒᆞᆫ 군신이어니○[와], 외국의 봉군ᄒᆞ여 군신이 졍을 펴지 못ᄒᆞ고 듕도의 셰샹을 ᄇᆞ리니, 셩군의 어슈를 갑ᄉᆞᆸ디 못ᄒᆞ온다라. 여등은 맛당이 진츙갈력ᄒᆞ야 셩은을 갑ᄉᆞ오라."

각뇌 비슈슈명ᄒᆞ미, 댱휘 츄연탄식 왈,

"셩은이 비록 망극ᄒᆞ시나 여모ᄂᆞᆫ 셰샹의

기에 담긴 음식. ②흥취 있게 노는 잔치.

1983)쇼황문(小黃門) : 나이 어린 환관(宦官). 황문(黃門)은 중국 후한(後漢) 시대에 금문(禁門)을 맡아보는 관리였는데 이를 내시(內侍)가 맡아보면서 환관의 칭호로 바뀌었음.

1984)어쉬샹합(魚水相合) : 고기와 물의 관계처럼 신하와 어진 임금, 또는 아내와 남편이 서로 뜻이 맞아 화합함.

1985)언(偃)ᄒᆞ다 : 쓰러지다. 눕다. 멈추다.

1986)어슈(魚水) : 물고기와 물은 떼려야 뗄 수 없는 관계라는 뜻으로, 군신이나 부부간의 친밀한 관계를 비유적으로 이르는 말. =어수지교(魚水之交). * 여기서는 생전에 '임금이 베풀어준 친밀한 정'을 이른 말이다.

샹의 슬푼 인싱이라. 무슴 즐거오미 잇셔 셩 샹 은녜(恩禮)1987)룰 감당ᄒ리오."

셜파의 안식이 쳐연ᄒ여 슬푼 누쉼(淚水) 한업시 ᄂ리오니, 좌우제빈(左右諸賓)의 슬푸믈 동ᄒ여 감챵치 아니ᄒ리 업더라.

각뇌 모비의 즐기지 아니시믈 보오미【47】ᄯᅩᄒᆞᆫ 구원(九原)의 도라가신 션친을 츄모ᄒ여 흥황(興況)이 ᄉ라지ᄂᆞᆫ지라. 감히 모후긔 헌비(獻杯)ᄒ기룰 쳥치 못ᄒ고, 다만 니외의 친쳑을 모화 쥬비룰 날니며 경ᄉᆞ룰 치하훌시, 비록 간약(簡略)ᄒ고 검박(儉薄)기룰 위쥬ᄒ나, 쳔하 십삼싱(十三省)의 흐ᄅᆞᄂᆞᆫ 녜물(禮物)이 구산(丘山)1988) 갓고, 공후빅ᄌ남(公侯伯子男)1989)의 부귀룰 기우릴 비니, 엇지 범연ᄒᆞᆫ 진치가 되리오.

금반옥긔(金盤玉器)1990)의 산진히슈(山珍海羞)1991) 아니 가쟌 거시 업ᄉ니, 츠일 텽ᄉᆞ 곤계 광의디ᄃᆡ(廣衣大帶)1992)룰 졍히 ᄒ고, 엄각노 등 군종곤계 ᄉᆞ인이 화풍셩모(和風盛貌)의 금관【48】ᄌᆞ포(金冠紫袍)룰 졍제히 ᄒ고, 보ᄃᆡ(寶帶)룰 드ᄃᆞ여 아규(牙圭)1993)룰 잡아 제위빈긱(諸位賓客)을 읍ᄎᆞ겸양(揖且謙讓)1994)ᄒ여 마쟈 좌의 나아가니, 텽ᄉᆞ와 츄밀이 언건(偃蹇)1995)ᄒᆞᆫ 긔샹의 규엄(規嚴)ᄒᆞᆫ 체위로 쥬벽(主壁)의 좌ᄒ미, 엄각노 엄시랑 등이 츄챵(趨蹌)ᄒ여 슌을 디졉ᄒ미, 긔이비

슬푼 인싱이라. 므ᄉᆞᆫ 즐거오미 잇셔, 셩쥬의 두터온 은슈를【21】밧ᄌᆞ오리오."

셜파의 안식이 쳐연ᄒ여 슬푼 ᄉ식이 좌우를 동ᄒ니, 좌상 제인이 위ᄒ여 감챵치 아니리 업더라.

각뇌 모비의 즐기시디 안니믈 보미, ᄯᅩᄒᆞᆫ 구원○[의] 션친을 영모ᄒ미 흥황이 ᄉ연ᄒᆞᆫ디라. 감히 모후긔 헌비ᄒ기룰 쳥치 못ᄒ고, 다만 니외의 친쳑을 모다 초초히 돗글 열고져 ᄒ던 비, 셩쥬의 은명으로 《농가셩진‖동가셩젼》ᄒ야 완연ᄒᆞᆫ 셩연이 되엿더라.

츠일 엄시 친쪽인친이며 당시 겨러 모다 ᄌ딜의 셩효대덕을 일ᄏ라 《존문‖엄문》 복경을 치하ᄒᆞ야니,

1987)은녜(恩禮) : 은총(恩寵)과 예우(禮遇)를 함께 이른 말.
1988)구산(丘山) : ①언덕과 산을 아울러 이르는 말. ②물건이 많이 쌓인 모양을 비유적으로 이르는 말.
1989)공후빅ᄌ남(公侯伯子男) : 제후의 다섯 등급의 작위를 순서대로 이른 말. =오등작(五等爵)
1990)금반옥긔(金盤玉器) : 금과 옥으로 만든 아름답고 화려한 그릇들.
1991)산진히슈(山珍海羞) : 산과 바다의 진기한 음식.
1992)광의디ᄃᆡ(廣衣大帶) : 품이 넉넉한 도포(道袍)를 입고 넓은 띠를 두른 차림.
1993)아규(牙圭) : 아홀(牙笏)과 옥규(玉圭)를 함께 이른 말. *아홀(牙笏): 상아로 만든 홀. 1품에서 4품까지의 벼슬아치가 임금을 만날 때 손에 쥐던 물건. *옥규(玉圭): 옥으로 만든 규. 조회나 의식 등에서 임금이나 제후가 손에 쥐던 물건
1994)읍ᄎᆞ겸양(揖且謙讓) : 읍하여 예를 표하고 또 자신을 낮추어 인사함.
1995)언건(偃蹇) : 거만스러워 보일만큼 높고 씩씩함.

립(起而陪立)호니, 슉슉(肅肅)호 녜모와 빈빈(彬彬)호 도학이, 왕계(王季)[1996] 좌젼(座前)의 문왕(文王)이 뫼셧심 갓고, 공안(孔顏)[1997]의 좌셕의 증ᄌ(曾子)와 밍뫼(孟某)[1998]시측(侍側)흠 갓호니, 좌샹졔빈(座上諸賓)이 감탄열복(感歎悅服)호믈 마지 아녀, 일시의 틱ᄉ곤계를 향호여 연셩하례(連聲賀禮)호여【49】 갈오디,

"효문과 쳥문은 당셰 군ᄌ요, 일디 셩현이라. 호갓 존문을 흥긔홀 분 아녀 우쥬(宇宙)를 광보(匡輔)호여 산하를 괴올 긔동[1999]이오니, 진실노 슝조의 현냥(賢良)이믈 가히 알지라. 영뎨(令弟) 션오왕(先吳王)이 비록 즁도의 기셰호여시나, 효문 갓호 셩현군ᄌ와 윤후셩 윤챵계 갓호 군ᄌ영걸(君子英傑)노 슬하 문란(門欄)[2000]의 광치(光彩)를 더으니, 이른 바, ᄉ이블ᄉ(死而不死)[2001]라. 효문이 호갓 싱부(生父)의 구로싱ᄋ(劬勞生我)[2002]를 빗닐 ᄯᆞᆫ 아니라, 존 틱ᄉ 슬하를 빗닉여 아룸다온 덕힝과 믈망(物望)이 조야(朝野)의 나타ᄂ【50】니, 엇지 긔특지 아니리잇고? 아등이 언둔(言鈍)호여 존문 복경(福慶)을 이로 다 치하치 못호ᄂ이다."

틱시 빅슈쇼안(白首笑顏)의 우우(憂憂)호여 슬푼 빗치 어리여, 츄연(惆然) 샤샤(謝辭) 왈,

"열위(列位) 과챵(誇張)호시믈 복의 부지(父子) 엇지 감당호리잇고 마는, 망뎨(亡弟)의 츙의덕질(忠義德質)노 능히 슈(壽)와 복녹(福祿)을 안향(安享)치 못호여, 즁도의 조세

태ᄉ 곤계 쳐식이 어리여 츄연 ᄉ샤 왈,

"녈위 졔공의 과장호시믈 복의 부지 엇디【22】 감당호리잇고? 죽은 아의 인의덕딜노 그 슈복을 능히 안향치 못호고, 듕도의 조세호여 ᄌ녀의 영효를 밧디 못호고, 박덕 우용

1996)왕계(王季) : 중국 주나라 문왕(文王)의 아버지. 이름은 계력(季歷). 자손이 왕업(王業)을 이룰 수 있는 기초를 닦았다.

1997)공안(孔顏) : 공자와 안자를 함께 이른 말.

1998)밍뫼(孟某) : 맹자를 일컬은 말로 이름은 '가(軻)'다. '모(某)'는 굳이 이름을 밝히려고 하지 않을 때 이름 대신 쓰는 말이다.

1999)긔동 : 기둥. 어떤 물건을 밑에서 위로 곧게 받치거나 버티는 나무. 또는 그런 형상으로 보이는 것.

2000)문란(門欄) : 문루(門樓)의 난간(欄干)을 뜻하는 말로 가문(家門)을 달리 이르는 말.

2001)ᄉ이블ᄉ(死而不死) : (몸은 비록) 죽었으나 (뒤를 이을 자식이 있어) 죽지 않음과 같음.

2002)구로싱아(劬勞生我) : 구로생아지은(劬勞生我之恩). 나를 낳아주시고 길러주신 어버이의 은덕.

(부셰)ᄒᆞ여, 효ᄌᆞ현부(孝子賢婦)와 긔셔효녀(奇壻孝女)의 영효ᄅᆞᆯ 밧지 못ᄒᆞ고, 박덕우용(薄德愚庸)ᄒᆞᆫ 복(僕)은 홀노 사라 잇서 ᄌᆞ질의 효양(孝養)을 바드니, 엇지 천도(天道)의 희극(戲劇)[2003]ᄒᆞᆫ 조화(造化)ᄅᆞᆯ 한(恨)치 아니리잇고?"

언【51】파(言罷)의 냥항뉘(兩行淚) 빅슈미렴(白鬚美髥)[2004]의 년낙(連落)ᄒᆞ니, 츄밀이 ᄯᅩᄒᆞᆫ 누쉬(淚水) 환난(汍瀾)ᄒᆞ여 옷깃살 적셔 능히 말을 니로지 못ᄒᆞᄂᆞᆫ지라. 각뇌 시좌(侍坐)타가 부슉의 슬허ᄒᆞ시믈 보미, 효ᄌᆞ의 궁원극통(窮怨極痛)[2005]이 ᄯᅩ 엇더ᄒᆞ리오. 히음업시 쌍셩츄파(雙星秋波)의 신쳔(辛泉)이 움죽이믈 ᄭᆡ닷지 못ᄒᆞ고, 심원(心源)이 여할(如割)ᄒᆞ믈 면치 못ᄒᆞ여, 눈물이 거의 ᄲᅵ러질 ᄃᆞᆺᄒᆞ더니, 야야(爺爺) 안전(眼前)의 불효되오믈 ᄭᆡ다라, 누슈ᄅᆞᆯ 날호여 영엄(領掩)[2006]ᄒᆞ고 ᄂᆡ화이식(乃和怡色)[2007]ᄒᆞ여 셩음(聲音)을 화(和)히 ᄒᆞ여 부슉을 위로ᄒᆞ미, 동황(東皇)[2008]【52】의 훈풍이 염염(冉冉)ᄒᆞ여[2009] '초목군싱(草木群生)이 《개호‖개유》ᄌᆞ락(皆有自樂)ᄒᆞᄂᆞᆫ'[2010] 조화(造化)ᄅᆞᆯ 가져시며, 쳑탕(滌蕩)ᄒᆞᆫ 풍뉴(風流)와 화발(花發)ᄒᆞᆫ 긔샹(氣像)이 만고(萬古)ᄅᆞᆯ 기우려 디두(對頭)ᄒᆞ리 업ᄂᆞᆫ ᄃᆞᆺᄒᆞ더라.

2003)희극(戲劇) : ①몹시 황당하고 어처구니없는 일. ②실없이 하는 익살스러운 행동.

2004)빅슈미렴(白鬚美髥) : 하얗게 센 아름다운 수염(鬚髥)

2005)궁원극통(窮怨極痛) : 더할 나위 없이 깊은 원망과 슬픔.

2006)영엄(領掩) : 눈물 따위를 옷깃으로 가리거나 닦음.

2007)ᄂᆡ화이식(乃和怡色) : 이에 온화하고 기쁜 얼굴빛을 띠다.

2008)동황(東皇) : =동군(東君). 오방(五方: 동·서·남·북·중) 신장(神將)의 하나로, 봄을 맡고 있는 동쪽의 신을 이르는 말.

2009)염염(冉冉)ᄒᆞ다 : 부드럽고 연약하다.

2010)초목군싱(草木群生)이 개유ᄌᆞ락(皆有自樂)ᄒᆞ다 : '초목과 뭇 생물들이 모두 스스로 즐거워하고 있다'는 뜻으로 『한서(漢書) 권4』<문제기(文帝紀)>에 있는 조서(詔書)의 글귀를 인용한 말이다. 즉 "지금은 바야흐로 봄빛이 화창한 시절이다. 그래서 초목과 뭇 생물들이 모두 스스로 즐거워하고 있다 … (方春和時 草木群生之物 皆有以自樂…)."

ᄒᆞᆫ 복은 홀노 스라 잇서, ᄌᆞ딜의 이 ᄀᆞᆺᄐᆞᆫ 죵효를 밧드[으]니, 엇디 텬도의 희극ᄒᆞᆫ 조화를 한치 아니리오."

언파의 냥항뉘 빅슈미염의 년낙ᄒᆞ니, 츄밀이 역시 체시 방타ᄒᆞ야 광삼을 적시ᄂᆞᆫ다라. 각뇌 부슉의 이러툿 슬허ᄒᆞ시믈 보오미 효ᄌᆞ의 궁원디통이 엇더ᄒᆞ리요. 히음업시 쌍셩츄파의 신쳔이 뇨동ᄒᆞ야 거의 ᄲᅵ러질 ᄃᆞᆺᄒᆞ더니, 야야 안젼의 블효를 ᄭᆡ다라 쳥누를 녕엄ᄒᆞ고 ᄂᆡ화식이이셩(乃和色而怡聲)ᄒᆞ고 부슉을 위로ᄒᆞ미, 동황의 훈풍이 염염ᄒᆞ여 초【23】목군싱이 개호ᄌᆞ락ᄒᆞᄂᆞᆫ ᄃᆞᆺ, 쳑탕ᄒᆞᆫ 풍유와 화발ᄒᆞᆫ 긔샹이 만고를 기우려 디뒤 업ᄉᆞᆫ ᄃᆞᆺᄒᆞᆫ지라.

좌긱(坐客)이 눈을 기우려 긔이ᄒ믈 결을 치 못ᄒ고, 텨ᄉ와 츙밀이 시로이 흠이(欽愛)ᄒ믈 마지 아니터라.

일영(日影)이 반오(半午)의 일으미 어원풍뉴(御苑風流)를 진쥬(盡奏)ᄒ고, 교방챵악(教坊唱樂)2011)은 풍물(風物)2012)과 가곡(歌曲)2013)을 《징쥬∥징쥬(爭奏)》ᄒ니, 풍악(風樂)이 십이(十里)○에 들니더라.

날이 느즈미 텨ᄉ 주녀제질을 거ᄂ려 니당의 드러오니, 모든 니긱은 댱녀로 들고 일가 친척이 【53】 취회(聚會)ᄒ여 경하(慶賀)홀시, 텨시 댱후를 향ᄒ여 공경ᄒ믈 일위여 갈오ᄃ,

"당일의 복(僕)이 □□[슬ᄒ(膝下)] 고고(孤孤)홀 시절의, ᄒ갓 복의 후시(後嗣) 적막홀 분 아니라, 진실노 조션(祖先) 누ᄃ봉ᄉ(累代奉祀)를 이을 길이 업거늘, 현쉬(賢嫂) 챵ᄋ 갓ᄒ 긔린(麒麟)을 싱ᄒ샤 {알아} 복의게 도라보니시니, 존슈의 큰 덕이 ᄒ갓 복의 감격ᄒ올분 아니라, 실노 조션의 ○○[통(統)을] 빗뷔시어늘, 복이 가지록 혼암블명(昏暗不明)ᄒ고, 최시 블초암녈(不肖暗劣)ᄒ여 《텬후∥뎐후(前後)》의 하마ᄒ면 효주현부를 보젼치 못홀 번ᄒ니, 도금(到今)ᄒ【54】여 싱각ᄒ미 문호의 경ᄃ(輕待)ᄒ던 비 놀납고 한심치 아니ᄒ오며, 슈슈(嫂嫂)를 보오미 낫치 둣겁지 아니리잇가마ᄂ, 슈슈의 통달ᄒ신 셩덕이 복의 부부의 지난 허믈을 개회치 아니시고, 이제 뎨향(帝鄉)의 환가(還家)ᄒ샤 효주현부의 영효를 일턱지샹의 누리시리니, 복이 셕ᄉ를 감회ᄒ는 가온ᄃ, 또 엇지 깃부

2011)교방챵악(教坊唱樂) : 장악원 창기(倡妓)가 연주하던 음악. *교방(教坊):『역사』조선시대에 장악원의 좌방(左坊)과 우방(右坊)을 아울러 이르던 말. 좌방은 아악(雅樂)을, 우방은 속악(俗樂)을 맡았다.
2012)풍물(風物) : 풍물놀이. 농촌에서 농부들 사이에 행하여지는 우리나라 고유의 음악. 나발, 태평소, 소고, 꽹과리, 북, 장구, 징 따위를 불거나 치면서 노래하고 춤추며 때로는 곡예를 곁들이기도 한다.
2013)가곡(歌曲) :『음악』우리나라 전통 성악곡의 하나. 시조의 시를 5장 형식으로, 피리·젓대·가야금·거문고·해금 따위의 관현악 반주에 맞추어 부른다. 평조와 계면조 두 음계에 남창과 여창의 구분이 있다.

좌긱이 갈치ᄒ믈 결을치 못ᄒ고, 텨ᄉ 곤계 시로이 흠이ᄒ믈 마지 아니ᄒ더라.

날이 늦주미 태시 주○[녀]제딜을 거ᄂ려 니당의 드러와 일가죡친이 취회ᄒ야 경하홀시, 태시 댱후를 향ᄒ야 치경ᄒ야 골오ᄃ,

"셕일 복의 슬ᄒ 고고홀 적, ᄒ갓 싱의 후시 적막홀 쑨 아니라, 조션을 영양ᄒ여 누ᄃ 봉ᄉ를 닛ᄉ올 길히 업습거늘, 현쉬 챵ᄋ 갓튼 긔린을 싱ᄒ샤 복의 부부의게 도라보니샤, 조션의 통을 빗뷔신 효뷔시어늘, 싱이 혼암불【24】명ᄒ고, 최시 블초암녈ᄒ야 하마면 효주현부를 보젼치 못홀 번 ᄒ오니, 싱각홀ᄉ록 놀납고 한심치 아니리잇고? 이제 수수를 뵈오미 낫치 엇디 둣겁디 아니리잇가마ᄂ 수수의 통달ᄒ신 셩덕이 복의 부부의 디ᄂ 허믈을 기회치 아니시고 환가 뎨향ᄒ샤 효주의 영효를 일턱지상의셔 누리실 거시니, 복이 셕ᄉ를 감회ᄒ는 가온ᄃ 쪼 엇디 깃부디 아니리잇고? 금일 연셕의 삼뎨의 좌셕이 뷔여시니, 복의 형뎨의 ᄆ음이 비여셕이{아니}라, 엇디 슬프디 아니리잇가? 연음달난의 쯧이 업ᄉ오나, 수쉬 니향이국의 십여년의 환귀뎨향ᄒ시니, 주연 가듕 경시 되고, 친척

지 아니리잇고? 금일 연셕을 임ᄒᆞ여 삼뎨(三弟) 좌셕의 뷔어시니, 복의 형뎨 마음이 홀노 비셕(非石)이며 비쳘(非鐵)이라. 엇지 슬푸고 감회치 아니리잇고? 진실노 연음달【55】난(宴飲團欒)의 ᄯᅳᆺ이 업ᄉᆞ나, 슈쉬 니향이국(離鄉離國)《의∥ᄒᆞ지》십여연(十餘年)의 환귀고국(還歸故國)ᄒᆞ시니, 즈연 가즁의 경시(慶事) 되고, 친쳑이 셔로 모다 일가의 단회지락(團會之樂)2014)을 치하(致賀)코즈 ᄒᆞ오미, 우흐로 셩샹 은영(恩榮)이 계시고, 아리로 친족이 모다 가경(家慶)을 하례ᄒᆞ미, 복의 형뎨 ᄯᅩ 챵으 권ᄒᆞ여 져근 돗글 열미, 원컨디 존슈ᄂᆞᆫ 츄원감회(追遠感懷)를 셔리담으시고2015), 금셕연회(今夕宴會)의 화평이식(和平怡色)으로 챵으의 효우(孝友)○[를] 용납ᄒᆞ시믈 바라ᄂᆞ이다.”

츄밀이 ᄯᅩᄒᆞᆫ 말슴을 이어 만단(萬端)으로 히유(解諭)ᄒᆞ여 갈오디,

“금일 연회ᄂᆞᆫ 우흐로 셩【56】쥬(聖主)의 은명이시고, 아리로 친쳑의 모드미며, 질아의 열친을 위ᄒᆞ미라. 원컨디 형슈ᄂᆞᆫ 슬허 마ᄅᆞ시고 즁도를 좃ᄎᆞ쇼셔.”

말슴을 이어 《믄득∥문독(門族)》졔친이 권위ᄒᆞ믈 마지 아니ᄒᆞ니, 뎡휘 쳑연함누(慽然含淚) 샤ᄉᆞ(謝辭) 왈,

“미망쇼쳡(未亡小妾)이 엇지 감히 양위(兩位) 슉슉과 열위(列位) 친족의 과쟝ᄒᆞ시믈 감승(堪勝)ᄒᆞ리잇고? 쇼쳡이 즁도의 팔지 긔구ᄒᆞ여 붕셩지통(崩城之痛)을 픔고, 블쵸역즈(不肖逆子)의 연고로 ᄯᅩ 간위(肝胃) 이우러2016) 인간만염(人間萬念)이 부운(浮雲) 갓ᄒᆞ니, 어나 결의 주부의 영효룰 두굿기며, 부귀【57】룰 즐겨ᄒᆞ리잇고? 시고(是故)로 연셕의 번화(繁華)ᄒᆞ믈 참녜치 말고즈 ᄒᆞ미러니, 냥위 슉슉이 이러틋 ᄒᆞ시고 친쳑이 권유ᄒᆞ니 닉 엇지 감히 ᄉᆞᄉᆞ 의견을 발뵈리2017)

이【25】모다 져근 돗글 비셜ᄒᆞ오미, 원 수수ᄂᆞᆫ 쳔수만한을 물니치시고 챵으의 셩효를 용납ᄒᆞ시믈 ᄇᆞ라ᄂᆞ이다.”

츄밀이 ᄯᅩᄒᆞᆫ 말슴을 이어 만단으로 히유ᄒᆞ여 갈오디,

“금일 연회ᄂᆞᆫ 우흐로 셩쥬의 은영이오, 아러로 친쳑의 모드미오[라]. 버거 질으의 열친을 위로ᄒᆞ샤 듕도를 조ᄎᆞ샤 관심ᄒᆞ시믈 ᄇᆞ라ᄂᆞ이다.”

말슴을 니어 문죡 졔친이 모다 권위ᄒᆞ믈 마디 아니니 뎡휘 쳑연함누이ᄉᆞ왈,

“미망여싱이 엇디 감히 냥위 슉슉과 녈위 졔죡의 과쟝ᄒᆞ시믈 감승ᄒᆞ리잇고? 죄쳡이 듕도의 쇼텬을 영결ᄒᆞ와, 붕셩디통을 품고 불쵸 역즈의 연고로 ᄯᅩ 간쟝○[이] 이우러 만념이 부운 갓ᄉᆞ오니, 어니【26】결의 부귀를 깃거ᄒᆞ며, 주식의 영효를 《두깃글∥두굿길》의시 이시리잇고? 시고로 즐겁디 아닌 인싱이 만ᄉᆞ의 흥이 업ᄉᆞ와 연셕의 번화ᄒᆞ믈 참녜치 아니려 ᄒᆞ오미러니, 냥위 슉슉이 이러틋 과려ᄒᆞ시고 녈위 친쳑이 권유ᄒᆞ시니, 쳡이 엇디 ᄉᆞᄉᆞ 의견을 발뵈미 이시리잇고?”

2014)단회지락(團會之樂) : 구성원들이 원만하게 한 데 모여 생활하는 즐거움.

2015)서리담다 : : '서리다'와 '담다'의 합성어. 차곡차곡 포개어 담다.

2016)이울다 : ①꽃이나 잎이 시들다. ②점점 쇠약하여 지다. ③빛이 약해지거나 스러지다.

잇고?"

셜파의 츄연ᄌ상(惆然自喪)ᄒ니 제ᄉ슉미와 제친이 번연동식(翻然動色)[2018]ᄒ여 위로ᄒ믈 마지 아니터라.

티ᄉ와 티부인이 품복(品服)을 졍희 ᄒ고 쥬벽(主壁)의 좌(座)을 일우니, 각노 부부와 길ᄉ 부뷔 녜복을 갓초와 헌비(獻杯)ᄒ기를 맛ᄎ미,《ᄌ로॥조초[2019]》쟝후긔 권ᄒ고, 쏘 츄밀부긔 드리니, 티ᄉ부부와 최·범·댱 슘위 금쟝(襟丈)[2020]과 셜복【58】야 부인이 각각 ᄌ질을 두굿기는 가온디, 션오왕(先吳王)을 싱각ᄒ여 츄연감체(惆然感涕)ᄒ믈 이긔지 못ᄒ니, 더옥 댱후 모ᄌ의 궁천지통은 이를 거시 업ᄉ니, 좌직이 이을 보미 츄연동식(惆然動色)ᄒ여 면면(面面)이 위로ᄒ믈 마지 아니ᄒ더라.

이윽고 티ᄉ곤계 ᄌ질노 더브러 츌외ᄒ니, 댱니의 피ᄒ엿던 부인니 다시 나와 좌를 졍ᄒ고, 샹을 드리고 쥬비를 날닐시, 금반옥긔(金盤玉器)의 산진히찬(山珍海饌)이 아니 가즌 거시 업고, 신품(新品)의 맛 조흔 술은 창히(滄海)의 넉넉ᄒ미 잇고, 맛잇는 진슈(珍羞)는 티산의 놉【59】ᄒ미 이시니, 가히 이른바 부여히(富如海)[2021]라 ᄒ미 이런 곳의 이럼즉 ᄒ더라.

금슈포진(錦繡鋪陳)[2022] 우히 홍군쳥샹(紅裙靑裳)이 단쟝이 낭원(閬苑)[2023]의 봄빗찰 일웟고, 찬찬(燦燦)ᄒᆫ 화미(畵眉)는 안목(眼目)이 현황(炫煌)ᄒ여 황금벽(黃金璧)이 고은 빗찰 ᄌ랑ᄒ고, 무릉도원(武陵桃源)의 제션

셜파의 츄연ᄌ상ᄒ니 제ᄉ슉미와 제빈이 번연동식ᄒ여 면면이 위로ᄒ더라.

태ᄉ 부뷔 품복을 굿초와 좌를 일우니, 각노 형뎨 헌비ᄒ고 조초 슈비를 밧드러 츄밀부부긔 드리니, 태ᄉ 곤계와 셜복야 부인이 션왕을 싱각ᄒ미 츄연감체ᄒ믈 니긔디 못ᄒ거놀, 더욱 댱휘 모ᄌ의 궁텬무이지【27】통을 다시 니를 거시 업ᄉ니, 좌직이 츄연동식ᄒ여 면면 위언이 부졀여류러라.

태사 곤계 ᄌ딜로 더므러 외헌으로 나가니, 댱니의 피ᄒ엿던 부인니 다시 나와 좌ᄎ를 졍ᄒ고 연상을 드리며 쥬비를 날닐시, 금반옥긔의 산진히믈이 아니 《가딘॥가준》거시 업더라.

2017)발뵈다 : '발보이다'의 준말. *발보이다; 무슨 일을 극히 적은 부분만 잠깐 드러내 보이다.

2018)번연동식(翻然動色) : 갑작스럽게 얼굴색을 고침.

2019)조초 : '좇+오'의 형태. 좇아. 잇달아. 뒤따라. * 좇다: 좇다. 잇달다. 따르다.

2020)금쟝(襟丈) : 동서(同壻). 주로 혼인한 여성이 시아주버니나 시동생 등 남편 형제들의 아내들 이르는 말로 쓰인다.

2021)부여히(富如海) : 풍부하기가 바닷물과 같다.

2022)금슈포진(錦繡鋪陳) : ①수놓은 비단으로 화려하게 만든 방석, 요 따위를 통틀어 이르는 말 ②잔치 따위를 할 때에 앉을 자리를 수놓은 비단으로 화려하게 꾸며 깖.

2023)낭원(閬苑) : 신선이 산다는 곳.

(諸仙)이 교희(交戱)2024)ᄒ며, 낙포(洛浦)2025)의 오운(五雲)2026)이 ᄉ집(四集)2027)ᄒ여, 샹운(祥雲)이 이이(靄靄)ᄒ고 셔긔(瑞氣)《비분∥비비(斐斐)2028)》ᄒ거눌, 이 가온디 남평빅 윤후셩부인 디엄시와 왕윤챵 계부인 쇼엄시와 엄각노 부인 윤시의 쳔교만염(千嬌萬艶)이 별분(別分)2029)○○[ᄒ고] 특이찬난(特異燦爛)ᄒ여 우열참치(優劣叅差)2030) 업【60】고, 기여(其餘) 틱ᄉ의 숨녀와 츄밀의 쟝녀며 셜복야의 녀아 윤실의 화모옥틴(花貌玉態) 찬난슈려(燦爛秀麗)ᄒ여, 옥계(玉階)의 난향(蘭香)이 욱욱(郁郁)ᄒ고, 보비로온 샹셰(祥瑞) 황황(恍恍)ᄒ니, 좌긱(座客)이 쥬식(酒食)을 잇고 실혼샹담(失魂喪膽)ᄒ여, 입을 쥬리혀지2031) 못ᄒ여 복복(復復)2032) 칭찬ᄒ여 가로디,

"오왕비ᄂᆫ 당셰 슉인셩쳘(淑仁聖哲)ᄒ 부인일 분 아니라, 만디(萬代)의 무뺭졀염(無雙絶艶)이오, 셰고(歲古)2033)의 무젹(無敵)ᄒᆯ 슉녜니, 우리 무리 진환탁쇽(塵圜濁俗)2034)으로 일ᄏᆞᆯ 비 아니오, 일즉 고셔(古書)의 듯건디, 요지금원(瑤池禁苑)2035)의 도리(忉利)2036) 숨쳔셰(三千世)2037)의 봉오리 미ᄌ,

---

2024)교희(交戱) : 서로 사귐.

2025)낙포(洛浦) : 중국 하남성(河南省) 낙수(洛水) 가에 있는 지명. 복희씨(伏羲氏)의 딸 복비(宓妃)가 이곳에 빠져죽어 수신(水神)이 되었다고 함.

2026)오운(五雲) : 오색구름. 여러 가지 빛깔로 빛나는 구름.

2027)ᄉ집(四集) : 사방에서 모여듦.

2028)비비(斐斐) : 매우 아름답고 화려함.

2029)별분(別分) : 분수(分數: 각자의 신분에 맞는 한도)가 보통과 달라 특별한데가 있음.

2030)우열참치(優劣叅差) : 넉넉하고 모자라고 길고 짧고 들쭉날쭉하여 가지런하지 않음.

2031)쥬리혀다 : 줄이다. 물체의 길이나 넓이, 부피 따위를 본디보다 작게 하다. '줄다'의 사동사.

2032)복복(復復) : 거듭거듭. 되풀이하여. 반복하여.

2033)셰고(歲古) : 세월을 옛 시절로 거슬러 올라감.

2034)진환탁쇽(塵圜濁俗) : 어수선하고 혼탁한 티끌세상.

2035)요지금원(瑤池禁苑) : 요지(瑤池)에 있는 동산. *요지(瑤池); 곤륜산에 있다고 하는 연못으로, 서왕모(西王母)가 살고 있다고 하며, 주(周) 목왕(穆王)이 이곳에서 서왕모(西王母)를 만났다는 전설이 전하고 있다. *금원(禁苑); 예전에, 궁궐 안에 있던 동산이나 후원을 이르던 말.

뉵쳔셰(六千歲)의【61】흔 번 웃논다 ㅎ믈
헛된 말노 드럿더니, 오왕비 가히 요지긔화
(瑤池奇花)로 샹칭(相稱)ㅎ고, 윤부인과 더엄
부인이 싄모용광(色貌容光)이 막샹막하(莫上
莫下)ㅎ여, 셩덕ᄌ질(盛德資質)이 ᄯ호 고하
(高下) 업고, 기여(其餘) 모든 쇼년 부인너,
엄시 제부인과 길ᄉ부인 뎨ᄉ금장(娣姒襟丈)
이 다 츌군탁아(出群卓雅)ㅎ여 개개히 옥계
목난(玉階木蘭)2038)이라. 하놀을 더위잡아 월
궁의 계슈(桂樹)를 썩눈 둣ㅎ니, 당셰의 긔화
보벽(奇花寶璧)은 다 존부의 모혓눈지라. ᄎ
문(此門) 복경(福慶)이 희한ㅎ믈 《졍시∥졍신
(精神)》 업시 분분이 치하홀 분 아니라, 쳡
등이 일싱이【62】 헛되지 아녀 고루(固陋)이
지니믈 면홀가 희힝(喜幸)ㅎ여 ㅎ누이다.”

최·범 냥부인은 좌슈우답(左酬右答)의 흔연
칭샤ㅎ디, 홀노 댱후 모녀눈 쳐연함누(悽然
含淚)ㅎ여 다만 블감ᄉᄉ(不堪謝辭)홀 ᄯ름이
러라.

엄팀ᄉ ᄌ녜 제질노 더브러 슝빅헌의 나와
제빈으로 다시 잔을 날녀 술이 반감(半酣)의
이로미, 좌우를 명ㅎ여 제손을 브르라 ㅎ니,
슈유(須臾)의 안흐로 조ᄎ 십여개 쳥의동ᄌ
(靑衣童子) ‘압도 셔며 뒤흘 ᄯ라’2039) 디쳥
압히 나아오니, 팀ᄉ와 츄밀의 니외슌(內外
孫)이라. 녀·화·셕·엄·윤 등 제이 다 부조여풍

엄태수 곤계 ᄌ질을 거ᄂ려 송빅헌의 나와
제빈으로 좌ᄎ를 일우고 잔을 눌녀 술이 반
감의 니ᄅ미, 좌우를 명ㅎ여 제손을 브르라
ㅎ니, 슈유의 종문 빅문 영문 희문 경문(시
랑 형뎨의 아돌이라)과 흥문 창문(각노의 냥
ᄌ라)이 나오니, 개개히 경ᄌ옥골이오, 샤가
미옥이라.

2036)도리(忉利) : 도리천(忉利天).『불교』육욕천의 둘
    째 하늘. 섬부주 위에 8만 유순(由旬) 되는 수미산
    꼭대기에 있는 곳으로, 가운데에 제석천이 사는 선
    견성(善見城)이 있으며, 그 사방에 권속되는 하늘
    사람들이 살고 있는 8개씩의 성이 있다.
2037)숨쳔셰(三千世) : =삼천세계(三千世界). 불교용어.
    수미산(須彌山)이 중심이고 철위산(鐵圍山)이 외곽
    인데, 이것이 하나의 작은 세계이다. 일천소세계(一
    千小世界)가 합해진 것이 소천세계(小千世界)이고 1
    천 개의 소세계가 합해진 것이 중천세계(中千世界)
    이고 1천 개의 중천세계가 합해진 것이 대천세계
    (大千世界)인데, 이 세 종류의 천세계를 총칭하여
    삼천세계라 한다. 불교에서는 이 끝없는 세계가 부
    처 하나가 교화하는 범위라고 한다.
2038)옥계목난(玉階木蘭) : 대궐 정원 안에 심겨져 있
    는 백목련. *여기서는 엄부 모든 부인네들이 대궐
    에 피어있는 백목련처럼 아름다움을 비유적으로 표
    현한 말이다.
2039)압도 셔며 뒤흘 ᄯ라 : 앞서기도 하며 뒤 다르기
    도 하여.

(父祖餘風)【63】으로 츌뉴탁셰(出類卓世)ㅎ믄 누루(屢屢)히2040) 일ㅋ롤 비 업거니와, 츄밀공의 제숀(諸孫) 문빅 문명 문경 문셩과 문희와 각노의 양ᄌ(兩子) 홍문 챵문이 이의 나아오니, 개개히 경ᄌ옥골(瓊姿玉骨)2041)이오 샤가옥슈(謝家玉樹)2042)라.

턱시 제숀을 보미 두굿기는 미위(眉宇) 참연(慘然)ㅎ여 이의 갈오디,

"금일 연셕은 종요로온 못거지2043)라. 타인이 잇지 아니커늘 여등이 엇지 깁히 드러 현현ㅎ미 업ᄂ뇨? ᄯᅩ 그리ㅎ고 인친제우(姻親諸友)룰 엇지 비알(拜謁)치 아니ㅎᄂ뇨?"

제공지 부슈쳥명(俯首聽命)의 승명젼도(承命顚倒)ㅎ여, 안셔(安舒)히 입실ㅎ여 제【64】 제히 제좌의 공경ㅎ여 비례ㅎ고, 날호여 시립ㅎ니, 제공이 일시의 보건디 ᄒ 무리 학우션동(鶴羽仙童)이 ᄌ운(紫雲)을 멍에ㅎ여 좌상의 임ㅎᄂ듯, 표표히 승난ᄌ질[진](乘鸞子晉)2044)이오, 무릉(武陵)2045)의 모든 숀이 방장(方丈)2046)의 모듬 갓거늘, 더옥 홍문의 능

태시 제손을 보미 미위 환연ㅎ여 글오디,

"금일 연셕은 죵【28】요로온 못거디라. 타인이 업거눌 여등이 엇던 연고로 깁히 드러 노조의 인친제붕의게 비알치 아니ㅎᄂ뇨?

제공지 승명ㅎ야 녈위제직을 향ㅎ야 공경비례ㅎ기를 맞고 날호여 존전의 시립ㅎ니, 제공이 일시의 눈을 드러 보건디, ᄒ 무리 학우션동이 ᄌ운을 《명에‖멍에》ㅎ야 좌상의 임흔 듯ㅎ니, 표표히 승난ㅎ는 ᄌ진의 무리오, 무릉의 노든 손이 방장의 모듬 갓거눌, 더욱 흥문 공ᄌ의 늠늠발췌ᄒ 긔상이 호상발월ㅎ야 텬지의 슈츌흔 긔상과 태허의 호호이

2040)누루(屢屢)히 : 누누(屢屢)이. 여러 번 자꾸.

2041)경ᄌ옥골(瓊姿玉骨) : 옥같이 아름다운 외모와 골격.

2042)샤가옥슈(謝家玉樹) : '사씨 집안의 아름답고 재주가 뛰어난 자제들'이란 말로, 여기서 사씨는 진(晉)나라 사안(謝安)이고, 옥수는 훌륭한 자제를 말한다. 사안이 여러 자제들에게 "어찌하여 사람들은 자기의 자제가 출중하기를 바라는가?" 하고 묻자, 조카 사현(謝玄)이 "이것은 마치 지란(芝蘭)과 옥수(玉樹)가 자기 집 뜰에 자라나기를 바라는 것과 같습니다."라고 한 데서 온 말이다. 『晉書 卷79 謝安傳』

2043)못거지 : 모꼬지. 놀이나 잔치 또는 그 밖의 일로 여러 사람이 모이는 일.

2044)승난ᄌ진(乘鸞子晉) : 난(鸞)새를 탄 왕자진(王子晉). *왕자진(王子晉); 주(周) 나라 영왕(靈王)의 태자. 중국 하남성(河南省) 언사현(偃師縣) 남쪽에 있는 구씨산 꼭대기에서 7월 7일 흰 학(鶴)[혹은 '난(鸞)'새]을 타고 가족과 작별한 뒤 신선이 되어 날아갔다고 한다. 피리로 봉황 소리를 잘 냈다고 함.

2045)무릉(武陵) : 무릉도원(武陵桃源). 도연명의 <도화원기>에 나오는 말로, '이상향', '별천지'를 비유적으로 이르는 말. 중국 진(晉)나라 때 호남(湖南) 무릉의 한 어부가 배를 저어 복숭아꽃이 아름답게 핀 수원지로 올라가 굴속에서 진(秦)나라의 난리를 피하여 온 사람들을 만났는데, 그들은 하도 살기 좋아 그동안 바깥세상의 변천과 많은 세월이 지난 줄도 몰랐다고 한다.

늠발췌(凜凜拔萃)호 긔샹이 호상발월(豪爽拔越)호여, 티허(太虛)의 호호(皓皓)히 밝은 거 신[슬] 일편도이 픔슈(稟受)호여, 반월(半月) 이마는 등원슈(鄧元帥)[2047]의 쳔원지방(天圓 地方)[2048]으로 향호엿고, 강산 냥미(兩眉)는 셜빈(雪鬢)이 다호시니, 진승샹(陳丞相)[2049] 부귀지면(富貴之面)[2050]과 슝홍(宋弘)[2051]의 덕된 긔샹을 홀노 귀(貴)타 못홀 거시오, 일 쌍봉【65】안(一雙鳳眼)은 츄슈댱강(秋水長江) 의 ᄉᆞ양(斜陽)이 빗최는 닷, 넉ᄉᆞ쥬슌(넉四朱 脣)[2052]은 도솔궁(兜率宮)[2053] 금관(金冠)을

묽은 긔운을 일편도이 품슈ᄒᆞ여시며, 빈빈혼 도덕은 셩현을 뫼셤즉ᄒᆞ고, 왕양혼 긔샹을 슬피건디, 텬쥬【29】를 괴오며 복희를 넘쉬는 닷ᄒᆞ니, 혼갓 부공의 온듕졍디혼 션현 군ᄌᆞ 지도의 불급ᄒᆞ미 아니로디, 호상혼 가온디 영웅의 풍치와 호걸의 긔샹이 이시니 이는 션조 오왕을 젼습ᄒᆞ미러라.

2046)방쟝(方丈) : 방장산(方丈山), 중국 전설에 나오는 삼신산(三神山)의 하나. 진시황과 한무제가 불로불 사약을 구하기 위하여 동남동녀 수천 명을 보냈다 고 한다. *삼신산(三神山): 중국 전설에 나오는 봉 래산(蓬萊山)·방장산(方丈山)·영주산(瀛洲山)을 통 틀어 이르는 말. 이 이름들을 본떠서 우리나라의 금강산을 봉래산, 지리산을 방장산, 한라산을 영주 산이라 이르기도 한다.

2047)등원슈(鄧元帥) : 중국 후한 광무제 때의 무장이 자 정치가인 등우(鄧禹)를 말한다. 광무제(光武帝) 의 즉위를 도운 공신(功臣)으로, 명제(明帝) 때 세 운 공신각 운대(雲臺)의 이십팔장수상(二十八將帥 像) 가운데 수위(首位)에 봉안되었다. 광무제 때 대 사도(大司徒)에 임명되고 고밀후(高密侯)에 봉해졌 다. 『후한서(後漢書) 16권 등우전(鄧禹傳)』에 보인 다.

2048)천원디방(天圓地方) : 하늘은 둥글고 땅은 네모나 있다는 우주관. 출전 『여씨춘추전(呂氏春秋傳)』 * 여기서는 위(머리 부위)는 둥글고 아래(턱 부위)는 넓고 각(角)이 진 사각(四角) 턱 형태의 얼굴모양을 말한 것임.

2049)진승샹(陳丞相) : 중국 한나라의 정치가 진평(陳 平). 가난한 집에서 태어났으나 용모가 뛰어나고 독 서를 좋아하였다. 처음 초나라의 항우를 섬겼으나 뒤에 한 고 조를 섬겼는데 여섯 번 기계(奇計)를 내 어 천하 통일을 이루었으며, 여태후가 죽은 뒤 주 발(周勃)과 힘을 합하여 여씨 일족의 반란을 평정하 였다.

2050)부귀지면(富貴之面) : 부귀(富貴)를 누릴 관상(觀 相).

2051)슝홍(宋弘) : 중국 후한(後漢) 광무제(光武帝) 때 정치가. 자는 중자(仲子). 대사공(大司空)을 지내고 선평후(宣平候)에 봉해졌다. 『후한서(後漢書)』<송홍 전>에 그가 광무제에게 한 말 곧, "가난할 때 친하 였던 친구는 잊어서는 안 되고(貧賤之交不可忘), 지 게미와 쌀겨를 먹으며 고생한 아내는 집에서 내보 내서는 안 된다(糟糠之妻不下堂)"는 말이 널리 전해 지고 있다.

2052)넉ᄉᆞ쥬슌(넉四朱脣) : =ᄉᆞᄌᆞ쥬슌(四字朱脣). '四' 자 모양의 붉은 입술.

윤(潤)지게 직은 듯, 호서선치(瓠犀鮮齒)[2053]
빅옥(白玉)을 싹가 세운 듯, 빅년쌍니(白蓮雙
耳)[2055]논 진쥬(眞珠)룰 메운 듯, 엇지 한갓
○[초]터우(楚大夫)[2056]의 츄슈골격(秋水骨格)
과 비기리오. 문명(文明)이 발월(拔越)ᄒ고
지죄[2057] 과인(過人)ᄒ여 미우(眉宇) ᄉ이의
도덕을 감초아시니, 빈빈(彬彬)ᄒ 문지(聞
知)[2058]논 '이 셩현(聖賢)'[2059]을 뫼셤 즉ᄒ
고, 왕양(汪洋)ᄒ 긔샹(氣像)은 《쳔슈∥쳔쥬
(天柱)[2060]》룰 괴오며 북극(北極)[2061]을 밧들
듯, 호호(浩浩)ᄒ여 남면(南面)[2062]의 디붕(大
鵬)이 활천(闊天)의 날기룰 즁지ᄒ논 거동이
니, 한갓 그 부친의 온즁졍디(穩重正大)ᄒ 셩
【66】현군ᄌ지풍(聖賢君子之風)의 불급(不及)
ᄒ미 아니로디, 호샹(豪爽)ᄒ 가온디 영웅의
풍치와 호걸의 긔샹이 가작ᄒ니, 이논 그 션
조 오왕을 진짓 픔습(稟襲)ᄒ미러라.

좌긱이 모든 쇼공ᄌ의 표치(標致) 쥰슈ᄒ
믈 보미 크게 긔특이 너기고, 홍문을 더옥

좌긱이 제 쇼ᄋ의 표치풍광을 크게 긔특이
녁이고, 더욱 흥문을 흠탄경복ᄒ믈 마지 아

2053)도솔궁(兜率宮) : 도솔천에 있다고 하는 궁전. *
　　도솔천(兜率天); 육욕천의 넷째 하늘. 수미산의 꼭
　　대기에서 12만 유순(由旬) 되는 곳에 있는, 미륵보
　　살이 사는 곳으로, 내외(內外) 두 원(院)이 있는데,
　　내원은 미륵보살의 정토이며, 외원은 천계 대중이
　　환락하는 장소라고 한다
2054)호서선치(瓠犀鮮齒) : 박 속의 희고 고르게 박힌
　　씨처럼 하얗고 깨끗한 이.
2055)빅년쌍니(白蓮雙耳) : 새하얀 연꽃처럼 흰 두 귀.
2056)초터우(楚大夫) : 중국 전국시대 초나라 대부(大
　　夫) 송옥(宋玉). BC290-227. 중국의 대표적인 미남
　　자의 한 사람이며, 사부(辭賦)를 잘하여 <구변(九
　　辯)>, <초혼(招魂)>, <고당부(高唐賦)> 등의 작품을
　　남겼다. 굴원(屈原)과 함께 굴송(屈宋)으로 불렸으며
　　난대령(蘭臺令)을 지냈기 때문에 난대공자(蘭臺公
　　子)로 불리기도 했다.
2057)지죄 : 재주. 무엇을 잘할 수 있는 타고난 능력과
　　슬기.
2058)문지(聞知) : 들어서 앎. 또는 그 식견(識見).
2059)이 셩현(聖賢) : 이편의 성현. 곧 유가(劉家)의 성
　　현. 공자 맹자 등.
2060)쳔쥬(天柱) : 하늘이 무너지지 아니하도록 괴고
　　있다는 상상의 기둥.
2061)북극(北極) : ①『지구』 자침(磁針)이 가리키는
　　북쪽 끝. ②북쪽의 가장 높은 자리. 곧 임금.
2062)남면(南面) : ①남쪽으로 향함. ②임금의 자리에
　　오르거나 임금이 되어 나라를 다스림을 이르는 말.
　　임금이 남쪽을 향하여 신하와 대면한 데서 유래한
　　다. ≒남면출치(南面出治).

흠탄경복(欽歎敬服)ᄒᆞ여, 믄득 쳔승(千乘)의 귀흠과 공후(公侯)의 《거우∥거오(倨傲)》ᄒᆞᆫ 긔습(氣習)이 ○○○○○[잇디 아닌지]라. 흠연(欽然)이 이모(哀慕)ᄒᆞ여, 면면(面面)이 아라ᄒᆞ여, 옥슈(玉手)ᄅᆞᆯ 잡고 년치(年齒)ᄅᆞᆯ 무ᄅᆞ니, 홍문이 공경 ᄃᆡ왈,

"셰샹 아란지 구셰(九歲)로쇼이다."

봉음(鳳音)이 쇄락(灑落)ᄒᆞ여 단혈(丹穴)의 봉죄(鳳鳥) 우ᄂᆞᆫ 둣ᄒᆞ니, 좌긱이 더옥【67】놀나, ᄀᆞᆯ오ᄃᆡ,

"아등(我等)이 처음 알기는 연긔(年紀) 쵸슌(初旬)을 지ᄂᆞᆫ가 ᄒᆞ엿더니, 엇지 이러툿 쇼인(小兒) 줄 알니오."

좌샹(座上)의 녜부샹셔 셕이현은 젼임 도어ᄉᆞ 셕 모(某)의 쟝지(長子)오, 영능후 셕쥰의 질지(姪子)니, 츄밀의 녀셔(女壻) 시랑 셰관의 종빅(從伯)이라. 본디 댱니교옥(掌裏嬌玉)이 잇셔 바야흐로 연미팔구(年未八九)의 교ᄌᆞ염ᄐᆡ(嬌姿艷態) 찬연긔려(燦然奇麗)ᄒᆞ여 화시지보(和氏之寶)와 됴승[셩]지쥐(趙城之珠)라도 그 빗ᄂᆞᆷ을 닷토

냐, 면면이 나호여 손을 잡고 년치○[를] 무ᄅᆞ니, 흥문이 공경ᄃᆡ 왈,

"쇼이 셰샹 아란 지 구셰로소이다."

제긱이 놀나 굴오ᄃᆡ,

"우리 등은 처음 알기는 쵸슌을 디닌가 ᄒᆞ엿더니, 엇디 이러툿 동치히진 줄 알니오."

좌상의 녜부샹셔 셕셰현은 젼임 도어ᄉᆞ 셕 모의 쟝지오, 녕능후 셕쥰의 딜지【30】니, 본디 팔구셰 교옥이 잇셔, 교ᄌᆞ쳔향이 찬연긔려ᄒᆞ여 화시지벽과 됴승지쥐라도 그 빗나믈 닷토지 못ᄒᆞᆯ 거시오, ᄋᆞ시로붓터 유한요됴ᄒᆞᆫ ᄉᆞ덕이 쥬람을 ᄯᆞᄅᆞᄂᆞᆫ지라. 셕상셔 부뷔 만금 ○○[쇼이(所愛)] 듕이, 제ᄌᆞ ᄇᆞ라지 못ᄒᆞᆫ다라. ᄆᆞ양 {닐오ᄃᆡ} 텬하의 인지 업셔 녀

2063)쵸슌(初旬) ; 한 달 가운데 1일에서 10일까지의 동안. 여기서는 '10 살'을 말함.
2064)종빅(從伯) : 사촌 형님.
2065)댱니교옥(掌裏嬌玉) : 손바닥 가운데에 예쁜 딸을 두고 있음. *교옥(嬌玉): 예쁜 딸.
2066)연미팔구(年未八九) : 나이가 아직 8·9세가 다 되지 못함.
2067)화시지보(和氏之寶) : 전국 때 변화씨(卞和氏)라는 사람이 형산(荊山)에서 돌 위에 봉황이 깃들이는 것을 보고 얻었다는 천하의 명옥(名玉)을 이르는 말, 이 옥을 달리 '화씨지벽(和氏之璧)' 또는 '화씨벽(和氏璧)'이라 이르기도 하는 데, 뒤에 조(趙)나라 혜문왕(惠文王)이 이 옥을 빼앗아 손에 넣음으로써, 그 이름이 '조(趙)나라의 구슬'이라는 뜻의 '조성지주(趙城之珠)'로 바뀌게 된다. 그런데 당시 진(秦)나라 소양왕(昭襄王)이 이 옥을 탐내, 혜문왕(惠文王)에게 진나라의 15개 성(城)과 바꾸자는 제안을 함으로써, 또 '연성지벽(連城之璧)'이라는 이름을 얻기도 한다. 그러나 이 거래는 조나라 인상여(藺相如)가 이 구슬을 가지고 진나라에 갔다가, 성을 주겠다는 진나라의 약속이 미덥지 못하자, 다시 화씨벽을 온전히 보전해서 조나라로 돌아옴으로써 이루어지지 못한다. 이와 관련한 '완벽귀조(完璧歸趙)'의 고사가 전한다.『史記 卷81 藺相如列傳』
2068)됴셩지쥐(趙城之珠) : '조(趙)나라의 구슬'이라는 뜻으로, 중국 전국시대 조나라 혜문왕(惠文王)이 당

지 못홀 비라. 아시로붓터 뇨조유한(窈窕幽閑)혼 셩힝(性行)이 《머니∥멀니》 이남(二南)2069)의 셩亽(盛事)룰 외오눈지라2070). 셕샹셔 부부의 만금쇼이(萬金所愛)ᄒ미 숨즈와 댱녜 감【68】히 바라보지 못흘너라. 명은 빙난이오 즈눈 옥졀이라. 샹셰 무양 어로만져 ᄉ랑ᄒ여 쳔하의 인진(人材) 업서 녀ᄋ(女兒)의 《ᄉ미∥ᄌ미》운치(姿美韻致)2071)룰 져발닐가2072) 근심ᄒ더니, 이날 엄공즈 홍문의 풍광덕질(風光德質)을 보미 그윽이 유의ᄒ여 웃고 일오디,

"현계 비록 연유(年幼)ᄒ나 긔샹이 고위(高威)ᄒ고 품질이 슉셩ᄒ니, 또 반다시 비혼 비 젹지 아니리로다. 아지못게라! 아룸다온 시집(詩集)을 어더보미 이시랴."

공진 공슈(拱手) 亽례ᄒ여 갈오디,

"우몽(愚蒙) 쇼이 본디 지식이 우몽ᄒ여 비혼 비 업亽오【69】니, 엇지 감히 합하(閤下)의 이러툿 과쟝ᄒ시믈 감당ᄒ리잇고? 일직 널니 비혼 비 업亽오니, 무르시는 바룰 감히 승당(承當)치 못ᄒ리로쇼이다."

셕샹셰 흔연이 티亽 부즈룰 향ᄒ여 고(告)ᄒ여 갈오디,

"영윤(슈胤)이 나히 어리나 냥미(兩眉)의 문치 나타ᄂᆞ니, 벅벅이 왕발(王勃)2073)의 등

ᄋ의 셩덕지용을 져부릴가 근심ᄒ더니, 이날 엄공즈 흥문을 그윽이 유의ᄒ야 태亽 부즈룰 향ᄒ여 왈,

"녕윤이 나히 어리나 긔샹이 발월ᄒ고 문치 냥미의 낫타나니, 벅벅이 왕조의 등왕각

시 중국에 전래되던 유명한 보석인 화씨벽(和氏璧)을 빼앗아 손에 넣었는데, 이 뒤 이 화씨벽(和氏璧)에 붙여진 이름이다.

2069)이남(二南) : 『시경』의 <주남(周南)>·<소남(召南)> 편을 함께 이르는 말. 모두 25수(주남11수, 소남14수)의 시로 이루어져 있는데, 왕과 어진 사람의 덕을 찬양하여 백성들을 널리 교화하려는 내용을 담고 있다. 특히 주(周)나라 문왕과 그 비(妃) 태사(太姒)의 덕을 칭송하는 노래들이 많다.

2070)외오다 : 외우다. 말이나 글 따위를 잊지 않고 기억하여 두다.

2071)ᄌ미운치(姿美韻致) : 아름다운 자태와 고상하고 우아한 멋.

2072)져발니다 : 저버리다. ①등지거나 배반하다. ②마땅히 지켜야 할 도리나 의리를 잊거나 어기다.

2073)왕발(王勃); 중국 당나라 초기의 시인(650~676). 자는 자안(子安). 양형(楊炯)·노조린(盧照隣)·낙빈왕(駱賓王)과 함께 초당사걸(初唐四傑)의 한 사람으로, 특히 오언 절구에 뛰어났다. 작품에 <등왕각서(滕王閣序)>가 유명하며, 시문집 ≪왕자안집(王子安集)≫ 6권이 있다.

왕각서(滕王閣序)[2074]를 죡히 귀타 못ᄒ리라. 만싱(晩生)이 작야(昨夜)의 길몽(吉夢)을 엇고 금셕(今夕)의 션낭(仙郎)을 보니 추싱(此生) 영화로다, 녕낭의 빗ᄂᆞᆫ 문장을 ᄒᆞᆫ 번 구경코ᄌᆞ ᄒᆞᄂᆞ니, 합하와 현형은 녕낭을 명ᄒᆞ여 일슈(一首) 시(詩)를 지어 좌즁 믁【70】은 눈을 시롭게 ᄒᆞ쇼셔."

텽시 흔연이 웃고 각노를 도라보아 갈오디, "셕공의 홍ᄋᆞ 수랑ᄒᆞ시미 여추ᄒᆞ니 《여ᄋᆞ‖오ᄋᆞ(吾兒)》ᄂᆞᆫ 모로미 슌ᄋᆞ를 명ᄒᆞ여 일슈 시를 지어 좌샹 우읍기를 돕게 ᄒᆞ라."

각뇌 슈명ᄒᆞ고 글을 지으라 ᄒᆞ니, 홍이[이] 부복 디왈,

"히이 존명을 봉ᄒᆡᆼᄒᆞ오려니와 다만 찬시라 ᄒᆞᄂᆞᆫ 거슨 디뒤(對頭)[2075] 이셔야 ᄒᆞ옵ᄂᆞ니 원컨디 제형과 ᄒᆞᆫ가지로 짓고져 ᄒᆞᄂᆞ이다."

텽ᄉᆞ형뎨 흔연이 화샹셔 슘ᄌᆞ 계와 녀샹셔의 ᄎᆞᄌᆞ 슉닌과 시랑의 슘ᄌᆞ 경문과 텨유의 댱ᄌᆞ 희문이 다【71】 동년 즈음이고, 지긔 과인ᄒᆞ지라. ○○○○○○○[함긔 지으라 ᄒᆞ니], 이의 존명을 밧ᄌᆞ와 일시의 쳥나(靑羅)를 부치며 혜란(蕙蘭)[2076]을 도도와 오인이 ᄒᆞᆫ가지로 글제를 쳥ᄒᆞ디, 셕샹셰 웃고 갈오디,

"추시 양츈가졀이 아름답고 등왕(滕王)의 놉흔 《십‖집》이 아니오, 쳔니봉영(千里逢迎)[2077]ᄒᆞ미 아니로디, 가빈(嘉賓)[2078]이 츄회(聚會)ᄒᆞ고 고붕(故朋)이 만좌(滿座)ᄒᆞ니, 이 ᄯᅩ흔 쳔고승시(千古勝事)라. 현계(賢季)[2079] 등이 일노뻐 뎨(題)ᄒᆞ여 각각 수운뉼

셔를 귀타 못ᄒ다라. 쇼싱이 금셕의 션낭을 구경ᄒᆞ오니 추싱의 영화로디 그 빗난 문장을 마ᄌᆞ 귀경코져 ᄒᆞᄂᆞ이다."

태【31】시 흔연이 웃고 각노를 도라보아 갈오디, "셕공의 홍ᄋᆞ 수랑ᄒᆞ미 여추ᄒᆞ니, 오ᄋᆞᄂᆞᆫ 모르미 손ᄋᆞ를 명ᄒᆞ여 일슈 시를 지어 좌샹 졔공의 우음을 돕게 ᄒᆞ라."

각뇌 슈명ᄒᆞ여 흥문과 제딜 등을 명ᄒᆞ야 글을 지으라 ᄒᆞ니, 공지 슈명ᄒᆞ고 제을 《쳥ᄒᆞ오니‖쳥ᄒᆞᆫ디》, 셕샹셰 웃고 갈오디,

"추시 양츈가졀이라. 극히 아름다오니 일로써 제를 삼고 각각 수운뉼시를 지으라."

ᄒᆞ니,

2074) 등왕각셔(滕王閣序) : 당(唐) 나라 때 왕발(王勃)이 강서성(江西省) 남창시(南昌市)에 있는 정자인 등왕각(滕王閣)의 낙성식에 참석해 지었다는 글.

2075) 디뒤(對頭) : 적이나 어떤 세력, 힘 따위와 맞서 겨룸. 또는 그 상대. =대적.

2076) 혜란(蕙蘭) : 난초의 일종. 잎은 난초보다 길고 뻣뻣하며, 꽃은 늦은 봄에 한 줄기에 열 개가량씩 핀다. 꽃의 빛깔은 조금 부옇고 향기가 난다. 여기서는 혜란의 '향기'를 제생(諸生)의 '재주'로 비유하여 표현한 말이다.

2077) 쳔니봉영(千里逢迎) : 천리 밖에서 덕망이 높은 손님을 맞아옴.

2078) 가빈(嘉賓) : 반가운 손님.

2079) 현계(賢季) : 아우뻘 되는 문인, 제자, 친구 등을

시(四韻律詩)룰 지어 금일 승ᄉᆞ룰 표ᄒᆞ라."

제공지 승명ᄒᆞ여 즉시 치화금전지(彩花金牋紙)2080)룰 펴고, 옥슈(玉手)의 봉필(鳳筆)2081)을 잡으미 필하(筆下)의 풍운(風雲)이 취지(吹之)【72】ᄒᆞ고, 지샹(紙上)의 오운(五雲)이 어리더니, 슌식(瞬息)의 홍문이 시룰 일워 왕부(王父)긔 헌ᄒᆞ니, 팀ᄉᆞ와 츄밀이 돌녀볼ᄉᆞ이의 제공주의 글이 ᄎᆞᄎᆞ 맛쳐더라. 팀ᄉᆞ 형뎨 홍문의 시 보기룰 맛고, 만안화긔(滿顏和氣)로 셕샹셔긔 밀워 갈오ᄃᆡ,

"쇼ᄋᆞ의 음영(吟詠)이 보암즉지 아니ᄒᆞ니, 현공(賢公)은 가히 ᄒᆞᆫ 번 보아 우렬(優劣)을 졍ᄒᆞ고, 그른 곳을 가ᄅᆞ치시믈 바라노라."

셕샹셰 바다보니 이 블과 초초(草草)히 일운 비나, 필법이 쇄락ᄒᆞ고 문쟝이 광박(廣博)ᄒᆞ여, 팀ᄉᆞ쳔(太史遷)의 문쟝을 우살지라. 셕샹셰 크게 기려 갈오ᄃᆡ,

"긔【73】지(奇才)며 묘지(妙才)라 셩당문쉬(盛唐文數)2082)라도 이의 지ᄂᆞ지ᄂᆞᆫ 못ᄒᆞ리니, 엇지 십셰 전 동치(童穉)의 문쟝의 츌셰흠과 의견의 통쾌ᄒᆞ미 이 갓치 긔이ᄒᆞ리오."

블승디환(不勝大歡)ᄒᆞ믈 마지 아녀, 팀ᄉᆞ와 각노룰 향ᄒᆞ여 만만(萬萬) ᄉᆞ례ᄒᆞ여 일오ᄃᆡ,

"영윤(令胤)의 풍치와 지조룰 보니, 스스로 년치(年齒) 니도흠과 댱유(長幼)의 ᄎᆞ례 이시믈 ᄭᆡ닷지 못ᄒᆞ고, 기리 치룰 잡아 셤기믈 ᄉᆞ양치 못ᄒᆞᄂᆞ이다. 영윤이 년쇼지동(年少之童)으로 이러탓 아름다온 문쟝이 이시니, 타일 뇽닌(龍鱗)을 밧들고 단계(丹階)2083)의 월

─────────

제공지 승명ᄒᆞ고 일시의 옥슈의 치필을 드러 뉼시을 지으니, 필하의 풍운이 니러나고 지샹의 음운이 굉장ᄒᆞ더라. 슌식의 흥문이 발셔 글을 일워 왕부 좌젼의 헌ᄒᆞ니, 팀ᄉᆞ와 츄밀이 돌녀【32】볼 ᄉᆞ이 제공지 ᄎᆞᄎᆞ 밧드러 드리거늘, 공의 곤계 흥문의 시를 보고 셕샹셔의게 미러 왈,

"쇼ᄋᆞ의 쵤영{영}이 보암죽지 아니ᄒᆞ나, 현공은 ᄒᆞᆫ 번 보아 그른 곳을 가ᄅᆞ쳐믈 ᄇᆞ라나이다."

셕샹셰 공경ᄒᆞ여 바다보니, 이 블과 초초히 지운[은] 비나, 필법이 쇄락ᄒᆞᆷ 니두의 죽은 넉술 놀니고, 문쟝의 광박ᄒᆞᆷ 팀ᄉᆞ텬의 문한을 우을지라. 셕샹셰 두세번 음영ᄒᆞ미 크게 기리믈 마지아냐, 태ᄉᆞ와 각노를 향ᄒᆞ여 대찬ᄒᆞ여 왈,

"영윤의 풍치와 지조를 보니 스스로 년치 니도흠과 댱유의 ᄎᆞ례 이시믈 ᄭᆡ닷디 못ᄒᆞ고, 기리 치 잡아 셤기믈 ᄉᆞ양치 아니리로소이다."

─────────

존중하여 일컫는 말.
2080)치화금전지(彩畫金牋紙) : 바탕에 엷은 색조의 수채화를 그려 아름답게 꾸민 종이.
2081)봉필(鳳筆) : ①임금이 손수 쓴 글씨. ②봉황의 깃으로 장식한 붓.
2082)셩당문쉬(盛唐文數) : 중국 역사에서 시문학이 가장 융성하였던 당나라 '셩당시대(盛黨時代)의 문운(文運)'이란 뜻이다. 흔히 당(唐: 618-907)나라 300년 시문학사를 초당(初唐), 셩당(盛唐), 중당(中唐), 만당(晚唐)의 4기로 구분하는데. 그 중에도 셩당(盛唐)은 시문학이 가장 융성했던 시기로, 현종(玄宗) 개원 원년(713)에서 숙종(肅宗) 샹원(上元) 2년(761)에 이르는 48년간을 이른다. 이때의 시문학을 주도하였던 주요 시인에는 이백(李白)·두보(杜甫)·왕유(王維)·맹호연(孟浩然)·고적(高適) 등이 꼽힌다.
2083)단계(丹階) : 황제의 어탑(御榻) 아래에 있는 계

계(月桂)를 썻그미 셰샹을 경동ᄒ리니, 엇지 깃부【74】지 아니리잇고?"

틱ᄉ 부지 겸양(謙讓) 칭샤(稱謝) 왈,

"동치쇼ᄋ(童穉小兒)를 이러틋 과쟝ᄒ미 너모 극(極)ᄒ시니, 아등이 도로혀 붓그려 ᄒ옵ᄂ니, 공이 쇼ᄋ의 그른 귀를 규정(糾正)ᄒ여 엄ᄉ(嚴師)의 녜를 다홀가 ᄒ엿더니, 엇지 이러틋 칭도(稱道)2084)ᄒ고 예쟝(譽奬)2085)ᄒ미 과도홀 줄 아라시리오."

샹셰 칭ᄉ호고 다시 팔을 드러 글을 틱ᄉ긔 보너고 이러 두 번 절ᄒ여 왈,

"쇼싱이 젹은 ᄯᆞᆯ이 잇셔 바야흐로 나히 겨유 팔셰라. 유년 히ᄋ를 다리고 혼츄(婚娶)를 어ᄂ 스이의 의논홀 비 아니나, 금일 영낭(슈郎)을 보미 힝혀 질족ᄌ(疾足者)2086)의 아이【75】미 될가, 전도(顚倒)ᄒ믈 ᄭᅵ닷지 못ᄒ여, '쥬진(朱陳)의 호연(好緣)'2087)을 쳥ᄒ옵ᄂ니, 복원 합하(閤下)는 윤허ᄒ시리잇가? 《쇼뎨‖쇼녜(所女)》 비록 취홀 비 업스나, 셩힝이 온슌ᄒ여 가히 군ᄌ비톄(君子配妻)의 초오(差誤)ᄒ미 업슬가 ᄒᄂ이다."

틱시 쳥파의 셕쇼져의 아름다온 셩화는 필녀(畢女) 빅혜의 젼언을 조차 익이 드른 비라. 본디 ᄎ오를 위ᄒ여 유의ᄒ미 깁흐나 밋쳐 발언치 못ᄒ엿더니, 이의 그 쳥혼ᄒ믈 드르미 '블감쳥(不敢請)이언졍 고쇼원얘(固所願也)'라2088). 엇지 듯지 아니ᄒ리오. 흔연(欣然)이 쾌히 허락ᄒ여 샤샤(謝辭) 왈,

"영ᄋ(슈兒)의 방향(芳香)은【76】우리 임의 드르ᄂ니, 감당치 못홀가 져허홀지언졍 엇지

태ᄉ【33】와 각뇌 경앙 칭샤왈,

"우몽치ᄋ를 형이 이러틋 과쟝ᄒ시니 아등이 도로혀 붓그려 ᄒᄂ니, 공이 쇼ᄋ의 그른 곳을 가ᄅ치미 올커눌, 엇디 이디도록 예쟝이 과도홀 줄 알니오."

샹셰 칭샤ᄒ고 왈,

"쇼싱의게 젹근 ᄯᆞᆯ이 잇셔 금년이 팔셰라. 아직 《유명‖유년》 히녀를 가져 혼취를 의논홀 디 아니어니와, 금일 녕낭을 보미 힝녀[여] 딜쥭ᄌ의 아닐[일]가 젼도ᄒ믈 ᄭᅵ닷디 못ᄒ야 당돌ᄒ믈 잇고, 쥬진의 호연을 쳥ᄒ옵ᄂ니, 복원 존합ᄒᄂ 윤허ᄒ시리잇가? 쇼뎨 비록 일ᄏᆞᆷ죽지 아니ᄒ나 거의 군ᄌ의 비쳬의 차오ᄒ미 업슬가 ᄒᄂ이다."

태시 쳥파의 원닉 셕쇼졔의 아름다온【34】셩화는 필녀 벽혜의 젼어로 조차 익이 드른 비라, 엇디 ᄉᆞ양ᄒ리오. 흔연 쾌허 왈,

"녕ᄋ의 지난 방향은 우리 부지 임의 쇼젼으로조차 닉이 드럿ᄂ니, 감당치 못홀가 져허홀지언졍 엇디 태의를 {엇디} 좃디 아니리오."

단. *여기서는 과거급제자에게 제수할 홍패·계화·청삼 등이 놓여있는 붉은 계단.

2084)칭도(稱道) : 늘 칭찬만 함.

2085)예쟝(譽奬) : 기리고 칭찬함.

2086)질족ᄌ(疾足者) : 발 빠른 자.

2087)쥬진(朱陳)의 호연(好緣) : 주진(朱陳)은 중국 당(唐)나라 때에 주씨와 진씨 두 성씨가 함께 살아오던 마을 이름인데, 한 마을에 오직 주씨와 진씨만 대대로 살아오면서 서로 혼인을 하였다고 하여, 두 성씨간의 혼인을 일컬어 '주진(朱陳)의 호연(好緣)'이라고 한다.

2088)블감쳥(不敢請)이언졍 고쇼원얘(固所願也)라 : 어떤 일을 감히 청하지는 못하지만, 마음속으로는 진실로 바라는 바이라.

틱의(太意)를 좃지 아니리오."

셕샹셰 디희(大喜)ᄒ여 년망(連忙)이 칭샤
ᄒ고, 홍문을 나호여 흔흔이 쾌셰(快壻)라 일
ᄏ라 환희ᄒᄆ믈 마지 아니ᄒ니, 좌즁○이이 다
깃거 치하ᄒ더라.

좌간의 어ᄉ 틱우 풍습이 ○○○[시랑의]
팔을 잡고 좌즁의 갈오디,

"만싱은 일녜 쟝셩ᄒ여 계ᄎᄌ지년(筓叉之
年)2089)이오 용안(容顔) 지뫼(才謀) 거의 녀
힝(女行)을 알만ᄒ디, 밋쳐 가약(佳約)을 졍
치 못ᄒ엿더니, 이제 시랑 형의 아달을 보니
진짓 쇼녀의 비필이 가족훈지라. 츄밀 합히
낙(諾)ᄒ시미 계【77】시리잇가?"

츄밀이 ᄯ훈 풍어ᄉ의 현인군ᄌ지믈 익이 아
ᄂᆫ 비라. ᄯ훈 블감쳥(不敢請)이언졍 고쇼원
얘(固所願也)라 흔연 허락 왈,

"형장과 셕공이 츙유(沖幼)의 숀ᄌ와 ᄯᆯ을
가져 졍혼ᄒᄆ믈 보니, 노부ᄂᆫ 십ᄉ슴셰 숀이 연
쟝(年長)ᄒ여시디, 구혼ᄒ리 업ᄉ니 스스로
앙앙(怏怏)ᄒ던 ᄎ, 풍공이 옥녀룰 가져 구혼
ᄒ니 노뷔 엇지 ᄉ양ᄒ리오."

일언의 ᄉ양ᄒᄆ미 츄호도 업시 쾌허ᄒ니,
피ᄎ 즐거ᄒᄆ미 비홀디 업더라.

풍공이 디희ᄒ며 쾌셔 어드믈 즐기니, 만
좌제긱이 각각 잔을 날녀 하례【78】ᄒ여,

"금일 연셕이 무ᄉ 날이완디 ᄯ 다시 결승
(結繩)2090)ᄒᄂᆫ 잔치 되니, 이ᄂᆫ 쳔고(千古)
의 희훈(稀罕)한 즐거온 일이라. 엇지 경하치
아니리오. 임의 졍혼ᄒᄂᆫ 슈쟉(酬酌)이 발
(發)ᄒ여시니, 금ᄌ(今者)의 엄시 제공ᄌ 제
쇼져룰 바려두어 무심이 지니고, 후일 질족
ᄌ(疾足者)의 아임이 된죽, 다시 어디 가 구
ᄎ히 구ᄒ리오."

ᄒ니, 하회 엇지 된고 분셕ᄒ라.【79】

2089)계ᄎᄌ지년(筓叉之年) : 여자가 처음 비녀를 꽂을
    나이가 되었다는 뜻으로, '시집갈 나이가 되었음'을
    이르는 말.
2090)결승(結繩) : ①끈이나 새끼 따위로 매듭을 지음.
    ②월하노인이 청실홍실을 묶어 부부의 인연을 맺어
    준다는 전설에서 유래한 말로, 혼인을 맺는다는 뜻
    으로 쓰인다.

셕샹셰 디희과망ᄒ여 연망이 칭샤ᄒ고, 흥
문을 나호여 어ᄅ만져 ᄉ랑ᄒ며 쾌셔라 일ᄏ
라 흔희ᄒᄆ믈 마지 아니ᄒ더라.

좌듕이 다 잔을 드러 치하ᄒ더니, 좌간○
[의] 어ᄉ틱우 풍습이 일녀로ᄡ 시랑의 ᄋᆞ자
와 졍혼ᄒ니, 좌듕 제공의 유녀ᄌᄂᆫ 다토아
졍혼ᄒ니, 시랑의 ᄎ ᄌ 빅문은 박공의 녀와
졍혼ᄒ고 엄어ᄉ의 아ᄌ 경문 등을 다 졍혼
ᄒ미 빈쥬의 깃거ᄒ미 비【35】길 디 업더라.

종문은 십삼셴 고로 풍쇼져와 틱일 셩녜ᄒ
고, 제공ᄌᄂᆫ 나희 어리미 각각 신물○[을]
씨쳐 빅년 신을 삼으니라.

엄시효문청힝녹 권지삼십 종

어시의 풍공이 쾌셔(快壻) 어드믈 즐기니, 만좌제긱(滿座諸客)이 각각 잔을 날녀 하례 왈,

"금일 연셕이 무숨 날이완디2091) 쏘 다시 결승호연(結繩好緣)2092)ᄒᆞᄂᆞᆫ 잔치 되니, 이는 쳔고(千古)의 희한ᄒᆞᆫ 경ᄉᆞ라. 엇지 경하치 아니리오. 임의 졍혼(定婚)ᄒᆞᄂᆞᆫ 슈작(酬酢)2093)이 발(發)ᄒᆞ여시니, 이제 엄시 제공ᄌᆞ 제쇼져를 바려 무심이 지닉치고, 후일 질족ᄌᆞ(疾足者)의 아이미2094) 된 죽, 다시 어디가 구추히 구ᄒᆞ리오. 우리도 고음[은] 쓸과 글 잘ᄒᆞᄂᆞᆫ ᄋᆞᄋᆞ[히] 약간 이시니, 다ᄅᆞ니 발셜ᄋᆞ[치] 아녀셔 결약ᄒᆞ리라."【1】

ᄒᆞ고. 좌간(座間)의 뉴츄밀(樞密) 홍터샹(太常) 범각노(閣老) 조티ᄉᆞ(太師) 김샹셔(尚書) 등이 각각 ᄯᆞᆯ을 가져 청혼ᄒᆞ니, 티ᄉᆞ와 츄밀이 흔흔(欣欣) 쾌허ᄒᆞ미, 제공이 각각 신믈(信物)2095)을 닉니, 이 즁 뉴·범·조 숨공은 더옥 ᄌᆞ별(自別)ᄒᆞᆫ지라. 제제(齊齊)히 다 남취녀가(男娶女嫁)2096)ᄒᆞ여 비샹ᄒᆞᆫ 화란(禍亂)과 ᄌᆞ미잇ᄂᆞᆫ 간고(艱苦)를 격든 셜홰 <금원[환]지합(金環再合)>2097)의 셰셰히 이시니, 쇼셜(小說)을 구ᄒᆞ여 보면 긔묘ᄒᆞᆫ 말이 만흐니라. 츄밀 부지(父子) 쏘ᄒᆞᆫ 픠산금쳔디뉴(佩

2091)-완디 : '기에'의 뜻으로 쓰인 연결어미.
2092)결승호연(結繩好緣) : 좋은 혼인을 맺음.
2093)수작(酬酢) : 서로 말을 주고 받음. 또는 그 말.
2094)아이다 : 앗기다. '앗다'의 피동형. 빼앗기다.
2095)신물(信物) : 뒷날에 보고 증거가 되게 하기 위하여 서로 주고받는 물건. =신표(信標).
2096)남취여가(男娶女嫁) : 장가들고 시집감.
2097)<금환재합(金環再合)> : 작자가 본 작품 <엄씨효문청행록>에서 다루지 못한 엄부 자손들의 설화를 이어 지었다고 하는 <청행록>의 속편 <금환재합연(金環再合緣)>을 말함.

珊金釧之類)2098)의 보비로뻐 뉴·범·조 숨공의게 신믈(信物)을 끼치니라.

종일 진환(盡歡)의 일모도원(日暮途遠)2099)ᄒ니 제공이 다 각각 집【2】으로 도라가고, 촉(燭)을 이어 니당의 모다 즐기미 더옥 희한ᄒ더라.

댱휘(后) 홍문의 옥슈(玉手)를 잡고 쳑연감비(慼然感悲)ᄒ여, 그 영풍덕질(英風德質)과 귀격달상(貴格達相)이 완연이 《셩왕∥셔왕(先王)》을 《흡모∥흡모(恰模)2100)》ᄒ여시믈 더옥 감회ᄒ여, 눈물 흐르믈 씨닷지 못ᄒ더라.

날이 이믜 져믈미 냥녀와 ᄌ부, 제질이 뫼셔 넷 침쇼의 도라오니, 슈호난창(繡戶爛窓)2101)과 분벽(粉壁)2102)을 시로이 슈리ᄒ여 믈식(物色)이 휘황찬난ᄒ여 전(前)과 쇼삭(疏數)2103)ᄒ미 일호(一毫) 의구(依舊)ᄒ나, 전일 화청전각(華淸殿閣)2104)의 부뷔 가죽ᄒ던2105) 일을 싱각ᄒ미, 거목싱비(擧目生悲)2106)오 촉쳐감창(觸處感愴)2107)【3】이러라.

히음업시2108) 댱탄슈루(長歎垂淚)ᄒ믈 마지 아니ᄒ니, 녀부제질(女婦諸姪)2109)이 다 감동 함누(含淚)ᄒ고 관위(款慰)ᄒ믈 마지 아니터라.

각뇌(閣老) 모후를 일틱의 협문(夾門)을 ᄌ음ᄒ여2110) 뫼시미, 신혼셩졍(晨昏省定)2111)

종일 진환ᄒ고 파ᄒ야 제긱이 각귀ᄒ다.

댱휘 흥문의 옥슈를 잡고 쳑연감비ᄒ여, 그 영풍덕질과 귀격달상이 완연이 션왕을 달믄 곳이 만흐믈 더옥 ᄉ랑ᄒ며 감회ᄒ더라.

날이 져믈미 냥녀와 ᄌ부, 제딜이 뫼셔 침쇼의 도라오니, 슈호난창과 분벽을 시로이 슈리ᄒ여시니 믈식은 의구ᄒ나, 셕일을 싱각ᄒ미 속졀업시 거목싱비오 촉쳐감창이라.

히음업시 슈루ᄒ믈 마디 아니ᄒ니, 녜[녀]부제딜이 다 감동 츄연ᄒ【36】여 함누ᄒ고, 관위ᄒ믈 마지 아니ᄒ더라.

엄각뇌 모후를 일틱의 《협문∥협문》을 ᄌ음ᄒ여 뫼시미, 신혼셩졍의 부부 냥인이 동

2098)패산금천지류(佩珊金釧之類) : 옥(玉)이나 산호(珊瑚)로 된 노리개나 금팔찌 따위의 것들.

2099)일모도원(日暮途遠) : 날은 저물고 갈 길은 멂.

2100)흡모(恰模) : 모습이 거의 같을 정도로 빼닮음.

2101)수호난창(繡戶爛窓) : 수와 무늬로 꾸민 문과 창.
=수호문창(繡戶紋窓).

2102)분벽(粉壁) : 하얗게 꾸민 벽.

2103)소삭(疏數) : 드묾과 잦음. 많고 적음.

2104)화청전각(華淸殿閣) : 속된 데가 없이 맑고 화려한 전각. *화청(華淸); 속된 데가 없이 맑고 화려함. =청화(淸華).

2105)가죽ᄒ다 : 가지런하다. 나란하다. 고루 다 갖추다.

2106)거목생비(擧目生悲) : 눈을 들어 보는 것마다 슬픈 마음이 생겨남.

2107)촉처감창(觸處感愴) : 몸이 닿는 곳마다 슬픔이 가슴에 사무침.

2108)히음업다 : 하염없다. 시름에 싸여 멍하니 이렇다 할 만한 아무 생각이 없다.

2109)여부제질(女婦諸姪) : 딸과 며느리와 여러 조카딸들.

의 부부 냥인이 동동촉촉(洞洞屬屬)2112)ᄒ여 양부모(養父母)와 편모(偏母)를 고당(高堂)의 봉양ᄒ미, 영으로 더브러 북당(北堂)2113) 츈훤(椿萱)2114)의 무치지락(舞彩之樂)2115)과 황향(黃香)2116)의 션침(扇寢)2117)을 효측(效則)ᄒ며 '칠십ᄌ(七十子)의 치의(彩衣)'2118)를 본바드니, 비록 싱뷔(生父) 즁도의 연셰(捐世)2119)ᄒ여시믈 지통이 극ᄒ나, 도금(到今)ᄒ여 허다 화익(禍厄)을 진정ᄒ고 금일이 이시니, 이 ᄯᅩᄒᆫ 경시라.

화조월셕(花朝月夕)의 부【4】슉을 뫼셔 치의(彩衣)예 노름을 다ᄒ고, 군종형뎨(群從兄

동촉촉ᄒ여 양부모와 편모를 고당의 봉양ᄒ며 북당 훤쵸의 무치를 춤추고, 황향의 션침을 효측ᄒ며, '칠십ᄌ의 치의'를 본바드니, 비록 부왕이 즁도의 연셰ᄒ여시미 인ᄌ의 지심지통이나, 도금ᄒ야 허다 화익을 진정ᄒ고 금일이 이시니, 극ᄒᆫ 경시라.

화됴월셕의 부슉을 뫼셔 치의 노룹을 다ᄒ고, 군죵형뎨○[로] 안항의 낙이 지극ᄒ며,

2110)즈음ᄒ다 : 사이에 두다. 격(隔)하다. 가로막다.

2111)신혼셩정(晨昏省定) : 신성(晨省)과 혼정(昏定). 곧 밤에는 부모의 잠자리를 보아 드리고 이른 아침에는 부모의 밤새 안부를 묻는다는 뜻으로, 부모를 잘 섬기고 효성을 다함을 이르는 말.

2112)동동촉촉(洞洞屬屬) : 공경하고 조심함. 부모를 섬기고 공경하는 마음이 지극함. 『예기(禮記)』 <제의(祭義)>편의 "洞洞乎屬乎如弗勝 如將失之. 其孝敬之心至也與(공경하고 조심하는 태도가 마치 이기지 못하는 것 같고 잃지 않을까 조심하는 것 같아, 그 효경하는 마음이 지극하기 그지없다.)"에서 온 말.

2113)북당(北堂) : '어머니'를 이르는 말. 집안의 북쪽에 있는 당(堂)이란 뜻으로, 집안의 주부가 이곳에 거처하였기 때문에 '어머니'를 지칭하는 말로 쓰였다. =자당(慈堂).

2114)춘훤(椿萱) : 춘당(椿堂)과 훤당(萱堂)을 아울러 이르는 말. 곧 부모를 이르는 말. 여기서 '북당'과 '춘훤'을 함께 쓴 것은 앞의 '북당'은 '생모'를, 뒤의 '춘훤'은 '양부모'를 지칭한 것임. *춘당(椿堂); 남의 아버지를 높여 이르는 말. =춘부장(椿府丈). =춘장(椿丈). 훤당(萱堂); 남의 어머니를 높여 이르는 말. 훤(萱)은 훤초(萱草) 곧 '원추리'로 어머니를 상징하는 화초(花草). =북당(北堂). =자당(慈堂).

2115)무채지락(舞彩之樂) : 색동옷 입고 춤을 추어 어버이를 즐겁게 해 드림. 중국 춘추 때 초나라 사람 노래자(老萊子)가 70세에 색동옷을 입고 어린애 장난을 하여 늙은 부모를 즐겁게 해드렸다는 고사에서 유래한 말.

2116)황향(黃香) : 중국 동한(東漢)의 효자. 편부(偏父)를 지극히 섬겨, 여름에는 아버지의 잠자리에 부채를 부쳐 시원하게 해드렸고 겨울에는 자신의 몸으로 이부자리를 따뜻하게 하여 잠자리를 보살폈으며, 평소 부친의 뜻을 받들어 어기지 않았다.

2117)션침(扇寢) : 잠자리에 부채를 부쳐 시원하게 함. 앞 주(註)의 황향(黃香)의 고사를 말함.

2118)칠십ᄌ(七十子)의 채의(彩衣) : 앞 주(註) 노래자(老萊子)의 무채지락(舞彩之樂)을 말함.

2119)연세(捐世) : 사람이 죽음. '사망(死亡)'의 높임말.

弟)○[로] 안항(雁行)[2120]의 낙이 극ᄒ니, 부
뷔 죵요로이[2121] 화락ᄒ여 금슬우지(琴瑟友
之)[2122]의 즐기미 국풍(國風)[2123] 디아(大
雅)[2124]의 관져(關雎)[2125] 편(篇)을 졈득(占
得)ᄒ여 슬하(膝下)의 옥동화녜(玉童花女) 히
를 이어 싱셰ᄒ미, 개개히 옥슈인벽(玉樹麟
璧)[2126] 이라.

ᄎ시 남평빅 부인 더엄시○[와] 오왕의 부
인 쇼엄시, 모후로 각지쳔이(各在天涯)[2127]ᄒ
여 됴양셕월(朝陽夕月)[2128]의 티힝○[산](太
行山)[2129] 구룸을 늣기고, 마[망]운영모(望雲
永慕)[2130]의 간담(肝膽)이 쇼삭(消索)ᄒ고 영
모(永慕)ᄒᄂ 눈물이 깁ᄉ미를 젹시더니, 모
휘…결락9자…○[경ᄉ의 도라오신 후ᄂ]
샤샤경○[경](思思耿耿)[2131]《ᄒ시ᄂ‖ᄒ던》
평싱 한이 푸러지니, 남빅과 오왕이 ᄯᅩᄒ 인
의【5】군지(仁義君子)라. 각각 부인의 졍니(情
理)를 연측(憐惻)ᄒ미 깁던 고로, 조로 귀령
(歸寧)ᄒ믈 막지 아녀 격년《환별‖활별(闊

ᄒ낫 희쳡이 업시 죵요로이 화락ᄒ여 금슬우
지의 즐기오미 국풍 디아의 관져 편을 졈득
ᄒ여【37】 슬하의 옥동화녀를 년싱ᄒ미, 개개
히 형산의 키여 난 화시벽으로 더두홀 비라.
쇼쇼규화[와](小小閨娃)○[로] 옥슈의《비존‖
비견》홀 비리오.

ᄎ시 남평빅 부인 ○[더]엄시와 평오왕○
○[부인] 쇼엄시, 모후를[로] 각지쳔이ᄒ여 됴
양셕월의《타향산‖타힝산》구룸을 늣기며,
망운영모의 간담이 소삭ᄒ고, 영모ᄒᄂ 눈물
이 관산야우의 깁ᄉ미를 잠으지 아닐 날이
업더니, 모후 경ᄉ의 도라오신 후ᄂ, ○○○
○○○[샤샤경경ᄒ던] 평싱 유한이 다 프러
디니, 남빅 곤계 각각 부인의 졍니를 년측ᄒ
미 깁던 고로, 귀령ᄒᄂ 길흘 막지 아녀《화
별‖활별》을 위로ᄒ게 ᄒ고, 즈가 등이 ᄯᅩᄒ
됴왕모려ᄒ여 악모를 셤기미 '반조의 도'를
지극히 ᄒ니, 댱휘【38】 녀셔의 졍을 감샤ᄒ

2120)안항(雁行) : 기러기의 행렬이란 뜻으로, 남의 형
　　제를 높여 이르는 말.
2121)죵요롭다 : ①평온하고 한가롭다. ②없어서는 안
　　될 정도로 매우 긴요하다
2122)금슬우지(琴瑟友之) : '거문고와 비파를 타며 서로
　　사귄다'는 뜻으로 『시경』<국풍> '관저(關雎)'편에
　　나오는 시구.
2123)국풍(國風) : 중국에서 가장 오래된 시집인 <시
　　경> 에서 민요 부분을 모아서 엮은 편명(篇名).
2124)대아(大雅) : 『시경(詩經)』의 한 편명. 큰 정치를
　　노래한 정악(正樂)이다.
2125)관저(關雎) : <시경(詩經)> '국풍(國風)' '주남(周
　　南)'의 한 편명(篇名). 군자숙녀의 사랑을 노래한
　　시. 여기서 관저(關雎) 편을 '대아(大雅)'편에 속한
　　것으로 든 것은 잘못이다.
2126)옥수인벽(玉樹麟璧) : 옥처럼 아름다운 나무와 기
　　린이라는 뜻으로, 재주가 뛰어난 사람을 이르는 말.
2127)각재천애(各在天涯) : 각각 하늘 끝처럼 까마득히
　　멀리 떨어져 지냄.
2128)조양석월(朝陽夕月) : 아침 해가 떠오르는 때와
　　저녁달이 떠오르는 때. 곧 아침저녁을 말함.
2129)태행산(太行山) : 중국 동북부에 위치하여 산서성
　　(山西省), 하북성(河北省), 하남성(河南省) 3개 성
　　(省)에 걸쳐 있으며, 중심의 대협곡(大峽谷)은 빼어
　　난 경치를 자랑하고 있다. 해발 1840m.
2130)망운영모(望雲永慕) : 자식이 객지에서 구름을 바
　　라보며 어버이를 그리워함. =망운지정(望雲之情).
2131)사사경경(思思耿耿) : (지난 일을) 자꾸 돌이켜
　　생각하며 마음 아파 함. =사경(思耿).

別)2132)》을 위로케 ᄒ고, 《슌ᄌ‖ᄌ가(自家)2133)》 등이 쪼흔 조왕모리(朝往暮來)ᄒ여 ○○○○○○[악모를 셤기미] 반ᄌ지되(半子之道)2134) 지극ᄒ며, 엄각노와 미ᄌ를 ᄌ로 ᄎᄎ 골육의 졍이 ᄌ별ᄒ니, 댱휘 녀ᄋ[셔](女壻)의 졍을 감슈ᄒ여 공경 이즁ᄒ미 친ᄌ의 감치 아니ᄒ고, 양(兩) 부인과 엄각노의 윤공과 오왕을 감격ᄒ문 도ᄎ(到此)2135)의 긔록기 어렵더라. 이러무로 냥 엄부인이 더옥 군ᄌ의 셩덕을 심복ᄒ미 되어, ᄌ녜 장셩ᄒ여 남혼녀가(男婚女嫁)ᄒ기【6】의 니ᄅ도록 유화온슌(柔和溫順)ᄒ여 ᄌ유(自幼)로 쇼쳔(所天)2136)의게 거스ᄅ미 업셔, 이 진실노 군ᄌ슉녀의 샹경샹화(相敬相和)ᄒ미 빅두종시(白頭終始)의 한갈갓ᄒ미러라. 댱휘 《일신‖일싱(一生)》 지통(至痛)이 이시나, ᄌ부녀셔의 무흠흔 화락이 이 갓ᄒ믈 보며, 만시여의(萬事如意)ᄒ여 무한흔 광음(光陰)으로 좃ᄎ 지통이 ᄌ연 이잘 적이 만터라.

이 적의 금쥐(錦州)2137)셔 호시와 심·뉴 냥희(兩姬), 댱휘 환경ᄒ미 가즁이 황연(荒然)이 뷘 듯ᄒ지라. 가즁 샹히 흔가지로 슬푸믈 이긔지 못ᄒ나, ᄌ녜 위로ᄒ여 셰월을 보닐시, 봉문은【7】맛ᄎᆷ니 과거을 보지 아니코, 《조평‖조뎡(朝廷)》이 그 션조의 공뇌로뼈 표의 죄를 기ᄌ(其子)의게 연누(連累)치 아냐시나, 봉문이 스스로 기부(其父)의 흉악을 붓그려 셩셰(盛世)의 나아가지 아니ᄒ고, 젼야(田野)의 흔가흔 쳐시(處士) 도여2138) 긔산(箕山)2139) 영슈(潁水)2140)의 맑은 ᄌ최를

2132)활별(闊別) : 오랫동안 헤어져 만나지 못함.
2133)자가(自家) : 자기(自己).
2134)반자지도(半子之道) : 사위의 도리. *반자(半子); 아들과 다름없다는 뜻으로 '사위'를 달리 이르는 말.
2135)도차(到此)의 : 이곳에 이르러. 이에. 여기.
2136)소천(所天) : 아내가 남편을 이르는 말.
2137)금주(錦州) : 중국 요녕성(遼寧省) 서부에 있는 도시.
2138)도여 : 되어. '되다'의 부사형.
2139)기산(箕山) : 중국 하남성(河南省)에 있는 산. 고대 중국의 은자 소부(巢父)와 허유(許由)가 요(堯) 임금으로부터 왕위 선위 제안을 뿌리치고, 이 산에 숨어 은거했다는 고사로 유명한 산이다.

여 공경 이즁ᄒ여 친ᄌ의 감치 아니ᄒ고, 냥 부인과 엄각뇌 남평빅 곤계의 군ᄌ지덕을 더욱 심복ᄒ더라. 댱휘 《일신‖일싱》 디통이 이시나, ᄌ부녀셔의 무흠흔 화락을 보미, 만시여의ᄒ여 무한흔 광음으로 조ᄎ 디통을 ᄌ연 이즐 적이 만터라.

이 적의 금쥐셔 호시와 심·뉴 냥희, 댱휘 환경ᄒ시미 가듕이 황연이 뷘 듯ᄒ니, 가듕이 슬프믈 이긔지 못ᄒ니, ᄌ녜 위로ᄒ야 셰월을 보닐시, 봉문은 맛ᄎᆷ니 과거를 보디 아니ᄒ고, 스스로 아비 힝ᄉ를 붓그려, 인ᄒ여 명셰의 나지 아니코, 젼야의 흔가흔 쳐시 도야, 긔산 영슈의 맑은 ᄌ최를 니으며, 일년【39】의 흔 번식 경사의 왕닉ᄒ여 왕모를 비현ᄒ고, 심희의 ᄋᄌ 쇠 쪼흔 발신ᄒ기를 구치 아니ᄒ고, 적질을 조ᄎ 거취를 흔가지로 ᄒ니, 츈거츄러의 일업시 산님 야우의 깃드

이으디, 일년의 흔 번식 샹경ᄒ여 왕모롤 비견ᄒ고, 심희(姬)의 ᄌ(子) 엄지[쇠] ᄯᅩ흔 발신(發身)ᄒ믈 구치 아녀, 적질(嫡姪)²¹⁴¹을 좃ᄎ 지ᄎᆔ(志趣)를 ᄒᆞ가지로 ᄒ니, 츄거츈ᄅᆡ(秋去春來)²¹⁴²의 일ᄇᆡ시²¹⁴³ 산님야우(山林野隅)²¹⁴⁴의 깃드려, 전야(田野)의 믹슉(麥菽)과 치근(菜根)을 거두어 싱계롤 위업(爲業)ᄒ미, 본디 엄시 가장전결(家莊田結)²¹⁴⁵【8】이, 슈만 결(結)²¹⁴⁶이라. 당당이 종슌의 거시로디 터ᄉ와 각뇌, 봉문 남미와 쇼의 남미 싱계롤 염녜ᄒ여, ᄌᆡ긔 녹봉쇼산(祿俸所産)의 나ᄂ 거시 유족흔 고로, 향니 전토(田土)의 ᄂᆞᄂ 거슨 경ᄉ(京師)의 드리미²¹⁴⁷ 업ᄂ지라. 엄싱 슉질남미 비록 피셰흔 ᄌ최 《향황 ‖ 향환(鄕宦)²¹⁴⁸》을 ᄌ임(自任)ᄒ나, 가계(家計) 호부(豪富)ᄒ믄 금쥐 일촌(一村)의 유명ᄒ더라.

봉문이 망부의 오예(汚穢)흔 ᄎᆔ명(醜名)을 각골통한(刻骨痛恨)ᄒᄂ 고로, ᄌᆡ긔ᄂ 스스로 덕을 닥고 힝실을 슈련ᄒ며 적선(積善)ᄒ기룰 널녀, 망부의 죄명을 씻고ᄌ ᄒᄂ 고로, 공검(恭儉)ᄒ며 절ᄎᆞ(切磋)²¹⁴⁹ᄒ여 검박(儉

려, 전야의 믹속 치근을 거두어 싱계룰 위업ᄒ미, 본디 엄부 가장전결이 슈만 결이라. 당당이 종손의 거시로디, 터ᄉ와 각뇌 봉문 남미와 소의 남미 싱계를 념녀ᄒ여, ᄌᆡ긔 녹봉의 나ᄂ 거시 유족흔 고로, 향니 전토의 나ᄂ 거슨 경ᄉ의 올리미 업ᄂ지라. 봉문 남미 피셰흔 ᄌ최 한환을 ᄌ임ᄒ나, 가계 호부ᄒ믄 금쥐 일촌의 유명ᄒ더라.

봉문이 망부의 오예흔 ᄎᆔ명【40】을 골돌ᄒᄂ 고로, 덕을 닥고 힝을 슈련ᄒ야[며] 공검 절ᄎᆞᄒ야, 반다시 츄포 갈건을 닙으며 믹반 소치로 겨유 쥬리믈 면흘 ᄯᅡ람이니, 그 모친 호시 닐오디,

---

2140)영수(潁水) : 중국 하남성(河南省)을 흐르는 강. 고대 중국의 은자 소부(巢父)와 허유(許由)가 요(堯) 임금으로부터 왕위를 맡아달라는 제안을 받고, 자신의 귀가 더러워졌다며 이 강에서 귀를 씻고, 또 귀를 씻어 더러워진 물을 소에게 먹이는 것조차 포기하고 기산(箕山)에 들어가 숨었다는 고사가 전한다.

2141)적질(嫡姪) : 첩에게서 난 아들이 정실에게서 난 형의 아들을 이르는 말.

2142)추거춘래(秋去春來) : 가을이 가고 다시 봄이 옴. 세월이 흘러감.

2143)일ᄇᆡ시 : 초연(超然)히. 현실에서 벗어나 그 현실에 아랑곳하지 않고 의젓하게.

2144)산림야우(山林野隅) : '산 속 들 모퉁이'라는 말로 세상을 버리고 은둔하기에 알맞은 곳을 비유적으로 이른 말.

2145)가장전결(家莊田結) : 집에 딸린 장원(莊園)의 농지(農地).

2146)결(結) : 논밭 넓이의 단위. 세금을 계산할 때 썼다. 1결은 1동의 열 배로, 그 넓이는 시대에 따라 달랐다.

2147)드리다 : 들이다. 물건 따위를 안으로 가져오다.

2148)향환(鄕宦) : 낙향한 벼슬아치.

2149)절차(切磋) : 학문과 덕행을 닦음. 옥이나 돌을 갈고 닦는다는 뜻에서 나온 말.

朴)ᄒ믈 슝상ᄒ【9】여, 반다시 츄포(麤布)2150)
ᄅᆯ 입으며, 믹반쇼치(麥飯蔬菜)2151)로 쥬리믈
다만 면ᄒᆯ 분이오, 금의옥식(錦衣玉食)2152)을
즐겨 아니ᄒ니, 그 모친 호시 갈오디,

"네 비록 포의한시(布衣寒士)나 힝혀 조션
의 ᄭᅵ친 지믈이 젹지 아니ᄒ거ᄂᆞᆯ, 닙고 먹으
미 족족(足足)ᄒᆯ 터인디, 엇진 연고로 의식지
졀이 검박ᄒ여 공연이 궁유ᄌ(窮儒者)의 걸
식ᄒᄂᆞᆫ 뉴의 모양 갓ᄒ뇨?"

싱이 믄득 츄연 뉴체(流涕)ᄒ고 디왈,

"히ᄋ논 천지간의 ᄒ 죄인이라. 힝혀 션왕
부(先王父)2153)의 젹덕여음(積德餘蔭)으로 몸
이 평안ᄒ나, 션친의 일을 싱각ᄒ온즉 엇지
심골이 경환(驚患)치 아니며, 션【10】친이 더
옥 죄루(罪累) 가온디 ᄌ익참ᄉ(自縊慘死)ᄒ
샤, 인ᄌ의 지통이 미ᄉ지젼(未死之前)의 잇
지 못ᄒᆯ 지통이라. 히이(孩兒) 무ᄉᆫ ᄆᆞᄋᆷ으로
인뉴의 츙슈(充數)2154)ᄒ여 무고ᄒ ᄉ룸과
갓치 쳐신ᄒ기를 조화ᄒ2155)리잇고? ᄌ위(慈
闈) 고혈(孤子)ᄒ신 졍수를 싱각지 아니 ᄒ올
진다, 맛당이 삭발기세(削髮棄世)ᄒ여 인뉸을
샤졀ᄒ미 올ᄉ오디, ᄎᆞ마 모친긔 진셰(塵世)
《악명∥박명(薄命)》 가온디 ᄯᅩ 블효를 더으
지 못ᄒ와, 췌쳐(娶妻) 힝신(行身)을 평상이
ᄒ오나, 스ᄉ로 싱각ᄒ온즉 신명(神明)이 두
리오니, 히ᄋ논 평싱 죄인이라. 죄인의 의식
지졀(衣食之節)이 오히려 과ᄒ거ᄂᆞᆯ, 터【11】
티(太太)2156)의 셩괴(聖敎) 쳔만 의외로쇼이
다."

호시 쳥파의 크게 감동ᄒ여, 실셩 타루(墮
淚)ᄒ여 왈,

"내 ᄋᆞ히 이런 현심(賢心)이 이시디, 니 오
히려 아지 못ᄒ니 엇지 블명ᄒ믈 감슈치 아
니ᄒ리오. 네 임의 몸을 닥고 인과 의ᄅᆯ 슝

"네 비록 포의한시나 힝혀 조션여경으로
ᄭᅵ치신 지믈이 젹디 아니ᄒ거ᄂᆞᆯ, 공연ᄒ 궁
유한ᄉ의 걸식ᄒᄂᆞᆫ 사름의 모양 ᄀᆞᆺ튼뇨?"

싱이 믄득 츄연 뉴체 왈,

"히ᄋ논 텬지간 죄인이라. 힝혀 션왕부의
젹덕여음으로 몸이 반셕 갓ᄉ오나, 션친의
힝시를 헤아리온즉 엇디 심골이 경한치 아니
리잇고? 션친이 더옥 죄루 가온디 ᄌ익참ᄉ
ᄒ샤, 인ᄌ의 디통이 미ᄉ디젼의 닛줍지 못
ᄒ올디라. 아히 무슴 념치와 ᄆᆞᄋᆷ으로 인【4
1】뉴의 츙수ᄒ리잇고? 맛당이 삭발《거셰∥
긔셰》ᄒ야 인뉸셰사를 ᄉ졀ᄒ오미 올ᄉ오디,
ᄎᆞ마 모친의 반싱 박명신셰 가온디 ᄯᅩ 겹겹
ᄒ 불효를 더으지 못ᄒ와, 췌쳐 힝신ᄒ믈 예
ᄉ로이 ᄒ오나, 스ᄉ로 싱각ᄒ온즉 신명이
두리온디라. 죄인의 의식이 오히려 과도ᄒ옵
거ᄂᆞᆯ, 텨텨 경계ᄒ시ᄂᆞᆫ 비 의외로소이다."

호시 크게 감동ᄒ여 실셩 타루 왈,

"내 ᄋᆞ히 이런 현심이 이시나, 니 아디 못
ᄒ니 블명ᄒ미 심치 아니리오. 네 임의 몸을
닥고 인을 조심ᄒ미 여ᄎᆞᄒ니, 맛당이 지믈

2150)추포(麤布) : 발이 굵고 거칠게 짠 베.
2151)맥반소채(麥飯蔬菜) : 보리밥과 나물 반찬.
2152)금의옥식(錦衣玉食) : 비단옷과 흰쌀밥이라는 뜻
　　으로, 호화스럽고 사치스러운 생활을 이르는 말.
2153)선왕부(先王父) : 돌아가신 할아버지.
2154)충수(充數) : '수를 채운다'는 뜻으로 어떤 무리
　　의 일원이 됨을 뜻하는 말.
2155)조화ᄒ다 : 좋아하다. 즐겨하다.
2156)태태(太太) : 부인에 대한 존칭.

샹ᄒ미 여ᄎᄒ니, 네 간ᄃᆡ로²¹⁵⁷⁾ 먹고 쓰지 아닛는 바의 지믈은 무어시 쓰리오. 맛당히 지믈을 흣터 환가[과]고독(鰥寡孤獨)²¹⁵⁸을 돌보며 빈궁을 구제(救濟)ᄒ여 젹덕(積德)을 힘쓰미 엇더ᄒ뇨?"

싱이 쳥필(聽畢)의 ᄉ레ᄒ고, 즉시 심·뉴 냥희와 셔슉(庶叔)으로 의논ᄒ니, 쳐인 등이 다 인현ᄒ니 엇지【12】막으리오. 셔로 맛당ᄒ믈 일컷고, 산슈간(山水間)의 빅여 간 초샤(草舍)를 일우고, 쳔하의 집 업슨 뉴와 힝걸(行乞)ᄒ는 쥴 거두어, 곡셕²¹⁵⁹과 필빅(疋帛)을 ᄂᆡ여 《구환‖구활》ᄒ니, 일이년ᄌᆡ니(一二年之內)○[의], 싱의 슉질의 어진 일홈과 의긔(義氣)를 듯고 궁곤(窮困)ᄒᆫ 뉴는 다 모드니, ○○[그 쉬] 부지기슈(不知其數)오, 일홈ᄒ여 엄시의협젹션당(嚴氏義俠積善堂)이라 ᄒ더라.

이 말이 경수의 이로미, 엄부 일개 봉문의 힝ᄉ를 크게 아름다이 너기고, 각뇌 질ᄋ를 긔특이 너겨 더옥 어진 덕을 경계ᄒ고, 댱휘 깃브고 두굿겨²¹⁶⁰⁾, 탄식 왈,

"쇼ᄋ의 덕힝이 여ᄎᄒ니, 이【13】ᄂᆞᆫ 호식부(媳婦)의 틱교ᄒᆫ 공이니, 노모ᄂᆞᆫ 블민(不敏)ᄒ여 표를 나흐미 능히 호시의 틱교를 밋지 못ᄒᆞᆷ믈 붓그려 ᄒ노라."
《ᄌᆞ초‖ᄌᆞ초(自初)》로 난쵀(蘭草) 궁곡(窮谷)의 무쳐시나, 방향(芳香)을 먼니 젼ᄒᆞᆫ지라. 봉모[문]의 인ᄌᆞ도힝(仁慈道行)과 어진 일홈이 조졍의 나타ᄂᆞᆫ니, 시의 간의ᄐᆡ우(諫議大夫) 문인급이 금쥐인이러니, 엄싱 슉질의 의협(義俠)과 젹션(積善)ᄒᆞᆷ믈 듯고 크게 감탄ᄒ여, 경수 동뉴의 젼ᄒ여 텬ᄌᆞ의 드ᄅᆞ신 비 되니, 샹이 크게 차탄(嗟歎)ᄒ시고, 특

2157)간ᄃᆡ로 : 간대로. 함부로. 되는대로. 망령되이.
2158)환과고독(鰥寡孤獨) : ①늙어서 아내 없는 사람, 젊어서 남편 없는 사람, 어려서 어버이 없는 사람, 늙어서 자식 없는 사람을 아울러 이르는 말. ②외롭고 의지할 데 없는 처지에 있는 사람.
2159)곡셕 : 곡식(穀食). 사람의 식량이 되는 쌀, 보리, 콩, 조, 따위를 통틀어 이르는 말. =곡물.
2160)두굿기다 : 자랑스러워하다. 대견해하다. 기뻐하다.

을 흣터 젹덕을 심쓰라."

싱이 ᄉ레ᄒ고 즉시 산곡간의 빅여간 초소를 닐우고, 집 업슨 손과 힝걸ᄒᆞᄂ 뉴를 모화, 창고의 미【42】곡 필빅을 ᄂᆡ여 구활ᄒ야, 불과 일이년 ᄂᆡ의 ○…결락21자…○[싱의 어진 일홈과 의긔를 듯고 궁곤ᄒᆫ 뉴는 다 모드니 ○○[그 쉬] 불가승쉬라.

이 소식이 경수의 니르미, 엄부 일개 봉문의 힝ᄉ를 크게 아름다이 넉이고, 각뇌 딜ᄋ를 긔특이 넉여 더옥 어진 덕을 경계ᄒ고, 댱휘 못ᄂᆡ 깃거ᄒ며 두굿겨 탄식 왈,

"손ᄋ의 덕힝이 여ᄎᄒ니, 이ᄂᆞᆫ 호식부의 어지리 틱교ᄒ미라. 노모ᄂᆞᆫ 불효ᄒ여 표를 나흐미 능히 호시의 틱교를 밋디 못ᄒ니 붓그려 ᄒ노라."
ᄒ더라.

봉문의 ᄆᆞᆰ은 도학과 어진 일홈이 됴졍의 나타나니, 텬ᄌᆡ 드르시고 아름다이 넉이샤 쳥현화즉[직]으로 엄싱을 브르샤, 듕시 금쥐 두 번 니르미, 엄싱이 구지 ᄉᆞ량ᄒ고, 인ᄒ야 나지 아니ᄒ【43】미,

별이 청현화직(淸顯華職)2161)으로 엄싱을 브
르샤, 금줘 향니(鄕吏)와 안거ᄉᆞ마(安車駟
馬)2162)와 즁시(中使) 두 번 임ᄒᆞ딕, 엄【14】
싱이 구지 ᄉᆞ양ᄒᆞ여 아뷔2163) 오예ᄒᆞᆫ 허믈을
붓그려 명셰(明世)의 나지 아닐 ᄯᅳᆺ을 두믜,
군부지명(君父之命)을[은] ᄉᆞ지(死地)라도 블
감역명(不敢逆命)이나, 이러ᄐᆺ 청직(淸職)으
로뼈 부르시믄[믈], 죽을지언졍 명셰의 나지
아니ᄒᆞᆯ 바를 일ᄏᆞᆯ라, 즁시(中使) 보ᄂᆞᆫ 부의
망궐고두(望闕叩頭)2164)ᄒᆞ여 혈뉘(血淚) 만면
ᄒᆞ고 언에 강개ᄒᆞ여, 쇼허(巢許)2165)의 청풍
(淸風)을 닝쇼(冷笑)ᄒᆞ니, 즁시 그 항직(伉
直)2166)ᄒᆞᆷ믈 탄복ᄒᆞ여, 붓드러 위로ᄒᆞ여 왈,

"션싱은 긋치라. 요천슌일(堯天舜日)2167)의
도 쇼부(巢父)2168) 허위(許由)2169) 잇고 한
(漢) 《당무‖광무(光武)2170)》시졀의 엄ᄌᆞ릉
(嚴子陵)2171)이 이시니, 천지 션싱의 청명도

2161)청현화직(淸顯華職) : 청직(淸職)과 현직(顯職)의
  영화로운 직위. 조선시대 홍문관의 높고 중요한 직
  위. *청직(淸職); 조선시대 홍문관의 직을 이르던
  말.
2162)안거사마(安車駟馬) : 네 필의 말이 끄는 호화롭
  고 편안한 수레.
2163)아뷔 : 아비. '아버지'의 낮춤말.
2164)망궐고두(望闕叩頭) : 대궐을 향하여 머리를 조아
  려 절함.
2165)소허(巢許) : 고대 중국의 은자 소부(巢父)와 허
  유(許由)를 아울러 일컫는 말.
2166)항직(伉直) : 강직함.
2167)요천순일(堯天舜日) : 유가에서 이상적인 왕도정
  치가 이루어졌던 시대라고 하는 중국의 요(堯) · 순
  (舜) 임금의 시절이란 뜻으로, '태평한 시절'을 말한
  다.
2168)소부(巢父) : 중국 고대 요(堯)임금 때의 은자(隱
  者). 허유(許由)와 함께 기산(箕山)에 은거하였다.
  요임금이 천하를 그에게 주고자 하였으나 이를 거
  절하고 자신의 귀가 더러워졌다며 영수(潁水)에 귀
  를 씻었다는 고사로 유명하다.
2169)허유(許由) : 중국 고대 요(堯)임금 때의 은자(隱
  者). 소부(巢父)와 함께 기산(箕山)에 은거하였다.
  요임금으로부터 천하를 주겠다는 제의를 받은 소부
  가, 자신의 귀가 더러워졌다며 귀를 씻는 것을 보
  고, 그 더러워진 물을 자신의 소에게 먹일 수 없다
  며, 소를 끌고 기산으로 들어갔다는 고사로 유명하
  다.
2170)광무제(光武帝) : B.C.6-A.D.57. 중국 후한(後漢)
  의 제1대 황제. 본명은 유수(劉秀). 왕망의 군대를
  무찔러 한나라를 다시 일으키고 낙양에 도읍하였
  다. 재위 기간은 25~57년이다

덕(淸明道德)을 ᄉ랑ᄒ샤 조졍의 일위고져
【15】ᄒ시나, 션ᄉᆼ의 고의(高意) 맛춤ᄂ 여ᄎ
ᄒ니, 고어의 이른바 '쳔ᄌ의 위엄으로 필부
의 ᄯᅳᆺ을 앗지 못ᄒᆫ다' ᄒ니, 셩샹이신들 엇
지 ᄒ시리오. 맛당이 만ᄉᆼ(晚生)이 도라가 이
ᄃ로 쥬ᄒ여, 고졀(高節) 쳥심(淸心)을 기리
직희게 ᄒ리니, 이러틋 번뇌치 마ᄅᆞ쇼셔."

엄ᄉᆼ이 쳬루(涕淚) 쟝탄(長歎)ᄒ고, 샤례ᄒ
여 가로ᄃᆡ,

"누인(陋人)이 비록 무샹ᄒ나 엇지 쳔은이
망극ᄒ시믈 아지 못ᄒ리오마ᄂᆞᆫ, 진실노 지학
(才學)이 용우(庸愚)ᄒᆫ 바의 심즁의 지통이
잇셔, 고집ᄒᆫ 의ᄉᆞ 죽기로ᄡᅥ 명니(名利)의 분
쥬(奔走)ᄒᆯ ᄯᅳᆺ이 업ᄂ 고【16】로, 황산(荒
山)²¹⁷² 심쳐(深處)의 황ᄉᆞ(皇使) 여러 번 나
리시게 ᄒ고, 쳔니 도로의 왕ᄉᆞ(王使) 슈고ᄒ
시니, 이ᄂ 다 비인(鄙人)의 블통ᄒᆞ온 죄라.
다만 죽어 쳔은○[을] 갑습고 사라《면니∥
명니(名利)》를 권년(眷戀)ᄒᆯ ᄯᅳᆺ이 업더니, 존
공이 이러틋 관유(寬諭)ᄒ시니 감격ᄒᆞ미 극
ᄒᆫ지라. 바라건ᄃᆡ 존공은 도라가 단계(丹
階)²¹⁷³의 쥬(奏)ᄒ쇼셔."

ᄉᆞ(使) 응낙ᄒ고 경ᄉᆞ의 도라와 뎐폐(殿陛)
의 이ᄃ로 쥬ᄒ니, 샹이 엄ᄉᆼ의 지개(志槪)
구드믈 드ᄅᆞ시미 츠탄ᄒ시고, 이의 슈조(手
詔)²¹⁷⁴로 포쟝(褒獎)ᄒ시며 호를 쥬어 갈오
샤ᄃᆡ '빅운숑계ᄌ(白雲松溪子)'라 ᄒ시니라.

빅운션ᄉᆼ 봉문이 일노²¹⁷⁵ 좃ᄎ 환노(宦
路)의 버【17】셔나 고요이 향니의 머므러, 셔

상이 엄ᄉᆼ의 지개 구드믈 드ᄅᆞ시고, 이에
슈됴를 ᄂ리와 표쟝ᄒ시고, 별호○[를] 쥬어
골ᄅᆞ[ᄋ]샤ᄃᆡ, '빅운송계지'라 ᄒ시니라.

봉문이 일로조ᄎ 환노의 버셔나 고요히 향
니의 머므러, 셔슉《을∥으로》 샹의ᄒᆞ야 심ㆍ

2171)엄자릉(嚴子陵) : 중국 후한(後漢) 광무제(光武帝)
　　때의 인물. 본명은 엄광(嚴光). 자릉(子陵)은 자(字).
　　어릴 때 광무제와 함께 뛰놀고 공부하던 사이였다.
　　광무제가 황제가 된 후 은거하고 있던 그를 불러
　　함께 대궐에 머물게 되었는데, 이 때 그는 광무황
　　제와 함께 자면서 황제의 배에 다리를 올려 놓을
　　만큼 허물없이 대했다는 고사가 전한다. 광무제가
　　그에게 간의대부(諫議大夫)라는 벼슬을 주었으나 사
　　양하고 다시 산에 들어가 은거하였다 한다.
2172)황산(荒山) : 수풀이 우거져 거친 산.
2173)단계(丹階) : 황제의 어탑(御榻) 아래에 있는 계
　　단.
2174)수조(手詔) : 제왕이 손수 쓴 조서.
2175)일노 : ①일로. '이리로'의 준말. ②이로('이【】로'
　　의 형태). 이를('이【】를'의 형태). 여기서는 '이를'의
　　뜻.

숙(庶叔)으로 샹의호여 심·뉴 냥희(兩姬)와 모친 호시를 봉양호며, 남미슉질이 됴왕모릭(朝往暮來)호여 시쥬(詩酒)로 쇼일호며, 강산풍월(江山風月)노 벗시 되어, 셰월이 오며 가믈 아지 못호고, 다만 젼원의 녹음(綠陰)이 쇼사나미 ○○○○○○[여름인가 녀기고], 도리홍잉(桃李紅櫻)[2176]이 봉오리지면 봄인가 알 거시오, 서리 느리고 목엽(木葉)이 써러지면 가을인가 의심호며, 《셰월∥셰셜(細雪)》이 분분(紛紛)호죽 겨을인 쥴 아라, 한가호고 비쇽(非俗)호미 의연(毅然)이 긔산(箕山) 영슈(潁水)로 샹칭(相稱)호니, 가히 《쳔산∥쳥산》일민(靑山逸民)[2177]이오 쇼미진인(少微眞人)[2178]이러라.

화셜(話說)[2179]. 경【18】ㅅ(京師) 엄 샹부(上府)[2180]의셔 츄밀공 댱ᄌ 니부시랑 좌복야 엄운의 댱ᄌ 종문은 한시의 쇼싱이라. 시랑이 부인으로 화락호여 슬하의 숨ᄌ이녜 이시니, 댱ᄌ눈 종문이오, 추ᄌ눈 빅문이오, 숨ᄌ눈 영문이오, 녀ᄋ눈 초옥·쇼옥이라. ᄌ녜 다 부풍모습(父風母習)호여 《교란∥곤산》미옥(崑山美玉)[2181]과 히져명쥬(海底明珠)[2182] 갓더라.

댱ᄌ 종문의 ᄌ눈 옥빈이니, 십숨의 나히 밋ᄎ미 옥안영풍(玉顔英風)이 지셰(在世) 반

뉴 냥희의[와] 모친을 봉양호며, 남미슉딜이 됴왕모릭호야 한가히 셰월을 보니여, 강산풍월노 벗이 되어○…결락14ᄌ…○[셰월이 오며 가믈 아지 못호니, 가히 님쳔한월의 일 업눈 손이러라.

화셜, 경ᄉ 엄샹부의셔 츄밀공의 댱ᄌ 니부시랑 좌복야 엄운의 장ᄌ 종문은 한시의 소싱이라. 엄시랑이 한시로 화락호야 슬하의 숨ᄌ이녜 이시니, 장은 종문이오, ᄎ눈 빅문이오, 삼은 녕문이【44】오, 녀ᄋ눈 초옥·쇼옥이러라. ᄌ녜 다 부풍모습호여 기기히 곤산미옥과 히져명쥬 갓더라.

종문의 ᄌ눈 운뵈니, ○○[나히] 십숨의 《마ᄎ미∥미ᄎ미》 옥골영풍이 지셰 반악이

2176)도리홍앵(桃李紅櫻) : 복숭아꽃과 배꽃 붉은 앵두꽃을 함께 이른 말.

2177)청산일민(靑山逸民) : 학문과 덕행이 있으면서도 세상에 나서지 아니하고 산간에 묻혀서 지내는 사람.

2178)소미진인(少微眞人) : 선비 가운데 큰 선비. *소미(少微); '선비 별자리'라 하는 소미성(少微星)을 뜻하는 말로 '선비'의 비유로 쓰인다. *진인(眞人); 도교에서, 도를 깨쳐 깊은 진리를 깨달은 사람을 이르는 말로, 유교적 표현으로는 대유(大儒; 큰선비)에 해당한다 할 수 있다.

2179)화설(話說) : 고소설에서 새로 이야기를 시작하거나 장면을 전환 할 때에 쓰는 '익설(益說)' '화표(話表)' '각설(却說)' 따위와 같은 화두사(話頭詞).

2180)상부(上府) : 한 가문이나 집안에서 가장 웃어른이 거처하는 집.

2181)곤산미옥(崑山美玉) : 곤산에서 나는 아름다운 옥. 곤산은 곤륜산(崑崙山)으로 중국 전설상의 산. 중국 서쪽에 있으며, 옥(玉)이 난다고 한다.

2182)해저명주(海底明珠) : 바다 속에 있는 아름다운 진주.

악(潘岳)2183)이오, 문장체격(文章體格)이 즈건(子建)2184), 니두(李杜)2185)를 묘시(藐視)ᄒ더라. 풍어ᄉ 쇼녀와 졍혼ᄒᆫ 비라. 풍가의셔 길일을 보ᄒᆞᄆᆡ 길긔(吉期) 슈슌이 격【19】ᄒᆞ엿더라.

냥개(兩家) 혼구(婚具)를 셩비ᄒᆞ여 길일이 다ᄃᆞ르ᄆᆡ, 엄공지 뉵녜(六禮)2186)로 풍쇼져를 마즈 도라오니, 신부의 즈미운치(姿美韻致)이원요라(哀願姚娜)ᄒᆞ여 옥계(玉溪)의 월계(月桂)2187) 셩개(盛開)ᄒᆞᆫ 듯, 쇼담2188) 가려(佳麗)ᄒᆞ여 진짓2189) 종문의 샹젹(相敵)ᄒᆞᆫ 가위(佳偶)라. 만당 빈킥이 하례ᄒᆞᄆᆞᆯ 마지 아니코, 존당구괴 블승디희(不勝大喜)ᄒᆞ며 ᄉ랑ᄒᆞᄆᆡ 강보유녀(襁褓幼女)갓더라.

셕양의 제킥이 각각 집으로 도라가고, 풍쇼졔 인ᄒᆞ여 구가의 머믈ᄆᆡ, 셩되(性度) 유한(幽閑)ᄒᆞ고 부덕(婦德)이 요조(窈窕)ᄒᆞ여, 승슌군ᄌ(承順君子)ᄒᆞ며 효봉존당구고(孝奉尊堂舅姑)ᄒᆞ며[고], 돈목친쳑(敦睦親戚)ᄒᆞ며 화우ᄌ미[믜](和友姊妹)ᄒᆞ여 동【20】동쵹쵹(洞洞屬屬)ᄒᆞ니, 합닉(閤內)2190)의 예셩(譽聲)이 즈즈(藉藉)ᄒᆞ여 존당구괴 더옥 이즁(愛重)ᄒᆞ며, 싱이 공경즁디ᄒᆞ여 부뷔 샹경여빈(相敬如賓)ᄒᆞ고 종고(鐘鼓)2191) 금슬(琴瑟)2192)의 합ᄒᆞᄆᆡ 지극ᄒᆞ니, 본부의○[셔] 이 쇼식을 듯고

오, 문쟝지홰 니두를 묘시ᄒᆞ더라. 풍어ᄉ의 쇼져의[와] 졍혼ᄒᆞᆫ 비라.

냥개 혼슈를 셩비ᄒᆞ여 길일의 뉵녜로 풍쇼져를 마즈 도라오니, 풍쇼져의 즈미운치 이원뇨라ᄒᆞ여, 옥분의 월계 셩히 핀 듯, 쇼담 가려ᄒᆞ여, 진짓 종문의 샹젹ᄒᆞᆫ 가위라. 만당 빈킥이 칭하ᄒᆞᄆᆞᆯ 마지 아니하니, 존당구괴 블승대희ᄒᆞ야 무이ᄒᆞᄆᆞᆯ 마지아니 ᄒᆞ더라.

셕양의 제킥이 각귀ᄒᆞ고, 풍쇼졔 인ᄒᆞ여 구가의 머믈ᄆᆡ, 셩졍【45】이 혜일ᄒᆞ고, 힝시 뇨됴ᄒᆞ며, 부덕이 평슌ᄒᆞ야, 승슌군ᄌ며 효봉구고ᄒᆞ고 돈목친쳑ᄒᆞ며 화우ᄌ미ᄒᆞ니, 합가의 예셩이 즈즈ᄒᆞᆫ더라. 존당구괴 더옥 잉[이]듕ᄒᆞ며, 공지 듕디ᄒᆞ여 부뷔 샹경여빈ᄒᆞ더라.

2183)반악(潘岳) : 247~300. 중국 서진(西晉)의 문인(文人). 자는 안인(安仁). 권세가인 가밀(賈謐)에게 아첨하다 주살(誅殺)되었다. 미남이었으므로 미남의 대명사로도 쓴다.

2184)자건(子建) : 중국 위(魏)나라 조조(曹操)의 아들 조식(曹植). 192~232. 자건(子建)은 조식의 자(字). 일곱 걸음 만에 시를 지어 죽음을 모면하였다는 고사가 담긴 칠보시(七步詩)로 유명하다.

2185)이두(李杜) : 당나라 때 시인 이백(李白: 701-762)과 두보(杜甫: 712~770).

2186)육례(六禮) : 우리나라 전통혼례의 여섯 가지 의례. 납채(納采), 문명(問名), 납길(納吉), 납폐(納幣), 청기(請期), 친영(親迎)을 이른다.

2187)월계(月桂) : 전설에서, 달 속에 있다고 하는 계수나무.

2188)쇼담 : 소담. 생김새가 탐스러움.

2189)진짓 : 참. 진짜. 참으로. 진짜로.

2190)합내(閤內) : 주로 편지글에서, 남의 가족을 높여 이르는 말

2191)종고(鐘鼓) : 종과 북을 함께 이르는 말.

2192)금슬(琴瑟) : 거문고와 비파를 아울러 이르는 말.

풍공부뷔 녀·서(女·壻)의 샹득ᄒᆞ믈 심히 두굿기더라.

츄밀의 ᄎᆞᄌᆞ 간의ᄐᆡ우(諫議大夫)[2193] 엄희 ○[ᄂᆞᆫ] 문{이}·양 두부인으로 화락ᄒᆞ여, 슬하(膝下)의 지치[2194] 션션(詵詵)[2195]ᄒᆞ나, 원비 문시ᄂᆞᆫ 숨녀를 두고 아ᄃᆞᆯ이 업ᄉᆞ니, 갈온 교옥·영옥·셜옥이니 숨녜 다 ᄋᆡ용(愛容)이 관셰(冠世)[2196]ᄒᆞ고, 녀힝(女行)이 졍졍(貞正)ᄒᆞ여 요조가인(窈窕佳人)이오, ᄎᆞ비 냥부인이 ᄉᆞᄌᆞ일녜 이시니, 개개히 옥【21】슈경지(玉樹瓊枝)[2197]오, 남젼(藍田)[2198]의 미옥(美玉)갓더라.

댱ᄌᆞ 경문이 나미 긔이ᄒᆞ고, ᄌᆞ라미 비샹ᄒᆞ여, 옥모영풍(玉貌英風)이 슈미쇄락(秀美灑落)ᄒᆞ고, 문장도덕(文章道德)이 츌셰(出世)ᄒᆞ여, ᄉᆞ마쳔(司馬遷)[2199] 왕희○[지](王羲之)[2200]를 압두(壓頭)ᄒᆞ니, 존당부뫼 ᄉᆞ랑ᄒᆞ고 닌니종족(隣里宗族)이 긔디(期待)ᄒᆞ디, 다 일ᄏᆞᆺ기를 션동(仙童)이라 ᄒᆞ더라.

공지 년미칠셰(年未七歲)의 존당이 명ᄒᆞ여 문부인긔 ᄉᆞ(嗣)를 졍ᄒᆞ여, 어ᄉᆞ의 댱ᄌᆞ를 숨ᄋᆞ니, 양부인은 젼폐(全廢)[2201]ᄒᆞᆫ 녀지라. ᄋᆞᄌᆞ를 원비(元妃)긔 도라보ᄂᆡ시나 조곰도 블평ᄒᆞᆫ 빗치 업고, 셕일 문시의 과악(過惡)을 이즌 ᄃᆞᆺᄒᆞ여, 화목ᄒᆞ믈 동긔져미(同氣姐

츄밀이[의] ᄎᆞᄌᆞ 간의태우 도어사 엄희ᄂᆞᆫ 문·양 두부인으로 화락ᄒᆞ여, 문시ᄂᆞᆫ 삼녀를 두고 무ᄌᆞᄒᆞ니, 갈온, 교옥·셜옥·연옥이니 삼녜 다 의용이 관셰ᄒᆞ고 녀힝이 졍슉ᄒᆞ야 뇨됴가인이러라. ᄎᆞ비 양시 ᄉᆞᄌᆞ일녀를 두니, 긔기히 옥슈경화오 남젼미옥이라.

장ᄌᆞ 경문, ᄎᆞᄌᆞ 희문, 삼ᄌᆞ 개문, ᄉᆞᄌᆞ 슈문, 녀ᄋᆞ 화옥이오.

2193)간의ᄐᆡ우(諫議大夫) : 고려 시대에, 문하부(門下府)에 속하여 임금에게 잘못을 고치도록 간하는 일을 맡아보던 벼슬. *ᄐᆡ우; 대부(大夫)'의 옛말.

2194)지치 : '자손(子孫)'을 달리 이르는 말.

2195)션션(詵詵) : 수가 많은 모양.

2196)관셰(冠世) : 세상에서 으뜸임.

2197)옥슈경지(玉樹瓊枝) : 재주가 빼어나게 뛰어난 사람을 비유해서 이르는 말. 옥슈(玉樹)나 경지(瓊枝)는 다 같이 '재주가 뛰어난 사람'을 이르는 말이다.

2198)남젼(藍田) : 중국(中國) 섬서성(陝西省)에 있는 산 이름으로 옥의 명산지.

2199)ᄉᆞ마쳔(司馬遷). BC.145-86. 중국 전한(前漢)의 역사가. 태사령(太史令)을 지냈다. 자는 자장(子長). 기원전 104년에 공손경(公孫卿)과 함께 태초력(太初曆)을 제정하여 후세 역법의 기초를 세웠으며, 역사책 ≪사기≫를 완성하였다.

2200)왕희지(王羲之) : 307~365. 중국 동진(東晋) 때 사람. 서성(書聖)으로 일컬어지는 중국 최고의 서예가.

2201)젼폐(全廢) : 아주 그만둠. 또는 모두 잊어 마음에 전혀 머물러 둠이 없음.

妹)2202)갓【22】치 ᄒ니, 가즁상히(家中上下) 양부인 셩덕을 일ᄏᄅ라, 《반월‖번월(樊越2203)》의 빗기며2204), 문시 ᄒ 번 젼과(前過)를 바린 후ᄂ, 일개 춍아(聰雅) 《낭졍‖냥졍(良正2205)》ᄒ 녀ᄌ 되여, 동열(同列)을 화우(和友)ᄒ고, 경문 등 졔ᄋ 사랑이 ᄌᄀ 슴녀와 조곰도 간격지 아니ᄒ니, 졔이 ᄯ 우러 ○[리]ᄂ 졍셩이 싱모(生母)긔 나리지 아닛ᄂ 즁, 경문 공지 더옥 효슌공근(孝順恭謹)ᄒ여 문부인 셤기믈 지효(至孝)로 ᄒ여, 간졀ᄒ 효셩이 오히려 그 친싱 녀ᄋ 교옥 등이 밋지 못ᄒ니, 문시 더옥 이즁ᄒ여 샹히2206) 이로디,

"경ᄋᄂ 양부인 복즁을 비려 나흐미라."

ᄒ더라.

ᄎ【23】ᄌ 희문과 슴ᄌ 계문과 ᄉᄌ 슈문과 녀ᄋ 화옥이오.

엄틱ᄉ의 양ᄌ(養子) 니부샹셔 좌복야 참지졍ᄉ 좌각노 엄창의 별호ᄂ 효문션싱이니, 초년의 다쇼 환난으로 ᄋ시 녁경(逆境)을 갓초2207) 지니고, 부인 윤시로 화락ᄒ여, 슬하의 지치2208) 션션(詵詵)ᄒ여 칠ᄌ이녀를 두니, 댱ᄌ의 명은 홍문이오, {ᄎ}ᄎᄌᄌ의 명은 챵문이오 슴ᄌ의 명은 셩문이오, ᄉᄌ의 명은 긔문이오, 오ᄌ의 명은 슉문이요, 뉵ᄌ의 명은 윤문이오, 칠ᄌ의 명은 의문이오, 댱녀의 명은 빙옥이오, ᄎ녀의 명은 슈옥이니, 【24】 진짓 이른 ᄇ, 곤산(崑山)2209)의 옥츌

엄틱ᄉ 양ᄌ 니부상셔 참지졍ᄉ 좌각【46】노 효문션싱 엄창이 부인 윤시로 화락ᄒ여 슬하의 지치 션션ᄒ야 칠ᄌ이녀를 싱ᄒ니, 장ᄌ의 명은 흥문이오, ᄎᄌ 창문, 삼ᄌ 셩문, ᄉᄌ 긔문, 오ᄌ 슉문, 뉵ᄌ 윤문, 칠ᄌ 의문이오, 댱녀 빙옥, ᄎ녀 슈옥이니, 니른바 곤산의 옥츌이오 창히의 진줨 쇼ᄉ미라.

2202)동긔져미(同氣姐妹) : 친자매(親姉妹)
2203)번월(樊越) : 중국 초나라 장왕(莊王)의 비(妃)인 번희(樊姬)와 소왕(昭王)의 비 월희(越姬). 둘 다 어진 마음으로 남편의 정사를 간(諫)해 덕행으로 유명하다.
2204)빗기다 ; 비기다. 어떤 사물을 다른 사물에 빗대어 말하다.
2205)냥졍(良正) : 착하고 바름.
2206)샹히 : 늘. 항상. *'샹(常)+히(부사격조사 '-에')'의 형태.
2207)갓초 : 빠지지 않게 갖추어. *갓초다; 갖추다.
2208)지치 : '자손(子孫)' 또는 '자식(子息)'을 달리 이르는 말.
2209)곤산(崑山) : 곤륜산(崑崙山). 중국 전설상의 산으로, 중국 서쪽에 있으며, 옥(玉)이 난다고 한다. 서왕모(西王母)가 살며 불사(不死)의 물이 흐른다고도 한다..

(玉出)이오, 챵히(蒼海)의 진쥬 쇼ᄉ미라.

효문공의 평싱 효힝ᄌ덕(孝行才德)과 윤부인의 셩덕긔질(性德氣質)노 싱지휵지(生之慉之)²²¹⁰ᄒᆞᆫ 빈, 엇지 범범(凡凡){ᄒᆞᆫ}《용슉‖용쇽(庸俗)》ᄒᆞᆫ 지리오. ○○[칠ᄌ(七子)] 개개히 옥슈긔린(玉樹騏驎)²²¹¹ ᄀᆞᆺ고, 셩효덕힝(誠孝德行)은 공안(孔顔)²²¹²의 후셕(後席)을 이엄 즉ᄒᆞ고, ○○[이녜(二女)] 식광졍녈(色光貞烈)과 셩효긔질(誠孝氣質)의 초셰(超世)ᄒᆞᆫ 폐월슈화지ᄐᆡ(閉月羞花之態)²²¹³와 침어낙안지용(沈魚落雁之容)²²¹⁴이 이시며, 쳥셩완혜(淸性婉慧)ᄒᆞᆫ 의연이 슉인현녀(淑人賢女)로 흡흡(洽洽)ᄒᆞ니, ᄎᆞ역(此亦) 엄문의 《남문‖나문²²¹⁵》 긔질(氣質)노, ᄌᆞ녀의 츌인(出人)ᄒᆞ미 아니리오.

금문직ᄉ(金文直士)²²¹⁶ 샤인(舍人) 셔길샤(庶吉士)²²¹⁷ 쳥힝션싱(淸行先生) {엄}【25】엄영이 부인 진시로 여고금슬(如鼓琴瑟)²²¹⁸ᄒᆞ고 화락ᄎᆞ담(和樂且湛)²²¹⁹ᄒᆞ여 관져(關

2210)싱지휵지(生之慉之) : 낳고 기르다.

2211)옥슈긔린(玉樹騏驎) : 옥처럼 아름다운 나무와 하루에 천 리를 달린다는 말이라는 뜻으로, 재주가 남보다 뛰어난 이이를 비유(比喻)해 이르는 말. *긔린(騏驎) : 하루에 천 리를 달린다는 말.

2212)공안(孔顔) : 중국 고대의 유학자 공자(孔子)와 안자(顔子)를 함께 이르는 말.

2213)폐월슈화지ᄐᆡ(閉月羞花之態) : 꽃도 부끄러워하고 달도 숨을 만큼 여인의 얼굴과 맵시가 매우 아름답다는 것을 비유적으로 이르는 말.

2214)침어낙안지용(沈魚落雁之容) : 미인을 보고 물 위에서 놀던 물고기가 부끄러워서 물속 깊이 숨고 하늘 높이 날던 기러기가 부끄러워서 땅으로 떨어질 만큼, 아름다운 여인의 용모를 비유적으로 이르는 말. ≪장자≫ <제물론(齊物論)>에 나온다.

2215)나문 : 남은. *남다 : 어떤 상황의 결과로 생긴 사물이나 상태 따위가 다른 사람이나 장소에 있다

2216)금문직ᄉ(金文直士) : 임금의 조서를 짓는 일을 맡은 벼슬. 금문(金文)은 조서(詔書)를 뜻하는 말이고 직사(直士)는 직학사(直學士)의 줄임말. 직학사는 고려 시대에 둔, 홍문관·수문관·집현전의 정4품 벼슬. 한림학사도 정4품이다.

2217)셔길샤(庶吉士) : 관직명. 중국 明·淸나라 때 한림원(翰林院)에 둔 관명. 진사(進士) 가운데서 문학에 뛰어난 사람을 뽑아 임명했다.

2218)여고금슬(如鼓琴瑟): 북과 가야금 비파가 서로 화음을 이루 듯 부부가 서로 화목 하는 것을 이름. = 종고금슬(鐘鼓琴瑟).

2219)화락ᄎᆞ담(和樂且湛) : 화락하고 또 즐겁다. 『시경

효문공의 효힝ᄌ덕과 윤부인의 셩덕지화로 싱지휵지ᄒᆞᆫ 비니, 엇디 범연ᄒᆞ리오. 기기히 옥슈긔린 ᄀᆞᆺᄐᆞ야 부풍모습ᄒᆞ니, ᄎᆞ역 부모의 음덕여믹이러라.

금문직샤 ᄉ인 셔길ᄉ 쳥힝션싱 엄영이 부인 딘시로 여고금슬ᄒᆞ고 화락ᄎᆞ담ᄒᆞ야 이ᄌ 삼녀를 싱ᄒᆞ니, 이 ᄯᅩᄒᆞᆫ 덕문여가의【47】명문화엽으로 현부모 싱훈이라, 엇디 속셰 범ᄋᆞ와 ᄀᆞᆺᄐᆞ리오.

雎)2220)의 거문고 곡죄(曲調) 화(和)ᄒᆞᆫ지라. ᄯᅩᄒᆞᆫ 슬하의 쟝옥(璋玉)2221)이 션션(詵詵)ᄒᆞ 여 양ᄌᆞᄉᆞᆷ녀(兩子三女)를 싱ᄒᆞ니, 이 ᄯᅩᄒᆞᆫ 덕 문녀가(德門餘家)2222)의 명문긔츌(名門其 出)2223)노 현부모(賢父母) 싱훈(生訓)이라. 엇 지 쇽세 범ᄋᆞ(凡兒)와 갓ᄒᆞ리오. 옥슈인벽(玉 樹驎璧)2224)갓치 아룸다오니, 이 엇지 청힝 션싱(淸行先生)○[의] 아룸다온 효우(孝友)를 신명(神明)이 감복지 아니미리오.

쟝ᄌᆞ의 명은 현문이오, ᄎᆞᄌᆞ의 명은 즁문 이오, 쟝녀의 명은 난옥이오, ᄎᆞ녀의 명은 명옥이오, ᄉᆞᆷ녀의 명은 계옥이라.

부모의 만금쇼ᄋᆡ(萬金所愛)ᄂᆞᆫ 니로【26】도 말고, 왕부 틱ᄉᆞ공과 왕모 최부인이 고당의 언와(偃臥)2225)ᄒᆞ여, 슬하의 옥동화녀(玉童花 女)를 **ᄡᅡᆼᄡᅡᆼ**이 희롱ᄒᆞ미, 만ᄉᆞ의 험이 업시 무량(無量)ᄒᆞᆫ 완복(完福)이 고인을 ᄯᆞᆯ을너 라2226).

틱ᄉᆞ의 댱녀 샹셔부인 초혜ᄂᆞᆫ ᄉᆞᆷᄌᆞᄉᆞᆷ녀를 두어 아룸답고 부뷔 화락ᄒᆞ여, 녀샹셰 온즁 졍디ᄒᆞ여 관져(關雎)의 거문고 곡조를 화ᄒᆞᆫ 지라.

○…결락 213자…○[ᄎᆞ녀 남국공 화희경 부인은, 화공이 위인이 걸츌호방(傑出豪放)ᄒᆞ 야 가니의 여러 쳐쳡을 두어시니, 맛ᄎᆞᆷ니 엄 부인의 졀식화딜(絶色花質)을 ᄋᆞ시(兒時) 과 혹(過惑)ᄒᆞ미 되고, 졍녈강딕(貞烈强直)ᄒᆞᆫ 위 인을 심이(甚愛)ᄒᆞ야, 원비의 춍권(寵眷)이

장ᄌᆞ의 명은 현문이오, ᄎᆞᄌᆞ의 명은 듕문 이오, 녀ᄋᆞ의 명은 난옥·○○[명옥]·계옥이라.

태ᄉᆞ 부뷔 고당의 언와ᄒᆞ{ᄒᆞ}여 슬하의 옥 동화녀를 《쟝쟝이∥**ᄡᅡᆼᄡᅡᆼ이**》 희롱ᄒᆞ미, 만ᄉᆞ 여의ᄒᆞ더라.

태ᄉᆞ의 댱녀 샹셔부인은 부부 ᄒᆞᆫ낫 희쳡도 업시, 죵요로이 화락ᄒᆞ야 ᄉᆞᆷᄌᆞ삼녀를 두고,

ᄎᆞ녀 남국공 화희경 부인은 화공이 위인이 걸츌호방ᄒᆞ야 가니의 여러 쳐쳡을 두어시니, 맛ᄎᆞᆷ니 엄부인의 졀○[식]화딜을 ᄋᆞ시 과혹 ᄒᆞ미 되고, 졍녈강딕ᄒᆞᆫ 위인을 심이ᄒᆞ야, 원 비의 춍권이 오룻ᄒᆞ여 ᄉᆞᄌᆞ이녀를 싱ᄒᆞ고,

---

(詩經)』 <소아(小雅)> ‘상체(常棣) 시’의 “형제기흡 화락차담(兄弟旣翕 和樂且湛: 형제가 서로 화합하 면 화락하고 또 즐겁다)에서 따온 말.

2220)관져(關雎) : <시경(詩經)> ‘국풍(國風)’ ‘주남(周 南)’의 한 편명(篇名). 군자숙녀의 사랑을 노래한 시.

2221)쟝옥(璋玉) : 자녀(子女)를 구슬에 비겨 이르는 말.

2222)덕문녀가(德門餘家) : 덕망이 높은 가문의 후손의 집.

2223)명문긔츌(名門其出) : 이름 있는 집안 출신.

2224)옥슈인벽(玉樹驎璧) : 옥수(玉樹; 아름다운 나무), 기린(騏驎; 천리마), 옥벽(玉璧;; 둥그런 옥)을 아울 러 이르는 말로, 모두 ‘재주가 뛰어나고 용모가 빼 어난 사람’을 이르는 말이다.

2225)언와(偃臥) : 편안히 누움.

2226)ᄯᆞᆯ을다 : 따르다.

오롯ᄒ여 ᄉᄌ이녀를 칭ᄒ고, 필녀는 셕어ᄉ의 벼술이 참지졍ᄉ 녕능후의 니르고, 부인으로 화락ᄒ야 삼ᄌ를 두어 부귀 비길디 업더라.

츄밀공의 댱녀 도평장 부인은 쳥슈약질(淸秀弱質)이 남다른 고로, 다병질약(多病疾弱)ᄒ야 다암[2227] 닐ᄌ일녀(一子一女)를 두고, 추녀 윤상셔 부인은] 또ᄒ 숨ᄌ이녀를 두어시니, 개개히 옥슈경지(玉樹瓊枝)라.

댱ᄌ의 명○[은] 쳔흥이오, 추ᄌ의 명은 문흥이오, 숨ᄌ의 명○[은] 인흥이오, 댱녀의 명○[은] 은혜요, 추녀는 계혜라. 침어낙안지용(沈魚落雁之容)과 【27】폐월슈화지틱(閉月羞花之態) 가ᄌᆨᄒ여, 덕되(德度) 완슌(婉順)ᄒ고 힝졀(行節)이 싹이 업ᄉ니, 이 진짓 곤산미○[옥](崑山美玉)○[이]오 챵힉명쥬(蒼海明珠)러라. 샹셰부뷔 지극 이즁○○[ᄒ여] 슈유블니(須臾不離)ᄒ더라.

냥엄시 또 부뷔 샹득히로(相得偕老)[2228]ᄒ여, 금슬우지(琴瑟友之)[2229]ᄒ고 종고낙지(鐘鼓樂之)[2230]ᄒ여, ○⋯결락 28ᄌ⋯○[댱녀 남평빅 윤상국 부인은 ᄉᄌ일녀를 칭ᄒ고 추녀 오왕비 명현왕후는] 칠ᄌ 일녀를 칭ᄒ니, 냥엄시의 ᄌ녜 즁즁(衆中)의 초츌(超出)ᄒ믄, 냥엄부인의 쳔지특용(天姿特容)이 타류(他類)의 지는 비라.

엄오왕비 당시 즁도의 궁쳔지통(窮天之痛)을 품고, ᄌ하(子夏)의 샹명지통(喪明之痛)을 품어, 셰간의 남다른 지통(至痛)이 이시디, 말년의 효ᄌ현부(孝子賢婦)와 긔셔표녀(奇壻表女)[2231]의 영효(榮孝)를 바다, 닉외슌(內外

2227)다암 : 다만.
2228)샹득히로(相得偕老) : 서로 뜻이 맞아 부부가 한 평생 같이 살며 함께 늙음.
2229)금슬우지(琴瑟友之) : 거문고와 비파가 서로 화음을 이루어 좋은 소리를 내듯, 부부가 서로 화목하며 사랑함. 『시경』'관저(關雎)' 시의 "요조숙녀 금슬우지(窈窕淑女 琴瑟友之)"에서 따온 말.
2230)종고낙지(鐘鼓樂之) : 종을 치고 북을 두드리며 즐거워 하듯, 부부가 서로 사랑하며 즐거워 함. 『시경』'관저(關雎)' 시의 "요조숙녀 종고낙지(窈窕淑女 鐘鼓樂之)"에서 따온 말.
2231)긔셔표녀(奇壻表女) : 특출하게 빼어난 사위와 딸.

필녀는【48】셕어ᄉ의 벼술이 참지졍ᄉ 녕능후의 니르고, 부인으로 화락ᄒ야 삼ᄌ를 두어 부귀 비길 디 업더라.

츄밀공의 댱녀 도평장 부인은 쳥슈약질이 남다른 고로, 다병질약ᄒ야 다암 닐ᄌ일녀를 두고, 추녀 윤상셔 부인은 삼ᄌ이녀를 두니, 또ᄒ 윤시 문풍셰덕을 니어 샤가옥슈오 녀슈 겸금 갓더라.

오왕의 댱녀 남평빅 윤상국 부인은 ᄉᄌ일녀를 칭ᄒ고 추녀 오왕비 명현왕후는 칠ᄌ일녀를 칭ᄒ니, 냥엄시의 ᄌ녜 듕듕의 초츌ᄒ믄 냥엄부인의 텬지특용이 타류의 디는 비라.

댱휘 셰간의 남다른 디통이 이시다, 말년의【49】효ᄌ효녀의 영효를 밧고 닉외손을 가차ᄒ야 ᄀ업ᄉᆫ 비회를 셰월로 조ᄎ 관심ᄒ야 고당난실의 ᄌ녀부 제손의 영광을 두굿길 ᄯ롬이러라.

孫)【28】의 남즈는 나니 족족2232) 《옥천∥옥
청》군션(玉淸群仙)2233) 갓고, 녀즈는 져마다
요지션ᄋ(瑤池仙娥)2234) 갓ᄒ니, 각하(閣下)
의 쌍쌍이 넘노라, 즈연 심곡의 비한(悲恨)을
위로ᄒᄂ지라. 가업슨 비회롤 한업ᄂ 셰월노
좃ᄎ 즈연 관심(寬心)ᄒ미 되어, 화당난실(華
堂暖室)의셔   즈셔녀부제손(子壻女婦諸
孫)2235)의 영영(盈盈)2236)을 두굿길 ᄯ롬이러
라.

  이젹의 엄시랑의 ᄎ즈 빅문의 즈는 즁뵈
니, 년급이뉵(年及二六)의 풍치골격이 의연ᄒ
쇼댱뷔(小丈夫)라. 존당부뫼 드디여 박홍노
턱즁(宅中)의 청혼ᄒ여 셩녜(成禮)ᄒ니, 빅문
의 옥안뉴풍(玉顔柳風)과[이] ○○○○[독보
(獨步)ᄒ고] 박쇼져의 화안운빈(花顔雲鬢)《이
【29】오∥과》 난즈혜질(蘭姿蕙質)이{며} ᄯᅩᄒ
침어낙안지용(沈魚落雁之容)과 폐월슈화지티
(閉月羞花之態)롤 겸홀 분 아니라, 진짓 빅
문과 샹젹(相敵)ᄒ 비필이오, 박쇼져의 온화
ᄒ 혜질(蕙質)이 종문의 쳐 풍시로 일쌍(一
雙) 뇨조(窈窕)ᄒ 가인(佳人)이로디, 다만 군
즈슉녀의 《초혼∥초운(初運)》이 명박(命薄)지
아니리 업ᄂ지라.   박쇼제 셩ᄒᆼ(性行)이 단
일(端壹)ᄒ여 슉녀의 미진ᄒ미 업ᄉ디, 명되
(命途) 긔험(崎險)ᄒ여, 일쟉 즈시(慈氏)2237)
롤 샹(喪)ᄒ고 계모(繼母)의 즈이롤 일허, 은
(嚚)2238)ᄒ 모(母)와 오(惡)2239)ᄒ 동긔(同氣)
잇셔, 히ᄒ기롤 독(毒)히ᄒ니, 슬푸다! 엇지

  이젹의 엄시랑의 ᄎ즈 빅문의 즈는 듕뵈
니, 년급이뉵의 박홍노의 녀롤 취ᄒ야, 신혼
초로브터 다쇼 익경을 경녁ᄒ던 셜화는 금환
지합의 히비ᄒ 고로, 이에 긋치다.

2232)족족 : 어떤 일을 하는 하나하나.
2233)옥청군션(玉淸群仙) : 옥청궁에 사는 여러 신선
    들. *옥청궁(玉淸宮) : 도교에서, 천제(天帝) 살고 있
    다고 하는 궁. 옥청은 신선이 산다는 삼청세계(三淸
    世界: 玉淸, 上淸, 太淸)의 하나.
2234)요지션ᄋ(瑤池仙娥) : 중국 전설상의 선계(仙界)
    인 요지(瑤池)라는 못에 살고 있는 선녀. *요지(瑤
    池); 중국 곤륜산(崑崙山)에 있다는 못. 신선이 살
    고 있다고 하며, 주나라 목왕이 서왕모를 만났다는
    이야기로 유명하다
2235)즈셔녀부제손(子壻女婦諸孫) : 아들·사위·딸·
    며느리·여러 손자들을 아울러 이르는 말.
2236)영영(盈盈) : 용모가 곱고 아름다움.
2237)즈시(慈氏) : 자친(慈親). '어머니'를 높여 이르는
    말.
2238)은(嚚) : 우둔하고 사나움.
2239)오(惡) : 미워함.

슉녀의 평싱이 무ᄉᄒ기를 긱필ᄒ리오.

원【30】ᄂᆡ 박홍뇌 규합(閨閤)의 냥쳐를 두어, 원비 홍시 일녀를 싱ᄒ고 졸ᄒ니, 명은 셜홰라. 이 곳 빅문의 부인 박쇼져라. 홍노의 ᄎᄎ비 츙시 흉교극악(凶狡極惡)ᄒ여, 안식은 빅승셜(白勝雪)이나, 셩ᄒ의 흉포ᄒᄆᆞᆫ 독고시(獨孤氏)[2240]의 ᄉ오나옴과, 녀치(呂雉)[2241]의 시랑(豺狼)갓치 모질미 잇ᄂᆞᆫ지라. 홍부인이 본ᄃᆡ 아들을 두지 못ᄒ고, 다만 일녀를 두고 죽어시니, 《부모유녀 ‖ 무모유녀(無母遺女)》○[의] 고혈(孤子)ᄒᆫ 졍시 ᄌᆞ못 잔잉ᄒᆫ 고로, 박공이 일개 쇼탈ᄒᆫ 무뷔(武夫)로ᄃᆡ, 쇼녀(小女)의 무모고혈(無母孤子)ᄒᆫ 졍ᄉᆞ를 이련ᄒ여, 긔렴(記念)ᄒ믈[2242] 마지 아니ᄒ니,【31】 츙시ᄂᆞᆫ 일즉 냥ᄌᆞ(兩子)를 두어시니 댱ᄌᆞᄂᆞᆫ 홍원이라. 극히 어지러 ᄌᆞ모를 간ᄒ고, 쇼미를 극진이 두호ᄒᄂᆞᆫ 고로, 쇼졔 년보(年步) 오뉵셰의 ᄌᆞ모를 조별(早別)ᄒ여, 계모의 참혹ᄒᆫ 독슈(毒手)의 위ᄐᆞ호 경계를 지니미 ᄒᆫ 두 슌(順)[2243]이 아니로ᄃᆡ, 십셰나마 보젼ᄒᄆᆞᆫ 홍원의 보호ᄒᆫ 공을 만히 입으미 되엿더라.

홍원은 쇼져의 형남이니 임의 취실(娶室)ᄒ여, 기쳐(其妻) 우시 ᄯᅩᄒᆫ 현철(賢哲)ᄒ여

2240)독고시(獨孤氏) : 543- 602년. 중국 수(隋)나라 문제(文帝)의 비(妃) 문헌황후 독고씨(文獻皇后 獨孤氏), 이름은 독고가라(獨孤伽羅). 수 문제 양견이 아직 수나라를 건국하기 전인, 14세 때 문제와 혼인하면서, 첩에게서 자식을 두지 말 것을 혼인 조건으로 내세워 혼인하였고, 이후 내조를 잘하여 양견이 수를 건국하는데 기여하였다. 황후에 오른 뒤 문제가 위지씨(尉遲氏)를 총애하자, 그녀의 목을 베고 이를 문제에게 보게 하였을 만큼, 황제와 황자, 대신들의 축첩행위에 단호하였다. 그러나 백성들에게는 인자하고 존경받는 황후였다

2241)녀치(呂雉) : ?-BC108. 한(漢)나라 고조(高祖)의 황후 여후(呂后). 성은 여(呂). 이름은 치(雉). 중국의 대표적인 여성권력자로, 고조를 보좌하여 진말(秦末)·한초(漢初)의 국난을 수습하였으나, 고조가 죽은 뒤 실권을 장악하여, 고조의 애첩인 척부인(戚夫人)과 척부인 소생 왕자 조왕(趙王)을 죽이는 등 포악을 일삼아, 측천무후(則天武后), 서태후(西太后)와 함께 중국의 3대 악녀로 꼽힌다.

2242)긔렴(記念)ᄒ다 : 기념(記念)하다. 잊지 않고 생각하다. 유의하다.

2243)슌(順) : 번. 차례.

무양 쇼고(小姑)²²⁴⁴롤 보호ᄒᆞ미, 부부 냥인
이 진심ᄒᆞ더라.

ᄎᆞᄌᆞ 필원은 쇼져의 슈년 아리로디, 위인
이【32】간험요샤(姦險妖邪)ᄒᆞ여 어미롤 응시
(應時)ᄒᆞ엿ᄂᆞᆫ지라²²⁴⁵. 일노 드디여 쇼져의
화란이 신혼 초로븟허 비샹(非常)ᄒᆞ디, ᄯᅩᄒᆞᆫ
후록(後錄)이 잇서, 엄부 남녀ᄌᆞ슌의 남혼녀
가(男婚女嫁)ᄒᆞ며 다쇼익경(多少厄境)을 격든
긔긔(奇奇)ᄒᆞᆫ 셜화 금환지합연(金環再合
緣)²²⁴⁶의 히비(賅備)²²⁴⁷ᄒᆞᆫ 고로 이의 긋치
다.

이씨 안남국 뉴일이 셔융(西戎)을 동모(同
謀)ᄒᆞ여, 더병 십여만을 조발(調發)²²⁴⁸ᄒᆞ여
날노 연습ᄒᆞ고, 밍장(猛將) 쳔여원(千餘圓)을
갈히여 교장(敎場)의 나아가, 위의(威儀)롤
졍졔(整齊)ᄒᆞ고 군긔(軍器)롤 연습ᄒᆞ니, 호령
은 엄슉ᄒᆞ여 쳔지 진동ᄒᆞᄂᆞᆫ 듯, 긔치검극(旗
幟劍戟)은 휘황찬난ᄒᆞ【33】미 일식(日色)을
희롱ᄒᆞᄂᆞᆫ지라. 틱일 츌샤(出師)ᄒᆞ랴 ᄒᆞ니, 변
방 절도시 이 긔미롤 알고 급히 변보롤 조졍
의 올니니, 됴얘(朝野) 진경(震驚)ᄒᆞ여 놀나
지 아니ᄒᆞ리 업고, 만셰황얘 뇽침(龍寢)이 편
치 아니ᄒᆞ샤, '식불감미(食不甘味)ᄒᆞ시고 침
블안침(寢不安寢)'²²⁴⁹ᄒᆞ샤, 일츌묘말(日出卯
末)²²⁵⁰의 조회롤 황극전(皇極殿)²²⁵¹의 베푸
시고, 조셕슈라(朝夕水刺)²²⁵²롤 씨의 ᄎᆞ지

이씨 안남국왕 뉴일이 셔이를 통모ᄒᆞ야 반
ᄒᆞ니, 변뵈 눈놀니닷 ᄒᆞ니, 상이 크게 근심
ᄒᆞ샤 날이 져믈도록 됴회를 파치 아니시고,
군국대ᄉᆞ를 의논ᄒᆞ시니, ᄎᆞ시 윤·하·뎡 등이
히를 년ᄒᆞ야 슈상ᄒᆞ야 향니의 도라가시니,
【50】빅뇨의 웃듬 ᄌᆞ리 곳곳이 뷔여, 동냥의
지목과 보필의 《괴공∥고굉》이 ○[다] 나간
씨라, 뉘 능히 군상의 근심을 난홀 지 이시
리오.

2244) 쇼고(小姑) : 시누이.
2245) 응시(應時)ᄒᆞ다 : ①때에 맞추다. ②때에 따르다. ③때에 맞추어 생겨나다.
2246) 금환지합연(金環再合緣) : 작자가 본 작품 <엄씨효문청행록>의 속편으로 창작할 계획을 갖고 있었던 작품.
2247) 히비(賅備) : 갖추어진 것이 넉넉함.
2248) 조발(調發) : 군사로 쓸 사람을 강제로 뽑아 모음.
2249) '식불감미(食不甘味) 침블안침(寢不安寢) : 먹어도 음식의 맛을 모르고, 잠을 자려 해도 잠자리가 편하지 않다는 뜻으로, 마음이 매우 불안한 상태에 있음을 비유적으로 나타낸 말.
2250) 일츌묘말(日出卯末) : 아침 해가 막 떠오르는 묘시(卯時) 말. 곧 아침 7시가 조금 못 미친 시각.
2251) 황극전(皇極殿) : 중국 황제가 집무하던 궁전.
2252) 조셕슈라(朝夕水刺) ; 아침저녁으로 임금에게 올리는 식사. *수라(水刺); 궁중에서, 임금에게 올리는 밥을 높여 이르던 말.

아니ㅎ시니, 님조(臨朝)의 야셩(野聲)[2253]이 쳐쳐(悽悽)ㅎ고 옥누숨졈(玉漏三點)[2254]의 월운(月暈)[2255]이 경경(耿耿)[2256]ㅎ여 야긔(夜氣) 깁도록 조회(朝會)룰 파치 아니샤, 날마다 군국디ᄉ(軍國大事)룰 의논ㅎ시나, 디샹뎐하(臺上殿下)[2257]의 일언(一言)도 ᄌ원ᄒᄂ는지【34】 업살분 아니라, 츠시 맛춤 졍·윤·하 등이 히룰 년ㅎ여 슈샹(守喪)ㅎ여 향니의 도라가시니, 빅뇨(百寮)의 웃듬ᄌ리 곳곳지 뷔여, 동냥의 지목과 보필(輔弼)의 《괴공∥고굉(股肱)[2258]》이 다 나간 씨라. 뉘 능히 군샹(君上)의 근심을 난흘 지 이시리오.

엄각뇌 가연이[2259] ᄌ원(自願)ㅎ여, 금관(金冠)을 머리○[에] 쓰고, ᄌ포(紫袍)를 몸의 입고, 옥디(玉臺)룰 도도와 국궁(鞠躬)ㅎ여 《합하∥탑하(榻下)[2260]》의 알외여 갈오디,

"미신(微臣)이 본디 비혼 거시 업고 우츙(愚忠)ㅎ온 빅면셔싱(白面書生)이라. 아는 ○○[것이] 업스오나, 일지병(一枝兵)을 빌니시면, 간뇌도지(肝腦塗地)[2261]ㅎ와 폐하의 일비지역(一臂之力)[2262]을 돕ᄉ와, 맛당이【35】 나아가와 셔졀구투(鼠竊狗偸)[2263] 갓흔 역쳔

엄각뇌 가연이 ᄌ원ㅎ야 《계복츄진∥츄진계복》왈,

"신이 박흑우용ㅎ와 아는 거시 업스오나, 셩상이 일녀의 ᄉ룰 빌니시면, 맛당이 셔졀구투의 역텬무도ㅎ는 반적을 소멸ㅎ여, 우흐로 폐하의 근심을 더ᄅ시게 ㅎ리이다."

2253)야셩(野聲) : 짐승의 소리처럼 다듬어지지 않은 거친 소리. 목이 쉬어 걸걸하게 내는 소리
2254)옥누숨졈(玉漏三點) : 물시계가 세 번 울려 새벽 세시를 가리킴. *옥루(玉漏); 옥으로 만든 물시계. 옛날 중국의 궁중에서 사용하였다. 늑옥호(玉壺).
2255)월운(月暈) : 달무리. 달 언저리에 둥그렇게 생기는 구름 같은 허연 테.
2256)경경(耿耿) : ①빛이 조금 환함. ②마음에서 사라지지 않고 염려가 됨
2257)디샹뎐하(臺上殿下) : 전상전하(殿上殿下). 당상관과 당하관을 모두 이르는 말.
2258)고굉(股肱) : 고굉지신(股肱之臣)의 준말. 다리와 팔같이 중요한 신하라는 뜻으로, 임금이 가장 신임하는 신하를 이르는 말.
2259)가연이 : 개연(慨然)히, 분연히.
2260)탑하(榻下) : 왕의 자리 아래.
2261)간뇌도지(肝腦塗地) : 참혹한 죽임을 당하여 간장(肝臟)과 뇌수(腦髓)가 땅에 널려 있다는 뜻으로, 나라를 위하여 목숨을 돌보지 않고 애를 씀을 이르는 말.
2262)일비지역(一臂之力) ; 한 팔 또는 한쪽 팔꿈치의 힘이라는 뜻으로, 남을 도와주는 작은 힘을 이르는 말.
2263)셔졀구투(鼠竊狗偸) : 쥐나 개처럼 몰래 물건을 훔친다는 뜻으로, '좀도둑'을 이르는 말.

반적(逆天叛賊)을 탕멸ᄒ와, 우흐로 폐하의
근심을 더옵고, 아러로 남서(南西)의 도탄의
든 빅셩○[을] 건질가 ᄒᄂ이다."

샹이 쳥미파(聽未罷)의 용안(龍顔)이 흔연
ᄒ샤, 갈오샤디,

"경이 비록 쟝무지지(將武之才) 업시나 지
모(智謀)와 지략(才略)이 타인의 지너믈 아ᄂ
니, 엇지 뉴일 셔융(西戎)을 쇼탕치 못ᄒᆯ가
근심ᄒ리오마ᄂᆫ, 뉴일은 극히 간특ᄒᆫ고 셔융
은 흉완ᄒ니, 두리건디 경적(輕敵)지 못ᄒᆯ가
져허ᄒ노라."

용음(龍音)이 미댱필(未將畢)의 병부샹셔
남국공 화희경이 츌반(出班) 쥬왈,

"셕ᄌ(昔者)의【36】동오(東吳)2264)의 뉵숀
(陸遜)2265)은 십뉵셰의 빅면슈지(白面秀才)로
디, 무안왕(武安王)2266)을 파ᄒ고 형초(荊
楚)2267)의 범갓흔 형셰를 엿보와시니, 이제
엄챵이 비록 군무(軍務)를 슉습(熟習)지 아녀
시나, 본디 기부(其父)의 인걸지풍(人傑之風)
이며 기셰(蓋世)ᄒᆫ온 군지오. 또 지혜 용쇽
(庸俗)지 아니ᄒᆫ오니, 져근 도적을 엇지 근심
ᄒᆫ오리잇고? 복원 폐하ᄂᆫ 의려(疑慮)치 마ᄅ
시고 긔병츌ᄉ(起兵出師)ᄒ여, 급히 셔졀구투
(鼠竊狗偷) 갓흔 도적○[을] 믈니쳐 쇼멸(掃
滅)ᄒ믈 바라ᄂ이다."

2264)동오(東吳) : 중국 삼국 시대에, 222년에 손권이
건업(建業)에 도읍하고 강남에 세운 나라. 280년 서
진(西晉)에게 멸망하였다
2265)뉵손(陸遜) : 183-245. 중국 삼국시대 오(吳)나라
정치가. 촉한과 위나라의 침공을 여러 차례 격퇴하
여 오나라를 지켜냈으며, 관우를 죽음으로 몰아넣
고 유비의 복수를 실패하게 만들었다.
2266)무안왕(武安王) : 무안(武安)은 관우(關羽)의 시호
(諡號). 관우는 중국의 역대 황제에게 충의의 본보
기였기 때문에 송·원·명·청에이르도록 여러 황
제들에 의해 15차례나 시호가 봉해졌는데, 그 중
하나가 송(宋) 휘종(徽宗)이 1107년에 봉한 '무안왕
(武安王)'이다. 또 도교에서는 관우를 신격화하여
관성제군(關聖帝君)이라 하여 무묘(武廟) 또는 관왕
묘(關王廟)를 세워 제사를 받들고 있다. *관우(關
羽); 중국 삼국 시대 촉한의 무장(?~219). 자는 운
장(雲長). 장비·유비와 의형제를 맺고 적벽전에서
조조의 군대를 격파하는 등 많은 공을 세웠다. 뒤
에 위나라와 오나라의 동맹군에게 패한 뒤 살해되
었다.
2267)형초(荊楚) : 중국 남쪽의 땅 이름.

샹이 쳥미○[파]의 뇽안의[이] 희열ᄒ샤,
굴오샤디,

"경이 쟝무지지 아니나 본디 지모지략이
타인의게 디난 줄 아ᄂ니, 엇디 뉴일을 소탕
치 못ᄒᆯ가 근심ᄒ리오마ᄂᆫ, 뉴일은 극히 간
특ᄒ고 셔융은 흉완ᄒᄆᆡ 심ᄒ니, 두리건디
경적【51】지 못ᄒᆯ가 ᄒ노라."

병부샹셔 남국공 화희경이 츌반 쥬왈,

"셕ᄌ의 뉵숀은 십뉵셰의 무안왕을 파ᄒ
고, 형쵸의 범 ᄀᆞ튼 형셰를 엿보아시니, 이
제 엄챵이 비록 군무를 깁히 수습지 아냐ᄉ
오나, 본디 기부의 영걸지풍이 이셔, 지혜
용쇽디 아니ᄒ오니, 져근 간젹을 엇지 두려
ᄒ리잇고? 복원 폐하ᄂᆫ 의심치 마ᄅ쇼셔."

샹이 윤종기언(允從其言)ᄒᆞ샤, 즉일 엄각노 챵을 비ᄒᆞ여 남평도원슈(南平都元帥)룰 ᄒᆞ이시고, 뇽문ᄃᆡ쟝군(龍門大將軍)) 평능후 숀쳘【37】노 부원슈룰 ᄒᆞ이시고, 쳔원밍쟝(千員猛將)과 빅만군윤[융](百萬軍戎)을 일오혀 원슈룰 좃게 ᄒᆞ이시고, 빅모황월(白旄黃鉞)²²⁶⁸과 샹방인검(尚方印劍)²²⁶⁹을 빌니시며, 금오ᄃᆡ쟝군(金吾大將軍) 위쳥으로 좌션봉(左先鋒)을 ᄒᆞ이시니, 위션봉은 다ᄅᆞ니 아니라, 젼일 최부인의 암히룰 입어, 회람목ᄉᆞ(淮南牧使)로셔 윤부인 가뷔라 ᄒᆞ여, 회람의 안치ᄒᆞ엿던 ᄇᆞ위쳥이라. 최부인 악ᄉᆞ 발각ᄒᆞᄆᆡ 각노부인이 옥(玉)갓치 신원(伸冤)ᄒᆞ니, 위쳥도 은샤을 맛나 다시 댱문(將門)²²⁷⁰의 츙슈(充數)ᄒᆞ여 벼살이 금오쟝군(金吾將軍)²²⁷¹의 이로러라.

엄각뇌 황명을 밧ᄌᆞ와【38】융복을 졍제ᄒᆞ고 바로 교쟝의 나아가, 쟝ᄃᆡ(將臺)의 놉히 ○[셔] 군ᄉᆞ룰 연무(鍊武)훌ᄉᆡ, 긔치챵검(旗幟槍劍)은 ᄒᆡ빗츨 희롱ᄒᆞ고, 쳔여원(千餘員) 밍쟝은 효용이 졀인(絶人)ᄒᆞ여 위의(威儀) 당당(堂堂) 졍제(整齊)ᄒᆞ여, 이른 바 만셰황얘(萬歲皇爺) 만니을 쇼멸ᄒᆞᄂᆞᆫ 긔셰러라.

부원슈 이하로 ᄎᆞ례로 군녜(軍禮)을 밧고, 군즁의 호령ᄒᆞ여 왈,

"만일 위령ᄒᆞᄂᆞᆫ 지 이시면 ᄉᆞ졍을 도라보지 아니○[리라]."

ᄒᆞ니 군즁(軍衆)이 위위엄엄(威威嚴嚴)ᄒᆞ여 막감앙시(莫敢仰視)ᄒᆞ더라.

인ᄒᆞ여 궐하의 나아가 하직(下直) 츌ᄉᆞ(出仕)훌ᄉᆡ, 샹이 그 군용이 졍졔ᄒᆞᆷ믈 보시고

상이 윤죵기언ᄒᆞ샤 즉일의 엄챵을 비ᄒᆞ야 남졍도원슈를 ᄒᆞ이시고, 금오ᄃᆡ쟝군 위쳥으로 좌션봉을 ᄒᆞ이시고, 뇽능[문]ᄃᆡ쟝군 평능후 손쳘노 부원슈를 ᄒᆞ이시고[어], 쳔원밍쟝과 빅만군융을 니ᄅᆞ혀 원슈를 돕게 ᄒᆞ시니, 【52】빅모금졀[월]과 샹방검○[을] 빌니시니,

엄각뇌 익일의 황명을 밧ᄌᆞ와 바로 교쟝의 나아가 군마를 휸[훈]년ᄒᆞ고, 다쇼 쟝관ᄉᆞ졸을 ᄌᆞ모(自募)바다 삼일죠힝ᄒᆞᄆᆡ,

옥궐의 비ᄉᆞᄒᆞ고 《훤젼‖츌젼》훌ᄉᆡ,

2268)빅모황월(白旄黃鉞) : 털이 긴 쇠꼬리를 매단·기(旗)와 황금으로 장식한 도끼. 대원수의 권위를 상징한다.

2269)샹방인검(尚方印劍) : 임금이 전장에 나가는 장수에게 내린 대원수 금인(金印)과 상방검(尚方劍).

2270)댱문(將門) : 무장(武將)의 집안. 또는 무장의 반열.

2271)금오쟝군(金吾將軍) : 고려시대 금오위(金吾衛)에 속한 장군. *금오위(金吾衛); 고려시대 군제(軍制). 육위(六衛)의 하나. 왕도(王都) 내외의 요소를 순찰하는 임무를 맡아보던 군대로, 일종의 경찰 부대였는데 뒤에 비순위·비변위(備邊衛)로 고쳤다. 태조 4년(1395)에 신무시위사로 고쳤다.

크게 칭찬【39】ᄒᆞ여 갈오샤디,

"각뇌 ᄒᆞᆫ갓 빅면셔싱(白面書生)이라, 병법의 익지 못ᄒᆞᆯ 줄 아라더니, 도금(到今)ᄒᆞ여 보건디, 셕ᄌᆞ(昔者)의 사마양져(司馬穰苴)2272)라도 밋지 못ᄒᆞ리로다."

ᄒᆞ시고, 급히 광녹시(光祿寺)2273)로 잔치ᄅᆞᆯ 비셜ᄒᆞ샤, 츌젼ᄒᆞᄂᆞᆫ 밍장과 군ᄉᆞᄅᆞᆯ 후히 디졉ᄒᆞ여 ᄉᆞ례ᄒᆞ시고, 친히 잔을 잡아 각노을 쥬시며, 갈오샤디,

"경이 만니변방(萬里邊方)의 나아가 남만(南蠻)을 쇼멸ᄒᆞ고, 개가(凱歌)을 브ᄅᆞ고 도라오면, 군민(君民)의 만힝(萬行)이 되리로다."

각뇌 어샤(御賜)ᄒᆞ시ᄂᆞᆫ 슐을 두 숀으로 밧ᄌᆞ와, 공슌이 음(飮)ᄒᆞ고, 고두샤은(叩頭謝恩)ᄒᆞ여, 왈,

"하교(下敎)의 맛【40】당ᄒᆞ시믈 간폐(肝肺)의 삭이와, 도젹을 파ᄒᆞ옵고 남방빅셩을 구ᄒᆞ오리니, 셩샹은 믈우(勿憂)ᄒᆞ시믈 바라ᄂᆞ이다."

ᄒᆞ고, 궐니의 나와 삼일만의 군ᄉᆞᄅᆞᆯ 발ᄒᆞ여 나아갈시, 부슉(父叔)이 숀을 잡고 경계ᄒᆞ여 보즁ᄒᆞ믈 당부ᄒᆞ고, 최부인과 댱휘 원노의 ᄶᆡ나믈 연연ᄒᆞ여, 눈물을 ᄲᅮ려 블모지지(不毛之地)의 나아가, 《졍젼∥승젼》ᄒᆞ믈[여] 무ᄉᆞ이 도라오믈 니ᄅᆞ고, 범·셜 냥슉뫼 ᄯᅩᄒᆞᆫ 지삼 셩공ᄒᆞ여 슈이 환조(還朝)ᄒᆞ믈 일너 슬허ᄒᆞ니, 원슈 안식을 부드러이 ᄒᆞ여 화셩유언(和聲柔言)으로 부모슉당(父母叔堂)긔 하직(下直) 지비(再拜)ᄒᆞ고, 슈【41】미졔형(嫂妹諸兄)으로 심ᄉᆞ 막막ᄒᆞ여 훌훌(欻欻)2274)○[이] 눈물을 ᄲᅮ려 악슈 이별ᄒᆞ고, 가연이 거름을 두루혀 츌문ᄒᆞ디, ᄉᆞ샤(私事)로 부인을 이별치 아니ᄒᆞ며, ᄌᆞ녀ᄅᆞᆯ 유렴(留念)치 아니

부슉이 손을 잡아 경계ᄒᆞ여 보듕ᄒᆞ믈 당부ᄒᆞ여[고], 최부인과 댱휘 니별을 년년ᄒᆞ야 ᄒᆞ며, 범·셜 냥 슉뫼 지삼 셩공ᄒᆞ여 수히 도라오믈 닐너 슬허ᄒᆞ믈 마지 아니ᄒᆞ니, 원슈 싁난 이열ᄒᆞ여 화셩유어로 부모슉당의 하직ᄒᆞ고, 수미제형과 부인으로 니별을 뭇고, 가연이 거름을 두루혀 츌문ᄒᆞ니,

---

2272)사마양져(司馬穰苴) : 중국 전국시대의 제(齊)나라의 병법가. 군대를 매우 엄정하게 지휘 감독하고, 병법에 정통하였으며 싸움에도 용감했다. 사마법(司馬法)』이라는 병서(兵書)를 남겼다.

2273)광녹시(光祿寺) ; 고려 시대에, 외빈(外賓)의 접대를 맡아보던 관아. 태조 초기에 둔 것으로, 문하성에서 외빈을 접대하는 일을 맡게 되면서 없어졌다.

2274)훌훌(欻欻) : 덧없이 빠름. *훌훌이: 훌훌히. 머뭇거리지 않고 빠르게.

ᄒᆞ니, 이 진실노 디위(大禹)²²⁷⁵ 칠년 홍슈를 다스리미 계(啓)²²⁷⁶의 우롬이 고고(呱呱)ᄒᆞ디, 과문블입(過門不入)ᄒᆞ심과 일반이라.

가즁샹히 군ᄌᆞ딕도(君子大道)를 흠복(欽服)지 아니리 업고, 홍문공지 군즁의 종ᄉᆞᄒᆞ기를 원ᄒᆞ디, 원슈 엄정쥰졀(嚴正峻節)이 경계ᄒᆞ여 용납지 못ᄒᆞ게 ᄒᆞ여,

"너ᄂᆞᆫ 집의 잇서 왕부모와 너의 ᄌᆞ엄(慈嚴)²²⁷⁷을 동동쵹쵹(洞洞屬屬)²²⁷⁸이 정셩으로 뫼시라."

ᄒᆞ【42】고, 원슈 《연무졍∥연무쳥(鍊武廳)》의 나ᄋᆞ가 '어양(漁陽)²²⁷⁹의 북이 ᄌᆞ로 동(動)ᄒᆞ여'²²⁸⁰ 힝군홀시, 이의 빅만갑ᄉᆞ(白萬甲士) 연노(沿路) 이어시니, 만조빅관이 일쟝 이별(一場離別)ᄒᆞ여 번젹(蕃賊)을 토멸(討滅)ᄒᆞ고 승전개가(勝戰凱歌)로 슈이 도라오믈 이로더라.

원슈의 디대인미(隊隊人馬), 안남 만여리를 월여(月餘)의 무ᄉᆞ이 남만지계(南蠻地界)의 이로러, 왕셩 슈빅니를 격ᄒᆞ여 진을 치니, 《더의∥디오(隊伍)》 엄정ᄒᆞ고 긔뉼(紀律)이 숨엄(三嚴)ᄒᆞ여, 바라보미 의희(依稀)이 쥬아부(周亞夫)²²⁸¹의 영풍과 제갈무후(諸葛武

흥문이 군문의 ᄯᆞᆼᄉᆞᄒᆞ기를 원ᄒᆞ디, 원슈 엄정이 경계ᄒᆞ야 믈니쳐,【53】용납지 아니 ᄒᆞ더라.

원슈 연무쳥의 나ᄋᆞ가니 대긔 임의 난가를 동ᄒᆞ야 남문의 임어ᄒᆞ여 겨시더라.

샹이 친히 잔을 드러 원슈 이하로 삼군졔쟝을 차려[례]로 샤쥬ᄒᆞ시고 왈,

"경 등이 수이 별젹능토ᄒᆞ야 승젼개가로 도라오라. 짐이 ᄯᅩ 이 곳의셔 마ᄌᆞ리라."

ᄒᆞ시니,

원슈 이하 빅만갑ᄉᆞ 다 텬은을 감츅ᄒᆞ야 돈슈 ᄉᆞᄌᆞᆫᄒᆞ고, 다시 단지의 비ᄉᆞᄒᆞ고 원슈 삼군○[을] 녕솔ᄒᆞ여 디디인미 남을 향ᄒᆞ니, 어개 환궁ᄒᆞ시다.

2275)디위(大禹) : 우(禹). 중국 고대 전설상의 임금. 곤(鯀)의 아들로서 치수에 공적이 있어서 순(舜)으로부터 왕위를 물려받아 하(夏)나라를 세웠다고 한다.

2276)계(啓) : 하(夏)나라 우(禹)임금의 아들. 어진 덕이 있어, 민심을 얻어 아버지 우(禹)를 이어 왕위를 계승하였다.

2277)ᄌᆞ엄(慈嚴) : ①부처를 달리 이르는 말. ②'어머나'를 달리 이르는 말. ③인자하면서도 엄격함.

2278)동동쵹쵹(洞洞屬屬) : 공경하고 삼가며 매우 조심스러움.

2279)어양(漁陽) : 중국 하북성(河北省) 포현(蒲縣)에 있는 지명.

2280)어양(漁陽)의 북이 ᄌᆞ로 동(動)ᄒᆞ여 : 중국 당나라 때의 시인 백낙천(白樂天)의 <장한가(長恨歌)>에 나오는 "어양비고동지래(漁陽鼙鼓動地來; 땅을 흔드는 전고(戰鼓)소리 어양에서 들려오더니)'에서 따온 말로, 안록산이 어양 땅에서 반란을 일켜 장안으로 쳐들어온 사건을 말한다. 위 본문에서는 군대의 행진을 위해 울리는 북소리를 뜻한다.

2281)쥬아부(周亞夫) : 중국 전한(前漢) 전기의 무장. 오초칠국(吳楚七國)의 난을 평정해 공을 세웠고 승상에 올랐다.

侯)[2282]의 신긔ᄒᆞ무로 방블ᄒᆞ더라. 믄져 격셔(檄書)ᄅᆞᆯ 지어 젹진의 보ᄂᆡ니, 기셔(其書)의 ᄒᆞ여시ᄃᆡ,【43】

"텬조(天朝) 니부상셔 좌복야 참지졍ᄉᆞ 좌각노 겸 도원슈 《엄공은‖엄모는》, 남만왕 휘하의 격셔ᄅᆞᆯ 보ᄂᆡᄂᆞ니, 여러 ᄒᆡ 조공을 폐ᄒᆞᆫ 죄도 젹지 아니커니와, 《블긔‖불궤(不軌)》ᄒᆞᆫ 마음을 픔고, ᄋᆡ미ᄒᆞᆫ ᄉᆡᆼ녕(生靈)을 ᄯᅩᄒᆞᆫ 도라보지 아니ᄒᆞ고, 텬조ᄅᆞᆯ 감히 침범코져 ᄒᆞ니, 쇼장(少壯)[2283] 군ᄉᆞ와 ᄆᆡᆼ쟝(猛將)으로 너의 나라흘 쇼멸ᄒᆞ고 문죄코ᄌᆞ ᄒᆞᄃᆡ, 인ᄋᆡ지심(仁愛之心)을 발ᄒᆞᄂᆞ니, 마음을 도로혀 슌히 항복ᄒᆞ면 ᄒᆡᆼ(幸)이어니와, 블연즉(不然則) 옥셕(玉石)이 구분ᄒᆞᆯ 지경의, 날을 원치 말나."

ᄒᆞ여더라.

ᄎᆞ시 안남군신 상ᄒᆡ, 몬져 원슈의 강하ᄃᆡᄌᆡ(江河大才)【44】와 비샹ᄒᆞᆫ 문쟝을 보고 놀나며 두려, 흉포ᄒᆞᆫ 예긔(銳氣) 스ᄉᆞ로 쇼삭(消索)ᄒᆞ더니, 밋 임진(臨陣)ᄒᆞ미, 원슈의 텬일지표(天日之表)와 뇽봉지ᄌᆡ(龍鳳之才)ᄅᆞᆯ 보미, ᄃᆡ황ᄃᆡ구(大惶大懼)ᄒᆞ여 예긔 《ᄐᆡ발‖ᄐᆡ반(太半)》이나 최찰(摧折)ᄒᆞ더니, 일젼(一戰)의 ᄃᆡᄑᆡ(大敗)ᄒᆞ고 ᄌᆡ젼(在前)의 만군(萬軍)이 잔파(殘破)ᄒᆞ여 편갑(片甲)도 남지 아니니, 혈유셩쳔(血流成川)[2284]ᄒᆞ고 젹시여산(積屍如山)[2285]ᄒᆞ니, 음운(陰雲)이 참참(慘慘)ᄒᆞ고, 원ᄇᆡᆨ(寃魄)이 쳐쳐(悽悽)ᄒᆞ여, 셕ᄌᆞ의 제갈무휘(諸葛武侯) 남만(南蠻)을 항복밧고 도라올 졔, 슈만갑(數萬甲)[2286] 군(軍)을 노슈(瀘水)[2287]의 믓지ᄅᆞᆷ 갓더라.

각셜, 엄원슈 안남 만여리를 무ᄉᆞ히 ᄒᆡᆼᄒᆞ야 월여의 남국지계의 니ᄅᆞ러 결진ᄒᆞ고, 몬져 격셔를 지어 젹진의 보ᄂᆡ니,

안남 군○○[신상]ᄒᆡ(君臣上下) 몬져 원슈【54】의 강하ᄃᆡᄌᆡ와 비범ᄒᆞᆫ 문장을 보고, 져마다 놀나며 두려 흉포ᄒᆞᆫ 예긔 스ᄉᆞ로 소삭ᄒᆞ엿더니, 밋 임진ᄒᆞ야 원슈의 텬일○○[지표](天日之表)의 의의ᄒᆞᆫ 긔상과, 남산이 최최ᄒᆞᆫ 골격을 보미, 대황대구ᄒᆞ야 예긔 ᄐᆡ반이나 최찰ᄒᆞ여 일젼의 대ᄑᆡᄒᆞ고 ᄌᆡ젼의 만군이 잔파ᄒᆞ여 편갑도 남디 못ᄒᆞ니, 혈뉴셩쳔ᄒᆞ고 젹시여산ᄒᆞ더라.

2282)졔갈무후(諸葛武侯) : 181~234. 중국 삼국 시대 촉한의 정치가. 자(字)는 공명(孔明). 시호는 충무(忠武). 뛰어난 군사 전략가로, 유비를 도와 오(吳)나라와 연합하여 조조(曹操)의 위(魏)나라 군사를 대파하고 파촉(巴蜀)을 얻어 촉한을 세웠다. 유비가 죽은 후에 무향후(武鄕侯)로서 남방의 만족(蠻族)을 정벌하고, 위나라 사마의와 대전 중에 병사하였다

2283)쇼장(少壯) : 젊고 씩씩함.

2284)혈유셩천(血流成川) : 피가 흘러 내를 이룸.

2285)젹시여산(積屍如山) : 시체가 산같이 쌓임.

2286)슈만갑(數萬甲) : 수만 명의 군사. *갑(甲); 예전에, 군사들이 싸움을 할 때 적의 창검이나 화살을 막기 위하여 입던 옷으로, 군사를 상징한다.

남왕 뉴일이 서융(西戎)으로 더브러 단긔(單騎)로 도망ᄒᆞ여, 왕셩(王城)의 도라와 문무 졔신으로【45】더브러 샹의ᄒᆞ여 용쟝(勇將) 모ᄉᆞ(謀士)를 모화 인병(引兵)코져 ᄒᆞ거눌, 왕후 공숀시(公孫氏) 지식이 잇ᄂᆞᆫ지라. 처음븟허 왕의 블궤(不軌)을 간(諫)ᄒᆞ던 고로, 이졔 그 모반ᄒᆞ던 영신(佞臣)이 다 죽어 우익(右翼)이 업ᄉᆞᆷ을 보고, 승시(乘時)ᄒᆞ여 간(諫)ᄒᆞ니, 왕이 왕후의 간언을 감동ᄒᆞ여, 드디여 몬져 서융을 버혀, 슈급(首級)으로뻐 숑진의 헌ᄒᆞ고, ᄉᆞᄌᆞ를 보ᄂᆡ여 항셔(降書)을 올녀 쳥ᄒᆞ여 죄를 살오ᄃᆡ[2288],

'쇼방(小邦)이 본ᄃᆡ 반심이 잇ᄉᆞ온 일이 아니라, 간젹(奸賊)의 지쵹(指囑)이믈 발명(發明)ᄒᆞ고, 서로 화호(和好)를 일우면 쳔은(天恩)을 명심간폐(銘心肝肺)[2289]ᄒᆞ여, ᄌᆞᄌᆞ숀숀(子子孫孫)이 숑됴(宋朝) 신지(臣子) 되여 셩쇠(盛衰)【46】를 ᄃᆡ조(大朝)와 갓치 ᄒᆞ믈 밍셰ᄒᆞ고, 잔명을 이걸 ᄒᆞ엿더라.'

원쉬 항셔(降書)를 밧고 ᄃᆡ군을 모라 셩밧긔 이르니, 남왕이 문무신뇨로 더브러 육단부형(肉袒負荊)[2290]ᄒᆞ여, 스ᄉᆞ로 몸을 미여 원문(轅門)[2291]밧긔 나와 항복ᄒᆞ거눌, 원쉬 졔쟝을 명ᄒᆞ여 그 민 거슬 그르고, 붓드러 쟝(帳)[2292]의 드러와 슐을 쥬어 위무(慰撫)홀시, 언언(言言)이 군신ᄃᆡ의(君臣大義)와 츙효로뻐 권쟝ᄒᆞ며[미], 《도도히‖도도(滔滔)ᄒᆞ여》 밍변쥬론(孟辯朱論)[2293]이라도, ○[그]

남왕이 서융으로 더브러 필마로 도망ᄒᆞ여 왕셩의 도라가, 문무졔신를[을] 모화 샹의ᄒᆞ여 다시 거병코져 ᄒᆞ거눌, 왕후 공손시ᄂᆞᆫ 지식이 잇ᄂᆞᆫ 녀지라. 쳐음붓터 왕의 블궤를 간ᄒᆞ던 고로, 이졔 모반ᄒᆞ던 녕신이 다 죽어 우익이 업ᄉᆞᆷ을 보고, 승시ᄒᆞ여【55】간ᄒᆞ기를 마지 아니니, 남왕이 감동ᄒᆞ여, 드디여 ᄯᅳᆺ을 결ᄒᆞ여 몬져 서융을 버혀, 슈급을 숑진의 헌ᄒᆞ고 항셔를 올녀, 쳥죄ᄒᆞ고 잔명을 이걸ᄒᆞ엿더라.

엄원쉬 항셔를 밧고 드디여 군을 모라 왕셩의 니르니, 남왕이 문무졔신으로 더브러 육단부형ᄒᆞ야, 스ᄉᆞ로 몸을 미여 원문 밧긔 나와 항복ᄒᆞ거눌, 원쉬 졔쟝을 명ᄒᆞ야 그 민 것슬 그르고, 쟝ᄃᆡ 드러와 슐을 쥬어 위무ᄒᆞ{ᄒᆞ}고 군신ᄃᆡ의와 츙효로뻐 권쟝ᄒᆞ미, 도도히 밍ᄌᆞ의 셩경을 일ᄏᆞ라심 ᄀᆞᆺ고, 쳡쳡니구ᄂᆞᆫ 소졔ᄌᆞ의 뉵국셰언이라도, ○[그] 광명졍빅ᄒᆞ며, 관ᄃᆡ 훤츌ᄒᆞᆫ 츠【56】인을 밋디

2287)노슈(瀘水) : 운남셩(雲南省)에서 발원하여 사천셩(四川省) 의빈시(宜賓市)를 지나 양자강으로 흘러 들어가는 강(江). 삼국시대 촉(蜀)의 제갈량이 남만(南蠻)을 정벌할 때 건넜던 강이다.

2288)살오다 : 사리다. 아뢰다.

2289)명심간폐(銘心肝肺) : 잊지 않도록 마음에 깊이 새겨 둠. 심(心)과 간폐(肝肺)는 다같이 '마음'을 뜻하는 말. *간폐(肝肺) : '마음'을 비유적으로 이르는 말.

2290)육단부형(肉袒負荊) : 윗옷의 한쪽을 벗고, 등에 가시나무 형장(刑杖)을 지고 가 사죄함. 곧 지고 간 형장으로 매를 맞아 사죄하겠다는 뜻을 나타내는 말.

2291)원문(轅門) : ①군문(軍門) ②군영(軍營)이나 영문(營門)을 이르던 말.

2292)쟝(帳) : 장막(帳幕). 군막(軍幕).

2293)밍변쥬론(孟辯朱論) ; 맹자의 변설(辨說)과 주자

관딕(寬大)○○[ᄒ며] 훤츨ᄒ여[2294] 청산뉴슈
(靑山流水)《가ᄒᄆᆫ‖갓ᄒᄆᆫ》 츠인을 밋지
못ᄒᆯ지라.

원슈 년급이십오셰(年及二十五歲)라. 엄즁
ᄒᆫ 체모(體貌)와 슉슉(肅肅)ᄒᆫ 위의(威儀), ᄒᆫ
번 우으미 동【47】일지이(冬日之愛)[2295] 잇
서, 동군(東君)[2296]이 일하(一下)[2297]의 만믈
이 싱화(生化)ᄒᆞᆫ 조화 잇고, ᄒᆫ 번 찡긔미
하일(夏日)의 두리오미 잇ᄂᆞᆫ지라.

남왕군신이 원슈의 《디양지위‖티양지위
(太陽之威)》예 넉시 어리고, 고담쥰론(高談峻
論)[2298]의 담이 찌러져 심심(深深) 스례ᄒ고,
복복(伏伏) 비하(拜賀)ᄒ여, 쇼방군신(小邦君
臣)이 하방궁실(遐方宮室)[2299]의 싱장ᄒ여,
성군(聖君)의 왕화(王化)를 아지 못ᄒ고, 그
릇 범역(犯域)ᄒᆫ 죄를 빅 번 뉘웃고 쳔번 샤
례ᄒ여, 디군(大軍)을 마져 왕성의 드러가니,
바야흐로 방 븟쳐 산란ᄒᆞᆫ 민심을 효유(曉諭)
ᄒ고, 국즁의 디연을 비셜ᄒ여 원슈를 디졉
ᄒ며, 숨군(三軍)[2300]을 호군(犒軍)ᄒ며, 본국
【48】쇼산 긔진이보(奇珍異寶)를 무슈이 드려
녜단(禮緞)을 숨고, ᄯᅩ 디조(大朝)의 슈년 폐
ᄒ엿던 조공의 즙믈(什物)을 가져, 디조(大
朝)의 공헌ᄒᆞᆫ 스신을 보닐시, 원슈의 디군
이 월여를 뉴쳐(留處)ᄒ여 남국 훙훙ᄒᆫ[2301]
인심을 효유(曉諭)ᄒ고, 바야흐로 회군반스
(回軍頒賜)ᄒᆯ시, 남왕의 초ᄌ 산의군 뉴복과
그 녀ᄋ 양영공쥬와 부마 쇼졍을 볼모를 숨

못ᄒᆯ다라.

원슈 년급이십오셰라. 엄듕ᄒᆫ 체위와 슉슉
ᄒᆫ 네뫼, ᄒᆫ 번 우을진디 만믈이 부휵ᄒᆞᆫ
조홰 잇고, ᄒᆫ 번 ᄲᅵᆼ긜진디 하일의 두리온
긔상이 잇ᄂᆞᆫ지라.

남왕군신이 원슈의 티산지풍과 티양지휘
[위]의 넉시 어리고, 《그담쥰담‖고담쥰론》
의 담이 찌러져, 복복심심이 스례ᄒ여 쳔번
수죄ᄒ고, 디군을 마즈 왕성의 드러가니, 바
야흐로 스문의 방 븟쳐 산난ᄒᆫ 인심을 효유
ᄒ고, 국듕의 디연을 기장ᄒ여 원슈를 디졉
ᄒ며, 삼군 장죨을 호군ᄒ며, 본국 소산의
긔진이보를 무슈히 드려 녜단을 삼고, 수년
폐ᄒᆫ 됴공을 일시의 공【57】헌ᄒ고, 스신을
보닐시, 원슈 수월을 뉴쳐ᄒ야 《군심‖인심》
을 안무ᄒ고, 회군반스ᄒᆯ시; 남왕의 초ᄌ 산
의군 뉴복과 그 녀 양영공쥬와 부마 쇼졍을
볼모 숨고, 스신을 거ᄂᆞ려 도라오니, 남왕
부뷔 ᄌ녀를 먼니 보니미 슬허ᄒᆞᆷ믈 마디 아
니코, 전과를 뉘웃쳐, 남왕이 문무신뇨를 거
ᄂᆞ려 빅니쟝졍의 나와 원슈를 젼숑ᄒ고, ᄌ
녀셔를 니별ᄒᆯ 시, 눈믈을 흘녀 원슈의게 지
삼부탁ᄒ니, 원슈 ᄯᅩᄒᆫ 그 졍니를 감동ᄒ야
지삼 위로ᄒ고, 상별ᄒ여 디디군마를 휘동ᄒ

(朱子) 논설(論說)을 함께 이르는 말. 또는 사리에
　맞고 논리가 정연하여 흠잡을 데가 없는 유창한 언
　변을 이르는 말
2294)훤츨ᄒ다 : 훤칠하다. 막힘없이 깔끔하고 시원스
　럽다
2295)동일지이(冬日之愛) : 겨울 햇살의 다사로움.
2296)동군(東君) : '태양(太陽)'을 달리 이르는 말
2297)일하(一下) : 한번 내려찜
2298)고담쥰론(高談峻論) : 뜻이 높고 바르며 엄숙하고
　날카로운 말.
2299)하방궁실(遐方宮室) : 서울에서 멀리 떨어진 변방
　에 있는 궁실.
2300)숨군(三軍) : ①예전에, 군 전체를 이르던 말. ②
　현대의 육군, 해군, 공군으로 이루어진 군 체제.
2301)훙훙ᄒ다 : 흉흉(洶洶)하다. 분위기가 술렁술렁하
　여 매우 어수선하다.

고, ᄉ신을 거ᄂ려 도라오니, 남왕부ᄇᆡ ᄌ녀을 멀니 보ᄂᆡ미 슬허ᄒ믈 마지 아니코, 젼과(前過)를 뉘웃쳐, 남왕이 문무신뇨(文武臣僚)를 거ᄂ려 빅니졍(百里亭)2302)의 나와 원슈를 숑별ᄒ고 ᄌ녀를 이별ᄒᆯᄉᆡ, 눈믈【49】을 흘녀 원슈의게 지ᄉᆞᆷ 부탁ᄒᄂᆞᆫ지라.

원슈 ᄯᅩᄒᆞᆫ 그 졍니(情理)를 감동ᄒ여 지ᄉᆞᆷ 위로ᄒ고, 디대군ᄆᆡ(隊隊軍馬) 휘동(麾動)ᄒ여 환경(還京)ᄒᆯᄉᆡ, 졀월(節鉞)은 일ᄉᆡᆨ(日色)을 휘동ᄒ고, 징북은 나작이 우러 시긱을 보ᄒ니, 승젼ᄒᄂᆞᆫ 위의 거록ᄒᆯ ᄲᅳᆫ 아니라, 귀심(歸心)이 여시(如矢)ᄒ더라.

원슈의 일ᄒᆡᆼ이 무ᄉᆞ이 황셩의 이르니, 텬ᄌᆡ 원슈의 셩공반ᄉ(成功班師)ᄒᆷ을 드르시고, 만조빅관을 거ᄂᆞ리시고 십니(十里) 교쟝(教場)의 나아가샤 마ᄌ실ᄉᆡ, 그 위의에 쟝녀(壯麗)ᄒ미 블가형언(不可形言)이러라.

원슈 어가의 친임(親臨)ᄒ시믈 듯고 블승황공ᄒ여 국궁(鞠躬)【50】ᄉᆞ은(謝恩)ᄒ온ᄃᆡ, 상이 그 옥슈(玉手)를 잡으시고 크게 반기샤, 셩공반샤(成功班師)ᄒᆷ을 치하ᄒ시고, 금은필빅(金銀正帛)으로 만히 ᄉᆞ군을 반상(頒賞)ᄒ시고, 츌젼 쟝졸을 ᄎᆞ례로 봉작(封爵)ᄒ시고 만조문무(滿朝文武)를 거ᄂ려 진하(進賀)를 바드시니라.

ᄎᆞ시 《원위∥원슈》 셩쥬(聖主)의 은영을 밧ᄌᄋᆞ오미 디경ᄒ여 구지 고샤(固辭)ᄒᆞᄃᆡ, 셩의(聖意) 블윤(不允)ᄒ시니, 마지못ᄒ여 샤은ᄒ고, 어가를 뫼셔 환궁ᄒ신 후, 부듕의 도라와 훤당(萱堂)2303)의 비알(拜謁)ᄒ니, 츄졍

야 도라오미, 승젼ᄒᆞᆫ ᄉᆞ쥴의 귀심이 시워 떠난 살 ᄀᆞᆺ더라.

원슈의 일ᄒᆡᆼ이 졔도【58】의 도라오니 젼후 왕반이 오삭이 되엿더라. 그 ᄉᆞ이 두 번 쳡음이 오ᄅᆞ고 승젼○[군]시 도라오는 션문이 가국의 니ᄅᆞ미 만군 쟝샤의 가쇽이 모다 즐기는 소ᄅᆡ 진동ᄒ더라.

ᄎᆞ일 텬ᄌᆡ 난예를 ᄀᆞ초와 남문의 나와 마ᄌ시니, 혁혁ᄒᆞᆫ 《샹통∥상통》과 믈망이 더옥 비길 ᄃᆡ 업ᄉᆞ니, 금슈 우희 ᄭᅩᆺᄎᆞᆯ 더음 ᄀᆞᆺ더라. 상이 옥ᄇᆡ의 어온을 반ᄉᆞᄒ샤, 셩공ᄒ고 도라오믈 표쟝ᄒ시고, 삼군을 호상ᄒ시며, 원슈의 벼슬을 도도와 본직 참지졍ᄉ 좌각노의 평남후를 더으시고, 삼쳔호를 쥬시며, 엄태ᄉᆞ와 댱후의게 상ᄉᆞᄒ샤 긔ᄌᆞ를 두어 국가의 보필 삼으믈 표ᄒ시며, ᄉᆞ【59】쥴의 상작을 ᄎᆞ례로 도도시고, 남왕의 ᄌ녀를 셩외 대가를 졍ᄒ여 안둔ᄒ라 ᄒ시고, ᄆᆡ월 녹봉을 후히 쥬샤 텬됴의 머무러 ᄉᆞ환ᄒ게 ᄒ시니, 산의군이며 부마 소졍의 부ᄇᆡ 황은이 호디ᄒ시믈 감격ᄒ야 감히 ᄉᆞ졍을 일ᄏᆞᆺ디 못ᄒ더라.

ᄎᆞ시 엄원슈 셩쥬의 은영을 대경ᄒ여 구지 ᄉᆞ양ᄒᄃᆡ, 셩의 블윤ᄒ시니, 마지못ᄒ여 샤은ᄒ고 어가를 뫼셔 환궁ᄒ시미, 부듕의 도라○[와] 훤당의 비알ᄒ니, 츄졍의 반기심과 ᄌ녀의 즐겨ᄒ미 측양업고, 퇴ᄉᆞ는 다만 손

2302)빅니졍(百里程) : 백리장정(百里長亭). 백리쯤 되
    는 거리에 세운 정자로, 예전에, 먼 길을 떠나는 사
    람을 전송하던 곳.
2303)훤당(萱堂): 모친(母親) 또는 부모(父母)를 달리
    이르는 말.

(趨庭)2304)의 반기심과 ㅈ녀의 즐겨ㅎ미 블문가지(不問可知)라. 틱ㅅㄴ 숀으로 잡고 등을 어로만져 갈오디,

"산고옥【51】츌(山高玉出)이오 히심츌쥐(海深出珠)2305)니, 오제(吾弟)의 인셩(仁聖)흠과 당슈(嫂)의 현슉ㅎ신 싱훈(生訓)으로 챵이 엇지 이러치 아니리오. 실노 국가의 쥬셕(柱石)이라. 이 엇지 조션(祖先)의 음즐(陰騭)2306)ㅎ시미 아니리오. 나의 만복(萬福)이 너를 슬하의 두미 도로혀 두립고, 구원(九原)2307)○[의] 망뎨(亡弟)를 싱각ㅎ미, 금일 경ㅅ를 흔가지로 즐기지 못ㅎ니, 엇지 슬푸지 아니리오."

츄밀이 또 츄연(惆然) 희허(噫嘘)ㅎ여 항뉘(行淚) 연낙(連落)ㅎ니, 당휘 냥위 슉슉(叔叔)의 슬허ㅎ믈 디ㅎ여, 시로이 쳥뉘(淸淚) 환난(汍亂)ㅎ니, 남휘 츄파(秋波)2308)의 믈결이 슘슘ㅎ여2309) 머리롤 드지 못ㅎ니, 최【52】부인이 쳥누(淸淚)를 쑤려 각노를 위로ㅎ니, 남휘 블효를 두려 날호여 광슈(廣袖)를 드러 누슈(淚水)를 제어(制御)ㅎ고, 기용화긔(改容和氣)ㅎ여 부슉(父叔)과 ㅈ위(慈闈)를 위안ㅎ더라. 밤이 맛도록 촉을 이어 초당의 모다 즐기미 극ㅎ더라.

명일 하긱이 운집ㅎ여 분답(紛沓)2310)ㅎ믈 언어의 이로기 어렵더라. 남휘 낫지[이]면 니

릴[을] 잡고 등을 어ᄅ만져 환연ㅎ야, 역탄역소 왈,

"ㅈㄱ로 '산고옥츌이오, 히심츌【60】쥐'라 ㅎ니, 오제의 인명흠과 당수의 현슉ㅎ신 싱훈으로 구로싱지ㅎ시미 국가의 쥬셕이라. 이 엇디 조션의 음즐ㅎ신 덕음이 아니리오. 나의 묘복이 너를 슬하의 두미, 도로혀 손복흘가 두립고, 시로이 구원의 망뎨를 싱각ㅎ미, 오날놀 경ㅅ를 흔가지로 보지 못ㅎ니 엇디 슬프디 아니리오."

츄밀이 왕뎨를 싱각고 쌍뉘 소빈을 젹시니, 당후 모ㅈ의 디통을 니ᄅ리오. 쳥뉘 환난ㅎ니, 최·범 양부인이 역시 쳥누를 쑤려 위로ㅎ믈 마지 아니ㅎ고, 각노를 기유ㅎ니, 남휘 불효를 씌ᄃ라【61】광슈를 드러 폭누를 제어ㅎ고, 기용화긔ㅎ야 부슉과 ㅈ위를 위안ㅎ더라. 밤이 맛도록 촉을 《지어∥이어》흔 당의 모다 즐기미 극ㅎ더라.

명일 하긱이 문젼의 여류ㅎ야 니로 슈응키 어렵더라. 평남휘 여러날 부슉을 시침ㅎ고,

2304)츄졍(趨庭) : '뜰 앞으로 나아가는 것'을 뜻하는 말로, 본래 『논어』<계씨(季氏)>편의, 공자가 혼자 뜰에 서 있을 때, 아들 백어(伯魚)가 종종걸음으로 지나가는 것을 보고 불러, 시(詩)와 예(禮)를 가르쳤던 고사에서 유래한 말이다. 이후 ①'아버지'를 달리 이르는 말. ②자식이 아버지의 가르침을 받음. ③자식이 아버지를 문안함. ④'고향집'을 달리 이르는 말. 등의 여러 의미로 쓰인다.

2305)산고옥츌(山高玉出) 히심츌쥐(海深出珠) : 높은 산에서 옥이나고, 깊은 바다에서 진주가 난다는 뜻으로 훌륭한 인물은 덕이 높고 전통이 깊은 명문가에서 태어난다는 것을 비유적으로 표현한 말.

2306)음즐(陰騭) : (하늘이) 겉으로 드러나지 않게 사람을 도움.

2307)구원(九原) : 구천(九泉). 저승. 사람이 죽은 뒤에 그 혼이 가서 산다고 하는 세상.

2308)츄파(秋波) : 가을 물결처럼 맑은 눈길.

2309)슘슘ㅎ다 : 가득하다.

2310)분답(紛沓) : 사람들이 많이 몰려 북적북적하고 복잡함. 또는 그런 상태. 늑잡답

당의 드러와 부모슉당과 제미로 담화ᄒ고, 밤이면 부슉을 시침ᄒ여 군종형제 광금장침(廣衿長枕)의 힐지항지(頡之頑之)[2311]ᄒ여 오뉵삭(五六朔) 니회(離懷)를 펴여, 능히 결을ᄒ여[2312] 부인을 찻지 못ᄒ더니, 환가 년【53】여(年餘)의, 비로쇼 사실의 나아가 부인을 보와 별회(別懷)를 펴니, 부부의 은졍이 여산(如山)ᄒ니, 부뫼 ᄋᄌᄋ의 힝신쳐시(行身處事) 군ᄌ힝도(君子行道)의 미진ᄒ미 업ᄉ믈 두굿기더라.

이씨 샹이 평남후의게 영친ᄉ연(榮親賜宴)[2313]ᄒ라 ᄒ시믈 듯ᄌᄋ온 고로, 즁츈(仲春) 습유오일(十有五日)은 터ᄉ의 초두일(初頭日)[2314]이라. 평남휘 겸ᄒ여 부군(父君)의 슈셕지일(壽席之日)을 경하ᄒ고 쳔은(天恩)을 빗ᄂ니, 텬지 샹방진미(尚房珍味)[2315]와 이원풍악(梨園風樂)[2316]을 이어 ᄉ급(賜給)ᄒ시고, 황친구족(皇親舊族)이며 만조문뮈(滿朝文武) 다토아 모드니, 슈륙진찬(水陸珍饌)이 갓지[2317] 아니ᄒ미 업고, 아아(峨峨)ᄒ 고악(鼓樂)이 훤쳔(喧天)ᄒ고 묘묘(妙妙)ᄒ【54】 와[가]관금슬(笳管琴瑟)[2318]이[과] 용싱봉관(龍笙鳳管)[2319]을 진쥬(進奏)ᄒ니, 교방어악(教

2311)힐지항지(頡之頑之) : 힐항(頡頑). 새가 날면서 오르락내리락하는 모양
2312)결을ᄒ다 : 틈을 내다. *결을; 겨를. 틈
2313)영친ᄉ연(榮親賜宴) : 임금이 잔치를 내려 신하의 부모를 영화롭게 함.
2314)초두일(初頭日) : '첫날'이라는 뜻으로 생일을 말함.
2315)샹방잔미(尚房珍味) : 대궐의 진귀하고 맛좋은 음식. *상방(尚房); 대궐의 각종 음식, 의복, 기물(器物)을 관리하던 곳. '상의원(尚衣院)'이라고도 한다.
2316)이원풍악(梨園風樂) : 장악원(掌樂院) 악공과 기생들이 펼쳐내는 음악. *이원(梨園); ①조선시대 장악원(掌樂院)을 달리 이르던 말. ②중국 당나라 때, 현종이 몸소 배우(俳優)의 기술을 가르치던 곳.
2317)갓다 : 갖추다.
2318)가관금슬(笳管琴瑟) : 가관(笳管)과 거문고·비파를 함께 이른 말. *가관(笳管); 구멍 아홉 개가 뚫린 세워서 부는 피리.
2319)용싱봉관(龍笙鳳管) : 용(龍)을 장식한 생황(笙簧)과 봉황(鳳凰)을 장식한 피리. *생황(笙簧); 아악(雅樂)에 쓰는 관악기의 하나. 큰 대로 판 통에 많은 죽관(竹管)을 돌려 세우고, 주전자 귀때 비슷한 부리로 불게 되어 있다. *피리; 구멍이 여덟 개 있고 서(피리의 발음원이 되는 얇은 진동판)를 꽂아서 부

군죵 냥형과 이뎨로 더브러, 광금장침의 힐지항지ᄒ야 오뉵삭 니회를 펴노라 ᄒ니, ᄉ침을 찻디 못ᄒ엿더니, 월여의 비로쇼 ᄉ실의 나아가 부인을 《ᄎ질시‖ᄎᄌ》별회를 펴며[미] 교칠 ᄀᄐ 은졍이 시로오니, 부뫼 ᄋᄌᄋ의 힝시 이러틋 군ᄌ디도의 미진ᄒ미 업ᄉ믈 두굿겨 ᄒ더라.

이씨 텬지 평남【62】후의게 은슈를 두터이 ᄒ샤 영친ᄉ연ᄒ라 ᄒ신 고로, 듕츈 염오일은 엄태ᄉ 초두일이라. 평남휘 겸ᄒ여 부군의 슈셕지일을 경하ᄒ고 쳔ᄌ의 은영을 빗ᄂ니, 황친국쳑이며 만됴문뮈 닷토와 모드니, 포진이 화려훔과 슈륙진미 불가승수요, 아아ᄒ 고악과 묘묘ᄒ 가관금슬을 쥬ᄒ며, 뇽싱봉관의 빗남과 경식의 화려ᄒ믈 일구로 긔록지 못ᄒᆯ너라.

坊御樂)2320)의 빗남과 경식의 화려ᄒᆞ믈 일구
(一句))2321)로 긔록지 못ᄒᆞᆯ너라.

삼일ᄃᆡ연(三日大宴)ᄒᆞ고 오일쇼연(五日小
宴)ᄒᆞ여 크게 즐기니, 홍화곡 즁의 아름다온
가셩(歌聲)이 날을 이어시니, 만셩ᄉᆞ셔(萬姓
士庶)의 힝인이 길흘 덥허 쟝관을 구경ᄒᆞ며,
칙칙갈치(嘖嘖喝采)ᄒᆞ여,

"인인(人人)이 ○○○○[ᄉᆡᆼ세(生世)ᄒᆞ미] 맛
당이 효문션싱 《갓ᄒᆞ라 ‖ 갓ᄒᆞ리라》."

ᄒᆞ더라.

임의 잔치ᄅᆞᆯ 파ᄒᆞ고 제ᄌᆡᆨ이 각귀기가(各歸
其家)ᄒᆞ니라.

연ᄑᆞ(宴罷)의 효문션싱 엄챵과 쳥힝션싱
엄영이 궐하의 ᄉᆞ은ᄒᆞ니, 샹이 흔연이 샤쥬
(賜酒)ᄒᆞ시고 위유(慰諭)ᄒᆞ시니라.

남후곤계【55】퇴조(退潮)ᄒᆞ여 부즁의 도라
와 연즁셜화(筵中說話)○[ᄅᆞᆯ] 부슉(父叔)게 고
ᄒᆞ니, 일개 황은을 더옥 감츅ᄒᆞ여, 티ᄉᆞ ᄌᆞ
질을 경계ᄒᆞ여 '츙즉진명(忠則盡命)ᄒᆞ라'ᄒᆞ
더라.

ᄎᆞ시 평남휘 년쇼ᄃᆡᄌᆡ(年少大才)로 위극일
신(位極一身)ᄒᆞ니, 옥보금닌(玉寶金印)2322)이
샹ᄌᆞ(箱子)의 가득ᄒᆞ고, 위고금다(位高金多)
ᄒᆞ미 《부뷔 ‖ 부귀(富貴)》 영총(榮寵)이 당셰
의 무쌍이라. 비록 쳥검(淸儉) 졀ᄎᆞ(切磋)ᄒᆞ
여 믈욕(物慾)의 담연(淡然)ᄒᆞ고, 샤치(奢侈)
로써 칙(責)ᄒᆞ나, 하늘이 쥬신 복을 능히 ᄉᆞ
양허기 어려온지라. 샹시(常時) 츌입(出入)의
금관ᄌᆞ포(金冠紫袍)2323)로[의] 옥ᄃᆡ아홀(玉帶
牙笏)을[은] 아름다온 위의(威儀)ᄅᆞᆯ 도앗고,
젹거ᄉᆞ마(赤車駟馬)2324)ᄂᆞᆫ 닌닌(轔轔)2325)ᄒᆞ

삼일을 대연ᄒᆞ여 크게 즐기니, 홍화곡 가
온ᄃᆡ 아름다온 가셩이 밤으로 낫츨 니어시
니, 만셩ᄉᆞ녀[셔]의 힝인이 길흘 덥【63】허
귀경ᄒᆞ며, 칙칙갈치ᄒᆞ여 굴오ᄃᆡ,

"ᄉᆞ름이 ᄉᆡᆼ세ᄒᆞ미 맛당이 효문공 ᄀᆞᆺᄐᆞ리
라."

ᄒᆞ더라.

임의 파연ᄒᆞ미 제ᄌᆡᆨ이 각산기가ᄒᆞ고, 효문
션싱 형뎨 궐하의 ᄉᆞ은ᄒᆞ다.

평남휘 년쇼ᄃᆡᄌᆡ로 위극인[일]신ᄒᆞ니 옥보
금인이 샹ᄌᆞ의 가득ᄒᆞ고, 위고금다ᄒᆞ미 부귀
영츙이 극혼지라. 비록 쳥검 졀ᄎᆞᄒᆞ여 믈욕
의 담연ᄒᆞ고, ᄉᆞ치로써 칙ᄒᆞ나 하늘이 쥬신
복을 능히 ᄉᆞ양키 어려온디라. 샹시 츌입의
금관ᄌᆞ포의 옥ᄃᆡ아홀은 아름다온 위의ᄅᆞᆯ 표
쟝ᄒᆞ엿고 젹거ᄉᆞ마의 수빅 츄종은 지젼지후
의 길흘 인도ᄒᆞ여[며], 《당당ᄒᆞᆫ 잉의 최제수
쳔이라 ‖ 당고슈잉의 최제슈쳑ᄒᆞ여》, 흘노 밍
샹군의 식ᄀᆡᆨ 삼쳔【64】을 호번ᄒᆞ다 니ᄅᆞᄃᆡ
못ᄒᆞᆯ다라.

는 목관 악기. 향피리, 당피리, 세피리가 있다
2320)교방어악(敎坊御樂) : 임금 앞에서 아뢰던 궁중
　　아악. *교방(敎坊); 조선 시대에, 장악원의 좌방(左
　　坊)과 우방(右坊)을 아울러 이르던 말. 좌방은 아악
　　(雅樂)을, 우방은 속악(俗樂)을 맡았다.
2321)일구(一句) : 한마디의 글귀.
2322)옥보금닌(玉寶金印) : 국새(國璽)와 황금으로 만
　　든 도장. *옥보(玉寶); 임금의 존호를 새긴 도장.
　　국새(國璽).
2323)금관ᄌᆞ포(金冠紫袍) : 금으로 만든 관을 쓰고 붉
　　은 도포를 입은 차림.
2324)젹거ᄉᆞ마(赤車駟馬) : 네 필의 말이 끄는 붉은 수
　　레.

여 블근 술위와 네 말이 빗【56】ᄂᆞ며, ○○[슈빅] 츄종(騶從)2326)은 젼후의 길흘 인도ᄒᆞ며, '당고슈잉(堂高數仞)의 최제슈쳑(榱題數尺)'2327)《이라‖ᄒᆞ니》, 이의 밥짓ᄂᆞᆫ ᄉᆞᆺ 우ᄒᆡ 븍이 셰 번 울고, 슈빅(數百) 잉쳡(媵妾)2328)의 번화ᄒᆞ미, 흘노 ᄆᆡᆼ샹군(孟嘗君)2329)의 식ᄀᆡᆨ(食客) ᄉᆞᆷ쳔(三千)을 번화타 못ᄒᆞᆯ지라.

남휘 이러ᄐᆞᆺ 공후(公侯)의 부귀 극ᄒᆞ나, ᄯᅩᄒᆞᆫ 온즁졍ᄃᆡ(穩重正大)ᄒᆞ여 《위네ᄂᆞᆫ 초쳡희도 갓ᄒᆞ미‖위의(威儀)에 조ᄎᆞᆫ 쳡희(妾姬)도 ᄀᆞᆺ초미》 업서, 집의 나ᄆᆡ ᄌᆡ상(宰相)의 위의 제제(齊齊)ᄒᆞ나, 안의 드러ᄂᆞᆫ 한쇼(寒素)2330)ᄒᆞᆫ 의복과 초초(草草)ᄒᆞᆫ 거체(居處) 유싱으로 다르미 업ᄉᆞ며, 실즁(室中)의 쳔필(天匹)2331)을 두어 은졍이 《오로‖오롯》ᄒᆞ고, 의가지낙(宜家之樂)2332)이 관관(款款)ᄒᆞ여, 부챵(夫唱)2333)된 거죄(擧措) 《업ᄉᆞ미‖업시》 지ᄂᆡ니, 부인이 역【57】시 겸공온슌(謙恭溫順)ᄒᆞ여 샹경여빈(相敬如賓)ᄒᆞ미 《각결‖극결(郤缺)2334)》의 쳐(妻) 갓ᄒᆞ니, 일개(一家) 칭찬

남휘 이러ᄐᆞᆺ 공후의 부귀 극ᄒᆞ나, 온듕졍ᄃᆡᄒᆞ야 위의에 조ᄎᆞᆫ 쳡희도 ᄀᆞᆺ초미 업서, 밧긔 나ᄆᆡ 《대상‖재상》의 위의 체체ᄒᆞ나, 집의 드러ᄂᆞᆫ 한소ᄒᆞᆫ 의복을[과] 초초ᄒᆞᆫ 거체 유싱으로 다ᄅᆞ미 업ᄉᆞ며, 실듕의 현필을 두어 의가의 낙이 관관ᄒᆞ나, ᄒᆞᆫ번 부창된 거죄 업ᄉᆞ니, 부인이 역시 손슌겸공ᄒᆞ여 부뷔 상경상화ᄒᆞ미 《각결‖극결》의 부부 ᄀᆞᆺ더라. 일ᄀᆡ 칭찬ᄒᆞ야, '공의 졍ᄃᆡᄒᆞ미 윤부인의 완젼ᄒᆞᆫ 복녹이라' ᄒᆞ더라.

2325)닌닌(轔轔) : 수레바퀴가 삐거덕거리며 굴러가는 소리.

2326)츄종(騶從) : 윗사람을 따라다니는 종.

2327)당고슈잉(堂高數仞) 최제슈쳑(榱題數尺) : 집의 높이가 여러 길이 되고, 서까래의 머리가 여러 자가 된다는 뜻으로, 아주 크고 넓게 잘 지은 집을 말한다. 『맹자』<진심장구하(盡心章句下)>에 나온다.

2328)잉쳡(媵妾) : 예전에, 귀인에게 시집가는 여인이 데리고 가던 시첩(侍妾). 신부의 질녀와 여동생으로 충당하였다. 위 본문에서 잉첩은 '여자종'을 뜻한다.

2329)ᄆᆡᆼ샹군(孟嘗君) : 중국 전국 시대 제나라의 공족(公族)이며, 사군(四君)의 한 사람(?~B. C. 278). 재상(宰相)이 되었을 때 천하의 인재를 초빙하여 식객이 삼천 명에 이르렀다고 하며, 진(秦)나라에 사신으로 갔다가 죽을 뻔하였으나 식객 중에 남의 물건을 잘 훔치는 사람과 닭의 울음소리를 잘 흉내 내는 사람이 있어 그들의 도움으로 죽음을 모면한 이야기로 유명하다. 초나라의 춘신군, 조나라의 평원군, 위나라의 신릉군과 함께 전국(戰國) 말기 사군(四君)의 한 사람으로 불린다.

2330)한쇼(寒素) : 가난하고 검소함.

2331)쳔필(天匹) : 천정배필(天定配匹). 하늘에서 미리 정하여 준 배필이라는 뜻으로, 나무랄 데 없이 신통히 꼭 알맞은 한 쌍의 부부를 이르는 말

2332)의가지낙(宜家之樂) : =실가지락(室家之樂). 부부 사이의 화목한 즐거움.

2333)부챵(夫唱) : 남편이 앞장서서 주장함.

ᄒ고 부뫼 두굿기며, 시인(時人)이 칭찬ᄒ여,
'공의 졍디(正大)ᄒ미 윤부인의 완젼복녹이
라' ᄒ더라.

길ᄉ(吉士)[2335] 영이 ᄯᅩᄒᆞ 인효 공검ᄒ여
일ᄌ(一者)[2336]를 ᄌ유(自由)ᄒ미 업셔, ᄉ군
봉친(事君奉親) 녀가(餘暇)의 형뎨 일시를 ᄯᅵ
나지 아녀, 의복(衣服) 거쳐(居處)와 일빈일
쇼(一嚬一笑)[2337]를 ᄒᆞ가지로 ᄒ여, 이 이른
바, 이신일심(二身一心)이오 종형(從兄) 시랑
곤계로 더브러 군종(群從)[2338] 샤인(四人)이
ᄒᆞ갈갓치 우이(友愛)ᄒ여, 타인으로 ᄒ여곰
그 동긔(同氣)[2339]며 군종(群從)이믈 분간치
《못ᄒ시니∥못ᄒ게 ᄒ니》 시인이 서로 젼ᄒ
여【58】칭찬ᄒ고, 인인(人人)이 일오디,

"만일 인가(人家)의 형제우공(兄弟友恭)ᄒ
ᄂ 지, 먼니 ᄉ마광(司馬光)[2340]을 법밧지 말
고, 갓가이 엄효문 형뎨를 계감(戒鑑)을 삼으
라."

ᄒ더라.

○[ᄉ]군봉친 여가의 형뎨 일시를 ᄯᅵ나디
아니ᄒ며, 의복 거쳐와 일빈일소를 다 ᄒᆞ가
지로 ᄒ여, 니른【65】바, 이신일심이오, 형뎨
로 더브러 군죵 ᄉ인이 ᄒᆞ갈갓치 우이우독ᄒ
니, 타인으로 보아도 동포며 군죵이믈 분간
치 못ᄒ니, 시인이 서로 젼ᄒ여 칭찬ᄒ야,
닐오디,

"먼니 ᄉ마광을 효측지 말고, 갓가이 엄효
문 형뎨를 본바다 쳔츄의 계감을 삼으라."
ᄒ더라.

2334) 국결(郤缺) : 춘추시대 진(晉)나라의 대부. 기(冀)
땅에서 아내와 함께 농사를 지으며 살았는데, 부부
가 서로 공경하기를 손님을 대하듯 하였다. 진(晉)
나라 사신 구계(臼季)가 그 부부의 상경여빈(相敬如
賓)하는 모습을 보고, 문공에게 그를 천거하여, 대
부가 되고, 문공을 도와 당대의 패자가 되게 하였
다. 『춘추좌씨전』 희공(僖公)33년조(條)에 나온다.
2335) 길ᄉ(吉士) : 서길사(庶吉士). 관직명. 중국 명·
청나라 때 한림원(翰林院)에 둔 관명. 진사(進士)
가운데서 문학에 뛰어난 사람을 뽑아 임명했다.
2336) 일ᄌ(一者) : 하나. 또는 한 가지 것.
2337) 일빈일쇼(一嚬一笑) : 한 번 찡그리고 한 번 웃는
다는 뜻으로, 성내기도 하고 기뻐하기도 하는 감정
이나 표정의 변화를 이르는 말.
2338) 군종(群從) : 사촌 형제들.
2339) 동긔(同氣) : 같은 부모에게서 난, 친형제·자
매. · 남매.
2340) ᄉ마광(司馬光) : 중국 북송 때의 학자·정치가.
1019~1086. 자는 군실(君實). 호는 우부(迂夫)·우
수(迂叟). 죽은 뒤 온국공(溫國公)에 봉해져 사마온
공(司馬溫公)이라고도 한다. 신종 초에 왕안석의 신
법(新法)에 반대하여 물러났다가, 철종 때에 재상이
되자, 신법을 폐하고 구법(舊法)을 시행하였다. 『소
학(小學)』〈선행편〉에 보면 "사마온공이 그 형인 백
강(伯康)과 함께 매우 우애가 돈독하여, 백강의 나
이 팔십에 이르려는데, 형을 받들기를 엄한 아버지
같이 하며, 보살피기를 어린애 같이 하였다"고 한
다. 저서에 ≪자치통감≫, ≪사마문정공집(司馬文正
公集)≫ 등이 있다

비샹간익(非常艱厄)이며, 튁스부부와 츄밀
공부부며, 댱휘 주녀제숀(子女諸孫)의 무궁훈
영효를 바다, 빅년션종(百年善終)ᄒ니, 셜홰
(說話) 슈다(數多)훈 고로, 임의 후록(後錄)을
두어 '금환지합연(金環再合緣)²³⁴¹'의 히비
(賅備)²³⁴²훈 고로, 추편(此便)은 다만 효문
공과 쳥힝공의 비샹탁츌(非常卓出)훈 효우지
덕(孝友才德)을 긔록ᄒᄂ니, 후인은 지실(知
悉)ᄒ지어다.

션후 주셔훈 말을 알【59】고져 ᄒ거든, '금
환지합(金環再合)'을 추주 주시²³⁴³ 《셩남‖
셕람(釋覽)》ᄒ지어다.

추하(次下)를 미지의(未知矣)로다. 아지못
게라! 능히 오슈향명(吾壽亨命)ᄒ여 금환지합
을 쟉셔(作書)ᄒ미 될가. 슈요쟝단(壽夭長短)
이 유슈(有數)²³⁴⁴ᄒ리오. 오년(吾年)이 슈급
반빅(須及半白)²³⁴⁵이나, 젼셰(前世)로븟터
향슈(享壽)치 못ᄒ니[고], 오슈다병잔미(吾瘦
多病孱微)²³⁴⁶ᄒ니, 홀노 슈(壽)를 만ᄒ기를
긔필(期必)ᄒ랴. 후인은 하회(下回) 미분(未
分)ᄒ믈 주차(咨嗟)ᄒ리라.【60】

비샹간익이며 허다 셜홰 지리 슈다훈 고
로, 임의 후록을 두어 '금환지합연'의 히비훈
고로, 추편은 다만 효문공과 쳥힝공의 비샹
탁츌훈 효우지덕을 거두어 긔록ᄒᄂ니, 후인
이[은] 지실훌지어다.【66】

2341)금환지합연(金環再合緣) : 작자가 본 작품 <엄씨
효문청행록>의 속편으로 창작할 계획을 갖고 있었
던 작품이나, 아래 60쪽의 "추하(次下)를 미지의(未
知矣)로다……후인은 하회(下回) 미분(未分)ᄒ믈 주
차(咨嗟)ᄒ리라."에서 보는 것처럼, 이 작품을 마무
리할 당시에 이미, 작자가 늙고 병들어 더 이상 창
작활동이 불가능한 상태에 있었던 점으로 미루어,
창작이 이루어지지 못한 것으로 보인다..
2342)히비(賅備) : 갖추어진 것이 넉넉함. 자세함.
2343)자시 : 자세(仔細)히. 사소한 부분까지 아주 구체
적이고 분명히.
2344)유슈(有數) : 정하여진 운수나 순서가 있다.
2345)슈급반빅(須及半白) : 모름지기 머리가 반백이 되
기에 이르렀다.
2346)오슈다병잔미(吾瘦多病孱微) : 내가 야위고 병이
많아 허약하다.

최 길 용

문학박사
전북대학교 겸임교수
전북대학교 인문학연구소 전임연구원

● 논 문

〈연작형 고소설연구〉 외 500여편

● 저 서

『조선조연작소설 연구』 등 21종 47권

校勘本 嚴氏孝門淸行錄 ❷

초판 인쇄   2021년 8월   9일
초판 발행   2021년 8월 23일

교   주ㅣ최 길 용
펴 낸 이ㅣ하 운 근
펴 낸 곳ㅣ學古房

주   소ㅣ경기도 고양시 덕양구 통일로 140 삼송테크노밸리 A동 B224
전   화ㅣ(02)353-9908 편집부(02)356-9903
팩   스ㅣ(02)6959-8234
홈페이지ㅣhttp://hakgobang.co.kr/
전자우편ㅣhakgobang@naver.com, hakgobang@chol.com
등록번호ㅣ제311-1994-000001호

ISBN   978-89-6071-584-4   94810
          978-89-6071-582-0   (세트)

값 : 55,000원

■ 파본은 교환해 드립니다.